庆祝中华人民共和国成立75周年爱国主义散文选 1949-2024

谈笑凯歌还

风展红旗

庆祝中华人民共和国成立75周年爱国主义散文选

古耜 主编

中国言实出版社

图书在版编目(CIP)数据

谈笑凯歌还：庆祝中华人民共和国成立75周年爱国主义散文选. 1，风展红旗 / 古耜主编. -- 北京：中国言实出版社，2024. 9. -- ISBN 978-7-5171-4942-2

Ⅰ. I267

中国国家版本馆CIP数据核字第2024BL4698号

风展红旗

责任编辑：王君宁　史会美
责任校对：王建玲

出版发行：中国言实出版社

地　址：北京市朝阳区北苑路180号加利大厦5号楼105室
邮　编：100101
编辑部：北京市海淀区花园北路35号院9号楼302室
邮　编：100083
电　话：010-64924853（总编室）　010-64924716（发行部）
网　址：www.zgyscbs.cn　电子邮箱：zgyscbs@263.net

经　销：新华书店
印　刷：北京盛通印刷股份有限公司
版　次：2024年10月第1版　2024年10月第1次印刷
规　格：710毫米×1000毫米　1/16　61.25印张
字　数：953千字

定　价：268.00元（全3册）
书　号：ISBN 978-7-5171-4942-2

文心与国运的瑰丽交响

——读建国七十五年来的散文作品（代序）

古　耜

在苍茫邈远的岁月长河里，七十五度冬去春来或许只是弹指一挥间，但当它同中华人民共和国的高歌猛进、扬帆远航相交织、相重合时，一种时代的昂扬与历史的厚重便应运而生。这种昂扬与厚重当然来自国家风范的恢宏强健和社会文明的相伴相生，同时也缘于欣逢盛世的几代国人在精神天地和艺术世界的孜孜耕耘与频频收获。在后一维度上，有一片璀璨亮丽的文学风景一向引人瞩目，这就是新中国散文创作的生动摇曳和蓬勃发展。

新中国散文由新中国的铿锵步履和沧桑巨变所塑造所玉成。她的生机盎然的艺术肌体，天然承载了江山、人民、历史、现实、文化、风物等最常见、最基本的叙述元素和言说主题；而像血脉一样浸透其间涌动其内，并推动其不断拓展和执着延伸的，则是一个民族的赤子情怀，一种勃发强劲的爱国主义旋律，于是，文心与国运交响，诗美和史册辉映，新中国散文在整体上具备了史诗的品质。

新中国七十五年风雨兼程。七十五年间，站起来的中国人民在中国共产党的坚强领导下，经历了社会主义革命和建设时期、改革开放和社会主

义现代化建设新时期，开创了中国特色社会主义新时代，不断推动以国家富强、民族振兴和人民幸福为总目标的中国式现代化的阔步前行。

这是一段辉煌壮丽的历史进程。它投射到对祖国怀有一腔挚爱的散文家笔下，遂化作峥嵘奇崛、气象万千的艺术长卷——中国各族人民的伟大领袖毛泽东同志，在天安门城楼上庄严宣告中华人民共和国的成立（李水清、杨刚、李庄散文）；国旗、国徽、国歌和人民英雄纪念碑，承载各自的崇高与激越，展开历史的回眸与诉说（黄丽巍、张郎郎、华记、刘成章散文）；炮火纷飞的抗美援朝战场上，志愿军战士舍生忘死，一往无前，而为他们注入巨大力量的正是身后的祖国和人民（菡子、魏巍、舒群散文）；透过杨朔的《黄河之水天上来》、艾煊的《碧螺春汛》和李若冰的《寄自依吞布拉克山》，社会主义建设的如火如荼和祖国面貌的焕然一新历历在目；赏读刘云山的《夜宿车马店》、王巨才的《凛凛高风访故园》、罗铮的《陪你一起长大》、马慧娟的《走进人民大会堂》等，不仅可以直观改革开放带给人民群众的生活福祉与命运改观，而且能够感受到普通劳动者身上不断强化的家国认同感和主人翁意识；王蒙的《歌声涌动六十年》、祝勇的《故宫的新生》、彭程的《它们在时光的田野中摇曳生辉》、徐坤的《我跟北京奥运的缘分》、刘江滨的《火炬高擎》等，以参与者和亲历者的身份，讲述各自不同的专业闻见和心灵记忆，它们联袂而行，折映出新中国日臻强健的精神创造力与文化软实力；而丁晓平的《为什么是人民的胜利》，则立足时代的高度，以精练不失严谨，生动兼具雄辩的陈述告诉人们：新中国是如何诞生的？同时重申新中国的诞生说到底是人民的胜利！从而完成了一次有深度也有新意的新中国解读。

对于许多散文家来说，新中国是一片生我养我、伴我成长的原乡厚土。在这片土地上，山岳河流，日月星辰，春风秋雨，绿树红花，还有数不胜数的物宝天华，人杰地灵，同散文家血脉相连，进而与他们的家国之爱交织缠绕，互为生发，彼此成全。于是，千江有水千江月，万里风光万里情，拥抱湖光山色，吟咏圣地遗址，踏访红色踪迹，成为新中国散文抒发爱国情怀的又一基本样式。

冰心的《绿的歌》，作家的思绪在意象中穿行，由象征辽阔庄严的蓝色大海，到“化作春泥更护花”的枫林红叶，最终她陶醉在南国的绿色之中，而这绿色，是“浓郁的春光，蓬勃的青春，崇高的理想，热切的希望”，一言以蔽之，它是祖国和民族的化身。叶圣陶的《游了三个湖》记述作家在新中国成立初期重游玄武湖、太湖和西湖的感受，其笔墨所至勾勒出三处风景的个性之美，同时也写出了这独异风景中发生的一些新变化：疏浚湖底、美化环境、增添工人疗养院，由此传递出社会进步为自然风光的锦上添花。刘上洋的《波涌浪卷西沙情》、艾平的《在那百花盛开的草原上》，都是将家国情思与风光美景融为一体的佳作。其中前者聚焦西沙群岛，一支健笔或写碧海蓝天，或写小岛绿意，或写南海渔民的文明遗迹，或写收复西沙的光荣战史，视线转换间总有一种国人的自信与自豪沛乎其间。后者落笔呼伦贝尔大草原，其亦秀亦豪的笔触，写草原的美丽，也写草原的富庶；写草原的欢腾火热，也写草原的天人合一，所有这些都充盈和浸透着源于作家心底的草原之爱，而草原之爱说到底，仍然是一种国家和民族之爱。

在新中国散文中，足以同百态千姿的自然风物相媲美的，是星光璀璨的社会和人文景观，不少作家的灵思高情浇灌于此，同样留下了精彩的篇章。你看，广州的花市姹紫嫣红，鼎沸的人气饱含着时代的生机（秦牧《花城》）；在改革开放的日子里，无论北京还是北海，都越发显示出文化的浑厚以及各自特有的精气神（陈建功《双城飞去来》）；中国的农村也经历着巨大变化，一些走在时代前列的地方，正以种种尝试呈现出现代生活的美好雏形（高洪波《那些年，我走过的乡村》）。北乔的《茶在高原》、陈涛的《“浪山”》，是作家在扶贫帮困一线深入体察和扎实工作的收获，其或细腻或健朗的文字，不仅绘制出一方边地的人情物理和风俗习惯，而且揭示了艰难生存中依旧存在的美好人性与浪漫风情。

江山就是人民，人民就是江山，新中国是人民的新中国，人民既是新中国的主人翁，更是新中国的建设者和奉献者，因此，聚焦作为国家主人翁的人民群众，抒写其忘我劳动，描绘其感人场景，礼赞其圣洁心灵，讴歌其崇高精神，便是散文家向着祖国放歌的恒久话题与天赋使命。

沿着这样的思路，我们在散文家笔下，同许多新中国最可爱的人不期而遇：拼上性命带领民众同贫困和灾害作斗争的焦裕禄，以及用镜头见证焦裕禄兰考岁月的刘俊生（高建国《他用镜头见证焦裕禄的兰考岁月》）；不怕困难，不怕牺牲，创造条件，拼命拿下大油田的“铁人”王进喜（贺抒玉《我心中的石油河》）；用生命诠释青春与道德真善美的好战士雷锋（江子《怀念一张脸》）；无怨无悔，数十年如一日，把一生献给国防科研的“两弹”元勋邓稼先（沈俊峰《假如可以再生，我仍选中国》）；用一粒种子改变世界，把中国人的饭碗牢牢端在自己手中的袁隆平（马万里《袁隆平，用一粒种子改变世界》）。覃祥官是一个普普通通的乡村医生，为了方便农民就医问药，他不辞辛苦，不计酬劳，甚至不避烦难和风险，率先进行农村合作医疗的尝试，最终获得国家领导人的肯定和支持（温新阶《一个雨夜的光芒》）。还有被誉为“最美奋斗者”的赵梦桃（和谷《梦桃之花》）；在烈火中抢救国家财产，不惜献出生命的向秀丽（郁茹《向秀丽》）；为改变生态环境付出几代人艰辛劳动和不懈努力的塞罕坝职工、毛乌素沙漠治沙群体……

新中国英雄辈出，在这个群体中，除了万众瞩目、名声远播的时代楷模，还有更多默默无闻埋头奉献的普通劳动者，他们没有英雄的光环，却仍然是真正的英雄——无名英雄。因此，他们同样收获了散文家的热切关注。于是我们看到：含辛茹苦，呕心沥血，在一盘土炕上送走了十二茬山村小学生的女教师贾淑珍（梁衡《热炕》）；勇敢走出家门，积极投身社会变革，在尝试乃至失败中成长的贾喜芳、“大芳子”们（吴媛《鹞子河边的女人们》）。剑钧的《静水深流》打开母亲的记忆，再现了当年志愿军战士舍生忘死保和平的动人场景；周文的《春风满江右，心灯暖洪城》透过作家的闻见，让坚持二十六年，办好城市书店，点亮市民心灯的万国英走到前台。还有李晓君笔下品德高尚的出租车司机（《出租车》），黄璨笔下常年工作在巷道里却依旧乐观勤劳的采矿工人（《地深处的路》）等。毛泽东主席有诗曰：“数风流人物，还看今朝。”窃以为，这正可以借来形容新中国历史天幕上人文荟萃、群星璀璨的生动景象。

共和国步履铿锵，新时代任重道远。习近平总书记指出：“历史和现实都告诉我们，一场社会革命要取得最终胜利，往往需要一个漫长的历史过程。只有回看走过的路、比较别人的路、远眺前行的路，弄清楚我们从哪儿来、往哪儿去，很多问题才能看得深、把得准。”这是历史的经验，也是时代的要求和人民的心声。让我们站在新的历史起点上，倾听人民的意愿，拍合时代的节律，用自己更富有创造性的劳动，努力写出更多更好也更富有艺术创造力和感染力的散文篇章。

目　录

五星红旗在天安门前升起

李水清

朝霞托着红日，徐徐地从东方升起。倏然间，在这世界的东方，遍地金灿灿，万物都发光，闪光的山，闪光的水，闪光的树，闪光的屋……

1949 年 10 月 1 日，我们伟大的中华人民共和国诞生了。

这天一大早，我们全师指战员，穿着崭新的军装，持着缴获的各种美式武器，满怀兴奋，列队肃立在天安门前。天安门焕然一新：光亮耀眼的琉璃瓦，吊着金黄流苏的大红宫灯，朱红的宫墙，汉白玉的玉带河桥，秀丽挺拔的华表，都放出夺目的光彩。天安门，真是雄伟壮丽，气象万千！挂在天安门城楼上的毛主席巨幅画像，是一切的中心，赋予天安门以新的生命，新的意义。广场上彩旗飞舞，欢声雷动，从长期禁锢着的岁月中得到解放的各族各界人民，张着笑脸，参加这亘古未有的开国大典，庆祝祖国的新生。参加检阅的部队，人人精神抖擞，意气风发，等待着毛主席等党和国家领导人的检阅。虽然我们都刚从战火纷飞的前线赶来，还带着满身的硝烟，但是，整齐的行列，雄壮的阵容，充分显示了我军的强大。中国人民就是凭着这样一支由毛泽东等同志缔造的英雄部队，战胜了国内外强大的敌人，取得全国的胜利。

“轰！轰！轰……”五十四门礼炮齐鸣了二十八响。

二十八响，二十八年啊！我们党经历了多么艰难曲折而又漫长的道路，领导着中国人民，前仆后继，英勇奋斗，终于扳倒了压在中国人民头上的三座大山，推动了时代的巨轮，争得今天！

庄严嘹亮的国歌声，响彻天安门上空。人们屏息凝神，望着一面巨大的五星红旗，在天安门前冉冉升起。红旗，无数烈士鲜血染成的红旗，由敬爱的毛主席亲手升起。红旗的色彩，鲜艳绚丽，红旗的光辉，铺天盖地。占人类总数四分之一的中国人民从此站起来了，开始了自己新的世纪！

望着迎风飘扬的五星红旗，思绪起伏，像江河横溢。是兴奋，是欢乐，是幸福，是感激，一行行热泪，顺着面颊，滚滚落下。

二十一年前，我还是个十多岁的孩子，在我的家乡井冈山下吉水县的一个小村里，第一次见到了像这样的红旗。那是毛委员带领的中国工农红军把它插在我们村头。我也第一次看到了这样的五角星，那是闪烁在每个红军同志帽子上的小红星。那时候，革命还只有一点小小的力量，几小块红色根据地，兵力不过数千，武器更缺，百十个人的连队，只有十几支步枪，几支还是破的，其余的都是梭镖、大刀。我参军了，因为年纪小，连大刀也分不到一把。我好像受了很大的委屈，闹着向连长要把大刀。郭永新连长安慰我说："同志弟，别怄气，将来全中国都是我们的，还愁没有一把刀。只要我们跟着毛委员，胜利很快就会来的。"我相信连长的话，革命一定胜利。但是，在四周强大的白匪军时刻对我们进行"围剿"的情况下，尽管我们无时不在盼望着、憧憬着胜利欢腾的一天，胜利却显得十分遥远。然而，革命的发展，正如毛委员所说："星星之火，可以燎原。"今天，井冈山上的火种，已经燃遍全中国。在茫茫大海中漂行的航船已经到达胜利的彼岸；躁动在母腹中的婴儿已经呱呱坠地；喷薄欲出的红日的光辉已经照耀人间。

"中华人民共和国中央人民政府今天成立了！"

随着这浑厚洪亮的声音，广场上响起了震耳欲聋的欢呼声和鼓掌声。千万颗被胜利冲击着的热烈的心，发出千万声欢呼：

"中华人民共和国万岁！""中国共产党万岁！""毛主席万岁！"

在千万人的欢呼声中，苦难的生活结束了，旧中国彻底灭亡！幸福的生活开始了，新中国矗立在世界东方！

毛主席宣布了中华人民共和国中央人民政府的诞生。这开天辟地的第一声，是四亿七千万中国人民心底的共鸣。这一天的到来多么不易，却又显得这么突然迅速。我极力控制着自己的感情，睁大眼睛看着天安门城楼上毛主席高大身躯，耸起耳朵听着毛主席洪亮的声音。这身躯多么熟悉，这声音多么亲切。毛主席，中国革命的舵手！是他打着革命的红旗，引导我们克服了重重艰难险阻，从胜利走向胜利。在这幸福的时刻，艰苦年代的记忆常常顽强地萦绕在心际，情感的锁链，牵着我走向遥远的过去。

长征路上，雪山、草地，我们一步一个泥窝，艰难地前进。正走着，一位倒在泥沼中的同志忽然坐起，高举两手，把半袋子炒青稞递到我的手里，说道："革命，一定胜利！可惜我不能继续前进。这个还能为革命出力，拿去，它能帮助同志们走出草地！"

我望着他过雪山时冻坏的双脚，青紫肿胀，有的地方已经溃烂化脓，实在难以走动。我哽咽地叫了一声："同志哥，来，我们轮流背你，你看……"

随着我的手指，他两眼向前望去：天边一抹红霞，茫茫草地的尽头，飘着一面红旗，红旗下走着一个高大的身躯。他两眼闪闪发光，霍地从泥沼中站起，捶着自己的脑袋："我想的什么啊！走吧！"我们架着他向天边走去……

红旗就是火炬。我们以超乎寻常的毅力，经历了无数艰险，征战二万五千里，越过人迹罕至的雪山、草地，完成了史无前例的英雄壮举！从此，革命像骑上千里骏马，叱咤风云，驰骋东西。八年烽火连天的抗日战争，三年半风起云涌的解放战争，我们都取得了胜利。千河入海，万水归川，所有的胜利汇聚成毛主席亲手升起的这面灿烂的五星红旗。真理的旗，胜利的旗，幸福的旗！

盛大的阅兵式开始了！天空掠过展翅翱翔的银鹰，地上是轰隆前进的铁流。旗的森林，人的海洋。"八一"军旗在前面招展，后面紧跟着陆海空三军，一列列，一行行，迈着整齐的步伐，向着主席台前走去。望着这强大的人民武装，想起自己为了一把大刀又哭又闹的情景，不禁好笑。我怀着一颗怦怦跳动的心，昂首挺胸，迈步前进。

在我们的行列里，有的是来自井冈山上的老红军；有的是在敌后坚持过八年抗日战争的八路军、新四军的战士；更多的是来自黄河两岸、大江南北解放了的祖国大好河山的子弟兵。这就是一部活的革命史，记载着人民解放军的光荣历程。

阅兵式是庄严的，盛大的，它给我们带来了光荣和自豪，我们将永远记住这一天，这是我们开国大典的一天，我们胜利的一天！我们也将永远记住，我们胜利了，我们来了，还有多少同志却没有来到这里！他们没有等到今天就献出了宝贵生命！郭永新连长啊，今天我分外想念你！在草地，我们刚淋过一场冰雹骤雨，疯狂的敌人骑兵突然向我们袭来，郭连长带领我们迅速占领了稍有起伏的阵地，勇猛地向敌人还击，掩护主力前进。敌人在我们打击下溃退了，郭连长却负了重伤，已经奄奄一息，昏迷中还大声呼喊："坚决打！前面是党中央和毛主席！"郭连长醒了，看到我满脸泪痕，轻轻地责备说："哭什么？同志弟，革命就是要用流血牺牲来换取！我不行了，你们快跟上，跟上红旗，跟上毛主席，胜利……"话没说完，双目已经紧闭。我们抑制着悲伤，没有哭泣，掩埋好郭连长和其他烈士的尸体，从地上站起，擦干身上的血迹，继续走他们没有走完的道路。还有多少倒下的战友啊！今天他们虽然没有来到这里，但他们永远活在我们的心里，仿佛就在我们身边，一步不离地同我们并肩向前。

伴随着"唰唰"的脚步声，毛主席的教导又回响在我们的耳旁：现在的胜利，只是万里长征走完了第一步，更伟大、更艰苦的道路还在前面。

我们遵循着毛主席的教导，迈开大步，向着红旗指引的方向，继续勇往直前！

（选自《将帅美文选》，中国言实出版社 2017 年版）

给上海人的一封信

——毛主席和我们在一起

杨　刚

亲爱的上海兄弟姐妹们：

我必须把这篇通讯直接写给你们，才能够把这一次首都人民庆祝中央人民政府成立大会上的一切尽可能真实地传达给你们。说尽可能真实是容易的，要做到，可是很难。因为十月一日这一天是太伟大，太丰富了。甚至在今天，二十四个小时之后，它的余风还在。街上还是红红绿绿的跳舞队，秧歌队，游行队。二十四个小时之后，依然满街都是红旗，都是锣鼓。从湖北来的老先生、老太太摇头赞叹，说昨天那一场大会是“从来没有过！从来没有过！”从上海来的老先生说：“啊，总算活到了这一天，见到了！”从华北来的人激动得发不出声音，只是连续地、低低地赞叹：“啊，好伟大呀！好伟大呀！”从华南来的人也说：“这是有生以来没有见过的啊！”上海的兄弟姐妹们，你们晓得陈毅市长。昨天，陈市长望着天安门前红旗的大海激动地说：“看了这，总算是此生不虚了！”这是确实的。昨天天安门广场的大会完全具体地表现了一个初诞生的新国家的气象和本质：伟大，庄严，团结，民主，尤其是领袖与人民的融合一致。它使人人相互亲爱，使人人要求向上，要求自己学好。

广场是南北从中华门到天安门，东西从太庙到中山公园的一个大十字。全场容量有的说是二十万人，有的说是三十万人。新造的旗杆在广场内正对天安门。人民英雄纪念碑的奠基地点在旗杆以南。在开会以前向筹委会登记要参加庆祝大会的人数太多，筹委会怕广场不能容纳，再三限制下来的结果，光是从旗杆到中华门，即十字形垂直线的下半截，那一部分所登记的人数已经是二十万。十字形的横臂那一部分，除了一条马路之外，御河内外以及马路外边全是队伍。军队还不算在内。因为军队是四个师，根本就不在广场里面，广场外面两边街道上还有没能入场的群众队伍。即便是经过了限制，广场还是容不下这么多人。群众要求带锣鼓音乐队也不能办到。因为如果是几十万人都在场上打起锣鼓、扭起秧歌来，大会也就无法开了。事实上到后来，群众自己的呼喊已经大大地补足了锣鼓的声音。

队伍从早上六七点钟就到了广场，按照预定的地点排列。农民队伍是四五点钟就从乡下动身来到天安门，参加这个他们第一次能够参加的大会。远远望去，整个广场上红旗翻卷像红海奔腾。在红旗下面，一片片的是穿了各种颜色衣服的队伍。有的是深蓝色，有的是浅蓝色，有的是浅黄，有的是灰色，清清楚楚好像是精工规划的花圃一样，丝毫不相混杂。广场前面，白玉桥两边搭起了两座台。一座指挥，一座是昨日早上刚刚到北京的苏联代表团。再前面就是天安门城楼上毛主席和中央人民政府的各位领袖。

红旗飘卷，队伍静候。正在这时，城楼上面主席台前忽然发出了有历史意义的庄严声音。山鸣谷应，四处都响起惊天动地的声音。中国人民伟大的领袖、中央人民政府毛泽东主席宣布中华人民共和国中央人民政府成立了！于是广场上的欢呼声立刻翻江倒海地爆发与城楼上互相呼应。这时候，按照预定程序，主席亲自升起了中华人民共和国的五星红旗！这是经过电流来操纵的。在城楼上有一个电钮开关，按相反方向写好了“升”“降”二字。主席把电钮拨向“升”字，我们的红旗就顺了旗杆自己向上飞升。主席看着旗子，说：“升得好！”主席说出了我们千千万万翘首瞻仰旗子的人的心里话。我们的旗子从此是端严而稳重地向上升了。它升得好！

接着礼炮惊天动地地震响起来。每发巨大震响，据说都是由五十四尊大炮同时发出来的。这五十四尊炮的数目据说是用以代表政协五十四个单位。五十四尊炮连续发出二十八响礼炮，那声音真是山摇地动，象征全国人民坚强而雄伟的团结力量。

掌握着人民坚强而雄伟的力量，主席向人民、向全世界读了政府第一号公告，确定地指出中央人民政府是代表中国人民的唯一合法政府，它愿意与任何遵守平等、互利及互相尊重领土主权等项原则的外国政府建立外交关系。这对于帝国主义国家，尤其是整天想封锁中国、扼杀我们的美帝国主义，将是难题，会使它头痛又头痛。

转眼就是阅兵了。四个师的部队全在广场外面东边等候。总司令下令阅兵时，四位野战军的将领分列左右，站在总司令旁边。第一野战军是贺龙将军，第二野战军是刘伯承将军，第三野战军是陈毅将军，第四野战军是罗荣桓将军。阅兵令下，就由原来在广场东端站在指挥车上的聂荣臻将军引导，四个师以连为单位，列成方阵，由东而西，缓缓入场，一个接一个地从主席台下白玉桥边走过去。队伍的服装、颜色、队形、行动完全整齐一致，每一个方阵都像一个人一样行动。甚至于连马队里所有马的腿脚都是一出一进完全一致的。所有成排的坦克、大炮、汽车，都是比齐了一字形地前进，绝无任何参差，使一字显得没有丝毫歪曲。当阅兵进行的时候，整个人山人海、红旗飘扬的广场屏息无声，只有军乐队演奏《人民解放军进行曲》，雄壮的乐声和整齐的步伐声配合，在大地上动荡。正在这时，十四架飞机飞临上空，广场爆发了如雷的掌声。

当广场上的人民队伍分队出发时，已经开始黄昏。星星点点，灯笼火把接二连三地燃了起来，很快整个广场在夜色中透明了，并且闪耀着红的星星，黄的星星，紫红的，大红的，金黄的，橙黄的，愈向夜，广场愈益像大地自身活了一样，遍地灯笼火把颤颤跳荡，像人民无边无际的欢乐和希望化身在我们面前跳跃。队伍分东西两个方向，向外出动。蓝色的拿着紫色灯笼的队伍，黄色的拿着大红灯笼的队伍，灰色的拿着金红火把的队伍，浅蓝的拿着深桃红灯笼的队伍，还有黑色的拿着黄色灯笼的队伍，蜿蜿蜒蜒，交互环绕，像一幅巨大的活动的织锦，各按各的方向走出会场，丝毫也不发生混淆或者紊乱的状态。队伍行动时唱着歌，但更多的是喊口号，而且时常是连续不断地喊着："毛主席万岁！"这使得广场不但是以颜色和光辉活跃着，同时它还在连续不断地发出巨吼！地面这时又从许多角落放起了无数五彩照明灯球，使整个开了灿烂的光明的花朵。

毛主席一直是和人民在一起的。从下午三点到晚上十点，主席一直是站在城楼边上望着下面的群众。他的脸上时而庄严，时而微笑，他的手几乎永远是高举起来，向群众有力而迅速地摆动，时时刻刻听见他向着群众高呼，这是一种人民共同的呼声。他的半个身子时常是伸出栏杆外面去举手招呼群众。在这里完全看出主席是怎样全心全意地热爱人民，他的这些动作，完全是由于他内心深处对人民强烈的、阶级的爱，使他自自然然就会这样随时不断满含着召唤地高呼，使他的手老是要举起来招呼人民，使他像母亲一样地向人民把身子伸出栏杆外面去，要把他们看得更清楚一点。

广场上川流不息的群众最初似乎没有看到城墙上自己的领袖在招呼他们。因为城楼上的灯光并不是很强的。他们一面呼着口号，一面走到面对城楼的时候，就要站住，更高地呼喊。当他们呼喊“毛主席万岁！”的时候，主席就从播音器里面高呼：“同志们万岁！”并且时时用亲切的呼声和群众的呼喊相应和。很快，群众就发现了自己的领袖还在他们中间，并且用高呼和他们说着最亲切的言语，他们立刻就要求打破原来向东西分走的路线，而要一直朝北过白玉桥向天安门城楼走来，然后再由白玉桥上转出去。他们的要求成功了。于是一条条红色的火龙似的群众队伍都向主席走来，他们挤在桥上，拼命从肺腑里发出声音呼喊：“毛主席万岁！”主席从城楼上回答他们，楼上楼下一呼一应。群众是欢呼跳跃，主席温厚而慈祥的手在空中摇动不停，累了，便另换一只手，他的全身凝聚着力量，他的脸上发出庄严而慈祥的光辉。有人害怕主席会疲倦，但主席丝毫也不觉得，放了椅子在他背后，他也不肯坐下去。这时候，领袖和人民的完全融合一致具体显现出来，一种伟大的、严肃的、温柔的幸福之感贯穿着人们的全身。有人哭了，有人暗暗地赞叹不已：“怎么知道中国还有这一天呢！”

这时候，原来已经出了广场的许多人听到这样情形，又回来了。他们是很早就出了广场参加了游行的。他们的队伍已经散了，但是又集合了走回广场来。是队伍，就自己在广场上重新摆起方阵，奏起军乐。是一般人民，就集合了走到桥上来大声喊口号，大声唱歌，尽情欢乐地跳跃舞蹈。大会指挥在播音台上再三地劝告他们回家去休息，才逐渐地散去。

亲爱的上海兄弟姐妹们，我不能不把这个伟大的日子这样烦琐地报告你们。这是由于我无能的笔没有法子把像昨天，乃至于毛主席领导建立国家的这十天以来的历史时间恰如其分地向你们转述。但是我确信有一点是真的，那就是：

我们几千年来的希望，我们几千年来的要求，要一个独立、民主、和平、统一、富强五者俱备的国家的要求——在过去常常被人称为是白日大梦，或者是唱高调，现在这个几千年的大梦一定会实现。昨天我亲眼看见的庆祝大会，就是保障。

（原载《大公报》1949年10月6日）

“中国人从此站立起来了”

——中国人民政协第一届会议特写

李　庄

“占人类总数四分之一的中国人从此站立起来了。”毛主席在首届中国人民政治协商会议的开幕词中说：“我们团结起来，以人民解放战争和人民大革命打倒了内外压迫者，宣布中华人民共和国的成立。”

这是人民民主新中国开基立业的盛典。这个盛典是1949年9月21日，在人民首都北平举行的。毛主席宣布这个盛典正式开幕，乐队立即奏起《人民解放军进行曲》，礼炮在会场外隆隆齐鸣。这是胜利的声音，我们在艰苦的斗争中深深地懂得，胜利是不容易得来的。中国共产党成立了二十八年，人民解放军建立了二十二年，从开始到现在，一直领导全国人民，和国内外的敌人艰苦地战斗着。这二十多年，使青年变成中年，中年变成老年，多少烈士为革命而英勇牺牲了，但是，人民终于胜利了，打出了一个人民民主的新中国。于是全国人民表示竭诚拥护共产党、毛主席和解放军，全场代表也毫无例外地热爱、尊敬共产党、毛主席和解放军。中共代表团在大会上，成为党派代表的首席。毛主席进入会场时，全场起立鼓掌达两分钟之久。他的开幕词经常为热烈的掌声所打断。人民解放军的代表——战斗英雄李国英、魏小堂、魏来国、刘梅村被选入主席团，他们登上主席台时，全体代表热烈鼓掌欢迎。陈毅将军讲话时，“代表中国人民解放军全体指战员表示无条件拥护人民政协大会”，他说：“中国人民解放军随时准备着，听候中央人民政府的调遣，为消灭残余敌人和保卫新中国的独立自由而奋斗到底。”人们热烈地鼓掌，感谢新中国的坚强保卫者，深庆人民政协得到了这个可靠的柱石。

宋庆龄先生在会上讲话，她说，人民政协的成立“是一个历史的跃进”。真的，从去年“五一”中共提出召开没有反动分子参加的政治协商会议的号召以来，到现在只有一年又四个多月的工夫，时间不长，中国的情势却大变了。人民解放军神速地胜利进军，全中国的优秀人物都涌向解放区，涌向中共中央所在地的北平。中共的领导加上全国民主力量的团结，使得革命胜利了，人民政治协商会议召开了。会场的一切，都反映了这种真实的情况。

宋庆龄、何香凝、张澜、黄炎培、高岗、李立三、赛福鼎、张治中、程潜、司徒美堂等先生讲话时，一致赞扬中共与毛主席的英明领导，坚信全体人民一致团结，共同奋斗，人民新中国一定建设成功。看吧！在主席台上，悬挂着孙中山、毛泽东的巨幅画像，巨像中间是人民政治协商会议的会徽。会徽正面为一地球，地球中间是一幅红色的中国地图。地图上面有四面红旗，象征四个朋友，地球左右饰以麦穗，地球上面饰以车轮，麦穗与车轮表示着农民和工人，车轮中间缀以红色五角星，象征着工人阶级的领导。整个会场是这个会徽的具体表现。六百多位代表，包含了中国人民民主统一战线中各阶级、各民族的代表人物。党派代表的席位在主席台右前方，中共代表位第一排，毛主席为首席。主席台左前方为部队代表的席位，人民解放军总部位第一排，朱总司令为首席。解放军后面是特邀代表，区域代表和团体代表的席位在党派和部队代表的两旁。大会济济一堂，真是空前的民族大团结。阶级的团结、民族的团结已经从人民政治协商会议的共同纲领上充分地表现出来了，即以年龄而论，也同样说明了这种情况。何香凝和廖承志母子两人，都是政协的代表。萨镇冰已经九十二岁了。中华全国学生联合会的代表晏福民，只有二十一岁，还不及前者的四分之一。大家团结起来一起奋斗，这就保证了在怀仁堂举行人民新中国开基立业的大典，封建帝王和蒋家小朝廷的宫殿变成人民的议事厅。

人民把会场布置得朴素而壮丽。会徽后面衬着杏黄色的幕布，在中国，这种颜色是象征庄严与伟大的。会场照明全用水银灯，一个接着一个，两廊下排着红色宫灯。新华门油漆一新，鲜红夺目，两边竖着八面红旗。门下挂着巨大宫灯。这一切，都给人们一种富有生命力的印象。中华民族本来是富有生命力的民族，过去被帝国主义、封建主义、官僚资本主义束缚着不能发展，现在真正解放了，相信不要很多时候，新中国就会建设得很好。各方面送给大会的贺幛中，充满了这种赞美与自信。民主朝鲜全体华侨送给大会的贺幛上，精致地绣着彩色的毛主席像，绣像的背景是中国共产党的党旗，还有一座工厂和几部拖拉机。旗上还绣着“庆祝新中国诞生，在毛泽东旗帜下前进”的字。这幅图案表示：工业的中国，独立、自由、富强的新中国在向我们招手了。

全世界的进步人士都在注意着我们，向我们欢呼庆祝。国内外的敌人也许在阴暗的角落里正对我们诅咒着。但是，我们有力量，有信心，“让那些内外反动派在我们面前发抖罢！”（毛主席在大会开幕词中语）

（原载《人民日报》1949 年 9 月 22 日）

我参加了开国大典

肖　凤

今年春节后，我应《北京晚报》编辑之约，写了一篇纪念北平和平解放60周年的文章，此文发表在4月13日的《北京晚报》上。中国教育电视台的一位编导看到了那篇拙文，便带着她的节目组来我家录像，让我给孩子们讲讲当时的故事，他们制作成了上下两集节目，于几天后播出。之后不久，香港凤凰卫视中文台的一位编导也在网上看见了那篇拙文，他也带着一个节目组来我家录像。这两个节目组的主持人，在让我讲述1948年至1949年初老北平的情景时，都让我谈谈1949年10月1日参加开国大典的情况。他们不约而同地问了相同的问题：您能够亲身参加开国大典，是不是觉得很幸运？

这让我想起了当年。

六十年前，1949年的秋天，我还是一个未满十二周岁的少年，是北京师大女附中初中一年级的学生。

秋季，是北京最美的季节。10月1日那一天，天高云淡，晴朗明媚。

我和同学们于午饭前接到通知，饭后要换上制服，到操场集合。制服是白衬衫蓝裤子，白袜子黑鞋。集合后，发给每人一盏红灯笼。这盏灯笼是用红纸和竹竿结扎成的，五角星形，灯笼里面插着一根小蜡烛，灯笼上面有一条长长的竹竿，用手提着它。

整顿好队伍，校长和老师就带着我们出发了。走在队伍最前面的是旗队，由高中的一些师姐组成，她们都穿着浅蓝色的衬衫和白裤子，每个人的手里都举着一面红旗。我们最小，走在队伍的最后面，我们后面还有殿后的年轻老师们。从西单大木仓胡同的校园，步行到天安门广场，一会儿就到了。我校的队伍到得较早，校长命令所有人员，原地坐下。

当时的天安门广场与今天的天安门广场大不一样。没有人民大会堂，也没有历史博物馆和人民英雄纪念碑。中间的广场上，仅是一片黄色的土地，东西两边都围着高高的红墙，围墙的样子跟故宫的围墙很像。在天安门城楼的两侧，东西长安街交汇处的东西两边，还各有一座“三座门”，三座门其实就是一个有三个门洞的牌楼，东边的三座门位于太庙（现北京市劳动人民文化宫）南门的前面，西边的三座门位于中山公园南门的前面。那时候的北京城方圆很小，现在的二环路以内是城里，二环路以外就是郊区了。所以，当时的东西长安街也都很短，东至东单牌楼，西至西单牌楼。东单是个丁字路口，再往东去就是小胡同，或者郊外的农田；西单也是一个丁字路口，再往西去，就是条条小胡同，到了复兴门外，也是郊外的农田了。与今日的长安街延长线相比，真有天壤之别。

话说 1949 年 10 月 1 日那一天的下午，我们坐在天安门广场的黄土地上，静静地等待着。渐渐地，就见广场上和马路上的人群愈聚愈多。当长安街的马路上和我们所在的广场上，都被队伍站满了以后，校长命令我们：全体起立。每个人的裤子上都粘着黄土，但是没有一个人拍拂，大家都安静地站着。

一会儿，耳边就传来了“嘭”“嘭”的礼炮声。接着，扩音器里就传来了讲话声。讲话声是从天安门上面传出来的，天安门位于长安街的北侧，我们站在长安街南侧的广场上，我和同班同学的位置又在校队的最南端，二十世纪四十年代末的扩音设备与今天的技术无法同日而语，所以，谁在讲话，讲的什么话，当时并没有听清楚。准确的消息，是从第二天的新闻报道中得知的。我们每天上早自习时，都要听北京人民广播电台的新闻广播，上晚自习时，要阅读当天的报纸。那时候的媒体很少，我国尚无电视台，不像现在这样丰富多彩，广播电台才是当时我们获取信息的最主要渠道。

等到天安门城楼上的仪式进行完毕，天色已经渐渐地黑下来了。我们立刻点燃了灯笼里的小蜡烛，开始列队游行。无数的红灯笼组成了闪亮流动的红光，煞是好看。当我从围墙里的土场，走到天安门城楼下面的时候，我拼命地踮着脚，向上面望去，想用视力2.0的双眼，看清楚城楼上的人。可是因为城楼太高了，我太小了，而那时的照明条件也无法与现在的相提并论，游行队伍又不准原地踏步，尽管我用力地把脖子向右边和后边扭动，也只能看出一个大概的轮廓。我只好把手中的红灯笼高高地举起，跟着学校的队伍，从天安门城楼下，走回到了位于辟才胡同的女生集体宿舍。

从这一天开始往后，每一年的“十一”国庆日和“五一”国际劳动节，我们都要参加庆祝游行活动。每次都是凌晨起床，吃过早点，整队出发，步行着，从西单附近的校园绕道北面抵达东单，等待。轮到学生队伍时，从东单向西走，到了东边的三座门就开始走正步，经过天安门广场时向右行注目礼，过了西边的三座门后改成普通步伐，回校。上了高中后，我的身高已经长到了一米六五，与同样身高的同窗们一起，多次被选入最前面的国旗护旗队，手捧鲜花，走过天安门。

我是一个老北京的孩子，又于1949年的夏天考上了北京市内最著名的也是最古老的女子中学，有机会亲身参加了这样一个重大的历史事件，这是我人生中的一大幸运吧。我就如此地回答了那两位主持人的提问。

2009年8月于北京

（选自《肖凤文集·散文卷》，中国传媒大学出版社2011年版）

亲历第一面五星红旗诞生的人们

黄丽巍

北京，天安门广场，每天清晨，伴随着旭日的第一道霞光，五星红旗在庄严的国歌声中冉冉升起。今天，这个周而复始的固定程式，成为国家的象征，更成为每个中国人心中一道圣洁绚丽的风景。但对于五星红旗诞生的始末，却不是所有人都了解。

新中国成立后，笔者曾任中华人民共和国华侨事务委员会副主任。在自己的经历中，最感到自豪和幸福的是，1949 年参与了新中国新政协会议的筹备工作，见证了国旗、国歌、国徽、纪年、国都的诞生过程。

1949 年 4 月，英勇的中国人民解放军“百万雄师过大江”，当挂在南京伪总统府上的“青天白日满地红”落地之时，一个象征新中国主权和尊严的标志——国旗，已在党和革命人民心中开始描绘。

1949 年 6 月 15 日，新政治协商会议筹备会在北平（今北京）中南海勤政殿开幕。筹备会设立了六个小组，分别进行新中国成立的各项准备工作，其中第六小组负责拟定国旗、国歌、国徽、纪年、国都等方案。第六小组组长是著名教育家、中国民主促进会主席马叙伦，副组长是当时北平军管会主任、市长叶剑英和作家沈雁冰（茅盾）；组员有张奚若、田汉、马寅初、郑振铎、郭沫若、翦伯赞、钱三强、蔡畅、李立三、张澜、陈嘉庚、欧阳予倩、廖承志等共 16 人。彭光涵当时担任了第六小组的秘书，是第六小组中年纪最小的，当时他31岁。

彭光涵说："当我知道自己被委任为第六小组秘书时，心情非常激动。议定新中国的国旗、国歌、国徽是一件具有历史意义的工作，自己能和第六小组的成员和专家一起完成这项光荣的任务感到十分荣幸。"由于感到自己缺乏有关国旗、国歌、国徽等方面的知识，在叶剑英的指点下彭光涵拿着政协筹备会的介绍信到北京图书馆、北京大学和清华大学图书馆搜集第二次世界大战前后各国的国旗、国徽图样，为以后的甄别工作奠定了良好的基础。

1949年7月15日，《人民日报》等七家报纸开始刊登政协筹备会关于征集国旗、国歌、国徽等方案的启事。国内解放区各报纸、香港及海外华文报纸也立即转载了这个启事。征集启事发布后，在全国各族人民、港澳同胞和海外华人中引起巨大反响，各阶层人士热情应征。当时，朱德总司令、历史学家郭沫若、诗人艾青也都亲自设计了国旗图案。件件样稿倾注着像儿女对母亲那样的挚爱深情，倾注着对即将诞生的人民共和国无限拥戴的热忱。

有一位当年曾冲杀在战场上的战士，在一篇文章里详尽记叙了人民解放军战士怎样在阵地、在战壕里讨论应征国旗图案的情景："我们利用战斗空隙，就在阵地上、战壕里，在枪炮声中开起了讨论会。大家不光对国旗图样各抒己见，还谈了不少激动人心的感想。战士们纷纷憧憬在新中国成立那天能手握钢枪胸佩立功奖章，在国旗下庄严地照一张相……"

生活在海外的侨胞，抱着深切的爱国之情，精心地设计出一幅幅国旗图案，从美洲、印尼、马来西亚、朝鲜……飞向北京。在不到一个月的时间里，从遥远的美洲寄达的国旗图案就多达二十三幅。

彭光涵和筹委会工作人员每天都加班加点拆封审阅、登记、统计全国和国外各地群众寄来的图稿。截至8月20日，仅国旗的应征方案就达1920件，图案2992幅。每天上午，彭光涵都在中南海办公室把拆看、分类、登记后的来稿用自行车送到北平饭店413房会客厅。这是第六小组日常工作的地方，厅很大，室内桌面上分类摆着应征图案，后来稿件多了，桌面不够用，稿件只好摆在地毯上，铺了满满一地。当时正是8月酷暑，按说北平饭店的环境已很不错了，但降温也只能用电风扇，可电扇一开，满桌满地的稿件就凌空飞起，这样大家只好摇着纸扇，汗流浃背地苦干。1949 年的 8 月中旬，北平饭店 413 房间被辟成临时选阅室，陈列着 3012 幅应征的国旗图案供与会的政协委员进行初评。

委员们一致看好三幅红底黄色的图案——第一幅是上面一面金色的大星，旗下 1/3 处是一条黄色的横杠；第二幅是上面一颗金色的大星，下面两条横杠；第三幅是上面一颗大星，下面三条杠。

说明书上写道：金色的大星代表中国共产党领导的联合政权，第一条横杠代表黄河、第二条横杠代表长江、第三条横杠代表珠江，意为共产党领导下的新中国。

五星红旗图案在第一轮的筛选中就被淘汰了！以后的故事叫“死而复生”。

对于群众的来稿，小组成员经过讨论，有三类来稿被筛选掉了：第一类是有镰刀锤子的，有模仿苏联国旗的痕迹；第二类是用嘉禾齿轮的，图面比较复杂；第三类是采用两色或三色横条或竖条的，仿西方国家国旗的痕迹很明显。按照这个原则，小组成员最后选出了较好的四十余幅作为初选图案由彭光涵送交周恩来审阅。周恩来对彭光涵说：“你把这些图案分类编成册，给每个图案编号，但不写作者姓名，避免审阅人带有偏见。初选图案仍由第六小组进行复选，精选出一批图案，上报大会主席团。”

编印《国旗图案参考资料》时，田汉问：“怎么没把那幅五颗星的图案收进去？”他从被淘汰的一堆设计图案的最底下翻出了那幅图案：“这个设计简洁大方，而且寓意也深，你们认为呢？”

看得出，大家并不太喜欢这幅图案。短暂的沉默后终于有人吞吞吐吐地说：“许多人觉得这幅图案好像有点似曾相识的味道。”在三千多幅应征稿件中，几乎有 3/4 的设计图不是模仿苏联国旗就是模仿美国国旗，有的甚至是模仿欧洲一些小国家的国旗。所以在第一眼看到五星红旗时，大家就把它放在了一边。

“它像什么？”田汉问。

“像苏联国旗！”几个人异口同声地叫了起来。

田汉又仔细地看了看图案，然后用手遮住了大星中的镰刀和斧头："假如拿掉了这个呢？"

大家点起头来。

"是不是把这张也编进去？"田汉说。

工作人员在它的右上角写上了"32号"。

几天后，收集了三十八幅图案的《国旗图案参考资料》送到了毛泽东和代表们的手里。

1949年9月23日，毛泽东在中南海宴请参加新政协会议的代表们。

张治中与毛泽东并肩坐下后，即带着探询的口气，悄声对毛泽东说："我有一件事，想请教你……主席，你同意哪一种国旗图案？"张治中的眼睛一边紧盯着毛泽东，一边说。毛泽东说："我同意一颗星一条黄河的。你的意见呢？"张治中有些紧张地望着毛泽东，有些激动地再次说明自己的观点："这国旗图案的设计可是件大事啊！我反对这个黄河图案，红色国旗代表着国家和革命，中间这一杠，不就变成分裂国家、分裂革命吗？同时，以一杠代表黄河也不科学……"毛泽东听后，感觉有点意外，但表示可以再邀大家来研究。

为了尽快统一意见，第六小组秘书彭光函授委托把争论情况向周恩来作紧急汇报，总理说："你们搞国旗搞了那么长时间，你觉得哪个图案好？"彭光涵回答道："过去我们曾经讨论过一个'32号图案'，这个图案是曾联松提交的，我们认真地参考过他的图案。"总理听后，对彭光涵说："好！那就这样吧，你给我画一幅这个旗子，画大一点；第二，你再给我做一面这个旗子，做一面最大的旗子。"

彭光涵接受任务后立即四处寻找画笔、颜料、纸张，等一切备齐时已是后半夜了，他自己动手，画一幅比《国旗图案参考资料》开本大一倍的图案，涂上颜色，用了近两个小时。此时，窗外微微发白，新的一天又开始了。他把画好的红五星旗交给周恩来的秘书，并告诉他，这是周恩来总理要的，一定要尽快交给他。

彭光涵通宵工作之后，此时却毫无倦意。他跑到食堂吃了一碗棒子面粥和两个窝窝头，然后就骑上自行车，直奔前门。他要抢时间在9月24日下午把红底五星旗缝制出来。

在前门大栅栏，彭光涵找到了一间制旗社，对站在柜台后的师傅说要做一面大的红底黄五星旗，把“复字第 32 号”国旗图案给他看，强调这面旗很可能成为新中国的第一面国旗。师傅听后十分兴奋，马上把老板请出来洽谈。到下午三时，一面大旗做好了。当彭光涵要付钱的时候，制旗社的老板无论如何也不收他的钱，并说：“小店能为新中国做一面国旗十分荣幸了，这样的机会想找也找不到。”

9 月 27 日，人民政协第一届全体会议当天的最后一个议程是讨论审查委员会提出的《国旗、国都、纪年、国歌决议草案》。当大会讨论和表决国旗方案时，主席台展现出一面“红底五星旗”，所展示的正是彭光涵骑着自行车在大栅栏所做的那面红旗，彭光涵也成为展旗人之一。大会对国旗的名称进行了修改，将“红底五星旗”改为“五星红旗”。大会通过了将五星红旗确定为中华人民共和国国旗的决议。

国旗方案通过后，考虑到国旗设计者曾联松所写的制旗方法很复杂，周恩来要梁思成、胡乔木和彭光涵立即改写制旗说明，以便能方便地制作标准国旗。当晚，经他们三人研究讨论，梁思成首先按原说明在坐标纸上画出旗的长高比例和五颗星的位置，改写后的说明由胡乔木定稿，由彭光涵抄清后送周恩来审批。随后，最终确定的制旗法通过电报，传遍了全国。

“复字第 32 号”图案原稿设计者是时在上海现代经济通讯社工作的曾联松。参加革命之后，在战斗和工作之余对诗书画仍然保持着浓厚的兴趣。在报纸上读到国旗征稿之日起近一个月时间，没日没夜地投身到设计五星红旗图案稿中。家里住房条件差，提一桶水都得到楼下。只有一个小阁楼，曾联松踏着木楼梯上去，便闷头做自己的事。潮湿而闷热的夏天，没有电风扇，更没有空调，在小阁楼里，曾联松只穿着背心短裤。他抹了一把额头的汗，往地上甩了甩。他抓起一把蒲扇，使劲地扇了扇，仍是热烘烘的。他妻子项佩瑜到了阁楼上，只见满地剪碎了的油光纸，便拿扫帚轻轻地扫到畚箕里。曾联松每天构思，画图案，拼画面，剪剪贴贴制作国旗草稿。午夜时分，他仰望窗外满天的繁星，一个灵感突然在脑海闪现。那颗红色的五角星，红军战士帽檐上的红五星。他当年在重庆做地下工作时，偷偷阅读过埃德加·斯诺的《西行漫记》，就留下深刻印象。“东方红，太阳升，中国出了个毛泽东，他为人民谋幸福，他是人民大救星。”最新流行的革命歌曲，唱出了人们的心声。对呀，星星，救星，大救星，中国共产党正是中国人民的大救星！表达内心感受的象征物，这下子找到了！正是歌颂党、欢庆翻身解放的真情流露，曾联松画了国旗图案。

曾联松先剪出了一个大的五角星，象征伟大的中国共产党。大星之后的小星，应该是几颗呢？他想到了毛泽东在《论人民民主专政》一书中指出人民包括四个阶级：工人阶级、农民阶级、城市小资产阶级和民族资产阶级。他就决定以四颗小星象征广大人民。问题在于，旗面上怎么布局才合理，才有美感？

夜间走远路，要看北斗星。有一颗星最亮，其余的小星围绕着最亮的星。共产党就是那颗最亮的大星，工人阶级、农民阶级、小资产阶级、民族资产阶级，就像围着北斗的四颗小星。以一颗大星引导在前，再剪出四颗小星环绕于后，像群星拱北斗。人民紧紧地环绕在共产党的周围，团结战斗，从胜利走向胜利。

这组金星图案应放在旗面的什么位置呢？他反复地在旗面上比画，确定五颗金星恰当的位置。放在上端，重心不稳。放在中间，比较稳重，但是天地不够开阔，视觉局促、凝滞。分开放，太分散，没有凝聚力。当他把五星挪向旗面的左上方，顿觉视野开阔，旗面犹如千里之广。五个金黄色星居高临下，光彩闪耀，仿佛使人看到了星光映照大地，灿烂而辉煌，整个图案庄严而显华丽，简洁而不单调，雍容而具气势，明朗而不萧疏。他终于感觉有了一个最佳的构图方案，高兴得手舞足蹈，兴奋不已。

最后，他以八开大小的红色蜡光纸为整个旗帜的旗面，在旗面左上角贴上一颗大五角星，大星中间贴上用红色蜡光纸制作的“镰刀斧头”标志，按照设计在大星右侧贴上了四颗黄色小五角星。他剪贴成了两份这样的样稿，将其中一份图案小心翼翼地装入信封，立即投寄给新政协筹备会应征，一份留作底稿。此时已是8月中下旬。

时隔不久，曾联松被组织上安排到华东供销合作事业管理局去工作。工作刚刚开始，属创业初期，他便整天忙于事务，把投稿一事放不到心上了。只知道五星红旗先在天安门广场，继而在全国各地升起，当曾联松10月初从报纸上看到公布的国旗图案时，他既激动又惊诧，激动的是这个五星红旗图案与他设计的几乎相同；惊诧的是他设计的国旗图案大星中嵌有镰刀斧头，现在的国旗大星中却没有。

1950年国庆节前，曾联松因公到北京开会。会议期间，全国政协派人来找他，询问国旗设计情况。他如实介绍了当时的构思和投稿日期。9月27日，他收到了纪念新中国成立一周年的观礼请柬，编号是“台右97号”。曾联松在参加了天安门观礼后回到上海，兴奋的心情迟迟不能平静，他找出自己设计的国旗图案备份稿，反复端详，不禁又回忆起设计时的每一个细节。11月1日，曾联松接到了中央人民政府委员会办公厅的来函，打开一看是1137号文书，上写：“曾联松先生：你所设计的中华人民共和国国旗，业已采用。兹赠送人民政协纪念刊一册，人民币500万元，分别交邮局和人民银行寄上，作为酬谢你对国家的贡献，并致深切的敬意。”此时曾联松心中的心结终于解开了，这封来函确定了“五星红旗”就是他设计的作品。从此，曾联松的名字与毛泽东在天安门广场升向蔚蓝天空的第一面五星红旗联系在了一起。

（选自《与史同在》，华夏出版社2011年版）

国徽设计者的故事

张郎郎

1949年7月，中国人民政治协商会议筹备会常务委员会决定公开发布《征求国旗、国徽图案及国歌歌词谱启事》，对国徽的设计提出三点要求：一，中国特征；二，政权特征；三，形式庄严富丽。全国各界人士纷纷投身于这一具有历史意义的工作之中。同时，受中央之命，负责征集国徽图稿的清华大学营建系和国立北平艺专（1950年改为中央美术学院）都成立了国徽设计小组。截至1949年8月20日，共收到国内人民及海外华侨寄来的国徽稿件一百一十二件，图案九百幅。这些稿件和图案虽各具特色，但都有不足之处，故都未被采纳。因此，在1949年9月下旬的政协全体会议上，只通过了国旗方案和国歌词谱，没有公布国徽方案。

后来，全国政协第一届委员会决定邀请清华大学营建系和中央美术学院分别组织人力对国徽方案进行设计竞赛。

其中，清华大学营建系国徽设计组由我国著名建筑学家、营建系主任梁思成教授担任组长，成员有梁思成先生的夫人、建筑学家林徽因，画家李宗津，中国建筑专家莫宗江，建筑设计教师朱畅中、汪国瑜、胡允敬、张昌龄以及研究中国古建筑的学者罗哲文等。

中央美术学院国徽设计组由著名工艺美术家、教授张仃、张光宇、周令钊、钟灵等组成。

中央美术学院组是以延安牌儿为主的，虽然张光宇是从香港回来的上海人，但是在清华人眼中，还是“野路子”。张光宇是这个组德高望重的专家，可是他没出国留洋过，而且还是画舞台布景、广告、月份牌出身的。可是要不是这几个人都有自己的绝活，也不能从多少亿人中脱颖而出。

梁思成的夫人林徽因是才女加美女，常有闪电般的灵感，颇得周恩来的欣赏。过去即兴的长短句，也让告别康桥的徐志摩五体投地。她和《红楼梦》里的林妹妹不仅同姓，还同样有才，还有一样多愁多病的身子骨，也伶牙俐齿嘴上不饶人。美女有才，可爱可气都如出一辙。在清华教书的时候，看一个学生的素描画得不好，就当众对他说：不像人画的！那学生愕然不语，然后就愤然转系。

其实那时候的艺术家、设计家不是在冥思苦想如何设计出自己独特风格的艺术品，而是在想象用什么样的图形才配得上中国共产党建立的新中国。同时，也不可避免在潜意识上，或多或少揣测一下什么样的国徽才合乎欣赏习惯。即便这样，不同的文化背景和知识结构，一定会有不同的结果。

为了赶在1950年的国庆节挂上新国徽，两个设计组的专家和学者们，对各种构思和设想认真推敲，反复研究。梁思成、林徽因两位先生抱病参加设计工作。大家怀着极其兴奋的心情，决心拿出最美好的设计，展开了为祖国增光的竞赛。

1949年9月25日，张仃、钟灵提出五个与政协会徽相似的国徽图案。也大约在这个时候，清华大学教授林徽因、莫宗江提出了一个国徽图案，被要求修改并参加复选。经过清华大学教授邓以蛰、王逊、高庄、梁思成的协助，10月23日提出修改方案。

中央美术学院的专家后来又提出一个仿政协会徽形式而以天安门为主要内容的一个国徽图案。这个方案与上述两个方案于1950年6月10日送到第一届全国政协第五次常委会讨论。

中央美术学院组设计出来的国徽方案，以天安门为中心，有五星、齿轮、麦穗和绶带等。

清华大学设计组设计的方案，以中华民族建国为主题，也就是以一个大孔玉璧为主体，中央有一颗大五角星，图案中有国名、五星、齿轮。

在激烈的争论后，毛泽东出来定夺：天安门不应视为封建的象征，应该视为民主的象征、革命的象征放进国徽去。

肯定了中央美术学院组的创意之后，也就是要确定新的国徽中哪些标志物属于必须出现的。周恩来作了这样的总结：新的国徽要有天安门，要有五星，要有齿轮，要有麦穗，还要加上稻穗。把稻穗画到国徽上去，可不是老一辈革命家们一时兴起。

1942 年冬天，山城重庆，寒风阵阵，宋庆龄同志在她寓所，为欢送董必武同志返回延安而举行茶话会。周恩来同志和邓颖超同志也应邀出席。茶桌上摆着重庆近郊农民送来的两串颗粒饱满的禾穗，被炉火映照得金光灿灿。这时有人赞美这禾穗真像金子一般。宋庆龄说：“它比金子还宝贵。中国人口 80% 都是农民，如果年年五谷丰登，人民便可丰衣足食了。”周恩来同志抚摩着饱满的禾穗，意味深长地说：“等到全国解放，我们要把禾穗画到国徽上。”果然，新中国成立以后，他没有忘记自己在那次茶话会上的讲话，在制定中华人民共和国国徽图案时，他建议要把麦稻穗画上去。

周恩来不愿国徽设计像政协会徽那样迅速完成，再说也要给清华组发挥的机会。要两个组都按照这个创意，重新画出一个正式定稿，从技术上更完善地创作出一个人们都满意的国徽。

在清华创意没有被接受的时候，可以想象林徽因当时多么难过。她诚恳地列举了她参考的其他国家的国徽为例，认为一个国家的国徽不应该放进去建筑物，尤其是帝王象征的天安门。

在这里林徽因有两个盲点：第一，她举例的国徽是爱尔兰的，那是西方的，是资本主义国家的。而她忽略了社会主义阵营的国徽，这些国家的国徽差不多都有建筑物，差不多都有麦穗和绶带。就像国旗差不多都是以红色为底色的，只有东德用了蓝旗。这几乎是以共产主义为目标的国家标志性的符号系列。可惜过去这些革命艺术的设计成果，几乎不会在她的视野之内。

恰恰中央美院组的人，明白当时新中国的领导阶层，是向苏联坚决一边倒的，那时候流行唱：苏联是老大哥，我们是小弟弟。以林徽因的知识结构框架和生活的实际环境，当时尚且还在暂时是世外桃源的清华园里，因此她也许都没有听明白过这歌，或者至少不会完全理解这个国策。

第二，没有全面理解毛泽东的想法。她也许听说过毛泽东住在香山的双清，喜欢写诗，那也是她当年养病和徐志摩前来探望的地方。他们都喜欢双清，都有诗意，一种情怀。

或许还听说过周恩来、叶剑英等人，几次恳请毛泽东进驻中南海，他一直不同意，说：我不要当皇帝。

林徽因那样看毛主席也没有错，可是当他在天安门城楼，一声传遍世界的巨响：中国人民站起来了。当时多少个林徽因都因此热泪盈眶。但是林徽因忽略的是，从此天安门的象征意义在毛泽东的内心深处已经根深蒂固了。

周恩来对林徽因的好感当然远远超过对钟灵他们的好感，梁思成的家学和身世背景更是中央美术学院组的各位难望其项背的。

清华组个个都是建筑绘图高手，对正式图样的操作，绝对专业。所以最后他们的定型图被选中，不应意外。

中央美院组，在第二轮的竞赛中有两个盲点：第一，他们认为所有社会主义国家的国徽都是绘画性的，苏联更是如此，我们也不能例外。但是他们不知道，毛泽东到苏联一行，内心已经有极大的不满。不必完全和苏联一致。可能除了周恩来，还没有更多的战友知道他的心思。

第二，他们知道毛泽东在艺术上，是偏爱民族的、民间的，对于外来的东西不甚了然。最典型的是在延安，他逢京戏就看，对于话剧，特别是苏联来的话剧，则完全没有兴趣。对帝王将相，他已经一再批判。大金大红这种皇族专色，或许也是他不能容忍的。所以，他们画的定稿，使用中国的重彩方法来绘制，画了一个民族的、土的、民间风格的。

两个国徽图案设计组除了确定了上述图案内容，清华设计组还从“中国特征”这一要求出发，在图案的色彩上决定使用红、金二色：红色体现我国吉寿喜庆的民族色彩传统，金色体现华贵富丽。金、红相间，互为衬托，更增加了图案的瑰丽色彩。

为了使国徽从形式上更庄严、肃穆，清华设计组决定把天安门画成正立面图，把象征我国政权的五星红旗作为天空背景覆盖着祖国大地，端正地放在国徽图案的正中轴线上，左右对称，用以体现中华民族的轩昂气质。

在造型上，两个设计组在设计过程中还参考了各国国徽图案，并对我国古代的铜镜、玉璧、玉环等礼仪文物的装饰纹样及工艺效果，进行了研究和借鉴。

两个组的专家学者们，经过将近半年的辛勤努力，对数十个设计图案反复比较、精心研究，各完成了一幅自己认为最满意的图案。

1950年6月20日晚，全国政协国徽审查组最后一次讨论了国徽方案，周恩来同志亲自主持了这次讨论。那天晚上，清华大学设计组和中央美院设计组的方案各挂在墙的左右两侧。中央美院设计的图案中，天安门为斜角透视图像，颜色是五彩的；清华组设计的图案中，天安门则为正立面图，用的是金、红二色。

周恩来总理认真听取了审查小组全体成员的汇报，最后根据李四光、张奚若、邵力子等绝大多数委员的意见，指着清华组设计的方案说："那么好吧，就这样定了吧！"周总理的结论得到会议的一致通过。

随后，根据周恩来总理对稻穗造型提出的意见，清华设计组又夜以继日地对细部作了修改，重新又绘制了整幅的完整图案，送交到国徽审查小组。6月21日，审查小组的马叙伦、沈雁冰向政协全体大会提出了审查报告。6月23日，政协全体大会一致通过了国徽方案。6月28日，中央人民政府通过了政协关于国徽图案的建议。

最后，著名雕塑家高庄，担负了对国徽图案进一步修改、加工和塑造正式浮雕模型的工作。经过近两个半月的精心劳作，到9月中旬，高庄及时地完成了这一具有历史意义的任务。

1950年9月20日，中央人民政府主席毛泽东向全国颁发了公布国徽的命令。从此，我国庄严而美丽的国徽诞生了。1950年国庆节前张仃将国徽亲自挂在天安门上。

国徽鲜明地表明了我们国家的性质，它标志着中国人民自五四运动以来的新民主主义革命斗争的胜利和工人阶级领导的以工农联盟为基础的人民民主专政的新中国的诞生。

中国的新民主主义革命是从五四运动开始的，到1949年取得了伟大胜利，建立了中华人民共和国。天安门是五四运动的发源地，又是新中国成立时盛大集会的场所，用天安门图案作新的民族精神的象征，是十分恰当的。用齿轮、麦稻穗象征工人阶级与农民阶级，用国旗上的五星代表中国共产党领导下的中国人民大团结，鲜明地表现了新中国的性质是工人阶级领导的以工农联盟为基础的人民民主专政的社会主义国家。国徽挂到天安门上，据说有功人员八名，梁思成、张仃、林徽因、张光宇、高庄、钟灵、周令钊等每个人奖励八百斤小米。梁思成还建议多给高庄一些，因为他修改有功。张奚若也建议要给清华重奖。当时高庄建议，把所有的奖金都捐献给抗美援朝作战，得到无一例外的赞成。于是没有一个人去领取，都捐献了。

许多年后，人们还在争论到底谁是唯一的设计者，这是一个假问题。因为，细看这来龙去脉，其实并没有一个这样“唯一”的人。

“当事人”钟灵老人实话实说，周恩来才是这枚国徽的总设计师，只有他才知道主席的意见，也知道如何安排在什么时间、地点让毛泽东有兴趣拍板。这是典型的集体创作，周恩来就是这个集体的舞台总监，毛泽东才是真正的主演，艺术家和建筑家都是适当时间出现的陪衬者和手艺人。虽然梁思成先生曾为清华大学的设计图最后被选中通过而骄傲，可以理解，这是书生的一种参与的喜悦，国歌都让国立艺专的方案选中了，国徽当然应该轮到清华了。

（选自《与史同在》，华夏出版社2011年版）

居安思危，以《义勇军进行曲》为国歌

华　记

1949年新中国成立前夕，全国政协筹备委员会讨论选定国歌时，在多首歌曲中比较，许多代表认为《义勇军进行曲》振奋人心，在全国人民中影响很深，可以作为代国歌。但当时也有人持不同的意见，认为革命已经胜利，新中国即将诞生，不应当再唱“中华民族到了最危险的时候”，如果选为国歌也得修改歌词。周恩来同志不同意这种看法。他说：“我们前面还有帝国主义敌人，我们建设越进展，帝国主义将越加嫉恨我们，破坏我们，进攻我们。你能说我们就不危险了吗？还不如留下这句话，经常保持警惕的好。”代表们经过认真讨论，认为《义勇军进行曲》仍然具有深远的现实意义，它会激励我们居安思危，胜利前进。于是，1949年9月27日，中国人民政治协商会议第一届全体会议决定，在中华人民共和国的国歌未正式制定前，以《义勇军进行曲》为国歌。

《义勇军进行曲》作于1935年，田汉作词，聂耳作曲。1935年初，日本帝国主义侵占我东北三省之后，继而进犯我华北，妄图占领全中国。当此中华民族危亡关头，著名戏剧家、诗人田汉决定写一部以抗日救亡为主题的电影剧本。他先拟写了一个反映国统区知识分子从苦闷、彷徨中勇敢地走向抗日前线的电影文学故事梗概，其中影片主人公、诗人辛白华创作的长诗《万里长城》写的最后一节诗稿，就是后来成为影片《风云儿女》主题歌《义勇军进行曲》的歌词原稿。故事梗概刚写完，田汉就被捕入狱了。著名戏剧家夏衍接手田汉的未完之作，把这个故事改编成电影剧本《风云儿女》。夏衍在改编中发现，田汉是在仓促之中把歌词写在一张香烟锡纸的衬纸上，放在稿本的最后一面。聂耳从夏衍那里看到田汉的这首歌词，极为赞赏，表示要为它谱曲。聂耳刚谱了初稿就去日本了，《义勇军进行曲》的定谱是从日本寄回的。在编剧和谱曲过程中，对田汉的原歌词作了一些修改，把“冒着敌人的飞机大炮”，改成“冒着敌人的炮火”；在歌词的结尾，因旋律的需要，又在“前进，前进”之后加了“前进，进”。1935 年 5 月 16 日出版的《电通画报》上，首次刊出了《义勇军进行曲》的影写谱，电影《风云儿女》也于同年 7 月正式上映。从此以后，《义勇军进行曲》犹如一支革命的号角，响彻祖国的长城内外和大江南北，激励着中国人民为中华民族的生存而浴血奋战。1940 年以后，《义勇军进行曲》经著名黑人歌唱家保罗·罗伯逊热情歌唱和灌制唱片而传播于全世界。第二次世界大战快要胜利的时候，由一位著名音乐指挥建议，经美国国务院批准的一套“盟军胜利凯旋之歌”节目，包括有贝多芬、柴可夫斯基、斯美塔那、肖斯塔柯维奇等世界大作曲家的作品，《义勇军进行曲》也列在其中。

以《义勇军进行曲》作为中华人民共和国的国歌，有深刻的历史意义和现实意义。它会激励我们居安思危，不忘记祖国过去受侵略受压迫的苦难历史，不忘记中华儿女为保卫祖国而进行的可歌可泣的英勇斗争，不忘记用先烈们的鲜血换来的社会主义江山来之不易，不忘记保卫国家安全仍然是我们的神圣使命，从而万众团结一心，为保卫和建设我们伟大的社会主义祖国而努力奋斗！

（选自《与史同在》，华夏出版社 2011 年版）

读　碑

刘成章

我说的是人民英雄纪念碑。

二十余年前，我第一次看到它，印象十分深刻。它庄严、雄伟、壮观，像一个有着汉白玉肌肤的巨人，站立在天安门广场。其时，瞻仰者络绎不绝，如半凝滞的河水缓缓流淌；我比他们看得更慢，是河水中的一块石头。

它正面的题词，我细细地读；它背面的碑文，我细细地读；它底座上的浮雕，我也一一细心地看了：题词和碑文沁入我心，浮雕又夯实了我对它们的记忆。

忘不了的还有，离开的时候，见石栏杆前，一个喜盈盈的少妇，抱着一个牙牙学语的孩子，少妇抬抬下巴指点，孩子伸出豆芽般的小手，抚摸石栏杆上突出的圆柱。它使我怦然心动。刹那间，昨天，今天，明天，一齐在我心头涌现。我不由再次仰起头：彼苍者天，此碑丰哉！丰碑千丈！

后来，我每次去北京，天安门广场都是少不了要去的地方，去了，自然要见纪念碑。不过，有时是细看，有时只是扫那么一眼。然而，终因看的次数也数不清了，那碑上毛泽东的题词，那碑上毛泽东起草、周恩来手书的碑文，不敢说可以倒背如流，起码是牢牢地记在心里了。随着阅历的增长，我对它们的体会弥深。但是，那年去了一趟南泥湾，我竟发觉，我并没有读懂！

南泥湾有一个泉，叫作九龙泉，泉上小亭如开花的浓荫，掩映着一座烈士纪念碑。那是当年王震同志率领的三五九旅，在这儿开展大生产运动时立下的。多年的风雨剥蚀，那碑身已经有些残破。

它的正面，像个储得满当当的铅字架；它的背面，也像个储得满当当的铅字架；整个碑上，是字的堆积，字的重叠，字的密密麻麻。什么字？森林一样的烈士的名字！

我的呼吸急促起来。啊，一个旅历年就牺牲了这么多的战士！

泉水如泣如诉。

烈士的名字究竟有多少，我没有数，只是粗估了一下；我然后将目光投向前边开阔的川道。我是想：要是把每一个名字都复活为一个血肉之躯，那么，他们足足可以把多半条川道站满；要是他们又像开誓师会那样齐声高呼，那么，这条川道将震响着多么恢宏的一片声音！

我于是想起了人民英雄纪念碑。我以前实在没有读懂它。那碑文中的"三年以来……""三十年以来……""由此上溯到一千八百四十年……"，只从字面上读读就行了吗？它的背后还有什么呢？难道不是铭刻上的密密麻麻重重叠叠逶逶迤迤起起伏伏触目惊心比森林还要辽阔十倍百倍的烈士的名字吗？名字的数目，不是几十万，不是几百万，而是几千万！要是把名字也都复活为血肉之躯，那么，天安门广场是站不下的，加上东西长安街也是站不下的。就是把偌大的北京城挤得房倒屋塌，也装不下他们的巨大阵容！他们的人数，是要比世界上绝大部分国家的公民数还要多的！然而，为了缔造我们的幸福生活，这么多、这么多的英雄儿女，竟都倒在血泊里了！

这一层，看起来浅显，但却是不易读出来的最基本的东西。

读书往往要读注释，才能读得懂。读碑也需要读注释。南泥湾的九龙泉烈士纪念碑，是人民英雄纪念碑的一条极好的注释。

现在完全读懂了吗？

不敢说。但起码，每看见人民英雄纪念碑，心中便升腾起一股悲壮感和使命感；起码不会因为人生道路的漫长，生命里最贵重的东西丢了，也发现不了；起码不会在某一天，摔了跤，眼镜也打碎了，抬头望望，说天安门广场的那个环绕着浮雕的高大建筑，只是一个美丽的装饰。

（选自《羊想云彩》，工人出版社 1996 年版）

在新中国：一张“精神地图”

陈 晋

新中国成立后，告别了戎马倥偬，毛泽东的阅读范围更广了，阅读心态更为从容，阅读目的也更多样了。阅读成为他重要的工作内容和领导方式，是他思考探索重大实践和理论问题的必要途径，也是他密切人际交流、传达文化素养、抒发个性情怀的重要渠道。

毛泽东在中南海的住处菊香书屋，是名副其实的书房。外出视察，也总要带上一批他想读或常读的书籍。1959 年 10 月 23 日外出前，他指名要带走一大批书籍，当时为毛泽东管理图书的逄先知，把这批书目记在了登记本上。这份书单已在龚育之、逄先知、石仲泉著的《毛泽东的读书生活》中公开，占了两页半的篇幅。

这份书单，仿佛是一张“精神地图”，布满毛泽东想要去探寻的地方。新中国成立后他的博览群书之状和基本阅读范围，从中可看出大概。

——这份书单中，有十九种马列经典。包括《资本论》《哥达纲领批判》《政治经济学批判》《反杜林论》《自然辩证法》《国家与革命》《“左派”幼稚病》《帝国主义是资本主义的最高阶段》和《俄国资本主义的发展》等。

这些经典，乃毛泽东新中国成立前后常读之作。这里只说一下《资本论》和《国家与革命》。

最早接触《资本论》，应当是 1920 年他经营长沙文化书社的时候，他那时多次向读者推荐李汉俊翻译的《马克思资本论入门》。1932 年红军打下漳州得到的马列书籍中，是否有《资本论》，还无法确证。到延安后，1937 年他在抗大讲《辩证唯物论》，1941 年写《改造我们的学习》《关于农村调查》《驳第三次“左”倾路线》等论著，就曾引用不少《资本论》的一些论断，诸如：“观念的东西不外是移入人的头脑并在人的头脑中改造过的物质的东西而已”“蜜蜂建筑蜂房的本领使人间的许多建筑师感到惭愧”，等等。毛泽东当时还说，资本主义的理论和历史的一致，“模范地表现在《资本论》里面，我们可以从它懂得一点辩证法论理学和认识论一致的门径”。

新中国成立后，毛泽东多次阅读《资本论》，当然未必是通读。1958 年 3 月成都中央工作会议期间，他批示印发《资本论》第 3 卷中论述商品交换的一段话，还起了一个标题，叫“从生产出发，还是从交换和分配出发？”在毛泽东的藏书中，有三种《资本论》上面留有他的圈画。一种是 1938 年读书生活出版社出版的《资本论》，在扉页上写有“1867”（《资本论》第一卷出版时间）和“1938”的一个竖式，用铅笔标注“在七十一年后中国才出版”；一种是 1939 年由延安解放社出版的《〈资本论〉提纲》；一种是人民出版社 1968 年出版的大字本《资本论》，共二十九册。

关于《国家与革命》。目前保留下来的一本毛泽东读过的《国家与革命》上面，写有“1946 年 4 月 22 日在延安起读”“内战前夕”等字样，上面有很多圈画。在“阶级社会与国家”这一章，几乎每句话的旁边都画着杠杠，关于暴力革命的观点是“马克思恩格斯全部学说的基础”这一段，杠杠画得最粗，圈圈画得最多。当时，国共之间的战争已不可避免，用革命的暴力推翻旧的国家机器，已是决定中国前途命运的头等大事。这应当是他当时读此书的现实考虑。

1958 年，新版《国家与革命》出版之后，他又认真阅读在书中论述国家消亡、社会主义与共产主义的差别等处，密密麻麻画着几种符号，有竖直线、曲线、大圈套着小圈，以示极为重要。在论述有关国家与民主、平等的关系等处，圈画尤多。1960 年 9 月 25 日会见澳大利亚共产党领导人，他遗憾地说：列宁的《国家与革命》这本书好。现在许多国家的党不读这本书了。正当资本主义国家特别是帝国主义国家，在全世界不断发展武器和加强国家机器的时候，他们却散布什么没有武器没有战争的世界的幻想。这大体可视为毛泽东在新中国成立后继续阅读《国家与革命》的着眼点。

1964年印制出大字本《国家与革命》后，他阅读此书，在“从资本主义向共产主义的过渡”“共产主义社会的第一阶段”“共产主义社会的高级阶段”等章节，画满了直线、曲线、圈、双圈等符号，反映出他当时关注书中有关社会主义的论述。这个大字本的《国家与革命》，他在二十世纪七十年代又读过几遍。

——在这份书单中，开列有河上肇《政治经济学大纲》、普列汉诺夫《论一元论历史观之发展》和《艺术论》、米丁《辩证唯物论与历史唯物论》、艾思奇《大众哲学》等中外马克思主义学者和理论家的书籍。

河上肇是日本著名的马克思主义经济学家，著有《马克思主义经济学基础理论》和《经济学大纲》。这两本书，毛泽东在延安时期就读得比较熟，在前书上写下不少批语，把后书列为中央研究组的学习读本。1959年这份书单中写的“河上肇《政治经济学大纲》”，可能是指这两本书中的一本，或其中一本在此后的修订本。河上肇常常修订自己著作的情况，毛泽东是知道的。1960年6月21日会见日本文学代表团时，他曾谈道：“你们日本有个教授叫河上肇，他的政治经济学到现在还是我们的参考书之一。河上说，他的马克思主义政治经济学每年都修改，修改了多少次。”

新中国成立后，高校讲授马克思主义哲学，主要是依据苏联教材，并且还请来一些苏联专家教学，口号是“向苏联专家学习”。这种情况一直持续到1959年，派来中国的苏联哲学专家开始撤离回国，才有所改变。毛泽东对长时间没有一本中国人自己编写的马克思主义哲学教材，一直存有心结，由此推动胡绳、艾思奇主持编写了一部哲学教材——《辩证唯物主义和历史唯物主义》。

1961年夏天，就在《辩证唯物主义和历史唯物主义》准备定稿时，不知出于什么考虑，毛泽东约李达到庐山谈话，嘱他另编一本马克思主义哲学教科书，还说：“你的《社会学大纲》就是中国人自己写的第一本马克思主义哲学教科书。”李达接受这个建议，修改《社会学大纲》，改名为《马克思主义哲学大纲》，于1965年印出上册，供内部讨论。毛泽东收到书稿，又是一番阅读，还写下批语。

——在这份书单中，关于西方人文社会科学方面的著述，除一本《西方名著提要（哲学社会科学部分）》外，只列学科未列作者和书名的有“从古典经济学家到庸俗经济学家的一些主要著作”，只列作者未列书名的有“黑格尔、费尔巴哈、欧文、傅立叶、圣西门”。

关于西方人文社会科学著述，毛泽东了解得比较多的是古希腊哲学、德国古典哲学和现代英美哲学。1964 年 2 月 9 日同外宾的谈话中，他对西方哲学史上的一些代表人物做了整体评论，认为：苏格拉底注重伦理学，注意研究伦理学和宪法；柏拉图是彻底的唯心主义者；亚里士多德是一位大学者，比前面两人的水平高，创立了形式逻辑；康德创立了天文学中的星云学，搞了对立统一的十二个范畴，是一个不可知论者；黑格尔是唯心主义者，发展了唯心主义的辩证法。1969 年 1 月 9 日同斯诺谈话时，斯诺问：“主席看过黑格尔的文章吗？”毛泽东明确回答：“看过一些，还有费尔巴哈的。”1965 年 8 月 5 日又同外宾谈道：费尔巴哈是第一个看透神是人的思想意识的反映的人，他的书必须看。当然，黑格尔的书也必须看。我是相信过康德的。我也看过希腊亚里士多德的书，看过柏拉图的书，看过苏格拉底的书。不读唯心主义的书、形而上学的书，就不懂得唯物主义和辩证法。

研读西方哲学书籍，毛泽东有一个深切感受，即哲学作为认识工具和理论武器，总是反映和支持着各国的现实需要。对这个感受，他在 1959 年底 1960 年初读苏联《政治经济学教科书》的谈话中，曾有过表述：“资产阶级哲学家都是为他们当前的政治服务的，而且每个国家，每个时期，都有新的理论家提出新的理论。英国曾经出现了培根和霍布斯这样的资产阶级唯物论者；法国曾经出现了百科全书派这样的唯物论者；德国和俄国的资产阶级也有他们的唯物论者。”虽然都是唯物论，但为了服务于现实政治，必须延伸出“各自特点”。没有对西方近代各国哲学的了解，就不会有这样具体的认识。

——在这份书单中，开列有范文澜的《中国通史简编》，吕振羽的《中国政治思想史》，郭沫若的《十批判书》《青铜时代》《金文丛考》，冯友兰的《中国哲学史》，赵纪彬的《关于孔子诛少正卯问题》，以及“关于《老子》

的书十几种”。

读中国现当代学术权威的历史、哲学和思想史著述，是毛泽东的一贯兴趣：这方面有代表性和影响广泛的专著，他大都读过，且多有自己的看法。不妨引两段谈话，看看他怎样评论这些学者及其专著。

一段是在1968年10月31日中共扩大的八届十二中全会闭幕会上讲的：

> 广东的那个杨荣国，我也没有见过这个人，看过他的书，在党校教书的那个赵纪彬，这两位都是反对孔夫子的。所以对这两位的书我都注意看。此外还有北大一个教授叫任继愈，他也是反对孔夫子的。拥护孔夫子的，我们在座的有郭老，范老基本上也是有点崇孔啰。……任继愈讲老子是唯物论者，我是不那么赞成的。得到天津有个教授叫杨柳桥的书，《老子译话》，他说老子是唯心主义者，客观唯心论者。我就很注意这个人。你们上海的，我有两个同乡，一个叫周谷城，一个叫刘大杰。刘大杰有部文学史，周谷城有部世界通史。

一段是1972年12月27日的一次谈话：

> 讲历史分期，刘鹗、罗振玉、王国维、郭沫若，王（国维）、罗（振玉）的书值得读。靠乌龟壳、殷墟的发现，震惊世界，国王死，殉葬几千人，郭沫若的《奴隶制时代》《青铜时代》值得看。《十批判书》，看了几遍，结论是尊儒反法，人本主义。……历史中有哲学史，其中分派。郭沫若、冯友兰把孔子封为革命党。儒法两派都是剥削本位主义，法家也是剥削，进了一步。杨荣国没有讲清，新的势力兴起，还是剥削。陈伯达、任继愈说老子一派是唯物主义，我看是客观唯心主义。

这两段随兴之论，表明毛泽东阅读的中国古代文史哲研究著述，除了1959年这份书单中开列的吕振羽《中国政治思想史》、冯友兰《中国哲学史》、范文澜《中国通史简编》外，还有杨荣国《中国古代思想史》和《简明中国思想史》、赵纪彬《论语新探》、任继愈《中国哲学史》、刘大杰《中国文学发展史》等。他读此类书，很关注对儒法两派思想的分析评价。对郭沫若《十批判书》和冯友兰《中国哲学史》推崇儒家，甚至“把孔子封为革命党”，毛泽东一向不赞成，同时也认为推崇法家的杨荣国，对法家的本质也“没有讲清”。

毛泽东在这份书单中开列的“关于《老子》的书十几种”，不知具体指哪些书。上面所引两段谈话中，提到任继愈讲老子是“唯物论者”，杨柳桥讲老子是“客观唯心论者”，陈伯达讲老子是唯物主义，这些观点，分别出自他们的《老子今译》《老子译话》和《老子的哲学思想》，毛泽东大体读过。此外，晚年印成大字本来读的，还有马叙伦的《老子校诂》、高亨的《老子简注》；1974 年，他听说长沙马王堆新出土了帛书《老子》甲、乙本，又要来印出的大字本阅看。看来，关于老子的哲学思想，是他特别关注并且用心研究的。

二十世纪初，殷墟甲骨的发现、搜集、保存、考释，开启了现代考古学和历史学的新篇章，被郭沫若称为“中国近三百年来文化史上应该大书特书的一项事业”。这中间，刘鹗、罗振玉、王国维、郭沫若的贡献很大。毛泽东比较关注他们的学术成就，尤其爱读郭沫若的《金文丛考》《青铜时代》《奴隶制时代》。1974 年 4 月 4 日在中央政治局会议上谈到校点注释古籍之难，他随口说出：“郭沫若在日本搞甲骨文研究时，写过‘大夫去楚，香草美人。公子囚秦，《说难》《孤愤》。我遘其厄，媿无其文。爰将金玉，自励坚贞’。”大革命失败后，郭沫若为躲避蒋介石的通缉亡命日本，研究甲骨文、青铜器和金文，成就卓然；但有国不能回，心境不好，遂在其《金文丛考》一书的扉页上，题写了让毛泽东记忆深刻的上面几句话。前两句指屈原受贬在逆境中写《离骚》，中间两句指韩非被秦国囚禁，在逆境中写出两篇传世论著，后四句是郭沫若自述，表达自己做金文考古研究，实际上是表达“自励坚贞”的爱国心志。研究古代文史，向来讲究“知人论世”“以意逆志”，毛泽东读郭沫若《金文丛考》等考古和历史论著，对作者表达心境的这几句话印象如此深刻，大体也是如此。

读冯友兰《中国哲学史》，毛泽东也注重“知人论世”。冯友兰在 1959

年出版思想自传《四十年的回顾》，详述其写作《中国哲学史》时的思想情况。毛泽东当即找来阅读，发表的感想是：冯友兰《四十年的回顾》，讲了他开始相信柏格森，以后相信实用主义，然后又转到新实在论，自称《中国哲学史》"为当时斗争中的唯心史观张目"。冯友兰"用自己的事实驳斥了所谓哲学不为政治服务的说法"。

——在这份书单中，笼统开列有"自然科学方面的基本知识书籍；技术科学方面的基本知识书籍（如讲透平、锅炉等）"。

技术科学方面"讲透平、锅炉"，具体指什么书，不得而知。像《无线电台是怎样工作的》《苏联1616型高速普通车床》这类科普读物，毛泽东是读过的。此外，1958年秋天，张治中陪毛泽东到南方视察时，看到他在读一本《冶金学》，很奇怪，问为什么读这样的书，得到的回答是：要广收博览。1959年1月2日，苏联发射一枚宇宙火箭，6日，他要了几本关于火箭、人造卫星和宇宙飞行的通俗读物来读。

据记录这份书单的逄先知回忆，1951年，毛泽东同周世钊等人说：我想学自然科学，最好有两三年的时间来专门读，可惜现在不现实了。虽不能专门去学自然科学，但此志未消。1958年他写的《工作方法六十条（草案）》中专门讲道："提出技术革命，就是要大家学技术，学科学""要真正懂得业务，懂得科学和技术，不然就不可能领导好"。

中国科学家的论著，毛泽东读过李四光《地质力学概论》，竺可桢《历史时期气候的波动》《物候学》，席泽宗《宇宙论的现状》等。对古代的医学著作如张仲景《伤寒论》、李时珍《本草纲目》，毛泽东也发表过一些评论。他还读过一些外国自然科技方面的书，诸如哥白尼《天体运行论》、法国拉普拉斯的《宇宙体系论》、苏联威廉斯的《土壤学》。在1958年3月成都中央工作会议上，他要求领导干部们读一读《土壤学》，"从那里面可以弄清楚作物为什么会增长"。他还说：《土壤学》提出农、林、牧三业的发展结合起来，我是赞成的。

——在这份书单中，开列有《六祖坛经》《般若波罗蜜多心经》《法华经》《大涅槃经》等佛教经典。

就在开列这个书单十天前，毛泽东约谈北京大学哲学系教授任继愈，对他讲：你写的那些研究佛教史的文章我都读了。我们过去都是搞无神论，搞革命的，没有顾得上这个问题。宗教问题很重要，要开展研究。听说北京大学哲学系没有什么人专门研究道教、基督教，毛泽东提出：那可不好。几百人的一个哲学系怎么能没有人研究宗教呢？不能忽略，包括基督教、佛教、道教。他还说：梁启超写的关于佛教研究的文章我看了，觉得他有些问题没有讲清楚。研究宗教需要外行来搞，宗教徒有迷信，不行，研究宗教不能有迷信。1964 年人民出版社出版了任继愈主编的《中国哲学史》，毛泽东在书中论述佛教华严宗的地方，写下大段批语。

可以确证的是，《金刚经》和《六祖坛经》这两部佛教经典，毛泽东读得较熟。1958 年 6 月 30 日会见柬埔寨佛教代表团，他和陪同的赵朴初讨论了《金刚经》，说书中讲“佛说第一波罗蜜，即非第一波罗蜜，是名第一波罗蜜”，是一种“奇怪的语言”。1959 年 10 月 22 日同十世班禅大师谈话，他提出鸠摩罗什翻译《金刚经》对大乘佛教的传播“有功劳”，进而认为，“佛经也是有区别的，有上层人的佛经，也有劳动人民的佛经”“《六祖坛经》就是劳动人民的”。1961 年 1 月再次同班禅大师谈道：“《金刚经》很值得一读。”1972 年会见日本首相田中角荣，对他讲：“我读过禅宗的书，叫《六祖坛经》，这位禅宗六祖叫惠能，河北人，他父亲在河北犯了罪，充军到广东，他就发展为禅宗。曹洞宗，一个曹溪，一个洞山，是绝对唯心论。”在毛泽东身边工作的林克回忆：“毛主席很欣赏禅宗六祖慧能（即惠能），《六祖坛经》一书，他经常带在身边。他多次给我讲六祖慧能的身世和学说，更为赞赏他对佛教的改革和创新精神。”

——在这份书单中，开列有“《逻辑学论文选集》（科学院编辑），耶方斯和穆勒的名学（严译丛书本）”。

书单中列的“耶方斯和穆勒的名学（严译丛书本）”，指严复翻译的耶方斯《名学浅说》和穆勒《穆勒名学》，是毛泽东 1912 年在长沙定王台图书馆自学时就读过的。1959 年，他提议把中国近些年关于逻辑的文章和近数十年的逻辑学专著，不管内容如何，都汇编出来。中央编译局姜椿芳等人负责编《逻辑学论文集》，中央政治研究室负责挑选和编辑逻辑学专著。1959 年 7 月，毛泽东审阅了姜椿芳等人编的《逻辑学论文集》论文篇目，7

月28日给康生的信中表示，“是用了功的”，还嘱，“能早日汇编印出，不胜企望”。这本论文集收录了1953年以来发表的全部逻辑学论文一百五十篇，分为六集。中央政治研究室则从新中国成立前出版的逻辑学专著中选出十一本，出了一套“逻辑丛刊”。其中包括耶方斯《名学浅说》和穆勒《穆勒名学》，还有潘梓年的《逻辑与逻辑学》、金岳霖的《逻辑》、章士钊的《逻辑指要》等。

章士钊《逻辑指要》入选“逻辑丛刊”，与毛泽东的推荐有关。在新中国成立初期的一次谈话中，毛泽东问章士钊，听说你出版过一本逻辑学著作，能给我看看吗？章士钊回答，这是在重庆时期写的，立场有问题。毛泽东说，这是学问上的事。章士钊遂将《逻辑指要》送给他读。三个月后，毛泽东约谈：我通读一遍，多年来我读这类著述甚多，许多是从西方转译过来的，你的书却取材于中国古代文史典籍，这在同类书中为仅见，应该把它印出来，为今日参考。章士钊此后在用文言文写的重印《逻辑指要》序言稿里，记述了上面这段毛泽东关注和阅读此书的过程。

故事还没有完。章士钊对《逻辑指要》做了不少修改删补，又送给毛泽东。1959年6月7日毛泽东给他写信：“实事求是，用力甚勤”“垂老之年，有此心境，敬为公贺”。大概觉得章士钊在序言中屡屡提到“毛公”关注该书的情况，不甚妥当，毛泽东遂提笔代章士钊另写了一个“说明”。这个说明讲：近年以来，关于逻辑学的范围及其与唯物辩证法的关系，争论繁兴，“鄙人对此，未能参战，然亦不是没有兴趣的。旧作重印，不敢说对于方今各派争论有所裨益，作为参考材料之一，或者竟能引起读者对拙作有所批判，保卫正确论点，指出纰缪地方，导致真理之日益明白，则不胜馨香祷祝之至！”从这段移情作文、移思代序的文字，看出毛泽东对逻辑学研究的关注之深，对章士钊这类文士呵护之诚。章士钊后来正式写的“重印说明”，基本上吸收了毛泽东代拟的内容。

毛泽东晚年，依然关注逻辑学研究。1965年2月13日，他在苏联巴·谢·波波夫《近代逻辑史》一书的封面上写了一个批语：“田家英同志：此书印成大字本一万册，这种小字本是不适合老头子读的。”在这以后，他不断让有关方面把能找到的逻辑学专著印成大字本来读。毛泽东晚年的图书管理员徐中远，整理了一份毛泽东阅读和收藏的中外逻辑学著述目录，共有八十种左右。

——在这份书单中，开列有“笔记小说（自宋以来主要著作，如《容斋随笔》《梦溪笔谈》等）”。

毛泽东喜读古人随笔和志怪小说，谢觉哉1944年7月1日的日记中即有记载：“日前至毛主席处，见其衣袋有线装书，问之为《阅微草堂笔记》，他说其文字可玩味。”这年7月28日，毛泽东致信谢觉哉：“《明季南北略》及其他明代杂史我处均无，范文澜同志处或可找得，你可去问讯看。《容斋随笔》换一函送上。其他笔记性小说我处还有，如需要，可寄送。”信中所说《容斋随笔》，是宋代洪迈写的关于经史百家、文学艺术、宋代掌故、人物逸事的随笔。新中国成立后，毛泽东多次阅读此书，不仅在1959年这份书单中有这本书，而且在二十世纪六十年代曾两次索要该书，到七十年代，又几次阅读。1976年8月26日，已进入病危状态的他，还索要《容斋随笔》，逝世前几天还在读。

据不完全统计，毛泽东读过的古代随笔不下六十种。有代表性的是：东晋葛洪《西京杂记》、干宝《搜神记》、南朝宋代刘义庆《世说新语》、宋朝李昉《太平广记》、张师正《括异志》、明朝冯梦龙《智囊》、清代纪晓岚《阅微草堂笔记》、梁晋竹《两般秋雨盦随笔》等。比较起来，他在洪迈《容斋随笔》和冯梦龙《智囊》两书上圈画和批注最多，对《智囊》里的二十余则故事作了批语。

——在这份书单中，关于中国古代文史典籍，开列有《荀子》《韩非子》《论衡》《昭明文选》《张氏全书》（张载）、《二十四史》《资治通鉴》、赵翼《二十二史札记》等二十多种。

新中国成立后，毛泽东读这类书籍，是常态。这里只说一下读《荀子·天论》的情形。

毛泽东读《荀子》，很注意前人注疏对荀子观点的解释，认为不对的地方，均进行驳疑。《荀子·天论》说到“不与天争职”的问题，注疏者引庄子的话解释，“六合之外，圣人存而不论”，他批注：“不对。六合内外圣凡皆应论议，此天文地质学所以应研究也。”

《荀子·天论》说道：“万物各得其和以生，各得其养以成，不见其事而见其功，夫是之谓神。皆知其所以成，莫知其无形，夫是之谓天。”读至此，他在“夫是之谓天”后面，补上一个“功”字，认为是原文缺字。注疏者对上面这段话的解释是，“言天道之难之”，在这句话的每个字旁，他都用红笔打了“×”，批注说：“天道不难知。今比二千年前荀子写此书时知道的多了。以后每一百年，每一千年又胜于前。六合内外，大小精粗，有限无限，所知皆胜于前。所谓难者，无穷的时空耳。宇宙发展无穷，科学发展亦无穷。反辩证法的有穷论——形而上学，不能存在于宇宙之间。不难又难，方是全局。”

《荀子·天论》说道：“大巧在所不为，大智在所不虑。”注疏者解释为“圣人无为而治也”，他的批注是：“六合内外皆在为，而所谓不为，黄老之说，大半骗术。”

毛泽东很欣赏荀子的两个思想。一个是“制天命而用之”的哲学观，他概括为“人定胜天”。1965 年 6 月 13 日，他在同胡志明的谈话中，又说：“荀子是唯物主义，是儒家的左派。”一个是“法后王”的历史观。在 1964 年 8 月 30 日的一次谈话中，他说拥护秦始皇的李斯，在“思想上属于荀子一派，主张法后王，后王就是齐桓公、晋文公，秦始皇也算”。

在 1958 年写的《工作方法六十条（草案）》中，毛泽东提出领导干部除了马列主义理论外，还要“学点自然科学和技术科学”“学点哲学和政治经济学”“学点历史和法学”“学点文学”“学点文法和逻辑”，等等。从上面沿着 1959 年这份书单所做的“巡游”看，他带头践行了自己对别人提出的要求。

人们把阅读比作精神的“流浪”。毛泽东博览群书，更像是一个几乎要游遍知识世界各个角落的“游子”。

但每个游子的心底，毕竟都藏着一个“故乡”。“故乡”是出发点，也是行程的归宿。毛泽东在新中国成立后阅读世界的“故乡”，既有他个人的精神追求，更有他担负的建设一个新中国的领导使命和追求目标，以及沿路碰到的这样或那样的问题和难题。后面要说的，将是此事。

（选自《毛泽东阅读史》，生活·读书·新知三联书店 2014 年版）

为什么是人民的胜利

丁晓平

很久了，我一直想为我的祖国写这样一部作品，告诉我的朋友尤其是比我更年轻的朋友们——我们的祖国多么伟大，不因她的美丽，也不因她的富饶，不因她的辽阔，也不因她的强盛，而因她走过的路多么不易！因为在我的身边，还有许许多多的朋友跟我一样，对祖国的历史，是那么的熟悉，又是那么的陌生。

在二十世纪中国历史乃至世界历史上，除了中国共产党领导的中国革命取得胜利、建立新中国之外，再没有哪个事件在当时看起来是如此的不可能，但事后却成为中国历史的必然。毛泽东领导的中国共产党带领中国人民用“小米加步枪”打败了日本帝国主义，又打败了蒋介石，推翻了“三座大山”，成为中国历史上迄今为止最为引人注目的政治成就，塑造了中国历史的新纪元，包括我们自己的当代史。

1949 年，在那个历史创造的现场，或者说在那个创造历史的现场，新中国的开国元勋们和中华民族众多有识之士，他们都有一个广泛的共识，用伟人毛泽东的话来说，那就是：“我们有一个共同的感觉，这就是我们的工作将写在人类的历史上，它将表明：占人类人口总数四分之一的中国人从此站立起来了。”

是的，中国人从此站立起来了！全世界的中国人从此站起来了！多么自信，多么豪迈，多么铿锵！这是一声压抑了一百多年的呐喊啊！那一刻，终于冲出了中国人的胸膛！

没有人能够怀疑，1949 年，是中国近现代史上最为关键、最具影响的一年，彻底结束了旧中国——那个比贫穷、落后、愚昧更驱使我们一代又一代的先辈们抛头颅洒热血的——饱受帝国主义列强侵略的屈辱的旧中国。我们可以看到，在 1949 年那个历史的现场，以毛泽东、周恩来等为代表的那一代中国共产党人是如此的自信，他们始终把个人的前途和命运与祖国的前途和命运紧紧地联系在一起，他们始终用自己整个的生命贡献给他们所从事的伟大事业，他们始终把他们集体获得的成就作为人民的胜利回报这片古老而年轻的土地，同时他们也自己塑造了自己。

说句实在话，他们多数在当时的中国，并非出身于上层社会、官僚贵族或政治精英阶层，有的甚至出身贫寒，与他们的对手相比，在政治、经济、社会地位上都黯然失色。是帝国主义的侵略、封建主义的腐朽、官僚资本主义的腐败带来的危机和压力，是民族的救亡图存和国家的奋发图强带来的危险和动力，把他们召唤在一起，把他们的才智凝聚在一起，从而促使他们把人民组织起来，把人民团结起来，排除万难，不怕牺牲，争取胜利。就任何公正的、正义的、良知的、可靠的人类标准而言，他们都算得上是中国历史上最具政治才能的一代，因为他们为中国人民创造了一个崭新的中国，让中国人民告别苦难和耻辱的同时放飞光荣和梦想。

没有天，就没有地；没有地，就没有家。家是最小的国，国是最大的家。今天，我之所以怀着敬仰、敬畏、敬重的心，重述共和国创立的这一段历史，重温这一段伟大不凡的年月，由表及里地去抚摸、呵护她的灵魂，是因为她，对热爱她的我和我们来说，有着一种强烈的吸引力，就像流淌在我心中的血液，既有历史的基因也有心理的基础——因为从最为现实的角度来说，我们至今仍然继承着 1949 年的历史遗产，享受着开国元勋那一代给我们创造的福利。这就是我和我的祖国，就像孩子和他的母亲——为什么我的眼睛总是饱含着泪水？为什么我的心总是热血澎湃？

因此，本书的主题，自然而然地具有极强的政治色彩，且对绝大多数当代中国人来说，这种色彩是最鲜艳的红色——那是革命的颜色，那是我们血液的颜色，也是国旗的颜色！当然，对于那些对中国如今的样子或者我们如何达到今天这种样子颇为不满的批评家（他们为数不多但声音却很响亮）来说，这个主题肯定是他们历史虚无的对象，他们或者以完全忽略主流政治的方式来回避围绕着这段历史的论述，或者断章取义地充当事后诸葛亮，用马后炮的方式说三道四。对热衷搞历史虚无主义的那点把戏，我曾在《捡了故事，丢了历史——谈谈今天我们如何避免误读历史》的文章中给予了回答。毫无疑问，本书所要回答的是，新中国到底是如何诞生的？为什么说新中国的诞生是人民的胜利？

我知道，要回答这个问题不是一件容易的事情。幸运的是，我能够看到众多的革命者给我们留下了十分精彩的回忆录，还有更多的前辈历史学家和作家们给我们提供了他们的研究成果。在我写作的道路上，他们都是一座座山峰。作为后来者，我必须做一个勤奋的攀登者，必须站到他们的肩膀上，才能眺望更远的远方。当然，仅仅用眼睛眺望还是不够的，还要做一个安静的思想者，做一个理性的捍卫者。更重要的是，我还希望，我脑海中已经燃起的这小小的思想的火花，能够点燃更多的人尤其是年轻的朋友们的思想之火炬。

星星之火，可以燎原。归根结底，历史，不仅仅是历史，而是一种世界观、人生观，也是一种文化观和价值观。因此，什么是中国革命者的世界观？或者说，开国领袖毛泽东那一代中国共产党人的世界观、人生观和价值观是什么？这才是值得我们今天思考的问题。

写作本书的过程中，我也始终在思考着这个问题。一个很偶然的机会，我遇见了北京大学中文系教授韩毓海先生。因为他读过我的作品《中共中央第一支笔》，那是我十多年前为胡乔木写的一部传记，因此他与我进行了愉快的交流。我则在他的著作《五百年来谁著史——1500年以来的中国与世界》中找到了一个应该可以回答我自己的答案。他在书中写道：“在毛泽东那里，正如在康德和马克思那里一样，‘世界’并不是需要我们去屈服、臣服、认同、膜拜的‘表象’，而是我们必须去努力改造和创造的‘对象’。而套用马克斯·韦伯的说法，什么是理性？所谓理性，并非是指‘欲望’‘感性’的节制或者对立面，我们所说的理性，乃是一种在时间中、在历史中才能展开的'责任伦理'：即只有那些面对前人的牺牲感到深深的愧疚，而对后来者怀有巨大责任的人，才是置身于历史中的人，才是置身于真实世界中的人，正是这种愧疚、正是这种责任，要求、命令我们把有限的生命，投入到无限地为后来者造福的事业之中去。因此，只有这样的人，才配称为理性的人，对历史负责的人，只有这样的工作，才配称为理性的事业。"

说得多好啊！

做一个理性的人，做一个对历史负责的人，多好啊！

开国元勋们已经用他们的人生信仰、革命实践和高尚的牺牲，证明他们是一个对历史负责的人了。而今天的我，则只需要做一个理性的人来写他们的历史，传承他们的红色基因，告慰他们纯粹的灵魂。我们不妨听一听毛泽东主席是怎么说的。他在1945年召开的党的七大上，就曾经这样告诫全党：

"无数革命先烈为了人民的利益牺牲了他们的生命，使我们每个活着的人想起他们就心里难过，难道我们还有什么个人利益不能牺牲，还有什么错误不能抛弃吗？"

成千成万的先烈，为着人民的利益，在我们的前头英勇地牺牲了，让我们高举起他们的旗帜，踏着他们的血迹前进吧！

——在这样的文字面前，我们的身体和灵魂都必须保持肃静，致敬！

——在这样的文字面前，我们内心想到的一定是责任、担当和使命。

看得见多远的过去，就能看得见多远的未来。

1949年，距离我们并不遥远。今天，当我们翻开这段历史，共和国的开国元勋和无数有名无名的英雄人物，以及普通的人民大众和士兵，他们清晰的富有质感的或已渐渐变得模糊的背影，神态安详又富有尊严的脸庞，以及他们穿越历史时空的眼神，与我们保持着一种可亲可敬的距离，他们在全天候地注视着我们，观察着他们的祖国，恰似一种图腾或象征，显得如此的肃穆且充满着神秘的英雄气概。或许他和他们会想到，我们会来瞻仰他们，阅读他们，聆听他们的教诲。

新中国是如何诞生的？我在今天提出这个问题或许让人感到幼稚可笑，

但我是多么希望我以我的方式和结构来叙述的共和国最初的这段历史，能够给读者朋友在阅读中带来不一样的快乐和思考。有人说“一切真历史都是当代史”，更何况，本书所写的故事就是当代史，或者说就是我们自己的历史。尽管我的写作突破了传统的编年史的套路，但依然还是循着编年史的路径，用心地讲述了一些大历史中的小插曲，让我们既能看清历史长河的主流，也能看见河面上那一朵朵洁白又美丽的浪花……当然，任何个人都是没有资格为新中国诞生的这段历史涂光抹彩或者盖棺定论的。但英国广播公司（BBC）的一则报道，还是引起了我深深的思考。

2015年11月25日，英国财政大臣奥斯本向英国议会提交新的政府开支计划，在他陈述完毕后，反对党工党的影子财政大臣麦克唐奈突然从上衣口袋里拿出一本《毛主席语录》来教训他，场面令人惊讶。他说，让我来引述一下中国前国家领导人毛泽东主席的话，这在这个大厦里是不多见的。他的举动引起一片哗然，迫使议长伯科大声呼喊：“肃静！我想听听书里是怎么说的。”接着，麦克唐奈打开手里的“红宝书”读了起来：“我们必须向一切内行的人们（不管什么人）学经济工作。拜他们做老师，恭恭敬敬地学，老老实实地学。不懂就是不懂，不要装懂。”

翻开《毛泽东选集》，我们很容易找到麦克唐奈先生朗读的这段话。它出自毛泽东的著作《论人民民主专政》，写作时间是1949年6月27日前后，发表在6月30日的《人民日报》上。这篇万字长文，毛泽东整整花了两天时间在北京香山双清别墅完成——一天思考、一天写作。在这里，请允许我摘录其中的两段文字，当然也包括英国人朗读的这一段：

> 党的二十八年是一个长时期，我们仅仅做了一件事，这就是取得了革命战争的基本胜利。这是值得庆祝的，因为这是人民的胜利，因为这是在中国这样一个大国的胜利。但是我们的事情还很多，比如走路，过去的工作只不过是像万里长征走完了第一步。残余的敌人尚待我们扫灭。严重的经济建设任务摆在我们面前。我们熟习的东西有些快要闲起来了，我们不熟习的东西正在强迫我们去做。这就是困难。帝国主义者算定我们办不好经济，他们站在一旁看，等待我们的

失败。

我们必须克服困难，我们必须学会自己不懂的东西。我们必须向一切内行的人们（不管什么人）学经济工作。拜他们做老师，恭恭敬敬地学，老老实实地学。不懂就是不懂，不要装懂。

瞧！毛泽东主席说："因为这是人民的胜利，因为这是在中国这样一个大国的胜利。"而为了"人民的胜利"，中国共产党人花了二十八年的时间，"仅仅做了一件事"，那就是赢得了"人民的胜利"，建立了新中国。

读到这里，朋友们或许已经明白我为什么立志要写这本《人民的胜利》了。如果本书中的故事确实说明了我和我的祖国某个更宏大的意义的话，那么要把握和理解这个意义的最可靠的方法，就是阅读这些故事本身了。

（选自《人民的胜利：新中国是这样的》，江西高校出版社 2021 年版）

太行天下脊

章　武

现实与想象之间，往往相距甚远。

原以为纵贯晋冀两省的太行山，定然是群峰高耸、沟谷纵横、树深林密的森森气象；原以为横穿太行山的滹沱河，也定然是浊浪排空、激流穿云、惊涛裂岸的浩浩乐章。没想到，进入河北省平山县境内，静悄悄展现在眼前的，却是类似白洋淀那样明媚秀丽的水乡风光。曾经是那样狂野的滹沱河被南冈水库大坝拦腰一截，竟变成温情脉脉的人工湖。湖畔，是稻麦两熟的阡陌平畴，是绿意葱茏的梨园、苹果园。果园深处，甚至还闪出了儿童游乐园的红色尖顶。

我们弃车下湖，登上游艇，驶向湖西的西柏坡村。碧绿的湖水犁出了雪白的浪花，不时有鱼儿从船舷两侧蹦了出来。风从迎面吹来，湿润润的，泥味、草味混合着鱼腥味。举目西望，太行山只是呈现出几叠淡青色的山影，不高，线条也很柔顺。想必这只是它东临冀中平原的余脉了，显得宽厚温和，平易近人。

坐在船头的河北省文联秘书长郑世芳，曾在西柏坡纪念馆工作过，对这里的山川历史了如指掌。他说，新中国成立前夕，党中央之所以选中这里作为解放全中国的指挥部，不仅仅因为这里背倚太行山，面向华北大平原，进可攻、退可守；不仅仅因为这里土肥水足、稻麦两熟，是晋察冀边区的“乌克兰”，更因为这里建党早，群众基础好，是边区有名的抗日模范县。“父母叫儿打东洋，妻子送郎上战场”，享誉解放区的“子弟兵母亲”戎冠秀就是平山人。因开发南泥湾而名闻天下的八路军359旅，其中有个“平山团”，就是由这里的一千五百多名子弟组成，被聂荣臻赞为“太行山上的钢铁子弟兵”……

郑世芳的一席话，使我对眼前愈来愈近的西柏坡，油然而生敬意。半个世纪前，我们的党，我们的领袖，正是依托这个小山村，这个只有百十来户人家、毫不起眼的小山村，指挥了震惊世界的“三大战役”，召开了彪炳史册的七届二中全会，为即将诞生的新中国绘就了宏伟的蓝图。

当年，毛泽东在这里起草文件时，情不自禁地显露出他的诗人本色。他用“朝阳”“航船”“婴儿”等一连串美妙的比喻，来描绘心目中所憧憬的新中国形象。而西柏坡对于新中国来说，无疑就是朝阳喷薄时的第一缕曙光，航船露出海平面时的第一根桅杆，婴儿在母亲身边最温暖的摇篮……

我们舍舟登岸，爬上苍松翠柏掩映的黄土高坡。一座青铜雕塑迎面站了起来。这是当年党中央“五大书记”并肩屹立的群雕。

也许是太行山春寒料峭，滹沱河坚冰似铁吧？他们身上都穿着鼓囊囊的棉大衣。只不过居中的毛泽东把棉衣的扣子解开了，帽子也不戴。从1947年3月至1948年5月，他用一年又两个月的时间，转战陕北，东渡黄河，翻越五台山、太行山，终于抵达西柏坡。他右手叉腰，抬眼眺望前方，胜券在握，神采飞扬。比他先期一年抵达这里的刘少奇、朱德伫立两侧，犹如左膀右臂。刘少奇在此主持制定了《土地法大纲》，朱德在此指挥了解放华北重镇石家庄的战役，皆功不可没。从延安到西柏坡，一路跟随他的周恩来已不再是“美髯公”了，为了迎接新中国的诞生，他刮掉了浓密的大胡子，一双剑眉底下，是两束如炬的目光，透出他在日理万机时的缜密、精细和果断。五位书记中最年轻的是戴近视眼镜的任弼时，他是在大雪封山、人车受阻时，拽着马尾巴一步一步翻山越岭走过来的。此时，他虽已沉疴在身，但却和周恩来一样，常常通宵达旦呕心沥血……

如果说，这组群雕是巍巍太行的化身，那么，毛泽东便是顶天立地的主峰，其余四位便是环侍、拱卫、衬托主峰的群峰了。群峰因主峰而愈显沉雄厚重，主峰因群峰而更添崔嵬峥嵘。应该说，西柏坡时期，是党的第一代领导核心最团结最强有力的时期，领袖们彼此之间的信任、理解和友谊，至今犹令人仰之弥高，敬之弥深。

我们默默走进了黄土高坡上的西柏坡村。一幢黄土垒砌的小平房，一方方单门独户的农家小院，一棵棵楸树、梨树和槐树，树下的一个个石碾盘。透过当年灯火通明的窗户，依然可以看见室内的土炕，炕上的纺车，木桌上的老式电话机以及墙上的军用地图……

多少个天寒地冻的深夜，多少个雄鸡报晓的黎明，领袖们就围坐在这里，围坐在石磨盘边，“运筹帷幄之中，决胜千里之外”，而所谓“帷幄”居然就是如此简陋、如此朴素，朴素到了寒碜地步的农家小院！

最令人难以置信的，是当年的中国人民解放军总部、军委办公室及其所属的作战科、情报科、战史资料科，其办公用房的总和，只是一排四个房间大，但中间减去隔墙的小平房，只是三张长方形的木桌子及几架普普通通的木柜子。当今，我福建沿海一些村民委员会的办公室、会议厅，也比这来得宽敞，来得气派吧！

但战争的胜负从来不取决于军事指挥部的办公条件。“得人心者得天下”，指挥辽沈、淮海、平津三大战役的无线电波就是从这排小平房里发射出去的。墙上巨大的军用地图，至今留下许多红色或蓝色的点、线、圈和箭头。据说，为了节约从战场上缴获来的红蓝铅笔，当年的标图者竟别出心裁地用红毛线、蓝毛线加以替代。怪不得1975年，在淮海战役中被俘的原国民党第12兵团司令黄维来此参观时，不得不仰天长叹道：“万万没想到，就在这四间小平房里，把国民党的几百万军队打垮了。国民党当败，蒋介石当败啊！”

徜徉在西柏坡的乡间小路上，郑世芳还为我们讲起了一个个在当地民间广为流传的小故事：毛泽东教农民插秧，朱德扶耧播麦种，董必武培育槐树苗，周恩来把大白马让给老乡拉碌碡。而在刘少奇与王光美的“洞房花烛夜”，他俩如何为大家合唱《南泥湾》，前来贺喜的朱德、周恩来又如何拉大家“蹦嚓嚓”跳起了交谊舞……尽管时光流逝了半个世纪，尽管故事中的主人公除王光美外全都已不在人世，但故事中所体现的领袖与人民之间，领袖们彼此之间的深情厚谊，却如同当地农家酿制的高粱酒一样，历久而弥香。

此行的高潮是拜谒七届二中全会会址。自然，这也只是一幢略高稍大的土坯房。原为大伙房，开会前临时布置成了会场。1949 年 3 月 5 日至 13 日，三十四位中央委员、十九位候补委员连同十一位列席人员，共计六十四人从全国各地赶来赴会。从当年拍摄的黑白电影纪录片里，我们可以看到：天寒地冻，瑞雪纷飞，开国元勋们三三两两踏雪而来，他们掀开厚厚的门帘步入会场，一个个脸上都掩盖不住胜利的喜悦。当他们谈笑时，一股股热气还化成白烟从嘴中冒出来呢！

主席台上，毛泽东背倚“敌我战略形势图”，庄严宣布：面临全国胜利的局面，党的工作重心必须由农村转移到城市。他以一个无产阶级革命领袖最清醒的头脑和最科学的预见，谆谆告诫即将成为执政党的全体中国共产党党员：

“夺取全国胜利，这只是万里长征走完了第一步。”

接着，他灵机一动，为我们的汉语词典发明了一个最新的成语：“糖衣炮弹”。他要求全党同志，务必要警惕来自资产阶级“糖衣炮弹”的袭击。

为此，会议做出六条规定：一、不做寿；二、不送礼；三、少敬酒；四、少拍掌；五、不以人名作地名；六、不要把中国同志同“马恩列斯”平列。

也许，跟今天“反腐倡廉”“廉洁自律”各项规定相比，这六条未免太简单了，对违反规定的处分也语焉不详。但在当年，在夺取全国胜利的枪炮声中，在庆祝共和国诞生的欢呼声中，这简简单单的六条规定，却是中国共产党人，尤其是党的高级干部，在行将掌权执政之际，最明确最严格的自我约束。

会后十天，毛泽东和党中央、解放军总部一起，离开西柏坡，迁往北平。临行之际，他步履缓慢，神情凝重，目光严峻。他边走边说：

“今天是进京赶考的日子。”

周恩来在一旁深有同感：

“我们都应该及格，不要退回来。”

“退回来就失败了。”毛泽东的思绪又飞向历史深处。他想起那位三百年前进京的“闯王”，那位南征北战十六年，却只在龙椅上坐了四十三天的李自成。他挥了挥手，斩钉截铁地说，“我们决不做李自成”。

斗转星移，半个世纪过去了。今天，他那带有浓重湘音的誓言，仍然回响在我们耳际。尽管新中国创建的各项任务早已圆满完成，社会主义建设也取得了举世公认的丰功伟绩，但执政党的党风问题，仍然是一个关系到国家民族生死存亡的大课题。毛泽东所说的那场考试，似乎并没有结束。

离开西柏坡，我的脑际一直回旋着古人的一句诗：“太行天下脊”。如果说，太行山是中原大地的脊梁，那么，从西柏坡进京的中国共产党就是中华民族的脊梁。它在任何时候都不应该因缺钙而被腐蚀、被压弯、被扭曲的。

巍巍太行山，可以作证。

1998 年 9 月 9 日游并记

1999 年 7 月 18 日完稿

（选自《一个人与九十九座山》，海峡文艺出版社 2010 年版）

叩启鸿蒙

王充闾

一

佛经上有“浮屠不三宿桑下”的说法，为的是在一棵桑树下面连续住上三宿，僧人会产生眷恋的情怀。

也许事实果真是这样。“黄莺久住浑相恋，欲别频啼四五声。”——唐诗中如是说。鸟犹如此，号称“感情的动物”的人，自然更不必说了。

我就有这样的实际体会。近日，在贺兰山下住过了几天，一种流连忘返之情渐渐地潜生心底。

这里地处流光溢彩、飞金洒银的河套平原，贺兰山绵亘数百里，宛若一列壁立千仞的天然屏障，拦阻了西面蒙古高原的卷地风沙和凛冽寒潮；东面是南北流向的滔滔滚滚的黄河，连同开凿于一两千年前的秦渠、汉渠、唐徕渠，为浩茫无际的沃野平畴输送了川流不竭的充足水源。所以，自古就有“天下黄河富宁夏”的民谚。

眼下正值“天凉好个秋”的丰收季节，连续多日都是“弹得出声音、照得见身影”的响晴天。金黄的稻海浮荡着万顷微澜，把一个偌大的银川平原装点得光华灿烂；山麓、草场上游走着一群群雪团、棉絮似的身躯臃肿的肥羊，与展现在高远无垠的湛蓝天宇上的层层片片的云罗霞锦，上下交辉，遥相映衬，织成一幅丽景天成、悠然意远的图画。

应该说，这里的山川确实雄浑壮美，大地也是富丽丰饶的。然而，我之所以宛转低徊、流连无限，却并非着意于此。真正使我动心动容、感发奋起、兴会淋漓的，乃是贺兰山的岩画——形成于混沌初开的鸿蒙时代，被称作“人类早期艺术的活化石”“游牧民族用艺术形象描绘的史诗”。

对此，早在公元五世纪，我国北魏学者郦道元就在他的名著《水经注》中作了记载：黄河所经的石山上，“悉有鹿马之迹”“山石之上，自然有文，尽若虎马之状，粲然成著，类似图焉，故亦谓之画石山也”。

贺兰山岩画属于北方草原文化类型，是由不同的游牧人群按照不同的心理意向，先后凿刻在绵延数百里山崖上的文化遗存。经“地衣测年法”鉴定，岩画的制作时间上自远古狩猎时代，下迄宋、元与西夏末叶，跨度将近万年。已经炸毁、剥蚀的不算，现今尚存五千余组，个体形象多达数万，最大的画幅长十余米，最小的仅一、二厘米。穷形尽相，光怪陆离，构成了一个含蕴无穷的造型艺术的大千世界。

作为历史文化的载体，岩画从诞生开始，就紧密地同人们的社会生活、经济活动、宗教信仰、风俗习惯交织在一起。可以说，每一组岩画，都闪现着远古先民智慧的灵光，承载着他们在大自然面前既无能为力又并不甘心的痛苦抉择，记录着他们筚路蓝缕、与时共进的艰辛历程。

二

此刻，我正站在一幅构图奇异、耐人寻味的岩画前。

画面上，左右两旁各有一个左手印，左边手印下刻着一只低头的山羊和一只前腿下跪的牛，右边手印的上下方各有一个人面像。两只手印的中间站着一个双臂扬起的人，上面的显著位置刻有一个环眼圆睁的桃形人面像。画图十分生动有趣，可是，它的意蕴究竟是什么呢？端详了半晌也未得其解。

后来经过向专家请教，才弄清楚原来这是一份具有“契约”性质的文件——以岩画的形式确认了古代两个部落之间的隶属关系。手印是象征着权力的。左边那个部落已为右边部落所征服，随之它的人口与牲畜也全部划归右边部落所有。桃形人面像象征着神祇。有神、人共鉴，石画为凭，这份“契约”自然具备着无可置疑的效力。

在向阳的山崖斜坡上，我还看到一幅凿刻得很精致的射猎图。画面上，一个人正在弯弓射箭，七只硕壮的山羊惊惶逃窜，其中五只向东奔跑，两只向西逃逸，而猎犬却回身伫望着主人。猎人形象凿刻得很小，表明他所在的位置距离羊群较远。由此可以看出，那时的先民已经注意到了运用透视关系来进行构图处理。也说明，在很古的时代，水草丰美的银川平原就已成为各游牧民族世世代代繁衍生息、劳动创造、游牧狩猎的理想乐园，也是各种家畜和野生动物的繁衍、栖迟之所。

一组游牧风情图的宏大画面上显示，牦牛、骆驼、花斑马、梅花鹿、北山羊散放在原野里，有的在欢乐地角抵、奔逐，有的静静地低头吃草，有的在悠然闲卧。旁边站着一个游牧人，顶上的头发盘结起来，腰间斜插着一根木棍，胯下拖着一条又长又大的尾巴。身后跟随着一只猎犬，懒洋洋地呆望着主人。画图的右边，聚集着一队歌舞腾欢的人群，男人头上有的装饰着兽角，有的插着羽毛，有的戴着尖顶或圆顶的帽子；女性则长发下垂，也有绾着发髻、戴着头饰的。场上，翩翩的舞影，忘情的啸歌，衬着多姿多彩的穿戴和装饰，渲染出原始艺术粗犷、质朴的特色。

为浓郁的生活气息所吸引，此刻，我也仿佛置身其间，随着欢乐的人群手之舞之、足之蹈之，尽情尽兴，和先民们一起发出欢腾的吼声。此间，气候温暖湿润，雨量充沛，大自然焕发出勃勃生机。丛林掩映中，一些平生未曾寓目、而今多已灭绝的动物蹿跃其间；一队前额低平、眉骨粗大、目光迷惘的人群，正在咿唔呼啸着追奔射猎。回望山崖，发现那里还有一些人在紧张地劳作着。趋前细看，他们手持石刀、铁錾，或凿、或敲、或磨、或刻，正全神贯注地制作着各种人面和动物的图像，一幅幅生动的画面在他们的手下赫然展现出来。……

我正在忘情地欣赏着这一切，不料，稍微一愣神，忽然发觉山崖上的人形已经淡出、隐没了，逐渐逐渐地幻化成山垭口处一伙凿石垒渠的人群。伴随着各种敲击的繁响，一道清溪从山坳里冲出，顺着渠道滔滔汩汩地流淌下来，顿觉遍体生凉，神清气爽。于是，我也憬然惊寤了。

心头的意念一收，时间的潮水，哗——哗——哗，一下子流过了几千年，我也随之而返回到现实生活里。

三

贺兰山岩画本身就是一部文化传承的史书。它是地处祖国西北的许多少数民族共同创造的精神财富。现在，人们一提起银川，就把它同西夏联结起来，漫步街头，随处可见“昊都大酒店”“西夏贡酒”“昊王宫”等与西夏王国有关的商标、名号，这固然有其重要的依据。但是，严格地讲，它仅仅是一部分，而并非全体。

早在数千年前，就有许多少数民族在这一带游牧、畋猎，繁衍生息。见诸史籍的，商周至春秋战国时期，贺兰山下主要游动着獫狁、羌、戎等部族；秦、汉至南北朝时期，先后有匈奴、鲜卑、氐、羯等族；隋唐两代，突厥、回鹘、吐蕃等族聚居于此；迨至两宋、西夏时期，这里主要是党项族；元代则为蒙古族所领有。他们一个跟着一个进入这个地区，跃上历史舞台，次第更迭，薪尽火传，演出了一幕幕威武悲壮的历史活剧。

随着时序的推移，他们有的迁徙了，有的变化了，有的消失了，像成群结队翱翔于万里秋空的候鸟一般，忽剌剌地飞来，又急匆匆地逸去，许多重大活动，文字都没有记载，甚至煌煌正史上也尽付阙如。事实上，当然并非落地无痕，杳无踪影，而是一站接着一站传承着社会文明的熊熊爝火，为建构整个中华民族的伟大文明传统作出了应有的贡献。

这遍布贺兰山上，由五千多组岩画连缀而成的艺术长廊，就是绝好的历史见证。

我们怎能不由衷地感激那些伟大的民间艺术家——成千累万的无名的岩画制作者！是他们以其独特的艺术创造，为后世人民留存了形象鲜明、信息丰富的时代屐痕，提供了极其珍贵的研究古代文明史的第一手资料。

高尔基说得好：“人，按其本性来说，就是艺术家。他无论如何处处力求给自己的生活带来美。”游猎的先民在浩瀚无垠的荒原上，通过与大自然的艰苦拼搏，培植了粗犷豪放的性格，也播下了信念、追求与热望。他们在呼啸、奔逐、游牧、畋猎之余，借助于岩画的创作，把自己的喜怒哀乐、忧思感奋、所见所闻一一凿刻于山石之上，以获取心理上的满足与快感，达到抒发情感、愉悦身心、恢复体力、消解疲劳的作用。

岩画开创了人类艺术的先河，是一部融汇着理性与野性、现实与幻想、稚拙与灵动的无声的交响乐。同时，又是一个活的解释系统，它无异于一部古代游牧民族的百科全书，向后人展示着先民对于自然、社会与人类自身的认识，把他们敬仰的神灵、崇拜的图腾、朦胧的遐想、放牧狩猎的经验以至于七情六欲等深层次的内涵如实地记录下来。

四

黄河，这祖国的母亲河，历史之河，文明之河，在她的身边，岩画与神话并存。它们作为人类精神活动、艺术实践的智慧之果，都深深植根于民族文化本原的沃土之中。那些借助于想象与幻想，把自然力加以拟人化，反映远古先民对于世界起源、自然现象、社会生活的原始理解的神话传说，在贺兰山岩画中同样有所展现。

关于伏羲、女娲这两位始祖神的传说，散见于《山海经》《楚辞》《淮南子》等古籍，同时，广泛流传在黄河流域一带的民间。与两位始祖神“本为兄妹”“蛇身人首、尾部相交”等传说内容相对应，贺兰山口一幅极为古老的岩画上也有他们的造像——人面蛇身，共同交尾于一条长蛇之上。画像要早于伏羲、女娲其他造像几千年，极为简单、原始，却是鲜活动人。

就一定意义上说，神话原是某种风俗、习惯、信仰和宗教的反映；而岩画则是从艺术的角度予以形象的记述与描绘。二者相辅相成，相得益彰。《山海经》中有关“戎，其为人，人首三角”的记述，实际上，指的是人的头顶上的兽角装饰，贺兰山口的人面型岩画中就有这种头戴三角的装饰形象。岩画与神话互为印证，表明古代一个时期西戎族的先民曾在这一带生活过。

《史记》和《竹书纪年》中都有关于“感生神话”的记载，如说周始祖后稷之母姜嫄在野外见到巨人的足迹，心忻然悦，践之，遂有身孕，及期生子。这在岩画中亦有所反映。据专家解释，所谓“践巨人足迹”云云，原生状态乃是一种生育舞蹈动作，——男女相伴而舞，踏着轻盈的脚步，然后野合做爱，从而得怀身孕。贺兰山的岩画就是这样表现的：在一对脚印旁边，一双男女在纵情地狂欢、跳舞、拥抱，集中反映了原始先民对于生育的崇拜与渴望，以艺术形式给予“感生神话”以精彩的图解和印证。

原来，原始人的思维处于人类思维的童年形态，带有“巫术性”的成分。他们所处的文化环境，是一个相信万物有灵、凡事迷信前兆的世界。在他们看来，世界上的一切都受着超自然的力量支配，诸如日月的升沉，四时的更迭，草木的荣枯，动物的繁殖，人世的生老病死、穷达休咎，背后都有一种超自然的力量在操纵着。他们既满怀畏惧，却又不甘心任其摆布，总想通过一种特殊的行为来影响它，利用它，于是，便产生了巫术。

在先民的心目中，岩画中的动物就是生活中的实物。因此，只要在山崖上凿刻出交媾与生殖的画面，就能实现人畜兴旺的愿望。同样，为了扩大狩猎的战果，便在岩石上不厌其烦地制作着大量的动物图形和游猎场面，他们确信，只有把动物的形象画在山石上（有的还要用箭镞射中它），游猎才会产生预期的效果。

看着这些千奇百怪的画面，也许有人会觉得它们过于粗糙、简单，甚至荒诞无稽。可是，远古的先民正是凭借着这些普通至极的线条与符号，描绘出了整个的万有世界，一如音乐的七个音符，可说是再简单不过了，靠着它们却能谱出情动三军、绕梁终日的万曲千歌。

五

当然，也无庸讳言，作为史前社会的文化遗存和符号系统，作为图腾艺术的物化载体，贺兰山岩画尽管意蕴之深邃、视野之闳阔为世人瞩目，但它们全由图像组成这一共同特点，却是振古如兹，一成未变的。千年前的也好，万年前的也好，线条、画面、构图、命意，几乎看不出太多的变化。无论其为象形图式、表意图式，还是情感图式，都一无例外地以图像寄寓意义。单就“不确定性”这一点来说，与文字也存在着显著的差别。

历史在这里似乎经久地原地踏步。

时间在这里似乎凝固了。

人生易老，年寿有时而尽，对于时间的飞逝，现代人总是特别敏感的。

几度花飞叶落，一番齿豁头秃，常使人感慨重重，蓦然惊悚。

当年，党项族的首领建立大夏国之后，仿照中原王朝的模式，不仅在都城和林峦佳处建起了金碧辉煌的玉宇琼楼、离宫别馆，还选定了贺兰山东麓为其历代君王夜台长眠之地，在五十平方公里的地面上留下了数百座大大小小的“金字塔”。

时间仅仅过去了几百年，于今，当日的千般宏丽，万种豪华，已经踪迹无存，只剩下几盏荒冢、数堆瓦砾，萧条破败，零落在秋风里。相反，当人们面对这些“粤自盘古，生于太荒”的岩画——这些远古游牧时代的文化遗存，想到它们阅千古而长新，历万劫而不磨，神奇地存留到今天，又怎能不为之而感到惊异、感到庆幸、感到振奋呢？

可以说，解读岩画就是在叩启鸿蒙，等于翻检一部已经失传了的史前典籍。画面上的犀牛、野马、北山羊、单峰骆驼等珍稀动物，不是在一两千年前就已绝迹了吗？而那幅岩画上的大角鹿，据古生物学记载，原是百万年到一万年前的远古孑遗呀！沧桑迭变，岩画长新。时间峻厉无情，然而却又是万分公正的，它善于选择，它并没有吞噬一切。

时间，时间，我们现代人在这里真正感受到了时间！

当年，大诗人白居易曾经一往情深地咏赞西湖：“未能抛得杭州去，一半勾留在此湖。”现在我却要说：“未能抛得银川去，全部勾留在此图。”

通过解读这些变形夸张、耐人寻味的岩画，不仅获得一番值得永生忆念的艺术享受，而且，接受了一次认识生存根基、启发生态自觉意识的教育——拨开重重的朦胧烟雾，可以重温人类蒙昧时期的宿梦，聆听远古历史微弱的回声，透视原始先民与生物环境同生共存的真实景象，进而悟解人类在自然生态系统链中的恰当位置，克服诛求无限、为所欲为的狂妄心态，真正实现回归家园、认清本源的觉醒。

（选自《充闾文集》，万卷出版公司 2016 年版）

我热爱新北京

老　舍

北京是美丽的，我知道，因为我不但是北京人，而且到过欧美，看见过许多西方的名城，假若我只用北京人的资格来赞美北京，那也许就是成见了。

我知道北京美丽，我爱她像爱我的母亲。因为我这样爱她，所以才为她的缺点着急，苦闷。我关切她的缺欠正像关切一个亲人的疾病。是的，北京确实是有缺欠。那些缺欠是过去的皇帝、军阀和国民党政府带给北京的。他们占据着北京，也糟蹋北京。

在过去，举例说吧，当皇帝或蒋介石出来的时候，街道上便打扫干净，洒上清水；可是，他们的大轿或汽车不经过的地方便永远没见过扫帚与水桶。达官贵人住着宫殿式的房子，而且有美丽的花园；穷人们却住着顶脏的杂院儿。达官贵人的门外有柏油路，好让他们跑汽车；穷人的门前却是垃圾堆。

1949年年尾，我回到故乡北京。我已经十四年没回来过了。虽然别离了这么久，我可是没有一天不想念着她。不管我在哪里，我还是拿北京作我的小说的背景，因为我闭上眼想起的北京是要比睁着眼看见的地方更亲切，更真实，更有感情的。这是真话。

到今天，我已经在北京住了一年。在这一年里，我所看到听到的都证明了，新的政府千真万确是一切仰仗人民，一切为了人民的。只就北京的建设来说，证据已经十分充足了。让我们提出几项来说吧。

一，下水道。北京的下水道年久失修，每逢一下大雨，就应了那句不体面的话：“北京，刮风是香炉，下雨是墨盒子。”北京市人民政府自从成立就要洗刷这个由反动政府留下的污点，一方面修路，一方面挖沟。我知道，在十几年抗日与解放战争之后，百废待举，政府的财力是不怎么从容的。可是，政府为人民的福利，并不因经济的困难而延迟这重大的任务。各城的暗沟都挖了，雨水污水都有了排泄的路子。北京再不怕下雨；下雨不再使道路成为“墨盒子”。

最使我感动的是：这个为人民服务的政府并不只为通衢路修沟，而且特别顾到一向被反动政府忽视的偏僻地方。在以前，反动政府是吸去人民的血，而把污水和垃圾倒在穷人的门外，叫他们“享受”猪狗的生活。现在，政府是看哪里最脏，疾病最多，便先从哪里动手修整。新政府的眼是看着穷苦人民的。

在北京的南城，有一条明沟，叫龙须沟。多么美的名字啊！龙须沟！可是，实际上，那是一条最臭的水沟。沟的两岸密匝匝地住满了劳苦的人民，终年呼吸着使人恶心的臭气，多少年了，这条沟没有人修理过，因为这里是贫民窟。人民屡次自动地捐款修沟，款子都被反动的官吏们吞吃了。去年夏初，人民政府在明沟的旁边给人民修了暗沟，秋天完工，填平了明沟。人民怎样地感戴是可以想象得到的。我亲自去看过这条奇臭的“龙须”和那新的暗沟，并且搜集了那一带人民的生活情形和他们对政府给他们修沟的反映，写成一出三幕话剧，表示我对政府的感激与钦佩。

二，清洁。北京向来是美丽的，可是在反动政府下并不处处都清洁。是的，那时候人民确是按期交卫生费的，但是因为官吏的贪污与不负责，卫生费并不见得用在公众卫生事业上。现在，北京像一个古老美丽的雕花漆盒，落在一个勤勉人手里，盒子上的每一凹处都收拾得干干净净，再没有一点积垢。真的，北京的每一条小巷都已经清清爽爽，连人家的院子里也没有积累的垃圾，因为倾倒秽土的人员是那么勤谨，那么准时必来，人们谁都愿意逐日把院子里外收拾清洁。美丽是和清洁分不开的。这人民的古城多么清爽可喜呀！我可以想象到，在十年八年以后，北京的全城会成为一座大的公园，处处美丽，处处清洁，处处有古迹，处处也有最新的卫生设备。

三，灯和水。北京，在解放前，夜里常是黑暗的。她有电灯，但灯光是那么微弱，似有若无，而且时时长时间地停电。政治的黑暗使电灯也无光。水也是这样。夏天水源枯竭，便没有水用。就在平日，也是有势力的拼命用水，穷人住的地带根本没有自来水管。他们必得喝井水。这七百年的古城，在反动政府的统治下，灯水的供应似乎还停留在七百年前的光景。

北京解放了，人的心和人的眼一齐见到光明。由于电厂有了新的管理法，由于工人的进步与努力，北京的电灯真像电灯了。工人们保证不缺电，不停电。这古老的都城，在黑暗间，依然露出她的美丽。那金的绿的琉璃瓦，红的墙，白玉石的桥，都在明亮的灯光下显现出最悦目的颜色。而且，电力还够供给各工厂。同样的，水也够用了。而且，就是在龙须沟的人们也有自来水吃啦。

我爱北京，我更爱今天的北京——她是多么清洁、明亮、美丽！我怎么不感谢毛主席呢？是他，给北京带来了光明和说不尽的好处哇！我只提到下水道和灯水什么的，可是我的感激是无尽的，因为提到的这些不过是新北京建设工作的一部分哪。

（原载《人民日报》1951 年 1 月 25 日）

北京是个大型建筑博物馆

沈从文

北京在世界上以古建筑著名。紫禁城里的宫殿，分布城郊的庙坛园林，每个单位都有一系列的建筑物，各有艺术上的不同风格，综合看来，又如同整体的一部分，是用故宫皇城大建筑群作中心，在五百年前北京建都总计划中就定下来，经过累代创修陆续完成的。设计规模的雄伟、协调、明朗，以及每一建筑物装饰的华美精细，都给人留下一个不易忘记的深刻印象。

这些建筑物近年来一部分已改作各种博物馆，或一般性文化展览馆。论规模宏大，经常性展出和专题展出种类多，从伟大祖国文化艺术遗产方面给观众以爱国主义教育的，应数故宫博物院。以科学发掘出土文物为主，结合历史人物事件、生产发展、科学文化艺术的发明和创造而作通俗陈列的，应数北京历史博物馆。其实说来，北京城本身，也就是一个大型建筑历史博物馆。

这个历史名城，战国时就已经是燕国都会之一，华北平原一个政治文化的中心（近年来，围绕着这个地区的外缘唐山和热河，不断都有大量古文物的发现，已证明这地区还可能有更多重要遗物出土）。隋唐时代依旧是北方重镇，设立范阳节度使，屯集重兵，当时主要是防御奚、契丹的内侵。安禄山镇守范阳后，却用作根据地，利用诸胡族，举兵内犯，动摇了长安唐政权。即由金人正式建都燕京算起，也有了八百多年。世界著名横跨无定河的东方长石桥——卢沟桥，就是这个时期石工修造的。

元代在这里作大都，百年统治中，城郊庙坛园林还不断有补。白云观、护国寺、东岳庙、白塔寺，都是这一时期建造的。当时尼泊尔的大艺术家安尼哥，和中国大艺术家刘元，师徒二人曾经参加过这些庙宇园林的建筑设计和雕塑工程。长城口居庸关的过街楼，也是这个时期作成的。金代城池的建造，多取法北宋汴梁，间接还保留洛阳和长安汉唐帝都的规模《金史·张汝霖传》中曾提起过，当时装饰一个宫殿，就使用过汉族和回鹘锦绮丝绣工人一千二，经时两年才告完成。今北海琼岛的建筑，虽从辽代创始，至于琼岛上的太湖石假山，却是金人攻下开封后，把“寿山艮岳”撤毁，搬运石头来京堆砌成功的。元代在这座小山上建“广寒殿”避暑，房屋花木布置得和想象中的月宫仙境一样。当时还用人工激水上升到山顶，水从一个龙头口里喷出，变成小瀑布缓缓流入浴池中。明太祖因为这座宫殿过于奢侈，派萧洵来督工，把它撤毁。萧洵才把原来琼岛建筑情况，一一记载下来让后人知道。琼岛上石头透剔清奇部分，明代搬移过中南海，就成了现在的“瀛台”。元代虽已利用海运转输南方粮食，南北运河还贯通，运河粮船能直达北城后海一带，当时在琼岛上远望，还可依约见到千百艘大粮船，舳舻衔接、桅樯如林的动人情景。

金元旧都略偏西南北，经过长久的岁月，加上几次历史上的改朝换代大事变，目下只剩下些城垣遗迹和庙宇中碑石树木。明代永乐年间重新定都北京，前后修筑的内外皇城，和用紫禁城里三大殿作主体的故宫建筑群，虽历年五百，但因明清两代不断兴修，大致都还保存得完完整整。此外，围绕宫城的几个主要建筑群，例如南城的天坛和先农坛，西城的白塔寺和城外白云观与五塔寺，北城的钟楼和鼓楼，东北城角的国子监、孔庙和雍和宫，城外的东岳庙，以及临近宫城的中南海、北海、团城、太庙和社稷坛、景山和大高殿，郊外西山一带的碧云寺、八大处、卧佛寺、玉泉山、大觉寺……都是近五百年古建筑艺术的结晶。这些古建筑或因年久失修，或前后曾遭受人力破坏摧残，建国后经过逐年修复，又恢复了它固有的光彩。

外来游人到了北京，最先引起注意的是天安门。在一座高达三丈的棕红色台基上，高高矗起那么一座九楹重檐金碧辉煌的大门楼，两翼红墙向东西延展开去，给人印象是雄伟、华贵，而又十分沉静稳定。无论任何时候看来都很壮观。其实如就故宫建筑全部说来，天安门还只是宫城建筑体系前缘一部分。再前还有正阳门，后边还有端门。由端门进去是午门，这才是紫禁城真正的大门。天安门建筑以华美壮丽见称，午门却给人一种端重严肃的感觉。一个熟习近五世纪中国史的游人，来到这座门楼下边时，这种严肃感会格外加深。

午门在历史上具有“凯旋门”意味。明清两代国有大事，出兵远征时，将帅受命成行，多在午门前举行出兵仪式。战争结束胜利归来时，帝王就坐在午门楼上阅兵，慰劳将士，检视俘虏和胜利品。明代晚期政治特别黑暗，宦官权臣为媚悦帝王，巩固宠信，利用锦衣卫作爪牙，不时突入人家，逮捕异己敢言事的正直大臣，用严刑酷罚罗织成狱，对名士大臣施行“廷杖”时，也就在午门楼下广场中执行。许多人就在这种专制淫威下当场死去。

午门楼下东西两廊，共有八十四间厢房连接端门，过去是百官候朝的地方。天明前即冠带袍服云集，到时候午门两侧角楼钟鼓齐鸣，才鱼贯进入午门、太和门，于太和殿前白石丹陛下等待召见。午门兴建于十五世纪，重修装金布彩于十七世纪末，距现今也有了二百七八十年。午门使人认识历史过去。让我们明白，世界上任何一个地区都有过帝王，一时节具有无上的权威，不多久这权威总会消失无余。专制帝王在某种历史情形下，也能或多或少作了些对国家人民有益的事情。但凡是想利用残暴统治，鱼肉人民，满足一己私欲的，被人民推倒就更加快一些。至于人民由于劳动和智慧结合，在生产、科学和文学艺术领域中的发明和创造，对国家有益的贡献，却必然长远存在后人记忆中，而且会成为后人追求社会进步、建设共同美好生活的启发和鼓舞力量。午门可视作明清两代的历史博物馆，午门本身的历史和系统通俗历史陈列，教观众更加清楚了解历史发展的规律。

试站到午门楼上高处四望，故宫以三大殿作中心的建筑群，及内外东西六宫建筑群，文华武英二殿建筑群，都如近在眼前。一重重明黄色琉璃瓦大屋顶，和秀挺不群矗立在城垣东西那两座转角楼，共同在明朗秋阳下灼灼闪光，后背衬托着的是一大片蓝空。围绕着宫城的百万户人家，半笼在郁郁青青的一片树木绿海中。这一切，真是够庄严、深厚、沉静和一种不易形容的美丽！特别是我们如体会到这个历史上的大都名城，这一片绿海下边正在进行的万千种不同工作和活动，对于中国人民的幸福生活，以及对于世界未来长久和平所起的良好作用时，会觉得蓝空下的北京一切，诗人即或想用文字来叙述赞美，不免会感觉到难于措辞。即色彩丰富的绘画，也只能画出部分的印象。或许只有某种伟大音乐，综合百十种不同器乐中所具有的豪放和精细、壮美和温柔的声音，融化组织不同时空下形成的种种旋律和节奏，写成一个大乐章，才有希望能作出适当的反映。

在这片绿海中，这里那里，远近都可发现有崭新建筑物在高高矗起。十年二十年后的北京城，这百万户旧宅无疑会完全变更旧有的面貌，产生一种崭新的景象。那时节不论是学校、医院、工厂或戏院附近，以及大街上人行道边，大致都可按照一定计划，收拾得和目前公园一样，到处是花坛栽满各种美丽好花，到处有平整草地，可以供人休息散步。新建筑的专门博物馆和文化馆，也将成千累百，分布城郊各处，设备完美而又清洁舒适，教育观众以种种新知识。但是北京这些古建筑，却决不会就失去它固有的光辉，只会更加使人觉得可爱，因之也保护得更加周到，因为人人都知道，这些建筑不仅仅是祖国重要文化艺术的遗产，同时也是世界重要文化艺术遗产一部分，加倍珍重爱护它们，既能够增加人民对于历史过去伟大成就的认识，也可发人民种种新的创造热情，对于争取世界持久和平，作出更大的贡献！

1956 年 9 月写

（原载上海《文汇报》，1956 年 10 月 15 日）

我在北京四十年

梁晓声

屈指算来，我从复旦大学毕业后分配到北京电影制片厂，已经四十四年了。

我在北京电影制片厂有半年左右的时间没宿舍可住，临时住北影招待所的一张床位。半年后分到了一间单人宿舍，十一平方米。那是筒子楼，家家户户在走廊做饭，每日三次，走廊里定时响起锅碗瓢盆交响曲，人们边做饭边聊天，十分热闹，关系也都非常好，很少发生争吵现象。

我在十一平方米的家里有了儿子，做了父亲。三四年后，厂里分房，我搬了一次家——从走廊这头搬到了走廊那头，家大了，十四平方米了。我顾不上粉刷，将老父亲从哈尔滨请来，帮我接送入托的儿子。老父亲当天郑重地对我说："儿子，你一参加工作就分到了住房，而且还是木地板，有福啊，你知足吧。"我确实很知足。

当年，许多刚参加工作的年轻人是分不到住房的，某些单位连集体宿舍也无法提供。而我们那筒子楼里，不但住着入职一二十年的老职工全家，还住着几位夫妻两地分居的科长、处长——他们已经与家眷分居多年了，家眷很难调入北京。

我的老父亲不可能与我们夫妻共同住在十四平方米的家里，老母亲也不可能与老父亲同时来京，那就更没法住了。我为老父亲买了一张折叠床，他每晚就睡在我的办公室里。

老父亲离京返哈，老母亲才接踵而来。

几天后，老母亲问我：“儿子，你不是分到北京了吗？”

我说：“是啊，咱家不就在北京电影制片厂院内吗？”

老母亲说：“可北影大门外哪儿像城市啊？这地方不是叫什么太平庄吗？敢情你是名义上分到了北京，单位实际上是处在一个庄的地面啊！儿子，那你的城市户口还保留着吗？”老母亲一脸忧虑。我费了好多口舌才消除了她的忧虑。

当年北影大门外那条路叫什么我至今也不清楚——16路公交的一站正对着北影大门。那条路仅中间部分是用柏油铺成的，而且处处龟裂，有的地方还塌陷了。柏油路面的两旁是沙土路。不仅那条路如此，纵横于那一带的路全那样。

北影对面是中国教育出版社，它的院门和主楼在当年算是“气派”的，现在看自然寻常得不能再寻常了。它的右边是部队家属院，再右边是北太平庄商店，那一地带最大的商店，只一层，内外都很老旧，面积有五六百平方米。秋末也在店外卖大白菜，小丘般的菜堆常码在人行道上。往往，人们起早贪黑地排长队，唯恐买不到。

北太平庄商店是马路那一侧的终端。中国教育出版社的左边除了几处平房，就再没什么建筑物了。平房更左边，是一小片野草丛生之地，狗尾草居多。而北京电影制片厂这一侧，右边是一片菜地，属于所谓“城中村”。左边依次是部队干休所、新闻电影制片厂。新影左边似乎曾有一处小旅馆，便也到头了。

那时我年轻，单身时偶尔晨跑——从北影向右，跑过菜地转弯，一直往北京航空航天大学那边跑，再转弯经过北医三院，最后跑跑走走回到北影。所经虽然都是北京有名的单位，但周边未免荒凉，于是也会像我老母亲那样想——我真的算是北京人吗？也许说是某“庄”之人更恰当吧？

几年后，新影左边的小旅馆拆了，建成了十层高的远望楼，在当年使不少北太平庄地区的居民为之喜悦，都说从此北太平庄像是北京的一部分了。

十年后，北影门前修起了高架桥和过街天桥——那条路成了三环中的一段，而国家知识产权局也在曾经的菜地上开始修建了。

三环的出现似乎是一道界限的划分，那边算市区，这边叫“环外”。“环外”有接近市区的意思，也有终归不属于市区的意思。三环曾使北影、新影的职工及家属一度失落，因为分明被划到了市区以外。

四十年弹指一挥间。如今的北京，五环内外处处高楼林立，新区多见，繁华多了。居住在三环边上的人家，等于居住在北京寸土寸金的地段了。

1988 年底，我从北京电影制片厂调到中国儿童电影制片厂——那时北京电影学院从郊区迁入市内了，国家知识产权局大楼也盖起来了。

国家知识产权局、北京电影学院、中国儿童电影制片厂三个单位，同处于横竖两条主要马路交叉的直角地带。国家知识产权局在三环边上，中国儿童电影制片厂在健安西路边上。

健安西路是一条极短的，一头“堵死”的小街。也不是完全堵死了，只不过机动车是通不过去的，但步行或骑自行车的人，可穿穿绕绕地到达前边的横街。这条小街的一侧是一家便民饭店、中国儿童电影制片厂宿舍楼、北京电影制片厂宿舍区后门、前进小学、部队干休所后门，另一侧是元大都土城墙遗址，土城墙，顾名思义是用土堆成的。

当年那条小街极幽静，遗址上有片老树林，此外野蒿遍布。其间有条臭水沟，名字却起得很好，叫“小月河”。天黑以后的遗址，即使是胆大的人，也宁可绕远而决不图近地从中穿过。连公安部门都提醒，那是很不安全的。

不知从哪天开始，小街上出现了摊车，不久又出现了地摊。居民觉得方便，东西也便宜，便以乐见的态度接受之。于是卖主们将那条小街当成了摆摊的固定地点。

一个月后，不得了啦，从早上 6 点到 9 点多，有时到 10 点，小街几乎水泄不通了。就是两手空空的，也得侧身才能通过。而那个钟点，正是家长们送孩子上学的时间，也是干休所老干部们乘车出行之际。小街上的居民本没那么多，因为周边的居民也来了，所以才形成了人挤人的局面。卖什么的都有，现场炸油条、煮馄饨、蒸包子、烤肉串、煎锅贴……更使整条小街烟气缭绕，杂味弥漫。那时，窗子临街的人家是不能开窗的。

小街终于安静下来以后，遍地垃圾。雨后，流淌着的水是黑的，浮着油花。

那条小街重铺过一次，但焕然一新的面貌仅保持了一两个月。

2000年，我家在牡丹园北里买了房子，那条叫小关西街的小街，起初也很幽静。待小区多了，居民多了以后，同样地，逐渐变成了一条脏街。路面重铺过一次，也很快就恢复其脏了。街道干部出面协同各方着力治理过一次，还成为新闻上了电视，街道干部还在电视中引用了我呼吁整顿的话。

只不过治理行动一过，脏乱差的程度与之前相比，反而有过之而无不及了。

几年前，全市范围的大治理开始了。由于预先宣传得充分，道理讲得明白，而且不再是单独局部的行动，而是全市统一的行动，可以说所到之处，进展顺利。

健安西路那条小街终于又幽静了，干净了。土城公园更美了，成为北京很有特色的一处街区公园。小关西街也干净了，还出现了美化街道的公益景观。

并且，治理过程没发生矛盾，顺顺当当地就把该做的事做成了。事实证明，绝大多数居民是支持的，并且因为看到了好的结果而点赞。

如今，北京治理"脏乱差"现象的工作，成效喜人，有目共睹。正在进行的，是对老旧小区的深度改造，而这也是提高民生水平，深得人心之事。

我的外省朋友们，曾来过北京的，又来后都说："北京比以前干净了，比以前美了。"他们的表扬指的是北京的"肌理"，即像健安西路和小关西街那样的小街、小胡同。

第一次来北京的朋友们则说："放眼望去，无违章搭建，整洁美观，不愧是首都。"

与之相关的一个问题是——若摆摊确系某家某户的生计，后续扶贫工作是否跟进了呢？

据我所知，各级政府扶贫工作也在扎实推进。

一日我走在小关西街，见一家小菜店将菜筐摆在门外两旁，那就占了人行道了。街道管理员当面批评店主，命其将菜筐搬入店中。店主连声道歉，表示接受批评。

城市管理者应当明白，民之可与不可，在于如何养成良好习惯，培养公德意识，绝非一朝一夕便可立竿见影，必待长久之功。

尽管，北京是全国人民的北京，但首先是北京人民的北京——故北京人民和各级政府为创建“美好首都”所做的种种努力，定会获得全国人民的点赞。

那么，让我也在此为日渐美好的北京由衷点赞！

（原载《人民日报海外版》2021 年 5 月 31 日）

北京站的钟声

贾飞黄

北京站的报时钟声，是北京不一样的名胜。

北京有许多名胜。天安门、故宫、长城……但如果没有在胡同四合院里追逐打闹、在北海公园夏划船冬玩冰的童年，是不好意思与这些名胜以“咱”相称的。而北京站和北京站的钟声是例外：它存在于这座城市，更多的是为了这座城市的他乡过客。

琉璃黄的墙体，飞檐的钟楼，瓦当形的拱顶，庄重的立柱和角楼……北京站像是裹在琥珀中，留住了太多往昔的模样。在它背后，天际线宽阔得几近奢侈。没有那些光怪陆离的玻璃巨人作陪衬，让此处的时间流逝更显缓慢。

北京站的报时钟声，在这片缓慢的时间中巡游。东方红，太阳升。sol—sol—la—re，do—do—la—re。基调是共和国的红色旋律，音色是工业气息的金石之声，而最后的报时钟声，又充满了悠远山寺的禅意。政治，经济，人文。那旋律像是从六十年前来，又像是六十年后来，或许还是从遥远的宇宙中来——当年的人造卫星东方红号，不也是唱着这支歌巡游太空？如今斯星已鲜少提及，那电波或许还在宇宙的某个角落徘徊。

在我往返北京最频繁的那些年，北京站是我进出北京的关口。随着人流穿过交错的古旧走廊，头顶是礼堂式样的吊灯，脚下是永远刚刚擦过的湿漉漉的地砖，左右是被壁灯照得昏黄的柱子，候车厅的排排座椅让我想起上个世纪的国营电影院。过道边有老式食堂一样的快餐橱窗，不锈钢餐盘上菜品热气腾腾：油汪汪的健硕鸡腿，无精打采的酱焖茄条，黏稠的西红柿鸡蛋……尽管品相难以恭维，但散溢的家常菜香对离家或返乡者，却是恰逢其时的诱惑。进站出站之间，报时的钟声正在响起。sol—sol—la—re，我出发了。do—do—la—re，我回来了。一声声温暖的欢迎与送别。

对于客居京城者如我，北京站是首都与家乡的分界线，迎来送往，皆在于此。夏天，多的是一脸青葱的大学师兄，在出站口举着牌子迎接报到的新生；初来乍到的师妹循牌而去，身后是提着大包小裹的家长，男孩和女孩都拘谨地笑着。冬天，多的是扯家带口的返乡者，穿着新衣是为了回家光鲜，穿着旧裤是方便席地而坐，色彩斑斓的编织袋到处堆放，像灰突突的地面上长出一簇簇鲜艳的蘑菇。南腔北调的口音在这里上演过年前的大聚会。

有一阵子，我闲暇时喜欢去北京站附近散步。我喜欢看这满地的鲜艳蘑菇，喜欢听这飘荡在空中的南腔北调，就像是听到强健有力的心跳，新鲜的血液汩汩奔流。而这分界线上的喜相逢与伤别离，不亚于八点档的电视剧情节。

我曾经看到过一对小夫妻在站前广场吵架。那是一个冬天，女孩子神情激动，嘴边大口大口喷着白色的哈气，男孩子似乎不屑一顾，躲在口罩后面看不到表情。不过几分钟的工夫，我再绕回来，就看见两人倚靠着围栏，姑娘在小伙子怀里哭得梨花带雨，男孩子摘了口罩也在哭，白色的哈气变成了两团，不断消散在干冷的空气中。路人依旧匆匆，无人驻足。这里是北京站，是分界线，是团聚之地，是离别之地，东方红的旋律在这里伴奏了太多的人情冷暖和悲欢离合，再凝重的情感在这里也似乎都被稀释了。

我也曾看到过在接站口，一群年轻的父母两两相伴，交头接耳，不停低头看着手表，抬头看着接站告示牌，再伸长了脖子向涌出人潮的出站口深处张望。突然，先是人群中挤出来一个挥舞小旗的中年女人，没等年轻的家长们有所反应，人潮中“砰”地射出一个小小的身影，像是一发幸福的子弹，射中了一对父母，让他们猛地弯下了腰，对射入他们怀里的小小子弹又亲又蹭。接下来又是连珠炮一样的“砰砰砰砰”，一颗颗跃动的小子弹笑着叫着，一对对家长应声而“倒”。我知道这只是一场接孩子的老戏码，且与我无关，但嘴角却止不住地上扬了。

北京站前也曾经是个江湖。三教九流，会集于此：吆喝着“要票吗要票吗”的黄牛，举着“宾馆住宿”小牌子的揽客者，“通县通县”“房山房山”的黑车司机……这些年，“三教九流”慢慢从北京站淡出了，取而代之的是自动售票机前的长队，与出租车乘降站前高声整顿纪律的执勤人员。前些年一个冬夜，我从老家返京，出北京站，飞雪遮天，出租车乘降站前乘客如长龙盘踞，却少有车来。站成雪人的执勤人员游走在队伍边，高声用对讲机向调度中心呼叫“支援”。随后，便有两道、四道、六道乃至更多的出租车大灯划破风雪。东方红的报时钟声恰好响起，冻僵的人群中爆发出一阵欢呼。

事实上，这些年我已经不常去北京站了，现代化的高铁站和机场承担了我更多的出行。但看到琥珀里的北京站，听到辽远的报时钟声，我依然感到亲切；在候车厅里无处立锥，与南腔北调摩肩接踵，也并不气恼。在这里没有浮华的虚饰，只有从生活奔向生活的真实。那些坐在编织袋上咕嘟咕嘟喝矿泉水、吸溜吸溜吃方便面的，是城市的血液，是社会的基石，是我的兄弟姐妹。跟他们在一起，我不敢不变得坦率，不敢不让眼睛明亮起来。

所以，这座城市用东方红的旋律为他们迎来送往。旋律凝固在空间里，许多年前是这样，许多年后不能忘。

（原载《人民日报》2018 年 1 月 20 日）

我们会见了彭德怀司令员

巴 金

我们在 3 月 22 日上午会见了中国人民志愿军彭德怀司令员。

外面开始飘雪，洞子里非常暖和。这是一间并不太大的会议室，在靠门的一边的低矮的石顶盖下，悬着两盏没有灯罩的电灯，灯下放了一张简单的桌子，桌上有几个玻璃杯，四把简单的椅子放在桌子前面，椅子后面有十多根白木板凳。

我们十七个从祖国来的文艺工作者坐在板凳上，怀着兴奋的心情，用期待的眼光望着门外阴暗的甬道。我们等待了一刻钟，我们等待着这样的一个人：他不愿意别人多提他的名字，可是全世界的人民都尊敬他为一个伟大的和平战士。全世界的母亲都感谢他，因为他救了朝鲜的母亲和孩子。全中国的人民都愿意到他面前说一句感谢的话，因为他保护着祖国的母亲和孩子们的和平生活。拿他对世界和平的贡献来说，拿他的保卫祖国的功勋来说，我们在他面前显得很渺小。所以在听见脚步声逼近的时候，一种不敢接近他的敬畏的感觉，使我们突然紧张起来。

他进来了，我们的注意的眼睛并没有看清楚他是怎样进来的。一身简单的军服，一张朴实的工人的脸，他站在我们面前显得很高大、很年轻。他给我们行了一个军礼，用和善的眼光望着我们微笑着说：“你们都武装起来了！”就在这一瞬间，他跟我们中间的距离忽然缩短了，消失了。

我们亲切地跟他握了手，他端了一把椅子在桌子旁边坐下来，我们也在板凳上坐下了。他拿左手抓住椅背，右手按住桌沿，像和睦家庭中的亲人谈话似的对我们从容地谈起来。他开头就说：“朝鲜人是个可尊敬的优秀的民族，他们勇敢勤劳，吃苦耐劳。我们来朝鲜以前，对这一层了解得还不够深刻。他们被日本帝国主义压榨了几十年，现在又遇着像美帝国主义这样残暴的敌人。他们在保卫世界和平的战斗中已经尽了他们的责任。”

从朝鲜人民他又谈到美国的侵略军，他说：“过去我们看惯了日本兵的暴行，美国军队的残忍凶狠只有超过日本兵。所以朝鲜人是那样普遍地仇恨美国侵略军。现在美国侵略者居然不顾一切，用起毒瓦斯和细菌武器来了。苏联科学家说：我们科学家用种种方法要扑灭鼠疫，消灭害人的细菌；美国侵略者反而在各处散布病菌，这真是丧失了人性。我们的战士说：我们连飞机、大炮都不怕，还会让这些蚊子、苍蝇吓倒！”

他的明亮的眼睛射出一种逼人的光，我们看出来他对美帝国主义者的憎恨跟他对朝鲜人民的热爱是一样的深。他有点激动了，揭下军帽放在桌子上，露出了头上的一些很短的白发。这些白发使我们记起他的年纪，记起他过去那许多光辉的战绩。我们更注意地望着他，好像要把他的一切都吸收进我们的眼底。大部分的同志都不记笔记了，美术组的同志也忘了使用他们的画笔，为的是不愿意分散他们的注意力。

他又抓起帽子戴在头上，拿右手摸了摸嘴，然后把手放在膝上继续谈起来。他用关切的口气，用具体的例子谈到抗美援朝对祖国的关系；谈到抗美援朝的正义性和对美国侵略军作战的经验；谈到几次战役胜利的原因；分析帝国主义阵营中间的矛盾和美国统治阶级中间的矛盾；然后又谈到朝鲜停战谈判的前途。我们记住他的这样的话：“我们的兵法家孙子说得好：知己知彼，百战百胜！相反地敌人始终对我们摸不清楚。敌人愿意跟我们谈判，是因为我们把他们打痛了。在谈判中间他们还不甘心，又发动秋季攻势，结果还是吃了亏，伤亡十二万人，才又谈起来。现在敌人是进退两难。要打，他们得不到胜利，没有出路；要和，大资本家的暴利又没有了，经济危机也要来了。我们却不然，和，本来是我们愿意的，我们就是为了和平才来作战的；战，我们也不怕，我们是越打越强！”

听着他的浅明的、详细的、反复的解说，望着他那慈祥中带刚毅和坚定的表情，我感到一股热流通过我的全身。他的朴素的话语中流露出对民族对祖国的热爱。他的恳切的表情上闪露出对胜利的信心。他不倦地谈着，他越谈下去，这一切越是明显；他越谈下去，我们也越感到温暖，越充满信心。我的整个心被他的话吸引去了，我忘记了周围的一切，我忘记了时间的早晚，……我只看见眼前的这一个人，他镇静、安详，他的态度是那么坚定。他忽然发出了快乐的笑声，这时候我觉得他就是胜利的化身了，我们真可以放心地把一切都交给他，甚至自己的生命。我相信别的同志也有这样的感觉。

我们的这种尊崇的表情一定让他看出来了，所以他接着说："作战主要的是靠兵。自古以来兵强第一，强将不过是利益跟士兵一致的指挥员。指挥员好比乐队的指挥，有好的乐队没有好的指挥固然不行；可是单有好的指挥没有好的乐队也不行。个人要是不能代表绝大多数群众的利益，他便是很渺小的。"

时间在不知不觉中过去了，他一直从容地谈下去，军事、政治、经济、文化各方面他都谈到了，他就这样生动、深刻而具体地给我们谈了三个钟头。他最后一次把左手从椅背上拿下，挺起腰来，结束了他的谈话。到了这时，我们才吐了一口气，注意到时间过得太快了。接着他听见宋副司令员对我们的讲话中，最后讲到"欢迎"两个字，他在旁边接下去说："我虽然没有说欢迎，可是我心里是欢迎的！"这一句话使我们的心激动胜过千言万语，我们能够用什么话来说明我们的激动的心情呢？

志愿军政治部甘主任在谈话中对我们说："彭司令员的这句话里含有很深的感情啊！"甘主任又说："人都有感情，战士的心是更热烈和伟大的，有的战士背着炸药把自己的生命跟敌人的战车同归于尽。他们是不简单的，他们是有深厚的感情的。牺牲自己并不是容易的事，这样的感情我们不应该让它埋没，我们有责任把它表扬出来，让祖国人民知道。"甘主任是个爱发笑的人，可是这时候他的声音抖得厉害，他很激动，他也有深厚的感情。我们都激动得说不出一句话来，我们文艺工作者也是有感情的人，接触到这样伟大的心灵以后，难道我们还不能够交出个人的一切吗？……

晚上，我们走出洞来，雪落得更大了。汽车把我们送回到宿舍的山脚下，我们冒雪上山，好不容易走到宿舍的洞口。这时雪花满天，冷气扑面，我埋头看山下，只见一片白雪，没有一个人家漏出灯光。夜并不深，北京时间不过九点光景，在祖国的城市里该是万家灯火的时候，孩子安宁地睡在床上，母亲静静地在灯下工作，劳动了一天的人们都甜蜜地休息了。是谁在这遥远的寒冷的兄弟国家的土地上保卫着他们的和平生活呢？祖国的孩子们是知道的，祖国的母亲们是知道的，全中国的人民都是知道的。

祖国的孩子们的梦中的微笑，母亲们的脸上的满足的表情，全国人民的幸福的笑容，就是对中国人民志愿军和他们的指挥员彭德怀将军的感激的表示。

1952 年 3 月 26 日

（原载《人民日报》1952 年 4 月 9 日）

年轻人，让你的青春更美丽吧

魏　巍

青春是美丽的。但一个人的青春可以平庸无奇；也可以放射出英雄的火光。可以因虚度而懊悔；也可以用结结实实的步子，走到辉煌壮丽的成年。

年轻的朋友们，这里，我要向你们报告，毛泽东教导下的知识青年们，在朝鲜战场上，怎样度着自己的青春。

青年团员戴笃伯，他，二十四岁，是湖南的一个中学生，在志愿军某连当文化教员。他碰到的第一次战斗，是飞虎山战斗。他带着一个担架组抢救伤员。当部队冲上又高又陡的山头，跟敌人展开了激战，他还在山脚下蹲着。这时候，像一般初上战场的人一样，他觉着敌人的每一颗炮弹，每一颗子弹，都像冲着自己飞来。但是，他想：“我能够这样地害怕战争吗！我为什么老蹲在这里？我不是在决心书上写过，要迎接对我的锻炼和考验吗？”他这样想着，就站起来，往山上爬。他刚钻进一个小树林里，忽然，炮弹正落到一棵大树上，把大树炸断了。他又连忙蹲下。这时候，在炮火闪闪的红光里，他看见山头上，一个战士滚下来，不知道是被子弹打中的呢，还是被石头绊倒的。可紧接着，那个战士又从山坡上爬起来，高举着手榴弹，像在喊着什么，又冲上去了。年轻的戴笃伯心里想：“难道我就不能够这样吗？”他又站起来，带着担架小组爬了上去。这时候，阵地已经被我们攻占了。连长一见戴笃伯来了，急忙关切地问："怎么样啊，戴笃伯？你这大姑娘坐桥，头一回哩！"戴笃伯笑了笑，就准备把阵地上的一个大伤员抬下去。可是，山陡，路小，没法抬。戴笃伯就说："那么，让我来背。"连长不答应，想让别人来背。戴笃伯急得红着脸说："连长，我的决心书不是白写的呀！"他说着，就把那个伤员背起了。可是，在陡坡上没有走下多远，就满头满脸的汗，跌跌撞撞地走不动了。又挣扎着走了几步，觉得心慌口渴，头昏眼花，腿又酸又软，每迈一步，腿上都像有千把斤重。他想："一个人怎么这样重啊，我休息一会儿才好呢。"这当儿，也不知道怎么把伤员碰着了，只听背上"哎哟"了一声。这使他的心比受了最严厉的责备还要难过啊。他只扶着一棵小树定了定神，就脸冲着山，手扒着陡坡，咬着牙背了下去……他到底把伤员背到了绑扎所。

当戴笃伯第二次赶往阵地去的时候，已经不害怕了。他还把战士们的水壶灌满了水，叮叮当当背了一身。战士们接到水壶，几乎乐得跳起来，拉着他的手，笑着，叫着。敌人开始冲锋了，大家劝戴笃伯下去。他说："不！我一定要打一个手榴弹！"敌人冲到面前了，到底戴笃伯跟战士们的手臂一起，扔出了平生第一颗手榴弹。这不是一颗普通的手榴弹，这是一颗光彩的手榴弹，这是中国知识青年的锻炼决心！这颗手榴弹，在世界黑暗势力的面前爆炸了；而且，年轻的戴笃伯，他亲自听见了这颗榴弹爆炸的声音。

事后，他对人说：

"这是我戴笃伯平生最快乐的一天！"

这里，我还想说一说那些女青年们的情形。

从跨过鸭绿江的那一天起，她们就背起了多少东西啊！每人背着背包，背着十斤干粮，十斤米，一把小铁锹，有的人还背着一把提琴。有一夜，行军九十里，男同志还有人掉队，但是她们咬着牙，带着满脚泡，连距离都没有拉下。过冰河，她们也像男同志一样，卷起裤脚哗哗地蹚过去，冰块划破了腿，就偷偷地包上，也不言声。露营了，就在山坡上用松树枝支起一块小雨布，挤在一起；夜间冻醒，就蹦一蹦，跳一跳再睡。第二天早起，她们的头发上结满了霜，男同志们笑她们说："嘿，你们演'白毛女'都不用化装了！"她们也笑男同志："还说哩，你看，你们不是'白毛男'吗！"

二次战役时，她们有不少人到野战医院做护理工作，立了功。

我曾经向伤员们问起她们的情形。有一个伤员兴奋地说：“这些女同志，可不简单哩。虽说人家以前是些学生，没经过什么锻炼，可是决心真大！自打她们到这儿来，给我们洗血衣呀，捉虱子呀，打水、打饭、喂饭呀，一天到晚，饭都顾不得吃。有些人给我们洗衣服，手都泡肿了。我们就说：‘同志呀，歇会儿吧！在家里，你的衣服还是你妈妈给你洗呢，你看，我们的衣服又是血什么的，你不嫌脏吗？’可是，她们翻翻眼说：‘同志，你再别说这个。你们的血是为了谁流的呢？……这是世界上最干净的东西！’另外还给我们捉虱子。我们说：‘这该怎么谢你呢！’她们就又开玩笑地说：‘美国鬼子那么老大个子，你们还百儿八十的捉呢，难道我连几个小小的虱子都不该捉吗？’可是，无论如何，我们不让她们端大小便；谁知道又叫她们看破了。她们就反问我们：‘你们不是常说阶级弟兄吗，为什么分得这么清呢？实说吧，这些天，我已经忘记了我是个女的了。’就这样，她们白天忙一天，夜间还要拿着枪去担任警戒哩！”

“嘿，还有一个女同志，她是个团员，提起她我一辈子都忘不了！”另一个躺着的伤员挣起身子坐起来说。“那时候，敌人的飞机天天来，轻伤员能走出去，可是我们重伤员怎么办呢？她就把我们往防空洞里面背。有一次，敌机一共来了四五架，又是打机关炮，又是扔炸弹。我们屋里一共三个重伤员，她背走两个，第三趟回来背我。我看见她满头满脸又是汗，又是泥，浑身上下都是灰土，不知道她在外面跌了多少跤啊。我不让她背。她不由分说，又把我背起了。她摇摇晃晃地，刚一露头，一梭子机关炮咕咕咕打在我们旁边；附近的房子也炸着了，烟腾腾看不见人。我就说：‘同志，快把我放下吧，不要让我连累了你！’她扭过头来严肃地说：‘别这样说！’这时候，也实在背不出去了，她就把我靠屋墙根放下来，然后趴在我的身上护着我，并且说：‘要是敌人把房子炸倒，先压住我。我宁可负伤，也不能再让你负第二次伤！’当时，我的泪都流出来了。同志，你说她够不够一个青年团员！……”

有一天晚上，在行军中，我跟一个女同志走在一起。她个儿不很高，看样子不过十六七岁。肩膀上挂着干粮袋，还有一把二胡。两个小辫子，在军帽下垂着，悠搭悠搭的，活泼而轻快地走着，还轻轻地哼着什么歌儿。

我问：“你是文工团的吗？”

“是呀，”她回答。接着就告诉我她是才从一营回来的，她们那个小组在那儿待了四天。说着，又继续轻轻哼着她的歌儿。

我打断她，又问：“这四天，你们做了些什么呢？”

“我们哪，第一天搜集英雄例子，第二天就编，第三天就排，第四天就演。今天刚刚演完，就出发了，你看，弄得我化的装还没有洗呢！”说到这儿，咯咯地笑起来。也许是怕我看见她脸上涂着的油彩，连忙伸手抓了一把雪，往脸上搓着。

对她们这种战斗式的工作作风，我称赞着。

她说：“可是粗糙得很哩！……不过，我们想起到作用就是了。你想，咱们的战士们哪有闲空儿，你光去‘绣花’能行吗？所以我们就来快的、简单的。没有灯，就在月光底下。没有台子，就在院子里，田野上。行军的时候，战士们一边走，我们就一边给他们说唱。……我们反对树林子里头要大刀！”

“你们的文艺工作可做得真不少呵！”

“不只文艺工作哩！我们哪，是什么也做，碰到什么做什么。我还做过炊事员呢！”

“炊事员？”

“呃，前方炊事员可忙哩，他们又送饭又送水，还要送弹药。我看他们忙不过来，就要求当炊事员。另外，我还……”

“怎么样？”

“我还当了两个月俘虏营的排长哩！”

我看着她那小小的个儿，说话那种孩子气，不由得笑起来。

“你笑什么！”她正正经经地说，“你别看他们那么老高个子，他们不服从我管理行吗？我叫他们站着，他们就不敢坐着！”

我不敢大声笑，只在心里笑着。这时候，忽然哨音一响，部队休息了。一眨眼，看不见她。一会儿，听见远处一个石崖上，她用年轻而清脆的声音喊道：

“同志们，我们唱个歌儿好不好？”

下面齐声说：“好！”

歌声起了。在汉江对岸敌人探照灯的亮光里，她的臂膀在轻捷地舞动着打着拍子。

歌声一落，她走过来，端着两缸子从小河里舀来的水。给了我一缸子；另一缸子，她咕咚咕咚就喝了下去。喝过，两只手在脑后一叉就仰着休息起来，两条辫子垂在积雪上。

我不禁揣想着：半年或者一年之前，她们还是没有经过锻炼的学生，在父母面前，还是平平常常的孩子。而现在竟然在离前线几里路的地方，这样地坦然、愉快，在全世界斗争最激烈最尖锐的战场上做了这许多工作。这是多么叫人羡慕的一件事情！我不由得感叹地说：

“同志！你们的进步是多么快啊！”

“那，靠党的教育，也要靠自己有决心。”

“可是，你的决心是什么呢？”

“我呀？”她羞涩地笑着，低头看着自己的脚，没有说下去。呆了半晌，才又说，“和别人的也差不多！”

“那么，是要决心入党呵？”

她笑了。

这时候哨音一响，部队又前进了。她抖了抖头发上的雪，我们又走在一起。

“不过，我们进步得快，还有一个原因哩！”她说，“我们和战士们常在一起，和英雄们在一起，我们自己也就勇敢起来了。”她非常有兴味地谈着：开始出国的时候，她背的东西很多，觉得走不动，可一看战士们比她们背得还重，还边走边说快板，自己也就走得轻快了。敌机打照明弹，自己觉得很害怕；可战士们却说，“给咱们点起天灯啦，真好走！”自己也就不那么害怕了。有一次，她看护伤员，别的伤员乐哈哈的，有一个突破三八线战役下来的伤员却唉声叹气。她问他为什么不高兴，那个伤员说：“哦，同志，我流了点血，没有什么说的；只是我觉得我应该冲到三八线以南负伤，不该在三八线以北就负了伤……”另一次，她到前方参加战斗：敌人的炮火打得正猛烈的时候，有几个战士却在那儿满不在乎地缝鞋子。她惊讶地想，为什么炮火连天的时候，战士们干这不相干的事情呢？一问，战士们笑着回答：“不缝鞋子，等一些敌人垮了，怎样追击呢！”她说到这里，赞叹地瞧着我说，“您看咱们的战士是不是英雄！在他们负伤以后，还想的是前进；在敌人的炮火最猛烈的时候，想的是追击！我们跟这样的英雄在一起，怎么会不勇敢起来呢！我们将来，也会……”

“也会怎样呵？”我追问。

“也会……”她低声又笑了一阵，好像很不容易直说出来。

“说呀！”

“也会成为他们那样的人！”她鼓足勇气，说出了她的心灵里美丽的秘密。然后，她用力踢开一块脚下的石子，抬起头来。在黑夜里，也可以看出她的眼睛里闪着青春的火星。她严正地说：“你以为这是不可能的吗？”

“能够的，当然能够的。”我连忙点头说。

“一定能够的。”她肯定而严肃地说，“当然，我们很年轻，我们懂得的事情还很少，我们是在平平静静的环境里长大的，我们还没有经过什么严格的锻炼和考验；正是这样，我必须把我放在炉火里，看看我是不是块钢铁。当老同志们谈起他们那时代的艰苦斗争和英雄事迹的时候，是多么吸引我！它把我的心全部地吸引了。我总是想，我什么时候才能当一个像他们那样的人呢？才能给我的祖国一点什么贡献呢？我又想，他们究竟是怎么闯过来的呢？他们真伟大真了不起呵，这种生活是多么有意义呵！……可我今天呢，也是在这样做着了，我能不感觉快乐吗？我们的老团长看见我蹦蹦跳跳的，总是说，‘小黄毛丫头天乐呵呵地乐什么哩？’我就是乐的这个呀！”

年轻的朋友们，他们就是这样沿着和工农群众结合的道路，在火热的斗争中度着青春的。这是快乐的青春，美的青春，英雄的青春！毛泽东时代的年轻人，谁不愿意有这样的青春呢。朋友们，青年团员们！我知道你们是那样地喜爱刘胡兰、董存瑞等无产阶级的英雄们。你们常常谈着他们，并向自己发问：“我能不能做一个这样的人呢？”可见你们对革命英雄们是多么向往，你们年轻的生命是多么强烈地渴望着闪出英雄的火光。而今天朝鲜战场上的青年们，已经给你们做出了光辉的榜样。当你们读到这篇英雄事迹的时候，我想提醒你：在半年或者一年之前，他们是跟你们一样的人；那么，他们可以这样做，你们也是完全可以这样做的。朋友们，为做一个全心全意为中国人民和世界人民服务的英勇战士而奋发努力吧，不会有比这再光荣的了。让千千万万的岗位上，出现千千万万这样的战士吧！让我们伟大的祖国革命英雄主义的花朵遍地齐放吧！

1951年5月6日

（选自《魏巍散文选》，人民文学出版社1991年版）

抗美援朝战地日记

舒　群

1951 年 4 月 23 日（胜利消息传来）：

《美国景》从昨晚写到今早 3 时，又从 9 时写到 11 时，完了。蔽、骗、打，美国枪打美国飞机。我们对空展开全面斗争，我们怎样对空斗争的。

昨晚王政委告诉我前边干起来了。今晚果然传来胜利消息。宣教科把这个消息转告所属各单位。

大概写到 12 点以后，写的还不到三万字。——我们对空斗争。

1. 序。2. 王学成万里号，隐蔽——艰苦，结合机智。3. ×××，骗——机智，结合勇敢——打。4. 赵宝印特等功臣 119，打——勇敢，团结，技术。5. 总结 98，杨在先，司机——决心，准备牺牲。

1951 年 4 月 24 日：

孙部长回来，他说，敌机撵他一路。在路上，躲了好几个钟头。昨晚，他一夜睡不着发冷汗。我说他病了。他说不是，是身体太虚，他还告诉我，我们这次战役结束之前，不发战报，免得敌人乱叫增援加兵。我们空军的条件没准备，不能出动。晚上，他又说看样子敌人狡猾又要撤退。还麻烦呢，这回把他公路截断。

朝鲜伤兵车的司机，在半道被敌机打死，车上的伤兵乱叫，我们五团的一辆汽车赶到。助手说，我把它开出去。有人说，你开翻了呢？他说，翻了总比让敌机打坏好。他把车一直开到朝鲜医院，伤员要求报告金日成通报表扬。对我们只给助手立一小功表示不满。孙部长说，我们领导上应当把他的小功改为大功，并向他致敬。因为这是伟大国际主义的表现。

王政委读《人民日报》，某部副排长姜文武三发子弹打下一架敌机，他幽默地说，我们赵宝印还多浪费了发。《美国景》发走。

1951 年 4 月 25 日：

头上碰的伤好了些，脖子上的疖子也好了些，又睡了一夜好觉，今天精神特别好。使我不知为什么感到和身边那个十九岁的同志都敢角力，或者赛赛生命力的长短强弱似的。

铁三师战士薛鸿宾在顺川捡个铁盒，很好看。他的指导员看见，觉得可疑，要扔开。他扔开不久，小铁盒爆炸。伤了腿。

电：据空军俘虏谈空中侦察方法，1. 低飞五六百米专侦察过路，特别是岔路的尽头。2. 泥泞不容易看，但河两岸有痕迹。3. 靠近附近的两样颜色，如炮口或 ×× 露在外面闪光。4. 兵团炮兵休息地旁有大批车辆。

孙部长谈，我们解决后勤的关键问题，在建设兵站线，解决兵站线，在于人力和工具，但重要的还是人力。

1951 年 4 月 26 日空战：

我们两架打他们三架，二时半，孙部长回来看《参考消息》。

慰问团朗读《天上地下》。听过《谁是最可爱的人》以后有人出来说，抗美援朝的人都可爱，这是一个批评。

天上有空战。干战人员们看着大笑起来，他们盼望多久了，今天到底亲眼看见我们祖国的飞机出动。前线的战士们欢呼祖国的飞机来了。

到高射炮的部队去，可以写一篇东西。

林是个人物，一个知识分子。

听了自己的文章觉得很不好，心里真不舒服啊，我要努力学习描写，就像画家学习素描似的。

东后勤检查组，检查完了野战仓库，在参谋处一科开会。他们说有个材料很好，请李秘书记下这个关系，准备请他们来谈。

孙部长昨晚谈干部问题。干部大都是从地方凑起来的，不够一个有组织的单位，经过西川会议整顿以后，批评处分了“怕死保命”思想，有改变。但现在也不是一个合作社。我们是军事机构，连服从有时都做不到。有的干部接到命令，他先不考虑怎么担责，却先考虑困难。在这一点上还是军事干部好，他服从。那天早上二时，才收到我的命令，叫他隐蔽物资，事实上天快亮了，有困难，他还是想办法。先搬到我们这边来吧，又派了两个连。还有某营营长，犯了错误，我生气了。他离我三十多里，我叫他跑步来，他真的跑来了，但军事干部也有许多是人家不要的，派来的，你就得给他工作。地方干部许多是有能力的（因为各机关都把好干部调来）但好讲“民主”（军事行动民主是有限度的），我看，就是命令，时间不容你民主，你就执行命令吧。领导对干部的看法，也不完全一致。干部调动要经上级批准。上次送去的名单，现在还没有下来呢。

今天要下雾，不知是不是雾季到了。

张树九，陕北人，四十一岁（原在三十九军），2 月 26 日卸了六辆车，四百多桶油，（新成川）上边下边都有。吃完早饭，敌机来扔炸弹了，主要炸桥。我们上山去了，看汽油着了，我带二科二保管一个会计一科科员，三个民工连我六个人下去救（一个保管员腿被炸断了），铁路局又派来几个人。三十多桶油着得差不多了，救出百多桶。三月，从白原回到三登，我要睡觉，听到飞机扫射，我想汽油是不是被打着啦，我和王主任去查看，被打着六桶，存的时间最多有三个月（在三十九军，× 搞军需工作，后来把腿搞坏了）。这次要我搞留守处。昨晚又去查看。

1951 年 4 月 27 日：

二十中科长（公路科）决定白天工作，大家白天抢工。磐石民工四十七人，二十人采石头（打眼放炮），二十七人在南岸绑下笼，被炸了，磐石死三个，西安死一个通讯员。二时炸的，二十多 × 三四架。

谢被炸晕了，醒来时，人都没了。耳里总听有飞机声。起来，又找个炸弹坑趴下，他们喊我，光看他嘴动，听不见声。过十分钟，听见哭声，有人说死的伤的。晚上回去，一夜没睡好觉。

他和群众关系开头不调和，逐渐才打成一片，特别是参加革命以后。有许多老技工真比自己强，不能不佩服人家。

二十七岁，伪满西安工科国高（四四年吉林）铁路局，土木工手（等于技术工人）。八·一五后到齐齐哈尔铁路局做练习生，一直到四七年，练习生到四八年解放后，才成为技术员，去年12月到这来。

修桥下图让技工懂得，河床桥位、力学找平。下水出来就跑，有人肚子疼。桃花水时，头天下桩子八十公分，被水冲走了，按桩子下木笼。下一个木笼要四十几分钟，第二天快了二十分。有人在水里要两（俩）钟头。民工在水里发牢骚："西安为什么不下偏让我们下？"每个木笼有千多斤，要二十几人抬，穿 × 子，木笼找正后，下石头。每木笼装石头八立米，要八个工（一宿），也有的民工很积极批评发牢骚的"不要你一个影响大家"。

刚出国，要自己动员材料（在国内材料都是准备好的）、木材，最困难的是铁件钉子、铁线、巴锔子、螺丝，人就是木匠、铁匠。工具斧子、锛子、洋钻、锯、凿子。十七个朝鲜木匠，八个朝鲜铁匠，四个朝鲜架子工（搭脚手，无论水多深，都得搭成）每天给七斤高粱米。

刚出 ×，做三角线（× 换平头用）第一天钉个死点，画了一条线，技工老鲁不讲。第二天，× 公务员告诉了重画，老鲁"瞅头一天不对了，这回还差不多"，引起我对工人的重视。

1951年4月28日：

我生病了，买了二十个鸡蛋（每个五十元朝鲜币），在朝鲜能买到鸡蛋实在不容易。

中国人民志愿军后勤第一分部警卫二团报告，1951年4月8日于三登面石门里（击落敌机一架属实）。× 团前于4月1日报告 × 部 × 团第二营四连二排四班中心哨，沉着勇敢击落敌机一架，经查属实。据该营陶营长报称，该连二排四班中心哨其位置在揪川里新岱洞附近山下防空洞内，于3月24日夜10时左右，发现敌机两架，一架飞旋较高，投掷照明弹，一架低飞于公路上面，当时该中心组四班副班长陆信山，即对机枪手宋若进、弹药手包富贤说，如果敌机扫射投弹，汽车及我们三人均要遭到损失并要负责，还是射击比较好，后即机动射击命中。曾于次日晨，敌机八架前往该地搜查。并云：前报损坏一挺机枪，是对空监视发现敌机警报时后损坏，并不是射击时损坏，为此补报请求给予奖励。团长罗明榜，政委李森，参谋长祈布人。

一个通讯员问管理排长："你说在家好在部队好？""你有媳妇没有？""有。""你在家好。"

孙部长谈分部首先提出，"对空射击""不叫困难""争取白天行车"。今天志司来电也表示同意。今白天卸了四个车皮。后勤会议，我们就提出的。

十分站警卫排

姜文启副班长（三个）"抗美援朝 ×××"。崔："你愿意学，我教你。""我跟他卸了三个。"王宏兴二班长一个，王克才战士一班一个。崔毅，医院通讯员，内行。

和这几个战士同志谈他们卸定时炸弹的经验直到3时，崔对姜说："你愿意学，我来教你。"姜跟他卸了三个。他说："姜都懂，早在兵工厂工作过。"孙部长很重视，特掉（调）崔来。如能解决这个问题，这是个大事。定时炸弹对我们损失虽不大，但对精神威胁并不小。过去我们对它只有一些非科学的土办法，把它滚出去，用绳子拉出去，用连珠枪打坏它，从不知怎样卸掉它的雷管。

夜里没赶完，我们全军对空"斗争"。

1951年4月29日：

上午赶完稿子，几乎一夜没睡，今天精神还好，也许又是不正常的表现。

三十九军（南海部）一个同志说，他们损失较小，这次上级调他们下来休整，他们军长不肯。他们军长说："咱们什么时候打个大胜仗，什么时候下去，否则继续补充，一直打下去。"他还告诉我井山石盾等三人在他们后勤住过一个多月，天天和副军长在一起防空，并记录一些战争情况。他这次来，是领慰问团的物品的。

第五次战役的俘虏已经下来，从平壤一路下的多，三登一路下的少。昨天过去三万多。他们一边走，一边看着我们的押送人员。

前线女护士，准备开始。一边写她现在，一边连（联）系她过去。

崔毅来谈，他原在十六师（热河人，四五年参军）。学过工兵，跟国民党俘虏学过卸定时炸弹。这次来朝当副排长，因掉队留医管处工作。

有人报告王政委，路上捡了两个掉的俘虏。李秘书接高射炮营电话，“二十五日晨，打下敌机一架，俘两俘虏送分部。”

修改文章用：老一套，在隐蔽斗争中认识敌人很重要，研究敌人不够老一套。艰苦与智慧，掌握敌人的规律。你有花样，我用更多的花样对付你。摸黑不行，开灯与防空哨结合，××周转与开灯分不开。/×——沉着，英雄不用“假目标”，用“花样”对付狡猾敌人的决心。/写赵的仇恨、坚定、勇敢。/“一分部”不用/敌特——敲掉它的眼睛/英勇艰苦智慧的结合。/写到学的思想根据。

1951年4月30日：

天快亮了——4时。吃过饭，李政委回来了。他们讨论工作问题。

李说，告黑龙江一状。他们派来的运输一营，百分之三十走“病号”（思想病），像我们刚进朝鲜时一样。决定民工秋后回去，又来报改了，说不要传达。他带电台×不好用，第一天他陪了一夜，也没有搞好。

孙说，这次一百五十×斤的任务是五天，现在四天可以完成，路上，已经走轱辘马子约六十万斤炒面。

注意特务和俘虏的审问。

在路上希望有个沟沟就好，希望汽车越少越好。这是共同的思想。

小金子说，那两个俘虏吃大米，老百姓都奇怪，你们吃高粱米为什么给他们大米吃？给他们发毛巾肥皂洗脸，到河边洗脚。

会说一句朝鲜话：“我要烟抽。”

李政委离开社仓里时，朝鲜群众向他投花欢送。

一个屋子三十人（十一人在），被火箭炮击中，全死六×死五×，打五炮，×× 人房中一炮。4 月 22、23 日，下午 2 时，×××，飞机对战士没什么 ××，只能破坏朝鲜城市财产、生命，讨厌。

1951 年 5 月 1 日：

孙、王 5 点钟睡的。7 点钟有干部来喊“孙部长，孙部长”。我早醒了。我说：“别喊叫，他们刚睡着。”他说：“弹药车打着了。”我即刻喊孙，未醒，喊王。我说：“弹药车打着了。”他大吃一惊。马上把孙喊醒。他们都起来。王给军械处打电话找张处长，找不到。他们说，张带人去看情况了。据说昨晚来的弹药车未卸，在山洞把车皮挤出去打着。这个情况还没有完全搞清楚，还在打电话问。×× 杨科长说，“调高射炮、高射机枪去，准备他再来，打他！”往车站打电话，没人接，又往联合办公室打电话，找陆参谋、罗科长（运输科）。找不到，“他们都去了。”（意思是都到出事地点去了）

江东郡工商课长李云玉，三登面委员长李京洙，德山炭矿工人代表金立焕，三登面女性同盟英全实。

李云玉：在平壤美帝宣传中国志愿军侵略，抓妇女。可是志愿军来后，不是这样。自己打柴担水，借什么还什么。中国来的民工和志愿军一样，还帮老百姓种地。有些同志动员加油干，咱部队走时，老乡都哭，小孩也不愿意志愿军走。

金立焕：志愿军到朝鲜当时没有带粮食，借老百姓的，老乡有意见，后来部队带来还了老乡。老乡高兴说好，志愿军帮老百姓劳动，老百姓感动了。

李云玉：队伍进来时，我们也没人民委员会，找老乡要粮，给粮票，老乡拿纸当什么。志愿军说，志愿军拿粮换粮票，老乡才放心。人一样，话却不懂，在灶房很困难。再办什么事情也办不了。后来学话。比如说动员民工，没办到，影响胜利，很对不起。

金立焕、李全洙（他们两人搅在一起说的，分不清谁说的什么）：住松界里，有伤兵医院，重伤号在房内大便，喊买苹果（朝鲜语）没人懂。后来老 × 懂了就帮着办了。伤病员没有别的事，重要的是东西，话不懂，买不到。

李团长：1. 朝鲜人民如何工作和支援战争。2. 朝鲜恢复生产情形，春耕情形。3. 了解敌人的罪行和反抗的英勇事迹。

李云玉：江东郡平地很少，矿山很多，有六个国营矿山。该郡出的粮食不够本郡吃。过去常移民，八一五后，土改后，百姓积极生产发展了农业。工人加紧完成任务。该郡贫农多，三登面工人多，是模范面，农工的力量都拿出来，提高生产，把旱田变成水田，平均比以前提高了，农村已有电匣子，各地 × 技术学校。八一五、五一大节都组织生产竞赛，挑战应战以后提出英雄模范，这样提高了生产。工矿被破坏了，美李过来，把粮食烧了，把好东西带走。过去牛很多，他们都杀吃了，少了三分之二。江东郡死三千人（一千本郡的，两千外来的）。过去学校很多，有五十三个小学，现在大部分被破坏了，设备用品都被抢走。各地少年团组织学习班自己学习，教员来考。这玉东面委员长韩季俊被李抓住了，用铁丝穿鼻子，像牵牛似的牵回本面，扒光打他三百发子弹，谁打中他卵子给七十 ×（万）奖金，因此打三百发。这玉东面妇女联盟委员长许富昌用刀割她的乳，扒光，拿刀刺死她。她的丈夫也被枪毙了。清龙面箕林里委员长被锤子把手打掉了，还叫他喊“李承晚万岁”，他喊“金日成将军万岁”，并对儿子说：“你们一定要打胜仗！”

李云玉：朝中央一八三、二三八号决定春耕问题，4 月 30 日前要完成，江东郡二十八号完成，春耕就是前线。牛少，损失了百分之十六，大部分靠人力，动员一切人员下地，无论谁，干部也在内。为了完成任务，夜间赶耕，今年比去年提早十天开始春耕。学生在晚上到街上宣传。春耕即前线——看谁种得快种得好。回到家他们都催自己的父母快种。民主同盟先给被害家属种。军属鼓励丈夫，儿子坚持打仗，胜利回来。因此为支援前线，加紧春耕。春耕展开竞赛运动，还做了旗子，准备给英雄。大家竞赛夺旗，春耕面积和去年一样。

李京洙：参军，很多，上级宣传中国志愿军都来了，我们都要参军，一个里除了工作的都参军。有个别驻地参军开小差，三登面有两个。政府问参军的有什么要求，他们说，1. 快点上前线。2. 帮助家里春耕。三登面参军的有三千多人，占总人口的百分之十五。支前问题：妇女对丈夫说：“你一定要胜利，我在家劳动，完成任务。”妇女同盟送慰劳品——袜子……唱歌……面郡道都开欢送大会，有个妇女的丈夫参军了，她出去买了些手巾送丈夫：“你一定要胜利回来。”有青年参军了，他母亲回来看儿子没了，她出去买东西给儿子：“你要好好打仗。”

李云玉：撤退时，有人说，北朝鲜完了，不愿参军。现在不是这样，同时，美李罪行教育了人民，启发了人民的爱国主义。

李京洙：三登面风仪里一个里委员长，爱人金福女（劳动党党员）。她先种了大麦，她说：“我们拿出一切力量，种大麦。”头顶大 ×，先带起十二个妇女，后全面都跟着她种上，给人民军家属种上，垓里有志愿军医院，妇女给伤员洗衣服。

莫全实，风仪里妇女同盟委员长，天天给洗衣服带子，别的里的人看见了，也来了，说：“向她看齐。”

李云玉：石廪里妇女委员长金明玉，那里有医院，她发动妇女做五斗打糕、十斗苞米糖送伤员，平均每人各一斤。（二月的事）她又发动妇女做二十件衣裤二十双袜子给伤员。朝鲜妇女作用很大，种地抬担架修路耩地，矿山大部分是女的。开会都是女的负责。

金麟桓说，矿工每月三十二元，另发米贴，每月三斗，家属一斗二升。全朝鲜都一样，过去每日六小时劳动，现在十二小时，日夜二班。过去八百人，现在八十多。

纪念五一会场，大石洞。红缎布挂着毛、金像，下锦旗“中朝人民深厚友谊万岁”。两侧是中朝国旗，上悬五个五角星灯（因没红颜色，涂的是红药水）。前面有一桌，两支烛中间一束花（桃花梨花）。× 台是用石头块隔的。朝鲜代表进场，大家鼓掌，唱国际歌，中国国歌，朝鲜国歌。

孙部长立席致词：今天朝鲜代表，慰问团，纪念五一，我代表一分部向中朝人民领袖毛、金致敬。在朝开这个会富有国际意义，欢送慰问团上前方，第三个象征中朝的大团结。本来应有很多话讲，可是脑子里充满了三样东西：粮食、炮弹、汽油。没这三种东西，我们不能打胜仗。我们部队在正确战略战术原则指导下，一定能胜利，解放全朝鲜。此外，我们还要有后勤工作，我们的人、汽车大炮都要吃东西，如果没有送这些东西的人，胜利是不可能的。在纪念五一时，要求全体后勤干战人员学习掌握时间、数目，即（及）时而又准确地……敌人明白这点，集中力量破坏我们的运输线。但是他失败了……今后我们更有决心向敌斗争，保障运输。如要运输做好，就必须把兵站线建设好，成为炸不烂打不断的钢铁兵站线。如没朝鲜人民的帮助，我们兵站线也建设不起来。此外，还要建设仓库中不怕敌打、风吹、雨淋……第三，×能保证运输力，提高运输量，就必须把粮食压缩（向慰问团要求）。今天是全世界伟大的节日，为感谢毛主席和全国人民，全朝鲜人民，我们一定要把工作做好，要求每个人高度的责任心……拿实际行动回答……多出一分力量多一分胜利，不胜利，我们不回国。

黄忠讲话，上海市政工会工人代表李永庆（？）。

朝鲜代表李云玉、吴勇，斗争的志愿军同志，从苏联解放朝鲜以后，这第六次纪念五一节。在今天中朝并肩消灭美李，开这个会，很荣幸，我今天代表江东郡十一万人民向伟大的中国人民志愿军致崇高的敬礼！

我们被战争已有十个月了，敌机破坏我们的建设，工厂坏了，曾侵入三八线以北，被杀三千多人，老百姓生活苦，难民很多，但是朝鲜人民斗争的意志是消灭不了的，尤其在今天纪念五一时！我们工人积极生产，农民春耕。在这战争环境中，农业生产有困难，但农民努力胜利完成春耕任务。朝鲜为了胜利，会尽一切力量支援前线。纪念五一，今后加强中朝团结，打垮美帝保卫世界和平……消灭特务，拥护××和平公约反对重新武装日本、德国，相信在不远的日子赶走美帝。最后祝毛主席、斯大林、金日成万岁。

大会第七项向朝鲜人民献旗、献花。

第八项，唱志愿军战歌，金日成将军歌。

轰炸那天，人都在屋里睡觉，有的在走路，差不多两点钟，有四架P51机飞到俘营上边，打五发火箭炮，炸到他后边房子，离我十尺，过这街，打到一个房子，把三十个俘虏一齐（起）炸碎，可怕的样子。在隔壁屋，打死了六个官，受伤的有多少不知道。三天时间里埋这些死尸。中国兵尽一切力量能做的都做了。我希望美国人民能看到这屠杀的图画。有的兵有小孩在家，从来没见过，以后也见不到了，这是可怕的情形，除去这一次，我不敢看第二次。另外是不是还有死的不知道了……中国人尽可能给伤者医治，照房子像。我在俘营二十一天，有一百个兵死了，P51打火箭炮，永远不能忘记的，我写得很不好。

晚会，他们把最精彩的节目都拿出来，一直搞到一点钟。

和王政委谈毛主席的工作方法——集中解决问题。

（原载《作家杂志》2024年第2期）

静水深流

剑 钧

一

那年我出差到沈阳，办完公务又绕道去了一趟丹东。站在鸭绿江大桥的这一头远眺，悉心倾听着滔滔江水的呼吸。我掏出手机给远方的母亲打电话：“妈，我来丹东了！”母亲沉吟片刻说：“好多年没去过安东了。”时至今日，母亲还习惯性地称丹东为安东，这让我想起家中那张泛黄的照片，那是母亲赴朝前夕和几个女兵的合影，上方注有“安东市纪念”字样。那一年母亲二十一岁，人很年轻，戎装在身，焕发着青春的朝气。

我沿着鸭绿江边漫步，脑海里浮现出许多年前母亲讲的往事。1950 年 6 月，朝鲜战争爆发。母亲所在的部队，作为一支劲旅迅即从海南岛移师丹东，一边训练，一边待命。随着战火向鸭绿江边蔓延，部队的战前动员也在紧张进行着。

“战争的味道越来越浓了，战友们都在写申请书，请求加入中国人民志愿军。我也写了申请书，但两次申请都没得到批准。理由是我身体瘦弱，体重才八十多斤，又是女同志。我很不服气，气得哭了鼻子。老班长薛宝芸大姐出来替我说话，‘我看郑平同志行，别看她瘦小但挺能吃苦的。’最后我被批准了，但有个条件，就是保证行军能跟得上队伍。”

母亲很平淡，似乎不是在回忆生死攸关的抉择，而是在述说一件寻常往事，就像在说出趟远门那般波澜不惊。我很想问，您就没想到过死亡吗?犹豫了半天还是没问出口。母亲看透我的心思，说:“部队几个月前刚打下海南岛，都以为新中国成立了，全国大都解放了，该过几天和平日子了，没想到这么快又要上战场。其实，没有人喜欢战争，但作为军人，我们别无选择。”

我抬头望了一眼横跨江面的鸭绿江断桥和中朝友谊大桥，战争与和平的画面同时浮现在眼前，心头不禁想起一首熟悉的歌:“雄赳赳，气昂昂，跨过鸭绿江。保和平，卫祖国，就是保家乡……”那是在一个没有月亮，没有星星的漆黑夜晚，母亲所在的部队从长甸河口跨过鸭绿江，来到了那饱受战火蹂躏的土地。几天后，当这支军队突然出现在骄横的敌人面前时，他们压根就没料到遇到的是久享盛名的“旋风部队”。那是一个清晨，经过短暂激战后，敌军第 6 师一个加强营被我 40 军 118 师全歼。1950 年 10 月 25 日，注定是个值得纪念的日子。这一天，后来被命名为“中国人民志愿军抗美援朝出国作战纪念日”。

“我军在追击敌人的时候，才发现朝鲜人民所蒙受的苦难是那般深重。解放平壤时，那座美丽城市已成了一片废墟。”母亲心情沉重地说，她当时在想，如果这场战火烧到我们国家，那将是个什么样子?中国军人决不能让这场悲剧在我们的国土上演!

二

我走上鸭绿江断桥。那是一座有着一百一十年历史的十二孔桥，其闻名于世不是由于始建于清末的久远，而是源于二十世纪五十年代的那场战争。当年，那桥被轮番轰炸的敌机炸断，我方一侧仅残存四孔桥身屹然不倒，故称“鸭绿江断桥”。断桥千疮百孔，至今仍有万千弹痕，我抬起头，恰好桥上飞掠过一群白鸽，似乎在诉说着什么。

母亲告诉我，那场战争的激烈与残酷超出想象。在朝鲜根本就没有什么前方后方，头顶随时都有敌机轰炸，到处都险象环生。母亲和赵伟同是南阳老乡，东北野战军南下时，她俩一道在湖北羊楼洞入伍，同去朝鲜，又同居一室。入朝不久，赵伟就在一次空袭时被敌机投下的燃烧弹烧死，距她不远处的母亲幸免于难。母亲含泪回忆说，赵伟是个活泼可爱的小姑娘，牺牲时年仅十九岁。头天晚上，她还有说有笑，畅想回国后读大学呢。

前线不断传来志愿军战友牺牲的消息。为了及时补充干部，提高指战员文化水平，母亲所在师利用作战间隙组织轮训队，开办识字班，主要培训连排干部和战斗英雄。她被任命为师政治部文化教员，用速成识字法教他们认字，学文化。许多学员都是参加过抗日战争、解放战争的老战士、老英雄，他们大都贫苦出身，根本就没上过学。母亲说，他们在战场上英勇杀敌，无所畏惧，可拿起笔来，却比上战场打仗还难。

轮训队有位连长叫徐长富，个子不太高，入朝时是八连一班班长。在一次激战中，八连浴血奋战六个昼夜，在打退敌人二十多次进攻后，徐长富奉命带领全班掩护连队撤退，之后又一人留下来掩护全班撤退。敌军逼近后，看他孤身一人，子弹也打光了就示意他投降。徐长富趁敌军松懈之际，同时拉开两枚手榴弹投向敌军，并借着爆炸烟雾在混乱中滚下山坡，一个人硬是从敌军重围中脱险了。面对学文化，这位特等功臣为难得直挠后脑勺，说："郑教员，认字太难了，还是让我上战场杀敌人吧。"母亲鼓励他说："我们将来回国还要搞建设，没文化哪成？你就把字当成敌人好了，认识一个字就是俘虏一个敌人，让它当你的兵；认识五百字，你就当上营长了。"徐长富憨厚地笑了，说："成，我就消灭它一批，俘虏它一批。"第五次战役后，徐长富作为志愿军一级战斗英雄回北京参加全国英模报告会。他回朝鲜后看到母亲特兴奋，第一句话就是："郑教员，我见到了毛主席！"他将从国内带回的笔记本送给了母亲，还在上面工工整整地署上了自己的名字。

母亲记忆里还有一位印象颇深的学员杨树华，那可真称得上是个"大老粗"，"毛"字和"手"字他就是分不清，急得母亲不知如何是好。她就天天给他开"小灶"，终于让他开窍了。课余时间，母亲和他聊天，问他怎么当上英雄的？他竟憨厚地说："我也不知咋当的。"原来，在第四次战役时，杨树华带领的战斗小组向正在修筑工事的敌军发起突袭，敌人猝不及防逃下山去。他们凭借敌军丢弃的阵地和弹药，坚守了四天四夜。他荣立一等功，成为二级战斗英雄。在轮训队里，母亲接触过许多这样的志愿军英雄，给她留下了深刻印象。他们浓烈的爱国情感，就像鸭绿江水源远流长；他们大无畏的牺牲精神，就像长白山的峰峦昂然向上。面对武装到牙齿的“联合国军”，他们用自己的血肉之躯筑起了一道不可逾越的长城，保障了鸭绿江对岸人民的幸福与安宁。

三

鸭绿江水在静静流淌，岁月抚平了那场战争的创伤。同饮一江水的中朝两国人民，生活得如此平安而祥和。江中穿梭的游船荡漾着欢笑，沿江公园的人们在闲庭信步。许多外地游客都跑到江边，以鸭绿江断桥为背景拍下一张张留念照片。

往事也并不如烟，朝鲜战场上有许多难忘的往事，随着鸭绿江水久久荡漾于心中。

我父母的婚礼是在朝鲜防空洞举办的。母亲说，她和时任师敌工科长的父亲是在解放海南岛之后，经组织介绍认识的，当时没来得及结婚就匆匆赴朝参战了。1952 年夏天，在敌我双方转入战略对峙阶段时，师里批准了他们结婚。说到婚礼，也挺简单的，晚上，几位师首长在食堂请他俩吃了顿饭，讲几句祝福的话，仪式就算完成了。

组织上给他俩安排了个防空洞，铺盖卷一挪，就把家安下了。母亲说，说是家，可连张新床单也没有，她只有一条随身的行军毯，两件换洗的军服，再加上入冬穿的一套棉衣裤。父亲比她强一些，好歹有套完整的行李。这就是他们的全部家当。

有一天我忍不住问：“妈，战争那么残酷，你们干吗还要在战场上结婚？”母亲没有正面回答，而是反问：“你看过电影《刑场上的婚礼》吧，广州起义失败后，周文雍和陈铁军面对死亡，为什么还要结婚呢？”我沉默了。是啊，每天都面对敌机狂轰滥炸，他们也说不定哪天就“光荣”了呢。

这也许就是战火中的青春和战火中的爱情吧。婚后不久，母亲怀孕了。当时，师政治部领导找母亲谈话，动员她回国。母亲说什么也不同意。“我从小就没了父母，参了军才找到了家的感觉，这里有我的爱人，有我的战友，部队就是我的家，我舍不得离开这里。”母亲说，她跑到首长那里请求留下来，并保证不掉队，还能做力所能及的工作，绝不给组织添麻烦。就这样，母亲留在了朝鲜战场。

怀孕后，母亲的妊娠反应特别厉害，吃不下什么东西，更何况战争环境下，别说吃水果，就是新鲜蔬菜都见不到。吃的全是海带、干菜和咸菜。母亲回忆道：海带特别腥，一闻就想吐，为了保存体力，她还是强迫自己吃下去，要吐也跑到离战友们远一点的山上去吐，以免让他们发现。

志愿军没有制空权，白天通常待在防空洞以防敌人空袭。到了晚上，借着夜幕掩护才能行军或者活动。母亲有孕在身营养不良，在又矮又潮的防空洞里两条腿肿得一摁一个坑。就是那样一种环境，母亲也始终保持着乐观情绪。她和大家一样挖防空洞，从里往外拉土。夜行军，母亲也在践行着自己的诺言，从没掉过队。母亲说，最初几个月，许多战友都不知道她是一个孕妇。有一次，几个女同志去山洞仓库领生活用品。母亲从朝鲜老乡那里借来一个背夹子，背着二十多斤油走了五六公里山路，夜黑路陡，一路上跌跌撞撞地回到了营地。

母亲怀孕六个月后，在一次行动中跌了一跤，出现早产征兆。等父亲和战友将母亲送到附近医院时已晚了，孩子没能保住，是一对双胞胎。多年后，母亲讲起这事，脸上还掩饰不住内心的忧伤。

在鸭绿江畔，我不禁在沉思：一个人的足迹就是一个人的历史，一个国家的足迹就是一个国家的历史，后人总能从前辈的足迹中，领悟到一种精神，一种激励，一种寄托。母亲是平凡的，当年也只留下一名志愿军女兵的足迹，但这些年来却一直深深感动着我。我为有这样的母亲而骄傲。母亲跨过鸭绿江的那一刻，就注定她的命运与祖国的命运紧紧连在一起了。1953年7月27日，母亲和她的战友凯旋，回到了祖国怀抱。母亲说，当她在车上看到了鸭绿江，看到了五星红旗，看到了祖国同胞热情的欢呼时，她和所有战友都喜极而泣。

那天，我久久地凝视着鸭绿江水，看它静静地流向远方，虽说江水波澜不惊，但我依然能从静水深流中，倾听到鸭绿江的涛声。这涛声是从历史大潮中流淌而来，也将迎着新时代的梦想流淌而去……

（原载《解放军报》2019 年 7 月 12 日）

沟通心灵的使者

——记一位战地女翻译

石　英

这是一个实实在在的故事。它发生在近六十年前。当事人后来与我的一位同乡和老战友结为终身伴侣。她知道我是“写东西的”，所以总是嘱咐我：“你写我的事儿可以，但无论如何不要露我的名字。”因为我写的是一篇散文，而不是纪实文章，所以我毫不含糊地答应她：“可以，你放心。”

这位后来在朝鲜战场做了战俘营翻译的女同志生于黄浦江畔，外语学校毕业生。刚参军时。难免有人猜测，甚至在背后议论：“准有上海小姐脾气”。谁知她第一次越过敌机“绞杀战”清川江封锁线时就表现非凡，机警利落，连滚带爬地到达了相对安全的地带。同志们看她，一身崭新的军装被“咬”成了开花棉袄，还好并没有伤及皮肉。只这一次“考试”，“上海小姐”的帽子，便在人们心目中无声地摘掉了。

虽然如此。开始工作时还有不少障碍，战俘营刚刚归置就绪，她就遇到了“联合国军”中的一名美军少校的挑衅：“你们中国人打仗爱突然袭击。”她在黑板上用英文写下《孙子兵法》中的一句话“兵者，诡道也”。然后才开讲，最后她说：“你们呢？你们在朝鲜半岛的蜂腰部搞仁川登陆战。事先告诉过对方没有？”战俘们瞠目而不作答。她接着反问：“那么，这不叫突然袭由又是什么？”于是。她有理有据，心平气和地赢得了重要的一分。

每次美机轰炸，她总是最后一个进防空洞。有一次，别的战俘都进去了，只有一个大个子上士，傻愣愣地望着天上的飞机。她火了，问他：“你还看什么？”他说：“我看是F86佩刀式还是F84雷电式。”她使劲儿推了他一把，把傻大个儿推了进去，她才随后进洞。也就是几秒钟光景，美机一个俯冲，扫下了一梭子致命弹。飞贼走后，她向战俘们指着被炸毁的食堂说：“看，这就是他们对你们的人道！”

她入朝鲜那年二十四岁，两年过去，正是二十六岁的“大女”，却将婚期一再付与了战俘营。山坡上的草芽开花、枯黄，而再次返青。尽管处于烽火连天的战地，远在上海的父母在来信中还是时不时地询问她：有对象了没有？她在有限的回信中，巧妙地躲闪着父母来信中的探询，使父母的感觉中似有又似没有，却始终存在一种想象中的希望。其实也就在这一过程中。一位曾经只读过四年小学的山东大汉闯入了她的心廊。那是源起于一次战俘营的搬迁转移途中，遭遇到美机几乎无时不在的骚扰与袭击。教导员为掩护一名黑人战俘而被弹片击伤了后背，而在他身下的被俘人员则安然无损。在紧急的情况下。女翻译以自己曾受过包扎训练的业余卫生员身份，尽心尽力地对教导员进行了救护，并亲自将他送至后方医院……他在日后就成为她挚情不渝的丈夫。

她本业学的是英语，在校的三年中又兼修了法语；在朝鲜战场上又“捎带”向异国老乡们学了朝鲜话；而在战俘营工作期间又“进修”了土耳其语。一个人兼通四种（确切地说是五种）语言。因此，在战争的最后岁月，被她和她的同志们的心地和行为感动了的多国被俘人员私下里称她是“沟通心灵的天使”。也许与她有一定关系，在停战后，遣返战俘中，有的被俘人员流着眼泪表示要留在中国，理由之一是：从没见过像在战俘营中接触过的中国人这样的好人。

在战俘营工作的岁月。日渐熟悉的被俘人员（尤其是那些文化较高的），说她具有双重性格：庄严又温和。其实他们不知道：庄严，是因为她有在她的身后站着伟大祖国的自信；而温和，来自于她平时喜欢在窗前凝视三月雨后的阳光。

不久前，在她夫妻俩晚年居住的干休所，我又与他们见了面。他们住的房子非常普通，因为都还够不上高干。她老伴是离休，她是 1949 年 10 月 1 日之后入伍的，所以是退休。老两口都是满头银霜，她的身体尚健，老伴因有旧伤新疾，身体羸弱，刚刚出院回家，所以话语不多。但有一点是共同的，形貌谈吐绝对朴实低调。这使我不禁想到了一个成语——“人淡如菊”。真的是两株经霜的老菊。当我又提起六十年前的旧事时，当年的女翻译平静地一笑，说：“还不就是那点事嘛，你是都知道的，不再说了。只有一桩心愿——”她指指老伴，“等他身体好些时，我们想再过鸭绿江到当年的战俘营旧地看看。”

（选自《红色纹理》，人民日报出版社 2019 年版）

海与焰火

杜鹏程

国庆之夜。

奇特的海上城市——三面环海，只有很少的地方连着陆地；岛屿，从深不可测的海底腾起，屹立在它身边，护卫着它，抵挡惊涛骇浪的袭击。如果从高空俯视，今夜，这灯光万点的城市，让漆黑而发亮的海水环抱着，静静地躺在那里，仿佛在谛听涛声、冥想深思。其实，它正沉浸在节日的欢乐里。市中心的广场上，灯光辉耀，如同白昼。远处的锣鼓声越来越近。人们顺着四面八方的街道，向广场汇流。年轻人，前拥后挤，兴高采烈地等待着放焰火和提灯晚会；少年们，按压不住激动的心情，这儿一下，那儿一下，放着鞭炮，或者成群结队，纵声歌唱；牙牙学语的孩子，依偎在母亲怀里或者骑在父亲的肩膀上，挥舞着小手，想到海的上空去飞翔。

人流把我从一条街道上裹到广场里。突然，在无数欢欣的面孔中，我意外地看到一张熟识的脸膛，喜悦的感情攫住了我，还没有来得及张口，他那鹰隼一样的眼光，便投射到我身上了。一二十年前，我作为一个新兵，跟他学习作战时，他四十多岁，已纵横万里，身经百战，使敌人闻风丧胆。现在算来，他，年近六旬，那巍然的身躯、铁样的下巴和那深沉而生气勃勃的眼睛，像是告诉你：战斗生涯，风雨严霜，岁月流逝，只能使这样的人精神焕发，更加年轻。这位将军，海军基地的主人，身着黑呢便服；人家本来把他安顿在广场的观礼台上，他却自个儿溜在街头，好奇而兴奋地挤在人群里；正像战争中，他时常溜出司令部，跑到连队和战士们聊天，或者到河边去摸鱼，警卫员找不到踪影，急得眼窝冒火。

我急切地问：“听说，您一直在祖国西部的高原上，怎么一下子又跑到这海边了？”

他一手按住我的肩膀，侧过头，微微眯缝着眼，低声而有趣地说：“军人腿长嘛！好啰，闲话不说。走，到阵地上去。这样的夜晚，应当和战士们一道度过。再说，只有在那里看焰火，你才能领略这节日之夜的风味。”他从人群中挤过去，矫健地穿过宽阔的大街和弯曲的小巷，向海边走去，我要小跑才能跟上。这身影和敏捷的动作，使我情感涌动。昔日的战斗场面、弯下腰疾速地在战壕中行进的印象，活生生地显现在眼前。

走出繁华的市区，他停住脚步，望着前面。这里，路灯稀少，气氛静寂，和市区热闹的景象恰成强烈的对照。眼前横着一条公路，跳过公路就是海湾。公路边儿上站着哨兵，自动枪的皮带挂在脖子上，一手握着枪梭，一手抓住枪柄，面对大海，像铁铸的一样。仿佛把全部力量集中在眼睛上，凝视大海的胸膛在怎样起伏，又像十分专注地倾听大海在怎样呼吸。一辆军用小车，迅速而悄然地开来，突然刹住车，跳出一位军官模样的人，瞭望了一阵，走近一个哨兵，叮嘱几句什么，又嗖的一声，驱车而去了。随着沙沙沙的整齐而有节奏的脚步声，一小队士兵，穿过公路，插到海滩上，消失在陡壁峭立的岩石后面。

将军望着哨兵昂然、威武像灯塔似的姿态，望着眼前的种种活动，这一切，也许勾起了他久远的回忆，使他缅怀无数次征战，使他想起曾经率领过的祖国西陲雪山里哨兵的身姿和他们今夜活动的情景。他双臂交叉在胸前，神情严肃，低声自语：“战士！我们的战士！”

我们跨过公路，到了海滩上。一湾海水，温柔平静。微波抚摩沙滩，像低声细语。湿润而有点暖意的风，丝绒似的拂面而过。将军张开双臂，大口呼吸着沁人心脾的空气，沿海边信步走去，轻轻地哼着歌曲。有时浪头扑上来，打湿了衣服，他就笑了，像青年人一样蹦到沙滩上，拧着裤子上的水。他，时而眼光掠过并不很宽的海湾，望着前面的小岛，时而转过身，眼光掠过公路上哨兵的身影，落到城市里用灯光装饰起来的最突出的建筑物上，听着那里传来的锣鼓声、鞭炮声和街头大喇叭里播送出的轻快的舞曲声。这种种声音组合到一块，穿林渡水而来，回旋在海空，波荡到远方……

将军弯下腰，撩着海水，说："知道吗？我的童年是在和海的搏斗中度过的。我爱海。在祖国西边时，每天看万重雪山，就觉得它像白浪滔天的海洋；到了这里，时时看波涛汹涌的海洋，又觉得它像连绵起伏的雪山。嗯，你说呢？"

我正要说话，突然，一阵强烈的声音激荡天空。我们不约而同地转过身，朝市区望去。将军一边轻轻地打着拍子，一边说："这工夫，举行提灯晚会和看焰火的人，可能都集中到市中心的广场了。"话没落音，那高耸在天空的大喇叭，播送的舞曲，变成高昂而急速的了，随着这旋律，广场的人，一定在欢腾歌舞，纵情歌唱。同时，在许多家庭里，人们，或者祝福新生的婴儿，或者围着远道归来的亲人，叙说聚首之乐，或者按自己的爱好和情趣，以各种各样的方式，回顾昨天的工作，展望前去的路途，欢庆我们国家成长壮大的第十三个春与秋。

这时候，我才懂得，跟随将军到这儿，真是太好了。诗的境界，使人愉快，使人发奋，使人有所颖悟，使人思索生活所赐予人的一切。

他觉察到我的心思了，说："你觉着这里挺好？对，挺好。到前面岛子上去，你才更能懂得这夜晚到底是怎样美妙哩！"我们顺海边走到一个码头上。这里哨兵密布；有几艘快艇，停泊在那里，每艘快艇上都笔直地站着几名战士，没有一点声息。

快艇大队长出现在将军面前。将军简要地向他指示了些什么，一纵身跳到快艇上。这艘快艇上的海军将士，一个个都非常精悍，神情严肃。站在战士面前的艇长，穿着一身防水衣，个子很低，却格外粗壮。

我看那黑沉沉、厚而不腻的海水，说："这就是风平浪静，水波不兴哪！"

低个子艇长摇头说："嘿，海湾里也是无风三尺浪哪，你要是绕过岛子，驶入大海，就不是这个味儿啦！"

将军说："咦，说得好厉害！小胖子，你是成心吓唬客人啰！"说罢，他又向我介绍，这艘快艇是有名的"海上老虎"。一次，蒋匪军的舰船前来进犯，就是这位年轻粗壮的艇长，率领他的战友，让潜伏在小岛边的快艇，突然奔出来，冒着炽烈的炮火，冲到敌船附近，连发两颗鱼雷，敌人的舰船便在烈火浓烟中燃烧，最后被海浪吞掉。当另一艘护卫的敌舰找寻射击目标时，"海上老虎"早像海燕似的凌波而去，无影无踪……

将军夸奖："小胖子，可不简单哩！"

低个子艇长，手足无措，笨拙地用防水衣的袖子擦着额上的汗。还是快艇大队长给他解了围，说："你负责把首长送到对面岛子的阵地上。注意安全！"

低个子艇长只是脚跟一靠，啪地敬了个礼，用这坚定、利索的动作，表示了他的心声。

快艇大队长向将军告别后，轻巧地跳到码头上。

白天，从远处眺望，驶驰在大海里的鱼雷快艇，像是任凭风浪摆布的一叶扁舟，让你立刻想起，"纵一苇之所如，凌万顷之茫然"的佳句。这会儿，就觉着，它，相当巨大，无比威猛。你看，这平滑的甲板上，放置的鱼雷，像粗大的洋灰柱子似的。此刻，它冰冷、沉默，丝毫不想引人注意，但它浑身是力，满腔烈火和仇恨，无所畏惧，能惊天动地，毁灭敌人。低个子艇长站在指挥台跟前，粗壮的手臂往下一劈，快艇震耳欲聋地吼叫起来，撕开海水，箭一样向前驶去，风在耳边呼啸。被撕开的海水向左右两侧飞腾起来，带着冷风，像瀑布一样，仿佛就要卷过来朝你头上盖下来。颠簸，强烈的颠簸，好像它突然跌到深沟里，又猛然飞升到高山顶。震动，强烈的震动，似乎你骑在已射出去的鱼雷上。这里需要力量，需要体魄，需要胆识，需要坚定的意志和火一样的心。所谓"乘长风破万里浪"的气概，就是如此吧。我，心里激动而又感到头晕，将军却泰然自若地手抓缆索，站在鱼雷发射筒旁边，挥手示意：要快！气热腾腾的低个子艇长，固执地站在将军身旁，从那英勇顽强的姿态看，必要时，舍命护卫将军，他也会毫不犹豫。快艇颠簸腾跃，他那像树墩似的身体，纹丝不动，像长在甲板上一样。

前边码头上的信号灯一闪一闪，向海军战士亲切地眨眼，表示欢迎，表示情意；朝右前方看，海岸高处的永远注视大海的巨大的灯塔，也不时地吐出光亮，向终年和大海搏斗的人们，指示方向，寄予热情的问候、安慰和强有力的鼓舞。城市里热闹的声音听不见了，可是回头看那稠密的灯光，你就觉得，那城市像一艘大轮船，它正加快航速，向远方驶去。

快艇驶驰到海岛跟前，我们上了岸，那位低个子艇长站在甲板上，又是啪地脚跟一靠，向将军敬了个礼，说："再见，首长！我们全体同志，祝您节日晚上快乐！"说罢，他十分害羞似的，一窜，闪到快艇指挥台后边，驾着他的"海上老虎"，向黑暗中驰去，霎时，连轮机声也听不到了。

将军往前走了几步，听到低个子艇长的声音，正要回答什么，可是眼前只有被快艇激荡起来的海水，在哗哗地、热烈地拍打着岩石。他，还凝然不动地站着，看着。看什么呢？看"海上老虎"和那上面的忠诚、勇敢、机警而技术熟练的海军战士吗？说不定"海上老虎"已经负载着战士们，驶入大海，扯开狂风，击破巨浪，随时准备把胆敢偷袭的敌人，置于死地。我猜想，因为指挥着这样的无敌战士而产生的自豪感情，使将军不论什么时候——即使在这夜色浓重的晚上，也能看到战士的神勇的姿态，能感觉到战士热烈的心在怎样跳动。

一位海军军官前来迎接将军。大伙顺着丛林中的小路往上走，不时可以看到哨兵的身影。头顶稀疏的星星像被海水洗过似的，清冷、明亮。露水打湿了鞋袜，浸透了衣服。寒冷的感觉越来越厉害。走到小岛的顶端，将军时而爬上陡立的岩石，时而跑到工事里，巡查了一阵，他就和几个炮兵军官钻到指挥所去研究工作。我和别的同志站在那里，好像站在万丈绝壁之上，觉着衣服单薄，冷不可耐。大风从好几面吹来，呼啸着，嚎叫着，一堆堆的灌木林，东倒西扑，人的衣服都被吹得鼓胀胀的，似乎你随时可能被海风卷到天空去。眼前是广阔无际的大海，黑压压的。狂风拥着万顷狂涛，像千军万马迎面扑来，摇撼和冲击这脚下的海岛，山摇地动，发出惊心动魄的轰鸣声。一次摇撼接着一次摇撼，一次冲击连着一次冲击，但是接连不断的狂涛被这傲然矗立的小岛撞成了白色的碎沫，飞扬在天空，化作暴雨。在小岛腹部，电灯通亮的指挥所里、弹药室里以及战士们操纵着各种复杂仪器的地下室里，人们都在严肃紧张地忙碌着。身边，粗壮的大炮筒子直指天空。在那一门门炮座后边，战士们都站在自己的岗位上。那一个个年轻的身影，那随时准备战斗的英武姿态，是如此叫人喜爱，叫人深思，叫人感动。身后月牙形的海湾，就是我们刚才离开的市区。这里的地形高，你感觉到城市就在你身边，就在你脚下。在雷鸣似的海涛声遮掩下，城市里的音乐声、锣鼓声、鞭炮声和人们欢乐的呼喊声，听来不甚清晰。计算时间，节日之夜的盛况，可能进入高潮了。将军和几位军官从工事里爬上来，他们不时地看着夜光表。突然有人喊:“放焰火了！”一种非同寻常的兴奋情绪，通过整个阵地，通过每一个严守在战斗岗位上的战士的心里。你看，在市中心，像发出信号似的，冲天炮拖着一条细细的红色火线，窜入天空，爆炸了，无数小火星四外飞溅。一条火线，又一条火线，一团火星，又一团火星，霎时，城市上空，布满了万千点火星。转眼，照明弹似的东西，直向上升，随着一声爆炸，明光灿烂地照耀着降落伞上挂着的五星国旗。旗帜那样鲜丽，那样火红，它就在海防上空迎风招展，就在战士们头顶上迎风招展。接着，像激烈的炮战似的，许多巨大的响声压住了海涛声；市区之上全是耀眼的光亮，好像一下子给天空挂上了千万盏电灯，好像谁一把撒出了千万颗明珠。密合四布的夜色，充塞于天地之间的夜色，被击破，被逐退，被压缩到远处去了。你看，五彩缤纷的光亮，照彻天空；无数火的花朵，怒放于天空；无数长虹，横亘于天空。这一切火星、火的花朵，各种颜色的光亮和长虹，都映照在海水里，整个海洋，顿时变作透明，顿时被染成千万种色形。而且，这些一切颜色、光亮、花朵、长虹，在飞舞，在跳动，在奔腾，在变幻，好像这是突然从海底迸发出来的万道霞光。不，这是从我们土地上、生活中、城镇和乡村里迸发出的万道霞光；是从海防战士的心里迸发出的万道霞光。它，使得远近的海岛的黑色的轮廓，非常清晰地呈现出来。一直在黑暗的大海上巡逻的巨型军舰和那急速飞奔的鱼雷快艇，也都沐浴在天上海里融为一体的变化无穷的光亮里。它们的雄姿和矫影，在透明的、彩色的海上航行，在水晶宫航行，在神话般的仙境航行，在我们世世代代用汗水汇流而成的神圣的领海里航行。我们身边的那傲然指向天空的大炮，在焰火照耀下，发出暗绿色的光。它，极端冷静，不为任何变幻的色彩所动，全神贯注地搜寻可疑的目标。这大炮身边的来自祖国各个城市和乡村的年轻的战士们，胸部在猛烈地起伏，脸上闪过的笑容透露出内心压抑不住的兴奋。炮长、瞄准手、弹药手、发射手……任凭天空彩色的光亮照射在他们亲密的伙伴——大炮身上，照射在自己身上，跳动在脸上、手上。他们，一个个都像这座耸立在惊涛骇浪中的海岛似的，屹然不动，面向前方，监视海空，或者目不转睛地盯着仪器、盯着炮膛、盯着炮弹，呼吸着因放焰火而飘来的火药味，随时准备接受从那指挥所里发出的坚定果断的命令声，从祖国广阔而深厚的胸膛里发出的庄严而无畏的命令声。我情不自禁地想：那城市的乐声、焰火，把全部欢乐、激情和强烈的向往，送给了海，送给了战士们；而他们——这些站在海防最前哨的海军战士们，也最能生动而具体地感觉到：节日中，人们的豪情，无数家庭里的热烈气氛，母亲的希冀，年轻人的雄心壮志和花朵似的孩子们的梦想。在他们看来，这天上海里交融在一起的火星、光亮、花朵、长虹、颜色，不就是我们国家万紫千红的形象吗？不就是整个祖国沸腾生活的缩影和全部的春色盛景吗？这一刻，谁能清楚地描述出战士们的情怀、情绪和感情呢？看，这位将军，他虽然不止一次地看过这种节日盛况，领略过这种无与伦比的人间奇迹，虽然他极目远望、岿然不动，但是你能察觉到，这会儿，他，思潮涌动，心绪起伏；随着这种强烈的涌动和起伏，我猜想，他的眼里，忽而充满深情，忽而冷静深思，忽而又如雷电闪烁。他的情绪感染了他身边的年轻军官们。你看，他们一个个脸膛都那么激动，那么兴奋，心里也许充满了壮美的向往吧！他们，不管是千锤百炼的或者是血气方刚的，都有一颗革命军人的心，在强烈跳动哪！

午夜以后，城市里的焰火停止了；夜，又显得平静了。也许，此时，欢度国庆之夜的人们，带着愉快心情和满怀壮思，披着海风，顺着大街小巷，各自归家。兴致犹浓的年轻人，不愿辜负这秋高气爽的时光，又到那彻夜开放的海滨公园里，和朋友们一道计议着：如何征服海洋，征服荒山，披荆斩棘，昂首前进。但是，从远处看起来，城市静悄悄的，只有那繁星般的电灯，只有高大的建筑物上的红星，凝望着秋夜星空，回味着刚才经过的那番无比的激动。

将军又在阵地上巡视了一周之后，爬上了陡立的岩石。突然喊道："哦，同志们！看呀！”

大伙，掠过大海，望着水天相接之处，那里有一抹灰白的云彩。不用说，那就是第一线曙光。

将军回头对我说：“嗬，这是我们的又一种幸福！”

是的，这是又一种幸福——就是他们——这些海防前哨战士们，抵御着狂风和海涛，送走黑夜，从那遥远的天边，把第一线黎明，迎接到人间。你瞧，天边一抹长带似的云彩，由黑色变成灰白、浅白，变成白而透亮……这功夫，海岛上活动的人影，隐约可辨。在海上巡逻了一整夜的军舰，一艘又一艘，稳稳地驶进港口，向海湾驶去。一个又一个的鱼雷快艇，从远处的莽莽苍苍的雾霭中钻出来，从朵朵浪花上飞驰而来……

有人指着大海，说：“看，看！不会错，第一艘快艇，一定是小胖子他们那艘‘海上老虎’。”

将军回头一看，原来通夜在炮兵指挥所工作的军官，全部赶来，站在将军身边了。他看了看他们的容颜和闪着兴奋光彩的一双双眼睛，这，对以阵地为家的人来说，真是太熟悉了。可是他更熟悉，他们在不眠之夜给人们换来了什么。

这一刻，虽然曙光出现在天边，出现在小岛之巅，可是岛的后面的城市、乡村、远山都还沉浸在浓浓的夜色中，只是偶尔听到鸡鸣声。但是，既然曙光已经出现，奇迹就要到来。看，天边白色透明的云彩，慢慢地燃烧起来，变成浅红、鲜红。猛然，云彩下端镶了一条光耀夺目的金线。金线在跳动，在扩大，霎时，战士们就要把一轮光华四射的旭日，接到胸前，托上天空，使它照耀着我们辽阔的土地，照耀滋长繁荣的万物；使它乘着万里东风，转瞬之间就照耀到祖国最西边的世界屋脊上的哨兵身上……

1963 年国庆之夜写于渤海湾的舰艇上，同年冬修改于西安

（原载《延河》1963 年 4 月号）

松树的风格

陶　铸

《新观察》编辑部的同志们屡次索稿，答应后一直没有执笔。去年冬天，我从英德到连县去，沿途看到松树郁郁苍苍，生气勃勃，傲然屹立。虽是坐在车子上，一棵棵松树一晃而过，但它们那种不畏风霜寒冷的姿态却使人油然而生敬意，久久不忘。当时很想把这种感觉写下来，但又不能写成。前两天在虎门和中山大学中文系的师生们座谈时，又谈到这个问题，希望青年同志们能和松树一样，成长为具有松树的风格，也就是具有共产主义风格的人。现在把当时的感觉写出来，一方面还了《新观察》的债；另一方面与大家共勉。

我对松树怀有敬仰之心不自今日始。自古以来，多少人歌颂过它，赞美过它，把它作为崇高的品质的象征。

你看它不管是在悬崖的缝隙间也好，不管是在贫瘠的土地上也好，只要有一粒种子——这粒种子也不管是你有意种植的，还是随意丢落的；也不管是风吹来的，还是从飞鸟的嘴里跌落的，总之，只要有一粒种子，它就不择地势，不畏严寒酷热，随时随处茁强地生长起来了。它既不需要谁来施肥除虫，也不需要谁来浇水灌溉。狂风吹不倒它，洪水淹不没它，严寒冻不死它，干旱旱不坏它。它只是一味地无忧无虑地生长。松树的生命力可谓强矣！松树要求于人的可谓少矣！这是我每看到松树油然而生敬意的原因之一。

我对松树怀有敬意的更重要的原因却是它那种自我牺牲的精神。你看，松树是用途极广的木材，并且是很好的造纸原料；松树的叶子可以提炼挥发油；松树的脂液可制松香、松节油，是很重要的工业原料；松树的根与枝又是很好的燃料。更不用说在夏天，它用自己的枝叶挡住炎炎烈日，叫人们在如盖的绿荫下休憩；在黑夜，它可以劈成碎片做成火把，照亮人们前进的路。总之一句话，为了人类，它的确是做到了“粉身碎骨”的地步了。

要求于人的甚少，给予人的甚多，这就是松树的风格。

鲁迅先生说的“我吃的是草，挤出来的是牛奶、血。”正是松树的风格的写照。

自然，松树的风格中还包含着乐观主义的精神。你看它无论在严寒霜雪与盛夏烈日中，总是精神奕奕，从来都不知道什么叫做忧郁与畏惧。

我常想：杨柳婀娜多姿，可谓妩媚极了；桃李绚烂多彩，可谓鲜艳极了；但它们给人的印象只是一种“好看”的外表，不能给人以力量。松树却不同，它可能不如杨柳与桃李那么好看，但它却给人以启发，以深思和勇气，尤其是想到它那种崇高的风格的时候，不由人不油然而生敬意。

我每次看到松树，想到它那种崇高的风格的时候，就联想到共产主义风格。

我想：所谓共产主义风格，应该就是要求人的甚少，而给予人的却甚多的风格；所谓共产主义风格，应该就是为了人民的利益和事业不畏任何牺牲的风格。

每一个具有共产主义风格的人，都应该像松树一样，不管在怎样恶劣的环境下，都应该茁强地生长，顽强地工作，永不被困难吓倒，永不屈服于恶劣环境。每一个具有共产主义风格的人，都应该具有像松树那样的崇高品质，人民需要我们做什么，我们就去做什么，只要是为了人民的利益，粉身碎骨、蹈汤赴火也在所不计；而且毫无怨言，永远浑身洋溢着革命的乐观主义的精神。

具有这种共产主义风格的人是很多的。在革命艰苦的年代里，在白色恐怖的日子里，多少人不管环境的恶劣和情况的险恶，为了人民的幸福，他们忍受了多少的艰难困苦，做了多少有意义的工作啊！他们贡献出所有的精力，甚至最宝贵的生命。就是在他们临牺牲前最后的一刹那间，他们想的不是自己，而是人民和祖国甚至全世界的将来。然而，他们要求于人的是什么呢？什么也没有。这多使我们想起松树的崇高的风格！

目前，在社会主义建设的日子里，多少人不顾个人的得失，不顾个人的健康，夜以继日，废寝忘食，为加速我们的社会主义建设流汗流血地苦干着。在他们的意念中，一切都是为了迅速改变我国“一穷二白”的面貌；一切都是为了加速我们的社会主义建设。这又多使我们想起松树的崇高的风格！

具有这种风格的人是越来越多了。这样的人越多，我们的社会主义建设也就会越快。我希望每个人都能像松树一样具有坚强的意志和崇高的品质；我希望每一个人都成为具有共产主义风格的人。

1959 年 1 月中旬于虎门

（原载《新观察》1959 年第 5 期）

周总理手植腊梅

梁　衡

中国人爱松、爱菊、爱竹、爱兰，而爱梅尤甚。松耐寒而无花，竹青翠而无香，菊经霜而不受雪，兰多香而少坚。唯梅有色有味，经霜耐寒，寿比松柏，香胜幽兰。而梅中之极品犹数腊梅。

淮安周恩来少年读书处有其手植腊梅一株，现已逾百年，枝叶满院，高比屋肩。其一树六股，遒劲曲折，上下翻飞，如绳缠龙盘。每当盛夏之时，枝探墙外，四壁难禁勃勃生机；浓阴覆地，满院都是盈盈之情。晨风轻摇，碧叶向天奏有声之曲；皓月初上，疏影在墙写无声之诗。而当寒凝大地，北风过野，雪盖高原，这青瓦老宅中腊梅怒放，忽如一座金山横空出世，灿若朝阳，满树黄花无一丝杂色，方圆数里，暗香浮动，荡气回肠。此总理手植腊梅之大观也。

总理在时，此腊梅静生默长，人们亦不觉有奇。墙外风雨墙内树，落叶飘飘送华年。花开花落，无论冬夏短长。然自1976年总理大去，举国同悲，万家悼伤，怀念之情与日俱长。虽开国总理，这960万平方公里之国土竟无一碑之立、一石之安，魂之所系不知何方，祭之所向一片空茫。今年是总理诞辰115年，念神州大地，有何物曾与总理同生同长，却仍在生命绽放；又有何物经总理手泽，却依然长此留香。唯此手植腊梅，玉树临风，山高水长！于是仰树怀人，对梅神伤，游人如织，默念忠良。念总理“当代宰相”，官居一品，却党而不私，官而不显，劳而无怨；念总理德高一品，却生而无后，死不留灰，去不留言。噫，大道无形，大德无声。其大智、大勇、大德、大才、大貌，齐化作这株一品古梅遗爱在人间。君不见这腊梅铁秆铜枝，曲节回环，伤痕斑斑，曾经多少辛酸仍挺身向天；君不见这故居青砖小院，每当大雪漫天，上下皆白，一梅出墙香清益远。

呜呼，人去梅开，总理归来。叶落归根，香飘江淮。民族之魂，国之一脉。大无大有，周公恩来。

（原载《人民日报》2013 年 2 月 18 日）

黄河之水天上来

杨　朔

唐朝诗人李白曾经写过这样的诗句:“黄河之水天上来，奔流到海不复回。”意思是说事物一旦消逝，历史就不会再重复。但还是让我们稍稍回忆一下历史吧。千万年来，黄河波浪滔滔，孕育着中国的文化，灌溉着中国的历史，好像是母亲的奶汁。可是黄河并不驯服，从古到今，动不动便溢出河道，泛滥得一片汪洋。我们的祖先在历史的黎明期便幻想出一个神话式的人物，叫大禹。说是当年洪水泛滥，大禹本着忘我的精神，三过家门而不入，终于治好水患。河南和山西交界处有座三门峡，在这个极险的山峡中间，河水从三条峡口奔腾而出，真像千军万马似的，吼出一片杀声。传说这座三门峡就是大禹用鬼斧神工开凿的。

其实大禹并没能治好黄河，而像大禹那种神话式的人物却真正出现在今天的中国历史上了。不妨到三门峡去看看，在那本来荒荒凉凉的黄河两岸，甚而在那有名的“中流砥柱”的岩石上面，你处处可以看见工人、技术员、工程师，正在十分紧张地建设着三门峡水利枢纽工程。这是个伟大的征服黄河的计划，从1957年4月间便正式动工，将来水库修成，不但黄河下游可以避免洪水的灾害，还能大量发电，灌溉几千万亩庄稼，并且使黄河下游变成一条现代化的航运河流。工程是极其艰巨的，然而我们有人民。人民的力量集合一起，就能发挥出比大禹还强百倍的神力，最终征服黄河。

我们不是已经胜利地征服了长江么？长江是中国最大最长的一条河流，横贯在中国的腹部，把中国切断成南北两半，素来号称不可逾越的“天堑”。好几年前，有一回我到武汉，赶上秋雨新晴，天上出现一道彩虹。我陪着一位外国诗人爬到长江南岸的黄鹤楼旧址上，望着濛濛的长江，那位诗人忽然笑着说：“如果天上的彩虹落到江面上，我们就可以踏着彩虹过江去了。”

今天，我多么盼望着那位外国诗人能到长江看看啊。彩虹果然落到江面上来了。这就是新近架起来的长江大桥。这座桥有一千六百多公尺长，上下两层：上层是公路桥面，可以容纳六辆汽车并排通过；下层是铺设双轨的复线铁道，铁道两侧还有人行道。从大桥的艰巨性和复杂性而论，在全世界也是数得上的。有了这座桥，从此大江南北，一线贯穿，再也不存在所谓长江天堑了。你如果登上离江面三十五公尺多高的公路桥面，纵目一望，滚滚长江，尽在眼底。

我国的江河，大小千百条，却有一个规律，都往东流，最终流入大海里去——这叫做“万水朝宗”。我望着长江，想到黄河，一时间眼底涌现出更多的河流，翻腾澎湃，正像万河朝宗似的齐奔着一个方向流去——那就是我们正在建设的像大海一样深广的社会主义事业。

在祖国西北部的戈壁滩上，就有无数条石油的河流。这些河流不在地面，却在地下。只要你把耳朵贴到油管子上，就能听到石油掀起的波浪声。采油工人走进荒无人烟的祁连山深处，只有黄羊野马做伴，整年累月钻井采油。他们曾经笑着对我说：“我们要把戈壁滩打透，祁连山打通，让石油像河一样流。”石油果然就像河一样，从遥远的西北流向全国。

我也曾多次看见过钢铁的洪流。在那一刻，当炼钢炉打开，钢水喷出来时，我觉得自己的心都燃烧起来。这简直不是钢，而是火。那股火的洪流闪亮闪亮，映得每个炼钢手浑身上下红彤彤的。这时有个青年炼钢手立在我的身边，眼睛注视着火红的钢水，嘴里不知咕哝什么。我笑着问道：“同志，你叽咕什么？”那青年叫我问得不好意思起来，笑着扭过脸去。对面一个老工人说：“嗐，快别问啦，人家是对自己心爱的人说情话，怎么叫你偷听了去？”接着又说：“这孩子，简直着迷啦，说梦话也是钢呀钢的，只想缩短炼钢的时间。”我懂得这些炼钢手的心情。他们爱钢，更爱我们的事业。

他们知道每炉钢水炼出来，会变成什么。

会变成钢锭，会变成电镐，会变成各式各样的机器……还会变成汽车。

看吧，那不是长春汽车制造厂新出的解放牌卡车？汽车正织成另一条河流，满载着五光十色的内地物资，滔滔不绝地跑在近年来刚修成的康藏公路上。凉秋九月，康藏高原上西风飒飒，寒意十足。司机们开着车子，望着秋草中间雪白的羊群，望着羊群中间飘动着彩色长袍的藏族姑娘，不禁想起汽车头一回开到高原的情形。以往几千年，这一带山岭阻塞，十分荒寒。人民解放军冒着千辛万苦，开山辟路，最后修成这条号称“金桥”的公路。汽车来了。当地的藏族居民几时见过这种轰隆轰隆叫着的怪物？汽车半路停下，他们先是远远望着，慢慢围到跟前，前后左右摸起来。一个老牧人端量着汽车头，装作满内行的样子说：“哎！哎！这物件一天得吃多少草啊。”可是今天，他们对汽车早看熟了。就连羊群也司空见惯，听凭汽车呜呜叫着从旁边驶过去，照样埋着头吃草。

年轻人总是向往幸福的。一瞟见草原上飘舞着的藏族牧女的彩衣，汽车司机小李的心头难免要飘起另一件花衫子。天高气爽，在他的家乡北京，正该是秋收的季节。小李恍惚看见在一片黄茏茏的谷子地里，自己心爱的姑娘正杂在集体农民当间，飞快地割着谷子。割累了，那姑娘直起腰，掏出手绢擦着脸上的汗，笑嘻嘻地望着远方。……其实小李完全想错了。再过两天就是国庆节，他心爱的姑娘正跟几个女伴坐在院里，剪纸着色，别出心裁地扎着奇巧的花朵，准备进城去参加游行。

在国庆节那天，她擎着花朵到北京来了，许许多多人也都来了。从长江来的，从黄河来的，从全国各个角落来的，应有尽有。这数不尽的人群汇合成一条急流，真像黄河之水天上来，浩浩荡荡涌向天安门去。我觉得，每个人都可以跟传说中的神话人物大禹媲美。

1957 年

（选自《杨朔散文》，人民文学出版社 2013 年版）

仰光夜宴

蒋德明

从缅甸回来，我保存了一张夜宴的请帖。那是邓颖超副委员长将离开仰光的前夕，在这里举行的一次盛大的答谢宴会。

我在那张洁白的、印有我们鲜红国徽的请帖上，曾经记下了这样一行字：一九七七年二月十日下午七时在仰光阿尤路总统府花园的草坪上。那是一个和风温煦的春夜，一个令人难忘的夜晚。

仰光的二月，气候温暖得宛如我们群莺乱飞的江南三月。总统府前宽阔的草坪上洋溢着一片生机。那厚厚的草坪，一踏上去犹如地毯般的松软。扎结在周围树上的彩灯，正一闪闪地眨着眼睛，点缀得这里像是一个童话世界。端坐如仪的缅甸乐师们，都穿着一色的民族服装，安详地弹奏着古老的乐曲。节奏是缓慢的，听起来是那么庄严肃穆。我们就坐在乐队不远的地方，一边欣赏这时歇时停的演奏，一边同缅甸朋友们笑语寒暄。

突然一阵掌声，我们的邓副委员长陪同吴奈温总统一起出现在草坪上。强烈的灯光聚集在他们的周围，我看到邓副委员长穿着一身浅灰色的、合体的春装，脚下穿着乳白色的皮鞋。她是那么和蔼、谦虚、从容，一边鼓掌还礼，一边引着吴奈温总统就座，因为今天她是这宴会的主人。

一时鼓乐齐鸣，人们纷纷入席。我总不时地朝着中缅两国领导人的座席观望。我看到：花树之间有两座落地红纱灯，摆在宾主的身后，在夜色中显得那么柔和温暖，让人联想到这似乎不是在露天的餐桌旁，而像是在温暖的家里。我看到邓颖超同志在月光和灯影下正殷勤地为客人布菜，纱灯照红了她的春装。照红了她健康的脸庞，照得席上的花草更显得青翠鲜艳了。

坐在我身旁的一位缅甸友人，似乎看出我的心情，他正以询问的眼光很有礼貌地望着我，好像在问：见到了邓副委员长，您在想些什么？……

侍者端来几大盘菜，并轻声地告诉我们，这是中国大使馆的厨师，特地到总统府来做的。于是我们又殷勤地为在座的缅甸朋友们布菜。朋友们一听说这几道菜出自中国厨师之手，便颇有兴致地品尝起来。一位朋友还说，他们都很喜欢吃中国菜，在仰光就有好几家中国菜馆，还卖北京烤鸭。不过他们都怀疑那不是真正的北京烤鸭，他们说："总要到了北京，才能尝到真正滋味吧！"

当两国领导人分别讲话、祝酒时，全场都静了下来。静得连偶尔掠过的飞虫的鸣声都能听得到。我望着邓大姐的身影，听着她那爽脆的带有一点天津口音的讲话，我的思绪飞远了，我抬头遥望夜空，忽然想到祖国的大地江河，我觉得邓大姐那动人心弦的话语已经飞上九霄，飘入云空。我在想：总理啊，敬爱的周总理，此刻您可听到了这熟悉的声音，看到这正被众目所属，仪态端庄的亲人的身影……

我还记得，当我们刚到仰光，飞机还在跑道上滑行的时候，我们从机窗里便看到机场上新搭起的红色彩楼，以及一群男女青少年在鼓乐声中预演欢迎邓副委员长的队列。再过两三天，邓大姐就要来仰光了。可惜，我们只在仰光停留了两天，便飞往古城蒲甘去了。我们失去了在机场上迎接邓大姐的机会。那盛大、动人的场面，我们是从缅甸的报纸上看到的。但是，我们一到蒲甘，也感受到缅甸人民对邓副委员长的盛情。因为邓大姐很快也要到蒲甘来访问，整个古城正准备隆重欢迎远来贵宾。就在我们下榻的地方，临时在搭建一座木结构的戏台。戏台建在大餐厅的右侧。推开餐厅的侧门，外面是一片宽阔的阳台，夏天的夜晚，旅游者们都喜欢在这阳台上就餐。缅甸朋友告诉我们，邓副委员长到达蒲甘的当夜，就要在这阳台上观看演出。我们拉过几张藤椅坐在那儿休息，看到在夕阳下紧张地搭建戏台的士兵们正在张挂幕布，别墅式旅馆的绿树上也都扎结了彩灯。可惜，我们只在蒲甘停留了一夜，第二天清早又匆匆地飞往曼德勒了。

然而，我们终于见到了邓大姐。那是我们从曼德勒访问归来以后，邓大姐也刚刚由蒲甘回到了仰光。

这是一个充满了阳光的、宁静的早晨。大使馆通知我们把今天参观访问的时间推迟两个小时，先赶到大使馆来。今天，邓大姐要来看望使馆的同志，以及在缅甸工作的中国专家和正在缅甸访问的中国同志。

我们在使馆宽大的院落里排成长长的两队，中间留下一个窄窄的走道。温暖的阳光透过茂密的大树洒在我们每个人的身上，草地上的露珠正散发着潮润的气息。我们静悄悄地盯住了使馆的红漆大门。邓大姐来了！前面的人已经鼓起掌来，邓大姐轻轻地走下了汽车，人们的抽泣声和鼓掌声揉在一起了。泪眼模糊中，我看到邓大姐那么慈祥地望着我们。我们都像见到了久别的亲人，不知有多少话要向她倾吐，有多少委屈要向她剖白。那时候粉碎“四人帮”不久，又是总理逝世一周年，每个人的心情都是很激动的。一见到邓大姐，更抑制不住自己的眼泪，谁都愿意把泪水化作最诚挚的问候，用泪水来表达我们对总理的怀念和对邓大姐的安慰。

邓大姐先同我们对面一排的每一个同志握手。眼看她已经走到队伍的尽头，我们真羡慕对面一排的同志。没想到，邓大姐从队伍的另一端又返转回来，专门同我们这一排的每位同志握手。当她快要走到我的面前时，有的同志哽咽地表示想念总理，有的同志问候邓大姐的健康。我只听到邓大姐这样地回答：“悲痛的时候早已过去了。革命么，要坚强，不许哭！”大使向邓大姐介绍一位年纪稍大的同志说：“这是使馆的厨师同志。”邓大姐握住他的手说：“谢谢你！没有你的劳动，我们就吃不上饭，就没法儿工作了。”大使又介绍一位年轻的女同志说：“这位是使馆的翻译。”邓大姐握住她的手端详着这位满脸泪水的女同志说：“谢谢你！没有你的劳动，我们就没法儿说话了。”翻译同志激动地呼唤着：“邓副委员长……”邓大姐打断她说：“不，不要叫我副委员长，叫我邓大姐就行了。”大使介绍我们的团长说：“这是来缅甸访问的中国新闻代表团的同志。”邓大姐停下来说：“唔，咱们几乎是同时来访问呀！”没再等大使介绍，我们每个团员同邓大姐握手时，都自报是来自哪个单位的。当邓大姐听到一位同志是《解放军报》的，便说，“粉碎四人帮”以后，军报办得不错呀。一位同志自称是《天津日报》的，邓大姐笑了，她爽朗地说：“唔，咱们是老乡，我也是天津人，在天津长大的。”

接着，我们把邓大姐紧紧地围在绿荫下，听她讲话。人们几次请她坐在藤椅上，她都不肯。她讲了很多鼓舞我们的话，讲到了我们党和国家的胜利，讲到今后任务的艰巨，讲到了在国外工作要谦虚谨慎，要尊重和学习缅甸人民的长处……却一句也没有讲到总理甚至没有一次提到总理的名字。邓大姐呀，邓大姐，您的作风让我们想到了总理，您待同志又多么像总理啊！

邓大姐的秘书小声地提醒旁边的一位同志不要掉泪，免得引起大姐的激动。她的话可能被邓大姐听到了，最后，大姐望着所有的人说：“革命么，要坚强，我就不哭！”

我们同邓大姐在一起拍了一张合影。照完相，邓大姐对大使说：“是不是所有的人都照上了？如果少一个人，你大使同志可要负责哩！”全场人都笑了。大使不得不说了实话，在大门口值班的两位同志没有照上。邓大姐马上让大使派人去把那两位同志换下来，然后再同大家重拍一张。后来，邓大姐又亲热地同在场的所有女同志拍了一张，照相时不知邓大姐说了一句什么笑话，把女同志们逗得乐出了声。

使馆大厅里还有华侨代表在等候邓大姐的接见，我们没有见到那激动人的场面。因为陪同我们参观的缅甸朋友已经按照预定的时间，把车子开到使馆的门外了。我们依依不舍地离开了邓大姐。后来，听说大使馆还留她在那里吃了一顿午饭，一顿非常普通的家乡饭，也是邓大姐最爱吃的——绿豆粥。

在总统府夜宴后的第二天，邓大姐要回国了。一清早，我们也赶到飞机场去送别。马路两旁都是准备夹道欢送邓副委员长的人群，机场里也是一片节日的气氛。这也是一个阳光灿烂的日子，人们的情绪似乎比好天气还要热烈。当吴奈温总统陪同邓颖超同志出现在机场时，全场欢声雷动。

我们看到邓大姐仍然穿着那套浅灰色的春装，彬彬有礼地同来送别的各国使节握手。当她快要经过我们跟前时，使馆里年纪最轻的那个梳着两条短辫的姑娘，代表全体送行的中国同志送给邓大姐一束火红的鲜花。邓大姐像爱抚孩子般地同她说了几句什么，转身便把这满载美好情谊的鲜花转送给缅甸主人。人们清楚地看到，主人紧紧地握住邓颖超同志的手，许久也不放下。

邓大姐踏着长长的红色地毯，和着军乐声稳步地朝前走去，此刻，我的眼睛又有些蒙眬了，我仿佛看到邓大姐的身旁出现了周总理那熟悉的、活跃的身影……是幻觉呢，还是梦境？我的视线终于被泪水挡住了。不是吗，就在这机场上，在这长长的红地毯上，曾几度留下总理来去的脚印，他又多少次在这里接受过缅甸姑娘献上的充满胞波深情的鲜花呢！今天，如果总理仍健在，他们两位老人家一起出访该有多么好哇！

邓大姐缓缓地走上飞机的舷梯。她回首站立在机舱口，挥起双手向人们告别。在乐声和人们送别的欢呼声中，我的耳边好像又响起了那清脆的慈祥的嘱咐“革命么，要坚强，不许哭……”

（原载《新港》1979年2月号）

在一个飘舞雪花的冬夜

玛拉沁夫

雪花，轻轻地飘落着，从清晨起，一直到蓝色的北方夜幕降临时分。

月亮出来得很晚，恰像一位等待观众平静下来才姗姗出台的演员。在冬夜披着月光，在银白的、空荡而宁静的森林里赶路，使人觉得仿佛是漫游在童话世界之中。鄂伦春族老人杨本和我，就是这篇童话的出场人物。

杨本老人已经六十七岁了，然而白头发却比我的还少！两只猎人的眼睛，依然可以辨认几里以外的野兽。他是个老共产党员，在猎民当中有很高的威望。他会说一口哈尔滨一带的东北话，有时还唱几句东北小调。有一位同志曾经半开玩笑地称他为“翻译家”，据说他曾经从汉语转译过一部不朽的作品，遗憾的是我还没有读到它。现在，他担当着给捕鹿队运送物资的任务，正好，我要到捕鹿队去，这样我们就成了友好的旅伴。

我们的四轮马车穿行在白桦林里。这正是雪后短暂的风平气和的时刻。厚厚的雪花，挂在桦树叶上，犹如一只只毛茸茸的白色小鸡。飞禽走兽还没有来得及在新雪上留下它们的脚印，只有我们的车辙是在这面巨纱上落下的两条针迹。在这样时刻，人们常常是沉入静静的观赏，而不轻易地去破坏北国严冬少有的寂宁。

杨本老人手里的马缰，松弛地耷拉在雪地上，马儿迈着缓慢的步伐略作喘息，以便于迎战每每雪后都要到来的大风暴！

我曾经历过多次草原风暴，然而森林风暴，对于我还是完全陌生的。风暴常常给人们带来损害，但是经历一次风暴，人们也会多享一次斗争的欢乐。

从遥远的森林的深处，传来了一种奇妙的声音，它既微弱而又刺耳，像是口技演员藏在那里故意逗弄着我们。不时，一阵冷风从雪面上掠过，吹起一层淡淡的雪的烟雾。树叶上的雪花一片片地飘落下来，由于风力微小，它们在空中飘舞了一会儿，便落在树身附近同伴的身上。

月亮没有方才那样明亮了，几片薄云遮住了它。夜空呈现出黄而似灰的颜色，那洁白的雪原上也仿佛罩上了一层尘埃……

这一切都预示着风暴即将来临！

杨本老人望了望天空，泰然地吹起口哨，然而他的双手却不由得勒紧了马缰。

“来，凑到一块儿坐吧！”他移到车厢中间坐下，对我说道。

我们往南走，顺风，风暴再大也不误我们赶路。我跟杨本老人并肩坐在一起，两个人合着把一件宽肥的狼皮大衣披在身后，又放下狐狸皮帽的旁耳。这时杨本老人向天空作了个欢迎的手势，打趣地说：

“请吧，风暴！”

没有过多久，果真风暴来了。好像它一直等候在那幽暗的森林后面，当主人一发出约请，立刻就登上“门”来。

从那以后，我们好似被蒙上了眼睛，周围的一切景物，全都看不清了，耳朵里充塞着风婆放肆的叫喊声。然而那匹在任何情况下都能辨别道路的鄂伦春马，是足以使我们信赖的，它会把我们安然地拉到目的地去。我坐在摇篮一般有节奏地晃动的车厢里，闭上两眼倾听那自然界庞杂的音响，设想着假如有一位作曲家今晚与我们同行，他将会有怎样的感受？

这时，忽然不知从什么地方传来了熟悉的《国际歌》的音调，那歌词既不是蒙语，也不是汉语，我一句也听不懂。

尤合勒，额沃米道恩吐米毕儿热，包勒……

从音调上，我听出这是“起来，饥寒交迫的奴隶”那句词。

顿时，我觉得整个森林都在合唱着。当我睁开眼来时，才发觉原来只是杨本老汉一个人，在轻轻地唱着那支伟大的歌曲。

他为什么不唱鄂伦春民歌、东北小调或者其他什么新歌，而在这时，在风雪冬夜的旅途中，突然唱起《国际歌》来？他的歌声虽然轻而又低，但是那样热烈而壮阔！与今晚这风暴的气氛恰恰吻合。我忽然觉得他不是平白无故地唱起这支歌的。听得出来，这歌声是发自他内心的最深处！

我向他看了一眼。他眉宇如常，脸色平静，只有从那眼角的细纹里露出一种自豪的神情。他的两眼直视着前面的道路，好像那条道路上浮现着使他深深激动的往事……

当他唱完以后，我问道：

“你唱的《国际歌》是鄂伦春语的？”

“是的，是鄂伦春语的《国际歌》！”

他攥紧拳头，又用汉语高声唱了起来：

> 不要说我们一无所有，
> 我们要做天下的主人……

庄严的《国际歌》！世界上有多少不同的民族，用多少不同的语言，唱着这支全世界无产阶级的战斗歌曲！这里有几千万，甚至几万万人口的大民族，也有几万，或者几十万人口的小民族，然而，在全世界只有两千人的鄂伦春族，是怎样第一次用自己民族的语言唱出这支伟大歌曲的呢？

我不是在作历史考证。这里面包含着比历史考证更为意义深远的东西！当我正在思索这个问题的时候，杨本老人自言自语地说：

“在二十年前的一个冬天，也是在夜里，我们两个人冒着风暴从这条道上走过！……”

“跟您同行的那个人还健在吗？”我问。

“在，他是一个汉族同志。那一天夜里，跟你一样，他也和我并排坐在一辆四轮马车上，到我们鄂伦春地区来。风雪叫人透不过气来，可是他不停地唱着一支歌，那支歌叫人一听，就浑身是劲，心里着起一把火来！我问他：‘同志，你唱的是什么歌儿啦？’他说：‘这支歌叫《国际歌》。’我说：‘这么好的歌，教给我唱唱吧！’那位同志马上答应了。我用汉话刚学了几句，就知道这支歌的分量了。我停住唱，说：‘这么好的歌儿，应当叫每一个鄂伦春人都会唱，同志，你帮助我把它翻译成鄂伦春话行不？’那个同志很同意，可是他说不会鄂伦春话。我说：‘你给我讲歌词的意思，我试着翻。’就这样，第二天早晨，我们到达部落的时候，我们鄂伦春语的《国际歌》诞生了。它像一只神鸟，很快飞到了苦难中的每一个鄂伦春人家，鄂伦春人都非常喜爱它！……”

风暴还没有平息，森林庄严地挺立着。我跟杨本老人紧紧地相靠着肩膀，又唱起那支“神鸟”的歌来……

（原载《河北文学》1961年6—7期）

中国的春天

——为苏联《文学报》而写

丁　玲

今天，是1952年春天的日子，是温和的阳光落在我书桌上的时候，是雪在悄悄融化的时候，是我阔步走在莫斯科广场的时候，是苏联的和平建设、高度的文化教育着我的时候，一个题目来到我的生活里面。它像淡黄色的阳光一样来到我的书案上，它清楚地美丽地被写在我的洁白的稿纸之上，它深刻地印入我的脑子里：啊，“中国的春天”，中国的春天啊！“中国”这个字不就是春天的化身么？当你想起中国的时候，你就看见无处不是新鲜，一切新事物都在绚丽的阳光之下，在温柔的和风之下发芽，蓬蓬勃勃地生长着，四处都感觉得到有一种不可压制的力量。这个力量正如果戈理所形容过的永远追不着的三驾马车，“地面在它底下飞扬着尘土，桥在发吼，一切都留在它的后面。”中国啊！中国正在奔向光明，奔向集体化，奔向毛泽东所指示的方向。

“中国”，春天的中国，当我要为你讴歌的时候，从我的心中，好像升起了一股喷泉。我无法清理这些汹涌的热情，也来不及找到恰当的语言。我羡慕莫斯科大剧院的歌手，他们的确能把他们所要表现的，所应该表现的情感，倾泻无余，而又恰如其分地感染着人们的心。但我不管这些，我要欢呼！我要用我的全力欢呼：中国！人民的中国，毛泽东的中国啊！你带来了浓郁的春的气息，百花齐放；带来了生命，活泼有力而且是温暖和幸福！

然而，当我为你讴歌的时候，为你的今天而讴歌的时候，我却不得不想起了你的昨天——严寒的冬天。你曾经用过多么艰难的步子，走了一个长长的历史阶段。你在几十年之中，把九百六十万平方公里的土地，翻了一个身，你使五万万人都自由地站立起来，你打倒了几千年的封建制度，你在自己的领土上消灭了万恶的法西斯、帝国主义侵略者。你发扬了中国人民传统的美德，勤劳和勇敢；你又在肃清资产阶级所留下的腐化的庸俗的思想。中国是在斗争之中长大的，她还在斗争中。她为着她的理想，要战胜一切阻碍她前进的力量。

现在，让我们回到一个古老的时代去吧。是果戈理的时代，是托尔斯泰的时代，是谢甫琴科的时代，是高尔基的童年的时代，我诞生了，诞生在中国的二十世纪的第一个十年中。虽说在俄罗斯已经是“暴风雨中的海燕”时期，有了列宁和斯大林领导的革命，但我出生的那个乡村，有什么不同于果戈理小说中、谢甫琴科的诗句中的情形呢？今天苏联的儿童，戴着红领巾，走到儿童宫去学习科学和艺术。可是，是些什么东西在那时教育着我呢？当我还是一个应当捉迷藏和跳绳的幼年，没有什么旁的，只有封建地主家庭的黑暗腐朽和一切暴政，以及吃人的礼教。人们都是这样。人们得学习着忍受，锻炼坚强的意志，和储蓄着一切反抗的力量。我没有学习到什么，和我同时代的许多人一样，只学到一个思想：“旧的应该打毁，要砍断一切锁链！要冲破牢笼，为了光明，为了祖国，要做一个时代的、社会的、家庭的叛逆。”

我也曾有过最可羡慕的青春。我应该充满了生的喜悦。我应该去跳舞，去滑冰。可是我有什么可以骄傲的呢？我只是像一只灯蛾，四处乱闯地飞，在黑暗中找寻光明。我甚至像一个老妇人，伏在地上，亲着潮湿的土地而哭泣。我觉得我的身子太轻了，负载不了这时代的苦痛。我曾在中国有名的杭州住过，这曾为中外诗人们所称赞过的地方。但我只能在山巅上高歌，以排遣我的抑郁。我甚至一点也感觉不到湖山的美丽。我也曾踯躅在旧北京的街头，如一个饕餮贪馋地去吞食知识，想从西方文化中得到道路。我到今天还不愿仔细地去回忆那可悲的青年时代，应该像春花一样美丽的时代，却填满了忧愁、愤慨、挣扎和反抗。然而我也应该感到愉快，就在这样的年代中，我慢慢地走到了实际，我找到了真理，我和人民在一起，我站在一个多么可爱的人的麾下，毛泽东的麾下，充当一名小小的兵士。我和许多年轻人一样，投身到热烈的革命的火焰当中。我们已经不再醉酒狂歌，而是举起革命的火把，唱着“起来，饥寒交迫的奴隶……”我们已经不再徘徊街头，而是以整齐的步伐，向反动者进军！我们是在毛泽东的指导下，开始了新的生命。曾经是多么困苦的，但走过来了，走在到光明去的大道上了，走到一个有伟大理想的大道上了。我们有马克思列宁主义，我们有斯大林，我们有毛泽东！

中国人民在毛泽东的旗帜下，进行着复杂的、曲折的、异常艰苦的革命斗争。早在1926年间我们就曾经胜利过。可是绅士们再也不能酣睡了，他们发抖，他们叫嚣，连知识分子的脸也变白了。于是反动者们出卖了革命，出卖了人民胜利的果实。我们还能忘记1927年反动者给予我们的血的教训么？我们走到哪里，哪里都在逮捕和屠杀。四处都布满了白色恐怖。但是，啊！你，毛主席，你把红旗在井冈山上高高升起，你像一线阳光照在人民心头，你像黑夜中海上的灯塔，你指引着革命的方向，鼓舞了人们的斗志，你把希望和信心传播给人们。第二次国内革命战争在南北十几个省份野火般地燃烧起来了！革命的力量聚集起来了，革命的经验在积累着。毛主席！你知道现在的这些老区的人们是多么骄傲地谈着他们的过去，远远近近的人民又多么向往着这革命的圣地啊！

人们最不忘的，永远要被诗人们当作歌颂的题材的，是二万五千里的长征。铁的红军，从江西走到陕北，他们在崎岖的山路上，在惊险的浪涛中，在没有飞鸟也没有野草的雪岭上，在无边无际的草泽中行进。他们还通过一个少数民族区，又通过一个少数民族区。他们前边有敌人，后边有追兵，左边是反动派，右边是地主们的武装，可是没有什么东西可以阻挡这“铁流”。他们创造了一个奇迹又一个奇迹，当一个红军的兵士在月夜的草原上，想起了家乡的歌谣的时候，他跟着就想起了那睡在离他们不远的毛主席。他们就再也不能睡了，他们要守护这块土地。他们就要擦亮他们的枪，为着那个睡在他们不远地方的毛主席去杀敌。二万五千里的长征胜利了。这长征，这胜利，本身就是一首伟大的史诗。诗人们写了，留下了不少的诗篇，可是我们最爱读的，百读不厌的，写出了这气吞山河的长征的诗的，也还是这史诗最重要的创作者，毛泽东同志。我们愿意再温习一下这感情，我们愿意再朗诵这首名诗：

红军不怕远征难，万水千山只等闲。
五岭逶迤腾细浪，乌蒙磅礴走泥丸。
金沙水拍云崖暖，大渡桥横铁索寒。
更喜岷山千里雪，三军过后尽开颜。

中国革命的中心到了陕北，毛主席住在延安。延安这小小的偏僻的山城，便成为世界的名城。抗日的统一战线在这里，抗日战争的胜利也在这里，革命的力量扩大和巩固在这里，马克思列宁主义的理论学习也在这里。延安啊！你曾经培养了多少干部，改造了多少人的思想。你那个大礼堂上，到今天还留着毛主席的题字：“实事求是”。所有在延安住过的人，都曾把你当一个家，唯一的家，都舍不得离开，离开了便永远怀念。陕北的人民，原就是长于歌唱的人民，自从有了毛主席，他们就更会歌唱了，更爱歌唱了。老农民孙万福见了毛主席，口诵了许多的诗，到现在这首歌唱遍了中国二十几个省：“高楼万丈平地起，盘龙卧虎高山顶，解放区的太阳红又红，咱们的领袖毛泽东！”农民李增正唱出了所有人们心中的话：“东方红，太阳升，中国出了个毛泽东，他为人民谋幸福，他是人民大救星。”这个歌，我在莫斯科听到过，在斯大林格勒听到过，在格鲁吉亚的首都梯比里斯也听到过。苏联的朋友们啊！我想你们会懂得我听了这陕北小调后所涌起的无尽的情感啊！

抗日战争胜利了，解放战争胜利了，毛主席引导着我们从一个胜利到一个胜利。胜利的红旗，人民解放的红旗，和平的红旗从北往南插，从东又插到西。全中国解放了。新中国诞生了。从世界的东方，升起了曙光。全世界爱好和平的人们，拍手欢呼。中国的解放，给世界和平增加了多少力量。新中国是站在拥护和平的一面，站在苏联的一面，站在斯大林同志的一面！

那一天，1949年的10月1日。北京的天，蓝湛湛的，北京的人们穿着新衣，心里被烧着似的兴奋，心随着歌声，随着“万岁”的呼声飞向一个地方：天安门。人的河流也奔向天安门。天安门前的广场上是一片人的海，旗帜的海。红色的波浪翻滚着。人们重复着一个声音：“毛泽东万岁！”人人仰首望，天安门上也站满了人，人人在人丛中找，啊！那个高大的个子正是人民心上的人，啊！毛泽东！啊，毛主席！我们要永远跟着你，永远服务于人民，做一个不掉队的小兵。这一天，毛主席站出来了，人人都看见了他，他的声音响彻了天安门，响彻了北京，响彻了全中国，也响彻了全世界。他宣布了新中国的诞生，中央人民政府的成立，新的一切，便从这一天开始了。春天来了，中国的春天啊！

在春天的中国，人民的生活，起着巨大的变化。天津有一个姚大娘，她曾经这样说过：“我，是一个穷苦老婆子。过去，在日本和国民党统治的时候，挨饿受冻，受尽欺凌侮辱。我男人蹬三轮车，摔坏了腿没钱治，我儿子卖冰，拉大车，赚来的钱不够全家人吃山芋面的。孩子们饿得哭，我生小孩两天没进一口汤水，饿得眼前冒金星，从炕上摔下来……”可是现在呢，她说：“解放后我们的日子一步登了天，我们吃得饱，穿得暖，再也不受气。我两个儿子都在工厂有了工作。”这个姚大娘在镇压反革命运动中，她逮住了一个特务。人民四处表扬了她，她便又说道：“这本来是我分内的事，可是人民却那么热情地拥护我，送我很多锦旗和礼物，请我到各处做报告，报上也登了我。我心里真说不出是怎么个滋味。我黑夜睡不着觉就想：这别是做梦吧，一个穷人还能有今天？连市长见了面还和我握握手。”她猛地坐了起来，看见满屋子悬挂的耀眼的镜子，色彩缤纷的锦旗，她忽然在这些中间看见一张相片，毛主席的相片，她于是兴奋地叹道：“这是真的啊！我有了今天不就是他，毛主席、共产党给我的么？”

人民的生活改善了，人们的要求便也不同了。七十岁的老人们也每天夹着书本去到识字班，他们不愿落在年轻人后边。湖南《大众报》在报纸上讨论土地改革、生产、时事问题，有一千个左右的农民很热情地写稿来参加讨论。全国农业劳动模范李顺达，农业生产合作社的旗帜，他在1951年的7月写信给毛主席，说的是他思想认识上的变化。他从一个普通农民懂得了城乡关系，懂得了工人阶级的领导作用，懂得了要关心政治，学习马克思列宁主义！农村里在大量地使用新的技术和新的农具，他们从变工互助慢慢地走到农业生产合作社。他们采用按劳动日计酬的办法，他们还逐渐地增加着公有的生产资料。而且在东北的北满草原上，在松花江的南岸，一个幸福的集体农庄出现了。庄员们按社会主义的原则，各尽所能，按劳分配。他们一年一年地改进了管理方法，他们有丰富的收成。他们过着幸福的生活，他们每家有几间房子，房子里有电灯。他们有过节日的衣裳，书架上摆上了新书。他们读《社会发展史》，他们读《米丘林生平》，有人读《我们的目的是共产主义》，有人读《新文学教程》。这个完全理想的生活实现了，这个新闻正被全国农民注意着，他们正走向苏联农民那样幸福的环境。他们的灿烂的前程，就是我们大家的远景。赶上去啊！全中国的农民啊！这并不辽远，只要我们努力，我们很快便要同他们一样的哪。

工业的成就，数不清。铁路增多了，江河畅流了。人们坐着宽敞的新的列车，飞驰着前进，车窗外展现出那么美丽的肥沃的辽阔的田野。车窗内人们听着音乐，读着书。"一定要把淮河修好"是毛主席的伟大号召，人民响应了这个号召，三百万人组成了一支雄壮的大军，他们要改变历史，要和自然斗争。工人用技术教育着农民，干部团结着技术专家，他们联合在一起展开了和洪水赛跑、和时间赛跑的激烈战斗。淮河修好了，千百年来为灾为害的祸水被驯服了。他们有了闸，有了水库，还要有电气化。淮河将要成为一条美丽的河，一条可爱的河了。

工人阶级摆脱了压迫，成为国家的领导阶级后，就自然生发了主人翁的感觉，树立起新的劳动态度，生产率一天天提高，一个新纪录压倒一个新纪录。他们提出劳动竞赛，他们订立爱国公约，他们展开了技术改进和合理化建议运动。劳动模范像雨后春笋争着出来了。这短短的白纸写不尽他们的新的成绩，和那些光荣的名字。而且他们进工人学校了，进人民大学了，进中央文学研究所了。他们的文章登在《人民日报》上，登在《工人日报》上，登在《文艺报》上，登在《人民文学》上；他们在劳动人民文化宫演了他们自己的戏,《不是蝉》这个戏自石家庄演到太原,又从北京演到上海,工人们爱看,作家们为他们开座谈会。他们要件件事都走在前边。

人们在一切的运动中,迅速地变了样。人们抛弃了自私自利,生长了爱国主义和国际主义。抗美援朝了,人人都起来保卫和平,这里示威,那里游行。年轻人上了前线。老太太们也拿着簿子,征求人们在和平书上签名。我们的志愿军从1950年10月到现在一直是和朝鲜人民军并肩作战,不顾美帝国主义残酷的轰炸和全世界人民反对的细菌武器的袭击。绿山烧成黑山,黑山又被炸成黄山,土地变色了,鲜明的红旗却屹立在阵地上。在最艰难的日子里,他们把来自祖国的香烟盒中的画片钉在战壕里,"祖国啊,我要为你战斗到底!"全中国的老老小小都明白,我们的战士最可爱。他们是人民的战士,是和平的保卫者,他们永远忠于自己的神圣的职责。

中国是胜利了,中国到处都充满了春天的阳光,中国正走在开满鲜花的道路上。喝水的要不忘挖井的人,是谁使我们这样?老百姓都在歌唱,是毛主席的恩情,是共产党的主张,是斯大林同志的教导和苏联人民的帮助。中苏两国人民永远的牢不可破的友谊,成了世界和平的保障。

中国胜利了,中国四处都充满了春天的阳光,中国正走在开满鲜花的道路上。毛主席告诉我们:这只是万里长征走完了第一步。我们还要进行长期的复杂而艰苦的斗争,才能保住我们已得的胜利,才能获得更大的胜利。中国人民一定按照毛主席的指示,逐步进到社会主义和共产主义。

今天,是1952年的春天的日子,是中国在原来的成就上更向前飞跃发展的时候。我跟随着中国人民,爬过了一座山,又一座山,渡过了一个浪潮又一个浪潮,到现在走进了这幸福的年代。我越活下去,我就越充满了爱。我爱新生的一切,我爱这朝气勃勃的祖国。我爱新的人民,在毛泽东教养下,一切都变得那样好的人民。我看见我们的妇女都打破了封建的锁链,得到了解放,她们在各种岗位上都和男子们一样。我看见我们的孩子们也戴着红领巾,受着日趋完美的教育。我看见我们的老年人都年轻了,满怀着对世界的希望。我看见落后的正在变好,劳动改造了他们。我们已不再褴褛,过去苍白的面孔上,现在已经充满了血色。中国人是多么漂亮而有精神的人啊!我到处看见的都是阳光,我到处都感觉得到生的气息、生的力量和生的喜悦。我曾经悲叹过的、忧愁过的中国，现在到处都是欢乐，到处都听到雄壮的歌。我曾经以我的笔作为武器，去揭露黑暗，反抗暴力，现在我要以我的笔去歌颂新生活的一切。虽然在我的鬓边，已经悄悄地爬上了白发，但我却觉得好像生命才开始。我同中国一样，同中国人民一样，有的是充沛的力量。我好像成天都在诗的境界，诗的句子常常涌到我的心中，我要为中国而创作，我要为毛主席而创作。我常有一个希望，让春天的中国在我的创作中发芽吧，生长吧。让我好好拥抱着春天的中国！

一九五二年三月写于莫斯科，四月改于北京

（选自《丁玲散文》，浙江文艺出版社 2007 年版）

船夫曲

魏钢焰

多喝了两杯辞岁酒，心头热烘烘的。怕李书记再劝酒，我便悄悄从房中走了出来。

强劲的蒙古风，夹着塞外的雪花，向人裹来，多清爽呵！我踏着散碎的雪片信步走去。

工人的窑洞里传来了猜拳喝令的声音。是呵，为什么不痛痛快快喝几杯呢？从杯里那清亮的白酒，到大碗小盘里的蜂蜜、冻西瓜、肉片、粉条……全是自己农场出的。前四年，李书记带了四个工人，在这沙窝子里闯天下的时候，吃碗冷稀饭还要用手挡住碗边，“一年要吃三石六斗沙！”如今，为什么不痛痛快快喝几杯呢？

没想到在这么个好日子里，还有人不痛快。

我走过那一排排的猪舍，听见了一场有趣的对话：

“哼！还说十二姑娘猪场呢，弄到头连场长都走了！”

“我走了不是还有你们么？过两天李家峁的那几个高小女生就来了。”

“那为什么不让我去？”

“你没听说，那里是个重灾区，又是落后队，一个大队猪场才养了二十几头，瘦的和猫儿一样！……领导不纯，底子太差，李书记原本要带你去，可一想，你年纪还小……”

“收起你的‘年纪小’吧！前年，你从家里偷跑出来办猪场，不也是十四岁？哼！你当我不知道！”

“……好小梅咧！要听话……”小场长词穷了。

小姑娘放低了声音：“我知道，去那地方工作不简单，不容易……可你当初挑这担子容易么？李书记把沙窝子变成今天这样容易么？为啥只能有一个十二姑娘猪场？为啥咱们能办到的他们办不到？为啥你们能去的地方我不能去？”

小场长好一阵不说话。

“……就是怕你妈不同意，那儿吃食不强……”

“人，不是光为了吃喝才活在世上的！”

雪，越下越密了。我却觉不到什么冷意，一股热烘烘的东西直向上涌！我知道，这不是酒劲。

看看指针，再有十分钟，1961 年就要来了。

没想到，1961 年的元旦，我在塞外的一个农场，能听到这样动听的一段对话，听到这样亲切而动心的“诗”。我很想找个人去倾吐这感情……

推开房门一看，李书记已经睡下了。我走过去，想叫醒他……

“当啷！”我碰倒了他立在炕角的粪叉。

怪不得人们说：“李书记有三件宝，粪叉、烟袋、烂皮袄。”我轻轻扶起粪叉，一看，叉尖都磨秃了。

听说有这么个故事：去年，他刚调到一个历年缺粮的落后队去，召集干部来开会。人们对他的狠劲、干劲、钻劲闻名已久，便带了干粮、笔记本、皮袄，准备狠狠开一天会。一进门，他脸色就沉了下来：“怎么，都空着手来了？”干部们急忙掏出了材料和报告说：“还要啥材料、数字，我们去取！”“我要你那数字做啥？是煮呀还是炖呀！你们的粪叉咧？”干部们面面相觑。“粪都能把人绊倒呀，为啥不拾？靠唾沫能打粮么？同志呵！党派咱们到这儿来是干啥的？从明儿起，拿起粪叉来！”

一年后，这个队有余粮了。

就这样，他扛着这把粪叉，披着那件泥沙不避的烂皮袄，带上一颗共产党员的忠心，哪儿摆不开仗火，哪里仓里没粮，他就到哪里去。

如今，他睡得正香，这个在黄河畔当了十几年水手的人，明天就要到一个落后的、复杂的、几乎是颗粒无收的地区去了。可是，他却扯着呼噜，眼角旁的皱纹溢出笑意，睡得那么甜！那么踏实！

人们能算出粮的产量，钢的产量，工业、农业的增长速度，可是谁有能力统计一下，自从党掌握中国的船舵以来，产生出多少这样的英雄人物？用什么方法去求出他们增长的比例？求出英雄精神达到的深度？

李书记翻了个身，把一只胳膊撂到外头，哈，好一条船夫的臂！好一双厚实的手！那一块块隆起的肌肉里，藏着多大的劲！那一个个死茧里，有怎样坚韧的力！那一条条突出的脉管，记载下多少次与惊涛骇浪生死搏斗的战史！

风，越来越猛，它弯下腰，从高空向下俯冲。房里炉火正红，火焰像一面飘飘红旗！炉腔里呼呼作响，似千军万马在呐喊；纸顶棚如鼓风的帆一收一张，噼啪作响。我觉得，脚下波浪滚滚，耳边是船夫的呐喊……

此刻，我清晰地觉到有一支歌，像滚滚激流涌到喉头……

呵，星海！这就是你的黄河船夫曲！

那是 1941 年吧，我在太行山的一座核桃林中，第一次听到了这首歌。

好大的合唱队呵，足有三四百人！这是由几个根据地来会演的宣传队组成的。他们从台上直排到台下，在核桃林那绿油油的屏风前，构成一个巨大的扇面。这里的每一个人，都是穿过“火海刀山”走来的。从十八盘大山来的穿着能砸碎核桃的铁板鞋，冀鲁豫来的穿着“牛鼻梁”，冀中来的穿着轻巧的“绵鱼头”，皮带上还挂着绣着红五星的碗套。这些才十几岁的孩子们，一个个目光闪闪，脸色严峻。

乐队，也够奇特的：有洋油桶改制的大提琴，庙上摘下的古钟，两个人搂不过来的牛皮鼓，号兵连借来的马号……在林荫下排成了长阵。在那伸出来的杈丫上，吊下来一盏马灯，照着乐谱架和指挥台。林子里黑压压、齐崭崭坐着几千战士。枪斜靠着肩膀，人坐在背包上，静悄悄地等着就要开始的演出。

核桃林散放出苹果般的清香，油润的叶子上，反射出点点灯光。警戒的战士游动着，刺刀尖上一明一暗的亮光，就像一只追绕他的萤火虫。这时，合唱队指挥走出来了。

忽听得，背后有一阵急促的蹄声。回头望时，有三个人在林边的大路上勒住了马：带头的是一个瘦削的首长，他矫健地从马身上落下地面，像只大鹏似的。一个佩戴着九龙带的大个警卫员，从他手里接过缰绳。他作了个“轻些”的手势，就和参谋从草地上轻捷走来。

“唱么子歌？”一口湖北口音，悄悄地问我。

他眼里闪着好奇的神情，快活地看看这里，望望那里，一面掀起帽檐擦擦头上的汗水，扶扶腰间系着的左轮和插了一圈枪弹的黄皮带。接着，从口袋里掏出个烟斗大口地吸着，饶有兴致地听着我的介绍。

“噢！是唱黄河的嘛？这倒要听听！这条河，和我老交情嘞！”他回头指了指那匹英俊的冒着汗气的白马：“就是它，都上过三次黄河船！”借着烟斗的火光，我看见：好一副浓黑的剑眉！

我认出来了，这是那位有名的“夜老虎”！他，常常率领着一支精悍的小部队，到敌人的眼皮下，去开辟新地区闯出大局面。如今，看他这副装束，怕今夜又是要穿过封锁线，到哪个地区去闯天下了！

“朋友，你到过黄河么？……”在森林的深处，一个声音亲切地发问了。这声音，把我带到了黄河畔：那枣花的淡淡清香，旋转奔流的雄浑河水，一个个穿着白布背心的船夫，紧握着桨，炯炯目光射向蹲在船头的老艄公，等他发出开船的手势……

指挥，缓缓地举起了指挥棒，几千人的心都被提了起来！鼓手，捏紧了鼓槌，号兵，举起了系着红绸的马号；几千双眼睛都凝聚在那个小小的棒头上。他，将棒向下一劈，乐声像冲出闸门的洪水，黄河之水天上来呵！

指挥棒一挑一个巨涛，一甩一个浪花。分不清乐声、歌声，台上、台下。只觉得，扑面飞来的水珠，脚下滚滚的波浪；万千父老弟兄，盯着一个人的眼睛。桨板，劈动了死寂的东海；号子，震醒了沉睡的山峰；中国号，乘驾着怒吼的黄河，向前冲去！

我身旁的首长，一手紧捏早已熄灭的烟斗，一手用拇指深扣皮带；他，随着歌声，轻而有力地摇荡，浓黑的剑眉高挑上去，眼里，射出了电似的目光……

乐声终止了，耳边却还响着浪拍石崖的澎湃声。

大道上传来了沙沙的声响，仔细听去，才觉出是脚步声。有些部队生活的人就可以听出，这是支有素养的战斗部队。“来了！”首长顺手掏出怀表看看，对参谋欣然地说，“还真不慢，出发！”参谋疾步向前走去。

我跟着他们，走到林边。嗬！好一支精悍的队伍！几百人的队伍，脚步轻得就像蚕咬桑叶，小伙子们背着满袋手榴弹，鼓鼓的子弹带，脖子上挂一条干粮袋，皮带上系一双草鞋，一个个那么轻便，利落，敏捷，一双双眼睛都那么机警而深沉：闪射着投入激战前的焦灼和快乐，迫不及待的复仇意志，可以忍受巨大考验的刚毅火花。这部队，可真是每一分钟都可以跳起来，扑上去的夜老虎！

首长注视着一个个战士的面孔，突然，他看见了什么，脸色沉了下来。

“往哪儿躲？出来！”

一个想躲在自己连长身后“混”过去的小号兵，被喊住了，他狼狈地整了整帽檐，望望连长，慢吞吞噘嘴走过来。

“两条小腿倒不慢，谁叫你来的？”

小号兵低头扭着铜号上的鲜亮的红穗，一言不发。

“这不是去逛会赶集，知道咱们去哪儿么？”

“知道！”小号兵抬起了头，一双圆圆的虎眼看着首长。

“你呀！……大娘知道你去么？”

“她比你开通！”小号兵的嘴噘得更高了。

首长和周围的人笑了起来。

“好嘛！你还有理了！”首长伸指笑点着小号兵说。“好，好，算你能缠！……过些时候再来，现在先回去。”

小号兵像根钉子动也不动。

“为啥还不走？”首长口气严峻了。

号兵的小手紧捏鲜红的号穗，眼直射着首长，坚定而清楚地说：“部队离不开号！号，也离不开部队。”

首长全身震了一下，他眯缝起眼睛凝视着孩子的脸，半晌，说了句：

“入列去吧！”

小号兵满脸云消雾散，敬了个礼，像脱弦的箭，一下就钻回行进的行列去了！

首长接过缰绳，轻轻一按马背就跃了上去。

林中的合唱，在继续着："风在吼，马在叫……" 歌声像是为这支队伍送行似的。今夜，他们就要徒涉深深的河水，穿过敌人的火网；明天，在那稠密的青纱帐里，那地道里、田埂上，就会有无数的人民，听着小号兵的号音，"挥动了大刀长矛"，跟在部队后面，唱起这首雄壮的歌曲，走向战斗！

事隔二十多年了。可是，那清香的核桃林，撼人肺腑的歌声，那鲜红的号穗，浓黑的剑眉，都清晰地展现在我面前，像前一秒钟发生过的事。

我不止一次想起：如今，他们在哪儿？

1958 年，我正在陕北的一座炼铁炉旁，一个个炉门，喷吐着鲜红的火苗，忽听广播里报着节目："将军合唱团唱：黄河在咆哮……" 不觉心头一动。在这高高的黄土峁上，我昂头眺望：从黄河到长江，从峨眉到泰山，红光一片。在将军们的歌声中，我看见那火浪滚滚的中国海上，驶来了一队队威武的航船，船上面有许多我见过的面孔。喏！小号兵还握着他闪亮的铜号；将军，挑起他浓黑的剑眉，一脚蹬在船帮上，向我驶来。

我觉得，我才开始懂得了船夫曲！

1960 年，偶然，我在一张报纸上，见到了一则消息和照片：在东北某地，我部队在某将军率领下，与洪水奋战几昼夜，抢险堤，救群众……照片并不清楚，将军又是个背影，但我一下就认出来了，这是他！

"我是共产党员！""我是共青团员！""我是公社社员！""我是红领巾！"六亿人民面对党，面对祖国，义无反顾地争着要最重的担子，最危险的任务！

船夫曲，是 1921 年在浙江南湖的一只小船上，写下的第一个音符，听今日，六亿人民怎样唱起这英雄号子吧！

1961 年的第一个早晨来了，白雪皑皑的沙原上，染上了橙色的霞光，塞外的农场里，马嘶人喧，车轮滚滚。

李书记披着羊皮袄，拄着他那根粪叉，立在路口，叫我们送行的人回去。那边，一个穿着枣红袄的女孩子，挑着包袱跑了过来。

“呵呀！险乎把人……跑死，我真怕你……怕你偷跑了！”她揪住李书记的袖子气喘吁吁地说。

“这憨娃娃……你场长呢？”

“没不了你的穆桂英！咱先走！”

小梅扛起包袱就走，这时才看清，她挑包袱用的家伙，也是一根粪叉！

霞光从雪地上浮升起来，李书记，这个十几年的老水手和她，迎着1961年的太阳向前走去。迎着“黄河的怒涛”走去。

在今天，有多少新水手走上甲板？

船夫曲，开始了新的乐章！

1961年2月于西安

（选自《与史同在》，华夏出版社2011年版）

十月长安街

袁　鹰

我们伟大祖国的千秋青史，将要以璀璨辉煌的金字，记下1976年10月。

1976年10月6日，党中央政治局代表三千多万共产党员和九亿人民的共同心愿，奋然一击，粉碎了为祸十年的“四人帮”，在万分危急的关头拯救了中国革命事业。于是，一阵声震九霄的风雷，传送了振奋亿万人心弦的喜讯；像一阵渴望已久的春雨，荡涤着祖国大地上的陈污积垢。

“忽如一夜春风来，千树万树梨花开。”霎时间，东西长安街成了喧腾的大海。从北京的车间矿井，平原山村，军营学校，大街小巷，涌来了无穷无尽的人潮，卷起了无边无际的旗浪。锣鼓声，鞭炮声，口号声，欢笑声，在这里汇成滚滚洪涛，又翻腾冲激着散向四面八方。就像大坝突然开放闸门，满满一水库的春水，白浪如山，呼啸着从泄洪道奔泻而下；就像沉寂多年的火山口突然喷火，蕴藏在地心深处的通红滚烫的岩浆汹涌地飞迸……

红旗如潮，歌声如海，十月长安街上，奔涌着的是千千万万人压抑、积郁了十年之久的难以平静的心潮啊！

两鬓如霜的老战士，跟青年人一起兴高采烈地挥舞小旗，红扑扑的脸上焕发着来自肺腑的欢悦。扑灭“四人帮”的辉煌胜利，使他们联想起四十年前遵义会议的红楼。《长征组歌》里怎么唱来着？“英明领袖来掌舵，革命磅礴向前进！”他们跟随党中央和毛主席，南征北战数十年，披荆斩棘，夺取一个个胜利。今天，冲过险滩，踏平暗礁，革命的大航船在党中央率领下，又迎风破浪奋勇直前！你看他们高呼口号，一任喜泪和热泪簌簌地淌了满脸。他们沐浴着十月的阳光，依旧显示出当年过雪山草地和在太行山反“扫荡”时候的神采……

刚从炼钢炉前下了夜班的工人，来不及换下劳动服，就从郊外赶到长安街上。咚咚咚咚，咚咚咚咚……重槌把大鼓敲得震天响，敲得人们心花怒放。这些炼钢炉前的闯将，不止一次在长安街上游行，也不止一次担任鼓手，但今天的鼓声啊，分外响亮，分外激昂。他们是在用鼓槌发言啊！从这一阵接一阵撼人心弦的鼓声里，人们不是能分明地感受到工人阶级对清除鬼蜮的热烈欢呼吗？

一些身体瘦弱的女同志，在游行队伍里跟小伙子们一样，一迭声地喊口号，顾不得嘶哑了嗓子。她们有的在延河滩上开过荒，有的在上海或者北平的大街上组织和参加过反对帝国主义和国民党反动派的示威游行，有的参加过土改运动，有的刚刚送走一批毕业的学生，有的正要出发去边疆巡回医疗……来到长安街上，她们年轻了十年、二十年。“四人帮”给她们带来的愁颜，被胜利的欢乐扫得无影无踪。你看，在天安门前的阵阵锣鼓里，她们情不自禁地扭起了秧歌……

长安街上的人群里，青年人最是生机勃勃、热气腾腾的了。他们唱歌、跳舞、敲锣打鼓，放鞭炮，一刻不停。那年纪大几岁的，也许又想起在天安门前，长安街上，曾经多次接受毛主席和其他中央领导人的检阅，那难忘的时刻，常常激励着自己前进不息。今天，他们又将在天安门前向敬爱的党中央表明决心，斗志昂扬地开始新的长征……

然而，长安街上的锣鼓敲得再响，怎能全部表达出人们对清除“四人帮”这伙人面兽心的野心家、阴谋家的由衷喜悦呢？长安街上的彩旗挥得再高，又怎能充分反映出人们此时此地的千般思绪、万种情怀呢？

在东长安街朱红色的高墙下，我看到一位白发苍苍的老人，坐在手推车上，那模样，像是一位腿脚不灵便的老工人或是早已退休的老教师。两个戴红领巾的小姑娘扶着他——也许是他的孙女，也许是他的邻居。老人的眼睛，都笑得眯成缝了。他举着手里的小旗，向游行队伍不住挥舞。游行的人们，也挥动小旗，微笑地向这位老人致意。大街上热火朝天，听不清老人在说些什么。人们听到的，只是他不断地咧开嘴笑着说："好啊！好啊！……"这简单的两个字里，包含着千言万语。岂止是这位老人，走在长安街上的千千万万个男女老幼，谁没有千言万语要倾诉啊！

古老的长安街，宽阔明净的长安街，你这伟大的历史见证人，经历过几回今天这样的场景呢？

且不说那遥远的岁月里，你曾亲眼看到农民起义军怎样纵马驰奔到你身边，一箭射中明朝皇宫的匾额；且不说你曾亲眼看到八国联军侵略者的铁蹄怎样粗暴地践踏街心的青石板，义和团的勇士们怎样视死如归，血染长街；且不说你曾亲眼看到英雄的人民，怎样砍倒黄龙旗、五色旗和青天白日狗牙旗，怎样折断日本鬼子的膏药旗和美国侵略者的星条旗，终于，在那个金光灿烂的十月，毛主席在万众欢腾中亲手升起鲜艳的五星红旗，长安街上响彻了胜利的礼炮声……且不说那么远了，就说今年这一年里，长安街啊，你经历了多么不平凡、多么难忘的三百多个日日夜夜！

在我们亿万人民的心头，将要以永恒的记忆，镌刻下1976年的悲痛和忧虑，哀伤和欢乐，困难和胜利。

我们敬爱的毛泽东主席、周恩来总理和朱德委员长，在不到一年的日子里相继与世长辞。长安街啊，从1月到9月，浸透了悲恸的泪水，笼罩着浓重的哀思——

谁能忘记：1月11日那个惨淡的黄昏，东西长安街上伫立着一百多万人，迎着凛冽的寒风，目送一辆缀着黑黄二色绸带的灵车缓缓向西去。那灵车上，安卧着我们的好总理啊！灵车，请你走得再慢些、再慢些吧，让他安静地多睡一会儿吧。他为人民操碎了心，几十年都没有能好好休息啊！十里长街上，肃静的人群低声啜泣，失声痛哭，泪眼凝望灵车在黯黯的夕阳余晖中驶向八宝山。那天，直到深夜，长安街头还有人在等候着，等候敬爱的总理归来……以后，1月和4月，成千上万人来到天安门广场，把数不清的花圈送到人民英雄纪念碑前，把数不清的小白花缀在纪念碑周围的冬青树上，也把一颗颗怀念周总理的红心缩系在那无数白花上了。

谁能忘记：我们度过了一个愁云深锁的春天，又送走一个阴霾密布的夏天。正当满腔悲愤、心潮难平的时刻，我们又失去了受到全国军民衷心爱戴的革命老前辈。在深切哀悼朱德委员长的日子里，人们又一次把沉重哀伤的脚步深深印在长安街上。想起朱总司令的战马，曾经驰骋在大半个中国的疆场上，冲过几十年的烽火，我们就更加痛恨林彪、江青和他们那帮罪恶的同伙迫害革命老前辈的罪恶行径。从春到夏，从夏到秋，“四害”横行，妖氛猖獗。王张江姚那伙窃国奸贼，正圆睁豺狼的眼睛，盯住党和国家的最高权力；吐出毒蛇的舌头，喷向社会主义红色江山；伸出虎豹的魔爪，残害无辜的革命人民。人们看着长安街上的滚滚乌云，只能把无穷的忧虑埋在心底。

谁能忘记那悲痛欲绝的九月！那肝肠断裂的九月！长安街，跟祖国九百多万平方公里的山山水水一样，沉浸在无休止的泪水里。在瞻仰毛主席遗容的时候，在一百万军民参加追悼大会的时候，在追悼大会以后到天安门前宣誓留影的时候，我们走在长安街上，心里注满了铅，血液几乎都凝固了。我们景仰毛主席一生比昆仑山还高的丰功伟绩，我们怀念毛主席的比东海还深的恩情。然而，我们也紧蹙双眉，忧心忡忡。毛主席领导我们披荆斩棘开辟出来的道路，怎样继续走下去？那些早就躲在阴暗角落里把牙齿磨得咯咯响的两脚豺狼，会不会发疯地冲出来把它咬断？

国庆节后一天，我陪一位从远方来的老同志从西单沿长安街往东走。刚走过府右街口，我们的心都一下子揪紧了。过去，每次走过新华门，人们总要停一停脚步，深情地朝大门里凝望：白天，仿佛看到毛主席在庭院里散步；夜晚，仿佛看到周总理案头的灯光。然而今天，今天啊，我们第一次度过失去他们的国庆节了！

“你知道，”我的老战友低声说，“这些天来，我的心都快掏空了。我怕也许有朝一日，我们再不能这样安然地在长安街上走。这不是过分的担心吧？”

我对他默默点点头，表示同感。我告诉他，这一两年来，我到过不少地方，遇见过许多同志，长征路上的老红军、老船工，延安窑洞前的老边区劳动模范，天津新港的码头工人，大运河畔的农村基层干部，上海、南京的满头白发的老同志和英气勃勃的青年干部……所有这些同志，自然互不相识，而且关山阻隔，万里迢迢，但是我深深感到，这些忠心耿耿的共产党员，这些正直无私的革命战士，这些对共产党怀有深厚无产阶级感情的劳动者，他们的心，都是相通的；他们的愿望，他们的爱和憎，都是相同的。人们再三向我这个从北京来的人，衷心地祝愿毛主席他老人家的健康，殷切地探询周总理的病况，也愤懑地议论那几个"人面东西"的所作所为。唐山、丰南地震以后，我在天津工作过一个月，深深感受到灾区人民那种"天崩地裂何足惧，泰山压顶不弯腰"的英雄气概。党中央的亲切关怀，更增添灾区军民战胜严重困难的坚强意志。但是，在同一些老工人，一些共产党员深谈的时候，我感觉到在他们宽广的胸膛里，别有一种深沉的忧虑和愁思。在9月9日以后，这种忧虑和愁思更加重了。他们说：七级地震不足惧，怕的是罩在祖国大地上、压在亿万人心头的那块凶险的乌云，会遮住万里晴空，使天地在刹那间改变颜色。

在那段日子里，战友相逢，知心倾诉，总是用最简练的语言，含蓄而坚定地表达彼此的心情。温习一段毛主席的教导："成千成万的先烈，为着人民的利益，在我们的前头英勇地牺牲了，让我们高举起他们的旗帜，踏着他们的血迹前进吧！"默默瞻仰周总理的遗像，想想他怎样鞠躬尽瘁，无限忠贞地把毕生精力献给壮丽的无产阶级革命事业，直到临终，还叮嘱要把自己骨灰撒在祖国的江河土地上；背诵几句鲁迅的诗："横眉冷对千夫指，俯首甘为孺子牛""心事浩茫连广宇，于无声处听惊雷"；唱一节《国际歌》："最可恨那些毒蛇猛兽，吃尽了我们的血肉。一旦把它们消灭干净，鲜红的太阳照遍全球"……就足以产生互相鼓舞、互相激励的精神力量了。

这样，我们终于迎来了1976年的10月，英雄的十月，胜利的十月。我们迎来了天安门上的朝晖，迎来了长安街上的锣鼓。亿万人民长久盼望的一天，在我们没有料到的时间提前来到了！亿万人民衷心期待的胜利，在我们心急如焚、欲哭无泪的时刻突然成为钢浇铁铸的现实了！"剑外忽传收蓟北，初闻涕泪满衣裳。却看妻子愁何在？漫卷诗书喜欲狂……"杜甫的诗句，虽然被人重复引用，又怎能表达今天喜悦的心情呢？"相对如梦寐"，又怎能代替积郁在心头的千言万语呢？伟大的胜利，朝思暮想的胜利，怎能不使人心花怒放，喜泪盈眶？怎能不使人欢腾跳跃地涌上长安街，涌向天安门，纵情欢呼，放声高唱！动乱不已、祸患频仍的日子终于结束了，白天不敢讲真心话、夜里不敢安心睡觉的日子终于结束了。伟大祖国的千年青史，终于展开了新的章页。

不是有位老战士在天安门前想起遵义会议的红楼吗？他联想得真好。1976年10月，就像1935年1月，像1949年10月，又一次成为革命的历史转折点。天安门是一艘庄严雄伟的战舰，载着中华民族的命运和希望，迎着风浪，一往无前地驶向远方。

十月长安街，真正成了无产阶级的盛大节日。曈曈红日，朗朗乾坤，万里长空，宽广大道。亿万人民的洪流，紧跟党中央，豪情满怀迎接新的战斗，浩浩荡荡地奔向更大胜利的明天。

十月长安街，一路红旗，一路战鼓，一路凯歌……

1976年10月底，北京

（原载《人民文学》1976年第9期）

凛凛高风访故园

王巨才

离开南泥湾机场，一路眺望延河两岸整洁的村庄、簇新的楼群和桃花飞红、群山绽绿的撩人景色，我又重回延安，回到暌违既久、时时念兹在兹的精神故园。

一

陕北高原，山河苍莽，地古天旷，中国共产党早期党员、西北红军和陕甘革命根据地创始人谢子长、刘志丹就诞生在这块血沃寒凝、正气沛然的土地上。

刘志丹将军出生入死，为劳苦大众翻身解放“一心要共产”，以及体恤民情、爱护战士、深受群众拥戴的故事，见诸党的文献和民间传说，已广为人知。而他在长期革命斗争和党内生活中襟怀坦白、光明磊落、顾全大局、屈己奉公的崇高风范和坚强党性，尤为令人敬佩。这次到志丹陵吊唁，顺路到毗邻的甘肃华池县参观了南梁革命纪念馆。纪念馆所在的荔园堡，正是当年陕甘边苏维埃政府建立的地方。1934年秋，陕甘边工农兵代表大会在荔园堡召开，正式选举产生了苏维埃政府，二十岁的习仲勋当选政府主席，刘志丹任军委主席，新生政权建立后，制定了开展土地革命、铲除封建所有制，发行货币、开设集市、活跃经济、减轻农民负担，加强军事建设、开展扩红运动，重视文化教育、创办列宁小学和军事干部学校等“十大政策”，极大地调动了边区军民的积极性，为巩固和扩大根据地发挥了重要作用。在多年的共同奋斗中，两人建立了深厚的友谊，习仲勋视刘志丹为“老大哥”，对他的才干和人品十分敬重。在纪念馆陈列大厅，看到习仲勋写的一篇回忆文章，讲到刘志丹当年遭受诬陷，坦然以对的往事，读之感慨良深，令人动容。

1935年8月，在根据地进行的错误“肃反”中，贯彻“左”倾路线的领导人以莫须有罪名决定逮捕刘志丹，他们采取欺骗手段，以开会为由，要正在前线作战的刘志丹速回根据地首府瓦窑堡。当志丹走到安塞县真武洞时，迎面碰见从瓦窑堡过来的通信员，说有一封急件要送给15军团，因志丹就是15军团的副军团长兼参谋长，便顺手交给了他。志丹打开一看，原来是逮捕自己和其他人员的密令，他十分震惊和愤慨，但考虑到大敌当前，为了不致党和红军公开分裂，不给敌人可乘之机，便不顾个人安危，神情自若地把信还给通信员，要他直送军团部，并让其告诉军团首长，自己已去瓦窑堡了。他原打算到中央驻西北代表处申诉，不想一到瓦窑堡便被投入监狱。所幸不久中央红军到达陕北，在毛泽东的直接干预下，“刀下留人”，冤狱平反，被捕人员全部释放。刘志丹出狱后，毛泽东、周恩来接见他，他除了衷心感谢党中央的英明处理外，没有丝毫怨言，并在多个场合向当地干部反复强调，革命利益高于一切，必须绝对服从中央领导，听从中央调遣，诚心诚意地到各自岗位上为党工作，为人民效力。1936年4月，刘志丹率部东征时不幸牺牲。“有志竟成千古业，丹心一片付工农。”（续范亭）噩耗传来，军民痛悼。1942年，毛泽东曾深为惋惜地写道：“我到陕北只和刘志丹同志见过一面，就知道他是一个很好的共产党员。他的英勇牺牲，出于意外，但他的忠心耿耿为党为国的精神永远留在党与人民中间，不会磨灭的。”

党中央到达陕北驻跸瓦窑堡时，谢子长已因负伤牺牲八个多月。但毛泽东从地方党组织的文献和汇报中，从干部群众的深情言说和到处传唱的歌谣中，知道作为刘志丹生死不渝的战友，谢子长一生身先士卒，驰骋疆场，胜不矜功，败不丧志，以及全家十七人参加革命，九人牺牲的事迹，曾为之题词“民族英雄”“虽死犹生”，并亲笔撰写碑文，详述他1925年在北平加入共产党，“即以共产主义为解放中国人民之道路，创办农民讲习所，组织农协会，领导人民参加反帝反军阀运动”的经历和他在大革命失败后发动清涧起义，参加渭南暴动，奔走西北、华北各地的顽强精神。1946年，边区政府修建的“子长陵”落成，瓦窑堡举行两万多人的移葬公祭，中央领导多人参加。西北局的挽联上写着“一生为人民创造红地，百姓到如今叫你青天”。

两位英烈去世八十多年，雄伟的“子长陵”“志丹陵”芳草萋萋，松柏森森。肃立陵园，仰望纪念塔顶端耀眼的红星，一个庄严的叩问在脑海油然闪现：当人们的心底一旦播进信仰的种子，将会产生怎样的精神裂变，使灵魂变得如此高尚，纯洁，强大和伟岸！

二

2019年5月8日，周三，晴，农历己亥年四月初四。

中央电视台《朝闻天下》头条新闻：革命圣地延安所有贫困县宣布“摘帽”，二百多万老区人民整体告别绝对贫困。当天《人民日报》等各大报纸都用大号标题刊登这一喜讯，字里行间，兴奋之情难抑。

是啊，这是一个需要特别记载的日子。从改变贫困面貌、解决温饱问题到实现整体脱贫、全面小康，数十年来不只延安人民砥砺生聚、自强不息，它同时也牵动全国上下多少人的神经，令他们时时记挂，寝食不安。

1949年10月26日，毛泽东主席给延安人民复电，希望他们和陕甘宁边区的人民继续团结一致迅速恢复战争创伤，发展经济建设和文化建设。

1973年6月9日，周恩来总理叮嘱延安地委、行署负责同志“要三年变面貌，五年粮食翻一番”，他还承诺：“你们五年粮食翻了番，我一定再来延安。”

2015年2月13日，习近平总书记在延安主持陕甘宁革命老区脱贫致富座谈会，要求各级党委和政府聚精会神抓好扶贫攻坚工作，确保老区人民同全国人民一道进入全面小康社会……

记忆的屏幕上，与这些画面叠加闪过的，还有许多普通人的身影，一些平凡的共产党员，如安全同志。

安全，陕西绥德人，1940年入党，1945年到鲁艺学习，先后在绥德分区文工团、延安陕北行署文工团、陕西省歌舞剧院、陕西省京剧院工作，是在党一手培养下成长起来的文艺战士。1964年春，为汲取创作灵感和题材，他主动到延安县蟠龙公社纸坊沟大队深入生活，没想一进村就被社员生活的极度贫困所震撼，被他们改变现状的强烈愿望所感染，从此一起摸爬滚打，一干就是二十多年，直至去世。

二十世纪八十年代我在延安市工作，与老安有过几次不算深的接触。那时他五十左右年纪，身体壮实，待人热情，言谈举止带有文艺界人士惯常的爽直甚至单纯。有时来办公室聊天，谈到某些部门门难进脸难看事难办，他总觉得莫名其妙："政府机关，公仆嘛，咋能是这样呢？"考虑到他是省上下来的干部，有时进城办事没个落脚的地方，市委便在办公大院为他安排了一孔窑洞，但很少见他住。有次我去蟠龙下乡，想带他一起去队上看看，他一听连连摆手，说我可不能坐你的小车，否则老乡会把我当外人看的，再说现在也没甚看头，等真搞出个样样了，会请你们去检查。此后不久我便离开市上。及至这次专门去纸坊沟，听了原支部书记屈绳武等人的介绍，我才意识到过去对老安的了解何其浮泛，并对没能予他更多帮助而深为内疚。

我不知安全把生活基地选在蟠龙是否与毛主席辗转陕北时指挥青化砭、羊马河、蟠龙三大战役取得重大胜利有关。而他去扎根的纸坊沟，是一条离蟠龙镇尚有十多里路的拐沟旮旯，全村三十八户人家，破门烂窗，沿沟散居，每家三亩地，亩产不到百斤，粮食根本不够吃，是全公社最穷的村子。把社员心力凝聚起来激发出来的，是安全因屙不出来三次洗肠后仍与大家一同吃糠咽菜的行动和"不改变面貌绝不回去，改变面貌更不会离开"的誓言。为了解决当时的困难，他一方面动员社员搓麻绳、砍镢把卖给供销社，一方面到城里搞回豆渣、麻渣，使全村通过生产自救渡过严重春荒。此后，他和党支部一起，带领社员植树造林、打坝造地、修道路、架电线、发展畜牧、兴办工厂。到1985年，全村实现了人均二亩基本农田、千棵树、千斤粮、千元钱，村里有了汽车、拖拉机、推土机等大型农机具，还利用集体积累，统一规划，统一施工，修建了大队部、学校、党员活动室和一百八十七孔崭新的砖窑，社员全部搬进新居。一个昔日破败落后的“烂包村”变成了远近闻名的富裕村、省地县三级命名的文明村。

“为纸坊沟，老安可是把罪受扎了。”老支书屈绳武说，“他完全把老百姓的事当自家的事办，甚至顾不得身家性命。”1975年，安全把儿子安军也带到纸坊沟插队劳动。这一年，村上决定创办机械加工厂，老安带着安军和队里的另外六名年轻人去西安学习制造技术，为期半年多的时间里，他们就一直和老安的家人吃住在一起。老安的爱人白秉权是从西北文艺工作团里走出来的著名歌唱家，对此她不仅毫无怨言，还把自己的工作室让出来。建厂过程中，经费不足，他们又把女儿从部队复员时的安置费贴补了进去。

纸坊沟现任党支部书记李庆东就是那次去西安学习的六名年轻人中的一位。提起白秉权老师，他满脸敬重，说我们是亏欠着人家的。1980年前后，安全拿自己的工资和部分集资款给队上买回四匹马，经几年繁殖发展到二十多匹，办起了饲养场。有一次，饲养场的一头骡子不见了，老安急得团团转，几天睡不着觉，村里村外到处想辙寻找。正在这时，他爱人病重住院，发电报要他火速回家。“队上出这么大的事，咋能说走就走”。老安给家里打电话，要孩子们精心服侍，并请单位暂时关照，等队上的事处理完马上回去。对此，他爱人和孩子们好长时间都埋怨他不近人情，老安再三道歉，并向他们解释：知道一头骡子多少钱吗？那可是队里一份贵重家当啊！

长期的艰苦操劳换来丰硕成果，但也损伤了安全的健康。1993年7月，安全突发脑出血在延安病逝，终年六十八岁。延安各界举行了隆重的告别仪式。遵照他生前遗愿和群众请求，部分骨灰安葬在纸坊沟。乡亲们自愿捐款，为他修建了陵园，竖立了塑像。2020年10月，延安民众剧团根据安全生平事迹创作了民歌剧《初心》，在城乡巡回演出，受到热烈欢迎。人们从这位可敬的文艺战士身上看到了什么是共产党的宗旨，以及什么叫“全心全意”“完全”“彻底”。

三

那天回到宾馆，朋友带来一本书，说是黄根品写的，没事时可以翻翻。黄根品我当然知道，做过延安市郊林场场长，地区林业局副局长，说来也算熟人。书名《树魂》，薄薄的一百八十多个页码，看去并不起眼。出乎意料的是，当我躺在床上打开这本已被翻得很旧的书本随意浏览时，那些娓娓道来的翔实文字和文采斐然充满激情的笔调立刻抓住眼球，一个意气风发的建设年代、一种理想绽放的精彩人生展现眼底，竟让我联翩怀想，彻夜难眠。

由于自然灾害和战争破坏，新中国成立初期我国生态环境严重恶化，成为发展经济和社会事业的一大瓶颈。为响应毛主席“绿化祖国”的号召，1956年3月1日至10日，共青团中央、国家林业部、黄河水利委员会在延安联合召开“西北五省（区）青年造林大会”，来自全国二十七个省（区）、十六个民族和部队、铁道、文教系统的一千二百零四名代表参加会议。来自浙江的代表黄根品怀着无比激动的心情，向主席团递交了要求留在延安，为绿化革命圣地贡献力量的申请。大会期间，延安南关广场举行了“绿化延安动员大会”，各地代表与延安青少年近万人在宝塔山、清凉山、凤凰山和杨家岭植树三万五千株。3月10日闭幕式，当大会主席宣读浙江省委同意黄根品留在延安的批复时，全场再次响起经久不息的掌声，一群延安青年将黄根品举起来，簇拥着上了主席台。面对代表们热切赞许的目光，他只说了两句话：“从现在起，我就是一个延安人啦！我要为绿化延安奉献青春，决不辜负‘青年’这个光辉的字眼。”

这次隆重热烈、影响深远的大会引发了延安乃至全国第一次大规模的造林运动，也开启了黄根品扎根延安二十三年，从一名热血青年成长为共产党员和领导干部的人生之途。

黄根品原在杭州市园林管理处工作。从西子湖畔到黄土高原，生活环境和工作条件产生巨大落差，气候、饮食、风俗习惯等一时都难以适应。但正如他日记里写到的：“最能激发人经久不息的热情的，不是别的——那就是事业。”以往，延安山上的植被大多是灌木和荒草，每到冬季一片枯黄，见不到一点绿色。为“让革命圣地四季常青”，他经过调研，提出从外地“冻土移植松柏”的建议，因此前从未干过，担心气候和土壤无法适应，遭到一些人的反对。为用事实说服大家，他顶风冒雪，去到二百公里外的黄龙山，钻进深山老林，在工人师傅的帮助下挑选了三十三棵十年以上树龄的野生油松，经细心挖掘包扎，完好地保留了根部冻土，然后装上马车昼夜兼程运回延安，分别栽种在杨家岭和宝塔山用镐头挖开的一米多深的树坑里。经过一个严冬和春旱的考验，这三十三棵松树不仅异地扎根，而且长势喜人。此后，他们又从富县购进人工培育的油松幼苗，就地繁育，获得成功。延安的松树栽植从此年复一年，数量不断增加，面积不断扩大。

冻土移植的成功，鼓舞了黄根品开拓进取的勇气，也赢得了同事们的信任。从 1959 年起，他又开始了引种和培育名贵树木花卉的工作。延安市区的南门外原有一块二十亩的滩地，长期闲置，在地县领导的支持下被辟为林业实验基地。黄根品和同事们通过多年努力，先后从南方引进银杏、雪松、水杉、七叶树、合欢、皂角、红枫等名贵品种，其间的酸甜苦辣自不待言。更值得一提的是，那块地后来经简单规划设计，平整了地面，修建了温室和亭台廊道，成了延安第一个城市花园；再后来，又添置了游艺娱乐设施，成了延安第一个儿童公园。只是当人们（包括我自己）在园内消闲休憩或路过南门坡听到里面传来的欢声笑语时，往往不会想到这一切与那个从杭州来的身材瘦弱的技术干部有关。

1978 年底，黄根品调任林业部“三北”防护林建设局副局长。离开延安前，他办的最感满意的一件公务，是促成了延安林校的创建。这件事在西北五省（区）青年造林大会期间就定下了，但一直未能落实。他利用罗玉川部长来延安出差的机会，再次提出，延安林校终于在林业部和省委的重视下立项上马，于两年后建成开学，为延安的林业建设培养了大批人才。

与这个故事相关联的是，那次西北五省（区）青年造林大会还有一个附带收获，即我国当代文学史上脍炙人口的诗歌经典《回延安》。作为从延安走出来的诗人，贺敬之跟随胡耀邦一道去了延安，“白羊肚手巾红腰带，亲人们迎过延河来”“十年来革命大发展，说不尽这三千六百天”都是他真实的见闻和感受。文学界同去的，还有青年作家萧也牧，他为大会写作的

《少先队员献词》如一首优美的散文诗，激情澎湃，博得与会代表赞扬，也成了媒体宣传的一大亮点，至今常有人提起。

斗转星移，山河日新。六十多年前那次大会发出的“绿化黄土高原，控制水土流失”“让祖国河山更加美丽”的倡议，在延安已变为现实。近二十年来，在国家政策扶持下，延安大力实施退耕还林和治沟造地工程，取得了显著的生态效益、经济效益、社会效益。全市森林覆盖率达到百分之五十三，林草覆盖率达到百分之八十，空气质量优良天数连续五年都在三百天以上。昔日黄土裸露、灰尘弥漫的贫瘠山区已变作国家园林城市、国家卫生城市、全国文明城市，真让人难以想象。这次回去走访了延安下辖的六个县（市），见到的同事和亲戚朋友都以延安现在“天蓝地绿，山清水秀”的环境而自豪，并真心实意动员我“回来养老”，让我既欣喜，又感动。

做过安塞县和宜川县副县长的延安市作协党组书记霍爱英写过一篇题为《有一种绿叫延安绿》的文章，里面写道：“这‘延安绿’，是一镢一锹挖掘的绿，一山一峁织就的绿，一沟一壑连接的绿，一点一滴汇成的绿，一笔一画大写的绿，一年一年积攒的绿。”语中肯綮，我自有同感，而且也像她一样深信：有了这种久久为功的毅力，在全面建设社会主义现代化国家的新征程中，延安一定会以更大的作为、更出色的成就为党争光，为时代添彩。

延安人民的生活一定会更幸福，更美好。

（节选自《中国作家·文学版》2021 年第 7 期）

沧海歌

徐　刚

亲爱的同志，你可曾思索过这样一个问题：人们为什么总是赞美沧海？是为了她的辽阔无垠？是为了她的雄风急浪？还是为了她的千乘征帆？……是的，沧海是高远的，也是绚丽的，然而，沧海更是深沉的。她的一切都富有生活哲理，能叫人思之再三。沧海呵，总是这样气势磅礴地向着远方！沧海呵，总是显得浩浩淼淼，博大无际！因此，人们常说：海的力量是无穷的，海的生命是永远的！

沧海呵，我要为你而歌唱！

这样一个强烈的愿望，像萌动在地底下的种子，只待东风卷起，便要破土而出一样，在一个不平常的夜晚迸发了！思想的野马奔驰着：上天，入地，翻山，越岭……那是在北京的一个普通的电影院里，我在看着一部激动人心的影片。眼前，我又见到了我熟悉的长河、沧海。不！我还看到了另一种更为深远、辽阔、动人心魄的海……

亲爱的朋友，你也一定怀着无比激动的心情，刚刚看完这部教人激动不已的大型纪录片——《伟大的领袖和导师毛泽东主席永垂不朽》。你的脑海里，也一定留下了波澜壮阔的关于海的印象和记忆。这样的海在哪里？

1976 年 9 月，一个惊天动地的消息传遍了全世界——毛主席逝世了！啊，悲伤的九月，流泪的九月，痛心的九月！在那拂拂低垂的半旗下，在祖国的每一个山寨，每一条街道，每一块田野里，工人，农民，士兵，谁不失声痛哭？秋风在吹，心潮在涌，人民从来没有流过这样多的眼泪，从来没有这样悲痛过呵！社会主义中国的名字，是和毛泽东的名字密切相连在一起的；八亿人民的心是和毛主席的心紧紧系接在一起的。人民怎么能离开自己的伟大领袖！江河在奔涌，整个中国大地像是充满着泪水的海。这是悲壮的海呵，也是蕴藏着无穷力量的海！

眼前，电影胶片在慢慢地移动，我们又来到了天安门广场。此时此刻，我们这些人，哪里只是一个剧场里的观众呢？那银幕上的万千人群中，在金水桥上，英雄碑下，不就有你，有他，也有我吗？在那悲痛的日子里，我曾经一次又一次地走在长安街上，来到天安门广场。早晨去，中午去，傍晚去，深夜去。不管是什么时候，广场上永远是人群济济。同去的伙伴随时都会走散，但身边的所有人又都是熟悉的亲人和朋友——一样的黑纱，一样的白花，一样的哭声，一样的誓言，一样的信念把一切相识和不相识的人紧紧地连接在一起，汇聚成天安门广场上的大海洋！就在这广场上，就在这海洋中，我听见了一种势若奔马的涛声，我看见了一种能够移山倒海的力量！是的，世界上哪还有比亿万人心之所向更强有力的呢？一个和人民心心相印的伟大领袖是不会死去的！他的容颜，他的笑貌，他的声音，他的思想一经铭刻在人民心里，就会千秋歌颂，万代相传，永不磨灭！就会成为永远鼓舞世界无产阶级前进的巨大力量！天安门前的海洋，所告诉我们的不就是这样一条真理吗？于是，中国人民从一时的迷惘中看到了希望；于是，中国人民从纷乱的乌云中看到了曙光；于是，在中国革命的大词典里，眼泪这个字眼又增加了一层崭新的含义——它是决心和信念的标志！……

由此，我想起了海的另外一些特色：当我们一览无余，纵观沧海的时候，她所给我们的印象是浩渺，广阔，壮丽。但正如从地球的一角，也可瞭望整个人类的大千世界一样，如果我们向着海的源头走去，便会发现：那奔驰不息的溪溪涧涧、点点滴滴，也是发人深思、感人至深、别有胜景的……

我想起了追悼大会前的一个早晨。那一天，如同往常一样，我向着天安门走去。就在东长安街一侧，曙色微明中，我看见一个清洁女工正在专心致志地扫地。扫呵，扫走了每一片树叶；扫呵，扫走了每一粒垃圾。她还不时抬起头来，从长安街上望着红云升起的东方，唱着一支歌。我停住脚步细听着，唱的是：“正月里闹元宵，金匾绣开了”……在延河之滨，在宝塔山上，在一个东风浩荡的早晨，我曾经听到过这支名为《绣金匾》的歌。再听下去时，那歌词却有些不同了：一绣毛主席，人民的好福气……二绣总司令……三绣周总理……这是几天来，我所听到的第一支歌，也是最动人的歌！人民正在用自己创造性的劳动，用发自内心的歌声，用能够战胜一切邪恶的坚强信念，歌颂、缅怀伟大的领袖毛主席和我们敬爱的周总理、朱委员长……歌声中饱含着深情，歌声中饱含着力量！清洁女工远去了，向着天安门，向着那奔流的海洋……

长安街上的另一个镜头，同样也是久久难忘的。那是又一个早晨。我倚着金水桥，远眺英雄碑，尽情地感受着这海洋的气势、涛声，让那无形而有力的潮头，一浪高过一浪地拍击自己的心弦。蓦地，一辆公共汽车驶过长安街。司机显然理解所有乘客的心情，当汽车经过天安门时，速度显著地慢下来了。就在这时，我看见在汽车的窗门口，一群穿着白衬衣，戴着红领巾的儿童，一个个把脸紧贴着玻璃窗门，望着挂在天安门城楼中央的毛主席像，举起小小的拳头，在宣誓……他们的表情是何等的严肃呵，没有一点儿童的天真和稚气。留恋在广场上的多少老红军、老八路、老工人无不报之以赞许的眼光，眉宇间，充满了欣慰的神色……

这就是沧海之中的点点滴滴。然而，它同样激荡着感情的浪花，它同样显示着革命的希望和未来！

让我们再到吊唁大厅，看那感情的潮头是怎样达到最高峰的吧……从天安门广场出发，当我们排着八人一行的纵队，向人民大会堂走去的时候，这几百米的路程似乎变得十分遥远了！而手表上的指针也好像不再移动，时间，过去得多慢呵！我们好像行进在前人历尽艰险的长征路上，遥想着那雪山、草地、延水河滨、凤凰山下……队伍在行进着，来到了人民大会堂的东角，隐隐地能听到哀乐在传出……队伍在行进着，来到了人民大会堂的北门，哀乐清晰地在耳边回绕……队伍在行进着，来到了庄严肃穆的吊唁大厅，哀乐声中我们的心在收缩！毛主席呵毛主席，我们千声呼唤、万声呼唤……毛主席呵毛主席，我们千行热泪、万行热泪……毛主席安卧在常青的灌木之中，还是那么端庄，还是那么慈祥，还是那么亲切。您闭上了眼，仿佛是在黎明时分的小憩；您微开着嘴，仿佛是在和我们说着话……我们慢慢地、慢慢地走到您的跟前，为了不打扰您的睡眠；我们轻轻地、轻轻地来到您的身边，为了聆听您的教导……可是，当身后的队伍将要把我们涌向吊唁大厅出口处的时候，我们——老的，中年的，年轻的，小的一起，几乎是同时，像突然清醒似的放声痛哭了！我们有多少心里话还没有来得及讲，谁愿意离开这大厅？井冈山的老暴动队员说，毛主席呵，井冈山的杜鹃想念您，八角楼的灯火想念您……延安的边区劳动模范说，毛主席呵，清凉山的宝塔想念您，杨家岭的小米想念您……我们一步一把泪，望着毛主席；我们一步一回头，向毛主席宣誓：继承您的遗志，将革命进行到底！

呵！这就是我们的沧海——永远奔流着的前进的海！从天安门前出发，满含热泪，备尝艰辛的中国人民，又开始了新的战斗，向着明天，向着未来……

沧海，并没有城市园林里小桥流水的多姿；沧海，也没有人工雕琢的映山湖泊多媚。然而，海是坦率爽直的，海是光明磊落的，海是团结战斗的，海是一往无前的。因而，这样的海是最有希望的！如果说从天安门广场上川流不息的人群中，我曾经一次又一次地得到了关于海洋的启示的话，那么，当电影再现了1976年9月18日一百五十万人汇聚在天安门广场，和八亿人民一起哀悼的场面时，我才真正领略了海的壮观，海的伟大……

谁能够忘记：下午三时那气壮山河的笛鸣！工厂的汽笛响了，火车，轮船……无不用大声的连续的深情的呼喊，寄托那绵绵不绝的哀思……像是在说：毛主席呵，您安息吧……从天上，从山头，从脚手架上，从炼钢炉边，从金色的稻田里，从每一条通向北京的道路上，共和国的每一个公民同时向着北京致哀……此时此刻，海的大小，是永远不能用数字表达的了！沧海呵很大、很大；整个中国，甚至整个世界不都是吗？沧海呵也很小、很小；她正汩汩流淌在每一个中国人民的心头，和全世界被压迫的无产者的拳拳之心上……呵，朋友，亲爱的同志和朋友，让我们一起来认真地想一想吧：坐落在这八万万人民和全世界被压迫民族的人民胸膛中的海有多宽？有多远？有多深？或许，我们一时很难得出一个正确的数字来。但有一点却是肯定的：这样的海才是真正永不枯竭的海，这样的海才是真正充满活力的海，这样的海就是人民革命事业的大海！……

感谢我们的摄影师，他们和人民的心是相通的。当电影临近尾声，银幕上，毛主席向我们健步走来的时候，电影院里爆发出了雷鸣般的掌声！这是多么珍贵的记录呵——毛主席在公社田头走着，看着；毛主席在和工人、战士亲切地交谈、握手；毛主席回到了韶山，坐在农家的板凳上，笑呵，和韶山人民一起在笑；镜头把历史追溯得更远：毛主席站在庆祝共和国成立的天安门城楼上，那带着湖南口音的伟大宣告，就是从这里传遍了整个世界！毛主席身后，是笑逐颜开的显得特别年轻的周恩来总理和朱总司令……毛主席永远和我们在一起呵，我们永远也不离开毛主席！

电影结束了。展现在我们面前的最后一个镜头是：蔚蓝的天空，汹涌的沧海，滚滚的金波，喷薄的朝日……看着这一幅诗中的画，这一卷画中的诗，我想起：古往今来，曾有多少人，或者是狂妄无耻以大海自比，或者是吟风弄月去望洋兴叹。然而，曾几何时，全在风化石、浪淘沙中被汹涌的浪涛所淹没；或者成了不齿于人类的历史渣滓！真正的沧海，是人民革命事业的沧海。就是这样的沧海，组成了历史长河，势若奔马，声如惊雷，冲决罗网，一往无前！而献身于中国革命和世界革命的伟大领袖毛主席，就永生在这样的沧海之中，风波浪里！看呵，黎明、日出，我们能时时看到领袖的金色脚印；听呵，风前、月下，我们能时时听到导师的教诲之声……我们永远前进在毛泽东的旗帜下！

天若有情天亦老，人间正道是沧桑。光明的社会主义中国胜利了！作为从悲痛的九月里过来，又迎来了喜庆的十月的中国人民，粉碎了“四人帮”，正紧密团结在党中央周围，继承毛主席遗志，大踏步地走向明天。我们一定要胜利，我们一定能够胜利！

呵！沧海，我赞美你……

1977 年 1 月于北京

（原载《北京文艺》1977 年第 1 期）

日　出

刘白羽

登高山看日出，这是从幼小时起，就对我富有魅力的一件事。

落日有落日的妙处，古代诗人在这方面留下不少优美的诗句，如像“大漠孤烟直，长河落日圆”“落日照大旗，马鸣风萧萧”，可是再好，总不免有萧瑟之感。不如攀上奇峰陡壁，或是站在大海岩头，面对着弥漫的云天，在一瞬时间内，观察那伟大诞生的景象，看火、热、生命、光明怎样一起来到人间。但很长很长时间，我却没有机缘看日出，而只能从书本上去欣赏。

海涅曾记叙从布罗肯高峰看日出的情景：

我们一言不语地观看，那绯红的小球在天边升起，一片冬意朦胧的光照扩展开了，群山像是浮在一片白浪的海中，只有山尖分明突出，使人以为是站在一座小山丘上。在洪水泛滥的平原中间，只是这里或那里露出来一块块干的土壤。

善于观察大自然风貌的屠格涅夫，对于日出，却作过精辟的描绘：

……朝阳初升时，并未卷起一片火云，它的四周是一片浅玫瑰色的晨曦。太阳，并不厉害，不像在令人窒息的干旱的日子里那么炽热，也不是在暴风雨之前的那种暗紫色，却带着一种明亮而柔和的光芒，从一片狭长的云层后面隐隐地浮起来，露了露面，然后就又躲进它周围淡淡的紫雾里去了。在舒展着云层的最高处的两边闪烁得有如一条条发亮的小蛇；亮得像擦得耀眼的银器。可是，瞧！那跳跃的光柱又向前移动了，带着一种肃穆的欢悦，向上飞似的拥出了一轮朝日……

可是，太阳的初升，正如生活中的新事物一样，在它最初萌芽的瞬息，却不易被人看到。看到它，要登得高，望得远，要有一种敏锐的视觉。从我个人的经历来说，看日出的机会，曾经好几次降临到我的头上，而且眼看就要实现了。

一次是在印度。我们从德里经孟买、海得拉巴、帮格罗、科钦，到翠泛顿。然后沿着椰林密布的道路，乘三小时汽车，到了印度最南端的科摩林海角。这是出名的看日出的胜地。因为从这里到南极，就是一望无际的、碧绿的海洋，中间再没有一片陆地。因此这海角成为迎接太阳的第一位使者。人们不难想象，那雄浑的天穹，苍茫的大海，从黎明前的沉沉暗夜里升起第一线曙光，燃起第一支火炬，这该是何等壮观。我们到这里来就是为了看日出。可是听了一夜海涛，凌晨起来，一层灰蒙蒙的云雾却遮住了东方。这时，拂拂的海风吹着我们的衣襟，一卷一卷浪花拍到我们的脚下，发出柔和的音响，好像在为我们惋惜。

还有一次是登黄山。这里也确实是一个看日出的优胜之地。因为黄山狮子林，峰顶高峻。可惜人们没有那么好的目力，否则从这儿俯瞰江、浙，一直到海上，当是历历可数。这种地势，只要看看黄山泉水，怎样像一条无羁的白龙，直泻新安江、富春江，而经钱塘入海，就很显然了。我到了黄山，开始登山时，鸟语花香，天气晴朗，收听气象广播，也说二三日内无变化。谁知结果却逢到了徐霞客一样的遭遇："浓雾弥漫，抵狮子林，风愈大，雾愈厚……雨大至……”只听了一夜风声雨声，至于日出当然没有看成。

但是，我却看到了一次最雄伟、最瑰丽的日出景象。不过，那既不是在高山之巅，也不是在大海之滨，而是从国外向祖国飞行的飞机飞临的万仞高空上。现在想起，我还不能不为那奇幻的景色而惊异。是在我没有一点准备、一丝预料的时刻，宇宙便把它那无与伦比的光华、丰采，全部展现在我的眼前了。当飞机起飞时，下面还是黑沉沉的浓夜，上空却已游动着一线微明，它如同一条狭窄的暗红色长带，带子的上面露出一片清冷的淡蓝色晨曦，晨曦上面高悬着一颗明亮的启明星。飞机不断向上飞翔，愈升愈高，也不知穿过多少云层，远远抛开那黑沉沉的地面。飞机好像唯恐惊醒人们的安眠，马达声特别轻柔，两翼非常平稳。这时间，那条红带，却慢慢在扩大，像一片红云了，像一片红海了。暗红色的光发亮了，它向天穹上展开，把夜空愈抬愈远，而且把它们映红了。下面呢？却还像苍莽的大陆一样，黑色无边。这是晨光与黑夜交替的时刻，这是即将过去的世界与即将到来的世界交替的时刻。你乍看上去，黑夜还似乎强大无边，可是一转眼，清冷的晨曦变为磁蓝色的光芒。原来的红海上簇拥出一堆堆墨蓝色云霞。一个奇迹就在这时诞生了。突然间从墨蓝色云霞里矗起一道细细的抛物线，这线红得透亮，闪着金光，如同沸腾的溶液一下抛溅上去，然后像一支火箭一直向上冲，这时我才恍然大悟，原来这就是光明的白昼由夜空中迸射出来的一刹那。然后在几条墨蓝色云霞的隙缝里闪出几个更红更亮的小片。开始我很惊奇，不知这是什么，再一看，几个小片冲破云霞，密接起来，溶合起来，飞跃而出，原来是太阳出来了。它晶光耀眼，火一般鲜红，火一般强烈，不知不觉，所有暗影立刻都被它照明了。一眨眼工夫，我看见飞机的翅膀红了，窗玻璃红了，机舱座里每一个酣睡者的面孔红了。这时一切一切都宁静极了。整个宇宙就像刚诞生过婴儿的母亲一样温柔、安静，充满清新、幸福之感。再向下看，云层像灰色急流，在滚滚流开，好让光线投到大地上去，使整个世界大放光明。我靠在软椅上睡熟了。醒来时我们的飞机正平平稳稳，自由自在，向我的亲爱的祖国、向太阳升起的地方航行。黎明时刻的种种红色、灰色、黛色、蓝色，都不见了，只有上下天空，一碧万顷，空中的一些云朵，闪着银光，像小孩子的笑脸。这时，我深切感到这个光彩夺目的黎明，正是新中国瑰丽的景象；我忘掉了为这一次看到日出奇景而高兴，而喜悦，却进入一种庄严的思索，我在体会着“我们是早上六点钟的太阳”这一句诗那最优美、最深刻的含意。

1959 年

（选自《刘白羽散文》，人民文学出版社 2022 年版）

中国的月亮

子　敏

人类最初对月亮有情，大概是由于月亮的“会偷看”。在静夜，在孤独的时候，一抬头，月亮在那边看着你。许多夜间的秘密，只有月亮知道。月亮慢慢成为人人的“自己人”。人类学会对月亮倾诉，有声的，无声的，月亮就成为人人的“密友”。

太空中那块“离地球很近”的、寂寞的大石头，一跟多情的人类接触，它的生命就开始丰富起来。本来是“无情的月”却成了“有情的人”。世界上许多民族都有古老的关于月亮的神话。这些神话，从现代观点看起来，不幸的是不但没有使月亮不朽，反而证明月亮已“朽”。那些“月亮故事”使现代的教育家紧张，在讲述的时候忘不了补充一句:“那是假的。从现代科学的观点来看，月亮怎么样怎么样……”这一声“那是假的”，就足够使月亮全“朽”。现代的那“科学月亮”实在要命，太不可爱了。

不过月亮所交的朋友当中，也不是全都冷面无情的。它运气很好，交上了一个真正爱月的民族，那就是我们这些中华儿女。我们这个民族，在我们的文学作品中，赋予月亮不朽的生命，主要的不是靠着神话，而是从心灵的深处，从日常生活中，从感觉中，真挚地爱上了月亮。我们赋予月亮一种永恒不朽的诗趣。

我们这个民族，认为靠月亮，更能完成一幅“文学上的不朽的图画”，那些图画，不只是画面美，而且含有浓厚的情感色彩。唐朝夜里的长安城，必须靠月光来装饰才够美，最好是整座城都映着月光。这种“染月光”的意念，使李白写出“长安一片月，万户捣衣声”的有名诗句。这种“文学上的不朽名画”，诗人李白会画，诗人杜甫画的是“星垂平野阔，月涌大江流”，想想那滔滔滚滚的大江，那波浪上跳动的月光！田园诗人王维也画得不错，他在“桃源行”里画松树，画房子，不够，再添一个月亮就使全盘美化起来：“月明松下房拢静”。松树本身不够美，加上月光就美极了。王维运用月亮的天然光，就像现代室内装饰艺术家运用灯光那么棒。“明月松间照，清泉石上流”，如果把柔和的月光去掉，不是味道全没了吗？白居易在有名的《琵琶行》里，有三幅文学上的“月亮图画”杰作。第一幅是“醉不成欢惨将别，别时茫茫江浸月”；第二幅是“东船西舫悄无言，惟见江心秋月白”；第三幅是“去来江口守空船，绕船月明江水寒”。张九龄所画的壮丽大幅文学图画，也很使人动心，“海上生明月，天涯共此时”。对中国人来说，月亮就是“美的化身”，月亮就是“美”。

中国人喜欢跟月亮交往，文学作品上常常有“在一起”的记述。李白有一次下山，月亮送他回家：“暮从碧山下，山月随人归”。老人家做人豪迈痛快，心情激动的时候怕人说他是疯子，所以只有去找月亮喝酒，说过要到天上去找月亮玩儿的傻话：“欲上青天揽明月”。他常常请月亮喝酒，“举杯邀明月，对影成三人”。李白、月亮、影子，多热闹，三个知心朋友，但是也多寂寞。老人家主张：“人生得意须尽欢，莫使金樽空对月”。杜甫也是“月友”，也说过“儿时杯重把，昨夜月同行”，爱月，跟月喝酒。王维弹琴的时候，月亮也伴着他：“松风吹解带，山月照弹琴”。月亮是中国人永恒的朋友，真挚的朋友。

中国人相信月亮是“有情”的，通人性的，所以诗人张泌甚至说月亮会关怀人，是一个纯情痴心的朋友：“多情只有春庭月，犹为离人照落花”。因为这样，中国人在面对明月的时候，情绪波动，好像躺上现代心理治疗医师诊所里的大皮椅，童年、故乡、远地的亲人、自己的身世，都涌上了心头。中国儿童都会朗诵“床前明月光，疑是地上霜。举头望明月，低头思故乡”，这是李白的，那杜甫的呢？“露从今夜白，月是故乡明”。老杜之心，千万人之心。王昌龄的是“秦时明月汉时关，万里长征人未还”。卢纶，也有“万里归心对月明”的感触。

跟“月”有关的诗句，中国人也爱念爱记：“月落乌啼霜满天，江枫渔火对愁眠”（张继），“烟笼寒水月笼沙”（杜牧），“明月几时有，把酒问青天”（苏轼），这些月的诗句，中国人念起来津津有味，因为它跟月有关，因为它是美的。

八月十五日是我们中国人的“月亮节”。在这一天，我们应该为我们是爱月的民族而觉得自豪，因为我们靠着历代作家和诗人的努力，已经赋予那块在太空流浪的大石头不朽的生命。我们的文学，使月亮从古代到现代，一直活在人类的精神生活里。只有中国人，对“月亮”这个词才有那么丰富的“语感”。中国人把月亮迎接到现代，并且使它不露一丝“矿石味儿”。

（选自《与史同在》，华夏出版社 2011 年版）

明月文

周　涛

那一轮月亮果然是越来越圆了，它的圆满就像一个句号，结束了四季中最好的时光。春之蓬勃，夏之绚丽，秋之烂漫，至此宣告结束，“此情可待成追忆，只是当时已惘然”。随之，将面对暮秋的肃杀和寒冬的凛冽。

月亮的提醒当然非常重要，人们不能无视这一天的存在。从古到今，中国人对月亮的变化都十分敏感，而这敏感又渐渐培养了独特的心理。这心理是细的、柔的、感伤的、内敛的，中国人选择了这一天像蚕吐丝一样，把轻易不肯吐露的心思，拉得很长很长——“江畔何人初见月，江月何年初照人”？这轻轻一问，看似漫不经心，却一下子把思想的触角伸向了远古洪荒，追问到了人类的源头。陈子昂在白天想到过这些，他意识到人生的短暂，“前不见古人，后不见来者。念天地之悠悠，独怆然而涕下”。李白也明白，“夫天地者，万物之逆旅；光阴者，百代之过客。而浮生若梦，为欢几何？”他甚至想纵身而起“欲上青天揽明月”。

这些唐代的中国人在千余年前就想到这么远、这么深，既是瑰丽的想象，又是科学的命题，这说明中国人对现实生存的超越性自古而然。

因此，中国人过中秋节便顺情合理。可以说，中秋节是一个全民族的诗的节日，“天上一轮才捧出，人间万姓仰头看”，世界上哪里还有如此凝聚人的心思的节日呢？别的节日都热闹，唯有中秋节，静远。约定俗成，中秋节是不能放鞭炮的，别的节日放鞭炮是造气氛，中秋节放鞭炮是煞风景。

那一轮月亮确实是越来越圆了。

因其圆满，反而倒惹出些人的伤感。这时候，伤感是一种难得的、美好的情绪，是思念，是怀旧，是静下心来对自己一生的反思和总结。这些美好的情绪都天然带有感伤的情调。“长安一片月，万户捣衣声”，是感怀；“访旧半为鬼，惊呼热中肠”，是伤感；“月出惊山鸟”是静；“露似真珠月似弓”是巧喻；只有李白那“明月出天山，苍茫云海间。长风几万里，吹度玉门关”，毫无伤感之意，一出手，写月亮也是万里横空出世的气魄！

但是不管怎么说，唐朝的大诗人没有不寄情月亮的，一本唐诗，处处见月，虽说各有各的写法，各有各的寄托，却是个个身上沐浴着月轮的光辉，处处闪现着月亮赠与的灵妙！

最令人费解的是，以大唐国力之盛、疆域之广，唐诗里竟无一首写太阳、歌颂太阳的，似乎太阳就根本不存在，“月上柳梢头”才是人间最美好的时刻。

那一轮月亮正在白莲花般的云朵里穿行，云动疑是月在行，云破月来花弄影。可以有一丝风的清凉，但风不能大，风一大便不是中秋良宵佳地。恰恰是中秋这一天，很少有月黑风高夜，这也是天意独怜人间燥热，降下这一片清凉和圆满。

最好有三五良朋，一石桌，几藤椅。一壶老酒须温热，撒一撮姜丝。要有一碟花生米，茴香豆更好，一罐凤尾鱼，一盘大闸蟹，再加上一些果品。不求醉饱，但营情调，故万万不可端上来一大盘手抓羊肉，煞了风景。“碧云天，黄花地，西风紧北雁南飞。晓来谁染霜林醉？总是离人泪。”真可谓秋之伤情处，不过还有更伤情的，那一番“今宵酒醒何处，杨柳岸，晓风残月”，就更将人生的落寞凄凉、心无系处突兀地暴露在典型情态之下。唐以后，宋朝明月愈转华美凄清，这一脉相传的明月情结，已经明白无误地揭示出中国文化中的柔性倾向，即便豪放如苏东坡，高唱“明月几时有，把酒问青天”时，也还是问的明月而不是红日。

那一轮月亮此刻正高悬夜空，如同宇宙间唯一盏华美的路灯。谁也不觉得那光明是反射太阳的，只觉得那清光是它自身独有的。它不炽烈，不耀目，使人可以沐浴那光明，直视那月轮，月之光明，亲近可人。“月光如水”，那是无声的低语，是母亲慈爱的目光，是打乱了星星的诗行后醒目的句号，是云朵的和声伴唱下突出的主题曲。

月亮不仅一直这样陪伴着我们，关照着我们，而且不断提升了我们的目光，拓展了我们的心胸。我们已经完全习惯了月亮，习以为常，以为理所当然，从来没有人想到过，假如宇宙间从来没有月亮，人类将生活在何等蒙昧的万古漫漫长夜之中，而那将是多么难以忍受的黑暗！

幸亏，我们有月亮！“星垂平野阔，月涌大江流”。

也正是因为我们懂得了珍惜月亮，感恩月亮，我们才有了中秋节。中国的古代神话有“射日”之说，后羿射日，可见于日有恨，至少是爱恨交织。还有“逐日”之说，夸父追日，中途渴死，“弃其杖，化为邓林”。只有月亮的神话是最美的，“奔月”，嫦娥奔月，唯有美丽的嫦娥配得上月亮里的宫殿，广寒宫。她在月光下无翼而翔升，裙袂飘然，兔为玉兔，树是桂花。西方推石不止的西西弗斯神话，在这里变成吴刚伐桂，砍了又长，东西方神话形不同。神相似。

神话之所以是神话，就因为它太神了。在那样远古的人头脑里演绎出的故事，竟神奇地预言了千万载之后的人类行为——今天人类正在登月，只不过不是携带兔子而是带着小狗。关于太阳的神话，在今天也实现了，那就是原子弹、核弹，每一颗原子弹的爆炸，无疑是在大地上升起一轮裂变的太阳火球，后羿要射落九日，解除生民之苦难，也完全符合当今时代的现实。我们不要千千万万个带着核弹头的小太阳，但是，我们要一轮永不污染的月亮！

月亮总归是不老的。千万年来，一代又一代看见过月亮的人，都老了，都死了，只有月亮，仍在高悬。“一钩已足明天下，何况清辉满十分”，清辉未减，容颜不老。那月轮上隐约着的团团阴影不是老年斑，而是月宫参差错落，月亮的美容术万古不朽。

设想一下，那些终生仰望明月，看着它盈缩变化，产生过无限遐想悠思，然后死去的人，肉身寂灭，灵魂是否可以奔月？或者虽不能奔月却化作一缕云影环绕在月之旁也好？因此，不能不羡慕那些留下优美诗句的人，他说了“露从今夜白，月是故乡明”，他虽然早就死了，但谁敢说他真的就完全死了呢？

不朽的诗传诵了千年，已化为月光中的一缕，因而那诗人的心思，千年以后，还鲜活着。真是“我寄愁心与明月，随君直到夜郎西”。

谁是有心人留意统计一下呢？千百年来，有多少古代诗人留下月亮诗篇、明月佳句？

> 回乐烽前沙似雪，受降城外月如霜
> 碛里征人三十万，一时回首月中看
> 从此无心爱良夜，任他明月下西楼
> 淮水东边旧时月，夜深还过女墙来
> 二十四桥明月夜，玉人何处教吹箫
> 晓镜但愁云鬓改，夜吟应觉月光寒

当然，还有“鸡声茅店月，人迹板桥霜”，还有“明月松间照，清泉石上流”，还有，还有很多很多。

到这里，突然明白了，那轮月亮，那轮“小时不识用，呼作白玉盘”的月亮，正是一颗高悬碧空、心迹明朗的中国心。中国人的风韵，中国人的审美，中国人的情态，全在那轮月亮的涵盖里，一句话：中国的古老文化是月亮文化。

敏感、伤怀、阴柔，内效、细腻、多情，光不耀眼而持久，力不扩张而长存。“月有阴晴圆缺，人有悲欢离合”。唐宋元明清，不但有缺，还曾有蚀，但是月亮坠落过吗？它只不过是绕了一个圈儿，第二天又轮回过来，恰当中秋，愈显皎洁。

其实，我们最大的文化遗产不是别的，而是对月亮的理解和领悟，是我们独有的中秋节。中国人用几千年时间积累、演绎的月亮文化，内容之丰厚，内涵之深广，才是奉献给全人类的一份宝贵遗产。

“但愿人长久，千里共婵娟”。人是全人类，千里是全世界。相信中国的月亮文化会被越来越多的人接受，因为——在全世界的任何角落都能看到月亮，月亮是人类共同的语言。

“月亮代表我的心”，我的心是中国心。

月之明明兮，我心敞敞；月之盈盈兮，我心荡荡；月之遥遥兮，我心恍恍；月之临窗兮，我入梦乡。

（原载《上海文学》2012 年第 7 期）

歌声涌动六十年

王　蒙

新中国成立以后，各种革命歌曲、其中大量由民间曲调填上了新的政治鼓动内容的歌词，像浪涛、像春花、像倾盆大雨一样地到处汹涌澎湃。

其中有一首郭兰英首唱的《妇女自由歌》，给我以深刻的印象，歌者因为演唱此歌，在苏联主导的一次世界青年联欢节上，得了铜奖。

旧社会，好比是，黑格洞洞的苦，万丈深，
井底下，压着咱们老百姓，妇女在最底层……

是山西民歌的调子，伴奏让我想起晋剧，悲伤、郁积，像控诉，像哭，闻之怆然。

——没有这样的彻骨的悲怆，就没有革命的搏击。

多少年来多少代，盼的那个铁树就把花开，
共产党，毛泽东，他领导咱全中国走向光明……

是突然释放的热情，是好不容易搬开了压在头顶上的石头，是成千上万的姐妹们由衷的笑脸，中国的女子有救了，历史从 1949 重新书写。

就像另一首歌里所唱的：

> 铁树开了花呀，开呀嘛开了花呀，
> 哑巴说了话呀，说呀嘛说了话呀……

谁也没有办法否认这样的事实，这样的历史，这样的民心。情是这样的情，理是这样的理，激愤、期待，也充满信任。无怪乎据说一些老解放区的歌唱家聚会的时候，在酒过三巡以后，他们宣告：革命的胜利是从他们的唱歌儿的胜利上开始的。

我想起 1949 年至 1950 年苏联协助拍摄的文献纪录影片《中国人民的胜利》与《解放了的中国》，后一部影片解说词执笔人中方是刘白羽，苏方是西蒙诺夫。

也许你可以追溯到蒋的 1927 年的“四一二”血洗，也许你可以追溯到秋瑾与黄花岗烈士的就义，也许你可以追溯到十九世纪四十年代的鸦片战争，也许你可以追溯到窦娥冤、秦香莲、杜十娘直到黛玉、晴雯、鸳鸯、金钏……也许还应该提到《兰花花》与《森吉德玛》，应该提到遍布神州的节烈牌坊与牌坊下的冤魂厉鬼。

风暴与渴望孕育了几十年，几百年，上千年，点点滴滴、零零星星、血血泪泪，终于汇聚成了改变中国也改变世界的狂风暴雨。只有不可救药的白痴，才在全面小康着的中国冷言冷语：“有那个必要吗？”“代价太大了啊。”“如果没有这一切，一直搞建设多好！”

民歌的力量

旧中国城市里的流行歌曲，尽管也颇有可取，如《马路天使》《渔光曲》里的插曲，但同时也确实与旧社会一起透露出了土崩瓦解、鬼哭狼嚎、阴阳怪气的征候。例如 1948 年流行的《夫妻相骂》，女骂男：“没有好的吃，没有好的穿，也没有金条，也没有金刚钻”，男骂女：“这样的女人简直是原子弹”，邻居骂：“这样的家庭简直是疯人院”。

而解放区唱的是“解放区的天是明朗的天”“太阳出来了，满呀嘛满山红”“东北风啊，刮呀，刮呀，刮晴了天啊，晴了天，庄稼人翻身啦……”

我始终认为这最后一首东北民歌，是土改歌曲，饱含着感情，也饱含着斗争的严酷。它使我一唱就想起周立波的获得斯大林文学奖金的作品《暴风骤雨》。当然，有的人读了周立波的小说会浑身寒战。正是暴风骤雨式的土地改革使千千万赤贫的农民走上了革命到底的不归之路。正是农民、工人、知识分子的全面革命化，成为中国革命的特点，也成为中国革命必胜的保证。

“庄稼人翻身啦”一句，离开了旋律调性，它是呼喊，是叫嚷，是霹雳电闪，它唤醒了阶级，带着拼却一身热血的决绝。

与旧的流行歌曲相比较，民歌风更刚健也更明快，更上口也更泼辣。五十年代的我们，认定是共产党带来了云南民歌《小河淌水》与蒙古长调，还有四川的《太阳出来喜洋洋》。早在新中国成立前，是地下党接收并推广了并非共产党人的教授老志诚所整理的新疆民歌《阿拉木汗》《喀什噶尔姑娘》，使之成为平津学生大联欢的主唱歌曲。中华人民共和国的一大贡献是开掘了、辑录了也充分使用了如此丰赡的民歌民谣，开掘弘扬了我们的民族民间精神资源。

不知道这是不是意味着我的新疆缘分。在解放头两年的众多的欢庆解放的歌曲里，一首新疆歌儿令我如醉如痴：

> 哎，我们尽情跳跃在五星红旗下面，
> 我们快乐地迎接着美丽的春天，
> 太阳一出来赶走那寒冷和黑暗，
> 毛泽东给我们带来快乐和温暖……

你觉得这歌声不是从喉咙，而是从心底的深处、含着泪又破涕为笑了才唱出来的。人民，只有人民，让我们永远记住人民的支持和信赖、期望和贡献。

这样的歌词与真情千金难换。

老式的唱片上，一面是此首歌，另一面是器乐合奏《十二木卡姆》的一个片段。《十二木卡姆》也是随着解放才兴旺发达起来的。

1951 年，我从一张纸上学会了我此生的第一首维吾尔语歌曲，这张纸抄写了用汉语记录的维吾尔语发音的歌词：

巴哈米兹能巴哈班尼达赫依毛泽东（我们花园的园丁是伟大的毛泽东）

阿雅脱米兹能甲尼甲尼达赫依毛泽东（我们生活的意志是伟大的毛泽东）

无论如何，这样的歌词是太可爱了，别具一格。次年，苏联艺术家访华演出，乌兹别克加盟共和国人民演员塔玛拉·哈依演唱了它，最后一句歌词是一串笑声：啊哈哈哈……她笑得十分出彩。与她笑得一样好的是演唱《哈萨克圆舞曲》的哈萨克斯坦的哈丽玛·纳赛罗娃。

事实如此，在民歌与流行歌曲较量的过程中，民歌大获全胜。在革命战争中，歌曲属于革命者，属于人民。对立面的窘态之一是无歌可唱。自古中国政治斗争中的失败者的遭遇就叫做“四面楚歌”。

我们要和时间赛跑

五十年代初期，一首名为《我们要和时间赛跑》的歌曲打动了国人。一看这个题目，就充满了苏联味儿。古老的中国虽然有“与时俱化”“与时俱进”的说法，却没有“与时间赛跑”的豪言。它的词曲作者是瞿希贤，老革命、老作曲家，我早就学会了唱她的“红旗飘哗啦啦地响，全中国人民喜洋洋”。胡乔木同志对她一直是念念不忘，他曾经约我在一个重要的时刻一起去看望瞿老师，因瞿老师不在北京，未能实现。

与此同时，我想起了一大批苏联歌曲。苏联的经济很不成功，政治也好不到哪里去，军事好一点，文学更好一点，歌曲相当成功，体育最成功。当然，这是带有戏言成分的随意之说。

瞿希贤的歌曲使我想起苏联的曾经相当发达的群众歌曲，例如《祖国进行曲》《莫斯科你好》，例如《五一检阅歌》，后者唱道：

柔和晨光，
在照耀着，
克里姆林古城墙……

雍容、大气、坚强、乐观，你想着的是五十路纵队阔步前进。解放初期的中国，“五一”“十一”也有这样的群众游行。瞿的歌曲同样反映了这样的气势。目前仍然被许多歌者喜爱的《莫斯科郊外的晚上》，却给我不同的感觉。这首歌的出现，已经是中苏关系逐渐恶化的时代了。这首歌曲也不像其他歌曲那样富有意识形态的悲壮与锐利。至少对于我个人来说，《晚上》意味着的是某种衰退与淡化。

其实我最最喜爱的《纺织姑娘》的“在那矮小屋里，灯火在闪着光”，也没有什么斗争意蕴，但那毕竟是民歌，又是二十世纪五十年代初期传进来的，它给我的感觉是质朴与纯洁。而二战时的苏联歌曲，例如《灯光》，例如《遥远啊遥远》，更能穿透我的心，令我热泪盈眶。

李劫夫的歌儿

最受苏联群众歌曲影响的还是李劫夫。特别是至今有人演唱的：

我们走在大路上，
意气风发，斗志昂扬……

他的旋律有与《莫斯科你好》相衔接的地方。这是一个作曲家最先告诉我的。1965 年我到达伊犁的巴彦岱公社，更学会了用维吾尔语唱这首歌：

达格达姆哟鲁芒哎米兹……

词与曲都很开阔雄强。一个作过这样的歌曲的人，“文革”中却卷入了他不应该卷进去的事情，他的晚年是并不愉快也不太光彩的，令人叹息。

他的“语录歌”应该说是勉为其难，自成一家，乐段仍然有它的优美与真情。虽然，看到天才的作曲家生产出来的竟然是这样的果实，令人不胜唏嘘。

他的同样一度脍炙人口的歌儿是《社会主义好》，社会主义好，这当然好。他的歌词“右派分子想反也反不了”“帝国主义夹着尾巴逃跑了”，相对天真了一些。世界和中国，历史与现实，都比歌曲复杂。至于当今的搞笑段子“帝国主义夹着皮包回来了”，则是另一种头脑简单与判断廉价，如果不说是弱智的话。同时，幽默奇谈的简单化，标志着的正是历史的太不简单，是救国建国的道路的艰难与复杂。多么不容易呀！

歌曲与口号

在一个特定的时期，歌词变得完全政治口号化了，这当然很不幸。然而，歌曲总算还有一个好处，它仅仅有了标语口号式的歌词是不算完的，它还得有曲子，它的曲调仍然来自生活、来自音乐传统、来自人民、来自世界，也来自作曲家的灵感。即使政治口号中包含了虚夸与过度，感情仍然有可能引发共鸣，某种情结仍然有它的纪念意义与审美意义，而音乐，一首首歌儿的曲调，是相对最纯的艺术。

“公社是棵常青藤……社员都是向阳花”，这个歌儿民歌风味，非常阳光，非常诚挚，令人不忍忘却。我的妻子曾经抱着孩子面向阳光照过一张照片，一见这张照片，我就会唱起这首歌来。“革命人永远是年轻，它好比大松树冬夏常青”，也很地道，理想简洁明丽。“毛主席来到咱们农庄”，把人民的爱戴唱得多彩多姿。“共产党领导把山治，人民的力量大无边”，这首歌唱大跃进歌唱“盘龙山”的电影插曲，令人想起那火热的年代。我们拼了命，我们发了热，我们是多么急于打造出一个强大富裕的新中国啊——欲速则不达。十年生聚，十年教训，到了新世纪，我们讲科学发展观啦！多少代价，多少曲折，仅仅有热情和决心而没有科学精神科学态度是绝对不行的啊。

《大海航行靠舵手》是一首成功的歌曲，泱泱大度，恢宏壮阔，乘风破浪，勇往直前，至今它的旋律仍然令人神往。至于它被利用到“文革”当中，或者说它的歌词中包含有宣扬个人迷信的政治上不正确的成分，责任只能由历史与时代担当。我希望，总有一天，能够荡涤掉某些歌曲上附加的累赘与尘垢，使我们的六十年歌吟行进的过程连贯起来整合起来，而完全不必要搞几次避讳与中断。

正像历史不会是直线发展、金光大道一样，断裂与自我作古，也多半是孩子气的幻想。

关于样板戏

有二十年无歌可唱。样板戏的说法小儿科，样板戏的唱词不无庸劣，如李玉和唱完“雄心壮志冲云天”，杨子荣接着唱“气冲霄汉”，“一号”人物都是跟天干起来没完。有些戏词比较好，如“垒起七星灶，铜壶煮三江”“一路上多保重，山高水险”“穷人的孩子早当家”等。唱腔则很有成绩，我特别喜爱江水英、柯湘、雷刚，还有《海港》里的唱段。

京剧是我们的文化财富，“文革”思潮扭曲了京剧包括现代戏已有的基础，民族戏曲与音乐传统又毕竟由于它的根深叶茂、源远流长与群众的喜闻乐见，而具有一种抵抗（急功近利、假大空与瞎指挥）病毒、平衡“文革”污染的能力。文艺说到底仍然是文艺，你再将它们往路线斗争上拉，它们仍然不是诬告信，不是黑材料，不是野心家起事宣言。六十年来的文艺经受了各种局面，经过了许多试炼，它存储了历史的鲜活，它留载了多样的喜怒哀乐，我们当然正视这一切过程与经验，我们却也不因为某些过程与经验的愚蠢与荒谬的方面就抛弃一切，更不可能回到1949年以前——例如张爱玲与刘雪庵代表的大上海。

大声疾呼地催生今天的鲁迅也与催生今天的曹雪芹或者巴尔扎克一样的是十足的外行话。江山代有才人出，各领风骚若干年。

文艺的生活性、艺术性、感情性、创造性与个人的风格性是常青的，也是常变化的。我仍然喜欢唱渐行渐远的“家住安源”“听对岸，响数枪，声震芦荡”“面对着，公字闸，往事历历……”同时这丝毫也不妨碍我接受舒曼的《梦幻曲》（原名《童年》），虽然后者曾经在我们的一出极好的戏剧里遭到纯朴的却是缺乏音乐熏陶的革命人的嘲笑。

绕不开的乡恋

新的历史时期的歌曲并不像原来人们喜欢讲的那样大喊大叫。原来新生事物有的需要或必然大喊大叫，有的则只需要、只能够潜移默化。至今没有一首歌曲叫做“我们一定要改革开放”，或者“改革开放就是好”，或者“现代化进行曲”。当然，也有内容比较全面和正规的《走向新时代》，而在《祝酒歌》中有歌词：“为了实现四个现代化，甘洒热血和汗水。”

是的，进入了二十世纪八十年代，我们的歌曲更丰富也更宽敞，我们的节奏更从容也更正常，我们的生活更美好也更多样，我们的歌声更细腻也更微妙了。

李谷一的《乡恋》所以引起注意，在于她打破了那时邓丽君的独霸卡式录放机的局面，不是靠引进港台，而是我们自己的歌手，带来了久违了的温柔、依恋、沉醉与喜悦。已经习惯了厮杀与冲锋号的人们，对于柔情似水会一时听不惯，以至充满警惕。往后几年苏小明唱《军港之夜》大受争议，有同志提出：“水兵都睡着了，谁还来保卫祖国呢？”我乃戏言，文章作全就要唱：有的睡着了，有的值夜岗，吹响起床号，立马跑早操……

此后连续许多年常常听到对于歌星的责备与不忿。他们挣钱太多了？反正现时他们的收入是那时的几十倍，而现在责备的声浪远远比二三十年前小。甚至在第一届中国艺术节开幕式上，当听到用通俗唱法唱《十送红军》的时候，有一位同志不满地叫喊了起来。

不错，中国非常古老，同时中国非常年轻。中国有时候保守，中国又有时候求新逐异，一日千里。

歌曲创造了太阳岛。与《乡恋》差不多同时，郑绪岚的《太阳岛上》广泛流传。那种享受生活的情调那时颇为陌生，然而，生活的力量仍然是不可战胜的。直到八十年代中期，我去哈尔滨的时候所面对的太阳岛，仍然只不过是自然形成的几个松花江中的沙洲。到了新世纪，太阳岛公园、太阳岛展览馆已经仪态万方地又神气活现地出现在松花江上，成为哈尔滨的著名景点了。是这首歌早在二十世纪七十年代末期为公园工程立了项，是歌曲创造了生活。

乔羽作了许多优秀的歌词，他的《思念》却别具一格，“你从哪里来，我的朋友，好像一只蝴蝶飞进我的窗口……”有点抽象，有点忧伤，有点怀念，它什么都没有说，它又是什么都说了。

应该提到的歌儿太多太多。《在希望的田野上》《八十年代新一辈》，继承着过往的时政主题。而王立平的《红楼梦》电视剧插曲愁肠百结，情深意长。那年我到黄山，看到作为片头用的实景，一块巨石，想起大荒山无稽崖青埂峰，为之肠断……

歌声联结着世界

我必须承认，至少在唱歌的范畴，我已经落伍，人们在议论“80后”“90后”，而我是“30后”。在我的孩子们成长过程中，我深深体会到，一个时代有一个时代的歌，我无法让他们与我一样地为那些老歌而涕泪横流，即使我费了九牛二虎之力将他们教会。当然也有积累和传承，会有百唱不厌的歌正像有百读不厌的诗篇。1986年至1988年，我参与了组织帕瓦罗蒂与多明戈的演唱会。我完全倾倒于世界级的男高音的辉煌音质。帕瓦罗蒂告别舞台以后不久就去世了，我相信，上苍降生他到这个世界就是为了歌唱。他为唱而生，离唱而去，他属于意大利也属于中国的听众。他们的到来丰富了中国人民的歌唱生活。

首次在北京亮相后十余年，世界三大男高音再来，已经是很昂贵的商业演出了。

我也看到了人们逐渐见怪不怪的通俗歌星的大行其道。我听到我的孙子在演唱粤语歌曲。我也一度热衷地欣赏过“超女”的歌喉。我为刘若英的《后来》而感动：

> 后来，我总算学会了如何去爱，
> 可惜你早已远去，消失在人海……

在丰富的歌曲的海洋中我感到的是在在生机，处处迷雾。八十年代当中我努力学着用英语歌唱《回首往事》的插曲，影片描写五十年代的麦卡锡、塔夫脱时期美国文艺人中的左派人士的经历，由犹太歌星芭芭拉·史翠珊唱红了的这首歌曲，令人神往怀旧。影片结尾处是女主人公仍然在忙着征集和平签名，不由想起难忘的五十年代，同时歌曲达到了高潮。而到了2008年，我以七十四岁的高龄，总算用俄语唱下了卫国战争时期的苏联歌曲《遥远啊遥远》，本来是要在2007年访俄参加中国年的书展活动时学会的，王蒙老矣，一首歌学了三个月。而早在1980年访问德国时，坐在莱茵河的游船上，萦绕在耳边的《罗瑞莱》，也是直到二十多年以后，我终于在王安忆的先生李章帮助下查出来它的歌词全文：

谁知道很古老的时候，
有雨点样多的故事……

那么多美丽的歌曲，古今中外，召之即来，唱之牵动肺腑，思之如醉如痴，六十年的歌吟，六十年的合唱，六十年的情怀，自信人生二百年，会当水击三千里，我们举杯！

（原载《人民日报》2009年8月26日）

青春，你是一支难忘的歌

张海迪

又是南风吹来，又是麦穗金黄。

每当这个成熟的季节，我的思绪总会禁不住飞出城市的窗口，飘向鲁西北大平原，那是我从少女时代开始生活了十六年的地方。那时在下乡的人流中，我还是一个面色苍白病弱的女孩子，十几年，那里的阳光晒红了我的脸庞，晒红了我的胳膊。那是我生命最鲜活的岁月，是我人生最丰富的岁月。生活已将我最美好的青春岁月播撒在那里了。我常说鲁西北是我的第二故乡。

还记得那一年我们搬家去农村的前夕，我始终沉浸在一种不安和小姑娘特有的伤感之中。我和妹妹将随爸爸妈妈一起流放到一个遥远的地方，在我看来这是一场悲剧的开始，这似乎就意味着我们一切都完了！我心里有说不出的难过，我倚在窗口悄悄为爸爸妈妈流泪，我曾期待他们不再被批斗，我曾期待喧嚣的生活能够恢复安宁，可是经过漫长的等待，他们却被流放他乡，受到更加严厉的惩罚。我为妹妹流泪，她将离开心爱的学校，她跑了很多地方，恳求了很多人才分到家门口的第三中学，为的是下课的间隙能够回家看看我。可是今后，她再也听不到那所学校熟悉的钟声了。我也为自己难过，我再也没有站起来的希望了，人们说我们去的那一带很难找医生。

我漫无边际地想象着我们将要前往的目的地，过去在小说中读过的那些悲惨的流放者的形象，还有那荒凉广漠的流放地，不时片片断断地闪现在我的眼前，使我不安的心又平添了几丝迷惘。就在我们离开城市的那个灰暗的早晨，爸爸将我抱上绿色卡车的那一刻，我哭得多么绝望啊！但我那时却不知道，那辆绿色的卡车从此改变了我这个城市女孩子的生活。

我们经过长途跋涉来到了新的家，家里的一切都杂乱无序。傍晚，我坐在毛糙糙的床板上，打量从未见过的用高粱秸苫盖的屋顶。爸爸带着妹妹去挑水，妈妈在门外费力地引燃炉子，一股股浓烟在暮色中随风飘散开来，一丝丝一缕缕如同我纷乱的思绪。从城市到农村，一切都将重新开始，我们住进又矮又黑的小土屋，我们突然没有了电灯，突然没有了自来水……我觉得那一会儿，我的心就像一颗从高处扔下的石子儿，掉进黑洞洞的深渊，不知洞有多深，也不知心将落在哪里。

我最难过的是突然离开了城市里的好朋友。那是一群充满热情、纯真快乐的女孩子，她们是妹妹的同学，妹妹的同学个个都是我的好朋友，她们每天早晨来找妹妹上学时，都要在我的床边坐一会儿，有的为了多陪我会儿，就将自己的早饭包到手绢里带来，坐在我的床边，一边啃着馒头咸菜，一边讲着昨天、今天和未来。放学后，她们又背着书包围坐到我的床前，争着把学校里有趣的事儿讲给我听。那常常是女孩子千篇一律的话题：谁跟谁好啦，谁跟谁不好啦。我们一起唱歌，一起幻想，我们更多的时候是在一起秘密读书，十四五岁的我们如饥似渴地读着被说成是毒草的《青春之歌》《野火春风斗古城》《在和平的日子里》《开不败的花朵》……我们被鼓舞，我们被激动，我们崇敬书中那些为革命事业英勇献身的烈士，在日记中写下向他们学习的誓言。我们读爱情故事，我们为主人公的命运感慨叹息，却又对爱情似懂非懂。

那一天，我对朋友们说我们今后不能在一起读书了，我宣布了我们去农村的消息，女孩子们的脸上顿时失去了笑容，表情笼罩在沉重的悲切之中，每天都有在我的床边悄悄掉眼泪的，每天都有对我千叮咛万嘱咐的：到了那里一定来信啊！我们互相留赠礼物，最多是照片和日记本，朋友们在给我的本子上写下她们由衷的祝愿：

愿你在广阔天地里经风雨见世面，做一只勇敢的海燕！

希望你在三大革命运动的洪流中锤炼一颗为人民服务的红心！

海内存知己，天涯若比邻，我们的心是连在一起的。

终于我们所有的家具都搬上了卡车，终于我们要握手告别了，我们互相说再见，我们彼此泣不成声。女孩子的泪水，女孩子的悲伤，是世界上最能打动人的。汽车开动的一刹那，女孩子们一片呜咽，如同一支无伴奏合唱队唱起悲怆的乐章，让人心碎，让人哀伤。汽车奔驰着，一只无形的手剪断了我和城市的联系，一条弯弯曲曲的土路，远远地拉开了我们与城市的距离。卡车颠簸着，太阳就向西落下去，几百里路在我看来就如同走过了万水千山。

当我独自坐在乡村小土屋的窗口，便禁不住想念朋友，泪水也禁不住流下来。于是，我从这里放飞了一只只信使，让它们飞到朋友手中，倾诉我在新环境里生活的情景。我说我对这里的一切都很陌生，对这里的一切都还不适应。我放飞信使，更盼望有信使飞来。我在窗口盼啊，盼过很久，在没有信的日子里，我觉得自己就像被抛在了一个不为人知的荒岛上，便忍不住深切悲哀。有一天我一下收到了十几封信，我的手在发抖，心在颤抖，手中的信纸也像被风吹得沙沙颤抖的树叶，在内心孤独的时候，还有什么能比友情更宝贵的啊。写信的女孩子们在抽泣，读信的我在抽泣。女孩子们说，自从你走了，我们放学后又来到你的家门口，可那门上贴了封条，我们一伙人在门口哭了很久。于是，我捧着信也哭了很久，我多想再见到朋友们啊！

后来有一天，妹妹推着我到十八里铺看知识青年演节目，那是我们公社的驻地，在路上我们发现了邮电所，我说我们给济南的朋友打个电话吧，我说我想念朋友，妹妹说她也想念同学，于是我们来到邮电所。接线员是个热情的小伙子，听说我们是从城里来落户的，他就很耐心地帮我们接电话。他不断将接线插头塞进面前的总机里，并且不断喂喂地呼叫着济南，济南，这呼叫使我觉得自己仿佛正守在一个硝烟弥漫的前沿阵地上。不知他喊了多久，电话终于接通了。我和妹妹抢着说，那边的朋友也一个个抢着说，我们流了很多泪水，时间就飞快地过去了。我们恋恋不舍地放下话机，刚擦干泪水，接线员就递给我一页账单，三块八，他说。我和妹妹大吃一惊，这对我们来说是一笔多么大的巨款啊！我掏出口袋里所有的钱，才凑够了电话费，那是我攒了很久想买一条红围巾的钱。虽然不能去买红围巾，但是回到村里我的心情却好多了，这个电话使我有了一种说不清的寄托，我只想等什么时候存了钱，还去十八里铺打电话。

几场南风吹来，小窗后绿色的麦田飞快地泛起了金色的波浪，割麦子的季节到了，那是村里人最忙的几天，姑娘们是割麦子的好手。清晨，她们拿着镰刀，拎着水罐，提着饭篮子到麦地里去，从我的窗前经过，总要亲热地给我打招呼。爱莲、改梅、春青、玉仙、瑞光……她们探进一张张红扑扑的笑脸问我，玲妹妹，你干啥哩，瞧的啥书？有的问，你在屋里憋着闷得慌不？她们说，下了晌俺们就来找你玩儿。歇晌时，她们给我采来地头上好看的花儿，她们将黄色和紫色的花插在褐色的陶罐里，摆在我的窗台上，在蓝天和金色麦田的映衬下，就像一幅美丽的静物画。

晚上，姑娘们喜欢聚拢在我的小土屋里，她们亲昵地挤坐在床边和长凳上，有的掐辫子，有的纳鞋底。改梅说，你这里多好，这罩子灯多亮堂。要是俺家也有这罩子灯，那一晚上得多干老些活。春青说，你靠住在这里点灯熬油，看这么些书，你也给俺们讲讲这书里到底说了些啥。

我望着摊在桌上的一本厚厚的书，心中涌起无限感慨。同样是女孩子却有着不同的命运。桌上的书里讲的是一个苏联少女，通过艰苦的自学，发明了链霉素，使世界上的肺结核患者获得了新生。而眼前，在这偏远的乡村，却有这样一群女孩子，她们从没有进过学校的大门，甚至连自己的名字都不会写。她们心灵手巧，她们勤劳善良，我真希望能把所有读过的书都讲给她们听，我真希望让她们知道世界上很多很多的事情。我给她们讲天文讲地理，我告诉她们地球是圆的，我说苏联人和美国人已经登上了月球，中国的人造卫星也已经上天了。我给她们拉起手风琴，不会读书的姑娘们却会唱很多好听的歌:《北风吹》《毛主席来到咱农庄》《谁不说俺家乡好》《太阳出来照四方》……

割完麦子，村里的姑娘们推着木轮椅带我到地里看她们锄地浇水，歇工时她们在一棵大柳树上拴了个秋千，她们挨个儿坐在秋千上悠荡，风儿将她们的长辫子悠起来，将她们的花布衫鼓起来，将她们欢乐的笑声飘起来。后来她们让我荡秋千，她们说别怕别怕就推着秋千，让我高高地飞起来，我尽情地大笑，尽情地大叫，那一刻，大地、蓝天、整个世界也融入了我们的欢笑里。

夏天的晚上，姑娘们又推我来到村南头的小河旁，河边栽着一排排古老的垂柳，柔软的枝条拖在水里，将河面遮得影影绰绰，神神秘秘。姑娘们下河去洗澡，要我当哨兵，帮她们看着衣裳，瞭望着男人。只听见一阵嘻嘻哈哈，河中心便升起一个个美丽的身影。月亮泛起淡蓝的光，洒在波光粼粼的河面上，姑娘们的身影浮在一片静谧的朦胧之中。我望着她们，就想起古老神话中那些到河里沐浴的仙女，姑娘们是那样纯洁，那样友爱，她们互相搓背，互相洗长发。在我的眼睛里这是另一个世界，一个隐藏在贫穷里的美丽世界。

秋天到了，姑娘们推我到场院里剥玉米。碧蓝的天空下，我们坐在一片耀眼的金黄里，姑娘们一边手里不停地忙活着，一边叽叽喳喳地酝酿着等交了粮食，卖了麦秸辫儿买件啥衣裳。我说我掐的草辫儿也卖了钱，姑娘们说那咱们一块儿去扯件人造棉的花布衫，穿在身上飘飘的那该多风光。后来我们就去黄楼店供销社扯花布，在这之前，姑娘们给我送来了一捧淡紫的芝麻花，她们说，你就使这洗头吧，一准儿让你那辫子又光又亮又滑溜。她们还给我的无名指戴上用麦秸秆精心编制的草戒指。戒指编得很精致，有方的有圆的，戴在手上闪闪发光。我们戴着草戒指，一路说笑着来到供销社，我们围在用红砖垒起的柜台前，姑娘们仔细翻看着仅有的两卷素花人造棉，扯在身上比了又比，看了又看。她们热烈地议论着，那一刻仿佛全世界的喜鹊都飞到了我耳边。终于，我们买了各自心爱的东西，姑娘们都扯了花布，有的还买了青松牌的香胰子。

回到村里，我自告奋勇为姑娘们裁衣裳，她们要我一律裁成平方领，一律都做卡袖的，她们说咱也学一回城里人。衣裳做好了，她们穿上一边互相打量着，一边又说又闹。玉仙说瑞光，你穿上就像个洋学生，小心让哪个知青相中喽。瑞光羞红了脸，只说呸呸呸。我们村里有四个男知青。村里的姑娘爱听他们讲话，也爱悄悄议论他们，还给他们取外号。她们说城里人多好，个个有文化，还问我，要是你，你能相中哪一个？冬天，在一个白雪铺满大地的日子里，村西头的爱莲出嫁了，自行车驮着她，驮着她的花包袱过了金线河的石桥。她嫁给了河对岸一个没有文化的人，因为她也没有文化。望着她远去的身影，我忽然想起了那个发明链霉素的苏联少女……

漫长寒冷的冬天，白雪覆盖的大平原空旷而沉寂，每当坐在小窗口，我依然想念城市里的那群女孩子，依然望眼欲穿地盼望从城市飞来的信使，我也依然常常放飞信使。我用冻得发红的手给朋友们写信，给她们描述这里的生活，但是，我不再诉说孤独，我告诉朋友们，我在这里结识了一群淳朴的乡村女孩子，跟她们在一起我觉得自己要做的和该做的事情太多了。我说在这里我懂得了，如果我们心中有一颗星星，不仅要让它给自己带来光明，还要将它举出窗外，照亮黑夜，照亮他人。

光阴荏苒，青春的岁月在黎明和日落的时候悄悄溜走。偶一回首，我仿佛又看见那群和我一起秘密读书的城市女孩子，那群在小土屋里和我一起唱歌的乡村女孩子。

在我的心间，
她们从未离开，
穿过时光的隧道，
友谊的光芒依然灿烂。
我们读过的书，
还在沉默地述说，
我们唱过的歌，
还在天空中
久久低徊
……

（选自《百年中国经典散文·青春卷》，内蒙古文化出版社 2006 年版）

只想听听那些歌

崔记哲

那晚，正值旧历八月十三，月朗星稀，风轻云淡，让人心旷神怡。我却只想到一个地广人稀的地方，放开喉咙对着苍天旷野唱那些歌——刚才听到的歌——那些随着岁月流逝已经快被遗忘的老歌，那些老歌记载着我们这代人说不尽的酸甜苦辣，它比老酒还厉害，比老酒还醉人。岁月当歌，一点不假。

回头看，刚才还是灯火通明的礼堂已然是黑乎乎的一个轮廓，像天地间一个青墨色的符号；再深深地望一眼，它却又突然变得灯光灿烂，鼓乐齐鸣，这里聚集着一群曾经年轻的“过来人”，他们是那样专注凝神地歌唱那些发自内心的老歌，仿佛是在唱他们的历史，唱他们的过去，唱他们的幸福，唱他们的遗憾，唱他们的无悔……

歌也会老，那些老歌也只有他们这些人才会唱得这么激动人心，这么情深意往。那聚光灯下闪闪发亮的是根根银发，是颗颗潸然而下的泪珠……

我们这代人是被时代的歌声滋养，又在时代的歌声中成长。无论是在满怀豪情，阔步前行的年代，还是在省吃俭用，勒紧腰带的困难时期，歌声总是那么激扬高亢。

从金色童年算起，当时最爱唱的歌是“中国少年先锋队队歌”，今天我还能唱，还能唱得情动不已。那是歌的魅力。

红领巾是红旗的一角，是被烈士的鲜血染红的。那时候最神圣的期望就是早日戴上红领巾。举起右手，时刻准备着！那该是少年人生的最大幸福。小学二年级时我成为中国少年先锋队队员，放学后我们自动排成一列，学唱“自己组织的歌”。我们都学得那么认真，那么一丝不苟，仿佛在执行一项神圣的使命。过去近半个世纪了，至今还能轻轻摇晃着满头杏花哼唱那首歌，那就不仅仅是歌的魅力了：

我们新中国的儿童，
我们新少年的前锋，
团结起来继承革命的理想，
不怕艰难不怕担子重，
为了新中国的建设而奋斗，
学习伟大的领袖毛泽东。

我戴着红领巾，兴冲冲地回到家里，父亲摸着我脖子上的红领巾高兴地说，人生三件大事，入党入团入队，你们生正逢时，好好努力吧。为了鼓励我，父亲掏给我几角钱，让我到照相馆照张相留个念。那时候无论在家还是走在路上，一有空就情不自禁地哼唱少年先锋队队歌，觉得特别崇高自豪。有一天同学告诉我，照相馆里挂出你的照片了，老大老大的。我不相信，放学一路小跑地赶去，那时候朝阳区东大桥关东店照相馆很小，三间小平房，橱窗里果然挂着我戴红领巾的照片，放得像本书那么大。我趴在窗户上看了又看，直到嘴里呼出来的热气把窗玻璃都洇湿了。我不是看我照得怎么样，我是看系在脖子上的红领巾照出来帅不帅。真帅！几十年后看仍然让我感到那红旗的一角正飘飘欲动。我跑着跳着一路高唱，像得胜回朝的大将军。

加入少年先锋队以后，过队日的一项主要活动就是唱歌。有时候还分成几部唱，我还做过领唱、男女二重唱，大家最喜欢的歌曲有：《让我们荡起双桨》、电影《红孩子》插曲、《英雄小八路》插曲，等等，那些歌真好听，让我们这代人一辈子也忘不了。

1963 年毛主席发出“向雷锋同志学习”，我们这些中小学生闻风而动，连课间操的时间也用来学唱《学习雷锋好榜样》《接过雷锋的枪》。一放学，我们就排起队，唱着歌去做好人好事。学校附近有一个大坡，我们就排队坐在坡下等着，看到有三轮车或手推车上坡，就一窝蜂地冲上去帮助人家推车。没车的时候我们就齐声高唱“学习雷锋好榜样，忠于革命忠于党”“接过雷锋的枪，雷锋是我们的好榜样，接过雷锋的枪，千万个雷锋在成长……”那歌真直白，几十年后聚在一起唱，还让人激动不已。

我们每年 7 月 22 日放暑假，放假之前，全校师生要欢送老同学毕业，其中一项非常重要非常严肃的活动就是最后集体合唱《毕业歌》：“同学们，大家起来，担负起天下的兴亡！”几千人顶着酷暑烈日，个个站得笔管条直，庄严肃穆，几千双眼睛向东方行注目礼，几千个喉咙放歌寄情，唱得是那么专注、动情，唱得是那么神圣、雄壮。我们分明看见站在前面的老师们被粉笔末染白的银发在阳光下闪耀，还有他们激动难抑的泪光……

我是 1963 年 9 月 1 日考入中学的，正赶上要求学校培养“又红又专”的无产阶级事业接班人的时期，学校每年至少要组织一次去农村参加劳动，不是帮助生产队割麦子、收玉米，就是平整土地，翻地挖渠，反正公社里的活有的是。从初一到高三，全校师生组成的下乡劳动大军，打着红旗呼着口号，别的不说，光是给我们拉行李的马车，就前后蜿蜒七八里。我们那时候特别愿意去农村参加劳动，苦是苦点，但同学们都编成军事化的班、排、连，可以同吃同住同劳动，那多有意思。谁也没拿劳动当回事。最让我们兴奋的就是集体唱歌、拉歌、赛歌。班级有文体委员，年级有文体部长，学校有总指挥，一声令下，几千人昂首阔步，抬头挺胸，踏着步点，放开喉咙高唱：

日落西山红霞飞
战士打靶把营归
胸前红花映彩霞
愉快的歌声满天飞
……

真正拉歌、唱歌、赛歌是在劳动之余，在农村的打谷场上，黑压压地坐满了人，四周围观的农民看不出名堂，其实我们都是按班级、年级分开阵容坐的。这时候拉歌就开始了，一般都是高年级先开场，他们是老大哥资格老，常常能翻出新花样来。喊歌的人一般都是嗓门大，脑子快，经过风雨，见过世面，人越多，场面越大，越不怯阵。大家盘腿坐着，他往起一站就是一杆旗。

1965 年下半学期，社会上有人批判电影《冰山上的来客》的插曲《花儿为什么这样红》，学校墙报和思想园地上也有这样的声音，说这首歌是资产阶级的靡靡之音，宣扬爱情至上，是黄色情调等。也怪，我们好多同学本来不知道有这么一首歌曲，这一批判，《花儿为什么这样红》竟不胫而走，口传的，手抄的，几乎人人都会唱了，那曲调那歌词真是挡不住的诱惑：

花儿为什么这样红
为什么这样红
哎，红得好像红得好像燃烧的火
它象征着纯洁的友谊和爱情……

就这样，《花儿为什么这样红》是彻底普及了。

类似的情况还有电影《怒潮》插曲《送别》，电影《红日》，插曲《谁不说俺家乡好》等，都因为有批判的声音反而传了个遍，特别是女同学，唱得那么甜，那么亲，那么迷人，歌儿入耳入心，醉人深啊……

记得 1967 年春节，部队大院放映电影《地道战》。当电影出现高传宝一推开房门，旭日高照的镜头时，歌声平地而起：

太阳出来照四方，
毛主席的思想闪金光，
太阳照得人身暖哎，
毛主席思想的光辉照得咱心里亮……

不平常的是电影内外一起高唱，观众唱得比电影里唱得还整齐动人；随着电影中的道白："这就是人民战争的威力：地道战，地道战，埋伏下神兵千百万……"一时间几乎不约而同地都唱起来，战士唱、干部唱、老百姓也唱；孩子唱、年轻人唱、老年人也唱，坐在前排的将军们也都张着大嘴忘情地唱：

地道战嘿地道战，
埋伏下神兵千百万，
嘿！埋伏下神兵千百万，
千里大平原展开了游击战，
村与村户与户地道连成片，
侵略者他敢来，
打得他魂飞胆也颤，
侵略者他敢来，
打得他人仰马也翻，
全民皆兵，
全民参战，
把侵略者彻底消灭完
……

最后那几句全场都是跺着脚唱的，唱得解气解恨痛快！

"文革"时期也有一些歌悦耳上口让人难忘：

在我心不敬青稞酒呀，
不打酥油茶呀，
也不献哈达，
唱上一支心中的歌儿，
献给亲人金珠玛。
感谢你们帮我们解锁链哎，
农奴翻身当家作主人哎……

年轻人喜欢唱歌是天性，说女大愁哭，男大愁唱也不尽然，我们那个时代年轻人高兴唱，不高兴也唱，有事唱，没事也爱哼哼个曲，笑着要唱，哭的时候也想唱，一个人时情不自禁想唱，三五成群几十人几百人时也放开喉咙大声唱。歌是我们那个时代的精神食粮，再苦再穷也挡不住我们唱歌，饿了唱，饱了还唱，一唱也就暂时放下了什么叫怨，什么叫苦，什么叫泪，什么叫难。

1968年11月，我们那一届学生去山西插队离开北京。儿行千里母担忧，那天站台上不少人都哭了。都说哪儿的黄土不埋人，但毕竟骨肉深情，难舍难分。但那满载知识青年的火车也就刚出东便门，没到丰台，有的人泪珠子还挂在腮旁，不知谁起的头，谁先唱的歌，反正一人唱十人唱，十人唱百人唱，一个车厢唱，整个列车都在唱：

是那山谷的风，
吹动了我们的红旗，
是那狂暴的雨，
洗刷了我们的帐篷，
我们有火焰般的热情，
战胜了一切疲劳和寒冷，
背起我们的行装……

又唱：

迎着晨风，迎着阳光，
跨山过水到边疆，
伟大祖国天高地广，
中华儿女志在四方，
哪里有荒原就让哪里盛产棉粮，
哪里有高山就让哪里献出宝藏……

直唱得泪干口燥，直唱得夕阳西下，直唱得车厢中灯光暗淡，直唱得火车开始钻山洞，煤烟从打开的窗口直灌进车厢，呛得人直咳嗽。过娘子关啦……

现在的歌儿特别多，一唱就过去了，我还是愿听那些过去的老歌。夫人给我买了一盘二十世纪六十年代的老歌，沏了一壶茶，怕影响别人，把耳塞装好，美美地过了一把瘾，直到夫人以天冷夜凉劝我早点休息才仿佛又回到眼前，不知不觉竟感到眼角冰凉冰凉的。

（选自《风从天上来》，作家出版社 2009 年版）

那座跳伞塔，它还在吗？

——在河北大学莲池文学周开幕式上

李敬泽

在我很小的时候，我认为世界上一共有两个大学，一个是河北大学，因为我当时就在保定；另外一个是北京大学，因为我父母是北大毕业的。对当时的我来说，北京无限远，保定在身边，所以我认为河北大学就是我的大学。现在，我终于来到了河大，来到了我的大学。人间路远啊，对不起来晚了。

1968年，四岁时我来保定，1972年离开这里去了石家庄，今天是第一次回来。对我来说，保定就是故乡。我母亲是保定人，上大学之前，填表的时候，我的籍贯都是填的保定。更重要的是，我最初的一点儿记忆都是关于保定的，我生在天津，但对天津毫无记忆，太小了。但是这次回来，走在街上，感到保定其实也是一个陌生的城市，重来如同初见，直到看见莲池书院，接天莲叶无穷碧，映日荷花别样红，我才认出这是我的保定，岁月流转，人事翻新，莲池的荷花有情有信，年年此时盛开。

保定四年，我在这里开始识字、读书，识字读书寻常事，我都忘了，我只记得一些大事，比如打架。我在保定打完了这辈子所有的架，此后再没有跟人打过。在最严重的、史诗级别的那次大战中，我打破了对面楼上小孩儿的脑袋，血流了一脸。他爸他妈打上门来要说法，我妈给出的说法是，当着他们的面把我打了一顿，打的是屁股。恢复和平之后我妈很得意，自言自语地说：扯平了！屁股和脑袋是平等的。但是我对母亲大人的平等观一直有所怀疑，因为直到我离开保定，那个小朋友见了我还是一副这事儿不算完的架势。现在，茫茫人海里，找不着那位兄弟了，他还好吗？消气没有？那事儿完了没有？

这就是我的保定，可说的实在不多。现在让我们回到文学，可说的话就很多了。现代以来，保定是一个被反复书写的地方，浓墨重彩，我们在文学中见识的北方大地、北方大平原，大多就是保定。梁斌《红旗谱》的保定，李英儒《野火春风斗古城》的保定，还有孙犁笔下的荷花淀，徐光耀的《小兵张嘎》，冯志的《敌后武工队》，还有电影《地道战》《平原游击队》，都是我们保定地区的故事。我们的保定啊，它曾被这么多作家艺术家热烈、生动、精妙地表现，很多人由此记住了这里的平原、山地、湖泊，记住了这里的风声钟声枪声、月光、荷花和人。尽管如此，放下书本、离开电影院，人们似乎还是不大记得住保定。什么原因呢，我也不知道，我只能说说我个人的感觉。

我刚才说，离开之后再没来过保定，这是不准确的，事实上我不知多少次在京广线上路过保定。“沉沉一线穿南北”，从北京出发，不久就是保定，但这时，你刚把自己安顿妥当，漫长的旅程刚刚开始，你不会想起在此处留意留心。而在回北京的路上，经过了无穷无尽的单调的大平原，我们倦怠了，我们已经不再望向窗外，列车在保定经停，车厢里沉闷的倦怠开始松动，人们支棱起来、精神起来，脚终于要踏上地面、水终于接近了海，快到了马上就到了，下一站就是北京。也就是说，在我内心的那张地图上，保定不是经过千山万水将要抵达的地方，它被设定为经过、路过的地方，那座宏伟的、光辉灿烂的大城才是起点和终点，而保定，它是起点后和终点前的最近一站，我们顾不上它，它不是起点和终点，它是起点和终点的附近。

人类学家项飚提出了一个概念，叫作关注你的附近。是的，我们每个人都是一个小小的中心，一个小小的起点和终点，在这个起点和终点上，人最容易忽视的可能恰恰是他的身边和附近。在这个互联网时代，人人都可以成为批折子的皇上，心怀天下、经略天下，但放下手机，我们对附近事、身边事却茫然无感、茫然无措。但是，我们现在要谈的是另外一种附近，地理和国土空间的“附近”，这个附近不是以个人为中心确认的，它依据着更为广大的地理、政治、经济、社会、交通、历史、文化等因素和关系，在这些因素和关系的共同作用下，我们形成了关于我们的世界的内在的地图，这张地图，或者这个空间结构中，有些地方是“附近”，很近，由于近，反而很难被注视、被注意。

《中庸》说，行远必自迩，登高必自卑。说的是，山要由低向高爬，路要一步一步走，到远处去，必须从近处开始。这个“迩”就是近，“遐迩闻名”就是远近皆知。总之，道理是这个道理，但这里也有一个小问题，就是，你心里怀着一个远方，收拾起行李启程前往，固然是不得不“自迩”，但这个“迩”只是经过的地方，它是过程不是目的，它在地理上是近的，但是我们想一想，它在心理上其实是远的，坐上马车汽车和高铁，倏忽而过，我们顾不上在这里留心留意，这里是空间运动过程的“中间”。

我们的保定之所以不容易被记住，也许就是因为它是这样一个地理和心理上的“附近”和“中间”。现代以来，保定其实一直在漂移——在它与北京、天津、石家庄的关系中漂移，在这种相对的空间关系中不断被挪动位置、重新界定。清末，它是直隶总督府所在，保定旧称“畿辅”，畿辅是什么？就是帝都附近、拱卫京师。进入民国，北伐之后，北京都变了北平，保定更是渐渐被遗弃在大平原上，直到抗战，这里成了“敌后”。进入新中国，河北省会定在了天津，“文革”中，糊里糊涂省会就迁到了保定，很快又慌慌张张迁到了石家庄，我们家跟着省政府一路搬家，从天津到保定，又从保定到石家庄。现在，有了雄安新区，保定的相对位置再次大变，它不仅是北京的“附近”，它还是雄安新区的“附近”。所以我们看，保定一直在这里，保定其实又不在这里，它在空间中被不断地挪移、折叠、重置。

而在孙犁、梁斌、李英儒、徐光耀等前辈笔下，保定作为一个空间有一种缠绕的双重性，它既远又近。在革命地理学中，保定是“边区”、是“敌后”，二十世纪中国革命贯彻着一种深刻的空间力学的战略思维：农村包围城市、边区反抗中心、敌后游击敌人。在这样一种思维里，保定这样的地方，相对于北平、天津这样的中心城市，固然是地理上的“近”和“迩”，但同时，在总体的空间政治地缘结构里，它又是“远”和“偏”，是总体结构里相对薄弱的缝隙，是敌人顾不上想不起的地方。革命者调转了远和近，他们把这种相对的“远”做成了自己的“近”，做成了自己的本地、自己的“根据地”。这个“根据地”充满了动能，一方面，革命志在远方，武装割据最后夺取全国政权，要席卷天下；另一方面，革命又必须有根有据，在本地、在“这里”深深扎根。

这种向着天下的总体运动中的在地扎根，这种地缘空间的悖反和流动，塑造了现代革命文学传统中的保定，这里是革命的火种播撒和燎原的地方，这里也是革命在文化上扎根的地方，在觉醒和革命中，这里是壮怀激烈慷慨悲歌之地，兵戈之气大盛，出了那么多的战争史诗、英雄传奇，这里的大地被想象、修辞、艺术和美学从外部和内部同时打开和照亮，我们的前辈，他们不仅仅是在讲述发生在保定的革命故事，他们也在革命中创造一个历史的和审美的保定——在现代中国的巨大历史运动中、在空间结构的整体性错动中，保定和围绕着保定的冀中平原醒了、活了，获得了主体性，形成了一种现代的、革命的“平原美学”。

——作为开幕致辞，我的话已经过于长、过于缠绕。大家可能已经看出来，我也很不容易啊，“少小离家老大回，乡音无改鬓毛衰。儿童相见不相识，笑问客从何处来。”我离开保定太久了，贺知章的那首诗里，他至少还乡音无改，他的口音标记着他和那个地方的联系，可即使如此，他在故乡依然不能被识别出来，他已经是陌生人，来自别处。面对一个儿童，他发现故乡已经离他远去，作为一个地方、一个空间，故乡原来不仅是一个地理实体，它还有一个时间的维度，故乡在生命和时间中流动，而我们自己只是长路上的旅人。

保定也是如此，正如我刚才所说，它是一个不确定的、流动不居的空间，它在记忆中、在往昔的时光中等待着我们，但这种等待可能恰恰是为了提醒我们它已远去，它不在这里。对古人来说，这也许仅仅是自然时间中的漂流；对我们来说，除了自然时间，还有历史时间，现代历史就是在不断地重构空间。所以，我们的生活中、我们的文化和文学中，正在经历着一种新的地方性、新的地方意识的创生，莲池文学周的活动中有一项是京津冀作家与粤港澳大湾区作家的对话，这种对话隐含的前提是，作为地理和地方的空间正在重新成为问题，这个问题的展开正在修改和重置我们存在的根基。而这样的对话和讨论在保定举行真是选对了地方。

保定提醒我们，正如故乡是在时间中建构的那样，地理的空间其实也是时间的造物——当然，这里的时间已经不仅是以个人生命为尺度，它在现代另有一个名字，叫作历史。

这个在历史中不断流动、变形、重构的空间，本身就是现代性的根本表征，别忘了，现代性的历史起源中就包括着地理大发现，那就是开启了对地球空间的大规模重构。然后，在现代化过程中，这种地理空间的大规模、高速度变化正在成为日常经验，正在被我们当作自然之事自然地接受。

在所有的文学教科书中，关于时间、关于历史，都被设定为文学不言自明的现代本性，但是，保定提醒我们，不要忘了，还有空间，就地理空间而言，它已经不是前现代的地久天长中不言自明之事，空间已经成为时间和历史的另一个面相。

保定提醒我们，正是在历史中、在时间与空间的现代演变中，一个地方有可能成为艺术的和美学的引爆点，当我们忽然意识到把握这个正在变动的空间就是一种历史行动，就是一种历史实践时，这个地方就会在犹豫不定中忽然获得结构和方向，将混沌的生活和存在结晶为艺术的光亮。

所以，我要说我正在爱上保定。在今天之前，我并没有爱上保定，保定于我当然重要，它是我生命中的一部分，是我的血液里溶解着莲池的荷花、马家老鸡铺的烧鸡，还有八宝酱菜的那几滴血。这当然重要，但再自恋的人也不会爱上自己的几滴血。只有当保定成为思考、审美的对象时，我才忽然意识到：它吸引着我，但我其实不了解它，它的性格中有一种令人困惑的中间性，它是空间运动的中间，它不是起点不是终点，它是在路上。在这无穷无尽的大平原上，一个城市在路上，这就是保定。我因此意识到，我爱保定。

话说到这儿，我忽然想起十一中的跳伞塔。保定十一中已经不在了，我母亲当年在那里当老师，她那时多年轻啊，比现在的我年轻多了。学校的后边有一座跳伞塔，高耸到蓝天里，下面是一片沙滩。我妈经常跟我说，去，自己玩去，到海边等我。她所说的海边，就是那片沙滩。当然，我从来没看见有人从塔上和天上跳下来，落到沙滩上。在保定，在华北大平原的腹心，我没见过人飞，但我知道了人会飞；我没见过大海，我也知道了沙滩的尽头就是大海。跳伞塔不知道是否还在，一个年轻的母亲和她的孩子在二十世纪七十年代早期，曾经一起坐在那座塔下，我问我母亲，从塔上跳下来真的会没事儿吗？我的母亲，大家不知道，她是一个奇妙的人，她说，没事儿，有风呢。我说，可是现在没风啊，现在不能跳吧。她说：你只要敢跳，沙滩就会接住你。当然，她马上就紧急刹车、一把揪住我的脑袋，说：你要是敢跳，看我不打死你！

好吧，我都不知道我在说什么，我只是忽然想起这件事。最后，你们能不能告诉我，那个跳伞塔，它还在吗？

（原载《北京文学·精彩阅读》2024 年第 3 期）

《中央党校日记》序与跋

高洪波

自　序

北京海淀区大有庄100号，又一个称呼是中共中央党校。

坐落在颐和园北宫门，她的水脉乃至山川走势都与这座世界名园息息相关。她的历史可以追溯很远，譬如革命圣地延安的窑洞，还有昔日延河畔一群活泼泼的青年学子，以及他们迎着朝阳唱出的青春的歌。

我和这座学校有缘。

1993年的初春，我成为中央党校进修部的一名学员。半年时光，终生难忘。乔石校长是在为我们这批学员颁发了毕业证书后离任的，所以我戏称自己是乔石校长“关山门的弟子”。当时的建制准确的称呼是“中共中央党校进修二班第20期”。由于正赶上小平同志巡视南方讲话发表，中央党校师生们思想活跃，光是对“社会主义初级阶段”的研讨就很下了一番功夫。当然我们这批学员更占便宜的是小平同志另一条具体指示：“学马列要精、要管用。”于是把对大部头《资本论》的通读限于十万字，顿时我有了一种轻松感。这种轻松感的具体成果是半年不到的时光，竟然写了九十九篇散文随笔，后来结集为《避斋走笔》，在中央党校出版社出版了。

从此念念不忘中央党校。

十二年后，我的愿望再次得到满足。2005年几乎一年的时光，我再次踏入中央党校大门深造。这次由进修部变为培训部，有趣的是建制的序次：中共中央党校一年制中青年干部培训班（培训一班，第21期），由20期变为21期，时间跨度十二年，一次冥冥中的巧合。

拿到入学通知时我惊喜莫名。通知上这样写道："该班以邓小平理论和'三个代表'重要思想为指导，贯彻落实党的十六大和十六届三中、四中全会精神，在系统学习'马克思列宁主义基本问题'、'毛泽东思想基本问题'、'邓小平理论基本问题'、'三个代表'重要思想和'当代世界经济'、'当代世界科技'、'当代世界法制'、'当代世界军事和我国国防'、'当代世界思潮'、'当代世界民族宗教'等课程的基础上，深入研究其前沿问题，进一步夯实理论功底，提高理论水平，加强领导能力训练，增强党性修养，扩展知识面。"这就是同学们简称的"三基本"和"七当代"，还有"五目标"。

刚开学时沉浸在兴奋里，来不及细品通知上的具体要求，但随着课程的深入，师生的互动与教学相长、学学相长，才发现要学的东西实在太多太多，培训部课程设置上的那种实效性、针对性便显现出来，于是我再次认识到：今非昔比，要像当年那样边学习边写作几乎是不可能的。

既然不可能，我索性塌下心来，坚持做到每课必听、每课必记，然后自己反刍，记下一篇有意味的手记。我知道并不是每个中国作家协会会员都有机会进入中央党校深造，尤其进入两次的可能性更小。我偏偏是这样的幸运者。在党校学员与作协会员的双重视角里，我开始记这本党校日记。从2005年2月28日入住，到2006年1月13日撤出，其中还包括三次大的离校教学与调研活动（课题组国内调研、延安党性锻炼、新加坡国际考察）。

我所住的18号楼是一座快乐温馨的宿舍楼；我所在的二支部是一个朝气蓬勃的集体；我所身处的一年制中青班又是来自中直、国直各部门的后备干部，在同学们身上我学到很多长处，用一位老师的话说：同学们都是执政党的精英，人生道路上的成功者。可是话虽这么说，通过大家的从政经验交流，每个人都是一本厚重的大书，都有过坎坷、经过风雨，在各自的人生道路上，一步一步走进中央党校，个中艰辛，如鱼饮水，冷暖自知。

我力图尽可能忠实地记录下一个党校学员的日常生活、学习状况，还有业余活动。我会惊喜地观察门前玉兰花的荣衰、栏杆上蔷薇花的生长，还很耐心地与喜鹊们对话，向掠雁湖（即十二年前的人工湖）上游动的野鸭母子们致意，向雪松上穿行的大尾巴松鼠表达我的关怀……有幸走过中央党校的四季，我真的很幸运。生命中的四季，也显现在其中。

需要说明的是，上述文字是在五年前写就的，迄今为止，已是五年时光一晃而过。每逢与党校师友聚会，大家都不时关切地询问起这本小书的“行踪”，遂激起我重新整理昔日文稿的冲动。现在恰逢入学五周年的时刻，心底依然升腾起当年的快乐，还有入学时的欣喜。我从内心里感谢一年间中央党校老师们的倾心传授，他们的言行举止和渊博学识使我得到真正意义上的“充电”；感谢四个支部组成的班集体及所有同学。五年来我和许多人保持着密切的联系，人事更迭，五年间虽然大家都有不少的变动，可唯一不变的是醇厚如酒般的同学情谊。从某种意义上说，这本小书是中央党校的老师和同学们与我共同写就的，流逝的是岁月，沉淀的是鲜活的记忆。

作为五年前一个中青班的普通学员，现在把这本小书借助人民文学出版社的平台呈现出来，历史意义已大于现实意义，或者说，我的记录近似于为当代生活提供某种实践标本。因为毕竟五年不是个短暂的时间，假若把时间坐标设在十年、二十年甚至五十年后呢，也许这本党校日记会显得更加有趣。是为序。

悠悠党校情——代跋

我又踏进了中央党校的大门。一如十二年前一样，同样地兴奋、激动，同样地忐忑不安。

十二年前（1993年）我上的是进修部二班，记得入校第一天，乔石校长作报告，他谈到刚刚发生在天津的禹作敏事件，当时各媒体未见报道，但从乔石校长对禹作敏仗势伤人的愤怒态度中，我感受到这一事件的分量。乔石校长还讲到四川的农民问题，他痛心疾首，说再不解决好农民问题，搞不好要出李自成！

党校第一课，振聋发聩，让我感受到党校坦诚的校风。自此之后，我和同学们度过了紧张而又愉快的四个半月，那联欢会上的笑语，结业典礼上的欢歌，研讨会上的争论，体育比赛场上的胜负……直至依依惜别的泪眼婆娑，我们3号楼的同学们相约：两年后再相聚！

1995年的夏天，我们这一批学员果然如约而至，海南的、广东的、黑龙江的、上海的，天南地北的同学在组织员王雪玉老师的安排下，又住进了朝思暮想的3号楼，住进了各自的宿舍，在畅谈离愁别绪之际，大家还没忘了充一次电：请李忠杰老师讲一讲中国特色社会主义。

那真是很奇特的一幕：一群早已毕业的学员，像一群洄游的鱼儿一样，聚集在中央党校，重新聆听一次党课，大家真诚而不做作，由衷而不勉强，度过了难忘的两天。

事后李忠杰老师说，像3号楼的学员这样自动返校，他还是第一次碰到。

真的，1993年上半年我的中央党校学习生涯，对未来几年中我的工作帮助极大，立场、观点、方法，潜移默化又润物无声，处理复杂问题时办法似乎也多了起来，学与不学大不一样。

十二年前的3号楼，生活条件比较艰苦，一层楼一个电话，同学们轮流守候当电话传呼员；一层楼一个卫生间，谁要是不小心闹肚子可就狼狈了；开水房在遥远的人工湖畔，打开水成为每天重要的功课。记得广东的一位同学从改革开放第一线来，做得最开放的一件事是买了一台洗衣机放在卫生间，这台洗衣机成为全楼的宠物，真帮了大家不少忙！如今这位同学早已是广东省的一位资深副省长，见面我还逗他：就凭那台洗衣机，你早该当副省长！

离开党校的最后一个月，天已大热，突然每个房间配置一台电扇，一问，才知道从中直管理局调来一位副校长分管后勤，魄力大，办法多，先配电扇，马上要给各个房间装电话，总之，中央党校的办公、学习条件要大改善。

真是个好消息，可惜我们马上毕业，赶不上鸟枪换炮了，但我记住了这位送电扇的副校长的名字：刘胜玉。

刘副校长现任天津市委副书记，恰巧又分管文教，我不止一次在天津的各种文学活动中见到他，也不止一次地向尊敬的刘副校长表达我的感谢，我一味称他校长。那一个炎热的夏天，一台电扇，唤起人多美好的回忆！

十二年后又上党校，由昔日的进修部改到培训部，半年班变为一年制。十二年前我是班上的小兄弟，而今成为老大哥；十二年前下班老师贾高健，如今以教务部主任的身份成为我的同学；十二年前文史部的年轻教员，我的文友李书磊，如今成为下去挂职的培训部主任；十二年前谈笑风生的杨春贵老师，已经从副校长的岗位上退休；十二年前苏星副校长的博士生梁言顺，已成为研究室主任，并在何建明的报告文学《永远的红树林》中成为主人公而名满天下……

十二年，短暂而又漫长的十二年，人事沧桑，世事沧桑。十二年前我进党校时，我的岳父、一位老红军战士拿出他珍藏多年的笔记本给我，上面记满了他在 1962 年上党校时的笔记，字迹遒劲有力，内容是"'一分为二'还是'合二为一'"的哲学笔记。岳父送笔记给我，送的也是当年党校老学员的一份情感。毕竟时代变迁，授课的内容大不一样，这笔记本至今我还珍藏。岳父早已去世，可他的女儿、我的妻子却没忘记中央党校，她讲起当年九岁时独自乘公共汽车来到中央党校看爸爸。在她的记忆里中央党校遥远又荒凉，被一片村子包围着，她转了几次车，最后来到大有庄，用粮票跟农民们换了一堆老玉米，背到爸爸宿舍，爸爸喊来不少同学共享，吃得香极了，都夸这小姑娘能干！年过半百的妻子谈起自己九岁时为党校学员所做的贡献，至今仍感到骄傲。

这就是两代人的党校情。

如今党校已发生大变化，这个大变化涵盖在改革开放的中国历史中，这是让人充满自豪的变化，也是让人感慨万千的变化，没有经历过的人，感受不到这种既日新月异又潜移默化的变化。这种变化如春风化雨般浸润到每个角落，是综合国力的增强，是执政能力的显示，是历史向未来的证明，又是现实社会的折射。

重入党校，充满自豪。

3 号楼依旧，在落雪的日子里我去踏访，犀外的雪松已无比高大，雪未融化，有喜鹊快乐地吟唱，喜鹊是中央党校资格最老的住户。它们执着，它们纯真，它们年复一年地盘旋在校园里，在高高的杨树上生儿育女。1962

年的校园中有它们的身影，1993 年的校园中它们给我很多的灵感，如今是新世纪的 2005 年的春日，喜鹊们迎接我们，它们认不得我，我却认得它们。毕竟，在北京这样一座热闹喧嚣的大城市里，喜鹊是久违的朋友了。

有一年的时间与喜鹊为伴，真好！

（选自《中央党校日记》，人民文学出版社 2010 年版）

故国情

韦君宜

去年夏天，我访问了美国。回来已经八个多月了，那些异国风光、热情的款待，已如过眼烟云，渐渐地淡忘了，可是有几个人的面影，却时时浮现在眼前，那是我在国外遇见的几位原先就认识的中国人——正确地应称为美籍华人——他们使我久久不能忘记。

这几年，美籍华人或者别国的外籍华人越来越多了，在国内的交际场中、宴会桌上，遇见他们，当然也是先生、女士地称呼，把这些和我们一样的炎黄子孙当作外宾对待。从报纸上知道我从前的一些同学已经成了著名的美籍华人科学家，来中国受礼遇，虽然是老同学，但总是觉得和自己已相隔了十万八千里……

可是在美国我有过几次出乎预料的相遇。我是作为中国出版工作代表团的一员到达美国的。我没想到会遇到过去在我们出版系统工作过的，一同下过干校的、原是在国内工作的干部。见到之前，我心里特别别扭，心想这些人如果是入籍几十年的老美籍华人，那似乎还说得过去。而本来是我们自己人，共同受过穷的，忽然变成了外国人，真是咫尺天涯，感情上难以接受，见了面该多么难以启齿啊！

我没有想到，他们会有那样恋恋于故国的感情。

见到的一共三位，过去都是文史方面学有专长的编辑。全都是父母已入美籍，全家在美国，他们合法迁去而“归化”美国的。头一位见面的是位男编辑。身上穿着很正规的西装，见面就笑嘻嘻地说他是咸宁干校十六连的。他那一笑一说话的随便神情，使我立刻就想象出这个人在干校该是什么样子。他和团里的老骆同志是老同事，一口一个“骆大姐”。他告诉我们，自己在联合国当雇员。许多旅美华人听说我们来，要请我们吃顿饭，他去参加筹备。可是，招待我们的美国东道主已经把每顿饭都排得满满的了。于是那些天他一直就在为争取请我们吃上这顿饭而奋斗。天天一到下班时间他就出现在旅馆，又追到我们参观的地点去。仔仔细细跟我们讲：中国人如何已经为这顿饭筹备了半个多月，那家同时请客的美国公司如何横插一杠子，而中国人的请客实在是名正言顺，因为大家必须看一看代表团的全体同志。如果不让他们请他就要求那家美国公司去向从外地专程赶来赴宴的中国人一个个说明理由……起初我还不懂，在哪一家吃饭的事情有什么值得争的，但是后来我看见他那样严肃、积极努力地争，也不由得不为之动容。争到最后，团里的一半人由陈翰伯同志率领，先到那美国公司去，说好了提前退席再到中国人这边来。我和另一半人则先到中国人的宴会去。我们这位美籍老同事却还不放心，唯恐我们这一半又被美国公司邀截了去，他自己坐在旅馆下层盯着。见我们几个一出现，拉上就走。到了酒楼一看，是极其丰盛讲究的中式宴会。他和我一桌，而他除了介绍别人和让菜之外，自己几乎一口菜也没吃。一会儿看表：“那一半人该来了吧？”一会儿站起来去打电话催，再一会儿又下楼到门口去看。简直像热锅上的蚂蚁似的，搞得我也十分不安，心想早知如此，真应该坚持谢绝那家美国公司才对。后来，好容易我们代表团另外的一半来了。这个人就从楼下一直喊着上来：“来了！来了！人齐了！”直到将人们领入座位。他边走边鼓掌，全楼的掌声像海潮似的。

请完这顿饭，他还又来过。出去参观时帮着我们提东西，临走时殷殷嘱托“骆大姐”给国内的熟人带好。

第二个见面的是一位从前的女编辑。她人已经四十几岁，却“八十岁学吹鼓手”，到大学里现学电子计算机专业。因为不这么干就不好找职业。当了学生，就没有多少自由时间。她却抽出上课的工夫，和她丈夫两人一起开着车到我们参观的地点去找我们。我们去里边参观，他们夫妇俩坐在外间空屋里干等了近两小时，才算见着面。见面之后，她就和我们计议，如何能为我们尽点力，招待招待。可是怎么着都不行。既不能请吃饭，也不能请看戏，连陪同游览一下都办不到；我们在这个城市的时间只剩下第二天上午了。最后她想出一个办法，就在第二天上午，她再次向学校请假，跑来陪同我们逛街买东西。这样的做法，实在使人不好意思。但是她再三表示一定得这么办，毫无犹疑的余地。于是只好让她这么办了。她一直陪同我们到了车站。

第三个见面的是我自己的老同事，一个1950年参加工作，1975年离职出国的老编辑。我来到美国并没有通知这个人，他是由国内来信知道的。他就向纽约的我国驻联合国办事处、华盛顿我国大使馆，到处打电话。好容易打听着了。那天早晨六点钟，我还睡在旅馆的被窝里，电话铃忽然响了。拿起来一听，竟然是他。他说：“我现在在路上，马上来看您。”路上？路上是什么地方？我只好穿衣起床。洗漱刚完，外边已经有人敲门了。

“Come in！”我说。

进来的是他。我抬头一看，他身上是一套很漂亮的浅色西装，白皮鞋，不是在干校时扛杉篙当架子工的那个样子了。但是他一开口却清清楚楚地称呼道：“君宜同志！”使我明白这还是当年那个干部。尽管这个称呼同他目前的模样毫不协调，我还是答应了他坐下和我谈话。因为时间有限，他谈得很急，又很乱。简直是恨不得把离国六年中间，所有想到的事情一下子全都向我“汇报”出来的样子。他说自己在妹妹的酒店里挂个名，生活无忧，人已变懒了，没有什么事情可做。说在这里坐汽车、开汽车是一件平常的事，跟国内想的不同。谈他对于我国出口音乐磁带的意见要怎么选材，才能在国际上占一席地，达到宣传的目的。说美国的文学实在没有多大道理，小说也吸引不了美国人，所以他自己现在已经失去了搞文学的兴趣，倒是常看电影。说我国的电影需要积累资料，他多么愿意来搞点这方面的资料，只是没人要啊！说昨天为了来找我，一整夜开着汽车跑，电话是在公路上打的；以前有一次他这样开车，几乎被撞死。说在美国找合意的工作实在难……他杂乱地急忙地说着。我想起了这个人原来是单位里公认的业务尖子、大学毕业生，读书极其勤奋，能翻译也能搞研究，有不少译作发表过。连后来去干校当架子工也"钻进去"了，绑脚手架绑得不错。他怎么会失去文学兴趣了呢？文学兴趣，实际是一个人生活和思索的兴趣啊！他这句话包含的意思恐怕很复杂，该是因为失去了朋友，没有了能够一起谈论文学的人，对文学就不再有兴趣。或许还有别的意思。他如果不来这里，是绝不会失去文学兴趣，也不会弄得当寓公的。想到这里，我为祖国的一个有用的人流落海外，感到心里十分难过，我想：事到如今，难道你就忘记了当年的事业，也忘记了当年大家同甘共苦的生活了吗？我忍不住问了一句："你就不想北京了吗？"他低声回答："当然想。有那么多熟人。"而后沉吟了半晌，说："可是现在已经来了这里，这里的生活也已经习惯了。"

他又问起许多老同事的近况。我一一告知。当提到某人不久前被派往英国参观访问时，他忽然来了一句："如果我不来这里，许该是叫我去吧？"我望着他低垂的目光，知道这个人这时的心里不能平静。有一句话几乎要从我嘴里冒出来："你回去吧！"我很想说：你回去我保你无事。还想说：不要顾虑，祖国和前几年大不一样了。你不会受迫害。我心里在大声喊叫这些话，但是，我忍住了没有说出口——他已经是一个美籍华人了。

后来，他跟着我们代表团一起去白宫参观，排着队，作为我们队伍里的一个成员。上车下车，他还像从前有一趟和我一同出差去广州那样，帮着招呼和扶掖我。嘴里仍然不断叫着"君宜同志"以及代表团里他所认识的别的同志，像以前在机关时一样。下午，我们另有活动。他说他回旅馆，帮我办点零碎事，问我有什么需要。我说没有事，只是衣服上的纽扣丢了，得去买。他就告辞而去。晚上当我回到旅馆时，看见桌上摆着一小包和我衣服同色的纽扣。一包松紧口袜子。原来是下车时我的吊袜带松了，袜子脱落，向上提过一次，他注意到了。还有一个烧茶的电茶壶，他当然知道中国人是不习惯于老喝凉水的。

这个人就此不见了。

我看着这些价值无多的零星东西，心里感到这绝不是礼品，而是一个去国离乡，不能再回来的浪子的心，一个中国土生土长的人向着祖国的心。

这些人不是出国学习的留学生，是美籍华人，是应该与祖国已经割恩断义的人。他们都永远不能再回来了。但是，对祖国的爱连着人们的血肉，比一切爱情更为深沉，怎么能恝然舍去啊？当他们出国的时候，也许心里怀着很多不满和怨恨，恨不得早点走了才好。他们并非青年，都吃过不少年的苦，不见得是为了享受物质生活才走，很可能是因为怕挨整（起码他们都是有“海外关系”的，在那些年，为这个已经足够受怀疑）。但是，当人已经走掉之后，已经改换了国籍之后，超越于切身利害关系和临时政治因素之上的故国之情，却涌了上来。在归化异邦之后，他们仍然在想念这片受尽苦难的土地和亲爱的人民。这不是用国籍法可以约束的——当然，要讲国籍法，他们现在应该爱美国，但是这些人的心是可以理解的。他们已经脱离原来的祖国，祖国已经不能再给他们任何东西，他们甚至已经无权自称为中国人了。但是他们还断绝不了这对祖国的依恋，无报偿的依恋。

这几个美籍华人的故国情使我记在心里忘不掉。他们的感情是值得同情的，不到他们那种地位，就不容易了解为什么这些理应对祖国并无好感的人，实际上却会这样恋恋不舍。他们在想念祖国的朋友、熟人，这是明摆着的。我想他们大概也会想念自己原来学过、干过，而现在全都作废了的专业，甚至将来还可能想念那大家在一起流汗干活的干校，十六连、十四连的吧。因为这一切对他们都已成为消失的梦寐了。人到丧失了他心头最可宝贵的东西的时候，才会明白这些东西对于他是如何的宝贵，明白某些身外之物，闹了半天，其实是无足轻重的。

中国人！这是我们的祖宗历来何等自豪的称号！我们经常骂一些道德败坏的人：“不够中国人！”问那些不敬父母，不讲礼貌的人：“你是中国人不是？”在美国见到的这几个人使我明白，一旦失去了这个称号，是多么令人难过的事情。

我不是歌颂这几个人。他们爱祖国的感情，与其说可以赞美，倒不如说是令人悲伤的。但是，我倒忽然发现，这些自愿放弃故国的人的这种故国之情，对于我们这些现在国内的人说来，却有点儿意思，有点儿想想的价值。我自己就为此沉思了好久。我想：不幸，不幸，我们常常谈论种种不幸。但是，失去祖国，很可能是最大的一种不幸。这，有些年轻人也许还不懂得，但是老年人该会懂得的。

（原载《人民文学》1981年6月号）

梦里惊魂是故乡

陈瑞琳

飞机还在滑行，打开手机，2009年9月10日，正是小时候秋天入学的日子。那时候母亲总说我出生的时候就是圆圆脸，又说我长大了像唐代壁画上手持团扇的仕女。忽然想起刚到美国时，一个中国台湾留学生愿意卖给我一部旧车，见面那天钱不够，他问我来自大陆哪个城市，我说西安，他拍了拍脑门："大唐美女哈，好，成交！"还有一次在餐馆遇到一群日本京都的客人，他们听说我来自长安，竟然起立，给了一大笔小费，故乡啊，每次你都让我心跳眼热。

从咸阳机场进城，心里还在想着"长安"那两个字。一个"长"字，既是长治久安又是庄严悠远，完全是历史名城帝都的气派。沿途看见姑娘们穿着彩色的吊带裙装，就感叹一千多年前，我大唐的少女已是身姿绰约，浑圆的臂上一抹云纱，那时候的欧洲人还披着中世纪的麻布呢！

下了机场大巴，绿荫里的西大街车水马龙，我迫不及待地跑去街边小摊，叫了两碗白里透红的陕西凉皮，那碗边没洗净，蘸着行人的尘土，我转过身，急切地送入口中，老板在后面直说："别急，慢慢吃，看把你饿的！"他没看见我噼里啪啦掉在碗里的泪珠。

这次回"家"，与往年不同。从前回来只是看父亲，这次回来却是带了八个国家的三十多位华文作家，一起来看梦里千回的"盛唐风采"，我们都带了纸笔，要感受那壮阔的汉唐民族之魂，探索那宏大深远的丝路文化为何能从这里扬帆启航。

有句话说得好：“世界在还不知道中国的时候，就已经知道了长安。”这些年在海外，从早年的“唐人街”到今日的“中国城”，人们的话题里总少不了“长安”。每次碰到外国友人，都说他们最想看的古城就是“长安”。想想大唐时期的国际都市，多么恢宏壮美，敞开胸襟对外开放，兼容并蓄为我所用，中华文明的种子不仅传扬到西域更到全世界。

在我心里，“长安”就是母亲，就是家，就是青春，就是爱。怀念从前成长的日子，春时踏进终南，翠华峰下，踩着王维诗中的清泉石流。夏日东临骊山，华清温泉，凝脂芬芳。秋天则向西，那里有老子炼丹讲经的楼观台，看竹林摇曳，望仙雾缥缈，人与自然，气脉如此相合。冬季再往北，涉水过咸阳，踏上五陵原，登乾陵无字碑，长长的汉唐龙脉一直向远方蜿蜒伸展……

天色转暗，我的行李太大，小出租车装不下。站在路边继续招手，脑子里又开始想象：当年的杜甫每次回长安，也是在这暮色里吧？月儿要升起来了，他老人家终于望见了长安的西门城墙，趁着夜色的遮掩，赶紧用袖子抹去眼角的一行老泪。据说当年的李白就喜欢住在这附近的老回民酒家客栈，那一千多年前的才子佳人们，肯定是最爱长安的夜色。天黑了，他们才能放开情怀喝酒，才能看见可心的艺伎弹唱着红颜知己的丝竹之曲。当年的大唐夜晚，曾是怎样的钟鼓齐鸣，乐舞飘香。

终于上了一部车，脑子里还在神游，恍惚间回到了开元九年，辉煌的大唐拉开了华丽的序幕，二十岁的王维中了进士，“新丰美酒斗十千，咸阳游侠多少年，相逢意气为君饮，系马高楼垂柳边！”在他身后，一个七岁的男孩也在河南作诗，名字叫杜甫。再后来，青年李白在黄鹤楼为兄长孟浩然送行，进发长安的途中，孟浩然吟道：“洛川方罢雪，嵩嶂有残云。”那是一个多么神奇的年代，大唐的诗情如滔滔江河，成就了一个伟大诗国的碧海。

车子在宾馆的高台上戛然停住，窗外是熟悉的欢声笑语，浓浓的大唐之夜一时让人恍惚，来自世界各地的文友们都到了，大家兴奋地握手相拥，眩晕的我还以为是在与王维、杜甫、李白、孟浩然们忽然聚首在长安。

梦里惊魂疑是客，一夜踏尽长安花。翌日晨起，先带着文友们去看最早的祖先半坡人，他们创造的尖头陶罐，神奇精美的鱼尾纹让人惊叹不已。再赶去灞水，看的不是折柳，却是专门为鸟儿们修的生态爱情岛。午后相约在清凉的古刹碑林，碑刻环绕，青石叹息，幽谧中骇然一惊，原来我们面对的竟是大文豪苏东坡豪迈奔放的手迹。

在浓浓的唐风汉韵里，一群漂泊多年的海外赤子穿梭在长安城的古街老巷，曲江芙蓉园的典雅庄严，浐灞会展中心的恢宏壮丽，陕西关中民俗村的庭院深深，唐苑皇家园林的美不胜收，尤其是那古朴高耸的城墙寺院，俨然就是我们心中的国色天香。

最难忘走在大雁塔前的喷泉广场，五彩的水色里返照着千百年来不灭的光，眼前似乎出现玄奘从西域取经归来的场景，也仿佛看见日本的遣唐使团从东海乘风破浪而来，不禁怀想着当年的马队、驼队，浩浩荡荡从长安城出发的情景，他们一路向西，大唐清脆的驼铃伴随着冰河上的铁马金戈，绵延万里的丝绸之路，横贯欧亚大陆。经济的强大，带来了文化的优越，祖先的帝国，雄踞在世界的东方。

转眼就是三天，与文友告别的时候长安城忽然下起了雨，氤氲的水汽变成了头顶的水珠，相聚恨短，有些不舍，有些伤感。在市中心的德发长饺子馆吃完了最后的告别晚餐，大家频频挥手，殷殷相约。终于有时间去看城外的父亲，叫了一辆挡雨的三轮车向西穿行，细雨轻尘，清风无言，蓦然看见路口立着一座巨大的雕像，赶紧叫停三轮车夫，众里寻他千百度，这雕像正是我思念中的“丝绸之路的起点”。

从细雨中望去，眼前是一队跋涉于丝绸之路上的骆驼商旅，满载着丝绸、瓷器、茶叶正要西出阳关，浩大的队伍中有唐人，也有高鼻深目的波斯人，在十四匹骆驼中还夹杂着两匹马和三条狗，气势豪放如此生动，令人热血沸腾。这其中有多少斑驳的记忆，有多少迷离的故事，我不禁又想起了两千多年前的那位勇士张骞，就是从这里出使西域，被后世誉为“第一个睁眼看世界的中国人”。

雨悄悄地停了，心情却陡然沉重起来。思绪到了唐宋之后，人类迈进大航海的探险时代，叹我九州大地北有草原阻隔，西有山脉屏障，东南仅有的海岸线，还被昏聩的清政府实施迁界禁海，摧残了沿海地区的资本经济，从此闭关锁国，改变了中国的历史走向。面对漫漫长夜的昏暗和沉寂，才有了龚自珍的鸣诗：“我劝天公重抖擞，不拘一格降人才。”

深夜与父亲长谈，告诉父亲这些年海外中国人的形象变化有多快，老祖母记忆里的中国人还是只会做“鸡炒饭”的大厨，可她大学里念书的孙子却已经娶回了博士毕业的中国媳妇，好莱坞的电影里到处都有东方人智慧的脸。一位老同学描述他们在夏威夷开全球高层学术会，中国学子竟占了大半，大家的发言几乎都可以用中文演讲了。龚自珍当年的祈愿，也算成真了吧。

最欢喜一早父亲带我去小南门，那小小的门洞，混合着各种生命交响的市井声浪，几乎就是我在异国他乡最深的盼望。赶快在街边的小凳上坐下，来一碗我最爱的豆腐脑，再顺着街走，油饼、油条、肉夹馍、水煎包，挨个尝过去，走到最后，我的脚步还迈向老兰家的胡辣汤，老爸拦住我：“小南门一口气吃不完，下次再来！”

沿着城墙根继续散步，母校西大的门前店铺林立，科技楼群拔地而起。听说从前的老孙家羊肉泡馍馆位置上竟然盖起了七层高的大楼，解放路上数百种的饺子宴正在迎接着四海的宾客。好想走进豆花庄，再吃一顿蘑菇火锅，执一杯桂花稠酒，坐在大南门的塔楼上，看脚下的长安城车轮滚滚、气象万千，突然明白：中华文明的伟大就是能吐故纳新，有容乃大，所谓的“盛唐精神”，就是向世界开放。从欧亚大陆的高速铁轨，到海上的贸易商船，今天的中国已经走进了“全球化”时代，这是历史的呼应，也是未来的展望。

再喝一杯父亲泡的热茶，再看一眼汉唐的明月，黎明中的飞机再一次滑行。腾空的一刻，俯瞰脚下的城郭，心里默默说：我是你弓上的箭，但我更是你手中的风筝，多远的飞去，都是为了有一天归来。

（原载《黄河》2023 年第 4 期）

忧伤的国歌

房向东

那天，我们先是去了格林尼治天文台，回来路上，弯到一家叫“金筷子”的中餐馆吃午饭。

一路上我们都是在中餐馆用饭，都是五菜一汤。这是导游安排的结果。虽然人在欧洲，仿佛依然吃在福建。中餐馆的老板大多和我们在国内见到的餐馆老板并无二样，脸上油腻，身子肥肥的。我们还碰到一个福建长乐的老乡，为了表示对我们的欢迎，他不加菜，却加了若干“黄段子”，逗得我们喷饭。

“金筷子”是一个女老板，三十五六岁模样，齐耳短发，头发柔柔的，仿佛有点黄；脸不大，眼睛却特别大，那眼睛弥漫着伦敦的雾，有点儿迷惘，有点儿忧伤，有点儿像国内很出名的那张“希望工程”宣传画中、那个渴求读书的女孩的大眼睛。她穿着黑长裙，白汗衫，素素的。和平常用餐没有什么两样，她先是为我们上了茶，接着上饭上菜了。

边吃饭边聊天。三句不离本行，我们聊起了写《哈利·波特》的伦敦女作家JK·罗琳。这时，女老板凑过来问了：“你们几个，是什么团呀？”我们告诉她，我们是出版方面的。她“哦”了一声，分别为我们面前的小碗盛了汤，说：“罗琳先前也常到这里吃饭。她本来也没有什么钱，为了带好小孩，动了给孩子讲故事的念头，一写就成功，现在名声大了。”我说：“她也常到这儿来吃饭？”她肯定地点了点头。她似乎对我们是搞出版的来了兴致，话稍多了几句，淡淡地说：“我是在人民文学出版社的大院里长大……”我说：“那你父母在出版社工作？”她依然用温和的语调说：“我的继父在人民文学出版社当美编。他叫李某某。”我说：“是他呀，还是一个名人。人民文学出版社的很多书都是他设计的。常买人文版图书的人，肯定知道李先生。”这似乎有点出乎她的意料，“是吗，他还这么有名呀！”很显然，她还真不知道李先生的名气。这时，我仔细瞧了她一眼，她说不上漂亮，然而有一种气质在，是那种有一定文化层次的未婚大龄女性所特有的气质，有点冷，有点无奈，仿佛还有点渴求。

这时，突然响起了中华人民共和国的国歌声。我们几个全都抬起了头，先是对视一眼，接着就寻找声音发自何处。在伦敦，还能听到我们的国歌？！原来，是从女老板的口袋里发出的声音——是她的手机响了。她的手机铃声设置为我们的国歌声！

她到一旁接电话了。

在国内，每天看新闻联播，每天听这支歌，可是，从来没有像今天这样具有如此特殊的震撼力。这音乐，强烈地撞击着我的心灵。一时间，我们几个都沉默不语了。哦，国歌，“金筷子”餐馆里从手机中发出的这么柔弱的声音，却那么的强有力！

接完电话，她过来又为我们每人加了一小碗汤。我们问，你的手机中怎么会有国歌声呢？她说：“想家。特地灌进去的。”我说：“在英国，手机可以设置自己喜欢的音乐？”她说：“可以的，就是麻烦一点。”

我们似乎也没有太多的话说。不知道别人在想什么，我的心中品味着她的“想家”二字。我还品味着“金筷子”这个店名，筷子，是中国才有的，“筷子”却是“金”的！中国的筷子，在她心中有多大的分量啊！

过了会儿，我问：“最近有没有回到国内看看？”她说：“在伦敦的时候想着北京，回到北京又想着伦敦……去年春节回北京了。我什么人也没有找，在宾馆住了三天，这三天都打着车在街上转……”她的声音很低。听她的声调，我被她的伤感所感染。“……后来，就到日本办事了。”

她说了，她想家。北京，是她长大的地方，有同学，有亲人，至少，有熟人，她却谁也没有见。她有一个继父，她母亲还在吗？她与母亲说不上话？或者母亲待她不好，所以她出国了？也许，她的爱遗失在北京的某个公园，遗失在依然款款而流的水中？无家可归？还是有家不想回？她在北京转了三天，她在寻找感觉还是寻找梦？哦，我实在理不出头绪。萍水相逢，我们也不好多问什么。总之，我觉得她瘦弱的身躯里装了很多心事，很多理不清的情感。

接着，我们又无话可说了。还是她打破了沉默："我给你们加一道菜吧。"我们谁也没说客气话。一会儿，她送来了一盘青菜。后来，在回国的飞机上，我的脑子在"过电影"，这还真是我们欧行路上唯一的一次加菜，虽然只是一盘青菜。

我们走了。女老板把我们送到门外，神情恋恋的，又把我们送到了停车场。起风了。我们要上车了，请她回去。她说："一路上要多小心啊，过马路要小心啊。英国的方向盘在右边，和国内的不一样，过马路要先往右边看，不是像国内那样朝左边看啊！"她的语气，像母亲送孩子上学，像妻子送爱人远行……她是一个多么善感的人啊，她的心中怀有多少的善意啊。我们点着头，却什么也没说。我们用眼神和笑容向她告别。我们上车了。这时，她的手机又响了，她右手接着电话，左手上举着，晃动着，目送着我们远去，远去……

所有的中国人都远去了，只有她留在这伦敦的风中。这时，我真切地感受到了，她那手机里发出的国歌声，有那么点儿，忧伤……

我甚至不知道她的名字。她远在异国他乡，她是孤独的。愿她手机中的音乐陪伴她走过一天又一天，愿她平平安安。

（原载《中国文化报》2003 年 4 月 6 日）

它们在时光的田野中摇曳生辉

——回眸红色经典

彭　程

有这样一个长长的文学作品名单，已经作为一种公共记忆，镌刻在时光深处:《可爱的中国》《青春之歌》《暴风骤雨》《红旗谱》《红岩》《创业史》……它们被一代代读者阅读和喜爱，化为优质的精神食粮，滋养着他们的灵魂，促进了他们的成长。

这些通常被称为红色经典的作品，在一个世纪的漫长时光中，在风起云涌、波谲云诡的生活中，先后问世。一个古老的国度一百多年来的艰难困苦、惊涛骇浪，光荣和屈辱、泪水和笑容，被它们出色地记录和描绘，成为一幅幅波澜壮阔的时代画卷。

一

经典的本质，首先在于对时代精神的准确洞察和有力把握。这些作品被称为红色经典，正是由于它们表达了一百年来的社会风貌，篇页间字行里，回荡着时代的山呼海啸、电闪雷鸣。

回到时光深处，当历史的车轮进入二十世纪，积贫积弱的中华民族陷入深重苦难，神州陆沉，生民涂炭。当时最重大也最紧迫的主题，无疑是救亡图存，不少进步的知识分子将这种忧心如焚的情感表达得淋漓尽致。在《新俄国游记》中，瞿秋白描绘了十月革命带来的深刻社会变化，以及俄国无产阶级当家作主的主人翁姿态，记录了自己经过不懈探索逐渐确立共产主义信仰的过程。在《可爱的中国》中，方志敏表达了对苦难深重的祖国炽热的爱：“不要悲观，不要畏馁，要奋斗！要持久的艰苦的奋斗！把各人所有的智慧才能，都提供于民族的拯救吧！无论如何，我们决不能让伟大的可爱的中国，灭亡于帝国主义的肮脏的手里！”他们直抒于纸上的胸臆，椎心泣血。

瞿秋白和方志敏，作为党的早期领导人，以一种圣徒般的姿态投身于自己的理想，直至献出生命。他们既是布道者，也是殉道者。他们以职业革命家立身垂世，他们出色的文学禀赋，更让其崇高情怀得以记录和流传。仔细聆听，能听见他们的情怀里分明有这些句子的回声：“亦余心之所善兮，虽九死其犹未悔”“捐躯赴国难，视死忽如归”“人生自古谁无死，留取丹心照汗青”……从这个意义上，他们的作品表达出的赴汤蹈火、舍生取义的勇毅和决绝，也是对一种贯穿了千百年的伟大精神气节的接续，它们曾经在从屈原到杜甫、从文天祥到秋瑾等众多爱国者的诗句中熠熠闪光。

在他们开创的道路上，后来者比肩继踵。大变革时代，风雨如晦的生活，催生了一大批红色作品，题材辐射至为广阔，更凝聚了一系列十分深刻、尖锐的主题。杨沫的《青春之歌》展现了青年知识分子试图摆脱灰暗迷茫的生活、探寻生命意义的历程，指出“要找个人的出路，先找民族的出路”，只有将个人前途融入民族解放事业，才是生命的价值所在。罗广斌、杨益言的《红岩》塑造了倒在黎明前的黑暗中的英烈形象，江姐、许云峰等人的大义凛然、视死如归，源于对革命理想的坚定信仰，“相信胜利，准备牺牲”，已经深深镌刻在他们灵魂深处；曲波的《林海雪原》和吴强的《红日》，描绘了解放战争在不同时期和不同地点的战斗场景，展现了日益壮大的正义力量对反动统治摧枯拉朽般的打击，胜利的曙光已经在天际闪耀；周立波的《暴风骤雨》和丁玲的《太阳照在桑干河上》，艺术地再现了解放区土地改革的宏阔场景，翻身了的贫苦农民，在对土地朴素而深沉的爱中，支持了革命事业的发展，印证了“兵民是胜利之本”的深刻道理。

这片土地上的风云动荡，受难和救赎，奉献与牺牲，也被他人的眼光注视打量。《红星照耀中国》，通过美国记者埃德加·斯诺在陕北苏区的见闻，揭示了中国的前途与希望就在黄土高原的塬峁沟壑之间，在一群生活清苦但目光中跳动着火苗的人们身上。作者自述，他是“用春水一般清澈的言辞，解释中国革命的原因和目的”。他期待通过这本书，“读者可以约略窥知使他们成为不可征服的那种精神，那种力量，那种欲望，那种热情”。这种他者的身份，提供了一个冷静超然的视角，所得出的结论因而更加客观公正、难以置疑。

人类的情感是相通的，而文学作品强化了这一点。车尔尼雪夫斯基的《怎么办？》，描写了帝俄时代青年知识分子对腐朽黑暗的沙皇政权的反抗，曾经激励了被五四新文化运动启蒙的一代中国青年发出打破封建桎梏的呐喊；都德的《最后一课》中，面对外族入侵，小学校的师生们通过对母语的坚守，表达了与祖国法兰西同在的感情。这些外国优秀文学作品曾经引发我们的强烈共鸣，让读者切身感受到了他们的痛苦和忧伤、愤怒和反抗。同样，前述这些红色经典也并非只属于中国，它们已经汇入了世界文学的版图，让不同种族信仰的人们都能从中听到一个民族摆脱奴役、追求光明和进步的心声。

二

“时间开始了”，正如一位作家豪情万丈写下的诗句，新中国成立，历史翻开了新的一页。在战争废墟上重建生活，在百废待兴中擘画蓝图，众多全新的内容期待着被描绘。捍卫人民共和国的安全和新民主主义革命的胜利果实，只争朝夕地摆脱贫弱走向富强，成为新的奋斗目标，与之有关的生活连同情感心绪，也在若干名作中获得了表达。从魏巍的《谁是最可爱的人》中，我们感受到志愿军儿女们对祖国母亲的炽热深情；从艾芜的《百炼成钢》中，我们听到了祖国大踏步走向工业化的足音；从柳青的《创业史》中，我们看到了农业合作化是怎样深刻地改变了中国乡村的面貌和农民的精神世界。人民群众的热情和创造力，在属于自己的时代被唤醒，迅速发展壮大为一种改天换地的力量。

阅读这些作品，不难发现一种隐含的共性，仿佛一条线索将彼此贯穿连接。它们所描绘的是不同时期、不同内容、不同形态的生活，但都共同关注和表达了一种关切——为了让生活摆脱原有的样子，应该怎么做。在作者们的观念中，生活的已然状态和应然状态之间的鸿沟，是需要填平的。应然的生活才是生活，它们充满了善和美，给人以尊严和幸福感，而此前的生活与这样的理想有着巨大的距离。于是，在所有这些作品中，善与恶、美和丑、光明和黑暗、新生和腐朽、进步和反动、新道德和旧伦理，等等，这些对立的范畴之间便催生出一种紧张感，形成了一种张力，在掣肘和挣脱、压制和向往中，在对新生活的呼唤中，主人公们投身于各种改变社会的斗争和建设。

一方面，既然文学也是一种社会意识形态，毫无疑问，这些红色经典作品就不能不将目光投向时代的最重大和最前沿话题。它们分别表达的关于民主自由、关于民族解放、关于进步富强的呼吁，并非抽象虚泛的理念，而是从生活的逻辑中生发出来的，是来自广大的田野村庄和通衢巷陌的声音，是每个人灵魂中的呼唤，凝聚了最为真切和广泛的民意。这也是民众和党一致的心声，因为中国共产党正是以人民的利益作为自己的奋斗宗旨。红色经典，不过是以文学的方式将这种追求呈现出来。

另一方面，文学作品所反映的是经过提炼的生活，源于现实又高于现实，更能够揭示生活的本质。文学诉诸情感的根本属性，文学感受认识生活所凭借的审美方式，也让它们比一般意义上的宣传和教化更能够深入人心，叩击灵魂。《暴风骤雨》中，东北农村元茂屯里一位成年累月给地主当牛做马却仍然穷得穿不起裤子、外号“赵光腚”的农民赵玉林，正是当时无数中国贫苦农民的写照。共产党的土地改革政策让他拥有了人的尊严，他对土改工作队的拥护是发自肺腑的，他成为村子里第一个觉醒的农民，积极参加革命，并在与地主武装的斗争中英勇牺牲。正是无数这样政治、经济上翻了身的民众的支持，为新中国的建设奠定了深厚的群众基础。读着小说中的描写，读者不会感到丝毫的说教或者灌输的意味，而是产生了真切的代入感，有一种强烈的共情。作品所揭示的精神力量，正是从无数的生活细节中生发出来的。因此，这样的作品在大转折时代问世，无疑具有强大的政治动员作用。

正是出于这样的原因，这些作品感动了一百年来的几代读者。我还记得自己小时候读《小英雄雨来》和《小兵张嘎》时，一颗童心受到的强烈撞击。我们经常会读到，一个人因为读到这些作品中的某一部，而确定或者重新选择了自己的人生道路。在漫长的岁月中，这是再寻常不过的事情，就发生在我们的祖父母、父母和师长之间。这便是优秀文学作品的力量。这时，我们再读到那个耳熟能详的说法——文艺是民族精神的火炬，是时代前进的号角——便会有一种至为深刻剀切的理解。

三

在表达了引领时代发展的先进思想理念之外，这些作品的不朽，更得益于其杰出的文学品质，它们体现在诸多方面。《创业史》中，梁生宝、梁三老汉、改霞、郭世富等人，是农村不同阶级阶层人物的典型写照。作者对其性格的生动刻画，有力地驱动了故事的开展和主题的升华。读《暴风骤雨》，东北农村的生活气息鲜活浓郁，豆叶上滚动的露珠，做早饭的淡青色柴烟，车轱辘的滚动声和赶车人的吆喝，如在眼前，可见可嗅。《李有才板话》通过简洁、质朴、风趣的快板书的方式，表达了抗战时期太行山敌后根据地农民的生活和心声，印证了民族民间文艺所具有的强大生命力。《林海雪原》中，年轻英俊的少剑波和“小白鸽”护士白茹的爱情，曾经让无数青春期的少男少女怦然心动。微妙细腻的心理描绘中显示出的那种神秘和美感，最能写照纯净的爱情本质，仿佛盛开在洁白雪地上的一朵红花。

文学是以个性化的工作，反映群体性的关切。作家的个性也渗入作品中，打上了鲜明的风格印记。同是描写华北冀中平原抗击日寇的作品，在《平原烈火》《敌后武工队》《野火春风斗古城》的慷慨激昂、曲折跌宕之外，孙犁的《芦花荡》《荷花淀》《风云初记》等，展现了一种抒情的、诗性的美。作品很少直面描写血与火的场面，而是更多展现战争中人物心灵中的美和力量，尤其是那些朴素、刚毅而灵慧的农家青年女性，让人看到了民族精神的坚韧顽强，这是任何敌人也无法征服的。

我十几岁时开始迷上文学，在一段不短的时间里，醉心于抄写喜欢的作品中的句子和段落。像风景描写，我就抄录了厚厚的一大本。“这女人编着席。不久在她的身子下面，就编成了一大片。她像坐在一片洁白的雪地上，也像坐在一片洁白的云彩上。她有时望望淀里，淀里也是一片银白世界。水面笼起一层薄薄透明的雾，风吹过来，带着新鲜的荷叶荷花香。”这是《荷花淀》中的画面。“霞光辉映着朵朵的云片，辉映着终南山还没消雪的奇形怪状的巅峰。现在，已经可以看清楚在刚锄过草的麦苗上，在稻地里复种的青稞绿叶上，在河边、路旁和渠岸刚刚发着嫩牙尖的春草上，露珠摇摇坠坠地闪着光了。”这是《创业史》里的风景。我一向认为，对风景的倾心，与对生活的爱有一种内在而密切的逻辑关联。这样的描写，是作家细致耐心观察的结果，目光背后闪动着的，是写作者的诚笃和专注。

以上列举，不过是为了说明在这些红色经典中，创作主体的审美追求依然清醒独特，作品的艺术品格依然超拔不凡。孙犁、柳青等一批有着强烈艺术自觉性的作家，始终追求并守护文学的纯正质地。那些形象、情节、心理、对话、风景，等等，被他们小心地切磋琢磨，精雕细刻，获得了出色的艺术效果，仿佛一个个石块经由堆积垒砌成为了一座高峰。他们用作品出色地证明：红色理念的表达，并不意味着要以美学品格的弱化甚至牺牲作为代价。以革命和建设为主旨的文学作品，一样可以闪现出明亮的艺术光华。

创作者秉持的文学信念，成为他们写作的强大动力。

他们对文学有着真诚深挚的信仰。写作是他们的生命之所维系，没有人仅仅将写作看作一个职业。用文学反映时代脉搏、表达民众的心声，是他们共同的使命。他们都深知人民和土地才是文学的母亲，只有贴近生活才能写好生活。周立波为了写《暴风骤雨》，专门回到自己当年担任土改工作队队长时的东北小镇住下来，搜集了三大麻袋的资料，原本已经非常熟悉的生活，获得了补充和深化，为写作夯实了基础。柳青告别京城，来到遥远的关中平原农村，一住就是许多年。他信奉“文学是愚人的事业”，他准备以“史”的客观性和“诗”的艺术性，来记录和表现正在中国农村开展的伟大的历史实践。正是以生命作为献祭，用心血加以浇灌，他们才写出了这样优秀的作品。令人倍感欣慰的是，这一种对待文学的虔诚庄敬的态度得到了延续传承。几十年后，路遥为了写作《平凡的世界》，长期深入陕北的农村和煤矿体验生活，在常人难以忍受的孤寂清苦中潜心写作，每天都是“早晨从中午开始”，使得这部心血之作生动地展现了广阔而精微的时代图景，成了一部百科全书式的现实主义力作，也展现了红色经典作品在新的时代的一种样貌和走向。

在一般的意义上，人们习惯于将文学作品称作精神的花朵。而对于红色经典来说，这个譬喻分明具有一种更为独特的意味。红色，是血的颜色，是火的颜色，也是革命的象征。这些精神之花，被血泪和汗水浇灌，便获得了更为鲜艳的色泽，更加长久的生命力。它们绽放在时间的广阔田野中，随风摇曳，芬芳四溢。

（原载《光明日报》2022年8月20日第12版）

火炬高擎

刘江滨

我家书橱里摆放着我的一张照片，生客看到后都会流露出惊讶的表情：“你还当过奥运火炬手？”那张照片是我2008年在山东临沂传递奥运火炬时新华社记者拍的，网上也可搜到。照片上，我在小跑，左手握拳，手腕戴着护套，右手高擎火炬，可清晰看到燃烧着的金色的火苗；左右是一对青年男女护跑；背景是缤纷的彩旗和沸腾的人群。

如今说来这已是十几年前的事了，每当想起却仿佛就在昨天，那欢腾热闹的场景仍历历在目。

2008年7月21日18时8分，山东临沂，滨河大道。一名英俊威武的奥运护卫手用钥匙熄灭了我手中的火炬，取掉里面的袖珍燃气罐，微笑着对我说：“祝贺你，火炬传递得很成功！”

我向他道了声谢，长长舒了一口气。火炬传递还在进行中，热浪继续向前席卷，我刚刚完成了我的使命，跑完了我的一段路程。双脚停下了，心还在胸腔里像一面鼓被擂得咚咚响，脸颊仿佛被火烤得热乎乎的。一时恍如梦寐，似真似幻，这么快，结束了？

那一刻如电影胶片拷贝在大脑中，时放时新。

2008年，是一个注定令中国人刻骨铭心的年份。改革开放三十周年，四川汶川大地震，北京奥运会。大悲大喜，大起大伏，备感煎熬，又彻底释放。那一年幸亏有个奥运会，不仅使中国人百年梦想得以实现，还及时让遭受重大自然灾害情感创伤的国人得到了一次集体心灵抚慰。奥运会的意义远远超出了体育的范畴。更何况，奥运“更高更快更强”的宗旨，契合了人类文明的精神内核。

从大学起，我就是一个狂热的球迷，熬到半夜或半夜爬起来看球是家常便饭。记得有一天夜晚，中国男排在一次重大比赛中获胜，北大学生喊出了“振兴中华”的口号，消息传来，群情激昂，学生们聚集在校门口，我的师兄、后来著名的诗评家陈超攀上门卫房顶做了激情似火的演讲。体育从来就和青春、热血相生相伴、水乳交融，而奥运会更是体育之塔最顶尖的那一层，尤其令人神往。还记得1988年汉城奥运会开幕式，坐在电视机前，看到世界不分种族、不分男女的人们，在主题歌《手拉手》的伴随中，手拉手欢快幸福地翩翩起舞，我的眼里突然噙满了泪水。

从未想到奥运还会与我发生最直接的联系，我成了奥运火炬手!

奥运火炬手由社会各界人士组成，经过奥组委甄别筛选，我作为新闻界代表被荣幸选中。收到奥组委从北京寄来的火炬手确认函，正是3月下旬，温煦的春风吹醒了树上的绿叶，南来的燕子叽叽喳喳传递春的消息，我将确认函捧在手中仔细看了一遍又一遍，反复“确认”，心中如冰河乍裂，一条欢快的小河汩汩流淌。

碰巧的是，3月份我作为报社副总编辑轮值夜班，而奥运会的启动仪式——在奥运会发祥地雅典的奥林匹亚采火种——就在3月24号举行，让我这个火炬手第一时间进入状态，发布新闻，这看起来似乎就是一种天意。按照奥运程序，采完火种，接下来在全世界五大洲由火炬手们一棒一棒接力传递，最后到达举办国，在开幕式上点燃主火炬。那天，我先在电视上看了仪式转播，有一种身临其境的沉浸感，到了晚上，从新华社大量图片中精心挑选了一张希腊圣女点火图，破天荒以通版的方式发在一版。我值班我做主，算是一次“以权谋公”吧。圣女，圣火，天人合一，纯洁典雅，神圣庄严，彩色巨幅照片极富视觉冲击力。古希腊神话里，普罗米修斯盗取天火带到人间，从此，人类成为万物之灵。恩格斯说：“火第一次支配了一种自然力，从而把人从动物界分离开来。”火，成为光明和温暖的象征。奥运以火炬传递的方式，把文明和光明的种子播撒全世界，其中所蕴含的意义极其动人和美好。

全球奥运火炬手共有两万多人，从奥林匹亚开始，白的手，黑的手，黄的手，棕的手，男人的手，女人的手，一棒一棒接力传递，我有幸成为这其中的一棒，是传递链条中不可或缺的一环。

自从火炬开始传递，便成为我每天的“特别关注”。从电视新闻中看到火炬在巴黎、伦敦传递时发生了一些意外，有破坏分子捣乱，不由得令我直眉瞪眼，攥紧拳头，恨不得钻进电视里头将那些人渣胖揍一顿，因为每一个火炬手都将是我的战友，我已经不是一名旁观者。

终于，奥运火炬穿越千山万水抵达中国境内，奥运气氛也像是被火炬点燃了，神州大地热情似火，热浪滚滚。7 月 14 日我接到奥组委通知，我的传递地点由原定的青岛改为临沂。可能是出于安全和时间的考虑，山东只保留了青岛和临沂两站，而烟台站、威海站、日照站被取消，日程和传递距离被压缩，火炬手予以重新调整分配。还好，我去过青岛，而临沂对我更有新鲜感。

临沂古称琅琊，位于山东省东南部，出过书圣王羲之、大书法家颜真卿等名人。临沂更广为人知的是沂蒙山，著名的革命老区，早年看的小说与同名电影《红日》及《南征北战》《红嫂》、芭蕾舞剧《沂蒙颂》等反映的都是那儿的人和事，国民党王牌 74 师师长张灵甫在孟良崮战役中被解放军击毙，更是史上经典战例。所以，身虽未至而心向往之，能在临沂这个红色的土地传递火炬该是一件多么有意义的事。

7 月 19 日，我乘车从石家庄出发，从青银高速转京沪高速奔驰六个多小时，傍晚时分到达临沂市，下榻陶然居酒店。稍事休整，随意走到街道转悠，找了一家干净的小店专挑了几样临沂小吃来品尝，有糁（肉粥，当地读作萨）、渣豆腐、光棍鸡等，喝了一听青岛啤酒，大快朵颐。吃完饭逛了逛城市夜景，只见沂河在灯光下缓缓流过，泛着斑斓的波纹。《论语》中写到了这条河，“莫（暮）春者，春服既成，冠者五六人，童子六七人，浴乎沂，风乎舞雩，咏而归。”临沂便因临沂河而得名。我国不少地方如临汾、临漳、临渭、临清等都是因临河而得名。临水而居，这座城市就有了几分水气和灵气。临沂完全没有脑海中固有的落后破旧的印象，而是生机勃勃，一派繁荣。所谓“百闻不如一见”，只有实地踏足才能得出踏实的结论。

次日一天没什么安排，组织者要求我们不能出酒店，避免磕磕碰碰出现意外。只好待在房间，拿出带的书翻了几页，魂儿荡在书外不肯入内，拿起又放下，徘徊复徘徊。正五脊六兽之时，有人敲门，哈，工作人员送来了火炬服！我赶紧打开试穿。上衣和短裤都是经过专业人员精心设计，很早以前根据每人身体尺寸订做好的。上衣以白色为主调，代表圣洁，右侧四分之一是红色，代表热烈，形成左右不对称的图案设计和曲线分割，边缘呈流线型弯曲，富有动感，象征火焰升腾。以前多次在电视上看到过，今日穿上身，镜前一照，果真是“人配衣裳马配鞍”，还真有那么点英气勃勃之感，心里美美哒。

21 日，奥运火炬开始了在山东境内的传递，上午在青岛，下午在临沂。

13 时 30 分，我们这一组火炬手共十九人从酒店出发，到新闻大厦与其他组火炬手会合。宽阔的大厅，满眼皆是穿着火炬服的人，挤挤挨挨，鱼儿般穿梭往来，大家一律白鞋白袜，手戴护腕，个个精神百倍，英姿飒爽，兴奋和豪情不可遏制地写在脸上。那个劲头颇像将要出征的将士，跃跃欲试，按捺不住，又像匹匹战马喷着响鼻，昂首奋蹄，一俟一声令下便会奔跃而出。在等待的间歇，我找到了我的下一棒，很巧也是我的新闻同行，我俩边聊边把交接棒的设计动作搞定。

讵料，真应了那句“天有不测风云”，突然下起雨来，天空急剧地砸下雨滴，地上树上一阵噼啪噼啪响，接着暴雨如注，天地一色。雨水溅到窗户玻璃上面，形成一股一股小水流往下冲去。望着窗外的雨水，心不由得提到嗓子眼，照这么下下去，火炬传递岂不要泡汤？我们临沂这一站是否就得取消了？心里着急，不由得握紧了拳头，手心里满是汗，顺着小拇指下的横纹处流出来。心里念叨着不会这么倒霉吧。我眼光扫向大家，发现他们都跟我差不多表情，眼睛盯着窗外，忧虑替代了兴奋，一个个面色凝重，大厅一片安静，只有外面风雨声劈天盖地轰隆隆作响。正所谓来得疾去得快，大约一个小时后，雨停了。沉寂的大厅转眼又变得人声鼎沸了。天虽然还阴着，但雨总算不下了，不禁暗暗松了一口气。我们这个组多是文人，想象力丰富，很快便有人对这场大雨有了一个传奇式的演绎——临沂是革命老区，无数英烈牺牲在这里，大概是他们的英魂为盛世盛事而激动万分，“泪飞顿作倾盆雨”，但又不能误了后人的大事啊，适时又云收雨住，这是革命先烈在显灵咧。

15时40分，临沂站109位火炬手分乘三辆大巴驶往传递路段——滨河大道。哈，滨河，不就是江滨嘛，这分明就是我的主场，缘分啊。我乘坐的是4号车，在指定的路段停下，工作人员分发了每个人的号码牌，我的编号是318，这个号码是山东火炬手的整体编号，在临沂我是第59棒。我把号码牌粘贴在衣服的右上角。

雨停后天空仍然布满乌云，倒也不错，酷暑的季节一场大雨又加阴天，没有太阳暴晒，起到了降温的作用，不是太热，临沂的传递起始时间是17时34分，届时会凉爽些。这时，只见组织的助威群众打着五彩旗子陆续涌来，在道路两侧排列聚集。等待的过程十分漫长，在车上干坐着百无聊赖。没有想到，忽然空中又扯起了蒙蒙雨丝，路边的群众纷纷以物遮首，不一会儿，马路全被打湿，形成水流流向路两侧低洼之地。我不禁心中又是一紧，怎么又下起来了？到时候下大了怎么办？火炬岂不是要被雨水浇灭？据说只要不是极端恶劣天气或大暴雨，传递照常进行，以前在电视上也看到过冒雨传递的情形。即使小雨无妨，但一副落汤鸡似的形象也有碍观瞻啊，传递过程可是向全国电视直播的。车上的工作人员可能是看到了大家的担心，安慰说，如果雨下得比较大，手持火炬时就要注意倾斜一点，火炬上端有许多透气孔，火炬是浇不灭的，设计时已考虑到这个问题。

说到设计，有人在座位上闲翻火炬手手册时，发现祥云火炬的设计者姚映佳赫然在册，而且就在我们4号车上！于是引起一阵骚动。姚映佳在一阵热烈的掌声中从座位上站起来，微笑点头，走到车厢前部，应大家的要求讲了讲“祥云”的设计理念和过程。姚映佳是联想集团副总裁，首席设计师，理着平头，鬓发染霜，彬彬有礼，老成持重，一副谦和儒雅的学者模样，看上去得有五十来岁，其实还不到四十岁呢。他说起火炬像说自家孩子一样熟稔，娓娓道来。他介绍，他们设计的火炬有三个方案，除了祥云，还有长城和凤凰，都强调中国元素和中国文化符号，最终采用的是祥云。祥云有三个元素：纸卷形状，云纹图案，大红漆色。最关键的是不管是什么样的人，手大手小，握在手里都有一种舒适、温暖、亲近、友好的感觉。火炬材质虽然是铝合金做的，但并没有冷冰冰之感，它传递的是情感。他说他的祖籍就是山东，这次以火炬手的身份来临沂传递，非常激动和自豪。他讲完后，车内一片欢声。姚映佳的现身，化解了等待的焦灼和对下雨的担忧，能亲聆火炬设计者的讲解，可谓可遇不可求，有此巧遇，真是太幸运了。

姚映佳刚讲完，祥云火炬运来了，一一分发到我们手上。对照设计师的讲解，理性与感性一结合，就有了不一样的感觉。原来听介绍，火炬重九百八十五克，也即不到两斤，但拿到手中还是觉得很有些分量，沉甸甸的。尤其是造型太漂亮了，用“精妙绝伦”这个词形容也不为过，上部图案祥云朵朵，下部红色如丝绸般柔滑，握在手中手感格外舒服妥帖，让人忍不住有亲吻一下的冲动。那感觉就像小时候得到一个心爱的玩具，不肯撒手。什么叫“爱不释手”，这就是了。哦，我的奥运火炬！按照规定，这枚火炬在完成传递后就作为纪念品归火炬手所有了。

大家坐在车上，心早就飞到了外面，不断地打探前方的消息——火炬到临沂了，沂蒙广场火炬点燃了，火炬传递开始了，快了，快了……

将近 18 点的时候，我们的 4 号车缓缓开始启动，像空投伞兵一般，火炬手被依次投放到指定地点，有大学生志愿者持号码牌迎候。轮到我了，我跳下车，两侧群众欢声雷动，向我招手，还有不少人竖起大拇指。我急忙微笑着招手致意。此时，不知小雨何时已停了，太阳从云朵的罅隙射出光芒，像是给云彩镶上了金边，端的是祥云朵朵，天地明亮了许多。

我的上一棒 317 号跑过来了，庞大的车队开过来了，电视上多次看到的英俊威武的护卫手跑过来了。该我上场了！我的心脏像骤然启动的马达，怦怦怦地剧烈跳动起来。

护卫手跑到我面前，把我手中的火炬用钥匙开启燃气，我双手紧握与 317 号交接点火，火炬上端忽地一下飘出了金色的火焰。这火，是来自天上的圣火，是来自希腊奥林匹亚的奥运之火，是象征人类文明与活力的光明之火，经过五大洲各色人的手现在传到我的手上。此时此刻，全世界的目光通过电视直播聚焦到我的身上，我的手里捏着一团火，心里燃着一把火，我在燃烧。我举起火炬，往前迈了两步，然后停下，亲吻了一下火炬柄，深深吸了一口气，慢慢跑起来，开始了我的五十一米传递历程。由于紧张，起初的脚步有些滞重，两腿发沉，随后便轻盈起来。道路两边彩旗招展，群众高声呐喊："奥运加油！北京加油！中国加油！"震耳欲聋，响彻云霄。整个现场气氛如同阳光暴晒下的木柴，一个火星就能燃起漫天大火。在这种火热的气氛中，任何一个人都会被感染，即使你再冷静，再平和，再深沉，都不可能不燃烧，冷血动物也得热血沸腾。我前方的媒体车架着各种"长枪大炮"，那是在向全国全世界实况转播。虽然紧张激动，我的大脑却一直醒着，按照预先的设计，在跑的过程中，做出挥手、握拳、跷大拇指等动作，保持着面部表情的微笑、坚毅、自信……

五十一米，很短，很短，短得目不及瞬；五十一米，又很长，很长，长得星汉迢迢。五十一米，在我们日常生活里常常被忽略不计，没有什么特别的意义，除非是在田径赛场，漫漫人生路谁又会在意几十米的长短呢？但这五十一米对于我来讲，却有如宋词"杨柳阴中长堤路，一片笙歌暖响"（黄人杰）那般惬意美好，在生命的年轮中刻下深深的印痕，永不磨灭。

我停下来，完成了与下一棒的交接，引燃了他的火炬，按照事先的设计做了一个"V"字造型，目送他远去。一名英俊威武的奥运护卫手走过来，用钥匙熄灭了我手中的火炬，微笑着对我说："祝贺你，火炬传递得很成功！"此时，时间定格在2008年7月21日18时8分。

火炬传递结束第二天，我所在的报社头版刊发了我传递火炬的消息，配发了一张我高擎火炬的大照片，引发了许多朋友的热切关注。他们对我当奥运火炬手羡慕嫉妒，呵呵，不恨，待我从山东临沂回来，不断有人来到家里，穿上我的318号服装，手举火炬，拍照留念。家里很是热闹了一阵。有个收藏爱好者闻讯要高价购买我的祥云火炬，大抵可换一辆高级轿车，那时我还没有车，算是一个不小的诱惑，但我还是没有犹豫就婉拒了。这把火炬不仅是我的一件藏品，更含蕴了一份珍贵的情感。不是什么东西都可以用钱来计算来交换的。人的一生很漫长，大多时光是在庸常和碎屑中被打发消磨掉，日复一日，年复一年，可资咀嚼和回味的事情可能寥寥可数，珍视它，犹如窖藏，年份愈久，味道就会愈加醇厚。火炬高擎，更像是一个隐喻，将驱除黑暗与寒寂，照亮和温暖我的生命前路。

（原载《星火》2021 年第 6 期）

我跟北京奥运的缘分

徐 坤

对于北京这座千年古都来说，2008年举办的奥运会，可谓是百年不遇的庆典，谱写了中华民族伟大复兴进程中的新华章。躬逢盛世，我们这代人，深深地为祖国的繁荣昌盛而自豪！

我于2003年底接受北京作协分派的任务，书写一部奥运题材的长篇小说，从此与奥运结缘。从那时起到2008年8月北京奥运会举行，四年多的时间里我一直追踪着奥运的步伐，进行密集的采访和艰苦的写作，先后采访过北京奥组委官员、“鸟巢”中方总设计师、“水立方”设计团队、中国建筑设计院和北京建筑设计院的建筑设计师、奥运会国家体育场项目部总工程师，也采访过奥运工地上的农民工以及北京市民，时刻关注一点一滴有关奥运的信息，充分感受到2008年奥运会给北京带来的深刻变化。2008年4月在北京奥运会开幕的前夕，五十多万字的长篇小说《八月狂想曲》由北京十月文艺出版社出版，谱写了一曲“新北京，新奥运”的青春中国颂歌。小说出版后先后荣获第十一届中宣部“五个一工程”奖、第四届老舍文学奖。2008年9月我还被北京市委市政府、北京奥组委授予“北京奥运会残奥会先进个人”光荣称号。2008北京奥运是国之喜事，也是我个人职业写作生涯中永远值得铭记的一件大事。

奥体中心的前世今生

说起来，我跟奥运还真有缘分。2008年建起的新地标北京奥运中心（包括奥林匹克森林公园、奥运村、“鸟巢”“水立方”，以及奥林匹克会议中心的广大区域）离我家住的北边不远。尤其是奥林匹克森林公园北园，如今成了我闲暇时去跑步锻炼的操场。2001年北京刚刚申办成功奥运会时，这片广大的区域还叫朝阳区洼里乡，是名副其实的乡下。在建成南北贯穿的立汤路和奥运大道之前，人们从北边进城，都不得不从洼里乡道路穿越而过。过了立水桥（那时的立水河上还没有大桥，所谓立水河，也只是昌平区的清河蜿蜒而下的一条臭河沟），拐上洼里乡狭窄逼仄的小土路，路右边铁丝网拦着的，是洼里乡的“北旭野生动物园”，动物已经迁走了，只留下大门还在，还有狮呀虎哇什么的遗留的尿臊气味，时时从阴森的树林里往外飘散。路的左边也是树林，阴森森，成片成片，也用铁丝网拦着，外边还搭起一些临建，时时看见农民工模样的住户在里面煮饭聊天。小路极窄，只能容两辆车并行，晴天暴土扬尘，雨天泥泞不堪。稍微有点剐蹭，就把路卡死了，一堵堵半天。白天还好，晚上如果是一个人打车或者开车，就不敢从这里走，太黑了，太背。没有路灯，夜风一吹，两边的森林摇曳嘎嘎叫成一片，像是闹鬼，瘆人！每次从这里经过我都胆战心惊。

然而，谁能知道呢！这些树，却正是今天奥林匹克公园里的绿油油参天森林！从1991年北京市向国际奥委会正式提出承办2000年奥运会开始，洼里人就开始着手准备，从1992年起，就放弃了原有“贡米”的种植，开始为即将落户这里的奥林匹克公园大量种植奥运树，总共种了一万两千多亩。就是这些吓唬了我好几年的树，等到了2008年奥运会开幕集体亮相时，那个油光滑亮，那个接天蔽日，那个枝叶纷披，那个葳蕤高耸啊！它们已经整整长了十六个年头了呀！早先不知道的人还多有啧言，说北京筹办奥运的七年时间想盖起几个建筑尚可理解，想要建起一座奥林匹克森林公园，不是痴人妄想吗？都说十年树木、百年树人哪！可他们怎么能知道，这十六个年头以来，洼里人民为奥运做出多少贡献和牺牲！

出了这条森林小道，再往城里方向走，就可以看见洼里乡的乡村田园景色了。路旁大片大片的菜地，卷心菜呀、大白菜呀圆滚滚的长得很结实，田野还时不时飘来一阵阵大粪香。粪香伴人前行，过了一个红绿灯，就到了亚运村汇源公寓和北辰购物中心西门那个位置上，路西的菜地，就是如今的“鸟巢”国家体育场所在地。虽只是一个街口之隔，却是城乡之别。

2001年北京申办奥运会成功，这块地面上的朝阳区洼里乡整体搬迁，总共2745户2.3万口人迁移，搬迁到昌平区小汤山、天通苑等十三个社区。2004年4月，洼里乡更名为奥运村乡，成立了“奥运村地区办事处”。2004年，这里完全变为奥运工地，洼里乡从北京地图上消失，“鸟巢”“水立方”从这块土地上崛起。

2004年开始，我由于写作奥运长篇小说《八月狂想曲》的任务，频繁出没于这个世界上最大的建筑工地采访，年复一年，日复一日，眼见得它从菜地、乡野、黄土、钢筋、水泥、混凝土、沥青、气泡、板砖……变成了眼下的奥运中心地区的壮阔与恢宏。

从北京城的中心大道长安街上下来，沿中轴路的延长方向，往北，往北，再往北，北得不能再北之时，就到了北京的新地标、举世瞩目的奥运中心。2008年8月8日，北京奥运会开幕式上，二十九个焰火大脚印，就从北京城的上空闲庭信步，左一脚右一脚，迈着舞蹈演员的八字步，从天安门广场一路五彩缤纷走到“鸟巢”开幕式现场。新中国盛世华章从此留下灿烂辉煌的一幕。

“鸟巢”体育场与设计师

采访“鸟巢”设计师李兴钢，是我职业生涯里重要的一笔。没有这一笔，就没有随之而来的我对于奥运意义和建筑设计的感性认知，也就没有小说《八月狂想曲》里那些痛切而长的对于时代、历史、命运、机遇的重新领会和认知。

作为奥运会国家主体育场“鸟巢”工程的中方总设计师，李兴钢是位重要采访对象，不采访他不行。随着一群钢筋铁骨的庞大支架铮铮雄起于北四环边上，鸟巢越来越引人注目并惹起争议。几次联络，几次失败。百般周折，终于得到首肯，去他供职的中国建筑设计院采访。2006年深秋，北京的10月非常美妙，车公庄大街两旁的洋槐叶子在太阳底下油亮油亮的，衬着设计院的大楼也和颜悦色，一派老绿气象。进去找李兴钢的办公室，没费什么力气。出现在面前的李兴钢，瘦削、白净，留个小平头，一副圆形无框眼镜，一件黑色条绒上衣，说话还有几丝腼腆，看上去像个内敛的书生。如果不是事先知道他是1969年出生，此时应该三十有七，单凭直觉，第一眼有可能把他当成是二十七岁的在校研究生。

话题很快进入专业建筑领域，李兴钢在自己话语势力范围里庖丁解牛，游刃有余。

这是我所见过的年轻建筑设计师中最中正圆通、含而不露的人。

都说机遇垂青有准备的人。机遇也驾幸有才干的人。机遇其实更眷顾孜孜矻矻、怀揣天下之人。

早在2003年初，当院里选择年方三十三岁的李兴钢作为中方代表，去瑞士同赫尔佐格和德梅隆建筑事务所合作，参加2008年北京奥运会国家体育场工程设计竞标时，便已经决定了奥运场馆设计的走向——面向世界，面向未来。

在人才济济、群雄并立的“中国院”，李兴钢的起跳高度并不高，天津大学建筑系本科毕业生，要在院里赢过那么多硕士、博士、海归，必须将动作难度系数扩大到别人的数十倍上百倍才行。几年下来，拼力搏杀，出国进修，设计的作品多次获得大奖，三十一岁就评上正高，并当上院里副总建筑师，是建院五十多年来担任这个职位最年轻的一位。几个跳空高开，就把起点的不利抹平了。每跳一次，都会跃升到更高一个平台。

只有经历过那种“国家院”“皇家院”里竞争的人，方才体会其激烈程度。论资排辈，拾级而上，都是奋力拼搏！

2003年底，当“鸟巢”方案中标并开始建设，劳其筋骨、饿其体肤的磨难和考验就开始了。“鸟巢”开工以来六百多个日日夜夜的煎熬，几千张图纸的审核，协调政府、业主、各建设团队的关系，瘦身去盖，削减造价，无休止的争议、诘难……阐释意义，面对媒体一次次苦心孤诣地重复表述……两年多的紧张、失眠、亚健康状态，直至有一天恶心、呕吐，李兴钢不得不被送进医院治疗。

有谁，奋力跨过几百米栏，却只为回味栏杆撞击大腿时的疼痛吗？跨越它们，扫清障碍，迅疾奔向终点，这才是正果和目的。两年多过去，“鸟巢”顶盔挂甲，沐浴朝阳，映照西山晴雪，远眺香山落日，正以它无与伦比的几何造型，矗立于古老的中轴线上。

检索既往的艰苦历程，李兴钢此时神态宁静，已是一片云淡风轻。

——压力面前，你是怎么撑住的？想没想到过万一不成功呢？

我有点很不专业地提问。

他笑了。其实问完之后我心里就立刻蹦出答案。这是个只能成功不能失败的项目。有制度做保障，体制做后盾，有什么事情是做不成的？

是呀，怎么能不成功呢？无非是距离期望值的远近不同罢了；无非是要拿金牌，就必须比别人遭更多的罪罢了；无非是无尽的磨难历练考验煎熬；无非是笃信执着；无非是对目标的渴望，对前程的信仰比别人更坚定、更虔诚罢了！

采访到这里，我想，我已经知道小说该怎么写了。大时代的激情岁月，个体的渺小，对于命运的把握，说是身不由己，其实步步留痕，掌控在每一步印记里。一个人的职业生涯，就是漫长的等待，精修精进，历练，充分的时间空间量的积累，才能换来有朝一日的喷薄而出。

好了。开始吧！《八月狂想曲》就从年轻的建筑师这里开始，奏响第一个音符！皇皇五十万字，仍然不得尽兴，一直，一直，一直朝着那金声玉振、钟磬齐鸣、万民欢腾的2008年的8月轰鸣呼啸而去！

2008年8月24日夜，国家主体育场“鸟巢”里燃烧了十六天的奥运圣火熄灭。尘埃落定。大幕闭合。国际奥委会主席罗格在北京奥运会闭幕式上致辞：“这是一届真正的无与伦比的奥运会！”

无与伦比！八月狂想曲！一代人，一桩事，就这样，在磅礴壮阔的钢筋混凝土的合颂之中镌刻进历史。

（选自《百年颂》，春风文艺出版社2021年版）

大“丰”起兮

——北京南中轴线上的交响

韩小蕙

壹

我家住在丰台迤北，太阳从东照到西。

每天清晨，最令我心旷神怡的事，就是趴在大玻璃窗上，向南凝望。太阳将出未出，霞光在半空中拉开，由淡而浓，由灰白而淡粉、橘黄，进而定格在金红色的天幕上。此刻，丽泽商务区的楼群，就如同海市蜃楼。它们就像天上的宫阙一样，一幢幢在朝霞中隐现，炫耀着大玻璃钢特有的华丽光彩。

这些琼楼玉宇中净是大牌，如雷贯耳，重点聚集了银行、保险、证券等金融总部，私募股权基金、创业投资等金融机构，交易所、金融期货市场等金融要素市场，还有各类金融投资机构以及国内外大型企业总部。它们来得极快，几乎是短短几个月，欻忽就又有一幢大厦拔地而起。而且一幢比一幢高耸，一幢比一幢华贵，一幢比一幢气宇轩昂。差不多的知名大公司都在这里到齐了，而“大哥大”是谁呢？毋须众里寻他千百度，还属那造型最别致的丽泽 SOHO。

SOHO 是 Small Office（and）Home Office 的英文缩写，直译为小型的或家庭式办公场所。话说得这么小，丽泽 SOHO 却是丽泽商务区里最华贵的一幢，它一共有五十二层，以双螺旋塔对接方式，旋着旋着就在白云缭绕的顶端合拢了。站在地面向上仰望，差不多得把身体仰到 125 度，才能看到顶层，那里有一双螺旋交叉的“眼睛”，黑色钢铁的线条，圆润地、流畅地、音乐旋律式地、红绸舞蹈式地呈一个平躺“8”字形，横卧在最顶尖处，被极为形象地称为“上帝之眼”。在这双“神目”的注视下，五十二层楼逶迤而上、而下，层层半开半合，层层显示出各自别出心裁的风格，既奢华又朴素，既高亢又低调，神秘面纱后面又一览无余地敞开着办公室、会议室、展厅、放映厅……这是国际上被称为“解构主义大师”的英国著名建筑设计师扎哈·哈迪德的杰作，当初是根据丽泽商务区特殊的地形设计和建造的。让我想起来就想笑的是，几年前，当这座超现代建筑的钢架刚刚立起的时候，不知是哪位聪明的中国摄影师，绝世独立地拍了一张令人震惊不已的照片，说它是一条“牛仔裤”，还揶揄说“北有大裤衩，南有牛仔裤”。今天，面对着这一双什么都尽收眼底的“上帝之眼”，不由让人想到“以铜为镜，可以正衣冠”的古训。

我倒不是崇洋派，爱说外国的月亮圆。不是的，我们中国也有不少优秀的建筑设计师，我自己就认识其中的好几位，他们设计的不少作品也堪称经典。比如马国馨大师设计的首都机场 T2 航站楼海和国家奥林匹克体育中心，那时他才走到四五十岁年龄段；还有崔愷院士设计的拉萨火车站、首都博物馆、安阳殷墟博物馆，朱小地院长设计的北京 SOHO 现代城、北京城市副中心行政办公区等，也都在国内外获得了一致的称赞。我想说的是，为什么在我们绝大多数中国建筑师手底，出来的往往都是方方正正的火柴盒，即使有着强烈的创新思望，也总是小花小草的跨不出万里长城？肯定不是我们的建筑师不够聪明，他们可说是中国知识界素养最高的行业人，每人至少都会两门以上外语，对于音乐、美术、文学、哲学、科技……一生都在不断地学习，他们是永远的学霸。

我强烈感觉到，分水岭也许就是东西方观念的差异。在我们民族的思维中，总嫌缺少对“飞”的肯定与渴望。当然我说的是旧时的情景，今天的中华民族，已是时时驾驭着“腾飞”的念想，不单我们的火箭、航天器一次次飞到太空去创造奇迹，就是在日常生活和工作中，也同样充满着对丽泽SOHO、对“中国尊”、对国家大剧院、对鸟巢……的赞美与艳羡，就仿佛那些超现代建筑里面，装着我们对幸福生活的种种热望——明天，我们这些普通老百姓，也将会在那些神话般的琼楼玉宇中，过上和和美美、甜甜蜜蜜的锦绣日子。

哦，不对了，韩小蕙，你已经被时代的火箭甩下啦，丽泽天街早已于两年前就开张了，已成为首都北京的一个新型商贸区，每天每天见，迎纳着普通老百姓们前去逛商场、购物、餐饮、娱乐、健身……最让这里的百姓兴奋得尖叫的是，丽泽还将被打造为北京的四大国际消费体验区，其他三个为王府井—西单—前门、CBD—三里屯、环球影城—大运河，它们哥儿四个将作为北京成为“国际消费中心示范城市”的金名片，打造成“中国潮”“国际范”与“烟火气”共融共生的经典之作。你没看见挖掘机在争分夺秒地忙碌吗，那是在建设丽泽—大兴机场航站楼，两年以后，你从那里去大兴机场，简直就像去西客站一样便捷了。“嗨，你们知道吗，现在脚下的这片土地，在1990年以前，还是京城著名的三路居养鸭场呢！当时有十万只规模的北京填鸭，嘎嘎嘎地下蛋，唰唰唰地孵小鸭，然后出口，一直远销到苏联、日本、港澳地区……”这就是前面说到的丽泽商务区的特殊地形。

“丽泽”这个名字，可不仅是“美丽的湖泽”之意，它的起源很是高贵，有着背景深厚的历史和文化渊源。“丽泽”二字源于《周易》第五十八卦之《兑卦》：丽泽，兑，君子以朋友讲习。丽是并联之意。《周易正义》解释为“两泽相连，润说之盛，故曰‘丽泽，兑’也”。以丽泽命名为城门始于北宋仁宗时期，时称“北京”的大名府殿前有东西两个门，西门被唤作丽泽门。金朝的海陵王完颜亮采纳了北宋都城的建筑制式，将中都城的西南门命名为丽泽门。大诗人元好问还曾留下一首诗：“双凤箫声隔綵霞，宫莺催赏五溪花。谁怜丽泽门边柳，瘦依东风望京华”。

我个人认为，“丽”和“泽”这两个字，都是好字，不仅模样好看，读起来也好听，作金石声。我喜欢这两个字，更欢呼它前世今生的华丽转身，这也太具魔性了吧?

贰

我家住在丰台迤北，月亮从东走到西。

《随园诗话》中有桐城人太史西诗:“白石清泉故自佳，九衢车马漫纷拏。欲知此后春相忆，只有丰台芍药花。”

“丰台芍药花”是清代著名的一品，时至今日“春相忆”者，岂止“丰台芍药花”，又岂止一个丽泽？这不，上班时分，我踏入车水马龙的洪流，往大红门进发。

都怪自己的历史知识太匮乏，直到今天我才知道，1949 年解放大军进北京时，有一支部队就是经过大红门，然后跨永定门而进入城区的。在今天大红门国际文化科技园中，我看到了一张照片，风尘仆仆而又行色匆匆的解放军大队人马，穿着洗得发白但干净整洁的棉军装，戴着沾满硝烟的棉军帽，身背井字行李，扛着长枪，整齐而严肃地行走在“进京赶考”的路上。队伍左侧的街道上，挤满了穿着长衫或短打的各界民众，用惊异的目光打量着这支陌生的队伍……

大红门原是清王朝南苑狩猎场的正北门，牌楼形制，有一大两小方形门洞，门楼飞檐斗拱，上面是金黄色琉璃瓦顶，下面的大门是鲜亮无比的朱红色大漆，十分排场，尽显壮观。在我小时候那会儿，北京动物园都被叫作“西郊动物园”，也即郊区，含着特别远的意思，就更别提王朝时代的南苑了。

据有关历史资料称:“1950 年 9 月，空军司令部致函北京市政府，建议解决大红门交通不畅问题。11 月市公安局向市政府呈交《大红门严重阻碍交通》的报告，当时市文整会认为，大红门不属于文物，建设局遂向都市计划委员会提议拆除。梁思成先生不同意拆，这样一直拖到 1955 年，北京市政府才决定拆除。7 月 23 日开工，8 月 3 日拆完。”惜乎哉，从此，南苑狩猎场九座门的最后一座大红门，北京南中轴线上的非常漂亮、极为典型的中国古典式大门楼，只留存于历史典籍之中了。

时代洪流滚滚向前。二十世纪八十年代，随着来京闯荡的温州人越来越多，大红门地区渐渐成了“浙江村”的地盘，红红火火的同时也给京城带来了困扰。这时候一切又颠倒过来了，没去过大红门的北京人、特别是北京女性，已变得凤毛麟角。那里的服装摊从小本经营起家，最后鹞子翻身把歌唱，变身为一幢又一幢高楼大厦，乃至于成为连天蔽地的一大片服装城……

在人类和历史的观念中，凡发展、凡进步的岁月，都是排空驭气奔如电，走得太快了。看今天大红门，真算得上是迎来了开天辟地的大变化！

我置身于大红门国际会展中心展厅里，跟机器人小姐对话。“她”比我的个子还高些，青春靓丽，正值豆蔻年华。穿一身月白色西装裙，瞪着圆溜溜的杏核眼，一说话，就把翘得高高的马尾辫甩哒甩哒的，显得既文雅又活泼。我按了一下电钮，请“她”介绍一下大红门地区的发展前景，“她”立刻用甜美的声音，超流利地说道：

“在北京南中轴线上，将建起一座总面积19.5万平方米的国际文化科技园，包括大红门TOD项目、大红门国际会展中心、博物馆群、福海公园等，围绕科技、文化、国际商务等产业，吸引国内外带动性强的头部企业入驻，促进大红门产业转型升级，由丰台区人民政府与中关村发展集团共同打造。”

我又问：“听说这里要建起一个博物馆群，请问都会有哪些博物馆呢？”

“她”眨眨美丽的大眼睛，又应声答道：“大红门地区将打造无界共享的博物馆群，将包括国家自然博物馆、天桥印象博物馆、北京规划展览馆等。还要建设大红门艺术公园、南顶文化公园、凉风休闲公园三大公园。”

我想跟“她”开个玩笑，测试一下“她”的底蕴，就请“她”背诵一首辛弃疾的词。这回“她”被难住了，小嘴儿一翘，略带羞涩地说：“这个问题我还没有准备好。”

我说：“那你改背《岳阳楼记》吧！”

“她”又眨眨圆溜溜的杏仁眼，然后扬起尖尖的下巴颏儿，乖乖地说：“这个问题我还没有准备好。”

我笑了，想对“她”说，你真是个典型的理科生。话到嘴边又收了回来，触景生情，我想起自己在“她”那般年纪时，第一次走进现代化电子万人大厂时的情景：那一个十六岁的小女工，在红一根、绿一根，织锦一般编织在一起的电路面前；在星一颗、月一颗，闪闪放光的指示灯面前，手也不敢动，脚也不敢挪，神秘、仓皇、恐惧，忧心忡忡于自己什么都不懂，将如何对待这些仿佛是另一个星球、另一个世界中的恐龙、犀牛、河马、猛犸象呢？唯有学习，从初中数学开始，下班后先不回家，猫在车间的一个角落里作题。不过最后，我还是在恢复高考时，放弃了做一名电子工程师，转而报考中文系，最终成为一名文化工作者……

现如今的世界，早已天翻地覆了，互联网改变了一切，IT（信息技术）几乎重新打造了一个全新的世界；近年来 AI（人工智能机器人）又接续上来，以更让人不可思议的神变影响着人类社会。我知道，眼前这“姑娘”的学习能力是超宇宙级别的，别说辛弃疾和范仲淹，只需几小时的课程，“她”就能变成文学、艺术、音乐、美术、哲学、医学、法学、社会学、心理学……的学霸乃至专家。

展厅里，一个个巨兽般的大屏幕，张着血盆大口，每一个都在争分夺秒地“嘚瑟”，发射着蓝光、白光、红光、绿光、紫光……各色光，不停顿地变幻出奇光异彩，就好似神魔世界里的武林大会，各路大仙都使出了自己的看家本领，比一比到底谁的功夫最棒？谁是当代豪杰？谁是盖世英雄？

我觉得自己的脑子有点儿蒙，眼花缭乱。兴奋？亢奋？振奋？热血上头。“咔嚓嚓”，一道闪电从眼前划过，炸响一句时代的强音：

发展才是硬道理！

叁

我家住在丰台迤北，星斗从东闪到西。

中国古代圣贤的智慧真是高妙无比，“后来者居上”，仅仅五个字，里面装着多少内容与内涵。

新丰台火车站当得起这五个字。

在过去的年月里，京城里的人，谁去丰台火车站呢？

那时贵气的是北京火车站，北京人口称“北京站”。北京站是新中国成立十周年的“十大献礼工程”之一，的确建得高大上，一直到现在还是排在北京各火车站之首。后来的西客站，虽然从外表上叠亭架屋，辉煌了不少，但内部形制依然是北京站的翻版，由于天顶还是传统建材传统施工，致使内部采光不畅，里面还是黑乎乎的感觉。

北京南站的感觉就好多了，大玻璃钢天顶像天堂洞开了一扇天窗，形成了明亮的愉悦感；大棚式的整体结构，将客流主体拱卫到大厅中央，把商店和服务设施放在两翼，也形成了以人为主体的服务感，初期投入运营时得到过强烈的好评。但随着夏天的到来，人们在明晃晃的光照下，感觉到强烈的热光还是像老巫婆悄悄伸进来一只魔爪；再加上一下子被跻身在毫无遮拦的大厅里，满眼都是晃动的人群，躁闷感立即就袭上心来，头也大了。

而新建成的丰台火车站，后来居上地克服了这些缺陷。候车厅被分割成一个空间又一个空间，既相对独立又互相连接，宽敞、明亮、安静，方便，还很讲究，不疾不徐地让人享受着空港候机楼里才有的那种贵气。令人交口称赞的是，一排排座椅，无论坐在哪个位置上，都能清楚地看到闸口上方的电子屏幕，红色光标轮番滚动，显示着上一班火车的信息，以及下一班火车的车次、目的地、开行时间及检票时间，这最后一项是别的车站没见过的服务，从大众的心理需求来说，是非常必要的一种站位旅客角度的服务。对了，我还要大声赞美的，是这座新车站的文化元素，处处在在，低调奢华地呈现于人们的目光中。印象深刻的例子，是大厅里的人行步道，利用灰与白两种颜色的地砖，铺出了一个大大的“丰”字，既契合地域环境让人会心一笑，亦呈现出当今丰台区的自信，真可说是巧夺天工的构思。

赶火车成为“一日看尽长安花”的舒心，甚至上升到了享受的级别。这就叫作“后来者居上”。这就叫作“青出于蓝而胜于蓝”。

丰台，现在轮到你大展宏图了！过去的狩猎场、养鸭场、浙江村、服装城……这片平民百姓的活动区，小草小花生长的平凡地域，如今已成为一只背负蓝天翱翔的火凤凰，正向着国际一流“科技 + 文化新地标”和“数字经济新高地”而奋力腾飞。

凤凰出焉，风姿独绝。它正衔来“新一代互联网”“数字贸易与文化贸易”和“高端科技服务”三朵牡丹花，赋予古老的“国色天香”以二十一世纪的全新含义。

“凤凰于飞，翙翙其羽，亦傅于天。”

凤凰既出，百鸟齐翔。牡丹花开，群花绽放。

我从丰台的振翅飞翔中，听到了全中国奋飞的交响。

（原载《光明日报》2023 年 10 月 13 日）

掬一捧红土

马晓丽

看见老屋的那一刻我愣了，我没想到你也来了，没想到你会在这里等我。

真不知道是命运的安排还是巧合，我刚刚把你的事情安顿好，就收到了“全国著名作家吉安行”的邀请。“吉安”这两个字突然重重地撞击在我的心口上，我猛然记起，近些年你一直念叨着要回趟吉安老家，却因种种原因未能成行，所以我当即就应承了下来。

我对你说，好吧，那我就替你回家乡去看看，替你了却这个心愿吧。

都说家乡是脐血之地，但你并不是在家乡出生的。

当年，因为父亲正在朝鲜战场上鏖战，母亲也是军人，所以你生在了距家乡千里之遥的东北。父亲在前线得知你出生的消息后，立刻兴奋地给母亲写信说：“张博同志：上月23日来信和25日电报均悉，闻讯欣喜。”又关切地询问“小子诞生后身体如何”？从此，来自前线的父亲的家书中就有了对你的牵挂。你的名字也是父亲在前线起的，不知道是不是因为你生在东北，在母亲珍藏着的那封家书中，父亲写道：“小孩名字就取他个小东……你看是否可以。”

你于是就叫了小东，蔡小东。

吉安的永新老家，正是父亲的脐血之地。只是父亲离开家乡太早了，也太久了。

你曾在南昌《江西革命烈士纪念堂》寻找到了父亲的档案。档案里一份填写于1953年3月的干部履历表上这样记载着：蔡正国，1909年10月生于江西省永新县车田村，1929年参加苏维埃土地革命，担任过苏维埃工会主任及少年先锋队长。1932年参加中国工农红军……

由此看来，父亲早在1932年就离开家乡了。那时父亲才二十三岁，二十三岁的父亲一定不会想到，自己从此背负着家乡南征北战，再也不会回到这里了。二十三岁的父亲一定并不清楚，军人是没有家乡的，军人只能处处为家。

父亲当年是带着同乡十几个青壮年一起去参加红军的。离开家乡前，他们充满信心地告诉亲人要等他们，说革命成功之后，他们一定会回来孝敬父母、赡养妻儿。但这十几个同乡先后都牺牲在了战场上，最终竟没有一个人回到家乡。

1953年4月12日，驻扎在朝鲜平安北道青龙里的志愿军第五十军军部遭敌机轰炸，正在主持会议的父亲当场中弹牺牲。

第五十军副军长蔡正国牺牲的电报立刻传到了志愿军总部及中南海，彭德怀、毛泽东极为震惊，深感痛惜。

此时，小东出生才四十八天。

此时，距朝鲜停战只有一百零六天。

我是沈阳人。小时候，学校常组织我们去沈阳抗美援朝烈士陵园扫墓。所以，我比你更早地知道你的父亲。我知道陵园中安葬着四位在朝鲜战争中牺牲的最高将领，蔡正国烈士就在其中。那些年，我曾不止一次地擦拭过墓碑上的这个名字——蔡正国，但却怎么也没有想到，有一天我会成为与这个名字有关的人，成为蔡正国烈士的儿媳、家人。

而你那时对自己的生父、对自己的身世还浑然不知。

六岁之前，母亲告诉你父亲一直在前线打仗。直到有一天，母亲指着继父告诉你，父亲打完仗回来了。于是，你在毫无察觉间得到了一份完整的父爱，却不知继父为了你，此生都没要自己的孩子。

你的身世在第五十军是个公开的秘密，没有人不知道。随彭德怀第一批入朝参战后，在前线战事紧迫之时，父亲被彭总点将，急调到第五十军任第一副军长。可以说，整个军区上下都知道蔡正国烈士，都知道你的家事，都知道你是烈士的遗孤。但所有人都瞒着你，整整瞒了你十八年，一直瞒你到十八岁！

多年以后，当你知晓了自己的身世，那些从小跟你一起长大的玩伴、同学才纷纷告诉你，当年为了你，他们所有人都受到过父母的警告。父母们曾不止一次地严厉告诫自己的孩子，谁也不许说出你的身世，谁也不许欺负你。甚至还威胁孩子，说谁敢告诉你，就打断谁的腿！所以再淘再坏的小子、再喜欢惹是生非的家伙也不敢僭越。直到这时你才明白，你是在军队的佑护下长大的，是父亲的战友们用军令为你打造了护身的铠甲，使你得以在正常的环境中长大。

1971年初夏的一天，正在连队带队操练的你，被一辆老式吉姆轿车接到了大连八七疗养院。你当时还不知道自己与这座著名的疗养院有着怎样的渊源，不知道父亲牺牲的前一年，第五十军从朝鲜回国修整期间，父母就住在这里，更不知道这里就是你生命的起点。

你被带进疗养院一座幽深的小楼，一进去就被眼前的场景震慑住了。你看到会议室里坐着十几位将军，有的你认识，但大多数都不认识。只见将军们个个神情肃穆，母亲则戚戚地默然坐在他们身边。你顿时蒙了，脑袋里嗡嗡直响，不明白自己究竟犯了什么大错，导致母亲找来这么多首长教训自己。

主持会议的赵国泰叔叔你认识，你知道他是个作战勇猛、性格刚烈的战将。小时候你常去他家玩，总觉得赵叔叔虽然满脸麻子脾气很大，但对你却格外地和蔼可亲，你从没见他这么严肃过。你听见赵叔叔说，小东，你年满十八岁已经入伍提干，是时候该告诉你了。今天在座的都是你父亲的老战友、老部下，我们经过研究决定，由我们共同揭开你的身世，告诉你，你的父亲是谁，是个什么样的人……

仿佛一枚重磅炸弹扔在了你头上，你惊呆了。震惊之中，你看到那些身经百战的将军个个坐得笔直，像士兵一样规规矩矩地依次举手发言。他们有的在红军时期与父亲一起经历过长征，有的在抗日战争时期与父亲一起抗击过日本鬼子，有的在解放战争时期与父亲从东北打到海南岛，还有的与父亲一起参加了抗美援朝战争。你听到他们用不同的口音向你讲述同一个人，一个与你有着至亲的血缘关系，但你却从不知道，从未见过的人——你的父亲。

随着他们的述说，你的内心一次又一次地受到了强烈的震动。大家的话音刚落，你立刻情绪激动地对着在座的将军们，对着母亲讲了起来。你说，你不知道当时自己都讲了些什么，也不知道自己讲了多长时间，只知道自己边讲边流泪，只知道在场的所有人都听哭了。你看到那些身经百战的将军，那些面对死亡也不曾皱一下眉头的硬汉都在落泪。

之后，你去了沈阳烈士陵园，平生第一次祭奠你的父亲。

在松柏掩映的墓群间，你找到了父亲的陵墓。你跑上前一把搂住了父亲的墓碑，如同搂住了父亲的肩头一般。墓碑亲和地抵着你的额头，抵着你的胸膛，让你感受到了一种陌生而温暖的亲情，你忍不住伸手一寸寸地抚遍了整个墓碑。你抚摸着父亲的名字，抚摸着镌刻在墓碑后面的铭文，这是属于父亲的最后的文字，共三百五十八个字，简单地记载了一个从江西红土地走出来的农民的儿子，一个驰骋疆场终以马革裹尸的将军的一生。一直阴沉着的天此刻下起了小雨，点点滴滴淋湿了墓碑，淋湿了父亲的额头，也淋湿了你的眼睛。你和父亲在湿漉漉的小雨中久久地互相对视着、打量着，互相熟悉着、了解着，互相亲近着、感受着……

十八岁，是你人生中的一个重要节点。你生命中的精神基因从此被唤醒，被激活，开始有了新的样貌。

见你站在老屋前，背倚老屋对着我笑，我就知道我来对了。

你引我进入堂屋，指着中堂上悬挂着的父亲照片让我看。我赶紧快步上前，仔细地看着那张泛黄的老照片，心中不由百感交集。几十年了，父亲的照片就这样一直端端地挂在这里。照片虽已陈旧，但照片中的父亲依然年轻，依然殷殷地望向你我，望向出入老屋的亲人，望向老屋外面那片红色的故土……

三十年前，你曾带着我来过这个井冈山脚下的小村庄——永新县车田村。

记得是在我们婚后不久，军区辗转转给你一封寻亲的信，我们才知道你在江西老家还有亲人。父亲牺牲之后与家乡的联系就断了，母亲知道父亲是独子，以为家乡不会再有亲人了，没想到你还有个姑姑，没想到家乡的亲人一直在寻你。你于是决定带着我这个媳妇，去江西吉安老家寻亲。

记忆中我们乘坐的绿皮火车好像跑了很久，好不容易才停在了那个小站。当我们一身疲惫地钻出车厢之后，立刻被眼前的阵仗惊呆了——站台上挤满了面孔陌生的乡亲，他们凭你我身上的军装认出了我俩，立刻你一声我一声地呼唤着"小东"围了上来。我们就这样在乡亲们的簇拥下，在"小东小东小东"的声声呼唤中，在土炮仗和土铳的阵阵轰鸣中，一路踩着田埂进了村。我看出从听到第一声呼唤起，你的眼圈就一直是红的，在村口你搂住迎上前的姑姑时，我看见了你眼角晶莹的泪。

当晚，你在堂屋正中的八仙桌前，举起酒杯对乡亲们说，从前，我一直以为自己是个没有家乡、没有兄弟姐妹、没有亲戚的无根之人。今天，我找到根了。我，蔡正国之子蔡小东，用这杯酒敬诸位父老乡亲，感谢你们多年来对先烈的真情守护，感谢你们不懈地寻找我这个烈士的遗孤，感谢你们让我有了家乡，有了这么多的亲戚、亲人、亲情……

那杯酒几乎把所有人都喝哭了，喝醉了。

三十年后的今天，我独自站在你当年敬酒的八仙桌旁，心中百感交集。当年在这里与你把酒言情的许多人都已经不在了，姑姑早就走了，替你们蔡家顶门户的大哥也走了。大嫂还在，头发仍然抿得一丝不乱，但身子已经佝偻着挺不起来了。老屋是不可避免地破败了，但庆幸还没被拆掉，只可惜房前的鱼塘没有了。记得当年村里家家都有鱼塘，想吃鱼随便在门前的塘里捞一条，餐桌上就多了道鲜。如今的老屋四周盖起了座座新房，亲戚们拉着我的手挨个儿家走，让我看他们各自盖的房，看他们家里的模样，看他们现在的生活。

你在耳边轻声问我，你都看到了吗？我说都看到了。你问我都看到了什么？我说老家真是大不一样了。你问哪里不同？我说，你没注意吗？现在人们的脸上有了光，有了随意的举止和自然的笑容。你说是的，当年那种拘谨木讷的黯淡面容已全然不见了。我说，但有一点与从前一样。你问哪一点？我说每家堂屋的八仙桌上还是摆着自制的酱姜、橙皮或蜜茄、酱萝卜。你笑了，说那是我们永新有名的传统小吃，当年唐玄宗钦点的贡品“和子四珍”，人家可是专门摆出来招待你这个贵客的。我说走到每一家都要给我带上一包，已经装了满满一大包，真不好意思。你说收下吧，那是乡亲们的心意，你收下了他们才高兴。

其实我心里还有个疑惑一直没有说，就是为什么从始至终都没有一个人问起你。我相信乡亲们一定都知道你的事了，但他们并不知道其间的具体情况。我以为来到这里后，他们会向我仔细打听，我已经做了充分的思想准备为他们详细讲述，尽管这对我很难。

但是没有，没有人提起这个话题。他们似乎把我当成了你，我回乡俨然就是你回乡，一样的鞭炮齐鸣，一样的前呼后拥，一样的浓浓乡情。多年来你一直都是他们远方的牵挂，我不相信他们不想知道你的一切。但他们不问，他们在热络络地跟我唠家常的时候，刻意回避着你的名字，始终只字未提。我猜想，他们不提你是为了呵护我，是怕我难过，他们也难过。太感谢乡亲们的体谅了，我心里清楚得很，若在此时此地听到乡音呼唤你的名字，我真的无法控制自己。

临行前，我带走了一捧家乡的红土。

我特别后悔之前没能与你一起好好地游历家乡，了解家乡。我特别想告诉你，此次的吉安之行，彻底刷新了我对家乡的认知。

过去，我只知道吉安是红色的。记得你曾站在老屋前，给我指看远处的井冈山，指看近处的三湾改编遗址，骄傲地告诉我，你的家乡是个出红军、出革命志士的地方。直到此行考察了历史渊远的庐陵文化，才使我对吉安的文化积淀、对吉安的精神特质有了更多的了解。

你知道吗？古称庐陵的吉安，历史上曾是江南望郡。庐陵一方历来十分重学兴教，不仅官方重视开设庠序、学宫，民间开办塾馆、书院也极为盛行。据说，一个村子里的塾馆、书院就可多达十几个。吉安最著名的白鹭洲书院，名列江西四大书院之一，至今已有八百年历史。这座由朱熹再传弟子江万里创建的书院，曾培养出了文天祥、刘辰翁、邓光荐等一批文人志士、社稷栋梁。据说，文天祥高中状元的那一年，同榜的庐陵进士竟多达三十九人，理宗皇帝于是亲赐“白鹭洲书院”匾额以示褒扬。更令四方惊叹的是，建文二年和永乐二年的两次科举，高居榜首的状元、榜眼、探花三元均为庐陵学子，一时间庐陵声震朝野、名扬天下。不仅如此，庐陵还盛行理学之风。彼时，无论是名家大儒、山间学士还是布衣野佬，均可出入学馆，论天道性命，讲儒学道德，辩佛教神学。由于当时的社会影响很大，以致学界有“江南理学在庐陵”一说。难怪庐陵会出欧阳修、杨万里、解缙这样的鸿儒。

深厚的历史文化必然对吉安的精神气质、人文性格产生深刻的影响。吉安人多有理想，有大志，重精神追求，且有血性，有担当，重气节。古有被囚三年而不屈，从容赴死的文天祥；有面唾金兀术，剖心取义的杨邦乂；有被誉为江西脖子最硬的人，以一编修官上书乞斩秦桧的胡铨；有元军攻破之日，携十七口家人投水殉国的江万里；有立朝刚正的杨万里；有直言敢谏的周必大等豪杰。今有在吉安建立第一个中共党组织和第一个农村党支部，被国民党枪杀的龙华二十四烈士之一的罗石冰；有宁死不屈，用脚趾蘸着自己的鲜血写下“中国共产党万岁”后，从容就义的刘仁堪；有为保存莲花县最后一支枪，甘愿付出全家性命的贺国庆；有在龙源口战斗中用胸膛堵住敌人枪口的红军战士马奕夫等无数先烈。从革命初期开始，到新中国成立，在漫长的革命斗争中牺牲的，有名有姓的吉安烈士就达46634人，四万多人啊，这还不包括那些没有留下记载的无名烈士！

对吉安人精神性格最直接的感受，我还是从你们父子身上看到的。

父亲是个由理想出发而投身革命的坚定的理想主义者。长征途中，父亲在贵州土城战斗中负伤，一颗子弹钻进了肩窝深处。因为没有医药，父亲让战友们把自己按在门板上，用刺刀生生地从伤口里抠出了子弹。伤口感染后引起了高烧，父亲一直忍着高烧的痛苦，坚持跟部队走。一天早上，父亲醒来后发现队伍已经出发了，在他的铺板底下留有几块大洋。父亲明白这是遣散他了，是部队怕他伤势太重跟不上行军，所以留下大洋让他返乡疗伤。父亲不想就此放弃自己的理想，他没有返乡，而是凭着坚定的信念和顽强的毅力，向部队行进的方向追赶上去。一路上，父亲风餐露宿，赶上哪个部队就跟着走一段，在人家那里吃一口饭，换一次药，再继续追赶部队。父亲的伤口竟在追赶的途中奇迹般地愈合了，一个月后，父亲终于追上了自己的部队。那是父亲最艰难的一段长征路，是父亲一个人的长征，若没有理想信念的支撑，父亲是无论如何坚持不下去的。

你也是个具有理想型人格的人。我知道与《过零丁洋》比，你更喜欢文天祥的“男儿生作事，豪杰死留名。天运常相禅，江流自不平。百年多险梦，千古有闲评。诸父渊源在，吾犹及老成”。其实我挺理解你的，父亲的声名带给你的压力太大，而现实能让你得以伸展的空间又太小。你有多少抱负就有多少痛苦，有多少追求就有多少无奈。是所谓天运常相禅，江流自不平，何况你又太过理想化，与身处的社会环境很难相融。对此，你痛苦，我也痛苦。

你当然有你的问题，有你自身的偏狭和局限。与许多军队子弟一样，你有优越感。这种来自父辈的优越感限制了你的认知，让你错以为有些事物是应该应分的，所以你临事往往会显得过激、失常。你痴迷军事，这本没错。但你的军事情结里透出的那种过热的、缺乏人文思考的战争想象，也常常令我不安。我知道你不完美，也对你多有抱怨，但却一直能接受你的不完美。有朋友问过我为什么，我说不清楚，想了半天才试着回答说，你可能有很多的缺点，但你干净，不世俗。你是个拿理想当生活，始终沉浸在自我精神世界中，不肯与现实交媾的人。你为人真诚、热忱、不设防，这些当今被很多人弃如敝履的品质，一直被你固执地坚守着。所以朋友评价你是他们所见过的这个年纪的男人里，最透明、最单纯的一个。

其实谁都不完美，你大可不必苛求自己。你有过理想，也曾为实现自己的理想努力过，奋斗过，这就足够了。你十五岁参军入伍，二十岁当连长带兵。你曾在组织连队训练时，在新兵手榴弹脱手的危急时刻，捡起手榴弹扔出掩体，又扑上去用自己的身体护住战士。事后才发现，你身上的棉军装后背都被弹片划破了。那一刻的你，把父辈的传承和吉安人骨子里的勇气与担当表现得淋漓尽致。

你在最后的那段日子里，也表现出了与父亲一样的吉安人的坚韧。你得知自己患绝症后的平静，令我感到吃惊。你从未抱怨过，也从没流过一滴眼泪。中央电视台要制作父亲的专题片，提出来采访你。那时你说话都很吃力了，还坚持要接受采访。我想阻止但不敢阻止，也不忍阻止，因为我知道这对你有多重要。采访录制了一整天，你以重病之躯用顽强的毅力坚持了下来。但这一次真的是耗尽了你的体力和心血，你的病情第二天就急转直下，仅仅十天之后就离开我们，与天上的父亲团聚去了。

我带着家乡的红土离开了吉安。我要把这红土带给远离家乡的父亲和你。我要把红土分别祭撒在你们的墓前，用这捧家乡的红土，慰藉你们父子两代的乡情。

车窗外的井冈山葱茏叠翠，五指峰巍峨耸立，龙潭瀑飞落深谷。隐约间，我似乎看见你的身影在竹林中闪过，似乎听见你在吟诵苏轼的《定风波》——

莫听穿林打叶声，
何妨吟啸且徐行。
竹杖芒鞋轻胜马，
谁怕？
一蓑烟雨任平生……

是你！这是你生命的后几年里最喜欢的一首东坡词，且继续听——

料峭春风吹酒醒，
微冷，
山头斜照却相迎。
回首向来萧瑟处，
归去，
也无风雨也无晴。

我忽然有些懂了，你是在告诉我，你的内心早已平息了，释然了，你已经把一切都放下了。你是想让我也放下，对吗？

极目远眺，但见天朗地阔，日绚风清，树梢有鸟鸣啾啾，草尖有野花摇曳。是啊，回首向来萧瑟处，归去，也无风雨也无晴，我也是该放下了。

那么，我们都就此放下吧，好吗？

2021年10月2日初稿
10月7日定稿
于大连·海之韵

（原载《作家》2023年第5期）

在图书馆里成长

阎晶明

人到了一定年龄必然会忆旧。我一向克制自己这样做，因为在我看来，忆旧就是意味着老去。可我现在却又越来越觉得，人之所以忆旧，未必是想总结，想倾诉，想告诉别人点什么道理。而是因为，他越来越相信经验的判断，越来越愿意从自己的经历，而不是从剧情中和听来的故事里得出人生道理。这种“经验之谈”，不但更让他踏实、放心，而且更有自我针对性，也有一种重新发现和反复思考的快意。

于是，当我也必须承认自己年过花甲之时，也一样愿意回忆那可称漫长的岁月，回味那些值得回味的线索、片段、细节。今天，我就想列举一下，在长达半个世纪的时光里，图书馆对我的影响。这一“主题”性的回忆，让我产生一种莫名的兴奋，一种独特的欣慰。

我从小生长在晋西北偏关县城里。因为环境和时代的制约，完全不知道外面的世界有多大，也从来不觉得自己生活的地方有多小。我在十岁左右时，父母和我们姐弟住在一座平房里，现在都不记得那房子有多大了，肯定不宽敞，但也一样没有拥挤的印象。回味起来，这种没有比较、没有高下感的日子还很有放松的一面。不像今天的孩子，未及懂事，就能敏感地判断到、比较出尊卑和贫富。我们那个平房院是前后院各两户且独立出入的组合。年龄相仿的孩子比年纪相近的家长还要多。因为正处在一个既不要求应试教育，也没有素质教育概念的特殊年代，孩子们都处于放羊式的三不管状态，成天闹哄哄地自由出入，完全没有秩序可言。家长们共同意识到其中有潜在的危险，比如过分躁动以及安全问题，等等。总之，他们合谋让孩子们尽可能安静下来。于是，就找来没完没了的书让我们阅读。那时候，虽然教科书也没有什么神圣可言，但小说之类的书统称为“闲书”。住在我们前院的张姨是县图书馆的管理员，有很方便的条件可以把书带回来让孩子们阅读，然后再送回去，不定期置换。于是，十岁的我知道了图书馆这么一个神奇的地方。我现在完全没有自己进入过图书馆的印象，但一包包带回来的新书却给我贪玩的生活带来了新意。那都是些小说类的书，因为是从图书馆里来的，所以没有深浅之分，拿到哪一本翻看完全是偶然的。我现在还能记得曾经读过一本越南小说，很新奇，但只留下故事枯燥的印象。因为有了这样的阅读，跟周围也有看“闲书”爱好的同学就有了交换书看的机会和热情。可是那时候的我们，只知道这些书是“闲书”，完全没有什么功用的要求。

如果说我的童年和少年时代还有什么值得在功劳簿上记一笔的，可能就是这些看“闲书”的经历吧。我上的学，从小学到高中总共不过九年。1977 年，我才十六岁就高中毕业了。那正是历史转型时期，一切都不确定。我身体瘦小，父母很难提出让我找工作的想法。正好恢复高考的第一年刚过，县中学及时成立了高考补习班。父母认为，既然我没有能力工作，不如把我送到补习班里待上半年再说。至于说参加高考甚至上大学，他们想都没有想过。因为我数理化完全不行，自然就进入了文科班。就像后来的孩子文科也不行，就想办法参加“艺考”一样。第一年，也就是 1978 年高考成绩就要出来了。我记得我一个好友、同学先知道了自己的总分，五门功课总共五百分的考试，他得到了两百分多一点的结果。他已是很有志向要考上大学的一个了。我认为自己离这个成绩也不会太远，而我的父亲却认为，以我完全没有学习积累和自主要求的情形，达到两百分也不过奢望而已。很快我就得到了同样是两百多分的成绩，这让我的父亲大喜过望。五门功课里，除了数学连十分都没有达到外，其他的文科成绩，居然都达到了五十分以上，语文和地理竟然还取得了六十分以上的及格分数。我父亲认为，只要我把数学迅速补上来，考个学校是完全有机会的。于是从那个夏天开始，我就开始了疯狂的数学自学。高考时我只做对了一道因式分解题，可知数学的基础几近于零。我还记得上海教育出版社出版有一套数学自学丛书，我就从第一本开始自己阅读、练习。那套书也是父母从县图书馆里借来的。当时我们家已搬到另外一个更大的院子里，紧临我们家的一位叔叔，是县通信组的干部，擅长写材料，殊不知他本人是大学数学系毕业，尽管多年弃学，但辅导一个我这样的零基础的学生还是绰绰有余的。

就在这样的合力之下，我用十个月的时间恶补数学，兼学其他。次年再考，居然一跃而上榜，成为一名大学生。现在想来，我的那点文科知识，就是图书馆的丰沛资源潜移默化带来的，所有的人连同我自己，都没有想过，有一天，它们能转化为一种素养和知识积累，一点阅读联想力和理解力，一点写作的基础。没有图书馆，我也可能就得不到那套数学自学丛书，也就不可能突飞猛进地把最短板恶补上来，就不可能有后来，以及后来的后来。

一座小小的图书馆，就是成就我人生的第一个起点。我始终这么认为。

我在山西大学学习四年，现在回想起来，获益最多的来处，仍然是图书馆。不知道为什么，那个时候的我，已经有了这样一种认识。中文系的课程，文学的学业，不应该在教材里，而应该在广泛的阅读里。体现学习能力和成绩的，不应该是考试成绩，而应该是博览群书。必须坦率地说，四年期间，授业的老师对我印象普遍淡漠，我的成绩总体也不突出。1983年要考研，当时学校对考研报名还是有要求的，入校后的成绩均分必须达到八十五分以上方可报名，而我似乎还略差一点。后来还是通过专门申请，才获得批准。但我十分感谢大学四年的巨大影响，尤其是学校图书馆给予的丰厚滋养。学校的图书馆分南北两处。北馆以图书为主。除了去借阅图书，我去得最多的地方是文科阅览室。那是一个让人沉醉的地方。我真正的、有目标的、饥饿般的文学阅读是从那里开始的。不上课的时候，甚至课堂无趣的时候，我常会跑到阅览室里去借阅各种书来读。中文系最著名的教授是姚奠中，古典文学专家、书法家，也就是堪比大楼重要的大师了。对我们这些本科生来说，只闻其名，难得有机会受教。不过，姚先生的夫人李老师，倒正是文科阅览室的管理员，她态度和蔼，十分和善。我从来没有过攀谈的尝试，但经常出入，自然会给她留下印象。借阅图书需要押学生证，所以这位李老师对我不但有印象，而且也记住了我的名字。毕业后已经到了另外的城市、另外的大学，我听说李老师还向人打听我的去向。对此，我还是感到些许欣慰和感激的。南馆以报刊阅览室为主。那个年代，思想活跃，人们求知若渴，仿佛每天都有新信息、新思想出笼，所以浏览报刊文章，也成为习惯。我后来走上当代文学评论道路，与这时候的积累是分不开的。

大学的图书馆让我走上了广泛阅读、自主阅读的道路。我在那里开始读鲁迅，感受他那强大的、深邃的、精妙的思想和艺术魅力。也是在那里读出五四那风起云涌的时代，一代知识分子是如何充满热情、带着真情，为国家、为民族而悲喜，而呐喊。我读到郁达夫的《迟桂花》，并确信是他写得最好的小说。读到了闻一多、徐志摩、朱自清。也是在那里，我确立了以鲁迅和中国现代文学作为自己继续学业的方向和目标。

1983 年，我来到西安，成为陕西师范大学的一名研究生。回忆起来，偌大一座校园里，当时就让我产生强烈的美好印象的建筑，正是学校的图书馆。那是一座古典式的建筑，整个建筑的墙面上都爬满了绿色的植物，图书馆的门前是一条悠长的道路，两侧是郁郁葱葱的树木花草。穿过丁香花园式的小路进入图书馆，又闻到熟悉的、亲切的书香。三年学业，我从这座图书馆里受益很多。由于对阅读的痴迷，我甚至对必须完成的学位论文都思考甚少，引得我的导师黎风先生颇为焦急。如今我离开学校已经三十多年了，学校的主体已搬迁至新的校址。这或许是大学发展的必然要求，也是“大学城”规划、建设的必要之举吧。但每进新校园，我最感觉怀念的还是老校园的那座图书馆。那种环境、氛围、美感，可能是无法带出来也无法替代的。

毕业后我一直在作家协会系统内工作，无论是在省作协还是在中国作协，无论是做编辑、专业研究人员还是行政工作，都是围绕着文学活动，都离不开阅读和写作。作协机关没有成规模的图书馆，但也有像模像样的资料室。资料室有点像图书馆的报刊阅览室，可以读到比自己订阅的更大量的报刊，也会有一些经典的文学名著放置在书柜里。虽然个人的利用率和依赖程度明显降低了，但仍然是一个想来还十分具有亲切感的地方。

在我的学习、成长经历中，图书馆就这样成为最能够徜徉其间，呼吸、吮吸着新鲜气息，如饥似渴地享用着丰富营养的地方。没有它们，我所经历的人生就必定会是另外一副面貌。人生没有或许，也不能想象式比较，但我能肯定的是，没有图书馆的滋养，自己所度过的肯定是完全庸常的人生。

四年前我搬到了新居居住。如果让我对居住环境打分的话，得分最高的一项必然是，我的住处离我心目中的神圣之地国家图书馆距离很近，也就相隔一条马路、一座规模不大的公园。这简直是最大的利好，尤其在我的人生接近可以自由支配时间的阶段，能够住在中国最大的图书馆附近，有一种说不出的幸福感。我也的确尝试着享用这种得天独厚的条件。去年以来，有那么一段时间，每天上午八点半出门，带着笔记本电脑、国图的读者卡，准备要用的资料和一两本书，到了小区门口，扫码打开一辆绿色自行车，随着上班的人流车流，向北、向东、再向北，骑行不过一刻钟，再随着老的、少的读者凭证进入。无论是到北馆查找报刊资料，还是到南馆阅览室写作，那都是时间过得飞快，也非常充实的时刻。阅读的效果、写作的效率也出奇地高。这更让我深信不疑：图书馆就是最适宜我生存的地方，我庆幸自己在这里成长，也愿意并且渴望在这里慢慢变老。去年以来，好几篇规模大一点的文章，都是在国图的阅览室里完成的。有一次我的文末特别注明了“完稿于国图”，还引来朋友浏览后的一声感叹，感叹文章居然是在图书馆里完成的。

在图书馆阅览室里读书和写作，有许多特殊的体会。比如，如果你在自己家里或单位办公室里写作，难免会觉得，天下人都在吃喝玩乐，而自己却在付出辛苦和劳动，尽管也一样乐在其中。但在图书馆你就不会，因为这里只要开门，就永远有读者，抬眼望去，阅览室里总是坐得满满的。怎么这么多人废寝忘食？自己离真正的求知者还差得很远呢。就是这么想的。即使午后一点钟离开，仍然有一种毅力不够，早早收兵的自责。其次，在图书馆里写作，不但身心能够沉静下来，专注度极高，写作的灵感也会迅速到来。我常跟朋友说，一个人写作，说是忙了一上午，其实有效的写作时间可能还不到一小时。因为大部分时间里，你在泡茶、吃零食、接打电话、看朋友圈，摸索一下这个，摆弄一下那个，真正投入写作的时间并不多。但图书馆可以简化和斩断很多俗务与分心处。而且，如果有什么需要查阅的书籍和资料，可以尽快通过借阅获得。如果在别的地方，就很可能缺少这些条件，不得不通过百度来查找。这不但使资料信息不准确，而且通常还会“走神”，以查阅资料之名游走于手机翻看当中。时间不知不觉就浪费式地流逝了。再者，在图书馆写作，看着周围琳琅满目的图书，还会有一种天然的被感染的冲动。我记得自己有一天就写下这样一句感言——在图书馆写作的好处是，你会对自己提出这样一种愿望：为了把自己的作品放到图书馆里而努力写作。尽管这种想法是临时的，也是虚幻的，它不可能是一个现实目标，但对写作当下来说，却起到了应有的激励和鼓舞作用。并非完全虚幻。只可惜，生活里不只有读书和写作，生活的场域也不只有图书馆，我也不能和没有做到天天出入图书馆。但这个愿望和信念仍在，我就相信自己，还一定会再次拎包出门，扫码骑车，奔赴国图，过一种有意义的生活。

人们总爱引用博尔赫斯那句名言：天堂就应该是图书馆的模样。我不知道这句话出自博尔赫斯的哪部作品，但我觉得这句话真的十分受用和贴切。很多人在引用这句话后，展示世界各国最美图书馆的景观图片。它们看上去的确十分动人，也很印合那句话。我想，如果自己的人生从成长到变老，都能在图书馆的屋檐下、氛围里一天接着一天地度过，那无疑可以说是度过了特殊的幸福人生。

愿天下最美的建筑、最好的城市地标都是图书馆，愿书的芳香能充溢着我们的生命旅程。

（原载《芙蓉》2023 年第 4 期）

飘过国界的哈达

刘上洋

在西藏，凡是接待来自他乡的客人，主人都要为他们献上洁白的哈达。

这是一种藏传佛教的风俗，也是一种美好吉祥的祝福。

去年7月中旬，前往日喀则地区的聂拉木县樟木镇进行专项调研，动身的时候，当地的群众照例热情地为我们每人献上了一条哈达。

车轮飞转，哈达伴行。我们沿着中尼公路向樟木镇前进。

中尼公路是西藏目前唯一的一条国际公路，修建于二十世纪六十年代，起点是拉萨市，越过喜马拉雅山脉，最终到达尼泊尔的首都加德满都。而樟木镇就在中尼边境的中国一侧。

在此之前，由于我们所到的西藏其他地方，都是雪域高原，所以预想中的樟木镇也肯定是这番模样。但是在过了聂拉木县城进入喜马拉雅山南边的一条大峡谷之后，随着海拔的降低，两旁的景色也像电影的镜头一样不断变幻和切换出新的画面。先是在铁青色的光山秃岭上叠印出绿茵茵的草地，接着草地又渐渐地幻化成翠生生的灌木林，而后灌木林又在不经意间切换成了郁郁葱葱的大森林。一些不知名的树木，从刀劈斧削般的石壁隙缝里斜生出来，用虬干曲枝悬空撑起了一把把巨伞，绘成了一幅不畏艰险、顽强不屈的绿色生命图景。峡谷中间，一条小溪欢快地奔流着，不时被水中的石块激起白色的浪花。哗哗的水声伴着沁人的绿意，把我们带进了一个童话般的仙境。

这是缺氧贫瘠的西藏吗？我们简直不敢相信自己的眼睛。

大概是看见我们脸上的惊异表情，随行的藏族同胞告之说，因为这里地处喜马拉雅山的南坡，经常受印度洋暖湿气流的影响，所以气候温和，雨量充沛，非常适合树木的生长。其实在西藏，这样的地方很多，西藏不仅是世界的屋脊，而且是全国最大的林区，其中不少地方还是人迹未至的原始森林。

真是一个完全不一样的西藏，一个令人耳目一新的西藏，一个生态优美、生机盎然的西藏。

峡谷很长很深，一眼望不到头。两边的山峰相峙而立，就像两扇耸入云霄的巨大绿色屏风，把天空夹成了一条云的河。公路是沿着一边的峭壁开凿的，上是望不到顶的悬崖，下是见不到底的深渊。人坐在车上，不免有些胆战心惊。偏偏这时前方又出现了滑坡，本来刚好可以会车的路面向下坍塌了一大半，临时用木头撑搭起来的路面显得十分单薄。我们的心被吓得猛地蹦到了嗓子眼，幸好司机是常年在崇山峻岭中驾车的藏胞高手，只见他小心翼翼地把车子紧靠里边慢慢行驶，车子在坑洼不平的路面上颠簸了几下就安全地通过了。大家悬着的心也一下子放了下来。然而没过多久，又是一阵云雾奔涌而来，霎时之间，树林、公路和整个峡谷都隐藏在了一片茫茫的白色中。我们的车子也宛若在天上的云海里缓缓飘驶，只有谷底的流水声提醒大家这是在人间。也许是因为浓重的云雾遮盖了视线，我们原本觉得很危险的公路也不觉得那么危险了。人类有时就是这样奇怪，只要眼睛没有看见，许多平时不敢涉足的危险也能毫无畏惧地闯过去。

山间的气候说变就变，刚刚还是云雾缭绕，现在却是细雨霏霏。飘飘洒洒的雨丝好似无数轻盈柔软的手指，把山中的每一片树叶、每一块岩石化作了精美的琴键，弹奏出一曲又一曲天籁般的原生态小调，如梦如幻，奇妙极了。雨不知什么时候停了，整个山林青翠欲滴、流光泛亮，像浸透了的碧玉，又像水灵灵的翡翠。特别是那些瀑布，不是十几条，而是上百条，依次悬挂在绿色山崖上，好似无数条白色的哈达在飘舞。我们不由得感叹西藏山水的神秘与神奇，连瀑布都充满了这么浓郁的“藏味”。

越往下走，山越来越陡，路越来越险。这与一般的山脉越到高处越陡险不太一样，喜马拉雅山的南坡在山腰以下几乎都是悬崖峭壁，不少地方简直就是垂直状态。反倒是到了五千米左右的高处显得相对平缓，而在快要临近峰顶的地方又重新变得险峻。这也在无形中对应了人生及事业的一个规律。大凡有非常成就的人，在他事业的起步阶段都是异常艰难的，横亘在其面前的，不仅有陡峭的山崖，而且有数不清的险阻。这时他只有敢于冒险勇于攀登，才能登临到一个比较平缓的事业高度，然后再以此为新的平台继续向上攀登，从而最终到达人生事业的辉煌顶点。

也不知向下拐了多少道弯，在海拔两千三百米的前方坡谷绿荫中，隐隐约约地现出了一方方五颜六色的屋顶，有灰色的，有黛色的，有白色的，有红色的，原来是樟木镇到了。这是一座典型的山城。街道沿着“之”字形的盘山公路而建，两边都是两三层砖木结构的精致藏式小楼，其中也夹杂着一些六七层的现代建筑。各种各样的商店一间接着一间，有卖尼泊尔商品的，有卖印度商品的，有卖瑞士名表和国外戒指、玉器等高档商品的，但更多的是卖当地的木制、牛羊毛和丝织等工艺品的，还有不少的宾馆和饭店，特别是那些特色风味的小吃店，从里面不断飘溢出来的牛羊肉香味，让人闻了直吞口水。街上人流如织，车水马龙，使本来因为街路合一就很狭窄的街道显得更为拥挤。一些中青年妇女在街边的自来水龙头下冲洗着长长的头发，一些老人和小孩三三两两地坐在街旁，那悠闲自在的神态，仿佛在向过往的行人诠释着幸福的真谛。

从镇中心再往下约三公里，便是我国的边境口岸。这里不仅有庄严的海关，而且还有初具规模的边贸市场。每天，一辆辆满载货物的中尼两国卡车不时从这里进出，一批批中尼两国的边民和商人在这里做买卖。中国的电子产品和日用产品从这里源源不断地输往尼泊尔各地，而尼泊尔的大量精美手工制品也从这里源源不断地输往中国的西藏和内地。同时这里还是中尼两国旅游的主要出入通道，每年都有数以万计不同肤色、不同国籍的人士来此观光旅游。据说在高峰时期，边贸和旅游的日均人流都在五六千人。在从事边境贸易和旅游业的中国人中，有全国各地的商人，也有本地的边民。其中最值得一提的是夏尔巴人。这个原本居住在喜马拉雅山南部深山老林中的原始部落，是藏民族的一个分支，过去从不知生意二字为何物，但自十几年前搬到樟木镇后，如今已成了闯荡市场的生力军。三百多户人家不仅都做起了边贸生意，而且还办起了为旅游服务的各种店铺，尤其是2009年兴办的夏尔巴民俗文化度假村，独特的民族风情和奇异的自然山水让许许多多的中外游人赞叹不已。夏尔巴人也由此逐渐走上了富裕的康庄大道。真没想到，方兴未艾的边贸和旅游，使这个昔日贫瘠落后的边陲小镇到处流淌着一种国际化的气息，呈现出一派繁荣兴旺的景象。

在离开樟木镇的前夕，我们特意去参观了中尼友谊桥，它像彩虹般地横卧在大峡谷的急流之上，标示着中尼两国的分界线。桥的这头属于中国，桥的那头属于尼泊尔。当我们兴致勃勃地到达桥的中间时，早在那里等候的尼泊尔边防人员便迎了上来，一个个地同我们热情拥抱，并为我们每人献上了一条金黄色的哈达。双方就像多年的老朋友重逢似的，有说不完的话，有叙不完的情。在友谊桥上，我们深切地感受到了中尼两国人民之间源远流长的深厚友谊。

沉浸在友谊氛围中的时间总是短暂的。不知不觉半个小时过去了。当我们同尼泊尔朋友告别时，大家心里都有一种依依不舍之情。这时，我情不自禁地抚摸着胸前的哈达，然后又抬头望了望盘绕在重峦叠嶂中时隐时现的中尼公路，不知怎的我忽然感到这条公路就像一条绵延千里的哈达，系着友谊和祝福，一头连着尼泊尔，一头连着我们中华民族。而樟木镇，就是这条千里哈达上的一个吉祥如意结。

中尼公路，一条飘过国界的哈达。中尼公路，一条穿越时空的纽带。

2014年11月

（选自《难以攀登的美》，江西人民出版社2023年版）

走进人民大会堂

马慧娟

对于再一次去北京，我心里满是忐忑，因为这一次和上一次不一样。参加《我是演说家》录制还有前两期可以参考一下，可当代表却是在我周围的人群中闻所未闻的一件事，我连个能请教、能学习的对象都没有，我怎么办?

现在距离开“两会”只剩下一个月时间，央视新闻频道已经开始了2018年“两会”的宣传，我又被确定为基层代表的宣传对象。央视驻宁夏站的两位记者连夜赶赴红寺堡，说是要拍一个三分钟的短视频。

自从2016年参加《我是演说家》节目录制之后，我大大小小地拍过各种短视频，自以为已熟悉拍摄流程，想着三分钟嘛，半天就拍完了，所以也就没当回事，但事实证明我严重低估了央视记者的严谨和敬业。

二月的红寺堡，冷风刮着去年的蓬蒿满地跑。春耕还早，村道里连个人影都看不见，两个记者顶着冷风，扛着摄像机，一遍遍地和我讲镜头，一遍遍地踩点，一遍遍地拍摄，一遍遍地重复。一天、两天、三天、四天，然后半天……

整整四天半，我的心和被风刮着跑的蓬蒿一样凌乱，甚至在一遍遍镜头都过不了的时候想到了放弃。两个记者也被红寺堡的风刮得粗糙了不少，摄像老师的嘴唇都裂开了。看我有点消极，他们只好停下来鼓励我：“你已经很好了，百分之九十九的人看见镜头都会紧张，你放松下来，拿我们当朋友，慢慢说。”鼓励和认同是最好的动力，在我们的共同努力下，视频总算拍完了。

几天的相处，大家熟了起来，说到去北京开会，两位记者笑着说：“放心，过了我们这一关，后面的事情对你来说都不是事情了。”

“两会”现场让我充满了想象和期待。我很感谢两位记者善意的鼓励，但我仍旧忐忑。尽管在电视上看过“两会”的现场，也见到过国家领导人。但对我而言，很多事情不经历一次，永远都不知道是什么样子。怎么发言，怎么履职，怎么当好一个代表，都是我要去了解和学习的。或者，这也是很多和我一样新当选的代表都在思考的问题。忐忑归忐忑，但我也做好了思想准备，既然我被选成代表了，那我也一定会去好好当这个代表。

2018 年 2 月中旬，自治区人大召开了一次代表建议征集会议。在这次会议上，我见到了这一届当选的大部分代表。就像我父亲当年说的，能去北京的，都是有大能耐的人。看着这些平时只能在电视和报纸上出现的人坐在我身边，我愈发觉得自己需要学习的东西太多。会上领导简单说了今年的议案、建议征集情况，希望大家提出新的意见建议，同时也给大家大致说了一下履职过程中需要注意的事项。会议结束之后，让我们回去准备，3 月 2 日出发去北京。

我是红寺堡区开发以来的第一个全国人大代表，红寺堡区委、政府对我当选代表这件事情非常重视。领导来家里看望我，希望我珍惜代表荣誉，好好履职。领导的到来让我当选全国人大代表这件事情在玉池村人尽皆知，大家眼里满是惊叹和难以置信。而高干梁的乡亲们那几天见了我都高兴地调侃：“哎呀呀，你了不得，都马上要去北京开会了。哎，你去了能见上总书记和总理不？去了向党中央问个好嘛，就说咱们都过好了。”

我开玩笑：“你们光拿嘴说啊，都不给党中央带个礼物吗？”他们说：“我们把日子过好就是给党中央的礼物嘛。不过啊，你去了得说，咱们还等着过更好的日子呢，要奔小康，要实现四个现代化，让党中央再给咱们多给点好政策嘛。”

我笑着说：“政策再好，还要咱们自己勤快呢，人不勤快，光政策好有什么用？”

他们说：“看你说的，咱们也勤快呢，不然日子怕没这么宽展。反正，去给党中央说啊，真好着呢。特别是老年人，都领上养老金了。”

我点头，记下了他们的嘱托。他们是最容易满足的，只要庄稼丰收，只要牛羊不生病起灾，只要能有地方打工挣钱，只要一家老小平安，就是最好的光阴。这几年，政策的扶持加上个人的勤劳，他们的日子一年一个样。调侃归调侃，大家心里是真的踏实和高兴。

母亲已经习惯我来来去去，每次我报出一个陌生的地名，她都会若有所思地想一想，然后说：“又要出门了啊！”

我点头，默默陪她坐一会儿，然后在我回来的时候再去看她。父亲去世之后，母亲的听力严重衰退，我们在很多时候都是这样坐着，通过很大声地说话，再夹杂些手势交谈一阵子。母亲是骄傲和固执的，她从不肯接受来自儿女的怜悯，只要自己能做的事情，就不会麻烦别人。我又一次去辞行，只不过这一次出门的地方有点特殊。

我说我要去开会了，要去人民大会堂。她问：“能见到总书记和总理不？”

“应该能见到。”我笑着说。

“哎，真好，真好，女子啊，你也是把人活（风光）了。不容易，咱一个老百姓，现在就要去人民大会堂了，要参与国家大事，还要说话呢吧？也不知道你行不行？”母亲用她最大的想象力想象着我要去开会的场景。在母亲心里，那是多大的场面，她太担心我了，怕我做不好。

“肯定会有人教我们的，我也会学习的，您放心。”我安慰她，希望她不要为我担忧。

“就是的，就要多学多看呢。这是多大的事情啊，你自己也要重视。”母亲继续安顿。

我点头，心里有点难过，替她理了理衣服领子。她急忙去照镜子，自己又整理了一遍。镜子里的母亲更加苍老，脸颊上的老年斑明显了起来。自从父亲去世之后，她的后背驼得更厉害了，话也少了。她的一生，都在为这个家、为儿女不停地操劳，但儿女长大了终究都要远行，都要延续她走过的光阴。如今，她的身边已没有儿女的陪伴。

剩下的几天时间，我给自己置办了正装，以及出行需要的其他东西。朋友说："一定要穿得精精神神的，你代表的可是咱们宁夏农民的形象，可不能让人家觉得我们宁夏农民不行，站不到大台面上去。"

我和明月姐姐以及一些网友分享了我当选人大代表的事情，明月姐姐说："太为你高兴了，文字的力量居然如此之大，你的彻底改变，源于你对梦想不屈不挠的坚持；当然，更重要的一点是你搭乘了整个时代的快车，我相信，你在任何地方都会一如既往地优秀。"

我使劲点头，还有什么比肯定和鼓励更让人觉得踏实的呢？努力做好手头的事情，努力让自己向前走是我唯一能做的事情。

又一次踏上去北京的路途，和前几次不一样的是，我的胸前佩戴着宁夏代表团的团徽，纽扣大的徽面上是整个宁夏地图。我也不是一个人去参加"两会"，我的身后，是很重很重的嘱托和大家的期望。

因为"两会"的原因，三月的北京人满为患。我们和浙江省代表团一起被安排在全国人大会议中心宾馆入住。因为人口基数原因，浙江省代表团代表人数比我们多出很多。参会的每一个人履历拿出来都是响当当的，都是在自己的领域内做出杰出贡献的，不然不可能从几十万人中脱颖而出。初次见面，大家热情地相互打着招呼，据说以后履职的几年中，我们都会和浙江省代表团住在一起。

入住，休息，第二天简短地开了一个会前会议，强调了一些注意事项，同时也就代表提出来的意见建议做了一个梳理，看谁还有需要补充的建议。

我自己是从最基层的地方成长起来的，经历过借书比借钱还难的尴尬境地，而地方文化的发展需要引领，更需要基础设施方面的支持，所以我提的建议是"加强县级地方'两馆'建设"，希望能让更多的人因为文化受益。

到了3月5日这一天，是去人民大会堂正式开会的日子，我心里还是充满了忐忑和紧张，早早地起床，吃完早饭之后就等着出发。我问一起来的方代表："你紧张不，姐？"

她说："紧张呢。你看，我的手心都出汗了。"

我说："我也紧张得很。"

她说："紧张也没办法，来都来了，就鼓励一下自己吧，加油！"

我点头，说话间车队缓缓出发，出人大会议中心，途经中南海，驶过长安街，在天安门广场停车。各地的代表从不同的宾馆朝这里汇集，很快，车队整齐有序地停靠在指定的位置。广场上的人流密集了起来，执勤的武警战士身姿挺拔得如同西北的钻天杨。清风刮过，各处红旗在朝阳中招展，今天就和往常的日子不同了起来。

一走进人民大会堂，高远空旷的感觉扑面而来。我看到了那架星海牌的巨大钢琴，看到了巨幅的铁画迎客松，看到了微缩版的天坛模型，也看到了摆放着的花花草草。第一次来，生怕耽搁了正事，所以不敢多在大厅停留，找到区位图，根据上面的提示，我进去找到了自己的位置坐下。摸着面前光滑的桌面，环顾四周密密麻麻但又整齐有序的座椅，竟然有点不真实的感觉。在电视画面上看过多少遍的场景，我竟然置身其中了。回头看看方代表，她冲着我笑，我才心里安稳了下来。我们坐的位置离主席台很近，近到可以看见主席台席签上一个个熟悉的名字，想着一会儿就要近距离地看到这些领导人，就又想起来时乡亲们和我开的玩笑。

时间已经到了八点四十，越来越多的代表入场就座。向后看去，一字排开的弧形座椅上空着的座位不多了，二楼坐着的是政协委员，三楼是礼宾乐队和国内外记者。外面看着不怎么大的会场，进来居然可以容纳这么多人，一切对我而言都是稀奇的。

我的前后都是宁夏回族自治区代表团的代表，右边是甘肃省代表团和西藏自治区代表团，左边是香港特别行政区代表团和台湾省代表团。初次见面，大家礼貌而得体地相互打招呼问好。一届代表任期五年，所以以后的五年，我们每一年都要在一起开一次大会。

过了一会儿，中央领导进入会场，九点整，大会正式开始。当雄壮的音乐在人民大会堂奏响，当近万人一起大声唱响国歌时，作为一个中国人的自豪瞬间从心头涌出。如果以前看到的只是我眼前的山、土地、牛羊、庄稼、老人孩子和我想象的风景，那我现在看到的就是整个国家，包括它的发展、它的成就、它的未来，还有它值得人去仰慕的地方。这些发展、成就、未来，是我们每一个人都参与其中，跟随着党和国家的决策奋斗来的。

开幕式之后，大会正式拉开帷幕，总理开始作政府工作报告。这一天，作为代表中的一员，我正式参与到代表履职的工作中。

“两会”进行得如火如荼，从3月5日大会开幕，听了政府工作报告之后，我们的忙碌就正式开始了。我们不仅要审议政府工作报告，接下来最高人民法院报告、最高人民检察院报告、全国人大常委会工作报告，以及预算和计划草案报告都要审议。审议就是每一个代表结合自己的行业、自己关注的问题就各个报告再提出意见建议。一个代表团如果代表人数多，发言就可以分散进行。宁夏回族自治区代表团只有二十一位代表，每个人都要对报告认真审议和发言，每一个报告从听完到审议时间都非常紧张，写发言稿成了我们每天必修的功课，根本没有多余的时间。

有一天早晨审议会议即将开始的时候，我身边的两位代表聊天，这个问：“你昨晚几点钟睡的？”

另一个回答：“我十二点睡的，不过早晨四点钟又起来了，继续写发言稿。你呢？”

这个说：“都差不多，发言稿写不完也睡不踏实。”

我们听完都笑了起来，这是来参会的每个代表的常态。后来碰见浙江省代表团的代表，我们一起聊天，他们说，他们团人多，想发言就必须要抢着说，不然就没有发言的机会，好羡慕你们宁夏团，每一个报告都可以发表意见。对于参会的代表来说，能把自己所代表群体的心声和意见在全国“两会”上说出来，也是有荣誉感和使命感的一件事情。

开会间隙，大姐打来电话，说母亲这几天一天到晚守着电视。我不解地问，母亲听力不好，守着电视干吗？大姐说，还不是为了看你！我瞬间泪目，这么大的会议，这么大的会场，她在几千人中找我，哪那么容易啊！可大姐说，母亲就是守着电视，眼睛都不眨地瞅着。据说从那以后，《新闻联播》是母亲每天必看的节目，她怕我和她说一些事情，她听不明白。

3月10日，这一天对宁夏回族自治区代表团来说是个重要的日子。按惯例，每一年都有中央领导下团，而2018年是宁夏回族自治区成立六十周年，中央很重视，所以总理来宁夏团参与讨论，具体听取宁夏代表的意见建议。作为宁夏团唯一的农民代表，我作了汇报发言，将红寺堡这些年的发展建设，还有乡亲们的问候和我个人的成长一一向总理汇报。总理听完以后说："你讲得很好，读书确实可以改变命运，我从你的发言中感受到了知识和文化的力量。"

也就是在这一天，宁夏代表团提出的给宁夏修建高铁的一号建议得到了总理的批复，作为宁夏回族自治区成立六十周年的大礼包送给宁夏。这一批复将结束宁夏境内没有高铁通过的历史，也为宁夏的发展提供了新的路径。

在忙碌和紧张中，"两会"逐步落下帷幕，一切都很顺利。坐飞机返回银川的时候，我看见了黄河，它就像一条黄色的飘带镶嵌在大地上，向着太阳升起的地方蜿蜒而去；黄河两岸是条条块块的良田，在春天的季节里积蓄着力量，准备在夏天蓬勃。从高处看，道路就像一根根麻绳，散乱地分布在丘陵之间。柏油马路是麻绳中的富豪，豪横地在大地上横冲直撞，一路去向远方，联通了很多年都不曾到达的地方，让人看着就觉得生活充满希望，给人无限的向往……

过了黄河就到了河东机场，熟悉的气息扑面而来，一切还来不及改变，但一切已经确定改变。返回红寺堡还需要两个小时，想一想，红寺堡和黄河的距离那么远，却因为扬黄工程送来的黄河水而活泛了起来，我们也得以在红寺堡落地生根，一天天地向着好日子奔去。如同我在给总理汇报工作时说的："共产党好，黄河水甜，在红寺堡绝对不是一句口号，而是二十三万移民群众对党中央感谢的心声。没有党的政策，没有黄河水，就没有红寺堡的蓬勃发展和我们今天的好日子。我们期望着，更好的日子还在后头。"

其实，不仅仅是二十三万移民，也不仅仅是红寺堡这一个移民区。在宁夏，这样的移民区还有很多，党的政策和黄河水惠及了从西海固生态恶劣地区迁出的移民群众，这不是用一句感谢的话可以说完的。在每一个移民群众的心里都有一杆秤，每一个人都在自己的心里衡量着搬迁与不搬迁的差别。

我们一路走来，我们一路向前！

（选自《出路》，宁夏人民出版社 2021 年版）

故宫的新生

祝　勇

1948年12月到1949年1月，国民政府行政院致电当时的故宫博物院院长马衡，欲将北平故宫博物院中未曾南迁的古物运往台湾。为了阻止这批古物赴台，马衡采取了一个战术，那就是拖，一直拖到解放军入城，北平和平解放。

1949年阳春三月，随着北平市军管会接管故宫博物院，这批留平古物也回到人民怀抱。

接管仪式是在太和殿举行，军代表尹达讲话，尹达疾步登上皇帝宝座，大声说道:“几百年来，只有皇帝才能登上这个宝座。现在，我作为北平市军事管制委员会接管故宫博物院的军代表，也登上这个宝座。有人说，老百姓登上宝座，会头晕，会掉下来的。今天，我的头并不晕，也掉不下来。这是为什么呢？因为人民当家作主了，人民成为主人了。现在，我宣布：正式接管故宫，马衡院长还是院长，全体工作人员原职原薪。从今天起，故宫新生了……”

在战乱中流散的清宫古物越来越多地回到故宫博物院，其中包括抗战中的南迁古物，也包括大部分被溥仪带到东北的古物，其中就有著名的《清明上河图》卷。

二十世纪五六十年代（一直到“文革”爆发），是故宫博物院接收古物捐献的高峰年代。

1951 年、1952 年、1958 年，毛泽东先后将友人赠送他的王夫之《双鹤瑞舞赋》、钱东壁临《兰亭十三跋》、李白《上阳台帖》分别交给国家文物局、文化部和中央办公厅保管，这三件国宝后来转交故宫博物院收藏。

1949 年和 1951 年，马衡先生分别把他收藏的唐代石造像一尊、瓷器十三件捐给故宫博物院；1952 年马衡先生调离故宫博物院时，又将颜真卿《麻姑仙坛记》唐刻宋拓本以及甲骨、碑帖等四百多件古物捐献故宫。马衡先生去世后，子女遵其遗愿，将一万四千余件（册）古物无偿捐献故宫博物院。

1956 年，著名收藏家、“民国四公子”之一张伯驹先生将他收藏的晋代陆机《平复帖》、隋代展子虔《游春图》、杜牧《张好好诗》、宋代黄庭坚《诸上座帖》、蔡襄《自书诗》、范仲淹《道服赞》等一批珍贵文物悉数捐献故宫博物院（他收藏的李白《上阳台帖》曾赠予毛泽东）。

郭葆昌先生是 1942 年去世的，1933 年秦老胡同的那次家宴，他向马衡、徐森玉、庄严先生许诺，他百年后，会将他收藏的《中秋帖》《伯远帖》捐献给故宫博物院，而且要庄严先生亲自来觯斋接收。但几年之间，已是沧海桑田。当年的觯斋，人已去，楼已空，庄严先生也远去台湾。1949 年，郭葆昌先生之子郭昭俊先生带着《中秋帖》和《伯远帖》渡海去台，找到庄严先生，要把它们捐献给台北故宫博物院，让“三希”重新聚首，希望当局给予他一点奖励，只是当时的台湾当局连这点赏资都筹措不出来，郭昭俊先生于是带着中秋、伯远二帖远去香港。1951 年，在周恩来总理关怀下，大陆以 48.8376 万元港币购回，入藏北京故宫博物院。

当年被瑾妃私卖出宫的《中秋帖》和《伯远帖》，在中国版图上转了半个圈儿，又回到了故宫，而未被溥仪带走的《快雪时晴帖》却去了台湾，世事无常，谁能料想这样的结局。

曾与《中秋帖》《伯远帖》近在咫尺的庄严先生，只能从印刷品上观览二帖的面貌。从北京故宫博物院藏《伯远帖》复本上，他发现一方“郭氏觯斋秘笈之印”的钤印。他清晰地记得，这方郭葆昌先生的私家收藏印，当年在他府上观看《伯远帖》时还没有钤上。《伯远帖》密密麻麻的印章中多出来一个，几十年后还能全凭记忆分辨出来。一个研习书画者惊人的敏锐，让我由衷感佩。

1949年以后，中国政府回购的清宫古物还有：唐代韩滉《五牛图》卷、五代南唐顾闳中《韩熙载夜宴图》卷、五代南唐董源《潇湘图》卷、宋徽宗赵佶《祥龙石图》卷、南宋李唐《采薇图》卷、南宋马远《踏歌图》轴等一批绘画名作，“天禄琳琅”旧藏宋版孤本《古文苑》等。

1952年，文化部下发通知，要求“为了保存这些古代最优秀的文化遗产，经报请政务院文教委员会批准，凡在各地‘三反’‘五反’运动中发现的故宫古物，其已判决没收和已由当地政府收回的，均应及时送缴中央，拨还故宫博物院集中保管。”

1960年，一年前已获特赦的溥仪与同时被特赦的前国民党将领杜聿明、王耀武、宋希濂等人一同到故宫博物院参观，在养心殿看到“惟以一人治天下，岂为天下奉一人”对联，不禁一笑。

故宫的整洁清新，令溥仪感慨万千。他在《我的前半生》里写道：“令我惊讶的是，我离开故宫时的那副陈旧、衰败的景象不见了，到处都油缮得焕然一新，连门帘、窗帘以及床幔、褥垫、桌围等都是新的，打听了之后才知道这都是故宫的自设工厂仿照原样重新织造的。故宫的玉器、瓷器、字画等古文物，历经北洋政府和国民党政府以及包括我在内的监守自盗，残剩下来的是很少了，但是，我在这里发现了不少新中国成立后又经博物院买回来或是收藏家献出来的东西，例如张择端的《清明上河图》，是经我和溥杰盗运出去的，现在又买回来了。”

1966年6月16日，中央批准故宫博物院闭馆。8月16日，除正在进行的泥塑《收租院》展览外，故宫博物院其余各处停止开放。泥塑《收租院》展览自5月23日起在神武门城楼开展，后移至奉先殿，展览一直持续到1971年8月14日。

1971年7月5日，故宫博物院正式恢复对外开放，院长吴仲超官复原职。他自1954年起担任故宫博物院第三任院长，直到1984年离职，担任故宫博物院院长整整三十年，是任期最长的故宫博物院院长（第四任院长为张忠培）。为了让故宫有新气象，神武门上，李煜瀛1925年以粗壮端正的颜体楷书写下的“故宫博物院”匾额被翻过来，刻上郭沫若先生灵动飞扬的“故宫博物院”行书匾额。同一个故宫、同一块石头，让两个时代、两位书法家，完成了一次特殊的对话。

这一年10月，皇极殿举办“中国历史名画展览”，共展出古代绘画作品二百二十八件。“阔别”多年后，人们又见到了那些曾经南迁的古画，在经历了二十世纪中国大历史的千回百转之后，安然无恙。

1971年始，下放湖北咸宁五七干校的故宫博物院专家陆陆续续回到故宫，故宫又恢复了它原来的气息。这些专家才是真正的“国宝”。这不是我说的，1971年徐森玉先生去世，周恩来总理曾经感慨：国家又失去了一位国宝。

1980年，运送部分故宫南迁文物到达台湾的庄严先生在台北荣民总院谢世，享年八十二岁。临终时，他有一个欣慰，一个遗憾。欣慰的是，自从1948年与石鼓分手后，他一直惦记着石鼓保存的情形，后来儿子庄申自香港转来一篇叶恭绰先生的文章，说石鼓回到北京开箱时，“毡棉包裹多重，原石丝毫无损”，终于一块石头落了地，那石头，就是石鼓；而他遗憾的，是没有让“三希”重新团圆。

庄严先生弥留之际，嘴里反复念叨着两个字，声音微弱含混，身边的人都听不清楚。庄灵先生凑到他的口边，反复聆听，终于听清了那两个字：

北平。

（选自《百年颂》，春风文艺出版社2021年版）

退而不休的治史体悟

——与六十岁左右同行谈谈心

金冲及

六十岁左右，大体上是许多同行离退休的日子。这在人生道路上可说是一个重要转折点，正所谓“六十年华，又从今起新花甲”。现在国人的平均寿命已达到七八十岁。那么，在离退休后的时光中，我们还能做些什么呢？

我今年九十二岁了，在这方面算是过来人。2004年，我在七十四岁时办了离休手续。当时因为和陈群同志共同主编的《陈云传》仍在编写中，于是每天依旧早上八时上班，下午六时下班。整整干了一年后，我才改变过去按时上班的习惯，迄今弹指间已十八年了。北京三联书店为我出版了十几本“文丛”，大多是在这期间写成的。所以我想把长时间实践中的体会写下来，算是同现在正面对或将面对离退休生活的史学同行的一次谈心。

拿我近二十年来的亲身感受来说，六十岁上下或者包括稍后这段日子，对一名史学工作者来说，只要健康状况允许，实在称得上是黄金时期。因为从事史学工作有一个重要条件，那就是知识的积累，随着知识的积累达到一定程度，才会忽然能够融会贯通，产生新的整体性的理解和认识。这要花很多时间才能达到。并且，年轻的时候往往缺乏足够的社会经验，对史事的判断容易轻下结论，不了解事物的全部复杂性。我听一位长者说过：有些事是要靠吃饭来解决的。这句话的意思是阅历丰富了，对许多事方能真正懂得。应该说，青年和老年各有其长处和短处。老年人大可不必因赶不上时代车轮而过分地否定自己。

一、自己许的愿，走不到爬也得爬到

这里，首先要想清楚自己在一段时间内的主要奋斗目标。这个目标要衡量它的相对重要性和可能性，确定好它的主次和实行步骤。考虑时要反复掂量利弊，下了决心就不再动摇，这是自己许的愿，走不到爬也得爬到。不能碰到什么就做什么，尽干些零零碎碎的事，月计有余而年计不足，末了报不出一个账来。当然，这是从总体来说的，日常生活中遇到一些零活和应酬是无法完全避免的，但通盘的打算绝不能动摇。这样才能做成一两件事。

我读过李敏写的《我的父亲毛泽东》。其中讲到毛主席跟她说过他父亲常讲的一句话："吃不穷，用不穷，人无计算一世穷。"大家知道：毛主席对他母亲的感情非常深，而对他父亲颇不满意。但父亲说过的这句话，他不仅牢牢记得，还用来教育自己的女儿，可见毛主席对这句话印象之深刻。当然，他说这话的用意不是指钱财的多少，而是借来指事业的成败，嘱咐女儿无论准备做什么事，必须先了解并分析自己所处的主客观条件，对行动的利弊得失和行动的先后缓急细心计算，再下决心。这种决心，没有特殊原因，决不轻易变更。

在我自己几十年的经历中，也曾多次遇到过需要认真计算的时候。

一次是二十世纪八十年代初，离六十岁到来还有十年左右。当时我已有岁月不待人的紧迫感，觉得必须对即将到来的十年的工作有个比较周密的计算和安排。但这次考虑比较简单，因为有两项工作正明明白白地摆在面前：一件是由我担任主编的两卷本《周恩来传》，共三百万字；另一件是我和胡绳武教授在复旦大学工作时开始撰写的四卷本《辛亥革命史稿》，还有两卷没有完成，由我们各写一卷。我这部分工作自然只能业余做，无法半途而废：白天全力以赴写《周恩来传》，晚上业余时间写《辛亥革命史稿》。同事笑我是“白天周总理，晚上孙总理”。这两项工作最终都如期完成，达到原定要求，心中压着的石头才放下来。

我的另一次“从长计议”是2005年完成和陈群同志共同主编《陈云传》的任务后，方算真正离休，开始自己的写作计划。我那时着手的，先是写一部《二十世纪中国史纲》，再把1991年胡乔木、胡绳主持写《中国共产党的七十年》时的讲话记录整理出来，并且起了个书名叫《一本书的历史》。

为什么刚从原来岗位上退下来，几乎没有停歇就主动上马一项自行承担的新课题——写一部四卷本、一百几十万字的《二十世纪中国史纲》？主要有以下三个想法：

一是社会需要。在中华民族伟大复兴的历史进程中，二十世纪是一个极为重要的阶段。尤其是中国人民在共产党领导下，已经在中国特色社会主义道路上阔步前进。这样翻天覆地的变化，是怎样一步一步走过来的，需要有一部比较系统而又较具体生动的书将其记载下来。我在这一百年中生活七十多年，许多事亲见亲闻，有责任尝试一下这种努力。

二是同我自己前一阶段工作的衔接。我在中共中央文献研究室（现已改组为中共中央党史和文献研究院）在职工作二十四年，主要任务是主编或共同主编毛泽东、周恩来、刘少奇、朱德、陈云的传记。编述他们的思想发展和重大活动，都离不开二十世纪中国的社会历史背景。但这些书毕竟是个人传记，以上方面的论述所用篇幅不宜过多，以免“喧宾夺主”；而且有关历史背景分散在各书中，难以给读者比较完整的印象。这样，编写一部比较系统的《二十世纪中国史纲》就可以充分使用编写传记时做过认真研究而无法写入书中的内容，还可以对“二十世纪中国”这个课题有一个比较完整的论述，有其理论价值和现实意义。

三是从我个人的历史经历来看，写这个选题也具备有利条件。我从1953至1965年在复旦大学历史系、新闻系、中文系教过“中国近代史”的课程，共十二年。那时讲的中国近代史主要是指“晚清”到“民初”，对这段历史的发展过程比较熟悉。国民党和共产党在历史上有过几次从合作到破裂的过程，我到中共中央文献研究室工作后，为了知己知彼，需要对国共双方的历史都比较熟悉。何况我在国民党统治时期已是大学生，又参加了地下党，不少事是亲见、亲闻、亲历的。后来因工作需要，我多次被中央抽调参加重要文件起草工作，前后大约有三年时间，因此对改革开放以来的历程也有较深的了解。革命、建设、改革三个阶段的历史前后相续，贯通起来就有一种整体性的感觉。

四是正在这时，我读到英国哲学家罗素的名著《西方哲学史》。罗素讲了一段话："关于任何一个哲学家——除了莱布尼兹之外——都比我知道得多。然而，如果这就成为应该谨守缄默的充分理由，那么结果就会没有人可以论述某一狭隘的历史片段范围以外的东西了。"确实，由一个人来写一部史书，不管本人水平如何，总比较容易使读者有主题鲜明、层次清楚、一气呵成之感。罗素的这些话，也给我壮了胆，觉得可以试试。

这样，经过对利弊反复"计算"后，我就下狠心，不到黄河心不死，不能东一枪，西一枪，浅尝辄止。我很笨，连用电脑打字也不会，只能用铅笔一字一句地写，写了三年，才把这部一百二十多万字、四卷本的书稿完成，很快就出版了。

二、学会取舍，重视学习和研究中产生的零星想法

《二十世纪中国史纲》写完了，我已经七十八岁，不过精力还可以，过去工作中积累下来的知识和想法仍不少，还有些余热可以发挥。于是就想到1991年中央党史领导小组决定编写一部《中国共产党的七十年》，由胡乔木同志负责、胡绳同志主编。龚方之、王梦奎、郭慧、沙健孙和我在玉泉山住了八个月，大家一同工作。胡绳同志后来也住到山上来了。每一章写后大约都开了三次全体会议，胡绳同志每次都发表系统的意见，最后还自己动手修改。乔木同志那时身体已很坏，但他还是看了全稿，并对其中几稿的修订谈了不少意见。我对他们的讲话都做了详细记录。因为记录时要"快而全"，当时的字迹有些潦草，别人也许很难辨认清楚，有些话还需要利用当时留下的胡绳日记、书信以及其他会议记录等原始资料，才能完全看明白。这个本子已经存留了二十来年，如果不整理出来，将来就可能变成一堆废纸，无法保存下去。我想想，把这两位大师对党史中一些重要问题的意见整理出来，流传下去，比我自己再多写一些论文或著作的价值要

大得多。这样，我就决心把自己其他写作的打算撂下，先将胡乔木、胡绳同志留下的宝贵精神遗产整理出来并出版。

在这以后，承三联书店的雅意，从2016年起出版“金冲及文丛”，现在已累计十一种，其中少数是以往仍在工作岗位时的旧作，而大多是离休后新写的。说是新写，其实仍然同以往的工作直接相关。其中大体上又可分两类：一类是在以往工作中已有知识和想法的积累，这些可说初步成竹在胸，但没有整理写出来过（有时在本子上扼要地记几句话）。我觉得在平时既要重视知识的积累，也要十分重视学习和研究中产生的零星想法。现在有了比较宽裕的时间加以整理，便可能成文，否则就白费了。另一类是在传记写作中发现一些很有价值的议题，但因为工作忙或与传记主题关系不够密切，抽不出时间进一步研究。现在有了比较多的可以自己支配的时间，就能更集中力量对这类问题进行较深入的探讨。这些问题往往也是其他同行会遇到而没有解决的，如果在这些地方能有所突破，自然是很有意义的事。

这样一来，值得做的事情仍然很多，余下的有限岁月禁不起任意地虚度。大体说来，这几年写得比较多的有两方面：

其一，2021年是建党一百周年。我所在的中共中央党史和文献研究院要我为本院办的《百年潮》写一篇回忆自己入党经过的文章。我是1948年初在复旦大学读书时入党的。当年的社会情况以及地下党的组织结构、当年怎样在国民党统治下相当复杂的环境中开展工作的情况等，现在亲身经历过的人已经越来越少了，作为一个党史工作者写写这段历史是应尽的责任。所以写得比较细，有两三万字，在《百年潮》上分两期登完。此后我又写了几篇涉及解放初高等学校史学界等主题的回忆文章。

其二，我的本行是党史工作者，这些年写得比较多的还是党史方面的著作。对中国共产党的历史资料，我比较熟悉，这些年又读了不少新的资料，特别是国民党在大陆时期的历史文献。我用很多时间分析、研究相关的日记、书信集、战役史等，还去过两次台湾，做过三次学术报告，同台湾学者有相当密切的互动。到了老年还有这样的机会是很难得的。我相信明辨是非对研究党史是很有用的。这可能是我在这个阶段治党史的一个特点。

在我的“文丛”中有两本书，从书名就可以看出这个特点：一本是《联合与斗争：毛泽东、蒋介石与抗战中的国共关系》，一本是《决战：毛泽东、蒋介石是如何应对三大战役的》。我想，这样写可能更便于读者理解为什么共产党会胜利而国民党会失败。早在1998年，我曾在日本京都大学用了近半年时间看了1927年全年的四份报纸（包括日本人出的中文报纸《盛京时报》）和当时影响很大的《国闻周报》，摘抄了两厚册的笔记，准备写一本有关第一次国共两党从合作到分裂的史书。虽然已经投入不少心力，但最后仍觉得自己对当时的发展进程还有隔膜，许多问题若明若暗，不敢动手，没有把握宁可不写。结果下狠心停下来，改为另写了一本《转折年代：中国的一九四七年》，因为它是我亲身经历过的，比较有把握。直到2021年四五月间，因疫情待在家里不能外出，而这二十多年来又读过不少书，特别是台湾出版的国民党方面的史料，才又下决心将之前放弃的著述重新捡起来，写了一篇六万七千字的长文《一九二七年：第一次国共合作的破裂》，也出版了。可见研究工作的选题必须极端郑重，既要敢承担，也要勇于割弃。

我是从复旦大学历史系成长起来的。我的老师周谷城教授和周师母都说过：“我们是看着你长大的。”周先生讲课的内容我都忘了，但他说的“找到一个好问题，文章就做到了一半”，还有“学问要如金字塔，又要广博又要深”，确是至今不忘。我的儿子是新加坡国立大学历史系的博士，我的孙子现在英国牛津大学攻读博士学位。有的朋友开玩笑地说我是“献了青春献终生，献了终生献子孙”。我也没有跟他们讲过什么“历史研究法”，那样也没有什么用。这次跟几位六十岁上下的同志谈天，讲到这些，是因为我对比我年轻的同行总怀着一种特殊感情。写下这些话，也只是供参考。讲错的地方，欢迎指正。

（原载《读书》2022年第10期）

碧血丹心映井冈

——记毛秉华老人

周　文

前些日子，我收到毛秉华托人捎来的一个纸袋，内装三本书、两封信、一帧图片。

书是第 27 版第 1 次印刷的《天下第一山》、第 4 版第 2 次印刷的《井冈红旗谱》和 2013 年修订版《井冈诗词选》。扉页上都留了言，一律软笔小楷，有“请审阅、指正”字样，落款“毛秉华，丁酉仲夏于茨坪”。信也一样，笔精墨妙，铁画银钩，堪称书法。一封写着：“因高血压、心脏病从吉安住院回来。今报送两本书，请指正。衷心感谢您一贯对我的关心与支持。”另一封写着：“今送上《井冈红旗谱》的老版本，新版本一本也找不到（正在重印）。这是我二十多年登门拜访老红军和红军部队而写出来的，包括宋任穷、萧克、杨得志、康克清、张平化、曾志等三十六位，还有‘三湾红一连’、驻港部队等。习近平总书记在八角楼召开的座谈会上，听了我的汇报后，给了我很多鼓励。我要终身感恩亲爱的党。”图片是翻拍的新闻照，习近平总书记 2016 年 2 月 2 日下午在茅坪接见革命烈士后代和先进人物代表时与毛秉华等握手交谈的场景。

事出有因：7 月中旬我上过一次井冈山，很想见毛秉华，结果因他住院，只通了电话，表达了问候，也提到对他“新作”的关注。十二年前，我在吉安干过宣传工作。

2003年冬，我与省直、吉安、井冈山的一些同志在北京办井冈山精神展览。首展半个月，参观者近二十万人次，有记者说“红潮涌动，轰动京师，盛况空前”。其时，一帮年轻人驻在“国博”布展、守护、讲解、迎来送往，毛秉华应邀在国家发改委、国防大学等处一场接一场作大报告。展馆里人头攒动、络绎不绝，报告会场场爆满、高潮迭起，真是里应外合、好戏连台。很多人是先听报告后看展览的，纷纷打听：“毛秉华是军人吧？”又说：“井冈山故事被他讲绝了！”那一年，毛秉华七十四岁。

2004年，吉安市成立“五老宣讲团”，深入基层宣传中央精神，第一人选便是毛秉华。老同志们现身说法，深入浅出，大受欢迎，其中毛秉华尤为出色。这件事被评为当年江西省宣传思想工作“十大最有影响的活动”之一，这个团体2008年被评为“全国基层理论宣讲先进集体”，毛秉华当选“全国基层理论宣讲先进个人”。

毛秉华高风亮节，是他给了我关心与支持。我对他心存感激，尊为长辈、先生，高山仰止。2005年，我调离吉安，专事新闻出版工作。我们保持着联系，毛秉华的人格魅力始终感染和激励着我，我对他的崇敬也与日俱增。

毛秉华1929年1月出生，1949年7月参加革命，1950年8月入党，1989年离休。他早过了“从心所欲，不逾矩”的年岁，历事无数、阅人无数，心水如潭、目光如炬。他的儒雅和虚怀若谷我多有领教，但这次的“表达”异乎寻常。我猜测他是在用一种比较特别的方式与我交谈、给我嘱咐。我应当有所感悟和传递。

井冈山是“天下第一山”，毛秉华是“宣传井冈山精神第一人”。这个“第一”，他是当之无愧的：为了掌握最真实最鲜活最丰富最能反映井冈山革命斗争原貌和体现井冈山精神的材料，离休之后，他独自跑江西、湖南、湖北、福建、河南的县（区）和北京、广州等地，找老红军和红军亲属进行采访、采集文物，收集整理大量第一手资料。接受过他采访的老红军都过世了，激情飞扬的文字收录在《天下第一山》《井冈红旗谱》等著作里，二十多件珍贵文物陈列在博物馆和烈士陵园中。为了“让井冈山精神传遍大地”，他四十九年如一日做井冈山精神宣讲报告，总计一点五万余场，听众超过二百二十万人，伟岸倜傥的壮汉也“讲”成了风霜满面的老者。

为井冈山建设，他不遗余力：建火炬雕塑和烈士纪念碑，他“筹”了一百八十二万元；助学、扶贫，他“搞”了一千多万元；“特殊党费”，他交了二十多万元。为了兑现“井冈山精神，我将一直讲下去”的庄重承诺，他以“毛秉华工作室”为平台，积极探索用新的模式、新的方法研究和传扬“跨越时空的井冈山精神”，传承红色基因，而且“献了终身献子孙”“三代人讲党史、军史”。他是全国五一劳动奖章、全国道德模范、全国优秀共产党员等荣誉的获得者，还是井冈山干部学院、国防大学、同济大学等院校的客座教授，并获得国防大学“优秀导师”称号。“表现”如此突出，比肩者何人？

毛秉华很普通。他没有大红大紫、大富大贵，没有巨额奖金、“股权激励”，没有豪车大宅、周游列国。他的行为出于本真，源自基因。他是老有所为的干部、业有所精的专家、风度翩翩的长者，更是赤胆忠心、铁骨铮铮的战士。他是井冈山上的一粒闪亮“红豆”，出之天然，饱满坚实。

革命人永远是年轻的，毛秉华的生命力依然旺盛。但自然是有规律的。轻抚案头的书，展读手中的信，端详照片上的人，闻着缕缕墨香，我眼前浮现出毛秉华那清癯的身影：银发已然稀疏，身形略显佝偻，手背上有输液留下的痕迹。

毛秉华是大智之人。

我若有所悟：这老人或有所思虑、有所期待。他未必认可“第一”，但一定不愿意“第一”成为“唯一”。

毛秉华对井冈山革命斗争史、人民军队发展史和党史的研究是系统、深入的，也是独辟蹊径、独具特色的。在这个领域，他是不折不扣的权威。品读毛秉华撰写（他自己说“主讲”“主编”）的书，正如听他讲课，娓娓道来，生动传神。他的文字（语言）或许称不上华丽，但不失严谨细密；内容或许取舍有限，但绝非矫揉造作、无病呻吟。他的“作品”都是原创，心血凝成，句句关情，笔下惊风雨，话底走刀兵，有的已经成为经典，有的还会成为经典。洋溢其中的，正是军魂、党魂、国魂，正是伟大的井冈山精神。是啊，井冈山精神是缜密深邃的科学，唯有孜孜以求，方能得其要旨，唯有潜心钻研和实践，方能丰富提升。毛秉华积数十年之功，得卓然之成就，斯人之后，谁人能随？

二十年前，《天下第一山》初版，有人数说它的几大优点："一是书中的许多内容来自作者长途跋涉的拜访和调查所得来的第一手材料；二是将一大批红军官兵的战斗业绩和革命风范做了典型的记述，使文章情景交融，有血有肉，读后催人奋起，令人信服；三是作者从事井冈山斗争史的学习、研究和宣传工作二十多年，不断地实践、探索、总结、提高，使他在这方面有较扎实的功底"（徐舫艇《金玉其内，锦心绣口》）。毛秉华自己认为："唐人贾岛有'十年磨一剑'的诗句。我是'廿年一本书'。我之所以对它一改再改，为的是减少差错，补充史料，增加内容，使其与时俱进，更好地起到'镜子'的作用……故现在奉献给读者的第 27 次再版，依然是送审稿"（《天下第一山》第 27 版后记）。这样干工作、写书、做学问，无异于"殉道"，需要何等的意志与毅力，透视的又是怎样的责任心和担当精神！哪里容得下一星半点的浮皮潦草和投机取巧！敢问后学，多少人做好了准备？

萧克曾说："昔日井冈，今为课堂；继往开来，当仁不让。"毛秉华宣讲井冈山精神坚守"四不"——"不收取讲课费，不接受宴请，不参加当地安排的观光旅游，不收受任何礼品。"他讲的是"奉献"，凭的是"初心"，最怕玷污的是"山"的圣洁。毛秉华是特例，他做到的并非人人都要做到。然而我有一问：倘若只言"商机"、不问"使命"，把神圣当作娱乐"消费"，蔚成风气，又当如何？

毛秉华在无数场合表达："我宣传井冈山精神，与出身有关系，家里三代贫农，哥哥是红军烈士，自己从 1949 年 7 月参加工作到现在，一直感恩中国共产党。"他是一抹深红，坚贞、忠诚。井冈山，天下一座；毛秉华，山上一个。

日月运行，星移斗转。一个时期有一个时期的精彩，一代人有一代人的作为。毛秉华的执着与纯粹，能够薪火相传。

《井冈红旗谱》倾情讴歌了众多英雄人物。依我看，毛秉华也是增光井冈、泽被后人，值得讴歌的“真心英雄”。

君子行健，德淳年永。我为井冈山上这可亲可敬的老人送上深深的祝福。

春夏秋冬，茨坪、清晨，初出东山的太阳，将红亮柔和的光洇满挹翠湖，洒遍草地、树丛、凉亭、拱桥、道路。乐声四起，人流如织……早行的队伍中总有这样一个人：戴着眼镜，满头银丝，腰板挺直，步履稳扎，不徐不疾。欢乐的鸟儿为他歌唱，阳光映照他的脸庞，树枝轻拂他的衣裳。

这人，就是毛秉华。

（原载《江西日报》2017年8月31日）

一眼千年一生守护

任晓璐

抱恙在家，不敢出门，强劲的风可能会穿透身体。承认自己是无能的，只能傻傻地做一件事儿，万万不能分心。赵编辑经常和我讨论我文字的事情，有些事情真的心有余而力不足，有些事情很神奇很微妙。阅历的单一，知识的匮乏，这些都是原因。对于我来说，最重要的便是不够勤奋，有时候会思考是怎样迈上写作这条道路的，清苦而又漫长。但是话说回来，做什么不清苦呢？从事怎样的工作不清苦呢？活着就要守着这清苦度日，活着就像在接受某一种无法形容的考验。这几日无事可做，内心有些浮躁，心灵有些空乏。找不到出口发泄，然后以病倒告终。在家倒是有了一颗安宁充盈的心。我这样不适宜生存在当今这个时代的人，最近有些感触。

《国家宝藏》闯入了我的生活，随即而来的是一件件独一无二的宝藏。一块琉璃、一片砖瓦、一件首饰、一个瓷瓶、一本古籍、一组乐器，都通过时光的隧道穿越而来。让这些宝藏依然熠熠生辉、散发历史与智慧的光芒的原因是什么？是有一些人在默默地守护着，也许"守护"这个词有些不太准确，"保护"可能更加精确。经过岁月的风霜、时间的冲刷，这些物件、宝藏也许会破损、变质，也许就是这样一些人在默默地保护着它们。

那些展出在博物馆、展现在我们眼前的宝藏，之所以看起来完美无缺，离不开他们的勤奋与努力，难道他们不清苦吗？他们适宜生活在这个时代吗？也许时代已经将他们遗忘，因为他们离我们的生活太远太远了，但其实就像那些宝藏一样就在我们身边，为我们创造着奇迹，延续着古人的智慧。

提到墓葬，也许会联想到盗墓者。但这次要说的不是盗墓者，是发现、发掘这些宝贝的人们。扫扫扫，挖挖挖，发现宝藏也许需要一个月、两个月、一年乃至更久的时间，有时候也许挖到最后里面空空如也，什么也没有。但是，考古这门艺术就是这样，如果没有这些人，泱泱大国的宝藏也许就永久地埋藏在地下，永不见天日了。这些国宝的发掘者就真正适合生活在这个时代吗？他们几乎每天都在和泥土打交道非常辛苦，但是最后的结果使得他们的内心十分饱满。因为这些是他们的骄傲，是中国人的骄傲，是国家的骄傲。我陷入了深思，也许就是他们发掘的一个小小的物件，开启了几百乃至几千年的历史大门。

《国家宝藏》里最让我感动的是曾侯乙编钟。此国宝守护人王刚小心翼翼地靠近曾侯乙编钟，静悄悄地观赏，像是怕惊醒沉睡中的天使，王刚对曾侯乙编钟的敬畏之心也让我心生敬佩。你看到的、你触及的并不仅仅是乐器，是历史对心灵的敲击。曾侯乙编钟出土后仅仅奏响过三次。自那之后，如天籁般的声音再次响彻世界还不知道是哪一天。但是，它就静静地矗立在那里，在人们眼前。

前几日，糖豆豆说她看《国家宝藏》都哭了，我笑话她，没有深情款款、没有生离死别，没有应该落泪的脚本，怎么会哭？在电视上看到曾侯乙编钟的时候，泪花也在眼中打转，不敢落下。完美、震撼、华美、忧伤都不能成为我落泪的理由，是曾侯乙编钟深远的器乐文化、是打造曾侯乙编钟的匠心精神、是曾侯乙编钟演奏者们演奏出的集天地为一体的音律，让我落泪。这比那些肤浅的偶像剧看起来更加让我感动。几个看似简单的钟罗列起来，就是一组令人折服的乐器，多想像王刚那样触碰这突如其来碰撞进心底古铜色的心灵刺激。保留着泪水，是我对这件宝藏的敬畏。这仅仅是 件宝藏，似乎把我带回那个兵荒马乱且无比浪漫的时代。

历史的文化精神需要传承，历史的文化智慧更需要传承。曾侯乙编钟就把传承这两个字表现得淋漓尽致，新生代的编钟演奏乐队把编钟乐器文化保留在世上，让现世之人还能欣赏这天籁之音。让我们觉得曾侯乙编钟离我们那么远又那么近，让我们觉得曾侯乙编钟演奏者离我们那么远又那么近，曾侯乙编钟留下的文化精神离我们那么远又那么近。在哪里？在守护者、演奏者、在所有敬畏它的人心里。

以前不喜欢历史，不喜欢古老的东西，觉得离我太过久远。但其实它们就活在我们身边，这些宝藏不是一件物件儿，而是历史、文化。之后便养成了一种习惯，走到哪里必须走进博物馆。许多人不能理解，尤其是年轻人，觉得走进如此无趣的地方，真的很无趣。但是，结合历史文化去探索发现，你会觉得它比手机游戏、吃饭、购物、KTV 有趣多了。城市的灵魂在哪里？能够让城市里的人有底气有面子的是什么？能够令一座城市散发光彩的又是什么？还是文化，还是历史。并不是灯红酒绿、华丽的现代化建筑。钢筋水泥已经成为世界的模样，当我看到这些宝藏就躺在我眼前，冲撞我的眼球的时候，内心的兴趣突然被挖掘出来了，历史和文化也在我心里奏响了华美乐章。

有些致力于保护文物的学者们，已经垂垂老矣。他们在讲述一件自己保护的宝藏的时候，眼中饱含着深情，仿佛是在告诉我们：这一辈子我还没有活够，如果现在是二十岁多好，可是我已经老了，剩下的事情就得交给年轻人去做了。从他们的眼神中，我看到了哀伤与辛酸。有一位研究者说，我想将这后半辈子都交给故宫博物院。一句简单的话语敲击且叩问了我的心。这是怎样的一种情怀？这种情怀就在心里，这种坚守也在心里。

之前参加了一个文学活动，有位朋友给我提了个很有意思的问题：怎样坚守文学、怎样创作出好的文学作品？他说他写作是一件备受折磨的事情。我想，无论你涉足哪个领域都是凭着一份爱好与坚守，如果你参与或者从事的职业不是你所喜爱的，无论哪个领域都会备受折磨。我们发现，研究、关注，都是因为喜爱，更多的是责任。但我想如果你没有内心的热爱，怎样去承担那份应该承担的责任呢？

说了这么多，文化、历史、人文、精神，最能留在我心底的还是精神。写作在这个时代不是一件“吃香”的事，如何走在文化、文学的道路上，也许你要守住初心，自己的初心。选择旁门左道，会被甩到文学的大门之外，也许自我感觉良好，但似乎是对不起自己的。怎样守住一颗初心，一颗文学的初心，也许我们每个写作者都要学习这些国宝发掘者、守护者的精神。将一生付诸某一件国宝，将一生交由泥土墓穴。我也想将我这一生，交由文字。

（原载《散文百家》2018 年第 3 期）

家在江湖安澜处

王　芸

一

船在航行。手指在地图上滑动，模拟着我们此行的线路。

沿赣江顺流北上，穿过南昌八一大桥，穿过江豚聚集水域——扬子洲江段柔软的怀抱，绕过吴城镇望湖亭上被劲风卷动的铃声，进入鄱阳湖大泽的腹地。透过玻璃窗望出去，水面逐渐开阔，奔涌的浪花仿佛船展开的两翼。

手指滑动，登上都昌码头，走陆路北上，穿过老爷庙古老的传说和百慕水汽弥漫的迷雾，在屏峰山稍作停留，继续北上，抵达鄱阳湖与长江交界处的湖口，湖水的清与江水的浊，在此合归一线，清晰分野又无隙融合。

手指滑动，沿长江岸线漫步，琵琶亭、九江长江大桥、浔阳楼，领略曾被江水撕裂的疼痛和今时“最美岸线”的美妙。日渐坚挺的江堤，没有刻意抹除二十多年前的那处伤口，高耸的抗洪纪念碑竖立在岸边，将之醒目标记。

手指滑动，折转南下，至庐山市看江湖安澜、百姓安居……

此行，水是线索、主题与归旨，以鄱阳湖之名，以长江之名。

二

九江，这被大江大湖双双抱持之地，水是天然的福泽，亦是天生的隐患。

在这里，举目见水，俯拾皆水。水，灌注进江河湖泽蜿蜒的轮廓，进入幕阜山，进入匍匐在沙地的蔓荆枝条，进入一朵荷花嫩黄的花蕊、一片湿地松针叶的经络，进入响亮的蝉鸣、繁密的树影、水中的云影，进入稻香、荷香与瓜果香气，进入一个个乡村怀抱的热望与憧憬。

从地图上看，鄱阳湖的形状颇像一只举颈向北的“天鹅”。曾在汉代海昏侯国遗址博物馆内，看到两千多年间鄱阳湖形态演变的系列图示，这个大泽忽大忽小，忽上忽下，忽左忽右，仿佛一个形态飘忽不定的生命体。每一次形变，都带来人间的一次震荡，“沉枭阳起都昌、沉海昏起吴城”不是虚无缥缈的传说。

鄱阳湖悬挂在长江的腰间。携带着高原雪水而来的长江，奔流数千里，一路上万水归一，形成比大湖更加强健难驯的势能，蕴藏千变万化的可能……

变动不居是水的天性，这天性赋予水灵性和润泽万物的能力，也带来旱、涝灾患。逐水而居的人们，离不开水的滋养，也躲不开与水患抗争的宿命。

三

走进九江九八抗洪纪念馆，水在激荡，瞬间联通了并不久远的记忆。

1998年夏天，百年难遇的特大洪水席卷长江流域，流经我家乡荆州、素称九曲十八弯的荆江险段，水位一度逼近“荆江分洪水位”，而暴雨依然连绵不绝，毫无停歇之意。虽然荆江大堤高耸坚挺，但诸多内湖圩堤告急，长江中下游多处江段因长时间处于高水位、超高水位，险情频发。为缓解长江中下游险情，位于南岸的北闸做好了开闸泄洪的准备，公安分洪区内的人员在几天内全部转移……最终，北闸没有开启，背井离乡的人们很快回归家园。

曾在散文《浩浩江流　巍巍屏障》中写到那个酷烈的夏天："那年夏天，在洪水中摇晃的树梢，和奋战在洪水中、身穿红色救生衣的百万解放军战士，成为苍茫水色中温暖的标识……一辆辆军车从沙市城区主干道缓缓驶过，脸膛黑瘦的战士站立在车厢两侧，以整齐的队列、庄严的军礼向这片土地，和他们用生命、汗水和心血保卫过的人们告别。送别的人们，奔跑在军车两旁。他们流着眼泪，动情地嘶声呼喊。"

癸卯年夏末，走进九江九八抗洪纪念馆，我才知道更酷烈的险情、更感人的场景，与更热烈的送别，在距离荆州近千里之外的九江同步发生，馆内的一幅幅照片、一段段文字，为之佐证，为之铭记。

同行的一位媒体人燕红，那年八岁，家住永修县艾城镇千田朱村，内河圩堤溃口，洪水淹没二米多深，一家人只得挤在二楼的阁楼上。她记得和哥哥坐在阁楼地板上，一探脚，便可触到水面。那时尚不知洪水凶猛的她，心疼的是门前那棵枣树。只剩下一点儿树冠露出水面的枣树，已经挂满了泛黄的枣粒儿，那是他们一年的零食指望，都浸泡在了洪水中，而眼前的暴雨还在下个不停……

那一刻，她不知道，九江长江段4—5号闸口正在上演"生死时速"般的惊险一幕。

四

一张张照片，定格了那年夏天九江惊心动魄的时刻。

浊黄的江水，浸泡、击打着年轻的身体，战士们为了堵住决口处，腰间拴着绳子，搭起人梯，将一根根钢筋扎入江底。可投放的沙包还是穿过钢筋阵的缝隙，被湍急的江流迅速冲走。

于是，战士们在江水中站成人墙。头上阳光灼烤，一浪浪江流如重拳击打身体，长时间浸泡在江水中的战士以顽强的意志筑起一道坚实的屏障。

8月7日，大堤决口。8月12日，封堵决口合龙成功。数万兵民日夜奋战，将被洪水撕裂的决口缝合，保全了四十万九江人民的生命财产安全。当年奔走在九江抗洪一线的摄影记者于文国，用镜头实录了当时的抗洪抢险场景，也用文字记录了自己的所见所闻所感。

纪念馆里陈列有他写下的十多篇日记。在1998年8月7日的日记中，他写道："汹涌的长江洪水直接冲进了九江市。记者目测，此时此地，长江干堤内外的水位差高达十米以上……（决口处）情急之下，救灾部队将一辆来自外地的大卡车拦洪，一艘百吨个体运输船也被立即沉入水中，但均被洪水冲走。"

1998年8月8日："下午3时，第三次来到决口处。在六十米宽的决口处，万人大拼搏。天气和环境温度与昨天差不多，阵地上不时有战士晕倒。与昨天不一样的是，人群里多了一道风景线。至少在四至五个点上，三五成群的妇女和学生组成慰问队，端着一碗碗绿豆汤，往战士面前塞……"

那天，天翔羽绒厂下岗职工黄丽珍和姐妹们熬制了绿豆汤，在大太阳下走了两个多小时，步行十几里，将心意送到了大堤上，送到战士们手中。

长江水情缓解，军车载着战士们离开九江那天，市民挤满了十里长街，在如龙的军车前呼喊、奔跑、挥手，他们握住战士被江水浸泡脱皮、皲裂的手，不管不顾地将礼物塞进车厢，泪水在一张张脸上奔流，说不尽的话语、表达不尽的深情都化作漫天烟花。那是他们对恩人的最高敬礼。纪念馆讲解员告诉我，当时九江城中烟花卖脱销，有市民赶到外地购回烟花，就是为了这送别时刻。

涌流的情感潮汐从未断流，照片和文字将已经沉入时光深处的那个夏天再次推送到眼前，清晰呈现，让共同经历过1998年大洪水考验的我们不禁眼眶潮热，心流激荡。

当年的溃口处，就在纪念馆背后。而这一带的江岸早已强健了筋骨，成为长江"最美岸线"的一部分。

五

不远处，一列火车正穿过九江长江大桥。

沿岸线铺展的马鞭草，如镶嵌在江岸的紫色花边。眼前的护坡，宽敞、整饬、亮丽。刚刚完成治理工程的江岸，枯水平台以下采用赛克格宾固脚，枯水平台以上用雷诺护垫护坡，马道以上用砼植生块护坡。用钢网固定的雷诺护垫缝隙处，已有一丛丛植物生长出来。"水下机器人""声呐扫描”“多波束测量”等技术的加持，让这一段江岸内强筋骨，外修容颜，成为让市民安心的屏障，也是平素休闲漫步的佳地。

专家告诉我们，经过两三个水文年的泥沙淤积，一些绿色植物会在淤积的泥沙表面扎根，形成“有机”生态的一体堤岸，不但增加岸坡的稳定性，还能优化生态环境。

九八洪灾之后，由国家主导的堤岸治理在长江流域全面展开。江湖浩荡、河湖密生之地，安澜关系民生，安居关系民生，两者伴生，不可偏颇。

永安堤段的治理，将环保理念与高新技术贯穿于设计与实施全过程，是长江干流江西段崩岸应急治理工程之一。这一工程涉及九江市多个县区的十七处崩岸江段，被纳入“十三五”期间国家重点推进的一百七十二项节水供水重大水利工程之中。而今十七处江段已陆续完工，联通成长江中游的美丽岸线。

六

安澜之要，不只在于加固堤岸，也要为洪水让出弹性吐纳空间。

长江季节性水涨水落，与之同呼吸共命运的鄱阳湖，也季节性水盈水落。围湖造田一度被视为“人定胜天”的壮举，而今，人们意识到，属于水的还归于水，让水也有自在吐纳的空间，方是人、水、万物共处共生之道——长江十年禁渔，清查江岸挖沙船，长堤除险加固，注重生态保护，正是人的清醒退让，让鱼儿欢跃、候鸟麇集、江豚回归，长江与鄱阳湖有了大江大湖该有的样子。

沙湖山圩偏安庐山市一隅，环湖危堤改造治理已经完成，沿着一点八公里的步行道可以环湖一周。九栋楼房形成一个小小的社区，这里除了有二百四十六套村民安置住房，还配套有沙湖山管理处在这里开办的村民活动室、慈善之家，村民每月缴纳二百元或三百元伙食费，就可在这里搭伙一日两餐。

沧海站工作人员张冬林的爷爷一辈，二十世纪五十年代从人多地少吃不饱的蓼南乡迁来此地。二十世纪六十年代，这里围湖造田，人们有了足够的田地耕种，可以吃饱穿暖了，可洪涝灾害，依然是伴湖而生的村庄躲不开的命运。1998 年，沙湖山内湖圩堤倒塌，洪水淹没家园……为绝水患，实现长治久安，江西省划定一百八十三座单退圩堤，沙湖山名列其中。

经过多轮论证，去年 7 月沙湖山圩的“双安工程”房屋征收工作正式启动，六百八十户村民按三种方式迁移安居：留居岛上安置房，迁至县城安置房，货币补偿。张冬林的父亲选择了一套一百零二平方米的岛上安置房，他想将根牢牢扎在这片已被他视为家园的土地上。

张冬林和弟弟都住在共青城，他每天开车四十多分钟到沙湖山上班，也可以顺便看看父母。不忙的清晨，张冬林喜欢沿环湖步行道跑步，绕岛一圈。他熟悉这里的水、土、空气、植物，还有从不同方位看到的鄱阳湖景象。

丰水时节，浩浩荡荡的鄱阳湖水一直铺排到远天，水天交际处几抹淡淡的山影，似有若无。从空中俯瞰，步行道成为一条水上公路，垂柳镶边。枯水时节，近处湖滩显露，颜色深沉，与大湖波光形成对比。大湖依然显得辽阔。

他奔跑着，等待东方天际由白而微红，等待这红渐渐深浓、辽阔。他奔跑着，知道大湖与他一道在等待，等待一轮红日跃出水面，跃向天空……

（原载《光明日报》2023 年 9 月 15 日第 14 版）

祖国，假如你是一棵银杏

刘增山

银杏，超然洒脱，云冠巍峨，刚劲挺拔，质朴清幽。它古老而年轻，庄重而慈祥，坚定而温柔，持重而热烈，素被誉为中国的国树，堪称我们民族的象征。

呵，祖国，假若你是一棵银杏，就收我做你一片蝶状叶子吧。春天，我是你一片构思的理想，一颗复兴的心愿。为了使你那熬度过三千万年前冰川的古老的虬枝萌生出娇嫩的希望，我会冒着料峭春寒，在你的枝尖率先吐出叶芽，把你逢春的信息报告给海角天涯；夏天，我是你一片生长的豪情，一曲滴翠的歌唱，我知道，你处在拔节的岁月，是多么需要营养啊！我要为你去摄取阳光，去吸取雨露，去酿造你所急需的叶绿素；秋天，我是你一片割不断的恋情，西风可能会把我吹落枝头，但我决不会随风飘流。生要做银杏有骨气的子孙，死要做不变节的鬼魂；冬天呵，我是你的一片温存，叶落归根，我会紧紧地依偎在您的脚下，冰雪里，我会搂抱着你，哪怕为你增添一丝体温，也是尽我该尽的一份心！

呵，祖国，假如你是一棵银杏，就请收我做你的一朵花儿吧，插在你的头上，戴在你的胸前，我愿用我的生命之花，去为你美丽的容貌增加一点姿艳；我还愿把我的青春之花，研成胭脂，去染红你那梦寐以求的志愿；我还愿倾尽一身的芬芳，引来成群的翠鸟，日夜为你唱歌，以免除你的寂寞；我还愿泼洒我生命之花的馨香，招来更多的蜜蜂，去为你酿造喝不尽的蜜浆，以冲淡你在漫长生活中那些苦涩的回想；作为这圣树上的一朵花，秋天，我一定要结出一颗饱满的黄澄澄的银杏，果实里储存上我对你的深情和忠贞。那果肉分给人们去吃了吧，那核儿则要仿照你的模样，到来年萌发出一个新的、从里到外都像你的茁壮的生命。

银杏呵，假若因为我才气不高，不配做你的叶，假若因为我长相丑陋，更不配做你的花儿，那么，就请收我做你的一块树皮吧！我曾从人们的传说中，得知过你生长的艰难。我也曾从史书记载中，了解到你成材的困苦。狂风，摇撼了你数不清的年代；暴雨，冲击过你查不清的世纪；寒冰，酷冻过你记不清的岁月；霹雳，不知给你留下了多少外伤和内伤；闪电，不知给你的心灵和躯体刻下了多少痛苦的记忆……靠了什么，你才熬过来了？还不是靠了你那坚韧的意志和那饱经忧患的坚韧的树皮吗？看似粗糙的、皴裂的、没有诗意的树皮，那是你跋涉漫长生活中抗拒厄运的盔甲呀！银杏啊，收下我做你的不能没有的皮肤吧。平时，我会拼尽全身气力，为你输送供你生长发展的汁液，遇上狂风暴雨的日子，我会为你舍生忘死地搏斗！霹雳来了，我会奋力迎击，为了你的生存，我时刻准备将生命化为齑粉；闪电来了，我会全力迎战，为了你的安危，我时刻准备被雷电击碎；如若遇上新的冰期，就请把我从树上剥落下来，去点燃炽烈的火焰，以融化掉那封冻的冰川……我要用我生命结成的防线，去保护大树的完整和安全。有人说，做银杏的树皮固然有意义，但一年一度树长皮脱，有谁来将功过评说呢？在我看来，做树皮的价值不正在这里吗？因为树皮的每一次脱落，都在证明着树干的每一次突破。何况，银杏也是十分垂情的呀，看她那树心中留下的圈圈年轮，不正是银杏对她的子孙献身精神的深沉的铭记吗？

银杏啊，假若你以为我的品性还不够坚韧，做你的皮肤还嫌勉强的话，那就请你收我做你的一条根须吧！为了实现你繁荣昌盛的抱负，我情愿在泥土下默默地劳作，而丝毫也不会感到那被埋没的痛苦。我要趴伏在生活的底层，为你寻觅水分和营养，为的是让你变得更加美丽而芬芳；我要在这地下艰难的行程上，去到处寻找更多的钙质，为的是坚硬你那挺直峻峭的骨骼。我向下扎得越深，你在大地上站立得越安稳！尽管这里听不到只有树上的红花才能听到的鸟儿的清唱，尽管这里享受不到只有树上的绿叶才能享受到的阳光给予的爱情，但一想到你呀银杏，能在大地上有个五彩缤纷的生活，我就会顿时变得热血沸腾，开掘吧，进击吧，吸取吧，哪怕一步一次挫折，哪怕一步一个代价，哪怕一步一次牺牲……

祖国啊，假若你真的是一棵银杏，能让我做你一叶、一花、一根，这都是我由衷的荣幸。

（原载《中国青年报》1985 年 8 月 2 日）

北京的地铁

徐　迅

现在，我坐上了北京地铁的五号线——在很多的时候，我乘坐的都是地铁五号线。地铁五号线的北苑路北站，钢筋蜘蛛网般地绕匝在天空，厚厚的玻璃把它包裹成类似“蚕茧”般的盔甲。人们在站台上等候着，地铁一辆紧接一辆如一阵风般开来，像是一条巨大的鳗鱼，张开大嘴吐出无数的泡泡，又吞噬着无数的人流，摇头摆尾地就走了——站台上依然站立着焦急或淡定的神色各异的人，他（她）们在等待着，等待着下一班地铁的徐徐开进。

这时，我感觉地铁像一根时间的绳子，谁都想抓住它，抓着它一同开进春天。

乘“坐”地铁，在城市上下班的高峰对谁都是一种奢望，实际上它是另一个动词——挤。地铁带来一股人流，裹挟而去的也是一股人流。在它的缝隙里，只能是拥挤了。这样，人在地铁里就如一纸“卡片”，沉重的喘气声、呼吸声，毛茸茸的手和不一定毛茸茸的胳膊，还有不经意踩到的脚，碰上的胸脯……有人努力地把书端在眼前，有人摆弄着手机、平板电脑，耳朵塞着耳机线……到处是无聊的张望和片刻的闭目养神，赶机场或车站的民工和出差人大大小小的行李包，酒气、梦呓、汗味、香水味，让人这时感觉地铁就像一个巨大的立即要爆炸的气球。但除了偶尔的争吵和不怀好意者惹出的尖叫声，车厢里优雅的、狼狈的、慌张的、安静的各色人等都屏声息气的，只听见地铁哐哐地撞击铁轨声和广播到站的提示声。车门洞开，地铁与下车的人似乎一起长长地嘘了一口气。

抛开上下班高峰的人流，地铁里的情形当然又不一样。它显得空旷、舒适和清冷，甚至还有一些浪漫：有人坐在椅子上看书，盘弄手机、平板电脑，有人宁愿空出座位，站在窗前欣赏窗外的风景，还有几对情侣卿卿我我，相互拥抱着……地铁就像一列流动的闲适的所在，把一座城市的高贵、宽容与时间的便捷展现得淋漓尽致。有乞丐或卖艺的乞怜声与歌声响起，卖艺的人从一节车厢又一节车厢走来，通俗而流行、民族而地方的小调，在空荡荡的车厢里异常地悦耳。这时候坐地铁的人，就不像早晨上班或傍晚下班时那样表情冷漠，鄙夷或者躲闪了。他们会翻出自己的纸币、钢镚，友好地投入艺人的钱袋里，一个个变得像绅士一般。平时对他们充满狐疑、厌烦、不屑的眼光温情了许多，使人奇怪地铁里出现差不多的情景，眼前的一切却陡然发生变化。

对于坐地铁，我好像有些异常的痴迷。听说法国巴黎的城市建在地铁之上，十几年前到巴黎，我就特意乘坐了一回。那里，歌者和乐手随处可见，形形色色、放浪不羁的歌者和乐手，在地铁的两条或几条通道的交接处，在通道的中间，拉着提琴，或吹着黑管、萨克斯管、风笛，有的连拉带唱，用一个鼓连接着小喇叭；偶尔还有两人一起演奏，不同的乐器美妙地交织在一起。甚至几个人一起随着伴奏，说说唱唱，仿佛一支小乐队，给人一种特别的氛围。“巴黎的地上是画的世界，地下是音乐的世界……它的地下音乐，总有一条，能隆隆驶进你的心底”（冯骥才语）。——有人说，如果把巴黎当作一块大蛋糕，随便地切上一刀都能见到纵横交错的地铁隧道的孔洞；如果土地是透明的，就会看到巴黎地铁在地下不停交错飞驰的壮观场面——如今，北京的地铁无论是里程数还是站台数，都远远地超过了巴黎，说北京是一座建在地铁上的城市，丝毫也不为过——常常，我还会赶上最后的一班地铁。那时地铁里灯火通明，色彩迷幻，站台上就我和一两个人。地铁远远地驶来，悄悄地蹲上地铁，转过身来，我就像是做了一个奇怪的梦。

有了地铁，一座城市就有许多的站台。那种露天站台与地下站台，给人的感觉很不一样。北京地铁有了近二十条的线路，地上地下的站台少说也有二百多座。这些站台费尽了城市设计者们的心思，许多站台因此成为城市的一个标志性建筑。立水桥南站的“中国龙”造型、东四站的“中国象棋”布局、雍和宫站的哲学文化、奥运村地区站的奥林匹克风、中关村高科技地区站的“电路板”设计，等等，就让地铁站成为地铁最有魅力的地方。北京地铁图的线路五颜六色，这些地铁就如一条条飘舞的彩绸，一条条涌动的河流——有一次，我从五号线出发，心血来潮地在地铁里穿来穿去，四号线、九号线、十号线、十三号地转悠了一天。穿行在地铁里，我觉得地铁隧道像是一座巨大的迷宫，另一座城池，一座散发着很多人梦想的迷宫与城池。是迷宫，就会让人迷失方向；是城池，就会演绎很多的故事。人类在这里也折射着人性点点滴滴。地铁拥挤的时候，你挤上地铁，有人会体贴地照应你，有人则屁股一撅就挤下了你；你下地铁，有人会小心地为你让路，有人却故意地阻挡，甚至用“也要下车”之类的语言搪塞你。可等你下了车，却见他纹丝不动，在地铁里若无其事，一脸的漠然。至于在地铁里，故意伸手摸钱或者摸着异性其他地方——这类被人称为“咸猪手”的也大有人在。社会是由人组成的。有人，地铁里就有了一切，有了社会的光怪陆离，五颜六色。

我曾在一篇《地铁口》的文章里说，城市的场面上很嘈杂，我就想钻进地下，我喜欢地铁口的那种“删繁就简”的味道。的确，地铁口自有它神奇美妙的地方。比如，地铁五号线的标志性颜色是紫色的，它代表着高贵、神秘与浪漫。我就十分喜欢这种颜色。无论我出发多久，只要一坐进这种紫色的车里就有一种踏实的到了家的感觉。当然，我还知道，在北京这样的一个大都市里，地铁赋予我们的远远不止这些，它无疑承载了一个城市现代化的梦，承载着无数管理者和乘客们色彩斑斓、光怪陆离的人生之梦——“我从哪里来，又到哪里去”。我发觉，从地铁口出来的人都这样哲学地思想着。

（选自《徐迅散文年编》，安徽文艺出版社 2019 年版）

庆祝中华人民共和国成立75周年爱国主义散文选 1949-2024

谈笑凯歌还

无限风光

庆祝中华人民共和国成立75周年爱国主义

散文选

古耜 —— 主编

中国言实出版社

图书在版编目(CIP)数据

谈笑凯歌还：庆祝中华人民共和国成立75周年爱国主义散文选. 3，无限风光 / 古耜主编. -- 北京：中国言实出版社，2024. 9. -- ISBN 978-7-5171-4942-2

Ⅰ. I267

中国国家版本馆CIP数据核字第2024A933F5号

无限风光

责任编辑：史会美　张天杨
责任校对：王君宁

出版发行：中国言实出版社

地　址：北京市朝阳区北苑路180号加利大厦5号楼105室
邮　编：100101
编辑部：北京市海淀区花园北路35号院9号楼302室
邮　编：100083
电　话：010-64924853（总编室）　010-64924716（发行部）
网　址：www.zgyscbs.cn　　电子邮箱：zgyscbs@263.net

经　　销：新华书店
印　　刷：北京盛通印刷股份有限公司
版　　次：2024年10月第1版　　2024年10月第1次印刷
规　　格：710毫米×1000毫米　　1/16　　61.25印张
字　　数：953千字

定　　价：268.00元（全3册）
书　　号：ISBN 978-7-5171-4942-2

文心与国运的瑰丽交响

——读建国七十五年来的散文作品（代序）

古　耜

在苍茫邈远的岁月长河里，七十五度冬去春来或许只是弹指一挥间，但当它同中华人民共和国的高歌猛进、扬帆远航相交织、相重合时，一种时代的昂扬与历史的厚重便应运而生。这种昂扬与厚重当然来自国家风范的恢宏强健和社会文明的相伴相生，同时也缘于欣逢盛世的几代国人在精神天地和艺术世界的孜孜耕耘与频频收获。在后一维度上，有一片璀璨亮丽的文学风景一向引人瞩目，这就是新中国散文创作的生动摇曳和蓬勃发展。

新中国散文由新中国的铿锵步履和沧桑巨变所塑造所玉成。她的生机盎然的艺术肌体，天然承载了江山、人民、历史、现实、文化、风物等最常见、最基本的叙述元素和言说主题；而像血脉一样浸透其间涌动其内，并推动其不断拓展和执着延伸的，则是一个民族的赤子情怀，一种勃发强劲的爱国主义旋律，于是，文心与国运交响，诗美和史册辉映，新中国散文在整体上具备了史诗的品质。

新中国七十五年风雨兼程。七十五年间，站起来的中国人民在中国共产党的坚强领导下，经历了社会主义革命和建设时期、改革开放和社会主

义现代化建设新时期，开创了中国特色社会主义新时代，不断推动以国家富强、民族振兴和人民幸福为总目标的中国式现代化的阔步前行。

这是一段辉煌壮丽的历史进程。它投射到对祖国怀有一腔挚爱的散文家笔下，遂化作峥嵘奇崛、气象万千的艺术长卷——中国各族人民的伟大领袖毛泽东同志，在天安门城楼上庄严宣告中华人民共和国的成立（李水清、杨刚、李庄散文）；国旗、国徽、国歌和人民英雄纪念碑，承载各自的崇高与激越，展开历史的回眸与诉说（黄丽巍、张郎郎、华记、刘成章散文）；炮火纷飞的抗美援朝战场上，志愿军战士舍生忘死，一往无前，而为他们注入巨大力量的正是身后的祖国和人民（菡子、魏巍、舒群散文）；透过杨朔的《黄河之水天上来》、艾煊的《碧螺春汛》和李若冰的《寄自依吞布拉克山》，社会主义建设的如火如荼和祖国面貌的焕然一新历历在目；赏读刘云山的《夜宿车马店》、王巨才的《凛凛高风访故园》、罗铮的《陪你一起长大》、马慧娟的《走进人民大会堂》等，不仅可以直观改革开放带给人民群众的生活福祉与命运改观，而且能够感受到普通劳动者身上不断强化的家国认同感和主人翁意识；王蒙的《歌声涌动六十年》、祝勇的《故宫的新生》、彭程的《它们在时光的田野中摇曳生辉》、徐坤的《我跟北京奥运的缘分》、刘江滨的《火炬高擎》等，以参与者和亲历者的身份，讲述各自不同的专业闻见和心灵记忆，它们联袂而行，折映出新中国日臻强健的精神创造力与文化软实力；而丁晓平的《为什么是人民的胜利》，则立足时代的高度，以精练不失严谨，生动兼具雄辩的陈述告诉人们：新中国是如何诞生的？同时重申新中国的诞生说到底是人民的胜利！从而完成了一次有深度也有新意的新中国解读。

对于许多散文家来说，新中国是一片生我养我、伴我成长的原乡厚土。在这片土地上，山岳河流，日月星辰，春风秋雨，绿树红花，还有数不胜数的物宝天华，人杰地灵，同散文家血脉相连，进而与他们的家国之爱交织缠绕，互为生发，彼此成全。于是，千江有水千江月，万里风光万里情，拥抱湖光山色，吟咏圣地遗址，踏访红色踪迹，成为新中国散文抒发爱国情怀的又一基本样式。

冰心的《绿的歌》，作家的思绪在意象中穿行，由象征辽阔庄严的蓝色大海，到“化作春泥更护花”的枫林红叶，最终她陶醉在南国的绿色之中，而这绿色，是“浓郁的春光，蓬勃的青春，崇高的理想，热切的希望”，一言以蔽之，它是祖国和民族的化身。叶圣陶的《游了三个湖》记述作家在新中国成立初期重游玄武湖、太湖和西湖的感受，其笔墨所至勾勒出三处风景的个性之美，同时也写出了这独异风景中发生的一些新变化：疏浚湖底、美化环境、增添工人疗养院，由此传递出社会进步为自然风光的锦上添花。刘上洋的《波涌浪卷西沙情》、艾平的《在那百花盛开的草原上》，都是将家国情思与风光美景融为一体的佳作。其中前者聚焦西沙群岛，一支健笔或写碧海蓝天，或写小岛绿意，或写南海渔民的文明遗迹，或写收复西沙的光荣战史，视线转换间总有一种国人的自信与自豪沛乎其间。后者落笔呼伦贝尔大草原，其亦秀亦豪的笔触，写草原的美丽，也写草原的富庶；写草原的欢腾火热，也写草原的天人合一，所有这些都充盈和浸透着源于作家心底的草原之爱，而草原之爱说到底，仍然是一种国家和民族之爱。

在新中国散文中，足以同百态千姿的自然风物相媲美的，是星光璀璨的社会和人文景观，不少作家的灵思高情浇灌于此，同样留下了精彩的篇章。你看，广州的花市姹紫嫣红，鼎沸的人气饱含着时代的生机（秦牧《花城》）；在改革开放的日子里，无论北京还是北海，都越发显示出文化的浑厚以及各自特有的精气神（陈建功《双城飞去来》）；中国的农村也经历着巨大变化，一些走在时代前列的地方，正以种种尝试呈现出现代生活的美好雏形（高洪波《那些年，我走过的乡村》）。北乔的《茶在高原》、陈涛的《“浪山”》，是作家在扶贫帮困一线深入体察和扎实工作的收获，其或细腻或健朗的文字，不仅绘制出一方边地的人情物理和风俗习惯，而且揭示了艰难生存中依旧存在的美好人性与浪漫风情。

江山就是人民，人民就是江山，新中国是人民的新中国，人民既是新中国的主人翁，更是新中国的建设者和奉献者，因此，聚焦作为国家主人翁的人民群众，抒写其忘我劳动，描绘其感人场景，礼赞其圣洁心灵，讴歌其崇高精神，便是散文家向着祖国放歌的恒久话题与天赋使命。

沿着这样的思路，我们在散文家笔下，同许多新中国最可爱的人不期而遇：拼上性命带领民众同贫困和灾害作斗争的焦裕禄，以及用镜头见证焦裕禄兰考岁月的刘俊生（高建国《他用镜头见证焦裕禄的兰考岁月》）；不怕困难，不怕牺牲，创造条件，拼命拿下大油田的“铁人”王进喜（贺抒玉《我心中的石油河》）；用生命诠释青春与道德真善美的好战士雷锋（江子《怀念一张脸》）；无怨无悔，数十年如一日，把一生献给国防科研的“两弹”元勋邓稼先（沈俊峰《假如可以再生，我仍选中国》）；用一粒种子改变世界，把中国人的饭碗牢牢端在自己手中的袁隆平（马万里《袁隆平，用一粒种子改变世界》）。覃祥官是一个普普通通的乡村医生，为了方便农民就医问药，他不辞辛苦，不计酬劳，甚至不避烦难和风险，率先进行农村合作医疗的尝试，最终获得国家领导人的肯定和支持（温新阶《一个雨夜的光芒》）。还有被誉为“最美奋斗者”的赵梦桃（和谷《梦桃之花》）；在烈火中抢救国家财产，不惜献出生命的向秀丽（郁茹《向秀丽》）；为改变生态环境付出几代人艰辛劳动和不懈努力的塞罕坝职工、毛乌素沙漠治沙群体……

新中国英雄辈出，在这个群体中，除了万众瞩目、名声远播的时代楷模，还有更多默默无闻埋头奉献的普通劳动者，他们没有英雄的光环，却仍然是真正的英雄——无名英雄。因此，他们同样收获了散文家的热切关注。于是我们看到：含辛茹苦，呕心沥血，在一盘土炕上送走了十二茬山村小学生的女教师贾淑珍（梁衡《热炕》）；勇敢走出家门，积极投身社会变革，在尝试乃至失败中成长的贾喜芳、“大芳子”们（吴媛《鸥子河边的女人们》）。剑钧的《静水深流》打开母亲的记忆，再现了当年志愿军战士舍生忘死保和平的动人场景；周文的《春风满江右，心灯暖洪城》透过作家的闻见，让坚持二十六年，办好城市书店，点亮市民心灯的万国英走到前台。还有李晓君笔下品德高尚的出租车司机（《出租车》），黄璨笔下常年工作在巷道里却依旧乐观勤劳的采矿工人（《地深处的路》）等。毛泽东主席有诗曰：“数风流人物，还看今朝。”窃以为，这正可以借来形容新中国历史天幕上人文荟萃、群星璀璨的生动景象。

共和国步履铿锵，新时代任重道远。习近平总书记指出：“历史和现实都告诉我们，一场社会革命要取得最终胜利，往往需要一个漫长的历史过程。只有回看走过的路、比较别人的路、远眺前行的路，弄清楚我们从哪儿来、往哪儿去，很多问题才能看得深、把得准。”这是历史的经验，也是时代的要求和人民的心声。让我们站在新的历史起点上，倾听人民的意愿，拍合时代的节律，用自己更富有创造性的劳动，努力写出更多更好也更富有艺术创造力和感染力的散文篇章。

目 录

绿的歌

冰　心

我的童年是在大海之滨度过的，眼前是一望无际的湛蓝湛蓝的大海，身后是一抹浅黄的田地。

那时，我的大半个世界是蓝色的。蓝色对于我，永远象征着阔大，深远，庄严……

我很少注意到或想到其他的颜色。

离开海边，进入城市，说是“目迷五色”也好，但我看到的只是杂色的黯淡的一切。

我开始向往看到一大片的红色，来振奋我的精神。

我到西山去寻找枫林的红叶。但眼前这一闪光艳，是秋天的“临去秋波”，很快地便被朔风吹落了。

在怅惘迷茫之中，我凝视着这满山满谷的吹落的红叶，而“向前看”的思路，却把我的心情渐渐引得欢畅了起来！

“落红不是无情物”，它将在春泥中融化，来滋润培养它的新一代。

这时，在我眼前突兀地出现了一幅绿意迎人的图画！那是有一年的冬天，我回到我的故乡去，坐汽车从公路进入祖国的南疆。小车在层峦叠嶂中穿行，两旁是密密层层的参天绿树：苍绿的是松柏，翠绿的是竹子，中间还有许许多多不知名的、色调深浅不同的绿树，衬以遍地的萋萋芳草。“绿”

把我包围起来了。我从惊喜而沉入恬静，静默地、欢悦地陶醉在这铺天盖地的绿色之中。

我深深地体会到“绿”是象征着：浓郁的春光，蓬勃的青春，崇高的理想，热切的希望……

绿，是人生中的青年时代。

个人、社会、国家、民族、人类都有其生命中的青年时代。

我愿以这支“绿的歌”献给生活在社会主义祖国的青年们！

1983年2月17日

（原载《万叶散文丛刊》第一辑《绿》）

海南杂忆

茅　盾

我们到了那有名的“天涯海角”。

从前我有一个习惯：每逢游览名胜古迹，总得先找些线装书，读一读前人（当然大多数是文学家）对于这个地方的记载——题咏、游记，等等。

后来从实践中我知道这不是一个好办法。

当我阅读前人的题咏或游记之时，确实很受感染，陶陶然有卧游之乐；但是一到现场，不免有点失望（即使不是大失所望），觉得前人的十分华赡的诗词游记骗了我了。例如，在游桂林的七星岩以前，我从《桂林府志》里读到好几篇诗、词以及骈四俪六的游记，可是一进了洞，才知道文人之笔之可畏——能化平凡为神奇。

这次游“天涯海角”，就没有按照老习惯，皇皇然作“思想上的准备”。

然而仍然有过主观上的想象。以为顾名思义，这个地方大概是一条陆地，突入海中，碧涛澎湃，前去无路。

但是错了。完全不是那么一回事。

所谓“天涯海角”就在公路旁边，相去二三十步。当然有海，就在岩石旁边，但未见其“角”。至于“天涯”，我想象得到千数百年前古人以此二字命名的理由，但是今天，人定胜天，这里的公路是环岛公路干线，直通那大，沿途经过的名胜，有盐场，铁矿，等等。这哪里是“天涯”？

出乎我的意外，这个“海角”却有那么大块的奇拔的岩石；我们看到两座相偎相倚的高大岩石，浪打风吹，石面已颇光滑；两石之隙，大可容人，细沙铺地；数尺之外，碧浪轻轻扑打岩根。我们当时说笑话：可惜我们都老了，不然，一定要在这个石缝里坐下，谈半天情话。

然而这些怪石头，叫我想起题名为《儋耳山》的苏东坡的一首五言绝句。

突兀隘空虚，他山总不如。君看道傍石，尽是补天遗！

感慨寄托之深，直到最近五十年前，凡读此诗者，大概要同声浩叹。我翻阅过《道光琼州府志》，在“谪宦”目下，知谪宦始自唐代，凡十人，宋代亦十人；又在“流寓”目下，知道隋一人，唐十二人，宋亦十二人。明朝呢，谪宦及流寓共二十二人。这些人，不都是“补天遗”的“道旁石”么？当然，苏东坡写这首诗时，并没料到在他以后，被贬逐到这个岛上的宋代名臣，就有五个人是因为反对和议、力主抗金而获罪的，其中有大名震宇宙的李纲、赵鼎与胡铨。这些名臣，当宋南渡之际，却无缘“补天”，而被放逐到这“地陷东南”的海岛作“道旁石”。千载以下，真叫人读了苏东坡这首诗同声一叹！

经营海南岛，始于汉朝；我不敢替汉朝吹牛，乱说它曾经如何经营这颗南海的明珠。但是，即使汉朝把这个“大地有泉皆化酒，长林无树不摇钱”的宝岛只作为采珠之场，可是它到底也没有把它作为放逐罪人的地方。大概从唐朝开始，这块地方被皇帝看中了；可是，宋朝更甚于唐朝。宋太宗贬逐卢多逊至崖州的诏书，就有这样两句：“特宽尽室之诛，止用投荒之典。”原来宋朝皇帝把放逐到海南岛视为仅比满门抄斩罪减一等，你看，他们把这个地方当作怎样的“险恶军州”。

只在人民掌握政权以后，海南岛才别是一番新天地。参观兴隆农场的时候，我又一次想起了历史上的这个海岛，又一次想起了苏东坡那首诗。兴隆农场是归国华侨经营的一个大农场。你如果想参观整个农场，坐汽车转一转，也得一天两天。从前这里没有的若干热带作物，如今都从千万里外来这里安家立业了。正像这里的工作人员，他们的祖辈或父辈万里投荒，为人作嫁，现在他们回到祖国的这个南海大岛，却不是“道旁石”而是真正的补天手了！

我们的车子在一边是白浪滔天的大海、一边是万顷平畴的稻田之间的公路上，扬长而过。时令是农历岁底，北中国的农民，此时正在准备屠苏酒，在暖屋里计算今年的收成，筹划着明年的夺粮大战吧？不光是北中国，长江两岸的农民此时也是刚结束一个战役，准备着第二个。但是，眼前，这里，海南，我们却看见一望平畴，新秧芊芊，嫩绿迎人。这真是奇观。

还看见公路两旁，长着一丛丛的小草，绵延不断。这些小草矮而丛生，开着绒球似的小白花，枝顶聚生如盖，累累似珍珠，远看去却又像一匹白练。

我忽然想起明朝正统年间王佐所写的一首五古《鸭脚粟》了。我问陪同我们的白光同志，“这些就是鸭脚粟么？”

“不是！”她回答，“这叫飞机草。刚不久，路旁有鸭脚粟。”

真是新鲜，飞机草。寻根究底之后，这才知道飞机草也是到处都有，可作肥料。我问鸭脚粟今作何用，她说：“喂牲畜。可是，还有比它好的饲料。”

我告诉她，明朝一个海南岛的诗人，写过一首诗歌颂这种鸭脚粟，因为那时候，老百姓把它当作粮食。这首诗说：

> 五谷皆养生，不可一日缺。谁知五谷外，又有养生物。茫茫大海南，落日孤凫没。岂有万亿足，陇亩生倏忽。初如凫足撑，渐见蛙眼突。又如散细珠，钗头横曲屈。

你看，描写鸭脚粟的形状，多么生动，难怪我印象很深，而且错认飞机草就是鸭脚粟了。但是诗人写诗不仅为了咏物，请看它下文的沉痛的句子：

三月方告饥，催租如雷动。小熟三月收，足以供迎送。八月又告饥，百谷青在陇。大熟八月登，恃此以不恐。琼民百万家，菜色半贫病。每到饥月来，此草司其命。闾阎饼饼，上下足酒浆。岂独济其暂，亦可赡其常。

照这首诗看来，小大两熟，老百姓都不能自己享用，哪怕是其中的一小部分，而经常借以维持生命的，是鸭脚粟。

然而王佐还有一首五古《天南星》：

君有天南星，处处入本草。夫何生南海，而能济饥饱。八月风飕飕，闾阎菜色忧。南星就根发，累累满筐收。

这就是说，“大熟八月登”以后，老百姓所得，尽被搜括以去，不但靠鸭脚粟过活，也还靠天南星。王佐在这首诗的结尾用了下列这样“含泪微笑”式的两句：

海外此美产，中原知味不？

1963 年 5 月 13 日

（原载《人民文学》1963 年 6 月号）

半日的“旅行”

——记龙须沟、北京体育馆和百货大楼

曹　禺

北京——全世界最美丽的花，时时刻刻放着光彩。当我们在车间里，在实验室里，在办公楼里，在广阔的拔掉了界石的田野里劳作的时候，我们会感觉到四周围的环境在变化，新的事不断地涌现，新的人不断地成长。一切都在飞快地向前奔，它不停脚，不等待任何人。只要放眼一望，一个强烈的感觉就会抓住我们，那就是革命在进行，革命像是坐着喷气式飞机在前进。

无论你走到什么地方，这感觉处处触动你，你会看见许多新鲜的、从来没有见过的东西。时常在旧的丑恶的废墟上，突然出现一片惊人的景象。在一个星期日的下午，我和一个朋友在我们的首都做了一次短短的“旅行”。我们先到了龙须沟，这个原来是又臭又脏、堆满垃圾、拥挤不堪的地方，现在已经是宽阔的马路，整齐清洁的住宅。过去的贫民今天不只是享受着廉价的自来水、电灯和公家房屋，他们的孩子都穿上了整洁的衣服，脸上红扑扑的，在住宅区里一座红瓦青砖的小学操场上做着游戏。他们见着参观的朋友们时那样有礼貌，他们骄傲地拿着自己的分数单和作文，报告他们学习的成绩。就是这些孩子，在过去，他们整天挎着一只破篮子，在垃圾山

上捡煤核、捡烂菜叶子，为着偶然发现的一个破铁罐，就会争吵、咒骂、动起武来。现在，这里的空气是新鲜的，过去低洼潮湿，蚊虫苍蝇滋生的地带，现在种上了垂柳和桃花。混浊的“金鱼池”成了一片清澈的湖水。随着习习的春风，看得见在水波里荡漾着碧绿的水藻，和迎着阳光偶然闪射点点金光的游鱼。

这里过去是小手工业者谋生的地方。他们打铁，硝皮子，染布，织袜子，缝零活，补胶带，箍木桶，编草帽，打剪刀，以至于各种各样，说不出名堂的工作。解放以前，他们在国民党的苛捐杂税，军警恶霸勒索之下，无昼无夜地在饥饿线上挣扎。他们有很多人熬不过从各方面压在头上的灾难，卖掉了借以谋生的生产工具，去拉排子车，卖苦力，最后还免不了沦落到沿街乞讨。这些人对我讲：“咱们过去不但自己吃不饱、穿不暖，到了热天，说句不嫌寒碜的话，连家里的老太太都只有光着脊梁。”今天，我在那里走了半天，看不见一个穿着打补丁衣服的人，而过去他们世世代代，都是在烂布条里长大的。这些手工业者已经组织起来了，这是多么叫人兴奋的事情。他们每个人现在都是精神饱满，准备了充足的干劲，加入了手工业生产合作社，有的全家都是生产合作社的社员。不过是前一月，我访问他们的时候，他们还打着算盘，为自己那一点点盈利用心思；今天一条条街上都悬灯挂彩，锣鼓喧天，庆祝手工业的合作化。一个六十高龄的手工业工人兴高采烈地对他的全家讲：“孩子们，咱们都赶上了，往后子子孙孙再也不愁吃不愁穿，我们要有文化了！”

是啊，这个地方的许多手工业者都加入了夜校，有的人甚至学会了更专门的技术。在那里，人不只是善于工作，并且也有了自己丰富的文化生活。他们经常可以看电影，看戏，看杂耍；到了夏天，在天坛公园里，按期放映几乎等于是不收票价的电影。

革命迅速发展的脚步，我们处处看得见。往日“无风三尺土，有雨一街泥”的窄路变成了一条条的林荫大道。我们从龙须沟向南走，到了陶然亭。陶然亭过去是一片荒芜，现在是一座幽美的公园了。那里面经常充满了儿童的欢笑声，许多游艇插着红旗在水面上游来荡去。工人们带着自己的爱人和孩子来这里度着愉快的假日。这里亭台楼阁油漆得焕然一新，一座座古色古香的牌坊点缀着长长的柳堤。这些牌坊百年来一直是矗立在旧北京狭窄的闹市中，它们妨碍着交通，造成数不清次数的车祸，伤害了多少行人和儿童。经过和一些“艺术至上”的保守主义者的斗争，这些碍手碍脚的老废物才搬到了这里。它们居然也在解放后获得了新生，得到人民的喜爱。这几座牌坊的命运说明一种深刻的感情，无论哪一方面，我们的党和政府都用尽心思，她是多么像慈母一般地关怀人民啊！

从陶然亭往东是龙潭，龙潭附近是新建的体育馆。我不知怎么样来描写这一块地方，因为我过去的印象，这一带是一片荒凉的乱岗坟堆。三九天里，迎着刺骨的寒风，仅有一两个衣衫褴褛的乞丐在附近的垃圾堆里挖掘着什么。一到春天，水塘里墨绿色的冰块解了冻，又融化成一泓铜绿色的死水，随着气温的上升，慢慢蒸发出一种刺鼻的臭气。死人的骸骨从朽烂的破棺木里露出来。无论什么时候，在这个地方，极目一望，那是死亡，是穷途末路，是永久的冬天。然而我现在看见了什么？温暖的阳光照着各种各样美丽得像花色图案的运动场，运动员们热烈有力的叫嚷声在清新的空气中震荡着。他们有的玩球，有的赛跑，仿佛世界都跟着他们在跳跃。周围新建起许多楼房，那是宿舍、工人俱乐部、学校和医院。这些美丽的房屋点缀在田畔、水边和新辟的林荫道旁。溜光的柏油马路上不断地驶行着银色的公共汽车，它们载满了热心体育的观众。这些观众经常包括首都各行各业的人们。体育竞赛的欣赏已经成为首都生活中的一部分。这个令人自豪的体育馆不但提高了全国的体育水平，它也对这些千千万万热情的观众进行了新中国体育的教育。

有一个人告诉我，走进了这个体育馆，就会引起人的爱国主义的感情，这种心情几乎每个参观过体育馆的人都有。谁能想象仅仅在八个月的时间里，就完成了这样雄伟壮丽的建筑。全国的工人和首都的工人一道，都在支援着这个光荣的任务，新中国的工程师从头到尾担任了整个的设计。这是一个现代化的，包括练习馆、比赛馆和游泳馆三个巨大建筑的体育之宫。保加利亚排球队来参观的时候，这些远方的客人，倚在练习馆楼上的栏杆上往下一望，不由得称赞说：“这个馆简直可以踢足球！”事实就是如此，当着外面风雪交加的时候，练习馆里灯火辉煌，温暖如春，光滑的地板像是有弹簧似的，承住数不尽的矫健如鹰的男女青年运动员。他们个个都像鱼在水里那样活跃自在，进行着篮球、排球、网球、羽毛球、体操和拳技等项目的练习。球场两旁，宽宽的走廊里也进行着乒乓球和武术的练习。有修养、有丰富经验的体育教练在场上尽心指导。馆里有许多单间隔音的练习室、俱乐部、客厅、休息室、浴室、换衣间、弹子房。在一间放着垫子和各种各样举重器械的房间里，我遇见了一群钢筋铁骨的青年。和他们谈过话，我才知道他们如何从早到晚艰苦地锻炼。他们心中只有一个念头：为祖国的体育事业争光荣。提高祖国的体育水平，为社会主义建设事业增加力量，这是所有新中国运动员的信念。在练习馆里我也遇见了许多朝气蓬勃的青年运动员，他们对祖国和体育前途的信念和他们在体育上所表现的勇敢、技术、合作、智慧、爱国主义和国际主义的精神，就是我们首都的体育馆的灵魂。这些可爱的青年给我们这个可以引以自豪的体育馆添了无限光彩。

胜利的革命在体育事业上显出它雄伟的惊人的气派。很多国家的体育队看了这个体育馆以后，体育馆的负责人虚心地征求他们的意见，他们都说：“提不出意见，因为这样大的建筑对我们说来，还只是个理想。”有些外国记者说：“这样的体育馆在世界上是少有的。”有的建议说：“这样的体育馆应该拍成电影，给全世界的人看一看。”游泳馆的水池碧清见底，大得几乎像个小湖，多少条拉得笔直的红绳浮在水面上，新中国的游泳选手穿梭似的，激着浪花，沿着红绳隔成的水道来回地练习。从水里忽然射出几道雪亮的强烈的光线，把他们的每一个动作照得清清楚楚。原来，水池里的一面白瓷砖的墙上镶嵌着玻璃窗子，里面是游泳教练用的观测室，从玻璃窗望出去，游泳的人们正在头上浮过，人仿佛置身在水晶宫里。新中国不只是给了我们这样好的体育馆，培养了大量优秀的运动员，它同时也把我们教育成为最好的体育观众。当着成千上万的首都观众拥进比赛馆的时候，人们都会感觉到自己落入一个巨大的、欢乐紧张的、人的海洋。最动人的是国际性的球赛。随着电动记分牌的变化，人的心情就像波浪似的起伏，正在比赛着的健儿们吸住了每个人的眼睛。然而就是在最紧张的时刻，我们的观众从来没有忘记做一个国家的主人的风度，自己的球队得胜的时候自然高兴，但是当着朋友们抢先获分的时候，我们的观众也衷心地为他们欢呼祝贺。这是富有自信心和国际主义精神的观众，他们不论是工人、农民、干部、学生、老人、小孩和妇女，都是一致地向远方来的客人表示出一个好客的民族特有的慷慨和热情。好多国家的运动员们被这种现象所感动，每次球赛完毕，中国方面无论胜负，满场的观众总是热情地留在场上，欢呼拍手，一直把客人送走才散去。客人们讲："我们走遍全世界，很少看见这样爱体育、有修养的观众。"

从体育馆向西北，走到百货大楼。天已经黑了，在灯光如昼的大楼里，挤满了城里城外和由四乡来的顾客。我们到了这里，忽然想起解放前上海的几个萧条的百货公司，一座六七层的高楼里往往店员比顾客还多。最触目惊心的是：货物绝大部分是美帝国主义向上海倾销的物品。但是今天在我们的百货大楼里，从食物、布匹、服装、毛线、呢绒、乐器、钟表、收音机、教育用品，以至各种各样的日用品，全部是我国劳动人民自己生产的。望着这些陈列在玻璃柜里的又多又好的物品，心中不由得感觉幸福和骄傲。顾客这样多，每天都有七八万，最多的时候达到了二十一万。农业生产合作社的社员们时常到这里买钟表、成套的制服、被面、花布、花瓷脸盆；过去销得最畅的竹皮热水瓶如今却变成了冷货，因为丰衣足食的农民们需要更好看的五色花漆的铁皮暖水瓶了。百货大楼和体育馆一样，应该说是来到北京的人必须去的地方。我看见许多国际友人脸上浮着满意的笑容在挑选货品，我看见殷勤有礼的营业员帮着来自祖国边疆的兄弟民族选择他们心爱的货品。百货大楼不只是供给各种兄弟民族用的服装、用具、乐器、食物，并且还在各种货品上用少数民族的文字做了标签。我们民族之间的平等团结就在商品购买的地方也表现得这样亲切。在百货大楼里，无论如何忙、挤，人们总是那样从容礼让，使我感觉到我们真是生活在一个有文化的大家庭里。

在营业员和顾客之间，有许多感动人的事情。货款万一多收了，营业员有的情愿下班后不肯回家，有的连等十几天，一直等到顾客回来。货品万一给多了，无疑问的，顾客们总是把东西送回来。在百货大楼短短的售货的历史当中，发生这样一件小事情：一个干部从上海买了一双胶鞋，到了北京他发现尺寸大了，就拿到百货大楼去换。他谎说是在这里买的，丢失了发票。营业员相信了他，不但换了，还补给他一些钱。回去之后，他没有高兴几天，愈想愈难过，终于写了一封信，把这件事原原本本坦白出来，补款也寄回来了。但是给我深刻印象的，是一个母亲向百货大楼经理表扬一个售货员的一封信。这封信写得太好了，虽然她提的是一件很小的事情，但却充满了社会主义时代的新情感。她在一个平凡的事实中看见了极不平凡的今天人和人之间互相关心的精神。她是一个普通的机关工作人员、三个孩子的妈妈。在国庆节前夕，她和她的爱人带着孩子们到百货大楼，想给他们添一件夹衣欢度国庆佳节。她在童装部非常满意地挑选了两件漂亮的小上衣，付款的时候她才发现没有带布票。夫妻二人凑了一下，还差四尺布票。当天晚上不能买，明天就是国庆节，孩子们要穿新衣服。她和售货员商量："能不能欠下这四尺布票，过两天送来？"这时，那女售货员和蔼地说："布票是不能赊欠的。"就从自己袋里拿出四尺布票来："我可以把自己的布票借给你们。"由于这个售货员这样对工作负责，又乐于帮助别人，就解决了这位母亲和她的孩子们当时非常焦急的问题。

这个幸福的母亲在她的信里是这样解释这件事的经过的："我深深地体会到在党和毛主席的教导下，每一个新中国的公民都具有着新的高贵的品质，都像母亲的心一样的在爱护着孩子们，爱护着祖国新生的一代。事情好像很小，在新社会里这也是平凡的，但就在这些小的、平凡的事情里，体现了我国人民新的品质和无穷的力量。"

我们的新社会是多可爱！做任何一件好事情，哪怕是极细微的，都会有人衷心地赞扬。这个售货员是可敬的，但是这样热情地表扬这个售货员的母亲是同样可敬的。新的品质在党的关怀和培养下，是不可抑制地生长着，却也正由于我们当中有许多善良、慷慨、容易看见社会主义积极性的人，新的品质和人物才这样快地发展起来。

我们用了半天的工夫在北京做了一次"旅行"。从这小小的旅行里，我深深感到生活是这样丰富，同时它又发展得这样迅速。很多东西我看的时候是崭新的，等我把它们写出来，更新更美妙的东西又出现了。我们应该旅行，到处看一看，如果是时间太少，我想就在北京——我们日新月异的首都，城里城外，工厂农村，做一个半日的“旅行家”，就会给我们增添更多的社会主义的、乐观的感情。许多新的事物需要我们去看，去亲自体会，仅仅从杂志上看些新事物的特写是不够的。

1956年2月

（原载《旅行家》1956年2月号）

新湘行记

——张八寨二十分钟

沈从文

汽车停到张八寨，约有二十分钟耽搁，来去车辆才渡河完毕。溪水流到这里后，被四围群山约束成个小潭，一眼估去大小约半里样子。正当深冬水落时，边沿许多部分都露出一堆堆石头，被阳光雨露漂得白白的，中心满潭绿水，清莹澄澈，反映着一碧群峰倒影，还是异常美丽。特别是山上的松杉竹木，挺秀争绿，在冬日淡淡阳光下，更加形成一种不易形容的清寂。汽车得从一个青石砌成的新渡口用一只方舟渡过，码头如一个畚箕形，显然是后来人设计，因此和自然环境还不十分谐和。潭上游一点，还有个老渡口，尚有只老式小渡船，由一个掌渡船的拉动横贯潭中，水面竹缆索，从容来回渡人。这种摆渡画面，保留在我记忆中不下百十种。如照风景习惯，必然做成“野渡无人舟自横”的姿势，搁在靠西一边白石滩头，才像是符合自然本色。因为不知多少年来，经常都是那么搁下，无事可为，镇日长闲，和万重群山一道在冬日阳光下沉睡！但是这个沉睡时代已经过去了。大渡口终日不断有满载各种物资吼着叫着的各式货车，开上方舟过渡。此外还有载客的通车，车上坐着新闻记者，电影摄影师，音乐、歌舞、文物调查工作者，画师，医生以及近乎挑牙虫卖膏药的，陆续来去。近来因开放农村副业物资交流，附近二十里乡村趁乡场和到州上做小买卖的人，也日益增多。小渡船就终日在潭中来回，盘载人货，没有个休息时。这个觉醒是全面的。八十二岁的探矿工程师丘老先生，带上一群年轻小伙子，还正在湘西各县爬山越岭，预备用锤子把有矿藏的山头一一敲醒。许多在地下沉睡千万年的煤、铁、磷，汞，也已经有了一部分被唤醒转来！

小船渡口东边，是一道长长的青苍崖壁，西边有个裸露着大片石头的平滩，平滩尽头到处点缀一簇簇枯树。其时几个赶乡场的男女农民，肩上背上挑负着箩箩筐筐，正沿着悬崖下脚近水小路走向渡头。渡船上有个梳双辫女孩子，攀动缆索，接送另外一批人由西往东。渡头边水草间，有大群白鸭子在水中自得其乐地游泳。悬崖罅缝间绿茸茸的，崖顶上有一列过百年的大树，大致还是照本地旧风俗当成“风水树”保留下来的。这些树木阅历多，经验足，对于本地近十年新发生的任何事情似乎全不吃惊，只静静地看着面前一切。初初来到这个溪边的我，环境给我的印象和引起的联想，不免感到十分惊奇！一切陌生一切又那么熟悉。这实在和许多年前笔下涉及的一个地方太相像了，因之对它仿佛相熟的可能还不只我一个人。正犹如千年前唐代的诗人，宋代的画家，彼此虽生不同时，都由于一时偶然曾经置身到这么一个相似自然环境中，而产生了些动人的诗歌或画幅；一首诗或者不过二十八个字，一幅画大小不过一方尺，留给后人的印象，却永远是清新壮丽，增加人对于祖国大好河山的感情。至于我呢，手中的笔业已荒疏了多年，忽然又来到这么一个地方，记忆习惯中的文字不免过于陈旧了，触目景物人事却十分新。在这种情形下，只有承认手中这支拙劣笔，实在无可为力。

我为了温习温习四十年前生活经验，和二十四五年前笔下的经验，因此趁汽车待渡时，就沿了那一列青苍苍崖壁脚下走去，随同那几个乡下人一道上了小渡船。上船以后，不免有些慌张，心和渡船一样只是晃。临近身边那个船上人，像为安慰我而说话：

“慢慢地，慢慢地，站稳当点。你慌那样！”

几个乡下人也同声说，“不要忙，不要忙，稳当点！”一齐对我善意望着。显然的事，我在船中未免有点狼狈可笑，已经不像个“家边人”样子。

大渡口路旁空处和园坎上，都堆有许多竹木，等待外运。老南竹多锯削成扁担大小长片，三五百缚成一捆，我才明白在北行火车上，经常看到满载的竹材，原来就是从这种山窝窝里运出去，往东北西北支援祖国工矿建设的。木材也多经过加工处理，纵横架成一座座方塔，百十根作一堆，显明是为修建湘川铁路准备的。令我显得慌张的，并不尽是渡船的摇动，却是那个站在船头、嘱咐我不必慌张、自己却从从容容在那里当家做事的弄船女孩子。我们似乎相熟又十分陌生。世界上就真有这种巧事，原来她比我二十四年前写到的一个小说中人翠翠，虽晚生十来岁，目前所处环境却仿佛相同，同样在这么青山绿水中摆渡，青春生命在慢慢长成。不同处是社会变化大，见世面多，虽然对人无机心，而对自己生存却充满信心。一种“从劳动中得到快乐增加幸福”成功的信心。这也正是一种新型的乡村女孩子共同的特征。目前一位有一点与众不同，只是所在背景环境。

她大约有十四五岁的样子，除了胸前那个绣有“丹凤朝阳”的挑花围裙，其余装束神气都和一般青年作家笔下描写到的相差不多。有张长年在阳光下曝晒、在寒风中冻得黑中泛红的健康圆脸，双辫子大而短，是用绿胶线缚住的，还有双真诚无邪神光清莹的眼睛。两只手大大的、粗粗的，在寒风中也冻得通红。身上穿一件花布棉袄子，似乎前不多久才从百货公司买来，稍微大了一点。这正是一种共通常见的形象，内心也必然和外表完全统一，真诚、单纯、素朴，对本人明天和社会未来都充满快乐的期待及成功信心，而对于在她面前一切变化发展的新事物，更充满亲切好奇热情。文化程度可能只读到普通小学三年级，认得的字还不够看完报纸上的新闻纪事，或许已经做了寨里读报组小组长。新的社会正在起着深刻变化，她也就在新的生活教育中逐渐发育成长。目前最大的野心，是另一时州上评青年劳模，有机会进省里，再到京里，看看天安门和毛主席。平时一面劳作一面想起这种未来，也会产生一种永远向前的兴奋和力量。生命形式即或如此单纯，可是却永远闪耀着诗歌艺术的光辉，同时也是诗歌艺术的源泉。两手攀援缆索操作的样子，一看就知道是个内行，摆渡船应当是她一家累代的职业。我想起合作化，问她一月收入时，她却笑了笑，告给我：

“这是我伯伯的船，不是我的。伯伯上州里去开会。我今天放假，赶场来往人多，帮他忙替半天工。”

“一天可拿多少工资分？”

“这也算钱吗？你这个人——”她于是抿嘴笑笑，扭过了头，面对汤汤流水和水中白鸭，不再搭理我。像是还有话待我自己去体会，意思是：“你们城里人会做生意，一开口就是钱。什么都卖钱。一心只想赚钱，别的可通通不知道！”她或许把我当成食品公司的干部了。我不免有一点儿惭愧起自心中深处。因为我还以为农村合作化后，“人情”业已去尽，一切劳力交换都必须变成工资分计算。到乡下来，才明白还有许多事事物物，人和人相互帮助关系，既无从用工资分计算，也不必如此计算；社会样样都变了，依旧有些好的风俗人情变不了，我很满意这次过渡的遇合，提起一句俗谚“同船过渡五百年所修”，聊以解嘲。同船几个人同时不由笑将起来，因为大家都明白这句话意思是“缘法凑巧”。船开动后，我于是换过口气请教，问她在乡下做什么事情还是在学校读书？

她指着丛树后一所瓦屋说，“我家住在那边！”

“为什么不上学？”

“为什么？区里小学毕了业，这边办高级社，事情要人做，没有人，我就做。你看那些竹块块和木头，都是我们社里的！我们正在和那边村子比赛，看谁本领强，先做到功行圆满。一共是二百捆竹子，百五十根枕木，赶年下办齐报到州里去。村里还派我办学校，教小娃娃，先办一年级。娃娃欢喜闹，闹翻了天我也不怕。这些小猴子，就只有我这只小猴子管得住。”

我随她手指点望去，第二次注意到堆积两岸的竹木材料时，才发现靠村子码头边，正有六七个小顽童在竹捆边游戏，有两个已上了树，都长得团头胖脸。其中四个还穿着新棉袄子。我故意装作不明白问，“你们把这些柱头砍得不长不短，好竹子也锯成片片，有什么用处？送到州里去当柴烧，大材小用，多不合算！”

她重重盯了我一眼，似乎把我底子全估计出来了，不是商业干部是文化干部，前一种太懂生意经，后一种太不懂。“嗨，你这个人！竹子木头有什么用？毛主席说，要办社会主义，大家出把力气，事情就好办。我们湘西公路筑好了，木头、竹子、桐油、朱砂，一年不断往外运。送到好多地方去办工厂、开矿，什么都有用！……”末了只把头偏着点点，意思像是“可明白？”

我不由己地对着她跷起了大拇指，译成本地语言就是“大脚色”。又问她今年十几岁，十四还是十五？她不肯回答，却抿起嘴微笑。好像说“你猜罢”。我再引用“同船过渡”那句老话表示好意，说得同船乡下人都笑了。一个中年妇人解去了拘束后，便插口说，“我家五毛子今年进十四岁，小学二年级，也砍了三捆竹子，要送给毛主席，办社会主义。两只手都冻破了皮，还不肯罢手歇气”。巴渡船的一位听着，笑笑的，爱娇的，把自己两只在寒风中劳作冻得通红的手掌，反复交替摊着，“怕什么，比赛啰。别的国家多远运了大机器来，在等着材料砌房子。事情不巴忙做，可好意思吃饭？自家的事不做，等谁做！”

“是嘛，自家的事情自家做；大家做，就好办。”

新来汽车在渡口嘟嘟叫着。小船到了潭中心，另一位向我提出了个新问题，“同志，你是从省里来的？可见过武汉长江大铁桥？什么时候完工？”

“看见过！那里有万千人笼夜赶工，电灯亮堂堂的，老远只听到机器哗喇哗喇的响，真热闹！”

“办社会主义就是这样，好大一条桥！”

“你们难道看见过大铁桥？”

……说下去，我才知道原来她有个儿子在那边做工，年纪二十一岁，是从这边米厂调去的，一共去七个人。下乡电影队来放电影时，大家都从电影上看过大桥赶工情形，由于家有子侄辈在场，都十分兴奋自豪。我想起自治州百七十万人，共有三百四十万只勤快的手，都在同一心情下，为一个共同目的而进行生产劳动，长年手足贴近土地，再累些也不以为意。认识信念单纯而素朴，和生长在大城市中许多人的复杂头脑，及专会为自己好处作打算的种种表现，相形之下真是无从并提。

小船恰当此时，訇地碰到了浅滩边石头上，闪不及船滞住了。几个人于是又不免摇摇晃晃，而且在前仰后合中相互笑嚷起来，“慢点嘛，慢点嘛，忙那样！又不是看戏坐前排，忙那样！”

女孩子一声不响早已轻轻一跃跳上了石滩，用力拉着船绳，倾身向后奔，好让船中人起岸，待让另一批人上船。一种责任感和劳动的愉快结合，留给我个要忘也不能忘的印象。

我站在干涸的石滩间，远望来处一切。那个隐在丛树后的小小村落，充满诗情画意。渡口悬崖罅缝间绿茸茸的，似乎还生长有许多虎耳草。白鸭子已游到潭水出口处石坝浅滩边去了，远远的只看见一簇簇白点子在移动。我想起种种过去，也估计着种种未来，觉得事情好奇怪。自然景物的清美，和我另外一时笔下叙述到的一个地方，竟如此巧合。可是生存在这里的人，生命的发展却如此不同。这小地方和中国任何其他乡村一样，正起着深刻的变化。第一声信号还在十年前，即那个青石板砌成的畚箕形渡口边，小孩子游戏处，曾有过一辆中型客车在此待渡，有七个文武官员坐在车中，一阵枪声下同时死去。这是另外一时那个“爱惜鼻子的老友”告给我的。这故事如今可能只有管渡船的老人还记住，其他人全不知道，因为时间晃晃快过十年了。现在这个小地方，却正不声不响，一切如随同日月交替、潜移默运地在变化着。小渡船一会儿又回到潭中心去了。四围光景分外清寂。

在一般城里知识分子面前，我常常自以为是个“乡下人”，习惯性情都属于内地乡村型，不易改变。这个时节，才明白意识到，在这个十四五岁真正乡村女孩子那双清明无邪眼睛中看来，却只是个寄生城市里的“蛀米虫”，客气点说就是个“十足的、吃白米饭长大的城里人”。对于乡下的人事，我知道的多是百八十年前的老式样。至于正在风晴雨雪里成长，起始当家作主的新人，如何当家作主，我知道的实在太少了。

1957年5月

（原载《旅行家》1957年6月号）

惠泉吃茶记

姚雪垠

凡来到无锡的人，几乎没有不去惠山的。惠山的风景实在平常，人们去的目的不在看景，而在吃茶。我住在梅园西边的太湖岸上，离惠山相当远，但既然来到无锡小住，也不愿放过吃一杯惠泉茶的机会，于是在一个天朗气清的下午，兴致勃勃地去了。

我虽然喜欢吃茶，但对于吃茶一道完全外行。因为我不会吸烟，又没别的嗜好，坐在房间里需要一点淡淡的刺激，所以常常吃茶，久之便成习惯。既是找刺激，所以茶不在好，只要苦香就行；有时兼为解渴，喜欢把大杯倒满，大口大口地吃。古人文章中讥村俗人吃茶只要“浓、热、满”三个字，我正是这种俗人。但尽管我对吃茶一道很外行，这次去惠山吃茶却决心要仔细地、慢慢地、小口小口地、用舌尖品着滋味吃。许多年来，我不知遇到过多少人，人人都称赞惠山的泉水最美，而且我在许多古人的笔记中也常常见到有关赞扬惠泉的掌故逸闻。读过张岱的《陶庵梦忆》，我知道有些讲究吃茶的雅人，如一位叫作闵汶水的老头子把惠泉水运到南京煮茶，而作者的祖父住在绍兴家中，也曾以惠山的水泡茶待客。在杭州人蒋坦所著的《秋灯琐忆》一书中，也提到有朋友来游杭州，“以惠山泉一瓮见饷”。既然古时交通很不发达，人们尚且把惠泉的水运到几百里外泡茶吃，可见这水的名贵，我怎么能够不仔细地品品滋味?

我原以为国庆节假期刚过，又不是星期天，游惠山的人一定很少。谁知一进惠山寺门，简直像走进热闹的庙会，拥拥挤挤，人声嘈杂，连一个空座位也找不到。等我参观了寄畅园，看过了无锡的出土文物陈列室和泥人艺术陈列室，看看太阳已经西下，转回来才在惠泉的院里找到了一张空桌。我坐下去，向服务员要了绿茶。无锡所有游览区的茶资都是每杯一角，南京也是，只有惠泉是一角二分。我没问什么原因，反正道理很明白：这是惠泉。据许多书上说，讲究吃茶的人，不但讲究茶叶、泉水、火候，还讲究茶具。可是惠泉的茶社对茶具是很不讲究的，每人一把粗瓷圆茶壶，一只粗瓷小茶杯，形式和颜色都很恶劣。放在我面前的茶杯还有碰破的缺口和裂纹。我没敢挑剔，因为我明白泉水和茶叶是主要的，茶具不是主要的。同时，在我的邻桌上正有两位茶客在高谈艺术理论，我想，如果我向服务员指出茶具太不美，他们准会笑我这个人有资产阶级的艺术思想。

我倒了一杯茶，看见茶色很淡，也闻不到香味，呷了一小口含在嘴里，用舌尖慢慢品味，不但觉不出味道好，甚至远没有南京鸡鸣寺的茶好吃。总之，香、色、味三者都极平常。我没有失望，等了一两分钟，又倒一杯，颜色稍微浓一点，吃到嘴里也有点香味，但是凭良心说，似乎并不比我们在家中吃的茶好多少。仔细地尝过两杯，我不能不感到失望了，开始露出村俗本相，大口大口地吃了起来。

当我刚刚坐下的时候，我的桌边的空位子已经被新来的游客坐满。听他们谈话，我知道这是一对夫妇，一位从外地来的姑母，两个小孩。三个大人坐在椅子上，小孩子们没有地方坐，只好站在桌边。按照规矩，三位大人应该是三壶茶，三个茶杯，但他们同服务员争执半天，说他们只有两个人要吃茶，只留下两壶茶，两个茶杯。他们很懂节约，首先是姑母和丈夫吃，丈夫吃过以后把自己的杯子转给妻子吃，妻子吃过后又叫两个孩子吃。孩子们并不喝，只要吃菱角不要吃茶。母亲向他们动员说："傻崽子，吃哉！这是二泉的茶，吃哉！"这时我已经大口大口地吃过三杯，含着会心的微笑把眼睛离开他们，扫向周围的茶桌上。

所有的桌边都坐得满满的。所有的人都是快活的。从服装上，口音上，面型上，我明白这些游客不但有本地的，也有来自南方和北方的，有些人们的脸上带着长途旅行中的日色和风尘。我也明白，这些从外地来的游客，一定认为今天吃到惠泉茶是很大幸福，会把这件事深深地记在心中，写在日记上，将来会作为对别人谈话的资料，有意无意地到处替惠泉宣传。如果他们也感觉到茶味很平常，他们大概会怀着谦虚的心情说，不是茶不好，是自己对品茶是外行，不懂得吃茶艺术。

我又看见，附近的一张方桌边坐着几个青年人，把一杯红茶倒得比杯沿高一点，满怀惊奇地嚷叫说这泉水不同于一般的水。这使我想起来不久前在南京游燕子矶，那位在观音阁伺候香火的女人刚给我讲完肉身不化的奇迹，看见我拔腿想走，赶快给我倒了一满杯半温不热的剩茶，宣传观音阁的泉水特别好，证据是茶倒满杯而不向外溢。我吃了一口，感到一股泥土味，匆匆地留给她一角钱走开了。也就在几个钟头前，我从蠡园回到我住的地方，又热又渴，倒了一满杯温开水，当时看得一清二楚，也是水比杯沿高一些不曾溢出。像这样的水，“滔滔者天下皆是也”，难道只有惠泉特别么？于是我含着会心的微笑，从茶桌边站起来，走去看乾隆皇帝的御笔题诗。

乾隆皇帝虽然是一位盛世皇帝，见多识广，但是他也同常人一样，跟着大家喝彩，说惠泉“江南称第二，盛名实能副”。其实这事情不足为奇。惠泉是被陆羽评为天下第二泉，而陆羽著过《茶经》，是吃茶艺术的权威和圣人，一向被茶博士们作为茶神来敬，人们对他的意见当然不敢怀疑。自古吃茶的雅人和俗人们，内行和外行们，都跟着吃茶权威歌颂惠泉，乾隆皇帝也跟着歌颂几句，又何足奇怪呢？

有趣的是，惠泉的泉口是用石头甃成圆形的小池，紧旁边又甃了一个方形的小池，据说从圆池中打出来的水好吃，从方池中打出来的水不好吃。乾隆皇帝在诗中写道：“流为方圆池，一例石栏甃。圆甘而方劣，此理殊难究。”这道理真难“究”么？其实不然。我相信只要把方池洗刷得像圆池一样清洁，水的味道决不会有所不同。这分明是某些文人雅士，好事之徒，故意把惠泉说得非常玄妙，哄自己并以哄人。以乾隆皇帝的聪明，他未必会完全相信，只不过他害怕别人笑他俗，笑他不精于鉴赏，便只好人云亦云，跟着起哄。想到这里，我不禁又发出一股会心的微笑。

惠山因泉而出名，泉因陆羽而出名。现在因慕名而来惠泉吃茶的人们，恐怕大部分不知道陆羽是谁。按理说，陆羽所尝过的水远没有一位率领勘察队的水利专家或地质工程师所尝过的水多，陆羽没充分的根据就把天下（全中国）泉水评定甲乙，实在有点狂妄。这道理很简单，但大家偏不去想。来欣赏惠泉茶的人们不但不需要知道别的，不需要动脑筋想一想，甚至连自己的视觉、嗅觉、味觉都不必用，不必分辨惠泉茶的色、香、味，吃过后跟着大家喝彩就得了，保险不会遭到讥笑和非难。

我离开御碑，走下高台，穿过天井。刚才高谈艺术的两位茶客仍没走，正在津津有味地谈论一部名作家的小说。我停住脚听一听，觉得还是我时常听到的那些意见，于是我含着会心的微笑打他们的身边走过，出了寺门。

回到太湖边，已经是黄昏以后了。匆匆地吃过饭，躺下休息。我想，惠泉是从石缝中喷出的泉水，当然应该比一般的湖水、河水、井水“清洌”，只是不应该把它推崇得不近情理。如果茶社的工作人员不依赖虚名，忘掉陆羽的品题，稍在茶叶、火候和茶具等方面注意一下，是可以泡出好吃的茶来的。

想到这里，我的疲倦消失了，坐起来怀着一点惋惜的心情作《惠泉吃茶记》以记之。

（原载《新观察》1956年第17期）

雨中登泰山

李健吾

从火车上遥望泰山，几十年来有好些次了，每次想起“孔子登东山而小鲁，登泰山而小天下”那句话来，就觉得过而不登，像是欠下悠久的文化传统一笔债似的。杜甫的愿望“会当凌绝顶，一览众山小”，我也一样有，惜乎来去匆匆，每次都当面错过了。

而今确实要登泰山了，偏偏天公不作美，下起雨来，淅淅沥沥，不像落在地上，倒像落在心里。天是灰的，心是沉的。我们约好了清晨出发，人齐了，雨却越下越大。等天晴吗？想着这渺茫的“等”字，先是憋闷。盼到十一点半钟，天色转白，我不由喊了一句：“走吧！”带动年轻人，挎起背包，兴致勃勃，朝岱宗坊出发了。

是烟是雾，我们辨识不清，只见灰蒙蒙一片，把老大一座高山，上上下下，裹了一个严实。古老的泰山越发显得崔嵬了。我们才过岱宗坊，震天的吼声就把我们吸引到虎山水库的大坝前面。七股大水，从水库的桥孔跃出，仿佛七幅闪光黄锦，直铺下去，碰着嶙嶙的乱石，激起一片雪白水珠，脱线一般，撒在洄漩的水面。这里叫作虬在湾：据说虬早已被吕洞宾渡上天了，可是望过去，跳掷翻腾，像又回到了故居。我们绕过虎山，站到坝桥上，一边是平静的湖水，迎着斜风细雨，懒洋洋只是欲步不前，一边却暗恶叱咤，似有千军万马，躲在绮丽的黄锦底下。黄锦是方便的比喻，其实是一幅细纱，护着一幅没有经纬的精致图案，透明的白纱轻轻压着透明的米黄花纹——也许只有织女才能织出这种瑰奇的景色。

雨大起来了，我们拐进王母庙后的七真祠。这里供奉着七尊塑像，正面当中是吕洞宾，两旁是他的朋友李铁拐和何仙姑，东西两侧是他的四个弟子，所以叫作七真祠。吕洞宾和他的两位朋友倒也罢了，站在龛里的两个小童和柳树精对面的老人，实在是少见的传神之作。一般庙宇的塑像，往往不是平板，就是怪诞，造型偶尔美的，又不像中国人，跟不上这位老人这样逼真、亲切。无名的雕塑家对年龄和面貌的差异有很深的认识，形象才会这样栩栩如生。不是年轻人提醒我该走了，我还会欣赏下去的。

我们来到雨地，走上登山的正路，一连穿过三座石坊：一天门、孔子登临处和天阶。水声落在我们后面，雄伟的红门把山挡住。走出长门洞，豁然开朗，山又到了我们跟前。人朝上走，水朝下流，流进虎山水库的中溪陪我们，一直陪到二天门。悬崖峻嶒，石缝滴滴答答，泉水和雨水混在一起，顺着斜坡，流进山涧，涓涓的水声变成訇訇的雷鸣。有时候风过云开，在底下望见南天门，影影绰绰，耸立山头，好像并不很远；紧十八盘仿佛一条灰白大蟒，匍匐在山峡当中；更多的时候，乌云四合，层峦叠嶂都成了水墨山水。蹚过中溪水浅的地方，走不太远，就是有名的经石峪，一片大水漫过一亩大小的一个大石坪，光光的石头刻着一部《金刚经》，字有斗来大，年月久了，大部分都让水磨平了。回到正路，雨不知道什么时候已经住了，人走了一身汗，巴不得把雨衣脱下来，凉快凉快。说巧也巧，我们正好走进一座柏树林，阴森森的，亮了的天又变黑了，好像黄昏提前到了人间，汗不但下去，还觉得身子发冷，无怪乎人把这匣叫作柏洞。我们抖擞精神，一气走过壶天阁，登上黄岘岭，发现沙石全是赤黄颜色，明白中溪的水为什么黄了。

靠住二天门的石坊，向四下里眺望，我又是骄傲，又是担心。骄傲我已经走了一半的山路，担心自己走不了另一半的山路。云薄了，雾又上来。我们歇歇走走，走走歇歇，如今已经是下午四点多了。困难似乎并不存在，眼面前是一段平坦的下坡土路，年轻人跳跳蹦蹦，走了下去，我也像年轻了一样，有说有笑，跟在他们后头。

我们在不知不觉中，从下坡路转到上坡路，山势陡峭，上升的坡度越来越大。路一直是宽整的，只有探出身子的时候，才知道自己站在深不可测的山沟边，明明有水流，却听不见水声。仰起头来朝西望，半空挂着一条两尺来宽的白带子，随风摆动，想凑近了看，隔着辽阔的山沟，走不过去。我们正在赞不绝口，发现已经来到一座石桥跟前，自己还不清楚是怎么一回事，细雨打湿了浑身上下。原来我们遇到另一类型的飞瀑，紧贴桥后，我们不提防，几乎和它撞个正着。水面有两三丈宽，离地不高，发出一泻千里的龙虎声威，打着桥下奇形怪状的石头，口沫喷得老远。从这时候起，山涧又从左侧转到右侧，水声淙淙，跟我们跟到南天门。

过了云步桥，我们开始走上攀登泰山主峰的盘道。南天门应该近了，由于山峡回环曲折，反而望不见了。野花野草，什么形状也有，什么颜色也有，挨挨挤挤，芊芊莽莽，要把巉岩的山石装扮起来。连我上了一点岁数的人，也学小孩子，掐了一把，直到花朵和叶子全蔫了，才带着抱歉的心情，丢在山涧里，随水漂去。但是把人的心灵带到一种崇高的境界的，却是那些“吸翠霞而夭矫”的松树。它们不怕山高，把根扎在悬崖绝壁的隙缝，身子扭得像盘龙柱子，在半空展开枝叶，像是和狂风乌云争夺天日，又像是和清风白云游戏。有的松树望穿秋水，不见你来，独自上到高处，斜着身子张望。有的松树像一顶墨绿大伞，支开了等你。有的松树自得其乐，显出一副潇洒的模样。不管怎么样，它们都让你觉得它们是泰山的天然的主人，谁少了谁，都像不应该似的。雾在对松山的山峡飘来飘去，天色眼看黑将下来。我不知道上了多少石级，一级又一级，是乐趣也是苦趣，好像从我有生命以来就在登山似的，迈前脚，拖后脚，才不过走完慢十八盘。我靠住升仙坊，仰起头来朝上望，紧十八盘仿佛一架长梯，搭在南天门口。我胆怯了。新砌的石级窄窄的，搁不下整脚。怪不得东汉的应劭引用马第伯在《封禅仪记》里的话，这样形容：“仰视天门窔辽，如从穴中视天，直上七里，赖其羊肠逶迤，名曰环道，往往有絙索，可得而登也。两从者扶掖，前人相牵，后人见前人履底，前人见后人顶，如画重累人矣。所谓磨胸舁石扪天之难也。”一位老大爷，斜着脚步，穿花一般，侧着身子，赶到我们前头。一位老大娘，挎着香袋，尽管脚小，也稳稳当当，从我们身边过去。我像应劭说的那样，“目视而脚不随”，抓住铁扶手，揪牢年轻人，走十几步，歇一口气，终于在下午七点钟，上到南天门。

心还在跳，腿还在抖，人到底还是上来了。低头望着新整然而长极了的盘道，我奇怪自己居然也能上来。我走在天街上，轻松愉快，像一个没事人一样。一排留宿的小店，没有名号，只有标记，有的门口挂着一只笊篱，有的窗口放着一对鹦鹉，有的是一根棒棰，有的是一条金牛，地方宽敞的摆着茶桌，地方窄小的只有炕几，后墙紧贴着峥嵘的山石，前脸正对着万丈的深渊。别成一格的还有那些石头。古诗人形容泰山，说“泰山岩岩”，注解人告诉你：岩岩，积石貌。的确这样，山顶越发给你这种感觉。有的石头像莲花瓣，有的像大象头，有的像老人，有的像卧虎，有的错落成桥，有的兀立如柱，有的侧身探海，有的怒目相向。有的什么也不像，黑乎乎的，一动不动，堵住你的去路。年月久，传说多，登封台让你想象帝王拜山的盛况，一个光秃秃的地方会有一块石碣，指明是“孔子小天下处”。有的山池叫作洗头盆，据说玉女往常在这里洗过头发；有的山洞叫作白云洞，传说过去往外冒白云，如今不冒白云了，白云在山里依然游来游去。晴朗的天，你正在欣赏“齐鲁青未了”，忽然一阵风来，“荡胸生层云”，转瞬间，便像宋之问在《桂阳三日述怀》里说起的那样，“云海四茫茫”。是云吗？头上明明另有云在。看样子是积雪，要不也是棉絮堆，高高低低，连续不断，一直把天边变成海边。于是阳光掠过，云海的银涛像镀了金，又像着了火，烧成灰烬，不知去向，露出大地的面目。两条白线，曲曲折折，是�河，是汶河。一个黑点子在碧绿的图案中间移动，仿佛蚂蚁，又冒一缕青烟。你正在指手画脚，说长道短，虚象和真象一时都在雾里消失。

我们没有看到日出的奇景。那要在秋高气爽的时候。不过我们也有自己的独得之乐：我们在雨中看到的瀑布，两天以后下山，已经不那样壮丽了。小瀑布不见，大瀑布变小了。我们沿着西溪，翻山越岭，穿过果香扑鼻的苹果园，在黑龙潭附近待了老半天。不是下午要赶火车的话，我们还会待下去的。山势和水势在这里别是一种格调，变化而又和谐。

山没有水，如同人没有眼睛，似乎少了灵性。我们敢于在雨中登泰山，看到有声有势的飞泉流布，倾盆大雨的时候，恰好又在斗母宫躲过，一路行来，有雨趣而无淋漓之苦，自然也就格外感到意兴盎然。

（原载《人民文学》1961 年 11 月号）

漓江春汛

刘白羽

漓江，在我心中早已是一个缥缈的美神了。我倾慕她，但我没有看到过她。正因为这个缘故，在从雷州半岛到桂林的路上，我一直提着半边心。因为人家说去年天旱水枯，怕不能行舟呢！当我在暮色苍茫中，一脚踏上桂林土地，我便忙讯问这事。当我得到肯定回答时，我是何等的高兴，何等的欢愉啊！

这夜，在朦胧梦中，只觉得纤尘不染，一身青碧，直透心底……谁知第二天安排的是七星岩和芦笛岩，似乎有意给我制造个悬念，让我对漓江多一重思慕。

游漓江的这天终于来到了。我这个白发苍苍的人，仿佛又回到青春年华，去会见钟情的少女，当我从象鼻山码头一踏上船，我的心神就随着漓江的一曲心灵而回环宛转了。从游船上层甲板上纵目，真是江天一碧，一览无余。船行开始，只见象山、穿山、塔山峙立东西两岸，漓江夹在中间真像一袭翠绿的罗衣，柔情荡漾，随波飘舞，迎面对我展开一幅娟秀的图画。江天朝晨，奇幻无比，日影云影，扑朔迷离。我只顾观赏风光，却不知不觉落起雨来，啊！烟云漓江，这不正是我心目中久已向往的朦胧诗境吗？于是，群山都隐没在云烟缭绕之中了。茸茸的草是绿的，丛丛的树是绿的，森森的山是绿的，悠悠的水是绿的，而这一切绿色都给一面茫茫纱幕遮着，于是我感到这云雾也是绿的了。不料一转眼间，太阳又破雾而出，在江中倒映出一个赤金色的圆球，于是两岸竹木也就在水面上簌簌颤动了。但白雾浓郁，谲幻奔腾，毕竟一下又掩没了一切，制造出一个弥漫朦胧的世界。雨下起来了，雨点洒在我脸上，我感到舒爽，感到清凉。人们指点给我看，右面一座壁立的山峰，灰白的峭崖，杂着苍碧的林木，说：

“这是斗鸡山！”

可是雾霭迷茫，我却无从细看那昂冠展翅的雄姿了。

一下人们又告诉我：

“这是净瓶山！”

山岩如一只横置巨瓶，瓶口倾入江中，似正在汲饮江水。

不过，我心中真是感谢天、感谢地，使我一睹漓江烟云，无论斗鸡山、净瓶山，这时都如同水墨画家，用淡笔、浓墨、披离错杂染出一幅鲜生生、水灵灵的画，这时一切一切确实使我心神迷醉了。

雨愈下愈大，旅客们急忙向篷子下躲避。我却兴起在巴黎雨游塞纳河的豪情，觉得雨在江面上飞旋、在岩壁上回响，好像是那几个浣衣的人，正在放声歌唱，其实，“此时无声胜有声”，四周静得本来一点声音也没有。我想也许是刘三姐在那处山坡上徘徊，那处水波上浮荡，从而在放声歌唱吧？那几个浣衣少女也好像在侧耳倾听，其实她们看着这荡漾的游船像是船在画中，而我们从游船上看她们不也是人在画中吗？

江面宽阔了，江水清浅了，船渡过漓江上的险滩，船底在滩礁上摩擦出沙沙声响。江上一只只竹筏，往来穿梭，悠闲飘荡。春风裹着云雾，云雾卷着春风，远近山峦，层次分明，万笏耸立，十指朝天，特别是远处群峰隐约晴岚雾影之中，山势如万马奔腾，气象十分雄伟。两岸碧草茸茸如同铺了松软的地毯，左面出现一个大村镇名大墟镇，为广西名镇之一，横着一座白色石拱桥，据云为明代遗物，右面出现一峰石磨盘山，巨大圆崮之上，草木葱茏，如锦如绣，衬映出黑色崖壁，更觉古色斑斓，惊人心魄。特别是乌黑的石壁上留下一条条黄色印痕，想必是由千万年水瀑急流冲刷而成，这黄色条纹，在碧绿江面上映出千条万缕，颤悸飘摇，如龙如蛇，奇幻缥缈。江急船荡，由开阔的江面又转入迂回曲折的画廊，向遥远的前方望去，千山万岭林立于云雾之中，苍苍莽莽，迷迷蒙蒙，近处坡顶岩头却开绽了一丛丛杜鹃花，如同千万点鲜红血滴，千万滴雪白冰凌，想一想，北方还是冰雪载途，而南国却已鲜花怒放，这不是漓江给我送来的最早的春信吗?!

船驶过黄牛峡，两面悬崖峭壁森然罗列，江流蜿蜒曲折其间，一下使我想到长江三峡，武夷九曲。江弯一转，风声猎猎，汽笛长鸣，进入峡江，仰望高山之巅，苍天浩渺，一鸟盘旋，似乎有意引导我们进入漓江佳境。我忽然发现，紧靠江面的石壁之上，垂下一簇簇大小、粗细、弯转、曲折的钟乳石，有如游龙戏水，直垂江中。昨天看芦笛岩那钟乳悬垂在洞窟之中，现在这些钟乳却悬垂于山岩之外，真是人间奇景。江流忽窄忽宽，忽深忽浅，峡中乱滩如森林密布，船得从中迂回绕道而行。

从旅客中传来一阵嘈杂声，人们都在齐首仰望，原来右面山顶上展现了望夫石。在丛乱山峰之上，高处一石状如夫，稍低不远处一石如妇，咫尺相隔，翘首遥望，他们经历了亿万年风风雨雨，而两情难舍，永远依依。这不由得使我想起长江上的美女峰，武夷山的仙女峰，人们总在风物迷人之处，留传下千古忠贞之爱。令人抒念，令人臆想，这到底是人间留给漓江，还是漓江留给人间的情愫呢？转过峡江一弯，忽见一座山峰如一片巨阪，雄浑陡峭，直插江中，人们管它叫银幕山，这个现代化的名词倒也形象地形容了这片悬崖，它平坦得确如拉开的银幕，灰白色的崖壁，在这绿丛丛世界里，显露出一种柔和的闪光。经人介绍，原来这里就是出名的半边渡，古人有诗称道:“此地江山成一绝，削壁垂河渡半边。”

早晨看了烟云缭绕的漓江，中午看了飒飒清风中的漓江，而在过桃源，下杨堤，出二郎峡后，我又看了晴空万里，阳光烂灿的漓江，漓江一日可谓“三绝”了。所以说“三绝”，绝就绝在，如无烟雨，我就不能领略朦胧之处，如无长风，我就不能体会那缥缈之姿，如无阳光照射，我就不能饱览画山之胜了。不过，在到画山之前，我已为两面崖壁所迷醉，一山一山，临江而立，面平如画。经无数年风雨剥蚀，沧桑变幻，崖壁上留下的纹路，层次分明，线条清晰，而又古色斑斓，形迹模糊，确实令我想到一幅古代的浮雕。我在印度的阿旃陀的石壁前流连忘返，我在敦煌石窟里也曾浮想联翩，但无论汉代石雕、唐朝陶彩，都没这大自然的美妙神奇。一路行，一路看，迎面看到画山。画山真的平直如画，更想让漓江急雨，淋一身碧绿。山的倒影不见了，树的倒影不见了，翘首望前，只见随了船的航向，那连绵不绝的奇峰峻岭，都像模模糊糊的影子，在随着船移动，而满天的云雾，就像春风中大团大团的柳絮，遮住了枝头的嫩绿，云雾弥漫，影影绰绰，任由云雾的飘荡，突兀峥嵘的群山，好像都在缓缓远翔。我俯首江心，雨悄悄地落着，落着，只见柔如丝绢的波面上，洒下千万个黑色的小雨点，转眼之间，随同雨势骤增，每一个雨点又漫展为一涡一涡碧绿的涟漪。

万笏奇峰吹倒影，
一波欸乃自天然。
多情最是茫茫雨，
洒透青江春色寒。

船驶入漓江的深潭，正在这时，一阵大风突然飘飘而下，甲板上的布篷被吹得哗啦啦紧响。船随弯转，江面辽阔，忽然间，我发现整个漓江都震颤起来，这是怎么回事！原来是两岸密密匝匝、高耸云天的大竹林在风中飞舞。我一生从来没有看见这样多这样大的竹林，而且是凤尾竹，在高大坚实的竹竿之上，那些细软如丝的竹梢，无风时也会微微颤动，现在狂风吹处，自然就凤尾一样飘摇飞翔起来，于是竹林变成一片绿色的浓烟，这簌簌浓烟投入江面，江水又把自己那天生碧绿染透浓烟，因而整个大自然，众多形态，万千姿容，便把整个漓江闹活了。风一吹，山峦上的烟雾淡了些，前方的悬崖，两岸的峭壁，给雨洗得生气盎然，无限明媚。

我觉得漓江的美，美在水，也美在山，人家都说“桂林山水甲天下”，我想如果不看山，就不知道甲天下的桂林的风骨。但，桂林的水更是多情，如果不看水，就不理解甲天下的桂林的心灵。当我从雨的漓江，进入风的漓江，我仿佛才领略到这山水的深情蜜意。据说在三亿七千万年至三亿二千五百万年的中—上泥盆纪，桂林还浸沉在汪洋大海之下，现在突露苍天，挺拔大地的都是当年沉积海底的礁岩，黑色森然，山势奇特，凸凹相连，绵亘无际，有的一峰凸起状如腾空的蘑菇云，有的峻峭挺拔，玲珑剔透，状如倒置钟乳，苍苍古老的容颜，像在向人们诉说着古老往昔的风霜雨雪，沧海桑田。那柔得像丝绒、绿得像碧茶的江水，有几处绿得发蓝，就像蓝宝石溶在水中，发出晶莹的光泽，水和山比起来，倒似乎带着一种青春气息，由于它那样纯、那样净，载浮着群山倒影，就像一面镜子，江水青翠，山影浓碧，粼粼飘浮的波光，把这深浅的绿色，分得那样分明，又合得那样融洽，这漓江的山和水，于是在我心灵中形成苍颜鹤发与明眸笑嫣相交织的景象，仿佛有一曲古老悠远而又明媚清新的乐声，在我的心，天的心，水的心上微妙地震颤开来。

潇洒落长风，远山云雾重，
舟行天水外，竹簌有无中，
筏到人争渡，林深鸟偬憧，
江急波浪紧，花绽一坡红。

你看那密密竹林中，半遮半掩的几家瓦舍，你看那从村舍引向江边的曲曲折折的石径，已有几个年轻的妇女正在江水中浣衣，一个少妇手臂挟着一只木盆，又从石径上姗姗娜娜向江沿走来，在竹影江影的绿的衬映之下，这是多么富于情趣啊！忽然之间，在春风拂荡之处，仿佛有委丽宛转的对歌的歌声，在水面上飘，巍耸江边，我觉得像整个宇宙一下展布在我的眼前，这巨大无涯的石壁之上的浮雕似的斑痕，人们说画着姿态各异，神像逼真的骏马，我倒觉得简直使你想到云霄天汉，日转星移，而且，有的发赤，有的发白，有的发黄，斑斓色彩，点染江山。这真是一幅鬼斧神工，造化无穷的壁画，这是古往今来，多少画家也无法画出的画，这是自太古以来留赐给我们的，也是现实，也是梦幻吧！漓江不再喧嚣，不再激荡，只从画山下静静地流了过去，把偌大个画山倒映在水波之上，使你感到渺无声息，万籁俱寂。好像这漓江也有意让你倾一副心灵在这神奇绝迹之上，你叹息也好，你称道也好，但最好还是默默无言，心神怡静，和这江、这山，把怀古之幽情，对美质之倾慕，融而为一，在璀璨阳光之下，任你的心，你的身，都投入漓江，我是多么想化为一掬流水，日日夜夜，天长地久，永远在这儿漂流荡漾呀！

很久很久以后，从梦幻中唤醒我的是两只小小竹筏。这时，灼灼阳光照得到处闪闪发亮，小小竹筏带着一竿鱼鹰，鱼鹰的羽毛闪出乌紫色亮光，有一只展开翅膀，跃跃欲试，准备扑入碧绿江流，那情景是十分耐人寻味的；还有徘徊在柔软的草地上、浮游在浅水中露个头角的灰色水牛，也真个天然。我立刻想到这不是李可染的画中景物吗？“江山代有才人出，各领风骚数百年”，一道漓江，陶冶了多少画家。人们从漓江的山、漓江的水，裁得几分颜色，便成为绝代风流。这漓江不正是给予天上人间以无穷恩赐，永世珍奇吗？！船在平静的江流上，静静地曳着柔波、闪着阳光，向阳朔驶近了，它好像对人们说：我已经把你们带过那绿蒙蒙的神奇世界了。

谁知，恰在此时，我忽然被一个最美的景象吸引了，这就是碧莲峰，峰临江兀立，碧绿葱茏，整个儿像一朵含苞欲放的花蕾。这花蕾倒映江中，像花在春风中、阳光下，缓缓绽放开来。我忽然觉得这一日江情，一天青碧，都是上天通过这碧莲峰倾入江中，而使江更浓更绿了。于是，这一天就在我心灵中永远留下一个碧绿的梦，我但愿不再从梦中醒来，永远浸沉于漓江之美。

半竿鸬鹚意苍茫，
水似柔情情更长，
看到碧莲峰倒处，
一天倾碧染漓江。

（选自《中国当代散文英华》，江苏教育出版社 1992 年版）

海　市

杨　朔

我的故乡蓬莱是个偎山抱海的古城，城不大，风景却别致。特别是城北丹崖山峭壁上那座凌空欲飞的蓬莱阁，更有气势。你倚在阁上，一望那海天茫茫、空明澄碧的景色，真可以把你的五脏六腑都洗得干干净净。这还不足为奇，最奇的是海上偶然间出现的幻景，叫海市。小时候，我也曾见过一回。记得是春季，雾蒙天，我正在蓬莱阁后拾一种被潮水冲得溜光滚圆的玑珠，听见有人喊："出海市了。"只见海天相连处，原先的岛屿一时不知都藏到哪儿去了，海上劈面立起一片从来没见过的山峦，黑苍苍的，像水墨画一样。满山都是古松古柏；松柏稀疏的地方，隐隐露出一带渔村。山峦时时变化着，一会儿山头上幻出一座宝塔，一会儿山洼里又现出一座城市，市上游动着许多黑点，影影绰绰的，极像是来来往往的人马车辆。又过一会儿，山峦城市慢慢消下去，越来越淡，转眼间，天青海碧，什么都不见了，原先的岛屿又在海上重现出来。

这种奇景，古时候看到过的文人墨客，往往忍不住要高声咏叹。且看蓬莱阁上那许多前人刻石的诗词，多半都是题的海市蜃楼，认为那就是古神话里流传的海上仙山。最著名的莫过于苏东坡的海市诗，开首几句写着："东方云海空复空，群仙出没空明中，摇荡浮世生万象，岂有贝阙藏珠宫……"可见海市是怎样的迷人了。

只可惜这种幻景轻易看不见。我在故乡长到十几岁，也只见过那么一回。故乡一别，雨雪风霜，转眼就是二十多年。今年夏天重新踏上那块滚烫烫的热土，爬到蓬莱阁上，真盼望海上能再出现那种缥缥缈缈的奇景。偏我来的不是时候。一般得春景天，雨后，刮东风，才有海市。于今正当盛夏，岂不是空想。可是啊，海市不出来，难道我们不能到海市经常出现的地方去寻寻看么？也许能寻得见呢。

于是我便坐上船，一直往海天深处开去。好一片镜儿海。海水碧蓝碧蓝的，蓝得人心醉，我真想变成条鱼，钻进波浪里去。鱼也确实写意。瞧那海面上露出一条大鱼的脊梁，像座小山，那鱼该有十几丈长吧？我正看得出神，眼前刺溜一声，水里飞出另一条鱼，展开翅膀，贴着水皮飞出去老远，又落下去。

我又惊又喜问道："鱼还会飞么？"

船上掌舵的说："燕儿鱼呢，你看像不像燕子？烟雾天，有时会飞到船上来。"那人长得高大健壮，一看就知道是个航海的老手，什么风浪都经历过。他问我道："是到海上去看捕鱼的么？"

我说："不是，是去寻海市。"

那舵手瞟我一眼说："海市还能寻得见么？"

我笑着说："寻得见——你瞧，前面那不就是？"就朝远处一指，那儿透过淡淡的云雾，隐隐约约现出一带岛屿。

那舵手稳稳重重一笑说："可真是海市，你该上去逛逛才是呢。"

赶到船一靠近岛屿，我便跨上岸，走进海市里去。

果然不愧是"海上仙山"。这一带岛屿烟笼雾绕，一个衔着一个，简直是条锁链子，横在渤海湾里。渤海湾素来号称北京的门户，有这条长链子挂在门上，门就锁得又紧又牢。别以为海岛总是冷落荒凉的，这儿山上山下，高坡低洼，满眼葱绿苍翠，遍是柞树、槐树、杨树、松树，还有无数冬青、葡萄以及桃、杏、梨、苹果等多种果木花树。树叶透缝的地方，时常露出一带渔村，青堂瓦舍，就和我小时候在海市里望见的一模一样。先前海市里的景物只能远望，不能接近，现在你却可以走进渔民家去，跟渔民谈谈心。岛子上四通八达，到处是浓荫夹道的大路。顺着路慢慢走，你可以望见海一般碧绿的庄稼地里闪动着鲜艳的衣角，那是喜欢穿红挂绿的渔家妇女正在锄草。有一个青年妇女却不动手，鬓角上插着枝野花，立在槐树凉影里，倚着锄，在做什么呢？哦！原来是在听公社扩音器里播出的全国小麦大丰收的好消息。

说起野花，也是海岛上的特色。春天有野迎春；夏天太阳一西斜，漫山漫坡是一片黄花，散发着一股清爽的香味。黄花丛里，有时会挺起一枝火焰般的野百合花。凉风一起，蟋蟀叫了，你就该闻见野菊花那股极浓极浓的药香。到冬天，草黄了，花也完了，天上却散下花来，于是满山就铺上一层耀眼的雪花。

立冬小雪，正是渔民拉干贝的季节。渔船都扬起白帆，往来拉网，仿佛是成群结队翩翩飞舞的白蝴蝶。干贝、鲍鱼、海参一类东西，本来是极珍贵的海味。你到渔业生产队去，人家留你吃饭，除了鲐鱼子、燕儿鱼丸子而外，如果端出雪白鲜嫩的新干贝，或者是刚出海的鲍鱼，你一点不用大惊小怪，以为是大摆筵席，其实平常。

捕捞这些海产却是很费力气的。哪儿有悬崖陡壁，海水又深，哪儿才盛产干贝鲍鱼等。我去参观过一次“碰”鲍鱼的。干这行的渔民都是中年人，水性好，经验多，每人带一把小铲，一个葫芦，葫芦下面系着一张小网。趁落潮的时候，水比较浅，渔民戴好水镜，先在水里四处游着，透过水镜望着海底。一发现鲍鱼，便丢下葫芦钻进水底下去。鲍鱼也是个怪玩意儿，只有半面壳，附在礁石上，要是你一铲子铲不下来，砸烂它的壳，再也休想拿得下来。渔民拿到鲍鱼，便浮上水面，把鲍鱼丢进网里，扶着葫芦喘几口气，又钻下去。他们都像年轻小伙子一样嬉笑欢闹，往我们艇子上扔壳里闪着珍珠色的鲍鱼，扔一尺左右长的活海参，扔贝壳像蒲扇一样的干贝，还扔一种叫“刺锅”的怪东西，学名叫海胆，圆圆的，周身满是挺长的黑刺，跟刺猬差不多，还会爬呢。

最旺的渔季自然是春三月。岛子上有一处好景致，叫花沟，遍地桃树，年年桃花开时，就像那千万朵朝霞落到海岛上来。桃花时节，也是万物繁生的时节。雪团也似的海鸥会坐在岩石上自己的窝里，一心一意孵卵，调皮的孩子爬上岩石，伸手去取鸥蛋，那母鸥也只转转眼珠，动都懒得动。黄花鱼起了群，都从海底浮到海面上，大鲨鱼追着吃，追得黄花鱼㗜㗜叫。听见鱼叫，渔民就知道是大鱼群来了，一网最多的能捕二十多万条，倒在舱里，一跳一尺多高。俗语说得好："过了谷雨，百鱼上岸。"大对虾也像一阵乌云似的涌到近海，密密层层，你挤我撞，挤得在海面上乱蹦乱跳。这叫桃花虾，肚子里满是子儿，最肥。渔民便用一种网上绑着坛子做浮标的"坛子网"拉虾，一网一网往船上倒，一网一网往海滩上运，海滩上的虾便堆成垛，垛成山。渔民不叫它是虾山，却叫作金山银山。这是最旺的渔季，也是最热闹的海市。

现在不妨让我们走进海市的人家里去看看。宋学安是个结实精干的壮年人，眉毛漆黑，眼睛好像瞌睡无神，人却是像当地人说的：机灵得像海马一样。半辈子在山风海浪里滚，斗船主，闹革命，现时是一个生产大队的总支书记。他领我去串了几家门子，家家都是石墙瓦房，十分整洁。屋里那个摆设更考究：炕上铺的是又软又厚的褥子毯子；地上立的是金漆桌子、大衣柜；迎面墙上挂着穿衣镜；桌子上摆着座钟、盖碗、大花瓶一类陈设。起初我还以为是谁家新婚的洞房，其实家家如此，毫不足奇。

我不禁赞叹着说："你们的生活真像神仙啊，富足得很。"

宋学安含着笑，也不回答，指着远处一带山坡问："你看那是什么？"

那是一片坟墓，高高低低，坟头上长满蒿草。

宋学安说："那不是真坟，是假坟。坟里埋的是一堆衣服，一块砖，砖上刻着死人的名字。死人呢，早埋到汪洋大海里去了。渔民常说，情愿南山当驴，不愿下海捕鱼——你想这捕鱼的人，一年到头漂在海上，说声变天，大风大浪，有一百个命也得送进去。顶可怕的是龙卷风，打着旋儿转，能把人都卷上天去。一刮大风，妇女孩子都上了山头，烧香磕头，各人都望着自己亲人的船，哭啊叫的，凄惨极啦——别说还有船主那把杀人不见血的刀逼在你的后脖颈子上。"

说到这儿，宋学安低着瞌睡眼，显然在回想旧事，一面继续讲："都知道蝎子毒，不知道船主比蝎子更毒。我家里贫，十二岁就给船主做零活。三月，开桃花，小脚冻得赤红，淋着雨给船主从舱里往外舀潮水，舀得一慢，船主就拿铅鱼浮子往你头上磕。赶我长大一点，抗日战争爆发了，蓬莱一带有共产党领导的游击队，需要往大连买风钢，大约是做武器用。当时船主常到大连去装棒子面，来往做生意，我在船上替人家做饭。大连有个姓鲍的，先把风钢从日本厂子里偷出来，藏到一家商店里。船主只是为财，想做这趟买卖，叫我去把风钢拿回船来。你想日本特务满街转，一抓住你，还用想活命么？仗着我小，又有个小妹妹，当时住在大连我姐姐家里，我们兄妹俩拐进那家商店，妹妹把风钢绑到腿上，我用手提着，上头包着点心纸，一路往回走，总觉得背后有狗腿子跟着，吓得提心吊胆。赶装回蓬莱，交给游击队，人家给两船麦子当酬劳。不想船主把麦子都扣下，一粒也不分给我。我家里净吃苦橡子面，等着粮食下锅，父亲气得去找船主，船主倒提着嗓门骂起来：'麦子是俺花钱买的，你想讹诈不成。你儿子吃饭不干活，还欠我们的呢，不找你算账就算便宜你。'这一口气，我窝着多年没法出，直到日本投降，共产党来了，我当上民兵排长，斗船主，闹减租减息，轰轰烈烈干起来啦。我母亲胆小，劝我说：'儿啊，人家腿上的肉，割下来好使么？闹不好，怕不连命都赔上。'到后来，果真差一点赔上命去。"

我插嘴问："恐怕那是解放战争的事吧？"

宋学安说："可不是。解放战争一打响，我转移出去，经常在海上给解放军运粮食、木料和硫磺。我是小组长。船总是黑夜跑。有一天傍亮，我照料一宿船，有点累，进舱才打个盹儿，一位同志对着我的耳朵悄悄喊：'快起来看看吧，怎么今天的渔船特别多？'我揉着眼跑出舱去，一看，围着我们里里外外全是小渔船。忽然间，小渔船一齐都张起篷来。渔船怎么会这样齐心呢？我觉得不妙，叫船赶紧靠岸。晚了，四面的船早靠上来，打了几枪，一个大麻子脸一步跨上我们的船，两手攥着两支枪，堵住我的胸口。原来这是个国民党大队长。他先把我绑起来，吊到后舱就打，一面打一面审问。吊打了半天，看看问不出什么口供，只得又解开我的绑，用匣子枪点着我的后脑袋，丢进舱里去。舱里还关着别的同志。过了一会儿，只听见上面有条哑嗓子悄悄说：'记着，可千万别承认是解放军啊。'这分明是来套我们，谁上你的圈套？舱上蒙着帆，压着些杠子，蒙得漆黑，一点不透气。我听见站岗的还是那个哑嗓子的人，仰着脸说：'你能不能露点缝，让我们透口气？'那个人一听见我的话，就蹑手蹑脚挪挪舱板，露出个大口子。想不到是个朋友。我往外一望，天黑了；辨一辨星星，知道船是往天津开。我不觉起了死的念头。既然被捕，逃是逃不出去的，不如死了好。一死，我是负责人，同志们把责任都推到我身上，什么也别承认，兴许能保住性命。说死容易，当真去死，可实在不容易啊。我想起党，想起战友，想起家里的老人，也想起孤苦伶仃的妻子儿女，眼泪再也忍不住，吧嗒吧嗒直往下滴。我思前想后的一阵，又再三再四嘱咐同志们几句话，然后忍着泪小声说：‘同志们啊，我想出去解个手。’一位同志说：‘你解在舱里吧。’我说：‘不行，我打得满身是火，也想出去凉快凉快。’就从舱缝里探出头去，四下望了望，轻轻爬上来，一头钻进海里去，耳朵边上还听见船上的敌人说：‘大鱼跳呢。’

“那时候已经秋凉，海水冷得刺骨头，我身上又有伤，海水一泡，火辣辣地痛。拼死命挣扎着游了半夜，力气完了，人也昏了，随着涨潮的大流漂流下去。不知漂了多长时候，忽然间醒过来，一睁眼，发觉自己躺在一条大船上，眼前围着一群穿黄军装的人，还有机关枪。以为是又落到敌人网里了！问我话，只说是打鱼翻了船。船上给熬好米汤，一个兵扶着我的后脖颈子，亲自喂我米汤，我这才看清他戴的是八一帽花，心里一阵酸，就像见到最亲最亲的父母，一时忍不住放声大哭起来。

“我得了救，别的同志果然把责任都推到我身上，挨了阵打，死不招认，敌人也只得放了他们。这件事直到许久才探听清楚：原来就是那船主怀恨在心，不知怎么摸到了我们活动的航线，向敌人告了密，才把我们半路截住。你看可恶不可恶！”

讲到末尾，宋学安才含着笑，回答我最初的话说：“你不是说我们的生活像神仙么？你看这哪点像神仙？要不闹革命，就是真正神仙住的地方，也会变成活地狱。”

我问道：“一闹革命呢？”

宋学安说：“一闹革命，就是活地狱也能变成像我们岛子一样的海上仙山。”

我不禁连连点着头笑道：“对，对。只有一点我不明白，我们现在革了船主的命，可不能革大海的命。大海一变脸，岂不是照样兴风作浪，祸害人命么？”

宋学安又是微微一笑，笑得十分自信。他说：“明天你顶好亲自到渔船上去看看。现在渔船都组织起来，有指导船，随时随地广播渔情风情。大船都有收音机，一般的船也有无线报话机，不等风来，消息先来了，船能及时避到渔港里去，大海还能逞什么威风？——不过有时意料不到，也会出事。有一回好险，几乎出大事。那回气象预报没有风，渔民早起看看太阳，彤红彤红的，云彩丝儿不见，也不像有风的样子，就有几只渔船出了海。不想过午忽然刮起一种阵风，浪头卷起来比小山都高，急得渔民把桅杆横绑在船上，压着风浪。这又有什么用？浪头一个接着一个打到船上来，船帮子都打坏了，眼看着要翻。正在危急的当儿，前边冷丁出现一只军舰。你知道，这里离南朝鲜不太远，不巧会碰上敌人的船。渔民发了慌，想跑又跑不掉。那条军舰一步一步逼上来，逼到跟前，有些人脱巴脱巴衣裳跳下海，冲着渔船游过来。渔民一看，乐的喊：是来救我们的呀！不一会儿，渔民都救上军舰，渔船也拖回去。渔民都说：‘要不是毛主席派大兵舰来，这回完了。”

原来这是守卫着这个京都门户的人民海军专门赶来援救的。

看到这里，亲爱的读者也许会变得不耐烦：你这算什么海市？海市原本是虚幻的，正像前人的诗句所说的：“欲从海上觅仙迹，令人可望不可攀。”你怎么倒能走进海市里去？岂不是笑话！原谅我，朋友，我现在记的并不是那渺渺茫茫的海市，而是一种真实的海市。如果你到我的故乡蓬莱去看海市蜃楼，时令不巧，看不见也不必失望，我倒劝你去看看这真实的海市，比起那缥缈的幻景还要新奇，还要有意思的多呢。

这真实的海市并非别处，就是长山列岛。

1959年

（选自《杨朔散文选》，人民文学出版社2019年版）

花　潮

李广田

昆明有个圆通寺。寺后就是圆通山。从前是一座荒山，现在是一个公园，就叫圆通公园。

公园在山上。有亭，有台，有池，有榭，有花，有树，有鸟，有兽。

后山沿路，有一大片海棠，平时枯枝瘦叶，并不惹人注意，一到三四月间，真是花团锦簇，变成一个花世界。

这几天天气特别好，花开得也正好，看花的人也就最多。“紫陌红尘拂面来，无人不道看花回”，办公室里，餐厅里，晚会上，道路上，经常听到有人问答：“你去看海棠没有？”“我去过了。”或者说：“我正想去。”到了星期天，道路相逢，多争说圆通山海棠消息。一时之间，几乎形成一种空气，甚至是一种压力，一种诱惑，如果谁没有到圆通山看花，就好像是一大憾事，不得不挤点时间，去凑个热闹。

星期天，我们也去看花。不错，一路同去看花的人可多着哩。进了公园门，步步登山，接踵摩肩，人就更多了。向高处看，隔着密密层层的绿荫，只见一片红云，望不到边际，真是，“寺门尚远花光来，漫天锦绣连云开”。这时候，什么苍松啊，翠柏啊，碧梧啊，修竹啊……都挽不住游人。大家都一口气地攀到最高峰，淹没在海棠花的红海里。后山一条大路，两旁，四周，都是海棠。人们坐在花下，走在路上，既望不见花外的青天，也看不见花外还有别的世界。花开得正盛，来早了，还未开好，来晚了已经开败，“千朵万朵压枝低”，每棵树都炫耀自己的鼎盛时代，每一朵花都在微风中枝头上颤抖着说出自己的喜悦。“喷云吹雾花无数，一条锦绣游人路”，是的，是一条花巷，一条花街，上天下地都是花，可谓花天花地。可是，这些说法都不行，都不足以说出花的动态，“四厢花影怒于潮”“四山花影下如潮”，还是“花潮”好。古人写诗真有他的，善于说出要害，说出花的气势。你不要乱跑，你静下来，你看那一望无际的花，“如钱塘潮夜澎湃”，有风，花在动，无风，花也潮水一般地动，在阳光照射下，每一个花瓣都有它自己的阴影，就仿佛多少波浪在大海上翻腾，你越看得出神，你就越感到这一片花潮正在向天空向四面八方伸张，好像有一种生命力在不断扩展。而且，你可以听到潮水的声音，谁知道呢，也许是花下的人语声，也许是花丛中蜜蜂嗡嗡声，也许什么地方有黄莺的歌声，还有什么地方送来看花人的琴声，歌声，笑声……这一切交织在一起，再加上风声，天籁人籁，就如同海上午夜的潮声。大家都是来看花的，可是，这个花到底怎么看法？有人走累了，拣个最好的地方坐下来看，不一会儿，又感到这里不够好，也许别个地方更好吧，于是站起来，既依依不舍，又满怀向往，慢步移向别处去。多数人都在花下走来走去，这棵树下看看，好，那棵树下看看，也好，伫立在另一棵树下仔细端详一番，更好，看看，想想，再看看，再想想。有人很大方，只是驻足观赏，有人贪心重，伸手牵过一枝花来摇摇，或者干脆翘起鼻子一嗅，再嗅，甚至三嗅。“天公斗巧乃如此，令人一步千徘徊”。人们面对这绮丽的风光，真是徒唤奈何了。

老头儿们看花，一面看，一面自言自语，或者嘴里低吟着什么。老妈妈看花，扶着拐杖，牵着孙孙，很珍惜地折下一朵，簪在自己的发髻上。青年们穿得整整齐齐，干干净净，好像参加什么盛会，不少人已经穿上雪白的衬衫，有的甚至是绸衬衫，有的甚至已是短袖衬衫，好像夏天已经来到他们身上，东张张，西望望，既看花，又看人，阳气得很。青年妇女们，也都打扮得利利落落，很多人都穿着花衣花裙，好像要与花争妍，也有人擦了点胭脂，抹了点口红，显得很突出，可是，在这花世界里，又叫人感到无所谓了。很自然地想起了龚自珍《西郊落花歌》中说的，“如八万四千天女洗脸罢，齐向此地倾胭脂”，真也有点形容过分，反而没有真实感了。小学生们，系着漂亮的红领巾，带着弹弓来了，可是他们并没有射击，即便有鸟，也不射了，被这一片没头没脑的花惊呆了。画家们正调好了颜色对花写生，看花的人又围住了画花的，出神地看画家画花。喜欢照相的人，抱着相机跑来跑去，不知是照花，还是照人，是怕人遮了花，还是怕花遮了人，还是要选一个最好的镜头，使如花的人永远伴着最美的花。有人在花下喝茶，有人在花下弹琴，有人在花下下象棋，有人在花下打桥牌。昆明四季如春，四季有花，可是不管山茶也罢，报春也罢，梅花也罢，杜鹃也罢，都没有海棠这样幸运，有这么多人，这样热热闹闹地来访它，来赏它，这样兴致勃勃地来赶这个开花的季节。还有桃花什么的，目前也还开着，在这附近，就有几树碧桃正开，“猩红鹦绿天人姿，回首夭桃惝失色”，显得冷冷落落地待在一旁，并没有谁去理睬。在这圆通山头，可以看西山和滇池，可以看平林和原野，可是这时候，大家都在看花，什么也顾不得了。

看着看着，实在也有点疲乏，找个地方坐下来休息一下吧，哪里没有人？都是人。坐在一群看花人旁边，无意中听人家谈论，猜想他们大概是哪个学校的文学教师。他们正在吟诗谈诗：

一个吟道：“泪眼问花花不语，乱红飞过秋千去。”

一个说：“这个不好，哪来的这么些眼泪！”

另一个吟道：“一片花飞减却春，风飘万点正愁人。”

又一个说：“还是不好，虽然是诗圣的佳句，也不好。”

一个青年人抢过去说：“‘繁枝容易纷纷落，嫩蕊商量细细开’，也是杜诗，好不好？”

一个人回答：“好的，好的，思想健康，说的是新陈代谢。”

一个人不等他说完就接上去：“好是好，还不如龚定盦的‘落红不是无情物，化作春泥更护花’，有辩证观点，乐观精神。”

有一个人一直不说话，人家问他，他说：“天何言哉，四时兴焉，万物生焉，天何言哉。桃李无言，下自成蹊。你们看，海棠并没有说话，可是大家都被吸引来了。”

我也没有说话。想起泰山高处有人在悬崖上刻了四个大字——“予欲无言”，其实也甚是多事。

回家的路上，还是听到很多人纷纷议论。

有人说：“今年的花，比去年好，去年，比前年好，解放以前，谈不到。”

有人说：“今天看花好，今夜睡梦好，明天工作好。”

有人说：“明天作文课，给学生出题目，有了办法。”

有人说：“最好早晨来看花，迎风带露的花，会更娇更美。”

有人说：“雨天来看花更好，海棠著雨胭脂透，当然不是大雨滂沱，而是斜风细雨。”

有人说：“也许月下来看花更好，将是花气氤氲。”

有人说：“下星期再来看花，再不来就完了。”

有人说：“不怕花落去，明年花更好。”

好一个“明年花更好”。我一面走着，一面听人家说着，自已也默念着这样两句话：

春光似海，
盛世如花。

1962 年 4 月

（原载《人民日报》1962 年 5 月 26 日）

沿着澜沧江的激流

——西双版纳漫记之一

冯　牧

我们决定坐船到橄榄坝去。从允景洪到橄榄坝虽然并不远，水路旱路都只有八九十里路，但我们却毫不犹豫地选择了从水路走。这不仅仅是因为顺流而下可以到得更快些，而且，我觉得，能够沿着澜沧江的激流和两岸奇峰连云、绿荫映波的热带景色，做一次赏心悦目的航行，这本身对人便是一个最大的魅惑。

我曾经有过许多次在江河上旅行的经历。我私下里得出了一个也许是有些偏颇的结论：只有当你在江河上航行，通过水光山色来观察那随时变化的景色的时候，才能够真正领略得到我们祖国锦绣河山的全部的丰饶和美丽。我曾经在气象万千的长江上航行过，为那烟波浩瀚、壮丽森严的奇景而流连咏叹，胸中充满了壮阔和自豪的情感。我曾经在珠江上航行过，沿着峰连壁立的两岸溯流而上，饱尝过那充满热带情调的秾丽强烈的南国风光。我也曾经在祖国边疆的许多不知名的小河中航行过（如像云南的南溪河和勐拉河），坐在精巧轻盈的独木舟中，在茂密的花丛和藤蔓间逐波而行，“秋水才深四五尺，野航恰受两三人”，林碧峰青，触目成趣，极目所至，都是一片蓬勃的生气，胸中不禁激荡着对于祖国边疆的无限挚爱之情。

但是，我还没有探访过我们祖国最伟大的河流之一——澜沧江。

我曾经许多次地横渡过澜沧江。当载着汽车的渡船在钢缆牵引下缓缓横过江心时，巨大的船只在激流冲击下不停地颤抖着，使人立时感受到了澜沧江的不可抗拒的庞大的威力。远眺江面，似乎是波平浪静的，但平静的水面下却隐藏着胸怀叵测的激流。在夕阳的照射下，江心泛发着钢蓝色的光亮，间或从水底涌出一两个急旋着的涡流；浮在江上的朽树断枝，像箭似的被冲到远方去。这一片雄伟景象使人不禁感到：澜沧江呵，你真是一条矫健剽悍、深邃莫测的巨龙。

但是，我却没有真正探访过澜沧江，没有亲自沿着江流领略过它的雄伟的力量。

我便是带着这样一种得遂心愿的心情，坐着那种用柚木薄板做成的傣族的小木船，欣然上路了。

我们坐的小船，实际上只是兄弟民族所惯用的那种独木舟的变种。船身是窄长而轻巧的。旅客们坐在中央，两个船工分别站在船头和船尾，船小得像公园里的小划子一样，坐了四五个人，便没有回旋的余地了。和我们结伴而行的，还有另外两只小船，一只是为农场的拖拉机送柴油的，另一只则坐了一群到景洪来赶街的花枝招展的傣族姑娘。就这样，我们驾着一叶扁舟，驶向波涛滚滚的澜沧江。

小船刚一驶进江心，我们便感受到了澜沧江的威力。江水湍急地流向东方，小船一只接一只地向下游驶去，快得像离了弦的箭一样。烈日当空，在貌似平静的水面上，闪耀着万点金光。在我们眼前，好像是倏然闪过的电影镜头似的，出现了一个接连一个的美妙风光的绝妙画幅。江水忽而流过悬岸，忽而越过森林，忽而冲过木棉成林、芭蕉成荫的江心沙洲，忽而绕过掩映在密林深处的山村。有时我们穿过了一片浩浩荡荡、波平如镜的江面；有时我们穿过了一道群峰耸立、悬岸夹峙的奇险的山峡；有时我们驶过了一片波涛汹涌、水势陡急的险滩。不论江水流过什么所在，到处都遗留着澜沧江这位性格暴烈的巨人的愤怒的痕迹。岩石、陡壁、森林和山箐，都显露着一层层由于江水冲击而形成的灰白色的迹印。江心，时常从水底耸出一座座孤岛似的礁石和石笋，有的异峰突起，有的群集成阵，把宽阔平整的江面顿时分割成许多湍急如瀑的细流。江心和江岸的岩石都是黑蓝色的，经过了江潮的千百次的冲击，它们变得像金属一样亮，在阳光下，好像钢铁铸就般地在闪烁发光。

澜沧江的两岸是壮丽的，丰饶的。无论是山峰上，悬崖边，都密生着郁郁葱葱的亚热带森林。密林都被丛生的藤蔓攀附着，缠绕着，许多参天巨树身上都披满了各种各样的附生植物，从树顶一直垂挂到江边，有的好像是串串璎珞，有的又好像是老人的长须。我还是第一次发现，那些生长在江边和崖壁上的树木，竟有着这样惊人的顽强的生命力量。随着年复一年的江水的涨落，它们所据以生长的土层都被波浪冲刷干净了，但它们仍然是在枝叶繁茂地生长着。许多大树的根，几乎全部裸露在外面，只有少数的根须依附着悬崖的石壁，在它们的树干上，水淹的迹印一直达到半腰，但它们仍然顽强地耸立着。在一块嶙峋的岩石上面，压着一块从山顶上坍落下来的巨石，就在两块巨石之间的缝隙中，就像衔在一张嘴里一样，生长着一棵亭亭玉立的巨大的芒果树，树上正盛开着黄色的小花，它的茂盛的枝叶，说明了它的旺盛坚强的生命力量。

但是，所有这一切，多半都是我在归途的航程中注意到的。去的时候，在疾驰如箭的航行中，我应当坦白地说，我们的全部注意力都被行船的惊险和船工们那种举重若轻、履险如夷的高度纯熟技巧所吸引了。我还是头一次经历这样惊险的航程。在江上，我们的小船走得和汽车一样快。我觉得，我们的小船几乎是随时都有被惊涛急浪撞翻的危险。但是，在我们心目中的每一次难关和险境，在我们的船工的控驭自如的掌握下，都轻易地平安渡过了。和我们同舟共济的这两位傣族青年，不论遇见什么风浪、险滩、暗礁、涡流，总是那样地从容不迫、泰然自若，甚至在最紧急的时刻也还是在小声地唱着歌。他们有时摇着木桨，有时拿起竹篙。这两件平常的东西，在他们手中仿佛具有着某种神奇的力量。当小船被卷进一片凶险的漩涡当中时，只见他们不慌不忙地左摇几下，右摇几下，小船便马上顺从地划出了险境。

在九十里路的航程中，我们要经过三个危险的“溜子”，也就是险滩。这些险滩，实际上是由江面突然的落差所形成的一段瀑布似的急流。从几里路以外，便可以听得见这些险滩的吼声，好像是沸腾的开水一样。这时，江面突然下降，黄绿色的浊流把一只只小船好像是一段段木料似的从上面抛下去。我几乎没有看清我们的船是怎样冲下去的，我只听见了一片水声。我们的小船好像是被一只无形的巨手一下举到浪头，接着又扔到浪底，然后，又像是坐滑梯似的朝着下游急驶而去。但是，前面也不是坦途，一座陡峭的石壁正笔立在急流冲去的方向，一个个浪头冲到黑色的巉岩上，又被撞得粉碎。难道我们的小船可能不跟着急速的浪头一直撞到那座悬崖陡壁上去么？我们把一切都交给我们的船工了。他们的镇定，使我们不能不信任他们，因为即使是在这时，他们也还是在小声地唱着歌。果然，他们是值得信任的，他们一个在左、一个在右地轻轻拨动了几下木桨，我们的直奔石崖而去的小船，在离石崖一丈开外的地方，马上便驯顺地向右面改变了方向，就仿佛我们不是置身险境，而只不过是在平静的湖水中行船一样。但是，我们的险境并没有完全过去。另外的险滩又在前面窥伺着我们了。在雷鸣般的波涛声中，一列黑色的高大礁石，像一排锋利的牙齿似的矗立在前面。在它们之间，浪花飞溅，汹涌澎湃，好像是开了锅的水。我们的小船又像个火柴盒似的被扔到了一片急浪和乱礁中间。但是，即使是在这里，我们的船工也仍然是不动声色的。他们左回右转，前划后拨，轻而易举地便把我们的小船从乱礁阵中划出，送到一片平静的春水当中来了。一直到这时，我们才舒了一口气，放松了紧握着船舷的双手，注意到四围的景色。群山被紫色的雾霭笼罩着，水面上翱翔着一群白鹤和沙鸥。江岸上，一群傣族姑娘正在用三角网捉鱼。我们离橄榄坝不远了。我们的一位船工已经在大声向岸上的姑娘唱起情歌来了。

但是，我在这时却完全陷入到沉思中去了。从这两位朴质的船工身上，我仿佛受到了深深的启示。这是两个普通的傣族青年，他们的身材并不高大，但他们却具有着一种我们所难于设想的巨大的力量——能够驯服惊涛急浪的力量。澜沧江是一个性情凶险、桀骜不驯的巨人，可是，当人们研究和洞悉了它的一切习性和特点，熟悉了它的每一段激流和险滩、每一座悬崖和暗礁的时候，人们就变成了比它更加高大的巨人。当我们也能够像这些船工们一样，把自己的对手了解得这样真切和透彻，在我们前面难道还会有什么不可跨越的风浪和不可战胜的困难吗？

我的这个想法，在我们归途的航程中，又得到了进一步的证明和充实。

我没有听从人们的劝告，走旱路回允景洪去。在橄榄坝的三天的愉快的访问，不但没有使我们感到疲劳，反而使我们更加充满了精力。我们必须坐船回去。如果说，我们已经亲身体会了这里的船工们的驯服波涛的惊人技巧的话，那么，我们就必须进一步了解一下，人们是怎样地迎着激浪逆流而上，把船只划到上游去。

我们坐的是另外一只小船，船工是两位更加年轻的青年，这使我们在开始时不免感到有些惋惜。但是，过了不久，我就发现，我的一切疑虑都是多余的。澜沧江上的每一个傣族和汉族的船工，都值得我们同样地信任和钦佩。他们对于江上的每一块巉崖，每一道急滩，每一片浪花，都熟悉得像自己手上的掌纹一样。不过，虽然如此，在这样的水深浪急的激流中逆水行舟，却不像是顺流而下那样地从容和愉快了。可是，不久，我在我们的新伙伴身上，又发现了另外一种令人钦敬的特点，这些熟知水性的年轻人，不但有着在激流中行船的纯熟的技巧，而且还有着和惊涛骇浪进行顽强的斗争的坚强毅力。当我们的小船逆流而上时，他们不大使用木桨，更多地用那安着铁尖的长竹篙作为武器。小船沿着江岸前进，他们用长篙撑住江底或者江岸的岩石，把船一丈一丈地、一尺一尺地撑向前去。波浪冲打着船身，船身抗拒着波浪。但是，人们终于还是显示了更大的力量和智慧。虽然我们的小船只能以比步行略快的速度向前驶进，但我们终究是在不停地前进着。一切波涛和涡流都不能使我们后退一步。可是，这得需要人们付出多大的毅力和机智啊！当他们把长篙支撑在一块礁石的一个圆洞里（这是被无数长篙的铁尖戳成的圆洞啊），用力把小船推到一丈以外的上游之后，马上便得把长篙急速地戳向另一块礁石的另一个圆洞里，不能有半秒钟的迟疑和延误。不然，船只便会被汹涌的波涛席卷而去，然后一切又得重新来过。但我们的船工一次也没有失误过。他们有时会从山峡中迂回一下，从右岸划到左岸。但他们从来没有在激流面前退缩过，他们从来也没有表现出丝毫的手忙脚乱、束手无策来，而是保持着始终如一的顽强和敏捷，一篙接连一篙地把小船推向前去。他们从不环顾逡巡，便会知道在哪一块岩石上面有可以落篙的圆洞，哪一片浪花下面有可以落篙的礁石。当江面被一堆乱峰割裂成许多细流时，他们也会毫不犹疑地决定从哪一条峡谷中穿过。他们对于一切水情和地形都了若指掌，他们的判断总是毫厘不爽的。

有时，当我们的小船需要通过一段瀑布似的急流时，便开始了一场人和自然之间的角力。我们的船被推到了沸腾的浪花中，这时，我们的船工们便利用水底的石隙，用长篙把小船固定起来，不让波涛把它冲走；汹涌的波涛不甘退让，猛烈地击打着我们的船身，企图把它抛到下游去。但是，它们一点也不能得逞。我们的小船在两根竹篙上面稳固地停留着。波浪疯狂地冲击着，人们一点也不示弱，用尽全力地支撑着竹篙；竹篙逐渐被压成了弯弓形，但人们仍然顽强地坚持着。最后，波涛终于松劲了，威力减弱了。于是，人们趁着浪头与浪头之间的半秒钟的间隙，把船只胜利地推向前去，而且连续不停地把船撑到了平静的江湾里。歇憩片刻之后，我们又安然前进了。

就是这样，我们越过了一个又一个的山峡，撑过了一个又一个的险滩，极其艰苦然而又是十分顺利地走完了全部航程。使我们多少有些遗憾的是：我们在归航的路程中虽然走了差不多一整天，但我们仍然没有能够恣意观赏一下澜沧江两岸的雄伟森郁而又妩媚动人的美妙风光。我们的船工的惊人的毅力吸引了我们的大部分注意力。两岸的美丽风光，在我脑子里只是印下了许多断断续续的印象：一片片蓊郁茂密的原始密林；一块块整洁高大的甘蔗田；一群群色彩缤纷的江燕；水獭在礁石上啃食着一条大鱼；猴子在森林中泰然地摘食着果子；一船船的货物和旅客从我们身边飞速地掠过；随处都可以入画的、变幻万端的南国风光……而这一切，又都汇成了一个总的印象；在伟大的澜沧江的怀抱里，在我们眼前呈现的是一片无比壮丽、无比丰富的大自然的面貌。

但是，人们比大自然更加伟大。人们有着比大自然更巨大的力量。你看，和我们一同在澜沧江上度过了两个美好的日子的几位平凡的年轻人，在他们身上就蕴蓄着何等深厚、何等坚强的力量！他们熟悉澜沧江的一切，就像熟悉自己的母亲一样。他们掌握了澜沧江的一切奥秘，他们又有着劳动人民的另外一种美德——百折不挠、坚韧顽强的毅力。这样，就使这几个瘦小的傣族青年具有着那种可以使江河为之让路、山岳为之俯首的征服一切困难的坚强力量。

（原载《边疆文艺》1961 年 7 月号）

夜来风雨连清晓

王巨才

这是渭北高原向陕北丘陵过渡地带的一处平缓高地，方圆2000平方公里，统称洛川塬。

春天的气候变化莫测。薄暮时分，当我们从阿寺村出发走向与后子头隔沟相望的塬畔时，天空骤然阴云密布，黄尘漫起，随着夜色加重，沟壑遍布的开阔塬面如同灯光渐次转暗的露天舞台，看去更空旷、雄浑、苍莽。

塬下的深沟蒿草茂密，荆棘丛生。靠近沟掌的地方，一条羊肠小路从斜坡弯弯曲曲绕到沟底，又从沟底爬到对面后子头塬上，是学生上学、老乡赶集抄近道踩出来的。高专员说，这一带他熟悉，他姐家就在对岸，多年没去了。高专员在行署领导中算是文化程度较高的，上过边区师范，能写会讲，工作有激情，有魄力，1970年修建王瑶水库，作为总指挥，他吃住在工地，与各县抽调的数千民工一道，吃大苦耐大劳，奋战两年，建成延安历史上第一座蓄水三亿方的大中型水库，缓解了延河下游生产生活用水匮乏现象，群众至今受益。虽是副专员，但我们习惯叫他专员，略去“副”字，既是通行的职务称呼，也兼有尊敬的成分。许是看我“笔头子还行”，又能吃苦，下乡调研起草文件总爱点名要我。

这次去永乡公社阿寺村，是为拜访李新安。这位50多岁的老农，新中国成立前夕到河南灵宝投亲，学会一套果树栽培技术，回来时带了200株苹果树苗，建起洛川第一个果园，家庭收入增加，日子越过越红火，引来乡亲们的羡慕和政府的鼓励。在他带动指导下，20世纪50年代全县掀起大办果园的热潮，先后有50多个村子建起果园，成为有名的“苹果县”，李新安本人作为省地县和全国农民科学家、园艺家、劳动模范，受到毛主席和其他领导接见。20世纪六七十年代，洛川果业生产逐渐萎缩，被誉为“苹果之王”的李新安也变得籍籍无名。

高专员在行署分管农业。2018年初，为摸索解决群众温饱问题的路子，他带领地区机关30多名干部进驻后子头公社，调查研究，抓点带面。当时的延安，粮食亩产145斤，农民年均纯收入不到70块钱，职工年平均工资也只有607元，属特困地区。1971年，周恩来总理得知延安街头还有盲流乞讨人员时，曾痛心地说，全国解放20多年了，北京这样好，延安那样，怎么行呢，我做了20多年总理，陕北没有改变，心里很不安，我们对不起延安人民，对不起陕北人民……这既是自责之辞，也不难听出总理对国计民生整体时局的深长忧思。我们进驻的后子头，地处城关，又在西延公路沿线，群众生活相当困难。好在现任公社书记车保成是一位经验丰富、敢作敢为的干部，此前在别的公社当过多年一把手，到后子头后，他提出一整套塬面修渠打井，精耕细作，提高粮食产量；塬下修建梯田，营造万亩果园，增加农民现金收入的规划。因其牵涉广，动静大，县乡两级拿不准与现行方针有无冲撞，一时下不了决心。县委要我们把蹲点地放在后子头，这亦是一个原因。

可以看出，惺惺相惜，高专员对车保成的方案是赞赏的。经过一年多时间的调研、论证、动员，县乡村三级和工作队的认识基本统一，后子头公社万亩造林誓师大会明天就要召开。作为地区领导和工作队长，高专员是一定要出席讲话的，为此我们已一起熬了好几个晚上。为给讲话充实具体鲜活的内容，使之更有说服力，他说，还是得见见李新安。凡事认真，是他一贯的作风。见面从早上开始，谈得十分投机。听了后子头造园计划，李新安如遇知音，从自己的曲折经历、经验体会到农村政策的利弊得失、群众呼声愿望，滔滔不绝一口气讲了半天。高专员问的也足够详细，果园如何整地，每亩栽多少株，产多少斤，卖多少钱，各个品种的优长特点，施肥、浇水、剪枝、疏果、防治病虫害等各个环节的注意事项，凡所关涉，几无遗漏。原说吃过午饭就离开，由于谈兴尚浓，李新安又翻箱倒柜要找寻早年编写的宣传资料，告别时已近傍晚。公社陪同的人员见天色阴沉，怕会下雨，非得留我们住下来。高专员说，那绝对不行，这么重要的会，万一误事咋办！放心，走近路，用不了多长时间。说罢头也不回穿过公路朝对面的田间便道走去。

雨倒暂且没下，风却一路追随。这风，起初只如裙裾摆动环佩摇曳般窸窸窣窣从背后吹来，带着刚泛绿的麦苗和油菜气息，新鲜怡人。只是没多久，它突然毫无来由地烦躁起来，推推搡搡怒气冲冲从身边刮过，嘶声凄厉，寒意逼人。再后来，便真像被谁激怒一般，狂吼野啸左冲右突跌跌撞撞席卷而来，携土扬尘，折枝摧叶，大有排山倒海掀天揭地的气势，吹得人目眯耳聋，蒙头转向。所幸这风来得猛，去得也快，等我们相互搀扶走到塬畔时，也就余威渐消偃旗息鼓了。现在，无论如何得坐下缓口气了。高专员虽然精力充沛，毕竟也是五十大几的人了；而我，憋了一路的烟瘾此时也已忍无可忍。于是从裤兜摸出打火机，点燃早在指间捏来捏去的“金丝猴”（地产卷烟）开始满脸惬意地吞云吐雾了。这当儿，高专员一直静静地站在塬畔，一会儿望望愈益厚重的云层，一会儿看看模模糊糊的沟底，表情不无犹疑。

正当我通身舒泰点燃第二支香烟时，身后猛地喊道，别抽了！快走！有雨！我立马起身朝后望去，果见一道隐隐约约的闪电从远方天幕掠过。而当我们刚下到沟边，随着一阵隆隆雷声从头顶滚过，猛烈的雨滴便噼里啪啦砸了下来。许是“蓄谋”已久，这雨也是来势汹汹，黑暗中，满沟的野草灌木说不清是惊喜抑或惶恐，切切嘈嘈哗哗啦啦响成一片。空气中随之充斥着浓重的泥腥和野艾的清新气息。布谷和草鹗的鸣叫高低应答，声音格外亢奋。脚下的小路看去倒是亮晃晃的，但糟糕的是，我脚上穿的是一双时兴的白塑料底棉鞋，走在上面不停打滑，没走多远就跌倒爬起连摔几跤，无奈之下，只好脱掉鞋袜一步一停向下挪去。高专员本已走到前头，见我战战兢兢哆哆嗦嗦的样子，又回头走了上来，将一截杨木棍子递给我当拐杖使，又搀着胳膊，说不用紧张，“飘风不终朝，骤雨不终日”，现在已开始退云了，这雨不会下太久，咱到底下先避一避，别把身体冻坏。我低头一看，他那双千层底布鞋也早已灌满泥浆，挽起裤管的腿肚上，有明显被划擦出血的伤痕。

事有凑巧，快到谷底，左手坡面下还真有一孔破败的小土窑，不知是何年何月哪位拦羊汉的遗作，进去顿觉暖和多了。高一边让我“抽你的吧”，一边连声自责:“都怪我，都怪我，遇事总着急。”我说着急算什么毛病，总比应付差事敷衍塞责强。他长出一口气，说，也是，不急不行啊……说罢双手抱膝，盯着外面的雨丝，陷入沉思。我揣测，他此时又想起毛主席1949年10月给延安边区人民的复电中所讲的，希望延安和陕甘宁边区的人民“继续团结一致，迅速恢复战争的创伤，发展经济建设和文化建设”，“并且希望，全国一切革命工作人员永远保持过去十余年间在延安和陕甘宁边区工作人员中所具有的艰苦奋斗的作风”。想起周总理1973年6月回延安时关于“三年变面貌、五年粮食翻一番”的指示。想起李先念、王震等诸多党和国家领导人每当提到延安和老区群众时那种一往情深的眷念与牵肠挂肚的关切。因为这些都是他在作报告或写文章时经常讲到的，每见情不自禁，热泪盈眶。

雨住了，风停了，上坡的路好走多了。上到塬畔一看手表，12点一刻。高专员说，现在离城还有五里地，看来只能在大姐家歇脚了，不远，就在前面村子。叫开门，点亮灯，专员的大姐满脸惊讶，责怪道，不要命啦，这么大的雨，黑天半夜，怎敢过沟来？自个儿不打紧，同事有个闪失咋给组织交代……专员连忙拦住话头，别啰唆啦，赶快打搅团，最好再蒸几个杂面窝头，有客；你先做，我得到前炕上歇会儿。刚躺下，又朝里喊，记着，明早7点必须走！毕竟是弟弟，50多岁了，在老姐姐面前总还要撒撒娇。

这一躺就躺到日头冒花。姐夫说，见你们睡得王朝马汉，嘛里震道，你姐没让叫，别误事吧？我看看表，说没有没有。再看后炕头，昨晚进门脱下的外衣都已烘干，两双鞋子还在灶火口烤着，旁边放两副棉毡鞋垫，原来老两口整宿没睡啊。抹把脸，吃过饭，高专员喊一声“走啦”，便径自出了院子。

雨后的高塬碧空如洗，和煦的晨光里，田野村庄俱有喜意。通往誓师大会现场的各条道路上，后子头各队的社员正掮着锄头铁锨匆匆前行。在乍暖还寒的季节和阴晴无定的气象中，这似乎是一个人们内心怀有某种希冀和期待的时令：

1975年，农历谷雨。人们说，倒春寒过去，天气该慢慢转换了……

2015年金秋，我应邀参加农业部和陕西省政府主办的第八届“中国陕西（洛川）国际苹果博览会”。乘车从西安出发，一进入洛川地界，公路沿线，塬上塬下，视野所及全是大片大片的果园。地头和路边新摘的苹果海量山积，红艳艳分外耀眼。到宾馆，翻阅会议资料，里面介绍，洛川苹果年产70多万吨，销往全国28个省市和亚欧20多个国家地区；全县农村人均纯收入15000元，16万户果农家修了新房，买了小车，年收入都在一二十万以上。多年没回延安，如许见闻，如许情景，感慨万千！随手写了两则俚语，以记感触：应是秋风醉流霞，红遍川塬廿万家。异香盈袖君勿疑，枝头鲜果妍如花。又：犹记挥汗斩荆棘，也曾茅庐问桑麻。当年种树人何处，弦歌不辍思无涯。

我想到的当然不只是李新安和高专员。那些在困难年代不避风霜劳苦，不畏艰难险阻，为国家前途人民福祉在一起殚精竭虑不懈奋斗，并言传身教给我以指导帮助的所有领导、同事、乡亲，我都永远感念。高专员已去世多年。1995年我调北京不久，他在国际广播电台工作的孩子找我，说父亲病危时有过叮嘱，去世后要由我书写墓碑。感旧之情，一至于此。在反复斟酌运思之后，我是流着泪水完成这个任务的。这次博览会上遇见当年一起蹲点的朋友，提到那次风雨夜行的事，都说那真是够冒险的，搁现在，大不了打个手机，报个警，但那时候延安不少乡镇还没通公路，多数乡村不通电，所谓耕地靠牛，照明靠油，通信靠吼，交通靠走。如此一想，这几十年的发展变化，真可谓日新月异翻天覆地了。

很长时间我都在想，历史的进步和社会的发展正如江河行船，只要驾驭有方，风正岸阔，那么“艨艟巨舰一毛轻”，无论什么样令世人惊叹和歆羡的速度、奇迹都是可能的，都不奇怪。

（选自《2019民生散文选》，中国言实出版社2020年版）

双城飞去来

陈建功

这几年常往北海跑。北部湾畔的那座小城，是我的家乡。

记得1957年初到北京的时候，人问“哪里人”，一说“北海”，人皆茫然，闻所未闻的样子。有些牛哄哄的同学还装傻充愣，说:“北海公园？”令我悲愤了很久。没想到到了1993年，那里竟“火”了起来。好几位做房地产的朋友听说我是北海人，问“没回去拿块地么”，或问“能回去帮拿块地么”……“拿地”，我肯定是没招儿的。不过，遥远的家乡，让那么多双眼睛突然放出了光，倒也令人豪情万丈。

随父母移居北京那年，我还不满8岁。上北京，是我朝思暮想的。虽然我爸回北海之前，我都没见过他。见面没几天，因为我的骄蛮，还挨了他一顿揍。即便如此，为了“上北京”，我甚至不惜做了我爸的“同谋”：为动员心存疑虑的祖母一同北上，我爸到珠海路上去找了个卦摊儿，我看见他和算命先生嘀嘀咕咕，还偷偷给他塞钱，后来就看见我爸把他带到祖母面前，说北京的风水怎么怎么好，富贵寿考长宜子孙……在成人眼里，孩子的智力永远是被低估的，先父在天之灵，恐怕万万也不会想到这个“诡计”早已被我识破。我的祖母当然不知道里面的故事，但富贵寿考的梦想，最终也填不满思乡的寂寞。只一年，祖母就回北海去了，几年后终老故乡。屈指算来，那都是近一个甲子之前的事了。

当年那个8岁娃娃，早已被北京“同化”。被“同化”的证明是，我成了所谓的“京味儿作家”。当然我知道深浅，对这“封号”老有点儿战战兢兢。唯一有信心的是，说“京片子”还是够格儿的。我的一位老乡到北京闯荡了好几年，至今那“儿”化韵，还拿捏不好。时不时就把“倍儿棒”那个“儿”，说得“字正腔圆”，要么，就把“特好”说成个“特儿好”。闹得我忍无可忍，说:“您就别费那个劲儿啦，就算把‘儿’闹明白了，您离‘京味儿’也还远呢！”我说的是实话。弄明白京味儿，“儿”化韵也好，“双声叠韵”也好，还都是皮毛。要是会夸饰会自嘲呢，这才沾上点边儿。

想起我的老师蓝荫海给我讲过的一个故事，说是老舍先生到北京人艺去谈剧本。先生在人艺导演和演员中的人望，当然是很高的。讨论先生的剧本，也自然多是赞扬之声。不过，也有一些赞扬或吹捧闹得先生反倒不好意思起来。时有某位朋友溢美过甚，大约是封上了什么“里程碑”“转折点”之类的桂冠，只见先生摇摇头，微笑着说:“您这是骂我呀！”因为在场的人都熟谙北京文化，便会心地大笑起来。偏偏有一位刚刚调入人艺的演员，一头雾水。散会后四处表示疑惑:“老舍先生说‘那是骂我’，什么意思？为什么是骂他呀，我听着没骂他呀……”有位老演员哈哈笑道，就冲这，您还得在人艺且‘泡’呢！你听不出来？人家蒂根儿就是反话……”

弄明白北京话哪些是正话反说，哪些又是反话正说，还不算明白了北京人的“精气神儿”。

北京人的“精气神儿”，在他们的活法儿。

宠辱不惊的处世哲学，有脸儿有面儿的精神优势，有滋有味儿的生活情致，自信满满的神侃戏说……这活法儿从一个“制度笑柄”里孕育出来的“大清国”凋零落幕，“铁杆庄稼”自然就雨打风吹去，甭管您祖上是皇族贵胄，还是八旗兵丁，当您把最后一只扳指抵给了赊账的绸布庄或酱菜园，你就得盘算着全家的嚼谷该上哪儿淘换了。要么，您得悄没声儿溜到天桥儿去，找个茶馆唱唱子弟书、“什不闲”；要么，您就赁辆洋车拉个晚儿？……皇城根儿“老辈儿”波峰浪谷的人生遭际，“挂不住”的脸面与贵族的“死扛”，扔不下世代传承的子弟“玩意儿”，却不能不做起士农工商，一边吹嘘着过往的繁华与体面，一面又与引车卖浆之流请安唱喏……渐渐地，它被敷衍成一座城市的生活态度，一种有滋有味儿的活法儿。它造就了北京平民文化的魅力。

我是在“寻根文学”风生水起的时候，感受到其中魅力的。

我在人民大学的大院儿里长大，其实离老北京还隔得很远。18岁到28岁之间，到京西挖煤，算是混到了京郊的底层，但对北京的了解，也边缘得很。那时忽然读到一本张次溪先生著《人民首都的天桥》，感到发蒙启蔽的震撼。这本书是张次溪对旧京游艺场天桥的调查。它一一列数了近半个世纪的“天桥人物”——几代“天桥八大怪”和其他“撂地抠饼”的艺人们，它还记录下尽可能搜集到的相声段子和俚曲唱词，一首一首地读下来，你仿佛能看到那暴土扬烟人头攒动百艺杂陈嬉笑怒骂的现场……重要的是，这本书，引领我读到了“平民北京”的生活哲学。记得这书是李陀从北影图书室借出来的，文不对题的书名，倒让我看出作者欲借“正能量”的名义，保存旧京民俗的苦心。据说，这苦心，好像也没修得“正果”——李陀告诉我，此书只有20世纪50年代初“内部发行”的一版，数量极为有限。“内部发行”的理由是：这哪里是“人民首都的天桥”，分明是旧社会的天桥！……平心而论，这“判决”倒是准确的，尽管它遮蔽了一个学者沉潜于平民文化而焕发的心灵之光。

我却循着这光，找出属于我的激情来。

30年前，我沉浸于从“京味儿”中探胜求宝的时候，做过一个演讲，题目是《四合院的悲戚与文学的可能》。我描述了“四合院”那牵儿携女的家庭序列的瓦解，叹息传统的情感方式和思考样式所面临的挑战，当然，最终那话题谈的是，文学在这进程中可能做些什么。

30年后，我发现当年采访过的人物已经先后离去，曾经名满天桥的艺人“大狗熊”孙宝才、由我介绍为金庸先生表演过“叫卖”的臧鸿、给我讲过家史的“爆肚冯”第三代传人冯广聚……和他们一起消失的是我曾经非常熟悉的那些胡同和大杂院。用一个北京“老姑奶奶”的说法，现如今城圈儿里哪还有北京人哪？姑奶奶家由皇城根儿搬到了天坛根儿，现都搬到六环根儿上去啦……

那些有滋有味儿的地方和有滋有味儿的人，仿佛一夜间没了影儿。

就像那句老歌儿所叹，“不是我不明白，是这世界变化快”。

我问自己，是不是应该到“六环根儿”上的公寓楼里，找那些“皇城根儿”的老街坊们？我去过几次，发现真正的京味儿，还可以在楼上楼下邻里之间感受得到，但可以预见的是，它马上就消失在历史的天空。

我为自己的失落而胆怯，这是落伍于时代的信号。

最终我发现，只有回到北海，才能找到那种睽违已久的滋味。这是一种“落伍者”的欢喜？

其实北海并没有“落伍”，它的变化也是吓人的。我不想沿用某些写新闻的朋友欢喜的句式——欢呼北海由一个名不见经传的“小渔村”，发展成一个什么什么样的城市。“满满的正能量”，固然令人振奋，但这“泡沫时期”的误读，已被国家确认的“历史文化名城”所正名。我欢喜的是，北海虽变，仍有许多足以唤醒内心波澜的东西留在那里。

“少小离家老大回”的我，已经不被人看作是北海人了。在公共场所，好几次都听见当地服务员之间用北海话来喊话：

“喂，给那桌的‘捞佬儿’上壶茶！……”“捞佬儿”是北海人对北方人的统称，据说新中国成立之初来自北方的汉子们，逢人便称“老兄”，被北海人听成“捞汹”，便称他们作“捞汹佬儿”，久之，便以“捞佬儿”名之，其中并无不敬。每逢此时，我常常出其不意地用北海话问他们：“有没有搞错？哪个是‘捞佬儿’？”北海乡亲见俚语被我戳破，先大窘，后大笑，我几乎猜得出他们的心思，定是惊叹：这“老嘢”咁“肥”，惦解仲系北海人！（这老家伙这么胖，咋的还是个北海人？）……事后回味此事，笑自己：就为这“嘚瑟”，你才时不时往北海跑？

当然这不是主要原因。人在故乡所感受的那种更深层的得意，实在是很难一言以蔽之的。譬如那条老街，在我看来，真是一个百看不厌的所在。每次回去，我会到街口的一家咖啡馆喝杯咖啡，俨然要先品品“百年”的醇香。然后就站在当街，眺望那由近而远的、中西合璧的骑楼。曲曲折折的屋脊，在湛蓝的天空上勾勒出一对棱角起伏的线条，延伸向遥远的天际。除了大长假，一般的日子里，老街并不熙熙攘攘。三三两两的游客，在自拍或者被拍，有的则用塑料袋裹着刚出锅的虾饼，一边吃一边闲逛……而我，更愿意在夜半更深时走进这里，好像还能听见石板路上的木屐声和木栅的关门声。每走过一个路段，或想，这个骑楼底下，就是60年前那个算命先生的卦摊呀；或想，当年这栋楼里住着我的外公外婆，或许现在还供着他们的遗像呢……借郭德纲、岳云鹏的口气："我是有故事的人！"走这街上你不能不自恃优越，你自认为比所有"到此一游"的人都有滋有味儿。

但我知道，更吸引我的是，回到这里，有重新回到8岁的快乐。

顿悟是在刹那间产生的。

那天清晨，我骑着自行车，到不远的侨港海滩游泳。惯常的做法是，我在家里换上游泳裤，骑车到海滩。脱下套在外面的短裤和T恤，锁在车前的网筐里，再把单车锁在一个牢靠的地方，通常是海边的铁栅栏或电灯杆吧。我一般会在海里游1千米左右，耗时35分钟。这是我在游泳馆里测出的速度，因此我也会在35分钟后回到岸边，套上短裤T恤，骑上车回家。可是这天的"35分钟"过后真令我尴尬：游泳裤小兜儿里装的钥匙，竟少了一把——那个装衣服的网筐的钥匙，丢了。那挂锁虽小，弄开并不容易，也没工具，再说家里还有一把，我何苦在海边劳神。我毫不犹豫地选择——也只好选择——穿着游泳裤回家了。就这样，我光着膀子，面无愧色地穿过了侨港镇，又面无愧色地骑上了金海岸大道，最后面无愧色地骑入了我所住的小区。如果不是这"面无愧色"被人发现，我会永远面无愧色。有趣的是，这一切被一个女大学生在她家的阳台上看见，此即冯艺、张燕玲夫妇的女儿，也是陈思和教授的博士生相宜。冯艺夫妇在北海和我是邻居，这次趁着暑假，携女儿前来小住。相宜见她熟悉的"陈叔叔"骑个单车，赤膊出现在小区的甬道上，花容变色，惊叫道："爸妈快看陈叔叔呀！"……适逢当晚我们与北海的文友们小聚，大家在海边排档烹鱼灼虾把酒言欢，冯艺夫妇就把这当笑话说了出来。张燕玲说，哈，原想讹一笔，忙着去拿手机来拍照呢，结果你进了楼！相宜说，陈叔叔好爽，如入无人之境！……

听着故事我和大家一起笑，说：“到了北京，警察会以为‘行为艺术’又出来了呢！”

这时该用方清平的口气收场了：“我当时以为自己还是8岁呢！”

2016年3月

（选自《岁月拾荒》，中国文史出版社2022年版）

笛鸣香港

韩少功

进入香港后的第一印象，就是不少高楼瘦长如棍，一根根戳在那里顶着天，让观望者悬心。

在全世界都少见这种棍子，这种用房屋叠出来的高空杂技。它们扛得住地震和狂风吗？那棍子里的灯火万家，那些蛀入了棍子的微小生物，就不曾惊恐于自己的四面临虚和飘飘欲坠？

我这次住九楼，想一想，才爬到棍子的膝部以下，似乎还有几分安稳。套间四十多平方米，据说市值已过百万。家居设施一应俱全，连厨房里的小电视和小花盆也不缺。但卧房只容下一床，书房只容下一桌一椅，厨房更是单人掩体，狭窄得站不下第二人。我洗完澡时吓一大跳，发现客厅里竟冒出陌生汉子。细看之后才松了口气，发现对方不是强盗，不过是站在对角阳台上的邻居，透过没挂上窗帘的玻璃门，赫然闯入我的隐私。

他不在客厅里，但几乎就在客厅里，朝我笑了笑，说了句什么，在玻璃门外继续浇洒自家的盆花。

他是叫海伦还是汤姆？

我不知该如何招呼。

港人多有英文名字——多族裔机构里的职员更是如此。这些海伦或者汤姆在惜地如金的香港，如果没有祖传老宅或千万身家，一般都只能钻入这种小户型，成天活得蹑手蹑脚和小心翼翼，在邻居近如家人的空间里，享受着微型的幸福与自由。也许正是这一原因，港人们擅长螺蛳壳里唱大戏，精细作风举世闻名。在这里，哪怕是一条破旧的小街，也常常被修补和打扫得整洁如新。哪怕是廉价的一碗车仔面或艇仔饭，也总是烹制得可口实惠，哪怕是一件不太重要的文件副本，也会被某位秘书当成大事，精心地打印、核对、装订、折叠、入袋、封口……所有动作都是一丝不苟按部就班，直至最后双手捧送向前，如呈交庄严的国书。

正因为如此，香港缺地皮，有世界上最大的人口密度、高楼密度、汽车密度，却仍是很多人留恋的居家福地。海伦们和汤姆们，即自家族谱里的阿珍们和阿雄们，哪怕在弹丸之地也能用一种生活微雕艺术，雕出了强大的现代服务业，雕出了曾经强大的现代制造业，雕出了或新潮或老派的各种整洁、便利、丰富、尊严以及透出滋补老汤味的生活满足感。毫无疑问，细活出精品，细活出高人，各种能工巧匠应运而生，一直得到外来人的信任。有时候，他们并不依靠高昂成本和先进设备，只是凭借一种专业精神与工艺传统的顽强优势，也能打造无可挑剔的名牌产品——这与内地某些地方豪阔之风下常见的马虎、潦草以及缺三少四，形成了鲜明的对照。

一些称之为Mall的商城同样有港式风格。它们是巨大的迷宫，有点像传统骑楼和现代超市的结合，集商铺、酒店、影院、街道、车站、学校、机关以及公园于一体，钩心斗角，盘根错节，四通八达，千回百转，让初来者总是晕头转向。它们似乎把整个城市压缩在恒温室内，压缩成五光十色的集大成。于是人们稍不留心，就会错觉自己在酒店里上地铁，在商铺里进学堂，在官府里选购皮鞋。想想看，这种时空压缩技术谁能想得出来？这种公私交集、雅俗连体、五味俱全、八宝荟萃、各业之间彼此融合、昼夜和季节的界限消失无痕的建筑文化，这种省地、节材、便民、促销的建筑奇观，在其他地方可有他例？

一代代移民来到这里打拼，用影碟机里快进二或快进四的速度，在茫茫人海里奔走，交际，打工或者消费，哪怕问候老母的电话也可能是快板，哪怕喝杯奶茶或拍张风景照也可能处于紧急状态。“你做什么？”

“你还做什么？”“你除了这些还做什么？”……熟人们经常一见面就劈

头三问，不相信对方没有兼职和再兼职，不相信时间可以不是金钱。显然，这种忙碌而拥挤的社会需要管理，近乎狂热的逐利人潮需要各种规则，否则就会乱成一团。19 世纪末的英国人肯定看到了这一点。他们面对维多利亚港湾两侧乱哄哄黑压压的殖民地，面对缺地、缺水、缺能源，但独独不缺梦想的香港，不会掏出太多的民主，却不能不厉行法治。他们把香港当作一个破公司来治理。米字旗下的建章立制、严刑峻法、科层分明、令行禁止，成了英伦文化在香港最需要也最成功的移植。“政府忠告市民：不要鼓励行乞！”这种富有基督新教色彩的警示牌，也从欧洲舶来香港街头。

一次很不起眼的招待会，可能几个月前就开始预约和规划了。电话来又电话去，传真来又传真去，快递来又快递去，参与者必须接受各种有关时间、地点、议题、程序、身份、服装、座位、交通工具、注意事项之类的敲定。意向申明以后还得再次确认，传真告知以后还得书函告知，签了一次字以后还得再签二次字，一大堆文牍来往得轰轰烈烈。不仅如此，一次主要时间只是用于交换名片、介绍来宾、排队合影再加几句客套话的空洞活动结束之后，精美的文牍可能还会尾随而至：关于回顾或者致谢。

不难想象，为了应付这种繁重的文牍压力，很多人都需要秘书。香港的秘书队伍无比庞大，当然事出有因。

也不难想象，港人在擅长土地节约之余，却习惯了秘书台上日复一日的巨量纸张耗费，让环保人士愤愤不满。

但没有文牍会怎么样？

口说无凭，以字为据。没有关于招待、合同、动议、决策、审计、清盘、核查、国际商法等方面的周到字据，出了差错谁负责？事后如何调查和追究？追究的尺度和权利又从何而来？……从这种意义来说，法治就是契约之治，就是必须不断产生契约的文牍之治——虽然文牍癖也有闹过头的时候，比方说秘书们为某些小事累得莫名其妙。

车载斗量的文牍，使香港人几乎都成了契约人，成了一个个精确的条款生物和责任活体。考虑到这一点，在庞大秘书行业之后再出现庞大的律师队伍之类，出现数不胜数的检控之类，大概也不难理解了。

有一位老港人向我抱怨，称这里最大的缺点是缺乏人情，缺乏深交的朋友。光是称呼就得循规蹈矩、不得造次：Mister，先生就是先生；Doctor，博士就是博士；Professor，教授就是教授——大学里的这三个称呼等级明确，不可漏叫更不可乱叫，以至于只要你今天退休，你的“×教授”称呼明天立马消失，相关的待遇和服务准时撤除，相处多年的秘书或工友也忽如路人，其表情口气大幅度调整。这种情况——包括不至于这般极端的情况——当然都让很多内地人和台湾人深感不适，免不了摇头一叹：人走茶凉啊。

但人走茶凉不也是法治所在吗？倘若事情变成这样：人走了茶还不凉，人不在位还干其政，还要来看文件，写条子，打电话，参加会议，消费公款，甚至接受前呼后拥，有关契约还有何严肃性和威慑力？倘若人没走茶已凉，人来了茶不热，有些茶总是热，有些茶总是凉……那么谁还愿意把契约太当回事？

契约人就不再是自然人，须尽可能把感情与行为一刀两断，用条款和责任来约束行为。这样，缺乏人情是人生之憾，却不失为公法之幸，能使社会组织的机器低摩擦运转。面子不管用了，条子不管用了，亲切回忆什么的不管用了，虽然隐形关系网难以完全绝迹，但朋友的经济意义大减，徇私犯科的风险成本增高。香港由此避免了很多乱象，包括省掉了大批街头的电子眼，市政秩序却井井有条，少见司机乱闯红灯，摊贩擅占行道，路政工人粗野作业，行人随地吐痰、乱丢纸屑、违规抽烟，遛狗留下粪便……官家的各种“公仔（干部）”和“差佬（警察）”也怯于乱来。哪怕是面对一个最无理的“钉子户”，只要法院还未终结诉讼，再牛的公共工程也奈何它不得。政府只能忍受巨大预算损失，耐心等上一年半载，甚至最终改道易辙。

因为他们都知道，法治治民也治吏。违规必罚，犯禁必惩，一旦出了什么事，就有重罚或严刑在等着，没有哥们儿或姐们儿能来摆平，也难有活菩萨网开一面。那么，哪个鸡蛋敢碰石头？

无情法治的稍加扩展就是无情人生——或者这句话也可反过来说。

这样，我们对人情与秩序能否兼得？在难以兼得之时又如何痛苦地选择？

这当然是一个问题。说起来，香港人并非冷血，每日茶楼酒馆里流动着的不全是社交虚礼，其中很大一部分仍是友情。特别是节假日里，家庭成了人与人相互关怀的最佳去处，合家饮茶或合家出游比比皆是，全家福的图景随处可见，显现出香港特别有中华文化味道的一面。父慈子孝，夫敬妇贤，其情殷殷，其乐融融，构成了百姓市井的亲情底色。

这些人不习惯西装革履，更喜欢休闲便装；不习惯道貌岸然，更愿意小节不拘自居庸常——包括挂着小腰包光顾赛马场和彩票店。与之相联系的是，他们的阅读大多绕开高深，指向报上的地方新闻和娱乐八卦，还有情爱和武侠的小说。他们使用着最新款的随身听、数码相机、MP4、便携宽频多媒体，但大多热心于情场恩仇和商界沉浮一类个人故事——这是通俗歌曲和通俗电影里的常见内容。内地文化人对此最容易耸耸肩，摇摇头，讥之为“文化沙漠”。其实这里图书、音乐、书画、电影的同比产出量绝不在内地之下，人才济济藏龙卧虎。稍有区别的是，他们的文化主题常常是“儿女情”而非“天下事”，价值焦点常常落在“家人”而不是“家国”，多了一些就近务实的态度，与内地文化确实难以全面接轨。黄子平教授在北京大学做报告的时候，强调香港文学从总体上说最少国家意识形态，是一个特别品种，值得研究者关注。据他说，学子们对这个话题曾不以为然。

学子们也许不知道，他们与大多港人并没有共享的单数历史。在百年殖民史中，港英当局管理着这一块身份暧昧的东方飞地，既不会把黄肤黑发的港人视为不列颠高等同胞，也不愿意他们时常惦记自己的种族和文化之根，那么让他们非中非英最好，忘记“国家”这一码事最好——这与一个人贩子对待他人儿女的态度，大体相似。这种刻意空缺“国家”的教育，一种大力培养打工仔和执行者而非堂堂“国民”的百年教育，也许足以影响几代人的知识与心理。

再往前看，香港自古以来就是天高皇帝远，“帝力于我何有哉？”这里的先辈们难享国家之惠，也少受国家之害，遥远朝廷在他们眼里实在模糊。当中原族群反复受到北方集团侵扰，那里的国家安危与个人的生死荣辱息息相通，国与家关系密切，忧国、亡国、思国、报国之情自然成了文化要件，“修齐”通向“治平”的古训便有了更多日常感受的支持，有了更强的逻辑力量。与此不同，香港偏安岭南一隅，面对大海朝前望去，前面只有平和甚至虚弱的东南亚，一片来去自由、国界含混、治权零乱的南洋。在这样的地缘条件下，如果不是晚近的鸦片战争、抗日战争以及九七回归，他们的心目中那个抽象的“国家”在哪里？“国家”对于老百姓的衣食住行有多少意义？

大多数港人也修身，也齐家，但如果国家若有若无，那么“治国平天下”当然就不如“治业赚天下”更为可靠实用了。这样，他们精于商道，生意做遍全球，但不会像京城出租车司机们那样乐于议政，不会像中原农民们那样乐于说古。内地文化中那些宫廷秘史、朝代兴衰、报国志士、警世宏论、卫国或革命战争的伟业类电影，在这里一般也票房冷落。国家政治对于很多港人来说是一个生疏而无趣的话题。更进一步说，如果国家的偶尔到场，不过是用外交条约把香港划来划去，使之今天东家，明天西家，今天姓张，明天姓李，一种流浪儿的孤独感也不是毫无根由。

殖民地都是精神和文化的流浪儿——香港不过是他们中比较有钱的一个。想一想，这个流浪儿是应该责难还是应该抚慰？他们的文化在经受批评之前是否应该先得到几分理解？

1997年，很多港人在五星红旗下大喊一声“回家啦！”但这个家，对于他们来说还是比较陌生，比如有相对的贫穷，有较多的混乱和污染，有文化传统中炽热的国家观和天下观。但无论人们是珍爱这个家还是厌恶这个家，“国家”终于日渐逼近，不可回避了。

世界上并非所有人都有国家意识，都需要国籍的尊严感和自豪感。诗人北岛说，他曾经遇到一个保加利亚人。那人说保加利亚乏善可陈，从无名人，连革命家季米特洛夫还是北岛后来帮对方想起来的。但那人觉得这样正好，更方便他忘记自己的国族身份，从而能以世界文化为家。出于类似的道理，多年来几无国家可言的港人，是否一定需要国家这个权力结构？他们下有家庭，上有世界，是否就已经足够？他们国土视野和国史认知的缺失，诚然收窄了某种文化的纵深，但是否也能带来对狭隘国家主义的避免？

无可选择的是，国家是现代共同体的基本形式。历史上的国家功罪俱在，却从来不是抽象之物，不全是旗帜、帽徽、雕像、诗词、交响乐、博物馆、哲学家们的虚构。对于1997以后的很多港人来说，即使抗英、抗日的伤痛记忆已经淡薄，但国家也不仅仅意味着电影里的“内战”和书刊里的“文革”，而有了电影与书刊以外的更多现实内容。国家是化解金融危机时的巨额资金托市，是对数千种产品的零关税接纳，是越来越值钱的人民币，是越来越有用的普通话，是各种惠及特区的人才输入、观光客输入、股市资金输入、高校生源输入、廉价资源产品输入……一句话，国家是这里日常生活的一部分，正在成为真切可触的利益，正在散发出血温。

即便有些人对这一切不以为然，即便他们还是贬多褒少，但无论褒贬都透出更多北向的关切，与往日的两不相干大为异趣了。即便有些港人还不时上街呛声某些中央政策，但这种呛声同样标示出关切的强度。

汶川大地震后，我立在香港某公寓楼的一扇窗前，听到维多利亚港湾里一片笛声低回，林立高楼下填满街道的笛声尖啸，哀恸之潮扑面而来。各个政党和社团的募捐广告布满大街，各大媒体的激情图文和痛切呼吁引人注目，学生们含着眼泪在广场上高喊“四川坚强”和“中国坚强”，而高楼电子屏幕上的赈灾款项总数记录，正以每秒数十万的速度不断跳翻……这一刻，我知道香港正在悄悄改变，一块殖民地的心灵流浪大概行将结束。

我隔着宽阔海面遥望港岛，那一片似乎无人区的千楼竞起，那一片形状各异的几何体，如神话中寂静而荒凉的巨石阵。

我知道那里有很多人，很多陌生而熟悉的人，只是眼下远得看不见而已。

（原载《海燕》2008年第10期）

那些年，我走过的乡村

高洪波

作为一个农业大国，中国人拥有乡村记忆的百分比应该非常高，哪怕你是拥有北京、上海、天津、沈阳等大城市户口的人。如果往上查三代，可能你们身上都有乡村前辈的“田野基因”，更何况“老三届”一代人。比如我辈，大多有过上山下乡的经历，即便没有上山下乡，像我这样从中学直接入伍的军人，除了军营记忆之外，其实乡村记忆依然很多。因为军营所在地大多都在山乡，同时军营中的伙伴又绝大多数是农家子弟，听他们讲述故乡的生活就补充了我的乡村记忆。

故乡的田野

故乡的田野，其实也可以称之为科尔沁的草原。我虽然生活在一座草原的县城里，可是我乡下的亲戚很多。外祖父住在乡下，离城只有三公里，几个姑姑住在更远的乡下，这两处都是我假期经常要去的地方，所以我的乡村记忆往往伴随着表兄、表弟、表姐、表妹的身影。

故乡的田野在我的记忆中，夏天是青纱帐，高粱和玉米遮蔽着平坦的草原。故乡还有沙沼地带，这些地带上绝不仅仅是沙漠，有生长扎根很深的甘草。它们把碧绿的叶子放肆地伸在阳光下，很容易被人辨识出来，然后它们会被连根挖起，成为一味不可或缺的有名的药材。此外，这些沙沼上生长着马莲花，马莲的叶子非常结实，几乎可以当作绳子使用，马莲的花开得漂亮，蓝幽幽的，给人一种蓝天上坠落的碎片一样的感觉。

所以，我的乡村记忆是外祖父家的菜园子，是田野上和表弟们捉蝈蝈的快乐嬉闹，还有乡下马车颠簸的道路，在驮干草的马车上舒适地躺着仰望蓝天的感觉，尤其奇特，因为这个场景让我想起契诃夫笔下的《草原》，而马车上的干草垛柔软舒适，在有节奏的摇晃中，有催眠的特殊功能。故乡的马车一般都是胶皮轱辘，跑起来轻快利索。赶马车的人在故乡都叫“车老板子”，也同样利索，甚至有几分彪悍，一根长长的鞭子在手，随着一声脆响“驾”，马车就噔噔噔地跑向前去，在乡间的道路上扬起一片灰尘。

我十三岁上离开内蒙古草原，后来平均三五年便回归故乡一次，回归故乡不为别的，只为去我埋在故乡的老奶奶的坟前烧几张纸。老奶奶的坟在一片茂密的树林里，坟上有一人多高的青青的芦苇。从田间小道到奶奶的坟前要穿过一片同样茂密的，甚至让你感到拥挤的向日葵方阵，向日葵们擎着骄傲的葵花盘，用带刺的叶子阻扰着你的进入，那一刻你觉得凡·高笔下的向日葵都不足以表现我故乡奶奶坟墓前那片巨大的向日葵方阵。金黄色的向日葵、碧绿的芦苇，还有高大的杨树，这都是故乡田野留给我的意象，说印象，当然也可以。

故乡的小河、小水渠、小小的沼泽地都曾留下过我的脚印，一个北方少年在北方的夏天里放肆地撒着欢，或者和小兄弟们一起匍匐在瓜园的垄头里，去窃取甜蜜的西瓜。虽然有被看瓜人当场捕获的危险，但是我们乐此不疲，这一切都是故乡田野给予我的珍贵纪念。

贵州的杨柳村

十三岁上，我和全家一起从内蒙古的故乡迁徙到了西南的贵州。在贵州的两年间，我住过三处县城，一处毕节，一处黔西，还有一处都匀。毕节和黔西是我学会游泳的地方，但是和农村没有更多的交织，唯独在都匀，我有幸到了一个小村子，这个小村有个美丽的名字：杨柳村。那时我们以中学生的身份进行一个月的助民劳动。

杨柳村傍着一架彩虹般的铁路高桥，小村从而显得更小。杨柳村不富裕，但也不算贫穷。我们散住在农民家里，房东们的客房里、客厅里普遍供奉着“天地君亲师”的牌位，这五个字所包含的意义，当时在我的眼里，仅只是五个字而已，其实这里边有汉文化的精华和传统所在。

在杨柳村，我学会了插秧，也学会了担粪走过溜滑的田埂，更学会了面对蚂蟥的偷袭，猛击一掌将其震落的绝招。蚂蟥都是水蚂蟥，不同于我后来在云南从军时见到的特别厉害的旱蚂蟥，但是水蚂蟥如一片柳叶般大，一旦被它吸住，血会流淌不止。而杨柳村的稻田里，这种水蚂蟥特别多，它们静静地潜伏在秧田里，等待着一双双赤脚落在水里之后，它们迅速吸附过来，不知不觉地吸去了你的鲜血，伤口还无法止住血，大概它有一种特殊的毒素，是让血液不能及时凝固的原因吧。因此蚂蟥在我看来，它的讨厌、它的无情甚至超过世上所有凶猛的动物，其实它不过是一种昆虫而已。对付蚂蟥，农民们的绝招是在它吸血的上方猛击一掌把它震落，然而我常常震不落腿上的蚂蟥。此时此刻你须用钢笔里的墨水滴在蚂蟥身上，一滴它的身体顿时变蓝，然后迅速蜷缩在一起，很狼狈地离开了你的腿部，掉在地上。当然对付蚂蟥最好的办法是用一撮盐撒在它的身上，这也会使它很快受到重创。

在与蚂蟥的斗争中，我知道了南方农民种水田的艰辛，在插秧的时候，也感受到了水稻这种植物对南方农村的特殊意义。当然不只是水稻，我们还要和农民一起种苞谷。在种苞谷的时候，那是在山峦上，我和同学们意外地发现了一眼甘泉，这泉水从一丛绿草下汩汩涌出，泻出一串串晶莹的气泡，喝一口，甜丝丝的，好像有人放了糖！这应该是我平生喝到最奇特、最甘美的山泉，现在不知道它被人开发出来没有，那水质肯定不逊于现在所有大品牌的矿泉水。

我至今不明白这泉水的成分是什么。后来我饮过各地的泉水，无论是崂山矿泉还是虎跑泉，甚至号称“天下第一汤”的昆明温泉，那滋味距杨柳村小山中的泉水，总差着一大截。是啊，也许它仍然寂寞地淌在山野间，“养在深山无人识”，但无论如何，泉水就是泉水，它是大地母亲赠予我们人类的乳汁，滋润着禾苗、小草，也滋养着小鸟、小兽。只要是泉水，就不会被废弃。我相信这一点。

从四季青到坨里

我的乡村记忆随着家庭的迁徙从贵州来到了北京。

在北京，我们以中学生的身份又参加过无数次的助民劳动。我记得我们在夏天住过北京“四季青”公社，同学们住在小学校的课堂里，地上铺着炕席，大家把铺盖放上之后，一个班的男生欢乐地在铺上嬉笑打闹，我甚至和一个同学立马摔起跤来，一如快乐的夏游或者秋游。在“四季青”的日子里，我们一帮男生在傍晚的时候到田野上互相追逐，有一个男同学跑在前面，但是他突然身体矮下去，只露出一个头颅，我们围过去一看，他不小心踏入了一个表面干涸的粪坑。那一刻苍蝇飞舞，众声喧哗，但毕竟同学情深，我们七手八脚找到工具，让这个倒霉的伙伴从粪坑里脱身，然后他在一边用清水狼狈而尽情地冲洗自己。“四季青”的房东是一对老夫妻，对我们呵护有加，我们出去捉青蛙，他们还为我们烹饪，味道好极了。我们还去铁路上追火车，为田野施肥，也帮助农民们拔草，一系列简单又轻松的农活让我们这些半大孩子们快乐地操作着，所以“四季青”的夏天，滋味无穷。

“四季青”的日子结束之后，秋天了，我记得我们到了北京房山的坨里。我们住在坨里的村子里，被一座古塔所吸引，同学们经常围着古塔看麻雀们飞舞，用手中的弹弓击打这些小生命。也是在坨里，一个调皮的男同学捉住一条小蛇，悄悄放在班主任女老师的饭盒里，女老师打开饭盒，当场被吓得昏倒。顽皮的学生岁月和坨里秋天美丽的景色，以及坨里的柿子树、坨里的红薯、坨里的各种山果混合在一起，形成一种特殊的滋味。

我们主要的工作是收红薯，每天去红薯地里挖红薯，然后把红薯捡到筐里，分头带回村里。我们的主食也是红薯，房东给我们做的红薯花样很多，不光是蒸红薯，还把红薯擦成丝，做成红薯粥，还有红薯干。吃红薯吃到最后，胃里直反酸。改善生活的时候就是一顿金黄的玉米面窝头，窝头就着老咸菜，我们这帮中学生吃得喷喷香。

所以那一年坨里的秋天给我留下非常深刻的乡村记忆，而且我们是步行从长辛店的火车站走到坨里的村子里，大家背着行李，十几里的路程把我们累得够呛。

大约十年前吧，我学习驾驶汽车的时候，曾在房山的一个汽车部队住过一天。期间，我曾到坨里去寻找那昔日的小山村感觉，但是少年时期的记忆已经被现实涂改得面目全非。坨里的城镇化建设十分彻底，我企图寻找那目标显著的古塔，旁边的乡亲们告诉我，那古塔早已坍塌了。坍塌的古塔却拥有我矗立鲜明的记忆，我现在能写下怀念坨里秋天的文字，就是一个例证。

云南的村寨

从军的时候，我的驻地有一个特殊的名字叫大荒田。“大荒田”三个字肯定是属于乡村记忆的特殊板块，周围的村庄是我们经常出没的地方。其中最重要的一次是我曾经带着一批新兵驻在周围的村庄，一驻就是一个月，我对新兵进行培训的时候也和乡村的房东们建立了良好的关系。

当时正是冬日，雨雪霏霏。于是每天晚上好客的房东便燃起一盆炭火，沏得一罐烤茶，同时端来葵花子和花生米，我和我的小新兵们坐在火塘边，有一搭没一搭地烤火、聊天。聊天，云南叫“吹牛”，这里的“吹牛”和北方的意义不一样，丝毫不带贬义。

吹牛的内容很广、很宽，也很泛，因为这些年轻的军人来自地北天南，比如我从北京来，有一个班长家在昆明，还有一个战士来自遥远的哀牢山上的苦聪山寨。所以房东夫妇很高兴，他们的两个小儿子更高兴，在他们眼中，我们这一群南腔北调的军人，是最有趣的人。

云南的农民说起话来，却文雅之至。譬如说某一项活动令人玩得痛快，舒坦，房东必定用一个词来形容，叫“安逸”。又如火塘上的火不旺，需要重新点火，北方人就说“火着了吗”？而房东则用一个字“燃”，“火燃了”。一个“燃”字，显出了文化素养。此外，“晚上”这个词，房东换以“夜间”；“吃饭”“开饭”，他用“请饭”来表达一种特殊的情义，这些云南乡村所带来的中国古文化的熏陶让我感到非常惊讶。

这村子距我的大荒田军营十几公里，沿南盘江而形成一座颇具规模的大村子。房东的祖先们，都是屯垦戍边的军卒，聊起天来，他们都以故乡而自豪，而他们的故乡一律叫作“南京柳树湾高石坎”，我想这应该是明初大规模移民屯垦边疆时一个重要的集散地吧，很像山西洪洞县内的“大槐树”一样。北方洪洞县的“大槐树”是无数北方人故乡的象征，“寻根”一律以此为凭。由此看来，“南京柳树湾高石坎”给予滇中乡村父老的记忆，应该是与“大槐树”属同一类的意象。

当初那些戍边的军卒们驻扎此地时，肯定有一番拓荒之苦的。尔后他们娶妻生子，将刀枪换为锄犁，慢慢地竟繁衍出这么多的村寨来，真是始料不及。房东告诉我说，这四周山上，曾有过莽莽的森林，在他小时候，知道有豹子出没于村口，蟒蛇盘踞于江岸，还见过豺狗和麂子。

说这话时，正值大雪纷飞，掩住了四周光秃秃的山峦，现在的场景是林木稀疏，昏鸦都很少见了。房东的两个小儿子听着父亲讲述童年的见闻，也觉得新鲜。父亲小时候所见到的这些动物，他们大概只能在动物园见到了吧。

雪一落，春节也追了上来。我们驻在村子里，和农民们度过那古朴的特殊的中国节日。

村中过春节，众多礼俗都一一免去了，但只留下一项，这是北方绝对少见的一项：以绿松毛铺地。

那个时节，不管你到村子里哪一家走访，一步踏入堂屋，必定满眼生绿。脚下是碧绿得发亮的新鲜松毛，就像大城市豪华人家铺上的绿色的地毯，踩上去软软的、滑滑的，略一呼吸，便有松香味儿沁入肺腑，让你精神为之一振。在这绿客厅上走动，给人一种踏入春天、走进森林的感觉，春的气息包围着你，绿的氛围挟裹着你，使你具体而又切实地感受到“春节”两个字，春天的意蕴。我度过很多很多个春节了，但是只有在这个云南小村寨中领着新兵战友们度过的春节，记忆碧绿中有些许暖意，这可能是一种“踏青”的风俗吧。

云南的村寨很多，我后来走过撒尼山寨，住过苦聪山寨，也到过傣寨、景颇寨，这些少数民族的村庄，有的以硕大的菠萝蜜款待过我，有的用香甜的红荔枝招待过我，还有村寨上的长者们背倚牛头，跟我合影的同时，顺便讲述过古老村寨的历史，这是在著名的佤族翁丁山寨。

云南的少数民族众多，不同民族有不同的风俗，但是他们毫无例外地都属于我乡村记忆的一部分。

龙港的乡村

我的乡村记忆中有很多来自带领作家乡村采风的特殊感受，比如在江苏睢宁有一个村叫高党村，这个村子专产甜酱油。乡村建设得很好，旁边竖着大标语："高举红旗跟党走。"这个大标语把"高党"这个村名都镶嵌了进去，由此我感觉到了社会主义新农村在建设过程中对执政党一种深厚的情感。村子建设得很漂亮，而更漂亮的是我在浙江温州龙港市的一次乡村采访。

龙港是中国一座年轻的城市，原来号称"农民城"，它的年龄在我采访的时候刚满一周岁。刚满一周岁的龙港市有一系列非常精彩的举动，它有印刷博物馆，有一批著名的乡贤纪念馆，比如著名诗人谢云的故居就在龙港。

龙港在我们到达的时候正好遇上了台风，沿海城市对台风的警戒度是我第一次看到。陪同我们的公务员们都说要昼夜值班，警惕大自然的暴怒。也就是这次走访龙港，我意外地发现龙港的乡村居然有智能垃圾箱。北京城市里，包括我所居住的小区，都有垃圾分类的标识，垃圾箱一般都分成三类，有的可以回收，有的不可以回收，还有厨余垃圾。但是在龙港，在这海边的乡村，我看到了好多座智能垃圾箱，当你把可以回收的物品投放进去之后，它会给你奖励，奖励有可能是一块肥皂，有可能是一包餐巾纸，还有可能是其他生活用品。这种智能垃圾箱的设置和对投放垃圾人的特殊的物质诱惑，或者说激励也行，使我看到了中国一个另类的、现代化的、与众不同的乡村。

在我的乡村记忆中，这一幕充满现代意义，也可以说是终生难忘。年轻的由农民城转变为城市的龙港，到今年也刚刚三岁。三岁的龙港，那昔日的鱼米之乡，那有诸多乡贤故事的富庶的地方，留给我一个非常特别的乡村记忆是寄托在智能垃圾箱上。我觉得这一杰出的构想如果从乡村移植到中国的任何大城市，都将为中国的垃圾治理提供一个极具特色的成功范例。这样的乡村不再是破败、颓唐、荒凉，而是充满着现代气息和勃勃生机，也许这样的乡村是中国乃至世界乡村的未来，我希望中国的社会主义农村建设越做越好，城乡差别的沟壑逐渐被现代化的手段填满。因此拥有骄傲的城市户口的人们，比如我和我的亲人们，对乡村、对乡村记忆会有一种特殊的时代跃进，这个跃进寄存在江苏小村高党，也显现在温州龙港的村镇。

所以我说，中国是一个农业大国，每个中国人都有一份难得的乡村记忆，它可能是你童年味蕾的记忆、美食的记忆，以及对长辈温馨的怀念，也可能是你青春无悔的岁月的记忆，一如我很多“老三届”朋友们经历过的上山下山，或在云南、东北的建设兵团，或在陕西、海南等天南地北的山村里。乡村的记忆是童年和青春混合的记忆，但是我所讲到的高党和龙港现代化的乡村记忆，我个人认为，是中国复兴蓝图的未来展示。我希望这种现代化的乡村记忆一步一步拓展蔓延开去，因为它甚至可以引领一座城市的管理、一座城市的垃圾处理与现代化的治理模式。

乡村是中国的乡村，城市和乡村之间应该是互补的、互惠的，甚至也是互为师长的。没有中国的乡村，就没有中国的现实和未来，因为中国的乡村代表着民族、历史以及珍贵的土地。

“为什么我的眼里常含泪水？因为我对这土地爱得深沉。”这是大诗人艾青先生的名句，也是我对乡村最大的感受。

（原载《农民日报》2022 年 11 月 30 日）

读三峡

王充闾

一

“船窗低亚小栏干，竟日青山画里看”。我满怀着四十余年的渴慕，放舟江上，畅游三峡，饱览着山川胜景。

伴着船行激起的“沙沙、嘶嘶”的水声，迎来又送走那峥嵘、嶙峋的山影。江轮在危岩绝壁间宛转穿行，眼看要撞在迎面横过来的陡壁上，却灵巧地一闪，辟出一片生面别开的天地。真是“山塞疑无路，湾回别有天”，不能不由衷地佩服古诗用字的贴切。

老杜笔力的雄健更是令人心折，群山万壑，的确像无数匹高高低低的骏马，脱缰解辔，挤挤撞撞，奔赴荆门。谪仙作诗，惯用夸张手法，但他刻画三峡之险巇：“上有六龙回日之高标，下有冲波逆折之回川。黄鹤之飞尚不得过，猿猱欲度愁攀援”，则全是写实。

峡中景色变化无常，适才还是“高江急峡雷霆斗”，令人目骇神摇，霎时烟云浮荡，一变而为惝恍迷离，幻成一幅绝妙的米家山水。游人也随之从现时的有限形相转入绵邈无际的心灵境域，玲珑相见，灵犀互通，开掘出融心理境界、生活体验、艺术创造的第二自然于一体的多维向度。

一些峭拔的石壁，由于亿万斯年风雨剥蚀，岩石现出许许多多的层次和异常分明的轮廓，或竖向排列，或重叠摆放，或向两侧摊开，使人想起“书似青山常乱叠”的诗句。船过兵书宝剑峡，这种“书”的概念就更加浓重了。相传诸葛亮入川时，路过三峡，曾把神人赐予的兵书藏在峭壁之上。清代诗人张船山煞有介事地咏叹道：

天上阴符定不同，山川终古傲英雄。
奇书未许人间读，我驾云梯欲仰攻。

而另一位诗人则从另一个角度去作文章：

兵法在一心，兵书言总固。
弃置大峡中，恐怕后人误。

平日嗜书如命的我，座前、案边、眼中、心上，无往而不是书卷。孤寂时，有书相伴，会觉得“书卷多情似故人”；夜阑人静，手倦抛书，也习惯于“三更有梦书当枕”。此刻，面对着峡江胜境，“书痴”自然要把它捧起来当书读了。

二

三峡，这部上接苍冥、下临江底、近四百里长的硕大无朋的典籍，是异常古老的。早在语言文字出现之前，不，应该说早在“混沌初开，乾坤始奠”之际，它就已经摊开在这里了。它的每一叠岩页，都是历史老人留下的回音壁、记事珠和备忘录。里面镂刻着岁月的屐痕，律动着乾坤的吐纳，展现着大自然的启示，里面映照着尧时日、秦时月、汉时云，浸透了造化的情思与眼泪。

我们不能设想，在自己有限的一生中读尽它的无限内涵，但是，总可以观嬗变于烟波浩渺之外，启哲思于残编断简之中。作为现实与有限的存在物，人们徜徉其间，一种对山川形胜的原始恋情与源远流长的历史激动，会不期然而然地被呼唤出来。

在这锦山秀水之间，早在五千年前就曾闪烁着大溪文化的异彩。两千年前，扁舟一叶从那条唤作香溪的小河里，载出一位绝代佳姝。“昭君自有千秋在，胡汉和亲识见高”，不独闾里之荣，也是邦家之光。两汉之交，公孙述枭踞白帝城，跃马称帝。过了三周甲子，这里又成了吴蜀争雄的战场。年轻的陆逊立下了“火烧连营七百里”的赫赫战功；刘先主永安宫一病不起，将他的嗣子以及未竟的事业，连同未来的千般险阻，一股脑儿托付给他的军师；诸葛公神机妙算，在鱼腹浦摆下了“八阵图”。“自从归顺了皇叔爷的驾，匹马单刀取过巫峡”。老将黄忠的行迹，至今还留在《定军山》的戏文里。但是，“卧龙跃马终黄土，人事音书漫寂寥”。今日舟行访古，不仅史迹久湮，而江山亦不可复识矣。

假如三峡中壁立的群峰是一排历史的录音机，它一定会录下历代诗人一颗颗敏感心灵的摧肝折骨的呐喊和豪情似火的朗吟。“屈平辞赋悬日月”，船过秭归，人们面对着万树丹橘，总要联想起那以物拟人的不朽名篇《橘颂》；而当朝辞白帝，放舟三峡，又必然记诵起李白的流传千古的佳什。

在这里，杜少陵经历了创作的极盛时期，两年时间写诗四百三十七首，占了他全部诗作的三分之一以上。刘禹锡出守夔州，在当地民歌的基础上，首创了文人笔下的充满浓郁生活气息和地方特色的竹枝词。前后相隔二百余年，白氏兄弟与苏家父子的诗章，使三游洞四壁增辉，名闻遐迩。

洎乎现代，“江山仍画里，人物已超前”。陈毅元帅的三峡诗，蕴藉沉雄；毛泽东主席“高峡出平湖”的雄词，堪称千古绝唱。面对着意念中的历代诗屏和眼前的山川形胜，我也情不自禁地写下一首七绝：

> 轻舟如箭下江陵，高峡急江一水争。
> 短梦未成千嶂过，巫山何处听猿声？

布鼓雷门，非敢附骥，也不是要作谪仙的翻案文字，纪实而已。

三

就诗而言，巫山十二峰可以说是一部不是靠语言文字而是由境界氛围酿成的朦胧诗卷。两岸诸峰时隐时现，忽近忽远，笼罩在云气氤氲、雨意迷离的万古空蒙之中，透出一种“悠然心会，妙处难与君说”的朦胧意态。“一自高唐赋成后，楚天云雨尽堪疑”。“神女生涯”为人们留下了无穷的想象空间，成了所谓“象外之象，景外之景”。

也许这样远远望着那万古烟云，谛听着她的模糊的默示，更富迷人的魅力；如果有谁过于刻板、认真，率性攀到峰头去睇视一番神女的芳姿，恐怕那风化的巉岩会令人意兴索然、大失所望的。

比之于绘画，巫山十二峰无疑是整个三峡风景线上一条最为雄奇秀美的山水画廊。在这里，钩皴点染、浓淡干湿、阴阳向背、疏密虚实等各种表现手法兼具。那群峰竞秀、断岸千尺的高峡奇观，宛如刀锋峻劲、层次分明的版画；而云封雾障中的似有若无、令人神凝意远的万叠青峦，则与水墨画同其韵致。

整个三峡，也并不都是怡情悦性的画境诗笺，它还是一部描绘奋斗人生、满布着坎坷与风浪的惊险之作。我看到过一幅题为《巴船下峡图》的古画：在狭窄湍急的滩口中，船工们全神贯注、高度紧张地使篙撑船，同无情的礁石、激流作殊死的决斗。际此“天下至险之地，行路极危之时”，“摇橹者皆汗手死心，面无人色”。白帝城中一幢古碑上，也有“瞿塘峡口波涛汹涌，奔腾万状，舟行至此，靡不动魄惊心”的记载。

至于流传在两岸世代人民口头上、记忆中的，更是举不胜举。今日舟行江上，耳畔还仿佛鼓荡着古老的黄牛峡歌和滟滪滩谣。在这种生死系于顷刻、战战兢兢、提心在口的情势下，赏玩江峡奇景，根本无从谈起。正如《水经注》引袁山松所述：“峡中水疾，书记及口传悉以临惧相戒，曾无称有山水之美也。”

新中国成立后，三峡航段经过了彻底整治，出川入川，流缓波平，从容稳渡，再不用“愁水又愁风”了。但事物总是复杂的，有人却又感到划尽崎岖，平淡寡味，怅然若有所失。这从审美的角度来说，也自有他的道理。

四

清末民初著名学者王国维有过“古今之成大事业、大学问者必经三种之境界”的说法，还有人把绘画分为写实、传神、妙悟三个层次。我以为，读三峡可能也有三种灵境：始读之，止于心灵对自然美的直接感悟，目注神驰，怦然心动。这种灵境，大体上，像是晋人袁山松对于三峡的观赏：“仰瞩俯映，弥习弥佳，流连信宿，不觉忘返。”

再读之，就会感到主观的生命情调与客观景物交融互渗，物我融成了一体，亦即辛弃疾词中所说的：“我见青山多妩媚，料青山见我应如是。情与貌，略相似。”

卒读之，则身入化境，浓酣忘我，“冲然而澹，翛然而远”，进入《易经》上讲的那种“天地絪缊，万物化醇”的灵境，此刻该是“此中有真意，欲辨已忘言”了。（现在，我还能刺刺不休地饶舌，说明离这种“化境”尚远。）

读三峡，有乘上、下水船两种读法。乘上水船，虽然体味不到“轻舟已过万重山”的酣畅淋漓的快感，但颇有利于从容玩味，沉思遐想。“读书切戒在慌忙，涵泳工夫兴味长”。读三峡，也是如此，不能心浮气躁，囫囵吞枣。下水船疾飞似箭，过眼烟云，留不下深刻的印象，其弊正在于此。

但是，下水船又有其独特的美学效应。本来两岸的青松、丹橘、翠峦、粉堞，彼此相距甚远，但由于船行疾速，拉近了它们的距离，造成眼前多种物象重合叠印的错觉，从而，丰富和充实了视觉形象，即使物象渐渐消失，也能留下一种雄奇的意境与奋发的情思。鉴于两种读法各有得失，我们通过双程往返，兼取了二者之长。

人说大宁河上的小三峡是三峡的聚珍版和缩印本，景色绝佳，而且，由于滩险岩奇，还可以补偿由于三峡惊险场面的消除所造成的失落。可惜，因为时间有限，交臂失之，说来也是一桩憾事。

但是，我用另一面的道理宽慰自己：美学上讲究逸韵悠然，有余不尽，忌讳一览无余，因而有“不到顶点”的说法。怕的是到达顶点就到了止境，捆住了想象的翅膀。龚自珍有诗云：“未济终焉心缥缈，百事翻从缺陷好。

吟道夕阳山外山，古今谁免余情绕。”踏不上的泥土，总被认为是最香甜的。何妨留下一片充满期待与想象的天地，付诸余生忆念，纵使他日无缘踏上，也尽可神驰万里，向往于无穷了。

（原载《人民文学》1992 年第 8 期）

达古的春天

阿　来

春天了。

这些年的春天里总想而且总要回乡。

如今城乡疏隔，回乡是需要理由的，高原的春天便是我回乡的好理由之一。

高原的春天来得晚。在成都，繁花开过，眼看就是绿色深浓的夏天，家乡那边才传来春的消息。达古景区的朋友今天打电话说，高山柳开花了；明天打电话说，落叶松和桦树发芽了。又说，你教我们认得的苣叶报春和龙胆都开了。所有这些消息，都在诱惑着我。当下就把在车库里几乎停了一冬天的车开到店里保养，换了新轮胎。

我要回去看家乡的春天。

达古在四川阿坝州黑水县，在小时候常常仰望的那座大雪山的北边。大雪山的南边是我家乡马尔康县。

新轮胎黑黝黝的，新橡胶的味道也像是春天的味道。

这回是“名家看四川”系列活动之一，请作家中的大自然爱好者，去达古冰川。多少有点帮忙发现与提炼景区丰富美感的意思。达古冰川不仅有壮美的雪山风光，更有从海拔 2800 米到海拔 5000 多米的地质景观与植物群落的垂直分布。

我决定不随团行动，自己驱车前往。但我对工作人员建议：午餐给大家安排的饭食要有山里的春天——刚开的核桃花、新鲜的蕨菜。而且，我眼前马上就浮现出色尔古藏寨那些错落有致的石头建筑——我自己就出生于与之相似到相同的村庄。

我知道，此刻，高大的核桃树刚刚绽出新叶，像一团绿褐色的云雾，笼罩在村寨上面。浅浅的褐色，是树叶的新芽，绿色是核桃树正在开花。一条条肥厚的柔荑花序，从枝头悬垂下来，那就是核桃树浅绿色的花。这个时节，村民们把核桃花一条条摘下，轻轻一捋，那一长条肥嫩的雄花与雌花就都被捋掉了——当然，摘下一部分花是必要的，否则这些花会令核桃树结出过多不饱满的果实。焯了水拌好的，其实是那些密集的小花附生的茎。什么味道？清新无比的洁净山野的味道！

而在那些不被人类过分打扰的村庄，蕨就生在核桃树下，又嫩又肥。它们从日渐和暖的泥土里伸展出来，一个晚上，或者一个白天，就长到一拃多高了。要赶紧采下来，不然，第二天它们就展开了茎尖的叶苞，漂亮的羽叶一展开，为了支撑那些叶子，茎立即就变得坚韧难咬了。乡野的原则就是简单，取了这茎的多半段，摘去顶上的叶苞，或干脆不摘，在滚水中浅浅焯过，加一点盐、一点蒜、一点辣椒，什么味道？苏醒的大地的味道！

这些年，我从熟悉的乡野里找到了新的观察对象：在青藏高原腹心或边缘地带走动时，会留心观察一下野生植物，拍摄那些漂亮或不太漂亮的开花植物。

从成都去黑水县城，将近300公里，一路都沿岷江峡谷而上。成都到汶川是高速公路，大部分是在深长的隧道中穿行，无景可看。出汶川县城，过茂县，公路傍着的就都是岷江主流了。沿着岷江主流上行20多公里，有一处地方叫飞虹桥。在这里，河流分岔，过桥右行，是岷江主流，至松潘。左行，是岷江支流猛河，沿河而上，即到黑水。

春天是山里的融雪时节，江流有些浑浊。秋天水清时，站在飞虹桥上看在桥前汇聚的两路江水，岷江主流清澈见底，左边的猛河也清澈见底，水色却是深沉的，因此猛河也被叫作黑水，连带着分布在这条河左右两岸的地方也被叫作黑水了。这一带，海拔已经渐次抬升到2000多米，山高谷深，山势陡峭。一路上，见有道路宽阔的地方，我就停下车来，爬上山坡去寻找开花的植物。

春天进到岷江峡谷已经有些时候了。公路两边人工栽植的洋槐正密密地开着白花，河谷台地上，寨子里的桃树已经丛丛翠绿，河谷两岸干旱的山坡上，灌木丛依然一派枯黄。但我知道，这些枯瘦的灌丛里一定有早开的花朵。这一路，走走停停，爬上爬下，果然遇见了好几种开花的植物。其中有一种开满细小黄花的带刺的灌木丛，叫作堆花小檗。米粒大的小黄花一簇簇拥挤在一起，抢在绿色叶片展开前怒放，很符合它的名字里“堆花”二字。小檗的根茎中可以提炼一种叫小檗碱的物质，也就是平常所称的黄连素。还有耐旱耐瘠薄的带刺灌丛沙生槐也开出了密集的蓝色花。我一次次半蹲半趴地摁着快门，累了，便坐在山坡上，翻看相机里的花朵，却突然弄不明白，大自然为什么要让植物开出这么多的花。这些花朵和这神秘的不明白，也许就是我这一天的收获。人们都在世界上力图明白，而我宁愿常常感受很多的不明白。

傍晚时分，我到达黑水。第二天，大家坐观光车游览达古冰川景区。

达古冰川地处高山峡谷地带。车穿过峡谷，有三个依山而建的藏寨，因地势高低分别叫作上达古、中达古和下达古。车上有同行问我，达古在藏语里是什么意思。我有点说不上来。从词根上说，达，是马的意思。古，是深远的意思。但两个意思如何串联起来，我至今也没找到合适的词汇。

在上达古村前，猛河已变成了一道溪流。溪上一座带顶的藏式木桥，上面写着红军桥。这里是当年红军长征经过的地方。到达此地之前，红军已经翻越了宝兴县和小金县之间的夹金山，又翻越了小金县和我老家马尔康县之间的梦笔山，接下来，又经过马塘村继续跋涉，翻越亚克夏山进入黑水县，就是现在达古景区所在的地区。这里，雪山更加密集地紧靠在一起。中央红军主力和四方面军一部，一共在阿坝州境内翻越了五座雪山，其中三座都在黑水县境内，而且，都围绕在达古景区主峰的周边。

这一天，我们要去的便是这雪山群中两座从未被人逾越的雪山——有冰川群的达古雪山主峰和洛格斯神山。

去年早春我来时，晚上一夜飞雪，早上风停云开。驱车到达古村时，湖水映着碧蓝天空，阳光下融雪时的滋润气息带着松杉的芳香。保护站小屋中，炉子里烧着旺火，壶里的茶滚烫。屋顶上的雪融化了，从窗前淅沥而下，像断了线却落不尽的珠串。听保护站的工作人员谈林子里金丝猴、羚牛的故事。茶喝到出汗，路上的雪也化开了。半山上一条为游客布置的木头栈道上的雪也化开了，洇湿的厚木板上有漂亮的纹理。走上这条栈道，正对的洛格斯神山冰清玉洁，荧光逼眼。在一些藏语文本的诗性表达里，喜欢把巍峨纯净的雪山形容为一个戴着水晶冠冕的人或神，如果你在一个空气清新、阳光明亮的上午，看见这样直插幽深蓝空的雪山，就知道，这样的形容有多么精妙。顺着栈道一路向前，那并肩而立的三座晶莹雪山就在峡谷尽头越升越高，诱惑着你一直走到跟前，把平视变成仰望。

可是这次，当大家走上栈道时，洛格斯神山却隐匿在自己扯起的一片云雾后面，不与我们相见。大家继续朝前，希望突然会云开雾散。可是云非但不开，天上还不时地洒下些雨点来。看来山神今日休息，暂且还没有露脸的意思，大家只好到游客中心吃午餐。

饭后，一半天空阴着，一半天空中却有阳光破云而出。右手峡谷尽头的洛格斯神山依然隐匿不现。而正面峡谷尽头壁立而起的达古冰川群上的雪山主峰却熠熠闪光，大家赶紧上山。

上山很容易。10 多分钟，缆车就将游人运到海拔 5600 米的高度上。据说这是世界上海拔高度最高的缆车索道。也就是说，对游客来说，这是目前世界上不需自己辛苦登攀而能到达的最大海拔高度。

我已是第三次来这里，不急于和同行的人们马上冲向外面的雪山。我为自己在雪山小屋中要了一杯香喷喷的热咖啡，在宽大的观景窗内落座。窗外的情景有些不可思议，甚至感觉有些奇异。海拔 5200 多米的达古雪峰覆盖着厚厚的雪被，横卧在眼前，仿佛一个未知的庞然大物。山体上是深雪，雪下，才是冰川。这道冰川每年只有 7、8 两个月，积雪融化时才可以看见。但那冰川的力量却随时可以看见。下冲的冰川在雪峰下几百米处刨出一个巨大的深坑，夏天和初秋，那是一湖碧水。湖水的上方，劲风猎猎，被阳光照耀，亮得晃眼的云团翻滚在天空，也翻涌在湖中。

喝完咖啡，走到窗外的雪野中。瞭望台上，雪深盈尺。瞭望台外，雪深就有三四米了。在这个高度上，群山变成了波浪，在眼前奔涌。只有身边几座山峰超出我们所在的高度——海拔5200米。在这里，唯有搞地质出身的李栓科兄面不改色，为大家指点冰川在这雪山之巅造就的地貌杰作：相互错落在云幕下金字塔一般的锥形峰顶、锋利峭薄的山脊——地理学名词叫脊线，被冰川从对面山体上剥离又搬运到面前来的巨大岩石——叫冰漂砾，而在我们脚底的深雪下，就是冰川挖掘出的巨大的冰斗，夏天时，是一汪湖水，现在冻成了一块坚硬的冰。

我总觉得，达古冰川这样的地方，可以成为每一个中国人学习体味自然之美的课堂。地理之美，植物之美，共同构成自然之美。虽然时兴的国学热中，常有人说中国人如何有天人合一观，如何取法自然，但在实际情形中，却是自然界大面积的退缩与毁败，是中国人与大自然日甚一日的隔膜与疏远。

达古景区冰雪覆盖之下的达古雪山，其自然之美真是无处不在啊！

海拔3000多米处，积雪刚刚融化，落叶松柔软的枝条上就绽放出了簇簇嫩绿的针叶。而刚刚从冰冻中苏醒的高山柳、报春花已经忙着开花了。再往下，开花植物更多。路边草地上，成片的小白花是野草莓，星星点点的蓝花是一种龙胆，那是比蓝天更漂亮的蓝！到了达古村附近，湖边的野樱桃开花了，有风轻摇树梢时，薄雪般的花瓣便纷纷扬扬飘飞起来。再往下，路边一丛丛黄花照眼，那是野生的棣棠。还有藤本的铁线莲，遇到灌丛和乔木就顺势向上攀爬，用这样的方式，把一串串鲜明的白色花举向高处。那些花朵也真正漂亮，四只纯白的花瓣纤尘不染，花瓣中央，数量众多的雄蕊举着一点点明黄的花药，雌蕊通身碧绿，大方地被雄蕊们簇拥在中央，我不知道，这是一种快意的听天由命——任哪一阵风起，或哪一只昆虫飞来，把任一枝雄蕊上的花药洒到那娇嫩敏感的柱头上，还是一切都要经由她不动声色地精心选择，或在拒绝与接纳间犹豫再三，才终于将雄花的几颗精子纳入子房？

大家散去的时候，有人问我，你为什么喜欢这个地方。我想起自己曾经为景区想过的那句广告语：最近的遥远。便说，因为这是距离大都市最近的完整的大自然。

（选自《大地的语言：阿来散文精选集》，四川文艺出版社 2018 年版）

祁连雪纷纷

李若冰

多少万年以来，祁连山以着怎样威武的姿态，挺立在大西北的高原上呵！

沿着狭长的河西走廊，祁连山蜿蜒曲折，形成了天然屏障，好像一条飞龙似的，向西迤逦而去。在古长城的嘉峪关外，祁连山最触目的高峰，却像一个银发苍苍的将军，仪表堂堂，头戴银盔，身挂银枪，手执银剑，俯视着辽阔的大地，守护着祖国无垠的大戈壁滩。

多少万年以来，祁连山是悄悄地长成了，壮大了。它默默地创造着岩石、飞泉、冰川和雪线；创造着森林、草场和花朵。于是，各色的鹰鹤、雀鸟出生了，飞跃了；各种的野骆驼、野马、牦牛、狗熊、麝和黄羊诞生了，飞奔了。不止如此，祁连山还尽情地揉挤出自己的奶汁，汇成了无数的小河，从山巅流入山下，灌溉着戈壁滩的农田，抚育着河西走廊的子孙，一代又一代。

同时，猎人们来了，藏族和蒙古族兄弟来了，他们背着叉子枪，爬上了祁连山，在草场上游牧，在山峡里狩护着珍贵的走兽、皮毛和药材。于是，手工艺匠们也来了，他们在祁连山里，挖掘最透明的白玉，最华丽的岩石，拿回酒泉城中，以精心的劳动，磨制出了驰名古今的夜光杯。不要忘记唐朝诗人王翰的绝句：“葡萄美酒夜光杯。”那被称颂的夜光杯的原始材料就是出自祁连山的。

人民爱着祁连山，也越来越懂得它的丰饶和美丽了。

今天，我们的地质勘探者来了，迎着风沙、炎夏和严寒来了。

勘探者背着行囊，吆着牦牛，喝着祁连雪水，一步一步地向高山深处挺进着。在羊肠小道上，在悬崖绝壁上，在海拔四千多米的雪线上，勘探者经历了多少风险，遇到了多少艰难？然而，勘探者心中满怀着爱，对岩石的爱，对祁连山的爱。这里的每一棵草木，每一条小河，每一块石头，对于勘探者都是亲近的，可以理解的。人们挖掘着岩石，抚摸它，观察它，要在这里寻找出矿藏，开辟出道路，闯出江山。是的，我们的勘探者正在祁连山里为祖国闯着江山呵！

几年来，勘探者勤苦的作为，使得祁连山高高地昂起了头。原来，这里并不是穷山恶水的去处，而是蕴藏着丰富矿产的宝山。人们的感情也越来越向它靠拢了，人们更加乐观地眺望着它了，更加英勇地向山上攀登了。

雄鹰飞翔着。我们披着晨光上山。

这时候，我觉得，有一股喜悦的感情从心中跃起。以往，和勘探者一起，我们曾经在祁连山下奔走，曾经在山峡里度过了许多疲劳的而又快乐的夜晚。我们在这里迷过路，摔过跤，尝受过斗争的真正的乐趣，在饥渴的时候也曾经昏倒过。可是，祁连雪是怎样充实着人的心房，那骆驼草烤馍馍又给人以怎样香甜的享受。

以往，祁连山只有勘探者的脚印，和狗熊、黄羊的脚印搅混在一起，哪里有什么道路？然而，现在，展开在我们面前的是一条五光十色的大路；由于岩石的颜色不同，路面有红色的、银色的和墨色的。走在这样的大路上，人们怎么能使自己平静。而且，这条大路通向了祁连山的深处，通向了驰名的镜铁矿山里。

我们乘着小嘎斯车，驶过了戈壁滩，就径直地进山了。迎面，遇见了三只小黄羊，它们翘起了白尾巴，一动不动地站着，还侧头望着我们。呵，小黄羊，你等待着什么呢？莫非想和我们一起进山吗？可是，当车走近了的时候，它们却扬着白尾巴跑了。山里，看不到人家，间或只能遇见一顶帐篷，和几个修路工人。再往里走，山高了，更难看到人了；而且越走越深，越觉得沉寂、阴森，好像进入了一个和外界相隔的境地。然而，山里的草比山外茂盛，山里的风景也比山外更壮丽了。

我们转了一个弯，又一个弯，一会儿直冲而上，一会儿直冲而下，遇到的不是深沟悬崖，便是陡壁尖山，小车好像一条小舟似的在高深莫测的海洋中航行。

这时候，当车子驶过了一段墨色的路面，爬上一座大山的时候，我们看见了雪线，看见了祁连高峰。

“多好呀！”同行的黄桂生地质师兴奋地说。

我们跳下了车。可是，没想到，车里那么暖和，一下车，就碰上了一阵刺骨的寒风，使人一下子就觉得身子变成冰凉的了。

但是，昂起头看吧，这海拔四千五百多米的高峰有多么峻峭，多么威武。山巅上有蔚蓝色的天空，有金色的太阳，有闪光的冰川，有晶亮的银雪。这一切多么地迷惑人，多么地气势磅礴！再从山巅向远望去，波浪汹涌的雪线，好像一条银色的长河，浩浩荡荡地穿过了群山，向天边飞了过去。多么动人心怀呵！

这一阵，我心里感动极了。

以往，在酒泉盆地里，在嘉峪关上，和勘探者一起，我们曾经有多少次地昂首望着这条雪线，欣赏过高峰的美景！而雪线、高峰又有多少次给了我们勘探者以力量，以幻想！一群山鸽飞了过来，它们的羽翼披着阳光，以那么欢快而又自豪的风姿，在冰川里飞行，在雪线上鸣叫。瞬间，我觉得，蓝天、雪线、阳光和山鸽，还有比这更好的山景吗！

这一切山景，使我惦念起那些寻找钢铁的伙伴们。

祁连山普查大队不是出没在这一带的山林里吗？他们不是在这里劈山倒海地生活过，战斗过吗？

那是 1955 年 8 月，严济南工程师、陈鸿玉分队和几个警卫战士们，曾经在这一带山林里，遇到了多少苦恼的日子，经受了多少难熬的夜晚？秋天来了，快一年了，他们还没有寻找到钢铁，甚至连一点矿苗的线索也找不到呢。

一天晚上，严工程师和两个警卫战士，带着焦灼的心情进山了。他是一个性急的人，有一副清秀的面孔，一对热情的眼睛，说起话来，总是带着一种激动的神情；做起事来，心灵利索，显然是一个有干劲的人。夜里，他们为了赶路，探入了深山。可是，要休息的时候，却找不到人家。他们没法子，就学狗叫，渴望能在荒山中唤来回声。幸好，没有失望，远处，传来了狗的回声。于是，他们追踪着狗的叫声，找到了几支藏民的帐房。这天晚上，他们受到了藏民的热情款待，有得吃，有得住。而且，当严工程师向藏民诉说他们的来历和谈起寻找钢铁的迫切心情的时候，从藏民余老大嘴里还得到了一条线索。可是，余老大忘记了具体地方，只能约莫出一个方向，只是说："九年以前，我给一个先生带路，在山里看见了一块又黑又重又硬的石头！……"

不久，严工程师和陈鸿玉分队的人，在藏民所指出的方向里，果然发现了那种又黑又重又硬的石头。可是，这只是一种超基岩石，还没有进一步发现矿床。然而，它却大大地加强了人们的信心。

他们赶着牦牛，驮着铁锅和行李，继续向祁连深谷前进了。

每天，他们提着地质锤，拿着记录簿，有时候在深崖底下，有时候在险山腰上，选择地层，打开石头，观察呵，研究呵，描述呵；这祁连雪线，他们也曾经不止一次地攀登过呢！

这一天，他们走进了一条深谷河道里。

当他们观察着山上和山下地层的时候，猛然，一低头，有一种奇异的光彩，在眼前闪烁。严工程师迅速地蹲下去，扒起一层浮土，拿起了一块石头。他举到眼前，定睛一看，好像不相信自己的眼睛似的，又抡起地质锤，把石头打开来看。呵，赤黑色的石头，闪光的石头，这不是一块真正的铁矿石吗？他们抢着，看着，大声呼唤着，多么珍贵可爱的石头！石头说明深山里有了铁矿苗！于是，他们向前追踪，果然，又发现了一块；向前走，又是一块，又是一块……越来越多，越来越叫人喜欢。当他们追呵追呵，追上了山的时候，一条赤黑色的铁矿床，就以震撼人心的力量在山崖上露面了。多么快活的时刻！吼叫吧，歌唱吧，赶快抡起地质锤敲打吧，拿出记录簿描述吧……

天晚了，他们兴奋地从山上走下来。可是，走了不几步，却意外地发现了新鲜的狗熊的脚印，真使人吃惊！他们快步地翻山，向宿营地走。这时候，又出人意外，当他们翻过一架山的时候，在山崖上又发现了一条矿床的露头。随即，刚才那种惊恐的心情又被惊喜的心情代替了。一个警卫战士，他简直快活得要求举枪鸣放；可是，这怎么行呢？于是，他们又吼叫着，歌唱着，敲打着，描述着……

天黑了。当他们摸着黑下山的时候，才发现饿得很，肚里慌得咕咕叫唤了。可是，今天，遇到的意外事太多了。他们一下山，炊事员垂头丧气地说："吃啥饭，铁锅砸了！"真糟糕，偏偏在人们饿慌的时候砸锅了。原来，铁锅驮在牦牛背上，到了山峡里，选好了住地，炊事员忙着收拾东西，先把牦牛拴在树干上，不知怎么犯了牦牛的野性，它发了脾气，连蹦带跳，几下子，就把铁锅从背上摔了下来；而且扬起蹄子，狠狠地在铁锅上乱砸，砸碎了，才发疯似的跑了。炊事员恼怒地说着，严工程师几个人听着，反而摇头大笑起来了："这有啥，砸了个铁锅，咱们可找到了铁矿呀！"炊事员一听，兴奋极了，不由分说，一下子心窍也开了："嗨，你们等着瞧，我一定给你们吃上。"不一会儿，他就用挑水的铅皮桶子，做了一桶黏糊糊的面条，还外加了一点葱花，让大家香喷喷地吃了一顿。第二天，他还专意在山里挖回来什么野蒜呵，野蘑菇呵……

自此以后，严工程师和陈鸿玉分队的人，干劲更大了。虽然，他们奔跑在深山野谷里，还遇到过许多次狗熊的脚印。一次，狗熊竟然窥视着他们，从他们身边跳过，给他们带来了很大惊恐。可是，他们仍然坚强地攀登在险山上，雪线上，勤苦地寻觅着。果然，他们又寻找到了比前些日子大有三倍以上的矿床……

这一连串的喜讯，带给了勘探钢铁的人们以欢乐，以鼓舞！当然，这还不够，只是一个开始，人们并不满足这些成绩。人们要在祁连山里为祖国开发钢铁的理想已在实现着，但是，要实现得更好更称心呵！……

这时候，我们跨过了祁连高峰，向深山沟底驶去了。

这条沟又深又长，四面迎着高山，看上去，蓝天也变得细长了。沟底淌着一条小河，河水清朗如镜，在细长的曲柳丛中，穿来穿去，流向远处。当年，严工程师和陈鸿玉分队的人，不是翻过了这座高峰，喝着这条小河的水，向深山里挺进的吗？

我们沿着小河，走出了狭长的深沟。

前面，突然，迎过来一座巍峨的黑色的尖山。山上的岩石呈铁红色。没有想到，这样高不可攀的尖山，从下到上，还有一条弯弯曲曲的小路，好像一条大蟒似的盘旋了上去。而且，在小路旁，山腰上，显然有被挖掘的形迹，铁红色的石块和粉末，顺着陡崖淌了下来。呵，莫非这就是镜铁矿山吧，莫非我们已经来到勘探者的驻地了？

果然，不一阵，穿过一条大河，我们看见了地质队的土屋。

这些勘探者沿河畔住着，这条河就是河西走廊里驰名的北大河。在山里看起来，河水特别清，特别蓝，和天色相辉映，它掀起透明的波浪，向山下滚滚而去，美极了。可是，河畔的勘探者，却住着低矮的土屋，是用几根木条和泥巴搭起来的。看起来简陋，单薄；两面墙上的泥巴都裂缝了，好像经不起一动，一动就会倒下来的样子。但是，这在祁连山里是破天荒的，是出现在荒谷里的第一批土屋。看见了这些土屋，人怎么不觉得动心！

我们走进一个小院子，遇上了卢队长和陈工程师。

卢队长是细长个子，说话简短，和蔼。他从部队上转业下来，做地质工作已经四年多了。陈工程师是中等个子，人很朴实，说话也很简练，只是圆润的脸上涂着一层灰尘，好像刚从工地上回来。

我问："河对岸那座黑山是铁矿山吗？"

陈工程师微笑着说："那只是一个，后沟还有一个大的呢。"

经他们一说，我们才晓得，严工程师和陈鸿玉分队，发现的那几个镜铁矿床，就在我们走过的那一条狭长深沟的山里头。随着他们后面不久，1955 年 10 月，一支由秦士伟率领的小队，也同时赶着几条牦牛，驮着铁锅和行李进山了。他们翻山越岭，走了几天，当蹚过了这条北大河的时候，就在后沟发现了一个更珍贵的镜铁矿床。第二天，秦士伟和陈工程师一起，又发现了河对岸这座大铁矿山了。不过，他们的牦牛没有发野性，也没有砸烂铁锅。

但是，陈工程师说："秦士伟发现了矿床以后，高兴得不得了，上了山，简直不想下来。半夜，下来了，河上没有桥，他也不晓得冷，就连人带衣服跳进河里，等爬上来，人都冻成个冰棍了！”

陈工程师说这些话的时候，那个曾经被冻成冰棍的秦士伟，就站在我们身子后面。他听着，涨红了脸，绞着双手，瞅了我们一眼，不好意思地低下了头。

看样子，他很年轻，二十来岁，个子不高，有一张好像被冻着了的紫红色的面孔，说话快得叫人一下子难以听懂，但是，很恳切，而且始终带着一种逗人喜欢的腼腆的样子。

我问他：“哪个学校出来的？”

他说：“西北大学，1954年毕业。”

他从大学里出来还不及三年。但是，他已有了怎样好的开始呵！近三年的勘探生活，把他磨炼得那么朴实，那么刚强；他不但能吃得了苦，爬得了山。而且，还能率领一个小队，出没在荒山里，找到了一个珍贵的铁矿床，出色地完成了上级的委托。

我们谈了一会儿，就顺着河岸到后沟去了。

这时候，我们遇上了一阵暴烈的寒风，拚命地向身上扑打过来。当我们窝着头，到了后沟，走过了一座便桥，向山上爬去的时候，寒风就卷起了沙石，更加蛮横地从山上锤打下来了。寒风好像专意和我们作对似的，想阻挡我们走上矿山，可是，这怎么能阻挡得住呢？我们顶着风，硬着头皮向前走，一会儿，又背转身子向前走。终于，我们上来了。

“你看。”秦士伟靠近我的身边说。

我抬起头，从他手指的方向望上去，好一座赤黑色的险山！它不比北大河对岸的尖山差，而且显得更雄伟，更壮大，笔直地插上了天空。我们被它挤在脚下，显得可怜，有一种透不过气的劲儿。这就是钢铁的诞生地点吗？这就是我久已想望的镜铁宝山吗？多么使人惊心动魄呵！

可是，这山上哪一层是铁矿床呢？

秦士伟指着山上说：“你往上看！”

我顺着他的手指望去，在陡壁悬崖上，出现了几层又粗又壮的矿床，长长地从山这头伸到了山那头。它们好像几条赤黑色的大腰带，把一架大山从脖子上一直捆到了腰上。

可是，这样陡的铁矿床，怎么能爬得上去呢？

我转回头，望着这个短小精悍的秦士伟，他不是爬上去过吗？而且还在上面描述过矿床性质呢。

他绞着双手，低声而又坚决地说：“慢慢爬，能爬上去！”

这时候，从山峡斜坡上，走下来三个穿着油污衣服的钻井工人。我有些奇怪了，他们在山上什么地方钻井，又从什么地方上山和下山呢？我仔细地望上去，这才发现，在山腰的峭壁间，竖立着两座井架。从正面看上去，井架好像镶进了山壁里面似的；从侧面看上去，才可以看见有一条窄细的小路，通上了井场。在这样的悬崖上钻井，有多么艰险，多么神奇！为了开发钢铁，人们是在怎样的境界上劳动着！

我们继续向前走。其实，不如说，我们只是在山峡里爬着，仍然处在山的脚下，而且，越往上走，越觉得山高了。山峡的小路两旁，堆集着无数的从山上滚落下来的乱石，乱石有红色的、黑色的和混合色的。这里的乱石也是多彩的、闪光的哩！

前面，陈工程师顺手捡起一块石头，举起来说：“这一块矿石，含量很富。”

我拿过来一看，矿石虽小，可是很重，闪闪发光，多逗人爱呵！这样的石头，在这里多得数不清。可是我想起严工程师和陈鸿玉分队的人，曾经为了寻找这样的一块石头，真是费了九牛二虎之力呀！站在我们身边的陈工程师和秦士伟以及小队的人，不是也为寻找这样一块石头，经历了许多风险吗？一块矿石和一支矿床的发现有多么不易、多么艰难！

寒风仍然吹着。可是，它动摇不了镜铁山。在寒风中，我觉得，镜铁山不但是庄严的，而且带着一种傲慢的神情，轻蔑地望着寒风；好像还用手拨弄着，使寒风驯服地在山峡里打转。

我们饱赏了镜铁山的壮丽，从山峡里走了出来。

在山峡的出口处，在北大河岸上，我意外地看到了一些白桦树。在祁连山里，这是我第一次看到白桦树，多么稀罕！它们有的长得弯曲瘦小，有的长得壮实高大。然而，它们都是在祁连风雪中成长起来的。它们被长年的风雪剥蚀着，树皮干裂了，树根也露出了地面。但是，它们充满着生命的活力，即便树根露出了地面，也顽强地伸展着根须，而且，它们的根还越扎越深哩！

这时候，白桦树正在和寒风搏斗。寒风吹落了它们的叶儿，被河水冲走了；寒风折断了它们的枝条，被粗暴地摔在沟里；但是，它们仍然挺着腰杆，显出一种有信念的抵抗、挣扎，始终保持着英勇的不可屈服的气度。白桦树呵白桦树，你多么值得人们赞美！

我问秦士伟："这里白桦树多吗？"

他抿了抿嘴，若有所思地说："多！往沟里走，还有。"

这时候，走过了便桥，站在滚滚的河水面前，我又回望着雄伟的赤黑色的镜铁山，望着河岸上精神抖擞的白桦树，心里感到一阵强烈的激动。这些钢铁的勘探者，他们在祁连山里做了些什么，和正在做着些什么；他们是怎样创造着生活，和怎样建设着生活！他们的劳动使人尊敬，又使人自豪。多少万年以来，祁连山只是悄悄地成长着，默默地创造着一切。然而，当勘探者经过千难万苦的寻觅，跋涉到它身边以后，这里就出现了大路，出现了土屋，这里就有了欢笑、快乐和爱情；于是，祁连山就献出了它的一切宝藏，和勘探者一起生活了，创造了。勘探者寻觅到了钢铁，现在，又为开发钢铁准备着条件。不久，我晓得，在这一簇簇土屋旁边，在北大河岸上，在这荒山深峡里和那些白桦树的周围，将要发生怎样劈山倒海的变化；祁连山将要成为一个驰名的钢铁基地！这个日子不远了，就要实现了。

天黑了。祁连山的面目模糊了。

可是，我却更深地感到了祁连山的壮美。当小车又爬上祁连高峰的时候，我看见，在这墨黑的夜晚里，冰川仍然闪烁着，好像夜空中的闪电，而雪线迅速地穿过了黑夜，在天际自由地遨行。同时，雪花也飘来了；然而，这时候，山外却是晴天。这是祁连山上的一种奇观呢！雪花缤纷，雪花在黑夜里眨着眼睛，画出了一副奇异炫目的幻境。在这幻境里，我好像看见了一幢幢的厂房，一排排冲天的烟囱，一座座怒吼着的炼钢炉；那一棵棵挺拔的白桦树，不是也站在炼钢炉的身边吗？我也好像听见了一种金属的声响，钢水沸腾的声响；看见了生活在河西走廊和酒泉盆地的人民，以多么欢欣的笑容，迎接着那由祁连雪水汇成的河流，又在迎接着祁连山上飞滚下来的钢铁的河流呵！……

雪花飞舞着，越下越大，越下越厚了。雪花迷惑了视线，我怎么也脱不掉这种迷惑。然而，我却清楚地晓得，祁连雪下蕴藏着火种，这火种是雪线、冰川和这缤纷的雪花埋藏不了的。这火种就要以无与伦比的力量，在祁连山迸射出灿烂的火花来！

那么，雪花，飞舞吧，尽情地飞舞吧！

我低吟着：祁连雪纷纷、雷纷纷！……

1957 年 12 月 17 日，西安

（原载《火花》1957 年 12 月号）

草原八月末

梁　衡

朋友们总说，草原上最好的季节是七八月。一望无际的碧草如毡如毯，上面盛开着数不清的五彩缤纷的花朵，如繁星在天，如落英在水，风过时草浪轻翻，花光闪烁，那景色是何等地迷人。但是不巧，我总赶不上这个季节，今年上草原时，又是八月之末了。

在城里办完事，主人说："怕这时坝上已经转冷，没有多少看头了。"我想总不能枉来一次，还是驱车上了草原。车子从围场县出发，翻过山，穿过茫茫林海，过一界河，便从河北进入内蒙古境内。刚才在山下沟谷中所感受的峰回路转和在林海里感觉到的绿浪滔天，一下都被甩到另一个世界，天地顿然开阔得好像连自己的五脏六腑也不复存在。两边也有山，但都变成缓缓的土坡，随着地形的起伏，草场一会儿是一个浅碗，一会儿是一个大盘。草色已经转黄了，在阳光下泛着金光。由于地形的变换和车子的移动，那金色的光带在草面上掠来飘去，像水面闪闪的亮波，又像一匹大绸缎上的反光。草并不深，刚可没脚脖子，但难得的平整，就如一只无形的大手用推剪剪过一般。这时除了将她比作一块大地毯，我再也找不到准确的说法了。但这地毯实在太大，除了天，就剩下一个它。除了天的蓝，就是它的绿。除了天上的云朵就剩下这地毯上的牛羊。这时我们平常看惯了的房屋街道、车马行人还有山水阡陌，已都成前世的依稀记忆。看着这无垠的草原和无穷的蓝天，你突然会感到自己身体的四壁已豁然散开，所有的烦恼连同所有的雄心、理想都一下逸散得无影无踪。你已经被融化在这透明的天地间。

车子在缓缓地滑行，除了车轮与草的摩擦声，便什么也听不到了。我们像闯入了一个外星世界，这里只有颜色没有声音。草一丝不动，因此你也无法联想到风的运动。停车下地，我又疑是回到了中世纪。这是桃花源吗？该有武陵人的问答声，是蓬莱岛吗？该有浪涛的拍岸声。放眼尽量地望，细细地寻，不见一个人，于是那牛羊群也不像是人世之物了。我努力想用眼睛找出一点声音。牛羊在缓缓地移动，它不时抬起头看我们几眼，或甩一下尾，像是无声电影里的物，玻璃缸里的鱼，或阳光下的影。仿佛连空气也没有了，周围的世界竟是这样空明。

这偌大的草原又难得的干净。干净得连杂色都没有。这草本是一色的翠绿，说黄就一色的黄，像是冥冥中有谁在统一发号施令。除了草便是山坡上的树。树是成片的林子，却整齐得像一块刚切割过的蛋糕，摆成或方或长的几何图形。一色桦木，雪白的树干，上面覆着黛绿的树冠。远望一片林子就如黄呢毯上的一道三色麻将牌，或几块积木，偶有几株单生的树，插在那里，像白袜绿裙的少女，亭亭玉立。蓝天之下干净得就剩下了黄绿、雪白、黛绿这三种层次。我奇怪这树与草场之间竟没有一丝的过渡，不见丛生的灌木，莲蒿，连矮一些的小树也没有，冒出草毯的就是如墙如堵的树，而且整齐得像公园里常修剪的柏树墙。大自然中向来是以驳杂多彩的色和参差不齐的形为其变幻之美的。眼前这种异样的整齐美，装饰美，倒使我怀疑不在自然中。这草场不像内蒙古东部那样风吹草低见牛羊，不像西部草场那样时不时露出些沙土石砾，也不像新疆、四川那样有皑皑的雪山、郁郁的原始森林作背景。她像什么？像谁家的一个庭院。“庭院深深深几许。”这样干净，这样整齐，这样养护得一丝不乱，却又这样大得出奇。本来人总是在相似中寻找美。我们的祖先创造了苏州园林那样的与自然相似的人工园林，获得了奇巧的艺术美。现在轮到上帝向人工学习，创造了这样一幅天然的装饰画，便有了一种神秘的梦幻美，使人想起宗教画里的天使浴着圣光，或郎世宁画里骏马腾啸嬉戏在林间，美得让人分不清真假，分不清是在天上还是人间。

在这个大浅盘的最低处是一片水，当地叫泡子，其实就是一个小湖。当年康熙帝的舅父曾带兵在此与阴谋勾结沙俄叛国的噶尔丹部决一死战，并为国捐躯。因此这地名就叫将军泡子。水极清，也像凝固了一样，连倒影的云朵也纹丝不动。对岸有石山，鲜红色，说是将士的血凝成的。历史的活剧已成隔世渺茫的传说。我遥望对岸的红山，水中的白云，觉得这泡子是一块凝入了历史影子的透明琥珀，或一块凝有三叶虫的化石。往昔岁月的深沉和眼前大自然的纯真使我陶醉。历史只有在静思默想中才能感悟，有谁会在车水马龙的街市发思古之幽情？但是在古柏簇拥的天坛，在荒草掩映的圆明废园，只会有一些具体的可确指的联想。而这空旷，静谧，水草连天，蓝天无垠的草原，教人真想长啸一声念天地之悠悠，想大呼一声魂兮归来。教人灵犀一点想到光阴的飞逝，想到天地人间的长久。

我们将返回时，主人还在惋惜未能见到草原上千姿百态的花。我说，看花易，看这草原的纯真难。感谢上天的安排，阴差阳错，我们在花已尽、雪未落、草原这位小姐换装的一刹那见到了她不遮不掩的真美。正如观众在剧场里欣赏舞台上浓妆长袖的美人是一种美，画家在画室里欣赏裸立于窗前晨曦中的模特又是一种美。两种都是艺术美，但后者是一种更纯更深的展示着灵性的美。这种美不可多得也无法搬上舞台，它不但要有上天特造的极少数的标准的模特，还要有特定的环境和时刻，更重要的还要有能生美感共鸣的欣赏者。这几者一刹那的交汇，才可能迸发出如电光石火般震颤人心的美。大凡看景只看人为的热闹，是初级；抛开人的热闹看自然之景，是中级；又能抛开浮在自然景上的迷眼繁华而看出个味和理来，如读小说分开故事读里面的美学、哲学，这才是高级。这时自然美的韵律便与你的心律共振，你就可与自然对话交流了。

呜呼！草原八月末。大矣！净矣！静矣！真矣！山水原来也和人一样会一见钟情，如诗一样耐人寻味。我一步三回头地离开那块神秘的草地。将要翻过山口时又停下来伫立良久。像曹植对洛神一样“背下陵高，足往神留，遗情想象，顾望怀愁”。明年这时还能再来吗？我的草原！

（选自《只求新去处》，作家出版社 1997 年版）

相伴大运河

云　德

如果以公元前487年吴王夫差开辟邗沟为滥觞，京杭大运河已有2500年的历史。然而真正意义上的京杭运河，当以元代至元二十九年（1292年）会通河与通惠河的凿竣作标志，依照新的规划线路，将原有以洛阳为中心的隋唐运河转向大都（北京），让运河有了京杭的冠名，至今也超过了700年。这一南起杭州北至大都的人工运河新航线的全线贯通，是个伟大的历史创举，它横穿了东西流向的钱塘江、长江、淮河、黄河和海河五大水系，一路向北，流经浙江、江苏、山东、河北、天津和北京六个省市，成为世界上最长的人造河流。与埃及的苏伊士运河、美国的伊利运河、俄罗斯的莫斯科运河、德国的基尔运河、英国的曼彻斯特运河、瑞典的约塔运河和巴拿马运河等一道，共同被载入人类交通史上最具盛名的漕运史册。

在全长1800公里的大运河中段，有个地处长江流域进入华北丘陵过渡带上、“临齐鲁之交、据燕吴之冲”的关键城市济州，它是运河全程海拔的至高点。如何让亘古不变的“水往低处流”的河水逆向穿越“水脊”，且能在缺水少雨的北方河道提供足够水源，成为运河改道直通大都的最大难题。尽管从至元十七年（1280年）开始，元朝先后疏通了任城至东平的济洲河、开凿了东平到临清的会通河和大都至通州的通惠河，初步打通了京杭运河的南北航道，但枯水季节的航运仍然受到严重制约，尤其是明朝洪武年间的黄河决口，新开水道大多被壅塞，运河漕运一度陷入瘫痪状态。如果再不解决河道水源问题，运河航运将濒临崩溃边沿。紧要关头，临危受命的明朝工部尚书宋礼，在多方探寻、勘察和尝试未果的情况下，最后采纳饱读诗书且精通水文地理的当地乡贤白英老人的建议，在济州境内的至高点南旺筑堤加坝、“立郾建闸”，引济水、黄河、汶水和洸府河水“会其源”，形成湖湖相依、河河相通、渠渠相连的巨大水网系统，按照“三分朝天子、七分下江南”的比例“置闸以分其流”“以六闸撙节水势，启闭通放舟楫”，从根本上解决了河道决淤和水源不足的难题，确保了大运河水运的畅通无阻。这一极具科技含量、堪称历史奇迹的南旺水利枢纽工程，为后世水利专家所盛赞，认为可以与都江堰工程相媲美。引水与分流工程的顺利落成，完全打通了隋唐运河裁弯取直的关键卡点，彻底把过去横向绕道豫鲁中原的老河道，改造成以北京为中心、南下直通杭州的纵向大运河，比原有运输线缩短了1000多公里，节省了巨量的人力物力和财力，迅速让此后的运河航运步入鼎盛期，承担了南方税粮、木材和丝织品之类80%以上的进京的输运职能。

鉴于济州作为调控南北河运大动脉枢纽的特殊地位，元朝取“济水安宁”之美好寓意，把因济水而得名的济州县改名且升格为济宁府；元、明、清三代均设有专职的河道总督衙门，除短时间有过淮安和京畿的并行机构之外，国家最高的水利衙门一直设在济宁，“并领济之南北漕”。衙门有专职的兵营和分工明确的72个内设机构，前后有上百个有案可稽的像宋礼、潘季驯、林则徐等治河名吏在此任职，济宁由此成了名副其实的“运河之都”。作为漕运的重要节点和河道管理中枢，“车马临四达之衢、商贾集五都之市”“官舸商舶鳞集、麻拥于济城之下”，济宁很快发展成商贾云集、行栈店铺林立、南北商品大宗交易的商贸与交通重镇。马可·波罗由衷感慨：河中船舶数量之多，几乎令人难以置信；诗人笔下更是一派“日中市贸群物聚，红氍碧碗堆如山；商人嗜利暮不散，酒楼歌馆相喧阗”的繁盛景象。密集的客流、繁荣的商贸和富庶的经济，带动各种兼融南北风尚的园林府第、楼堂馆所和客舍饭庄之类的纷纷涌现，这让济宁当之无愧地成为鲁西南地区的政治经济文化中心，坊间一直享有“江北小苏州”的美誉。

我的老家祖屋就坐落在济宁城南石佛闸口北侧的运河大堤上。其所谓大堤，其实就是当初因导流建闸所挖土方堆积而成的“土山”，尽管早年用于防洪泄水的闸门早已废弃，仅存斑驳的青石闸基，但拱卫闸口抗御洪流冲击的巨型夯土堆，却成了后世居民造房安家的风水宝地。老辈人评说，其地势之高，可与济宁市最高的太白楼顶持平。这处老宅保障了我们家虽居水乡，但却从未受到过洪水侵袭。倒是每逢发水时节，家里西厢房经常借住着逃水的亲戚或外来的灾民。

出门就是运河，每天一睁眼，涌入眼帘的不是河水的涨落，就是河中穿梭的船只。直到20世纪中后期，家乡运河的漕运依然红火，各种货船、渔船和客轮川流不息。那年月，除了少数客轮备有内燃机动力之外，大多数渔船和货运船只全靠人力操控。遇上繁忙的货运季节，拉船纤夫的号子此起彼伏、昼夜不息。印象中所喊号子虽节奏单调，却也铿锵有力。号子通常由船头撑篙引航的艄公起句，岸上的拉纤人应答，内容似乎没有固定格式，多是即兴创作，比如“伙家们哟，加把油哟，前面就是济宁州哟，妹子等在大门口哟，盼着哥哥去喝粥”之类，纤夫们的答词更为简洁，多是起句尾词配以“嗨嗨哟”或“嗨哟哟”之类的词作回应，估计只有这种短促简洁的腔调，才能起到振奋情绪、统一步调、化解疲劳的神奇效能。或因沿堤而居之故，家里常有声嘶力竭、汗流浃背的纤夫敲门讨水喝。记忆中祖母总是热情倒茶，纤夫大多婉言谢绝，他们只喝缸里的井水，因为焦渴和赶路的急需着实等不及开水变凉。

在那个物资相对匮乏的年代，尽管临河而居的日子还比较清苦，但却时时充满着欢乐和幸福。常年流动的活水，为居民日常的各类洗涮提供了极大便利，也是人们夏日消暑、游泳和纳凉的天然浴场；运河里鱼虾和蛤类水产十分丰富，几乎每家都有一些简单的捕捞工具，傍晚河边下些鱼笼、渔网，第二天多少都有收获；许多潜泳高手，每次都能在运河里捉到成盆的河蚌和螺蛳，足够全家吃一顿丰盛的河鲜；一年三季，随便找个大头针弯个钓钩，再挖几条蚯蚓，坐在河沿上垂钓一两个小时，基本不会空手而归，运气好时，钓几条三两斤的大鱼也毫不稀奇；石佛闸口当年分流挖出的巨大圆形闸湾，后来无须船舶停靠，宽阔的水域常年支着渔民捕鱼的网罾，一旦谁家来了不速之客，随时可以买到待客佳肴；早年分流开掘的越河已经变成种植莲藕和饲养鱼虾的池塘，成了居民休闲娱乐的街心公园；即使到了冬季运河冰封禁航的时光，静态的河面仍然会变成人们滑冰、打陀螺以及用雪橇类工具运送物品的人间天堂。

当然，临河也存有巨大隐患，一是可能不期而遇的水灾，二是对不识水性儿童的潜在威胁。前者可预测可防控，后者则防不胜防。印象中，运河沿岸每年都有不止一两起儿童溺水而亡的惨剧发生。所以，小时候每个家长经常性的启蒙训话内容，差不多都有千篇一律的“不准下水”四个字。光嘴上说说还不够，上学的时候，离开家长的视线，老人依然放心不下。祖母最拿手的秘诀就是，每天在我后背上抹一点锅灰，放学回家第一件事，首先检查锅灰的有无，以此筑牢小辈不能下水的心理防线。当然，最能防患于未然的办法，还是尽快学会游泳。那时节，自行车在人们心中是宝贝一样的存在，一般家庭买不起，拥有的家庭肯定格外珍惜，为了教我游泳，父亲不惜每天拆卸一次自行车，用充气的内胎绑在我身上用于游泳训练，这使我在小学一年级就具备了“狗刨式”的防范溺毙的救生本领。

从童稚到成年，运河始终不渝地伴我长大，直到外出求学为止。耐人寻味的是，即使到外地读书或工作，我这一生终究也没有远离过运河。在济南读大学，其辖地临清属运河城市；北京就业，更是大运河终点。单身时节，每年回家探亲，少不了在运河边上重拾童年旧梦；娶妻生子再回来，运河更是向妻小炫耀故乡的资本。类似情况持续多年，直到20世纪末才有巨大转折。有次，偶尔出差顺道回家再看运河，突然发现，熟悉的运河已不见踪影，航道淤塞，航运停滞，河水遭到普遍污染，扑面而来的臭气和满眼的萧瑟景象，让事先毫无心理准备的我，顿时充满了难以言表的悲凉与忧伤。回京后一直闷闷不乐，连续数日徘徊于曾是运河终点的什刹海，试图以积水潭残留的那一池碧水和葱郁的芙蓉，唤回某些对故乡运河的美好记忆。

历史进入新世纪，古老运河的命运出现了巨大的戏剧性转机。先是国家启动南水北调工程，大部分业已弃航的运河重新承载起东线调水的重任，运河的清污治理纳入了国家重要的议事日程；后是大运河荣登2006年国家重点文物保护单位榜首，运河的历史价值得以重新评估；紧接着政府又把京杭大运河作为候选项目向联合国教科文组织申报世界性文化遗产。冥冥中有机缘巧合，这期间，本人因工作变动调入天津负责文化工作，运河申遗理所当然成了自己任内的一项重要职责。事隔多年，我依然清晰地记得分管市领导的一番严肃的话语。她说，天津不过是运河的一个过路城市，申遗成功与否似乎与我们关系不大，成功了没多大功劳，但如果因天津工作不到位影响了申遗全局，文广局就有推脱不了的责任。此话实在质朴得掉渣，却令我压力倍增、格外紧张。在此后的大半年时间里，我带着压力、带着使命感，也带着对大运河的满腔热忱，不时奔波于古运河的整治现场。全线动员、分段施工、资金保障、责任到人，对废弃了近百年、到处是违章建筑、垃圾堆放场和污水沟的天津运河故道，展开一场全方位的疏浚、清理与改造，终于赶在专家验收之前完成了各项预定任务，算是为大运河列入人类非物质文化遗产名录尽了一份运河子弟的绵薄之力。

2022年，南水北调工程最后完成全线补水，存续了2500年的大运河河水再一次开始了由南向北浩浩荡荡地欢快流淌。2023年夏日，我再回故乡，同样十分惊喜地看到家乡运河的巨大变化：一度荒芜的运河大堤整饬一新，河岸两侧花草葱茏、绿树成荫，河水清澈见底、碧波荡漾，三五成群的垂钓者悠闲自得地重现于运河两岸，孩童在岸边奔跑嬉戏、老人扎堆诉说当年、大妈们在锣鼓喧天中花枝招展地扭着秧歌，古老的大运河确乎再次“死而复生”、焕然一新。尽管北运河大多卸下了昔日的漕运功能，毫不妨碍这举世闻名的珍贵文化遗产，依然生机勃勃地存活世间。作为曾经在运河边长大且从事过运河保护工作的一分子，心中不由自主地泛出一缕暖流。

（原载《中国社会报》2023年12月4日）

中国屋

刘成章

一间平顶屋，紧挨洗衣房，坐落在大路边，门前有一棵枫树。

在美国这所大学的千间万间的屋中，它比别的都小，都平常，是一间很不起眼的屋。纵然大路上的汽车总是川流不息，它也不应该引起任何人的注意；按常理，更不应该成为写作题材。可是，我却把它和它跟前的景物，一股脑儿揽到我的文章中来了。我文章的字里行间于是有了嗡嗡之声，那是洗衣房正在发出的轻响；这字里行间还有那么显眼的几个斑点，那是枫树上刚刚震落的几片叶子。

我为什么要如此？为什么要给这屋子浴上文字的光辉？

因为它总是牵动着我和我的不少同胞的情感，因为它被人称作中国屋。

那么，就让这屋子随着我的文思在我的手中渐渐鲜活起来吧。

每当星期二和星期四，天一黑，这屋子的灯就亮起来了。屋里放着一排桌子，桌子四周是一把一把的座椅。有人早早地就坐在这里。而屋外，东南西北，大路小路，都有人踽踽走来。有的独自一人，有的三五结伴。有男的，也有女的。不一会儿，小屋子就被我们塞满了。我们大多有了白发。我们通通是来自中国。我们中有北方人，有南方人；有教授，有医生，也有农民；而我，是作家。可是由于一种特殊的机缘，我们一起来到北美的大地上，并且变得亲如家人。“每到聚会的这天，我就早早地做晚饭，生怕误了。”“谁说不是？我是饭一吃就把孙子交给他的爸爸妈妈了。”两个老太太说着笑了起来，笑声洪亮得就像敲锣。即使是暴雨暴雪天气，也阻止不了我们的到来。我们凭着一把伞，任雨雪揉搓。

一来就围着长长的桌子，坐下。我们坐了一圈。我边听别人拉话边想，我们是一圈虽然老了却永远爱生活爱人生的人。我们互相欣赏地望望，就像欣赏某种稀世玉器。就在这一瞬间，大家都会想起退休前的好几十年的岁月。谁没有这样与同事们坐在一起，一次次地开会，学习，讨论？可是眼前的情景毕竟和当年的情景很不一样了。虽像开会，却没有主持人；总在热议着，却没有任何主题；一会儿是全场听一个人口上滔滔，一会儿是三三两两地交谈，众声喧哗。往往大伙儿正聊得起劲，谁家背着书包的儿女路过这里，便进来瞧瞧，说：“嗬，你们在开会哪？”有人便说：“是啊，我们在开会！”接着便是七嘴八舌：“嗨，咱们也真是，开了一辈子的会还没开够，现在竟开到美国来啦！”“咱是开惯啦！”“不，不是惯不惯的问题。就像万里迢迢地前来看儿看女一样，是精神需要。”

人说，我们都有值得骄傲的攻读硕士或攻读博士的好儿女、好女婿。其实我们中的一些人，在国内工作的时候，也是很不简单的，或者是单位的领导，或者是某方面的重要专家，有的甚至还是全国人大代表。后来虽然退休了，正如一位快人快语的湖北佬所说，也是人退威不倒啊。是的，一直以来，我们都处于家庭舞台的中心位置。可是来到这儿不一样了，我们一夜间都成了边缘人物。好难受啊！甚至是一种痛苦！整天干的是寂寞的事情：带孩子，做饭，打扫屋子。“而且，一切还都得听着人家小两口的指挥。”“咱们也不知道是怎么啦，放下国内的清福不享，跑到这儿当保姆来啦！”“网上不是说了吗，美国有十万贱骨头，这十万贱骨头指的就是咱中国的探亲族。咱们啊，真贱！”其实，上了年纪的人都是恋乡狂，我们这些人一个个都成了一团解不开的乡愁。“好想回去啊！”“你一家几口不是都在美国吗？”“是啊，我们家现在只是一座空房子，可是不知怎么啦，还是想回去。”“那就是想空房子啦。”于是都笑。笑后想想，当然不是想空房子。想的是那片土地，那片土地上的诸多熟人和特殊的亲切氛围；想的是每天一清早就与左邻右舍相跟上，去农贸市场采买最新鲜的菜蔬；想的是每晚一到七点，就打开电视机，收看中央电视台的《新闻联播》和电视连续剧。可是现在眼前是一片洋鼻子洋眼。可是现在的蔬菜都是在冰箱放了很久的。可是现在一打开电视，就是呜里哇啦的一句也听不懂的英语。“嗨，说实话，一听见满耳朵的英语，我就真想一脚把电视踩碎！”一个倔老太太说。她的鼻尖上老是亮着一滴汗水珠儿。

就是在这样的背景下，我们便有了每周两次的在这儿的聚会。聚会中忘情地说说中国话，聊聊中国事，交换交换各自得到的中国信息，这对我们每个人，都是一种难得的享受。人都说望梅可以止渴，来这儿聚会，也可以慰藉思乡之情。于是大伙儿对这屋子有了特殊的感情，就把它称为中国屋喽。仿佛一进入这屋子，就进入中国啦，就可以看见黄河、长江，就可以呼吸家乡的略带黄尘却沁人心脾的空气了。但这屋子毕竟不在中国。谁都知道，这屋子是坐落在美利坚的土地上的，是美国的屋子。但仍然觉得这屋子与自己同着冷热，因为进了这屋子就能从同伴的口中听到有关中国的种种情况，就好像自己的手指呼地一下触摸着中国的血脉了，就能感知中国强劲的心跳。“也可以这么说吧，”头常仰到椅背上的老教授说，“这屋子就像小小的中国领事馆。”“这比喻很好。”笑靥如花的胖同胞说，“我每次路过，都想进来坐一坐。”

我们一天虽不闲着，这屋子却比我们更忙。每天都有好儿拨各种族裔的人在这儿学英语，学绘画，学电脑。就是到了晚上，还常常举办一些搞不清名目的活动。我们这些中国探亲族之所以能来这儿聚会，完全是由于一些热心人的奋力争取。社区办公室保管着屋子的钥匙，该着谁们用，谁们就去取，用完了还得立即送回去。这就需要一些热心人承担这一任务。于是无形中产生了小组长之类的人物。就让我们正式确认这一“官衔”吧。每当小组长要回国的时候，便会认真物色他的继任者，而大伙儿也认真推举。因为我们知道，如果没有小组长在每次活动的时候取送钥匙，活动便不可能终年不断，而只要中断几次，就可能失去屋子的使用权，中国屋便会不复存在。“它已有五六年的历史了，可不能断送在咱们手里！”大伙儿都有这样的责任心。所以，尽管我们今天这个回国了，明天那个又从国内飞来了，后天说不定一下子全然成了新面孔，可是那间屋子呢，却像伟大祖国伸向海外的臂弯，永远温暖地搂抱着我们，慰藉着颗颗游子之心。

在这里，我们常常交流烹饪技艺，垂钓技艺，旅游心得。还曾一起切磋过书法技艺。别的家长里短的事情，更是说起来没完。但也不是从来不议带点政治味儿的事情。一次社区举行感恩节活动，我们大多都随儿女们去了。在那里吃了社区各家带去的亲手做下的许多美食，看了一些文艺表演，本应十分快活，可是我们中的几个人却皱起了眉头。原来，那大厅悬挂的各国国旗中，我们的五星红旗被遮去了多一半，连五颗星星也没有全露出来。于是聚会的时候，他们都提出了这一问题，大家热议不息。最后决定选出二人，由此二人第二天去向社区办公室反映意见。结果，社区负责人不但立即差人把五星红旗亮丽地展露出来，还在我们又一次聚会的时候，专门来到中国屋，郑重向我们道了歉。那一刻，涌动于我们身心使我们忘却一切俗务的，是一种勃然大气。我们都觉得，我们和这间屋子，就是整个的中国了！

（选自《家山迷茫》，太白文艺出版社 2013 年版）

珍珠赋

谢　璞

芙蓉花开的日子，我和几位同志访问了浩瀚的洞庭湖。它是美丽富饶的鱼米之乡，又盛产珍珠。

古老的洞庭，由于历代反动统治阶级不加治理，洪水常常泛滥，原是“淼茫千里白”的地方。唐代诗人白居易曾经叹道：“安得禹复生，为唐水官伯？手提倚天剑，重来亲指画……龙宫变闾里，水府生禾麦。”但这只是诗人的幻想。在旧中国，洞庭湖到处是溃决堤垸的灾难，只有满湖的血泪，无尽的悲愤。就拿1935年来说，滨湖一带溃决垸子一千三百多个，活活淹死了三万七千五百多人，还有四百多万人挣扎在污泥秽水里，无家可归。可是，古代的诗人，哪曾料到历史的长河中，竟会涌现一个“六亿神州尽舜尧”的伟大时代！在红日照耀下，几百万洞庭人民挥舞“倚天剑”，指画洞庭，整修了滨湖堤垸及湘、资二水入湖的洪道，完成了大通湖蓄洪工程，“龙宫”不仅变成了“闾里”，“水府”不仅能生“禾麦”，而且大量地生产了珍珠。

在一只渔船上，我们大开了眼界。一个白发苍苍的老渔民从舱里捧出一握珍珠来，只见那颗颗珍珠，有大如羊奶子头的，有小如红豆的，光华夺目，荧光熠熠鲜艳夺目。我们问每年可以收多少颗珍珠，老渔民笑着说：“这里的珍珠不是论颗数，而是论斤两的。汉寿县有个大队，今年就可收珍珠一百一十多斤！”

珍珠是名贵的药材和装饰品。我国自古就有出产珍珠的盛名，合浦珠的采捞，从汉代就开始了，至今已有将近两千年的历史。但洞庭湖产珍珠，却是近几年的事。滨湖人民利用天然水源，精心养殖珍珠蚌，在很短的时间内，就摸索出了养殖的规律，获得了优质高产。这是令人赞叹的奇迹。然而，老渔民告诉我：洞庭湖还有更美的珍珠！

离开渔船，走上堤岸，只见千百条水渠，像彩带似的，把无边无际的田野，划成棋盘似的整齐方块。那沉甸甸的稻谷，像一垄垄金黄的珍珠；炸蕾吐絮的棉花，像一箱箱雪白的珍珠；婆娑起舞的莲蓬，却又像一盘盘碧绿的珍珠。那大大小小的河港湖泊，机帆船穿织如梭，平坦的长堤公路上，拖拉机往来不断，到处是机声隆隆，水畅人欢。今日洞庭，诗意盎然，彩笔难绘，简直是一个用珍珠缀成的崭新世界！

我们来到有名的白洋湖边，坐上名叫“双飞燕”的渔船，在比小河还宽的渠道中缓缓前行。清水滔滔地流着，渠道两岸密密地栽种着千姿百态的绿树，有香椿、泡桐、苦枣、白杨和挡浪柳。划行十几里，进入白洋湖口子边的卫星湖。这里养了大量的鱼，有鲢鱼、青鱼、草鱼、麻秸莲子鱼、大鲤鱼，还有来自武昌的花鳞甲的金鲤……

我正被这些鱼群吸引着，突然前方传来一阵清亮的歌声：

手握珍珠喜盈盈，
千颗万颗照洞庭；
好水一湖金不换，
幸福源头在北京。
……

穿过一丛密密的垂柳，眼前顿时出现了一幅别致的水彩画。一望无际的莲荷，花红叶绿。一群穿着各色衣裳的姑娘，驾着织布梭子形的采莲船，一边不停地采摘莲蓬，一边唱着笑着。

看到洞庭湖丰收的图景和欢乐的人们，谁也想象不到，这里，今年持续有一百二十多天没有下雨，历年防洪防汛的滨湖突然遭到了严重干旱。可是滨湖人民为了祖国富强，千方百计战胜了旱魔。就以南县来说，全县共出动了六万多人，苦战了半个多月，日日夜夜，争分夺秒，筑了五条坝，堵了四条河，实现了东水北调，北水南移，既挽留了长江经过洞庭湖的水，又把湖水抽上了内河，大旱之年夺得大丰收。我们赞美洞庭湖的珍珠，更要赞美这培殖珍珠的千千万万的滨湖人民，赞美他们战天斗地的革命精神。

正当我们返回的时候，天渐渐黑了。霎时间，四面八方，电灯明亮，就像万千颗珍珠飞上了天！这排排串串的珍珠使天上银河失色，叫满湖碧水生辉。

谁猜得着，整个洞庭湖滨有多长的高压电线？湖区向机械化、电气化进军，八百多万亩土地上，已经修建了六千一百多个排灌站，一万五千多处涵闸，使百分之七十的耕地实现了旱涝保收。听说架设的高压电线共有七千六百多华里长！

洞庭呵，洞庭！在你这里，天上、地面、水下，处处闪耀着珍珠的异彩，你就是镶嵌在我们伟大祖国土地上的一颗大珍珠！应该挑选天下最鲜艳的油彩，来描绘洞庭的珍珠，因为每一颗珍珠，都沐浴着生养万物的雨露阳光，每一颗珍珠，都是洞庭碧波上开放的瑰丽花朵！

（原载《湖南日报》1972年11月26日）

九寨沟纪行

林　非

一

已经闻名全国的黄龙美景，静悄悄地藏在玉翠峰底下的峡谷里。穿过一片苍翠的松林，就可以看到涓涓的流水，从倾斜的乳黄色山坡上，隐隐约约地淌了过来。

这银白色的水流，淌得这么缓慢和细微，虽然分成了几股支脉，却也遮不住那黄色的山岩。我往山顶望去，只见这一长条乳黄色的山坡，莽莽苍苍地夹在郁郁葱葱的山谷中间，夹在飘飘荡荡的云雾底下，简直看不到尽头。听一位来此重游的旅伴说，水势旺盛的时候，一股激流像从天而降，在山岩上迸出的浪花，纷纷溅在人们的身上，真够雄奇的。只怪自己没有碰上这样的机缘，摇了摇头，沿着搭在山岩旁边的栈桥，穿过一丛丛的杜鹃树，张望着枝头盛开的红花，往山顶攀去。

走不多远，在一棵硕大的红桦树底下，瞧见了一个绿色的水塘，真像绿宝石那样熠熠闪光。走近岸边，俯着身子细细地瞧，这水又变得没有任何颜色了，竟像阳光底下的空气那样，清澈、透明和稀薄。池塘底部那浅灰色的岩石，像满地的积雪，像天空的乌云，可是这一汪在微风里轻轻荡漾的池水，却为何凝成了如此迷人的绿色？却为何绿得那样令人心醉？对岸的一排沙柳树和背后满山满坡的青松林，把那半边的绿水，映照得更浓郁，更深沉，更使人遐想着童话般的世界。

快坐下来吧，伴着头顶上缥缈的云，迎着山谷里呼啸的风，将这碧绿的水，好好看个够。我曾云游过杭州的西湖，我也曾云游过乌鲁木齐的天池，在那里我都曾一唱三叹，流连忘返，然而只有在这布满石灰华的黄龙，我才头一回看到了绿得闪闪发光的水。这样迷人的色彩和光泽，怎么能不让人幻想着去创造美丽的生活呢?

从几千里外跋涉而来，冒着从悬崖上掉进岷江的危险，终于见到澄清和碧绿的水，实在是太值得了，实在是不虚此行啊。人多么应该鉴赏山山水水的美景，用这些纯洁、明朗和神奇的印象，谱写出自己生命的乐曲，使这些乐曲也变得美好、丰满和崇高，这样才无愧于自己所徜徉的大自然。

听说在这 15 华里长的山坡上，布满了 3400 多块色彩鲜艳的水塘，总得都将它们寻觅个遍，于是我默默地往前走去，在一座深壑的顶部，竟瞧见 10 多个水池，曲曲折折地毗连在一起，太像那高矮相接的梯田了。每一块水塘，几乎都不会超过半亩地的面积。这四周的田埂，自然不是由农人所筑，而是溪水里的石灰华，随着自己汩汩流淌，天长日久凝固而成，显得十分光滑和洁净，像一座座亮晶晶的堤坝，这鬼斧神工的力量，真令人叹服。

不过更使我惊奇的，还是这些池塘都在闪烁着缤纷的色彩。同样都是从山顶流下的溪水，为什么有的是一片浅蓝，有的是一片墨绿?在黛色的池塘旁边，竟又是赭黄色的水纹和另一片淡红色的镜面?沉落在池底的树枝和树叶，都像被裹上了一层层茸茸的雪花，分明变成了海底的珊瑚。

我坐在石凳上，望着这变幻无穷的色彩，真不想再往前走了。短短的半日游程，哪儿看得完这几千块奇妙的水塘?还是静静地坐在这儿，仔仔细细地玩味和揣摩一番，如果能够将这迷人的美景，纤毫不差地搬进自己的心坎，我的生命不是可以变得十分绚丽和完美吗?我真想在这充满了色彩的水边，永远地徜徉下去。

二

比起黄龙这一方方小巧玲珑的水塘，九寨沟的 108 个湖泊，都显得浩渺和寥廓。如果说黄龙是由鬼斧神工雕成的精致盆景，那么九寨沟就是大自然本身浑厚涵茫和无比美丽的表现。那一片碧绿澄澈的水，汪洋恣肆，十分壮观，正是凭着它雄奇而又秀美的姿势，才衬出了群峰的挺拔和天空的高远。那一朵朵翱翔的白云，那一株株突兀的大树，那一簇簇鲜艳的野花，掉在多少湛蓝的湖泊里，留下了深沉而又缥缈的痕迹。

那遥迩相连的树正群海，是多么迷人的去处，沿着它绵延10余华里的长堤，一汪汪都是深蓝色的流水，有时被山峦掩映得幽深深的，泛出了暗沉沉的光；有时从一排柳树顶端泻下的日光，又将它照成柔嫩的绿色。瞧这波光粼粼，浓淡辉映，像是谁在调色板上跳起了轻盈的舞蹈。河滩上红黄相间的野花，又给这蔚蓝色的湖泊镶上了缀边。在这云蒸霞蔚的氤氲中，真使人目迷五色，像是飞进了一种无限神秘的境界。正陷入美妙的幻想时，从山坳里垂下的瀑布，白花花的，轰隆隆的，猛地把我惊醒了，又细细地品味起这变化无穷的景色来。

往前走不多远，我瞧见了更宽阔的犀牛海。好多从香港前来的男女青年，正在这碧蓝的水面上驾舟航行，欢声和笑语在湖面上升腾，顷刻间就融在鸟声与风声里。听河滩上几个香港的小伙子聊天，说是老困在高楼大厦中，吸不到新鲜的空气，瞧不见广阔无垠的土地，瞧不见山山水水和葱茏的树木，从弹丸之地的小岛，来到这九寨沟的美景中，简直太使人陶醉了，说着话他们就唱起了喜悦的歌。

有个在上海留学的美国青年，操着一口流利的北京话告诉我，他几乎游遍了北美洲有名的湖泊，却还没有找见过这样湛蓝的水。他神往地眨着一双大眼，藏在眼眶里那一对碧蓝的瞳仁，闪烁出一阵多么热烈的光芒。这些游人们自然都要回到大城市里去的，不过我深信他们必定会将这山壑和湖泊的美，深藏在自己心里，并且唤醒和鼓舞自己去医治现代大都市的病症：污染、噪声、人口拥挤、缺乏阳光和树木。怎么能够在现代的大城市里，也听到清脆的鸟声，也看到明亮的湖泊，也在密密的大森林里徘徊？如果每个旅游者都能从九寨沟带回这样的启示，也许会成为全世界许多大城市的福音吧。

我继续走，到了诺日朗瀑布，只见那数不清的银练，有粗有细，有浓有淡，从一株株杉树背后的山崖顶上飞腾而来，沿着陡立的峭壁，往布满了沙柳树的山沟里泻去。这一道道雪白的水光，有的扭结在一起，像一朵朵垂直的云；有的分成不少支脉，像一把把寒光逼人的剑。峭壁上凹凸不平的岩石，弹出了一阵阵的水珠，像飞起纷纷扬扬的细雨，透过树叶的阳光，落在朦胧的浓雾中，折射出彩虹的颜色。我恋恋不舍地走出丛林，来到了一个分开的岔道旁边，左侧的则查洼沟，走到尽头是浩荡的长海，右侧的日则沟，走到尽头是苍翠的藏马龙河沟原始森林，听说都得长途跋涉17公里，才能够分别抵达目的地。

今天已经走得很累了，我得在诺日朗瀑布底下找个住宿的地方，听一夜风声、雨声和瀑布声，等黎明时分听到鸟声的奏鸣曲，再沿着葱郁的山峦，去寻找湛蓝的湖泊。

三

在则查洼沟里跋涉，真舍不得大步流星地走，道路两旁一座座高耸的山峦，竟以世间最缤纷的色彩，给游人贡献出一幅幅美不胜收的油画。山坳里的松柏，替大自然涂上了苍莽的底色，夹杂在四周的白杨和水杉，显得分外的碧绿青葱。小溪对岸的一丛丛枫树被悬崖上掉下的日光，映照得像一团团鲜红的篝火。垂着枝叶的柳树，用自己柔嫩的绿色，像唱出一支青春年华的歌，河滩上的芦苇在微风里飒飒地响，那一片淡黄色的根茎上，摇曳着白绒绒的花，竟像是紧贴在地面上的云彩。

当我正看得心旷神怡时，忽然飞来一阵浓雾，将眼前一大片鲜艳的色彩，不由分说全遮掩了起来，山谷里变成灰蒙蒙的，失去了丰盈的颜色，也失去了自己的影子。我站立在飘荡的浓雾里面，犹豫着怎样跨出自己的脚步，这时浓雾却又飘散了，剩下的一团水汽，也赶紧往树丛里逃，立即变得无影无踪。我抬头望去，只见蓝天丽日正映照着晶亮的峡谷。

一声澄亮的歌，也许是云雀的鸣叫，却找不见它的踪影，只见一对山鸡，拖着金黄色的长尾巴，在树丛里啁啾。一路上，山风呼啸，白云滚滚，像是禁不住要吟咏这神奇的山光水色。我踏着一路的岩石，来到了浅浅的季节海。为什么从山崖里流出的清水，淌过这平滑的河滩，就泛出了一阵阵的绿光呢？我伸出手指，触摸着水底的拢滩，张望着一块块白色的石灰华，这儿没有苔藓，也没有水草，正是它变出了碧绿的水。

小小的五彩池更是奇妙了，一潭碧水，藏在几棵松树底下的洼地里，映照着浮云的白色，野花的红艳和森林的墨黛，都在日光里闪耀和旋转，千变万化，令人炫目。这里流传着一个美丽的藏族神话，说是身高4000多米的达戈山勇士，热恋着也是颀长的沃洛色莫山女神，用风和云打磨成一面宝镜，送给她用来梳妆打扮。有一天，达戈去探望她，在激动和狂喜中，她慌张地跌落了手中的宝镜，宝镜摔碎在山谷里，成了108个湖泊。我已经瞧见的不少湖泊，如果说是硕大的镜子，那么这明媚、鲜艳、秀丽和神奇的五彩池，真可以说是小小的玻璃碎片了，不过它同样也都显得如此的美，总因为是留下了女神绝世的容颜吧。

在前边不远的长海，比起这五彩池来，真是一座辽阔的湖泊。一汪青色的湖水，却也平静得像镜面似的。往远处望去，只见一片浩瀚，熠熠放光，对岸的山峦隐约可见，满湖碧水从那挺立着的峭壁旁边，转过自己宝石似的身躯，轻轻地流淌而去。假使能够乘一叶扁舟，也在这绿水上折往背后的山峰，该是多么令人神往。可惜湖里空荡荡的，只好默默地站着，幻想着去攀登对岸的崇山峻岭。

这围住绿水的群峰，凝聚着一团团雪白的浓雾，渐渐笼住了树，笼住了山，笼住了蓝天，笼住了整个湖泊，终于化成一阵细雨，在我头顶飘扬起来。我撑着小伞，张望着岸边一株挺立的柏树。树干左侧的枝叶都已枯萎，右边却还伸出了明亮的绿叶。传说这是一位藏族猎人的化身，他为了拯救被恶龙劫走的少女，在搏斗中被那恶龙抓断了左边的手臂。这充满了正义感的勇士，忍着伤痛，朝朝暮暮站在长海边上，要跟恶龙决战到底。面对着这伟岸的身躯，真让人从心里生出一种崇敬的情怀。

每一方的山水，都涵养着每一方人的精神。我多么想在壮丽的长海之滨，把它的美质和气概都领略个够。

四

黎明，汽车从诺日朗瀑布出发时，仰望着暗蓝色的天空，还可以找到几颗孤独的星星，在夏日的寒风里闪烁。刚走到碧波措荡的镜海边上，突然从山峦的顶端，飞来阵阵的浓雾，遮住了湖泊，遮住了树林，遮住了山岭，遮住了眼前的一切。汽车像是在朵朵白云里颠簸，快要抵达藏马龙河沟的原始森林时，云雾才散开了。只见峡谷两边的悬崖上，覆盖着皑皑的白雪，阴沉沉的天空里，又纷纷扬扬地飘起雪花来，多么轻盈和柔情，掉在苍翠的青松株上，顷刻间就将深绿色的山野，染成了一片银白的世界。

吹来一阵凛冽的风，把云雾和雪花都刮得干干净净，拨开头顶上湛蓝的天，露出了一团火球似的太阳。在清澈的阳光底下，我们这群旅游者乘坐的汽车，终于到达了原始森林的边缘。一簇簇参天的云杉，摇晃着碧绿的枝梗和嫩叶，像是在欢迎远方的客人。

穿过一行行白桦树底下的小径，我踏着白雪，踏着青苔，踏着飘落的树叶，踏着锋利的岩石，走进了密密的森林。我站在高高的云杉树底下，抚摸着被熊猫啃光了叶子的箭竹，想透过蓊郁的树丛，寻觅天空里的日光和云彩，却无法找见它们完整的影子。当我低下头，想寻觅同来的旅伴时，却也找不见他们的踪影，不知道究竟躲在哪儿了。

在这无边无际的原始森林里，只听到呼啸的风声，簌簌的树叶声，却听不到人声，瞧不见人影，也找不到很想瞧见的熊猫，只剩下我独自一人，悄悄地漫步。我在城市里生活了几十年，不管走到什么地方，总是瞧见人挤着人，中国的人口实在膨胀得太厉害了，像九寨沟这样安静的地方，真是很不容易找见的。我多么想在这儿长久地坐着，多闻一下峡谷里野草和树木的芬芳，多闻一下清香和纯洁的空气，好把尘世的纷扰和混杂的噪声，一股脑儿都暂时忘却了。

这高山上的原始森林，真是个变化无穷的地方，我刚才还从树叶的缝隙里，看到掉落的一缕缕阳光，一会儿却又乌云密布，浓雾滚滚，像是夜幕降临了，树林里幽暗得真有点儿令人害怕。能在这儿露宿过夜吗？正在惊惧间，四周却渐渐明亮了起来，原来是飘着一片片的雪花，还夹着霰粒，飒飒的，啪啪的，打在红桦树上，打在我脸颊上。我正想躲避时，太阳光亮晶晶的，像许多璀璨的珍珠和玛瑙，在闪闪地发亮。

我想起了一路上见到的淘金者，想起了世界上有多少人在贪婪地谋求财富和权势，不知道他们可有工夫在大自然中徜徉？而且在山光水色中云游之后，会不会得到足够的乐趣，多少净化一点自己的精神？人类究竟应该怎样在大自然的怀抱里，在纷繁复杂的社会生活里，让整个世界变得更美好呢？如果不是这样的话，活着又有什么意义呢？

当我正在冥想时，几只云雀冲上了天空，迎着明媚的阳光，清脆而嘹亮地鸣叫着，打断了我随意的思索，于是我坐在林间的空地上，尽情地品味起大自然神秘的气息来。

五

从藏马龙河沟原始森林回来的路上，我终于瞧见了五花海的美景。清晨路过的时候，早就闻名于世的这一片湖泊，被满天的云雾笼罩着，还未曾露出自己绝代佳人似的容颜。

为什么从这一汪迷人的碧波里，竟泛出了湛蓝的涟漪？像一粒粒璀璨的宝石，像一块块蓝得发亮的天空，给宁静和纯洁的碧波，抹上了多少神奇的色彩。在荡漾的微风里，我仔细地往湖面看去，只见那澄清的碧波，竟是深一层，浅一层，浓一块，淡一块，真正是千姿万态。而在这明澈的碧波底下，一株株躺着的树丫，像是许多雪白的珊瑚，诉说着大海里的童话故事。在这一串串珊瑚顶上，晃动着紫色的光点、粉红色的云霞和鹅黄色的树影。为什么在五花海里，蕴藏着这么多迷人的颜色呢？

当白云飘过山峦的顶端，万顷碧波中又浮动着乳白色的倒影，衬着这白茫茫的一片，旁边的碧波显得更明媚和鲜艳了。往远处望去，对岸山坡上黄杨树的倒影，在绿水中间轻轻摇荡，一簇簇浅黄色的光影，缥缈而又朦胧。还有那一束束墨黛色的光柱，悄悄地竖立在里面，原来是一棵棵枞树的倒影。这一团团蓝色的光波，密密层层地凝聚在一起，竟像是从未见过的海市蜃楼，在蓝天和白云底下，不断地变幻着色彩与光泽。

当太阳冲出云围，在蔚蓝的天顶露面时，立即像一团火球掉进了碧清的湖泊中，炽热的火焰被撕得粉碎，闪烁出数不清的阵阵金光，有的像孔雀的翎毛，有的像火树银花，有的像满天的星光。我曾神往过法国的印象派绘画《日出印象》，惊叹于莫奈竟如此敏捷地捕捉住光和影瞬间的变化。

比起《日出印象》凄清和迷茫的光影来，五花海的颜色简直太丰富了，太浓郁了，像多少绘画大师永远都用不完的调色板，真是变幻无穷、神秘莫测。

当我离开五花海的时候，它已经变成了一幅充满色彩的油画，永远悬挂在我的心坎上了。如果有谁要问我，什么叫作色彩的美？我就可以明明白白地告诉他：“你上九寨沟去看五花海吧！”

在五花海看完了大自然最美丽的色彩，我就兴冲冲地走往珍珠滩。这一湫洁白和晶莹的溪水，从岩石嶙峋的河滩上倾泻而过，真像是一道光亮的长虹，从半空里掉入了山谷中间，这寒气逼人的白光，这砰訇震响的声音，这急湍奔腾的雄姿，真使我有些肃然起来。

从岩石间不住地溅出点点浪花，多么像迸出了一颗颗玲珑的珍珠。多少年轻的小伙子和姑娘们，卷起裤管，提着皮鞋，光着脚在凛冽的珍珠滩上嬉闹。我瞧着他们活泼的背影，走过了架在水上的栈桥，往山峦的背后信步而去。在这珍珠滩的背后，原来是一座挺立着的悬崖，于是哗哗的流水，纷纷在这儿争夺着前进的路，飞快地越过崖顶，一起跌落下来，聚成了一道道银色的瀑布，有的像一面面折光的镜子，有的像一张张晶亮的窗帘，有的像一根根玛瑙的柱子，有的像一把把锋利的长剑，透过这些明净的水流，可以瞧见山洞里一株幼嫩的青松，显得分外苍翠。

这奔腾不息的瀑布，将自己全部的水流，都倾注在山脚下的幽潭里，响起了一阵雄浑的轰鸣声，像半空中打雷，像有人在敲鼓，像千万块岩石在崩塌和滚动。

不管这一切，珍珠滩的水流永远在默默地倾泻，它要跃出水潭，它要穿过山坳，只要还有一丝力量，它就永远要放射出珍珠般的光芒，它就永远要不倦地流淌。珍珠滩真像是一位无比坚韧的壮士，任凭那团团围住的山崖，也阻挡不住它遥远的征程。我挺着胸膛，在心里讴歌它伟大的精神。

（选自《询问司马迁》，东方出版中心 2018 年版）

字行间的波涛

彭　程

一

在黄土高原上看黄河，是一次刻骨铭心的体验。

汽车在陕北吴堡的山道上行驶着，两侧连绵的峰峦草木森茂，间或裸露出片片青白色的岩壁，随着车轮的转动，景色不断交替变换。耳畔忽然传来一阵低沉浑厚的声音，越来越清晰。当地的司机说，前面就是黄河了。说话间拐过了一处山弯，眼前的天地豁然开朗，一条大河突兀地闯入眼帘，我瞬间感到心跳加快，呼吸也变得急促。

车子在一块镌刻着“黄河二碛”红色大字的石碑旁停下，石碑后面就是黄河大堤。我们一行人下车，走下十几级台阶，来到大堤下的河滩上。时值盛夏，正是黄河的丰水期，宽阔的河道里，浑黄色的波涛自上游翻卷呼啸着奔涌而来，极为湍急，簇拥的浪头自眼前飞驰而过，倏忽间就流到百米之外，很快就又流出了视野。我站在一块平坦的条石上，脚下感觉到激流撞击产生的震颤，溅起的水沫打湿了脚面。

在向往期待了很多年后，我终于得以面对面地贴近这条著名的大河。梦想一朝变为现实，在最初的瞬间，我也体验到了一种恍惚感，仿佛眼前所见并不真实。我蹲下身，将一只胳膊伸进水流里，一种温热而略带浓稠的感觉，蓦地沿着指尖传递过来。

站起身来，我把目光投向对岸。

一条黄河隔开了山西和陕西两省，因此它切割开黄土高原形成的深谷险壑，被称为晋陕大峡谷。此处河流的对面，大约一千多米距离外，有一座碛口古镇，属于山西吕梁的临县。我们的车子绕行了很远，才经过一道桥梁驶到对岸，进入古镇。

古镇沿河而筑，房屋自岸边层层叠叠延伸到背后的山坡上，大多是保存完好的明清建筑。自明清至民国年间，凭借黄河水运之便，这里成为北方著名的商贸重镇、水旱码头，商旅云集，十分繁华。陕甘宁蒙等地的物资经黄河船运来此，卸货后再转陆路，由骡马、骆驼运到太原、京津、汉口等地，返程时再将那里的商品运回来，装船发往西北几省。

古巷逶逦，老屋坚固。我穿行于当年的饭馆、驿站、货栈、当铺和票号之间，头顶屋檐上砖雕和木雕的图案黯淡漶漫，脚下的青石板路面凹凸不平，都是被岁月之齿反复咬噬后的印迹。那一条好几里长的主街上，曾经闪现过多少人的身影。出卖苦力的水手挑夫，腰缠万贯的富商巨贾，四方奔波谋取一官半职的宦游之人，赴省进京参加科举考试的年轻学子，都曾经在这里留下过脚印。

俱往矣，一切的人和事连同梦想，都随着眼前滚滚流淌的黄河水，跌落进时光的幽暗深渊。不会消失的，是一代代人面对黄河时的思绪起伏、心潮澎湃，万千感慨化为一声惊叹。

不久之后，我又获得了一次俯瞰大河的机会，是在陕北延川的黄河岸边，对面是山西和县。站在晋陕大峡谷一处悬崖的顶端远眺，视野中山峦起伏，岩壁耸峙，沟壑纵横，巨龙一般的黄河奔流至此，转了一个S形的大弯，其形状仿佛太极图中的阴阳鱼，因此这一段河湾被称为乾坤湾。扶着护栏下瞰，目眩心惊，眼前风景的雄浑、粗犷和奇伟，让人不由得赞叹大自然的鬼斧神工。

仿佛是为了让我有一个全面的、平衡的印象，我也目睹过黄河沉静平和、波澜不惊的面容。我曾在宁夏银川郊外一处黄河滩上，承蒙热情的东道主招待品尝著名的黄河鲤鱼。从餐馆的窗口望出去，宽阔的河面看上去十分平静，舒缓的水流里挟带着一些枯枝断木。但主人告诉我，不要被表面现象迷惑，这里看似平静的水面下布满了漩涡，一个冒失下水的家伙很容易被吞噬。

我曾经有两次去黄河入海口采风的机会，但都因故未能成行。好在通过阅读别人的文章并借助想象力，我在脑海里努力构建出了那里的美景，让遗憾部分地得到了补偿。那里是浩瀚无边的三角洲，是河与海的交汇处，是水与天的融合地。深秋季节，一丛丛茂密的深红色盐地碱蓬，仿佛跳跃的火焰，向四周喷吐延伸，映衬着周边大片金黄色的芦苇荡丛，仿佛色彩在呐喊宣泄。这里的大自然，仿佛是一个巨大无比的调色板，被一只看不见的巨手精心调配，斑斓鲜艳，酣畅淋漓。

二

经由文学，黄河获得了生动的描绘。卷帙浩繁的书籍中，众多篇页的字里行间，闪耀着黄河的波光，回荡着黄河的涛声。

想起这一点，内心里就不由得涌出一种感念之情。文字值得珍惜敬重，正在于它的记录传布的功能。黄河的沿岸风光、四时气象，借助历代的文章诗篇，构筑了一座不朽的纸上博物馆。行走于它的厅堂展室之间，我们得以超越个体生命视听感知的有限性，尽情观赏它的无穷之美。

以古典诗词为例，再进一步缩小范围，仅仅在唐诗的天地之内，耳熟能详传诵已久的名篇佳句，就俯拾皆是，不胜枚举。王之涣的“白日依山尽，黄河入海流”，王维的“大漠孤烟直，长河落日圆”，王昌龄的“白花原头望京师，黄河水流无尽时”，刘禹锡的“九曲黄河万里沙，浪淘风簸自天涯”……唐诗中黄河的意象这般密集，与帝国都城长安在黄河流域当然有关，但更应该归结于发轫于初唐盛唐时代的恢宏昂扬的精神氛围。

诗仙李白笔下，描写黄河的诗句尤其繁多。这倒是十分自然。诗人健朗豪迈的人格气质，与阔大雄浑的黄河气象最为契合，胸次间劲拔超逸的情感，也需要投射于雄奇伟岸的客体，黄河显然是最好的目标对象。“君不见黄河之水天上来，奔流到海不复回”“黄河西来决昆仑，咆哮万里触龙门”“黄河落天走东海，万里写入胸怀间”“黄河走东溟，白日落西海”“西岳峥嵘何壮哉，黄河如丝天际来”……打开太白文集，隔不了多少页，就会翻到被浪花溅湿的一篇。

黄河浩荡渊深，不可穷极。每个时代的诗人都根据自己的气质禀赋，从不同的角度观察和运思，描绘了它多姿多彩的面貌神态，赋予它丰富的气象意蕴。这是一个文学的竞技场，参与者都在努力挥洒自己的文采诗艺，进行着一场跨越时代的比赛。

关于黄河的诗词文赋，堪称充箱盈架。它们决不仅限于风景的描写，游历的记录，而是无远弗届，至大至广，天地一样寥廓。养育与劳作，戍边与征战，商旅与宦游，离家与返乡，诞生与死亡，欢欣与悲戚，辐射所及，是生命的整个过程，情感的全部区域。

这是一个多么阔大的舞台啊。

于是，我们看到了西周时代的伐木场面，“坎坎伐檀兮，置之河之干兮，河水清且涟漪”，即便是被役使的劳作，依然有着一份充实和欣悦；看到了南北朝时期代父从军的花木兰的身影，“旦辞爷娘去，暮宿黄河边，不闻爷娘唤女声，但闻黄河流水鸣溅溅”，民女报国的热情和思乡的哀怨，也如流水一样没有止息；看到了唐代帝王开疆拓土的所谓辉煌事功带给百姓的苦难，“可怜无定河边骨，犹是春闺梦里人”；看到了宋代爱国志士赍志以殁的恢复中原的梦想，“夜阑卧听风吹雨，铁马冰河入梦来”；看到了元朝官府对民众残酷的压榨盘剥，“南北橹声争上下，月中闻鼓避官船”；看到了明王朝西北边地要塞的荒凉萧瑟，“黄河白草莽萧萧，青海银州杀气遥”……

当一件物事拥有这样广阔的覆盖能力时，它便超越了具体的指涉，上升为一个意象，仿佛矗立在原野之上的一棵大树，将周边种种都荫蔽在它的巨大投影中。

在古典诗词里，黄河有时隐喻生命的困厄，世事的艰辛，像李白的“欲渡黄河冰塞川，将登太行雪满山”；有时则引申为卓荦不凡难以磨蚀的精神气度，像杜甫的“尔曹身与名俱灭，不废江河万古流”；有时折射出情感的坚贞不渝，像唐代无名氏《菩萨蛮》中的爱情吟唱“枕前发尽千般愿，要休且待青山烂，水面上秤锤浮，直待黄河彻底枯”；有时则形容一种坚韧执着不会泯灭的追求，像清代顾炎武的“远路不须愁日暮，老年终自望河清”。它们都有助于加深读者对生活的认识，确立自己立身人世间的姿态。

毫无疑问，对黄河的描写，还会在今后的世代里继续下去，没有穷尽止歇。一代代的写作者，会在属于自己的时光河流中泅渡，写下大河两岸的生活，写下时代的声音和色彩，写下黄河带给他们的触动和感发。

在《民歌》一诗中，著名诗人余光中用这样的句子，展现了这条大河所承载的生活空间的浩渺无垠：

传说北方有一首民歌/只有黄河的肺活量能歌唱/从青海到黄海/风，也听见/沙，也听见。

三

所有这些描绘和咏叹，都指向一个神圣的称呼：母亲河。

母亲，一个至为亲爱的名字。每个人生命都源自母亲。而一条河流被这样称呼，首先是因为它所流经的土地上的众生，有赖于她的养育。这是在最为本初的意义上的命名。

“水者，地之血气，如筋脉之通流者也。”先秦典籍《管子》中，对河流有这样的譬喻。黄河仿佛人体内一道输送血液营养的主动脉，为它所流经的广阔区域提供了充足的水源，肥沃的土壤，丰富的农作物，这是原始时代先民们生存的基本保障，仿佛一位母亲，用源源不断永无枯竭的乳汁，将众多孩子抚养成人。

《汉书·沟洫志》写道：“中国川源以百数，莫著于四渎，而河为宗。”在当时四条独自流入大海的河流长江、黄河、淮河和济水中，黄河居于首位，享有“宗主”的尊崇地位。

百水之首，万河之宗。除了肉眼可见的宽阔浩大、激流澎湃之外，黄河还有另外一种维度的存在，是需要用心灵来感知的，那就是它所负载的丰厚的历史和文化。对于黄河的子民来说，它们是精神的乳汁，灵魂的养料。

凝视一张摊开在书桌上的中国地图，我想象自己获得了一种广阔的视野。

地图上，黄河像一个巨大的几字形，虬曲蜿蜒，自上游到下游，流经北部中国广袤的区域。漫长而曲折的河道，仿佛一根丝线串起粒粒珍珠，缀连起了蓝田文明、半坡文明、龙山文明等文明发祥地，用古人类化石、陶器、青铜器、窑址、墓葬、城墙遗址等不同文明时段的器物和建筑，记录了先民的生活足印，印证了黄河流域作为中华文明摇篮的地位。一个古老灿烂文化的胚胎，正是在这片土地上得以孕育。从《易经》到《诗经》再到《论语》《道德经》，一系列的中华文化元典，也是诞生于大河上下，仿佛两岸土地上生长出的树木作物。

把意念中的目光从河流水面上抬起，投向两岸广阔的区域，缓缓地向远方递送。

一条黄水，是地理的分野，它的中上游的许多流域，也曾经是民族和文化的边界。这一边是平畴沃野，黍田桑林，农夫俯身阡陌垄埂之间，依循物候节令耕耘稼穑，那一边则是沙碛无边，牧人策马驱驰，牛羊在没膝的青草中出没隐现。农耕与游牧的交织，中原和草原的接续，仿佛黄河接纳了不同支流而变得浩大壮阔，在数千年间无数次的征战、交往和迁徙之后，多个民族最终融合为一体，形成了中华民族的共同体，一个子女众多的大家庭。“高山峨峨，河水泱泱，父兮母兮，道里悠长。”告别亲人，远赴异乡，汉代出塞和亲的王昭君，在《怨旷思惟歌》里的悲凉吟唱，自然有着一份无奈和忧愁，但息兵止戈、会盟修好的和谐融洽，也在唐代诗人常建《塞下曲》中有过欣悦的记载：“天涯静处无征战，兵气销为日月光。”

大一统、求大同、尚和合，乃至“万姓同根，万宗同源”，这些观念意识，就萌发和成长于这个漫长的过程中，成为历史发展的必然的逻辑结果，仿佛九曲黄河历经千折百转，最终注入汪洋大海。

于是，一条现实中的滚滚浊流，也成为了意蕴丰厚的精神之河。

“览百川之洪壮兮，莫尚美于黄河。”这是西晋时代《黄河赋》中的开头两句。黄水、黄土地、始祖黄帝，以及传说中在这条河中翻滚的黄龙，这一切都与黄河有关，使之天然地成为民族的精神图腾，成为社稷的象征。早在秦汉时期，它就被称为“大河”“泰河”，对它的祭奠礼拜，从规仪到次数，都远远超过其他的河流。司马迁在《史记》中记录了汉初的封爵誓言："使黄河如带，泰山若厉，国以永宁，爰及苗裔。"福祚绵长，江山永固，黄河被寄寓了至高无上的景仰和期待。

大河汤汤，华夏泱泱。

这样，我们就能够从更为深刻的意义上，进一步理解黄河被称作母亲河的缘由。

因为，除了提供给我们肉体生存必需的物资之外，它的每一阵涛声，每一道波光，都映照和存储了一个民族的历史，成为后人的共同记忆。黄河边诞生成长的每一个生命，都仿佛一个家族中的兄弟姊妹一样，都有相同的基因和密码。这种精神文化的血统，如同一个人皮肤上的胎记一般不可磨灭，不管他是否意识到。

如果谁看到过黄帝陵前的森森古柏，太行山深处村寨里的百年祠堂，黄土峁塬上胼手胝足的农人，塞北荒漠中艰苦跋涉的商队；如果他听到过内蒙古爬山调高亢悠扬的声调，河套平原大风掠过麦田的窸窣声，中原乡村迎亲和送葬的唢呐声，齐鲁大地上奔放刚劲的民间秧歌，那么，他就容易理解这一切。

文化就是以这样鲜活生动的方式，诞生和成长，存在和赓续。从荒忽渺远的远古，从唐尧虞舜，从夏商周，穿越岁月的无边烟云，一直延续到今天，也将延续到遥远的将来。

四

黄河的波涛声仿佛一部宏大的交响乐，苦难是其中最为鲜明强烈的一个乐章。

世界上许多有关大河的歌谣中，诉说苦难是共同的特征，也许因为苦难正是生活最基本的底色。美国民歌《老人河》里，黑人奴隶忍受着饥饿疲劳在歌唱："从早推船直到太阳落，白人工头多凶恶，且莫乱动招灾祸，弯下腰低下头，我拉起纤绳把船拖。"俄罗斯民歌《伏尔加船夫曲》里，贫穷的纤夫们迈着沉重的步伐在歌唱："齐心合力把纤拉，拉完一把又一把。穿过茂密的白桦林，踏开世界的不平路。"他们的哀怨、愤怒和无奈化作歌声，汇入了河水的波涛声中，久久回荡。

我还记得肖洛霍夫的长篇小说《静静的顿河》。小说的扉页上，是一首世代生活在顿河平原上的哥萨克人的古歌，里面有这样的句子："静静的顿河到处装点着年轻的寡妇，我们的父亲，静静的顿河上到处是孤儿，静静的顿河的滚滚的波涛是爹娘的眼泪……"

但说到所负载的苦难的深重程度，又有哪一条河，能够与这条东方大河相比？

一个古老民族的漫长而多难的历程，展现在这条大河的流淌中。苦难有着多重的面孔，反复地浮现在历史的地平线上，仿佛一个无法挣脱的梦魇。

远在有文字记载的岁月之前，黄河水患就一直是华夏民族的心腹大患。"九曲黄河万里沙"，泥沙日积月累，使它成为一条"善淤、善决、善徙"的多灾多难之河。我翻阅着一本中国历史地理地图册，页面上不同的线条，标示着黄河一次次溃堤改道的路线，每次动辄跨度达几十上百公里。大水漫溢，人为鱼鳖，农田荒芜，城池湮没，川泽原隰无不备受戕害。一部二十四史中，许多页码中都闪动着决堤浊浪的波光。大禹治水的传说之所以流传不息，正是因为寄托了人们最为迫切的期盼。

黄河水患也进一步映照出了政治的黑暗腐败。大灾大凶，水深火热，而官府的欺压劫掠依旧肆虐无度，百姓生路断绝，哀哀无告，辗转沟壑之际，只能揭竿而起。许多王朝的动乱衰微甚至终结崩坍，都与黄河的灾难有关。它们成为压倒帝国庞大躯体的最后一根稻草。

战争是苦难的另一个来源。随意翻开一页历史，都不难找见发生在黄河两岸的兵燹之灾。东汉末年军阀混战，西晋八王之乱，唐代安史之乱……不论是统治阶级内部的倾轧争斗，还是异族的觊觎侵掠，富庶丰饶的大河流域都是主战场，成为灾难深重的渊薮。

天灾，人祸，以及它们之间的叠加交错……这条河流涌动的是血与泪的波浪，涛声中交织着哭泣和呼号。大量的古诗中记录了这些劫难，抒发了民众流离失所中的痛苦呻吟。曹操《蒿里行》展现了一幅军阀混战后荒凉凄惨的画面："白骨露于野，千里无鸡鸣。生民百遗一，念之断人肠。"蔡文姬《悲愤诗》记录了自己被叛军劫掠流落蒙地的惨痛遭遇，“斩截无孑遗，尸骸相撑拒，马边悬男头，马后载妇女”。在“三吏”和“三别”等诗中，杜甫描写了他在安史之乱前后亲身经历的磨难——“白水暮东流，青山犹哭声”“哀哉桃林战，百万化为鱼”“至今大河北，化作虎与豺”……上述诗句所指向的这些事件和变故，都先后发生在广阔的黄河流域。这些苦难，如同黄河波涛一样前后相续，了无穷尽。

在历代吟咏黄河苦难的诗歌中，元代张养浩的散曲《潼关怀古》是一篇内容丰富的出色之作：“峰峦如聚，波涛如怒，山河表里潼关路。望西都，意踌躇。伤心秦汉经行处，宫阙万间都做了土。兴，百姓苦；亡，百姓苦。”抚今追昔，哀痛沉郁。

因此，“黄河清，圣人出”便成为政治清明、天下太平的象征，成为在苦难之河中载浮载沉的百姓绵亘不绝的期待。但它却是那么遥遥无期，所以古人有“俟河之清，人寿几何”的叹息。于是苦难的命运便成为永恒的轮回，降临到在这片土地上生息的一代代子民的头上。深沉的苦难中，也产生了隐忍、坚韧的民族性格，借以担荷艰辛蹭蹬的命运。

二十世纪前半叶，中华民族再一次沦入劫难的深渊，外敌入侵，水火煎熬，生民涂炭。诗人艾青在《手推车》中，用沉痛的音调，描绘了这片土地上绵延无边的痛苦：

> 在黄河流过的领域 / 在无数枯干了的河底 / 手推车 / 以唯一的轮子 / 发出使阴暗的天穹痉挛的尖音 / 穿过寒冷与静寂 / 从这一个山脚 / 到那一个山脚 / 彻响着 / 北国人民的悲哀

而最为深切的苦难，也验证了抗争的坚韧勇毅。当日寇的铁蹄蹂躏华北大地，《黄河大合唱》喊出了亿万民众强烈的心声——风在吼，马在叫，黄河在咆哮！黄河在咆哮！……黄河，成为一个不愿做奴隶的民族刚强不屈的象征。

在这样雄浑的旋律中，一个民族站立起来，挺直了脊梁，仿佛凤凰涅槃，浴火重生。

在长期的积贫积弱、遭受侮辱和损害之后，历史的进程印证了辩证法的深邃内涵。我们这一代人毕竟是幸运的，在肉身得以寄寓天地之间的几十年中，在仅仅相当于历史长河中的一排浪花的短暂时光中，见证了一种丰富而深刻的变化。在悠长岁月中被叨念了无数遍的梦想，无论是来自官方文献的祝祷，还是发自民间传说的祈盼，正在一步步化为真切确凿的现实。

这是一条巨龙的腾飞。仿佛穿越三门峡时的黄河，摆脱两岸大山的桎梏，一泻千里，奔流入海。

五

尽管已经过去了数十年，我仍然记得当年读张承志的中篇小说《北方的河》时的激动亢奋。

在我个人的阅读历史上，这样的“三位一体”绝无仅有：正值一个追求理想的青春岁月，在一种充满理想精神的时代氛围中，读到了一部高扬理想主义旗帜的作品。小说中，雄浑壮阔、气势磅礴的陕北黄河，是权威、力量和尊严的化身，仿佛父亲一样。横渡黄河的主人公，从激流浊浪中获得了反抗丑恶和庸俗、向着心中的目标不懈奋进的勇气和自信。精神的纯净，情感的真诚，勇往直前的英雄主义气概，天然地适合当年阅读时的年龄和心情。因此不难理解，作品在当时曾经收获了那么热烈的反响，且至今还经常被人提及。

这篇小说，在宣示理想主义激情的同时，也暗含了这样一个理念：黄河，同样也是属于个人的。

正是在这一重意义上，黄河在庆典、纪念、祭祀等有关家国社稷的公共行为、宏大叙事之外，在寄寓了民族集体精神的同时，也与普通人的情感生活产生了关联。每个人都可以从滔滔河水中，掬饮一捧意义之水，让它成为自己生长过程中的一个契机，一次感发，一种启迪。

中国古代文学有设譬取喻、以物拟人的传统，将个体生命的状态，比况为大自然中的风景物象。六朝时代，人物品鉴风习盛行，曾有断山游云、清风朝霞、惊鸿游龙等比喻，用来描摹不同士族人物的神采风姿。到了后代，这种方式也延展到其他领域，像“韩潮苏海”，就是对韩愈和苏轼的文章风格的概括。黄河以其浑茫浩大，包孕了更为丰厚的内涵，更为多维的指向。

北宋苏辙在《上枢密韩太尉书》中，希望位高权重的韩琦能够引荐自己。他写道：“辙之来也，于山见终南、嵩、华之高，于水见黄河之大且深，于人见欧阳公，而犹以为未见太尉也。故愿得观贤人之光耀，闻一言以自壮，然后可以尽天下之大观而无憾者矣。”这里，黄河与几座天下名山并列共称，成为人的襟怀涵养的象征，是对于所求托对象的称许，语气恭维而不失自尊。

同样源自这种传统，当一个人试图扩展胸襟、陶冶气度时，也会想到向自然界汲取能量。自孟子开始，中国文化中有“养气”之说，对于诗人作家，这种“气”的盈虚满亏，更是决定了笔下一篇文章的质地，而“气”的一个主要来源就是大自然。

苏辙在同一篇文章中就写道：“太史公行天下，周览四海名山大川，与燕、赵间豪俊交游，故其文疏荡，颇有奇气。”他把司马迁文章的雄奇风格，归结为大自然的赐予。同样是宋代散文家的马存，也鼓励友人周游历览，“醉把杯酒，可以吞江南吴越之清风；拂剑长啸，可以吸燕赵秦陇之劲气，然后归而治文著书。”仍然是宋代，在以理趣见长的诗歌中，王十朋有“文章均得江山助”之论，陆游则直陈诗情“正在山程水驿中”。这些例证都标举了养气之说。而黄河以其雄浑浩大，无疑最能够将一股豪迈之气，注入人的肌体骸骨。

今天，我已经不复是读《北方的河》时的那个青年，阅历和见识的增长，让我更能够理解它的另外一些精神蕴含，这在过去曾经被忽略，或者当时尚无法理解。譬如它的沉静中的力量，单调中的丰富，隐忍中的坚持，庞杂中的秩序，污浊中的洁净。它告诉我世界繁复驳杂的构成方式，生活哀乐盛衰交替转换的辩证法。它既连接了先哲老子等人的思想，又会让人想到西方思想家关于生命不同阶段的阐释。

我想到了古希腊神话中海神波塞冬和地神盖娅的儿子安泰，力大无比，没有人可以战胜他，因为当他感到虚弱疲倦时，只要倚靠在大地上，就能够立刻从母亲身上汲取无穷的力量。黄河——母亲河，也是一道能量丰沛的力量源泉。

子在川上曰：逝者如斯夫，不舍昼夜。

故乡的一条泗水河，让孔子感发不已。那么，一个善感多思的人，在黄河边又怎么能够不浮想联翩？只要有可能，就走向这条大河吧。不管是在上游还是下游，不管是在高原还是平川，在凝望和冥思中，会有某种东西，注入你的灵魂血脉。

它是那样丰富而博大，平静而深沉，温顺而凶猛，朴素而神秘，就像那首广为流传的民歌《天下黄河九十九道湾》，口语般轻快简洁的歌词中，却有着丰厚复杂的寓意。

你晓得，天下黄河几十几道湾？几十几道湾里几十几条船？几十几条船上几十几根杆？几十几个艄公在把船儿扳？

（原载《黄河文学》2023 年第 1 期）

波涌浪卷西沙情

刘上洋

一

向往西沙，是从一首歌开始的。那是很多年以前，在电影《南海风云》中听到这首优美动人的插曲时，我心里便萌生了一个强烈的念头，一定要找个机会到西沙去看一看。

或许是因为愿望越是迫切反而越不容易实现，多少年过去了，西沙只能常常依稀在我的梦境里，看来这辈子西沙是去不成了。然而，就在我觉得无望之时，今年年初，一个偶然的机会降临了，我和几位朋友登上了前往西沙的航程。原以为不可能的事突然之间变成了现实，我想这大概就是生活的魔力所在吧！

据友人介绍，西沙最美丽的地方是石岛，而且就在三沙市首府永兴岛的旁边，并有新修的海堤相连。于是，我们一下飞机，就直奔石岛而去。这是一个只有0.8平方公里、海拔15.9米的小岛。由于兀立在茫茫的大海之上，看上去显得峻峭雄伟。在岛的前头，立有一块一人多高的花岗岩石碑，鲜红的中国国徽下，一幅蓝色中国地图庄严耀眼，左边竖写的“中国西沙石岛”几个大字苍劲有力。站在这里，举目远望，无边的蓝色奔涌而来，先是淡蓝、浅蓝，继而是翠蓝、深蓝，渐渐又变成褐蓝、墨蓝，一直延续至极远处，和天空的蔚蓝融为一体，这时海天之间，除了蓝色还是蓝色，显得无比的澄澈和空旷。不像陆地有高山江湖草原森林，有城市村庄田野花园，这里，只有唯一的蓝色。然而，比起陆地的五彩缤纷和五光十色来，这唯一的蓝却显出一种特殊的美，这是一种无边无际的美，是一种一尘不染的美。天地的博大、简约和本真在这里得到了完美的统一，这也是美的最高境界。

小岛的东南面是著名的老龙头。这是整个西沙群岛的制高点。一块长条形巨石，嶙峋交错，昂然而立，犹如一条巨龙腾跃在大海之上。风任性地刮着，汹涌的巨浪像狂舞的白练从海面奔来，随即化作滚滚的浪墙撞向礁石，激起一堆堆晶莹的雪花。但前一排浪墙还未消散，后一排浪墙又撞了上来，在礁石上碎成一片水花腾空而起。就这样，一道浪墙追着一道浪墙，一道浪墙压着一道浪墙，奔腾怒吼，吞云吐雾，就像要把整个大海掀翻似的，场面惊险壮观极了。

在老龙头峭壁上，刻有“祖国万岁”四个鲜艳夺目的大字。这是一名曾在西沙当兵的战士的作品。据说他当年在石岛上站岗时，凝望着祖国的万里海疆，胸中总会荡起一股豪情，于是一个美好的构想在他心里酝酿开了。有一天，他找来钻子、凿子和锤子，让四个战友先把绳子的一头固定在礁顶上，再用绳子的另一头拴住他的腰，把他往下吊到礁壁上。他用粉笔先在峭壁上勾勒出字的雏形，接着一点一点凿刻起来，最后又在凿好的字体上涂上红漆。这样，一幅“祖国万岁”的摩崖石刻在祖国的最南端诞生了，并以其特有的风采，屹立在西沙海域的滔滔碧波之中。

在我国大陆，可以说摩崖石刻遍布名山大川，但那大多是帝王将相的风流挥洒，是文人骚客的闲情卖弄，是才子佳人的低吟浅唱。但老龙头的这幅摩崖石刻，却是一个普通海防战士从心底发出的对祖国领土主权的铿锵誓言。他刻下的是对伟大祖国的深深爱恋，是保卫祖国领土神圣不可侵犯的坚强决心。无论是其所处的位置还是其蕴含的意义，都是许许多多的摩崖石刻无法比拟的。

此时，我的眼睛忽地一亮，大海波涛辉映着红色的石刻，这不就是一幅绝妙而壮美的“碧海丹心”图画吗?

二

永兴岛是我们此行的第二站。这个面积只有2.6平方公里的岛屿，如今是我国最年轻城市三沙市的政治、经济、文化中心，处处焕发着蓬勃的生机和活力。如果说石岛是一部原始风光“短视频”，那么永兴岛就是一部流淌着时代气息的“现代片”。

走在小岛上，浓浓的绿色扑面而来。葱郁的树木、繁茂的灌木、茵茵的草地和怒放的鲜花，把小岛打扮得绿意盎然，香飘四溢，简直就是一座美丽的花园。透过婆娑的树影，可以看到宽阔的机场、湛蓝的港口，崭新的船舶和高高的灯塔。成片的树荫掩映着道路、街道和楼房，遮住了炎热，洒下了清凉。在参观了陈列着海龟、鲨鱼、砗磲等珍贵动物标本的西沙海洋博物馆后，我们来到了北京路。这条路虽然长度不到500米，但让我们感到格外亲切。整条街道非常整洁和漂亮，两旁有图书馆、学校、电影院、气象站、邮局、银行、书店、宾馆、百货商场、食品店、咖啡馆、餐饮店等。有的还开起了网店，我们看到店主在网上把西沙的金枪鱼、马鲛鱼和石斑鱼等热带海产品销往全国各地。三沙市委、市政府大楼位于北京路1号，白色的三层建筑前面是绿色的草坪，正中有一方形旗台。每天清晨，鲜艳的五星红旗和海上的红日一起徐徐升起，成了永兴岛的一大景观。

尤其使人欣喜的是，岛上还生长着一片“将军林”。1982年，时任中国人民解放军总参谋长的杨得志上将视察西沙时在这里种下了第一棵树。从此以后，凡是来岛的领导同志和有关人士都会自觉地在这里种树造林。久而久之，就逐渐形成了现在这样蔚为壮观的人工森林。大概是要人们记住植树绿化的功德，每棵树前都立着小石牌，刻上种树者的名字。伫立林前，只见那高大的椰子树，那伟岸的抗风桐，那挺拔的木麻黄，那茂盛的小叶榕，就像一个个身穿绿色军装昂首站立的军人，为小岛撑起了一片硕大的绿荫。因为树茂花繁，生态良好，小岛成了鸟儿的天堂，它们成群地在树林里自由自在地飞翔，以至于为了确保飞行的安全，每每在飞机起降时，都要放炮驱赶。

在我们的印象中，整个西沙群岛是没有泥土和淡水的，只有甘泉岛上有一口淡水井。那永兴岛种树的泥土和淡水是怎样来的呢？原来，这都是守岛的解放军官兵和渔民们从遥远的陆地上运来的。每个人只要是从陆地上回来，哪怕少带些其他的物品，也要多带上些泥土，这样可以多栽几棵树。就是靠着这种“蚂蚁啃骨头”的精神，军民们几十年如一日，硬是在一个布满礁石的岛上铺上了一层厚厚的泥土。与此同时，为了解决种树和饮用淡水的问题，岛上还设立了一个特殊兵种，这就是雨水收集兵。他们唯一的使命就是收集雨水。别的人都喜欢风和日丽，而他们却盼望天天下雨，而且雨下得越大他们越高兴。每当风雨来临，他们不顾电闪雷鸣，忙前忙后，把收集雨水变成了一场场特殊的战斗。直到岛上的海水淡化厂建成投产以后，他们才卸下了肩上的担子，雨水收集兵也就成为历史，永远留在了海岛人们的记忆里。

我们常常把在沙漠里用人工建立起来的“绿洲”称为人间奇迹，其实，在远离大陆千里之外没有泥土和淡水的海岛上植树造林，要比在沙漠中植树造林艰难得多。由此看来，解放军官兵和渔民们把永兴岛变成了“海上绿洲”，可以说是创造了奇迹中的奇迹了。

三

七连屿，是永兴岛东北部20多公里海上的一串小岛。从飞机上俯瞰，这串小岛就像一头头巨鲸，列队游弋在海面上。我们到了其中最大的赵述岛。

波浪滔滔的大海，舟楫就是唯一的桥梁。我们是坐着冲锋舟去的。登舟之前，看着要坐这么一条只有十来米长、一米多宽的小艇在海上开行，心里有些害怕，但恐惧有时也是一种诱惑。随着马达声响起，冲锋舟如箭一般地离开码头奔向大海，后面顿时飞溅起一条长长的汹涌的浪的尾巴，那感觉真是刺激极了。但没过多久，冲锋舟的速度越开越快，海上的风浪也越来越大，冲锋舟不仅摇晃得更加厉害，而且还大落差地跳跃着，一会儿“唰”地冲上尖尖的浪峰，一会儿又“啪”地摔下深深的波谷；我们也一会儿被高高的浪头吞没，一会儿又从汹涌的浪涛中钻了出来。这情景，简直就是在“海上冲浪”啊！大概是从来没有经过这样的惊险，有几个人被吓得发出一声声尖叫，生怕冲锋舟翻到大海里去。就这样在大风大浪中经过了魂飞魄散的半个小时，冲锋舟终于停靠在了赵述岛的岸边，我们也长长地舒了一口气。

没想到赵述岛环境这样幽静。这里没有喧嚣，有的只是海风轻轻地吹，海浪轻轻地摇；这里没有污浊，有的只是朗朗的阳光和甜甜的空气；这里没有绚丽，有的只是那条绿绿的环岛路和弯成了月牙形的海滩。当然，最庄严的是岛中间的中国领海基点方位碑，这是我国岛屿具体位置的标识，也是我国国家主权的象征。后面是一座高耸的风力发电塔，旁边不远处有两栋别致的小屋，是用珊瑚做的，里面墙上挂着赵述岛的历史图片，玻璃柜里摆着从岛上出土的中国古瓷等碎片，还有介绍近几年岛上建设成果的照片和文字。虽然物件不多，但也算是一个简单的展示馆。

在岛上，我们还看见了好几栋小洋楼，那是政府为渔民新建的住房。西沙和南海的渔民，绝大部分都来自海南岛琼海市潭门镇。从很早的古代开始，他们就祖祖辈辈在南海以捕鱼为生。在我们大陆人眼里，大海是美丽和浪漫的代名词。但对于渔民来说，却是艰苦、恐怖甚至死亡的同义语。可以想见，在科技不发达，没有机动船的古代，渔民们要长年累月在海上捕捞作业，不仅要克服淡水和蔬菜缺乏的困难，要忍受炎热、孤独乃至病痛的煎熬，而且要战胜各种风浪特别是台风暴雨的袭击，稍不留神，就有可能被茫茫的大海吞没。唯一可以安身立命的就是大海的岛礁和小小的帆船。所以，为了应付各种不测，渔民们用经验、汗水、心血和生命写下了一本《更路簿》，里面详细地记录了西沙和南海每个岛礁的具体位置、形状特征和航行路线。这其实是一本航海图。有了它，渔民们才得以乘风扬帆，冲破惊涛骇浪，把中国人民生产生活的身影不断地镌刻在西沙和南海岛礁上。也正是在这本航海图的导引下，郑和七下西洋，促进了中外文明的交流。

几千年中国版图形成的历史，是生活在这块土地上的各个民族不断融合的历史，也是中华各族人民披荆斩棘不断拓荒的历史。但由于长期重陆地轻海洋的思想观念影响，加上国力所不及，我们对海洋这块“蓝色国土”重视不够。因而在中国版图形成这本厚厚的史册上，镌刻的都是秦始皇、汉武帝、唐太宗、成吉思汗、努尔哈赤等如雷贯耳的名字，而唯独不见开发西沙、中沙和南沙群岛的历代渔民们。不难想象，如果没有历代中国渔民在三沙各个岛礁上生活并留下铁锅、瓷碗、铜钱等大量古代物品，南海诸岛也就不可能成为中国自古以来无可争辩的领土。所以，在中国版图形成的伟大史册上，应当郑重地写上“南海渔民”四个大字。

南海渔民，开拓中国“蓝色疆土”的无名英雄！

……

（原载《江西日报》2019年3月22日，收入本书时略有删节）

“浪　山”

陈　涛

一

上天对这个小镇该是多么偏爱啊！这是我时常情不自禁发出的感叹。小镇有山，高低起伏，连绵不绝。但这山可不普通，白石山高耸入云，是我国秦岭山脉的起点，终年香火不断；求子拜佛的香客络绎而至的莲花山则是青藏高原的末端；镇中心不远处那条狭长幽深的山谷，其内岩石多姿，洞穴奇特，如大火过处一片赭红，这丹霞地貌在灰石青黛中格外夺目。小镇有水，一是流动的冶木河，从冶木峡深处缓缓而出，最终形成宽阔的水面穿镇而过，终年不息；一是静深的冶海天池，由高山雪水汇聚而成，湛蓝净澈，它是安多藏区三大圣湖之一，常年经幡舞动，桑烟袅袅，接受着来自全国各地朝圣者的祭拜。小镇有林，有国家级森林公园，在山顶观望，大片大片的林，云杉、冷杉、油松、白桦，半山处有杜鹃、蔷薇，层层叠叠，犹如绵厚的地毯将大山铺满；东峡的色彩尤其斑斓，超出想象，鹿群隐现，孤狼逐行。当然还有无限蔓延的高山草场，牛群、羊群漫无目的地随意吃吃停停。与它比起来，周边乡镇便单一枯燥、毫无生趣了。

之所以在开头讲这么多小镇的盛景，其实是因为我想说说当地的“浪山”；也正因为小镇多盛景，叫人流连忘返，所以此地的“浪山”较之别处更多些愉悦与趣味。

起初不解“浪山”的含义，以为是一座山的名字。

“浪山”是甘南藏区的传统，在藏语中有“采薪”之意。据考证，这是康熙年间拉卜楞寺数百名僧侣在每年盛夏时分，赴野外采伐烧柴习俗的延续和发展。由于路途遥远，当天不能往返，僧侣们会选傍山面水处扎营。如果采集量大，便要多住些时日。劳动之余，他们载歌载舞，纵情于山水之间。后来这种习俗由寺院传入民间，演变成今天的“浪山节”，也就是藏语中的“香琅节”，这是甘南藏区独有的节日。七八月时节，气候温和，农事间歇，家家户户收拾起锅灶炊具与饮食物品，穿起盛装，全家出动，到野外山坡、草地、河边选好地点，搭起帐篷，会餐、饮酒、歌舞。或是机关单位、同窗知己，或集体组织，或自愿结合，在草滩上野餐、在旷野中高歌、在醉态中嬉闹、在天地间宣泄。吃着大块的手抓羊肉，喝着大碗香甜的酥油茶及青稞酒，仿佛置身远古时代，回归到大自然。

于我而言，“浪山”不仅仅是一种风俗，它还令我思考小镇上那些有趣的词语。小镇的方言中，趣词不少，譬如“谝”，就是当地人经常挂在嘴边的词语。有时碰到了，他们硬要拉我去“谝”一下，后来才明白他们是想和我聊聊天。可这样的词语，在词典中毫无褒义。《说文解字》中说“谝”，“便巧言也”，即有花言巧语之意，《现代汉语词典》中是夸耀、显示的意思。“浪山”中的“浪”字也是如此。每逢闲聊，他们常说“到家里浪一下”，或者问我要不要去县里“浪”一下。在我从小到大所受的教育里，“浪”即使不是贬义词，顶多也是个中性词。当然，后来我也明白了，在他们的观念中，“浪”是闲坐、游玩的意思。而“浪山”，则是到山里去坐一坐，四处游玩，暗含无拘无束、浪荡游玩之意。其生动传神，竟让我一时想不出比“浪”更贴切的字眼了。由此想到《聊斋志异》中的《蛇癖》一文，吕奉宁好吃蛇，有次他抓到一条蛇，“时无佩刀，先啮其头，尾尚蜿蜒于口际”。“蜿蜒”二字一下将吕奉宁吃蛇情状惟妙惟肖地展示在你我面前，真是妙极。

二

“浪山”是在山里浪游与浪荡，但终归要寻一个地势平坦、视野极佳的地方，然后大家下车，将锅碗瓢盆、桌椅板凳、酱醋油盐、酒水饮料等一一卸下。这其中最重要的是已经处理好的山羊，少则一整只，多则三五只。紧接着便是分头忙活，有人搭帐篷，有人找柴火，有人挖火坑，有人去河边取水，也有人带渔网去捕鱼。物品带得多，就会有遗漏，忘记带盐醋、忘记带勺子与筷子的情况经常发生，于是就会给后来者打电话。“浪山”是件快乐的事情，但是也离不开辛苦的付出。大家一般会在八九点钟到达“浪山”的地方，用两个多小时准备，等到羊肉煮熟端盘上桌、共同举杯的时候，要接近十二点钟了。不过这并不耽误饮酒。在甘南，空腹饮酒是常态，天气好时，常会看到两三人或者三五人坐在路边长椅或者草地上，每人持一瓶啤酒，边喝边聊。去到朋友家中，聊不了几句也会拿出酒杯，轮番敬酒。所以，虽然“浪山”准备的时间长，但是丝毫不会妨碍饮酒的兴致。一群人坐在帐篷里，围在长条桌前，吃着肉，喝着酒，醉了，便躺在草地上，等醒了接着喝。看到有驱车驶过的路人，大家端起酒杯大声致意，对方也会以欢呼声回复。时间在这样热闹自由的气氛中悄然流逝，一直到天色渐晚，牧民赶着牛羊下山回家。此时把煮羊肉的汤锅加热，然后不断将面片揪下扔进去，热乎乎的羊汤面片吃过后，才算是真正的酒足饭饱。

我们在小镇“浪山”时多选择高山草场。我所在的村子叫池沟村，一个经常被外人误读为“地沟村”的村子。遇到的次数多了，也就明白对方实非玩笑称呼。二百多户人家，散居在山上与川下。村里居民虽不多，面积却不小，其中的高山草场尤为广袤。牧草肥美的时候，牛羊便漫了山坡。草场中有一处从山脚到山顶竖起了围栏，里面养着一群梅花鹿。它们白天在山腰的树下休息，傍晚时分会成群下来喝水。梅花鹿的警惕性很高，不等人靠近便会撒腿跑掉。有天鹿群越过破损的围栏，跑进深山去了，逮住它们，可是一件想都不敢想的事了。我时常骑着摩托车进山，成群的野鸡在山路边，扑棱棱地飞进山脚的田野。山路曲折，摩托车不敢开快，否则容易冲出道路。等穿过两山对夹的那条狭窄小道，一下便豁然开朗了，宛如进入一个桃源世界。溪水清清缓缓流淌，牛羊悠闲地吃着草，牧人在路边吸着烟，百无聊赖的模样。雨后进入，空气清新，沁入五脏六腑，整个人都通透起来。

在我的“浪山”经历中，最难忘的还是去一个名叫黑河的地方。那天，我们在一条坑坑洼洼的沙石路上行驶了很久，车窗紧闭，车内依然弥漫着浓烈的尘土气息。沿途杂草浓密，巨石密集，堆满河道，流水哗哗，不见其影。我们到时，一些人在忙活，一些人则蹲坐在毯子上喝酒划拳，几个大西瓜正在清冽的河水里转来转去。这是一片人迹罕至的原始森林，我们到了它的深处。女人们在河边取水、洗菜，男人们在林间的空地上生火，负责煮肉与烤肉，孩子们则兴奋地跑来跑去，不一会儿就没了踪影，等回来时每人手中都有一大束野草莓。在这样的地方“浪山”，是没有任何干扰的，浓密的丛林遮挡住了电波，手机变成了无用的废物。这样也好，专心于一件事，何尝不是一种美妙的体验？只可惜森林时常会下雨，有时落几个雨点就过去了，有时则会淅淅沥沥地下个不停。好在有高大的树冠与浓密的枝叶提供了遮挡，反倒增添了几分乐趣。

还记得有次在冶海天池的上游，尕袁开着他心爱的QQ车带我从山顶下到谷底。在坡度很大的坑洼路上时，我担心车散架；在涉溪时，我又担心车抛锚。遇到深一点的溪水时，他果真拿不准了，我更是不敢让他过。我们只好把车停在河边，跳到对岸。那天，夏镇与尕虎、尕袁一起去河中捉鱼。他们拿着一张下沿缀满石块的渔网，去到窄些的河道拦腰截住，然后在水中四处奔走，希望慌不择路的鱼儿撞向渔网。最后折腾半天果然捉住了鱼，只有一条，手掌般长度。他们在我睡着的时候把鱼烤了，我醒来时只看到白白的鱼骨躺在草地上。

“浪山”的次数多了，有时也会想为何我们会那么高兴地回归森林与草原。对于藏族同胞而言，或许因为他们的祖先来自草原，这是一种血脉的延续。但对人类而言，我们之所以如此，或许可以从德国哲学家谢林在《艺术哲学》中的一段话里找到答案：

> 现代世界开始于人把自身从自然中分裂出来的时候，因为他不

再拥有一个家园，无论如何他摆脱不了被遗弃的感觉。

所以，我们要一次次地重返自然的怀抱，在与这种被遗弃的感觉进行抗争中重新获得拥有的满足。

三

说到“浪山”，就不得不提一个人的名字——老穆萨。第一次听说老穆萨，是因为一帮朋友来小镇看我，“浪山”是我必须让他们体验的，于是夏镇向我推荐了他。“浪山”那天，我们一帮人进入森林，只见一个脸庞黝黑、戴着黑框眼镜的中年人，正蹲着切羊肉，旁边的家什四处摆放开来。他中等身材，相当结实，在两个支起的炉灶旁来回忙活，不多久，羊肉就煮好了，烤洋芋也端了上来。经夏镇介绍，我和老穆萨算是认识了。

关于老穆萨这个名字的由来，我曾经问过他，但没怎么搞清。问身边的朋友，也摇头说不知，这么多年他们也只是这样称呼着。即使你不认识老穆萨，但只要在街上看到腰间挂刀的人，那么这个人多半是他。我在小镇这两年，每次见到他，都能看到他带着一把刀。有次，我特意将老穆萨的刀要来细看，刀把精致，刀身不及一拃长，以手试刃，锋利无比。问他为何挂刀，他说要经常切肉，习惯了。的确，按照老穆萨的说法，这些年从他手里“过的命”就有四十万了。也就是说，他已经宰杀了四十万只牛羊鸡兔。

想起儿时逢年过节，奶奶杀鸡，左手抓住鸡翅膀，左脚踩住鸡爪，一边用右手拔去鸡脖子上的毛，一边念念有词:“鸡呀鸡呀你别怪，你生是人间一道菜。”然后用菜刀在鸡脖子上来回几下，接着一手捏住鸡冠，一手将鸡倒立起来放血，放完血后将其随手往院子里一扔，再去宰杀下一只，或者去准备开水给鸡煺毛。每当这时，我都会走近去看躺在地上的那只鸡，轻轻踢几下，它偶尔会突然蹦起，吓人一大跳。在小镇，我也会请人品尝羊羔肉与牛犊肉，若有朋友不忍下筷，我就解释道:“这里的人与牛羊，正如人与面食的关系一样，已经融合在一起，他们死后化作泥土，滋养青草，再供给牛羊，这是一种轮回。”朋友听后笑我，说我这是自我安慰。

我把这些感受告诉老穆萨，并问他如何看待。他说得很直接:“阳世之中人最珍贵，它们都是动物。”我又问他杀过这么多生灵，可有什么禁忌？他笑着说，地方不一样，但做法差不多，宰杀的时候，他会在心里默念。不仅默念，还要注意宰杀的方式。每次杀羊时，他都会让羊头朝南，四腿朝西，左手遮住羊眼，右手握刀，刀口朝向自己，一刀割断羊的动脉，快速了断。老穆萨说，杀羊要快，它们才没有痛苦，若慢，就有些残忍了。就像老虎、狮子咬住猎物的喉咙，一击致命，而不要像野狗一样，猎物身体都被它们啃掉半边了，还没有死掉。

小镇虽处藏区，但是回族人也不少。小镇上的回民开小饭馆的居多，拉面馆、羊肉馆、面食铺，等等。从前经常去一家牛肉饺子馆，老板是从岷县来到小镇的回民，饭馆到他这一代有二十多年了。只可惜后来他卖掉店面去了别处，美味的饺子从此留在记忆中。还有一家店，以手抓羊肉出名，老板也是子承父业，有二十多年的历史，我闲了就去点一大碗清汤羊肉来吃，肉香汤美，回味无穷。在这些回民当中，老穆萨应该是最有名的吧。一是全镇一万多人，像老穆萨这样以帮人“浪山”为业的仅此一位；二是老穆萨的手艺的确是好，所以请他帮忙的人多，更有一些被邀请的客人说，若不是老穆萨做羊肉，便不来赴宴。

作为小镇在“浪山”方面最有名气的手艺人，老穆萨自有一套经验与心得。有次他来与我喝茶聊天，我向他请教，他倒也爽快，跟我聊了很多。

“羊肉好不好吃，做法是其次，最主要是食材，也就是羊本身。羊爱吃鸡粪与尿素，饲养人便把这两种东西掺杂在饲料里，你说这种羊长大后的肉质如何？”他一边问我，一边直直盯着我。我从未听过这种言论，但仍然觉得不仅不好吃，而且对人的身体有影响。他说：“对嘛，所以我选的羊都是吃草长大的。但是吃草长大的羊有一个特点，肉色略微发红，颜色有点暗。而吃饲料长大的羊，肉白又嫩，许多人就这样被蒙蔽了。吃饲料的羊，就好比是坐办公室的，而吃草的羊就像是山上干活的。”我被他的这个巧妙比喻逗乐了，一边笑，一边伸出手指顺着脸颊滑下。

“还有，我宰杀也不会提前很长的时间，这样能保证羊肉的鲜嫩。时间一长，不一会儿就会落满苍蝇，甚至都在上面产卵了，这样的肉肯定不行嘛。”我忙点头附和。

“我突然还想跟你讲一种草，这种草太神奇了，我们称它为林自草。我没有见过，也是听老一辈的人跟我讲的。这种草只有藏羊可以找到，它在水里只会逆流而上，不会顺流而下。很多人生不下来孩子时就会需要它，你把喜鹊的窝敲碎，扔到水中，向上游的就是那种草，喜鹊窝里就有的。”

正聊时，他的电话响了，有人找他回去。他一边说着“就来了，就来了”，一边挂断了电话。听他说“就来了”，我一撇嘴，乐了。我想起了当地的说话习惯，“就来了”是他们的口头禅。在我到小镇的很长一段时间里，我都无法适应。按照常理推断，“就来了”，可以是三五分钟，或者十分钟，但最多十五分钟。而在他们说来，“就来了”的背后，或许还未起床，或许还未出门，或许还在吃饭，或许……或许……最多能拖两三个小时。多次之后我就适应了，对方说着“就来了”，而我依旧做着我的事，两不耽误。

“你好像在选羊上对羊的年龄也有讲究？”这是我有次听他自己谈到的。

“我只选两岁以内的羊。羊的年龄不同，煮的时间也就不同。奶牙的羊，煮半个小时就能熟烂；两岁多的羊，则需要煮一个小时。年龄越大的羊，需要煮的时间就越长。”

判断牛羊的年龄，牛是根据牛角，牛角有圈纹，三岁的牛才会有第一个圈纹，从第二个圈纹开始，每个代表一年。如果这头牛有两个圈纹，那么它就是四岁；如果有五个圈，那就是七岁。羊与牛不同，判断一只羊的年龄是根据牙齿，准确地说是羊的下牙。一般一年半以内的羊，下牙床上都是奶牙，齐整；两岁多时，就有两颗牙齿凸起，但差别不太大；三岁的时候，两颗牙变成了四颗牙；四岁的时候，四颗牙变成六颗牙；到了五岁多，除去最两侧的牙小一点，下牙再次齐整，但是比起奶牙，可都是大了几倍。我国有经验的农牧民这样鉴定羊的年龄，“一岁始换牙，两岁一对牙，三岁两对牙，四岁三对牙，五齐、六平、七斜掉一牙”。当然，也可以根据羊角轮判断年龄。只是羊角是因为角质增生形成的，若赶上春季和冬季营养不足，角会长得慢或不生长，故不能准确判断。

听他讲到这些，我突然想起那次全镇六七十人的大“浪山”。那天，大家带了三只羊，很早就去准备了，但羊肉煮了很久才熟。那天碰巧赶上下雨，一帮人端着碗在帐篷下吃完面片，然后返回。有人感慨，若是老穆萨在就好了。我问他们老穆萨怎么没来，他们告诉我说，老穆萨本来是要来的，结果临时被邀请去为省上来的客人煮羊肉去了。

“你知道你们为什么那么晚才吃上吗？”老穆萨问我，但不等我回答，他就接着说道，“我问过他们的做法了，他们做错啦。”

“哪里做错了？”我忙问。

老穆萨便解释给我听，原来那三只羊的年龄不同，其中一只跟另外两只差得比较多，所以煮的时间也就不同。将它们放在一起煮不合适，这样做的后果就是有的羊肉烂了，而有些依旧生硬。

“还有就是你们的面片也没有做好。那时已经下雨，本来就吃不出，落入雨水后便更难辨了。羊汤本应是四分水、六分汤，每次我都会买专门的纱布，过滤掉水中杂质，然后煮汤。你们那天有一个锅里的汤少，把另一个锅里的汤倒了进去。可是煮肉的汤都是上面清，下面浓，倒下去的都是清汤，浓汤反倒被留下了，煮出来的面的口感自然要差嘛。”

我恍然大悟，点头称是。虽然我也清楚，这两种汤煮出的面的味道我是根本品不出的。“浪山”多次后，我觉得这是一个不需要太多技术性的活动，殊不知还有如此多的细节。于是想到我们对于生活何尝不是如此，我们以为已然洞悉秘密，其实差了那么一个小小的细节。对某些事情而言，小小的细节才是成败之关键。

“你应该带徒弟，要把这些经验传授下去啊！”虽然老穆萨给我讲了一些，但是我想还有更多的经验在于意会而非言传。

“老啦！以前每年‘浪山’最多可以做二百场，一场可以为二百人服务，现在少了，今年只有五十四场，你和朋友们来的那次是第四十九场。我也准备不干了，但是很多人不同意，说你不能不干啊，再干两年吧，连个徒弟都没带出来呢。但是谁愿意学这个呢？有点手艺的都愿意去大城市，谁愿意在这个小地方待着？也就是我这种没读过书也没啥本事的人才做这个。”

“你这副黑框眼镜一戴，真是很有文化的样子。”我跟他开玩笑。

“一个没读过书的人，怎么会近视呢？”他的情绪突然有些低落了，我没有听懂他这句话的意思。

“三十六岁的时候，我在镇上开饭馆，那时生意也好，整天都在忙，两年没回家，结果媳妇带着女儿跟了别人。她把我所有的木头都卖掉了，爹娘也被赶了出去。后来就离了。离婚的那段时间，心情不好，一个人在房间看电视，十四寸的小电视，换台的时候需要扭，扭起来啪啪响那种。我经常躺在沙发上看，因为不想起身，于是做了一个长杆，躺着可以换台，就这样看成了近视眼。”

对于老穆萨突然讲出的这些，我没有丝毫的准备，一时竟不知如何安慰他。

“我连小学都没读过。那个时候兄弟姐妹多，能吃上饭就不错了。我们兄弟姐妹十三人，小时候饿死五个，现在也只剩下四个。我能这样，已经很知足了。”

老穆萨讲出的这些话让整个房间的空气都凝固了。

“那你以后有啥打算？”

“唉，都这个岁数了，还能有啥打算，过一天算一天吧。”

“哪能这么消极呢？我看你精力旺盛啊，你看你把全镇的卫生打扫得多干净，全县评比经常第一名。”

“这个我倒是自信着呢。”他从刚才的情绪中跳出来，准备跟我讲他是如何打扫小镇的卫生的。这个时候，他的电话再次响起，对方的声音明显比第一次要大，也急促了些。对方问他到哪儿了，并让他马上过来，他连忙说“就来了”。挂掉电话后，他跟我说要走了，我也不再挽留，开门送他下楼。

我回到房间后看了一下表，在两个“就来了”之间，整整隔了一个小时，但是我却第一次感受到“一个小时”带给我的一份莫名的复杂。

（选自《在群山之间》，辽宁人民出版社 2021 年版）

茶在高原

北　乔

此处是半山腰，海拔三千二百米左右，眼前深深的大峡谷中，大河已如小溪般婉转。屋前的空地，有一片晒着将要脱粒的青稞。女人搬来小板凳、小木桌，热情地招呼我们坐下，片刻，男人端来了茶。玻璃杯原先是俗称口杯酒的那种杯子，揭去了标签，洗得很干净，倒也通透。茶是绿茶，叶片有些肥大，略显粗犷，和这高原山间的气质倒蛮吻合。

时间是下午三点多，茶杯在西斜的阳光里，而我正处于逆光的位置，在水中在阳光里的叶子，渐渐舒展开。看看茶，看看天，看看山，真不错。我随身带了杯子，但我的习惯是，到农户家，无论人家用什么样的杯子泡什么茶，我都喝。这家的女人热情，能说会道，虽然口口声声称他男人为掌柜的，但看得出，实际上是她当家。我问她现在家里有什么难处？她说，难处？难处就是力气不够花了，还有就是想学些赚钱的技术，但学不来。她笑得很自然，只是双手绞着，透露了内心的些许紧张，目光悄悄落在茶杯上。她见我端起杯子喝茶，说话的口气比刚才随和了些。现在可好了，路通到家门口，能用上自来水了，家里的十来亩地，一年下来收成挺好的。农闲时，掌柜的出去打工，能挣不少钱。她爱笑，常常是话语与笑声掺和在一块儿。不需要我怎么说话，喝茶就好。

在临潭，喝水就是喝茶。不需要什么茶境，水中放茶叶如同做菜要有盐那样平常。以茶迎客，成为临潭人日常生活的自然而然，不再是单纯的礼节。不管到谁家，人家不会问你喝不喝茶，总是直接端来。到饭馆，哪怕是到小吃部，你一坐下来，服务员就把茶送来了。动作极其随意，就像你进门，人家浅浅一笑或以暖意的眼神打招呼一般。

我原本不喜欢喝茶。更准确地说，许多年无法与茶攀上关系。在我的印象中，成年前，就没见过茶。家中来客，是要吃茶的，但与茶无关，一般客人是泡脆饼，贵客上荷包蛋。当兵后，喜欢喝糖开水。那时觉得大运动量后，喝一大杯糖度极高的开水，就登上了幸福的山顶。大概十多年前，朋友送了只紫砂石瓢壶。这让我开始喜欢各种茶具，从紫砂到汝窑，从哥窑到土陶，各类型的壶、杯子又是一大堆。什么茶海、茶宠等一应俱全。这就开始爱上茶了。普洱、黑茶、红茶、乌龙茶、黄茶、白茶，以及各种绿茶，攒了不少。最喜欢的是在家喝茶，总是要温壶、投茶、洗茶、灌水、出茶汤，假模假样地玩起茶道。

好不容易培养起来的品茶生活，到临潭没多久，就分崩离析了。这是我到临潭之后诸多变化中的一项。高原的风，吹去了我心头的许多浮尘，拽着我的衣角往后退。是啊，确实是跑得太快了，让自己走进了太多的虚无。我们得到的越多，越忘记了自己真正要的是什么。就像喝茶，其实我最终要的是心境，如茶的心境。

临潭人喝茶似乎不需要、至少是不在意仪式，更从不行奉茶之礼、行茶之道。高原的自然环境，茶是顶好的补水润身之物。喝茶已然是一种符合身心健康的生活习惯。没有雅致之趣，但闪烁着生命本真的光芒。

藏族人嗜茶如命，如藏族民谣所言“茶是命，茶是血”“人人离不开茶，天天离不开茶”。这我是知道的。没想到的是，我在临潭第一次与酥油茶接触，竟然是亲手全过程制作。临潭在藏区，藏族人也不少。到藏族人家中，最引人注目的就是众多的茶碗，金碗、银碗、玉碗、木碗、瓷碗。过去用木碗的居多，听说一人一个木碗，常常随手携带，现在常见的是瓷碗，一排排置于开放式的壁橱里，甚为壮观。土灶铁锅、茶桶和铜制的茶壶，就在壁橱前，格外醒目。

我第一次去藏族人家，刚好碰上制酥油。庭院里，女主人正在打酥油。

木桶和我在老家见到的差不多，也用牛皮绳箍着，只是要大很多。桶上有盖，盖上有洞，一根碗口粗的木棍直插桶里。在藏族人家，打酥油的桶叫雪董，那根木棍叫甲洛。用甲洛在桶里上下抽打，少说也得数百个来回，直到油水分离，上面浮起湖黄色的脂肪质，把它舀起来，灌进皮口袋，冷却了便成酥油。这一过程，确实是个体力活儿。我站到垫脚的石头上，双手握着甲洛用力往下压。动作的技巧，我还是知道的，双肩、双臂先用力，而后腰之力要跟上。我确实是用足了力气，可没想到甲洛居然没有到桶底，到了半路就被顶得东摇西晃。看来不仅要向下用力，还要虑油水的浮力并稳住甲洛。来来回回十多次，才慢慢摸到了窍门。这活儿不能使蛮劲也不适合用爆发力，得不紧不慢地靠韧劲。就像用铁锹挖地一样，看似慢悠悠的，几个小时下来，很能出活儿。要是铆足力气火急火燎地干，看着是相当卖力，但不消半小时，这活就干不下去了。打酥油比挖地要复杂得多。男主人告诉我，要想多出油、出好油，掌握好甲洛的快慢是关键，要根据奶的稠稀和温度，不停地调整甲洛的节奏。当我问及具体怎么调整时，他搓搓手，不好意思地笑了，说在弄甲洛时，能感觉到一些，有时还得打开盖子用手感觉一下奶的热度和稠度。别的，他没再说。我懂了，不是他不想说，而是确实没法说，这是经验，知道怎么做，但无法说得清楚。民间，如此之事，实在太多。由于奶本身的质量和打酥油的经验存在差异，每户人家做出的酥油看似相同，其实差别很大。

我也只是体验体验而已，现吃我打的酥油，是指望不上了。不过，现做酥油茶，还是可以的。茶，用的是大茶，其实就是叶子比较厚实的茶叶，煮熬之后，加入适量的盐和酥油，搅拌均匀即可。这一过程，要比我们泡红茶、绿茶，哪怕极为讲究的茶道都要复杂。好处是，你可以根据自己的口味喜好，加盐，加奶，这些年，还有人开始加咖啡。我什么都没加，喝就喝原味的。炉子上的铁板比较大，瓷碗放在上面，能加温保温且不至于被烫裂。奶香沁鼻，咸味驻舌，围着炉子，在高原的冬天喝酥油茶，浑身的暖意通透。

虽然我多次亲历过酥油茶制作的全过程，但依然觉得很有神秘感。这样的神秘感，源于我对藏地的陌生，也有对其悠长历史的敬意。说实话，我不太喜欢喝酥油茶，也许我的舌头无法细品那些隐含其中的滋味，但我偏爱在这样的茶香中与大家聊天的氛围。

临潭当下的茶市，确实超乎我的想象。初到临潭没多久，在一个漫天大雪的下午，我走进一间茶叶店。迎面而来的是，十多种茶叶堆在那儿，如同一座座微型的草垛。从绿到青，从浅黄到深褐，四季的色彩，全在眼前。说实话，这让我感到很震撼。我头一次遇见以如此阵势卖茶叶的。一打听才知道，这样堆着，买茶的人一看，就知道成色，相中了，动不动就是买一堆，甚至更多。店主说，这些茶叶是大众茶，口粮型的，也有上等的好茶，都在冰柜里冷藏。大众茶出得很快，别看堆这么高，一天，最多两天，就全卖出去了。在我和店主聊天时，一位汉子走进店，转了没几分钟，就指点了三种茶，说各来十斤。看来，他们是把茶叶当作粮食一样买了。这倒很契合茶叶在他们生活中的地位。

同样让我震惊的还有喝茶前选茶的阵势。到条件稍好的人家，或比较大一些的饭馆，人家都会上来十多种茶，让你自选。一般是一个茶盘，里面是一些小包装的茶叶，一个格子众多的木盒，从绿茶到红叶，从铁观音到白茶，几乎我常见的茶叶，这儿全有，质量也不差。这真称得上豪横。倒是茶具很简单，也比较统一，都是玻璃杯，比较多的还是高高的有把手的那一种，和啤酒杯差不多。

有意思的是，尽管茶的种类如此之多，临潭人时刻离不开茶，可他们居然称茶为“叶子”。他们叫得随意之中有亲切，似乎是有意消隐了茶的贵族性，让其像树叶那样平常。也许，日常的、平常的，才是最珍贵的。

细分起来，临潭人喝茶花式也不少。罐罐茶，把茶叶放进小砂罐里熬煮，时不时用根小棍在里面搅动，以便煮得更透些，直到浓淡适合自己的口味。据说喝这样的茶讲究“头盅土，二盅茶，三盅才是顶呱呱”。与罐罐茶差不多的是大茶，只不过是将松潘茶加冰糖、红枣在茶壶中煮。油面茶，在铁锅里将牛油用文火细熬，后加入适当面粉，再加入花生米、核桃仁、芝麻等，由熬变炒，直至金黄色。食用时，取适当油面，用开水冲喝。

现在的临潭，茶似乎就三种，叶子（包含了种类繁多的绿茶、红茶、普洱等）、酥油茶，还有就是“三泡台”。三泡台，以菊花、桂圆、葡萄干、小枣、荔枝干、枸杞、山楂和优质冰糖为佐料，主料，就是绿茶。茶具是上有盖、中有碗、下有托的盖碗。盖子可盖着保温，可用于刮开上浮的茶叶之类，兴许是这原因，临潭人要喝“三泡台”时会说，刮个碗子。“三泡台”有现成的小包装，可临潭人常常把那些佐料也放在木格子里，任由大家自选。

临潭人包容、豁达，我总以为与这里汉藏回等多民族共同生活有关。不以自己的喜好来待客，也不揣摩他们的喜好，而是给予尽可能多的选择。大家坐在一块儿，各人喝着不同的茶，但气氛特别融洽。这才是生活的本来模样，或者说，这才是该有的生活，是我们向往的生活。

村庄后面不远处有不高的土坡，这里植被很不好，土是干燥的黄土。天是好天，阳光刺眼，天空蓝得有些失真。在海拔三千米的地方，不高的土坡，爬起来也还是有些吃劲的。到了坡顶，眼前一片青绿，原来是块当归地。这几天，临潭在大力发展当归、柴胡、黄芪、党参、大黄、甘草等中药材种植，许多农民尝到了甜头，积极性越来越高。放眼望去，远处有顶黄色的大草帽，想必是有人在地里做活呢。走近了，才知道是位四十来岁的妇女。见她抬起头，我连忙主动打招呼，大姐，我从这附近过，看这当归长得好，来看看。她笑了，还叫大姐，你是外面来的吧？说完，她看看四周，咦，你咋一个人？她的口气里有不解，似乎还有淡淡的害怕。我说，我是到村上办点事，瞎转转的。放心吧，我不是坏人。我在离她不远处蹲下，随口自言自语，嗨，哪有坏人自己说自己是坏人的。一听我这话，她笑得更厉害，瞧你说的，现在没那么多坏人了。

她身边有个大茶瓶和一只碗，茶瓶还是老式铁壳印花的那种，碗是粗瓷碗，显得有些旧。我并不口渴，但我想要点茶喝，或许可以打破这沉闷的气氛，如果人家不愿意，那我也不能待着再聊下去了。这时候，茶成了人际关系之间最好的试剂。

我说讨口茶喝，她先是眼睛扫了一下那只碗，然后抬起头看了看我，乡下人的茶，不好呐！我说没事的，口干得厉害。她要用茶水冲洗一下碗，我连忙拿过碗用手揩了揩。见我这样的动作，她的表情明显放松了许多。也就是在这时，我发现她左袖子的肘以下是空的。

水不烫，正可以大口喝，我连着喝了好几大口。茶是陈年的绿茶，味道有些涩有些苦，但我还是抹了抹嘴说，真解渴。我知道，在我喝茶的时候，她停下了手里的活计，悄悄地观察我。见我喝得畅快，她又往我碗里续了茶水，说道，你人实在，没想到你也会手揩碗。我说，我也是在村里长大的，小时候还没茶喝呢。要不是当着你的面，这碗我拿起来就用，根本不会揩的，我是做做样子给你看的。这时候，她的笑没有了礼节性，特别的自然。

细聊才知道，她左臂的缺失是三四年前车祸造成的。家里有一男一女两个孩子，一个上初二，一个上高一，在县城的中学住校。这么一算，她一定还没到四十岁。高原以及农活，让她显老了。丈夫到兰州打工去了，她在家种地。我说，你这缺了手，干活不方便呢。她笑笑，庄稼人不做活儿，不成呐。我说，还是很辛苦啊。她又笑了，说苦也不苦，两个娃成绩还不错，不用怎么操心。掌柜的也能带回家一些钱，这地头里，一年下来，也有些收成。够了，比以前强多了。我说这地是用机器翻的吧？现在临潭人种地，许多都是机械化了，翻地、锄草，除了大型机械，那些小型的甚至手持的小机器，也很普遍。她说，我家没用，费钱呢，力气不要钱，多花也就多花了，好着呢。

后来，我了解到，她家前几年刚翻盖了房子，现在还有外债。她除了左臂残疾，还有肝病，日子过得还是有些困难。可那天，我们聊天时，她经常笑，而且笑得很灿烂，说得最多的是日子越过越好了，心里舒坦。从头到尾，我没有听到她说一句抱怨的话，她总能从一件件不起眼的小事中找到快乐。她说村里去年通上了自来水，现在不需要自己打井或到山里担水了。她说养了十来只鸡，往年都要死几只，今年一只都没有死。她说刚开始左胳膊没用了，不习惯，现在习惯了，干起活来，和以前差不多了。她说这地里的活儿明天就能弄好，比原先估摸的快了四五天。她说得很轻快，似乎还沉醉其中。我静静地听着，不想打断她的讲述。

她见我拔草挺麻利，便问，你是做什么的啊？我说，你猜呢？她说，猜不着，不过不像做生意的，倒是像干部又不像。我说，怎么不像呢？她又笑了，说不好呐。停了会儿，她说，不管做什么的，早点回家呢，我们这地儿条件差，你别在这儿吃这苦。听她说这话时，我心头一颤，与暖意一同而来的，竟然是丝丝心酸。再喝茶时，我品出了清香，我好像回到了故乡的庄稼地。

我一直低头拔草，就是和她说话时，也不抬头。我不敢看她那空荡荡的袖筒，不敢看她那粗糙的手和晒出高原红的脸庞。那是与她的话音完全不同的两个状态。她那发自内心的乐观和幸福，让我汗颜。

那天，我是和她一边在当归地拔草，一边和她话家常。茶，我喝了两大碗。快到中午了，我问她怎么不回家吃饭，她说她带了馍，就着茶水，挺好的。回家，家里也没旁人，来来回回，费时费劲，不划算。

自始至终，我们都没有打听对方的名字，也没有主动说自己的名字。此前，我们是陌生的，此后，我们还将陌生，可那段时光，我们像亲人一般。

这一瓶茶，人家是要喝一整天的。我提起茶瓶要回村里帮她把茶灌满，她不愿意，我只好说，你莫不是怕我找借口拿走你的茶瓶吧？她这才勉强应允了。我回来时专门去镇上给她买了两斤茶叶，不是好茶，但是当年的新茶，还给她买了五只塑料的小凳子，这样在地里干活不至于总蹲着。我说，多给你买几只，用吧，别省着呢。可她怎么也不肯收下，我只得丢下东西，转身跑开了。

到现在我都觉得，在临潭三年，那次喝茶，是我平生以来喝得最有滋味的一次。

千百年来，临潭一直是陇右汉藏聚合、农牧过渡的地区，东进西出、南联北往的门户，被史家称为“北蔽河湟，西控番戎，东济陇右”的边塞要地，是唐蕃古道的要冲地段，史称“进藏门户”，始于宋、兴于明、止于清的有名“茶马互市”，一直留在临潭人的记忆里。据史料记载，武德八年（625年），唐王朝在洮州地区开始与吐谷浑互市。两宋时期，洮州地区与内地经济往来、商业贸易频繁，尤其是在王韶扶边期间，曾一度出现了商业贸易空前繁荣的局面，朝廷在熙州、河州、洮州、雅州（今四川雅安）设立马市，茶马交易十分兴盛。到了明代，朱元璋沿用宋以来茶马贸易的政策，把洮州的茶马贸易放在一个极其重要的位置。洪武四年（1371年）二月，

“设茶马司于秦、洮、河、雅诸州，以川陕茶易番马”。明隆庆四年（1570年）黄汴撰《一统路程图记》载：“洮州卫洮州驿，茶马司一。”可以这样推断，洮州驿是因洮州茶马司而置。

翻看这段历史，我总会想起运茶的队伍，想起其中的某个人，他一定是位饱经沧桑的老者，走在荒原上，走在山谷里。有时，又是位年轻的后生，一身的朝气与满天的风沙互相为伴。那马蹄印，在他们脚下，也是永恒的背影。

远道而来的茶叶，进入藏地后，便融入了日常生活。这本身就是一个传奇。是的，当我们转身看历史，不，只要看看我们自己的路，都有传奇在其中。今天的日常生活，经岁月淘洗，多年之后再泛上心头时，或多或少都有传奇的味道。

在临潭，茶马古道，是一个经久不衰的话题。藏族人说，从洮州卫开始，茶叶多了，不再那么金贵了。茶叶成了家常之物，他们也渐渐熟悉了外面的世界。记得有位藏族诗人曾说，在藏区，茶叶是一扇扇窗户。这其实不是想象，而是他们对茶叶最真切的感觉。汉族人说，茶叶上一条条船，满载乡愁的滋味，尽管他们知道临潭的茶叶多是从川陕而来。临潭是他们的陌生之地，直到如今，他们还是这样认为。

夜幕降临，高原沉睡，白天间或昏沉沉的我，此刻某种心绪开始苏醒。一杯绿茶，浅绿的水，就像家乡老屋门前那条河里的水。那缓缓下沉的叶子，如同旷野上的夜行人。这一切多么富有诗意，多么的美好，可我的心头却涌出忧伤。先是淡淡的，后来如同黑夜一样把我淹没。那看不见的茶香，在我心头聚成村庄上空的炊烟。

（原载《雨花》2021 年第 12 期）

走在西湖边

苏沧桑

20 世纪 60 年代末，我出生在海岛玉环。少年时代，一直梦想着有一天能去一趟与父母有着深厚缘分的杭州。十八岁那年，我终于如愿以偿，来到弥漫着桂花芳香的杭州读大学。站在灵隐寺不远处的三生石旁，忽然觉得，我和杭州亦会有不解的情缘。

此后三十多年，我在西湖边读书、工作、生活、写作。杭州成了我的第二故乡，西湖则成为我认识杭州的支点。西湖于我是永恒的，我于西湖却只是永恒之一瞬。不奢望成为西湖的一句诗、一缕月光，能做它的一叶柳、一滴水也是好的。

西湖以东。那个碧树森森、苇花摇曳的“神秘园”，曾是杭州连接世界各地的航空港，也曾是我的家。

1990 年，我大学毕业分配到浙江省民航局工作，在杭州笕桥机场住了十来年。难忘一个雪夜，单位年会结束后，十三个人挤在车里从市区回机场宿舍，一半大人，一半小孩，大家都乐疯了。到了机场，车里一个接一个“滚”出了大大小小十三个“球”，“码”到了停机坪进口处一杆高耸的聚光灯下，一起仰望着鹅毛大雪，默默想了会儿远方的家，接着连滚带爬打起了雪仗，回家才发现不知谁在我衣兜里塞了一个大雪团。

2000 年 12 月，杭州萧山国际机场建成通航，笕桥机场整体搬迁那夜，我坐在指挥车后座，回头见浩浩荡荡的特种车队静静驶离了神秘园大门，承载着几代民航人光荣与梦想的笕桥机场慢慢消逝在视线中，一个巨大的、波浪形的、崭新的现代化国际机场梦境般向我们迎面而来，如杭州向世界张开的巨型羽翼怀抱。多年后，雪夜车里的大人们走上了更重要的工作岗位，有几个孩子正沿着父辈留在雪地上的脚印，延续着他们的梦想，驾驶舱内、舷梯旁、机坪上、空管塔台荧屏前，都有他们忙碌的身影。

西湖以西。如果西湖是杭州善睐的明眸，西溪则是她另一只没有化过妆的眼睛。“由松木场入古荡，溪流浅窄，不容巨舟，自古荡以西，并称西溪”“一片芦花，明月映之，白如积雪，大是奇景”“早春花时，舟从梅树下入，弥漫如雪”，明清时期，西溪与灵峰、孤山并称杭州三大赏梅胜地，拥有独一无二的千眼湖塘、十里梅花、明月蒹葭和底蕴深厚的文化。2004年，一位朋友辗转找到我，诚恳地邀请我为西溪写一本书。两年后，我出版了一部以西溪湿地为文化背景的长篇小说，也是我的第一部长篇小说，叙写当代杭州人关于爱与生命的情感故事。我期盼着有一天，我在文字里写到的世外桃源能复现成为现实中人与人、人与自然和谐共处的地方。

2019年初秋，我再次来到西溪，寻访一位在西湖和西溪上漂泊了三十年的船娘，感觉三百年前的西溪又回来了。已成为国家湿地公园的西溪如此让人惊艳，祖祖辈辈生活在此的船娘说，全部整治清理过，原住户搬离西溪了，很不舍，但看到西溪现在这么美、这么干净，心里高兴。更神奇的是，就在这里，人们享受着古意，也享受着“刷脸消费”“AR导购”等最新最时尚的体验。

船娘带我泛舟西溪，将船泊在湖心吃午饭，我们相约，等下雪了，乘她的摇橹船看雪落、梅开，吃火锅、喝酒。

西湖以南。西湖风雅无边，钱塘江水则浇注了杭州的铮铮风骨。多年前一个初春时节，我们带女儿到当时还较为荒凉的钱塘江北岸南星桥放风筝，没想到多年后我们把家安在了这里，而我的生命也抵达了江水般从容的岁月。

窗口往南一百米，就是钱塘江，如果夜夜开着窗，就夜夜能听到夜航船的汽笛声。钱塘江上的夜航船，和任何江河湖海上的一样，摆渡着世间的一个个悲欢离合。农历八月十八，钱塘潮声如雷鸣，气吞山河，潮头如千万匹灰鬃骏马喷珠吐沫，依稀听得到弄潮儿在潮水中的呼喊……

夜色来临，江水宁静，两岸灯火次第绽放。钱江新城和南岸的滨江新区像杭州古城悄然长大的两个妹妹，让世人惊叹。金色球形的国际会议中心和月亮形的杭州剧院如“日月同辉”。线条充满美感的来福士中心、财富金融中心等标志性建筑拔地而起，与江对岸杭州之门、奥体中心、海创基地遥遥相望。G20会址、亚运村、滨江天堂硅谷各种高新技术产业基地鳞次栉比。还有无人值守的文创书店，沿江楼宇的巨型灯光倒映在江面上，与复兴大桥湛蓝色的倒影交相辉映，与古老的雷峰塔、保俶塔、三潭印月遥相呼应。新一代弄潮儿在电脑键盘的嗒嗒声里冲浪、翱翔。

家住江边十七年，我写下了与水相关的很多文字。累了，就靠在窗边吹吹风，仰望明月或星空，想，此刻在夜里赶路的人们，一定也会抬头仰望这座古老城市更高更远的未来。

西湖以北。盛夏时节，我们穿过一大片碧绿的稻田，像穿越在良渚碧绿的时光里。离西湖二十多公里、北依太湖、西傍天目山脉、东临钱塘江的余杭良渚平原，就是“最早的杭州”。每当我想起良渚，就会想起玉的颜色。在那块人们叹为观止的“玉琮王”前，我久久凝视着集头戴羽冠之人面、猛兽飞禽之身为一体的徽章，散发着原始的、质朴的端庄和尊贵气息，仿佛正向人们传递着与宇宙奥秘有关的信息，联通着远古和未来。

良渚古城遗址2019年获准列入世界遗产名录。美丽小洲上刀耕火种的微光，良渚人呵护着这道光，像呵护风中的蜡烛般谨小慎微。哪里要造个房子、挖个地、种棵树，必须先考古，边上就有良渚街道的人和文物局的人盯着。陪我们穿过一大片稻田的良渚朋友，就没日没夜地做着这些极其细碎而具体的事，和无数人一起，用汗水和心血一次次迎来良渚的高光时刻。申遗成功不是句号，瑶山祭坛、杜甫壮游、安溪古镇、梦栖小镇、国际生命科技小镇等特色项目接续推进着。良渚遗址公园内5G信号全覆盖，遗址的保护研究传承和利用均有数字赋能，新兴科技产业在这片古老的土地上集聚成一个未来科技城……

时空中响起轻轻的翻书声。良渚文化村不远的大屋顶文化广场，生活在良渚的居民们来此买书、看书，老人们坐在木椅和沙发上，年轻人和孩子们半躺在木地板的软垫上，偶尔有几声低语。两个孩子轻笑着跑上二楼，大一点的攀爬上一张凳子，去巨大的书架上够下一本书，递给了更小的那个。阳光寂静，洒在他们稚嫩的脸颊上。

千年之间，白居易留下白堤，苏轼留下苏堤，古往今来一首首千古绝唱，镌刻着世人对杭州的挚爱。初冬，清晨，我跟着朋友们从孤山绕到白堤，拍鸬鹚抓鱼，见自己的影子与一只摇橹船在湖面金色的微波里擦肩而过，想，如今走在西湖边的人们，会留给千年以后的杭州什么呢？

（原载《人民日报》2021 年 1 月 11 日）

走近红寺堡

马慧娟

第一次到红寺堡区的时候，它还不是一座城市。

那会儿，一片空旷的地段上盖了一排二层的小楼，靠边的楼上挂着六个大字——红寺堡汽车站。而向北的地方，还是大片的空地，视线所及，土黄色是这里的主题色，看不见植被，看不见一棵树，新修的柏油马路突兀地横在大片的沙地上，像一条纤细的绳子。甚至在某一段上，被风刮起的沙子还把柏油马路给遮掩了起来，看着随时随地都有被完全侵占的可能。

有人说，这以后就是我们要盖县城的地方，可看着眼前的景象，我们想象不出这里建一座城市应该是什么样子，且以为这座二层的建筑就是我们的县城，心里略微地失望了一下，但仔细一想又释然了，县城是什么样子和我们的关系并不会太大，我们始终是县城之外的人，我们只能远远地看着县城。

果然在之后的时光里，红寺堡城区一直都离我们很远，我们像勤劳的鼹鼠，在土地上建设着我们的家园，偶尔抬头看向远方，高于地平线很多的县城就在那里，我们就这样相互观望着，无论我们去与不去，红寺堡都在发生着新的变化。

首先就是楼多了起来，以红寺堡汽车站为边界，开始向北延伸，先是对面多了栋三层高的移动通信大楼，它的背后是水务部门的一个高塔，这高塔一度成为红寺堡的标志性建筑，只要是村里进城的人，都会以高塔为参照物寻找方向。高塔的对面建起了罗山商城，它们中间就是罗山路。这是红寺堡城区最早的街道，之后的城市建设就是沿着罗山路一路向北而去。

作为一个移民新区，建设是这片土地上很多年的主题，将一片中部干旱带上的半沙漠地区改造成为一片适宜人居住的地方，将荒芜多年的土地开发利用起来，用这片土地承载二十三万人的生计，这是党和国家赋予红寺堡这片土地的特殊使命。而我们的到来，也给红寺堡增添了新的生机。

所以，当我们在努力建设村庄的时候，红寺堡城区的建设也一直在推进。每次去红寺堡，都会看到新的变化：路两边栽上树了，有了红绿灯了，又新开了一家店，路两边的商铺放着震耳欲聋的流行歌曲，有塔吊的地方就是在盖新楼，国旗飘扬的地方是学校。城市的轮廓在持续的建设中有了基本的雏形。那条叫作创业街的街道旁边，盖起了开发区政府的办公楼。

而我们，仍然是在远处看着红寺堡城区的人。当蛙鸣、犬吠、风声在夜晚零乱的时候，远处那灯火通明的地方就是红寺堡城区。孩子好奇地问，那片地方为什么那么明亮？大人说，那是城里啊！孩子的眼睛也被那片光点亮了，眼里闪着小星星般的期待，什么时候，我们也能去向那个光明的地方？

夏日的夜晚，田野里到处都是植物生长的气息，每当要守夜灌溉的时候，坐在田埂上，听着水流进地里的声响，看着一望无际的田野，夜晚显得如此漫长，远处的光亮给了人一丝期许和猜想，这会儿的城里人在干什么呢？他们不用守夜灌溉吧？城里的灯光整夜亮着，那得费多少电啊？你懂啥，城里要不亮，那还叫城里吗？城市不知道，在这样的夜晚，有人因为它在旷野里争执，而两个守夜的人，真的没有经历过城市的夜生活。

当我们发现红寺堡城区有一个广场的时候，已经是十年后的事情了。红寺堡在国务院挂上了户口，成立了红寺堡区，有了区政府，县级编制。广场就在新盖的区政府门口，叫金水广场。广场很大，南北占着半条街，广场上的柳树已经有碗口粗，一条水渠穿过广场，将灌溉的水源引向远方。“金水广场”之名可能也就是因此而来。在广场的正中间，有一个移民纪念碑，碑的前面写着两句话：罗山缘聚八方人，黄河水富万顷田。这两句话一下子便把红寺堡的特点总结出来了，来自八县的移民齐聚红寺堡，引黄灌溉工程让红寺堡焕发了新的生机。碑的背面，是一首红寺堡赋，将红寺堡的前世今生用短短几百字浓缩了出来，镌刻在碑上流传。

广场的两边是红寺堡区最热闹的地带，餐馆、烧烤店、KTV都集中在这里，其中有一家自助火锅，叫金叶子火锅，一个人二十六元，有鸡肉和鱼肉，剩下的全是素菜，如果想吃羊肉和牛肉，可以单独加，但要另外收费。这对于想改善生活、打打牙祭的我们来说，实在是个好去处，而且可以顺便逛逛广场，看看跳广场舞的，打陀螺的，卖各种小孩玩具的。也算是一站式服务，逛吃一体。

从骑着摩托车进城，到公交车开通，再到家里有车，我们从远远看着红寺堡城区，到随时随地可以进城，前后不过十年时间，城市正在褪去它的神秘面纱，变得普通起来。连一些小区的名字也透露着亲民和随和，建兴小区、圣丰花园、罗山花园、恒馨园、鹏胜花园，等等。罗山商城更是细致体贴，进去逛一圈，衣服鞋子、零食小吃、蔬菜干果、批发铺子应有尽有，根本不用东奔西跑去置办，大大提升了大家的幸福感和获得感。当然，这里也时常人满为患，摩肩擦踵。但这并不影响大家对罗山商城的喜爱程度，只要进城，有事没事都得进来逛一圈，不买衣服买吃的，不买吃的买别的，不买啥了也进来看个热闹再走。城市的烟火气在这里展现得淋漓尽致。这里，也是推进城乡一体化的重要助力。

变化不是立竿见影、一目了然的，而是细水长流、润物无声的。十来年之后，在不经意间一回头，居然发现红寺堡城区的春天如此明显，桃花粉嫩，绿柳如烟，和煦的春风吹着，风筝洒脱地飘在半空。当年的车站成了最老旧的建筑，罗山路上柳树枝叶繁茂，国槐郁郁葱葱。街上行走的人一个个穿着光鲜，很难区分城乡的差别。新盖的小区也开始文雅起来，书香雅苑、御泉新苑、罗山府邸、人和雅苑等拔地而起。红寺堡正在以崭新的面貌向成为一个城市迈进。

我们也不再远远地看着城市，因为村里的夜晚开始明亮起来。城里的东西落户乡村，手机、电器、时兴的小玩意儿都开始在乡村出现，就连以前城里卖的吃喝也开始走村串户，孩子们只要上中学都去城里读书，城市和乡村的距离越来越近。

村里有人动了想在城里买房的念头，有想法就会有行动，带着自己的积蓄走进了售楼部，根据自己的财力挑选着自己喜欢的户型，当拿到钥匙的那一天，曾经喊的楼上楼下电灯电话的顺口溜就这样走进了现实。

侄子也打算在红寺堡买楼房，大哥一听就坚决反对，买什么楼房，家里这么多的房子还不够住吗？再说，几十万从哪里来？侄子笑着解释，买个楼房让两个孩子进城念书去，我奶奶也可以在楼上过冬，有暖气，上卫生间也方便。再说，几十万也不是一下子给，凑个首付剩下的慢慢还。

大哥沉默了下去，嘟囔着说："拿什么还，别再为买个楼房把自己逼得鸡飞狗跳的。"

侄子说："不要紧，我现在上班工资稳定着呢，每个月还一点也没压力。"

一来二去，大哥被说服了，侄子买楼房的事情也就提上了日程。在经过一系列的手续后，侄子如愿在城里买了房子。

红寺堡在成为城市的路上一直前进，博物馆、图书馆、体育馆、文化馆、新车站、火车站、高铁站、青云湖公园、紫光湖公园相继建成，城市更新改造也在逐步推进，远远看着，就让人感慨不已，短短二十几年时间，红寺堡是配得起"翻天覆地"这个词的。我们，是建设者，是见证者，更是亲历者。我们看着这座城市从无到有，从有到好，从好到精，越来越多的人来到红寺堡，越来越多的人开始关注红寺堡。这里，也在用自己的独特魅力讲述着移民故事。

和其他城市相比，红寺堡过于年轻，但正因为年轻，这里也焕发着新的生机和活力。八县移民在一起，带来的不仅仅是各自的方言和生活习惯，更多的还有属于各自的文化。书法、烙铁画、秦腔、高台社火、剪纸、刺绣等民间文化齐聚红寺堡，形成新的属于红寺堡的文化。每年的春节、元宵节，舞起来的社火队伍穿行在大街小巷，将新年的祝福和对生活美好的愿望尽情展现。

在红寺堡的宁夏移民博物馆，红寺堡发展的故事一直被讲述着。我们讲述的不仅仅是一个地区、一座城市的发展历程，我们也在讲述一段奋斗的故事和一段不能忘却的过往。红寺堡会越来越好，我们也会越来越好。

（原载《中国民族报》2024 年 3 月 2 日）

一条大河

习　习

一

大学二年级寒假，我们几个同学相约到兰州以南的临洮县游玩。当地同学领我们去郊外一座有寺庙的大山，冰天雪地，我们骑自行车，你追我赶，头顶冒着热气。和我们一路并行的是一条瘦长的河，河结了冰，像一条白绸子。累了，到河上休息，一低头，惊呆了，冰面下凝结着厚厚的一模一样碎小的冰花。脸贴着冰面，我相信，有那么一刻，我和那一河小精灵有过一段静默的对视。这条小河，静谧地匍匐在冬天的荒野里，它忽然间宏大了起来。若干年后，在祁连山七一冰川，我惊异于山脚下雪白的冰川是由一根根小冰簇精密结构而成。再若干年后，在嘉峪关漠北，隔着荒漠，正对着明朝蒙古人进关的唯一一个豁口——卯来泉堡。堡子旁边，清澈的泉眼四周，轻轻盖着一层睫毛似的花瓣形冰花。

河水、冰川、大漠中的泉水，它们以特定条件下被冻结的奇异姿态，呈现时间凝滞的样貌，仿佛在纯真地对抗赫拉克利特的寓言。在青涩懵懂的年岁，那个世界著名的理论——人不能两次踏进同一条河流——对我来说，真的只是一片薄薄的理论。

我们爬上那座离县城二十多里地的黄土大山，寺院在山巅，风把寺塔檐角的铜铃摇得满山脆响，枯叶簌簌，大山散发着冬季特有的隐忍又深厚的气味。在枯叶中，当地同学教我认识了两种植物：王不留行、淫羊藿。我熟记它们，一半兴趣和我对文字的喜好有关，王不留行像高古的侠客，淫羊藿则有些小色情。恰好这位同学姓王，他父亲是乡里的郎中，一路上，我忍不住叫他“王不留行”，他则立刻用他父亲方言浓郁的中药歌诀来对和我：“王不留行穿山甲，乳房胀痛常常用。”我们便笑。

那条瘦长的冰河流到山下隐入了沟壑，在山上，我总要朝那条结满冰花的小河望过去。

我相信，铭刻于记忆的一些奇异，总是暗含隐喻。

后来知道，那条小河最终汇入洮河。果然，盛大的故事在后面，春天到了，洮河消融，河面上堆满晶莹剔透玛瑙般浑圆的冰珠，这就是被人们称为“洮河流珠”的盛景。在我看来，这满河的冰珠就是那些冰花的果实，它们簇拥着推搡着喧嚷着，带着一河生机，流向要抵达的地方。

认识事物的真相，需要时间。很多年后，我才真切地意识到（其实地理课本早已灌输），那条曾经接纳了奇异冰花的洮河、世人唯独在它那里看见过玛瑙般流珠的洮河，它流啊流，流到最后，流入的正是我身边一条日夜流淌的大河——黄河。而且，作为黄河上游最大的一条支流，在时间上，洮河与黄河一样源远流长。

仿佛是在回溯，从时间之上的空间，或是空间之上的时间。也许其中还暗合着人们都知晓的比喻，河最像时间，时间也最像流不到尽头的河。

如果继续往上回溯，回溯和上述密切相关且和古老的黄河密切相关的还有什么？

我后来去了位于临洮县的马家窑遗址。一片临着洮河的台地上，在青葱的玉米地埂边，一位酷爱马家窑彩陶的同行者给我讲述远古时期热气腾腾的制陶景象。那天前夜，下过一场大雨，雨水冲掉了坡地上的一层泥土，坡上露出很多新鲜的碎陶。定睛看着那些陶片，想象环绕着它的器形和上面的图画。一定和博物馆陈列的一样，先民用人类童年的线条，在陶器上绘出河流、河里游动的蛙、河水浇灌的田畦……马家窑彩陶，是黄河五千多年前历史文明的最确凿的实证。黄河从哪里流过？它一路接纳了哪些河流？先民依偎着他们的生命之河如何生息？这些我们无法目睹的事实，马家窑彩陶在静静表达着。

二

黄河西来，南山北山夹峙着穿城东流的河——城随河，蜿蜒成一根长带。矗立的大山和流淌的河流以这样动静结合的架构，构成了兰州的基底，也成为兰州所以在两千多年前成为固若金汤的军事要隘并渐渐繁衍成城市的缘由。

黄河是兰州存在的根本。

我的母亲，几辈人生活在和北山隔河相望的南山。南山是典型的黄土高原地貌，人们靠天吃饭。走在盘旋到村子的羊肠小道上，一回头，总能看见城市的一角、一块和与乡间颜色不一样的天空。但看不到黄河，它韬光养晦，藏在看不见的低处。我的父亲、祖辈生活在黄河北岸，那里虽临山不远，但在很久以前，平坦狭长的黄河谷地，农业已依河而生。父亲出生在一个叫十里店的地方，那里曾是古丝绸之路的一个驿站。河滩上枣树成林，父亲说，枣儿成熟时，摘下的红枣在河边堆成小山。爷爷不搞种植，他是个匠人，在林木繁茂的十里店做寿材营生。爷爷五十多岁就离世了，留下奶奶在世上又活了四十多年。爷爷走之前，给奶奶做了一口寿材，白森森的寿材端正地架在小院偏房的两条长椅上。坚硬的柏木，细腻丰饶的花纹。我们会从窗户缝长时间窥望，一个空空如也的棺材，就在奶奶出出进进的院落一角耐心地等着她。那时，想起一个必然的结局，难过得就要哭。父亲继承了爷爷的手艺，他也继承了河滩上枣木的性格，坚定、顽强、内敛。

河北岸的大山是灰白枯瑟的石头山，是河边永久矗立的沉默的屏风。夏天，我们在河滩玩耍，手拉手，努力试探着往河里走，看到河对面的人影，就撕心裂肺地大喊："河北里的破山石！"母亲所在的南山，离河远，农人的生活因缺水尤为艰辛，吃的是地窖里储存的雨水，每每舀上一盆，要澄很久。早晨，共用一盆洗脸水，先是老人大人，后是我们孩子，到最后，脸盆上浮着一层油腻。我们用舅母自制的胰子洗脸洗手，滑腻腻的胰子竟是猪胰脏所做，我那时老想不通，为何用油腻洗脏污，竟能洗得干干净净，最后只是水稠了，稠了也不能随意泼掉，要倒进杏树窝里给树喝。从兰州城的格局来看，隔着黄河，南山北山最门当户对。村里，办喜事的爆竹噼里啪啦一响，大致又是南北两山上的一对新人结合成了一家农户。我阿舅的大儿子，娶的就是个北山媳妇，黑脸大眼睛粗辫子，性情羞涩。反正说不清哪里，我觉得她和南山的人就是有些不一样。

南山上我的母亲和河北岸我的父亲联姻了，原因是他们成了同一个阶级——工人。军事重镇兰州一下子转身为新中国最重要的工业基地之一，那时候，城里工厂密布，长长的白围墙隔开一个个厂院，人们见面以师傅相称。我母亲是白汽蒸腾的、柔软的针织厂的女工，我父亲则是原木堆积、电锯嘶叫的木器厂的木工。下班后，母亲爱穿红高跟鞋跳交谊舞，父亲喜欢在大院里要弄木头刀唱样板戏。

每年过年，我们全家要去高高的南山上给乡里的姥姥阿舅拜年，还要过到河对面，到十里店和奶奶叔叔们吃年饭。黄河上的桥，对我父亲母亲来说，有点儿像神话里的鹊桥。如果时间再往前推几十年，他们见一面还要坐羊皮筏子。

1909 年 8 月 19 日（清宣统元年七月初四），黄河上游段，第一座横跨黄河的大桥竣工通行，这个桥被称为“天下黄河第一桥”，是一座铁桥，就建在兰州。铁桥的建造充满传奇，帝都以巨额投资罕见地眷顾了兰州这个边塞一隅，而且是在积贫积弱风雨如晦的慈禧时代。此外，建桥的所有材料来自遥远的德国，工程师是让兰州老百姓倍感新奇的外国人。大批钢材从德国运至天津后，经过火车、骆驼、骡马、人力，历时近两年，才完全运抵兰州。

1907 年底，芬兰人马达汉姆穿过茫茫河西到达兰州的黄河北岸，终于看到一个城池。他颇为兴奋，过河进城，在兰州逗留数日，拍摄了很多照片。其中有一张摄于 1908 年 1 月 29 日，上面正是筹建中的黄河铁桥。其时，明朝洪武年间的镇远浮桥尚未拆除，黄河边堆满将要建桥的材料，华洋工匠在其间忙碌着。1909 年，建成后的黄河铁桥，成为过往丝绸之路的必经桥梁。在美国人兰登·华尔纳所著的《在中国漫长的丝绸古道》一书中，有这样的记载：“由美国工程技术造就的有钢板护栏的铁一般坚固的桥梁上，不断通过的竟是来往于新疆的牦牛、骆驼和满载的骡车。”（所谓“美国工程技术造就”有明显讹误，正确的历史是，黄河铁桥由德国人建造。）这是 1923 年兰登·华尔纳赴敦煌考察途经兰州时，看到的情景。

黄河铁桥在兰州解放时经受过炮火洗礼。1949 年 8 月，国民党西北军政长官公署代长官马步芳的儿子马继援在北山指挥作战，马家军重兵把守南山，中间隔了天堑黄河，马继援信誓旦旦地宣称：兰州是一个攻不破的铁城。但彭大将军率领的解放大军经过浴血鏖战，拿下南山，并以迅雷不及掩耳之势扑向黄河铁桥，马继援狼狈西逃，很多来不及逃跑的国民党士兵，纷纷跳进黄河。

黄河在兰州流淌得非常沉静持重，即便到盛夏，远远望去，河水陡涨，河面愈加开阔，但水流愈加滞重，甚至看不到一朵翻起的浪花。它最生动的时候，应该在几十年前，父亲说，春天一到，河冰消融，黄河上的麻浮（河面的冰块）彻夜轰响，吵得人没法儿睡觉。

河的天性桀骜不驯，黄河，这条中国第二大河，在我看来，没有古人所言的“上善若水”的中庸。在兰州，一个巨大的悖论是，黄河穿城而过，但南北两山艰辛的人工绿化直到今天，一代代未有中断，历史上甚至有过背冰上山的壮举。河低岸高，即便曾经水车林立，但大山始终焦渴。黄河不愿主动融入人们的生活，在兰州，它制造难题，特殊的地理形势造就的兰州人的脾性，是缺水的脾性，干爽硬朗，更像黄土疙瘩，厚拙而包容。

三

2019 年 9 月，几个写作的人在饭桌上聊起兰州名称的由来。一个小名叫“尕蛋”的兰州作家说起了小时候的事情。

一二三四五六七
马兰花开二十一
二八二五六
二八二五七
二八二九三十一

尕蛋说，这是她小时候，女孩子们跳皮筋时唱的歌谣。马兰是一种兰草，有些老人又叫它马莲。那时候河滩上、路边、山上，到处长着马兰，一大片一大片。马兰开花十分好看，望过去，一片马兰草，就是一片翩翩欲飞的紫蝴蝶。女人们割了马兰，把叶子用水泡韧后晾干，用简单的捻线工具就可以捻麻绳了。尕蛋还说，兰州的得名和黄河也直接相关。"洲"字按照古意，是水边之地，只是在兰州，虽然大河穿城，但自古缺水，又为了省俭，就少了三点水。尕蛋说这些，言之凿凿，仿佛一个考据专家，"州"的解释听上去多少有些演绎，但叫她说得确有其事。这算不算解读"兰州"的一个民间版本呢？

关于马兰，有史料可查。早在《楚辞》中，马兰已经出现，《楚辞·七谏》："蓬艾亲人御于床笫兮，马兰踸踔而日加。"《本草纲目》载，马兰入夏，高二三尺，开紫花。植物学家孔宪武，在西北师范学院、甘肃师范大学任教五十余载，经过长时间田野考察，他写了《兰州植物通志》一书，书中记载："马兰，多生于道旁、田边或河床，兰州附近甚普遍，叶内纤维强韧，可代绳以缚物……花期四月，美而香。"兰州古称"金城"，和尕蛋一样，我们为何要执意于琢磨"兰州"这个名称的由来？于我而言，也许我想探寻兰州另一种气质的由来，它铮铮铁骨固若金汤中的柔婉细腻；我想探寻兰州作为军事要隘以外，这样称呼它的日常意义。有时，我还会忆起在兰州博物馆看到的白衣寺塔的天宫宝刹里藏过的一个小荷包，荷包上，肃王妃绣了精美的兰草。

兰州人的脾性，是缺水的脾性，干爽硬朗，像黄土疙瘩。但朴质的黄土，一样能生出柔美的兰草。

四

好几个年头，二月末的一天，我的生日，我会登上黄河北岸的大山，在高处，静坐、眺望。内心安谧，视野开阔，那是我喜欢的时刻。我竭力调整角度，以便和那幅画的视角更为接近。

二月末，初春已至，但兰州的山和河仿佛还在酣睡。如若不是亲见，外乡人很难想象，这条叫黄河的河，在深冬和初春，会呈现一种怎样的难以描述的妩媚的蓝色。河岸边，高楼鳞次栉比的兰州城，在阳光下安静得像一幅画。

那幅画是一幅全景式的设色山水画，名叫《金城揽胜图》，成画时间大约在清朝同治和光绪年间。这位佚名画师选定的作画地点，正如我依照他的视角选定的地方，兰州城一览无余。这幅笔触细腻的纪实绘画凝固了旧时兰州的样貌，它是我最早认识兰州城地理形势的一个完整的参照，也是我兴味盎然地比照古今变化的一个时间坐标。

有时候看那幅画和看面前的山河，二者的景象会叠加，让我对时间产生一种恍惚。时间之河有多长？人真的不能两次踏进同一条河流吗？我的追溯和瞻望，仿佛正沉入时间中的空间，抑或是空间中的时间。记得某天，我陪父亲回到十里店，在河边，夕阳下，父亲白发皓首、身影苍老虚弱，但他身边的黄河还是他年少时的那条黄河，它一如往昔，日日新鲜。

我想，世代生活在兰州的人，把目光凝聚到《金城揽胜图》时，画面一定是活的。

隔河对望，我先看到画幅东边那一片灿烂的梨花，那里曾是我工作多年的地方。河都是个事件，它流淌出前因后果，狭长的阿干沟里流淌着阿干河，河水浇灌了河岸两侧的果园，果园盛产皮薄肉脆甘甜多汁的冬果梨。我先前工作的学校，春天，教室窗外梨花堆雪。画面上，梨花云蒸霞蔚，还是春天，阿干河河水丰盈，河由南自北长长地流下来，在阿干沟沟口，因为阻挡了东西过往的行人，河上于是跨着那个建于唐朝的优美的握桥。阿干河在握桥下流过，汇入黄河。

我看《金城揽胜图》时，时常心疼那些永久消失的古物，比如那精美别致的握桥，比如围绕着城池的厚实的城墙，还比如城池里林立的寺院和佛塔。先前的丝路重镇，佛教文化在兰州多么兴盛。可惜城池里地标似的高耸入云的木塔也毁于一场大火，现在徒留一个孤单的巷名：木塔巷。鼓楼巷、金塔巷、箭道巷、骆驼巷，如果这些残存的地名也消失殆尽，附着于《金城揽胜图》上的历史将愈加稀少。

初春的兰州，风已经开始软了。望着山下的黄河南岸，一边比照《金城揽胜图》，我试图在图上勾画出每天上班经过的路线：小西湖—白马浪—

黄河铁桥—西关—南关—五泉山。

追溯到元朝，小西湖曾叫莲荡池，它紧临黄河，莲花飘香，后来，明朝肃王想将家乡的西湖重现在这片水草丰美的地方，将莲荡池更名为小西湖。白马浪是黄河在兰州段的最湍急之处，因浪头形似白马而得名，与白马浪正对的是曾经一夫当关万夫莫开的雄赳赳的金城锁钥金城关。年过百年的黄河铁桥以北，白塔山上矗立着建于明朝的俊秀的白塔。我还要路经曾经古城池的西关、南关，最后到达五泉山广场。五泉山是兰州南山上最灵秀湿润的一块宝地，传说霍去病西征，驻兵五泉山，在山上连甩马鞭五次，鞭过之处，涌出五眼清泉。我每天的路线，先沿河而行，然后向南，踅入城中，继续南行，到达南山山脚。我所过之处，都绵延着深长的历史，这些历史，让我的日子有了根基。

当然有《金城揽胜图》上看不到的繁盛的变化，金城的旧轮廓里盛载着翻天覆地日新月异。儿时，我们的工厂大院前横着一条马路，过了马路，就是黄河。后来，依偎着黄河，有了绿树成荫的黄河十里风情线，像流动的河，风情线在不断延伸，一直要延伸到《金城揽胜图》以外一百里的远处。2019年9月，我探访了兰州西部的河口古镇，再到兰州以东皋兰县百年梨园的河畔乘船，穿过了风光奇美的黄河大峡。几十年来，兰州段的黄河，在我心里完整了。

可以上高山鸟瞰，又可以在河面上看大河长流的兰州人，心胸怎会狭隘？

年少时，我对这条大河熟视无睹，年长了，我发现兰州任何人、兰州的任何一处都与黄河有着难以割舍的关系。每天清晨，我朝滨河路走去，一眼看见在低处流淌的静谧的黄河，内心不由感动。在兰州，每一天每一刻，吹过河面的风，吹过我，又吹向更远的地方。

（原载《人民文学》2020年12期）

风从正北来

老　藤

未到乌兰察布之前，脑海里浮现的是这样一幅情景：铺满阳光的草原，悠闲吃草的牛羊，骑马的牧民和嬉戏撒欢儿的牧羊犬，不时会有嗡嗡的蜜蜂从耳畔飞过，落在叫不上名字的花朵上。由此我想，草原的空气一定是甜的，带着混合味道的果香；草原的声音一定是豪放的，有着蒙古长调般的悠扬。由此我还断定，世界上所有的草原都应该是相似的，是包容、和谐和自然的交响。因为没有一块草原会像人工草坪那样仅有一种草，大自然本身就是共荣共生的共同体，自有超越任何局限的审美取向，并由此造化一切美景。

一下高铁，在感受到乌兰察布整洁的底色后，风，便成了我对这座城市的第一印象。因为恰巧是冬至，乌兰察布的风似乎是从四胡的琴弦拉出来的一般，带着钢丝般的质感，低回、深沉，充满冷峻审视，让你不得不收敛容颜变得严肃起来。我发现，在车站迎接我们的小姑娘外套里竟然穿着薄裙，我问她冷不冷，她笑着说习惯了。

我没有在其他季节来过乌兰察布，不知那三季的风是怎样一种姿态，但这里冬季的风却绝对有不可替代的性格，如同一个微醺的莽汉，突然间从马上跃下，张开双臂一下子把你揽在怀里，让你猝不及防，让你无言以对，让你难以招架。当然，被拥抱的你肯定有许多话要说，有许多动作要做，甚至想狂饮一碗下马酒来展示入乡随俗的豪迈，但劲风裹住了你的五官，此时此刻，你能感受到的只是聚拢的筋骨和咚咚的心跳。

也许，风是乌兰察布欢迎你的一种方式、一种礼遇、一种态度。作为著名的风口之城，风是这里的特产，因为风，“察布”二字才有了意义。朋友告诉我，“乌兰”代表红色，而“察布”代表山口，山口不就是风之门吗？乌兰察布用它最著名的特产来欢迎远方的客人，这如同某些好客的民族用面包和盐、用五谷斗迎客一样，应是最高规格的礼仪了。

本以为大风会像刮走雪片一样刮走脑海里所有猜想的情景，结果却恰恰相反。在从车站广场走向中巴车的几分钟里，我觉得刮过脸庞的风似乎是一双粗粝的大手，一页页翻过我拷贝的想象，翻过鲜花盛开的春天，翻过草长莺飞的夏季，翻过雁阵鸣叫的秋空，一直翻到这北风卷地白草折的冬季。我忽然明白，冬季应该是乌兰察布想象力最为活跃的季节，所有对美的憧憬和描绘，一切个性化的启蒙都来自这个被风打包的冬天。有古谚说，冬天选好种子，等待春天播种。其实，每个农夫在笸箩里挑选种子的时候，春苗已经在他心田里破土而出。

那么，乌兰察布为什么会有这么强劲的风呢？当地人说这里是风口中的风口。这个解释当然没有问题，但我却更希望从自然之外的文化上找点理由，哪怕这个理由十分牵强。我想到了古人发明的先天八卦。按照先天八卦乾南、坤北、离东、坎西的方位，乌兰察布地处坤位，属正北方，如此看来，这来自正北方的风就有了文化意味。由坤卦中我们似乎可以找到答案，这是真正的大地之风，是至哉坤元，是万物资生，是履霜踏冰，是龙战于野。一言以蔽之：是风孕育并催生了一切。

风从正北来，天玄而地黄。该怎样描述乌兰察布的风呢？我云雾缥缈的思路上如同奔跑着一匹野马，恣肆的野马似乎不受我的驾驭，忽东忽西，时而似牝马之贞，悠闲温顺，时而又足不践土，乘云而奔。镇静之后，我总算可以捕捉到以下几种闪念。

乌兰察布的风是播种于野之风。说到播种，人们很少会联想到风，农夫的劳作与风有什么关系？其实不然，农夫耕种于阡陌，而风却播种于野。风是无形的犁，是隐形的船，是千手观音，是不知劳顿的拓荒者，风让旷野变得富有生机，四季循环；风让万物的种子冲破藩篱，遍地生根发芽。试想，如果没有风的搬运，千里旷野会是一种什么情形，不要说鹿鸣于野，不要说群芳争艳，就连蒲公英小小的白花伞也不会飘远。从播种的意义上看，乌兰察布的风不仅仅利在当地，浩荡之风也承载着种子越过长城、跨过黄河，像遮天蔽日的绿色巨扇铺展在辽阔的中原。

乌兰察布的风是蓄势储能之风。在高铁上，透过车窗我看到了一座座风力发电机，这巨大的钢铁三翼鸟不急不缓地转动着翅膀，颇有一副好脾气。我问当地朋友，风车为什么不快速转动呢？按道理应该是转得越快发电越多呀。朋友说，风可以快，但风车要匀速，否则就会烧掉电机，“欲速则不达”用在这里是最好的解释。朋友的话引发了我的联想，的确，成事要靠定力，风车发电启示我们，人可以顺势而为，但不可以随波逐流。电机要控制转速，心跳要急缓适度，把握好度是水平的体现，任何事物一旦滑向无度就会出问题。朋友告诉我，乌兰察布是风力发电之乡，为社会提供源源不断的清洁能源。听到这里，我想起出发前的首都宾馆之夜，外面寒风凛冽，房间里却温暖如春，一盆绿萝长势喜人，也许正是乌兰察布草原上那些钢铁巨鸟扇动的翅膀，给首都带来了丝丝春意。

乌兰察布的风是推陈布新之风。范成大的《桂海虞衡志》记载：“邕州两岸水土尤恶，一岁无时无瘴，春曰青草瘴，夏曰黄梅瘴，六七月曰新禾瘴，八九月曰黄茅瘴，土人以黄茅瘴尤毒。”这里的瘴即瘴气，是山谷丛林中野兽、毒虫、朽木枯叶等动植物尸体腐烂后产生的一种毒气，吸入后容易使人患上传染病。除瘴即散气，散气最有效的武器就是风，像乌兰察布的风千军万马般横扫过去，哪里还会有什么湿热瘴气作怪！流动，是生命的常态，风，恰恰能诠释这一常态的含义。风乃乾坤气，不留人间尘，不论山川沟渠的尘埃积淀有多厚，不管犄角旮旯的污垢隐匿有多深，推陈布新的乌兰察布之风都会荡涤无余，还你一个玉宇澄清！

乌兰察布的风是贯通大道之风。“大道之行也，天下为公。”此言道出了乌兰察布之风的象征要义。日不私照，风不私用，草原上万物皆能被风吹拂、拥抱；风有来无回，不求回报，这恰恰印证了天下为公的箴言。中华文化博大精深，单以道家的太极图来看，犹如一个风车在转动，先哲们想传达什么？我想用意很可能就是我们日用而不觉的“大道”。“道之为物，惟恍惟惚。”平常生活中你能感觉到风，却看不见它，只有风体现在被它左右的物体上，你才能看到它的形状，听到它的声音。乌兰察布作为内蒙古自治区东进西出的“桥头堡”，北开南联的交汇点，无疑是一条贯通民族—文化—商贸的走廊。老子说：“道冲，而用之或不盈。”“迎之不见其首，随之不见其后。”这不正是对乌兰察布之风的具体描述吗？

返程的高铁上，望着冬季草黄风劲的辽阔原野，忽然就胡诌出这么几句话来：风从正北来，浩荡天地通，元气满华夏，利而不相争。

不得不说，因为风，我深深记住了乌兰察布！

（原载《民族文学》2022 年第 5 期）

陪你一起长大

罗　铮

“到站了！到站了！”

喇叭话音刚落，司机就扯着嗓子提醒，生怕乘客坐过了站。我看了看表，整整四十分钟。今天格外畅通。四周，马路宽阔、空旷，方兴未艾的楼盘巍然耸立，一排排塔吊张牙舞爪。新区的面容洋溢着青春。

十五公里外的三经五纬，是我的起点。这片由三条南北走向和五条东西走向的马路交错构成的区域，曾经是全城当仁不让的中心。绿树掩映、白墙黛瓦，总让外来人员走迷宫般眩晕。如今，随着行政机关西迁，原先只凭脚力上下班的居民，不得不寻求代步方式。于是，每天清晨，提着公文包的公务人员、西装革履的银行职员、背着书包的中学生、准备替换夜班同事的医生和护士，纷纷从老式大院中走出，聚集于二经路、三经路、阳明路的几个公交车站，赶赴各自的目的地。

日复一日，我夹在人群中，沐浴着朝阳上车，披着夜色返程，在年轻的 39 路公交车上，透过新老交替的脸庞，感悟城市的飞速发展，思索文化的代际传承。

如果光阴回拨三十年，我怎么也不会想到，公交车将成为生命中不可或缺的重要元素。

20 世纪 80 年代的南昌城，只是地图上的一个小方块。仿佛过了老福山，就到了郊区。赣江以北，似乎都是不毛之地。骑自行车绕全城一周，也花不了多长时间。公交车，只有寥寥几路，拖着沉重的身躯在闹市区游走。两根天线在电缆上亲密滑动，不时迸出星星点点的火花。能坐上一次，都算一件奢侈的事。当时的三经五纬还没有公交站台，自行车是人们出行的第一选择。在我的记忆里，无论是去八一广场放风筝，到新华书店买书，还是难得进百货大楼或逛中山路购物，基本是坐在28式自行车的横杠上。

突然有一次，自行车出了点故障，父亲怎么都没有修好，只好带我到阳明路坐公交。那时的我别提有多高兴了，在人群中踮起脚朝公交车开来的方向探头探脑。1路车终于来了，两节车厢摇摇晃晃，发出金属特有的撞击声。车上两侧各一排座位，已经坐满了人。我站在转盘与后一节车厢的连接处，抓着一个座位的靠背，第一次感觉到窗外的楼房过眼烟云般成排后倒。父亲付过钱，售票阿姨撕下一张车票，是那种纯正的绿，我抓在手心里摩挲了好一会儿。一不留神，在拐往八一大道的当口，我差点和票一起被惯性甩了出去。至今想起，仍心有余悸。“终点站包家花园！”每站起步，售票阿姨都用最大的分贝喊上一声。以至于之后很多年，我一直把包家花园视作南昌的南大门，仿佛到了那儿，就踩着了出城的边界。

仅仅一支烟的工夫，就到了八一广场。我恋恋不舍地目送车子远去，默默回味刚才的一点一滴。此后，每到周末，我总缠着父母坐公交。

读中学后，城市的框架逐渐拉大，公交车的数量慢慢多了起来，可供选择的线路也越来越多，尤其是横亘于半空的电缆，纷纷销声匿迹。周末外出，总是人满为患。与公交车的缘分，在我读大学后，来了个质的飞跃。21世纪初的上海，公交车四通八达，想去哪儿，常常有多种路线，有点“条条大道通罗马”的味道。时间长了，心里形成了“公交优先”的依赖，连地铁也无法与之相提并论。似乎没有公交，寸步难行。习惯成自然，毕业回南昌工作后，在与自行车和自驾车的竞争中，公交车先天领跑。

此时的南昌城，骨骼愈发向外延展。公交车的数量也急剧增长，路次迅速拓展至三位数。车身修缮一新，车内干净整洁，司机的服装也统一制式，越来越有大城市的范儿。2路、7路、22路，都能把我从阳明路载到单位。出门办事，倒腾个一两趟，总能抵达目的地。

渐渐地，坐公交车成了一种习惯。当选全国最拥挤十大公交线路的“瑶湖高校专线”220路，一张张青春的面庞洋溢着希望。在22路“豪华公交”上，我发出过“南昌也有双层巴士”的慨叹。坐了一次137路，足以体会什么是耗时最长的公交。停靠五十二个站点的203路，一转眼，小半个南昌尽收眼底。若想饱览老城风光，非收纳进老福山、八一广场、百花洲、洗马池、滕王阁等站的52路莫属。还有302路夜班车，屡屡为风雪夜归人送上浓浓暖意……

在一台又一台公交车上，我邂逅了无数陌生的面孔，聆听过似乎是不可理喻的无谓争吵，陷入过高峰时段的野蛮拥挤，也见证过数次让座的温馨，感动于搀扶老人的善举。在赶车、等车、乘车的过程中，或许旁边乘客一个微小的动作，就会诱发某股平常忽略的灵感。或许一次堵车，就能从小摊贩、小摩的主、小报商身上观察到人世间的千姿百态。或许一伙奇装异服的中学生，足以掀起一阵前卫的喧嚣。公交车就像一个小社会，众生带着各自的哲学、社会学因子，穿行其间，奔波忙碌。

更重要的是，公交车在晃晃悠悠之间，给我留足了思考的时间——思考城市的历史沿革，思考街头巷尾的变迁，思考城与人的驳杂关系。每当路过洗马池，眼前总会浮现猎猎旌旗飘扬下，灌婴将军和众将士洗马驻军的浩大阵仗。穿过榕门路，一旁的滕王阁上，似乎一袭白衣的王勃正在笔走龙蛇，惊起阵阵赞叹。薄雾缭绕的百花洲上，仿佛苏云卿先生正在捋须品茗，悠然自得。“皇殿侧！”一听见这个名号，脑海中就会遥想千年之前的南唐中主李璟。真得感谢他的决断，才让南昌浸润了正宗的王气，完成了一次鲤鱼跳龙门的飞跃。尽管都城仅仅三个月便复归江宁，但这位写下“细雨梦回鸡塞远，小楼吹彻玉笙寒”的国君，在南昌留下了浓墨重彩的一笔。南入青云谱，擦梅湖公园而过，常感觉有一股气，集伟岸与怪诞、困顿与灵变、冷峻的外表与火热的内心于一体，氤氲在空中，那个戴着斗笠、有点尖嘴猴腮的八大山人，究竟是如何扛过超乎寻常的苦难、悲怆和打击，从而攀上中国艺术殿堂顶峰的？一进中山路这条最为古老的街道，当年绸布、百货、五金、食杂、药材等商号与钱庄、酒楼遍布的盛况，丝毫不输它们的后辈。曾经遥不可及的包家花园，竟然成了88路二十六个站点里的中间点。

坐着坐着，公交车逐渐上升为一种情怀。故而每每踏入一个陌生的城市，只要略有闲暇，我都喜欢乘一趟公交，感受新城的光鲜亮丽，体验老城的历史纵深。小轿车太快，错过诸多风景。自行车偏慢，且不避风雨。走路更不现实，虽可细致入微，但远不能管中窥豹。只有公交车恰到好处。曾有朋友向我炫耀，到过几百座城市，个个如数家珍。我只调侃一句："都坐过公交吗？"他顿时哑然。一座城，连公交都没有坐过，何谈熟识？

公交车更新换代的轨迹，就是城市发展的缩影。《南昌市志》记载："1929 年 9 月，南昌开辟第 1 路公共汽车。车辆均由美国进口的'雪佛兰'牌货车改装。"虽然时速只有二十公里，但这条由滤水站（轮船码头）经中山路、安石路至汽车站共十个站点的公交线路，依然给全城人民带来了全新的感观。公交线路由于战乱一度中断，直到 1948 年才恢复 1 路公共汽车的运行，南昌人民再次率先沐浴了现代文明的曙光。尽管车厢和座椅都是木头材质，车速较慢，车尾吊挂着一个烧木炭的小型铁皮锅炉，行驶中发出"嗡嗡嗡"的噪声，下车后还不可避免地沾染一身炭灰，但全城百姓毫不介意，常常排起蚂蟥一般的长队，茶余饭后津津乐道。几十年后，公交车不断升级换代，20 世纪 80 年代中期已扩容至三百五十八辆。这些车辆满城穿梭，对于市民来说，简直是无法想象的盛况。我与公交车的缘分，就肇始于其中的某一辆。又过了几十年，公交车越开越远，不仅越过赣江直达红谷滩、红角洲，还远赴新建、进贤、安义等县区，更延伸至九江市的永修县。在形态各异的白鹤簇拥下，"鹤舞鄱湖、永修人生"的标语常常吸引众多目光。截至 2019 年，全市公交车已达四千五百八十七辆，是当年十多倍。

城市的身躯日渐庞大，公交车也呈几何倍数增长。同为现代文明的产物，两者携手同行，荣辱与共。从诞生伊始，公交车就担负着"陪你一起长大"的使命。城市的触角往哪儿延伸，一辆辆公交车就开往哪儿。它们甘当绿叶，不求回报，像一根根毛细血管，把血液输送到身体的每一个角落，让骨骼健壮、肤色红润。在陪着城市一起成长的同时，公交车也在陪着每一个市民成长，见证了每一个生命的青春勃发、中年沉稳和老当益壮。每一个市民的生命中，都或多或少印刻着公交车的影子，每一个市民的心中，都有一座属于公交的记忆库。

作为城市的一员，公交车在我的成长历程中扮演了重要的角色，如今依然与我款款相依，深情相伴。从三经五纬驶出的39路，途经阳明路、子固路、中山路，从朝阳大桥驶进新区，仿佛一条时光隧道，缩微出南昌的发展变迁。我坐在车上，愈发觉得公交车远不只是形而下的器，更是形而上的道，一种“精言不能追其极”的大道。

（选自《一江名赣》，百花洲文艺出版社2023年版）

泸州的油纸伞

江　子

一

同大多数中国当代乡村集镇一样，位于泸州江阳区东南部的分水岭镇，是个看起来人气并不旺的地方。据说它曾是川、黔、云三省间的商贸中心和物资集散地，可我到达时，看到的是一条长长曲折的老街，两边店铺要么店门紧闭，要么懒洋洋开着。街上既看不见人问价，也少有人走动。只有几家饮食店，门口的炉子冒着热气，炉子上的大锅里煮着大块的豆腐。正是中午时分，店里三两人吃着饭，也不太说话。

我们走在街道上，总算让街道有了点儿人气。可这街道仅有的本地人对我们的到来并不讶异，我们经过时，他们只是向我们投去匆匆一瞥，依然低头做着自己的事。偶尔有一两条狗躺在地上，似乎连睁眼看看我们都觉得费神。

这个集镇给我最强烈的印象，就是植物长势凶猛。街道两边常常是巨型樟树，枝叶丰饶如巨大伞盖，树干要八九人才能合围，以为是长了五六百年才有的规模，一问才只有一二百年的树龄。从集镇往四周望去，青山环抱，色如新漆，似乎生命的喧嚣无所不在，再悲伤暗淡的灵魂都会如沐春风。

然而寂静的山沟可能是凤凰的故乡，表面如此冷寂的分水岭镇也会有风流妖娆的一面。当当地朋友领着我们转入了一个逼仄巷子，走进一座有着百年历史的老宅子，我们看到了与老街完全不一样的景象：

许多人在忙碌。他们有的在用机器把木头截成棍条状；有的忙于在木棍上凿细小的洞；有的往木棍上装木条，形成伞骨；有的在伞骨上缠丝线；有的往伞骨上拼贴有图案的纸；还有的往纸上涂糨糊……我不能详尽描述他们的工作，因为我的目光所及，他们的工序复杂，分工精细，指间的动作细微谨慎，有着与机器生产完全不一样的节奏和耐心。

他们都是一些中年男女，与我在老街所见的本地人有着一样的朴素穿着。他们也与老街上的本地人一样无声，可他们有着与老街上的人们的慵懒闲散不一样的专注、勤勉。他们的表情是深远的，好像他们的心里装着一个遥远的远方。那个远方，叫作传统。

那是一种叫作油纸伞的古老制作传统。

你该知道了，云贵川三省交界的边远小镇分水岭镇，是中国汉文化符号之一油纸伞的故乡。

那个面积巨大的百年老宅，就是全世界瞩目的泸州油纸伞的制作工厂。

二

相传伞是鲁班的妻子发明的。

木匠鲁班每天都要出门工作，常被雨淋。鲁班妻子从门外的亭子造型得到启示，就用竹条做成了一个像亭子一样的东西，用兽皮搭在竹条上面，下面用一根棍子撑住。这是中国历史上最早的伞。后来经过鲁班改造，伞成了收拢如棍、张开如盖的物件。

东汉蔡伦发明了造纸术，人们借此改进了造伞技术，制作出在伞纸上刷桐油来防水的油纸伞。

伞是寻常之物，可做伞却是个对原料和技术要求十分高的活计：要能撑数千次不损坏，油纸被雨水反复浸泡能不脱骨，伞顶在暴风中行走能不变形。从选原材料到成伞，要一百多道工序，每道工序都有严格的技术标准、严格的质量标准。

位于云贵川三省交界的分水岭镇是个天然适合做油纸伞的所在。那里植被丰茂，到处是适合做伞托的通木，深山里的老楠竹韧性大，弹力强，非常适合做抗大风不变形的伞骨。竹木又是做油纸伞的纸最好的材料。桐油、印刷精美图案的石墨也可以在山上取材。

早在明末清初，分水岭镇的人们意识到了自己的资源优势，便开始研究油纸伞的制作技术。

分水岭镇人上山挑选最好的木头和老楠竹。分水岭镇人在经过防腐处理的木头和竹子上钻孔、拼架、穿线，精心布置用于抵挡雨水的各种小小的机关。分水岭镇人展开想象，在这张圆形的、与天空对话的纸上，画上脸谱、山水、花鸟，画上对生活的赞美与祝福，并给纸涂上最好的桐油……

分水岭镇处于云贵川交界处，是三省物质集散地，分水岭镇的油纸伞迅速游走四方，盛开在中国雨水横斜的天空下。

如今无法再现四百年前泸州分水岭镇家家生产油纸伞的盛况，但从一组数据可以窥见一斑：20世纪40年代晚期至50年代初期，靠近泸州小市码头的珠子街是当时泸州的“油纸伞一条街”。极盛时期，泸州境内共有大小油纸伞生产厂家100多家，从业人员上万人，年产油纸伞2000万把。无疑，属于泸州最先制作油纸伞的分水岭镇是其中最重要的生产基地。

一方水土养一方人。分水岭镇人用自己的聪明才智，把满山的草木做成了美的产业，让全世界都知道了这个原本处于三省边缘地带的泸州管辖下的蕞尔小镇。

三

可以说，泸州，是油纸伞天然的T台。

被长江和沱江滋养的泸州，植被丰茂，万木葱茏。我去的时候正是九月，在泸州坐车沿途所见，田野、山林、街头、巷尾，到处是水润润、油汪汪的绿色，天地间似乎一片枯叶也没有。

泸州地处四川盆地南缘与云贵高原的过渡地带，是个地势空间上高低落差不小的地方。无论山区还是城镇，地面俯仰峭拔、转弯抹角变化无穷。我所下榻的酒店为江阳区南苑酒店，滚滚的长江就在不远处，却如谷底之豹，与酒店的地势有百米的落差，需低头才见。从长江到酒店，中间好几条道路蜿蜒曲折，车流人流辗转攀升，有着平原地带难得一见的崎岖与婉转。

如此的地形地貌，加上一把油纸伞，泸州就风情万种了，就如诗如画了。想象着雨水横斜的日子，有人撑着油纸伞从低处缓缓走上高处，仿佛是一朵彩云徐徐出岫。那驾着彩云的人，仿佛妙曼的仙子，她的面孔在伞下隐没，她撑伞的手涂着蔻丹。或者，远远地看着一个人撑着油纸伞，从高处徐徐走到低处，山坡横斜，四周皆绿，彩色的伞与绿色的环境，撑伞的人与山坡，构成了色彩和几何意义上的视觉之美。街头的拐弯处，古老的巷子尽头，陡然出现一把色彩饱满、雨水在上面唱着圆舞曲的油纸伞，连天空都会为之迷醉。

没有油纸伞，长江边的泸州就只是一座酒城。的确，泸州老窖的名声太大了。走进泸州，到处是以泸州老窖为主角的店铺和广告，到处是饮酒的雕塑。那些塑像里叫不出名字的饮者，或侧卧或斜立，手里举着向天的酒盏。一旁的长江和沱江，感觉也步履趔趄，醉态百出。

是油纸伞改变了泸州的气质。她告诉世人，泸州除了散发着白酒的迷香，还有油纸伞的风情。油纸伞，让泸州在拥有了酒的洒脱阳刚之后，透着古典的阴性之美，充满了女性的柔情与蜜意。

四

从20世纪80年代开始，泸州的油纸伞业开始冷寂了起来。漫天的雨水浇灌，分水岭镇的人们开始发现自己无所事事、内心虚空。看着雨水中钢架伞拥塞了街道，分水岭镇人的心是迷茫的。许多人心怀着失落离开了油纸伞制作现场，去了远方。仍有人坚守在原地，守护着这祖宗传下来的手艺。

机器生产使油纸伞失去了实用的那部分市场。可是油纸伞还有另一部分坚韧的存在。油纸伞除了是使用的伞具，还是文明的使者，是千年汉文化的重要组成部分。试想，如果没有了油纸伞，旗袍会不会觉得孤独？那些淌着雨的江南小巷子，会不会过于空旷？《白蛇传》里许仙与白蛇娘子西湖断桥边的爱情，怎么开始？戴望舒的经典诗歌《雨巷》，会不会变得平庸？那个古典意义上的中国，会不会显得不完整？

在汉语的中国，油纸伞含义丰富。它意味着生殖。客家方言中，“油纸”与“有子”同音。从字形来看，繁体的伞里有五个人字。故过去女性婚嫁，女方通常会以两把油纸伞作为陪嫁，以祝福新婚夫妇早生贵子。它意味着平安。它是进京赶考的书生或走马上任的官员的护身符。在中国古代，赶考的书生与上任的官员背上的包袱里除了衣物与书籍，一定会带一把红油纸伞，即“包袱伞”，又称“保福伞”，以求仕途顺利、独占鳌头。即使今天，很多地方依然有亲朋、家长、同学给高考的学子送一把油纸伞，预祝成功。它意味着圆满。伞面张开是一个圆，是人人喜欢的象征人生圆满的祝愿之物。它意味着吉祥。在许多地方的习俗里，油纸伞所用桐油有着驱鬼、辟邪、纳吉的功效。所以，家家要用伞来保风水，驱邪气。油纸伞还用于道教庆典及祭祀等方方面面……

分水岭镇人重新审视了油纸伞的文化意义。他们纷纷回到了油纸伞的生产工地。他们上山采来了上好的楠竹，重新开始了在通木上挖空钻洞，精心布置一个个机关。他们在伞面上描花绘朵：画一棵黄山不老松，祝有德行的人寿比南山，画一幅龙凤呈祥图，祝福新婚的夫妇恩恩爱爱；画一幅双龙戏珠图，祝福新生儿快乐幸福。他们在分水岭镇的上空挂满了油纸伞，这是他们的野心：他们要让天空也变得生动与吉祥。

分水岭镇从事油纸伞制作的人从手艺的人变成了文化的人。他们的油纸伞被列入国家级非物质文化遗产，获得国家地理标志产品保护。一个叫毕六福的乡党，成为中国非物质文化遗产油纸伞制作技艺国家级唯一法定传承人。

穿行在那座充当为油纸伞制作工厂的百年老宅中，我立即成了有福之人。我看到的每一个人脸上都写满了静穆和良善——那是被传统浸润日久的静穆和良善。我看到我得到了无数的祝福：那油纸伞上面的牡丹、龙凤、花鸟、山水，都在祝福我幸福平安、健康美满。我有理由认为这里的每一个人都叫毕六福——对传统毕恭毕敬，愿人生六六大顺，福气满满，这是一个多么好的适合于所有油纸伞从业者的名字。

走出那座作为油纸伞生产基地的百年大宅，外面是用数十把大大小小色彩图案各异的油纸伞串起的天空。天上的光在伞间如同婴儿，躲闪雀跃，仿佛做着快乐的游戏。我可以发誓，那是我见过的最美的彩色天空。

五

离开泸州回到家后不久，泸州的朋友给我寄来了礼物。一个纸箱子里有两瓶泸州老窖，还有泸州的特产莲子、桂圆干。然后是一把油纸伞。

那是一把很小的伞。它是红色的，伞面绘有牡丹，牡丹旁用行书写着“天香国色”。这把伞太小了，伞面比八开的报纸还小，小得就像一个伞中的婴儿。那些纸面下细细的伞骨，仿佛初生的婴儿细细的骨骼。

我立即撑开了这把伞。在分水岭镇闻到过的桐油味道扑面而来。我立即被分水岭镇乃至泸州的山水及四百多年分水岭镇制作油纸伞形成的传统所裹挟、包围。我的宅子似乎被吉祥的霞光铺满。

我把这把小伞放在我家的电视机旁边，希望它护佑和祝福屏幕内外所有的人。我无端地认为，这小小的婴儿是有生命的，它会长大，会在我们出门的时候，独自在家旋转、跳跃、翩翩起舞，把祝福洒满我家的每一个角落，让所有的污秽与伤害不得近身。

（选自《去林芝看桃花》，广西师范大学出版社 2020 年版）

两条河流

李晓君

那是初夏。多雨、沉闷，湿漉漉的空气里，物体失去了阳光和夜晚的灯光赋予的色彩，在清晨的窗前，显示出一种苍白的灰色，铅色的云层很厚，积压在窗前。云层之外遥远的火星上，祝融号探测器已经着陆在你无法想象的星球上。据说，上面也有水的迹象。几年前，美国宇航局曾公布在那个沙漠行星上（地表遍布沙丘、砾石，大气稀薄寒冷），发现了液态水湖。

你眼见着江水一天天往上涨，连接两岸的大桥在水的逼近之下，失去了往日的伟岸、挺拔，有种即将被水吞没的岌岌可危之感。在你住的高楼上，赣江两岸的景色一览无遗，你来到这城市二十多年，第一次这么近距离地生活在江边。昨天晚餐后，到江边散步，看到不少人在垂钓。你震惊地发现，密密麻麻的蚯蚓在逃离被水淹没的泥地，徒劳地往水泥斜坡上爬，起初你以为是岸边遗弃了一些锈铁丝。旁边一位同样散步的女人，用南昌方言说，恁多蚯蚓啊！旁边的丈夫说，侬有稀哩奇怪，涨水咯！一位男子以蚯蚓为饵，手一抖一抖地握着鱼竿垂钓（你不太明白他这个神经质的动作）。岸边一个红色塑料袋里，显示着他可怜的收成，一条小鲇鱼正徒劳地张着嘴。那个丈夫又有了新的发现，一条黄鳝也挤在攀爬的蚯蚓群里。被水淹没的草洲，灰色的鱼群游弋成一个个漩涡，正是这点吸引了垂钓者，但他的收获实在有限。很快他被同样在岸边观鱼的散步者指点，跑到另一处去对付一条新发现的大鱼去了。不断上涨的江水，似乎激起了附近居民和散步者的兴奋之情。同样，那些平时并不怎么垂钓的人，这时跃跃欲试，仿佛天赐良机，你对这种投机的心理略显鄙夷。

你直观地看到了水每日的变化，那是多日来连续降雨的结果。自从你住进酒店十余天来，雨就没有间断过，虽然未必整天都在下雨，有那么两三次正好晚饭后雨水稍歇，你借此从室内出来，呼吸新鲜空气，沿着塑胶行道散步。老实说，江边这一段，区政府颇为用心地打造出一个健身的好去处。从你第一天入住酒店开始，便喜欢上了这个地方。这一区域楼盘价格在南昌是偏贵的，从办公楼、写字楼、酒店到居住小区，都明显精致气派些。

水面宽阔，干净无物如素纸。以前可不是这样，江上的驳船、采沙船、渔船，如同路上的汽车一样往返。现在江上除了持续上涨的水——那灰黄和灰蓝的细密纹理——有些像是年代久远的古画颜色，便无其他。巨大的虚空，塌陷的寂静，难以察觉的缓慢的整体移动，对天空镜像般的呈现，以及持续地吞噬两岸实物的延展——此外，你无法在它身上看到更多。十年禁渔的措施出台后，江面回到了宁静和清澈。

随着渔船和沙船在江面消失，江岸的建筑显得更加醒目起来。从酒店窗口望去，对岸的建筑物在水天之间森林般茂密（从对岸看这边亦是如此吧）。这些建筑都是这十数年间矗立起来的——它们还在拓展、延伸，不断扩大城市的边界。对岸建筑丛林中，正对着你窗口的，是一座孤峰耸立的大楼，这栋正在装饰外墙的建筑比周围的高楼足足高出一倍，它的顶端真的藏在云层里了。在这样阴沉的雨季，雨水搅黄的江面无法呈现建筑的倒影。白天的江景和夜晚差别还是挺大的。白天，沉默的建筑冬眠一般，到了夜晚，绚丽的灯光将它们点燃，显得容颜焕发、美轮美奂。一个巨大的熠熠生辉的圆圈（摩天轮），两座弧形大桥，以及被五彩灯光披挂的建筑，上演着一场盛大的灯光秀。白天看起来沉默、喑哑、虚空的江面，叠映出镜像功能，仿佛投放在银幕上的电影一般让人惊奇。你曾数次带外地的朋友到秋水广场观看喷泉和灯光秀，但与你此刻从酒店出来散步，看到的灯光秀竟然感觉不同。观看的表演特征消失了，它们，就像长在树上的叶子一般真实。

你像是第一次这么近距离地亲近这条江，只要睁开眼，它便在你的视线里。但你也发现，二十多年来你其实一次也不曾以泳者的身份与它肌肤相亲。秋水广场与滕王阁之间的江面，在夏天倒是有观景的游船，可你未曾上去过。你对它的了解除了观望，并未曾接近。你可悲地想到——这仿佛是你处世的一种态度，总像个人群中的疏离者，对他者戒备，过分小心和谨慎，对人性不想深度勘测。你害怕受伤，更害怕伤及他人。你有时会想起第一次情感火焰的烧灼，也像看这场灯光秀一般，缺乏看清那火焰的勇气，就让它熄灭在无尽的暗夜中。后来追忆和反省——那是出自一种什么样的心理。你在书籍之中寻找“病因”，在精神层面寻找冷漠、疏离的根据，你是否找到答案?

有人依赖烈酒和咖啡。他们属于情感浓烈的人。你喜欢白开水。你不善饮，小酌是你喜欢的状态。你信奉心外无物。因而，你看江水，其实是看自己的心而已。它持续地上涨，就像快要撑破心的界限——这带来了张力。你无比紧张地看到它不断加宽——相比住进酒店的前十来天，江面宽阔了快一倍，从窗口的位置看过去，那岸边红蓝色的塑胶行道几乎与江面齐平了。第一天，你来到江边，那绿色草洲上还有家长带着孩童游戏，还有宠物暂时离开主人的牵绊，跑到草地上左闻右嗅。现在，水以它无声而不容分说的强悍侵占了那里，将它们踩在自己透明、虚无的脚下。

电视里说今年的第一道洪峰已经到来。每年这时，是考验这江域的时刻。去年，大概也是这个时候，这条江的下游，造成区域性洪涝灾害的情景还历历在目。从新华社提供的照片看，彭蠡之滨的鄱阳县处在一片泽国中。作为长江的支流——赣江，以及汇聚江西五河的鄱阳湖，与整个长江水系息息相关。每年五六月份，是大自然对长江中下游地区无情肆虐之时。人们还没从人间美景四月天的欣悦中回过神来，灰色的云层和持续的暴雨便开始了对人们沉醉“门前梅柳烂春晖”快意的加倍索还。

你窗口正对着的，是个综合文化馆，几个露天羽毛球场，不知出于何种原因，正关门停业。地面挖开但没有显示往下走的迹象，浑黄的水洼，倾铺在翠绿、锈红色球场的污泥，在雨水的浸泡中，显示出一种萧瑟之感。

这沿江一带，曾经也是一片荒滩。后来，一幢幢积木般的房子盖起来了。十多年前，你和朋友散步到这，随意走进那一栋栋抹着灰色水泥的三四层高造型各异的房子里。对岸也还是一片荒滩，只有零星的房子，完全看不出一个建筑丛林会如雨后春笋突然拔起。你们倚靠着阳台，脚踢着细碎的水泥疙瘩，听到它从空洞的阳台掉下，落在荒草中发出“噗”的声音。这一带，车辆很少，世界安静，仿佛可以听到流水的声音。你来这城市既久，不免生出厌情。你对朋友说无法融入这城市，总有疏离之感。作为一个逃离家乡的写作者，你似乎开始成为一个思乡者。你分析不喜欢这个城市的理由：第一，它没有提供一个省会城市应有的人文气和烟火气，这二者反映在你交往的一些人身上，都不鲜明和深刻，保守主义和小市民意识反而显得特别突出，这加剧了你精神上的孤独。第二，这城市女性同样缺乏足够吸引人的特质，其实是对第一条理由的侧面印证，非但没有加持反而削弱了这城市的魅力，如果从这个角度上来看，那些个性并不鲜明的男人们倒变得不那么难以接受。第三，这城市更像是若干个县城的集合，你素来敬重的一个作家曾不无调侃地说，我生活在江西省某县，遗憾的是，属于县城最动人心魄的那个年代已经逝去，你错失了它最富有时代韵味的时刻。最后一点，也许可以这样说，除了自己的家乡，你并不会真正爱上其他城市，虽然那时你感受到的只是压抑和窒息。

朋友笑了，他对你的想法非但没有感到奇怪反而称许。这么多年来，他是这个城市你为数不多的心领神会者。那时，他自己似乎处在人生的一段斜坡，他对自己的未来没有清晰的把握。在写作以及务世之间摇摆，也在一段若隐若现的情感间摇摆。

包括几年后在江边矗立的摩天轮，以及彰显城市巨大欲望和消费热情的这条后来以“新天地”命名的沿江建筑群——会所和高档餐厅密集区，很快便遭到当头一棒。红极一时的灯红酒绿的饕餮盛宴持续不到一年便歇菜了。对腐败和吃喝风的整肃，使得此地很快车马稀疏、门庭冷落。欲望的旗帜刚刚鼓胀，便草草地降落，人心的昏聩在迎面一击后，开始变得理性。多年以后，“新天地”以另一种更加亲民和务实的面目出现，不再以骄奢和纸醉金迷的招牌示人。其喧嚣和虚幻的面目扯掉以后，与江流的平和反而相得益彰。

十多年过去，你变得更加包容、稳重，愤世嫉俗已经远去。你曾写过一篇文章《一个人和他的城市》，那种与城市的抵牾、疏离和陌生，既是造成你郁郁寡欢的原因，也是结果。那时，女儿刚出生，还在家乡的县城，快到上幼儿园的年纪。你每个周末坐夜班车回去，这个天使让你在堆放着肮脏被子、散发着脚臭的狭窄、黑暗空间内，整夜难眠。交通不像现在这么便捷，那时，两地之间的道路还在机器艰难的喘息和被雨水浸泡的泥地中艰难塑形。汽车抛锚的事件常有发生。因为差不多要走一整个晚上，司机和乘客中途在吉水县八都镇的一个路边餐馆吃饭。无须赘言，选择夜班车，无非是最大化地利用周末时间，好在周六黎明中出现在女儿身边。如今，八都镇的路边餐馆早已不在，高速公路已畅通无阻。

你家乡有一条江叫莲江，源于境内罗霄山余脉高天岩，经县城东南至砻山口流入邻县永新禾川，再经泰和县流入赣江。印象中家乡这条江，与城市这条江，像是两条江，其实只是枝与干的关系。你家与莲江的距离，就像现在临窗看到的赣江这么近。不同于你与赣江的疏离，莲江就像家里放大的澡盆，夏日的每个下午或黄昏，你都浸泡其中——那是你感受舒适的最佳方式。自然，这条江并非泳池一般平整和安全，未知的凶险常夺人性命。每年总有人成为“河神”的祭品。“落水鬼”是大人嘴里频说的一个词，却依然无法阻挡你和大部分男孩迈向江河的脚步。小学毕业的暑假，家住驻县地质大队的一个孩子——你小学同桌，与他叔叔在东门桥下游水，两天后人们才在永新禾川找到他幼小的被水泡胀的身体。江水是温床，也是噩梦。母亲说找人给你算过命，八字忌水。但那有什么用，父亲在异地安福县一个国营钨矿上班，母亲在教育孩子的经验上，乏善可陈，便任由你野蛮生长。

20 世纪 80 年代的南方县城，充满活力。对于你这样的少年来说，新鲜事物每天都在上演，譬如：小抄本、迈克尔·杰克逊、邓丽君、喇叭裤、斧头帮、伤痕小说、汪国真、琼瑶、少林寺、高仓健、马龙·白兰度、气功、特异功能、UFO、陈景润、女排……让人目不暇接，构成生活的“别处”。荷尔蒙已开始在青春的体内分泌，喉结也开始显现。你变得敏感、多思。有一个学期，学校广播里播放一首歌曲《风雨兼程》，却让你脊椎尾骨微微战栗，你被歌词和旋律击中，陷入其中不能自拔。这伤感的旋律中，似乎荡漾着一个穿桃红色毛衣的女生倩影。一切全无征兆。但你开始与一个名字里有“海”的男生秘密交往。下课后，你会出现在他家中，俩人都是绘画爱好者。画连环画，成为你们放学后郑重其事的日课。穿桃红色毛衣的女孩正是“海”的邻居。这幼稚的伎俩后来以女孩母亲一张愤怒、歪曲的脸，出现在你们面前，对你可怖地叱责方告终。这像是你人生第一个挫折，预示着今后情感的道路不会一帆风顺。你在长篇散文《镜中童年》中，对20世纪80年代县城的生活，有过普鲁斯特式的回望。仿佛一个流亡者不断舔舐记忆之伤。那源头性的生活，对你后来的生活构成了挤压和排斥。你走得愈远，河流那头的生活就愈清晰，而你此在的生活成为一种流水的性质——无法捕捉和把握，只能呈现记忆之河床的青草和卵石。

那构成你怀念的情节是什么呢？崔健用红布蒙住双眼抱着吉他的愤怒歌唱，街头少年血气方刚地茬架（像电影《阳光灿烂的日子》里一样），背着军绿色书包勾肩搭背在女孩身后胆怯而恣肆的玩笑，大人无尽的争吵，县城电影院疯子第一次让你感受到的“悲悯情怀”，还是……混乱的思绪像漂浮的云层、风尘仆仆的火车一样移动。赣江连接着家乡的莲江，却无法连接那逝去的时光。江河日日流淌，这巨大的血管，暴露在天空之下，某种意义上，天空和河流属于同一种事物，具有虚无和永恒的性质。

（原载《满族文学》2022年第1期）

在那百花盛开的草原上

艾 平

朋友，这一切就发生在你眼前的草原上，遗憾的是你作为一个旅游者很难看到。

你在百花盛开的呼伦贝尔大草原上漫步，眼前是一望无际的绿色海洋，每一株草都在奉献花朵，那摇曳的繁花，犹如漂浮在海面上的星星，五光十色，熠熠楚楚，每当风儿吹过，她们便翩然起舞，一闪一闪地把阳光撞成叮咚响的琴弦。此时你会想起很多歌儿——“在那百花盛开的草原上，肥壮的牛羊像彩云飘荡……”“羊群驮来六月雪，马群奔腾起波澜，啊哈啊啊哈嗬咿，花儿像火团……”你沉醉在久违的诗和远方里，你的眼里是辽阔，你的心里是唯美，你情不自禁，飞跑着去拥抱那些赤橙黄绿青蓝紫的野花，便以为亲近了草原。

你亲吻着芳香四溢的野花，欣赏着她们浓妆淡抹的妩媚，端详着她们仪态万方的婀娜。你把一种又种的野花逐一拍照，然后使用花草识别软件，叫出了这些花的名字，也知晓了这些花的习性——淡雅的薄荷花，多年生芳香草本，微紫色，像一团绒球似的被茎秆串起来，生在水边草甸，放在嘴里嚼嚼，呈微辣，蒙医用以清热止痛，中医用来疏散风热；最能够点染草原的该属红彤彤的萨日朗花了，这种百合科植物，可谓不鸣则已一鸣惊人，在她们没有绽放的时刻，你只有使用微距寻觅，才能够发现她们，不知道是哪个画家用红和绿给她们调成了暗色的衣裳，更不知道是哪个孩童，笨拙地把这蓓蕾捏成了丑丑的子弹状。缘于低调的好处，萨日朗的蓓蕾躲过了风，躲过了鸟，总是在湿漉漉的清晨完美盛放，只见她们反卷起玲珑的花瓣，以小红灯笼的样貌，弥漫了山坡、林缘和草甸，也许这让萨日朗觉得自己的美丽，还不足以报答赐予她生命的长生天，于是她用千百年的时间，慢慢地告诉了蒙医和中医，清热解毒，养阴润肺，是自己的长项……还有，小黄花菜，就是那种在内地人嘴里叫作萱草的喇叭状鹅黄色花朵。从姿色的角度看，小黄花菜和萨日朗、赤芍、野玫瑰、狼毒花可以说是草原花海中最耀眼的仙女。而这小黄花菜的非凡之处，还在于她的秀色可餐，既是一道草原上的家常菜，可凉拌，可烹炒，可做馅，又是一种味甘性良的原生态草药，被中医用于利尿养肝，被蒙医用于清热解毒、愈伤止咳。还有，吊钟样的蒙古黄芪花，白玉盏一样的玉竹花，给干旱草甸铺上一层莫兰迪纱巾的马蔺花，黄翡蕊宝石蓝瓣的阿尔泰狗娃花，一串串琥珀吊坠般的蒙古黄芩花……镜头徐徐推进，你发现草原花海中，每一种花都精美绝伦，别开生面。

于是你久久地徜徉在草原的花海里，沐风闻香，看不够——蓝蓝的天空飘着那白云，白云的下面是那雪白的羊群，羊群好像斑斑的白银……在云朵的影子里，几匹红骏马凝固了似的站在草原上睡着了，只有鬃毛微微飘动；九曲十八弯的河水倒映着天上的雄鹰和碧绿的芦苇荡，于是你把河水想象成一条缭绕在翡翠上的缎带；一头挂着铃铛的骆驼驾车而来，车上的奶桶口不时漾出一丝洁白的乳汁，一群旱獭子立在坡地上远远张望着奶车，像淑女那样双手抚胸，你特想知道它们是在朗诵还是在唱歌……大地之美，美不胜收，此时你即将结束草原之旅，如醉如痴，心满意足，止不住地面对草原放声抒怀：啊，美丽的大草原，你是花的海洋，药的宝典，你的怀抱博大如天，你的馈赠像母亲的慈爱永不干涸！

且慢，亲爱的朋友，你的话虽然发自肺腑，却仅仅是浮光掠影的感受。让我来告诉你吧，草原的伟大不仅仅在于她的富庶和美丽，更重要的是，作为一幅意蕴深深的生态帙卷，草原让人类在漫长的岁月找到了人与天地的吻合点，形成天人合一的价值观。

我多年在草原上行走，亲眼看到的事实是，草原是很脆弱的，挖一锹，一场大风过去就成了一个小沙坑，不几年就漫延成一块沙地。你眼前如此绿意葱茏，那是千千万万的草彼此在地下根连着根，在地上手挽着手，编织造就的天衣无缝，草原上的每一棵草都不可或缺。

是的，草原上的草如烟波浩渺，俯拾皆是，每一棵草都平凡渺小，于是人类往往无意中轻视了她们，看看人类的习惯用语吧——无名小草、衰草、寸草、草芥、草菅、草草、草创，当然我们也有离离原上草，也有疾风知劲草，也有“野火烧不尽，春风吹又生”，然而，谁见过和草相依为命的人对草的认识，登上过文书典籍？自古以来，人类逐水草而游牧，就像婴儿一样依偎在草原的胸前，靠草的给予繁衍生息，所以牧人从来不会自以为是草原的主人，深知绝不可以在草原上肆意获取。

亲爱的朋友，当你观赏过了风景，请跟我来。让我们像一个小学生那样去聆听草原的记忆。

我在林草接合部的撒欢牧场采访，牧场主人赵红松妈妈临走给我装了一包柴胡草，让我平日沏水喝，说柴胡水是他们家每天的饮品。牧场的饮食，无肉不欢，无酒不欢，这里的农人和牧民，年年岁岁依赖山野草药养生。回到家中，我百度了一下柴胡。度娘说，柴胡为《中国药典》收录的草药，有和解表里、疏肝升阳之功效，药用部位为柴胡的干燥根。那么，在柴胡遍地的草原森林交错带，人们为什么不选择药典提示的柴胡干燥根使用呢？后来我翻书，看到一个信息——在蒙药中，龙胆的药用部位为其花，在中药中龙胆的药用部分为干燥根。这个现象让我十分好奇，便继续翻书，得知同一种草药，往往中医和蒙医都使用，但是蒙医一般使用其地上部分，中医则大都使用地下部分。使用瞿麦是这样，使用北乌头是这样，对蒙古栎的使用更为典型，中医在春秋两季剥取树皮、夏秋季摘树叶入药，而蒙医只是在秋季果实成熟后采摘入药。后来看了草原生态学家刘书润的访谈，佐证了我的认知。他说“像黄芪、甘草、黄芩都是挖根，蒙医是不肯用的，牧民用蒙药，都是用地上的部分”。我想，不论游牧文化中以植物之根为草原命根的理念，还是农耕文化中“为国之数，务在垦草”的理念，对于原初的人类生存都有着生死攸关的意义。

正所谓生态决定生存，生存决定历史，历史孕育文化，文化不可以一夜打造而成，就像风霜雪雨中的大树一样，唯有饱经沧桑，才会历久弥新。当初为什么会有成吉思汗《大札撒令》行为法的第五十六条“保护草原。草绿后挖坑致使草原被损坏的，失火致使草原被烧的，对全家处死刑”如此严酷的法令？皆因人类知道只有草原可以给他们牛羊，只有河水能够给他们乳汁，只有森林能给他们猎物，这样的记忆渐渐变成了血液，变成了智慧，变成了铭心刻骨的理念。

遥远的记忆，依然在绿野长风之中栩栩如生。

一个四月天，阳光普照草原，残冰变成了一洼一洼的清水，旧年的衰草像小狗的胎毛一般软软地铺在地上，每一棵小草的根部都透出淡淡的新绿，到处弥漫着清冽的暖意。我想这天气正适合在阳坡上放牧接羔，牧民们应该都在那里。当我驱车走近道尔吉弟弟的牧场，竟然没有见到预想的那种喧闹。草原显得有些空空荡荡，地平线上只有蒙古包和那个醒目的大草垛，上面有个人正挥舞着一把长齿草叉子一捆一捆地往下卸草，这人正是道尔吉弟弟。道尔吉虽然挺年轻，但从父亲手里接过这片牧场已经十年有余，用他自己的话说，也是个老牧民了。我是在一次那达慕大会上认识他的，当时他正手捧奖状从主席台上下来。他得到旗里的嘉奖，不是因为赛马得了第一，也不是因为摔跤拿了冠军，而是因为他家的羊肉在一个展销会上获得了最大的订单，给呼伦贝尔草原增了光。我说为啥你们家的羊肉那么好吃呢，你有什么妙招？他简洁地回答，听阿爸的话，少养呗。我理解，他的意思就是不能在有限的草场上超限养羊。如果草原百草充裕，羊儿会根据自己身体的指令，在不同时节，选择不同的草吃，因此营养均衡，羊儿饱食终日，就不会啃食草根，草原上便始终有各种各样的草在长，各种各样的花在开，各种各样油汪汪的草籽在成熟，那么产出的羊肉自然是营养丰富，肥而不腻，让人唇齿留香。道尔吉的牧羊经验，来自他的阿爸。阿爸走了，他留下的草原在儿子手里永续延年。

见到我的车，道尔吉从草垛上下来了，他满头大汗，一脸笑容，心情不错。我问他，不是刚刚接完羊羔吗，羊妈妈需要牧草，羊宝宝需要奶水，你怎么能把它们整日关在圈里呢？

他说每年这个季节他家都要休牧，因为草地一放绿，吃了一冬天干草的羊对嫩草的气味非常敏感，这时候把羊放出去，它们会使劲啃食刚刚长出来的草心，草就没法再长了。休牧到五月下旬，草长到半尺来高，营养也丰富，就不怕羊啃了，恰好小羊羔也已经学会了吃草，这时把羊群放出去，正值水草丰美，恰到好处。休牧圈养，每天投草喂养，定时给羊饮水，人是辛苦点，但是到了入冬羊出栏的时候，看看膘肥体壮的羊，就知道咱家春天的辛苦值得不值得了。

我说大姐给你点个赞吧，你是响应政府号召积极休牧的模范。道尔吉说，政府号召在后，阿爸留下的习惯在前，政府是根据草原的规律，总结传统游牧的经验，出台了草原春季休牧政策的。

三伏天快过去了，我又一次来到道尔吉的牧场。天气见凉，早晨草尖上出现了凝结的露珠，很多牧民开始打草了。草原这个季节常常秋雨连绵，随时有可能下霜，长了一个春夏的牧草有可能被泡在水里，说不定还会被冻在地上。谁都知道储存牧草对于牧民的生计有多么重要，但是道尔吉说，再挺两天，再挺两天，让草籽落一落……我说，要是下雨怎么办？道尔吉抬头看看天，看看地，不吱声。他说看见鼢鼠出洞囤草籽，看见绿头鸭钻进草丛里不抬头地吃，就开动打草机。在他家七千亩的草场上，我们用直升机看他开着拖拉机打草，感觉像在写一卷书、画一幅画——每隔三百米，就会留下一条十米宽的草籽带，不刈草，让草自然衰枯，为了不伤草根。他打草时不贴地皮，刻意留下七厘米高的草茬子。只见他留下的草籽带呈现一条浓墨重彩的黑绿，而他身后割过草的地方就像一幅灰绿色的天鹅绒。阳光之下，草场上道尔吉收获的一个又一个大草捆，排成队一直延伸到天边的云里，就像书中的标点，也像印象派画家修拉的点彩。转年春天你再看他的牧场吧，一场春雨，打过草的地方茵茵碧绿，没打过草的草籽带金黄透绿，那些随风而去的草籽，在四面八方绿了个无边无际。我的兄弟牧民道尔吉，他每做一件事的时候，心里时时刻刻装着未来的春天。

远方而来的朋友啊，此时此刻，你为什么陷入沉思？

在你即将离开草原的时候，我还要带你到草原非物质文化遗产博物馆去看一件牧民的衣服。

这是一件额吉的额吉留下的蒙古袍，白茬的皮面在岁月的剥蚀中已经枯黄，朱红色的玛瑙扣子已经残裂累累，袍子的群袂失去了大半，那是马镫和草尖长期磨划的结果。在这件来自岁月深处的蒙古袍胸襟上，有用三种颜色——蓝色，黑色，红色镶嵌的横条图案特别醒目。这些色彩在你眼前闪耀，亘古如初。仿佛是谁从远去的时光里跳出来跟你说话。

一个笑眯眯的解说员出现了，皮肤白皙，优雅端庄，谈吐不俗。她是鄂温克牧民的女儿，身上的蒙古袍是高级织锦缎的，典雅又华丽，和博物馆温暖的灯光十分匹配，在她的胸襟上我们又看见了蓝色、黑色、红色的三道横条图案。

解说员姑娘告诉我们，蓝色代表天空、黑色代表大地，红色代表火。古老的游牧民族就是这样把对大自然的敬畏和崇拜，带在身上，放在心中，赶着牛羊，唱着牧歌，穿过霜天雪雨，穿过历史，走进了崭新的生活。

这一切都发生在百花盛开的草原上。亲爱的朋友，如果你能了解，便是不虚此行。

（原载《美文·青春阅读》2023 年第 6 期）

武夷听涛

周　文

古誉“书文贵重”的“连四纸”，要用嫩毛竹做原料，一沓纸，一方竹。赣闽交界的铅山县恢复了“千年寿纸”的传统技艺生产，我慕名前往参观。

投宿乡村，近晚竟下起了豪雨。

有激响！连绵不断，震耳欲聋。訇訇然、砰砰然、咚咚然、汹汹然。罡风啸旋、万马奔突、惊雷翻滚。在墙外、在身侧、在耳际。借助灯光朝外看，枝叶狂舞，俯仰抽搐。于惊心动魄中熄灯上床。几度成眠，几番梦惊。仿佛间，在飓风之夜的普陀佛国听天风海涛，在好望角感受狂野风暴的撕扯和两洋相拥的咆哮。想象中，所住的房子在悬崖峭壁边沿，其上乃接天长瀑，其下乃万丈深渊，无量之水滔滔，自天而降，直落渊底，冲起迷雾，爆出绝响。

刺激、兴奋，惊骇、期待……天刚放亮，匆匆起床。大雨已止，小雨如丝。开窗探看，全然不是梦世界！

没有飞瀑，没有深渊！矗立窗外的，只是一座并不高的山峰。屋墙距山脚不及百米。山坡平缓，布满长竹，间有巨树。树叶阔而色青翠，竹叶新而色鹅黄，青翠与鹅黄，在薄雾微雨中洇成明丽的色块，鲜亮而轻灵。湍急的溪流，呈三四十度的倾角，从竹树丛中蹿出，奔腾而下，绕屋而去。溪中布满坚石，水如箭，石巍然，成雪、成棉、成珠、成银漩，轰然作响——

嗬，惊天动地的涛声，竟是这样来的！水，竟是如此神奇！巨树长竹，将扶疏的枝叶探向水面，相望相牵连，结成遮蔽于溪流之上的绿盖。云在天上行，雾在竹上旋，水在石中流，鸟雀在枝间和叶梢飞来飞去叽喳叫。涛声、风声、雨声、枝叶摩挲声、鸟儿欢叫声或高或低，或疾或徐，融为交响，汇成天籁！

这里是个小盆地，方圆不过一平方公里；这个小山村，房屋数十栋，新旧杂陈；所宿一民居，依山依水面场圃……四围青山皆竹树，一水纵贯西东。

它是武夷山一脉，叫黄岗山，雨量充沛，气候湿润，生态极好，特别适宜毛竹生长。铅山县设有武夷山镇，管辖着山上山下一片不小的土地，规划建设若干个毛竹生产基地。乡民说，这里是自然村，名叫黄角潭，溪水是从黄岗山峡谷出来的，在村头拐弯，跌入“黄角潭”，流进“泰平洋”，通往山外。

风景绝佳，不能不看。

先往上，进山沟。峡谷曲折幽深，傍山路蛇行，一边是滚玉腾珠的渺渺之水，一边是林木葳蕤的翠翠之山。溪自深处出，欢欣跳跃；水自林中生，潺潺入溪；雾自水面升，漶漫绕林。其间遍布花岗岩，大者如坪如垒，水漫石清晰，纤毫毕现；小者如磨如锥，或圆或尖，砥柱中流。石在水中立，水在石间行。水如游龙，辗转腾挪，飘忽不定。时若处子，静静滑过；时若脱兔，奔突有声。层次分明、色泽迥异。深邃处，墨绿如翡翠，浅显处，明亮似水晶。人立石上，清风扑面唯有爽；人行谷道，草木清华皆是香。有三水合流之胜境，其左一危崖，白练般的水从山顶的垭口跃出，直落崖底，传出滚雷之音，溅起团团水雾，人不能近，真乃“飞瀑”；其右是主流，上溯，绕过一座山，见一片新天，转进一条沟，有万千颜色。山外有山，不知几多重，天外有天，不知几许远……无处不佳景，无景不摄魂。无污无浊、无尘无霾，气之净、水之甜、木竹之馨香，给人以全维度、极美好的感官享受。可谓：谷中有仙境，人在画中行。

再到下游，是开阔的河川。水也极清澈，石也极嶙峋。河的一侧是茶园，另一侧是山峦。茶园所产茶叶是制作“乌龙”“大红袍”的上好原料。

山上茂林修竹，有多群野生猕猴生长、嬉戏于斯。猴乃灵物，有家有室有妻妾，有王有臣有子民，食果食虫食露珠，善攀善啸善蹦跶，喜时欢声呼应，怒则锐鸣嘶啼，俨然“自由猴国”。它们不怕山里人，只怕山外人；不犯人，只怕人犯。

真是一方罕有的净土，真是大自然慷慨的馈赠！

这山这水这石这猴、这雾这风这竹这鸟、这涛声这歌吟、这气息这滋味……恰如醍醐，让我清醒。身处其中，愉悦之余，生出深深的忧虑和自责：我们这些被称为人的“猴子”，假如能像真的猴子一样，满足于一野果一草实；像孔子一样，满足于几束干肉；像杜甫一样，满足于草堂；像李白、苏东坡一样，满足于一叶扁舟、一壶浊酒；像朱熹、吕伯恭、陆象山一样，满足于寒寺陋舍……倘若我们不那么浮躁，不那么欲壑难填，那么，世上肯定会有更多更美的武夷山、黄岗山、黄角潭，肯定会干净消停得多！哪里会有雾霾？哪里会难觅清流？哪里会为吃什么喝什么而战战兢兢？哪里用得上原子弹超级战舰？

大自然有眼睛也有脾气。她乐于馈赠与恩赐，也有守护与希冀。事至绝时，会失望、暴怒，会毫不留情地惩罚！

书写文明和光耀文明的“连四纸”，是武夷翠竹精血所聚；承载着中华文化重要信息的鹅湖书院，在武夷余脉。倘无竹木，难有源源不断的水流；倘无清水，难有灵猴与飞鸟；倘无飞鸟灵猴，难有健康聪明的人类；倘无健康聪明的人类，难有闪光的思想；倘无闪光的思想，难有“鹅湖之会”……这些都没了，“连四纸”又有甚用？

山石枯干，水木不存，人将焉附？文明何来？

朋友告诉我：黄角潭往里走十里，还有一片原始森林，有猴、有蟒、有老熊。往外走十里，是大村大镇，修了大路、大桥、大厂房，山上没多少竹、没多少树、没有猴子。

我明白朋友安排进山的意思。出山之后，我得说说想法，提点建议。我想，“连四纸”也好，别的也好，够用就行！古为今用，推陈出新，在精细上下功夫、求效益。“财源滚滚、日进斗金”固然好，“一溪流水隔湖山，架石为梁屋数间”未必不是好境界。“鹅湖山下稻粱肥，豚栅鸡栖对掩扉。

桑柘影斜春社散，家家扶得醉人归”未必不具更深韵味。

武夷之涛，不绝于耳。

我亦有梦：山常青、树常绿、水常涌、涛常在，鸟常飞、猴常戏、人常乐也！噫吁嚱！

（原载《江西日报》2014 年 6 月 13 日）

死生契阔，与子成说

李 舫

今天的我，似乎再也无缘与两千两百年前的那场大雪相逢。

而今天的我，似乎比两千两百年前更看得清那场雪。雪花就在我的身畔，铺天盖地，挥霍残冬的凛冽，我听到它们沉重的脉搏、沉重的呼吸、沉重的脚步。而我的心，像接过一副重担一样，接过它们的欢喜与疼痛。

这是我遥远的故乡，呼伦贝尔。

两千年姻缘未断，此生却素未谋面，这是我的呼伦贝尔。岁月倥偬，时光轮转，我的心却与我的故乡渐行渐远。去乡多年，最怕听到的是王维的那首诗：“君自故乡来，应知故乡事。来日绮窗前，寒梅著花未？”时间，就像卑微的西西弗斯，每个凌晨推巨石上山，每临山顶随巨石滚落，周而复始，不知所终。

很多时候，遥望天边飘逸的云朵，遥望时间空洞里的未来，我都在设想，自己就是一个穿着树皮、钻木取火的扎赉诺尔人，与另一个手执木棍、惕然鹤立的扎赉诺尔人，相呴以湿，相濡以沫，日出而作，日落而息。

很多时候，俯身大地之上，倾听荒原深处传来的远古的雷声在头顶轰然作响，倾听凛冽的寒风吹拂着雪花的飒飒细语，倾听过冬的獾子、野兔、狐狸在坚硬的泥土之下的无尽呢喃，我想象着自己站在古老草原的敖包旁放眼远眺，想象着自己跟随强大的匈奴部落征服东部、统一北方，从此逐水草而居，以狩猎为生。

很多时候，跋山涉水，伏游卒岁，我驾车驶过了大大小小乡村的心脏，徒步走过了充溢着泥土芳香的田野，心情一直处于欢愉与漂流之中。可是，想到再也不会钻木取火、再也不会俯听雷声、再也找不到遥远的故乡时，我的心里便充满了哀伤。

很多时候，我等待着，等待着两千两百年前的那场大雪将我尽情覆盖，等待着我的扎赉诺尔人来找到我，抚摸着我的胎记，对我说，看，这就是我走失的亲人！我是一个流落人世间的孩子，不知冷暖，不知困乏，不知家在哪里，我迷失在这个世界上，如同困兽在丛林般的世界里徘徊。我就这样，等待着那个人裹挟着雪花找到我，他没来的时候，我的一部分还没有复活；有一天他走了，我的另一部分也开始死去。

更多的时候，我却是在一世又一世的世俗中辗转，一次又一次在这个喧嚣的世界里轮回。两千多年来，为着不同的目的，我东奔西走南征北战，在饥饿中厮杀，在厮杀中奔逃，在奔逃中绝望，在绝望中坚守。在风调雨顺、风情万种的时日里，我曾经短暂地扎下根来，并无数次幻想，周围的平静就是我永远的家。

然而，我错了。

每一次，怀着失望和怅惘，匆匆挥别我曾经无限向往并一度驻留的驿站时，那种巨大的恐惧就会像阴影一般笼罩下来，融化我原本并不坚强的神经，压迫并阻挠着我越来越犹疑的脚步。从北向南，由东到西，一次又一次，我试图让我的脚步变得从容一点儿、再从容一点儿，沉着一些、更沉着一些，然而，我愈来愈宿命般地发现，面对着这个无限异化的世界，我的任何努力都是徒劳的。每一次，徘徊于五彩缤纷的霓虹灯光影里，徜徉在鳞次栉比的摩天大楼间，跻身于形形色色沉默而搁置的面孔中，寒意便席卷而来，那种赫然有序的冰冷的感觉无时无刻不环绕着我，心底总有些隐隐的牵痛。

直到有一天，一个偶然的机会，一切重新开始。

想必有一些东西冥冥之中自有安排，让我们在最狂妄的时候学会宽容，在最悲观的时候懂得淡泊，在最绝望的时候懂得希望，在最骄傲的时候洞悉任何用道貌岸然来反抗放荡与堕落的行为同样廉价，在最寒冷的时候找到温暖的胸膛。

仲夏的草原，天高气爽。天空晴朗得让人心碎，草原的风在耳畔猎猎作响，野雏菊铺满了山坡。阳光明亮，澄净，神秘，将远方重重叠叠的山巅炼化为一层又一层金光耀眼的轮廓。从地面喷涌上来的热浪，让这些金色的轮廓微微起伏。我们摇下车窗，在风驰电掣的速度中感受风的力量。风很硬，空灵而有力，清新中有些微的苦涩，把我们的衣衫吹得鼓荡起来。云却很平静，一朵一朵点缀在蓝天上，松松蓬蓬，像一大片一大片弹散的棉花。远山连绵起伏，像一大队扎缚得当的少年武士，更像一大队桀骜不驯的奔马，一代天骄成吉思汗驰骋厮杀的呐喊声犹在耳边回荡。

恺撒大帝曾经呐喊:“我来了！我看见了！我胜利了！”

我来了，我看见了，我胜利了——这就是呼伦贝尔。

呼伦贝尔的名字滥觞于美丽的呼伦湖和贝尔湖，数千以至数万年来，呼伦贝尔以其丰饶的自然资源孕育了中国北方诸多的游牧民族，从而被称为中国北方游牧民族成长的历史摇篮。东胡、匈奴、鲜卑、室韦、突厥、回纥、契丹、女真、蒙古等十几个游牧部族，或在此厉兵秣马，或在此转徙、征战、割据。

两千年如流水般远逝，不胜唏嘘多于无限惊喜，河水带走了两岸，流光氤氲了旧年，在这里，量词暴露了它的局促，形容词变得无力。如烟的往事，天籁般的青葱岁月，让我在喧嚣和躁动的世界里，懂得驻足远望，懂得凝神静听。

骑着马，我在山间穿行、在风中驰骋。山的余势束成一道小溪，溪水奔流，波光潋滟，好似藏在草丛中的一面面形状各异的小镜子。鸟音踏水而来，宛如梦面上的浮雕，温润如玉，湛然无思。云朵在辽阔而寂静的大地上投下巨大的阴影，低矮的沙蒿星星点点地散布，将阳光的影子固执地盘踞在自己的脚下；一队队洁白的羊群悠然漫步，在沙蒿间穿行，远远地，仿佛天地间冷冷对峙的残局，白方步步紧逼，黑方壁垒森严。在这一刹那，在这充满神奇的寂静之中，谁能说这片刻不就是永恒？谁能不领悟这巨大的空间所蕴含的深厚的时间？所有的悲伤和困惑，就像一抹染色的轻烟，一撮破碎的残云，悠悠地飘远，淡淡地飘散。

不走进呼伦贝尔，就永远不会读懂我们自幼已经烂熟于心的“天苍苍，野茫茫，风吹草低见牛羊”那苍凉雄浑的意境，体味不出飘荡在草原上空悠扬缠绵的歌声中的蓬勃葱郁之气，明白不了蒙古人刚毅、淡泊、豪爽、粗粝的性格何以如此，更无法理解这个逐水草而居的草原民族无视万丈红尘的自信与从容。

呼伦贝尔，没有一个地方能够像这里一样，抚慰一个个颠沛流离的身躯；呼伦贝尔，没有一个地方能够像这里一样，疗治一颗颗千疮百孔的心灵；呼伦贝尔，没有一个地方能够像这里一样，修葺一簇簇支离破碎的梦想；呼伦贝尔，没有一个地方能够像这里一样，让人流连忘返、魂牵梦绕。

夜空下，星星冷漠而忧伤，远山朦胧而柔和，千万萤火明明灭灭，万千思绪起起伏伏。我的呼伦贝尔，此生此世，我该怎样与你相逢，又该怎样与你挥别？光阴的底子黯淡下去，岁月的蛰须缠绕上来，勒得我发痛。草原深处的灯光细弱而具有穿透力，月色如水，穿窗而过，映照我的欢欣和悲恸，映照我的无眠。

很多时候，时间是不能用尺度来衡量的，命运亦是。生命中的繁荣与衰败，平淡和离奇，大悲与大喜，短短的思念、薄薄的留恋又怎能承载得起？

牧民们风餐露宿、兀兀穷年，去年在冻土上播种下的固沙植物踏浪的种子已及人高，具有了湮没土地的气势，开满葡萄串般惹人怜爱的紫花，灰鹤在草丛间飞起落下，踏碎缕缕残阳，其壮美溢于言表。踏访辽文化遗址，感念契丹民族悠远、浑厚的性格；在那达慕大会摔跤手嘹亮的出征歌中，在赛马场的马蹄声中，体味到了蒙古人民积健为雄、化浑茫为平淡的民族气魄，以及他们在豪放与淡泊的外表下所蕴藏的坚定的操守和卓越的见识；在松软的沙土深处掘出小鼠，看到它们那惯于在黑夜中行走的眼睛在遭遇光明时的惊慌失措；跟踪过在草场上悠然漫步的绵羊，感动于在汽车已抵到它们尾巴，它们仍胜似闲庭信步的坦然自若；目击了手把羊肉制作的全过程，震动于那些久荷高雅的人类在面对弱小生命时的杀气腾腾，以及弱小生命在面对利刃时的无可奈何……每一次的震撼都无法形容。

时光雕刻的草原，如同海底失落的光，而我，则是在海底失掉尾鳍、焦急等待变成人类的小人鱼。也许，我的命运就是在某个清晨，化作泡沫，浮上海面，在咸涩的海水和泪水中挥别我永远的挚爱。

夜已阑珊，草原寂静如洗。风梢梢过树，月苍苍照台。这条曾疯狂肆虐、斩岸湮溪的河水，此时温驯、孱弱、沉默，似乎仅赢地寸表。萤火虫停在水面的腐叶上，远远地漂来，打了个转，继续前进，照亮了好长的一段水路。宿鸟呜咽着，低低地掠过。夜晚在我们的脚步声中轰然作响，令我沸腾的思绪陡然生凉。岁月无敌，天曷言哉？天曷言哉？就在那一刻，不期然地，我找到了我童年的那颗星，好低，好沉，像一盏明亮的油灯，触手可及。我奇怪为什么几十年来我一直找不到它。想到那些流逝的岁月，那些流逝的音容笑貌，我的心里充满了寂寂的哀伤。岁月是一条流淌的河，不论在哪个转角掀起波澜，在哪个转角平静安谧，都不容人忽视。

历史的不公道常常以个人痛苦的形式出现，好在历史的负重和生命的强大是无可估量的。对于人类来说，仅有这份力量已经足够。批判的锋芒、反讽的情绪、圆熟的心态、浮躁的信念、犹疑不安的呐喊，固然能使人痛快一阵子，但作为牢固而成熟的维系社会前进的精神纽带，却远远不够。

那些晴朗的午后、那些不眠的深夜，许多东西慢慢温暖我在寒冬中已冻僵的灵魂，让我发现在我的心底，不泯的回忆仍在以异质的形态与岁月苦苦对峙。一刹那的拥抱，一刹那的分飞；瀼瀼的朝露，皱皱的水波；都市繁密的脚印，群山裸露的脉络；残灯耿然的夜晚，筚路蓝缕的行程……许多时候，完美恰恰在于破碎。感知生命的捷径，不在于面对面的彻悟，更在乎背后的引得。

时间将使时间得以生存，岁月却因岁月而灰飞烟灭。

难道不是吗？

远离故乡的日子里，故乡，是我们生命的圣地，也是我们推石的动力。而今，走在故乡浩荡的变革中，我们却时时发现，那些被喧嚣遮蔽的废墟、被繁花粉饰的凌乱，以及被肆意破坏的传承密码，它们切断了我们还乡的心路，让我们在迷失中一路狂奔。

启明星渐渐地升起来，这就是陪伴了我两千多年的那颗星，它曾经伴随我，一次又一次照亮在黑暗中匍匐前行的道路。我知道，是到了我应该回去的时候了。

感谢带我寻路的朋友。启明星，是你陪伴我找到心灵的故乡，每于黑暗时刻、每于彷徨时分，你便如神助般出世，举助我，从沉沦中浮上岸来。

纵使化作泡沫，我也心甘情愿。

呼伦贝尔——

死生契阔，与子成说，执子之手，与子偕老。

（选自《大春秋》，长江文艺出版社 2021 年版）

家住石家庄

刘江滨

对于离开家乡的人来说，一般意义上都有两个家，一个是故乡，一个是居住地。尽管后者是久居之地甚至是终老的地方，人们精神认同的还是前者。中国人根的意识根深蒂固。比如，如果有人问我是哪里人？我的回答绝对是原籍，虽然我生活在石家庄的时间远远超过老家，而且还要继续下去，但我从未说过我是石家庄人。细想想，这样对居住地的漠视和忽略是不公平的，这里给你提供工作的单位，居住的房子，生活的方方面面，还抵不过十几岁就离开的老家？

其实，我是热爱石家庄这座城市的，尽管它的名字叫“庄”，有时候自我调侃为“庄里人”。也曾经羡慕过别的省会城市名字的大气典雅，如武汉、长沙、西宁、南昌、长春等，唯有我们叫庄，多土气啊。但是，对于我这个从村里出来的孩子，来到庄里，真是无缝衔接，缘分天成，毫无违和之感。这里不排外，不欺生，没有客居，全是主人。自1968年成为河北省会城市，至今五十年，尤其是改革开放四十年，这个“庄”发展迅猛，高楼林立，道路宽敞，繁华富丽，村气尽退，完全是一副国际大都市的模样！

1980年，我考入河北师范大学，在石家庄读了四年书。那时，石家庄村庄的气息还十分浓郁。学校南墙外就是槐底村的一片田野，东邻是方北村。傍晚散步，经常走过田塍、河沟、树林，听蝉鸣鸟叫，看田野的四季变化，竟如在老家一样。晚上，校园里放露天电影，挤挤挨挨中，耳畔听到许多乡音俚语，有几分新奇，有几分亲切。有时星期天早晨赖床，食堂关门了，就跑到槐底村巷子里村民摆的小摊儿吃油条、喝豆浆。学校西邻隔路相望的是河北宾馆，当时是省城最高级的宾馆，与绿色葱茏的庄稼地毗邻而居，城市与乡村完全消弭了界限。夜深人静的时候，躺在床上可以听到远处火车的汽笛声、街上汽车的马达声、村庄里的鸡鸣犬吠声。

这里道路南北走向称"街"，东西走向称"路"，横平竖直，宽敞干净。街道两边分布着宾馆、商场、饭店、机关、学校等，这些鳞次栉比的楼房，高大、气派，大街上车来车往，人流如织，完全是大城市的感觉。走进街巷深处，皱褶里却隐藏着一个一个的村庄，是谓"城中村"。1925 年，民国政府规划建立石门市，共包括了六十九个村庄。其中，石家庄、休门两个村子成为核心区域，所以，"石门"的名字即取自两村的首尾两字。1947 年 11 月，解放军攻克石门，这是共产党解放的第一个大城市，12 月，即改名为石家庄市。实际上叫石家庄市更为合适，这个原属于获鹿县的小村庄，20 世纪初，因为京汉铁路和正太铁路在此交会，成为交通枢纽，渐渐繁华起来，超过了获鹿和正定，遂成华北平原重镇。所以，石家庄被称作"火车拉来的城市"。解放次年，中国人民银行即在此成立，发行了第一套人民币，至今银行旧址仍存。

1998 年，我离开石家庄十四年之后重返故地，开始了新的人生。时代的列车轰隆隆加速前行，这十四年的变化完全可用"旧貌换新颜"来形容。初春的那天上午，我从邢台来石家庄新的工作单位报到，朋友开车送我，走的是京珠高速，这条贯通中国南北的高速公路开通没几年，原来走国道需要三个小时，现在一个半小时足够。从高速口进市，途经师大门口，我上学的时候，门前的道路叫南马路，自西到学校东边的方北村就断了，是一个丁字路口，现在东西全线贯通，改名叫裕华路，成为石家庄市的迎宾大道。最亮人眼的是道路两旁的绿化，大树参天，绿荫蔽日，不仅乔木挺拔，而且灌木匝地，虽然当时只是初春，但种植的松树、冬青等不凋的绿植给人以生机勃勃的春意。进入单位大门，办公楼后面巍峨高耸的二十九层宿舍大楼特别吸引我的目光，因为此前石家庄市的最高建筑一直是解放路十四层高的燕春饭店，保持了好多年，都成地标了。

几年后，妻儿也从邢台来到石家庄，买了一所产权归自己的房子，从此在石家庄安家落户。有意思的是，小区名叫水岸，临河而筑，开窗即见流水汤汤，对岸是公园，绿草如茵，花团锦簇，树影婆娑，我的名字“江滨”不就是“水岸”吗？真是得其所哉！

从 1998 年到如今，不算读书的四年，我作为石家庄市民已整整二十年。这二十年的巨变是在眼皮子底下渐次发生的，“苟日新，日日新，又日新”。

刚来小区居住的时候，相邻的是两个村子，东岗头和孙村。南北贯穿的建设大街到了东岗头村就断了，宽阔的城市街道一下子萎缩成乡间公路。有一段时间，到东岗头买馒头、面条、包子、烙饼，到孙村菜市场买菜，是我和妻子经常做的事情。忽然有一天，建设大街贯通了，延伸了，两个村子不见了，栋栋高楼拔地而起，村庄变成了城市小区。像东岗头和孙村一样，城市核心区域内的村庄彻底消失了，走在大街上是城市，走进街巷深处，依然是城市，城市藏匿着乡村的现象只能在回忆中寻找了。

2005 年 9 月金秋时节，槐安路斜拉桥竣工通车，这是华北地区第一座跨铁路高架斜拉桥。当时轰动了省城，媒体大幅报道，市民争相参观。当晚，我和朋友就带着家人来到斜拉桥上拍照留念，被这个现代化的雄伟建筑所震撼，它不光实用，更具美感，可谓美轮美奂，给这个城市增添了一个现代化的符号。这不禁让人想起隶属于石家庄市的赵县那座闻名中外的大石桥——赵州桥，千年之隔，百里之遥，文明的繁衍如瓜瓞绵绵。

2017 年 6 月，石家庄跻身拥有地铁的城市榜。当我走在大街上，看到地铁站口的时候，忽然有一种恍惚的感觉，我是在石家庄吗？石家庄也有地铁了？

一日，河北师大国际交流学院举办留学生汉语大赛，邀请我当评委。坐在会议大厅里，不禁有些讶异，竟不知石家庄还有这么多留学生！肤色不一，姿容各异，有男有女，济济一堂，来自世界各大洲。他们汉语水平参差不齐，或流利或蹩脚，但都表达了对中国对河北对石家庄的喜欢和热爱，有的甚至表示，要在石家庄一辈子扎下根去。本是一场语言的竞技，竟变成了对一个城市的深情表白。作为一个石家庄人，我深刻感受到，这个新兴的城市正以宽广博大的胸怀、日新月异的变化吸引着世界各地的人们。石家庄市正体现出它的城市性格：包容、大气、开放、求新。

国槐是石家庄的市树，大约四成的街道以国槐作为行道树，还有几个街道以“槐”命名，如槐北路、槐中路、槐安路、槐岭路等。每当夏季来临，街道两旁的国槐开出淡紫色的花朵，香气弥漫了整座城市。花瓣坠落时，道路上像下了一场花雨。这是石家庄市独有的景观。据说，石家庄人对槐树的钟爱，源自洪洞县的大槐树，人们认为先祖从那里迁徙至此后，遍植槐树，在大地上镌刻了不可磨灭的种族记忆，同时播下一种深长的文化根脉。如今，都市里的乡村消失了，槐树还在，依然根深叶茂，绿意盎然，绽放芳香，仿佛一缕乡愁飘荡在城市上空。

既现代，又传统，石家庄这座年轻的城市天赋异禀，海纳百川，会越来越成为人们就业的福地、生活的乐园。

（原载《人民日报》2018 年 10 月 29 日）

湖山好处便为家

项丽敏

“湖山好处便为家”，这句话是在苏雪林先生的文章里读到的。读这句话时我正坐在太平湖东岸的湖滩上，眼前是湖上日落时分的迷人光景。我的双肩和摊开的书上皆是暖融融的光。那年我二十七岁，已在湖边生活了五年。

最早见到太平湖时我还在县城读书，是住读。刚放了暑假，并不急于回到父母身边，和同学邀约着，骑自行车去远郊野游。参游的同学有七人，四女三男，自行车却只有六部。我没有自行车，便由男同学轮流带着，侧身坐在硬邦邦的后座上。那次野游是有冒险性的，所走的路是一条正在修筑还未开通的乡村公路。新剖开的山体露出橙黄的油润肌肤，也露出牙齿一样尖锐的石头，自行车不时陷进柔软的泥坑，或被石牙猛不丁地咬住，撂倒在地上。

不记得路上摔了多少次，每次被一股弹力抛起又掼在地上时，我都想说：不要往前走了，回去吧。我强忍着没有把这句带着哭音的话说出口，爬起来，揉一揉磕破的地方，重又跳上自行车的后座。

那次野游是凭着年轻人的冲劲上路的，对于途中有些什么、会遇到什么，几乎一无所知，当然也不知道会见到太平湖。

见到太平湖的时候已是下午，当自行车丁零当啷地转过又一道山门，下到坡底，一片灵秀而神秘的水域就撞入眼中了。我呆立着，仿佛跌进了另一个时空，后背滚过一阵阵电击般的酥麻感。很多年以后，当我在湖边生活了近二十年后，回想起与太平湖不期然的初遇，仍然能忆起当时的心情，被美震慑得想哭的感觉。

“这里真像仙境啊，一辈子生活在这里多好！”我脱口而出的是这句话。

再见太平湖时已是五年后。这回是坐着中巴车来的。中巴车行驶在铺着柏油的路面上，路两边是高高的水杉、鹅掌楸、枫杨和幽深的竹林。竹林之外是绵延的山脉，忽隐忽现的庄稼地、河流、村庄。我仔细辨认着这条路，在记忆中寻找着对应的地方——怎么和五年前走过的路不同呢？是我的记忆有偏差吗？

我更喜欢与村庄和河流若即若离又始终相伴的路。有了村庄与河流，这条嵌在大山脚跟的路就不那么寂寞了。我知道自己将在这条路上走很多年，不过究竟会走多少年，这是我当时还不能预知的。

盘山绕岭的河流犹如潜行游龙。当这条龙穿过一个名叫密岩关的峡谷后，河道便似打开的扇面，豁然开阔。驾驶中巴车的司机说，太平湖就要到啦。

司机三十多岁的样子，操一口本地口音的普通话，言辞很是热情。司机说他的家就在太平湖边的共幸村，推开家门看见的就是湖景：“太阳出山的时候这湖最中看，水雾在泛着金光的湖面荡来荡去，轻飘飘的，可像电影里披着白纱的仙女了。”

“你从小就在这湖边生活？”我问。

“也不是，我家以前在石埭县的广阳城里，1970年，陈村水库，也就是现在的太平湖开始蓄水，就搬迁到共幸村来了。这个村里的人差不多全是搬迁户，以前都住在广阳城里。广阳可是有两千年历史的古城啊，小时候听我祖父说，广阳古城的主街是人字形的，青石板街足有三里长，老字号的店铺一家挨着一家：弹棉花的、做糕饼的、卖药材的、卖古董的、开当铺的、剃头的、扎纸花卖寿材的……可兴旺了。”

“1970年蓄水，这么说太平湖还是很年轻的湖啊。”我心里动了一下，这湖只比我年长一岁。

“太平湖的前生是什么呢？除了现在已淹在湖底的广阳古城，应该还有一条古老的河流是这湖的前生吧？”

“前生？”司机扭头看看坐在副驾座上的我，笑道，“你这说法有意思，要说前生还真有，叫秧溪河，沿河两岸有上千户人家，上万亩良田……现在都沉到湖底，是湖神管辖的地盘啦。”

“秧溪河，名字里有禾又有水，一听就是物产丰饶的鱼米之乡。”我望向车窗外，想象着秧溪河和广阳古城的原貌，恍惚觉得那是自己很久以前的故乡。

“当年也有很多人家搬迁到县城里去了，我祖父大半辈子在秧溪河打鱼，舍不得离开水，就在湖边安了家，去年老人家过世了，过世的前一天还在湖上钓鱼呢。”司机说。

“村里现在也有很多人去外面的大城市打工了，说是城里的人多，钱好挣。城里到处都是高楼，看不到山也看不到水，哪有这里好吗？”司机的眼睛看着前方，像是对我说，又像是自言自语。

湖面越来越开阔了。正是春色渐浓的三月，杜鹃花和野樱花临湖而立，一树一树盛开着，安静又热烈，绰约的倒影投在碧清的湖面，如绽放在水中的焰火。

我在路边竖着白鹭洲标牌的地方下了车，司机将我的行李搬到路边，问：“你是来景区工作的吧？”我点头笑道：“以后要经常坐你的车了。”

拖着行李，走过一座长长的晃来晃去的索拉桥，对面就是白鹭洲了。可能是春寒未退的缘故，景区里很少看到游客。几艘仿古游船泊在湖边，均是竹木结构的画舫，红楼号、宝玉号、黛玉号、雨村号……船名如出一辙，全和《红楼梦》有关联。后来才知道，1984年，王扶林导演的电视剧《红楼梦》曾在这里选景，这些画舫就是那时造出来的道具船，拍片结束后改为游船。

踏上白鹭洲岛，树影从四面围拢，斑驳地罩在头顶，微凉的清寂感也随之袭来：我的青春或者说人生就要扎营在这里了——这真的是我想要的生活吗？除了自然的风声、水声、鸟鸣声，耳边再也听不到别的声响，繁华与热闹都与这里无关，而我还这么年轻，什么都没有经历过……我不确定自己是否能安心地待在太平湖，在日复一日的寂静里与湖山相伴。

白鹭洲处于太平湖的中游，太平湖最宽阔的水域就在这里，两岸相隔有六公里。雾起的清晨，站在白鹭洲的湖边是看不到对岸的，整个对岸，包括最高的陵阳山全都遁于太虚。当雾一点点散去，陵阳山的轮廓才渐渐凸现，初时似浅淡水墨画，随着日光加强，淡水墨便成了浓墨的丹青。

我在太平湖的第一份工作是导游。参加了几次导游讲解的培训后，对太平湖的身世便有了详细了解，意外地发现，原来我的血脉和这个湖竟是有渊源的，怪不得初遇湖时就有莫名的亲切感。

这个湖最上游的渡口叫乌石渡口，最下游的渡口叫浮溪渡口（两个渡口之间的水程有八十多公里）。而我的外公家就在下游的浮溪渡口，我的母亲在浮溪渡口出生，我的幼年也曾跟随母亲在那里生活过一段时间。

我人生最初的记忆里就留存着浮溪渡口的影像——一条银灿灿的大河，看不到对岸和尽头，河边是白花花的芦苇和松软的沙滩。趁母亲不留神我便从屋子里溜出来，在沙滩上捡贝壳，或蹲在河边，把手探进水里抓小虾。有一次抓小虾抓入了迷，差一点滑到河里去，若不是背后有双大手一把将我拎起，就顺着河水淌走了（浮溪河每年都要淌走一两个小孩，外公说是叫河神收去做童子了）。

记得快入夏时，母亲从河边洗衣服回来，手上总会提一条大鱼，那鱼还是活着的，在母亲的手里甩着尾巴。入夏前的梅雨季是河鱼产卵的时节，鲤鱼、草鱼、鳊鱼、鲫鱼、翘嘴白、黄尾、红尾，赶集一般纷纷游向浅水的岸边，拥挤着、跳跃着，有的能跃出水面半米高。母亲毫不费力地用棒槌将游到身边的鱼拍晕，捉起来，抠紧腮部提回家。母亲将捉到的鱼炖汤或清蒸，除了盐不放任何调料，汤汁乳白，醇厚鲜美（在太平湖工作之后经常能享有这样的口福）。

我做导游的时间不长，两个月后便被安排在白鹭洲的茶室。茶室建在岛中最高的山坡上，三面墙均是落地玻璃窗，坐在茶室内就可以看到最开阔的湖面。茶室是供游客闲坐休憩的，仿古的茶柜上摆着各种茶具，茶则是本地产的名茶——太平猴魁。

太平猴魁的产地就在太平湖下游，离浮溪渡口不远的新明乡猴岗村。

我对这个村名是熟悉的，我母亲年轻时曾在这个村子教过书（母亲从十八岁开始教书，之后的三十年便在太平湖下游的几个村子里来来去去，跋山涉水，一双脚几乎没有走过平路）。茶季的时候学生们都放了茶假，在家里采茶，我也就不用上课了，帮村里人采茶，天没亮透就上了山，那山又高又陡，可难爬了，爬上去又滑下来，爬上去又滑下来，等爬到半山腰，身上全湿了，叫露水给打湿的……茶季结束时我帮忙的人家会给两斤猴魁，够喝一年的，放几片在杯子里，用烧开的山泉水泡开，整个屋子都是茶的香味。

母亲在猴岗村教书的时候，这个村子还很穷，太平猴魁虽早已扬名——1915年便获巴拿马万国博览会金奖，但山高路远，这里的人即便守着金山过的仍是苦日子。“不过那时大家过的日子都一样，穿的都是打补丁的衣服，吃的都是粗粮，也不觉得有多苦。”很多年后，退了休的母亲在自家院子里坐着，回忆过去的生活时这样说道。母亲说这番话的时候，猴岗村和紧邻的猴坑、颜家村已是今非昔比，公路与水路的畅通引来了一拨一拨的茶商，也带来了源源不断的财富。

在茶室工作是比较清闲的，特别是一早一晚的时间段，茶室里很少有客人，我便拿一本书，在窗边坐着。我通常坐在茶室面西的窗边，抬眼就能看见碧清的湖面和对岸的陵阳山。陵阳山是太平湖的日落之山，只要天气晴朗，傍晚时整个陵阳山便会笼在橘黄的夕照里，仿佛披了件圣袍，庄严而安详。也许是日落景象赋予了陵阳山不凡的气质，关于这座山便有了很多神话和传说，流传最久的，便是汉代的窦子明在陵阳山隐居得道升天的故事，此外还有浮丘公在此山修道炼丹的传说。

长时间地凝望陵阳山，便觉得那山和自己有隐秘的交流，仿佛它是一个沉默又无所不知的朋友，能懂得我的内心，并在我苦闷时给予宽慰和安抚。

在太平湖工作的前五年里，我的精神是经常感到苦闷的，“这湖收留了我，也限制了我，生命中很多属于年轻时代的精彩、乐趣、契机都被她拿走了……如果一个人的心灵没有归属，那么她的灵魂就始终是漂泊的，即便生活在山水之间，也难以获得家园般的安宁感。”我在日记里这样写道。

在苦闷时除了和陵阳山默谈，也会去湖滩漫步。白鹭洲下有一片荒芜又迷人的湖滩，是我流连忘返的去处。

“那片湖滩就像是湖吐出的一条长长的舌头，滩上有一垄一垄几百年前的墓冢，早被升上来又落下去的湖水涮空了，一踩一个坑……”

“湖滩上有许多碎瓷片，多为青花瓷，偶尔也可见几片青花釉里红，有的粗糙古朴，有的精致细腻。运气好还可拾得一块完好碗底，上面一个方方正正的大印：光绪年制。”

“湖滩上还零落一些石刀石斧之类，只是少有完整的了。这个地方因为很少有人来便有着与世隔绝的旷阔感；这个地方滋生我古代郡主的尊贵感、豪放感、自由感。”

“这是我的地方，我对自己说。我来这个湖滩，也不是一味来寻觅虚幻的郡主梦的，我的手里总是拿着一本书，坐在滩边一块没有字迹的青石碑上，面朝最宽的湖面，阅读。”

在太平湖生活了十年后，我在自己的散文集里记录了湖滩的形貌，也记录了我的内心。

我就是在这个湖滩上遇到苏雪林先生的。一天傍晚，我像以往那样，面朝湖水，坐在石碑上阅读，目光不经意就落在一篇文章的作者简介上：苏雪林，女，1897年出生于黄山区（原太平县）永丰乡岭下村。我兴奋得跳起来，永丰乡岭下村不就在太平湖上游吗，没想到太平湖这个山高水远的地方竟出了一个作家。我突然觉得精神被什么照亮了。

苏雪林先生并不只是一个作家，对我来说，她更是一种象征，一个指引。她的出现是一个启示，让我清楚了自己灵魂的去处。我桌上的书更多了，并且有了堆叠的稿纸，在湖滩上漫步之后，回到房间便开始了纸上的漫步，在文学的写作中一点点建立起自己精神的居所。

算起来我在湖边已生活了二十年。太平湖在这二十年里是有很多变化的，游船从最初的几艘画舫发展到如今一百多艘游艇，公路也由仅有的一条柏油马路发展到合铜黄（合肥—铜陵—黄山）高速的畅通。所幸这些变化尚未损及太平湖的自然生态——湖的水质依然保持着二十年前的纯净与清澈。作为有着“中国最美地方”称誉的景区，太平湖在发展之时又谨慎地加强了水质的保护。

从初遇太平湖到现在差不多已过去四分之一个世纪，而我还将继续在这里生活下去——没有什么地方比这里更适合我，我习惯了抬眼就能看见清澈得照见人灵魂的湖水，习惯了每天的黄昏时分对陵阳山的凝视。我甚至习惯湖边每一棵植物的表情，看见它们如期的生长、开花、结果就感到安宁。当我散步于湖边时会像老朋友那样和它们打招呼，我知道它们也都认识我——一个在同一条路上走了二十年的人，不说是至交好友，也算得上是亲切的老邻居了。

（选自《始知身是太平人》，安徽人民出版社 2018 年版）

骆越古歌绕荷城

刘景婧

一

山雨迷蒙中，那个形象一直在那儿——巨大的赤色人形，半屈着双臂，五指向上，壮硕的身躯，一柄圆弧形把手的长刀横腰别着，同样半屈着的双腿横跨在一只巨犬的正前方——这，就是骆越王。山风伴雨潇潇而来，扑打在刀削斧砍般的崖壁上，赤焰的鲜红在雨雾中浮动，骆越王身边大大小小的赤色人形逐一显现，他们无一例外地半屈着双臂双腿，犹如一只只大小不一的人形青蛙围聚在一起，仿佛在举行某种神秘的仪式。

我们的船是沿着明江溯流而下，在一个马蹄形的大河湾处停下的。正是春雨迷蒙的三月，远山云雾缭绕，明江两岸苍山碧水，竹林潇潇，几株高大的木棉树如火如剑，直指苍穹，树上鲜红硕大的木棉花在雨中傲然挺立，像一团团浇不熄的火焰熊熊燃烧。开阔的江面上，几个头戴蓑笠的渔夫旁若无人地用壮语高声唱着山歌，粗哑的嗓音在旷古的天地中回旋荡漾，千百年来如出一辙，没有任何人事能够改变它的野性。宁明县古称“荷城”，生活在这里的壮族是骆越先民的后代，流传下来的骆越山歌音调古朴激越，歌词以七字为句，句数也以双数为佳。我不懂壮语，但听这几个渔夫自由欢快的轮唱，总是想起奶奶曾经用汉语译给我听的山歌歌词：“与妹交情重如山，老是疑心为哪般。妹若心疑不相信，哥愿服毒给妹看。服毒死后情不断，变只燕子把妹伴……”骆越古歌情浓似火，又异常决绝，和神秘的花山崖壁画遥遥相望，似乎有一种奇异的感应。

船至河湾处，山雨奇迹般地停了。一路上欢声笑语、叽叽喳喳的我们，此时却不约而同地选择了沉默。据《宁明县志》（1988年6月第1版）记载："花山崖壁画指的是分布在明江两岸珠江、龙峡山、达佞山、高山、花山的各个画点。而花山则是这些画点中画面最大、图像最复杂、内容最丰富、经历年代最长久的一个画面，堪称为代表作。”我们面前的高崖壁画，就是其中的一幅。整个崖壁临江而立，内斜成一个巨大的岩厦，红褐色的人形壁画错落有致地分布在泥黄色的崖壁上。听导游说，古人选择在内斜的岩厦崖壁上作画，为的是只要雨水不大，都不会泼洒到壁画。而事实也证明了古人的智慧，虽然崖壁上有不少粗细不同的灰黑色雨水渗流痕迹，但壁画的主体千百年来仍鲜艳如昔。

由于花山崖壁画正在修缮，崖边栈道不允许游人攀登游览，我们只能在游船上远远仰望。这一片赭红色的壁画，最引人好奇的是它是如何被描画上去的？又是用了什么颜料能够保持千百年来毫不褪色？众说纷纭中，我想起老人们常常在茶余饭后讲的传说故事："从前，古骆越分为纳利和夏州两派，纳利有神像，夏州有神皇，他们常常率领部族在花山下展开激烈的战斗。后来，纳利请来一位名叫孟卡的异人，不仅力大无穷，还能在纸上画兵马。孟卡画的兵马栩栩如生，画好后只要锁在宝箱里一百天就能全部变活，为纳利一派夺取胜利。无奈天不遂人愿，到了九九八十一天时，不知道是哪个歹人走漏了风声，把这个消息告诉了孟卡的母亲。母亲担忧儿子安危，趁孟卡不在时，偷偷打开宝箱查看。谁知道一打开，大批的纸兵纸马飞旋而出，但因为还不够一百天，还不能变成真人活马，结果只能飞到花山崖壁上，变成了鲜红的壁画。”

历史尘埃，漫漶无考，孟卡兵马已随泛黄的故事沉入时光深处，但猎猎山风中的花山崖壁画，为什么一路上散漫无羁，却在马蹄形的河湾拐角处密集聚拢？这确实是一个值得深思的问题。《续博物志》有这样一段记载："二广深溪石壁上有鬼影，如澹墨画。船人行，以为其祖考，祭之不敢慢。”

作者李石是宋朝人，对花山壁画的了解仅限于古籍或传说，并不曾亲临花山进行考察。但他对花山壁画的描述却很有代表性：深溪石壁的鬼影幢幢，朦胧月色下的幽幽鬼迹，船家在风高浪急之时途径河湾拐角的心惊胆战、祝祷祭拜……这确实符合外乡人对神秘的古骆越文化的想象。作为一个从小生活在花山边上的宁明人，我从小听惯了老人们的古老传说，无论是让孩子们闻风丧胆的《鸡鬼传说》，还是经过壮族文化浸润改编后的《梁祝山歌》，甚至最著名的《骆越王歌》……它们无一不指向一种极具野性的原始崇拜。也就是说，古骆越文化中蕴含的炽烈野性，是不曾被汉文化驯化的。李石所认为的“花山鬼影”，在古骆越先人的眼中，也许并非只起到恐吓作用。从古至今，河湾拐角处风高浪急，一直是行船的危险处，古时候行船条件较差，丧命于花山河湾处的人并不少。也许正是因为这个原因，骆越先民才怀着对骆越王的敬畏之情，以鲜红的颜料将骆越王及其臣民的形象涂画于明江沿岸的崖壁之上，特别到河湾拐角处，更是集中描画了骆越先民们围聚在骆越王身边举行的巨大祭祀盛典。也许骆越先民们认为，只有骆越王才能镇压得住丧命于河湾处的众多冤魂，也只有将骆越子民以“人形青蛙”的绘画形式献祭给骆越王，骆越王才会不找生人替代，而是转而保佑过往船家和行人平安过渡——这和秦始皇兵马俑代替活人殉葬，也许是同一个道理。当然，这只是我的想象，花山崖壁画的众多谜团，仍然沉睡在历史的迷雾中，它们以众多神秘莫测的可能性，吸引了一批又一批学者文人前往探索。而骆越古歌依然如澄明的明江水，悠悠缭绕着古老的荷城，等待有一天，有志之士能真正揭开她神秘的面纱。

二

真正的歌海是从“三月三”开始的。

广西的歌圩源远流长，而宁明的歌圩多以花山为中心，在明江沿岸举行。据宁明县文旅局副局长黄文伟先生介绍：“宁明县的歌圩每年春夏秋三季皆有，多在农历二三月间，定期定点举行，每次圩期一至两天。届时，青年男女盛装艳服，带着伞聚集圩场。圩日人山人海，白天多有唱彩调、斗鸡、放花炮、赛球、商贾屠贩沽酒买卖等活动，傍晚开始即进入对歌高潮，有些地方甚至通宵达旦对歌。青年男女唱到情投意合时，女子会突然夺走男子的雨伞，男子会意，便追随女子到僻静处继续唱和、谈情说爱，待到黎明，互换定情物，唱分别歌。一场歌圩就此结束。”由此遥想当年漫山遍野的歌圩盛况，实在令人向往。

2019年恰逢中华人民共和国七十华诞，也为了庆祝花山崖壁画申遗成功三周年，4月7日，宁明县“三月三·骆越王节”祭祀大典在新落成的骆越王宫隆重举行。祭祀仪式分为“同根共土”“骆越圣火”“净手上香”“颂祖昭恩”“行祭拜礼”“源远流长（放生鱼苗）”“乐舞告祭”七大部分，其中，最让我动容的，就是“乐舞告祭”的环节。

烈日炎炎，松涛阵阵，矗立在苍茫群山中的骆越王宫像一位庄严肃穆的骆越长老，静静地呼吸吐纳着旷野的气息。经过前面严肃郑重的祭祀环节，此时忽然平地里炸起一声裂帛般的擂鼓巨响，还没等我们反应过来，无数鼓声像听到号角召集的士兵，远远近近、高高低低而来。渐渐地，绵绵密密的鼓声竟汇成了一片铜鼓的海洋。站在骆越王宫大殿正门的一列鼓手，穿着黑衣盛装，奋力挥舞的双臂肌肉鼓起，镶着彩色花边的鼓槌彩带随着鼓手舞动的双臂上下翻飞。有几位鼓手甚至已是两鬓斑白的老人，但是他们面容肃穆，紧握鼓槌的双手一声声地按着鼓点的节奏，有条不紊地应和着鼓声，丝毫没因为年龄而影响擂鼓的激情，似乎已经和鼓点融为一体了。

在这响彻旷野的战鼓声中，几位面容姣好的女子和几位年轻力壮的男子依照古骆越部族的装扮，双臂高举半屈，与花山崖壁上千百年前的“人形青蛙”图腾一样，欢呼雀跃地跳着“花山舞”进入了我们的视线。他们目光清澈，兴奋的脸上洋溢着青春的力量与激情，在隆隆鼓声中起舞，在莽莽群山中歌唱，激越的灵魂似乎感应着骆越先祖的精神，在花山的青山绿水中自由释放着生命的力量。我似乎又看到了赤焰般鲜红的花山壁画在祭祀的旷野中熊熊燃烧，骆越先人的蓬勃野性在后人的骨血中汹涌澎湃；那种发自内心的欢乐与崇敬，是真实的生命战胜了严酷的自然环境而产生的，是不屈的精神战胜了鬼魅的幻想而产生的，是骆越先民精神与中华文化大融合之后的共生共荣而产生的！

而晚上在花山时空剧场正式上演的大型壮族神话实景剧《花山》，更印证了我的想法。花山时空剧场坐落在离明江不远的一座峭拔崖壁前，它依山度势，以花山岩画及其山体、河流、丰富的植被组成的壮丽神奇的自然景观作为舞台背景，利用现代化的灯光效果，打造了一个五彩斑斓的神话“花山”。在这个与旷野无限亲近的梦幻世界，你会身临其境地感受到一代代的骆越先民在生产力极其低下的恶劣条件下，不屈不挠、团结奋进，不断地和自然灾害作斗争的卓越精神，那一个个动人的故事传说，绘成了一幅幅绚丽多姿的历史画卷；而贯穿在历史长河中的骆越古歌，就像舞台中央那尊在冰与火的锤炼中浴火成凤的巨型铜鼓一样，成了骆越民族顽强不屈、奋勇向前的精神象征。

可以说，在祖国的七十华诞之际，花山儿女紧跟时代步伐，用高科技手段打造了一场五彩斑斓的歌海盛宴，流传千年的骆越古歌在新时代焕发出新的魅力，它的古今交融，它的旷野精神，必将给古老的荷城带来更多的新意！

（原载《三月三·汉文版》2020 年第 2 期）

水性江南

王本道

这些年常有机会去江南，每次去江南，大抵都在莺飞草长的三四月间。对于江南的印象，最初还只是表层化的，如古人所云，“春水碧于天，画船听雨眠，垆边人似月，皓腕凝霜雪”……去的次数多了，对那里的风土人情，氤氲意境渐渐有所感悟，于是便萌生了探究江南的真谛和她的属性的念头。

江南是烟柳繁华之地，温柔富贵之乡。江南出芳草鲜花，出才子佳人，出缠绵悱恻的爱情故事，这些都是人所共知的。但是只要随意浏览一下中国五千年的文明史就会知道，江南又是英雄辈出的地方。古往今来，这里孕育过诸多骁勇的斗士。那用于刺杀的锐利兵器——剑，发展的鼎盛时期正是在地处江南的吴越之地，许多彪炳史册的著名战役发生地也在江南。那么，是什么力量使得缠绵悱恻与剑气凌厉这两种反差极其悬殊的气质能够天衣无缝地契合在一地，且生生不息、历千年而不朽呢？我曾一度处于大惑不解之中。

一次重读先贤经典，《老子》中的一句名言让我茅塞顿开。“天下莫柔弱于水，而攻坚强者莫之能胜，以其无以易之。”老子的话，一语道破了水的柔弱秀美与坚韧顽强的两重性。江南是水乡，河流纵横，池湖密布，它们流淌在青山脚下，穿行于广袤的田畴。“瓜洲渡口山如浪，扬子桥头水似云。”“西风作意送行舟，帆饱清淮碧玉流。”还有那直落九天的瀑布，山中奏鸣的清泉——千百年来，是水，滋养着江南的万物，江南的人，孕育了江南独特的文化属性。

江南的水，如轻纱雾霭，随风起舞，变幻无穷，滋润着江南的景物，风姿绰约，江南的人风情万种。宋祖英的一曲《又唱江南》，浓缩了一年四季江南的秀美景色："二月你看江南的花，花如野火遍地燃"；"清明你看江南的雨，雨中藏着万重山"；"五月你看江南的船，排排龙舟划上天"；"走过江南桥弯弯，处处翠竹撑绿伞"……江南的人也一如江南的风物，温婉细腻，柔肠百转。"春风十里扬州路，卷上珠帘总不如。"杜牧对江南人的赞美虽有些夸张，但说的却是实情，那无边的波光水影之中，充溢着无边的风月。秦淮河上的桃花渡，莫愁湖畔的莫愁女，瓜洲古渡的杜十娘，西泠桥畔的苏小小，还有惠山的明月、西湖的断桥、绍兴的沈园……深受上天厚爱的才子佳人，他们的柔情蜜意在江南大地上留下了诸多生命的足迹和美丽的传说。物美、人美、情浓，就连江南人讲话也是吴侬软语，情真意切，唱起来就更让人心旌摇荡。我十分喜欢江南曲艺的代表苏州评弹，唱词娓娓如述，琵琶弦乐清丽委婉，典型的水乡音乐优美儒雅，婉转沉静，就像曲水清流，清澈纯净又韵味悠长，就连草木也会为之摇曳。

江南的水也时有"乱石穿云，惊涛拍岸，卷起千堆雪"之势。这坚韧与顽强的性情，也涵养了江南的风物和江南的人那种英豪之气。江南大地遍是崇山峻岭，其中，许多气势恢宏，似有峥嵘剑气腾越穿行其中。杭州栖霞岭上的剑门，绍兴的会稽山，常熟的虞山，都雄伟挺拔，气宇轩昂，占尽风云。那山间的瀑布、涧水，山下的清流，是养育大山的支支血脉。江南的人，也因为有了"水性"，才有了那种独特的剑气。据说古代铸剑的工艺，先是把剑放在火中煅烧，然后再放到水中浸泡，经过淬剑过程中两种力量的交合，才会使剑在百转千回、缭绕交错的剑法中得心应手，成为一把好剑。这种浸泡过剑的江南之水，千百年来也曾造就了诸多慷慨激昂之士。卧薪尝胆的勾践、竭忠尽智的岳飞、与扬州共存亡的史可法……众多仁人志士用他们的生命与鲜血谱写了一首首壮怀激烈的诗篇。文武兼备的陆游、辛弃疾、文天祥，他们的诗句至今读来，仍洋溢着当年的铁骨雄风："夜阑卧听风吹雨，铁马冰河入梦来。""醉里挑灯看剑，梦回吹角连营。""人生自古谁无死，留取丹心照汗青。”还有，活跃在20世纪二三十年代文坛的鲁迅，更是把文人的凌厉剑气推向了极致，就连文雅娟秀的女子，在江南“水性”的润泽下，也尽显侠骨柔情，高风亮节。清末的秋瑾就是最优秀的代表，明末的秦淮八艳也是有力的佐证。

说到江南的“水性”，还应该涵盖她的秀慧与智巧。江南的水是很有灵气的，正是这灵秀之水，涵养了江南人的那种聪颖与睿智。远的不说，就说中国科学院院士，江苏籍的人就占了半数，近代和当代全国琴棋书画的大师，也大多出自江南。

江南的水哺育了如水的江南。江南美，美在江南的水，江南的风物，江南的意境，江南的人。这种美是刚与柔，秀慧与智巧的整合。有人说，正是因为江南太美了，阴气过重，因此江南的男人大多被美色所雌化，美人的风韵灭火器似的扑灭了男子的阳刚之气，使得男人多属苍白干瘦的君子，至多算个“女里女气”的奶油小生。这种认同是过于偏重江南水乡的温柔与细腻了。其实人不分南北，如果能多一分柔情与细腻，懂得感情，懂得珍藏，心中维系着自己的审美镜框和情感秘籍，并以此为尺度去发现和发掘生活中美妙的、值得神往和迷醉的东西，不是会给男人（也包括女人）增添力度和精神上的美感吗？这样的“多情”更意味着一种不寻常的正直与高尚！

水波荡漾的江南，青山隐隐，绿水迢迢，处处弥漫着灵秀的气息。江南的风物，姹紫嫣红，生动明秀；江南的情，柔肠百转，脉脉含羞；江南的人，刚柔相济，才如泉涌。江南，一曲永远唱不完的歌，让人细细地品味着她的如诗如画和似水流年……

（选自《文心岁月一样长》，北方文艺出版社2016年版）

重访白洋淀

尧山壁

看过1963年的白洋淀，洪水漂天，安新城沦为一座孤岛，东大堤上的柳树只剩下半个树冠，状如浮萍。芦苇荡只剩下星星点点的叶子，像才出土的草芽。“北地西湖”被洪水淹没。

经过1988年的干淀，赤地百里，拖拉机在淀底横冲直撞，尘土飞扬。再不见“水乡的路，水云铺，出村进村一把橹”。村边一只只木船倒扣，鸭群张着大嘴干嚎。“华北明珠”黯然失色。

前几年看电视，上游工业污水排放进来，淀水变了颜色，有了臭味，鱼群被放翻，露出白花花的肚皮，惨不忍睹。白洋淀又濒临前所未有的危难。

我虽非安新县籍，却有着浓郁的白洋淀情节。曾经常来亲近它，写过它，所以牵肠挂肚，惴惴不安。前两次是天灾，大自然本身能够修复，而工业污染是人祸，美丽的莱茵河曾因鲁尔工业区的发展，变成“欧洲的下水道”。著名的滇池，也因为城市污水的侵犯，而臭气熏天。不知在强悍的工业化洪流面前，弱势的白洋淀能否躲过一劫。所以此次环保采风，让我忧心忡忡。想不到重游之日，大喜过望。时刻挂在心上的白洋淀，不仅安然无恙，而且比以前更洁净、更漂亮了。

记忆中的东关码头，只是护城堤的一面斜坡，走起来小心翼翼。而今变成凹身内弧避风港式，一座很大的广场，彩砖铺成，玉石栏杆彩雕细刻的图案，每一幅都是表现水乡风情的艺术结晶。一字排开的金属灯柱，银白色的灯罩，好像盛开的白莲花。三百米长的码头，六十个泊位，停靠着整齐的画舫和快艇，很少看到划桨木船的身影了。

跳上一只快艇，驶进大清河水道。远看左岸，依然长堤如带，万柳覆水，如烟如云。靠近时，长丝垂垂，坠进水中，如少女洗发，轻柔素雅，楚楚动人。正如宋人王十朋诗句："东君与此最钟情，妆点村村入画屏。向我无言眉自展，与人非故眼垂青。"

快艇知我看淀心切，开足马力。我贪婪地吸纳着淀风，有几分晕眩，也有几分陶醉。很快柳暗花明，进入大小"鸭圈"。"鸭圈印月"是安新八景之一，水面开阔，水质很好。碧绿的淀水，平静无波，就像刚刚擦过的玻璃，清澈见底。天上的云絮映在水里，鱼儿游在其中，好像鸟儿在天空飞翔。天上鸟儿飞过，影儿投进水中，好像鱼儿在水中游动。一群群鱼儿穿行在青荇紫藻中间，两腮如婴唇翕动，吞吐着水花。

淀里鱼类品种颇多，认得的有鲤鱼、鲫鱼、黑鱼、鲇鱼、草鱼、刀鱼等，它们各有习性，民谚说："黄瓜鱼溜边儿，泥鳅沉底儿，鲤鱼会跳，鲇鱼认道。墨鱼颤，刀鱼弓，鲫鱼扭秧歌，鳜鱼不爱动。"风平浪静时，它们在水中撒欢儿，有的体态轻盈，是喜欢在水皮儿上搔首弄姿的浪子，有的身子粗壮，是喜欢横冲直撞的莽汉，有的温文尔雅，像清秀飘逸的仙姑，有的圆滑狡黠，是善于投机钻营的鼠辈。

走出"鸭圈"，进入无边无际的芦苇荡。《诗经》里有一首情歌："蒹葭苍苍，白露为霜，所谓伊人，在水一方。"蒹葭就是芦苇。毛苌诗疏说：苇之初曰葭，未秀曰芦，长成曰苇。芦苇生性喜水，集群而生，白洋淀九十九淀，都是芦苇的天下。白洋淀的苇地，如农田的阡陌，成方连片，是一块巨大的青纱帐。芦苇长于台地，根部没于水下。台地之间，沟壕纵横，可以行船。船行其中，如进村寨，大壕是街，小沟是巷，两厢绿色的墙，密不透风。时值盛夏，芦苇正旺，从根到梢一色翠绿，油光闪亮，每片叶子都要滴下水来的样子。侧耳细听，有轻轻的"咝咝""嘎巴"的响声，那是它们舒展筋骨，正在拔节。

芦苇本身就是"环保卫士"，维管束结构，便于把水分、氧气和养料输送到根部，参与分解那里的有机物和纤维素，然后再把产生的有益成分输送到全身。这个过程和我们治理污染的常规方法中曝气原理完全一样。所以芦苇荡里空气含氧量很高，风摇苇动，又是天然的搅拌器，促进空气和水分的流动。

芦苇荡空气新鲜，虫蛾滋生，自然是鸟儿的天堂，接纳了许多留鸟和候鸟。苇莺俗称“呱呱鸡”，背羽浅棕，腹部黄白，眉纹金黄，歌声婉转。它会将芦苇秆折弯编织，填充枯草，形成浮于水面的盘形巢，随波荡漾。苇莺能预感气候变化，旱年把窝搭于芦苇下部，涝年搭在上部，所以有“淀上气象学家”的美称。鹪莺灰背白腹，像老鼠一样在苇丛中钻来钻去，累了站在苇秆上摇着尾巴唱歌，声如响铃，也是一种发情求偶的呼唤。缝叶莺小巧玲珑，头戴棕红色纱巾，身穿橄榄绿上衣，下着浅绿绒裤，尾巴修长，嘴巴尖细如针，能用蛛丝棉线在苇叶上缝制杯状小巢，高兴时叫两声停一下，所以也叫“哒哒跳”。黄苇莺是小型鹭类，体长三四十厘米，颈长腿短，颈、背、腹部黄色，头、飞羽和尾羽黑色，飞行时黑黄两色对比显明，十分显眼。平时曲颈弓背躲在苇丛中，像一堆枯苇，涉水觅食时能叼出一条大鱼，所以人称“水骆驼”。

驶出苇地，便进荷塘。白洋淀常常是苇荷相间，色彩绿白交错，古人就懂得科学种田，间作套种。田田荷叶，叠翠铺锦，正面深绿，背面浅碧，浮在水面如玉盘，凌波而立如铜锣，叶面上经夜露水，圆润如珠，滴溜溜滚来滚去。微风吹过，碧波绿浪，淡若明镜。细雨来时，水中飞花，叶上溅玉。

农历六月称荷月。带刺的小茎擎起尖尖小荷，像婴儿的小拳头，招人喜爱。亭亭玉立的荷苞微微展开，露出粉红的笑靥，娇羞欲滴。绽开的荷花亮美展艳，天生丽质，雍容华贵。正是“莲花出水不整齐，初花先叶晚花迟。时令不与君不对，不开此时开彼时”。众多美女粉墨登场，争奇斗艳，好一场豪华的歌舞晚会。

荷花更有大量的“粉丝”、追星族，鱼儿游戏于叶下，蝴蝶飞舞于花间，蜜蜂朝饮荷露，夕眠花房，嘤嘤嗡嗡，采撷花蜜。各色蜻蜓，或盘旋空中，或停落花上，或以小小尾尖轻点水面，散开层层涟漪。欸乃声中，采莲姑娘破浪而来，罗裙与荷叶一色，笑容与芙蓉齐绽，指指点点，轻歌曼舞，让人想起白居易的一首小诗："菱叶萦波荷飐风，荷花深处小船通。逢郎欲语低头笑，碧玉搔头落水中。"

"依红泛绿往来频，载得盈盈一段春"，行行复行行，小船抵达千亩荷塘，又称"荷花大观园"。弃舟上岸，踏上浮桥，脚下颤颤悠悠，心里如痴如醉。浮桥九曲迂回，三里多长，途中有不少观赏小亭。亭中小憩，四下望去，一派"接天莲叶无穷碧，映日荷花别样红"的气象。

千亩荷塘一角的精品荷园，是个长方形平台，四周绿柳成荫，中间一簇簇池栽的荷花，汇聚了我国和世界各地二百一十六个名贵品种。大者"南美王莲"，像个巨大的铜盘，周围卷边儿，可以坐下一个小孩儿。小者"碗莲"，不过手掌大小，仅够一只蜻蜓立足。资深的"新金县古莲"，用不久前出土的古莲籽培育，该是千岁的老者了。新品种"中日友谊莲"，出世不久，才是七八龄的孩童。"并蒂莲"，金黄大朵，"徒劳画史丹青手，漫费词人锦绣肠。向夜洒阑明月下，只疑神女伴牛郎。"（金人完颜畴·广寒宫），花如银盆，"素素多蒙别艳欺，此花端合在瑶池。无情有恨何人觉，月晓风清欲堕时。"（唐人陆龟蒙）千亩荷塘大则大矣，精晶荷园奇则奇矣，毕竟有人为痕迹。闭目回味，还是自然的荷花淀好，因为扎根在人们心中的荷花，还是"天然去雕饰"的好。

回程船上，一颗悬吊多年的心终于落回肚子里。我魂牵梦绕的白洋淀依然如诗如画，而且更新更美了。同时也了解到，这一盆清水，这一方蓝天绿地来之不易。为了它，上游的保定市关闭了若干工厂，淀区的安新县停掉了许多企业，还有投资成千万上亿元的污水处理厂。功在当代，利在千秋。比较起来，几十元一张的景区门票，不过九牛一毛而已。

（选自《尧山壁文存》，河北教育出版社 2022 版）

我要和国旗合个影

王子君

宝贝外孙可可和外孙女以以来北京，我问他们最想去哪里玩，可可说，去天安门。他说，我在电话里总说，来北京要带他去天安门。那里可以看升旗，还可以登天安门城楼。哦，确实如此。

我们一到天安门广场，他们便欢呼雀跃起来。广场已被装点得有如一个盛大的花园，四周花圃环绕，圆形的花柱、球形的花坛错落有致地伫立其间，游人绰绰，争相在花海中拍照。以以跳起了舞蹈。跳完，她摆着姿势让我们给她照相。可可拿过我的手机，乐呵呵地为妹妹拍照。

那一瞬间，我忽然忆起了十年前在广场上给人拍照的一幕。那是一个深秋的早晨，为了参加在人民大会堂举行的中国人口文化奖颁奖会，我七点就到了天安门广场。让我惊讶的是，天安门广场上方的天空，与我以往看到的天空极不一样，居然透着许多的蓝，因为蓝，显得清澈无尘。清晨的广场，游人却已经不少了。广场中心的红旗高高地飘扬着，护卫它的哨兵在晨寒中岿然不动，表情刚强坚毅。三三两两的风筝在广场上空漫天飞舞。有位戴着二杠四星肩章的女大校让我为她拍照，并强调说要将天安门城楼上的毛主席像和广场上空迎风招展的国旗拍进去。我按她的要求调整角度，连拍了几张。

女大校、飘动的红旗、天安门城楼和城楼上的毛主席像构成的画面，一下子刻进了我的脑海。

可可和以以的笑声让我回过神来。“宝贝们，我们和国旗合影去！”

“为什么要和国旗合影呢，四毛？”可可正拿着小小的袖珍遮阳伞自由地比画着。为了表示我们之间的平等和亲近，我一直让孩子们喊我“四毛”。

“嗯，国旗代表我们国家嘛！你看它红红的、飘动着，是不是很好看？”可可收住手，凝神看国旗：“那么高，怎么照得下？”“照得下。我们不仅要照国旗，还要把对面的城楼照下来，把那些花树也照下。”我说。

“好呀好呀！四毛，我要和国旗照相。”以以欢喜。我们正在找角度照相，可可眼尖：“解放军叔叔！”抬眼一看，只见国旗护卫队士兵扛着枪、迈着整齐的步伐从金水桥那边走来，走向广场国旗哨。

哦，是降旗时刻到了。“那是国旗护卫队的叔叔。他们就是专门守卫国旗的。”我说。一转眼，国旗护卫队已到了国旗哨。降旗、甩旗、解旗、收旗，护旗手帅气地完成一系列动作后，降旗仪式结束，护卫队士兵又迈着整齐的步伐护送国旗回天安门城楼里去。此时，夕阳西下，天安门霓虹闪亮，一片辉煌。

“嗯，我们是这个国家的人是吧，所以要我们和国旗合影。但是现在旗降下来了，我们没有办法照相了吧？”可可说。“当然有办法。你真想和国旗照相？”我问。

“嗯。”可可点头。“我也想。”以以一直很用心地听我和可可说话，这时兴奋地拉扯了我一下。

“好。那我们明天来看升旗好不好？升旗的时候，还有仪仗队，还会奏国歌呢，比刚才还要好看。看完升旗，我们就可以和国旗照相了。”

“好啊！”

“那我们凌晨三点就要起床，四点半前要赶到这里来，还要排很久的队，很辛苦哦，你们会不会变卦？”

“不会！”小兄妹俩齐声响亮地喊了一声。

热泪一下子涌上我的眼眶。我躬身张开手臂把他们揽入怀中，在他们的额上亲了又亲。我知道这一刻，我已把一颗爱的种子植入两个孩子幼小的心灵，这是一颗大爱的种子。

（原载《人民周刊》2021 年第 14 期）

雄安春景

心　盈　黄军峰

天空蓝得透彻，没有一片云。风裹着潮湿的空气，吹到脸上清清凉凉。春日的雄安，草青了，树绿了，花开了，鸟儿在白洋淀清澈的水面上飞舞，银杏、白蜡、五角枫、白皮松、楸树等，渐渐长大，正在成为“千年秀林”的主人。

走进雄安郊野公园，踏青、赏花、闲游，别有一番春意在心头。中央绿谷初具规模，廊厅交错，花草遍野，清水碧波，未来之城在绿色海洋里沐浴，不断成长，展现出一幅幅秀美的春日画卷……

千年秀林的树

“四年前来这里，树冠才这么大！”我边说边把两条胳膊张开，伸直。

“现在这么大了！”朋友开着玩笑，两条胳膊划过胸前，背到身后。

朗朗笑声中，我们走进了雄安新区的“千年秀林”。

穿梭在林间，不同种类的树木呈现出迎接春天的不同态度。白毛杨高耸入云，浅绿的嫩叶悄悄爬上枝头；垂柳纤细的枝条挂满嫩嫩的绿叶，自由随性地垂落下来，真的是“万条垂下绿丝绦”；松树承担着对绿色的坚守，现在绿得更加深沉……

虽然植物知识储备有限，却不妨碍我第一时间了解与大家擦肩而过的每一棵树。原来，在植物身上小小卡片上的二维码中，隐藏着每一棵树的秘密。这是“千年秀林”里每棵树的专属“身份证”。这棵树叫什么、来自哪里，那棵树“身高”和“腰围”是多少，等等。你想知道的，都可以轻松看到。

工作人员告诉我们，“千年秀林”可不是挖个坑、栽棵树那么简单。以二维码为代表的森林大数据系统，详细地记录了每一株苗木的信息，实现了全生命、全周期的管理。这是雄安新区打造“数字森林”的重要举措，也是“数字雄安”的重要组成。

工作人员的话，勾起了我们扫一扫植物二维码的兴致。拿起手机，扫了一棵五角枫的二维码。即刻，手机上显示出一行行信息：2021 年 12 月 26 日移植，树高 852 厘米，树冠幅度 463 厘米，除草 16 次……

仔细看着信息，工作人员在一旁解释：“每棵树都是这样，它们的过去和现在，一目了然。”

向着树林深处前行，一位 50 多岁的男子正在给树木除草。男子姓仇，家住容城县的仇小王村，村子紧邻“千年秀林”。仇大哥说，从 2017 年 11 月 13 日这里种下第一棵苗木起，他就参与了植树造林工作，并当起了护林员。

“干这个辛苦吗？”我们问。

“有啥辛苦的，守着家门口就能挣钱，还可以参与雄安新区建设，咱们农民现在也吃上了工人的饭啦！”仇大哥言语诚恳，黑亮的脸上满是朴实的笑容。

“树木长得好，离不开你们的照护！”我对他致以敬意。

“建设自己的家，再苦点儿也值得。”仇大哥用手向远处指了指，“你们知道现在这里有多少树吗？我估计呀，少说也有好几百万棵呢！”

陪同的工作人员笑着说：“仇大哥，可不止好几百万棵。现在，咱们这里的树有 280 多种，2300 多万棵……”

“好家伙，这么多啦！”仇大哥朴实的笑容里又多了几分自豪。

返程路上，我们对工作人员说：“‘千年秀林’可真是一个大工程！”

工作人员听出了我们的言外之意，他说：“‘千’是个虚数，就像古诗里的‘飞流直下三千尺’一样，‘千年秀林’不是通俗意义上的栽种一千年，也不是说保证每棵树能活千年，而是通过尊重自然，让良好的生态环境永久保持下去，惠及子孙后代。”说话的时候，他面带严肃，目光中透着坚定。

尊重自然，才能让良好的生态环境生生不息。我们对他的话深表赞同。

白洋淀的鸟

水面上，一群“小白点”排着队游了过来。它们用双翅拍打着水面，随着洁白水花的飞溅，它们用力一跃，在空中盘旋。

“一行白鹭上青天！”一个孩子兴奋地背起课本里的诗句。爷爷老周看着碧波荡漾的白洋淀上空飞来飞去的白鹭，说：“鸟儿起飞的时候，要抓准时机连续拍，才能捕捉到最美的瞬间……”孩子捧着相机，频频点头。

这是春日的一个下午，我们走进雄安，在白洋淀旁边，遇到了老周爷孙俩。蓝天、白云、金色的水面、淡黄色的芦苇丛，还有对面树木与村庄的远影和飞旋在眼前的那群白鹭，一一在他们的镜头里定格。

年过花甲的老周，是一位摄影师，也是一名爱鸟护鸟志愿者。闲暇之余，他总喜欢带上孙子一起来白洋淀巡护。

对比白洋淀的过去和现在，老周感慨万千。

作为华北地区最大的天然湿地，白洋淀也是雄安新区的重要生态水体。谁能想到，多年前，由于缺乏系统的生态保护，白洋淀污染严重。

雄安新区设立之初，水质为劣五类。劣五类水质是什么概念？就是水中污染物严重超出国家相关标准，可能对人类健康和环境造成严重影响。雄安新区设立后，开启了紧急拯救模式，现在白洋淀的水质，已经连续四年稳定在三类以上……

水清了，苇盛了，草肥了，鱼多了，越来越多种类的鸟儿喜欢上了这里。谈着白洋淀的水，老周又不自觉地说起了鸟。说起鸟来，就好像有人打开了他的话匣子。

红尾水鸲、紫翅椋鸟、丝光椋鸟、黄腹山雀、水雉、小白鹭、白翅浮鸥、反嘴鹬，还有绿头鸭、斑嘴鸭、罗纹鸭、赤颈鸭……有近300种之多。老周的脑子里装着多少鸟的名字啊，说起来的时候不假思索，又如数家珍。

他告诉我们：“野生鸟类是环境质量的‘生态试纸’，种群数量和种类丰富程度是新区生态环境改善最有力的证明。”

唯恐我们对他的话产生怀疑，老周从孙子手里拿过相机，一张张美丽的照片慢慢在我们眼前闪过。“看，这群白天鹅多漂亮！”老周手指滑动，白天鹅的形象一一呈现。

天的蓝映衬着水的蓝，蓝与白形成强烈对比。或昂首望云，或低头戏水，或三五成群，或两两成对，有的展翅低旋，有的曲颈沉思，白天鹅的魅力身姿被记录、被定格。

“看，这是须浮鸥在育雏。”画面中，一只浅灰色的须浮鸥双翅向上展开，它长长的嘴巴里叼着一只虫子。旁边，两只黄灰相间的小家伙昂着头，张大嘴巴，眼睛直勾勾地看着“妈妈”，盯着那只虫子。可爱与温馨的场景再一次被老周捕捉到了。

被誉为“鸟中大熊猫”的青头潜鸭身披花外衣，成群结队，游来游去；头戴“凤冠”的一对水驴子轮换捉鱼，给两个孩子喂食；上千只豆雁集体高飞，遮天蔽日，浩浩荡荡……

谈及爱鸟护鸟，老周说，这些年越来越多的人加入其中。大家都是自发的。问他为什么爱上了做环境公益，老周笑了笑，“雄安新区建设得越来越好，我们愿意为家乡做点力所能及的贡献！”

老周爷孙俩沿着白洋淀的岸边向南走去。孙子在前，爷爷在后，前面是一群飞鸟。望着他们的背影，我似乎想到了什么。这不正是一场爱鸟护鸟、让雄安生态环境越来越好的无声接力赛吗？

中央绿谷的景

从高空俯瞰，中央绿谷的全貌尽收眼底：宽宽绰绰的路面交错纵横，高高矮矮的楼宇造型各异，弯弯曲曲的栈道精巧别致，层层叠叠的树木绿意浓浓，清清澈澈的湖水蓝里透绿。还有，成片的花花草草被斑斓的色彩涂染，给人的感觉就是美，就是绿，就是艳！

披着春日暖阳，我们行驶在中央绿谷。打开车窗，车速不可太快，这样才能尽情享受空气中弥漫着的新润和清甜。

因为提前做了功课，我们心里多少有了些底。中央绿谷及东部溪谷是雄安新区启动区的核心绿色空间和重要生态休闲空间，是雄安新区构建城淀相望、城绿相融、城水相依城市空间的重要组成部分。

慢慢行进中，不断变化的景致频频映入眼帘，我忍不住要停下来欣赏一番。这里是一片不算宽阔的水面，水面两侧一人高的桃树枝头，已经挂满了粉红色的花朵。还未走近，便嗅到扑面而来的淡淡花香。靠近水面，驻足停留，桃花的红映衬着河水，倒映出天空的蓝，青草的绿包围着层层叠叠的假山，红、绿、蓝的交织，构成一幅天然风景画。

谁说“水至清则无鱼”？俯下身子，水清澈见底，一条条小鱼在水里游来游去。它们好似感知到了我们的到来，迅速躲进水底石缝中，鱼儿不见了踪影，空留下水面上的层层涟漪。

沿着木质栈道继续往里走，弯弯曲曲的栈道跨过河面延伸到桃林。朋友告诉我们，过段时间，这里将是一片粉红色的海洋。树上是花，树下也是花。赏花的同时，还能呼吸新鲜空气，真是一种别样的享受。

继续前行，前面是一处颇为宽阔的湖面。我们知道，中央绿谷打造了三个湖，明珠湖、汇智湖和文萃湖，整体水系长度达 14 公里。“这里的水都来自白洋淀，水质都是优级。”朋友解释道。

湖对面，“千年大计、国家大事”的红字异常夺目。站在岸边，近处的水清澈中泛着微绿，远处的水闪着浅蓝。风吹湖面起涟漪，水中芦苇也跟着扭动着身躯。两只金翅雀在湖面低飞，它们时而落到芦苇上，时而用翅膀拍打水面，它们嬉戏着，可爱中带着几分调皮。

湖两侧，草色渐青，新叶已发。湿润的空气凝结成露珠点缀在草叶上，亮晶晶，圆乎乎，晃晃悠悠，好似在荡秋千。与青草相伴的，是一排排知名不知名的花卉，它们正以蓬勃之态迎接春暖花开。朋友说，等花都开了，红的、紫的、粉的、白的、黄的，真是迷了双眼，醉了心田……

站在高处远眺，中央绿谷就像一片绿色的海洋。中央绿谷整体设计呈 H 形，以“一廊、双谷、三湖、十区、十八园”为总体结构，总面积约 7500 亩，被称为启动区的“蓝绿骨架”。待全部建成，这里将呈现出蓝绿交织、清新明亮、水城共融的城市风貌。中央绿谷也将成为这座未来之城的“生机客厅”。

远处，数名身着工装的工人忙碌着，阳光照在他们身上，衣服上的标识闪着耀眼的光。又一个春天来了，忙碌的新区建设又开始了……

郊野公园的花

连翘花最早感知春天的到来。在郊野公园，最先吸引我们的就是连翘花了。郊野公园位于雄安新区北部，面积比北京的奥林匹克公园还要大，是“一淀、三带、九片、多廊”生态格局的重要组成部分。

春风唤醒了成片的青草地，星星点点的浅绿散落在深黄里。国槐、李树、银杏、桃树和杏树，或吐出了绿尖儿，或泛了青枝，或挂了花苞，昂首挺胸地迎接春天。月季、玉兰、樱花、蔷薇和海棠，穿上浅绿的衣裳，铆足了劲儿，静待群芳斗艳。

连翘花和迎春花几乎在同一时间迎接春天，迎春花性格倔强，喜欢独处，连翘花却成群结队，茂密壮观。阳光铺满大地，连翘花的橘黄色“小喇叭”爬满枝干，它们相互依偎着，互相拥挤着，开得热闹而猛烈。

几个小朋友从儿童城堡里走出来，在手机镜头前，与连翘花合影。一个小女孩把粉嘟嘟的脸蛋凑到花前，瞪着葡萄般的大眼睛：“妈妈，这是什么花？”“这是连翘花，连翘花开得早，花开了，春天就来了！”妈妈边拍照边说。“那是什么花？”小女孩用手指了指旁边的植物。这时，走来一位小伙子：“这是黄刺玫，它的花与连翘花相比，毫不逊色。”小女孩边听着边凑了过去。小伙子忙劝道：“小朋友，只许看可别摸呀，它们身上有刺。”小女孩忙把手缩了回去……

我们被小女孩的可爱和小伙子的真诚吸引着。小伙子是地地道道的雄安人，也是这里的工作人员。他告诉我们，郊野公园还是个植物园，白皮松、悬铃木、栾树、碧桃、叶梅、垂柳，等等，有数百种各类植物。

“你们去过保定园了吗？那里有棵古槐，树龄几百年了。看看去吧！”小伙子面露自豪，给我们带路。

沿着彩色慢行道漫步郊野公园，成片的连翘花慷慨地撒下一片又一片金黄，沿途的郁金香，白如雪，粉似霞，红如火，散发着淡淡清香。看过了被称为“绿色之心”的雄安园，看过了红色主题的石家庄园，看过了宛若“巨琴”的衡水园和开元寺塔巍峨耸立的定州园，左转右拐，我们终于来到了保定园。

走进古朴的高大门楼，翠竹掩映下，“莲池书院”四个字赫然醒目。左侧为古莲池微展示，一汪春水碧波微荡，水面飘着零零散散的绿色“铜钱”，那是荷的新叶子。水中芦苇摇摇摆摆，灰白的花絮随风点头。细细观察，它们的根部已悄然发芽，再长大些，它们就成了被当地人称道的鲜嫩可口的“北方笋子”。

莲池对岸，红梅树上花开着、花苞簇拥着，只待繁花满树。几棵松树簇拥着的海棠试与红梅比高低，红梅太过羞涩，只亮出些许珍贵的粉白色。

绕过海棠，一棵苍劲高耸的槐树，被木栏保护着。“这棵树可厉害了，槐花开放的时候，就像下了一场雪。”小伙子说。

我抬头仰望，古槐树粗壮而苍老的躯干上顶着偌大的树冠，一片片新叶显现着它的生机。古槐树默默地在这里生长着，既见证了这里的历史，又将见证这里美好的未来。

（原载《光明日报》2024 年 3 月 29 日）

塔城随记

张锐锋

一

一个傍晚，十一点钟，新疆塔城仍然在余晖中闪烁。我坐在树木掩映的郊外，看着远处的村庄渐渐暗淡，灯火一点点出现，天边有着大朵大朵的云，它在接近夏夜的时候变得漆黑，它的周边有着界限分明的明快花边。这个中国西北部最远的地方，时间也很远，在本该近于午夜的时候，还有着亮光。

这几天的日子，快速闪过。它比闪电还要快，也比闪电还要亮。

广袤的吐尔加辽草原，绵延不绝的巴尔克鲁山北麓的丘陵，早期游牧部族的金牧场，成吉思汗第三子窝阔台的封地，冰草、野草、各种开不尽的野花，以及塔斯提河谷的开阔地带，干净整洁的塔城市纵横的街道，象征着复杂历史的深红建筑物……

二

手风琴独特的设计造型，利用皮囊伸缩产生空气压力使簧片振动，发出美妙的声音。据说，它的创制来自中国古代乐器笙的灵感启发。在发声原理上，它是放大了的、增加了键盘的口琴。它能够独奏、伴奏、合奏，可以通过双手的协调配合演奏丰富的和声，它宏大辉煌和音色变化的波谲云诡，一架手风琴几乎就是一个小型乐队。不足二百年的历史背景，却能够展现人类辽阔的想象力和悠远深邃的内心生活。在塔城生活的各个民族都喜欢手风琴。手风琴天然属于塔城的人们。我们去一个多民族融合的家庭访问，发现家里放着几架手风琴。这里无论是蒙古族、柯尔克孜族、达斡尔族、维吾尔族，还是哈萨克族，都能歌善舞，手风琴伴随着他们的痛苦和快乐，见证着他们平凡的生活。

我们来到了手风琴博物馆。它位于一座看起来破旧的建筑里，没有和手风琴音乐匹配的辉煌，也没有其他博物馆那样富丽堂皇的门面，它就像塔城人一样质朴、低调，门楣牌匾上写着很小的表明身份的字样。可是进入其中，则是一个完全不同的大画面。博物馆陈列着各种各样的手风琴，几百架、几千架或者更多，我想，这么多的手风琴合奏，会有怎样的效果？从最初简单的手风琴，到越来越精细、功能更齐全的现代手风琴，它将二百年的手风琴历史连及它的背景，以及人类为了探索一个独特的音乐世界的过程，带入了视野。这不仅仅是关于手风琴的历史，还是一部关于创造和完善、理解和进步、生活与音乐的传奇，是为了追寻美好的声音、寻找内心旋律的故事。

手风琴天然属于北方，它的雄浑、变化、强烈的节奏感，和塔城的大地面是相配的，它有着马蹄般奔跑的旋律，辽阔草原上疾风吹拂的奇妙感，还有着孤独的放牧者丰富内心活动的神奇变化，有着融合了天地之间万物回应的雄奇壮美。我就知道了，为什么这里的人民如此热爱手风琴，它所演奏的音乐有着大自然天籁之音的悠远深邃，有着草原民族骑手的气质，潇洒优雅，质朴纯真。

你可以想见，一个牧人坐在一望无际的吐尔加辽草原演奏手风琴，大群的牛羊在白云下徘徊，并与远处巴尔克鲁山的轮廓融为一体，手风琴的节奏和牧人灵巧的手指、有力的手臂协调配合，带着微风的呼吸和奇异花香的乐曲向四面八方扩散，在层次分明的一个个丘陵和沟壑之间跌宕起伏……这是多么令人向往的自由自在、天然质朴的生活图景！

三

塔城的辽阔超出了想象。它的总面积十万多平方公里，和南方的浙江省或江苏省的版图相近。从塔城市出发沿着柏油公路行驶，从宽阔的旅游客车的车窗向外看，几乎没有遮拦的视线可以看得很远很远。在这里才会感到世界是没有边界的，它是无限大的。在这样无边的世界上，你会产生走不到尽头的绝望，会觉得自己的渺小、软弱和无助，会感到人生的孤独。无限也是一种牢笼，因为你在漂泊中感到挣不脱无限的束缚。我曾在西藏感到过这种困境。从鲁朗返回拉萨的路上，中途停车，看见四周都是雪山，雪山的背后是更高的雪山……在这样的地方，谁能翻越高山走到外面？在无数高山的后面还有什么？可是在新疆最西北的塔城，却面临相反的困境，你永远看见的是地平线，一些影影绰绰的、淡蓝的远山仅仅是地平线上飘荡的幻影，它似乎是一种诱惑，引你一直向前，却永远走不到它的身前。

四

在一个村庄，我们来到维吾尔族沙勒克江大叔家里。一幢二层小楼，楼下是沙大叔的住处，二层是沙大叔的收藏品陈列室。这个陈列室里记录了沙大叔的生活历程，有他历年来获得的各种荣誉证书和奖状，有党旗和国旗，有他年轻时使用过的军用水壶和各种劳动工具、物品和红色纪念品。这些东西呈现了沙大叔质朴的、热爱祖国、热爱劳动的心路历程，也代表着维吾尔族人在改革开放之后日子越来越好的每一段经历。他也用这些陈列物背后的一个个亲身经历的故事教育自己的孩子们，让他们记住过去，记住他所经历的每一件事，也记住给他们全家带来好日子的祖国。这是一个维吾尔族人的心灵史。

我们坐在他的小院里，看着院子里飘扬的五星红旗，感受着祖国最西北部的一个小村庄的温暖和对祖国的向心力。沙大叔每天清晨都要举行升国旗的仪式，他用这样的方式向祖国致敬。我坐在这个小院里，看着头顶的国旗，我就在这面国旗的投影里。我们在同一面国旗的投影里。

我们临走前，要和沙大叔一起在国旗下照一张合影。这时，沙大叔走过来，给我们每一个人一面小国旗。我举着这面五星红旗摇动着，但沙大叔过来告诉我们，要把国旗贴在左胸口，这是离心脏最近的地方。

五

我们沿着边境线曲折的公路，不知走了多久，来到了位于中国和哈萨克斯坦交界处的小白杨哨所。这里曾经是中苏边界。20世纪60年代末，中苏关系恶化，苏军绑架我方牧民，开枪打死了女牧工。前哨排长李永忠率队还击，一场激战打破了边防线的宁静。

我们来到小白杨哨所的时候，阳光灿烂，一切都是美好的。这里有一座体量不大的建筑物，里面布置简朴，但各种图片仍然记录着那场血腥的冲突。战争的阴影并没有完全消散，在这样万里无云的晴日，我们的头顶仍然徘徊着看不见的乌云。它在宁静里沉浸于记忆，残酷的、流血的记忆。战士们的相片，英俊的容貌，好像不是在昨天，而是就在我们的面前。和平多么好啊，让我们可以奔驱千里来到这个美丽的边防前哨，享受美好的时光。和平打开了人类天性中良善和浪漫的一面，使生活变得更加灿烂。

这样的浪漫和对美好生活的向往，即使在艰苦的日子也是存在的。只要有和平，它就会与我们相伴。这个哨所原名塔斯提哨所，在哈萨克语中是“石头堆”的意思，现在却以一棵小白杨命名，这来自一段意味深长的往事。1982年春天，新疆伊犁察布查尔县的锡伯族战士程富胜回乡探亲，归队时，母亲送给他的礼物是用红布扎着的十棵小白杨树苗。母亲知道儿子服役的哨所处于荒凉的中苏边界，自然环境恶劣，树木也很难成活，就把这样独特的礼物让儿子带到前哨，叮嘱他种在哨所旁。带着这十棵小白杨树苗，程富胜不断换乘马拉爬犁、班车、拖拉机，在四天后抵达哨所。

这是多么珍贵的礼物啊，它象征着生命、青春和激情，象征着遥远的家乡和白发苍苍的母亲，也是自己生活的见证者。战士们把它种在哨所旁，每天看着它成长。那时，前哨班的战士要从两公里之外的河坝拉水挑水，一头老黄牛为哨所拉水二十年，荣立三等功。十棵树苗，战士们扎下篱笆呵护，用自己省下的吃水浇灌，储存积雪养育，终于有一棵小白杨成活了。

从此，这个叫作“石头堆”的地方有了一棵小白杨，它的叶子在风雪中和五星红旗一起飘扬，它的枝干开始舒展，和战士们一起在白天遥望着故乡，也警觉地注视着国境线上的风吹草动。程富胜在这个哨所整整服役十七年。十七年，小白杨和他一起成长，一起生活。小白杨成为战士中的一员。它和战士们一起度过风雪交加的夜晚，也度过一个个寂寞的白天。它在风雪严寒中经受了艰苦日子的一个个考验，它一点点长高了，长大了。它倾听战士们的鼾声，也倾听一个个人内心的声音。它代表着永不屈服的意志和坚守自我的高贵品性。它也意味着，一个人、一棵树，不仅仅是一个人、一棵树，而是连带着一个巨大的背景。它连着远处的巴尔克鲁山上的白云，连着眼前干涸的塔斯提河谷，连着故乡的狭窄的街景和农田，以及整个祖国。所以，他们从来不是孤独的。

有一年，一个诗人来到这里，知道了这个故事。他看到战士们洗漱都不用肥皂和牙膏，以便用节省的水来浇灌心爱的小白杨。他被小白杨的故事所感动，于是奋笔疾书，写出了著名歌词《小白杨》。后经著名作曲家精心谱曲，歌唱家阎维文演唱，小白杨的故事成为传唱至今的不朽传奇。

多少年过去了，小白杨已经成为一棵大树，上面刻满了守边战士的名字，这些名字也随着时光流逝一点点在树干上放大了。我看着树身上这些开裂的、粗糙的刻字，感到每一个战士就在眼前。这些名字就是他们青春的面容，就是他们放哨的姿势，就是他们生动的形象。他们就是这个大树的一部分，就是这个传奇的创造者。他们永远是边防的主人，他们永远和小白杨一起生活在这里，他们已经把自己的青春、激情和灵魂浇灌到大树里，每一片树叶都有着他们的声音，每一阵风都带着他们的声音，在这个荒凉的边地日夜喧哗。

我沿着已经荒芜的、长满了野草的、石头垒砌的战壕漫步，仿佛看见战事中的战士的身影，他们在这样的战壕中奔跑，搬运着弹药，不断变换着射击的位置，将愤怒的火焰喷吐到前方。也仿佛看见，血在燃烧，小白杨在燃烧，一束束炫目的视线在燃烧，它们盖住了阳光，也照亮了一个个寒冬的夜晚。

可是，现在一切都是平静的。枪声消失了，和平的力量压倒了对抗和仇恨，小白杨哨所成为参观的景点。参观者在这里合影留念，并高唱一曲

《小白杨》。过去曾是过去的现在，现在也将成为过去。一切所发生的都值得怀念，因为它是在我们中间发生的。人类的悲喜剧在这里上演，它的剧情复杂、惊险、曲折，它的台词简单、质朴、感人、悲伤或温暖，它的人物不仅仅是这里的主人，还有我们每一个人。它的舞台宏大、辽阔、荒凉，却饱含了血和汗水、青春的流逝、时代的巨变，以及白云、山峦、草原、沟壑、丘陵、牛羊和放牧人、农民种植的蔬菜、红花和棉花、很远很远的现代化城市、耀眼的广告牌、夜晚的路灯、微风和寒风、大雪和刺目的阳光、穹顶上深邃的蓝，以及所有的历史沧桑。

（原载《散文海外版》2020 年第 10 期）

绝版的周庄

王剑冰

你可以说不算太美，你是以自然朴实动人的。粗布的灰色上衣，白色的裙裾，缀以些许红色白色的小花及绿色的柳枝。清凌的流水柔成你的肌肤，双桥的钥匙恰到好处地挂在腰间，最紧要的还在于眼睛的窗子，仲春时节半开半闭，掩不住招人的妩媚。仍是明代的晨阳吧，斜斜地照在你的肩头，将你半晦半明地写意出来。

我真的不知道，你在那里等我，等我好久好久。我今天才来，我来晚了，以致你这样沧桑。而你依然很美，周身透着迷人的韵致。真的，你还是那样纯秀、古典。只是不再含羞，大方地看着每一位来人。周庄，我呼唤着你的名字，呼唤好久了，却不知你在这里。周庄，我叫着你的名字，你比我想象的还要动人。我真想揽你入怀。只是扑向你的人太多太多，你有些猝不及防，你本来已习惯的清静与孤寂被打破了。我看得出来，你已经有些厌倦与无奈。周庄，我来晚了。

有人说，周庄是以苏州的毁灭为代价的，眼前即刻闪现出古苏州的模样。是的，苏州脱掉了罗衫长褂，苏州现代得多了。尽管手里还拿着丝绣的团扇，却已远不是躲在深闺的旧模样。这样，周庄这位江南的古典秀女便名播四海了。然而，霓虹闪烁的舞厅和酒楼正在周庄四周崛起，周庄的操守能持久吗？

参加富贵茶庄奠基仪式。颇负盛名的富贵企业和颇负盛名的周庄联姻。而周庄的代表人物沈万三也名富，真是巧合。代表富贵茶庄讲话的，是一位长发飘逸的女郎，周庄的首席则是位短发女子，又是巧合。富贵、茶、周庄、女子，几个字词在春雨中格外亮丽。回头望去，白蚬湖正闪着粼粼波光。

想起了台湾作家三毛，三毛爱浪游，三毛的足迹遍布全世界，三毛的长发沾的什么风都有。三毛一来到周庄就哭了，三毛搂着周庄像搂着久别的祖母。三毛心里其实很孤独。三毛没日没夜地跟周庄唠叨，吃着周庄做的小吃。三毛说，我还会来的，我一定会来的。三毛是哭着离去的，三毛离去时最后亲了亲黄黄的油菜花，那是周庄递给她的黄手帕。周庄的遗憾在于没让三毛久久留下，三毛一离开周庄便陷入了更大的孤独，终于把自己交给了一双袜子。三毛临死时还念叨了一声周庄，周庄知道，周庄总这么说。

入夜，乘一只小船，让桨轻轻划拨。时间刚过九点，周庄就早早睡了，是从没有电的明清时代就养成的习惯？没有喧闹的声音，没有电视的声音，没有狗吠的声音。

周庄睡在水上。水便是周庄的床。床很柔软，有时轻微地晃荡两下，那是周庄变换了一下姿势。周庄睡得很沉实。一只只船儿，是周庄摆放的鞋子。鞋子多半旧了，沾满了岁月的征尘。我为周庄守夜，守夜的还有桥头一株粲然的樱花。这花原本不是周庄的，如同我。我知道，打着鼾息的周庄，民族味儿很浓。

忽就闻到了一股股沁心润肺的芳香，幽幽长长的经过斜风细雨的过滤，纯净而湿润。这是油菜花。早上来时，一片一片的黄花浓浓地包裹了古老的周庄。远远望去，色彩的反差那般强烈。现在这种香气正氤氲着周庄的梦境，那梦必也是有颜色的。

坐在桥上，我就这么定定地看着周庄，从一块石板、一株小树、一只灯笼，到一幢老屋、一道流水。这么看着的时候，就慢慢沉入进去，感到时间的走动。感到水巷深处，哪家屋门开启，走出一位苍髯老者或纤秀女子。那是沈万三还是迷楼的阿金姑娘？周庄的夜，太容易让人生出幻觉。

（选自《喧嚣中的足迹》，北岳文艺出版社 2004 年版）

到狮泉河

简 默

狮泉河是一条河流。

大河向东流。与版图上大多数河流自西向东流入大海不同的是，狮泉河从东向西流，流着流着，就流出了国境线，被叫作印度河。在我眼里，狮泉河实在算不上大河，但这不妨碍它向西流去，仿佛一路陪伴着唐僧去取经。

狮泉河也是一个镇。

以一条河流来命名一个镇，这个镇便水光潋滟了，水迹淋漓了，水波荡漾了，水袖飘拂了，便与四面的山相映出河光山色，只是山呈红褐色，看不见青葱草木。越过这些身量不高、体态迥异的山，在它们的背后，是那些更高的山，它们幸运地嗅到神的呼吸，身上的雪花是神的口谕和启示。

我们追赶着狮泉河，正在去狮泉河镇的路上。

这儿是阿里高原，平均海拔 4500 米，空气中含氧量比海平面低 57%，紫外线辐射强度却比海平面高 50%。从 10 月到次年 5 月，这片高原像一个嗜睡的婴儿，头枕冰雪，身盖冰雪，一直沉睡在襁褓中，直至被萌芽、鸟鸣和河流解冻唤醒，我们幸运地赶上了这个 5 月。

随着海拔越来越高，同行的大刘高原反应加重了。他是第一次进藏，我们仨这次进藏能够成行，完全是他积极撺掇和张罗的结果，为此他做了精心准备，反复设计了路线图，不断地在电话中与我沟通和交流。他说，我们仨沿川藏线进藏，从青藏线出藏，走一走阿里大环线。说到这里，他有意顿了顿，拉长了声调，又说了一遍，走一走阿里大环线，像是在强调。隔着电波，我听得出他掩饰不住的兴奋、骄傲和期待，我甚至想象得出他满脸通红，一只手攥着手机，另一只手捻着衣角的样子。我有同样的心情。能够走一遭318国道川藏线，是我许久以来的夙愿。3、1、8——当这三个普通而平淡的阿拉伯数字，亲密无间地站到一起，自东向西，连接起作为起点的上海人民广场和作为终点的西藏樟木中尼友谊桥时，便意味着漫长、惊险、磅礴、诗意、浪漫，成为无数人的憧憬、牵挂和梦想。我们就要踏上它，一路沿着北纬30度线逶迤前行，它剥茧抽丝般的长长一生，遍布平原、丘陵、盆地、山地、高原高低起伏的记忆，是深深扎根于中国人心灵的景观大道。

初到拉萨，坐在酒店大堂等待着入住，大刘的高原反应便开始了。其实在进入拉萨前，经过海拔5013米的米拉山口时，甚至更早在折多山、稻城亚丁、理塘等地时，他的高原反应就已经开始了，只是他固执地认为，四川境内的高原反应是对他强壮身体的一次次小测验，只有进入西藏所经历的高原反应才是真正的高原反应，是一次次期中和期末考试。此刻，他发起了低烧，他的身体在试探着背叛和出卖他。看到他面红耳赤、嘴唇发紫、眼神迷离、精神萎靡，我对他说，你可能是心理压力有点大，别紧张，放松就好了。他有些机械地点点头。之前两次入藏，我看见和听到了一些与高原反应有关的事儿，比如说有人被它吓着或吓倒了，到拉萨一下飞机，反应立刻上身了，没出机场，随后就乘飞机返回了；又比如说有人开始有反应，但他满不在乎，越走海拔越高，反应却越来越轻。我认为就像人人都会发烧一样，来到青藏高原这样高海拔的地理环境中，人人也都会产生高原反应，这本是稀松平常的事，只是每个人反应的程度不同，更重要的是对待反应的态度不同。第二天早晨见到大刘，他似乎好多了，看来他的身体镇压和抵抗住了低烧试图带来的背叛和出卖。到了日喀则，发烧纠聚起潜伏在他体内的残部，乘虚发动了新一轮哗变和袭击，这一次，他没能扛住，到医院输液了。

游完景点，我们继续赶路，颠簸在一段又一段沙石搓板路上，待上到阿里高原，他的反应愈来愈重了。他吐出了吃下去的早点，吐得翻江倒海、一干二净，我怀疑他吐出了胆汁，直到肚中空空如也，没啥可吐了。他额头冒汗，脸色苍白，颓丧地坐在副驾驶座上，我关切地俯身探头凑近他耳边，任我怎样跟他说话，他都不回应我。这样的体验我在过米拉山口和那根拉山口时有过，是他的耳朵暂时丧失了听力，他就像被扔进了一个巨大噪声的集散地，我看见他左侧太阳穴一条条青筋凸露，可怕地突突跳动，像擂响了战鼓……

大刘这样，车内谁都不说话，空气有些凝重。我将目光投向景色飞快后退的窗外，陡峭的山坡下，一位身穿天蓝色藏袍的藏族妇女，背着一个小女孩，正朝自己家走去，小女孩穿着一件红上衣，像一小团火焰，紧紧地趴伏在她肩头。她家依山而建，就是那种最普通的藏式平顶民居。右边挨着两间房子，四面墙体挺立，有门也有窗，却无房顶，是盖房子时钱不凑手了，留下了这半拉子工程，还是本就没打算长期居住才这样的？我一时也说不清。房前停着两辆皮卡，一个穿军大衣戴头盔的男人，站在一辆红色摩托车旁，大概是她的丈夫或亲朋，正在等候她。我想她应该是户牧民，自己家的牧场就在附近，否则谁会在这前不着村、后不着店的地方住呢？这只是我站在自己的生活立场上，从自己的现实追求出发，所作出的判断和涌出的感受，她和她的亲人们却不一定有我这样的感受，我永远活不成他们那样，他们也永远不会接受我的生存方式。

路上不断有一顶顶黑帐篷、白帐篷闯入我眼帘，旁边扯着经幡，这些确定都是放牧点无疑。牧民们走到哪儿，就将信仰打包随身带到哪儿。在这经幡下，羊、牦牛与狗和睦相处，一律平等。细长的河流躺在草地上，伸胳膊蜷腿地画着“之”字，水波不惊地潺潺淌过，恰是枯水期，水浅了许多，两岸露出了散落的鹅卵石，遍地枯黄的衰草，一丛丛红柳一叶不挂，枝条凌乱地向四下挣扎，羊群埋头觅着啃着瘠薄的日子，一条藏狗立在最外围，神气地扬着头，翘着尾巴，听见停车声和“咔嚓咔嚓”的摁动快门声，转头瞅着我们，既不扑上前，又不狂吠，安静得像它脚下这片了无绿色的草地。也总有一个牧民在一边安静地站着，守着自己的羊群。牧民们的心和脚步都习惯了流浪，不是他们喜欢流浪，而是牛羊需要流浪，它们要迈开或稳健或轻盈的步子，嗅着水和草的气息走，牧民收拢帐篷，跟在它们后头走，一户一户像星星散落在草地上。顶多待上两三个月，他们又收拢帐篷，跟在它们后头走了。他们不像他们那些耕种收获着青稞的同类，那些人开垦土地，种下青稞，围绕着一片一片青稞地，聚成一个一个村庄。他们流动放牧惯了，心和脚步仿佛一直在路上，头脑中几乎没有村庄的概念，他们相信牛羊的直觉和方向，放心地将自己的家和生活系在它们的蹄上，追随它们到处流浪。行走在阿里高原，我们无比依赖的是电子导航，但它也有消极怠工的时候，不是一脸茫然、一无所知，就是恶作剧似的导错了方向。这时我们像大海捞针似的，总算捞到了一个打此经过的藏族人，可是语言不通，他听不懂我们讲的普通话，我们也听不懂他说的藏语。他指了大致方向，我们想问得更清楚、更细致些，比如驾车要多久才能到，费了半天口舌，他也明白我们的意思了，要命的是他却没驾车去过，只走路到过，而他报出的那个时间却足以叫我们哭笑不得。

一个藏族青年，戴着墨镜，驾着摩托车，迎面向我们飞驰而来，远远地，我们就听见摩托车上挂着的音响破空传来的歌声，不是嘹亮而欢快的藏歌，而是一首我说不出名字的摇滚歌曲。他将音量开到了最大，人和车未到，歌声先行冲到了，仿佛在替他跟这个世界打着招呼：嘿，我来了！他目不斜视，一直向前，即使与我们的车子擦肩而过，也没看我们一眼，只顾沉浸在自己的世界中。我们向前，他也向前，各赶各的路，只是方向不同。我们记住了他，他却没注意到我们。在这片苍茫荒凉的高原上，人脆弱如瓷器，也最微不足道，一次在平原上司空见惯的小小感冒，都可能打倒你，割断你靠呼吸与这片高原建立的联系。从此意义上说，你甚至活得不如这片高原上的一头驴，它自由自在，爱恨情仇，快意任性。

想到驴，我就看见了藏野驴。不是一头，而是成群结队的十几二十几头，队列却不混乱，由一头公驴率领，幼驴居中，母驴殿后，鱼贯前行。在它们头顶，一只雄鹰盘旋低飞，身旁几头家牦牛或立或卧，这些都打扰不了它们，它们之间已习惯和平同处，相安无事。这不，它们勇敢地往前走了几步，就与牦牛们混杂在了一起。它们天性胆小，像绅士，四平八稳地迈着细碎步子昂首走过，走着走着就上了公路，到了人的领地，其实哪儿有人的领地，都是它们的领地。我们看见它们，停车下车，端起相机拍摄，它们听到快门响，静静地扭头看着我们。我们得寸进尺地慢慢走近它们，从一开始，它们便盯着我们，根据经验判断我们有无恶意。待我们越走越近，它们中的警觉者伸脖仰天鸣叫，像是发出警告并召集大家跑，这叫声短促而嘶哑，远不及家驴叫得响亮。一眨眼的工夫，它们横排成一条线，奋蹄冲下了公路。跑出一段距离后，它们大概觉得安全了，停下步子继续看着我们。我们却不理会它们了，上车赶路，当车子行驶到与它们在同一个起点时，它们身上潜伏的驴脾气迸发了，撒开四蹄与车子赛跑，有的竟然跑到了车子前头，停下来回头望着车子，像是求表扬似的，不等我们表扬它们，又奋蹄奔跑；就这样跑跑停停，直到玩够了才撇下我们，仰天吼上几嗓子，转身趟入草地。更多的时候，它们五六头一小群，十几二十几头一大群地站在草地上，头一律朝外，组成伞状圈形，似乎只为了悠闲地听风过耳，却时刻保持着警惕，这是它们的本能，也是求生的技巧或方式。

汽车已连续行驶了几个小时，窗外的景色仍然没有多大变化。阿里高原的春天总是姗姗来迟，就像野公驴的尾巴那样短，刚刚感觉到就过去了，偶见田野里稀稀拉拉几个男女，准备开始春耕了。河边泛出稀薄绿意的草地上，一家六口人面朝河流，背靠群山，席地盘腿坐在一起聚餐，他们有说有笑，听见我们的车响，两个男人和一个小女孩转头目送着我们，三个女人飞快地瞟了一眼，继续低头各忙各的，藏族人就是这样，啥时骨子里都不乏浪漫和悠闲。

到晚上七点了，太阳仍高悬在空中，仿佛不准备落山似的，阿里高原的太阳就是这么任性，要是在内地平原地区，此时已经日落西山，天色渐黑。来到狮泉河镇，已经九点多了，太阳像一个不知疲倦的歌者，热情四溢地引吭高歌，直到十点多才没了声息。黑夜彻底降临了，高原万籁俱寂了。

早晨七点天渐渐地亮了，于狮泉河我们是匆匆过客，它只是我们在路上安妥身体、饲养睡眠的许多地方之一，但我从内心里就想利用有限如氧气的时间，好好地看看它，这与我们一路历尽艰辛来到这儿无关，也许还有许多说不清道不明的情愫在强烈地驱使着我。我出酒店向左走，头顶半个月亮皎洁干净，这真是一个有意思的小城，太阳迟迟不落山，月亮也迟迟不打烊，日月星同辉在同一片天空是一件平常不过的事情。这是一个崭新明亮的小城，我看见的所有建筑都是新的，很少有高楼大厦，它们以白色为主色调，加以藏民族建筑元素，比如勾以绛红边装饰，那些藏式平顶民居，白色、红色和黄色交织的墙体，衬托以一蓝到底的天空，整体色彩明朗轻快。门前道路宽阔，一些地方正在施工建设，脚手架林立，围起了绿色防护网。抬头看到十字路口的天蓝色指示牌上，以汉藏两种文字写着“繁森路”“滨河南路”。“繁森”自然是孔繁森了，他当然是一座精神高地。在这样的地方和高度，没有谁能够像他一样，以自己的血肉之躯和铁骨柔情，将汉字与藏文紧密联系在一起，更将汉族与藏族水乳交融到一起。路上我遇见一位藏族年轻人，问他，你知道孔繁森吗？他答当然知道，这儿还有孔繁森小学呢。末了又补充道，我就是一名教师。时光转眼已过去二十多年，但孔繁森从未被遗忘，他就是阿里高原稀薄如真丝的空气、湛蓝如大海的天空、纯洁如哈达的白云，他的身影定格在了高原的角角落落。

狮泉河镇隶属噶尔县管辖，是阿里地区的首府，也是地区行署所在地。狮泉河水穿镇向西流，当地人习惯将我此刻站的河北叫作“地区”，将河南称为“噶尔县”，它们在行政区划上都属于噶尔县的地盘。有人说狮泉河镇很少有陌生人来，一旦有人来待上三天，整个狮泉河镇的人就都知道了。这儿新建的房屋很多都被辟为商铺和饭馆了，还有一些录像厅、台球厅和夜总会等娱乐场所，仿佛这儿有多么旺盛的消费力和胃口。海拔再高、空气再稀薄也不能没有精神生活。其实这儿就那么两条主要街道，纵横交汇成十字。寒冬来临前，许多开商铺和饭馆的商人，像候鸟一样回到老家或相对温暖的拉萨、日喀则过冬，商铺和饭馆大门紧闭，天气稍稍转暖时他们又回来了。我向右转到河边，红柳粗粗细细的枝条一律向上，像一柄柄弹弓，弹出一树树雀舌似的绿芽，在蓝天下，在阳光照耀下，闪着油亮的光。宽广的河面上经幡从这头到那头，一气纵横到头，这些经幡大概是今年藏历新年挂的，至多不过数月，仍鲜明如新，倒映在水中，清晰如刻，恍若前生。真实与虚构、现实主义与浪漫主义，只是一枚硬币的两面。各种鸥鸟在水上游弋和振翅翩飞，搅乱了倒影，扩开一圈圈涟漪，很快便复原如初了。有些河床水落鹅卵石出，水中央也扯着经幡，鲜艳活泼，吸引风蜂拥吹来，经幡迎风哗哗飘舞，像自水中亭亭生长出的植物。

一个藏族妇女身穿藏袍，面戴口罩，左手攥一串佛珠，身边是一个小女孩，她正送小女孩去上学。她们迎面向我走来，擦肩那一刻，我清楚地看见小女孩没戴口罩，脸上结了痂，厚厚的，像时光的铠甲，如果大着胆子应该能够一片一片地揭下来，这是强烈的阳光将皮肤晒死了，时间长了，越来越厚，越来越硬，是固化的高原红。在我前头，左边一个穿皮夹克的藏族人，右边一个上了年纪的喇嘛，身披绛红色袈裟，两个人边走边小声地交谈，一僧一俗，并肩走在这样安静的早晨，是一件多么平常而美好的事情啊，我心中油然涌起了感动。两个藏族妇女，正弯腰手持铁锨，在红柳身边挖坑，撒下向日葵籽，这同样是一件多么不起眼但无比美好的事情啊。不出8月，向日葵会垂下花朵的头颅，金黄灿烂，追撵得太阳无处藏身，这片高原在太阳和向日葵的照耀下，金光闪闪，像一个硕大的转经筒，一瞬间掏出了自己内心的黄金，称出了自己沉甸甸的重量……

（原载《雨花》2020年第5期）

品清湖之约

剑　钧

一

也许是沉浸于湖光山色间的约定，整整过了十年，挽着新年的手，我又重回这片飞溅浪花的地方。承蒙主人盛情，我入住在汕尾品清湖畔的酒店，推开窗便可看到一碧万顷的波光，闻到一泓湖水的味道。一只白鹭从湖面跃起，蓝天上多了一片白絮般的云朵，苍山上多了一瓣粉白色的梅花。

十年前，一个秋雨绵绵的日子，几个人搭上小船儿，打着小伞，品着清清湖水，观着粼粼波光，享受着静湖捧出的至诚笑靥。极目尽头处，是一片绿荫交叠的湖畔绿地，几棵高高的芭蕉树分外惹人眼，那宽厚的叶片罩护着一串串开始泛黄的芭蕉，随着秋水微澜，细雨浅唱，我似乎悟到了雨打芭蕉的音符。我沉醉了，沉醉于当年与几位汕尾诗人，在湖上微雨泛舟时的浪漫。

蒙蒙烟雨中，我骤然想起与品清湖咫尺之隔的凤山荔枝林，其品种有妃子笑、桂味、凤花等，尤以“凤山红灯笼”最负盛名。虽说过了尝鲜荔枝的时节，但仍引起了诗人们的雅兴。我们聊起苏轼被贬谪惠州做宁远军节度副使时，留下的千古名句：“日啖荔枝三百颗，不辞长作岭南人”。遥想当年，苏东坡落魄惠州，留下诸多诗篇佳作，这首《惠州一绝》最为有名。有人便推想，那会儿的惠州府就下辖了而今的汕尾，很难说，苏东坡任职惠州府两年零七个月间，就没莅临过汕尾的潟湖水畔，就没游历过静美的凤山荔海，就没尝过此地“妃子笑”的鲜美?

那天淅淅沥沥的小雨夹带着微微颤颤的海风从品清湖飘过。青黛山色与苍茫翠洲挽住薄雾的轻纱，仿佛有一双看不到的仙手在弹奏一把硕大的蔚蓝色湖琴，轻抚着平若镜面的湖光山色。这纯美的景致宛若一副连到天际的山水画，看得我痴痴入迷。

汕尾城坐于南海之滨，立于天涯之角。品清湖这座城中之湖的西南出海口即为汕尾港。早在一个世纪前，孙中山先生所著《建国方略》就将汕尾港列为重点发展的广东四大渔港之一。而今，孙中山先生的遗愿“超额”实现了，汕尾港走出了广东，一跃成了全国六大特色渔港之一。

品清湖那边的红海湾，距香港只有81海里。诗人柳成荫告诉我：“在品清湖入海口，隔海相望，便是香港了。”我举目远眺，恍若望到了前两年游过的香港。那维多利亚港的夜景给我留下了蛮深的印象：七彩虹霓将沿岸商厦倒映水中，一会儿蓝，一会儿红，一会儿绿，如梦如幻。而品清湖那会儿的夜景，既无虹霓的闪烁，也无灯红酒绿的喧嚣，有的只是湖畔广场纳凉老人的休闲身影和嬉戏孩子的稚嫩笑脸。

一晃十年，再返品清湖，我宛若步入一个动感的色彩世界。应邀参加汕尾“中国首届散文诗节”晚会，来宾乘车到善美广场，去观赏无人机展演的光影秀。从坐到品清湖畔的那一刻起，我就彻彻底底被震撼到了。沿岸林林总总的楼厦都亮起霓虹灯，湖面掀起了层层涟漪，倒映的虹霓也展现出五颜六色的变形，如同硕大的万花筒，色彩斑斓，奇趣盎然，这让我顿生身在维多利亚港湾的感觉。

无人机组合的光影秀主题为“汕尾2023：奔向海陆丰　才聚善美城”。500架无人机群排列组合在品清湖畔，随着无声的指令，基于先前创排好的轨迹程序，搭配以像素点为“神经中枢”的无人机群，载着LED灯芯陡然升空，夜空上闪现出无数奇异变幻的色彩与造型。“红色圣地”“山海湖城”“绿美汕尾”等七彩字幕，交替闪烁在广袤的星空，辉映于浩瀚的湖面，耳畔到处是发自内心的喝彩声，真的美极了。

坐在湖滨上的广场，置身于诗意的夜晚，我融入了品清湖畔的夜色里：远眺湖面挑着灯火行走的渔船，感受海风吹拂下湖畔绝美的夜色，闻着湖岸花香四溢的味道，注目品清湖优美的曲线……一条多彩的海岸线与品清湖捧出的浪花在冲我微笑。哦，大美的品清湖，渔歌唱晚的品清湖，沙鸥翔集的品清湖，面朝大海、四季花开的品清湖……

二

在蒙太奇式的时光交换里，品清湖变得越来越美，越来越清澈了。从上一个十年起，我对品清湖就有一种神秘感。那年我和柳成荫兄从品清湖的码头登上一艘快艇，套上了红色救生衣，驶向浩瀚的红海湾。小艇劈开碧波，划开两道泛白的翻卷浪花，飞速驶离品清湖，直奔南海北部边缘的海域。海风拍打着我的脸庞，吹乱了我的华发。我双手紧紧攥住座椅前的扶手，身子也随着波涛上下颠簸，时而冲上浪尖，时而跌入波谷，艇身剧烈地摇动着。头一次坐快艇出海，若说不紧张是假的，可我仍尽力保持着表面上的淡定。海风迎面呼啸，似乎在嘲笑我的胆量，人在大海里，方知晓何为“沧海一粟”。经历了最初的紧张，我反过身来，望着渐行渐远的品清湖，竟忘却了惊险刺激，还莫名其妙地想，这品清湖是怎么形成的，这湖里的水也是咸的吗?

返航时，快艇放慢了航速，“友好”地驶入了品清湖。兜了一大圈，我方了解到这由海湾演变成的潟湖足足有四个杭州西湖之大，号称中国内陆第一大滨海潟湖。我用手掬起一朵飞上艇舷的浪花，用唇沾了沾，咸滋滋、凉丝丝的。

“品清湖还真是咸水湖啊。”我少见多怪地说。

“是啊，早在宋代，品清湖沿岸的盐田就被开发了。”柳成荫说，“至今品清湖东岸和南岸还有两座盐场。”

我举目远眺，品清湖之外为浩瀚红海湾，因海湾封闭而形成湖是有据可查的：早在冰后期，冰川消融，海平面上升，海水侵入了汕尾和沙海花岗岩体之间，并逐渐在低凹处形成了溺谷湾，后因沿岸大沙堤的发育和向东延伸，而被半封闭为“潟湖”，进而形成了弧形大湾的品清湖。

品清湖因其海而生，因其湾而清。人行于湖心，我更能体味到大自然“沧海桑田”的神奇。此次来汕尾，从当地友人口中，我听到了从未闻过的专有名词“沙舌”，这是汕尾人对沿潟湖通道南侧向北延伸的边缘沙坝的称谓。千百年来，南海的波浪、潮汐、海风吹出了一条长长的沙坝，拦住了品清湾，诞生了品清湖。外海大量泥沙涌入了品清湖，在沙坝底部不断沉积，年复一年地拉长、变粗，而从内陆河流涌入湖里的河流也卷来大量泥沙，除却流入外海，大部分积淀下来，沙坝也就形成了天然防波堤，品清湖水由此变清了，还成为了天然的避风港。

我此行汕尾，有幸随天南海北的诗人作家们又上了一艘中型游船，环游了品清湖，愈发感受到汕尾山河的壮阔与俊秀。品清湖汇集了品清湖河、奎山河、赤岭河、赤古河、宝楼河等八条入海河流，穿越了汕尾红土地，形成了密如织网的水系。还有大自然的鬼斧神工，一次又一次的造山运动，在品清湖北部、东部和南部形成了山峦、台地、平原于一体的山水格局，九伯岭、烟墩山、羊牯岭、赤岭、尖山等群山环湖摆开，让群山四季染绿，伴流水潺潺。一座汕尾城就这般临海而生，依湖而旺，环山而活了。我依偎在游船舷窗忘情地瞩望，顿生出诗和远方的美妙憧憬。这就是古老而又年轻的汕尾，这就是山海湖城浑然一体的汕尾。难怪一进汕尾城，满眼都是湖光山色，那可是“一城山色半城湖”啊。

三

从地图上看，品清湖就像一枚碧绿的海棠叶，静卧在蔚蓝色的大海身边。品清湖与红海湾相连，拉起了一道多彩的海岸线，一面入海，三面环山，风平浪静，波澜不兴，可谓汕尾的风水宝地。

十年前的一个傍晚，我登上凤山凭栏远望，但见山脚下的品清湖停放着成千上万艘机帆渔船，煞是壮观。汕尾友人告诉我，品清湖是天然的避风良港，也是汕尾港的“生命湖”。这里云集着出海归来的渔船。渔民们长年累月地生活在大海上，在品清湖会享受难得的休养生息时光。出海前，他们成群结队地到凤山拜谒妈祖，祈福平安。从明末清初在凤山建妈祖庙的那一刻，习俗延续至今。当地渔民和商人都信奉妈祖，将其视为出海的保护神。那尊屹于凤山之顶的妈祖像是由468块来自妈祖故乡的花岗岩雕刻而成，一侧石碑镌刻有冰心先生题写的“天后圣母”四个红色大字。

凤山坐落于品清湖畔，因其形如欲飞的凤凰而得名。从山间瞭望品清湖，晚霞映照的湖面犹如一面椭圆镜面，波光金灿，山色携辉，舟楫穿梭，渔帆倒影。若登顶鸟瞰，目光延伸之处，但见壮美的汕尾城：水在湖中，湖在山中，山在云中，云在花中，花在林中，林在苑中，好一派南国城市风情。

此番来汕尾，我又登临了距凤山30公里之外的妈宫山，眼前依旧是山水相依，水天一色，我陡然有种步入仙境之感。诗人侯洁春走过来笑着说：“剑钧兄，看，多好的风景，不想在这里买房吗？”我也笑着说：“我哪用买呀，来汕尾就住你家呗。”我与侯洁春是交往20多年的好友，如今相逢品清湖畔，自有说不完的知心话。这位来自科尔沁大草原的汉子，如今旅居汕尾，也缘于喜欢上了这片红土地。我们一道爬山阶，聊着蓝天下的湖光山色。他蓦然停下脚步，用手指着远方，甩出几句堪称“绝妙”的诗句：“多美的汕尾啊，你看，站在这座山上，向东可看大江东去的一路扬波，向西可观绿荫参天的万山葱茏，向南可望南海的一碧万顷，向北可赏美不胜收的漓江山水。”

我被他用散文诗编织的“激扬文字”惊到了。我似乎一下明白了，何为“诗和远方”。我便记住了这灵动的诗语。一个不是对汕尾爱得深沉的诗人，是不可能涌出这般诗的金句的。

我恍然悟到，品清湖的无穷魅力源自汕尾的文化底蕴。品清湖是有灵性的，可以与人亲近，也可以与人交流。她犹如缀在红海湾畔的一颗闪亮的明珠，让碧波与海浪拥抱，将胜景与绝唱共鸣。

汕尾的海风携着湖风迎面吹来，似乎在与身边的山风相吻；品清湖拉起曲径通幽的长长栈道，仿佛在和风生水起的粼粼波光相拥。群山环绕的一泓湖水，不舍昼夜，在讲述一个美丽的岭南童话：海边有一座湖，湖边有一座城。

相约品清湖，今天我来了。

（原载《中国纪检监察报》“文苑”副刊2023年2月17日）

为大地喝彩

周华诚

老曾大肚圆脸光头，浑身都是喜福之相，他托一个酒壶，站在金黄的稻田里，亮开喉咙喊一声：“福——也——”

这一声中气真足，在天地之间响起，震得空气嗡嗡作响，震得稻穗颤颤巍巍。

这是秋天，水稻成熟，开镰在即。为了让外地来的朋友领略一下“喝彩歌谣”的魅力，我特意把老曾请到了稻田中间。老曾，曾令兵，国家级非物质文化遗产“常山喝彩歌谣”的传承人。喝彩歌谣是什么？简单说，是流传在常山大地的一种古老的口头文学样式，也是一种民俗文化。以前结婚、上梁、祝寿之类的喜事，都有这一种习俗参与其中，而喝彩师傅，一般通过父子、师徒间口授心传。最常见的喝彩，是民间上梁，其历史可以追溯至明万历年间，我国仅存的一部民间木工营造专著《鲁班经匠家镜》——“匠家镜”，营造房屋和生活家具的指南——就专门提到了“立木上梁仪式”：

> 凡造作立木上梁，候吉日良辰，可立一香案于中亭，设安普庵仙师香火，备列五色线、香花、灯烛、三牲、果酒供养之仪，匠师拜请三界地主、五方宅神、鲁班三郎、十极高真，其匠人秤文竿、

黑斗、曲尺，系放香桌米桶上，并巡官罗金安顿，照官符、三煞凶神，打退神杀，居住者永远吉昌也。

这是上梁。那么生日祝寿、结婚大喜，也是要请喝彩师傅亮一亮嗓子的。喝彩师傅那么一亮嗓子，众人齐声应和“好啊”，声声高亢，此起彼和。这种喝彩的习俗里，彩词都是吉祥如意的佳辞，东家得个欢喜，众人得个彩头。这种习俗之所以能一代一代，数百年来生生不息流传，实在是展现了老百姓心中对于美好生活的向往。

老曾个头一米八，体重一百八，身宽体胖，一笑如弥勒之相。曾令兵以前热衷于收藏小人书，二十年间收藏了四万多册，为了给这些藏品安一个家，他还造了一个“半典阁”。初中毕业时，他跟随父亲学木匠手艺，经常听到父亲的上梁喝彩声——那时农村造房上梁，都要有人喝彩，喝彩声一起，热闹非常。曾令兵记住了父亲每回上梁时的喝彩：

开地开场，日月同光；今日黄道，鲁班上梁——

耳濡目染，曾令兵也学会了喝彩。在他二十一岁时，父亲把自己多年积累手抄的喝彩词本，郑重地传给了他。曾令兵如获至宝，一有空就琢磨、整理，增添了许多有时代特色的词句，使得彩词内容更为生动鲜活，生机勃勃。

好了，闲话少说，但见老曾立于稻田之间，丰收的稻浪在他面前摇摆，他大手一挥，连续三声喝道：“福也——”

众人应和：“好啊——”

这一嗓子的吆喝，是喝彩的“起”，喝彩师傅要把这一声彩头传递给稻谷、麻雀、山川溪流，传递给高处的神明，传递给所有辛苦劳作一年的农人。

接下来，一连串的词汇，是一首献给土地、献给粮食的最朴素的赞美诗：

稻谷两头尖，
天天在嘴边，
粒粒吞下肚，
抵过活神仙……

这些词句，是老曾自己整理和编写的。他每高喝一句，众人都会齐声应和一句“好啊——”这洪亮的声音，齐整整地绽放在田野，也响彻天地之间，荡气回肠。在老曾几十年、无数次的喝彩经历里，这样为稻禾收获所作的喝彩倒是第一次，但对他来说，面向低沉稻穗的喝彩，跟面向乡里乡亲的喝彩一样素朴，一样动情。老曾继续喝道：“福也——”

“好啊——”

正月灯，二月筝，三月蛤蟆叽噶叫，四月放牛孩子扮鬼叫；当月平平过，五月有麦磨，六月吃吃苦，七月撑断肚，八月砍砍柴，九月打打牌，十月算一算，十一月有戏看，日子过得好像吃了蜜一样……

这是常山本地流传的“十二月谣”，我在本地文史资料中查阅到，当然四乡八里之间版本略有不同，我在《一饭一世界》里记录过：“正月陪陪客，二月铲铲麦，三月平平过，四月苦一苦，五月拉麦馃，六月饿腹肚，七月出新谷，八月有戏瞅……”（《常山县风俗志》）

老曾一口气把十二月谣诵完，众人齐声叫好。然后他一仰脖，纵饮壶中美酒。恢宏的气场，精彩的喝彩词，激起稻友们的热烈掌声。田野之间，喜庆祥和。其实，这样的丰收喝彩场景，在常山的田野里也是第一次，既是对于水稻文化的传播，也是对于喝彩这一优秀传统民俗文化的传播。三四十位稻友，还有那些在稻田里像风一样奔跑嬉戏的孩子们，这会儿齐齐站在沉甸甸的稻穗前留影，所有人脸上挂着笑，这会儿，大家一起领受了土地赐予的美好。

2020 年 1 月，“稻之谷”建筑落成，我又想到请老曾来喝彩。建“稻之谷”的想法，缘于2014年“父亲的水稻田”项目。不知不觉几年过去，这一文创活动的内涵，早已超越最初的想法。它是当下我们对于理想生活方式的探寻。而“稻之谷”作为建筑作品，既是物理意义上的承载空间，也是精神意义上的构建空间。

这些年来，我们与稻友一起，既在大地上耕种劳作，也在纸上用文字创作，种了粮食，也出了不少书。据我不完全统计，稻友们除了出版了四部合著《每一个简静的日子都是良辰》《这是我想过的日子》《各自去修行》《唯食物可慰藉》，还有不少稻友出版了个人著作，如许丽虹、梁慧著《吉光片羽:〈红楼梦〉中的珠玉之美》《古珠之美》，禾子著《借个院子过生活》，何婉玲著《山野的日常》，何越峰著《不器：我只是个生活家》，章衣萍著《水下三千米》，郑国芬著《四时花朵作陪》，沈春儿著《菜花螺蛳过老酒》，韩月牙著《一切幸福，不过恰好》，肖于著《都是好时光》，宛小诺著《高黎贡山下雪了吗》……不统计不知道，一统计确实也很壮观了！

当然，除了文学样式，“稻之谷”还收藏其他各个艺术门类的作品，譬如“稻之谷”建筑本身，由中国美术学院出身的著名青年建筑师赵统光先生担纲设计，取法自然，融合传统与现代，数易其稿而完成。这样一座现代建筑，融合了中国传统的天井与谷仓概念，注重人、空间、自然三者之间和谐流动的关系。建筑与天空、丛林、山野你中有我，我中有你，生活在建筑中，亦是生活在天地自然之间。

“稻之谷”的内装设计，同样由中国美术学院出身的青年设计师龚孜蔚先生担纲，施工则由常山半典阁团队完成。空间本身，即是作品，可参泉壑，可悟山林。“稻之谷”又收藏了众多大咖书画作品，包括吴红霞的美术作品《盛年》系列，叙利亚诗人阿多尼斯的作品《一朵云》。阿多尼斯曾说：“一切都是诗歌，画和诗的区别不过是所用的材料。”而在我看来，一切也都是写作，种田、画画、看云都是；插秧割稻，俯身起身，亦是在表达个体与这个世界的关系。

现在，老曾的喝彩歌谣，也已成为“稻之谷”记忆的一部分。它是声音的艺术，也是在地民众的文化艺术。老曾喝彩道：

福也——
天地开张，日吉时良。
我问此梁生在何处？长在何方？
生在昆仑山上，长在卧龙山冈。
大树长了数千年如对，
小树长了数千年成双。
八洞神仙从此过，
眼观此木深丈长，
特请东家做主梁，
有请鲁班下天堂。
此梁此梁，不同寻常，
栋梁上屋，稳稳当当，
红星高照，金碧辉煌，
合家吉庆，人丁兴旺……

一声“福也”，一声“好啊”，回荡在“稻之谷”，也回荡在山野之间。老曾身着传统服装，手拿五尺杆，彩词滔滔，雄风浩荡，赢得满堂喝彩。

仪式结束后，老曾又把木匠的吉祥之物“五尺杆”赠送与我。这一件传统工匠文化的象征器物，也将被“稻之谷”长久收藏。

（选自《陪花再坐一会儿》，江苏凤凰文艺出版社 2022 年版）

机翼下的连城

马卡丹

小小的机场，紧靠连城城区，长长的跑道，像是县城伸出的一只巨大的翅膀。我们的空客320此刻正借助这只巨翅飞升。加速、加速，当速度临近疯狂的时候，机头彪悍地拉起，升上树梢，升上山腰，升向云空。在以秒计数的短暂间，这只大鸟舒展双翼掠过县城，掠过我那么熟悉的连城大地。机翼下的一切，不可思议地缩成了点与线，以及点、线构成的小小的方圆。建筑，是线与线交缠堆叠的火柴盒；田畴，是线与线分割环绕的棋盘；而城区、郊外活跃着的人，不过是一粒两粒一群两群细细的蚂蚁。人是多么渺小，在广阔的天地间只是那么一个细如芥子的点；人又是多么伟大，借助科技他能让自己脱壳而出，用俯视悲悯的视角，悲悯包括自己在内的芸芸众生。

不记得多少次云来云往了，在异乡的土地上，一次次升空、降落，一次次力图获得摆脱平庸的视角。而在故乡的土地上，在这片我最为熟悉、最为牵挂，也曾最想逃离的土地上，第一次升空，带给我的却是截然不同于他乡升空的体验。这是在故乡的土地上飞升啊！故乡，轻轻地念出这两个字，我渴望飞翔的心，就不由得轻轻地战栗。故乡的土地，巨大的磁石般的土地，早已牢牢牵系住我的目光；无论我飞得多高，飞得多远，我都将宿命一般地回望，这一片生我育我的大地。

机翼下的连城，“复叠万山之中，舟车四塞之地”，古老的县志描述的这番景象，早已成为历史。这片土地如今不仅舟车四达，连飞机都已升空了；倒是今天的学者对其“八山一水一分田”“六个方言区，三大方言带”的论述，大致相近。飞机升上云空的那一刻，连城的山山水水尽收眼底：水南流，东流，北流，分别汇入汀江、九龙江、闽江三江，逐水而居的故乡人，也因此形成了三大不同的方言地带。群山阻隔，又让同一方言带的民众因交流不便而语言差异、风俗差异。都说连城的方言复杂全国罕见，都说连城的民俗丰富全国罕见。两个罕见，平日里总觉得藏着深深的谜，而此刻，就在回首一望之下，忽然醍醐灌顶，豁然开朗。是连城复杂的地貌带来了方言的复杂、民俗的多彩，是独特的连城造就了独特的连城人。地灵方有人杰，谁能真正领受这方山水之灵气，谁才会是这方土地上承先启后的传承人!

飞机进入了云雾中，云雾阻隔了我对故乡大地的回望。但我知道，云雾之下，机翼之下，依然是故乡的大地。也许，再过不到一分钟，机翼下就会是异乡的山水了。但这又有什么要紧呢？人在异乡，心才会更紧地牵系故乡，就像风筝，飞得越高，就越能体会到那根细绳的牵引；就像童年，离得越远，就越能感受到那种温馨的萦系。距离扩张了思念，时间放大了美好，如果没有距离与时间的磨砺，那个当年的我，还不是心急火燎地要逃离故乡吗？我成功地逃离了，却从逃离的那一刻起，便不由自主地开始了回望。在故乡我选择逃离，在异乡我选择回望，也许，决绝的逃离正是为了回望，为了更清楚地凝视故乡。只有当你成为游子的时候，你才会真真切切地体会到，故乡的意义，你才会铭心刻骨地，牵系你的根!

三个月前，在一个雾霭沉沉的夜晚，我第一次空降在故乡的大地。相比于今日这第一次的升空，那第一次的降落，机翼下的连城给了我突如其来的震撼。空姐在二十分钟前就预告开始降落了，飞机明显放慢了速度，压低了声音，像是一个蹑手蹑脚夜归的游子，不敢惊动熟睡的家人。我把目光探出窗外，一遍又一遍，眼前却总是挥洒不去的雾霭，一团团来，一团团去，仿佛无止无休。想象中早已该是连城的地界了吧，还是雾霭、雾霭，越来越浓的雾霭，飞机跌进雾霭中了，我只能屏住呼吸，期待，期待破云而出的那一刻。

那令人震撼的一刻来得毫无征兆，飞机忽一下穿云而出，眼前立刻袭来无数的灯火。机翼下就是火树银花的县城，所有的灯，高高低低的灯，远远近近的灯，仿佛都在为欢迎我们这架飞机而大放异彩。从没有如此近地在空中感受节日的连城，这样的光景我只在上个世纪，夜幕中降落新加坡时有过相似的感受。整架飞机上的人都禁不住欢呼起来，我紧贴舷窗，目不转睛，辨认，辨认我生活过、行走过的一条条大街，一道道小巷，一幢幢房屋，我要把机翼下的连城，点点滴滴，全都深深地嵌入脑海。

也许，此后我会一次次地，在故乡的大地上升空，在故乡的大地上降落，我将一次次地亲近故乡，注目故乡点点滴滴的变化，我将一次次自豪地俯瞰，机翼之下，日新月异的连城！

（选自《客韵无腔》，文汇出版社 2016 年版）

野　草

辛　茜

洛桑的家在一面缓坡上。若是夏季，山坡下的小河青光粼粼，天山报春、青甘韭、天蓝韭、甘青青兰和卷叶黄精开在短而密实的草地上。但此时，寒气逼人，河谷干涩，空旷的院内，只有一只高大的藏獒冲我们狂叫。

堂屋温暖整洁，是洛桑家会客的地方，三个联体的大烤箱占据房间中心位置，上面依次安顿着大锅、小锅和茶壶。茶壶哧哧冒着热气，加了酥油的奶茶给奔波了几天的我补充了体力。摆在茶几上的风干羊肉和插着小刀的新鲜生牛肉，让外地来的朋友惊诧不已，我们三个青海人在洛桑期待的眼神中，非常平静地各样品尝了一点。

洛桑的夫人体态娇小，裹着头巾的脸露出温和的面容，儿媳妇五官精致，出奇地漂亮。她们脸上没有城市人善于交际的表情，也不过分冷漠，为我们添过奶茶后，忙里忙外做着自己的事。我放下茶碗，想和漂亮的儿媳说上几句话，可她听不懂汉语，我只能站在房檐下，默默地看着她把一块块圆圆的牛粪饼从院墙上揭下来，摆放整齐。

这是早春的青海湖滨，枯黄的草木，伴着瑟瑟冷风。度过漫漫冬季的洛桑一家，和草原、河流一起数星星、看月亮，渴盼冰雪消融、万物复苏。等待的日子里，牛羊渐渐肥壮，日子一天比一天好过。饭桌上酥油、糌粑、奶茶为主的餐食，夹杂着城里人喜欢吃的蔬菜和面食。可不管何时，女人们操劳的事多到数也数不清，到了晚年脊背都弯成了弓。

洛桑和他的夫人送我们走出院外。雪山耀眼，荒凉的草原镀上了一层银光。正在干活的儿媳妇直起腰，用铁锨把撑住下巴。她的身段极其苗条，即使肥厚的藏袍也遮掩不住窈窕的身姿，就这样静静站着，已极为动人。

坐在车上，走了好远，我还在想那个默默无语、歪着头望着我的女人。突然，一片疙里疙瘩的黑色土地出现在眼前，令我惊愕。不知这伤痕累累的土地，因何失去野草庇护。这可是一片青海湖通往古黄河时遗留下的草原群落，一旦毁坏，断断难以恢复。

三个天真的孩子向我们跑来，乌黑的鬈发，皴红的脸蛋，桂圆核般的眼睛。我搂着他们拍了许多照片，又给他们看了相机中的影像。他们迅速地看过一眼，便咯咯咯地笑起来，牙齿洁白。

翻过日月山，灌木稀少，白雪萦绕苍山，吸吮着土地营养的紫花针茅、镰形棘豆、钻叶风毛菊、火绒草、阿尔泰狗娃花、卷鞘鸢尾、阿拉善马先蒿，翘首期盼；扬起头的短花针毛、西北针茅、乳白花黄芪、青海苔草、沙蒿、芨芨草、水葱，从大地之心缓缓走出，穿过峡谷、丘陵、湿地，欲将青海湖滨涂抹成不同光影下，变幻莫测的高原风景。这些多年生草本植物，抗旱耐寒，根茎柔软，牛羊喜爱，药用价值也明显。比如镰形棘豆中的黄酮甙元，能增强人类的肾上腺皮质功能，调节神经内分泌；又比如个头不高、自愈力极强的火绒草，能滋养皮肤、清热凉血，而味甘性温的乳白花黄芪可帮助病痛中的人利水消肿。

一夜醒来，灰云遮住了天幕，大朵大朵的雪花落在山麓、草坡，线条优美的沼泽漫过大地，草原像镶嵌了花边。在雪地上，特别是在春天的雪中，细细分辨颤悠悠的花苞，看着管花龙胆的身子、达乌里龙胆的枝叶、五脉绿绒蒿娇美的花瓣，在阳光下将薄雪轻轻抖落，你会感到无与伦比的幸福。这还不够，如果能够亲眼见到喝足了雪水的短花针茅、西北针茅、芨芨草、青海固沙草、眼子菜、冰草，在雪山怀抱的青海湖滨破土而出，伸展年轻而鲜艳的新枝，还会感到一种甜蜜悦耳的声音在胸中回响。

这个季节，牧人们有太多的理由幻想未来。孱弱的小溪活动着僵硬了一冬的身子。百灵、黄鹂、云雀呼吸着清新的空气，从一朵花飞向另一朵花。青海苔草、沙蒿、阿尔泰狗娃花、黄芪、大蓟，翠玉般的颜色向山地草甸、低山丘陵、滨湖平原荡漾开来。

再往西，紫花针茅遍布原野。高寒草地上香气浓郁，难以计数的乳白花黄芪、镰形棘豆、矮火绒草、青藏狗娃花、钻叶风毛菊、卷鞘鸢尾、阿拉善马先蒿，甚至海拔四千米以上、冰雪石山下的高山嵩草、线叶嵩草、垂穗鹅观草、唐松草都在沙沙作响，像浪花一样在苍苍莽莽的水光山色间起伏翻腾。

它们大多野生，可以统称为“野草”。它们攀登着高山，在流石坡地生根，点缀着河谷、浅滩。它们无须被欣赏、关照、赞美，只与天地共生共存。它们因野生变得倔强、勇敢、无所畏惧，总能克制自己的欲望，埋头壮大自己的根须，在短暂的时间里完成生命的全过程。它们从不欣喜若狂，也不垂头丧气，深信宇宙间，支撑自己活下去的所有力量均来自生命本身。它们不像南方丰满肥硕、恣肆洋溢的植物那样常绿常新、争强好胜，相反地，总是尽可能缩小自己的身躯，或为叶片和植株添上细刺、裹上绒毛，匍匐在地、仰望雪山，平心静气地对待周围的一切。遗憾的是，或许并没有多少人理解它们的善意与豁达，更没有多少人关注它们创造的禾本科家族中最伟岸的森林，与人类休戚与共的命运。

夏天，阳光充足。经过春天孕育的高山嵩草、矮嵩草、小禾草、扇穗茅和湿生植物苔草、扁穗草、杉叶藻，从嫩绿到浅绿，再从浅绿到浓绿，波澜壮阔、美不胜收……

每一种野草都有独属于自己的时间和生活，每一朵野花都在为自己的生存尽一切可能进入太平区域。洼地、丘陵、草甸、高山、沙丘、荒漠，是它们的生存之地，也是它们向天空、清风、雨水表达爱意，让蜜蜂、昆虫驻足的地方。

太阳散发着香味，蓝天眷顾着野草。青海湖滨北部、西部山地、草甸、冰雪石山下的高寒草甸类草场上，川青早熟禾、垂穗鹅观草、柔软紫菀、蓝白龙胆、喜山葶苈、黄芪、棘豆、唐松草，都以自己的方式站在山巅之上。这些谦恭的野草，无意长得更高，更无心炫耀于世间，但是无论在山崖，还是在岩石缝隙或粗糙裸露的坡地，都展现着强烈的个性。

五月的一天，拟耧斗菜紫色的花探出了崖壁，杏色的花蕊明艳夺目。这是一种不同寻常的花，只生长在几乎垂直的悬崖峭壁上，周围很少有其他植物，即使有几株挣扎求生的薹草、报春、红景天，最终也不能像拟耧斗菜一样具备长期生存的能力，更不能繁衍后代。而拟耧斗菜，只要能占据悬崖之上的方寸之地，借助石头缝隙中的一点点土壤，便会自得其乐地优雅盛开，任由种子随风飘散。

唐古特大黄是我儿时就熟悉的花，因为个头较高，叶片较大，在各种叫不出名的野草中比较醒目。深秋季节，唐古特大黄的果实像一粒粒包着黄色外衣的石子，一缕一缕撸下来，放在手心里揉，再吹去外皮，就剩下均匀的硬核，也不能吃，就随手撒出去，看着它们飘落在草丛里。很多年后，我去生物研究所李文婧博士的办公室看他采集来的唐古特大黄标本，才知唐古特大黄的叶片形态竟然是“三维立体”。李文婧博士经研究发现，坚固的立体形态叶片是唐古特大黄在进化过程中为适应青藏高原强烈的太阳辐射和低温发生的奇妙变化。李文婧博士说，对唐古特大黄叶片结构的独特性研究成果，其启示意义远远大于实际应用价值，为植物学和高原生物适应性等相关研究领域拓展了新思路。

十月过后，白云翻滚、草木见黄，欢腾一夏的候鸟远赴他乡。湖水宁静淡泊，湖滨牛羊成群，紫花针茅蓬松的长穗闪烁着缕缕金光。甘青铁线莲为避免紫外线伤害，任由金色的花序下垂，随风飘扬。开着紫花的大蓟，还在继续引诱着蜜蜂和蝴蝶。

朋友说，青海湖南岸有一种极为罕见的植物柯丹秀萝，至今不知是藏文还是蒙文译音。此物极有个性，鲜为人知。急匆匆请了见过的人一起去寻觅。不想，由于它在藏药中独特的药用价值，待我们赶到时已被人采挖得一干二净，至今未能谋面。

除了天真烂漫的美，青海湖滨浅斟慢酌、成长缓慢的野草，在植物纤维尚未老化之前，常常因一场不知不觉的霜冻处于昏昏欲睡的状态。可世间之物，总有着某种意想不到的成分。突然停止生长的湖滨野草，却在初秋的寒意中留住了丰富的胶原蛋白、粗蛋白、粗脂肪、无氮浸出物，使湖滨草原上以野草为生的藏系绵羊肉质鲜美、营养丰富，连身上的被称为“西宁大白毛”的天然纤维也因质地柔软、坚韧耐磨、抗倒伏性强，成了国际上最具竞争力的地毯原料。

20世纪60年代初，海西蒙古族藏族自治州都兰县诺木洪古墓群遗址出土了黄褐两色，少量黑、红、蓝色的“8”字扣花纹“毛席”残片。这说明早在三千五百多年前，生活在青海湖滨的古羌人就学会了手工捻纱，编织藏毯的纺织及染色技术。

中国人素有形式即幻象一说，着眼于有无之关系。青海湖滨野草遍布，连天接地，仿佛绿色海洋在劲风中起伏流荡，时常会让人产生似有似无的感觉，就像清代画家戴熙自题画诗中所说：“山色本无色，泉声非有声。顿觉眼耳妄，根尘何自生？”面对高原环境，野草不仅坦然接受，且采取了谨慎的态度，而花开花落的迷人之境，又好似无规无矩的存养之方和散漫态度，实为法度谨然、淡逸平和的天然偶得，恰似千年万年古老湖水的秉性。

说起来，谁都明白细水长流的道理，可又有多少人愿意遵循道法自然的准则。气候变暖、日渐干旱，早已影响到青海湖滨高寒草地对气候变化的缓冲作用。人们只能眼见温性草原植被越来越少，草层低矮，草群稀疏。高寒植被渐渐扩散至湖盆低处，并不断朝高寒草原景观方向演变。

返回西宁的路上，几片卷曲的干树叶躺在草丛中，猩红的花色依旧鲜艳，这是被人采下又抛弃的狼毒花。狼毒根系发达、生命力极强，非常适应干旱高冷气候，其根、茎、叶均含毒素，却不影响它消积清血的药用价值。同时，因为它超强的吸水能力，周围野草很难与它抗争，以致它的根系越来越发达，毒性越来越强，不断侵蚀着野草构成的圆满世界。它也在提醒人们，在漫长的时间面前，在严酷的生存环境面前，森林、草原、荒漠并非一成不变，草原向荒漠的退化，也许就在几十年间。

孤云乱飞的深秋黄昏，野花开过了，懒散的光线在草原上跳跃。从夏季牧场归来的牧人，还在担忧冬季草场的匮乏，依旧辗转于离湖滨草原较远的草场。野草朴实而感性，裸露的身体在落日里渐渐进入休眠，沉静之美非人工所能。眺望中，湖滨苍凉悲壮，凝固之色、萧瑟之气，使草原陷入静思默想。世界讳莫如深，野草执拗坚韧，又异常脆弱敏感。相比自以为是、傲慢自大的人，我更愿意崇拜和信任这片黄绿相间、生机盎然的世界。

它们是人和自然更高信念的杰出象征，受阳光雪水恩惠，开出的花鲜艳夺目。虽然经历的夏季太短，大多时日暴露于冷风之中，但是它们美妙而坦诚的灵魂，总有不被驯服的野性。生物之间普遍平等，此观念早已在牧人的生存法则中根深蒂固。植物内在的自然节奏和自然循环，同样隐藏着深刻的生存智慧。坚强的野草养育着芸芸众生，这是率性的生命之舞，大地的欢乐，酣畅自由。

万物生息，各有归止。爱无等差，谁也没有什么值得炫耀的资本，谁也没有目空一切、恃强凌弱的资格。无论星辰还是海洋，无论野草还是参天大树，这种宽容豁达，是一切生命生生不息的精髓所在。

秋色更浓，西北风长驱直入、寒冷刺骨。蓝色的达乌里秦艽已经凋谢，它曾是湖滨草原的主角，光彩照人。一只鼠兔支棱起耳朵，一步一跳钻进洞里。南行的灰雁在天空翱翔，忽而落入草丛觅食，养精蓄锐。而大雪纷纷扬扬降临之际，游牧民族逐水草而进的意志并未消退。酥油、奶茶，糌粑、生牛肉，灶膛里的火苗红通通，缺氧之地的野草上空弥漫着生命的烟火之气。

（原载《散文》2024年第2期）

珠江夜游

韩小蕙

说不清是怎么回事，这些年来，我跑了广东那么多次，简直已经把深圳、珠海、中山、佛山、东莞、惠州、河源、梅州、潮州、汕头、韶关、清远、肇庆、茂名、湛江，加上广州下面的几个小卫星城番禺、顺德、增城、南沙……都跑到了，可是却二十多年没进过广州城。上次到羊城还是在20世纪90年代初，记得走过广州火车站的时候，广场上人流汹汹，嘈音涌涌，不时有人故意撞你一下，让人感觉包里的钱夹会随时不翼而飞似的，加上蒙汗药之类的传说，可真把走南闯北的我惊出了几身冷汗！

当年的印象，广州就是一个字——“乱”！当然，比起北方的稳坐钓鱼台，当时广州的“乱”并不只是一个黑洞，里面显然有真义，夹杂着一种民族内心躁动不安的渴望——中国人民在深切地盼改革、盼巨变、盼进步、盼腾飞、盼好日子。有事没事，人流都涌向对外开放的广州，去领受岭南的“乱局”，去呼吸变革的清新空气。

转眼匆匆二十年。风雨潇潇，人是物非，今天的广州城当然已经与全中国一样，裂变，核变，巨变，旧人已完全不识。为了补课，飞机落地的当晚，我就登上了夜游的珠江航船，贪婪地敞开襟怀，想要把广州二十年来的所有变化，一股脑都装进心里去。

从古老的“天字码头”登上游船，就在迷幻绚烂的灯影中，骑上了广州城的龙脊。过去，天字码头是两广总督、巡抚大员们登岸的专属，对于偏远的广州来说，皇上当然不会来，一品官员就已经顶到了天上，天字第一号，因此而得名。然而，用今天的眼光看去，这顶天的码头真是有其名无其实，一座普通的大屋顶建筑而已，还不及街上随便一家像点样的民间饭店豪华。

不过，我的注意力很快就被夜色中的珠江吸引过去了。

拥有大江大河的南方人众，根本无法想象土生土长的北京人，对于大河的深刻向往，那既是神圣的，又是自卑的。世界上的大城市如伦敦、巴黎、柏林、莫斯科、纽约、香港、上海、天津、武汉、长沙……都拥有一条或几条大河，或穿城而汩汩，或环市而潺潺，把一城的文明、一城的诗意、一城的骄傲，都呈现在滚滚波涛之中。被说滥了的一句话，真是颠扑不破的真理——“水，是生命的源头！”

水啊水！

今晚还好，游船上的客人不算多，可以随心所欲地挑换座位，寻找最佳的观赏角度。宽阔的珠江也真给力，似乎没有其他几乎所有中国河流的衰竭迹象，依然一副很浑厚很深沉的千年旧模样，遂使我们的船行，激情不减地把大朵大朵、大团大团、大堆大堆的雪浪花，尽情地抛洒在江面上。但见两岸，是楼的悬崖，是厦的裂岸，是人的王府井；是先锋，是魔幻，是后现代；是风声，是雨声，是读书声；是故事，是诗歌，是长篇小说；是大合唱，是交响乐，是岭南Style；是鲜花盛开，是绿荫葳蕤，是旭日红霞；是改革开放，是春华秋实，是沧海桑田……总之是今日热气腾腾、生气勃勃，铆足了劲儿的奋斗、出名、挣钱，因而也有点儿浮躁，有点儿喧嚣，有点儿乱的发展之中的广州……

我首先认出的，是白天鹅宾馆，当年，它是广州，也是全中国最早拉风的一个神话。犹记得20世纪80年代初，京城老百姓有一个津津有味的谈资，就是：“广州的白天鹅宾馆，五星级，可以随便出入，不要任何证件哇。”这副土得掉渣儿的傻帽样儿，被操着港台腔的广东人一万个看不起。可是跑了五十步的老广们显然忘了，当时北京饭店以及全国各地有数的几家高档饭店，根本就不允许普通人入内，因此儿（“儿”在此处念重音）在中国老百姓眼中，那些高级场所只是外国人的天上人间；老广们显然还忘了，白天鹅宾馆开业那阵子，当他们得知任何人都可以随便进入时，几千几万广州人一下子拥了进去，人们在豪华得放光的各个角落里游荡、徘徊，一遍遍地享用卫生间，致使每天卫生纸的用量高达数百卷……哎呀！

哎——呀，仅仅过去二十多年，今天的广州人早已不把徐娘半老的“白天鹅”放在眼里了，因为羊城里里外外，早已像粤北台地漫山遍野的蘑菇似的，长出了很多座更豪华更高档的宾馆，也钻出了数不清更巍峨雄伟、更多姿多彩、更新颖别致的摩天大楼。比起小蛮腰广州电视塔、星海音乐厅、海心沙体育场、广州新机场、广州火车站等一系列如梦似幻般的新建筑和新新建筑们，“白天鹅”已经衰了，跟不上时代了，不得不动大手术啦。

我用无限同情的目光，婉约地向“白天鹅”道了悠长的一声“再见——”，话音未落，已经被雪浪花打散了……

此刻，清爽的夜风在江面上弹奏着金蛇狂舞，船在黑一波白一浪的珠江上行进。突然，在左岸远方的某个地方，出现了一个通体发光的大亮点。只见它在黑黝黝的水面上飘荡着，像一只神奇的蝴蝶，像一颗亮丽的蒲公英，像一支燃烧的火炬。一点一点走近了，发现它在不停地变换着颜色——大红、翠绿、宝蓝、晶黄、玄紫，其光影发射的炫彩，把宽阔的江面皴染成一幅又一幅跳荡不已的画面，仙境一般。这，就是屹立于珠江之畔的星海音乐厅。

星海音乐厅是一巨大玻璃钢建筑，外形宛如一只引颈飞向珠江的大天鹅，又像一架撑起盖面的三角形钢琴，是后现代建筑杰作。说来我可真是孤陋寡闻，这造型高雅先锋的音乐厅从1998年春天就落成并开始使用了，十五年来曾邀请过巴黎管弦乐团、法兰克福广播交响乐团、俄罗斯国家交响乐团、BBC苏格兰交响乐团、卢森堡爱乐乐团、芬兰室内乐团等国内外高水平音乐团体，还有钢琴大师阿什肯内齐、贝尔曼、傅聪，小提琴大师吉顿·克莱默、帕尔曼、伊戈尔·奥伊斯特拉等艺术家演出；承办过国际声乐、器乐比赛和国际音乐艺术节；还常年举办群众性音乐演出，开展音乐艺术教育活动，让广州人更多地了解了音乐，爱上了音乐……

想想啊，广州享受这么辉煌的音乐厅已经十五年了，这个先行者比全国人民都洋得多、有范儿得多，真让人羡慕、嫉妒、(然而不)恨啊!

江面渐次开阔起来，游船加快了速度，前面远远地又有了佳景。这回不用再介绍，我就认出了那是“小蛮腰”——夜空中的广州电视塔，是珠江夜游船的灯塔，也是全羊城的地标，六百米高的塔身通体被华美的彩灯串联着，在漆漆天幕中，妖娆地摆出了一个纤纤细腰的剪影。

我感觉广州人是太爱伊了，从机场落地到现在，伊已经被各色人等无数次提起，伊虽然是一副钢筋铁骨，虽然个子高得入了云天，虽然是一百零八层的“羊城好汉”，但阴柔的广州人却一致认定伊为婀娜女子，嘴巴一滑，“小蛮腰”三个字就在唇齿之间香软了。

广州人还很爱说一副对子，“北有大裤衩，南有小蛮腰”，说得所有北京人都臊不搭的抬不起头来。可不，广州人到底得风气之先，确实比咱北京人有品位，不光小蛮腰，羊城内的很多先锋建筑、后现代建筑、新新建筑，都远强过咱京城的大屋顶和火柴盒。第二天入塔内参观，我们被电梯领到第八十八层的玻璃天台观景，一阵白雾浸淫过来，人人就都变成脚踩祥云的云中仙，那滋味可真古典。又一转瞬工夫，烁亮的阳光又把个个变成了金发铜人，宛若升天的圣母和基督耶稣。土洋结合，中外融合，现在的时髦叫法曰“混搭”。

归根结底，还是要佩服广州人的聪明劲儿，人家把矿泉水瓶做成了小蛮腰形状，晶莹剔透宛如水晶似的，所有观光客就都喜欢得眼睛放光，争相掏钱，还把空瓶子小心翼翼地塞进包里，带回到各自家乡……

“这是中山大学最古老的校门……”

“这是当年广州最早的财政大楼……”

“这是早年珠江边最高的一座楼……”

随着导游小姐的介绍，我们正在穿越历史呢：周夷王八年，“百越”和长江中游的楚国人已有来往，建有“楚庭”，这是广州最早的名称。广州城始建于公元前214年，最早建城时叫任嚣城，自秦汉以降是为岭南的政治、经济、文化中心。公元前226年，孙权将交州分为交州和广州，“广州”由此得名。古代广州曾是三朝古都，后城市中心始终没有变迁过，这在世界城市史上都极为罕见。在市中心中山四路一带，曾先后发现了秦汉造船遗址和南越国宫署遗址等。目前，南越国宫署遗址、南越王墓、南越国水闸遗址等三处南越国史迹，正在联合申报联合国世界文化遗产……

夜游的最后一个景点是海心沙体育场，这是 2010 年第 16 届广州亚运会开幕式和闭幕式的主会场，也是亚运会历史上首次走出体育馆举行开闭幕式的场地。“海心沙”，大海心尖上的沙地，多么诗意的名字啊。远远观望，海心沙体育场很像一只缓缓张开的大蚌壳，正徐徐吐出包藏在里面的大珍珠；又像极了一艘豪华的百万吨游轮，一道道流线型的横条竖条钢梁，交叉组成一方方图案，恰似游轮的一个个不眠的舷窗。不断变幻的灯光，施展出千般手段万种魔力，将海心沙体育场打造成一只硕大无比的宝盒，似乎要什么有什么、想什么来什么，怪不得广州亚运会中国运动员的成绩那么好呢，我记得当时的奖牌之多，到后来都不好意思再拿了……

彩灯遥遥，光影憧憧，江水荡荡，夜色悠悠。我站起身来，举目四望，突然，我发现了一个超级震撼的国家秘密：像这样的中国宝盒，绝不只是广州才有——在九百六十万平方公里的神州大地上，它们在在皆是，处处盛开，绵亘满中国，香飘到天外！

2013.2.10，癸巳春节初稿，初二定稿

（选自《2014 中国散文随笔排行榜》，北京工业大学出版社 2014 年版）

停车爱晚

夏　磊

一直以来都十分喜爱杜牧的绝句，而把杜牧和毛泽东联系在一起，是多年以前在扬州的瘦西湖。在二十四桥边上有毛主席手书的杜牧诗“二十四桥明月夜，玉人何处教吹箫”。一代伟人何以如此喜爱这样的诗句我不得而知，可当我伫立在岳麓山中的爱晚亭时，我的脑海里又一次浮现了他们的名字。

上次来岳麓山恰是深秋，正是漫山红遍、层林尽染的时节，而这次和大家同来却是江南的四月，风里满是凉意，水边的杨柳已是飞絮轻扬，丛林里几树红叶斜斜伸出，像是提醒我们这里已是那个“霜叶红于二月花”的所在了。爱晚亭的亭形为重檐八柱，琉璃碧瓦，亭角飞翘，和许多古亭一样似乎要凌空飞起。东西两面都悬挂着红底鎏金的毛泽东手书的“爱晚亭”匾额。亭内有一座石碑，上刻毛泽东主席手书《沁园春·长沙》，笔走龙蛇，雄浑自如，平添许多大气。亭子三面环山，东向开阔，正好是典型的冲积型地貌，林木苁蓉，流水潺潺。亭前有个小池塘，一池春水，波澜不惊。亭前石柱上刻着晚清大学者罗典的一副对联：山径晚红舒，五百夭桃新种得；峡云深翠滴，一双驯鹤待笼来。而罗典的另一副同样是写爱晚亭的对联似乎更让人赏心悦目：晚景自堪嗟，落日余晖，平添枫叶三分艳；春光无限好，生花妙笔，难写江天一色秋。

爱晚亭始建于清乾隆五十七年（1792年），为岳麓书院院长罗典创建，原名红叶亭，后由湖广总督毕沅，根据唐代诗人杜牧“远上寒山石径斜，白云生处有人家。停车坐爱枫林晚，霜叶红于二月花”的诗句，改名爱晚亭，不想这一改，居然改出了一座中国名亭。又经过同治、光绪、宣统、民国至新中国成立后的多次大修，逐渐形成了今天的格局。它与安徽滁州的醉翁亭、杭州西湖的湖心亭、北京陶然亭公园的陶然亭并称中国四大名亭。中国的许多亭子都与大大小小的文人有些关联，醉翁亭有欧阳修的《醉翁亭记》，湖心亭有张岱的《湖心亭看雪》，而陶然亭的名字则是取自白居易诗“更待菊黄家酿熟，与君一醉一陶然”句中的“陶然”二字，这与爱晚亭颇为相似。青年毛泽东也因为爱晚亭这个名字而特别喜欢这个亭子。那时毛泽东在湖南第一师范求学，常与罗学瓒、张昆弟等人一起到岳麓书院，与蔡和森聚会爱晚亭下，纵谈时局，探求真理。因为这个缘故，1952年重修爱晚亭时，湖南大学校长李达致书毛主席，请求题写亭名，毛主席才会愉快地接受了请求。

翻了许多典籍都没有弄清杜牧诗中写的是哪里，而把这首诗放在这里也真是很贴切的。稍稍联想，毛泽东和杜牧在才情上是有一点点相似之处的，杜牧也是年少时就怀有济世宏图，也是熟读兵书战策，而他的诗作同样颇多豪迈俊爽之情，尽管没有主席的大气磅礴，却深得毛泽东的欣赏。

或许是我们身边就有信江书院和鹅湖书院吧，这次湖南之行岳麓山脚下的岳麓书院我们没有去。这是中国四大书院之一，是真正的千年书院，讲堂位于书院的中心位置，是书院的教学重地和举行重大活动的场所。张栻、朱熹曾在此会讲，开了中国书院会讲的先河。那是南宋乾道三年（1167年）八月，朱熹应主教张栻之邀，来到岳麓书院与张栻会讲。一个是理学正宗，一个是岳麓山长。二人当时都是身处中国学术文化前沿的大师，当然是盛况空前，“一时舆马之众，饮池水立涸”。据说当时朱熹和张栻意见不合，在这里就理学问题讨论了三天三夜，来听讲的人太多了，以至于马匹很快就把边上墨池的水都喝干了，这真是一段佳话。

从此岳麓书院渐渐成为人才荟萃之地。从公元1012年至1917年，出任岳麓书院院长的有五十四人。历代许多著名学者和不同学派的代表人物都来过，如宋代的陆九渊、明代的王守仁、清代的罗典等都还专门来此讲学或主持书院。近代历史人物王船山、左宗棠、曾国藩、郭嵩焘曾就读于此。书院改名学堂以后，更有大批爱国志士和革命先辈如陈天华、邓中夏、蔡和森、何孟雄等来院求学。毛泽东也多次寓居书院的半学斋，从事主编《湘江评论》等革命活动。可以说，岳麓书院既是中国传统文化发扬光大的重要场所，又是新民主主义思想的一个重要启蒙地。

这是一座还在使用着的书院而不仅仅是一座遗址，讲堂悬有“实事求是”匾，这是民国初期湖南工专校长宾步程撰写的。“实事求是”四个字出自《汉书·河间献王刘德传》。东汉著名历史学家班固在他编著的《汉书·景十三王传第二十三》中介绍河间献王刘德时说了这样一段话:“河间献王德以孝景前二年立，修学好古，实事求是。”这本来是班固赞誉汉景帝的儿子刘德严谨治学态度的话。后来，唐朝的颜师古对“实事求是”作了这样的解释:“务得事实，每求真是也。”意思是做学问务必详细地掌握事实材料以求得真实的知识和符合实际的结论。从此，这句富有哲理的古语就成为许多有志之士的座右铭，在中国广泛流传开来。

真正把“实事求是”一词作为校训，悬挂于岳麓书院讲堂前的是宾步程。1917 年，当时的湖南工专学校并入岳麓书院，时任校长宾步程撰写了“实事求是”作为校训，并制成匾额悬挂在讲堂前。后来，中央党校、湖南大学、天津大学三所高校的校训都是“实事求是”这四个大字。

我们如今每天都在努力遵循着这句古训，这四个字传承的某种传统精神的确值得感慨和思忖。

是的，爱晚亭没有生在江南的园林之中，倒反而有些委屈的坐落在这山冲里边，欣赏它该是懂得之人吧！同行的老大哥远耀先生大约就是这样的人，他身上永远有着一种淡定，当我费力地寻找看景的最佳角度时，他总是会出现在一个看起来最合适的地方，那里一定不会太拥挤，宽敞得可以随意席地而坐，而从那里看过去，风景真的很好。我想，当我们远离繁杂的俗事纷扰，躲开了人声鼎沸之后，那一片小小的安静和短短的淡然该是我们都在努力寻找的吧。其实，能够像杜牧一样“停车坐爱”也实在是不枉了。

（选自《西洲何处》，生活·读书·新知三联书店 2018 年版）

密林中的海子

黄文山

由川北重镇平武翻过海拔4300米的杜鹃山，就到了南坪。虽说已是四月，但没有一点春天的感觉。杜鹃山的大小山头上还披着厚厚的白雪。不要说看不到杜鹃花满山绽放的热闹场面，就连一棵嫩绿的草芽也难寻觅。不过，此刻揪住人们心弦的已不是绿色，而是那片近得似乎伸手就能触摸到的青灰色天空。之字形的公路还在向上延伸，渐渐隐没在云雾之中。一辆辆汽车就在这九弯十八盘的公路上，小心翼翼地蠕动着。车轮与险滑搏斗的辙印全写在湿漉漉的路面上，让人看一眼，无端生出几分惊心。

好不容易下了山，但心情依然欢快不起来，因为映入眼帘的景象，太过荒凉。周遭的山峦全都灰头土脸，几乎寸草不生，裸露的岩石，一群群、一列列在寒风中默默地挺立着、坚持着。见不到一丝绿色，听不到一声鸟啼，风凄厉地刮过，沉沉的长沟在暮霭中透出一派肃杀和悲凉。我们上午从成都出发，一天中驰驱400多公里，穿过成都平原后车头便直指西北方向，地势越来越高，人烟越来越少，而这里似乎已是生命之路的尽头。不说破，也许谁都不会相信，就在这颓山秃岭里竟藏着一片丰茂的森林和一串串凝脂般碧蓝的湖泊。

进入沟口，脚下依然是乱石纷陈，但耳畔却响起哗哗的水声，恍惚中似乎一场暴雨正自远山奔袭而来。仔细看，只见一股股激流从满沟堆叠的石块中夺路而出，急湍处如喷雪泻玉，沉凝处则碧绿盈盈，像是谁往长沟里匆匆泼洒了一大盘颜料。越往里走，水色越清滢，沟两旁的草木也渐渐丰茂了。溪流拐了一个弯，一座彩幡飘扬的藏族村寨兀然出现在眼前，让人心情为之一振。

九寨沟的发现，还仅仅是十多年前的事。据说，五百年前一支从西藏阿里地区辗转而来的藏民躲进岷山深处的密林中，在这里繁衍生息，先后建起了九座村寨。这九座藏族村寨和美丽的高原湖泊曾被密密的树林遮盖，尘封于世。究竟是什么，让九寨沟的美丽真容出现在世人面前？有人说是因为伐木工人砍光了密林，现出了彩色的湖泊；还有人说，是几名来川西北写生的美术学院的大学生，放胆闯进了深沟长壑……但或许，就是这长沟里急急奔涌的流水，无意间泄露了大山深藏的秘密。

急泻的碧流终于唤醒了世界，九座藏族村寨连同它们拥有的宁静淡泊的生活和这一串超凡脱俗的高原湖泊从此出现在世人面前。

整个九寨沟呈树枝状，由多条沟道汇合而成，每一道长沟都是一处独立的风景，形态各异、大大小小的彩色湖泊错落其间，如同一串串翡翠，闪烁着日月精华。日则沟的沟底是一片原始森林，这也是九寨沟最后一片未遭砍伐的森林。高耸的剑峰，披着皑皑白雪，像一位戴着银盔的巨人，日夜守护着这片森林。为了让游客能够与森林零距离接触，旅游部门专门修建了一条通往林中的木栈道。这里已是三千米的海拔，走在栈道的台阶上，竟有些气喘。触目皆是参天大树，浓密的枝叶遮蔽了天空。它们是沿着长沟在人类的无穷追杀中一路退到沟底的。它们的背后就是一座座连绵高耸的雪山，这是它们最后的底线，因为它们已经无路可退。我因此相信，确实是伐木的油锯和利斧逼退了森林，露出了它们千万年来严严密密地遮蔽着的座座美丽海子。回想沟口那一派苍凉的景象，不禁让人感慨万分。即便在这川西北的高海拔地带，原先覆盖大地的原始森林也只剩下茕茕孑立的身影了。

九寨沟最让人流连的地方自然还不是森林，而是一个又一个纯净的高原湖泊，当地人称之为“海子”。正是这些晶莹剔透、风情万种的海子，让人感受到大自然的纯净和娇美。然而，海子和森林的关系却是这样相依相存。倘若没有这片茂密的森林，许多美丽的“海子”也便不复存在，或者只能成为季节湖。

离开沟底的原始森林下行，天鹅湖、箭竹海、熊猫海、五花海、镜海……这五彩斑斓的高原海子迭次走进视野。五花海，写尽了海子的妩媚和丰采，湖水并非一味深蓝，而是黄绿蓝各种色彩相间互映，杂染生波。大自然的生花妙笔，绝非漆工画匠所能替代。那颜色里揉进了云彩，揉进了森林，揉进了日月星辰，也揉进了生命的原色。而用“镜湖”二字来概括海子的明净则是再贴切不过了。雪山、蓝天、白云、碧树都争相将自己的倒影印入湖面，湖波一线，上下生辉。至于横衍的水草和水中的沉木更是交织出一幅幅奇诡莫测的图案。它们使得静默的湖水忽然有了生气，有了倾诉的欲望。蓝宝石一般的湖水轻轻地漾动着，于是，水草也罢，沉木也罢，都微微地欠动身子，似乎在倾听湖波的絮语，那是关于生和死的对话，是关于现实和梦幻的交流，是关于昨天和今天的问答。湖畔蜿蜒的道路从珍珠滩上的灌木丛中穿过，满滩漫溢的流水，簇拥着环绕在行人身前身后，快乐地轻轻地相互呼唤着，叫得人心里一阵阵温暖。水波映着日光，闪闪烁烁，如倾珠泻玉。漫步其间，一时竟觉得自己也成了一道流水，正静静地、平淡地、舒缓地走着自己的人生。

则查洼沟的尽处是雪山环簇的一座高原湖——长海。和原始森林一样，它也是岷山雪峰的宠儿。碧蓝的湖水，无声无息地环绕在雪峰膝下，深沉而宁谧。这是一种出世的平静，是一种远离尘嚣的安详，是一种忘我的陶醉。静静地注视着雪峰和湖水，自然地便忘记了烦忧，忘记了纷争，忘记了荣辱，心田里也便湖波般安宁。

往下走，可以看到路边的上下季节，海都干枯了。皴裂的湖盆露出大片大片干涸的赭黄，像一条条张大嘴巴喘息着的黄鱼，无声地挣扎着，仰天而叹。不仅仅是季节海，一路上的溪流、瀑布似乎都变得十分瘦弱，这大约便是森林被斫伐太盛的结果。那由雪山和森林滋养的道道壮阔的瀑布和在树丛间奔涌的激流，一时竟都变得羞涩而平静。诺日朗瀑布位于日则沟和则查洼沟的分岔处，这是九寨沟最大的瀑布，宽三百米。雨季时，可以想见那银瀑悬空的壮美景致。现在由于干旱，瀑布如乱发游丝，慵慵地散挂在石梁间，只是瀑床上巨大的棱棱石骨依然在向游人诉说着往常的姿采。

站在寒风驰骤的寂凉沟口，回望来路，但见暮霭重重，天地万物都被笼入灰蒙蒙的雾气中。刚刚经历过的九寨沟似乎又变得遥远而缥缈。只有眼前急急奔泻的沟水，明确无误地告诉我那藏在密林中的一口口美丽海子，在我的脑海里不断演绎着昨天的、今天的和明天的九寨沟。

（选自《旅枕无尘》，海峡文艺出版社 2009 年版）

歌唱长白山

葛水平

一

我永远描述不清，自己对向往的不可预测的风景怀着怎样的期盼、揣测、等待和神往，这使我在若干年后站在长白山天池边突然想到了一句话：清澈的水的存在就是世界的存在。

长白山天池，祖国边陲一朵洁白的琼花，还如往昔一样梦幻，以至于无论是远来的客人还是久住长白山的人们，面对那一汪水带来的富足，无论是精神上还是物质上，犹如清代屈大均的“雪使山长白，冰消作四江。人参三百里，貂鼠一千双”，都会让退而远眺和走近的人们，必须做最虔诚的仰望。

在与时间漫长的较量中，长白山沉重无言，让人不能知晓、穷尽它的全部，无缘见到它的真面貌。云雾涌动，一而再、再而三地无缘见到，也许正是抓不住的晴朗天气，天池才有了生命，使人们永不停歇对它的眷恋。

雾霭淹没了视线，一旦显出，即如上苍灵魂的出口。

遥想当年，在以天池为中心的多次火山爆发活动中，地下炽热的岩浆从火山口喷涌出来，形成大量的火山碎屑岩及火山熔岩堆积在火山口周围，最后形成巨型环状火山口壁。当一切冷静下来，那是多么宁静而又充满自由意志并铺排了无穷力量的等待过程，它的美丽因为等待而到来。

大量火山物质喷出，造成火山体内物质空虚，内压力急剧减小，失去了对其顶部和周围岩层的支撑能力，火山口及其周围的岩层向中心塌陷下去，形成漏斗状，四周产生一系列放射状和环状的裂隙，如犬牙，由于断裂作用以及后来长期的风化剥蚀，火山口周围的环形火山口壁形成大大小小陡立的孤峰。破火山口形成后，周围山上的地表水汇集其中，再加上地下自然涌出的泉水，形成了这座最美的火山口湖。

显形的天池如小儿的眼睛，纯净得不含一丝杂质的空气，它是静止的。时间是另一种意义上的湖水，看见的人们如同眼里流出的泪水不能重新回到眼眶，同时又感叹泪水夺眶而出的力量，她的美好如电弧掠过夜空一样惊心动魄。

二

9月，我成了长白山的来访者。美，永远引导着、注视着众生。

看山看水的时候，那些云山雾海、有限的匆匆一瞥，我不想随意地仅仅只被景色所溶解。那条曲里拐弯的上山路拥挤着人群。

美丽的吉林省作协党组书记张丽信心满满地说：“能看见天池真容的都是和长白山天池有缘的人，有些游客几次来都无法目睹，我们一定可以。”

因为云雾变幻莫测，掀动衣襟的风，但愿在此温柔。生命里的每一天，以前没有，今后也没有。

公元1677年是长白山的一个分界线。不知道长白山的从前，便不知晓它的将来。而现在，距离1677年不仅是两千四百里外的京师紫禁城的距离，更是一位年仅二十四岁的皇帝青春年少永回不去的历史眺望。

这一年，一些人物和情感都扔在了永远不可能再回来的地方，重新捡起时，成为值得记忆的果实。他向内大臣武默纳、亲随侍卫首领耀色等四人下达了一个出人意料的命令。让他们远赴祖宗发祥之地的长白山脉，在当地军民的协助下验看长白山，“以便酌量行礼”。这位皇帝，正是同时面临着三藩之乱陷入僵持、台湾郑氏家族对闽浙沿海骚扰不断、黄河决口数十处亟待整治等棘手问题的清圣祖康熙皇帝。

从二十四岁康熙皇帝上谕的字里行间可以看出，他是要祭祀长白山了。

对大自然古老而虔诚的敬祀，慎子曰："山川为天下衣食。"就是说山川为人类提供了丰富的生活资料。古人为答谢山神的馈赠，进行大山祭祀，在漫长的历史进程中，大山祭祀逐渐衍生出的五岳祭祀和泰山封禅，对24岁的皇帝是一个暗示。祖先对自然的敬畏自有国人的生存哲理：山中有神灵居住，是连接天上的天梯。《史记》说"天子祭天下名山大川……诸侯祭其疆内名山大川"，《国语》中记载周人"夫国必依山川，山崩川竭，亡之征也"，大山崩塌、河水枯竭本是自然变化，但古人却认为这是阴阳失序导致山川变动，山川变动则水土不为百姓所用，进而天下大乱。

当年武默纳返京后，题写《武默纳题奏》，记述至讷殷地踏察长白山之经过。康熙皇帝祭祀长白山的用意已经更加明确："长白山祖宗发祥重地，奇迹甚多。山灵宜加封号，永著祀典，以昭国家茂膺神贶之意。"礼部议覆，奏请康熙比照五岳，改封长白山神为"长白山之神"。由此，长白山取得了与五岳同尊同祀的地位。

科考长白山第一人的候补知县刘建封来到池南区漫江镇时，写下"走过大荒三百里，居然此处有桃园"。

没有什么东西能够挽留住时光的步履，唯有自然。时间溜走，人类装填了某些神秘和不可预知性，能完成人类想象力最虔诚的记忆，也只有虔诚，也只有敬畏才可以让美存在。

雾开时，我看见了天池。

清风拂过水面，天空渐渐饱满和清晰的色彩让我看见了波纹一层一层荡动起来。

唯有天空始终给人类呼吸，唯有长白山天池没有风烛残年。

三

长白山天池有十六峰，其中，卧虎峰、梯云峰、玉柱峰和白云峰这四座山峰，在天池的倒影形成了一个长白山图腾，图腾像中有花卉形象、蜻蜓形象、海东青形象、虎豹形象、山神形象、天池女神的形象等，都符合萨满教万物有灵的理念。后人依据此四峰倒影，抽离出人面图腾，制作出天池定海神柱，并最终形成“长白山之神”的形象。

长白山作为满族的族源，也就是满族的发祥地，见证着满族萨满文化的起源与发展。萨满教认为，人有三魂，在世为生魂，去世为游魂，投胎为生转魂。敬奉长白山之神，三魂始终受其庇佑，为生命保护神。一万两千年前随长白山造山运动而生，被封王、封帝、封神八百多年，享两个王朝国家祭祀，“长白山之神”有着数不清的尊崇与荣耀。

我在长白山看到了人参。而知道人参的贵重，已跨过了饥饿留连的孩提时代。它是长生不老的神药。《神农本草经》记载：人参味甘，主补五脏，安精神，定魂魄，止惊悸，除邪气，明目，开心益智。久服，轻身延年。“名士寄来消酒渴，野人煎处撇泉华”。

附于人参的神话故事太多，它最感动人的故事是害羞，它会在人发现时迅速逃跑，尤其是面对人类的危机和险恶。终身被人类占有是幸还是不幸？人参的药性得以固化，它毕生的武器是断绝人类的梦想，它的存在足以对抗任何时间里所有的目光的摧残，一切貌似强大的都将先它而腐朽衰老。

我在长白山听到了一段奇妙的故事。参民们进山挖参，来到人参分布地带一不能大声，二不能说各种污秽难听的话，否则人参就走了，你总也挖不到它。当发现人参时，那就更有意思了，如挖参人常是十数个人拉成一条线，在一个山坡上寻找，忽然一个人看见人参了，这时他就要眼神不错地盯住喊一声：“棒槌！”跟着的人马上就要问：“什么货？”看见人参的人就得答“五品叶”或者“六品叶”。但当看见的是“二夹子”，或者是“巴掌”时，就不是直呼出来，而是喊“六品叶转胎”或“落地托天掌”，以示吉利。这时别人喊“快当”的祝贺话。然后才上前用一条两端拴着铜钱的红线，将人参的苗缠起来。不然据说就会遁走，绕好后，再把周围的杂草拔掉，铺上雨布跪下，用木器掘土，再用竹打慢慢从根须上取一块皮，里边放上青箬，把人参包裹起来，以防人参破碎，还要在起皮的松树上，砍上几道痕印，叫作“照头”，以指示百年后的再来人，这里曾出过人参。

没有人比中国人更懂人参了，人参被誉为“百草之王”，无论是宫廷记载还是仙侠小说，百年人参、千年人参总是神奇的存在，它们是制作丹药必需的原料，更是续命的神奇植物，因此早在两千多年前，人参是作为贡品进行上贡的。

太阳出来了，在长白山山巅上远望，水，曾是怎样温柔软润的生命之源，我看到过无数水的流速，长白山天池如上苍晶莹的眼波和流转的神情，围绕着它存在的山与路全成了静物。时间是另一种意义上的流水，流水让人类从喧嚣中获得欢喜并低下自以为是的头颅。

四

岁月，既不可选择也不可期待，我们可以选择的仅仅是如何对待这似乎可以无限延伸、不断被云雾缭绕的美好情境。

在长白山下的溪水中漂流，我们把一段时间暂时交付与跌宕起伏、随波逐流。惬意、阻击、碰撞，山色像玉一样葱茏碧绿，空气似玉一般清凉温润，长白山宽阔的胸怀，展现出一派自然天成的世外桃源之境，山在，水在，生命依旧。理想中至美至极的情境每一个人都渴望从现实中寻找，一个幸运渔人讲出的神话，在此相遇。

千百年来，无数的人都在寻找着这一块“芳草鲜美，落英缤纷”的所在。而世人千年所寻的，其实是我们烦乱心境渴求的一块休憩之地。如果没有这样一个精神意义上家园的存在，文字的创造是不会直抵纯真的原始本意的，如果不是连绵不绝的群山阻隔了一切与外界的联系，要产生这样的文字也不大可能，因为文字发达的地方，汉字早已铺天盖地。陶渊明用汉字沟通了中国最古老的文明和文化，直抵鸡犬相闻、老死不相往来的世外。

沃野千里，一个如此让人心动的词汇。有如哲人所说，今天所看到的这一朵花就是最后的美丽，今生已不能和眼前的这一朵再次相逢，今天的风不再吹到明天的你的身上。那么有没有真正意义上的重复？重复只是时间的形式，而它的实质是：长白山的水引诱了我，可能从来不会只是一个想象，回首时一定是时间中的地老天荒。

我国的《乐记》认为，音乐能与天地相合，和鬼神相通，使宇宙大放光明，日月运行有序，四时风调雨顺，万物生长茂盛。长白山下的朝鲜族是一个载歌载舞的民族，他们的民歌活泼、浪漫，有时简直就是一个永远深情的象征。

歌者说，歌声是我们忘却身体之外一切烦恼、动情歌唱的根本原因。我们是一个多民族融合的国家，有多少民族就有多少种歌唱。多少类的民歌深藏于沃野、草原、森林和高原，他们降生于清澈的歌声中，在歌声中成长并随歌声获得爱情。在一个纯粹的场合里，我曾经看过一次民间朝鲜族演出，那场演出令人难忘，合唱队十位四十多岁的中年女人，穿着白色的朝鲜族长裙，风度如仪，用汉语演唱《我的家在长白山》。事后有作家对她们说："你们唱得和谐、自如，有一种一般歌手没有的快乐，这使人们忘记了你们的演唱技巧的不足。"

长白山的女人们，当心中响起了那激昂辽远的音乐旋律，她们走进长白山，那漫山遍野的夕阳金辉一下就会使她们想起《金达莱的故乡》《阿里郎》《春天年年到人间》。浪漫和壮丽就是一个象征，一个共同守护家园的往事。

飘散四方的人群，在外谋生，来此旅游，当共同出现在长白山天池脚下，对过往日子的怀恋，特别是日常生活之外一种难以捕捉的精神上的世外桃源，唯有唱起抒情的歌，那种健康欢乐的调子，简直是永远深情的象征。

回到自然与自己的灵魂取得联系，天地人融合，才是人间最大的和谐。

好，让我们一起来歌唱长白山！

（原载《作家》2024 年 2 月号）

白头格速写

朱　强

厚厚的雨云压在头顶，好像一抬手，雨随时就要掉下来。对面的山上更是长满了粉状的云。一簇一簇，青白相间。风一吹，那些云就一个劲地往山顶跑。蓬莱山水多仙境。忽地跃出的风景，就像处于兴奋状态下的大脑，随时都可能有灵感闪现。

我习惯性地从裤兜里掏出手机，看了地图定位。那个在山里失踪的我又被找了回来。但很快，定位点就开始漂移了。像挂在光洁的瓷板上的一粒水珠，在巨大的空白中滑动。山中万物瞬息万变。接着，就听见有人提到白头格。地图上并没有白头格这个地名。白头格是一个比村还要小的单位。白头格原名白泥格，因山岭出产一种白鳝土而得名。我不知道白鳝土是什么土，甚至白鳝我也未曾见过，但是白鳝土肯定不是一般的土，它会不会是类似于高岭土一类的土呢？白头格是一个从民间的土壤里生长起来的词条。民间词条永远是一个万花筒，它们很可能因为某人感冒导致发音失误而以讹传讹，但是口耳相传的东西并没有人计较它的准确性。

我们是从后山的一条通向蓬莱镇的盘山公路翻进白头格的。说翻一点也没有错，就像我小时候通过翻墙到隔壁花圃里偷摘了一朵碗口大的茶花。白头格从空间上看，就像是一个圆锥形的容器，它的底部完全是封闭的，并不像普通的村庄的门前有长路与溪水。它就是一个顽固的、向下的、朝着大地深处掘进的部分。但这个坑里却活跃异常，环形的山坡上生长着古杉、荔枝、毛竹、芭蕉。大厝就被那些植物掩映着，不起眼的夜合、含笑、山茶把馥郁的香气释放出来，四时风物新。厝都建筑在半山腰，沿山而立，一大半是两层古楼，余下三两座是平卧的大厝。但是它在人们视野里的样貌始终是低的、矮的。那些站在山梁上的人双手叉腰，像一个从天而降的巨人，他们的眼睛里出现的首先是厝顶上黑漆漆的瓦片、燕尾脊、凌空欲飞的雕甍和双燕归脊的厝脊。然后兴致就从心头涌了起来，一步步地往山下走。厝与他们当初想象的实在是相差太大。高大的建筑无处不衬托出身体的小。载我们来白头格的车泊在后山的一处开阔地上。此时代，没有什么地方是路去不了的，马路就像锋利的刀片插进了山里。路所代表的，也就是人们战胜自然的意志，以前的路不是人修出来的，以前的路上有无数的柳暗花明。从前，路也就是一种探索，风景与身体的关系总是扑朔迷离。自从人们在崇山峻岭之中开辟了公路，原来的各种遮蔽就没有了。采风时，车每到一处，导游就指着山底下的屋舍说目的地到了，造访也就变成了一种闯入，从车上下来的人，悠哉悠哉，意气风发，目光里透出一种手扶日月，照临寰宇的气概。但是去往白头格的路向来就是果断的、向下的。人们像端着冲锋枪从山坡上俯冲下来。这种路可能是一段长长的台阶也可能是泥沙铺成的土路。山雨横来，伞撑开了。雨落在那些刚刚长出的芭蕉叶、荔枝树上，发出一种沉闷的细响。

连接厝与厝之间的石阶看起来是有年代了。飞蓬草从石缝中抽出来，像一根根鸡毛掸子，这是一种常见的杂草，网络上说，这种草原产地北美洲，属于外来入侵物种。它们是通过什么样的方式来到白头格的，比较起外夷的坚船利炮，它们的侵略性显然更加隐蔽、深入。被雨水冲洗过的石阶，露出一种历史的底色。白头格就是靠这些石阶串联起来的。这是一个看不见的、巨大的、封闭的环，人们通过上台阶或者下台阶在这个环形中移动。从德安楼、和安楼向外望，可以看到近处的娱山楼、玉安宅；从娱山楼、玉安宅向外望，可以看到远处的联安楼、新安宅、梅村书屋……曾经那些居住在楼里的人，吃饭、睡觉、打哈欠。他们不时地把目光从雕花的窗棂中递出去，目光与目光在无形中相撞，交织成一条条线。在山野中，每一栋大厝都像是一块突兀的色块。这种醒目的红与葱茏的绿形成了巨大的反差。很难想象，在这个深山里建造这些大厝的人究竟是源自于一种怎样的心理需要。

其中，德安楼的大门紧闭着，门的四周是一个石头材质的门楣。一整面墙上只凿开了为数不多的几个小窗。那种窗子虽小却神采奕奕。此地人盖房子，好像并不喜欢就地取材，据说用来建筑的材料最远来自意大利。有许多物料都是漂洋过海远道而来。师傅也多是外地请来的，当初建房子时，从江西请来的风水先生在胡家一住就是整整八年。有个师傅刚来还是个单身汉，等大厝建好了，儿子都已经及腰了。此外，又请了惠安的石雕师傅、永春的木匠，只有抬石、挖土的活儿才由本地人干。娱山楼的门敞开着，我从敞开的大门中走进去。这与我平时从各种门走进去的感觉并无不同，至少从别的门走进去还能够嗅到冷气、奇异的香水味或者中草药味。但这扇门里面什么味道也没有，我有点儿失落，我站在潮湿的天井中，看着地上的点点青苔，心里被一种透骨的虚无充满。这是生命被时间消磨的结果。说实话，我以前是很着迷于这种天井的，尤喜欢坐在天井中冥想。将琴代语兮，吟风弄月兮……这时，从二楼的某个位置，突然传来了一声喊。声音尖厉。原来是有人发现了传说中的意大利花砖！它样子有点像一小块波斯地毯。2000 年，我家装修厨房，我爸从建材市场搞来了一些有花纹的瓷砖。几乎每次，我从厨房经过，手都要往上面放，森森凉意从指尖伸向后脑勺。可是没有几年，这种贴花砖的时尚就被别的东西给淘汰了。但不管怎样，一百多年前，一块拥有繁艳花纹的砖镶嵌在墙上毕竟是一件极尽奢侈的事情。当然，更奢侈的是白头格每一座屋子当时都通了镀锌管引入的自来水。这种水白花花的，并非来自深井，它来自一个看不见的幽暗之中，水龙头拧开了，水就会从白铁水管里涌出来。像一种清澈而热烈的情感。据史料载，爱迪生获得发明电影放映机专利权没过几年，远在菲律宾的一个二十多岁年轻人就把一台电影放映机带回到了白头格，这个人叫胡典成，一个天生热爱出走的人。他从这块山多田少的土地走出去，走向泉州、厦门，然后又朝着更远的南洋而去。

行走在白头格的雨中，凝视着那些精美的建筑构件，我不止一次地想起赣南的围屋与闽西的土楼。它们在设计上，都体现出强烈的家族感。建筑虽然是凝固的，但是它所荡漾出来的，却是一种意味深长的生存哲学。无论是居住在围屋还是大厝里的人，他们的弱小的生命都被某种无形的线索串联起来，这是一个颠扑不破的圆。围屋和厝，本质上讲，都属于出走后的产物。无论走出去有多远，漂泊者也仍然需要有一个回归之所，而白头格的大厝正好构成了他们精神意义上的圆。

（原载《中国作家》2023 年第 10 期）

潢源记

初国卿

辽河，史前称句骊河，汉时称大辽河，清代亦称巨流河。辽河流经沈阳地段的岸边有康熙年间所建的巨流河古城，古城所在地沈阳新民古称潢南，此名来源于辽河的另一个古称——潢水，而狭义的潢水当是指辽河源头之一的西拉沐沦河。它发源于内蒙古克什克腾旗，其源头称为潢源。寻找潢源是我多年的一个梦想，于是参加了辽宁省作家协会“辽河源采风”活动，从潢南出发，向潢源进发。

一

从沈阳去潢源要经承德、隆化，过木兰围场，进入内蒙古克什克腾旗的乌兰布统，再从乌兰布统北行120公里，跨西拉沐沦河后到达克旗经棚镇。

到达经棚的第二天上午，我们换乘四轮驱动的越野车去往位于浩来呼热乡中部的西拉沐沦河源头——潢水源。因近源头30公里的西拉沐沦河峡谷奇险难行，去源头只能从经棚向西北绕行到浑善达克沙地东南缘与贡格尔草原接壤处进入，先是走30公里草原到潢源敖包，再进入潢源谷地。

草原无路，我们坐在四轮驱动的丰田皮卡车上，就像骑在奔驰的骏马上一样，一会儿跃上高坡，一会儿冲下沙岗，眼前是隐隐约约的天际线。天空充满张力，环顾四周，好像是用鱼眼镜头拍摄的立体照片，天似穹庐，笼盖四野，蔚蓝的穹庐之下，千变万化的白云在无声息地飘着，在这样的空间里，没有任何参照物，飞快奔驰的汽车也显得速度很慢。只有看到散落的牛群、奔跑的马儿、觅食的绵羊时，才觉得我们的车在飞速行驶。有风掠过，草浪一波接着一波在车之前后左右滚过，无边无际，皮卡偶一颠簸，人就像坐在船上。有雄鹰在空中翱翔，不时会发出一两声充满金属质感的鸣叫，撕裂宁静，甚至压过汽车的轰鸣。仰望着它的翅膀和翅膀上的天穹，让我感到天地之大，人之渺小。刚才我还在车上搜肠刮肚，想找文辞来形容草原的美丽辽阔，但当听到雄鹰的鸣叫，看到草浪翻滚时，我的脑海里竟一时空白，在这种博大和壮美面前，所有文辞都显得苍白无力。

从进入草原到潢源敖包虽然只有30多公里，但因无路可循，陪同我们的曾去过潢源的克旗文联朋友也辨不出方向，亏得是本地草原生态监察所的朋友开车，对潢源一带很熟，不到一个小时，就完全凭感觉将车开到了潢源敖包下。从远远看到敖包的地方开始，其实我们的车已走出草原，进入了浑善达克沙地。

潢源敖包矗立在沙地一处高岗上，那是专为潢水源而建的。站在敖包前，可一览潢源沙地全景。与身后的一片碧绿不同，眼前的基调是白色，沙丘如垄似链，间或有绿色灌木一丛丛点缀其间，看上去就像是一幅硕大的油画，白与绿相间得那般有创造力和艺术性。潢水源头就在敖包下面，略带浑圆的沙丘在敖包不远处突然下陷，形成簸箕样三面环山的盆地。当地人称为“白槽沟”和“源水头”，古代称为“砥石山”。《荀子·成相篇》有云：“契玄王，生昭明，居于砥石迁于商。”后来著名历史学家金景芳先生认为“昭明居砥石”的砥石为辽水发源处，即今天克什克腾旗的白岔山。白岔山在潢源东南不远处，《淮南子·墬形训》有言：“辽出砥石。”高诱注云：“山名，在塞外，辽水所出。”《水经注》也曾说：“辽水，亦言出砥石山，自塞外东流，直辽东之望平县西……屈而南流，入于海。”砥石山边白槽沟，不知这里藏着西拉沐沦河怎样的秘密。

二

按照当地习俗，我们在下到潢源之前，按顺时针方向绕敖包三周，同时心中许愿，并添加三块石头以求心愿得偿。然后，带着“垒石为山，视之为神”的虔诚之心走下沙坡，约半个多小时进入谷底。

在谷底打量这沙丘盆地，面积约有百亩，自西向东，横裂成一条沙谷。盆地中长着一丛丛白杨旱柳和矮桦蹲榆。近东缘与峡谷接壤处的平台下为一沙崖，崖下10余米即是潢源。在沙谷中见到水，见到碧绿草色中的小溪，心情很是激动，大家不约而同地欢呼起来，连滚带爬地顺着沙坡下到源点处，克旗的两位同人还忙不迭地掬水在手，大口大口地喝起来，然后告诉我们，潢源的水干净清洌，喝了明目润肤，于是我们几位也纷纷效法，并拿出水瓶，装满了潢源水。

静下来看潢源，只见一脉溪水从平沙沼泽里，从葳蕤细草中流出。顺着水流，踏着一块块散落在水中的枯木走到沙崖之下，似乎不见水的来处，只是泥一样的沙浆在平铺着。蹲下细看，才见沙浆之上水与沙在缓缓移动。再看崖根之处，所有白沙就像有人调动一样，都在一个速度地蠕动着。原来这细沙之下就是溢水之处，开始时水在沙下溢动，沙在水上蠕动；接下来是水自沙罅中涌出，沙又沉在水中形成沙浆；沙浆滑动一两米处则是滤出的道道涓流，数脉涓流又汇成一道清溪。站在潢源面前，我一时竟有些难以相信，古老而壮阔的西拉沐沦河竟然是这样一个神奇的源头，一个沙动水溢的源头。

在来潢源之前，我曾读过当代数篇描写这里的散文，文中几乎异口同声地说，西拉沐沦河的“源头藏在一处人迹未至的原始森林里，那里有林海千里，鸟雀争鸣”，且有“千百道喷泉，向着晴空迸发”。今天到了真正的潢水源头，我不禁怀疑，那些写潢源的作家或诗人们是否真的来过此处？如果来过，断不会说这里“人迹未至”，也不会说“林海千里”，更不会说“千百道喷泉，向着晴空迸发”。因为早在辽天显十二年（937年），耶律阿保机的儿子、后来成为辽太宗的耶律德光就曾到过潢源；而此处“林海千里”也是实景，但那只是清以前的事；这里可能也曾有过“千百道喷泉”，但那是民国时的景象，因为民国经棚县知事王枢到过这里，还曾赋诗说：“寻到潢源最上游，碧翻白涌镜涵秋。”

沧海桑田，如今，潢水源头只有白沙和白沙滩上的矮树，只有白沙缝里渗出的涓涓细流和细流之上的段段枯木。它静静地躲在浑善达克沙地的臂弯里，没有喧嚣，没有张扬，连源头的水也是从沙缝里挤出来的，是那般地普通。

三

潢源既是普通的，又是平凡的，普通、平凡得就像一生付出的老祖母。不是吗，那水中倒伏的根根枯木，多像老祖母爆出青筋的手臂；那风中扬起的一抹抹白沙，多像老祖母满头的白发。民国那位王知事所描写的潢源不过就是百年间的事，但我们却无论如何也找不到他所吟的那种词语间充溢着水汽的景象了。我们只能在白沙与矮树之间，在朽断的和新生的树木之间，想象着潢源曾经有过的葱茏与繁茂。我不禁仰头向潢源敖包发问：在今后的百年间，或许更短的时间里，今天的潢水源若被漫漫白沙吞没，到那时，后世的人们该去哪里寻找西拉沐沦之源？

带着对潢源的感念与忧虑，我顺着溪水下行，直到峡谷深陷的断崖处。溪水两边草木丰茂，不时有枯树倒伏水中，无形中增加了潢源的古老、沧桑和神圣。我触摸着这些枯树，见每个布满细密年轮的树洞里或长着一棵小树，或是几缕细嫩的青草，有的还在幽幽地发芽。这些流水上的枯树新枝，让我看到潢源的老祖母性格，虽然岁月渐老，却精神依旧，总是那样地坚强，那样地生生不息，从沙浆汇成涓流，由涓流聚成小溪，由小溪变成大河。山泉凸跳，奔泻无羁，一路向东，在不到60公里的上游河谷中成全了10余座水电站，像潢源的白沙挤水一样，顽强地为内蒙古地区，为中华大地奉献了所有的能量。

我在潢源处没有握到西拉沐沦河童年的手，但我却在源头的溪水中捡到了一块沉沉的石头。拿到手上细看才发现，这不是石头，而是一块老榆树的结。它如阴沉木一般，在潢源的水中不知浸泡了多少年，一面是剥掉树皮后的斑驳，一面是年轮邃密的断面。在告别潢源，攀沙山而回的路上，我一直用手托着这块老树结。中午的沙地阳光让我们经历了从未有过的曝晒，双脚每在沙中跋涉一步都会大汗淋漓。待上得沙丘，发现手中的老榆树结竟比在谷底轻了许多，原来是一路水分蒸发，它已完全还原成了一块木头。

晒干后的老榆树结上，年轮一圈套着一圈，密致而清晰，数一数竟有100多圈。最令人称奇的是，在年轮中间有一个如鱼眼样的深洞，洞中沉积着闪闪发光的白沙，犹如树眼中的瞳孔。这让我想起了几年前读过的一首写潢源的诗："一群一群的黑松林死了 / 几千圈的年轮睁几千只不死的树眼 / 有生灵听见树眼一直在哭 / 一眼一眼的泉在黑松林死去的地方流。"啊，这可能是我在潢源敖包许愿的结果，潢源知我虔诚，于是赐我千年树眼，慰我潢源之思。

回到沈阳后，我将"潢源树眼"置于花梨画案之上，读写之余，轻轻抚弄。每一次，我似乎都能从细密的年轮里和闪闪的树眼中，读到潢源老祖母般春暖花开的笑容。

（原载《人民日报》"大地"副刊 2013 年 11 月 6 日）

十里花廊

宁　雨

十里花廊

到鹿泉的十里花廊，是为了一群白鹭。那是我平生第一次见到白鹭，一只、两只、五只……在太平河一片沙渚上，这白羽长腿的精灵，觅食、嬉戏，那么优雅、悠闲。四周一派安谧，清亮的河水，映着它们矫捷的身姿，与水草的影子时而重叠，时而分开，像水中皮影之舞。

忽然，一只鹭飞起来，收腿，展翼，朗声叫了两嗓子，像呼唤同伴，又像说再见的意思。紧接着，精灵们便像白色闪电一样，倏忽之间便消失在绿树接天的云际。沿柳荫匝地的滨水步道一路追寻。心想，它们飞得快，飞得高，但不一定飞多远。步道旁边潺潺的河水，夹岸的菖蒲、苇丛、水芹与三棱草，时时拽人目光。寻鹭，也寻美景。噗喇，一个小跳，是撒欢儿的鱼；哧的一下，水波漾起一圈圈的涟漪，是水蝎子或蛤蜊。记起“西塞山前白鹭飞，桃花流水鳜鱼肥”，这里没有西塞山，却邻卧佛路。沿着卧佛路，可至卧佛山。好奇心把我引向太平河更远之处，也是离山越来越近的地方。

河水愈加开阔，步道另一侧的花阶、花坛越来越密集。河的左岸是花，右岸是林。林拥着花，花又连着花。尽管没追上白鹭，却走遍十里花廊。

花廊全长五公里，秋阳高照，汗水打透衣衫，身体顿然轻松清爽。蝉鸣，蛙鼓，蜻蜓飞，甚至一棵草穗的声音，也会在心里荡起小小的涟漪。极目远眺，黛色的卧佛山安详如许。卧佛之外，还是山。山连着山，云接着云，莽莽苍苍的视觉和心绪浑然如一。

走着走着，腿脚走了岔道，拐进月季园、海棠园与牡丹园，糊里糊涂迷失在花路深处。

十里花廊也隐藏着小镇和村庄，比如，北新城村和南新城村。花廊的路线走熟了，就深入到村庄去。村庄的故事，更令人着迷。北新城村，传说附近曾有一座古城。新中国成立后，发掘出唐代相国“墓志铭”。现在都说是明代山西移民至此，因着古城的传说，取村名“新城”。村庄扩大，向南跨越了太平河，以河为界，分村而治。北新城有赵、米、姚、王诸姓，南新城则马姓最多。1948年春，华北军政大学于南新城村成立。这所大学由原晋冀鲁豫军政大学、陆军中学、青年教导团、晋察冀军政干校和步兵学校合并而成。在村口，一座镶嵌军政大学标识和毛泽东主席题词的灰色门楼，与太平河岸十里花廊的巨型标牌遥遥相望，牌楼庄严典雅，花廊缤纷明丽，仿佛历史与现实相望、对谈。

走过牌楼，村庄也是灰色调，当年，紫花布染成的军装颜色就是这样。旧址所剩不多，都是原来大户人家的房舍。青砖雕花的大门洞，是老时光里的辉煌，也是红色历史的见证。如今，这座村庄实行街长负责制，管整洁，管美观，还管秩序，目标是乡村振兴、美丽乡村。谁家的石榴在小巷深处红了，欢喜得小花狗汪汪叫。院墙上，丝瓜花探头探脑，一只狸猫蹿上了二层楼顶的太阳能光板。

花廊不远就是获鹿镇，不大，却安逸。去镇里，只为了买一个缸炉烧饼。古镇皆有名吃，是“吃货”总结的规律。这里的熏肉、炸花花、饹馇以及煎卷夹肉都有吃头儿，有讲究，我却最馋烧饼捏肉。

烧饼捏肉，又叫“老虎大张嘴”，老获鹿人将熏肉、猪头肉和缸炉烧饼结合在一起，做成美食，这种滋味，远在唐朝就有。熏肉要用果木、松木锯末，柴火细煮慢熏方好。熏的肉，肥而不腻，瘦而不柴，下酒，蒸干萝卜包子，做熏肉面，都是棒棒的。烧饼捏肉，给肉切薄薄的片，塞进酥脆的烧饼中间夹层，咬一口，那才叫香。走在法桐蔽日的街上，看人来车往，漂亮的女孩子裙裾飘飘，一边走一边咀嚼着老烧饼的滋味，灵魂也跟着小城一起安逸起来。

夕阳衔山，群鸟翩翩，霞红铺满画面中央的水面，一叶小舟微荡，让人浮想渔舟唱晚。水岸之上，垂柳蒲花，亭台栈道，亦披了一身霞光，端然，又有几分柔媚，俨然江南。鹿泉建设绿屏、绿廊、绿网、绿园“四绿工程”，山为骨，水为魂，绿为底，人为本。十里花廊，堪称杰作了。

漫步四季花廊，白鹭已成好朋，见与不见，都在心里装着。白头鹎、花咕咕、绿头鸭、大雁、珍珠斑鸠、灰喜鹊以及花喜鹊，稀有的和不稀有的鸟，也在花廊绿带或水滨做窝、小住。去看鸟，便是亲赴花廊时，抬脚就走的理由。

在梨花村

肃宁曾有滹沱河的三条小小支流，其中一条叫老唐河。

这从远古流淌而来的小河，20 世纪 60 年代后逐渐被废弃。十多年前，我第一次拜访老唐河，只余故道及若隐若现的堤坡。而历史上，老唐河从南面邻县饶阳县进入肃宁，滋养了一方土地，也滋养了一方人民、一方文明。从一些散碎的资料看，东周列国时代，这一带设有行宫驿馆；唐代，小河两岸村庄密布，许多村子因河而得名，比如饶阳的东西刘庄，因濒临老唐河下游的长流河，史称“长流庄”，万里镇，处于老唐河河湾，在 1958 年前一直叫“湾里”。

吕庄，曾经的“码头村”，地处老唐河西河湾。哗啦啦的流水声和热闹的橹声帆影，停泊在时光左岸。天籁依旧在，却是风过梨林，绿涛的合奏。是的，是梨林，而非梨园，有自然的野性和历史的浩瀚在。老唐河断流了，消逝了，却把一群坚守者——一棵又一棵几百岁的老梨树送上历史的前台。老梨树生于堤，生于坡，生于故道，尹庄壮年汉子的爷爷不知其岁，爷爷的爷爷亦不知其岁。一棵树，儿孙满堂，旁逸斜出，繁衍而成家族、世系，而那些世祖们还健朗地活着，继续生儿育女，继续硕果满枝。这样的故事，只有古老的半天然的梨林能发生。

看不到河，就看梨林、看梨树吧。梨林，就是一条波涛万顷的绿流，串起昨天、今天和明天。

在林边一排红砖垒起的简易房前，有几个中年汉子在拾掇活计。问房子做什么用，答曰：梨品收购站。又问哪里有百岁老树，答：向北一百米，满坡子都是。于是，我和同行的朋友说笑着，评点着那些崭绿的梨叶、微红的梨叶、细碎的落花、嫩绿的果实，一路走入梨林深处。阿建弟是林果专业出身，他说，梨树叶子的颜色不同，说明品种不同，刚才那些老树干上，枝条全是新的，那是“高枝换头”，市场上时兴的黄冠梨、红酥香梨，全是这么换来的。“换头？”我不由回头重新打量刚刚经过的那片老树新枝，打量老干上累累的锯口创痕。黢黑粗壮的树干，柔韧的新条，亮绿的嫩叶，娇柔的花朵——老梨树的生命力、适应力、创造力，让我肃然起敬。

老唐河的梨林啊，曾产下多少果实，回报养育她的皇天后土，勤谨百姓。这块土地，得河水的泽被，沙壤肥沃，雨水充沛。这里的鸭梨，果形端正，色泽鲜亮，甜脆无渣。明朝时，湾里鸭梨即被指定为皇宫贡品。20世纪50年代后，老唐河鸭梨成批量经天津口岸外销，为新中国的发展建设换取外汇。

树，还是树。春的香雪海已经错过，梨树枝头，绿华冉冉，只点缀着星星点点的白。但没什么可惜，梨林一天一种景致。少了繁花的吸引，反而能腾出眼力给那些老树。老的只剩下深根、树皮而擎起勃勃新枝的生命树，老的千疮百孔、丑陋不堪而无怨无艾的自在树，老的华枝春满、天心月圆的修行树，老的连理垂枝、不弃不离的并蒂树，每一棵老树，都像一位睿智的先师，似一部深邃的著作，如一件活着的雕塑。

林深叶茂，我和朋友们不时走散，不时迷失方向，只有高声呼唤，甚至动用手机，才能保持联络。我说：“抗战时期要在里边打游击，敌人准找不到。”“你说对了，抗日战争年代，老唐河两岸都是游击区。这老唐河堤上，至今还埋着抗日烈士的遗体。”丫丫的回答，再次令我肃然。

老唐河故道，是一片红色的热土。离尹庄不远的万里村，有当年齐会战斗临时指挥所旧址，贺龙元帅当年还在村里住过。战争、遗址、烈士、老唐河、坟墓，当我一次次咀嚼这些字眼时，便对那些老梨树的创伤，刀劈火燎的疤痕，那些龟裂的树皮，被洞穿的树干，有了另一层的解读。

在一处老堤坡，我们有幸结识了吕庄的尹哥夫妇俩，他们在给梨树松土锄草。大姐五十大几岁，性情开朗，快人快语，尹哥不爱说话，却也一脸和善厚道。见我和朋友们喜欢他们家的树，大姐特来神儿，教我们锄地，与我们合影。大姐还约我们常到他们家的梨林玩儿，“看到没，从这棵最粗的老树，一直到东头的老官道，都是俺家的。树随便爬，梨熟了管够吃。俺家梨的品种可多呢，酥梨、面梨、鸭梨、广梨、黄冠、秋子梨、杜梨，想吃什么摘什么，不要钱啊！”

多可爱通达的梨农，大姐不经意间为自己的梨做了个广告，而这个广告做得暖心达肺。人与人之间的缘分，就因这么一次偶遇而起。

再赴老唐河、古梨林，是七年前陪公婆游梨花节。那个明媚的夜晚，看完万顷梨花，我们踏着月色回家，满脑子都是花香蜂萦。“梨花搭台，文旅唱戏”，那梨花节的主场，还是吕庄一带。或许从那时候开始，家乡的梨花潮已经与美丽乡村的大潮融为一体。阿建弟说的老梨树“高枝换头”，只是潮起潮落的一个细节、一个音符。

一次次老唐河故道行走，梨林、人家，以及来自梨花村庄的消息，在我的心里密织成另外一条活态的、蓬勃的河。

由肃宁人自编、自导、自演的电影《梨花村的笑声》走进了清华大学的艺术欣赏课，本色出演的大爷大娘，就是“梨花村”的梨农，他们在梨林里疏花、疏果、套袋，甫一收工，擦两把脸，掸掸身上的落花轻尘，一转身便走入片场。二百岁古梨树下搭戏台，梨林剧社起社了，老老少少忙完梨果合作社的事儿，坐下来，吹着清甜的梨风，拉个胡琴，唱上几嗓子，别提那个美。梨乡挖掘红色文化内涵打造特色小镇，对贺龙、白求恩故居，齐会战斗指挥所，都进行了原汁原味的保护。

这些消息，有尹哥夫妇传递的，也有我回乡去亲见亲历的。大姐自豪地告诉我，她也被选为电影《梨花村的笑声》里的演员呢。年轻时曾参加过村文艺宣传队，大姐文艺细胞充盈，她自编歌词《春到梨花村》，一边在梨林干活，一边哼唱，用她的话说，连梨花都给唱醉了。

今年入冬，吕庄大姐过世了。大姐年逾古稀，身子骨一直硬朗，不该早早谢世。我和她不是亲人，却有着亲人一般的缘分和情谊，我默默流泪，祝祷大姐灵魂安息。大姐是在幸福中离开的，她的歌声、笑声会留在人间，为子子孙孙更美好的未来祝福。

立冬时节，故乡古梨林的梨叶正红。萧萧风过，一坨一坨的红叶翻卷着，涌动着，像古老的波涛漫过。红叶，是初冬对大地的情谊，是大地对春花的呼唤。来年春天，我还会回到故乡，去行走老唐河，拜会古梨林。学着“梨花村”人的样子，在梨树间打地摊，闻着花香，撮起一抔抔沙土细捻。

（选自《十里花廊》，中国言实出版社 2024 年版）

女画家，“海霞”们

张　鸿

洞头，是温州的一个区，大多居民祖籍福建，说的是闽南语，敬的是妈祖。也许很多人不知道这个地方，可我一说电影《海霞》，一定会有许多人还记得。20世纪70年代中期，除了电影“三大战”（《地雷战》《地道战》《南征北战》）和八大样板戏，给我印象最深刻的就是电影《海霞》，它的情节惊险、女主角漂亮、风景优美，还有电影插曲《渔家姑娘在海边》，好听，它一直流传下来，甚至现在还有很多人会唱。当然那时我还小，可这些电影和样板戏伴随了我那几年的成长，成为一辈子不会淡忘的记忆。

电影《海霞》改编自老作家黎汝清的长篇小说《海岛女民兵》，是以当时的“洞头先锋女子民兵连”的排长汪月霞为原型，主演是上海姑娘吴海燕，还有青少年时期的蔡明。这是一个很经典的反特故事。

如今，虽然女子民兵连还在，但“海霞”已不仅仅是女民兵的代名词，在洞头这个百岛县就有海霞妈妈义务服务队、海霞电力服务队、海霞村、海霞中学、海霞军事主题公园等。就如藏族姑娘都被称为“卓玛”，白族姑娘被称为“金花”一样，洞头的妇女们都被称为“海霞”。

我在这儿发现一个颇有文学实力、频出佳作的“海霞女子散文社”，自然这是一群舞文弄墨的女子聚在一起谈文论字的小社团，女作家施立松带我参加了她们的一次聚会。有趣的是，一位爱写散文、本名叫陈海英的“海霞”不仅是一位专业美甲师，还是一位渔民画画家，获得过“全国农（渔牧）民画大赛”金奖的海英给我看她手机中一幅幅画作，那鲜艳的色彩和鲜明的主题，着实让我一震。我的兴趣迅速地从文学延伸至美术。

虽然是一位妩媚女子，但她的几幅画作的气势却体现出一种男性的力量，描绘了渔民讨海的艰辛，也展示了如今的和谐生活。但细节处却可品味到女性的细腻，有趣的是，画作中男人高举的那尾大鱼的鱼鳞却不是一片一片的，而是由一尾一尾的小鱼构成的。海英说是一个很偶然的机会让她接触到了渔民画，与一班同好跟着文化馆的苏老师学画。

第二天，我见到了这位苏义怀老师，也见到了一班年龄跨度很大的女画家“海霞”们。

吴秀云奶奶正极近地贴着画板在画画，有眼疾的她已经八十二岁了。画风极为细腻、温暖，色彩极绚丽，她也获得过国家级的农民画创作奖。只上过两年半学的吴奶奶以前当过村干部，还是人大代表，五十七岁从供销社退休，之后就和老伴一起参加老年大学学习书法和绘画，总也没啥感觉，听说文化馆办了一个渔民画培训班，就兴冲冲地参加了。起初连构图都不会，只能将自己的创作思路告诉苏老师，然后由苏老师一步步教她构图、画设计稿、改图、按比例扩大，如今她已经有了十年的创作经历。平日里，她和老伴带着两个孙子，只能利用中午晚上孙子睡觉的时间画上几笔，但每一次采风、每周三到文化馆集中这些机会她绝对不会错过。奶奶说，她的画里表现的都是“国泰民安，风调雨顺”。

吴奶奶旁边的一位年轻女子正在画洞头七夕的民俗，画面上，孩子们围绕着红红火火燃烧着的七星亭，身边摆放着的供品挺有讲究：七样干品、七样熟食、七双筷子、七个酒杯、七盏茶叶、七朵指甲花、七盒胭脂粉、七根针线，等等。

这位女子名叫王洁灵，二十出头，是一位幼师，“七月初七天门开，七仙娘娘坐莲台，有花有粉请你来，保佑孩子快快长大免祸害……”她诵读着这首在洞头广为流传的童谣给我们讲述迄今已有三百多年历史的“洞头海岛七夕节”的习俗。以前洞头人都靠打鱼为生，风里浪里乞食，随时有生命危险，而且海岛又与陆地海天相隔，医疗条件落后，一旦生病只能祈求神明保佑，所以人们在“七夕节”做成人礼。一来是祭拜神明祈福保佑，二来也是让家中男丁早早成人，承担家庭责任。没有真正的渔村生活经历的她要用画笔描绘她心中的年轻人心中的海岛生活，自然，这将是风格趋于现代的渔民画。

画作布局绵密、笔触成熟，一看就有一个完整的故事。这幅画的作者是六十七岁的叶爱珠，她从小生活在海边，哥哥是船老大，她就经常在船上摸爬滚打。前几年，她从医院退休，孩子们都工作了，家中只剩他们夫妇二人，于是，闲不住的她开始跟着苏义怀老师学画渔民画。从开始学画起，小时候渔村的生活经历在她脑海里浮现出来，那么鲜活，让她一心想要将它们表现出来。于是，她认真地、积极地学习，很快一幅幅富有海岛特色、想象力丰富的写实渔民生活场景浮现于画纸上，出现在大型的农民画的展览和比赛上，她说获奖就是对她的鼓励，让她更积极地创作。她告诉我她正在创作一幅渔村娶亲图，展现的将是她曾经当过伴娘的一次婚礼。她喜悦地用手在画板上比画着，这里将会有一群女子出现在船头上，最前面的是新娘子，肯定是穿着大红色的衣服，岸边有许多接亲的人，接亲船的船头和普通的有些不一样，是闽南独有的一种船头模式。画面的四角是一队队的鱼群还有丰饶的海产，随着她的比比画画，我似乎已经看到了一幅精致美丽、生活气息浓郁的画面。

这一幅构图极夸张、视觉感强烈的是《鱼跃浪头兆丰年》，还有这幅《五岛联桥》都是许爱花的作品，这位阿姨喜爱跳广场舞，在当地小有知名度的。陪着我的陈海英说：“她是我姨妈。”

旁边默不作声的是和丈夫一起学画才三个月的詹海萍，她的画还没有完成，可以看出画的是七夕节的内容。苏老师很看好这位不爱言语的学生。

我很好奇，1988年毕业于温州师范学院美术专业的苏老师是如何调教这么一批年龄、教育背景、生活经历差异如此之大的“海霞”的？

苏老师的专业是油画，大学毕业在一所中学教美术，调到文化馆后经常去渔村、海岛画海、画船、画造船工人，他更爱画渔民的生产生活和各种民俗、民间传说。因为从事文化艺术普及工作，他就琢磨要举办一个培训班，让更多的人来画画。目前这个培训班已经举办了多期。第一批招的二十多人，几乎都是没有任何美术基础的女性，可喜的是，这一批有十二人坚持下来，并都获得很好的创作成绩。她们很短时间就能上手画，创作无局限，想象也无拘束。他教她们如何关注、观察生活的细节，还有人物丰富的表情，并从最基本的打草稿开始教她们，带她们出去采风、写生，让她们展开想象，想象美好的事物和生活。几年的艺术实践，“海霞”们的创作个人色彩浓厚，辨识度高，她们无从借鉴、无从抄袭。从自己的感觉、生活及社会现象出发，渐渐地从外部的观赏转化为对内心的观照，开始从自己的内心感觉和情感表达上尝试创作。如此一来就形成了如今构思巧妙，造型大胆夸张，色彩强烈，装饰性强，意境雅拙率真的洞头渔民画特质。

任何年代，人的物质欲望都不能拥有至高无上的价值，于是有哲学家提出：我们把世界上的人欲望无法抵达、不应该亵渎的价值，称为神圣。不是每个人都有机会邂逅神圣，即使是艺术家。当然，洞头画家“海霞”们还没有世俗观念的成名成家，可她们的成长也是付出了种种代价的，更有价值的代价是她们面对神圣时的谦卑和敬畏；是对个人内心生活无比关注，是让自己的作品与营造的气场相通。而这一切没有高低贵贱，只有最终的与神圣相遇。

有人说渔民（农民）画粗拙，没有其他学院派、专业画家的作品精巧。我却不以为然。曾国藩说过一句话：天下之至拙，能胜天下之至巧。也许“海霞”们的作品缺乏更多的专业性的画法和技艺，可我们看到了生活的真实，这种真实能叩动灵魂。对的，就是这样，以一种有人认为的粗拙手法体现出了生活的或精致或雄阔，或妩媚或阳刚，或直白或羞涩，你能说这不是好的艺术作品吗？手里的画笔成为平凡的“海霞”们唯一能传达能量的工具，于是她们用它来赞美造物主、赞美生命，不考虑什么是现代的、古典的、抽象的、写实的，她们拥有的是她们“自己的”方式方法。

我真羡慕这些“海霞”，羡慕她们活跃丰富的内心，还有那充沛的精气神，这已经是很多人缺乏的了。

（选自《月白如纸》，百花文艺出版社 2023 年版）

《星火》何以燎原

——从“无限的少数人”说起

行 超

2023年小雪微寒，十三公里的徒步旅程中，一群志趣相投的朋友一路拍摄沿途风景、交流写作心得，他们一起观日落、等日出，路滑处相互搀扶，小憩时分享各自带来的小吃——由素不相识到心灵相通，他们共同走过坎坷，迎来柳暗花明。每一次的旅程，都像是奔赴一场老友间的约定，令他们愈发彼此信任、依赖，而这样的情谊，是经由一本基层文学刊物建立起来的。

八年前接手主编《星火》杂志时，范晓波曾陷入焦虑，一本没有什么资源优势的省级文学期刊如何从纸媒衰退的大势中突围，并活出自己的气质和魅力？这个巨大的难题让他暂时放下了个人的文学创作，全身心地思考并一步步地探索实践。2016年至2017年，《星火》走的也是作者路线。经过不断向名家约稿，《星火》的转载率有了一定提升。但是，与大多数纯文学期刊所面临的困境类似，订刊的人、读刊的人大多也是写作者，作品的传播基本是作者之间的内循环。范晓波逐渐意识到，读者流失和小圈子化的问题不是单靠名家助力就能解决的。在今天的传播格局中，如果缺少对读者的有效抵达，文学期刊的社会效益就会成为一句空话。于是，《星火》开始尝试在人群中寻找热爱文学的“无限的少数人”。

寻找“无限的少数人”

2016年底的第四届江西青年作家改稿班，范晓波是班主任。那时，他常听学员说希望留级，下一届改稿班想继续读。但作为改稿班的组织者，他希望每一届改稿班必须把机会留给新面孔。但老学员们的愿望刻在了范晓波心里。他想，有没有可能构建一个全新的平台，把那些渴望一起交流的年轻人有效地团结在一起呢？这个思考，是《星火》读者驿站诞生的伏笔。它像一粒种子埋在范晓波心里，等着时机，破土而出。2018年，《星火》编辑们通过微信群把挚爱文学的读者组织起来，请他们当读者“星探”；范晓波也正式向几届改稿班上的学员发出邀请，欢迎他们担任首批《星火》驿长。

黄金驿驿长天岩和余干锦书驿驿长江锦灵都是在那个改稿班上认识范晓波的，他们先是被他的才情打动，后来接触《星火》编辑部，发现这里的人个个做事热情、待人诚挚。于是第一时间参与到《星火》驿站的筹备工作中。7月15日，包括他们在内的首批《星火》驿长齐聚南昌，初步确定了一些驿站和驿长的工作内容和具体方式，比如，除了推广杂志订阅，《星火》驿站还要服务和引领读者的文学生活，与他们分享文艺生活、组织活动，以线上线下两种方式为读者提供平台，交流阅读与写作的心得、困惑等。首批驿长就像是火种，由他们开始，越来越多的文艺爱好者加入了《星火》大家庭。简小娟在2018年秋天膝盖受伤不能行走的时候，接到诗人朋友、燎原驿驿长周簌的信息，问她是否愿意在当地牵头创建《星火》读者驿站。病中的她感觉受到莫大的鼓励，怀着一颗欣喜又忐忑的心，她从此多了“驿长”这个文艺的身份。

几年来，经由无数这样的寻找和发现，六十多个《星火》驿站遍布江西全省，甚至发展到广东东莞。一个个驿站仿佛夜空中的点点星光，虽然微小，凝聚起来却足以照亮前路。在驿长们的共同努力下，越来越多驿友加入其中，并派生出火炬村（由各驿站里擅长新媒体宣传的年轻人组成）、《星火》朗读者群（由义务给《星火》公众号朗读作品的朗读爱好者组成）、《星火》锐评团（评论爱好者）三个群。如今，三千多名《星火》驿友来自各行各业，有公务员、军人、警察，也有媒体记者、工程师、教师、农民，在校大学生……从“60后”“70后”“80后”“90后”到“00后”，他们因为《星火》而相遇，许多人深藏心底的文学梦被唤醒了，他们在各个《星火》驿站找到了可以深入精神交流的同伴，也因此结成了无比纯粹又无比紧密的情感同盟。

在《星火》做驿长，最重要的条件往往不是名号、才华和权位，而是执行、容纳和长情。《星火》驿长都是文学义工，服务驿站、联络驿友，没有任何物质回报，全凭一腔热血。正是这种毫无功利色彩的组织方式和相处模式，让越来越多的文学爱好者找回了文学的初心，而驿站的工作也润物无声地影响着他们的个人生活。在今天，那些内心深处热爱文学的人，很多是有些内向、孤独的，他们在世俗生活中略显格格不入，却在《星火》找到了同伴。徐琳婕担任《星火》浮梁驿驿长已经是第六个年头了。生活中的她原本是个低调、不太愿意和人打交道的人。成为驿长之后，她惊喜地发现了很多与自己性格相似的人，众多孤独的灵魂凝聚在一起，那种纯粹与美好，让她重新对与人交往这件事产生了兴趣和热情。余干锦书驿驿长江锦灵也是如此，如果不是做驿长，他很难想象性情内敛而拘谨的自己，竟然也能较为坦然地组织文艺活动，主动与他人协作。

另一方面，虽不涉及经济利益，但驿长和《星火》是互相成就的双赢关系。《星火》编辑部会把驿长村微信群作为驿长的培训平台，以精神引领、写作提升等多种方式服务驿长，驿长再以类似的方式通过本驿站的群去服务更多驿友。在成为驿长之前，天岩是一名普通的中学教师，虽然早年热爱文学创作，但日复一日的教学工作渐渐磨损着他的梦想，那时他的课余娱乐都是消遣性的，偶尔有创作冲动，但因没有同行者和伙伴，很快无疾而终。加入《星火》驿站以来，天岩的创作热情和对文艺生活的向往被重新点燃，此前庸常的生活状态也彻底改变。“《星火》带我离地飞过了千山万水”，在与同道朋友们的交往中，天岩感到自己的创作水平和认知水平都得到了质的提升。几年间，他先后成为江西作协和中国作协会员，前不久还当选了赣州市作协副主席兼秘书长，而他的作品大多是在参加《星火》活动的过程中创作的。驿友黎业东加入《星火》燎原驿五年，他感到自己的阅读和写作效率得到了很大提高。驿站的活动好像能为他提供写作的营养和燃料，更有效化解了琐碎日常的焦虑和不安，“作为一个文学、文艺爱好者，驿站形式巧妙地连接了我的庸常生活和文艺理想，所以，对我来说，读者驿站的形式，既是精神的后花园，又是独辟的一片高地，我常常为那么多气息相近的人走在一起感到欣慰”。

“以文艺的方式做文艺的事”

有了驿站，有了驿长和驿友，《星火》仿佛找到了血脉所系。范晓波开始思考如何进一步巩固和加强与他们的联系。作为一名资深田野爱好者，范晓波的周末时间常常是在野外度过的，起初家人跟他一起，后来常常是自己——因为家人受不了他的“枯燥”。与大多数驴友不同，范晓波的行程没有美食、没有享乐，甚至是有点苦行僧式的。他的越野车后备厢里常年储备着矿泉水和干粮，那几乎就是他徒步一天的所有能量来源；他所涉足的往往是那些真正人迹罕至的地方，宜春靖安县郊区的密林深处藏着澄澈秀美的北潦河，河边还有一座断桥。范晓波常去那里散心、发呆，有一次在断桥边拍摄，离开了很久才发现遗落了摄影器材，于是驱车返回，一个多小时后到达，那器材依旧在原处，此间完全无人踏足。从此，范晓波将这里视作自己的“秘密基地”。

类似这样的“秘密基地”，后来大多成了《星火》开展活动的场地。江西有着丰富的生态资源，依托于此，《星火》以驿站为平台，让文学活动从室内走向室外，一方面可以把江西的生态资源变为《星火》的办刊资源，让久居城市的驿友们重新感受自然的抚慰，另一方面也通过这样的方式，尝试“拉拢”那些热爱朗读、摄影、旅行、弹琴等文艺生活的“文学素人”加入《星火》的大家庭。可是，活动经费从何而来？杂志改企等历史原因造成了《星火》办刊经费的紧张，每次活动都去申请资金支持也不现实。范晓波想到了年轻人常用的“AA 制”。江西省文联领导也支持《星火》“试水”。这个决定看起来很大胆，在今天，自费购买一本文学期刊已经很不容易，还有人愿意自费参加一次文学期刊组织的活动吗？然而范晓波坚信，只要活动足够吸引人，就一定会找到真正热爱文学和文艺生活的朋友加入——有那么多人因为自己的兴趣而花钱看电影、看演出，为什么就没有人为文学“埋单”呢？

事实上，那些积极参加《星火》线下活动的驿长、驿友们，大多是被这些活动极具特色的形式吸引的。“香樟笔会”“稻田写诗农耕体验笔会”“星火文学年”“把《星火》读给你听”户外朗读会……《星火》的活动很少在正襟危坐的会议室，而是在田埂间、在高山顶、在浮桥边、在古城墙上，那里深藏着人与时间、人与土地、人与人之间最内在、最质朴、最本真，也最具诗性的精神关联。活动中，编辑部与读者就像一群老友那样，自驾前往，费用均摊。有时，同一个周末，三四家驿站在不同县市开展活动，有时一二十家驿站的驿友从四面八方聚到某个山清水秀的中间点采风交流。2020年，《星火》创刊七十周年时，各驿站联手在江西省全境举行了《星火》文学火种传递活动，历时三个半月，最终由全体驿长护送纪念旗、纪念刊和火种包回到位于南昌的《星火》杂志社。活动中不少路过的陌生人被他们的质朴和热情感染，主动参与互动，有些人也因此成为《星火》驿站的新成员。

很多参与过《星火》活动的驿友都提到，最感动、最受吸引的是大家在一起时的平等、自由，驿友们有共同的兴趣爱好，对《星火》倡导的理念深为赞同。江锦灵将《星火》的文学活动概括为三大特点：一是自助性。参与者既是客人，又是主人。当获悉活动通知的那刻起，每个人都成为了组织者，所有人都会主动关注活动微信群的建立与管理、接待事宜，积极参与到活动流程的安排、人员的协调中。二是亲人感。每次AA活动，来自四面八方的驿友们会自带家乡小吃，彼此分享食物和心情，自己动手烹饪、装盘，像是在吃年夜饭，时刻洋溢着亲情与温暖。三是纯净状。《星火》活动从不喝酒、不狂欢、不论资排辈、不争长短，倡导纯净的文学生态。因此，驿友们彼此交往没有压力，清清爽爽。

“稻田写诗”“香樟笔会”是《星火》的传统活动。编辑部携手各个驿站，坚持每年拜访一棵千年古樟，在树下读诗、交流，表达对时间的敬畏；每年春天，大家合种一亩稻田，表达对土地的感恩。黎业东参与过好多次《星火》组织的文艺活动，他感到几乎每次活动都是对自己琐碎生活的一次补给或反拨。2020年5月的“稻田写诗”活动，让小时候就参加农作劳动的黎业东十分期待。天气预报说活动期间会下雨，他以为插秧环节会因此取消，可是神奇的事情发生了，活动尾声时竟然雨过天晴，插秧活动如期举行。几十年后重返秧田，黎业东感到既熟悉又陌生，既兴奋又胆怯，也引发了很多感慨和思考。秧田里有从未下过地的、不知秧苗为何物的朋友，也有能熟练掌握插秧要领的朋友，有人不知所措、有人担心蚂蟥，也有人忙于赶走牛虻……最终，大家齐心协力把一大块秧田插满了。那次“稻田写诗”活动后，黎业东写了好多文字，记录了那些灵光乍现，那些失而复得。

作为第一批成立的星火读者驿站，安福驿成立六年来承办了大量活动，驿长简小娟印象最深刻的是2021年深冬承办的《星火》第五届“香樟笔会”，那时正是疫情管理非常严格的时候，还要随时面对有可能发生的雨雪天气等，顶着各方面的压力，安福驿的核心驿友冷静、智慧地面对，他们齐心协力，为的是让活动办得圆满成功。那场活动筹备了近两个月，驿友们反复讨论、优化方案，简小娟看到一个个温暖闪光的灵魂，感受到世间最纯真炙热的情谊。她说：“天下没有不散的筵席，也没有永远的驿长，但有永远的朋友和知己。”

“文学年”是《星火》为文青们量身打造的“守岁”方式。第一届《星火》文学年发生在2019年的资溪，二十多位驿长和驿员从赣州、上犹、九江、景德镇、南昌、抚州、贵溪、余干等地自驾来到资溪驿，跟着他们坐车奔袭数百公里的，还有来自全省各驿站的特色菜和地方文化。那次活动让徐琳婕记忆犹新，活动费用是AA制，吃饭也是自助，买菜、洗菜、做菜，全程都是驿长们亲自动手完成。为了此次活动，不太下厨房的她提前一周在家练习厨艺，终于在这次年夜饭上贡献了一道家乡景德镇的特色菜，感到非常有成就感。徐琳婕至今记得当时二十几人围着几条长桌子拼成的饭桌，转着圈夹菜的欢乐；记得饭后大家围着篝火，分享各自驿站故事的热烈场景；记得一同走进竹林，仰头久久凝望天空中钻石般的星星时的感动……“我生活中所有美好的记忆都是星火带给我的”，徐琳婕强调，这里的“星火”二字没有书名号，因为她认为星火不仅仅是一本杂志，更是一种纯正、温暖、美好的文艺生活。

视频也是一种艺术创造

初识范晓波时，我只知道他是作家，少年成名，写一手漂亮的散文。后来却很少看到他的新作，许多年后才知道，那正是他接手《星火》的几年，忙碌的工作使他不得不中断个人创作。对于一位写作者来说，这多少令人惋惜，但范晓波并不很遗憾。一开始，为了拓展《星火》在新媒体时代的传播路径，范晓波接触到视频拍摄，他自购了一台无人机，原本爱好摄影的他很快爱上了这种新的视觉表达形式，尤其是在独自徒步的时候，为了等待一朵云的飘过、为了捕捉一只蜜蜂的身影，他常常几个小时蹲守在镜头前，而最终呈现出几秒钟的完美画面，足以让他感到一种全新的快乐。范晓波将文学写作的虔诚和匠人情怀投射在如今的视频创作中，如果你看过他的微信视频号“波尔的小飞蟹”中的作品，就会发现，那种安静、典雅的气息，那种对美好事物的细心发现，恰恰与他的散文一脉相承，如他所说：“我们把每一场活动当诗来写，短视频是融合了文学、摄影、音乐等诸多元素的创作。”

在范晓波看来，大众都认为新媒体的崛起导致了纸质期刊的退场，这只是问题的一个方面。抗拒新媒体，新媒体就是“敌人”；拥抱新媒体，用新媒体思维去规划工作、策划活动，它就是“战友”。去年秋天，在第五届《星火》驿站写作营中，我见证了那些美好的照片、视频的拍摄过程。范晓波主要负责视频短片拍摄，他会提前“踩点”，结合活动场地，设想一些场景，然后利用无人机进行预先拍摄。曾娟、刘飞燕等编辑则扛着专业但笨重的单反相机，往返穿梭在各种各样的活动场地。驿长、驿友们是视频和照片的主角，一些镜头是经过设计的，更多的是临时捕捉。活动结束后第二天，视频和照片就已经发布了。

作为一名文青，范晓波原本对技术一无所知。起初，《星火》的活动视频是交由专业机构拍摄制作，因为杂志没有这笔开支，每次都要申请专项经费，无法保证持续性，于是，范晓波开始自学，他很快掌握了方法，如今，从视频内容、画面的设计，到现场实地拍摄，再到后期剪辑、调色、配乐、配字幕等，他都可以一人独立完成。一个人的视频团队最大的优势是，文案、拍摄和后期之间自然融合，没有美学损耗。在他的镜头下，芦苇荡中读诗的女孩、背着《星火》背包过桥的一列纵队、夜风中围炉夜话的年轻人……那些身影单独看着略显单薄，但他们一旦融汇在一起，恰如星火燎原，传递出无限的热情与温暖。

《星火》的视频中有一个经典的画面，那是背《星火》包的驿友列队跟着《星火》旗行走在山水之间。这种画风有时也招人调侃，但范晓波坚持如此："我们的自信在于，它其实是一行诗句，从不同的诗歌里走出来，昨天是那首，今天是这首，明天是全新的另一首。"正是这样的信念，让《星火》的队伍越来越壮大，不断有读者投稿加入朗读、征文等活动，更有无数文学的"过客"被这样的氛围感染，自觉加入其中。在《星火》黄金驿和章贡驿一起组织的"把星火读给你听"活动中，当大家在坪田凹村的一棵银杏树下朗读《星火》诗歌时，一对年轻的情侣加入了进来，他们眼里闪烁着之前没有的亮光，成为天地深处一道独特而美好的风景；在婺源县思口镇延村古戏台，一位七十八岁的村民俞春爱分别用婺源方言和普通话朗读了发表于《星火》的诗歌，据说是她有生以来第一次"在舞台上演出"，虔诚又激动，感染了在场驿友，也令来往的村民刮目相看；在鄱阳县湖上凉亭，一位光着膀子的本地大汉好奇地询问驿友，提出读诗的愿望，他就那样穿着背心、趿着拖鞋进行了朗诵，身后就是夜色、湖水以及彼岸的家……这些形形色色的过路人看似与文学毫无瓜葛，然而，正是这样的机缘巧合，让他们见证了文学的多样性，或许也多少点燃了内心的文学热情。

《星火》的读者就像四散的繁星，从不同的方向共同奔赴他们所渴望并亲手创造的文艺生活。这里没有喧哗，没有面具，只有热烈的篝火、倾心的交流，以及同样虔诚的文学初心。范晓波相信，这个时代的文学期刊不仅要充当写作评判尺度和涵养文学生态的湿地，还要让文学精神照进更多读者的现实生活，否则，它的存在价值就会被各种新媒体、新资讯稀释。今天的《星火》已不只是一本文学刊物，更是一种精神，一种生活。经由《星火》驿站，许多人从一个只埋头做作家梦的人，变成了愿意去为广大读者朋友做点服务和贡献的人。这些被读者驿站发现的读者，大多是《星火》的"真粉"和"铁粉"，《星火》公众号推出的文学作品和短视频、音频作品，他们都会主动转发、真诚推荐；有爱好朗读的驿友，将“星火”的logo印在了自己的音响上，每次活动都不辞辛苦地背着；更有很多年轻读者背着《星火》背包，带着《星火》杂志和《星火》灵感本等星火文创产品到处旅行打卡。

对于一本文学刊物来说，不断扩充着的驿长、驿友们更是极为珍贵而坚定的读者，作为江西省文联主管主办的文学期刊，2017年后，《星火》的纸质期刊发行量增长了两倍多，在文学期刊发行量普遍向下走的趋势下，让人有了意外之喜。通过点点滴滴的努力，《星火》将它“纯正、温暖、新潮”的办刊理念传递给越来越多的驿友们，更切实缩短了作家与读者的距离——在《星火》所点燃的地方，良好的文艺生态正在人们心里生长、蔓延。

（原载《文艺报》2024年1月8日）

庆祝中华人民共和国成立75周年爱国主义散文选 1949—2024

谈笑凯歌还

遍地英雄

庆祝中华人民共和国成立75周年爱国主义散文选

古耜 —— 主编

中国言实出版社

图书在版编目(CIP)数据

谈笑凯歌还：庆祝中华人民共和国成立75周年爱国主义散文选. 2，遍地英雄 / 古耜主编. -- 北京：中国言实出版社，2024. 9. -- ISBN 978-7-5171-4942-2

Ⅰ. I267

中国国家版本馆CIP数据核字第2024DG9722号

遍地英雄

责任编辑：王建玲
责任校对：张天杨

出版发行：中国言实出版社

地　址：北京市朝阳区北苑路180号加利大厦5号楼105室
邮　编：100101
编辑部：北京市海淀区花园北路35号院9号楼302室
邮　编：100083
电　话：010-64924853（总编室）　010-64924716（发行部）
网　址：www.zgyscbs.cn　电子邮箱：zgyscbs@263.net

经　销：新华书店
印　刷：北京盛通印刷股份有限公司
版　次：2024年10月第1版　2024年10月第1次印刷
规　格：710毫米×1000毫米　1/16　61.25印张
字　数：953千字

定　价：268.00元（全3册）
书　号：ISBN 978-7-5171-4942-2

文心与国运的瑰丽交响

——读建国七十五年来的散文作品（代序）

古　耜

在苍茫邈远的岁月长河里，七十五度冬去春来或许只是弹指一挥间，但当它同中华人民共和国的高歌猛进、扬帆远航相交织、相重合时，一种时代的昂扬与历史的厚重便应运而生。这种昂扬与厚重当然来自国家风范的恢宏强健和社会文明的相伴相生，同时也缘于欣逢盛世的几代国人在精神天地和艺术世界的孜孜耕耘与频频收获。在后一维度上，有一片璀璨亮丽的文学风景一向引人瞩目，这就是新中国散文创作的生动摇曳和蓬勃发展。

新中国散文由新中国的铿锵步履和沧桑巨变所塑造所玉成。她的生机盎然的艺术肌体，天然承载了江山、人民、历史、现实、文化、风物等最常见、最基本的叙述元素和言说主题；而像血脉一样浸透其间涌动其内，并推动其不断拓展和执着延伸的，则是一个民族的赤子情怀，一种勃发强劲的爱国主义旋律，于是，文心与国运交响，诗美和史册辉映，新中国散文在整体上具备了史诗的品质。

新中国七十五年风雨兼程。七十五年间，站起来的中国人民在中国共产党的坚强领导下，经历了社会主义革命和建设时期、改革开放和社会主

义现代化建设新时期，开创了中国特色社会主义新时代，不断推动以国家富强、民族振兴和人民幸福为总目标的中国式现代化的阔步前行。

这是一段辉煌壮丽的历史进程。它投射到对祖国怀有一腔挚爱的散文家笔下，遂化作峥嵘奇崛、气象万千的艺术长卷——中国各族人民的伟大领袖毛泽东同志，在天安门城楼上庄严宣告中华人民共和国的成立（李水清、杨刚、李庄散文）；国旗、国徽、国歌和人民英雄纪念碑，承载各自的崇高与激越，展开历史的回眸与诉说（黄丽巍、张郎郎、华记、刘成章散文）；炮火纷飞的抗美援朝战场上，志愿军战士舍生忘死，一往无前，而为他们注入巨大力量的正是身后的祖国和人民（菡子、魏巍、舒群散文）；透过杨朔的《黄河之水天上来》、艾煊的《碧螺春汛》和李若冰的《寄自依吞布拉克山》，社会主义建设的如火如荼和祖国面貌的焕然一新历历在目；赏读刘云山的《夜宿车马店》、王巨才的《凛凛高风访故园》、罗铮的《陪你一起长大》、马慧娟的《走进人民大会堂》等，不仅可以直观改革开放带给人民群众的生活福祉与命运改观，而且能够感受到普通劳动者身上不断强化的家国认同感和主人翁意识；王蒙的《歌声涌动六十年》、祝勇的《故宫的新生》、彭程的《它们在时光的田野中摇曳生辉》、徐坤的《我跟北京奥运的缘分》、刘江滨的《火炬高擎》等，以参与者和亲历者的身份，讲述各自不同的专业闻见和心灵记忆，它们联袂而行，折映出新中国日臻强健的精神创造力与文化软实力；而丁晓平的《为什么是人民的胜利》，则立足时代的高度，以精练不失严谨，生动兼具雄辩的陈述告诉人们：新中国是如何诞生的？同时重申新中国的诞生说到底是人民的胜利！从而完成了一次有深度也有新意的新中国解读。

对于许多散文家来说，新中国是一片生我养我、伴我成长的原乡厚土。在这片土地上，山岳河流，日月星辰，春风秋雨，绿树红花，还有数不胜数的物宝天华，人杰地灵，同散文家血脉相连，进而与他们的家国之爱交织缠绕，互为生发，彼此成全。于是，千江有水千江月，万里风光万里情，拥抱湖光山色，吟咏圣地遗址，踏访红色踪迹，成为新中国散文抒发爱国情怀的又一基本样式。

冰心的《绿的歌》，作家的思绪在意象中穿行，由象征辽阔庄严的蓝色大海，到“化作春泥更护花”的枫林红叶，最终她陶醉在南国的绿色之中，而这绿色，是“浓郁的春光，蓬勃的青春，崇高的理想，热切的希望”，一言以蔽之，它是祖国和民族的化身。叶圣陶的《游了三个湖》记述作家在新中国成立初期重游玄武湖、太湖和西湖的感受，其笔墨所至勾勒出三处风景的个性之美，同时也写出了这独异风景中发生的一些新变化：疏浚湖底、美化环境、增添工人疗养院，由此传递出社会进步为自然风光的锦上添花。刘上洋的《波涌浪卷西沙情》、艾平的《在那百花盛开的草原上》，都是将家国情思与风光美景融为一体的佳作。其中前者聚焦西沙群岛，一支健笔或写碧海蓝天，或写小岛绿意，或写南海渔民的文明遗迹，或写收复西沙的光荣战史，视线转换间总有一种国人的自信与自豪沛乎其间。后者落笔呼伦贝尔大草原，其亦秀亦豪的笔触，写草原的美丽，也写草原的富庶；写草原的欢腾火热，也写草原的天人合一，所有这些都充盈和浸透着源于作家心底的草原之爱，而草原之爱说到底，仍然是一种国家和民族之爱。

在新中国散文中，足以同百态千姿的自然风物相媲美的，是星光璀璨的社会和人文景观，不少作家的灵思高情浇灌于此，同样留下了精彩的篇章。你看，广州的花市姹紫嫣红，鼎沸的人气饱含着时代的生机（秦牧《花城》）；在改革开放的日子里，无论北京还是北海，都越发显示出文化的浑厚以及各自特有的精气神（陈建功《双城飞去来》）；中国的农村也经历着巨大变化，一些走在时代前列的地方，正以种种尝试呈现出现代生活的美好雏形（高洪波《那些年，我走过的乡村》）。北乔的《茶在高原》、陈涛的《“浪山”》，是作家在扶贫帮困一线深入体察和扎实工作的收获，其或细腻或健朗的文字，不仅绘制出一方边地的人情物理和风俗习惯，而且揭示了艰难生存中依旧存在的美好人性与浪漫风情。

江山就是人民，人民就是江山，新中国是人民的新中国，人民既是新中国的主人翁，更是新中国的建设者和奉献者，因此，聚焦作为国家主人翁的人民群众，抒写其忘我劳动，描绘其感人场景，礼赞其圣洁心灵，讴歌其崇高精神，便是散文家向着祖国放歌的恒久话题与天赋使命。

沿着这样的思路，我们在散文家笔下，同许多新中国最可爱的人不期而遇：拼上性命带领民众同贫困和灾害作斗争的焦裕禄，以及用镜头见证焦裕禄兰考岁月的刘俊生（高建国《他用镜头见证焦裕禄的兰考岁月》）；不怕困难，不怕牺牲，创造条件，拼命拿下大油田的“铁人”王进喜（贺抒玉《我心中的石油河》）；用生命诠释青春与道德真善美的好战士雷锋（江子《怀念一张脸》）；无怨无悔，数十年如一日，把一生献给国防科研的“两弹”元勋邓稼先（沈俊峰《假如可以再生，我仍选中国》）；用一粒种子改变世界，把中国人的饭碗牢牢端在自己手中的袁隆平（马万里《袁隆平，用一粒种子改变世界》）。覃祥官是一个普普通通的乡村医生，为了方便农民就医问药，他不辞辛苦，不计酬劳，甚至不避烦难和风险，率先进行农村合作医疗的尝试，最终获得国家领导人的肯定和支持（温新阶《一个雨夜的光芒》）。还有被誉为“最美奋斗者”的赵梦桃（和谷《梦桃之花》）；在烈火中抢救国家财产，不惜献出生命的向秀丽（郁茹《向秀丽》）；为改变生态环境付出几代人艰辛劳动和不懈努力的塞罕坝职工、毛乌素沙漠治沙群体……

新中国英雄辈出，在这个群体中，除了万众瞩目、名声远播的时代楷模，还有更多默默无闻埋头奉献的普通劳动者，他们没有英雄的光环，却仍然是真正的英雄——无名英雄。因此，他们同样收获了散文家的热切关注。于是我们看到：含辛茹苦，呕心沥血，在一盘土炕上送走了十二茬山村小学生的女教师贾淑珍（梁衡《热炕》）；勇敢走出家门，积极投身社会变革，在尝试乃至失败中成长的贾喜芳、“大芳子”们（吴媛《鹞子河边的女人们》）。剑钧的《静水深流》打开母亲的记忆，再现了当年志愿军战士舍生忘死保和平的动人场景；周文的《春风满江右，心灯暖洪城》透过作家的闻见，让坚持二十六年，办好城市书店，点亮市民心灯的万国英走到前台。还有李晓君笔下品德高尚的出租车司机（《出租车》），黄璨笔下常年工作在巷道里却依旧乐观勤劳的采矿工人（《地深处的路》）等。毛泽东主席有诗曰：“数风流人物，还看今朝。”窃以为，这正可以借来形容新中国历史天幕上人文荟萃、群星璀璨的生动景象。

共和国步履铿锵，新时代任重道远。习近平总书记指出：“历史和现实都告诉我们，一场社会革命要取得最终胜利，往往需要一个漫长的历史过程。只有回看走过的路、比较别人的路、远眺前行的路，弄清楚我们从哪儿来、往哪儿去，很多问题才能看得深、把得准。”这是历史的经验，也是时代的要求和人民的心声。让我们站在新的历史起点上，倾听人民的意愿，拍合时代的节律，用自己更富有创造性的劳动，努力写出更多更好也更富有艺术创造力和感染力的散文篇章。

目　录

天籁之声　隐于大山

铁　凝

贾大山是河北省新时期第一位获全国优秀短篇小说奖的作家。1980年，他在短篇小说《取经》获奖之后到北京中国作协文学讲习所学习期间，正在文坛惹人注目。那时还听说日本有个“二贾研究会”，专门研究贾平凹和贾大山的创作。消息是否准确我不曾核实，但已足见贾大山当时的热闹景象。

当时我正在保定地区的一个文学杂志任小说编辑，很自然地想到找贾大山约稿。好像是1981年的早春，我乘长途汽车来到正定县，在他工作的县文化馆见到了他。已近中午，贾大山跟我没说几句话就领我回家吃饭。我没有推辞，尽管我与他并不熟。

我被他领着来到他家，那是一座安静的狭长小院，屋内的家具不多，就像我见过的许多县城里的居民家庭一样，但处处整洁。特别令我感兴趣的是窗前一张做工精巧的半圆形硬木小桌，与四周的粗木桌椅比较很是醒目。论气质，显然它是这群家具中的“精英”。贾大山说他的小说都是在这张桌子上写的，我一面注意这张硬木小桌，半开玩笑地问他是什么出身。贾大山却一本正经地告诉我，他家好几代都是贫下中农。然后他就亲自为我操持午饭，烧鸡和油炸馃子都是现成的，他只上灶做了一个菠菜鸡蛋汤。这道汤之所以给我留下了很深的印象，是因为大山做汤时程序的严格和那成色的精美。做时，他先将打好的鸡蛋泼入滚开的锅内，再把菠菜撒进锅，待汤稍沸锅即离火。这样菠菜翠绿，蛋花散得地道。至今我还记得他站在炉前打蛋、撒菜时那潇洒、细致的手势。后来他的温和娴静的妻子下班回来了，儿子们也放学回来了。贾大山陪我在里屋用餐，妻儿吃饭却在外屋。这使我忽然想起曾经有人告诉我，贾大山是家中的绝对权威，还告诉我，他的妻儿与这“权威”配合得是如何默契。甚至有人把这默契加些演绎，说贾大山召唤妻儿时就在里屋敲墙，上茶、送烟、添饭都有特定的敲法。我和贾大山在里屋吃饭没有看见他敲墙，似乎还觉出几分缺欠。有一点是毫无疑问的，贾大山有一个稳定、安宁的家庭，妻子与他同心同德。

那一次我没有组到贾大山的稿子，但这并不妨碍贾大山给我留下的初步印象，这是一个宽厚、善良，又藏有智慧的狡黠和谋略、与乡村有着难以分割的气质的知识分子，他嘴阔眉黑，面若重枣，神情的持重多于活跃。

他的外貌也许无法使你相信他有过特别得宠的少年时代。在那个时代里他不仅是历选不败的少先队中队长，他的作文永远是课堂上的范文，而且办墙报、演戏他也是不可少的人物。原来他自幼与戏园子为邻，早就在迷恋京剧中的须生了。有一回贾大山说起京剧忍不住站起来很帅地踢了一下腿，脚尖正好踢到鼻梁上，那便是风华少年时的童子功了。他的文学生涯也要追溯到中学时代在地区报纸上发表小说时。如果不是 1958 年在黑板报上发表了一首寓言诗，很难预料这个多才多艺的男孩子会有怎样的发展。那本是一首慷慨激昂批判右派的小诗，不料一经出现，全校上至校长下至教师却一致认为那是为右派鸣冤叫屈、企图颠覆无产阶级专政的反动寓言。16 岁的贾大山蒙了，校长命他在办公室门口的小榆树下反省错误，那天下了一夜的雪，他站了一夜。接着便是无尽的检查、自我批判、挖反动根源等，最后学校以警告处分了结此案。贾大山告诉我，从那时起他便懂得了“敌人”这个概念，用他的话说，“三五个人凑在一块儿一捏咕你就成了阶级敌人”。

他辉煌的少年时代结束了，随之而来的是因病辍学，自卑，孤独，以及为了生计的劳作，在砖瓦厂的石灰窑上当临时工，直到 1964 年响应号召作为知青去农村。也许他是打算终生做一名地道的正定农民的，但农民很快发现了他有配合各种运动的“歪才”。于是贾大山在顶着太阳下地的业余时间里演起了“乐观的悲剧”。在大队俱乐部里他的快板能出口成章：“南风吹，麦子黄，贫下中农收割忙……”后来沿着这个“快板阶梯”他竟然不用下地了，他成为村里的民办教师，接着又成为入党的培养对象。这次贾大山被吓着了——使他受到惊吓的是当时的极“左”路线：入党意味着被反复地、一丝不苟地调查，说不定他十六岁那点陈年旧账也得被翻腾出来。他的自尊与自卑强烈主宰着他不愿被人去翻腾。那时的贾大山一边做着民办教师，一边用他的编写才华编写着那个时代，还编出了“好处”。他曾经很神秘地对我说：“你知道我是怎么由知识青年变成县文化馆的干部的么？就因为我们县的粮食‘过了江’。”

据当时报载，正定县是中国北方第一个粮食“过江”的县。为了庆祝粮食“过江”，县里让贾大山创作大型剧本，他写的剧本参加了全省的会演，于是他被县文化馆“挖”了上来。“所以，”贾大山停顿片刻告诉我，“你可不能说文艺为政治服务不好，我在这上边是沾了大光的。”说这话时他的眼睛超乎寻常的亮，他那两只狭长的眼睛有时会出现这种超常的光亮，那似是一种有重量的光在眼中的流动，这便是人们形容的犀利吧。犀利的目光、严肃的神情使你觉得你是在听一个明白人认真地讲着糊涂话。这个讲着糊涂话的明白人说：“干部们就愿意指挥种树，站在你身边一个劲儿叮嘱：‘注意啊注意啊，要根朝下尖朝上，不要尖朝下根朝上啊！’”贾大山的糊涂话讲得庄重透彻而不浮躁，有时你觉得天昏地暗，有时你觉得唯有天昏地暗才是大彻大悟。

1986年秋天我又去了正定，这次不是向大山约稿，而是应大山之邀。此时他已是县文化局局长——这似乎是我早已料到的，他有被重新发现、重新“挖”的苗头。

正定是河北省著名的古城，千余年来始终是河北重镇之一。曾经，它虽以粮食“过江”而大出风头，但最为实在的还是它留给当今社会的古代文化。面对城内这“檐牙高啄”“钩心斗角”的古建筑群，这禅院寺庙，做一名文化局局长也并非易事。局长不是导游，也不是只把解说词背得滚瓜烂熟就能胜任的讲解员，至少你得是一名熟悉古代文化的专家。贾大山自如地做着这专家，他一面在心中完善着使这些祖宗留下的珍贵遗产重放光彩的计划，一面接应各路来宾。即使面对再大的学者，专家贾大山也不会露“怯”，因为他的起点不是只了解那些静穆的砖头瓦块，而是佛家、道家各派的学说和枝蔓。这时我作为贾大山的客人观察着他，感觉他在正定这片古文化的群落里生活得越来越稳当妥帖，举止行动如鱼得水。那些古寺古塔仿佛他的心爱之物般被他摩挲着，而谈到他和那些僧人、住持的交往，你在夏日习习的晚风中进一趟临济寺便能一目了然了，那时十有八九他正与寺内住持焦师父躺在澄灵塔下谈天说地，或听焦师父演讲禅宗祖师的“棒喝”。

几年后大山又任县政协副主席。他当局长当得内行、自如，当主席当得庄重、称职。然而他仍旧是个作家，可能还是当代中国文坛唯一只写短篇小说的作家，且对自己的小说篇篇皆能背诵。在和大山的交往中，他给我讲了许多农村和农民的故事，那些故事与他的获奖小说《取经》已有绝大不同。如果说《取经》这篇力作由于受着当时文风的羁绊，或许仍有几分图解政策的痕迹，那么这时贾大山的许多故事你再不会漫不经心地去体味了。虽然他的变化是徐缓的，不动声色的，但他已把目光伸向他所熟悉的底层民众灵魂的深处，于是他的故事便构成了一个贾大山造就的世界。在那个世界里有乐观的辛酸、优美的丑陋、诡谲的幽默、愚钝的聪慧、冥顽不化的思路和困苦中的温馨……

贾大山讲给我的故事陆续地变成了小说。比如一位穷了多半辈子终于致富的老汉率领家人进京旅游，当从未坐过火车的他发现慢车票比快车票便宜时居然不可思议地惊叹：“慢车坐的时候长，怎么倒便宜？”比如“社教”运动中，某村在阶级教育展览室抓了一个小偷，原来这小偷是在偷自己的破棉袄，白天他的棉袄被作为展品在那里展览，星夜他还得跳进展览室将这棉袄（他爷爷讨饭时的破袄）偷出来御寒。再比如他讲的花生的故事：贾大山当知青时花生是中国的稀有珍品，那些终年不见油星的百姓趁队里播种花生的时机，发了疯似的带着孩子去地里偷花生种子解馋。生产队长恪守着职责搜查每一个从花生地里出来的社员，当他发现他八岁的女儿嘴里也在蠕动时，便一个耳光打了过去。一粒花生正卡在女儿气管里，女儿死了。女儿死后被抹了一脸锅底黑，又让人在脸上砍了一斧子。抹黑和砍脸是为了吓唬鬼，让这孩子在阴间不被鬼缠身。

很长一段时间里我读贾大山小说的时候，眼前总有一张被抹了黑又被砍了一斧子的女孩子的脸。我想，许多小说家的成功，大约不在于他发现了一个孩子因为偷吃花生种子被卡死了，而在于她死后又被亲人抹的那一脸锅底黑和那一斧子。并不是所有小说家都能注意到那锅底黑和那一斧子的。后来我读大山一篇简短的《我的简历》，写道："1996 年秋天，铁凝同志到正定，闲谈的时候，我给她讲了几个农村故事。她听了很感兴趣，鼓励我写下来，这才有了几篇'梦庄记事'。"今天想来，其实当年他给我讲述那些故事时，对"梦庄记事系列"已是胸有成竹了。而让我永远怀念的，是与这样的文坛兄长那些不可再现的清正、有趣、纯粹、自然的文学"闲谈"。在 21 世纪的当下，这尤其难得。

一些文学同行也曾感慨为什么贾大山的小说没能引起持续的应有的注意？可贾大山仿佛不太看重文坛对他的注意与否。河北省曾经专门为他召开过作品讨论会，但是他没参加。问他为什么，他说"多一事不如少一事"。小说发表时他也不在乎大报名刊，写了小说压在褥子底下，谁要就由谁拿去。他告诉我说："这褥子底下经常压着几篇，高兴了就隔着褥子想想，想好了抽出来再改。"在贾大山看来，似乎隔着褥子比面对稿纸更能引发他的思路。隔着褥子好像他的生活能够沉淀得更久远、更凝练、更明晰。隔着褥子去思想还能使他把小说越改越短。这让我想起了不知是谁的名句："请原谅我把信写得这么冗长，因为我没有时间写得简短。"

写得短的确需要时间需要功夫，需要世故到极点的天真，需要死不悔改地守住你的褥子底下（独守寂寞），需要坦然面对长久的不被注意。贾大山发表过 50 多篇小说，生前没有出版过一本小说集，在 20 世纪 90 年代不能说是当红作家，但他却不断被外省文友们打听询问。在"各领风骚数十天"的当今文坛，这种不断地被打听已经证明了贾大山作品留给人的印象之深。他一直住在正定城内，一生只去过北京、保定、石家庄、太原。1993 年到北戴河开会才第一次——也是唯一一次看见了海。北戴河之后的两年里，我没有再见贾大山。

1995年秋天，得知大山生了重病，我去正定看他。路上想着，大山不会有太重的病。他家庭幸福，生活规律，深居简出，善以待人，他这样的人何以会生重病？当我在这个秋天见到他时，他已是食道癌（前期）手术后的大山了。他形容憔悴，白发很长，蜷缩在床上，声音暗哑且不停地咳嗽。疾病改变了他的形象，他这时的样子会使任何一个熟识从前他的人难过。只有他的眼睛依然如故，那是一双能洞察世事的眼：狭长的，明亮的。正是这双闪着超常光亮的眼使贾大山不同于一般的重病者，它鼓舞大山自己，也让他的朋友们看到一些希望。那天我的不期而至使大山感到高兴，他尽可能显得轻快地从床上坐起来跟我说话，并掀开夹被让我看他那骤然消瘦的小腿——“跟狗腿一样啊”，他说，他到这时也没忘幽默。我说了些鼓励他安心养病的话，他也流露了许多对健康的渴望。看得出这种渴望非常强烈，致使我觉得自己的劝慰是如此苍白，因为我没有像大山这样痛苦地病过，我其实不知道什么叫健康。

1996年夏天，蒋子龙应邀来石家庄参加一个作品讨论会，当我问及他想看望哪些朋友时，蒋子龙希望我能陪他去看贾大山，他们是中国作协文讲所的同学。那天是个雨天，我又一次来到正定。蒋子龙的到来使大山显得兴奋，他们聊文讲所的同学，也聊文坛近事。我从旁观察贾大山，感觉他形容依然憔悴，身体更加瘦弱。但我却真心实意地说着假话，说看上去他比上次好得多。病人是需要鼓励的，这一日，大山不仅下床踱步，竟然还唱了一段京剧给蒋子龙。他强打着精神谈笑风生，他说到对自己所在单位县政协的种种满意——我用多贵的药人家也不吝惜，什么时候要上医院，一个电话打过去，小车就开到楼门口来等。他很知足，言语中又暗暗透着过意不去。他不忍耽误我们的时间，似又怕我们立刻离去。他说你们一来我就能忘记一会儿肚子疼；你们一走，这肚子就疼起来没完了。如果那时癌细胞已经在他体内扩散，我们该能猜出他要用多大毅力才能忍住那难以言表的疼痛。我们告辞时他坚持下楼送我们。他显然力不从心，却又分明靠着不容置疑的信念使步态得以轻捷。他仿佛以此告诉人们，放心吧，我能熬过去。

贾大山是自尊的，我知道在他生命的最后时刻，当着外人他一直保持着应有的尊严和分寸。小梅嫂子（大山夫人）告诉我，只有背着人，他才会为自己这迟迟不好的病体焦急万分地打自己的耳光，也擂床。

1997 年 2 月 3 日（农历腊月二十六），是我最后一次见到贾大山。经过石家庄和北京两所医院的确诊，癌细胞已扩散至大山的肝脏、胰脏和腹腔。大山躺在县医院的病床上，像每次一样，见到我们立即挣扎着从床上坐起来。这时的大山已瘦得不成样子，他的病态使我失去了再劝他安心养病的勇气。以大山审时度势的聪慧，对自己的一切他似亦明白。于是我们不再说病，只不着边际地说世态和人情。有两件事给我留下深刻的印象，一件是大山讲起某位他认识的官员晚上出去打麻将，说是两里地的路程也要乘小车去。打一整夜，就让司机在门口等一整夜。大山说:“你就是骑着个驴去打麻将，也得喂驴吃几口草吧，何况司机是个人呢！”说这话时他挥手伸出食指和中指指着一个什么地方，义愤非常。我未曾想到，一个病到如此的人，还能对一件与他无关的事如此认真。可谁又敢说这事真的与他无关呢？作为作家的贾大山，正是这种充满着正义感和人性尊严的情感不断成就着他的创作。他的疾恶如仇和清正廉洁，在生他养他的正定城有口皆碑。我不禁想起几年前那个健康、幽默、出口成章的贾大山，他曾经告诉我们，有一回，大约在他当县文化局局长的时候，局里的话务员接到电话通知他去开一个会，还问他开那么多会真有用的有多少，说有些会就是花国家的钱吃吃喝喝。贾大山回答说这叫“酒肉穿肠过，工农留心中”。他是在告诫自己酒肉穿肠过的时候别忘了心中留住百姓呢，还是讥讽自己酒肉穿肠过的时候百姓怎还会在心中留呢？也许告诫、讥讽兼而有之，不经意间透着沉重，正好比他的有些小说。

1997 年 2 月 3 日，与大山的最后一次见面，还听他讲起另一件事：几个陌生的中学生曾经在病房门口探望他。他说他们本是来医院看同学的，他们的同学做了阑尾炎手术，住在贾大山隔壁。那住院的同学问他们，你们知道我隔壁住着谁吗？住着作家贾大山。几个同学都在语文课本上读过贾大山的小说，就问我们能不能去看看他。这同学说他病得重，你们别打扰，就站在门口，从门上的小窗户往里看看吧。于是几个同学轮流凑到贾大山病房门前，隔着玻璃看望了他。这使大山的心情很不平静，当他讲述这件事时，他的嗓音忽然不再喑哑，他的语气十分柔和。他不掩饰他的自豪和对此事的在意，他说：“几个陌生的中学生能想到来看看我，这说明我的作品对人们还是有意义的，你说是不是？”他的这种自豪和在意使我忽然觉得，自1995年他生病以来，虽有远近不少同好亲友前来看望，但似乎没有谁能抵得上几个陌生的中学生那一次短暂的隔窗相望。寂寞多年的贾大山，仿佛只有从这几个陌生的孩子身上，才真信了他确有读者，他的作品的确没被遗忘。

1997年2月20日（正月十四）大山离开了我们，他同疾病抗争到最后一刻。小梅嫂子说，他正是在最绝望的时候生出了比以往任何时候都大的希望，他甚至决心在春节过后再去北京治病。他的渴望其实不多，我想那该是倚仗健康的身体，用明净的心，写好的东西。如他自己所期望的：“我不想再用文学图解政策，也不想用文学图解弗洛伊德或别的什么。我只想在我所熟悉的土地上，寻找一点天籁之声，自然之趣，以娱悦读者，充实自己。”虽然他已不再有这样的可能，但是观其一生，他其实一贯是这样做的。他这种难能可贵的“一贯”，使他留给文坛、留给读者的就不仅是独具气韵的小说，还有他那令人钦佩的品性：善意的，自尊的，谨慎的，正直的。他曾在一篇小说中借着主人公——一个鞋店掌柜的嘴说过：“人也有字号，不能倒了字号。”文章至此，我想说，大山的作品不倒，他人品的字号也不倒。

贾大山作品所传递出的积极的道德秩序和优雅的文化价值，相信能让还不熟知他的读者心生欢悦，让始终惦念他的文学同好们长存敬意。

（原载《人民日报》2014年2月27日）

谁是最可爱的人

魏 巍

在朝鲜的每一天，我都被一些事情感动着；我的思想感情的潮水，在放纵奔流着；它使我想把一切东西，都告诉给我祖国的朋友们。但我最急于告诉你们的，是我思想感情的一段重要经历，这就是：我越来越深刻感觉到谁是我们最可爱的人！

谁是我们最可爱的人呢？当然，我们的工农群众就是无比可爱的；可是这里我想说的是他们的子弟，那些拿起枪来献身革命斗争的工农子弟，那些为马列主义、毛泽东思想武装起来的战士们，我感到他们是最可爱的人。

也许还有人心里隐隐约约地说：你说的就是那些“兵”吗？他们看来是很平凡、很简单的哩，既看不出他们有甚么高明的知识，又看不出他们有丰盛细致的感情。可是，我要说，这是由于他跟我们的战士接触太少，还没有了解到我们的战士：他们的品质是那样地纯洁和高尚，他们的意志是那样地坚韧和刚强，他们的气质是那样地淳朴和谦逊，他们的胸怀是那样地美丽和宽广！

让我还是来说一段故事吧。

还是在二次战役的时候，有一支志愿军的部队向敌后猛插，去切断军隅里敌人的逃路。当他们赶到书堂站时，逃敌也恰恰赶到那里，眼看就要从汽车路上开过去。这支部队的先头连就匆匆占领了汽车路边一个很低的光光的小山岗，阻住敌人。一场壮烈的搏斗就开始了。敌人为了逃命，用了三十二架飞机、十多辆坦克和集团冲锋向这个连的阵地汹涌卷来，整个山顶的土都被打翻了，汽油弹的火焰把这个阵地烧红了。但勇士们在这烟与火的山岗上，高喊着口号，一次又一次地把敌人打死在阵地前面。敌人的死尸像谷个子似的在山前堆满了，血也把这山岗流红了。可是敌人还是要拼死争夺，好使自己的主力不致覆灭。这场激战整整持续了八个小时。最后，勇士们的子弹打光了。蜂拥上来的敌人占领了山头，把他们压到山脚。飞机掷下的汽油弹把他们的身上烧着了火。这时候，勇士们是仍然不会后退的呀，他们把枪一摔，身上帽子上呼呼地冒着火苗，向敌人扑去，把敌人抱住，让身上的火，也要把占领阵地的敌人烧死。……据这个营的营长告诉我，战后，这个连的阵地上，枪支完全摔碎了，机枪零件扔得满山都是。烈士们的尸体，保留着各种各样的姿势，有抱住敌人腰的，有抱住敌人头的，有掐住敌人脖子把敌人摁倒在地上的，和敌人倒在一起，烧在一起。还有一个战士，他手里还紧握着一个手榴弹，弹体上沾满脑浆；和他死在一起的美国鬼子，脑浆迸裂，涂了一地。另有一个战士，嘴里还衔着敌人的半块耳朵。在掩埋烈士们遗体的时候，由于他们两手扣着，把敌人抱得那样紧，分都分不开，以致把有些人的手指都掰断了。……这个连虽然伤亡很大，他们却打死了三百多敌人，更重要的，他们使得我们部队的主力赶上来，聚歼了敌人。

这就是朝鲜战场上一次最壮烈的战斗——松骨峰战斗，或者叫书堂站战斗。假若需要立纪念碑的话，让我把带火扑敌和用刺刀跟敌人拼死在一起的烈士们的名字记下吧。他们的名字是：王金传、邢玉堂、王文英、熊官全、王金侯、赵锡杰、隋金山、李玉安、丁振岱、张贵生、崔玉亮、李树国。还有一个战士，已经不可能知道他的名字了。让我们的烈士们千载万世永垂不朽吧！

这个营长向我说了以上的情形，他的声调是缓慢的，他的情感是沉重的。他说在阵地上掩埋烈士的时候，他掉了眼泪。但他接着说：“你不要以为我是为他们伤心，我是为他们骄傲！我觉得我们的战士太伟大了，太可爱了，我不能不被他们感动得掉下泪来。”

朋友们，当你听到这段英雄事迹的时候，你的感想如何呢？你不觉得我们的战士是可爱的吗？你不以我们的祖国有着这样的英雄而自豪吗？

我们的战士，对敌人这样狠，而对朝鲜人民却是那样地爱，充满国际主义的深厚热情。

在汉江北岸，我遇到一个青年战士，他今年才二十一岁，名叫马玉祥，是黑龙江青冈县人。他长着一副微黑透红的脸膛，高高的个儿，站在那儿，像秋天田野里一株红高粱那样淳朴可爱。不过因为他才从阵地上下来，显得稍微疲劳些，眼里的红丝还没有退净。他原来是炮兵连的。有一天夜里，他被一阵哭声惊醒了，出去一看，是一个朝鲜老妈妈坐在山岗上哭。原来她的房子被炸毁了，她在山里搭了个窝棚，窝棚又被炸毁了。回来，他马上到连部要求调到步兵连去，正好步兵连也需要人，就批准了他。我说：“在炮兵连不是一样打敌人吗？”“那，不同！”他说，“离敌人越近，越觉着打得过瘾，越觉着打得解恨！”

在汉江南岸的那些日子里，有一天他从阵地上下来做饭。刚一进村，有几架敌机袭过来，打了一阵机关炮，接着就扔下了两个大燃烧弹。有几间房子着了火，火又盛，烟又大，使人不敢到跟前去。这时候，他听见烟火里有一个小孩子哇哇哭叫的声音。他马上穿过浓烟到近处一看，一个朝鲜的中年男人在院子里倒着，小孩子的哭声还在屋里。他走到屋门口，屋门口的火苗呼呼的，已经进不去人，门窗的纸已经烧着。小孩子的哭声随着那滚滚的浓烟传出来，听得真真切切。当他叙述到这里的时候，他说：“我能够不进去吗？我不能！我想，要在祖国遇见这种情形，我能够进去，那么，在朝鲜我就可以不进去吗？朝鲜人民和我们祖国的人民不是一样的吗？我就踹开门，扑了进去。呀！满屋子灰洞洞的烟，只能听见小孩哭，看不见人。我的眼也睁不开，脸烫得像刀割一般。我也不知道自己的身上着了火没有，我也不管它了，只是在地上乱摸。先摸着一个大人，拉了拉没拉动；又向大人的身后摸，才摸着小孩的腿，我就一把抓着抱起来，跳出门去。我一看小孩子，是挺好的一个小孩儿呀。他穿着小短褂儿，光着两条小腿儿，小腿儿乱蹬着，哇哇地哭。我心想：‘不管你哭不哭，不救活你家大人，谁养活你哩！’这时候，火更大了，屋子里的家具什物也烧着了。我就把他往地上一放，就又从那火门里钻进去。一拉那个大人，她哼了一声，我就使劲往外拉，见她又不动了。凑近一看，见她脸上流下来的血已经把她胸前的白衣染红了，眼睛已经闭上。我知道她不行了，才赶忙跳出门外，扑灭身上的火苗，抱起这个无父无母的孩子……”

朋友，当你听到这段事迹的时候，你的感觉又是如何呢？你不觉得我们的战士是最可爱的人吗？

谁都知道，朝鲜战场是艰苦些。但战士们是怎样想的呢？有一次，我见到一个战士，在防空洞里，吃一口炒面，就一口雪。我问他："你不觉得苦吗？"他把正送往嘴里的一勺雪收回来，笑了笑，说："怎么能不觉得？咱们革命军队又不是个怪物。不过咱们的光荣也就在这里。"他把小勺儿干脆放下，兴奋地说："就拿吃雪来说吧。我在这里吃雪，正是为了我们祖国的人民不吃雪。他们可以坐在挺豁亮的屋子里，泡上一壶茶，守住个小火炉子，想吃点甚么就做点甚么。"他又指了指狭小潮湿的防空洞，说："再比如蹲防空洞吧，多憋闷得慌哩，眼看着外面好好的太阳不能晒，光光的马路不能走。可是我在这里蹲防空洞，祖国的人民就可以不蹲防空洞呀，他们就可以在马路上不慌不忙地走呀。他们想骑车子也行，想走路也行，边遛达、边说话也行。只要能使人民得到幸福，也就是我们最大的幸福。所以——"他又把雪放到嘴里，像总结似的说，"我在这里流点血不算甚么，吃这点苦又算甚么哩！"我又问："你想不想祖国呀？"他笑起来，"谁不想哩，说不想，那是假话，可是我不愿意回去。如果回去，祖国的老百姓问：'我们托付给你们的任务完成得怎么样啦？'我怎么答对呢？我说'朝鲜半边红，半边黑'，这算甚么话呢？"我接着问："你们经历了这么多危险，吃了这么多苦，你们对祖国对朝鲜有甚么要求吗？"他想了一下，才回答我："我们甚么也不要。可是说心里话——我这话可不一定恰当呀，我们是想要这么大的一个东西……"他笑着，用手指比个铜子儿大小，怕我不明白，又说："一块'朝鲜解放纪念章'，我们愿意戴在胸脯上，回到咱们的祖国去。"

朋友们，用不着多举例，你已经可以了解我们的战士是怎样一种人，这种人是甚么一种品质，他们的灵魂是多么的美丽和宽广。他们是历史上、世界上第一流的战士，第一流的人！他们是世界上一切伟大人民的优秀之花！是我们值得骄傲的祖国之花！我们以我们的祖国有这样的英雄而骄傲，我们以生在这个英雄的国度而自豪！

亲爱的朋友们，当你坐上早晨第一列电车走向工厂的时候，当你扛上犁耙走向田野的时候，当你喝完一杯豆浆，提着书包走向学校的时候，当你坐到办公桌前开始这一天工作的时候，当你向孩子嘴里塞着苹果的时候，当你和爱人悠闲散步的时候……朋友，你是否意识到你是在幸福之中呢?你也许很惊讶地说:“这是很平常的呀！”可是，从朝鲜归来的人，会知道你正生活在幸福中。请你意识到这是一种幸福吧，因为只有你意识到这一点，你才能更深刻了解我们的战士在朝鲜奋不顾身的原因。朋友！你是这么爱我们的祖国，爱我们的伟大领袖毛主席，你一定会深深地爱我们的战士——他们确实是我们最可爱的人！

1951年4月1日夜草

（选自《魏巍散文选》，人民文学出版社1991年版）

我们爱韶山的红杜鹃

毛岸青　邵　华

伟大领袖和导师毛主席——我们敬爱的父亲逝世后的第一个春天，我们回到了老家湖南。我们含泪伫立橘子洲头，漫步湘江峭岸；回清水塘，登岳麓山；徘徊板仓小径，依恋韶山故园……万千思绪，随山移水转。正是杜鹃花开遍三湘的季节，乡亲们怀着深厚情谊，连同韶山的泥土，送给我们一棵盛开的红杜鹃。

我们爱韶山的杜鹃像烈火，“星星之火，可以燎原”。从故乡山村最早的夜校灯光，到秋收起义的烈火，都是父亲和革命先辈们亲手点燃。革命斗争的烈火映红了长江，映红了安源，映红了井冈，映红了二万五千里草地雪山，映红了陕北、华北、中原、江南，一个红彤彤的新中国屹立在世界的东方！这烈火整整燃烧了半个世纪，全人类都以惊喜的目光注视着这辉煌的光焰。

我们流连他老人家少年时代游泳的池塘，放过牛、砍过柴的小山，教育全家投身革命的灶屋，耕种过的菜地和稻田，博览群书、探求真理的住房，指点江山、激扬文字的校园。岸青记起小时候打碎过一个瓷杯，爸爸耐心地从杯子讲到瓷器的生产，泥土变成精细的瓷器，要经过多少工序，工人同志要流多少汗。从那时起，岸青爱惜每一件器皿，那些亲切而生动的话至今都牢记在心间。为了岸青能准确地翻译马列主义著作，父亲要岸青首先学好祖国的文字语言，不要求多，但要有毅力，坚持力，浩瀚的海洋来自涓涓清泉。重温父亲生前对我们的教导，重读父亲写给我们的信件。父亲，您谆谆教育我们，不要那种脱离人民的虚无主义、个人主义，要到群众中去参加革命实践。1946年春，岸英哥哥回到延安。父亲询问了他在苏联学习的情况，语重心长地说："你在苏联的大学毕业了，中国的劳动大学你还没有上过。"嘱咐哥哥到农村去，要和贫雇农一起住，一起吃，一起劳动。父亲把自己打着补丁的灰布衣服送给了哥哥，哥哥穿着爸爸的衣服去经受三大革命的锻炼。父亲，您送子务农，送子学工，送子到抗美援朝前线。1964年，父亲鼓励邵华去江陵农村参加"四清"，要求邵华一辈子都不要脱离斗争实践，在劳动中学习，在斗争中锻炼。邵华回来后，他老人家详细地询问了江陵的一切，包括庄稼长势、群众愿望、年终分配和结算。父亲终生注重实践，直到晚年，不顾高龄，还经常到农村，到工厂，到连队，到矿山，走遍了社会主义祖国的万水千山；父亲一生和人民心连心，无时不想着人民的疾苦、灾情、冷暖，不止一次地讲到依靠人民治山治水的远景和社会主义美好的明天；父亲终生都在学习，阅读的书本里都留有密密的圈圈点点；一生都保持清水塘时期的朴素生活，多年来总是铺着自制的桌布和褥单。有时在饭桌上，孩子们洒了饭粒，他老人家就吟诵那首古老而通俗的诗篇："锄禾日当午，汗滴禾下土。谁知盘中餐，粒粒皆辛苦。"教育晚辈爱惜粮食，珍惜劳动人民的血汗。越到晚年，父亲越繁忙，在我们同父亲难得见面的日子里，经常又被急需的工作所中断。在世界上建设一个人口最多的社会主义强国，在国际共产主义运动中坚持一条马列主义路线，父亲，您没有片刻离开过战斗，直到您在举国哀恸中长辞人间。我们肃立在您老人家的遗体面前，透过泪水看到您老人家还是那样庄重而慈祥，久久不愿离去啊，时间再长也总感到太短，太短！

我们爱韶山的杜鹃像朝霞，故乡人民至今都把我们亲爱的妈妈杨开慧叫作"霞姑"。妈妈的一生正像霞光那样绚丽灿烂，乡亲们亲切地接待我们，向我们描述着妈妈的生前。都记得她有一双热情的手，阶级兄弟都忘不了她的温暖，她宁肯自己挨饿，也要把最后的几升米匀给贫苦的农友。人们传诵着：清水塘一个飞雪的夜晚，外婆和妈妈在灯下把两件夹衣改成棉袄，清晨，两个青年同志穿上棉袄激动得泪如涌泉。许多年长的农民伯伯都记得，“开慧先生”那些形象的比喻，通俗的语言：“财主有手不劳动，养得肠肥脑满；财主有脚不走路，要我们抬着他过河爬山。为什么？为什么？”“只要我们种田人团结起来，就能把这种吃人的社会推翻！”“一双筷子容易断，十双筷子断就难！”当岸青走进板仓旧居的屋子，好像回到了如火如荼的童年；坐在火塘边，当年的情景，在眼前浮现：兄弟们在这里听妈妈讲过多少故事啊，又向妈妈问过无数个为什么。“土豪劣绅的嘴有多大呀？！妈妈，那个叫‘工农’的人为什么能推翻三座大山？”在板仓的一个阴雨天，岸英拉着弟弟，穿着爸爸的大鞋，踏进积水，边跑边喊：我们敢在大海里航船！开船哪！……爸爸妈妈看着孩子们在风雨中那么大胆，没有责备，反而喜展眉间。岸青还记得：妈妈在油灯下抄写着爸爸的文稿——与中国革命实践相结合的马列主义经典。妈妈不惧国民党的血腥屠杀，奔走在湘江两岸，传送着秘密文件，宣传着“枪杆子里面出政权”！从不记得妈妈有过惊慌，也不记得妈妈有过疲倦。今天，我们沐浴在金色的霞光里，注视着绿茵茵的青山；湘江北去，不舍昼夜，就像我们心底里的怀念。……

我们爱韶山的杜鹃像鲜血，千千万万烈士的鲜血洒满祖国的河山。我们这一家，也有六位亲人为革命壮烈牺牲，面对阶级敌人的屠刀，视死如归，大义凛然。我们的泽民叔叔，红军最困难时期的后勤部长，为人民的健康积劳成疾，为红军的温饱受尽饥寒。在国民党的恫吓利诱、严刑拷打之下，像钢铁般坚强，雷电般威严。宁死不屈，血洒天山。我们的泽覃叔叔，谁说他青春短暂？二十九个春秋的确不算长，但是他的名字将永远传诵在人民中间！当红军主力长征之后，泽覃叔叔率领赣南独立师转战在武夷山。由于叛徒出卖，陷入重围，为了掩护同志们突围，我们的小叔叔光荣牺牲了——那是1935年杜鹃花盛开的春天。十一年后，他的儿子楚雄，一个满怀壮志的小八路，又被反动派杀害于陕南。我们亲爱的妈妈，用霞光般的生命投向黑暗！利用生命最后最宝贵的时刻，首先通知同志们转移，处理了党的文件，给自己留下的是监狱、酷刑。为了革命胜利，用年轻的生命和鲜血保卫父亲的安全，毅然抛下了三个孩儿，从容地走出浏阳门外。妈妈！我们永远忘不了那悲壮的时刻，我们经常和泪背诵着爸爸赞颂您的辉煌诗篇。我们的泽健姑姑，一个优秀的女指挥员，中国最早的女游击队长之一，在战斗中负伤被俘，仅仅二十四岁。就义时自若和响亮的口号声，使反动派丧魂落魄。我们的岸英哥哥，爸爸的好儿子，岸青相依为命的兄长，受尽旧社会的欺凌和磨难，为保卫新生的人民共和国，为援助兄弟邻邦朝鲜，鲜血洒在鸭绿江的彼岸。朝鲜的金达莱啊，就是中国的红杜鹃。

我们爱韶山的杜鹃遍地开放，缅怀光荣的往昔，展望前程一片辉煌灿烂。党中央高举毛主席伟大旗帜，继承毛主席的遗志，一举粉碎了祸国殃民的“四人帮”，力挽狂澜，挽救了革命，挽救了党！把危机化为转机，把悲痛之年变为大治之年。党的十一大选出了坚强的统帅部，我们的统帅部有丰富的革命斗争经验，有亿万人民的衷心拥护，有必胜的信念。粉碎“四人帮”才只有几个月，条条战线捷报频传。我国的政治形势发生了巨大和深刻的变化。各条战线上都取得了重大的胜利。我们每取得一个新的胜利，都是对“四人帮”的有力批判！我们看到了毛主席为我党树立的优良传统和作风在恢复、在发扬，党中央正在贯彻执行马克思列宁主义的路线。我们坚信：毛主席提出的、周总理宣布的四个现代化一定会实现！我们伟大的社会主义祖国，一定会对人类作出较大的贡献。

我们一定要让我们的儿子新宇懂得：杜鹃花为什么像烈火、像朝霞、像鲜血！为什么这样红，这样鲜艳！无数先烈为人民的利益牺牲了他们的生命，才换来无产阶级的红色江山。爸爸！巍峨庄严的“毛主席纪念堂”已经竣工了，它凝聚着全国人民诚挚的心愿。今年春天，我们和您的孙儿将一棵青松栽种在纪念堂前。我们的心也融在那棵亭亭的青松里，永远陪伴在您老人家的身边。在全国人民意气风发，团结安定的大好形势下，我们在无限的激动中深深地怀念……

我们爱韶山的红杜鹃……

（原载《人民文学》1977年第9期）

矿山医生

阮章竞

去年，当金红色的橘子红满了南方果园的时候，我来到了北方边疆——白云鄂博。飓风吹卷着白雪，像大海里泛起的银色浪花。照季节来说，应该是初冬，可是在这里，已经是零下三十摄氏度的天气了。就在这样的初冬夜晚，在矿山一间窄小的房子里，乌同志介绍我认识了年轻的矿山医生。乌同志曾这样告诉过我：这里从来没有过医生。矿山建设开始了，人都不愿来。他是草原的第一个医生。他过去也有个思想问题，老想进医学研究院。

我见到这位从医学院毕业不久的年轻医生时，他刚从包头坐着运输卡车，经过了五六小时的路程，带着满身尘土回到矿山来。他穿着件肥大的、很不合身的矿山工作服，脚下穿着一双笨大的毛皮鞋，腼腆地坐在火炉旁边。房子外面，夜风像怒涛似的咆哮着。电线杆呜呜地响着又尖又长的啸声。一阵一阵的砂粒，簌簌地撞击着结成瑰丽花纹的玻璃。

“你来矿山好久了么？”

“一年了。”

“光你一个人么？”

“不，还有一个护士。”

“工作怎样？还想进研究院么？”我笑着问他。

年轻的矿山医生笑了笑："就是应付不过来。我在医学院是学外科的，可是在这里，要求一个医生既要懂外科，还要懂内科，我根本没做这样的准备，可是，我还要做产科大夫的工作。"

"那不是挺有趣么？"

"是很有趣。在这里学会了骑马、骑骆驼。蒙古马，不大好惹。骑骆驼倒挺舒服；可是它知道你没有跟它这一族打过交道，走到半路，突然前腿跪下，吃起草来，把你从背上摔下地。它会跟你开这种玩笑。生活就这样强迫你什么都要学会。"

矿山医生说完了最后一句话时，淡淡地笑了笑，搓了搓手——好像很高兴，因为生活学校，给了他很多东西；但也好像感到是个损失，使他成为专科医生的愿望，在这荒漠的草原上，受到了影响。

"我毕业的时候，准备进研究院学习。组织号召青年学生，参加社会主义建设。边疆地区需要大批的医务人员。进研究院还是到边疆呢？思想矛盾开始了。我妹妹在军队里，我去跟她商量。她说国家工业不发达，什么也谈不成。她不完全反对我进研究院，但她更赞成的是服从祖国需要。第二天，我回到学校。学校领导同志找我谈话。说我同班的一个同学，分配到包头钢铁基地，现在不肯去。他静静地看着我，没有说别的话。我了解，这是在等我回答。进研究院，服从祖国需要，这两个问题在脑子里翻来翻去。我最后说：'再没有人愿去么？'他说不会这样，但还没有找到。我犹豫了一下，说：'祖国需要，我替他去好了。'我的决心，并没有使领导同志露出赞好的笑容，他玩弄着笔半天才说：'你能长期安心在那里工作么？'我心跳得很厉害。他看出来了。我是有矛盾的，但我说：'我保证：一定安心工作，直到炼出第一炉铁水。'"

"你的勇气很好，计划也很周到。我没有说错吧？"

矿山医生笑了，脸更红了。

"是的。我想：到那时候，顶多是一两年，我还可以进研究院。一四一项工业重点建设中有包钢，这是祖国现代化的三大钢都之一，多叫人兴奋啊！我想：现代化的钢都，医疗设备能不现代化么？冶金基地去了多少人，开始也得有个三百张床位的医院吧？我想：包头，草原上的一颗明珠。早晨拉开窗帘，看着太阳，从白色的雾海中升起来，千里绿野，露珠闪光………”

“真美啊！只有我们的国家才有这样的风光。”我笑着说。

“可是我所想的都早了一些。”矿山医生说了这句话，对着火炉沉思起来。他好像划着小舢板，在海洋里寻找宝岛，不知道要在什么时候，才能看到那迷人的山影。“我来到的时候，看见的是黄沙飞天，地冻天寒，要啥没啥。到基地来的人，都是从各地城市来的，有些人适应不了气候，病号多，医疗条件不足，个别病人摔摔打打，态度很不好。建设真不容易，做医生真难呀！”

他停了一下，看见我想说话。

“你想说‘研究院’是不是？”

我笑着点头。矿山医生不好意思地笑了笑。

“是这样。有一天，我收到一封同学的信，知道有个别同学已经从边疆回到学校。信上说如果我想回去，现在还是时候，等掌握到更高的技术，过个三几年条件好了，再出来，正好用上。

“我正在反复地看着信，党委书记找我来了。他说矿山有了几百矿工和家属，就是少个医生。有人生病了没有人给看，工人不安心。‘这块滩头阵地，已被我们占领了，现在需要各方面的人去支持。目前最迫切的是有个医生。’党委书记说了好几句这样的话，‘矿山是苦的，条件比包头差多了。好的时候是在明天。可是需要有人今天去那里，把明天的条件创造出来。’

“医务工作者的任务，是保护人的健康。哪里需要就应该到哪里去。可是还要党来征求同意不同意。知识分子太软弱了，我一直摸着裤袋里的那封信。党委书记微笑地看着我，可是眼神是有点忧郁的。我知道，我的同事没人愿意去。我回避着，不敢正面看他。我问我自己：你没有不可见人的事呀，为什么不敢正视党委书记？为什么不敢正视那双带着点忧郁而又亲切刚毅的眼睛呢？我发现了我不敢正视的原因是这两个字——自私。但我不敢碰它，想兜个圈子绕过它。我毫无气力地说：‘当然，要说自愿么……’我突然不好意思说下去。我问自己：为什么还要说‘当然’呢？‘当然’底下应该是‘服从需要’。我把裤袋里的信，捏成一团，用对母亲说话那样的

声音，对党委书记说：‘我虽然不是党员，但我服从党的调配！’

“‘有没有困难？’

“我说没有。党委书记说：‘那里是新开辟的地区，有很多困难。你鼓足气去是好的，但皮球鼓足气，一碰到阻力就跳回来，这就是知识分子的气度，也是弱点。’党委书记望着我，又补充了一句：‘不生我的气吧？’

“我说：‘说得很对。’

“党委书记又说：‘说得很对么？可是你不要一去到就把气门带松了，扁塌塌的只好一天到晚待在医务室里。医生的工作范围，不光是看病。那里周围有兄弟民族，医生的工作范围，也不光在矿山。’

“我坐着运输卡车，穿过了大青山，走进了像大海似的漠漠草原。我来到矿山的时候，正从外地又调来了好几十个工人。这里的气候更冷，干燥缺水，供应困难，生活十分枯燥。病人多，尤其是小孩们，感冒、咳嗽、百日咳、肺炎都来了。工人家属们，成天嚷着要回原来的地方去。

“我的诊疗室里，天天有六七个基本‘病人’。他们不发烧，也不发冷，检查结果：一切正常。可是他们都叉住腰，一致说腰疼；而且都有个统一要求：要我开证明信，到原来的地方医治。不答应就吵闹。我对一个天天闹的何森说：

“‘何同志，你的身体很结实。’

“他火了：‘我天天来看病，你还说我很结实？你到底是不是大夫？’

“我说：‘我在医科学校学了六年。’

“‘不管你学了多少年，你看不了我的病！’

“我说：‘你的病是另一种病。’

“‘你不关心病人，不是个大夫！快给我开证明信，我回本溪去治！’

“看！医院他都早选好了。我说：‘何必跑好几千里路。安心上山劳动，马上就会好的。’

“糟了，我这一说，把那些天天来的，同病相怜的‘病人’都惹火了。

“我们都要回原来的地方去治，赶快开证明信！

“就是这样，这几个人天天来，轮流来，吵得药瓶子都要跳起来。

“‘不能开这样的证明信！’我对护士小刘说，‘你别给我松了气门带。’

其实我自己早就松开了气门带。我不好意思碰到阻力就跳回去，我硬着头皮说：‘我们想办法，使他们相信，我们能够战胜自然条件。我们把工作做好，他们会像大多数人一样，坚持下去。他们都是一些能人，别只看今天泡病号。’

“白云鄂博，雄伟地站在我的面前。这是裸露在祖国边疆的宝山。它将要供给祖国以无穷无尽的钢材、各种合金。我们有本事，照着夜空的繁星那样，用灯光串成一座草原城市。但是，在这冻土三米多深的地面上，挖开第一道沟，埋下第一根巨管，引进清泉，是艰苦的。风像刀子，饮水是苦的，看不见树木，听不到音乐。当然，更听不到货郎担子的锣声。妇女们盼望得到一两根彩色绒线，给小孩绣个花围嘴，也要走好几百里路。照着夜空星斗，用灯光串成的城市，到底是明天的事情。

“‘医生的工作范围，不仅是看病。’我反复地想着这句话的意思。我想通了，决定把自己的一部分工作，转移到诊疗室外头做。我抽出时间，到工棚，到家属中去。有一天，快下班了，我到单身汉的集体宿舍去。没有人，火炉熄了。我把炉子生起火来。一位腰疼的‘病人’，下班回来了。他把风帽扔在床上，笑着说：

“‘谁这样功德无量，替光棍们把炉子生起来了？’

“我直起身来跟他打招呼。他奇怪地上下打量我一备。

“‘哦，大夫。你会生炉子么？’

“‘看，一学就会了。腰疼好些么？’

“他含含糊糊地说：‘好多了。我自己来生吧。’

“以后，我一有工夫，就上山看他们采矿石，休息时，问问他们身体怎样，跟他们聊天。我发现，他们在干活的时候，是像打仗一样的，人人都是一头汗水。这时，我严格禁止他们敞开衣服。他们很服从我的干涉，看看我就把扣子扣好了。几个天天要求开证明信的人，拿出烟来要我抽，还问我家在哪里，有几口人。

“去年年底，我送一个病人到包头，回到矿山已经是夜里了。我正在低着头洗脸。忽然门被人推开，一阵冷风滚进来，我抬头一看，是矿工何森。他的脸色非常苍白，样子很痛苦，一手抓住我的胳膊，声音颤抖：

“‘大夫，快！’

“我急擦掉脸上的肥皂，‘怎么啦，老何？腰疼得厉害么？’

“‘不，你赶快跟我想办法！’拉着我就往外跑。

“‘你真腰疼就不能这样跑！’我被他拉着踉跄了几下。

“‘不是，我老婆快死了！’我被他拉到外头了。

“‘让我带上药箱。’我急回头叫小刘，‘小刘，快带药箱到何森家去！’

“我像吉普车的斗子一样，被他拖下洼地，翻过小岗，窜过草丛，越过乱石。我一进他家，耳边是一阵吱吱喳喳的女人声音：

“‘大夫，快送去包头吧，不行啦！’

“我看见炕上的病人，也吃了一惊，完全像死了一样，炕头坐着的两个小男孩，‘妈呀！妈呀！’的哭喊着。我马上给她检查，脉搏还不怎么样，瞳孔没有缩小，也没有散大的现象。

“家属们屏住气息，看着我。这些眼睛呀，都想从我的身上，看到希望和平安。小刘拿着药箱来了，跑得上气不接下气。她把听诊器给我时，悄悄地问：‘怎么？’我用眼色告诉她：‘别说话。’

“我听了她的心脏，检查了呼吸，扳动了她的脖子。我有些放心了。

“一个替何森抱着最小的女孩的家属，走到我身边说：‘快把她送到包头吧，不要耽搁了！’

“我这时候才看到她们，已经替病人，准备好东西了。家属们乱哄哄地发表议论，一致认为要赶快送到包头。

“这里没有什么医疗设备，没法子做进一步的检查。我问自己，有没有把握？我的判断正确么？还是送走吧？不行，三百多里，路这样难走，又是零下三十几摄氏度的冬夜，病人已经没有任何力量，怎么能支持住呢？就是送，也要让病人恢复点力量才能送。这是个重要关头。我把不能送的道理告诉他们。

“‘不会耽误吧？’好几张嘴在我耳边问着。

“我说：‘放心吧，不会的。’

“何森愁眉苦脸地说：‘就这样吧，死在路上，死在这里，反正一样。’他转过脸对替他抱着最小女孩的女人说：‘三嫂，要是出个三长两短，孩子

先吃你的奶，看看谁要就给谁。这两个大的，我自己带着……'

“他这一说，两个男孩哇哇哭起来了：'不要给人！不给人！要妈妈……'

“我说：'老何，不要说泄气话。不会这样的。'

“总算取得了暂时的信任。我给病人打了针，就这样等着。外面冷风呼呼地撞着窗户。屋里静悄悄的。等着等着，两个男孩子开始打盹，很快就睡觉了。病人忽然睁开了一丝眼缝，低低地喊口渴，喊头疼。她这一喊，多难得啊！把屋子里的油灯都喊亮了。

“我回到宿舍，合了一阵眼睛，天亮了。何森走进来。

“'大夫，累得你一夜没有睡。'他的话多么和气，这跟他要我开证明信的时候，真是成了另一个人。

“我问了病人的情况，就跟他到他家里。在医务所门口，我把小刘喂的一只百灵带上。

“何森的女人，完全清醒了，但还很弱。她流着泪水问我：'大夫，我们在这里挺得住么？这个地方太……'

“我安慰她说：'这里将来是个好地方啊！我们要把草原变出座城市，怎么挺不住呢？'我拿着小鸟对两个小男孩说，'我给你们带来只小鸟。这里的百灵多好看！你们会喂它么？'

“'会。'两个小男孩争着摸我手上的小鸟，轻轻地捋着草绿色的羽毛。

“病人露出了笑容：'大夫，我不想死，我会不会死了呢？'

“我说：'我看见你的孩子，就不能让你死呀！'

“小鸟一下挣脱了孩子的手，引得两个孩子追捕起来。小鸟一会儿跳上窗台，一会儿跳在病人的被子上，一会儿跳在玩具小钢琴上，踩得键盘叮叮响起来。

“'弟弟，抓住啦！'那个按着小鸟的大孩子，大声笑起来。看呀，窗外蓝色的天空，盖着白雪的山，整个草原都是他们的。他可以大胆使用自己的权力，大笑大叫。

“病人笑了，而且笑出了泪：'这里的百灵真好玩。'

“我回到医务室，告诉小刘，她的小鸟送人了。她努着嘴说：'要你给我去提回一只！'其实，她比我还高兴，把病历表给我的时候，哈哈地笑着。

“病人完全好了，何森的‘腰疼’也完全好了。他有天跟我说：‘大夫，你救了我女人，又给我省了好多钱。’

“从这次以后，要求去别处治病的人少了。人们相信：人是能够斗争过自然的。

“我刚才告诉过你，我是学外科的，产科只知道一些，可是没有临床经验。在这里，我第一次遇到的是个头胎难产的工作，器具又不全。这些还不要紧，最成问题的是封建思想。我一去到，妇女们都皱着眉头，睁着不信任也不友好的眼睛：‘哼，连个女大夫都没有。’那个年轻的产妇，死活不肯让我检查，对我很不礼貌，要我出去。那有什么办法，医生听到病人的难听话，是常有的事。我没有走。最后是她男人和两个年纪大些的妇女帮助，我才顺利地完成工作。真好呀，一个九磅多重的男孩子！”

矿山医生讲到这个为迎接社会主义的矿山而诞生的第一个婴儿，很平安地来到白云鄂博时，快乐得眼睛都红润了。我羡慕地说：“你真幸福！”

矿山医生说：“是呀，这里的人，太好了，我有时离开几天，他们就打听我回不回来。我在这里，还看见了一个剽悍而又热情的兄弟民族。”矿山医生接着谈起他怎样和牧民做起朋友来。

“党再三嘱咐，医生的工作范围，不仅在矿山。可是我来了一个月了，还是在矿山。一天中午，医务室里，来了两位牧民，男的叫达木林查布，女的叫斯达琳沁木格。他们抱着一个男孩，孩子的脖子长了个大脓包，肿得分不出腮边了，痛得光叫喊。他们骑马跑了好几百里。我看见窗外雪地上的两匹马，浑身冒着白气。

“孩子睁着痛苦的眼睛，看着我。

“我看了之后说：‘找个地方住，孩子要留下来治。’

“达木林查布用生疏的汉话说，他在这里没有亲戚朋友，找不到地方住。

“难题出来了。我来到矿山之后，曾想过，在医院盖起来之前，先搞几张临时病床。可是困难呀，没有房子。

“‘孩子不能回去，要动手术。’

年轻的母亲听见要开刀，眼睛溢满了泪珠。

我安慰她说：‘开刀，不怎么痛，请放心。十天半月，孩子就可以骑着马，去追黄羊了。’

“他们商量了半天，认为这个问题，跟登天一样难。我亲自找矿山党总支书记去。问题完满解决了，挤出来一个小房间。

“母子住下来了，新的困难又来了。斯达琳沁木格不会烧煤火，水喝不上，饭吃不上，冻得母子缩成一团。只好由我和护士小刘，轮流担负起这个生炉子、打水、送饭的任务了。

“十天之后，孩子好了。临走的时候，达木林查布找党总支书记道谢。斯达琳沁木格抱着孩子在马背上说：‘毛主席，长寿！’

“从此以后，达木林查布介绍我认识了好多牧民朋友，常到国境边的蒙古包里去，接替喇嘛念经治病的工作。

“就是这样，党教育我认识了这个热情的民族。可是，有一次，差一点犯了重大的过失。今年二月间，病人很多，我忙不过来。一个青年牧民扶一位老太太来看病。病人名叫根基德玛，六十多岁了。脸色已经发灰，体温快到四十摄氏度，脉搏跳得特别快，但很微弱，听诊器里听到像米饭烧开冒泡的声音，这叫湿性啰音。气管变小了，看来是严重肺炎。我告诉青年牧民说：‘病人病得很重，你们都留下来。’他说不行，要马上回去。我说最好有她的亲人在这里照顾她。青年牧民说她家只有一个十六岁的姑娘，要照管羊群不能来。

“我问他：‘你不是她的儿子么？’

“‘不是，我是牧业社的十二组长。’青年牧民这样回答我。

“后来他去找地方政府办事处，想法解决这个问题。当时我忙不过来，给她打了针，给了药，让她先去休息。我从病人们中腾出身来的时候，还不见青年牧民回来，我拿上药箱到政府办事处找他们。办事处的人说，已把病人安置在一家蒙古包里。那里离这里还很远。眼看天就黑了，我想已经安置妥当了，一定有人照料。我也实在太累了，不想去了。我走了几步，想起病人的病很重，那张干瘪的发灰的脸，我担心起来。党调自己来这里的时候，说我是头一个来的医生。医生的责任是什么呢？天黑、劳累和路远，就可以不管病人么？我不知道为什么，一下想起‘可耻’两个字。我马上回头走，好像听到病人在叫喊似的。我跑得很快，回到办事处，问清楚方向。

“跑了多久，我记不起来了，但那个破蒙古包我是找到了。我轻轻地推开门一看，里头黑黑的，也听不见声音。我有些害怕，病人在哪里呢？我从药箱里取出手电筒，一照，中间有个火炉，用手一摸，冰凉的。火炉后边，堆着一团羊皮，没有病人。出了什么事？我定睛一看，那团羊皮有点颤动。我轻轻地揭开一看，哎哟，病人缩在羊皮里哆嗦。

“我马上进行检查，脉搏到了一百二十了，比初看时，严重多了。她来的时候走了好几十里，现在环境又不适应，她没有气力和病魔作斗争了。我立刻找到干牛粪把炉子生起来，给她打了针，就跑出蒙古包去找人。我找到了几个蒙古包，人家都听不懂我的话。幸亏碰到一个复员军人，他会说汉话。我请他去陪着病人，说明不会传染。这个复员军人很干脆，拿起东西就跟我去。我给病人进行了睡眠疗法，她安静地睡着了。时间已经很晚了，我告诉复员军人，不会有什么问题了。我明天一早就来。

“我走出了蒙古包，看见满天星斗。天气虽然很冷，但我放心了，因为今天差一点，犯下了错误。草原上，严格说是没有路的，又是在半夜，我只能朝来的方向走着。忽然看见前头的岗子上，有一对像灯笼似的绿光。我怕极了。我一来到矿山，就听说这里狼多，常常成群结队地出现，而且会从人的背后扒着肩头，等你回过头好咬喉咙。太可怕了，但我从没遇到过。今天冤家路窄，碰上了。往前走吧，它会吃了我。往后跑吧，它会追上我。我身上除了药箱，什么能自卫的东西也没有。我想起来了，野兽怕光，我不是有手电筒么？我打亮手电筒，朝着那对绿光乱划。判断正确，效果良好。绿光不见了。我提心吊胆地绕开岗子，朝有几家蒙古包的地方走。我想如果再碰到狼，我可以叫喊了。我绕过一堆乱石，又发现一对灯笼似的光。我怕极了，这可能是狼群。我的手电筒又起了作用，光一下不见了，却听到阵嗥嗥的吠声。不是狼，是蒙古狗。狗是不会吃人的，可是蒙古狗，咬人也很出色。幸好，出来一位牧民把狗吆喝走了。

“我和护士小刘，天天轮流到那个蒙古包看病人。开头几天是一天去两趟。我第三天去的时候，复员军人告诉我，说老太太的女儿来过。我说这位姑娘太不懂事，怎么不留下。

“复员军人说：‘不是这样，她母女抱着头哭了半天。家里有三百只羊，她要回去照料。你没有看见，走的时候很惨，女儿解下马，又拴住，又走进蒙古包。抱着哭了几次！医生，她母女俩是在诀别呀！’

“我从这次经历更了解到这里太需要医务工作者了。

“我就是这样，纠正了过错，认识了根基德玛老太太和她的女儿。她们来看过我。”

时间已经很晚了，矿山规定的照明时间到了，电灯一下子灭了。我擦着火柴点着油灯的时候，问矿山医生：“听说她请你吃过饺子，是她么？”

矿山医生说：“不是她，是在塔木家里。那一回，我头一次骑马出了洋相。大概是三月间的夜里，天气很冷，有月亮，还下着春雪。十二点钟左右，突然打门打得很急。从我们的职业来说，半夜有人打门，那是很平常的事。你开门，一定会听到谁家有人病啦，或者是谁的女人要生小孩啦，这些话。我开开门迎接进来的是一位魁梧的骑士。他的皮帽、领口都结满霜花。叽里咕噜半天，我一句都听不懂。他急得满头大汗，拿帽子擦着。半夜三更，到哪里找个翻译呢？真凑巧，在医务室后头的坡上，碰见了警卫部队的排长，他是蒙古人。

“他听了那位骑士的话，告诉我：‘医生，他要你赶快去救命！他家七口人病倒了四口，情况很严重。’

“我来不及问在什么地方，也不知道有多远，赶快返回医务室，收拾好药箱，拿起大衣走出门来。这位来请我的骑士，牵过来两匹马，拉一匹叫我上马。

“‘有多远？’我问排长。

“骑士把马鞭子向东一举。排长告诉我：‘他说一鞭子路。’

“‘一鞭子，有多远？’

“排长问了骑士一句话，笑着说：‘你就当它四五里路吧。’

“我小的时候，可想骑马了，特别听说蒙古马很有名。可是没有骑过。想不到在雪夜出诊中，实现了童年的愿望。我太羡慕那位骑士了，他拿过我的药箱，一下就上了马背。我没有这个本事。排长拉着缰，我左脚一伸进马镫，那匹马使起威风来了，后腿猛地蹦起来。可把我吓坏了。太惭愧了，怎样也骑不上去。那位骑士非常着急，又跳下马来，和排长一起把我托上马背。可是这匹马，根本不理解主人的着急，很不愿我骑着它，老想挣脱排长的手，而且昂着头叫起来。排长就这样替我牵着走出了矿区。

“月色很好，小雪片像梨花瓣一样静静地下着。地上的积雪，银光闪烁。马蹄声‘嗒嗒’地响着，白云鄂博的巨影，耸立在西北边。飘着白点的蓝灰的雾幕中，露出几点红宝石似的灯光。这样美的雪夜，我一点欣赏的心情都没有。那位骑士，更是焦躁不安，我也不比他轻松一点。

“排长吩咐马的主人招呼我，他就回去了。

“那位来请我的骑士，不知道说了句什么，马小跑起来了。我骑的那匹马，开始跟着跑，接着就抢过它的主人，拐着弯子乱跑起来。我怎么也勒不住，身子左晃右摆，上抛下跌。幸亏马的主人，飞快地抢到前头挡住，要不我那个翻身落马的姿势，一定不大雅观。

“太耽误时间了。我把大衣交给那位骑士，我下决心跑步去。‘一鞭’才四五里路，我过去也跑过万米，很快就能跑到的。

“我跑了大约有二十分钟，脚被皮鞋磨痛了，换不上气了，可是还不知道目的地到底在哪里。那位骑士老要在前头等我。他很着急，说了句什么，就把我一搂，搂在他的马上，他狠狠地踢着马肚奔跑起来。从洼地跑上岗丘，又从岗丘跑下洼地。马跑累了，浑身是汗。他勒住马，要换马骑。经过这一段路的锻炼，我从他身上学到了点东西。我用手比画了一下，他看出我是问还有多远，仍旧是举起鞭子一指。还是四五里路。我拉过匹马来，自己骑着走了。行了，比刚才强多了。小跑走了好大一会儿，马突然又快跑起来，快到蒙古包的时候，它跑得更快，简直像飞起来一样，我又上抛下跌，左晃右摆起来。一直到了蒙古包旁边才肯停住。蒙古马出色的地方我领教了。

“那位请我到这里的骑士，赞许地笑着过来拉着马。我心想，他这‘一鞭子’的四五里路，真不近啊！

“这个地方，有三几个蒙古包。有一位六十多岁的老头和一个年轻的姑娘，在门口把我们迎接进一个大蒙古包里。地毡上睡着四个病人。这时进来一位羊倌来当翻译。我了解了，这个家庭的老太太、大女儿和两个小孩病了。去接我来的人是老人的大女婿，是牧业社干部。刚才在门口接我们的是二女儿。我立刻给病人们进行检查，病得最重的是大女儿和她的两个孩子。都是流行性重感冒，因为没有进行隔离，结果一下病倒了四口。

“我给每个病人进行了治疗，打了针，服了药之后，已经是早上三点钟了。主人早就把另一个蒙古包生了火，拿了好被子，请我去休息。我说我要看看病人的变化，在这里休息就行。年老的主人看见我这样坚持，双手拉着我说了几句话，我听出有‘毛主席’三个字。我感到他的手在颤抖。羊倌告诉我，他感谢毛主席派来了好汉医。

“病人都很安静地睡着了。我骑马骑得两腿很酸疼，很疲倦，不知不觉地也睡着了。当我醒来的时候，看见蒙古包顶圆圆的天窗，已透进阳光。我发现主人在我睡着的时候，给我盖上了被子。我正要爬起来时，忽然觉到有点头晕，喉咙沙疼。糟了，病传到我的身上了。我挺着检查了病人。老太太和大的小孩，好得多了。只有大女儿和最小的孩子还不大好。这样我不能一早就离开这里了。

“主人请我到另一个蒙古包去吃饭，我去到的时候，看见二女儿在包饺子。原来主人一早就在忙碌，杀了羊，弄来大葱，为我准备饭。年老主人陪着我吃饭，大女婿和二女儿在一边伺候。我再三请他们一块吃，他们不肯。后来老主人叫他们吃，他们才吃起来。大概这是这里的规矩。

“到了下午，大女婿出去工作了。病人都好得多了，看来不会有什么问题，我留下了药，准备回矿山。老主人叫他的二女儿牵马来送我。我听见叫她塔木。老主人送了我一段路，拱手跟我道别了。

“塔木是个漂亮的女骑士，她像燕子一样，一闪就上了马背。她看我也上了马，左手一提缰，右手一挥鞭，纵马跑上了山岗。大概她不知道我的马术是出色蹩脚，要不就是故意跟我开玩笑了。我还是骑着那匹马，它很了解我的弱点，放开蹄子，飞一样追赶它的女主人。她勒住马，看着我在马上的样子，笑得前仰后翻。我骑的马绕过她跟前，放纵地跑着，她像飞一样把我的马截住了，给我牵着慢慢走起来。

“塔木用鞭子指着周围叫我看，大概是问我她的家乡好不好。真是美呀！天上浮着牛奶般的云朵，一目千里的雪地上，散放着马群、牛群和羊群。百灵鸟群，像南方水上的浮萍一样，忽高忽低，在天空中流荡着。草原的风光太好了。可是我浑身痛，没有充沛的情绪，好好地欣赏草原上美丽的风光。

“塔木送我到了白云鄂博，临走的时候，笑着对我说了一句不熟练的汉话：‘好好学骑马。’

“我说：‘学好再跟你比赛。’

“我一进诊疗室，一堆病人又把我包围起来。在这里做医生，你是没有权利生病的。”

矿山医生说完了。时间已经快十二点了。窗外的夜风，呼呼地吹刮着。我在门外和矿山医生道别的时候，他问我：“这里的风厉害吧？”

我说：“反正它刮不倒人！”

一年很快过去了。初冬的早雪，按照千古不变的时刻，准确地降临在白云鄂博。可是矿山发生了巨大变化。火车运送着建筑器材，运送着新的人来到矿山。又运着成千上万吨的矿石出去。许多矿工住进了新建成的房屋。俱乐部很快就可以放电影了。那些来过医务室的小客人们，曾敞开衣服，让矿山医生轻轻敲响过的胸部上，现在已结着鲜艳的红领巾，在做早操。许多牧民恢复了健康，纵马驰骋在无边的草原上。多少个未来的骑士，经过他的手迎接在朝霞绮丽、露珠闪光的天地里。矿山医生盼望了很久很久的医院，已经在安装楼板。而每个早晨，开山的连珠炮声，震动山野，升起白色的烟云，浮流过狼牙似的山峰。

在这个初冬的日子里，我又遇见了矿山医生。他告诉我，矿山已经有了好几位医生。他可能很快就要离开那里了。

我问他：“进研究院学习么？”

年轻的矿山医生笑着说：“你记性真好。我可能到北京，或其他医院进修。我还要回来，这里需要人工作。”

1957年11月27日

（原载《人民文学》1958年2月号）

雪浪花

杨　朔

凉秋八月，天气分外清爽。我有时爱坐在海边礁石上，望着潮涨潮落，云起云飞。月亮圆的时候，正涨大潮。瞧那茫茫无边的大海上，滚滚滔滔，一浪高似一浪，撞到礁石上，唰地卷起几丈高的雪浪花，猛力冲激着海边的礁石。那礁石满身都是深沟浅窝，坑坑坎坎的，倒像是块柔软的面团，不知叫谁捏弄成这种怪模怪样。

几个年轻的姑娘赤着脚，提着裙子，嘻嘻哈哈追着浪花玩。想必是初次认识海，一只海鸥，两片贝壳，她们也感到新奇有趣。奇形怪状的礁石自然逃不出她们好奇的眼睛，你听她们议论起来了：礁石硬得跟铁差不多，怎么会变成这样子？是天生的，还是錾子凿的，还是怎的？

“是叫浪花咬的，”一个欢乐的声音从背后插进来。说话的人是个上年纪的渔民，从刚拢岸的渔船跨下来，脱下黄油布衣裤，从从容容晾到礁石上。

有个姑娘听了笑起来：“浪花也没有牙，还会咬？怎么溅到我身上，痛都不痛？咬我一口多有趣。”

老渔民慢条斯理说：“咬你一口就该哭了。别看浪花小，无数浪花集到一起，心齐，又有耐性，就是这样咬啊咬的，咬上几百年，几千年，几万年，哪怕是铁打的江山，也能叫它变个样儿。姑娘们，你们信不信？”

说得妙，里面又含着多么深的人情世故。我不禁对那老渔民望了几眼。老渔民长得高大结实，留着一把花白胡子。瞧他那眉目神气，就像秋天的高空一样，又清朗，又深沉。老渔民说完话，不等姑娘们搭言，早回到船上，大声说笑着，动手收拾着满船烂银也似的新鲜鱼儿。

我向就近一个渔民打听老人是谁，那渔民笑着说："你问他呀，那是我们的老泰山。老人家就有这个脾性，一辈子没养女儿，偏爱拿人当女婿看待。不信你叫他一声老泰山，他不但不生气，反倒摸着胡子乐呢。不过我们叫他老泰山，还有别的缘故。人家从小走南闯北，经的多，见的广，生产队里大事小事，一有难处，都得找他指点，日久天长，老人家就变成大伙依靠的泰山了。"

此后一连几日，变了天，飘飘洒洒落着凉雨，不能出门。这一天晴了，后半晌，我披着一片火红的霞光，从海边散步回来，瞟见休养所院里的苹果树前停着辆独轮小车，小车旁边有个人俯在磨刀石磨剪刀。那背影有点儿眼熟。走到跟前一看，可不正是老泰山。

我招呼说："老人家，没出海打鱼么？"

老泰山望了望我笑着说："嗐，同志，天不好，队里不让咱出海，叫咱歇着。"

我说："像你这样年纪，多歇歇也是应该的。"

老泰山听了说："人家都不歇，为什么我就应该多歇着？我一不瘫，二不瞎，叫我坐着吃闲饭，等于骂我。好吧，不让咱出海，咱服从；留在家里，这双手可得服从我。我就织渔网，磨渔钩，照顾照顾生产队里的果木树，再不就推着小车出来走走，帮人磨磨刀，钻钻磨眼儿，反正能做多少活就做多少活，总得尽我的一份力气。"

"看样子你有六十了吧？"

"哈哈！六十？这辈子别再想那个好时候了——这个年纪啦。"说着老泰山捏起右手的三根指头。

我不禁惊疑说："你有七十了么？看不出。身板骨还是挺硬朗。"

老泰山说："嗐，硬朗什么？头四年，秋收扬场，我一连气还能扬它一两千斤谷子。如今不行了，胳膊害过风湿痛病，抬不起来，磨刀磨剪子，胳膊往下使力气，这类活儿还能做。不是胳膊拖累我，前年咱准要求到北京去油漆人民大会堂。”

“你会的手艺可真不少呢。”

“苦人哪，自小东奔西跑的，什么不得干。干的营生多，经历的也古怪，不瞒同志说，三十年前，我还赶过脚呢。”说到这儿，老泰山把剪刀往水罐里蘸了蘸，继续磨着，一面不紧不慢地说：“那时候，北戴河跟今天可不一样。一到三伏天，来歇伏的差不多净是蓝眼珠的外国人。有一回，一个外国人看上我的驴。提起我那驴，可是百里挑一：浑身乌黑乌黑，没一根杂毛，四只蹄子可是白的。这有个讲究，叫四蹄踏雪，跑起来，极好的马也追不上。那外国人想雇我的驴去逛东山。我要五块钱，他嫌贵。你嫌贵，我还嫌你胖呢。胖的像条大白熊，别压坏我的驴。讲来讲去，大白熊答应我的价钱，骑着驴逛了半天，欢欢喜喜照数付了脚钱。谁料想隔不几天，警察局来传我，说是有人把我告下了，告我是红胡子，硬抢人家五块钱。”

老泰山说的有点气促，喘吁吁的，就缓了口气，又磨着剪子说：“我一听气炸了肺。我的驴，你的屁股，爱骑不骑，怎么能诬赖人家是红胡子？赶到警察局一看，大白熊倒轻松，望着我乐得闭不拢嘴。你猜他说什么？你说：你的驴快，我要再雇一趟去秦皇岛，到处找不着你。我就告你。一告，这不是，就把红胡子抓来了。”

我忍不住说：“瞧他多聪明！”

老泰山说：“聪明的还在后头呢，你听着啊。这回倒省事，也不用争，一张口他就给我十五块钱，骑上驴，他拿着根荆条，抽着驴紧跑。我叫他慢着点，他直夸奖我的驴有几步好走，答应回头再加点脚钱。到秦皇岛一个来回，整整一天，累的我那驴浑身湿淋淋的，顺着毛往下滴汗珠——你说叫人心疼不心疼？”

我插问道：“脚钱加了没有？”

老泰山直起腰，狠狠吐了口唾沫说：“见他的鬼！他连一个铜子儿也不给，说是上回你讹诈我五块钱，都包括在内啦，再闹，送你到警察局去。红胡子！红胡子！直骂我是红胡子。”

我气地问：“这个流氓，他是哪国人？”

老泰山说："不讲你也猜得着。前几天听广播，美国飞机又偷着闯进咱们家里。三十年前，我亲身吃过他们的亏，这笔账还没算清。要是倒退五十年，我身强力壮，今天我呀——"

休养所的窗口有个妇女探出脸问："剪子磨好没有？"

老泰山应声说："好了。"就用大拇指试试剪子刃，大声对我笑着说："瞧我磨的剪子，多快。你想剪天上的云霞，做一床天大的被，也剪得动。"

西天上正铺着一片金光灿烂的晚霞，把老泰山的脸映得红彤彤的。老人收起磨刀石，放到独轮车上，跟我道了别，推起小车走了几步，又停下，弯腰从路边掐了枝野菊花，插到车上，才又推着车慢慢走了，一直走进火红的霞光里去。他走了，他在海边对几个姑娘讲的话却回到我的心上。我觉得，老泰山恰似一点浪花，跟无数浪花集到一起，形成这个时代的大浪潮，激扬飞溅，早已把旧日的江山变了个样儿，正在勤勤恳恳塑造着人民的江山。

老泰山姓任。问他叫什么名字，他笑笑说："山野之人，值不得留名字。"竟不肯告诉我。

1961年

（选自《杨朔散文》，人民文学出版社1998年版）

鱼的神话

徐　迟

人类用以反映和寄托自己的理想的神话，从古以来就很多。鱼的神话也如此。可是，听说过有人鱼，也听说过会说话的鱼，但我还没有听说过什么带号码的鱼呢。而村子里却捕到了确确实实带了号码的鱼。只见一尾鳞甲闪闪，尾部拨剌跳动的青鱼，在它的鳍上闪亮着一个殷红颜色，用塑料制成的小牌子。江上那个老渔民打了一辈子鱼，还头一次看见这鲜艳夺目的玩意。他一看上面有着五位数字，大吃一惊。他赶紧连鱼带号码，交给公社党委去了。

这条江，不算小，是长江的一条支流。正是春天，桃花水发的时候，江水流的也相当的急湍。在村子的上游不远处，越过几个险滩，有一片工地。一座水利工程正在紧张建设之中。自从开辟了那个工地，这一带村子里，见到了多少新奇事物，突然变成了神话似的生活了。原来比较偏僻，没见过电灯的山区，突然灯火辉煌，人声机械声鼎沸，起来了一座座高楼，驶来了各种各样的车辆。神奇的事情，其中闪烁着新的生活的光芒的，也就层出不穷。

而现在，捕获了带号码的鱼，如果只有一条，也就罢了；奇怪的是上下几个村子，好些人都捕到了。极细极细的白金丝，把塑料的小牌子系在青鱼、草鱼、鲢鱼、鳙鱼的鳍上，颜色鲜明，一眼就可以看到。

后来，捕到带号码的鱼很多，也就不觉得奇怪了。社员们说："又是一条！"他们都知道怎样来对付这种奇怪的鱼。公社党委告诉他们，关于这种鱼，还曾在报纸上登了大启事的呢。按照启事上的要求，他们把牌子取下来，给鱼称一下重量，报告党委。邻省一个大城市里，专门有一个水生生物科学的研究机关收集这种牌子和资料。那里的科学家要了解这一条条的鱼有多重？是在什么地方用什么方法捕获的？交回了塑料牌子，还可以领到两元人民币。

下面的事情发生在这条江上已经捕获了相当数量的带号码的鱼以后。

有一天，工地指挥部的王书记得到通知，说有一位姓吴的养鱼专家要到这工地来。专程要找书记谈一谈。

王书记听说他将有这样一位访客，心里不免觉得奇怪。他原先并不知道养鱼也有专家。要是他知道那些村子里发生的事，他的兴趣也许就会更高。

为了招待这位客人，他让伙房做好准备。工地上，没有什么可以待客的，恰好也只有鱼。他微微一笑说："就用鱼招待养鱼专家。"这时，工地调度室给他打来一个电话：李工程师催他到现场去，他们正在总结一个先进的浇筑经验。

一到工地，那个还没有完全升高起来的大坝已经挺立在峡谷中间。江水是从导流的明渠里流下来的，涨了水，便喧闹而且嚣张，像一条愤怒的蛟龙。但工地上的音响压住了河水的咆哮声。王书记和李工程师一起登上坝体，从那"噫吁嚱，危乎高哉！"的钢架子上走过。在那儿，他用眼睛扫视一下，工地的全景历历在目。他是一个老战士出身，有鹰一样锐利的眼睛。他一下找到了那一队浇筑工人。

他们到指挥部开完会，王书记想起了养鱼专家来访的事。客人已来了半小时，正在等他呢。他赶快回到自己的办公室，同时把李工程师和张指挥长也约上了。

姓吴的专家是一个小个子，看去很年轻。他两眼闪闪有光，显得特别的兴奋和热情。

"很对不起，我们开会开久了，让您久等了！"王书记说，拉着客人的手不放，又给大家介绍。

“没有等多久，我刚从下面的村子来，沿江边开车子上来的，刚到这儿。王书记，你们这里真是一个好地方。我从窗口看大坝，看得很出神。你们的工作干得多好，大坝多么宏伟！我那个工作，不能比，只是一条一条鱼。您一定奇怪，为什么我要到这儿来？”

“我们这个坝，并不大。可是技术上还有一些特点，所以参观的人多了些，各种各样的人。”指挥长挺着胸膛，声音洪亮，“您也是的——”

养鱼专家打断了他，迅速地说起来：

“是的，是的，我也要参观一下。可是，我不是来参观的。我们来谈一谈吧，可以吗？你们知道，我们放了一些带有‘放鱼标志’的鱼。最近，这里捕获了不少鱼，都是我们放下去的。有去年放的，有前年放的，经过一两年，鱼从几个不同的省份洄游到这儿来了。”

“什么是鱼标啊？”王书记问，他心里浮上了一种面对奇异事物时的激动的感情。

“我马上告诉你，而且从头说起。鱼标，”客人从身上摸索了一下，“鱼标——”，掏出几个塑料的小牌子来，一边说，一边分给他们，“你们看，这就是，系在鱼的鳍上，放下去。从不同的江河，不同的地方，放下去，用来观察鱼类的洄游的路线。”

“嘿！”指挥长端详着鱼标，叫起来，“妙得很！如此说来，鱼都上咱们这条江，上咱们这个工地来参观啦？”他爽朗地笑起来了。

“是的，”那位养鱼专家也笑了，“来参观的不少。不过，我还得给你们从头说起。你们看，我是研究鱼的。你们也喜欢鱼吗？我说，你们都爱吃鱼吧。”

“很爱。前一回基坑抽干了水，我们全吃到了鱼。”一直沉默着的李工程师把烟斗取下，点了点头，含着微笑。

“当然，许多人是爱吃鱼的！草鱼、鲢鱼、鳙鱼、青鱼，特别好吃。我个人近几年专门研究这四种鱼。它们是我们的主要的经济鱼类，而且是我们主要的出口鱼苗。从外国，许多国家，来我国购买鱼苗，价钱不小，用飞机、海轮装出去。每年都来购买，每年都装运，因为很奇怪，这些鱼只在我国的几个地方产卵繁殖。世界各国的鱼学家研究了又研究，想让我们的出国鱼苗能够在外国繁殖。可是，总办不到。”

“是的，我想起来了，有这样的事，我看见过，”王书记热心地说，“在长江上有一个地方，是鱼的产卵场……”

养鱼专家没让他说下去就截断了他：“原来你知道这回事。这确实很妙。这一个产卵场，每年十分兴旺。这值得研究，我们研究了它，我们古代倒是有一些养鱼的专家，写了养鱼经。我们有不少的渔人有极宝贵的经验，但没有得到科学的总结。我国科学家只在解放以后才开始研究这种科学，时间很短，可是我们已经解决了好些问题，包含这几种鱼类的产卵繁殖在内，我们已发现了它们的繁殖的规律，而且已经发现了许多产卵场，不止长江一个。”

“那很了不起！”李工程师说。

“我们这边也有一个吗？”王书记也恍然大悟地问。

养鱼专家点了点头：“可不是！这两年我们做了不少调查工作，已经弄清楚这些鱼类只在地理和水文适宜于它们产卵的地方，才能形成产卵场。水位、流速、水温、水的理化性质，条件是很复杂的。它们已经养成一种相当稳固的遗传性，不肯在静湖泊和流水速较缓的河川中繁殖。它们挑中了河流峡谷的出谷之处。”

“跟我们水利工程师一样！”李工程师眨了眨眼睛，他听出神了。

“跟我们军人的气质也很投合。我们总是挑选峡谷这种险要之地来作战的。”王书记也听出神了，他说着，用手肘撞撞他的老战友，那位指挥长的手肘。

“这里这个峡谷地带，根据我们放鱼标志得到的结果，原来也是一个产卵场。过去人们不注意，因为这个产卵场在水较深处，不像长江的那个浮在水面容易看见。我们已经可以作出结论，这个产卵场有不小的经济价值。”

指挥长听了，高兴得用拳击掌，说：“那太好了。上有电站，下有产卵场，放眼看去，还有个人造湖……”

“可是，不然，事情并不很妙，”养鱼专家打断了他说，“你们知道吗？

你们在这里筑了一道拦河坝，一座水电站。以后水库蓄了水，电站发了电，水文一变化，工业废水又不干净，这个出色的产卵场就可能给破坏啦！”

“破坏？”王书记惊奇地问。“怎么？”指挥长也皱了皱眉头。工程师也“噢”了一声。默然片刻后，王书记又说话了：

“为什么你们不早点提出来呢？为什么你们不在我们建坝以前就考虑这样的问题呢？你们不是考虑了水库养鱼吗？您看，现在大坝都已经升起来了。您跑来又有什么用？”

“不用着急。可是我得从头说起——”

“好，好，您从头说吧，请您快说。”书记笑着催促道。

“大坝确是要破坏产卵场的，可是我们面对这一类问题，到如今已并不止这一次。别处，还有大坝也要破坏我们的良好的产卵场。我刚才不是说了吗？在我国渔业是一门新的年轻的科学，产卵场的问题是最近才发现的。过去考虑水库养鱼，是另外一回事。现在我们研究了它，请教了一些老渔民。嘿，他们是了不起的专家。根据他们的意见，我们已研究出措施来了。这个问题，我们已经可以解决。科学的系统的理论和群众的丰富的实践相结合，真解决问题。今天我乘车来时，已在下游好几个地方进行了观察。我们已经派人来调查过这道小江。它下游有几个险滩是适宜鱼类急流产卵的地区。”

“老吴同志呵，您都去看了吗？”王书记用异常亲切的口气问。

“都看了。”他回答。

“能行吗？”

养鱼专家笑了一笑，“我们正在试验之中，将来还要采取一系列的措施。我们是有点把握的，要叫产卵场搬搬家。”

大家听了，都高兴起来了。这一场虚惊，使宾主之间的感情更加融洽起来。正在这时，广播器里忽然放送出一段轻音乐。王书记看了看时间，立刻意识到自己的东道主身份，就起来邀请客人和他的战友们同去食堂进膳。他抱歉地说工地上没有好东西招待。食桌上已放了几大碗菜肴，有烧鱼头，炒鱼片，鱼羹等。他们大声赞美这几碗鱼。音乐不停地奏鸣着。谈话便转到大坝的话题上，接着又转到了未来的更大规模的水利工程。可是不一会儿，又到鱼类上来。他们好奇得很，问了又问，养鱼专家就娓娓不倦地谈了许多养鱼的事。那些事也真动人。他越谈，越吸引他的听众。他谈了水中为鱼类而设的各种建筑物，后来又谈到了未来的捕鱼船。“那可有意思呢，我们在设计这样的船，让它们航行在人造的大海之中。你们知道，鱼类生活在水中，层次也很分明。有的在浅水，有的稍深，有的在深水。我们捕鱼船要捕某种鱼时，不用捕鱼网，用电。只要把电流送到多少米的深处，就能电到我们所需要的那种鱼。那种鱼便翻转肚皮，浮上水面，自动进舱，进入一座自动化的联合加工厂。可是小鱼不能进舱，它们还得漂在海面。三个小时之后，它们又醒过来，游走了——要等它们长肥了再电它们。捕鱼船在海面巡行一周，就回来了，回到岸边，靠上海滨码头了。那时，运输卡车已经在码头恭候。千万只鱼罐头从传送带上流过，装上卡车，运往四方。”

指挥长听到这里，大叫：“这简直太妙了，像神话似的……”

专家可不敢赞同。“哪能说是神话？这全是真实的！”他一本正经地说，引得那三个人都笑了。

王书记也说：“这简直是神话！”

“我们在建设着何等模样的生活呵！我们未来的生活，今天听起来，就像神话一样，甚至比神话还神呢！”工程师不禁也赞叹不已了。

1961 年 1 月 11 日

（原载《人民日报》1961 年 4 月 9 日）

寄自依吞布拉克山

李若冰

我们绕过尕斯库勒湖，要上依吞布拉克山去了。

那里有什么引人入胜的景致呢？

一踏上风沙弥漫的戈壁大道，我就陷入了遐思。

在我梦幻似的想象里，那儿是一座通体皎白皎白的山峰，宛如身裹银色轻纱的白衣女子，头戴白玉兰编织的花环，眨着晶亮的眼睛，以其独特洒脱的风姿，悠然立于群山之中。但是，那儿山高路遥，原始沉寂，狂风大作，天寒地冻，酷似一座难以近身的冷宫，可望而不可即。

我脑海里浮现这种幻影，无疑与二十多年前的见闻有关。

在荒凉的柴达木盆地，有一位神奇的行者，名叫木买努斯·伊沙阿吉。这位强悍的乌孜别克族汉子，曾经历尽人间沧桑不得已而拉起骆驼，铤而走险，穿行大漠，以求生计。谁料，这荒古大漠竟对他有着难解的情分似的，在他跋涉得饥渴的时候，捧给他以浓浓的奶浆和肉食，给他以无限的爱抚和温暖。凡他走过的地方都有金光闪亮，凡他攀登的山崖也是彩虹扑面。他走到哪里，哪里就出现奇迹，就有金娃娃，就有银蛋蛋，宝贝疙瘩……

伊沙阿吉老人传奇式的行踪，被人们广为传播。

于是，他应邀作了开拓者的伙伴，成为我国探索柴达木最早的向导。

阿吉是许多地质队员的密友，曾多少次从沙漠的迷途中，把战友从死亡线上拯救回来呢。而且跟随着他的脚步，发现了山上稀有的多金属矿藏，揭开了地下石油的秘密。我们今天要去的依吞布拉克山，那儿潜伏着几千年珍贵的石棉矿，不也是他作为向导发现的么！可是，50年代中期，我听中央地质部柴达木普查大队的伙伴们说，那儿简直是与世隔绝的荒山野岭。而阿吉老人也对我讷讷说："那儿很冷，是冰冷冰冷的世界！"

我们径直往山上驰去，只觉山势越来越高，风也越刮越凶了。依吞布拉克山真是冰冷的么？

时值九月，骄阳当空，天气爽朗，我一点不觉得冷，反而感到有些燥热。此时，远远地，我发现前面山口里，弥漫着白茫茫的雾气，仿佛那儿有无数的火种在点燃，腾跃着一种灼人的热烈气氛。在烟雾飘绕中，我也影影绰绰看见一座突兀的山峰，刚才远看朦朦胧胧，像是雪白色的，现在近看挺拔峻峭，却是褐灰色的，莫非它就是依吞布拉克山？

"你看，茫崖石棉矿山到了！"

呵，石棉矿山！抬头翘望，它坐落在阿尔金山雪峰和雄伟的昆仑山之间，恰像两位百岁老人守护着独生的石棉女儿似的。它仿佛在山峡里翩翩起舞，扬起了漫山的白雾。我一开始走进茫崖矿区，就觉得完全置身于茫茫的天地里了。

"我们这儿是露天开采，粉尘浓度大点。"

久在矿山恋战的丁工程师，引我们来到采矿现场，指点着矿脉和开采状况。

在一条幽深的山峡里，许多矿工聚集在这儿，有的正在向山崖猛力钻进，空气压缩机嘟嘟嘟地吼叫，洞口不断喷吐着粉白尘雾；有的正在把透明的矿石，一块一块搬上卡车，迅速地运出山峡。我们走在选矿工段，也一样是棉尘扑面，粉尘在山里打旋，随风扑上天空，凡在这儿开矿选矿的工人们，从鼻子眼窝到工作服上，无不沾满棉尘，活像全身披挂着白盔银甲似的。

"依吞布拉克山是风口，开采条件不够理想。"丁工程师诙谐地一笑说，"这儿矿床长约五公里，深六百余米，还没有探到底层，远景可观着哩！……"

精明的丁工程师快活而又含蓄的话，给我留下一个鲜明的印象：在柴达木西部边缘，青海和新疆交界的荒山里，卧伏着我国一座罕见的富裕的石棉矿山。它是这么边远，这么偏僻，而又这么高高地身居多风久寒之地。

我不禁想到，人们怎样占领了这一高地？怎样采选出优质的石棉纤维，使其畅销于国内外市场呢？

“在这冰冷的世界里，为了生存必须战斗！”

我遇到这里的老矿长和矿工们都这么说。

这儿高出海面三千多米，一年四季难分，气候变化异常，昼夜温差相当大，低温达零下三十摄氏度左右，难怪伊沙阿吉和人们称它是冰冷的世界。那么，要征服这座冷峻的冰山，这儿曾进行过怎样的搏斗？

我听矿工们说，最先向依吞布拉克山挺进的是刘绍祖、张文波等二十三名勇士。

那是20世纪50年代末期，也是柴达木一个寒彻入骨的冬日，他们头戴皮帽，脚蹬皮靴，浑身裹着皮衣皮裤，携带着一些简单工具，奉命登山开矿。当刘绍祖他们在大戈壁里跋涉，终于爬上依吞布拉克山的时候，迎接他们的竟是狂吼的暴风，逼人的寒气，一个个被风雪扑打得睁不开眼睛，站不住脚跟，纵然全副皮装，也冻得身子发僵。真难想象，当年神奇的阿吉老人是怎样领着中央普查队登上这座原始荒山的？

生命是无限宝贵的，而其价值在于为人类创造财富。最初建矿的刘绍祖、杨振华许多矿工们，一面要和冷酷的大自然搏斗，一面还要用落后的工具挖矿。那阵子，矿工手头只有三样家伙：铁锹、铁镐和簸箕。用铁镐挖矿，铁锹铲矿，该要付出多大的代价？尤其在山风中用簸箕选矿。簸啊选啊，选啊簸啊，不到半个晌午，就会使一个强壮的小伙子累得喘不过气，直不起腰来。

在依吞布拉克山里，呈献给祖国的第一吨亮锃锃的石棉矿，就是矿工们一簸箕一簸箕精选出来的！“在这冰冷的世界里，要创出一番大业，没有驱鬼杀邪、不畏苦寒的气概，没有豁出命实干苦干的精神境界，那是不可思议的！”

这是生活在依吞布拉克山风口的石棉矿工的特殊感受，是在与大自然搏斗中提炼出的哲理，是钢与火的语言呵！

我走在依吞布拉克山里，回望飘拂着茫茫棉尘的山峰，对这儿的创业者充满感激的心情。不正是这些如钢似火的石棉矿工，在极端恶劣的境遇里，为生存而搏斗，为建矿而献身，历经难以想象的冰冻侵袭，吃尽人间难以预料的苦头，一锹一锹开挖出一座瑰丽的宝库，把原始荒山塑造成一派繁华的石棉山城么！

即使当那史无前例的风暴袭击这边远矿山、而大喊批“唯生产力论”的时候，石棉城虽也难逃劫数，蒙受了坑害，但是这些石棉矿工们在创业的艰辛历程中，更懂得人类生存、劳动和创造的价值。他们以驱鬼杀邪的勇气，凛然站在自己岗位上，竟然使生产连续三年超额，并达到前所未有的年产万吨的新水平。多么好的创业者，多么令人钦佩的石棉矿工！

我走在依吞布拉克山里，心中怀着敬意。

呵，创建这座石棉山城何等不易！

现在矿工们在疗治混沌年代遗留下的创伤的同时，已鼓起强劲的翅膀在突进，在起飞，而且要使与世隔绝的依吞布拉克山成为大放光彩的石棉基地。特别令人振奋的是，这儿的矿工们并不满足现已达到的接近两万吨的年产量，而盼望着上十万、二十万吨。这莫非是一个幻想？一种奢望？不。这里有着身经百战的人力资源，而且有着人所共知的丰富的矿产资源，这里不仅有条件促使我国石棉工业翩翩起舞，而且有条件在国际石棉纤维市场上赢得当之无愧的位置。其实，茫崖石棉矿已经在国内外享有着很好的声誉。可惜，也许因为这儿山高路遥，却长期得不到与其资源开发相适应的现代技术装备。然而矿工们的胃口大得很，即使给装备十万、二十万吨的采矿选矿设备，也填不饱他们的肚子。

我多么想大声呼吁，给予开拓青新交界的石棉山城的创业者以更多的关注吧！给予远在依吞布拉克山的石棉儿女以更大的爱抚吧！

傍晚的时候，我们从茫崖矿区街市穿过，到人们敬重的伊沙阿吉老人的女儿柴达木汗家里做客。

我为这次不寻常的聚会感到宽慰。她的丈夫买买提·伊明给我们引路。

可是，我再也见不到神奇的阿吉老人了。然而，他那像钢打铁铸般的身板，堆满黑黢黢皱纹的笑脸，和雄鹰般敏锐透亮的眼神，却给我留下了传奇式的印记。阿吉老人把他全部的欢乐，和最后一丝力气，都献给了宝石宝山的发现和勘探上。人们为了追念他在开发柴达木中所建立的功勋，把他安葬在油矿山下烈士陵墓里。而阿吉老人，生前为欢庆自己在柴达木度过的晚年，也特意给小女儿起名叫柴达木汗，以表达对柴达木深深的爱恋之情

柴达木汗和哥哥买买提明，扶着年迈的母亲阿吉汗，已在门口迎候我们了。

我们被邀进了土屋里。从外面看，土屋低矮简陋，而一跨进门来，里面却是人间天堂，春意盎然。

柴达木汗已长得高高的，窈窕而又矫健，两只深藏在浓眉下的大眼特别像她爸爸。她不停地出出进进，提壶端茶，忙活了一阵，才抱着个胖娃娃，和丈夫一块坐下来。柴达木汗继承了她父亲性格中的坚毅和乐观，眼下，已是茫崖矿区被人们称道的妇联主任。她的哥哥买买提明懦悍聪慧，说一口漂亮的维吾尔语和汉语，曾是个很好的翻译。

我们和主人一块吃哈密瓜，喝奶油茶，啃嚼香喷喷的手抓羊肉，互相倾诉衷肠。我们谈得最热烈的是柴达木的石油、石棉和金山、银矿，当然谈得更多的是尊敬的阿吉老人坎坷而光辉的生涯。使我难以忘怀的是，阿吉的儿女们，至今依然抱着一个强烈愿望，要沿着阿爸走过的路继续走下去。阿吉的后代虽身在父辈开拓的茫崖矿区，而心却时常飞荡在辽阔的柴达木大漠上。

祝福柴达木汗，祝福买买提明，祝愿你们的愿望早日实现吧！

我们从柴达木汗家里出来，天已擦黑了。

这时，我感到有股热风从依吞布拉克山吹来，身上觉得暖乎乎的，头上还直冒热汗。我有点惊异，千万年来，这夹在昆仑山和阿尔金山怀里的宝石山，为什么人们老说它是冰冷的呢？也许造物主赋予了它这种禀性？也许在十年浩劫时它是冰冷的？但是，此时此刻，我却实实在在感到这儿的山，这儿的天地，已不再是冰冷的了。它已被伊沙阿吉和前仆后继的开拓者暖热了，被开拓者的体温暖热了，被开拓者的心暖热了。

我从而坚信：有着火热心肠的人可以改变冰冷的世界。你看，这儿的石棉矿工们继续点燃着创业的火把，将会使依吞布拉克山飞腾起更加炽烈的火焰，放射出更加富丽的光华！

1980年9月，茫崖

（选自《李若冰文集》，陕西人民出版社2004年版）

大庆精神大庆人

袁　木

烈日当空，热风炙人，脚下的砂粒都被晒得发烫。周恩来同志领先打着一杆鲜艳的红旗，一支由中央国家机关和中共中央直属机关领导干部组成的劳动队伍，这时正在迎着十三陵水库的拦洪大坝，向着他们的劳动现场进发。

这是一面标志着崇高的共产主义风格的红旗。一个多星期以来，五百多位领导同志完全以普通劳动者的姿态，在这里紧张地劳动，流下了他们的汗水。

每天下午三时，银笛一响，人们立刻从比比相连的地铺上一跃而起，列队出发。不论总理、部长、副部长、司局长以至工地技术员、卫生员或行政管理人员，大家一起徒步八里去上工，一路上谈笑风生。直到夜间十一时，人们才背着水库大坝上的万盏灯火，回到驻地。有时，这支队伍在路上同青年水库建设者们迎面相遇，调皮的年轻人就故意高声地挑起战来：“黄忠队，唱一个吧！”“老头儿”们也不示弱，老远地看到年轻人就争取主动：“小伙子们，来一个！”在这互相挑战的热情的呼唤声和欢笑声中，愉快的歌声就在热风中荡漾起来。

这里没有首长

第一天，水库指挥部沙西工段政治委员白寿康同志被请来向大家分配任务，指示工作。他刚刚说出“我们欢迎首长们……”的第一句话，周恩来同志立刻纠正他说：“这里没有首长，没有总理、部长、司局长的职务。在这里大家都是普通劳动者。”王震同志紧接着对白寿康同志补充说：“现在你是首长，我们是你的部下。”

要想如实地表达出工地上愉快欢乐的沸腾气氛，表达出我们敬爱的领导同志们热爱劳动的感情和他们的干劲，那是一件十分困难的事情。炎热的太阳晒得石头烫手，人们不但不加理会，反而快乐地把大石头称作“西瓜”，把小石头称作“香瓜”，一面有节奏地高喊着这样的呼号：“嘿！来了一个大西瓜！”“又来一个小香瓜！”一面飞快把石块运向料堆。几十辆独轮车装着石块在工地上轻捷地转动，人们担起石筐健步如飞，这支平均年龄在四十五岁以上的劳动队伍，几乎个个都想在劳动中赛一赛干劲。

周恩来同志在大家的集体劳动还没有开始时，就一个人推起一辆小车练习起来。我们敬爱的总理在过去的革命战争中骑马摔坏了右臂，至今他这支胳臂还不能完全伸直，虽然人们一再劝阻，他在干了装料、拉车等活儿以后，还是坚持推了几车石料，要学一学这种劳动。罗瑞卿同志再三告诉大家要注意安全，干起活儿来要量力而行，稳步前进，而他自己一到工地就忘记了自己对别人的告诫，越干越猛。第一、第二两大队的队长陈国栋同志和余光生同志身体健壮，穿着短裤，脚蹬球鞋，是工地上的“少壮派”，他们不仅指挥得好，并且带头劳动得好。中央国家机关党委书记龚子荣同志在这里担任着支队政治委员的职务，他同连贯同志是工地上出名的一对“矮胖子”，他们两人一直坚持抬石筐，始终不懈，人们都称赞他俩坚持劳动的毅力。李葆华同志被石头砸破了手，流了血，但他坚持轻伤不下火线，包扎一下以后，干得越发起劲。

永不忘怀的形象

有几个在工地上使人们永远不能忘怀的形象是：早年就失去了一支胳

臂的王兴让同志，他一会儿用一只手提着几十斤重的石筐，同别人一起装车卸料，一刻不停；一会儿担起一副石筐，又快又稳；一会儿又帮助别人拉车，一往直前。汗水湿透了他的衣衫，他一面劳动还一面同别人大声谈笑，或者低声哼起歌曲。平凡的劳动给这位不知疲倦的人带来了多大的乐趣啊！工地上大家都尊敬地称他是“独臂英雄”。章夷白同志1926年在江西参加北伐战争时，被军阀孙传芳的部队打伤了两腿的关节，后来他在艰苦的白色恐怖下从事党的地下工作时，又曾在1931年被国民党反动派逮捕，长期生活在敌人的监狱里，因而留下了双腿不能弯曲的残疾。章夷白同志这次不仅不顾别人的多次劝阻，一定要来工地，并且拄着一根拐棍坚持徒步上工，在劳动中和大家一样干得起劲。金明同志幼年得过胸膜炎症，没能得到很好医治，后来，许多年的艰苦革命生活又损害了他的健康，因而他现在半边肺已经萎缩，左边的胸脯明显地塌陷下去。就是他，不仅始终是全队保持推车最高纪录中的一个，而且当不少人推车还需要一个人帮着拉时，他却一个人推着往来快跑。有不少比较年轻的司局长同志曾经一再地对我说：“在这些英雄们的面前，我们多劳动一些又算得了什么呢？”

我久久地凝视着总理和许多久经考验的领导同志，凝视着他们在劳动中那样平易近人而又闪耀着无限光辉的形象，好久好久不能平复自己的激动心情。

老当益壮的英雄

许多年老长者也都表现了“老当益壮”的英雄气概，他们在共同的劳动和生活中显得年轻了。七十二岁的陈其瑗副部长是全队的长者，他不仅干劲十足，并且两天之后饭量就几乎加了一倍。年近六十的史良部长拣几块小石头以后，就要给别人送一块大的，人们称赞她是“既会抱西瓜，又会拣芝麻”。潘震亚副部长和庄希泉副主任同岁，今年都已过七十。我在工地上时常发现他们天真地嘟着嘴在生气，原因就是别人老去“干涉”他们，劝他们休息。叶圣陶副部长、郑振铎副部长、胡愈之副主任等人，虽也已年近六十或者六十开外，但他们都表现出始终不懈的十足干劲。李德全部长一向是有名的“人老身心不老”，她在一到工地的头一天就大声疾呼地让大家注意健康，三申“禁令”，不要猛干，而她自己却不知疲劳，越干越欢。地质部的孟宪民同志听说别人说他老，他赌气地说：“怎么，是不是你们嫌我胡子多？”第二天，他已经把脸刮得精光，更加精神焕发。

工地上有一首颂扬长者的诗，它实际上也生动地体现了这次领导干部集体劳动的整个气概：“工地争传老黄忠，日车顽石气吞虹。童颜鹤发身犹健，无数英雄指顾中。”

从劳动中吸取“养料”

我越是留神观察，领导同志们以真正的普通劳动者的态度对待劳动的精神，就越使我感动。他们虽然因为工作太忙抽不出更多的时间，但即使在短短一星期内，还是那样认真地不放过劳动中的任何细节，并且从劳动中吸取丰富领导思想和改善领导作风的“养料”。刚来到工地的第一、第二两天，人们本来是排成三条长龙，徒手传递石头。后来运输线拉长了，并且各人体力强弱不均，挨个儿传递使效率降低，第三天完成的石方由第二天的一百三十多方降到九十多方。这时，马上就有不少人提出实行车子化的建议，并且立即在两个大队试行，成功后又普遍推广。有不少人还写了大字报，指出这是“两种方法，两种效果”，说是他们“从切身的劳动经验中，深刻地认识到在今后领导生产时，要时时注意调整劳动组织和大力推行技术革新”。我在工地上还曾看到一位署名“庄稼汉”的领导同志写的大字报，他用“顺口溜”总结了推车的经验：“手把车辕端得正，腿要蹬直腰不弓，走路谨防一边倒，两条路线作斗争，正确全凭掌握好，左右摇摆可不中，众英雄都是我国经纶手，要善化矛盾求平衡。”我想，假如不是全心倾注于自己的劳动，谁能这样具体地总结出推车的经验，又从如此思想原则高度悟出自己的体会呢？

吃晚饭的时候，大家就在工地上抓起几块咸菜，一头大蒜，津津有味地吃起干粮。这时，也是工地“俱乐部主任”荣高棠同志最活跃的时候。在人们正咀嚼着香甜的大块丝糕时，就可以欣赏到他的诗歌朗诵、京韵大鼓和陕北民歌。史良部长有一天也在三百多人面前学起鸡叫、猫叫和狗叫来，有些早年同她熟悉的人，也还是第一次听到她的绝妙口技呢！抗战时期在陕北南泥湾领导过大生产运动的王震同志，不仅至今还是劳动能手，他讲的讽刺孔夫子犯教条主义的故事，也逗得大家捧腹大笑。每天上午的休息期间，人们有时开个小会，有时三三两两去洗自己那浸满汗渍的衣裳。有的人诗兴大作，就用民歌、新诗和古体诗词等各种形式来写大字报，抒发自己在共同劳动和共同生活中的体会与感情变化。连贯同志一口气就写了一首一百零四行的长诗。在这种亲密无间的生活气氛中，许多老年人都变得年轻多了。

劳动思想健康三丰收

“同吃同住同劳动”，不仅深刻改变着人们之间的关系，许多人的思想也在发生着深刻变化。有人说这次是“劳动思想双丰收”，有人说还应加上“劳动医百病”，大家健康都有增进，因此是“劳动思想健康三丰收”。人们都说这次是在“十三陵大学”受了劳动教育，并且认为十分光荣，临别时都互称“同学”。

年近六十的马锡五老同志写了一张大字报，他说没有经过劳动锻炼的人应该在劳动中改造思想，就是经过战争和劳动锻炼的人，日子久了也应该“回炉”，以免“身心生锈”。许多人都提出要把这种集体劳动制度化，每年组织几次，使党的光荣传统在今天更加发扬光大。对外文委的一位司长鲁明同志有一天悄悄地把我拉到工地上一个休息用的席棚里，他态度严肃认真，但又抑制不住激动的感情。他对我说：“一星期的同吃同住同劳动给我最深刻的印象是，我们有许多领导同志原来就出身于劳动人民，或者即使不是劳动家庭出身，也在长期的革命斗争中同劳动人民建立了血肉联系。只要党的光荣传统认真发扬起来，你就可以看到，像在今天这样完全出于高度自觉的劳动中，他们是多么完美地显示出平凡而又高尚的劳动者本色！”听了他的这番话，我再回过头来凝视那支由领导同志组成的劳动队伍，我是又激动而又不安，我怎么样才能体会到孕育在他们心里的那种劳动人民的感情，而又确当地把它表达出来呢！？

“凭君查遍高史五千载，那见尚书侍郎同劳动。”这是纺织部副部长陈维稷同志写下的诗句。的确，不论古今中外，有谁见过这样一支“普通劳动者”的队伍？那些胡说无产阶级专政是新的极权国家的人，那些胡说什么社会主义制度将不可避免地产生官僚主义的人，他们绝不敢在这支队伍面前抬头正视！

（原载《人民日报》1958 年 6 月 25 日）

我心中的石油河

贺抒玉

前些日子，记忆深处的那条石油河忽而奔腾起来，仿佛大戈壁上突然闪现的海市蜃楼，那喧腾的石油城和那条永远奔流不息的石油河，又把我带回青年时代。

1951 年秋，我搭乘兰州运输公司的大卡车，沿兰新路向嘉峪关外行驶。车队像一条长长的游龙，蜿蜒穿行在浩瀚的戈壁滩上。“西出阳关无故人”的时代，已成为遥远的历史。当时刚刚二十岁出头的我，初次踏入茫茫戈壁，丝毫没有因眼前的荒凉而扫兴，倒有一种满怀壮志出关外，人生难得走天涯的情怀。

玉门油矿很像嵌在大戈壁上的一颗璀璨的明珠，尤其到了夜晚，矿区闪烁的灯光和天上的星星交相辉映。在远离首都的边陲，这座充满活力的石油城自有一种魅力。

我到矿上不几天，就听到第一口废井复活的喜讯。那天，我跟着局里的领导、专家、技术员一起来到油井场地，有幸看到了第一口废井复活的场面。

一股黑色的稠浆从井口冲天而起，仿佛一支巨大的黑炮开了花，好吓人！我们几个离井近的人脸上身上都溅上了油花、油点，幸亏师傅们及时关闸，控制了井喷。回头一看，周围不少人身上脸上都开了油花，大家相互看看，不由得一阵发笑。没想到，初次看到石油，就有那么多的惊和喜！

就在这个井喷的场地上，我见到了王进喜同志。他头戴铝盔，身着沾满油污的工作服，腼腆地笑笑，还向大家讲了废井修复的过程。他和在场的工人一样，并没有特别引人注目的地方。说不上来为什么，我当时就决定跟着这个废井修复队，看看他们如何修复第二口、第三口废井。而我选中的班，又恰好是王进喜同志担任司钻。井队没有女同志，看得出来，他对我跟班很有些为难，但又不好意思拒绝，只好借给我一个铝盔和一个饭盒，领我到食堂去带饭，到场地又告诉我待在这儿比较安全。偏我又有些不安分，总爱在井架周围转转看看。

那高高的二层平台更是吸引我，那窄窄的陡立的铁梯，工人们上下都很自如。我出于好奇心，也想上去。开始王进喜同志不让我上，过了两天，他让我跟他一块上，我兴奋极了。可是当我两手紧握铁梯，踩着细细的铁棍往上攀登的时候，两腿还真有些哆嗦呢。这时候千万不能松劲，王进喜同志就在后边看着我。他那鼓励的目光使我铁了心，终于爬了上去。我握紧铁栏杆往下望了一眼，真有些眩晕。事后，我才知道，我上二层平台，工人们是反对的。他们相信，女人上了二层平台，会给这口井带来不吉祥的兆头。如果没有王进喜同志背着我做说服工作，哪会有我的登高远眺呢！当然，这仅有的一次登上井架的二层平台，对我是一次小小的考验，事后工人们反而对我亲昵起来。

跟班以后，我看出工人们很喜欢王进喜同志，他的徒弟简直把他当成亲人。有一次徒弟把钻头掉在井里，对井队来说，这是个麻烦的事故。王进喜知道后，赶快上钻台亲自帮助打捞，打捞了很长时间，影响了他们班的进度。可王进喜当时没有指责徒弟，直到下班以后，才坐下来帮助徒弟总结教训。徒弟向我讲起他师傅的时候，就像讲起他的父兄那样亲切。

有一天，吃过晚饭我信步来到东岗工人宿舍，工人们都出去玩了，只有王进喜同志在屋里洗衣服。真是难得的机会，我来就是想找他聊聊。我走进去坐在他跟前，他赶快起来给我倒了杯水，我看他洗过的衣服和没洗的没有多大差别。他们住的床铺上到处都是油渍，挂在墙上的工作服被涂得油光发亮，连原来的颜色都看不出了。

王进喜看看我的衣服，说：“看，你的新衣服都油成啥了！”

他说话的语气，仿佛我身上的油点是他的过错。

为这套衣服沾上油点，我懊丧了好几天呢。这是我进城后公家发的第一身灰洋布制服，我很是钟爱，因为进城前发的都是粗布制服。经他这一说，我再看看自己洗净的制服上依然花花点点，像是一种装饰。可是和他身上的衣服相比，我的衣服又似乎过于干净了。

“王师傅，到油矿来还能不沾点油！今天我来找你说说话儿，你们班的钻进一直领先，你和大家相处得又那么好，把你们班的情况给我说说吧！”

“没啥，没啥。这几天你天天跟班，啥都看到了。我这人嘴笨，只会干，不会说。”

他大概看我年龄小，不愿对我说，要不，他真是那种只会埋头苦干、不善说话的人。我后来又找过他几次，从他嘴里什么也得不到，没奈何，我只好继续跟班。

嘉峪关外的冬天来得特别早，零下二十度算不了什么，寒流一来，会降到零下三十度左右。这种时候，野外工作队的工人们都穿起了老羊皮袄，铝盔下边又加了棉帽子。我和他们穿戴一样，只是皮大衣显得太长，裹住了全身。刚穿上挺重，谁料在开往井场的卡车上，刺骨的北风立即就使那沉重的老羊皮袄失去了分量。

上夜班的时候，王进喜和工人们劝我不要跟班。可我那时刚刚从战火中走来，战时夜行军中寒冷彻骨的滋味，我是体味过的，我仍然穿上了老羊皮，戴着铝盔，提着饭盒爬上了卡车。

夜幕笼罩了大地，祁连山峰和它怀抱里的井架、树木都好似黑色的剪影，唯有终年不化的一点积雪在顽强地表现它的色彩。井架上亮着几盏电灯，在祁连山的怀抱里显得幽暗而神奇。这时王进喜同志又走上钻台，头戴铝盔，手握闸把，钻杆在他的操持下带动钻头，向地层深处滑进，发出一阵隆隆巨响。这时候的王进喜，仿佛是一位指挥千军万马的将军，别人是不能随便走近他的。我知道，又一口废井准会在这三班交替钻进的巨响中，乖乖地献出石油来！

有时，天阴沉沉的，鹅毛大雪飘洒在泥浆里，一会儿就被流动的泥浆吞没了。我用力搅拌着泥浆，这是井场上唯一适合我干的活儿。出点儿力，身上也就冷得轻一点。当然，我更喜欢登上钻台极目眺望。纷纷扬扬的雪片，为大戈壁织出一幅扑朔迷离的景象。听着耳边震惊戈壁的巨响，再看看滴水成冰的气候里，王进喜和他的工人弟兄们怎样和大自然搏斗，那股征服者的豪情，曾经深深地感动了我！那时，我是带了剧本创作任务深入矿区体验工人生活的。尽管我跟工人们上下班时在摇晃的卡车上吃了不少风沙，在终年积雪的祁连山下，脸被冻得发紫发青，可是我后来写的剧本也像一口打不出油的井，报废了。若干年后，我才悟出其中的道理：写作，仅仅有一股热情是不够的。

离开玉门油矿十多年之后，在《人民日报》上看到了王铁人的消息和照片，才知王铁人就是王进喜师傅，始而惊愕，继而兴奋！他，在玉门油矿时看上去是那么老实，那么平凡！

我以为他早就忘掉了当年曾多次采访他而遭到拒绝的小青年，谁料，1964年突然收到王进喜师傅的来信。信上说他这些年学习文化，已经会写信了，信的主要内容是约我到大庆去看看。

相隔十多年之后，突然接到王进喜师傅的信，是因为我丈夫李若冰其时到大庆挂职深入生活，他们成了知心朋友。他对我当年在玉门油矿跟班的事印象颇深，还将支持我上二层平台的情形告诉若冰。他很希望我去看看大庆油田。他的来信令我异常兴奋！那些年，有多少干部去大庆参观，我怎会不想去呢？只是每天桌子上堆了那么多稿件，偏偏我又是很认真的编辑，一天天埋在稿件堆里，任时光在流逝……

绝对没有想到，在那个产生悲剧的年代里，连钢筋铁骨的人也被折磨得患了癌症！看到《人民日报》上登载王铁人病逝的消息，不禁悲从中来。时代的正气，造就了他的英雄形象，时代的逆流又毁了他！

多少年过去了，对王进喜师傅的怀念总是带着一种不可弥补的遗憾。

和他相处了四五个月，由于自己的年轻幼稚，对他了解得那么少！

眼下，这条石油河从玉门到大庆，又到华北油田、大港油田、胜利油田，它们仿佛带着王进喜和石油工人们的深情厚谊，温暖着祖国的肌体。我隐约听到，这褐色的河流，仍然在地下呼唤着王进喜的名字！

写于1964年秋，2015年修订

（选自《贺抒玉文集》，中国文联出版社2004年版）

手　册

林　遐

年儿去年秋天考入××师范学院实验小学。开始的时候，我们都担心他跟不上班。一方面因为年儿天资比较差，领会事物比较慢；另一方面因为我们没有做好学前教育工作，他没有入过幼儿园，“撒野成性”，如果天天叫他坐在玻璃窗前，怕也是件不容易的事。果然不出所料，入学一个多月，翻开他的功课本，不是两分，就是三分，四分都很少见，更不用说五分了。我们有时候督促一下，辅助一下，但因忙因懒，做得都不够经常。

有一天晚上，年儿伏在我的书桌上写生字，写得很用功，也很吃力。等他写完了以后，我拿起来一考他，才发现他是在“依样画葫芦”，绝大部分是不认得的。这时候，我才着急起来！这样下去，怎么得了。我问年儿，他们老师什么时候有时间，我预备去拜访她，对年儿的学习情况交换意见。

心愿许了好几天，但一直都没有实现。有一天下午，年儿从学校里回来，手里擎着一个本子，一见了我就喊：

“爸爸，谈老师给你的一本手册。”

我接过来一看，是一本普普通通的“五字部”。我打开一看，第一页上写着密密麻麻五六行小字，字写得很整齐，很娟秀，像刀裁似的，一眼望去，便知道出自一个女孩子的手笔。年儿很注意这个本子，瞪着两只大眼睛，叫我把谈老师写的话念给他听。我一边看，一边念了出来。上面写着：

林遐同志：

您好。林小年在我们学校读书已经有两个月了。由于自己没有经验，工作做得不好，所以小年进步得比较慢。为了学校家庭互相配合，从今天起，我每天把小年的表现摘录在这本子上，希望您每天检查，对我们提出意见，并希望您把小年在家的表现也写在这个本子上。

此致

敬礼！

谈云

我当时就在本子上写下了我的意见，除了感谢和同意以外，还把年儿这一两个月来在家里的主要表现，简单地写在上面。

第二天，年儿放学时，第一件事就是擎着手册叫我读给他听。果然也不出我所料，手册上写着，年儿在上课的时候，经常窜位子，跟同学谈话，有时候还小声唱歌。这不但自己没有学好，而且也影响了别的同学学习。唉，果然是“野性难驯”呵！吃完晚饭后，我和年儿来了一次“谈判”。我问他：

“你认为学校里的课堂，跟咱们房后边的野地一样吗？”

“不一样。”

“跟咱们门口前面大柠檬桉树下一样吗？”

“不一样。”

“那你为什么把课堂当成野外，当成大树底下，乱跑乱窜呢？”

“……”

“你那样乱窜位，乱讲话，乱唱歌子，不影响人家学习吗？”

“……”

年儿自知理亏了吧，他瞪着两只大眼睛，不言声，脸憋得有点发红。

又过了两天，年儿又擎着手册欢天喜地地走回来。我心里想，他一定是受了谈老师的表扬，不然小心眼里是不会这么高兴的。翻开手册一看，果然如此。手册上写着：年儿这几天课堂纪律比以前好多了，听课也用心了。只是做功课进步还不大。

又隔了一天，谈老师在手册上又提出建议：她把每天留下功课的主要内容，写在手册上，以备我们检查。并希望我们把年儿做功课时的疑难，写在手册上，以备他们重点复习和重点辅助。

这个方法，果然生效，不到两个星期的时间，年儿的功课本上的分数，和以前翻转了一个个儿。在他的功课本上，现在是四分、五分居多，三分虽有，只是偶然现象，二分是再也看不到了。

日月如流，手册往还，说话间已经是一个多月了，手册已经写了大半本，翻开手册，其中绝大部分是谈老师写的年儿的学习情况，年儿的功课作业主要点。有一天，我写好年儿在家的表现后，再仔细地翻看了这本普普通通的"五字部"手册，才发现了它的分量。这里面装进了老师多少辛劳和心血呵。这个时候，我仿佛看到，一个年轻的女教师在教完课以后，在别人正在休息的时候，她却埋首在桌前，把自己的一个学生的表现，需要的帮助，一丝不苟地写给他的家长，而且是每天如此，从不间断，从不偷懒。想起自己以前对待年儿功课那种不负责任的态度，就感到惭愧了。我想得出了神，等在旁边拿手册的年儿，等得不耐烦了。他问道：

"爸爸，你在想什么？"

我的思想一下子说不出来，就顺口问了一句：

"你们同学中，有多少人有这种手册的？"

在我的想象中，一班里像年儿这样重点辅导的学生最多也不过一两个罢了，这手册也只能是一种极其特殊、极其个别的。谁知年儿的回答，大出我的意料以外。他说：

"我们班四十多个同学，有二十多个同学有这种手册。"

他看到我对他的回答有点愕然，于是又补充：

"谈老师说了，要我们每个孩子都成为毛主席的好学生。"

听了年儿的话，谈老师在我的想象中再不是一个年轻的女孩子了。她是对孩子，对教育充满了无限的热爱，利用有限的时间，做了无限工作的人民教师呵！她在我的想象中变得崇高起来，伟大起来。

转眼要放寒假了。这次谈老师在手册上这样写着：下个星期就进入总复习了，为了学生们能复习得好，她那一班明天召开家长座谈会，希望我明天务必出席才好。座谈会的时间是晚上七点钟，我算计了一下晚上没有什么事情，就答应了。

谁知道第二天下午五点钟，快要下班的时候，印刷厂来了电话，说有一篇文章一定要我最后校对过才能付印，叫我马上去。我骑上单车就走，印刷厂离我办公的地方有十几里路，又是上坡路，走到已经快六点了。一篇文章校对完，差不多已经七点钟，这时候，我才猛然间想起我要参加的家长座谈会来。二话不说，骑上单车，想一溜顺坡，赶回去参加这个会。等我到家，已经八点多钟了。年儿在门口等我，等得眼里早已噙满了泪花。一见我，泪花和笑声一齐迸了出来。八点多了，还没有吃晚饭，会是参加不成了，所以一边吃饭一边安慰年儿，说明天晚上我一定到学校里去，跟谈老师商谈，还把这意见写在手册上。

第二天下午，正好我在家里。五点钟左右光景，年儿回来了，可是，这一次他手里并没有擎着那本手册。上得楼来，就向我喊道：

“爸爸，谈老师来了。”

话没落音，谈老师已经走上楼来。一见谈老师来，心里想，真糟糕，自己还没有去成，又劳人家来了。请谈老师坐下后，我才看出果然是我想象中的一个二十岁左右的女孩子，衣服穿得很朴素，人很腼腆，开始时不大说话，显得有点拘谨。及至从年儿的功课谈开后，她的话才多了起来，而且谈到最后，简直有点眉飞色舞了。最后她谈到自己教书的经过：

“我是在县城里读完了师范就到师范学院来做工作的。开始时在院里做行政工作，后来这所小学开办，说是缺乏教员。我说，我来吧。有同志劝我，这是实验小学，教不好不是玩的。我听了有点担心，但是继而一想，这不是向困难低头吗？党平常怎么样教我们来哩，这个时候能忘了吗？及至我来了，又有同志劝我，你既然去了，录取学生时可要光选那有程度的，教起来顺手，也容易试验出成绩来。我就想：十个手指头还不一般齐呢，哪能全要求学生一样好程度的。再说，光要好程度的，试验出成绩来，不是也没有什么代表性吗？才开始的时候，确是有点困难，学生程度不齐，功课进度不一，怎么办呢？院党委书记跟我说：走群众路线嘛，你的群众就是学生的家长，取得他们的协助，就好办了。一家一家访问，没有那么多时间，我这才想起用手册的方法来。果然有效，你们给了我很大的帮助。”

大概她发现自己说话太多了，便煞住嘴不再说话。过了一会儿，她要回去。我们送她下楼，送她到路口，看着她的背影消逝在野外的夜色里。

放寒假了。年儿考试的成绩很不错，学期开始时的那份担心成为多余的了。放寒假这天，年儿手擎着手册和成绩簿上楼，小心眼里特别高兴。吃饭的时候，还冲着我笑。大概这一天太疲乏了吧，吃完饭不久，年儿就躺在床上睡着了。手册和成绩簿放在他的枕头旁边。他一只手拢着它们，满脸笑意。看了这种情景，我忽然想起那手册里既整齐、又娟秀、像刀裁一样的字迹，忽然想起谈老师热情的谈话，想起那天她消逝在野外的背影，我不禁独言独语地说："这手册，这成绩簿，这孩子的脸上笑意里边该包含了多少老师的心血呵！"

（选自《林遐散文选》，广东人民出版社，1997 版）

阿诗玛，你在哪里？

荒　煤

好客的主人把正在昆明举行现代文学史、现代汉语和外国文学教材协作会议的代表，邀请到石林，参加撒尼族欢乐的“火把节”。来自全国各地的三百多名代表，畅游了石林，观看了摔跤、歌舞。第二天下午，我们少数人又来到小石林寻找“阿诗玛”。一位青年司机同志热情地引导我们到了一丛石林面前，指着一个好几米高的石块，让我们从一个角度观望。经过他的解说，我们好几个人不约而同地叫道：“看见了，看见了！”“真像！”

果然，我们看到了这一块石顶上有一段天然的石头，显然像耸立着阿诗玛的半身雕像。我们看到阿诗玛戴着撒尼族姑娘的头巾，半侧着脸，仰望着远处。这时正好有一簇白云在天边慢慢浮动。于是，我仿佛还看到了阿诗玛的大眼窝里蕴藏着怀念和沉思。她背上还背着背篓。她是在去劳动的途中，还是在归家途中思念着阿黑呢？

几个中央人民广播电台、中央电视台的记者忙了起来，拥着我在阿诗玛面前照了相。一个女孩子还尖声笑着叫嚷：你是阿诗玛的支持者，你应该单独照个相作为纪念。

就这样，我们找到了阿诗玛，在她身边度过了一段欢乐的时光。

走出了小石林，已是黄昏时候，我们还不由得回过头看看石顶上的阿诗玛——她依然挺着胸，一丝不动地仰侧着半边脸，眺望着远方；可是白云消逝了，天色渐渐幽暗，我似乎看到她的眼色变得忧伤起来，感到她的胸脯有些颤动，似乎长叹了一声。

这天晚上，我终于没有睡好。我不禁想到在昆明听到的《阿诗玛》的命运。

《阿诗玛》是云南省撒尼族人民的一个民间传说的叙事长诗。撒尼族人民说：“阿诗玛的苦就是我们撒尼族人民的苦。”这个民间传说把阿诗玛表现为一个反抗奴隶主强迫婚姻致死而变成在石林中永生不灭的回声。她英勇地宣告：

日灭我不灭，
云散我不歇，
我的灵魂永不散，
我的声音永不灭。

这个民间传说经过云南省文艺工作者搜集整理为长篇诗歌出版，先后出版过四种版本。这首长诗最初发表后，撒尼族人民奔走相告，高兴地说：“有了毛主席、共产党的领导，我们撒尼族人民的阿诗玛才得出世！”

一九六四年，上海电影制片厂又根据长诗改编摄成彩色宽银幕电影片，但影片一直没有上映。我支持过这部影片，影片摄成后，我看过，还提出过修改意见。文化部整风后，我就离开电影界，没有看到这部影片公映过。

扮演阿诗玛的青年彝族女演员，是云南省歌舞团演员杨丽坤，主演过《五朵金花》，曾跟随敬爱的周总理和陈毅副总理出国访问过，也是受到周总理亲切关怀的青年演员。周总理在一次出国途中，发现杨丽坤同志的普通话讲得不好，知道了《五朵金花》是别人代替她配音的，曾经批评了我们这种做法，指出对青年演员要有严格的训练和要求。总理后来听说又选她担任《阿诗玛》的主角时，特地打电话来问，她的讲话是否有进步。周总理这种对青年演员的真挚关怀和爱护，使我深受感动和教育。但是她却被打成“黑线人物”“黑苗子”，最后精神失常。《阿诗玛》影片也遭到扼杀，未能公开上映。

我在云南一次教育、文艺工作者会上谈到我很想再看看《阿诗玛》影片时，竟得到全场热烈的鼓掌，原来大家都想看看。

当然，影片改编与原作有些不同，它把阿诗玛和阿黑的兄妹关系改为爱人关系，强调了爱情的关系。原整理的同志告诉过我，原始材料中也有把阿诗玛和阿黑的关系表现为爱人关系的，但是并没有改变他们的阶级关系。而且，从风俗上看，撒尼族人民举行婚礼的时候，老人们常常举着酒杯，歌唱阿诗玛，为新婚夫妇祝福。还说，我们的姑娘都是阿诗玛，小伙子都是阿黑。那么，这一改动丝毫也无损阿诗玛与阿黑的形象。

至于说影片的缺点，那总是难免的，例如影片的艺术表现手法，民间传说的神话色彩还不够浓，特别是歌词还没有尽量采用原作，有些歌词失去原作的纯朴和美丽。也有部分创作的歌曲，失去原来民间曲调的优美。

但从总的倾向来看，这还是一部富有民族特色的健康的优美的影片。演阿诗玛与阿黑的两个年轻演员的形象是朴实可爱的，较之现在某些影片的演员的过火表演，也比较真实、自然、朴素。

我为扮演阿诗玛的这个演员受到不公的命运感到痛心。我在看影片过程中不禁流了泪。我至今还不能忘记，在她作为回声，最后出现在石林中的形象时，她那明亮的眼睛里，确实流露着一种欢乐与忧伤交集的眼光。

我简直不能想象，倘若她一旦知道，我到昆明再争取看到影片，并在一千多观众中间，向一些军队干部、教授、文艺工作者、大学生一再征求意见，问这部影片可否上映时，听到了许多惊讶、赞扬和质问声……她将会流露出什么样的表情？当然，我们今天要强调拍摄现代题材的影片。但是这一部关于少数民族优秀民间传说的影片，也还可以上映的吧。

我离开昆明时，在机场，一位年轻的女同志还再三叮嘱我，一定要写篇文章呼吁一下，让《阿诗玛》早日解放吧。

飞机起飞了，没有几分钟就进入了高空。一望无尽的白悠悠的云堆，呈现着奇异的景色，有的似高耸的冰山，有的似翻滚着重重白浪的大海。我不觉回忆起杨丽坤同志十多年前和我的会见。当她谈到周总理对她的关怀，她笑得那么纯真，明亮的眼睛里闪耀着泪花，当她说周总理说她“你说话怎么还是奶声奶气的，像个孩子”的时候，她脸红了，泪珠流在脸颊上，神态十分严肃，一个字一个字地说道："那时候，我心里难过极了，讲不出话来。可是我心里向周总理作了保证，我一定要把普通话说好！"……我不知道周总理是否看过《阿诗玛》，我也不知道杨丽坤同志的普通话是否真的说好了——即使说好了，她也不能再上银幕了，更不能让周总理再听到她的声音了。

我也回忆起再也见不到的作家刘澍德、李广田同志……我想，当党中央一再向文艺界发出号召，要贯彻毛主席提出的百花齐放、百家争鸣的方针的时候，《阿诗玛》的长诗已经再版了，我想《阿诗玛》影片的悲惨命运也一定要改变的。

回忆使我感到疲倦，我闭上眼睛，蒙眬入睡了，但是，在耳边还似乎听到影片开始时，阿黑焦急的呼喊声：

"阿诗玛，你在哪里？"

同时，却也听见阿诗玛回答我：

"你们来叫我，我就应声回答！"

（选自《冬去春来》，江苏文艺出版社 1994 年 12 月版）

热　炕

梁　衡

我自惭，我遗憾。我这个记者曾写过许许多多的人，可就是很少写她们。是因为她们实在太伟大了，却又太平凡。事情平凡得让人无从下笔，可品格又是高尚得叫人心颤。我每采访一次，心里就经历一次这样的矛盾和痛苦。

——题记

神池是晋西北最高最冷的县。春三月里的一天，我来这里是为了访问一个乡村女教师。她的事迹很简单：在一盘土炕上教书已二十五年。一个年轻女子，隐居深山，盘脚坐炕，一豆青灯，几个顽童，二十五年。这是何等清贫、坚韧的炼丹修道式的生活啊，我一定要去看看。

车子进了山，在洪水沟里，在荆棘从中颠簸，几头黄牛拦住了路，一阵寒风袭进了窗。翻上一个山头，早没有了路。朝南走，越走越窄，渐渐容不下两个车轮，急刹车，旁边已是万丈深渊，谷底阴坡上的几棵小柏树像盆景一般。退回去，再绕到北面走，却是一坡积雪。算了，下车步行吧，远处已经看见了炊烟。风像刀子一样专找着领口、袖口往里钻。山上除了残雪，就是在风中抖动的，如钢丝一样的枯草茎。

转过一个山凹，出现一道山梁，上面散摆着一些院落。村口的第一个院子就是学校，传出了孩子们清脆的念书声。我们刚踏进院子，一个中年妇女在窗玻璃上一闪，急忙迎了出来。她就是炕头小学的女教师贾淑珍。炕头上分三排盘腿坐着十三个孩子。个个瞪着天真的眼睛，看着我们这些山外来客。炕下放着一溜小棉鞋。炕对面的椅子上靠着一块小黑板，上面写着汉语拼音。贾老师迎进我们说："天这么冷，你们好辛苦，快炕上坐。"一边让同学们往炕里挤一挤。山里的冷天，家里最暖和的地方就是炕头，如同宾馆会客室里的正席沙发，是专让贵客的。我们不愿打扰这间小窑洞里的教学秩序，不肯上炕，她便对炕角的一个班长女孩说："把课文再抄一遍，抄完做二十页的练习题。"就让我们到她的窑洞里。这是在学校下面的又一座院子，五孔窑洞，和普通农家没有什么两样。

我盘腿坐在炕头上。双腿感到热乎乎的，身上的寒气渐渐逼散。挨着炕沿是一口农村常见的二尺大锅，好像我们不是来采访的，而是来走亲戚的，贾淑珍揭开锅盖，一边急慌慌地舀水、抱柴，要做客饭，一边又心疼我们穿得太少，不知山里冷。同来的几个年轻人不会盘腿，她也便推着人家上炕。县里的同志劝她，还是抓紧时间说会儿话，北京的记者来一趟不容易。她却坚持，不做饭也要喝点水。我在一旁静静地观察着她，微胖的身子，忠厚的脸膛，固执的热情，再加上身下这盘热烘烘的土炕，一种似曾相识的意境回到我的身旁。我像在梦里，又回到了童年时的小山村。我忘不了，那时家里一来了客人就先说吃饭，以致后来进了城，不理解怎么来了客人只说抽烟。久违了，这纯朴的乡情。久违了，这盘热烘烘的土炕。

贾淑珍终于被劝着放下柴禾，坐到炕沿上，开始叙说她这段平凡的往事。

"那是1961年，我十七岁，刚从初中毕业，和张亮结了婚，来到这个村。全村不到二十户，没有学校。八九个娃娃，不是在村里爬树，就是在地里害庄稼。我给支书说，我念书不多，总还能看住个娃娃吧，比他们在村里撒野强。当时队里没有窑，我刚结婚，还没孩子，就把学校办到了我的洞房里。"

"你爱人会同意吗？"

“他心好，说反正我白天劳动也不在家，炕上还坐不下十来个娃。就这样，娃娃们从各家有的拿来拉风箱的小板凳，有的拿来妈妈的梳头匣，抱在怀里，算是课桌。我把家里的一块杀猪案板洗了洗，刷上炕洞烟末当黑板，又把山上的白土碾成面，和上山药蛋粉，搓成条，就是粉笔。没有书，就回到娘家村里抄，人家村子大，四十户，有个小学。”

贾淑珍坐在炕边，像叙家常一样，追怀着往事。话里并没有多么崇高的理想，也没有多么宏伟的计划，更没有什么壮烈的举动。一切都顺乎自然，村里的娃娃没人管，自己就当看娃的，办起学校无教室，野惯了的孩子，撕了窗户，扯了炕席。地下，雨天、雪天两脚泥。冬天炕凉，还要出去打柴、搂草烧炕。同一盘炕上四个年级，有的上算术，有的上语文，有爱打爱闹的，有胆小不敢说话的。她都靠自己无私的心，靠慈母式的情，把这批野孩子带大一茬又一茬。从 1962 年开始办学，到现在已经二十五年了。只在那花烛洞房中的土炕上，就送走了十二茬学生。到 1974 年他们两口子盖了五间窑，又专门给学生留了两间，学生娃多了，一间窑已经放不下。直到 1983 年，村里富了，才专为学校盖了三孔窑。全村三十五岁以下的无不是她的学生。她教的第一茬学生，他们的孩子又在她的炕头上毕业升到了初中。

土炕，我下意识地摸摸身下这盘热烘烘的土炕。这就是憨厚的北方农民一个生存的基本支撑点，是北方民族的摇篮。在这盘土炕上人人睡觉、吃饭、纺线、织布。雨雪天男人们就坐在这里编筐、织席，晚间又常挤到谁家炕头上说古拉家常。这九尺炕头便是他们的生活舞台。世世代代他们就这样繁衍、生存、进步。而贾淑珍又在舞台上加进新的内容——教育。人呱呱落地，来到这炕上，不该光吃、睡和为生活而干活。还应该有文化、有精神文明。这个普通的女教师，给炕赋予了新的含义。

我突然想到她自己的孩子怎么样呢？作为一个女人总要拉扯孩子，屎呀、尿呀，还不就是这一盘炕？

她说：“现在的年轻人，生孩子产假就半年。我生这三个孩子都休息一周就上课。我那些孩子也怪，不怎么费人，课间十分钟喂喂奶，换换尿布。

不会爬时用枕头围在炕角，我们上我们的课。到会爬时，用绳子拴着，只能爬到不能往前走，炕上地方不够啊。再大一点就放到地上，扶着炕沿走，看着炕上的娃们念书。再大一点，他也就盘腿坐在炕上了。所以我那些娃们都念书早，老二今年才二十岁，就要大学毕业了。”

“可是坐月子，总得有人来伺候，这里连人也转不开啊。”

贾淑珍脸上掠过一丝遥远的难以觉察的苦楚说：“我六岁上就死了娘。张亮，在我认识他时，也早就无爹无妈了。我们是两个孤儿，没有什么亲人来伺候。”

我心里不觉一紧，难得这样的两个好人，两个苦命的人结合啊。他们很少得到父母的爱，却又最懂得这种爱。二十五年了，在这盘土炕上，他们连同自己的，共带大了四十二个孩子。可以想见，自己孩子嘤嘤的哭声和学生娃们琅琅的书声，是怎样组成这土炕上的交响乐。孩子扶着炕沿，那双明亮的大眼睛是怎样好奇地瞪着炕上这么多哥哥姐姐，还有正在小黑板上写字的妈妈。好一幅窑洞授课图。（那天下山后我向一位画家说起这次采访时，他直后悔当时没有跟我去，否则一定可以创作一幅好画。）

我问：“张亮现在干什么？”

“他在十五里外的一个村里教书。”

“你为什么不和他调到一起？”

“我们这个村小，他回来吧，用不着两个。我去他那村吧，一走，学校也就停了。因为1983年以前，村里没有专门给学校盖窑。现在虽说有了窑，可谁想来呢？到乡里开一次会，回来就要爬两小时的坡。直到去年这个村才通了电。”

别人不愿来，她却舍不得走。事情总得有人干，是苦是亏，总得有人吃。自觉奉献，自觉牺牲，这就是她的哲学。平平静静，自自然然。

我问：“张亮常回来吗？”

“也就是半个月开一次联校会议，见个面。有时星期日回来住一天。二月十一那天，他那个村里唱大戏，他回来问我去不去看戏。我们这个村小，自我嫁过来也没有请过个剧团。我说去吧，可是一转念，这十几个娃娃怎么办？今年还有两个毕业生升学呢，缺不得课。算了，不看了，有甚好呢。”

我们就这样不紧不慢地拉着话。外面窗台上两只大芦花鸡正啄着窗玻璃。里面窗台上摆着一盆石榴，两盆月季，鸡要吃那绿叶子。阳光射到室内，在炕上投下一个明亮的大方块。屋子里比来时暖和多了。隔着光线，我端详一下她的脸，已爬上不少皱纹。我计算她今年该是四十四岁，这正是一个女人的第二黄金年华。我过去采访过许多女中年科学家、女工程师，她们满腹学识正好配着那富态的身材，雍容的风度，春华虽过，却秋实满枝，生命正堪骄傲之时。至于这个年龄的演员，却还光彩犹存呢。可她至少像五十多岁。多年为人师表的严肃和山里生活的清苦，塑就了她这种谦虚、诚实、任劳任怨和略显憔悴的身影、风度。我心里只是一种莫名地为她惋惜和不平，但说出口的却是这么一句：

“山里生活这么多年，身子骨还好吧。”

“好甚哩。这眼睛都认不住人了。五百度的近视，人家小胡来过几次了，刚才一见，怎么也想不起。不知道的，还以为眼高哩。说着，她揉揉眼眶，眼睛已经泪湿了，忙又解释一句：“这眼不好：动不动就流泪。”

我想起刚才她说，村里直到去年才通电。二十多年，一盏豆油灯，一本一本地批改作业，哪有眼睛不坏的。

我说：“近视，就该早点配副眼镜啊。”

“有哩。就是戴不出去。人家见了会说，看当劳模了，神的，酸的，还戴个镜子。”

我们不禁轰地一下笑了。我说：“怕什么，刚才在山下还看见一个赶驴车的农民戴着眼镜哩。再说，只近视也不该流泪啊。我就是五百度，你看，摘了镜子不是好好的。你怕是还有什么病呢。”

“是哩。六年前检查说是肝炎。进城打了个方，回来连吃了四十副，就再没去看。离不得，一进城少说也得七天，谁代课呢？山里人，身子能扛呢。”

贾老师这话教我大吃一惊，近年来不少中年人都死于肝病，大都是累死的。我忙问：“右肋下疼吗？”

“疼，有时像针扎。”

“背困吗？”

“累了，后背沟、腰就困。腿软，回联校开一次会，发愁得走不回来。”

“不是吓唬你，贾老师，你身上肯定有病呢。为了能够多教几茬学生，你也得看啊。”我想到可怕的后果，没有敢说出口。她还是那句话，没人代课。我抬头看看墙上的奖状和镜框里的大照片。她近七八年来，年年被评为地、省级以上的劳模，到北京、省城开过会，领过奖。可怎么就没有顺便看看病呢？大凡这种人已经形成一个模式，只知工作，不顾身子，明知有病，不去想它。

我看看表，已近中午，想找她最早的几个学生谈谈。她说：“最大的一茬学生才小我四岁，有的在县里、乡里都当干部了。有的当了老师，村里还有几个，这几天送粪哩，山道远，一时半会儿回不来。”

我想到山后面雪地里司机该等急了，便要起身告辞。她还是坚持要我们吃了午饭。我们赶紧逃了出来。

街上，一群妇女正在向阳处纳鞋底。我走过去问一个十七八岁的姑娘：“贾老师教过你吗？”“教过。努，他也是贾老师的学生哩。”姑娘顺手指了指一个过路的小伙子。妇女们七嘴八舌地说：“贾老师可是好人哩！”

贾淑珍说：“乡亲们好。就是出野地里拾点地皮菜，黑山药，回来也要给我送一碗。”

我们返回学校的窑洞前，邀她一起和孩子们照张相。她高兴地进屋唤孩子。小家伙们出溜出溜地奔下炕，赤着小脚片找自己的鞋。她却理理这个的头发，拉拉那个的领子，还为一个最小的孩子捏了一把鼻涕，笑着说：“看这样子，还照相哩。”

我再一次在旁偷偷地、静静地观察她。这哪里是一名教师，完全是个慈母，一个山里的母亲，她有四十二个孩子。

告别时，我还是提醒她要看病，又留一张名片，城里有什么困难，我可以帮忙。她却一直念叨着，来了一趟，饭也没吃一口，又说风大，你们衣裳单薄，别着凉。快转过山坳时，我回身看了一眼，她还在风里向我们挥手。村民们的话又响在我耳旁:“贾老师，好人哩。”这样的好人真不多啊，像一棵灵芝草，静静地藏在深山里。这个二十户的小村托了她的福啊，几十年来，有了一个她，全村就没有一个文盲，还出了两个大学生，两个中专生。都说教师是蜡烛，她就是这样默默地燃着自己，在这无人知晓的山里，在那盘农家最普通的土炕上。

（选自《只求新去处》，作家出版社 1997 年版）

假如可以再生，我仍选择中国

沈俊峰

邓稼先离世已经多年了，但其家中的陈设一如既往。许鹿希老人将丈夫生前用过的用具都标上了年代、使用日期，连邓稼先坐过的沙发上的毛巾都没换过。有变化的，是屋里多了一尊邓稼先的半身铜像。

许鹿希指着那对沙发对我说：当年杨振宁来看望邓稼先，就是坐在那里。

1958 年 8 月的一天，中科院原子能研究所所长钱三强把邓稼先叫到办公室，幽默地对他说："稼先同志，国家要放一个大炮仗，调你去做这项工作，怎么样？"

那是一个改变命运的夜晚。

许鹿希说："那一夜，他一反常态地无法安睡。到后来，他跟我说，他要调动工作。我问他调哪去，他说这不能说，做什么工作也不能说。后来，我说你给我一个回信信箱的号码，我跟你通信，他说也许这都不行。

"当时我们聊到了十几年前，国家备受侵略者蹂躏、日本的飞机肆无忌惮轰炸的情景。往日的情景或许触动了他。过了一会儿，他突然说：'我的生命就献给未来的工作了。做好了这件事，我这一生就过得很有意义，就是为它死了也值得！'"

第二天，邓稼先像变了一个人，从不喜欢照相的他，带着妻子、四岁的女儿和两岁的儿子，到照相馆照了一张全家福。这或许是他要留给亲人的纪念吧！

之后，邓稼先走了。

许鹿希感到一种莫名的伤害，因为，除了丈夫那些简短的话，没有一人给她解释什么，丈夫就这样活生生地从身边“消失”了。其实，她哪里知道，邓稼先为了国家利益的无悔选择，不仅对她和家人是一种伤害，即使对邓稼先本人，也是一种伤害！他的一切都将不告父母不告妻儿，没有个人的行踪，不能发表学术论文，不能公开作报告，不能出国，不能与朋友随便交往。就算工作成绩再大、功劳再大都将无人知晓，一辈子都不会看到自己声名的成长，甚至到死也只能默默无闻！

但是，为了祖国，邓稼先认了！

邓稼先与许鹿希是青梅竹马，又有着师生之谊。

邓稼先是安徽怀宁人，是清代篆刻、书法大家邓石如的六世孙。许鹿希比邓稼先小四岁，是著名民主人士许德珩教授的长女。许德珩与邓稼先的父亲是相识几十年的老朋友。许鹿希上了免收学费的北京大学医学院，那时，邓稼先在北京大学当助教，给许鹿希上过物理课，对这个富有才华的女孩印象极佳……

邓稼先从许鹿希身边“消失”的时候，邓稼先三十四岁，许鹿希只有三十岁，幼小的两个孩子一个四岁，一个两岁。

“稼先接受原子弹的研制工作后，人就变得沉闷了，不爱说话了，”许鹿希说，“他的眼神似乎看到了地球之外，就像提琴演奏家们在演奏的时候，眼神是‘空’的，不是看着眼前的乐谱，而是看到了另外一种境界。”

在许鹿希的记忆中，邓稼先几乎从未休过探亲假。“从1958年他被调去搞原子弹，到1986年去世，前后二十八年间我们聚少离多。他的工作保密性太强了，而且当时纪律十分苛刻、严格，他不能多说，我也不能多问。甚至我的北京医科大学的同事都不能来家里，免得出事。至于他突然回来和突然走以及什么时候回来我根本不知道，什么时候走，一个电话，汽车马上就在楼底下等着，警卫员一来就马上走了。”

为此，很多人都曾问过许鹿希，为什么能够忍受和丈夫分离长达二十八年？她说，是因为她不仅见过“洋人”，还见过“洋鬼子”；不仅见过飞机，还见过敌人的飞机在空中盘旋轰炸自己的家园；不仅挨过饿，还被敌人的炮火逼着躲进防空洞忍饥挨冻。

她说因为有了这些与邓稼先共同的经历，才使她能够理解邓稼先，理解他的事业，同时，她觉得自己也有那一份责任，那一份对祖国的责任。然而，三十岁的女人要带两个不懂事的孩子，要照顾有肺病的公公和有哮喘的婆婆，同时还要追求自己在事业上的前程，其艰难可想而知。

面对这么多困难，许鹿希宁愿自己默默地承担一切。她对丈夫说：“放心吧，我是支持你的！”

我国第一颗原子弹爆炸成功的消息发布后，人们又蹦又跳，高兴极了。

许鹿希说：“很多人问我，1964 年 10 月 16 日晚上，你是不是和大伙儿一样，手里举着红色号外，高兴得又蹦又跳，欢呼第一颗原子弹爆炸成功了？我如实地回答说：不是，我当时只觉得提到嗓子眼儿处的心，落下去了。谢天谢地，终于搞成了！那年，我父亲许德珩已是七十四岁的老人，他一手拄着拐杖，一手拿着号外，站在客厅里，高兴地连声说：太好了！太好了！并对正在家中探访的老朋友中科院副院长严济慈问道：‘是谁有这么大的本事，把原子弹给搞出来了？’严伯伯立刻笑了起来，说：‘嘿！你还问我？去问你的女婿呀！’一语道破，许德珩恍然大悟，于是两位老朋友都哈哈大笑起来。”

“从原子弹、氢弹，到中子弹……我们担心极了，一个接一个地担心。每成功一次，我们家属也只是相互串门问候一下而已！”

邓稼先与他的同事们，一代人完成了其他国家五代科学家才完成的任务，一口气从原子弹到氢弹到中子弹，从小型化迈进到电脑模拟核试验。

“邓稼先一共进行了三十二次核试验。三十二次里有十五次是他亲自在现场指挥。他是主要的业务负责人。就我们国家而言，一颗原子弹、氢弹做成以后要有一个专家签字，这个签字等于向国家保证——这个弹做成功了，可以放了。这个字是邓稼先去签，签完字后邓稼先说非常紧张，就好比把脑袋别在裤腰带上，万一不行就不得了，可是每次都行了。所以人家给邓稼先起了一个外号，说邓稼先是福将，可这福将真太难当了。”许鹿希说。

1979年，一次爆炸实验失败了，为了找到真正原因，必须到那颗原子弹被摔碎的地方去找回一些重要的部件。邓稼先说：“谁也别去，我进去吧。你们去了也找不到。我做的，我知道。”他一个人走进了那片地区，很快找到了核弹头。他用手捧着，走了出来。最后证明，那次失败是降落伞的问题。

就是那一次，强烈的射线严重地损害了邓稼先的身体。从他们寻找部件时留下的照片中可以看到，邓稼先仅穿了件简易的防护服。

“当时残损部件放出的射线，至少需要三米厚的混凝土才可以防住。”许鹿希说，“当我知道他受到辐射，身体严重受损后，急得直跺脚，想各种法子帮他恢复！不过，打那以后，他衰老得很快。以前爬山时，他能一鼓作气爬到山顶，可后来刚到半山腰，他就已经疲惫不堪了。”

邓稼先承受了这一切，隐姓埋名二十八年后，他的生命因过度燃烧而成了残烛。

邓稼先被确诊为直肠癌那一天，是1985年7月31日。从这一天到1986年7月29日，是许鹿希与丈夫相处的最后一段日子。这最后一年，许鹿希异常心酸。

仔细算来，许鹿希与邓稼先结婚三十三年，朝夕相处的日子只有六年，而能过快乐而平凡家庭生活的就只有结婚的前五年，其余时间，独守家中的许鹿希除了思念就是每日惴惴不安的担心。

即使在邓稼先生命的最后一年，他也不能完全属于她。

手术后，因白细胞数目太低，血象太差，必须中断治疗，医生建议邓稼先回家休养。预感到日子不多了，他对许鹿希说：“我有两件事必须做完，那一份建议书和那一本书。”他指的是向中央提出的关于我国核武器发展的建议和规范论。

1986年的国际形势是，除了中、法两国，另外三个核大国都已达到了在实验室内用计算机模拟核弹爆炸试验的高度。因此，他们就主张核禁试，目的在于限制别人发展、维持优势地位。不言而喻，中国必须也在达到这个高度以后，才能停止核试验和在此条约上签字，否则，多年的努力必将功亏一篑。所以，虽然重病缠身，邓稼先也一定要留下这份建议书。

在起草这份重要的建议书时，邓稼先已经知道自己是癌症缠身，生命就要走到尽头了。他感到了时间的紧迫，几乎是置一切于不顾，在和生命进行最后的赛跑。

那时候，因为疼痛剧烈，不断地注射止痛针，他身上的针眼密密麻麻，皮肉都扎烂了，满头虚汗。就是在这样的情况下，他以高度的责任感和事业心，以顽强的意志在病榻上思索、工作，拼命要做完这一件事。他不断地约同事们到医院来商量，把病房变成了会议室。经过和九院的同事们反复研究讨论，多次修改，在邓稼先逝世前的三个多月，终于完成了给中央的建议书……

有一天，邓稼先拉着许鹿希的手，向她描述原子弹爆炸时的壮丽景象：奇异的闪光，比雷声大得多的响声翻滚过来，一股挡不住的烟柱笔直地升起……沉浸在那自己创造的“大漠孤烟直，长河落日圆”的诗意中，他的声音虽然微弱，却是那么坚定：“我不爱武器，我爱和平，但为了和平，我们需要武器。假如生命终结后可以再生，那么，我仍选择中国，选择核事业。”

那天，在舒伯特迷人的音乐中，邓稼先又一次拉着许鹿希的手，默默地吟诵着肖贝尔的歌词：你安慰了我生命中的痛苦，使我心中充满了温暖和爱情……

因为是癌症晚期，邓稼先疼痛难忍，许鹿希虽然是医学博士，很心疼，但也束手无策，她只能抱着他哭泣。

1986年6月24日，全国各大报显著版面刊登着同样的文章——《两弹元勋邓稼先》。这无疑又是一次大爆炸！此刻，北医大的领导和同事们才知道许鹿希的丈夫是做什么的，世人才知道邓稼先是干什么的。

1986年7月29日，邓稼先用最后的呼吸回应了二十八年前的领衔受命：死而无憾！

他临终前留下的话仍是如何在尖端武器方面努力：“不要让人家把我们落得太远……”

“如何评价我丈夫呢？我觉得他把自己的聪明才智都给了祖国和人民，他没有虚度一生，还是做了一些事情吧！”许鹿希说到这里时，平静的脸上有了欣慰的表情。

1996 年 7 月 29 日，是邓稼先逝世十周年的日子，我国进行了最后一次（第四十五次）核爆试验。在试验成功的当天，我国政府即发表声明：“中华人民共和国郑重宣布，从 1996 年 7 月 30 日起，中国开始暂停核试验。”它显示了中国与其他核大国一样，跨过了原子弹、氢弹、小型化和中子弹以及核禁试等阶段，屹立在世界的东方。从此，寂静的罗布泊将被人们永远怀念。

邓稼先的精神、品格和成就令无数后人肃然起敬，深深怀念。

（原载《学习时报》2017 年 11 月 27 日）

梦桃之花

——长篇纪实文学《绽放》序曲

和 谷

1

呼吸，一呼为阳，一吸为阴。犹如天地间一个酣畅的深呼吸，昨夜一场秋雨，把渭城洗涤得一派澄明。

古丝绸路上，唐朝王维笔下那一番“渭城朝雨浥轻尘”的诗意，何以见得？

眼下，渭河碧湖升腾起银绡般的气体，织成丝绸似的薄雾，朝宽阔的两岸缓缓弥漫开来。一瞬间，雾气渐渐消散，几缕飞梭一样的晨光似乎自带铜质的音响，最先直射在纺织姑娘一张张年轻美丽的脸上。

朝阳在绽放光芒，纺织姑娘在绽放青春的鲜花，这是多么美得令人心动的情景！

小鸟啼叫着，与几片金黄的落叶一起在枝头翩翩飞舞，似乎在问候，像那首历久弥新而脍炙人口的《纺织姑娘》歌里唱的：

她那伶俐头脑，

思想多深远？
你在幻想什么，
美丽的姑娘？

2

21 世纪纺织姑娘们脚下的土地，曾经是两千多年前秦帝国的都城咸阳。

那时，也是一个崭新的早晨，有同样芳龄的女子们结伴而行，漫游于城郊的清风中。她们吟唱着“东门之池，可以沤麻；东门之池，可以沤苎；是刈是濩，为絺为绤”（《诗经》）的民谣，绽放生命的诗意。

衣食住行，衣是第一位的，乃人类生存之必需。纺织业，则是劳动人民在与自然界相处的磨合中，为人类物质和精神文明建立的功绩。

不妨穿越到史前时代，五万年前的山顶洞人用骨针引线，缝制兽皮衣服以抵御寒冷。五千年前的新石器时代，用葛纤维织出葛布衣裳，利用蚕丝做成丝织品。到了新石器时代，用毛纤维制成毛布和毛毯来遮体御寒。商周时期，已广泛应用苎麻纺织，并已有菱纹及回纹丝织物的提花技术。

纺织，是一种服务于人类穿着的手工行业。纺纱织布，制作衣服，遮丑饰美，御寒避风，防虫护体，大约是纺织起源发展的重要动机。

“黄帝、尧、舜垂衣裳而天下治”（《易经》），先民从“不织不衣”（《吕氏春秋》）、“而衣皮苇”（《白虎通义》）到“妇织而衣”（《商君书》），是与人类穿着文化的发展规律相吻合的。

在广西、云南、新疆等边缘地带已采用棉纤维作纺织原料时，逐鹿中原的文明族群还只将棉花作为观赏植物，并未认识到它的经济价值。

棉花是由南北两路向中原传播的。南路的印度亚洲棉经东南亚传入海南岛，秦汉时期传入福建、广东、四川等地，或由印度经缅甸传入云南。

北路是尼罗河流域非洲棉经西亚传入西域，宋元之际传播到长江和黄河之渭水流域，也就是咸阳一带。

“棉”字是从《宋书》中开始出现的。之前，只有可供充填枕褥的木棉，汉字只有带丝旁的“绵”字。棉花的推广则迟至明初，是朱元璋强制施行的。棉花传入陕西的历史不算长，至今约有七百多年的历史。

民国三年（1914年），许道夫《中国近代农业生产及贸易统计资料》中，提及陕西种植棉花的详情。那位给西逃的慈禧捐出十万两银子的陕西女首富周莹，就是依靠棉花这柔软却坚韧的纤维，演绎了一个流传至今的娱乐神话。

今天的纺织姑娘们，依稀记得母亲祖母曾祖母的纺车，耳边会有吱吱呾呾的如同蜜蜂飞翔的声音。

纺车，大约最早出现在战国时期。长沙出土的一块战国时代的麻布，其经线密度每厘米二十八根，纬线密度每厘米二十四根，比现在每厘米经纬各二十四根的细棉布还要紧密。这样细的麻纱，用纺锤是纺不出来的，只有纺车才纺得出来。

古时纺车也称为轩车、纬车或缝车，分别用于并捻合线或络纬，也有的用来加捻牵伸。

银雀山西汉墓出土的一块帛画上，画有一名妇女操纵手摇纺车的形象。她是最早的纺织姑娘吗？

那么，黄道婆呢？应该是有真名实姓的纺织姑娘。

黄道婆的名字，在中国纺织史册中赫然醒目。她生活在南宋至元代，在崖州黎人那里学到了纺织手艺，改制了扦弹纺织的搅车、椎弓、三锭脚踏纺车，并用错纱、配色、综线、花工艺技术，织制出乌泥泾被，号称元代著名的女纺织家。以踏车椎弓织出的黎锦筒裙图案艳丽素雅，有鸡花纹、马尾纹、青蛙纹等二百多种，可谓机杼精工，百卉千华，流传至今而历久弥新。她发明的脚踏三绽三线纺纱车和踞织腰机织布机，比欧洲早四百年。

英国人发明了飞梭织布工具，加快了织布速度也刺激了市场对棉纱的需求。织布工詹姆士·哈格里夫斯发明了手摇纺纱机，即珍妮机（Spinning Jenny），一次可以纺出许多根棉线，提高了生产率。

今天的纺织姑娘们记忆中的织布机，随着曾祖母辈三寸金莲小脚的消逝，已退出自给自足社会的历史舞台，从农家屋舍移到农耕民俗博物馆。同样被淘汰的手摇纺车，随着曾祖母或祖母或母亲的去世，已经成为农耕文明不可或缺的遗物被束之高阁，或当柴禾烧了，化为泥土。为祖辈们遮风雨御严寒的粗布，已经被花样翻新的纺织品远远地甩在了身后，而作为一种绵密的乡愁则永不褪色。

中国自古是丝棉纺织大国，在国民经济生产中占有重要地位，但长久以来未形成规模化的工业生产，因而在全球工业革命的浪潮中迅速被他国反超。清末的洋务运动，在张之洞等一批近代实业家的推动下，真正具有现代化意义的纺织工业开始萌芽。经过百余年的跌宕起伏，从新中国建立到改革开放新时期，中国纺织业书写了一部迂回前行的复兴史。

乘着工业技术革命和市场需求扩容的强劲东风，中国纺织行业实现了行业规模和经济效益的持续快速增长，在国民经济中的支柱地位进一步稳固。2017 年，中国纺织工业总产值是 1978 年的 140 多倍，纺织品服装出口规模是 1978 年的 127.4 倍。

当今中国，作为世界最大的纺织品生产国和消费国以及出口国，地位难以撼动。砥砺复兴，中国纺织业发展前景在黯淡中可谓一片曙光。

眼下的这一代纺织姑娘们所在的咸阳新兴纺织园区陕西风轮纺织股份有限公司，其前身为西北国棉一厂，是刚刚诞生的新中国建造的第一家大型纺织企业，与共和国一起走过了艰难而辉煌的历程。

咸阳以大秦帝国都城享誉天下，遍布汉唐皇陵“冢疙瘩”，尤以女皇武则天乾陵举世闻名。新中国成立以来，咸阳成为久负盛名的纺织城，先后有数万名纺织工人，工业产值超过陕西省纺织行业的三分之一。

惊回首，物是人非，令人慨叹不已。

3

1952 年，十四岁的赵梦桃从河南逃难来到陕西，翻身得解放，成为西北国棉一厂细纱车间乙班的一名纺织姑娘。

1963 年 4 月 27 日，陕西省人民政府以党的八大代表、著名全国劳动模范赵梦桃的名字命名，在西北国棉一厂细纱车间乙班成立赵梦桃小组。

半个多世纪以来，赵梦桃小组先后三十多次荣获全国及省部级荣誉，琳琅满目，不胜枚举。

桃之夭夭，灼灼其华。

最美青春的绽放，随着飞驰的年轮和季节的更替，一直不曾停歇，不曾褪色。

这一群纺织姑娘中，相继涌现出赵梦桃、吴桂贤、王西京、翟福兰、王广玲、张亚莉、韩玉梅、刘育玲、徐宝凤、周惠芝、刘小萍、王晓荣、何菲等十几位全国及省部级劳动模范，赵梦桃小组成为全国纺织行业乃至工业领域的一面旗帜。

20世纪80年代有首歌曲《金梭和银梭》：太阳太阳像一把金梭，月亮月亮像一把银梭，交给你也交给我，看谁织出最美的生活？金梭和银梭日夜在穿梭，时光如流水提醒你和我，年轻人别消磨，珍惜今天好日月。金梭和银梭匆匆眼前过，光阴快似箭提醒你和我，年轻人快发奋，黄金时光莫错过。

一代纺织姑娘们的美好心声，仍在传唱不息。

日月如梭。自命名以来，赵梦桃小组从六七十年代到新时期改革开放以至新时代，历经企业改制破产重组到搬迁入园的过程，于迷茫中觉醒，在激昂中思考，阵痛之后毅然前行。一代又一代纺织姑娘们，击鼓传花一样，传承梦桃精神，以集体智慧的凝聚力建功立业，以精湛的操作技术和创造性的劳动取胜，始终保持着全国屈指可数的先进小组的光荣与梦想。

现代纺织业，已进入全球化浪潮的新世纪。伴随丛林法则的国际市场需求的增长与萎缩，中国纺织业遭遇前所未有的压力，以至近年日益面临巨大的困难和挑战。纺织姑娘们身居其中，感同身受，只有坦然面对。

从曾经赫赫有名的西北国棉一厂，到脱颖而出的陕西风轮纺织股份有限公司，到咸阳新兴纺织集团，意味着顺应历史发展规律的化茧为蝶，抑或是脱胎换骨。但其标志性的梦桃精神的基因，在每一个纺织人的血液里流淌，在织机的日夜喧响中萦绕，在七彩斑驳的红尘中闪烁。

风轮，是从前辈作家魏钢焰《党的好女儿赵梦桃》春寒中的轮声变奏而来的吗？

历史的车轮滚滚，碾碎了多少时光。眼前飞转的风轮，是那一代代青春不老的风，吹动了千万个织机的轮子，化为绕指柔般的韵律，牵引着银纱的河流，永不疲倦，流淌在人们的心上。

你在幻想什么，美丽的姑娘?

4

也就在九月里的这个清爽的早晨，一群头戴白帽、身着围裙工装的纺纱女神情自若，步履轻盈，不约而同地走过厂区的林荫大道，驻足并围拢在一座半个多世纪前竖立的白色塑像前。

她是谁?她从哪里来，又去了哪里?眉清目秀，端庄可人，善良而温和，是中国女性特有的美好形象。像传说中的织女星一样圣洁，高贵而普通。

伫立在前边的是赵梦桃小组第十三任组长何菲，仿佛看到白色塑像上青春焕发的模样，一双聪慧的眼睛闪着泪光，深情地仰望着自己。众多姐妹们也一齐举目，凝视着不曾谋面却久已熟稔的石质面孔。然而，它是鲜活的，有血有肉，有心灵，有匀称的呼吸。

大姐，你在哪里?亲爱的大姐，你还好吗?

她们是噙着悲欣交集的热泪，想还原想象中的大姐的面庞和微笑，将凝固了的神情秋水一样融化开来。

在清新的空气中，二十八岁的赵梦桃似乎复活了，童话似的清醒过来了。这是真的吗?

前事不忘，后事之师。她与她的姐妹们对视久久，无声的话语在心里滔滔不绝，浪花飞腾。大姐啊，你不该那么早地离开了人世，你绽放的生命之花不该在芳年凋零。这么多年来，你让多少人从心底想你，怀念你，自豪与忧伤从来没有被时光抹去。如果你还能健康地活下来，你还活着，精精神神的，说说笑笑，也不过刚满八十五岁高龄，是一位坚强隐忍而慈祥温情的老太太。你应该是祖母辈的老人了，含饴弄孙，享受夕阳的抚慰。

然而，这只是一种幻觉。

如同渭河流逝了漫长的时光，每天早晨太阳照常升起。大秦帝国的都城咸阳，千年之后的复兴改变了它的容颜，喧嚣尘上，高楼林立，繁花似锦。曾经生活在这里的赵梦桃，作为新中国成立七十年的最美奋斗者，像《纺织姑娘》歌里唱的，你的思想有多深远?

春华秋实，夏耘冬藏，一代又一代纺织姑娘，堪称巾帼英雄，跨越五十六载，在赵梦桃小组这面鲜艳的旗帜下，不负韶华，乐于奉献，用青春的力量伴奏着纺车急促而欢快的节拍，从心底里歌唱着时代深沉而壮丽的进行曲。

水有源，树有根，凡事由来有序。赵梦桃，这个流传广泛、家喻户晓的名字，这个故事里的中国，追溯起来，其起始在哪里？是在河南洛阳通往陕西的逃难路上。

生死攸关之际，一个瘦小的女孩在暗夜里梦见了桃，鲜艳无比。一颗沾着露水的鲜桃，丰沛多汁，香甜可口？抑或是人面桃花，惹人喜爱？还是夹竹桃，含苞欲放？仿佛又是《诗经》里唱的“桃之夭夭，灼灼其华”？

从此，一枝纺织姑娘的梦桃之花，岁岁年年，四季绽放，常开不败。始终闪烁着露珠的花瓣上，有一缕澄明而绚烂的春光。

七十年过去，弹指一挥间。

2019 年的秋阳里，谁是梦桃？谁梦见了人面桃花？

又是谁在这漫长有如普通一生的时间长廊里，凭栏沉思，梦见了梦桃？

（此文系为《绽放》一书所撰序言，陕西师大出版社 2022 年版）

袁隆平，用一粒种子改变世界

马万里

他是一位真正的耕耘者，当他还在一个偏僻的城镇当教师时，已具有颠覆世界权威的胆识；当他誉满天下时，却仍专注于田畴。淡泊名利，一介农夫，播撒种子，传授智慧，收获富足。他毕生的梦想，就是让所有人远离饥饿。他以科学精神与人文情怀、专业素养与道德操守、事业追求与社会责任完美结合的风范，赢得了社会的普遍尊重。

他——袁隆平，一个显得有些平凡和土气的老头，以自己不懈的努力和才华，在古老的土地上创造了非凡的奇迹，目前在我国有一半的稻田里播种着他培育的杂交水稻，每年收获的稻谷的60%来源于他培育的杂交水稻种子。

是怎样的力量把一个人的命运紧紧联系并且积极影响着13亿多人的命运呢？又是一种怎样的力量促使着袁隆平年轻时违背父亲的意愿做出自己的人生选择？又是一种什么力量促使他执着于杂交水稻的研究而最终走向成功的呢？

梦想，诞生于儿时那片美丽的园艺场

回眸袁隆平的成功之路，可能谁也无法想到，他之所以会如此义无反顾地选择农业作为自己奋斗一生的事业，竟是缘于儿时感觉到的刹那间的美丽。

1930年9月1日，一个风和日丽的初秋，在北平协和医院的产房里，一个新的生命呱呱坠地了，为了纪念次子降生于北平，袁兴烈先生按照袁氏家族“隆”字的排辈，为其取名隆平。

袁隆平的父亲袁兴烈先生毕业于东南大学中文系，是一位典型的中国知识分子。袁隆平的母亲华静是一位扬州姑娘，自幼在英国教会学校读书，能讲一口流利的英语。

袁隆平少年时代兴趣广泛，喜欢音乐，爱好体育，尤其酷爱游泳。1949年夏天，袁隆平高中学业期满，当父亲问他将来的志向时，他回答得很干脆：“我唯一的选择就是成为一个农业科学家。”他的童年和青少年时代主要是在武汉和重庆度过的，对于这样一个生长在大城市，并自小就上教会学校的人来说，在风华正茂的时候选择学农，实在是出人意料。

“大约我6岁时一次郊游，曾在武汉郊区参观了一个园艺场，满园里郁郁葱葱，到处是芬芳的花草和一串串鲜艳的果实。我觉得这一切太美丽了！美得我当时就想，将来我一定要去学农。”

没有指点江山的豪情壮志，没有功成名就的意气风发，有的只是质朴的表白，有的只是对美丽的特别感悟与无悔执着。时隔60多年的漫长岁月，袁隆平忆及当年的感受，仍不免双眼灼灼，神采焕发。可见当年那片花果鲜艳的园艺场，在风雨飘摇、国事艰难的年代，曾是多么深刻地打动了一个孩子纯真的心。这片美丽的记忆，成了袁隆平心中永远挥之不去的情结与梦幻，使他从此与“农”结下了不解之缘。也正是这片美丽的记忆，最终改变了袁隆平一生的命运，并在某种程度上改变了13亿中国人的命运。

1953年，从西南农学院农学系毕业的袁隆平，为了追求心中的梦，毅然从重庆来到了偏僻的湘西雪峰山下的安江农校任教。

在安江农校，他一待就是19年。回顾在安江农校的教学生涯，袁隆平感触颇深：“我在教学过程中，积累了较多的生物学知识和农业生产实践经验。因此在以后的作物育种科研中，才具有一定的发现问题、分析问题和解决问题的能力。”在这里，袁隆平以非凡的努力完成了知识和经验的积累，为将来的科研打下了基础；同时，一场梦魇般的饥荒最终促使他全力以赴地编织杂交水稻梦。安江农校成为袁隆平腾飞的起点。

一生的付出，为的是战胜记忆中梦魇般的饥荒

20世纪60年代初期，一场罕见的饥荒席卷神州大地。安江农校宁静的校园也无法幸免。袁隆平为这沉痛的现实深深地感到不安。在这种情况下，袁隆平响应党的号召，和学生们一起来到黔阳县硖州公社秀建大队支农。生产队长老向企盼地对他说："袁老师，听说你正在搞科学试验，如果能研究出亩产800斤、1000斤的新稻种，那该多好啊！我们就不怕有饥荒了，苦日子就可以结束了。"老队长的一席话又一次唤醒了袁隆平深藏在心底的童年之梦，从那一刻开始，他将"所有人不再挨饿"奉为终身的追求。

"三年困难时期，我亲眼见过有人饿死在路边、田坎上，很多人因饥饿得了浮肿病。当时我们农校的老师被下放到艰苦的地方锻炼，在集体食堂里，我们吃的菜就是一大锅红薯藤，加一小酒杯的油来煮，跟猪食差不多。饭是双蒸饭，用水蒸了两次，饭粒儿看起来大，吃下去一会儿就饿，整天想的就是能吃顿饱饭就好了。"

"人类能否战胜饥饿？我认为主要靠科技进步，再有一个和平的环境，通过不断研究，取得农业科技的不断提高，就能解决饥饿问题。我是学农的，每年做点优产育种研究，日有所思，夜有所梦，我曾经做过一个梦，稻子如花生米那么大，我们几个朋友累了，就坐在稻穗下面乘凉。"

回忆当年的那场灾难，袁隆平那种济世情怀，对生命的真挚的呵护与关爱，让人分明感受到了一位伟大科学家内心的崇高与博大。

梦当然还是梦。为了通过科研的力量在实践中一步步接近这个梦，袁隆平以一种义无反顾的精神一头扎进了杂交水稻这个世界性的难题中。不为别的，就是为了在现实中使落后、贫困的农村能变得富饶而美丽。为此，他所经历的困苦与磨难超出了常人的想象。但他数十年如一日坚持着，努力着。"真的，我从没有后悔，我这个人有点痴，认准的一定要走到底。"他一直是这样说的，也一直是这样做的。杂交水稻已成为他生命中不可缺少的重要部分。

正当袁隆平准备大干一场的时候，史无前例的"文化大革命"的暴风

骤雨袭来。造反派把“自由散漫，典型的资产阶级知识分子”袁隆平的试验田搅得一片狼藉，并准备把他关进“牛棚”。许多人说他是自找苦吃，他坦然回答：“为了大家今后不再饿肚子，我心甘情愿地吃这个苦。”为此，他郑重地告诉结婚不久的妻子邓哲要做好分手的准备，但邓哲的话给了他最大的安慰：“大不了，我和你一起当农民。”这让他下定了决心，再苦再难也要坚持下去。

1968年5月18日，这是袁隆平终生难忘的日子。这一天被他视为生命的试验田里的秧苗竟然全部被人连根拔起，整个试验田被彻底地破坏。事发后第4天，痛不欲生的袁隆平才在学校的一口废井里找到残存的5根秧苗，继续坚持试验。

袁隆平回顾自己育种走过的路程，总结以往的经验和教训，觉得应加快育种步伐，不能局限于安江和长沙，而要到气候炎热的地方去。1968年起，每年的冬天，袁隆平就和助手一起赶到海南三亚搞水稻育种。他把这种与季节赛跑、追着季节走的育种方式叫作“南繁”。在路上，他们甚至把珍贵的种子绑在腰上利用体温催芽。孩子出生，父亲病故，他也没有时间回去看一眼。可做了3000多次实验，竟没有取得实质性的进展。虽然非常焦虑和苦闷，但步入不惑之年的袁隆平从来都没有灰心，更别说放弃。在十分艰苦的生活条件下，他患上了风湿性肠胃炎，体重下降。湖南省科技信息研究所原党委书记陈明山多年来对袁隆平的科研大力支持，他告诉记者：“袁隆平最苦最难的是1970年以前，但他从来没有消沉过，也没有抱怨过。即使再多的困难也难不倒他，这样的人我还没有发现第二个！”

时间终于到了1971年11月23日，在海南岛茫茫野生稻丛中，袁隆平的两位助手——他的学生李必湖和南红农校技术员冯克珊发现了一株雄花败育的天然野生稻！袁隆平仔细观察后，又采集了稻花样品，放在显微镜下进行检验，最终确认这是一株十分难得的野生稻雄性不育株。鉴于它是一株碘败型花粉败育的野生稻，袁隆平当即高兴地将之命名为“野败”，并向全国育种专家和技术人员通报了他们的最新发现。

最令人感动的是，袁隆平他们还把“野败”材料贡献出来，组织全国性的攻关。1971年春，湖南省农业科学院成立了杂交水稻研究协作组，袁隆平调任省农业科学院杂交水稻研究协作组工作。1972 年 3 月，国家科委把杂交稻列为全国重点科研项目，组织全国协作攻关。袁隆平将“野败”材料分发到全国 10 多个省、市的 30 多个科研单位，用了上千个品种与“野败”进行了上万个测交和回交转育的试验，扩大了选择概率，加快了三系配套进程……就在这一年，袁隆平选育成功中国第一个应用于生产的水稻雄性不育系“二九南 1 号 A”。

1973 年，在突破了“不育系”和“保持系”的基础上，广大科技人员广泛选用长江流域、华南、东南亚、非洲、欧洲等地的 1000 多个品种，进行测交筛选，找到了 100 多个具有恢复能力的品种。43 岁的袁隆平和他的助手在世界上首次育成三系杂交水稻，将水稻产量从每亩 300 公斤提高到每亩 500 公斤以上。当年 10 月，袁隆平在苏州召开的全国水稻科研会议上，发表了《利用野败选育三系的进展》一文，正式宣告中国籼型杂交水稻“三系”配套成功。原来有人预言：“三系三系，三代人也搞不成器。”而事实上，袁隆平及其同行只用了短短的 3 年时间就攻克了杂交水稻这道世界性难题。

从 1964 年发现第一株雄性不育株起，到三系配套成功，在那个动荡的年代里，袁隆平整整熬了 10 年。他的执着、创新，尤其是为了科研事业和国家利益而不计较个人得失的精神感动了很多很多的人。接受记者采访时，中国工程院院士、武汉大学教授朱英国感慨地说：“没有袁老师把自己的成果公开，我们大家都不会有今天的成就，我们很多人可能还在饿肚子！”

忠孝难两全，真爱感动上苍

1975 年 3 月，袁隆平从天涯海角“南繁”归来，风尘仆仆地回到安江镇，回到妻子邓哲身边。他在一块试验田里见到了邓哲。邓哲起初看到袁隆平脸上露出惊喜，但突然收住了笑容，双眼瞬间充满了泪水。袁隆平也惊异地左顾右盼，发现邓哲的左臂上佩戴着黑纱，他被这突如其来的黑纱惊呆了。他惊恐地指着黑纱问邓哲：“这是怎么回事？”“咱们的父亲在重庆病逝了。”“为什么不通知我？”“考虑到你正在攻关，耽误你几天，弄不好要误事一年。”“父亲临终前说，他不希望你度过一个平庸、平淡的人生，他祝愿你走一条平安、平静的人生道路……”听了邓哲的一番叙述，袁隆平怀着沉痛的心情，随手抓起一把田头的红土，用力地攥着，只觉得手中的泥土在融化，在沸腾，在他体内燃烧起了熊熊火焰；只觉得一股悲痛的激情，撞击着他的心扉。他发誓，要以优异的科研成果告慰父亲的在天之灵。

这天夜里，袁隆平久久难以入睡。他索性披衣起床，走向月色映照下的山村原野，面对西方，向着家乡深深地三鞠躬。

1982 年除夕，袁隆平在南方育种十多年来第一次回家过春节，正月初二那天，妻子邓哲因突患急性病毒性脑炎，被送往怀化地区医院抢救。然而祸不单行，紧接着他 80 岁高龄的母亲也患上了重感冒，在家卧床不起，岳母又患脑血栓住进了黔阳县医院。这突如其来的病魔袭击，给原本其乐融融的家庭以沉重打击，累坏了本来就不善于操持家务的袁隆平。

他除了紧急动员三个儿子分头服侍病人外，自己则忙不迭地跑三个地方轮流照料病人，从挂号、缴费、拿药，到买营养品、端屎倒尿，端茶喂饭，忙得焦头烂额。好在安江农校的老同事曹胖公夫妇及李代举他们热心帮忙扫地抹灰，洗衣做饭，否则袁隆平真不知道怎么处理这堆家务活。

那时，邓哲躺在病床上深度昏迷，将近半个月没有睁开眼睛，靠输液维持生命。袁隆平白天照料着病中的两位老人，晚上几乎夜夜陪伴在妻子身边。他深情地看着妻子孱弱苍白的脸，柔肠寸断，半是内疚，半是心酸。他喃喃地说：“都是我不好，我不是好丈夫，你是累病的呀，可我没办法，我离不开杂交水稻，禾苗也离不开我呀，老天不公啊，熊掌和鱼不可兼得……邓哲，我在你身边，守着你，护着你，你就醒醒吧……”说着说着，泪水模糊了他的眼睛。

在以后的日子里，他更加精心地照料妻子，回报妻子多年对他、对家庭的付出。他为妻子抹身子、换衣服，一勺一勺地喂鸡汤；为她背唐诗，讲故事，轻轻地用英语唱《老黑奴》。他知道妻子心里明白他在为她祝福、祈祷，为她做丈夫应做的一切……也许是苍天有眼，好人有好报，他的真爱和一片痴情感动了上苍，连死神也悄悄抽身而退，不久，邓哲终于睁开了眼睛，神情恍惚地看着丈夫，深情地吐出几个字：袁先生。“谢天谢地，你总算醒了！”袁隆平高兴得像孩童般，笑得格外开心。接下来，他按照医生的嘱咐，每隔一小时帮妻子翻身，为她按摩。一个月后，邓哲出院了，并没有留下任何后遗症。

袁隆平曾经说过：爱，是一份长久的承诺；爱，渗透在日常生活的每个细节中，哪怕是一个会心的微笑，擦一擦汗，洗一洗碗，陪爱人逛一逛街，都是幸福的，值得回味的。后来，当袁隆平事业有成就，应邀出访，或到国外去领奖，只要条件允许，他都带妻子一道去散散心。在他们银婚纪念的那天，他还特意让妻子换上了婚纱，拍了一张婚纱照，并花3000元钱给妻子买了一条项链，为其戴上。

培育杂交水稻，是他生命中最强的音符。对于一个几千年来受贫穷与饥饿折磨的民族，用高产量的杂交水稻良种来帮助解决吃饭问题，这是一个多么巨大的贡献啊。难怪一些地区的农民称他为“神农”，而国际同行称他的研究是“全人类的福音”。

1979年4月，袁隆平首次走出国门，赴国际水稻研究所所在地——菲律宾首都马尼拉市远郊的洛斯巴洛斯镇，参加一个重要的国际水稻科研会议。这次会议有20多个国家的200名科学家参加。同行的中国水稻专家共4人，袁隆平应邀在会议上宣读了他用英文写的《中国杂交水稻育种》的论文并即席答辩，与会者一致公认中国杂交水稻研究处于领先地位。

1981年6月6日，袁隆平的籼型杂交水稻获国内第一个特等发明奖。这不仅在国内引起轰动，也引起了世界的极大关注。袁隆平在国际水稻领域首次亮相后的第三年——1982年的秋天，国际水稻研究所的又一次学术讨论会上，国际水稻研究所所长斯瓦米纳森先生庄重地引领袁隆平走向主席台。同时，投影机在屏幕上打出了袁隆平的巨幅头像和“杂交水稻之父袁隆平”的英文字幕。

顿时会场为之欢声雷动，来自世界各国不同肤色的学者和专家一起起立，向袁隆平鼓掌致意。

曾担任过印度农业部部长的斯瓦米纳森也是著名的水稻专家，他在发言中说：“今天，我十分荣幸地在这里向你们郑重介绍我伟大的朋友、中国杰出的科学家、我们国际水稻研究所的特邀客座研究员——袁隆平先生！我们把袁隆平先生称为杂交水稻之父。他是当之无愧的！他的成就不仅是中国的骄傲，也是世界的骄傲。他的成就给世界带来了福音！”

这次会议期间，菲律宾报纸头版刊登了袁隆平的照片和《杂交水稻之父》的大字标题。从此，袁隆平在国内和国际上赢得了当之无愧的“杂交水稻之父”的称号，这也是袁隆平非常珍惜的一个荣誉。

1985年10月15日，袁隆平首次获国际大奖、联合国知识产权组织“发明和创造”金质奖章和荣誉证书。1986年10月，国际水稻研究所和湖南省科委、湖南杂交水稻研究中心联合在长沙举办了世界首届杂交水稻国际学术研究会。来自世界20多个国家的专家共200多人参加了这次盛会。袁隆平作了题为《杂交水稻研究与发展现状》的学术报告，提出了今后杂交水稻发展后战略设想：通过“三系法”过渡到“两系法”，再向“一系法”发展。这一新颖的设想，让与会代表深受鼓舞。

后来，湖南杂交水稻研究中心还举办了多期杂交水稻国际培训班，为印度、越南等国家培养了一批杂交水稻的专业人才。从1981年至今，湖南杂交水稻研究中心等机构共举办了20多期国际杂交水稻培训班，培训了来自30多个国家的500多名科技人员。袁隆平也先后应邀前往菲律宾、美国、日本、法国、英国、德国、埃及、澳大利亚等国家传授技术，让世界各地的人们分享丰收的喜悦。

在中国的帮助下，越南和印度的杂交水稻发展很快，已应用于生产。2004年越南种植杂交水稻65万公顷，印度为56万公顷，并取得了比当地良种每公顷增产1.5吨至2.5吨的效果……全世界越来越多的人感受到袁隆平带给他们的惠泽，很多人在告别饥饿的同时记住了袁隆平！1999年，国际小天体命名委员会将一颗小行星命名为“袁隆平星”。

袁隆平先后获得了国内国际多项顶尖大奖，身兼数十个学术和社会职务。浩瀚宇宙中，袁隆平，安江农校的一名普通教师，终于摘得了“杂交水稻之父”的桂冠。

不知多少人梦寐以求的辉煌、荣耀、名利，却丝毫也没有使袁隆平发生任何改变，他还是始终如一地恋着杂交水稻事业。从播种到收获，他依然风尘仆仆地骑着摩托车去试验田，从春夏到秋冬，他依然分秒必争地察看着育种基地。他心中想的只有他的试验田，只有他的杂交水稻。

“通过科技进步，现在我国常规水稻的亩产平均为700斤左右，我们培育的杂交水稻平均亩产达800斤左右。我们正在研究一种超级杂交水稻，亩产将达到1500至1600斤，有希望在两至三年内培育成功，那时又将推动全国的水稻产量上一个大的台阶。我们‘超级’稻的培育十分紧张，不管我在哪里，都要求基地3天报一次数据，这样我就可以随时对情况进行分析。我们有信心提前两年实现亩产800公斤的目标。”

1998年，国家国资局对“袁隆平”品牌进行了无形资产评估，认定其价值达1000亿元人民币。社会上对此反应很大，各方面给予了积极评价，并昭示着中国知识经济的风暴和尊重知识、尊重人才时代的真正到来。

“隆平高科”上市后，社会上有人称“袁隆平一夜之间变成了亿万富翁”，他却很平静，对此一笑了之。他仍然一如既往地奔波在试验田里。

“在我有生之年，我还有两大心愿：一个是把超级杂交稻研究成功，大面积应用于生产，这样21世纪谁来养活中国的问题就解决了；再一个是让杂交稻进一步由中国走向世界，‘发展杂交水稻，造福世界人民’。”

虽已届古稀之年，但袁隆平仍魂牵梦萦着杂交水稻；虽已没有了园艺场的美丽与缤纷，但那种淳美与质朴，更能透出一种科学巨人所特有的崇高品质与境界。

（选自《与史同在》，华夏出版社2011年版）

怀念一张脸

江　子

他是穷人的儿子，湖南省望城县安庆乡的一名孤儿。

他是一名年轻的军人，担任过中国人民解放军工程兵某部运输连四班班长，结果该班一直以他的名字命名。

他喜欢写作，记日记，在文章里爱用慷慨激昂的语句来表达自己的胸襟，而其实他的文化程度并不高，只有小学文化，所以他写出的文字远不能算复杂和优美。

他的身高只有 1.54 米，体重不到 110 斤，据说还有鼻窦炎的毛病，可是，他似乎并没感到自卑。

他有一个适合传诵的名字，叫作雷锋（他的原名雷正兴，人们所知不多）。

他 1962 年死于一场意外事故，死的时候只有 22 岁。这样一个极其普通的士兵，却成了那个特殊时代的英雄人物，乃至成为这个古老国家的文化符号之一。他服兵役的地方为他建了纪念馆，关于他的故事不断在报刊图书、电影银幕上得到传播，作为一个符号，他被多层次地阐释和演绎。有人说他是全心全意为人民服务的楷模，有人说他是伟大的战士，有人说他是那个特殊时代主流意识形态因宣传需要被征用的人物，有人说他是傻子的代名词……

如果抛开雷锋的军人身份，抛开附加给他的一切荣誉、光环，让这个农民的儿子走下神坛，我们会发现，他其实只是一个善良的人。

这个矮个子的湖南小伙儿的所作所为无不体现出善良的本性：用自己的津贴费给带着孩子的中年妇女买票；领着陌生老人走数十里路寻亲；每逢年节带领战士帮着附近忙碌的瓢儿屯车站打扫候车室，给旅客倒水；把平时节约下来的200元钱分别支援抚顺市望花区人民公社和辽阳水灾区……

有句流传很广的话最能概括他的事迹："雷锋出差一千里，好事做了一火车。"

善是古老中国最基本的道德准则。在中国古代哲学里，仁者爱人；老吾老以及人之老，幼吾幼以及人之幼；勿以善小而不为，勿以恶小而为之；君子莫大乎与人为善；厚德载物，上善若水；福缘善庆，祸因恶积；锄一恶，长十善；等等，无不包含着劝人向善的精神内涵。在古代中国，启蒙孩童学的第一句话就是"人之初，性本善"，人们相信善有善报恶有恶报。路见不平拔刀相助、救人一命胜造七级浮屠、行善积德等成为数千年中国人的行为传统和价值观念。这样的传统到了20世纪60年代，被一个叫雷锋的年轻军人完美承继。

他的日记、他的作为没有一丝恶念。他的父母曾被当地的富人逼迫致死，他也曾表示一定要报仇，可最后他把所有的仇恨，转变为了对国家的感恩，转化为对所有人的善行。

他因此成为20世纪60年代中国善的标识，成为中华民族善的文化传统的重要链条。人们褒奖他推举他，其实是推举他所象征的善的传统。他的英名远播并且长盛不衰，是上至伟人下至普通民众合力创造的一次对善的弘扬的义举。一代代中国人学习他，无非是向中国善的文化传统致敬。

这个至善至美的人有一张与他内心的善良相得益彰的面孔。他的脸上满是孩子气。在几乎所有公开的关于他的照片里，他都在笑。他笑得那么质朴，那么纯真，那么不设防，可以看出他对世界怀着毫无保留的信任。那是一张没有一丝阴气的脸。看着这样一张脸，我们立刻有一种阳光扑面的感觉。

可是如今，要找到这样一张脸，已经很难很难了。

我们现在的时代，是一个算数的时代。一个满纸慷慨激昂的语言的日记本已经很难打动人的心灵了。我们的内心被图表、GDP、云计算等东西占满。在数字的逼迫下，善的传统受到一定的破坏。我们甚至已经不相信别人的诺言。“我不相信天是蓝的，/ 我不相信雷的回声，/ 我不相信梦是假的，/ 我不相信死无报应。”人们开始了对世界的怀疑和重新审视，开始了新的人文反思和价值重建之旅。

对世界的质疑是一种优秀的文化精神，一种现代人必须具备的人文素养。盲从是可悲的，只有勇于质疑，真相才会在不断地辩驳中浮出水面。

可被滥用的无理性的质疑损害了我们对世界的信仰，损害了我们以善为基础的文化传统，时代带来了人的解放，逐利的心理却颠覆了传统的价值观。人与人之间已经不再像过去那样单纯、美好，人们相互提防，脸上的表情疑虑重重。

我们听说过太多这样的消息：有人路见不平拔刀相助，可最终施救者却被诬陷为肇事者，搞得一脑门子官司；给路边行乞的人行善，却被告知他们都是骗子……

行善的成本大大增加了，甚至有一定危险性。我们被迫对需要帮助的人视若不见。我们坐火车一千里，甚至连一车厢的好事都不敢做，更别说好事一火车了。因为你的善良，会被人怀疑为怀有不轨之心，或者是神经病。

善的传统有了断链的可能。

由此我们非常怀念那一张脸，那一张青春的、纯真的、毫无一丝戒备和阴影的脸。那样一张脸上，写满了对人世间的完全信赖，和对人类的暖意。如果用一个词来描述这样一张脸，我愿意用“至善”这个词。

由此我们非常怀念那样一张脸所象征的那个以善为基础的道德传统。至善，那是一个中国所有的宗教都奉行的价值观，是自古人人向往、修行者寻求皈依的精神境界，也是人类共同的信仰。

而在3月怀念这样一张脸，那不仅因为伟人的题词在3月，而是我们相信，3月是万物复苏的季节，春天是宜于修复的时段。我们希望那一切泯灭和式微的，都会在春天复活，爱会延绵，善会如蛙鸣一般此起彼伏，如野草一般春风吹又生……

（选自《赣江以西》，人民文学出版社2015年版）

他用镜头见证焦裕禄的兰考岁月

高建国

习近平总书记把焦裕禄精神概括为“亲民爱民、艰苦奋斗、科学求实、迎难而上、无私奉献”。他指出，无论过去、现在还是将来，焦裕禄精神都是鼓舞我们艰苦奋斗、执政为民的强大思想动力，都是激励我们求真务实、开拓进取的宝贵精神财富，永远不会过时。

焦裕禄精神的形成，是中国共产党人跨世纪接续奋斗的伟大精神创造，是党的宗旨与中华民族传统美德有机融合的恢宏壮举。在铸造焦裕禄精神的历史方阵中，兰考县年逾八旬的共产党员刘俊生，以自己的特殊方式所作的贡献，颇为人们所称道。

保留焦裕禄坐过的藤椅

1964年6月，在兰考县委书记焦裕禄因肝癌逝世将近一个月的时候，《河南日报》一位兰考籍编辑，向时任兰考县委新闻干事的刘俊生约稿，要他围绕纪念“七一”党的生日，写一个好党员、好干部的典型人物。刘俊生向县委领导汇报后，确定写焦裕禄，因为这正是他想写的人。在谋篇布局和写作过程中，刘俊生突然产生了一种难以遏制的冲动，把焦裕禄坐过的带窟窿的那把藤椅，搬到了自己的住室。

刘俊生太熟悉这把藤椅了，在他眼中，藤椅简直就是鞠躬尽瘁为人民的焦裕禄的化身。焦裕禄在洛阳矿山机械厂任一金工车间主任时，积劳成疾罹患肝炎。1962 年 6 月，焦裕禄到尉氏任县委书记处书记时，肝炎加重一度腹水，后经中医治疗有所好转。当年 12 月 6 日，焦裕禄受命到重灾区兰考县工作后，面对异常困难的局面和艰巨繁重的任务，他把自己的疾病置之度外，奋不顾身地为党工作，肝病日益加重。为了遏制肝区疼痛，焦裕禄办公时，经常把刷子、钢笔、茶杯等硬物顶在藤椅右侧的椅靠上，然后再抵住自己肝部以减轻疼痛。久而久之，藤椅被顶出一个大窟窿。焦裕禄便动手把藤椅上的窟窿用藤条补好。但不久，藤椅又被顶破。有时工作太忙了，焦裕禄就让大女儿焦守凤和大儿子焦国庆帮着补藤椅。

刘俊生终生难以忘怀的是，1964 年春节过后，经省委同意，《河南日报》约兰考县组织一个反映治理内涝风沙盐碱“三害”成果的专版，其中有焦裕禄写的一篇文章。其他稿件收齐时，刘俊生到焦裕禄办公室，想看看他的稿子写得怎样了。一进门，刘俊生看到焦裕禄正伏在办公桌上，左手拿茶杯顶着右侧椅靠和疼痛的肝部，右手执笔在写文章。看见刘俊生进来，焦裕禄放下笔，神情痛苦地说：“俊生呀！看样子，这篇文章我完不成了。我的病越来越重，肝部这一块硬得很，疼得支持不住。”

刘俊生看着焦裕禄清瘦的脸颊，发现他的身体因剧烈的疼痛在颤抖，心里很难过，口中嗫嚅着：“焦书记，那怎么办？”焦裕禄说：“你先把大家写好的稿子送给报社，这篇文章，让张钦礼书记写吧！”

刘俊生望着桌上的稿纸，上面写着文章的题目：《兰考人民多奇志，敢教日月换新天》。下面列了四个小标题：一、设想不等于现实。二、一个落后地区的改变，首先是领导思想的改变。领导思想不改变，外地的经验学不进，本地的经验总结不出来，先进的事物看不见。三、榜样的力量是无穷的。四、精神原子弹——精神变物质。

刘俊生眼前不由一亮：这气吞山河又激情澎湃的文章标题，已经勾勒出一年多来在兰考的这场伟大斗争实践的筋骨脉络，字里行间凝结着一个党的好干部对革命事业的忠诚与担当。显然，这是书写兰考最新最美画卷的大文章！刘俊生多么希望焦裕禄能够写完这篇不同凡响的文章，可看看他晦暗无光的脸膛，还有因痛楚而明显佝偻的身躯，又把溜到嘴边的话咽了回去。

刘俊生没有想到，这是焦裕禄有生之年写的最后一篇文章，准确地说是一篇没有写完的文章。虽然，焦裕禄的文章才刚开了个头，但刘俊生坚信，这篇没有写完的文章描绘的宏伟蓝图，已经清晰地镌刻在兰考大地上，成为广大干部群众的共同意志。兰考人民是会按照他遵循科学规律、集中群众智慧提出的设想，在兰考大地上续写好这篇文章的。

这是刘俊生最后一次看到焦裕禄用藤椅顶托肝部坚持工作的情景。

那个燠热的夏日，刘俊生望着焦裕禄坐过的藤椅，一气呵成写出《党的好干部——记焦裕禄二三事》。报社编辑阅稿后感到，用一两千字反映焦裕禄未免简单，可补充材料推到一版去。刘俊生另起炉灶，写了一篇3000字的稿子送到报社。后来得到的消息是，宣传县委书记的稿件需经省委审阅批准。但“七一”前后稿子未能发出。

刘俊生是为鞭策自己写好报社约稿，收藏了焦裕禄坐过的藤椅。情之所至，他又向焦裕禄的夫人徐俊雅打听：“焦书记穿过的破旧鞋袜在哪儿？”徐俊雅说：“你问那干啥？我看见那些东西心里就难受，早扔掉啦！”刘俊生忙问：“扔哪儿啦？”徐俊雅用手指指屋后说：“扔到屋后草窠子里啦！”刘俊生接着跑到焦裕禄家屋后草窠子里，捡回一双焦裕禄穿过的破旧不堪的鞋袜，用报纸包起来，放到纸箱里收好。

刘俊生保存焦裕禄坐过的藤椅和穿过的鞋袜，激励他写了不少反映焦裕禄光辉事迹的稿子。每当刘俊生思想苦闷和情绪波动时，焦裕禄坐过的藤椅和穿过的鞋袜都是他进行自我教育和救赎的灵丹妙药。如今，焦裕禄的三件遗物，已成为兰考县焦裕禄同志纪念馆的镇馆之宝，是最能从本质上体现焦裕禄精神和最具震撼力的珍贵文物。

1966年2月7日，新华社播发了穆青等人撰写的长篇通讯《县委书记的榜样——焦裕禄》。当时习近平同志是初一的学生，思政课老师就在班上读这篇通讯，读时几度哽咽，泣不成声，班上的同学也都流下了眼泪。当老师念到焦裕禄肝癌晚期仍坚持工作，疼痛难忍时用棍子顶着肝部，以致办公室藤椅右侧被顶出一个大窟窿时，习近平同志受到极大震撼。焦裕禄坐过的带窟窿的藤椅，成为焦裕禄光辉形象在习近平同志心中扎根的重要媒介，藤椅所体现的焦裕禄鞠躬尽瘁、勤政为民的感人精神，始终是激励习近平同志不忘初心、砥砺前行的不竭力量。

成为新华社记者“发现”焦裕禄的向导

焦裕禄被“发现”，不是径情直遂和一蹴而就的，而是经历了一个渐进的过程。

1964年5月16日，焦裕禄在郑州河南医学院附属医院病逝两天后，河南省委省人委在商丘地区民权县召开沙区林业工作会议，兰考县委副书记张钦礼在参加焦裕禄追悼会筹备工作后，到会介绍兰考沙区造林经验。张钦礼登台发言一开头，就通报了焦裕禄两天前病逝的消息，接着在“跑题”的发言中，生动翔实地介绍了焦裕禄的感人事迹，深深打动了与会代表的心。主持会议的副省长王维群高度评价焦裕禄，要求与会代表下午认真讨论焦裕禄事迹，随后要求与会的新华社河南分社鲁保国等记者，找张钦礼深入采访焦裕禄事迹。

1964年8月7日，河南省委第二书记文敏生，在省委三级干部会议上热情赞扬焦裕禄，充分肯定了通过治理“三害”改变灾区面貌的“兰考新道路”。

1964年10月，新华社河南分社遂成立由张应先、鲁保国、禄祖毅组成的焦裕禄事迹报道小组，前往兰考深入采访。

1964年11月19日，新华社播发张应先等人写的反映焦裕禄先进事迹的人物消息，同时播发一篇供地方报纸刊用的3000多字的稿件。11月20日，《人民日报》在二版左下角，以《在改变兰考自然面貌的斗争中鞠躬尽瘁——焦裕禄同志为党为人民忠心耿耿》为题，用1700多字的篇幅，报道了焦裕禄的先进事迹。当天，中央人民广播电台播出新华社报道焦裕禄的通稿。11月22日，《河南日报》一版头题刊发新华社播发的焦裕禄事迹“地方稿”，并配发社论《学习焦裕禄同志为人民服务的革命精神》。

焦裕禄精神开始走出兰考，在河南乃至更大范围得到传播。

然而，焦裕禄作为县委书记的榜样矗立在全国人民心中，还是在新华社记者穆青、冯健、周原1965年底豫东之行以后。

这一年快要过去的时候，新华社副社长穆青和国内部工业组组长冯健到西安筹备国内记者会议，路过郑州时，在河南分社记者会上听周原讲了这几个月在灾区采访的见闻，很受触动。穆青确定，周原到豫东灾区采访干部群众抗灾情况，他和冯健从西安回来后听线索汇报。

周原第一站先到杞县，不料县里正开三干会，县委书记白天开会，晚上又去看戏，派了个不怎么掌握情况的林业局局长来见周原，这使他大失所望。第二天一早，周原跑到杞县汽车站，在小摊上吃完元宵，扭头看见一辆公共汽车准备开出，抓起提包一个箭步蹿上了车。汽车出站上了路，周原才想起来问："同志，这车是去哪儿？"售票员用奇怪的目光打量着周原，没好气地说："兰考。"兰考就兰考，反正是豫东的地儿！

车到兰考站，周原发现，县委大院就在汽车站旁边。说来也巧，周原走进县委大院，迎面碰上刘俊生。一问，他正是自己要找的县委新闻干事。刘俊生看了周原的记者证，把他领进办公室，沏上了一杯热茶。

周原呷口茶水，对刘俊生说："新华社副社长穆青同志，想写一篇豫东、鲁西南、皖西北改变灾区面貌的报道，让我先探探路，打个前站，摸摸线索……"

刘俊生脱口打断周原的话："你们快来吧！俺兰考开展除'三害'斗争，把县委书记都活活累死了！"

县一级年轻新闻干事，虽说从事新闻工作，一般来说尚属业余水平，但数年农村新闻报道的摸爬滚打，已使刘俊生形成了"倒金字塔"式思维和表达方式，讲问题谈情况，先拣重要的事说。

周原"咕咚"一声咽下口中的茶水，瞪大眼睛问："谁为除'三害'累死啦？"

"俺们县委书记——焦裕禄！"刘俊生声音有些异样。

周原站起来追问："焦裕禄是怎么累死的？"

刘俊生把周原引进自己住室，取出焦裕禄的旧棉鞋和破袜子对周原说："这是焦裕禄穿了好几冬、补了又补的旧鞋袜。"接着又拿过一把破藤椅，对周原讲起焦裕禄肝病严重时，就用硬物顶在椅靠上抵住肝区止疼，时间长了，藤椅被顶了个大窟窿。

周原凝视藤椅上的破洞，仿佛瞬间被击穿。虽然他尚未意识到，这把椅子将开启中国新闻史上一次重大寻访和发现，但18年新闻工作的经验告诉他，焦裕禄正是自己要寻找的人物！头一天的采访使周原收获颇丰。职业敏感告诉他，一个一碰就响的大典型，正在显露出来。周原又在机关和社队深入采访，基本掌握了焦裕禄的情况。

周原急匆匆赶到郑州，恰好穆青、冯健从西安回来。周原随口抛出几个沉甸甸的例子，焦裕禄有棱有角的形象，便赫然矗立眼前。此行中原，穆青曾打算去豫北林县，采访林县人民在太行山腰开凿红旗渠的伟大壮举。周原在兰考的发现，使他看到了那个苦寻无着的瑰宝，正抖落尘埃崭露头角，静静地在大河最后一道弯熠熠闪光。在新中国刚刚走出三年困难时期，国民经济尚未恢复，特别是作为国民经济基础的农业还面临严重困难之际，多么需要报道这样不屈不挠同自然灾害进行斗争、带领群众恢复和振兴农村经济的典型啊！

穆青像一个运筹帷幄的战役指挥员，下决心调整部署挥师豫东，把兰考作为发起新的战役的突破口。1965年12月17日上午，穆青、冯健、周原走进兰考县委大院。

后来，人们忆起发现焦裕禄这一伟大精神铸造关键一役揭幕的情景时，颇有感触：如果说，周原打开了发现焦裕禄的门闩，那么，刘俊生就是发现焦裕禄的向导。

为焦裕禄拍下四张照片

那年月，照相机很少，胶卷也金贵。焦裕禄平时参加会议和到基层社队，都不让人给他照相，但下乡时时常喊着刘俊生，并且嘱他带上照相机。1963年9月初的一天深夜，刘俊生又接到通知，让他第二天上午带上照相机，到城关公社老韩陵大队找焦裕禄。第二天，刘俊生在老韩陵村北的红薯地里，找到了正在劳动的焦裕禄。

那天上午，焦裕禄披着中山装上衣，露着白色秋衣和土黄色鸡心领毛背心，像个娴熟的庄稼把式在锄地。刘俊生欲罢不能，转身悄悄把镜头对准焦裕禄按下快门，从侧面拍下了焦裕禄锄地的照片。焦裕禄锄完红薯地，又走到一块花生地里拔起草来。

刘俊生透过地头上人的空隙，见焦裕禄抚弄着油绿茁壮的花生茎喜上眉梢，不禁为焦裕禄的生动神情所吸引，迅速调整焦距，拍下了焦裕禄在地里拔草的照片。为了不使快门的“咔嚓声”惊动焦裕禄，按快门时，他故意轻轻咳了一声加以掩饰。

中午，焦裕禄和刘俊生在老韩陵大队吃过派饭，骑自行车由北向南驶去。行至朱庄村南春天栽的50亩泡桐林东侧，只见波荡起伏的沙丘上，新栽的泡桐树已是一片绿荫。焦裕禄满脸惊喜，支好自行车，兴奋地向泡桐林走去，边走边对刘俊生说：“咱们春天栽的泡桐苗都成活了，长得多旺盛啊，十年后，这里就是一片林海！”

刘俊生被焦裕禄发自内心的喜悦所感染，掏出照相机，趁他不注意，迅速拍了一张焦裕禄站在焦桐树旁，叉腰侧首笑望郁郁葱葱泡桐林的照片。这时，跟在身旁的城关公社党委书记孟庆凯提出：“焦书记，我想和你合个影，留个纪念。”

焦裕禄刚到兰考时，孟庆凯任县委农村工作部部长，面对严重灾情为难发愁。焦裕禄提出，让他到抗灾斗争第一线任职，看看贫下中农是怎样跟严重灾害做斗争的。经过加钢淬火，孟庆凯成为一名优秀的领导干部，城关镇涌现出许多抗灾硬骨头队。

焦裕禄满意地看着孟庆凯，笑着问道：“咱们照相有啥用啊？”

这时，刘俊生一直憋在心里的话涌到嘴边，忍不住插话：“焦书记，每次跟你下乡，你都告诉我带上照相机，可为什么不让我给你照相呢？”

焦裕禄说：“让你下乡带照相机，是让你多给群众拍照。广大群众为改变兰考面貌忘我劳动的精神，是很感人的。给群众照相，既对他们是个鼓舞，又很有意义。”

刘俊生讲出一番理由：“要是把你和群众劳动的镜头拍下来，群众看见照片一定会说，我和县委书记照相了！这个是我，那个是他，这对他们不是更大的鼓舞吗？”

焦裕禄被刘俊生变着法儿讲的一番理由逗笑了，挥了一下手臂对刘俊生说：“你讲得有道理，有道理。好吧，你找理由给我照相，那今天就照一张吧！”

“怎么照法？”乐不可支的刘俊生憨直地问。

“我爱泡桐，就在泡桐树旁，给我和老孟一起照个相吧！”

根据刘俊生的建议，焦裕禄穿好上衣，依旧敞怀露着土黄色的鸡心领毛背心，走到几棵泡桐树前，对刘俊生说：“就这样照吧！”说着，右手倒背，左手自然扶住一棵锹柄粗的泡桐树。站在焦裕禄左侧的孟庆凯，举起右手扶住同一棵树的上端。

刘俊生不失时机地按动快门，拍下了这张珍贵的合影。焦裕禄与孟庆凯合影时，两人手扶的这棵泡桐树，就是今天闻名遐迩的兰考景观——“焦桐”。后来，宣传焦裕禄时，报刊书籍使用这张照片，都把立于泡桐树另一侧的孟庆凯隐去了。

焦裕禄在兰考留下的四张照片都摄于这一天。其中，侧身锄地和蹲在地里拔草的两张，系上午摄于老韩陵村的农田；在泡桐树前和手扶泡桐的两张，则是下午摄于胡集大队朱庄村南林地。照片洗好后，刘俊生把四张照片各送给焦裕禄一张。焦裕禄拿着叉腰站在泡桐树旁的那张照片说：“这一张好，这一张好！”

刘俊生把焦裕禄的四张照片贴在日记本首页，压在办公桌玻璃板下面。每当工作疲倦，或思想遇到挫折陷于苦闷时，他总要习惯性地看看照片，从中寻找慰藉和力量。

1966 年春，焦裕禄事迹在全国宣传后，穆青向刘俊生要焦裕禄的照片。刘俊生感到很惭愧：焦裕禄在领导兰考人民除“三害”中，曾有过多少激动人心的瞬间，自己作为新闻干事却没抓拍下来，这是多大的失职呀！无奈，他只好还给穆青提供那四张照片。此后，各地来兰考采访和参观者，不少人也向刘俊生要过焦裕禄的照片。有的得知焦裕禄在兰考仅留下四张照片，失望之余不免啧有烦言。刘俊生也有苦衷。1966 年 3 月 3 日，他在上海《新民晚报》发表《在泡桐树下拍的一张照片》，其中写道：

在这里，我要向来兰考参观访问的同志们表示歉意，请你们不要再质问我，为啥给焦裕禄同志拍的照片这么少；也不要再向我要焦裕禄同志的照片底版了！老实告诉您：我拍下他的照片，的确就这么三四张。您非要焦裕禄同志英雄形象的照片底版不可，那么，就请你们到兰考三十六万人民那里去要吧！到全国六亿五千万人民那里去要吧！他们的心里都存放着焦裕禄同志英雄形象的照片底版！

最初的“焦桐”守护人

1965年12月，穆青、冯健、周原到兰考采访焦裕禄事迹时，穆青手捧刘俊生为焦裕禄拍摄的四张照片，仔细端详，反复揣摩，受到很大感染，仿佛打开了一扇通往焦裕禄内心世界的窗口。透过照片辐射出来的丰富信息，焦裕禄的音容笑貌宛如在记者眼前活现起来。穆青看到焦裕禄这个民族脊梁式的典型的时代意义后，感到焦裕禄手扶泡桐树这张照片很有意义，便问刘俊生：“这棵泡桐树还有没有？”

“有啊！”刘俊生说着，马上领悟了穆青提示的含义。中国顶级记者的询问，像一束洞幽烛微的光，照亮了焦裕禄手扶泡桐树蕴含的意义。刘俊生赶紧找到城关公社胡集大队党支部书记胡安民，建议队里采取得力措施，切实保护好这棵泡桐树。

1968年秋，胡集大队干部群众自发拿鸡蛋粮食兑砖头和石灰，在这棵泡桐树旁建起一座纪念碑，刘俊生应邀为焦裕禄照过相的泡桐树撰写了碑文。

几度春风秋雨，亲炙焦裕禄关爱的泡桐树，枝繁叶茂，拔地参天，成为兰考人气甚旺的一处景观。人们看见泡桐树，想起焦裕禄，遂称此树为“焦桐”。1980年，兰考县人民政府把“焦桐”定为县级文物，并正式在树旁立起“焦桐”的牌子。

1986年春，穆青、冯健、周原重返兰考，专程来瞻仰“焦桐”。穆青在枝叶葳蕤的树下流连，举目仰望，凝神结思，动情时双臂合抱“焦桐”，围住了树干的2/3。

1990年6月，穆青、冯健、周原再次来到“焦桐”树下。穆青掏出卷尺，贴着树干量树围，不由满脸惊喜：树围已达5米！三位焦裕禄的心灵至交欣喜地获悉，每年，全国各地前来瞻仰“焦桐”的干部群众，不下数十万。令人景仰的“焦桐”，成为赴兰考朝圣追思的必看景物。在“焦桐”树下流连，穆青三人愈发感到，当年在兰考的跋涉和笔耕，其价值都在这里得到了体现；中国共产党人倾力打造的焦裕禄精神，历经世纪风雨，正如“焦桐”一样蓬勃旺盛，生机盎然。

2009 年 4 月 1 日，时任国家副主席的习近平，在河南调研期间，首次来到几十年心向往之的兰考考察。一踏上这片深刻影响自己人生走向的土地，习近平不顾旅途劳顿，拜谒焦裕禄纪念园，参观焦裕禄同志纪念馆，去焦家小院看望焦裕禄子女亲属，同他们亲切交谈。随后，习近平来到“焦桐”树下。

习近平认真地看着那张焦裕禄站在焦桐旁的照片，在场的刘俊生介绍说:“这张照片是我当年偷偷给焦书记拍下来的，因为每次下乡，当我把镜头对准他时，他总是摇摇头、摆摆手，不让照。焦书记说，人民群众改天换地的劲头这么大，多给他们拍些照片，多有意义，拍我有啥用! ”习近平听了之后感叹说:“焦裕禄同志的确心里只装着群众，只想着群众，唯独没有他自己啊! ”

随后，习近平还在附近一片绿油油的麦田中，亲自植苗、培土、浇水，栽下一棵焦桐，留下一腔思念，希望生生不息的焦裕禄精神在神州大地永远传承、永放光芒。

那是刘俊生最感荣耀的时刻。从在焦桐旁给焦裕禄照相到保护“焦桐”，再到给党和国家领导人讲述“焦桐”，刘俊生的人生因与“焦桐”结缘而闪发光彩。

到 2018 年，焦桐已挺立兰考大地 55 个春秋，寿命之长，是泡桐家族绝无仅有的奇迹。河南省林业专家认定，兰考焦桐是中国当之无愧的“泡桐王”。

如今，象征焦裕禄精神的“焦桐”，已成为兰考的重要政治地标。人们在“焦桐”树下感受焦裕禄精神，也油然对穆青的敏感和刘俊生的执着报以敬意。

刘俊生晚年寓居“焦桐”北侧的胡集村，这里是他最充实和最具成就感的心灵栖息地。发现焦裕禄，是历史的机缘和偶然。作为在历史偶然变必然中的摆渡人，要言不烦地向记者汇报焦裕禄典型线索，为焦裕禄定格弥足珍贵的兰考影像，珍藏焦裕禄坐过的藤椅，看护和开发“焦桐”，这些非同寻常的闪光点，照亮了刘俊生的人生。

（原载《光明日报》2019 年 01 月 04 日 13 版）

坝上的云

王巨才

到坝上，像猛然闯进陌生的世界，一切都那么真实，又真实得让人不敢置信。

最惹人的，是那铺天盖地、惊心动魄的云。大团的，如雪域高原巍峨耸峙的群峰；小些的，则像一朵朵随意堆积的棉绒。大团小团的云，逶迤纠结，撕扯不断，威风八面地布满整个天空，让人顿生敬畏。

云是低垂的，似乎伸手便可抓到一把。云又是静止的，半天见不到些许变幻。太阳倒像是游动的。当太阳躲在背后的时候，云会呈现浓淡深浅不同的状态，而当她一旦露脸，所有的云团便立刻镶上耀眼的金光，像聚焦在一万只强光灯下，轰轰烈烈，辉煌无比。

云层的上面，是湛蓝的天幕。那蓝色，也是辽远的，深邃的，洁净神圣的，伫望之际，总有一种心底空茫，万念俱消，乃至整个人都要被融化的感觉。记不清什么时候见过这样的蓝天，要说，也是儿时躺在家乡的杜梨树下歇晌的时候，但那已是半个多世纪以前的事了。

这样的天空是能够让人陶醉的，感动得掉泪的。

天似穹庐，笼盖四野。

蓝天白云下的塞罕坝，位于阴山山脉和大兴安岭余脉交界处，蒙语意为“美丽的高原”。

真不敢相信大自然竟有这样神奇的灵感，把一片辽阔的原野摆布得如此周到，协调，精妙绝伦。

中心的位置自然是浩浩渺渺、波光幽幽的湖水。从环湖小道走过，不时会有打挺的鱼儿跃出水面，挑逗人们的游兴；茂密的水草间，也会有不知名的野鸟猛地从身边腾起，像故意吓你一跳，而后带着一串悦耳的鸣声顽皮地向远处飞去。湖的四周，是巨幅地毯般铺展开来的草甸，草是浅黄色的，上面缀满蒿子梅、金莲花、野百合、风信子等五颜六色的野花，像是给湖水镶了一圈璀璨的璎珞。再远处，便是由低到高、由近及远次第排开的白桦林和油松林，那白桦和油松都像是经过严格挑选的，高矮粗细全都一样，看上去如同士气饱满的军阵，齐刷刷布满大小冈峦，煞是雄壮，威严。

时令才过小暑，北京尚是溽热难熬，这里则必须秋衣加身。漫步在木板铺就的小路上，阵阵凉风和野草的清香让人沉湎在久违的爽快中，久久不愿离去。看天色向晚，寒意渐浓，接待的同志催我们抓紧时间，去体验一把策马草原的浪漫，说这是来坝上绝不可放过的项目。我因上了岁数，自不敢轻狂造次，便由马的主人老曲陪同，信马由缰地向山谷下缓缓行去。

谷底是一条小溪，泠泠有声，清澈见底。老曲说这便是滦河的源头，为保证京津用水安全，这一带是绝对不许被污染的，连种地都禁止使用化肥农药。小溪对面便是内蒙古地界，山坡上一排青砖红瓦的平房，老曲说那村子叫十二座连营，属克什克腾旗。我问他家在什么地方，老曲左手一指，说就是远处沙柳树下的那几排房子，叫西连营。问光景过得咋样，答说还行吧，你们租的这三匹马都是我的，两个月旅游旺季，少说也能收万把块钱；平常时间，房前屋后种点荞麦莜麦土豆萝卜什么的，基本够一家人吃了；也没有什么负担，两个孩子一个在湖南上大学，一个在县政府上班。农村人要求不高，能自给自足，自由自在，也就满足了。

老曲 70 多岁，脸膛黑里透红，看去不到 50。见我们七嘴八舌连声称羡，他憨厚而不无幽默地表示，生活在这个地方，再不显得年轻些，能对得起身边的青山绿水、白云蓝天吗？

回旅店用罢晚饭，穿过街上热闹的夜市，我们来到镇子的休闲广场，见西头地平线上，一弯金黄色的下弦月沉甸甸地挂在树梢间，看着像是距离我们不到三五百米。我正惊诧今晚的月亮何以会有这样大，这样亮，这样近，接待办的朋友笑笑说，其实，“月亮还是那个月亮”，只是这地方的空气异常清新，能见度特别好，所以才产生这种错觉。经他点拨，方始醒悟。

真舍不得这样宁静的夜晚。但天气太冷，明天一早又得出发赶回北京，只好“留一些遗憾”，回去歇息。

第二天，走进农场展览馆，发现另一个精彩的伏笔！

原来，这些让我们一整天赞叹不已、流连忘返的秀美风光，这被称作河的源头、云的故乡、花的世界、林的海洋、鸟的天堂的塞罕坝，既非老天恩赐，也非祖宗馈赠，而是当代英雄胼手胝足、生死以之的杰作。

这方曾是皇家林苑的风水宝地，历经放围垦种和战乱破坏，全国解放时已变成风沙肆虐的莽莽荒原。为了“给北京阻沙源，给天津涵水源，给国家增资源，给地方拓财源”，1962 年 2 月，来自全国 19 个省市的 127 名大、中专毕业生和 242 名工人到这里安营扎寨，开始了植树造林、重建绿色屏障的征程。共和国版图上，一个新型的国营林场由此诞生。

想想看，那是一种何等艰苦卓绝的征战：平均气温零摄氏度以下，最低可达零下 40 摄氏度。全年降水量仅 417 毫米，无霜期也只有 42 天。又赶上三年困难时期，物资供应极度匮乏。正是在这种极端恶劣的条件下，年轻的创业者们不避风霜劳苦，吃窝头，住窝棚，饮雪水，抡铁镐，历经一次次失败，又夺得一个个胜利，经过半个世纪的努力，硬是在这片海拔 1500 米以上的荒沙地上，营造出一派葱茏的绿意。现在，塞罕坝人工林和草原面积达到 1658 平方公里。这中间，自然包含几代林业工作者的汗水和心血，有说不完的感天动地的故事。

当我在展厅照片中逐一瞻礼那些林场最早的创业者，包括第一任党委书记、病危时叮嘱家人把骨灰撒在坝上林海的王尚海，第一任场长刘文仕和副场长、高级工程师张启思，以及十多年如一日、始终坚守在远离人烟的防火瞭望塔上的陈锐军、初景梅夫妇时，我真是被他们崇高的精神品格深深感动了，眼眶止不住噙满泪水。我想到了“高山仰止”这个词，并且斗胆改动范仲淹《严先生祠堂记》中的名句，以为观感的题留：

云山苍苍，江水泱泱。英雄伟业，山高水长。

汽车沿京承高速公路南行，过了古北口，天气又变得灰蒙蒙的。如同从一场美轮美奂的舞台情景中返回现实，思绪纷然，感慨丛生。

人，常常有意无意毁坏自己的家园，也可再造优美舒适的环境。

东隅已失，桑榆未晚。

人应当诗意地栖居在地球上……

（原载《人民日报》2010 年 10 月 17 日）

毛乌素之光

蒋子龙

自陕西与内蒙古交界的定边归来后，我心里一直存着份感动，一份崇敬，还有一种不甘。于是想做点社会调查，每遇到熟人，碰巧又有说话的机会，便向对方提问：你知道石光银这个人吗？十有八次对方会大摇其头。有不摇头的也会发愣，用一种不解的奇怪眼神盯视着我，似乎听不懂我的问题。

他们不懂，我还不懂哪！便不管三七二十一地继续往下叮问：杜芳秀呢？牛玉勤呢？王志兰呢？有人会由发蒙变发烦，反过来问我：这都是些什么人物，我为什么非要知道他们不可？这岂是三言两语能说得清楚的，我只好用“一言难尽”来搪塞。

在这个信息爆炸的网络时代，还会出现这样的“一问三不知”，也确实令人一言难尽。媒体时代，人们越来越会炒作自己，各种各样的名人也越来越多，但真正可感可佩、让人从心里钦服的人却并不多。倘若时间充裕，我对那些只会摇脑袋的人就多说几句：可惜呀可惜，连这些人都不知道，实在是你的损失。但他们并不是什么大人物，都是西北荒上最普通的农民，联合国粮农组织又称他们为“林农”。然而，他们确是当今社会最不普通的能惊天地泣鬼神的人物。如果你知道了他们的故事，心中就会多一片绿色，多一份纯净，多一份感激之心。懂得感激，心会柔软，精神也会相应地更加健旺、畅达。对现代社会、现代人，乃至对我们这个民族、这个国家都会多一份信心和希望。

我说的是真心话，可人家显然不大相信：你说得太神了，难道他们是活神仙？

那……你知道什么叫神仙吗？一辈子专心干成一件事，就真的是跟神仙差不多。这也是古人说的，“用志不分，乃凝于神”。既然已经扯开了话头，我不妨就再提一个问题，你有没有感觉到，已经有两三年来天上没有下沙子了，平时衬衣的领子也脏得慢了？

这一问却大都能得到肯定的答复，不然也不会有如期举行的北京奥运会。于是我就再强调一番：就凭这一点，你该不该感激？我不能说这是上面提到的那些人的功劳，但肯定跟他们的劳作有关系……话说到这个份儿上，再不讲讲这些人的故事，那我就是有意卖关子了。

先说石光银。自打他记事起，就跟着父母搬了九次家，有时一年要搬两次。不为别的，就为躲避沙子，不搬不行，搬慢了都要被沙子埋住。那真是沙进人退呀！他八岁的时候，跟同村一个小伙伴在沙窝里放牛，只顾四下寻找那一点点发绿的东西，没提防天空骤然黑了下来。沙漠里大白天发黑是常有的事，但遮天蔽日的不是乌云，而是沙暴。顿时绝地朔风吼，沙翻大漠暗，刹那间他就人事不知了……

一天后，父亲在几十里地以外的内蒙古找到了他，而他的伙伴却没有找到，连同那头被一家人视为命根子般的老牛，都永远地被漫漫黄沙吞没了。这件事在石光银的心里造成怎样的伤害，他从来没有说过。长大后他话也不多，只是拼命干活，有事没事就爱跟沙子较劲，二十岁就当上了生产大队长。

有些农村的大队长可以当成“土皇上”，他却一门心思摸索着各种治沙的法子。只要听到哪儿有治沙的能人或高招，一定要跑去取经，即便步行一二百里，也全不在意。那时他肩上还挑着几百口人的饭碗，不敢成天光跟沙子玩鳔儿。到 1984 年，国家发布新政策，私人可以承包荒漠。这好像是石光银等待了几辈子的机遇，他立刻辞职，一下子就承包了 1.5 万亩荒沙。签这么大的合同，兑现不了拿命都抵不了啊！

家人不同意，亲戚朋友吓一跳，外人则开始叫他“石疯子”。这时候他说了一句话：“我这辈子就想实实在在地干一件事，治住沙子，让乡亲们过好日子。”

一个不同凡响的人，在关键时刻总会有惊人之举。石光银这个原本再普通不过的农民，因时势的变化，便逐渐显露出那非同一般的特质。可是，想治沙就要植树造林，要种树就得有树苗，买树苗就得用钱……他缺的恰恰就是钱，愁得夜里睡不着觉，忽听到羊圈里的羊叫了两声。这鬼使神差的两声羊叫，一下子提醒了他，第二天一早，就要把家里的几十只羊和唯一的一头骡子牵到集上去卖掉。

这可真是疯了，要拿全家的日子往大漠里扔啊！妻子想从他手里夺下骡子的缰绳，又哪里争得过他？只能听凭他拿走全部家当换了小树苗。“务进者趋前而不顾后。”说也怪，正是他这副铁了心的架势，却感动了六七户平素就很信服他的农户。大家从他身上看到了绝漠中的一线生机、一线希望，与其这么一年年不死不活地凑合，还不如跟着石光银背水一战，兴许真能干出个前程。于是那几户农民也变卖家畜，把钱交给石光银去买了树苗。

这下责任更大了，干不好毁掉的可就不光是他一家的日子呀！晚上妻子怎么也忍不住要唠叨几句，这个家并不光是他石光银一个人的……还没说上两句，石光银就截断了她的话头：“睡吧睡吧。”他并不多做解释，连一句劝慰的话都没有，可能他的心里也没有底。所幸他石光银的女人真是贤惠，男人叫睡就睡，即使睡不着也把嘴闭上了。

但女人的直觉和担心却不是多余的。头一年种下的树全死了，第二年成活了不足10%，石光银真成了“往大风沙里扔钱的疯子”。这时候社会上有一种很时髦的理论，叫顺应自然，人是不能跟天斗的。石光银说不出更多的大道理，只在心里不服气，凭啥我这儿的自然就是沙子欺负人，你叫我们祖祖辈辈顺应沙子？

其实，“老天”最早安排的“自然”并不是眼下这个样子。古时候定边一带水草丰美，风光宜人，是后来的连年战乱，人怨天怒，气候逐渐发生变化。很难说是人祸引来天灾，还是天灾加剧了人祸，自唐代开始起沙，到明清便形成了茫茫大漠。这叫石光银该顺应哪个自然？如何顺应才自然？

好在石光银身上有股异常的倔强，牙关一咬就扛了下来。他带着干粮常常在沙窝里一干就是许多天，当干渴难挨的时候，就用苇管插到沙坑里吸点水喝。那就像嚼甘蔗，把水咽下去，将沙子吐出来。跟他一起干活的人们，常常取笑他受的是骡子的累，吃的是猪食。

可能有人会问，在干燥的沙漠里能用苇管吸到水吗？或许这就是造物的公平。在毛乌素的沙窝里，扒下去一尺多深沙子就是湿的。沙漠里的地下水位远比沿海大城市里的地下水位高得多，打井到地下 8 米就能出水。“毛乌素”在蒙语里是“坏水”的意思，可现在毛乌素生产的“沙漠大叔”牌矿泉水，是水中的极品。这是后话。

老天果然不负苦心人，第三年石光银成功了，种树的成活率达到 90% 以上。

20 多年来，石光银种树治沙 22.5 万亩，已形成 400 多平方公里的防护林带。莽莽苍苍，吟风啸雨，蔚成大观。有人或许对用平方公里计算的树木，形成不了具体的概念，那么就说得更形象一点：将石光银的树排成 20 行 50 米宽的林带，从毛乌素可一直排到北京。若改成单行，则可绕地球一圈还有富余。

这些在毛乌素沙漠里已经自成气候的林木，不能不说是对当代人类的一个重大鼓舞。在当前全球的生态危机中，沙漠化排在了第一位，被生态学家称作“地球癌”。眼下地球上的沙漠面积达到 3600 万平方公里，相当于 4 个美国的面积，占全球陆地总面积的 30%，世界上约有 9 亿人口受到沙漠化的危害。而中国又是世界上受沙化危害十分严重的国家，国内有著名的塔克拉玛干、腾格里等八大沙漠，沙化面积 174 万平方公里，占国土面积的 18.2%。

所以，没有上过一天学的石光银，两次被邀请到联合国防治荒漠化大会上讲演，介绍造林治沙的经验。2000 年先被“国际名人协会”评选为“国际跨世纪人才”；后被联合国粮农组织授予“世界优秀林农奖”（即“拉奥博士奖”）。

倘若是其他行业的时尚人物，获得了这样的国际荣誉，还不得闹腾得全国家喻户晓。这就暴露了当下这个热热闹闹、花团锦簇的商品社会的冷漠，或者说是现代媒体的精神中有块沙漠，习惯于追逐热点、锦上添花，抑或是追腥逐臭、起哄架秧，甚至会忽略了真正的时尚。

而石光银从一降生就面对沙子，大漠历练了他的精神、他的定力。无论是荣誉，还是人世间最大的痛苦，都不可能让他迷失，让他颓丧。他在治沙上最得力的助手、也是他唯一的儿子石战军，一条34岁的壮汉，急急忙忙去买水管浇树苗，却在路上遇车祸身亡。人们不是都喜欢说“好人有好报”“老天有眼”吗?

自知者不怨人，知命者不怨天。没人知道石光银是怎样化解了这巨大的苦痛，也没人听到他说过一句怨天尤人的话。恐怕他心里早就清楚得很，治理毛乌素不是一代、两代人就能完成的，恐怕死一两个人也是正常的事。当初既然是自己挑头，就得由自己承担全部后果。

“历尽天磨成铁汉，吹尽狂沙始到金。”他只要有点闲工夫，就愿意钻进自己亲手栽种的森林里，听着树叶被风吹动，发出哗啦啦啦的响声……这是世界上最美妙动心的音乐。命运已经给了他最丰厚的回报，在这时候就连他也相信“老天是有眼的”。

——这才是毛乌素人该有的大自然。

一向不爱多说话的石光银，却多次向家人和亲友们重复过一句相同的话:“我活着就是种林子，死了将林子交给国家。”

他一如既往的淡定、坚韧，犹如毛乌素沙漠里一束圣洁的光。

而生活在远处另一个沙窝里的牛玉勤，有着跟石光银大致相同的经历。丈夫因治沙积劳成疾，中年早逝。她独自一人抚养孩子，照顾因患精神病常年神志不清的婆婆，还要像男人一样治沙，或者干脆说像牛一样勤劳无怨。因为她懂得一个道理：怨人的穷，怨天怪地的没志气。但周围的人都说:“这个婆姨生生是用泪水和汗水把一棵棵树苗给浇活了!”

她到60岁的时候，已经造林治沙11万亩。长年累月的难以想象的劳苦和艰难，并没有摧毁她柔媚而丰富的情感世界，为了表达对丈夫张加旺的思念，把自己投资兴建的小学取名“旺勤小学”；把育苗基地叫作“加玉林场”；将自修的沙漠公路命名为“望青路”——走在这条路上就能望见青山绿水。

——这是她的梦想。所有治沙人，心里都有个梦。

牛玉勤的森林折价已经逾千万元，可她身上仍背着百万元的贷款。皆因沙漠里的树木是只能种，不能砍伐的。这就是毛乌素治沙英雄的真实境况：“富林子，穷劳模”。

和牛大姐相比，王志兰算是后起之秀，却也有了10年的治沙经历，已治沙15万亩。最重要的还不是她治理了多大面积的沙漠，而是她代表着一种希望、一种未来：在毛乌素的治沙道路上，不会“后无来者”。

而有着“杜芳秀”这样一个清香名字的人，却是个从部队转业的大汉。他大气磅礴地联合7个镇，有153个自然村，共计1548户农民，成立了联合治沙公司。只几年的工夫就植树造林12.5万亩。

他和石光银一样，办的既然是“治沙公司”，就不能不讲“经济效益”，只是一味地往沙漠里撒钱，那样公司还怎么经营下去？谁还愿意跟你联合？你一个人再怎么清苦都可以，却不可以要求别人也跟着你一块过穷日子。莫要见怪，中国人都穷怕了。再说，石光银当初治沙的目的里就有一条：“让乡亲们过好日子”。

实际上只要治住沙子，其他都好办。治理前沙窝里寸草不生，树一栽起来，林子一成气候，各种绿色植物就会自生自长，遍地蔓延。有了防护林的沙地也很容易改造成草场和庄稼地，不然区区一个定边县，出产的土豆怎么能占到全国土豆总产量的10%？过去的大沙窝竟成了现在的“中国土豆之乡”。

除去大规模地种植新疆杨、高杆柳以及柠条等灌木外，他们已经能够大量种植针叶林，如侧柏、樟子松，还有桃梨、枣等各种各样的果木，甚至包括外国稀罕品种，美国大杏、法国葡萄、俄罗斯大粒沙棘……也有一些东西不用种，它自己就能从沙土地里往外钻，你想挡都挡不住。像被城里人当成宝贝的沙盖菜、苦菜、沙葱等。于是，绿色食品加工厂办起来了，沙地野菜和果品源源不断地送往西安、太原等城市市场。养殖场建起来了，药材种植基地形成了……渐渐地他们摸索出了林、农、牧、药多业并举的路数。

石光银周围的数百家农民都脱贫了，可他的家里，一年到头每天只吃一种“和菜饭”：将菜、米、面、盐一起煮，菜饭合一。只在过年和有应酬的时候才会放肉，或包顿饺子。他的家人早就习惯了，周围的人则多不理解。他的林子和那些企业估算起来，至少值个几千万，为啥还这么苛待自己？问的人多了，石光银似乎就非得给出个理由不可，不然人家又会说他从“石疯子”变成了“石傻子”。

有一天又有人为他抱不平，他索性实话实说，把自己的心思挑明了：“我还欠着300多万的贷款，哪有理由享清福？不管我种多少树，办多少经济实体，都不是为了个人赚钱。我要钱干啥？都是为了治沙，为了种树。”

幸哉，毛乌素或者说中国，有石光银们这样一些农民。前不久，石光银、杜芳秀和王志兰在一起商议，准备成立一个“银秀兰毛乌素荒沙治理农林合作社”，或者叫“有限责任公司”。名字一时还定不下来，但三个人都觉得不管叫啥名儿，名字里绝不能少了“毛乌素”“治沙”和一个“林”字。

他们是毛乌素的魂，是定边的胆。他们用自己的命运证明，定边只有定住沙，才能定住绿；定住绿才能定住心，定住心才能定边——“底定边疆”！

（选自《厚道》，河南人民出版社，2019年版）

墨脱公路

刘上洋

墨脱公路终于建成通车了。

这是一条具有里程碑意义的公路。它使全国唯一不通公路的县成为过去，谱写了中华大地县县通公路的历史新篇章。

这是一条修建时间最长的公路，短短的117公里，从动工到竣工，整整花了半个多世纪。

行驶在这条公路上，真让人百感交集，心潮奔涌。

农历正月，正值藏东的旱季，到处一派水瘦山寒，林疏叶稀。那天，我们从波密县城启程，先越过帕隆藏布江，随即进入嘎隆拉雪山。沿着盘山公路蜿蜒而上，开始时天高云淡，日丽风清，但到了离山顶不远，却是风雪弥漫，寒气逼人。在一片白茫茫中，一个黑色的洞口显得十分醒目，原来这就是嘎隆拉雪山隧道。过去，这座高达4700多米的雪峰，是进出墨脱一道难以逾越的天然屏障，终年积雪的山顶不时发生雪崩和冰崩，给来往的行人和车辆带来了无数的不幸和灾难，特别是每到冬春两季大雪封山，这里便成了人迹消失、鸟类飞绝的生命禁区。如今虽然打通了雪线以下的隧道，但还是不时受到风雪的侵袭。我们原以为过了隧道风雪会小一些，谁知道恰恰相反，凌厉的山风裹着硕大的雪花，肆意地狂舞着、翻涌着，把天空搅得纷乱迷离。路上的积雪厚达1米，漫山遍岭银装素裹，让人很难辨出哪是公路哪是沟壑。多亏护路工人开着铲车在雪地里开辟出了一条道路的轮廓，才使得这条通往墨脱的唯一交通动脉勉强保持了畅通。越野车小心翼翼地蠕动着，不知什么时候进入了一片原始森林，两边山上的千年冷杉和高山松尽管枝头压满了积雪，但依然纹丝不动地参天挺立着，望过去就像一个个披着皑皑白甲布满整个山野的威武军阵。路又悬又陡，雪也越来越大，几乎是一团抱着一团簇拥而下，遮蔽了天地，遮蔽了视线，也使本来就很险峻的公路变得更加危险。古往今来，在多少诗人的笔下，雪这个大自然的精灵曾被作为美好和纯洁的象征被尽情地歌咏，而在墨脱却成了人们心头永远的痛和患。

雪是如此，雨也是如此。在下到一个叫物资转运站的地方时，我们小憩了一会儿。这里也是雨雪的分界线。如果说此前经过的是一个白色的世界，那么这里展现的则是一片绿色的海洋。由于这里地处喜马拉雅山的南面，从印度洋而来的暖湿气流常常在此交汇，因而气候温暖，降水丰富，年降雨量在5000毫米以上。充沛的雨水一方面孕育了多姿多彩的植被，那摇曳着长扇似的叶片的芭蕉，那被称为植物活化石的桫椤，那挺拔粗大的楠木，那浓荫蔽地的樟木，那质地坚硬的铁木，那散发芳香的檀木，那身价千金的花梨木，那婀娜娇气的红豆杉，以及那许许多多叫不出名字的乔木和灌木，向我们描绘出了一幅浓郁的亚热带原始雨林风光。另一方面，过量的降水又容易引发一些巨大的灾难。特别是那些特大洪水和泥石流，常常以排山倒海和雷霆万钧之势，无情地摧毁着一切，吞噬着一切，转瞬之间将一切化为乌有。据说2009年的一次泥石流就挟裹着无数几十吨重的巨石把一座近100米长的钢架桥梁冲埋得无踪无影，上演了大自然中惊心动魄的一幕。不仅如此，墨脱公路沿线还是地震高发区。这里平均每年发生地震400多次，几乎每天都有小震。所以山体滑坡、崩塌等随时都可能发生，简直是防不胜防。有人曾经做过统计，在这条公路上，几乎汇集了地球上所有的自然和地质灾害，平均每公里达3.7处，真可谓是一条名副其实的“天灾之路”。

丛林莽莽，苍山如海。越野车喘着粗气，在重峦叠嶂中颠簸着，一会儿爬上山坡，一会儿闯进山谷，有时还要加大马力冲过从山上奔泻下来流过路面的小溪，所溅起的水花先是重重地打落在车窗上，然后又迅速地散化成无数小水珠在玻璃上跳跃滚动。过了1个多小时，前方出现了一条马蹄形的高深大峡谷，只见两边青山巍峨夹峙，谷底一条大江汹涌澎湃地奔腾着。看它那纵贯于天地之间的非凡气势，我们猜想这可能就是举世闻名的雅鲁藏布江大峡谷。果不其然，这里就是这条大江上著名的三个马蹄形大转弯中的第二个。在进入墨脱县境内后，雅鲁藏布江由于迎面遇到喜马拉雅山东端最高峰南迦巴瓦雪峰的阻挡，被迫折流北上，于是绕着这座雪峰形成了第一个马蹄形的大转弯，然后重又咆哮着向南奔流而下，在崇山峻岭间劈开一道深达5000多米、长达500多公里的深壑，这也是世界上最深最长最险峻的一条河流型大峡谷。公路就嵌挂在一边的半山上，抬头是望不到顶的悬崖峭壁，俯首是深不见底的湍急江流，简直是危险极了。然而最危险的地方也常常是风光最奇绝的地方。刺天的山峰，穿空的怪石；飞扬的瀑布，潺潺的流泉；澄碧的深潭，汹涌的险滩；连天的绿浪，滚滚的林涛；悦耳的鸟鸣，沁人的花香；还有那横悬在江面上用白藤编织的巧夺天工的管状藤桥，汇成了一个“此景只应天上有”的美妙仙境。不过，最醉人的还是这里的空气，那清新新甜丝丝的味道，让你的肺腑在顷刻之间变得一尘不染，生命也由此得到了净化和升华。这也不由得让人想起内地那千里雾罩万里霾飘的景象。本来洁净的空气是大自然对人类的无私赐予，是人类须臾不可离开的生命之本。也许是不需要任何付出就能享有，也许是贱价得无时无处不在，所以人类为了追求所谓的财富和幸福而肆意地糟蹋和污染它。越是最珍贵的东西就越是漠视其存在，就越是不珍惜，就越是不当一回事，这大概是人类的一个通病。

天黑时分，我们终于到达了墨脱县城，这是一个名叫扎木的小镇，海拔1100米，坐落在大峡谷山腰的一小块缓坡上。雅鲁藏布江像一条巨龙从它的身旁呼啸着擦肩而过。全镇虽然只有1000多人，但街道宽敞整洁，且大部分房屋都是新建不久的。在县城的莲花广场，建有一座“墨脱公路粗通纪念碑”，从它那满是风雨斑驳的碑身上，我们仿佛看到了墨脱公路艰苦卓绝的修建历程。

早在1965年，西藏自治区就试图沿着雅鲁藏布江建设从拉萨通往墨脱的公路，但刚开挖不到4公里的路基就因太难太险而被迫停工。1975年又改从波密县的人行古道也就是现在公路的走向开始了第二次修建，3000多人奋不顾身地战斗在险峰深谷之中，然而由于地质构造过于复杂只好作罢。1980年又重新开工，好不容易开山凿岭修了106公里，突然一个晚上天崩地裂，大面积的塌方瞬间毁灭了大部分路段，整个工程不得不再次下马。1990年又打响了第四次修建战役，经过近5年的顽强拼搏，终于在1994年2月修通了到达县城的简易土质公路。为此，墨脱县特地举行了隆重的通车典礼，并修建了这座碑以示纪念。那天，当地珞巴族和门巴族的男女老少，身着盛装，载歌载舞，像欢庆盛大的节日一样庆祝着这个特殊的日子。在人们的喜悦目光中，几辆汽车披红挂彩缓缓地驶进了会场。然而，就在通车典礼的爆竹声刚刚响过，人们脸上的笑容还未退去，几座山体便轰然滑塌，猛地将公路拦腰斩成了几截，于是庆典变成了悲剧，墨脱公路也就成了中国公路史上通车时间最短的公路，那几辆汽车也只好静静地躺在县城里，没能再开回去。

就这样上马下马，下马上马，屡建屡毁，屡毁屡建，墨脱公路的建设俨然成了一个世界级的大难题。但是，传奇从来就是在攻坚克难中创造的，胜利从来就是在坚持不懈中取得的。进入新世纪的2009年，墨脱公路第五次开工重建，在广大建设者的艰苦奋战下，2013年10月31日，墨脱公路终于建成正式通车了，墨脱人民多年翘首的期盼也最终实现了。

第二天是元宵节，我们参观了墨脱县历史博物馆。在一幅摄于20世纪80年代的照片前，大家凝视良久。画面上，几个珞巴族和门巴族青年各自背着一个装满物品的几十斤重的竹篓，弓着身子，满脸汗水，艰难地攀登在羊肠山道上。这就是当地人所说的背夫。在通车之前的世世代代里，墨脱的物资就是靠他们这样用竹篓背进背出的。在来回一趟十几天的路途中，他们不仅要翻雪山，下深谷，攀悬崖，穿密林，过激流，而且还要战胜猛兽、毒蛇、蚂蟥以及暴雨、洪水的侵袭，其艰险程度可想而知。如今公路修通了，虽然它的标准还很低，绝大部分的路面不仅是土质的，而且崎岖不平、十分狭窄，不少路段仅能通行一辆汽车，但这毕竟意味着一个时代的结束和一个时代的开始。有了公路就有了希望，有了公路就有了憧憬，更何况随着经济和社会的发展，这条公路也一定会越变越宽、越变越好，直至成为墨脱人民通向更美好明天的康庄大道。

墨脱公路，中国公路建设的一个壮举。

墨脱公路，西藏崭新变化的一个缩影。

（选自《难以攀登的美》，江西人民出版社 2023 年版）

刘长春教授的塑像

俞　胜

大连理工大学的校园里，现在一共有三尊塑像。距离现在时间最近的一尊是教育家屈伯川先生的，1999 年 50 周年校庆的时候落成于伯川图书馆前。

在这之前共有两尊塑像，都在学校的主楼前。

一尊是毛主席的，位于主楼的正前方，主席像高 13.26 米，昂首苍穹；另外一尊位于主席像的左侧、主楼的左前方。这是尊半身的塑像，加上大理石基座，高度和我们普通人差不多。大理石基座上镌刻着“体育先驱——刘长春教授”的字样，字是原中顾委秘书长荣高棠题写的。

刘长春——中华奥运第一人，生前是大连工学院体育教授。1909 年出生于大连市，是大连市的一张精神名片。

在刘长春出生前一年，即 1908 年，在天津南开学校操场观看了在伦敦举行的第四届奥运会盛况幻灯片的学生投书《天津青年》杂志，发出了著名的“奥运三问”:“中国何时能派人参加奥运会？中国何时能够派支队伍参加奥运会？中国何时能够举办奥运会？”

“奥运三问”是在寒冬之时埋下的中国奥运梦的种子，谁也没有想到这粒种子第二年就在大连这块在近代史上饱经苦难蹂躏的大地上生根发芽。

少年的刘长春就展现了他过人的奔跑能力，他凭着自己的天赋与勤奋，并得到当年的东北大学校长张学良将军的爱护和栽培，终于成为一名优秀的短跑国手，曾参加第九届、第十届远东运动会。

在那个中华民族饱受欺凌的年代，弱国哪里敢做体育的梦呢，到了1932年，发出“奥运三问”的时间都已经过去了24年，梦想还只能是梦想。

这一年，第十届奥运会在美国洛杉矶举办，南京政府已经宣布不派选手参赛。

这一年，刘长春毕业于东北大学。

这一年，东北的天空是黑沉沉的。成立不久的伪满政府为了摆脱外交上受孤立的困境，竟卑劣地宣布，东北运动员刘长春代表伪满洲国参加奥运会，企图利用刘长春的成就，借参加奥运会之机，提升伪满洲国在世界上的地位。

作为爱国青年的刘长春，怎能忍受如此侮辱。他当即在《大公报》发表声明称日本人说的都是谣言，自己作为中华民族的子孙，怎能以伪满洲国的名义参加奥运会，给他们当牛做马？而且自己热血尚存，还有良心，不可能忘记自己的祖国，“我是中华民族的子孙。我是中国人，我只代表中国，决不代表‘伪满洲国’出席第十届奥林匹克运动会”。

刘长春的声明赢得了每一个热血尚存的中华儿女的支持，临走时，几千国人在上海码头欢送，大小媒体几十家来采访，拍摄纪录片。一支只有一名运动员和一名官员的奥运会参赛队伍出征了，他们坐船在海上漂泊了23天。刘长春终因长途跋涉过度劳累，导致比赛成绩不佳，在100米和200米预赛中就被淘汰了，但是作为第一个登上奥运会赛场的中国人，他首先完成了“奥运三问”的第一问，给当时积贫积弱的中华民族带来了复兴的希望。

刘长春永远在路上，他于1933年在南京举行的第五届全国运动会上，创造了100米10″07的全国纪录，该纪录在国内保持了25年之久。新中国成立后，他任教大连工学院，即现在的大连理工大学30多年。

每天都有许多人来到他的塑像前，怀着崇敬的心情走近他。在大连理工大学读书的那些年，我也常常来到他的塑像前。每次，我都把脚步放轻。

每次，我的耳边都会响起那个深沉厚重的声音：“我是中国人，我只代表中国……”这一个个字掷地有声，是真正蒸不熟、煮不烂、捶不扁、砸不破的铜豌豆。

人就应该有崇高的理想与执着的信念。1932年，一个23岁的青年，不畏强迫威胁，不惧危及家庭，万里奔突，历经险阻，把自己的金色年华和苦难祖国的荣誉连在了一起，这就注定他的一生必定会走向辉煌。

1932年就这样写进了中国奥运史，这一步迈得意义非凡，它体现的是一种求索创新精神，就像一位诗人开创了一种新的诗歌题材，就像阿姆斯特朗小心翼翼地踏上亘古无人的月球。“这是个人的一小步，却是人类的一大步。”这种求索精神，永远值得后人学习。

一个人如果在某件事上成功，在另外一件事情上成功的概率也会很大，是好汉的永远会是好汉，因为做过好汉的就会比没有做过好汉的人多了一份自信心和一份自豪感。刘长春教授就是如此，新中国成立前，他是一位著名的短跑国手；新中国成立后，他又成了一位著名的体育教授。在人生的跑道上，他从来没有停下过脚步。根据大连理工大学体育科学研究所原所长邹继豪教授的回忆，1980年至1983年，这是刘长春教授生命的最后几年，他仍然怀着对发展祖国体育事业的无限厚望，抱病完成了《短跑运动》一书。专家评价这部书：“不仅是一部无价的珍贵史料，也是一部深刻的爱国主义教材，还是一部集结数十年教学经验、学术水平较高的传世之作。”

每次来到他的塑像前，我都要在这里久久徘徊。透过塑像一侧翠柏的枝间往主楼正中看过去，主席像巍然屹立。两尊塑像近在咫尺，无人的时候他们能否有思想的电波，在空气中交流？有时候我这么傻想着，心中竟然鼓荡起许多莫名的感动。著名编剧王兴东评价刘长春教授：一个人在民族存亡之际，毅然代表了本民族，不当汉奸，不留后路，身怀大义，一往无前，正是这种精神像巨大的磁铁吸引着海内外华人的情怀，正是这种精神像迅雷闪电把“东亚病夫”的帽子抛到太平洋，正是这种精神像暗夜里的火炬照亮了中华民族的奥运征程，正是这种精神为实现民族伟大复兴的梦想而永远奔跑。

大理石基座上，刘长春教授的目光坚定而沉着，他系着领带，一丝不荀，恰如他生前严谨的治学态度。每次来到他的塑像前，我都感觉我是来拜见一位严师，亲切而自然。30多年来，他的足迹遍布校园的每个角落，就是我脚下的这条路，也一定是他曾经走过的，我想顺着他的足迹，让足迹与足迹重合，迎着他坚定沉着的目光，让目光与目光重叠，一直走进他的灵魂深处去，希望自己也能获得和他一样的崇高理想与执着的信念。

1999年50周年校庆以后，大连理工大学又建造了“刘长春体育馆”，大约是2003年的时候，把刘长春教授的塑像移到了体育馆前。

2008年北京奥运会已经成功举办，著名的“奥运三问”完成“第三问”，中华民族恰好用了100年的时间。今天的中国正在推进从“体育大国”到“体育强国”的发展，当奥运赛场上中国的国歌一遍遍奏响的时候，刘长春教授的在天之灵，真不知其欣喜如何！

（选自《百年颂》，春风文艺出版社2021年版）

支教笔记（节选）

杨　刚

七

莫振高，是都安、百旺绕不开的一个名字。他是黄老校长最敬佩的人，也是百旺镇中心小学每个教师都知道的名校长，他是整个都安县的骄傲。

莫校长被学生们叫作校长爸爸，三十多年来用自己的工资资助贫困生，勉励他们考大学，走出瑶山。

他去企业找老板“化缘”，亲自带着老板们到贫困生家里去，感动了好些人，他们纷纷解囊相助，十多年间，他不知筹集了多少善款，助贫困学子圆了大学梦。人们都说他是一个“总惦记山区贫困孩子”的校长爸爸，年龄小的孩子们直接叫他“莫爷爷”。莫校长从小不幸，父母离开得早，靠爷爷奶奶抚养长大，吃过百家饭，得到过家乡人好心的帮助，他就特别体谅山区贫困人家的苦，特别关爱贫困学子。他说，要想改变贫困家庭面貌，就得让其孩子读大学，先得走出瑶山看世界，然后学成归来建家乡！莫校长吃住都在学校，为的是更好地了解学生，管理学校。每天早上天还没亮，五点多钟，他就敲响每间男生宿舍的门，一个门一个门敲，每次两下，温馨提醒学子们起床。六点钟，他那洪亮的带着壮语腔的普通话，准时在大喇叭中响起。同学们喜欢他，不觉得他吵，不为他不标准的普通话发出一丝笑声。

他们习惯了在莫校长的敲门声中起床，在他的大嗓门中到操场跑步锻炼。

据说，在上级面前，莫校长又是个非常硬气的人。他反感县里领导、教育局动不动把校长、老师们拉去开会，不是特别重要的会议、活动，不是能帮到学校建设、帮助都安学子的会议、活动，他一般不参加。他兼带两个班的语文教学，都安高中在他的带领下，连续二十七年都有学生考上清华、北大，比河池市一中、二中还要牛。为了学校，为了学生，他敢于碰硬，不怕别人说闲话。有次县里开会，他在上课没有来，某个领导很生气，提建议把他的校长职务撤下来。旁边的其他领导马上说，万万使不得！他可是我们县里的宝啊，是金字招牌！撤掉他？全县人民都不答应！他们对莫校长是又敬又怕，心里不对付却又奈何不了他！

说到莫校长的葬礼，黄老校长很伤感，脸上的崇敬分明又多了几分。莫校长这么好的一个人，就这样走了。整个都安县都陷入悲痛。他曾经资助过的学生，远在全国各地，都纷纷赶回来参加他的葬礼。周边百姓，只要是知道的，都自发地买花圈，为他送行。学校正门的小街，他居住的小巷，绵延几公里，都是举着花圈默哀的人。邻近几个县的花圈差不多都被买光了。真是天悲地恸啊！唉！好人啊！他是我们都安人的骄傲！可惜竟这么早走了……

说到最后，黄老校长竟然说不出话来。黄老校长何尝不是像莫校长一样！他以校为家，从2007年到2015年，把一所搬迁新建的学校，从无到有，从小到大，建设成如今的样子，满头乌发变稀白。五十几岁的人，看起来却像六十多岁的爷爷。

每次看莫校长的事迹，看他《感动中国》的视频，我都泪流不止。这恐怕是我来支教最大的收获，有时我觉得自己不是来支教的，是来向莫校长学习的。

九

这里的孩子爱书。他们能够拥有的课外书很少。

我在深圳任教的建安小学捐来两千册图书，还有民进会员朋友送来的六百多册图书，这些书被分发到各间教室，建立图书角。忘不了孩子们得到捐赠图书时的眼神，透露出求知的渴望。

这里的学生爱老师，对我们支教老师，格外依恋。10月中旬，同事廖老师被安排过来支教一个月。我们住在校园，只要学生在，无论走到哪里，他们都会围上来，找廖老师要奖品，找我交作文。尤其是廖老师，她教二、三年级的绘本课，小同学们喜欢得不得了！办公室，他们不敢进太多人。但廖老师走到操场，就不一样了，团团围住，排队等候，廖老师是名副其实的孩子王。

知道廖老师还有一个星期就要回深圳，孩子们依依不舍，一见到她就凑过来，叽叽喳喳说个不停，有的还抹眼泪，把写给廖老师的信交给她，有时还送到我手里来。有个小女孩很失望地对我说："廖老师走了，谁来给我们上绘本课呀！""我呀！廖老师的绘本课件，都留给我了！只要你们听话，只要你们想上绘本课，我就给你们上！"二年级（2）班老师请假，我帮忙看班，就为他们上了一节绘本课，为他们带来《鳄鱼怕怕，牙医怕怕》《花婆婆》，孩子们出奇得安静、享受。想廖老师初到百旺，校长和老师们听说要上绘本课，都觉得惊奇，纷纷来听课。《这不是我的帽子》《我的幸运一天》《勇气》《你看起来很好吃》……学生们上了绘本课，高兴得不得了。一向不太听课的小莫，年级第一胖，居然听得聚精会神，频频举手发言。孩子们阅读绘本的兴趣高涨，我想，他们以后还会爱上文字书，爱上经典的。

11月14日清早，我开车送廖老师到南宁东站乘高铁回深圳。出校门时，学生们发现了："杨老师！廖老师！廖老师再见！廖老师再见！"他们知道留不住，带着哭腔在那里喊——就像上回建安小学送教六人组过来，他们围着车不肯走，生怕我们也随着老师们回深圳。我不敢回应，廖老师掉了眼泪。

百旺的学生们，我不走！我还要陪你们到学期结束，廖老师也会在遥远的深圳继续关注你们的！

（原载《作品》2020年第9期）

以铭记的方式

孙成文

得知国津老师被授予县优秀共产党员称号的消息，是在升入小学四年级的开学典礼上。校长的新学期讲话基本上全是围绕国老师如何舍己救人的事迹，并且希望全校师生都要以国老师为榜样，努力工作，努力学习。

在操场上倾听校长深情叙述国老师的事迹时，我眼前就不由自主地浮现出一个半月前那惊心动魄的一幕，想到仍然在医院病床上忍受伤痛折磨的国老师，眼泪更是情不自禁地流了出来……

当时，我们小学教室还位于一个屯堡的中央，跟普通民房没有什么两样。就是那种土石结合草苫的房子，班级与班级之间的墙壁都是用土坯垒制而成的。基本是每两年都要用草苫一苫，否则就会漏雨。说白了，那个时候的教室，就是我们现在所说的危房。

那一年的雨季比往年来得都早，几乎是白天淫雨霏霏，晚间大雨滂沱，很少见到晴天。我们教室的屋脊漏雨了，校长就领着老师搭着梯子到房上用塑料布盖上，然后用绳子拴上两个木头杆子再压上去。尽管这样，我们三年二班跟三年一班教室之间隔着的土坯墙的上半部分还是被漏雨洇湿了。

期末考试那天的上午，风雨大作。只见两排教室中间的空地上的那棵还算粗实的白杨树，在风雨中始终“弯腰驼背”；风雨交织，白杨的枝条不断飞舞，有如一根根皮鞭漫无目的地在雨中狂抽不止，那呜呜的声响与杂乱的雨声合奏着一曲并不协调的乐章……

估计是房子上面盖着的塑料布被这突如其来的狂风吹跑了，就在我们算术考试收卷的那一刻，有个眼尖的同学突然大喊了一声："老师，墙往下淌水了！"同学们定睛一看，果然，那仿佛注满水的土坯墙已经有多处水流成涓涓之势，不停地流淌……马上，有几个女生哭喊着："房子要倒了！房子要倒了！"教室里顿时乱作一团，有的同学往前蹿，准备从门逃出去；有的男同学索性打开了窗，也不顾狂风骤雨旋转般冲进窗子，飞身就跳了出去……

见状，班主任国津老师用他充满磁性的男中音喊了一声："不要乱，有序地往外撤！"那张国字形的脸没有一丝慌乱的表情，相反却显得异常镇定，就像每次上课前和我们问好的时候那样刚毅中透着温和。

国津老师是从部队复员回来到学校担任代课教师的，军营里培养了他临危不惧的素质，此刻充分体现出来。他让靠窗近的几个男同学跳出去，把那些胆小的女同学一个个接了出去；又指挥那些前几排靠近门的同学一个挨着一个有序往外迅速撤了出去。这期间，他只用一个字串成了两句坚定而有力的话语："快快快！快快快！"

就在我跟另一个男同学吴志刚经过讲台往外跑的时候，墙壁轰然倒塌。说时迟那时快，这一刹那间，国老师下意识地用坚实有力的双手，一下子把我们俩搂在一起，扑在讲台边的一张课桌上，桌子随即就倒了……完了完了，这下子要被砸死了！这是我那一瞬间闪过的念头。土坯垒筑的墙壁就压在国老师的身上，老师身下的我，惊恐万状，脑袋的一侧紧贴着桌洞的一个棱角上，硌得非常疼。我使劲儿蹬蹬腿，却怎么也动不了。渐渐地，我感觉呼吸也不那么顺畅了，憋得慌，因为国老师那结实的大身板正压在我俩弱小的身板上。其实，国老师开始是撑在我俩身上的，只是因为倒塌的墙壁太过沉重，国老师实在是撑不住了，最后就压在我俩的身上了。

透过狭小的缝隙，我隐约听见外面肆虐的风雨声和同学们的哭喊声，"快扒开救人！"校长的声音听得还是相对真切的……渐渐地，不那么胸闷了，呼吸也通畅了一些，人声嘈杂，我知道那是很多人在扒我们。

终于见光了，我在晕晕乎乎中听到了一声："快看看孙成文和吴志刚他俩咋样了。”声音虽然有些微弱，但是温和的程度依然让我可以分辨出那是国津老师的声音。待众人把我和吴志刚同学搀扶起来时，一眼就看见校长和几个老师正架着额头和胳膊都伤痕累累的国老师往外走，他的一只眼睛还在流着鲜血呢！我禁不住大喊一声：“国老师！”紧接着就是一通哇哇大哭。那哭声，是劫后余生的惊悸所导致，更多的是国老师给了我第二次生命的感动。正像当时抢救我们的那些屯堡里的村民说的那样：好在是土坯墙，如果是砖石结构的墙，他们三个就都完蛋了。

当即，国津老师就被乡卫生院的急救车拉走了。经过检查，国老师的尾骨、肋骨多处骨折，更严重的是，他的右眼在扑倒我们时，被课桌上凸起的一个钉帽戳了一下……

当得知这一切的时候，我说不清自己心里是什么样滋味，难过、愧疚……假如，我和吴志刚同学再紧走几步；假如，国老师不是那么坚实地护着我们……但是，没有假如，一切就那么真实地发生了。作为一名三年级的小学生，我当时没想太多，只是知道国老师爱我们，因为抢救我们，才受了那样严重的伤。完全没有考虑过，他作为一名共产党员所表现出的舍己为人精神；至于高尚啊、献身哪、伟大呀等高度褒扬的词语，我就更没想到了。后来的电台和报纸在报道国老师的事迹时，的确加上了这些词语，并且大加赞扬。

对于当时媒体的报道，国老师用了一个最为朴素的比喻来表达自己的看法：“当时哪能想那么多，就是觉得自己只是一只护着小鸡崽的老母鸡，本能而已。”

我大学毕业，分配到初中母校工作。国老师因为当年救我，一只眼睛失明了，无法在一线教学，就从中心小学调到中学的收发室工作。当看到我时，国老师脸上露出兴奋的神情，说小学那帮学生，数我最有出息，希望我好好工作，教出更多有出息的学生。当国老师提到“小学”这两个字时，我的眼前便马上浮现出当年那惊心动魄的一幕，再看看老师戴着一副变色镜来遮掩那只受伤的眼睛，我的心里更是五味杂陈，想想自己的当年和今天，不由得眼睛就湿润了……

有一年春节，我去给国老师拜年，跟他推杯换盏间，就说起了当年那个暴雨天的经历。我给国老师敬酒，发自肺腑地说了一句：“老师，谢谢你当年救了我，我才有今天！”接着，我连干了三杯，进而有泪落下。见状，国老师亲切地安慰我：“可别这么说呀，如果现在你班里的学生出现了当年的那种情况，你能不管吗？那是教师护着学生的本能啊！”

国老师是2007年的初冬离开这个世界的。当时，我正在外地学习，得知这个消息，已经是一个多月以后的事了。据学校领导简单介绍，退休在家的国老师，去离家不远的水库边上割一些野生的水草回家引火做饭用，发现一个六七岁的男孩子在水库边上溜冰。当时水库没有全部冰封，这孩子也许玩得忘情，一不小心滑落进水里。国老师全然不顾自己年迈的身体，跳进水里救出了这个孩子，自己却没能挣扎出水面……这一次，我的泪水已完全充溢了悲痛，我的国老师，倒在了救孩子的这片“阵地”上……

现在想想，我和那个孩子是幸运的，因为都是遇上同一个人——国津老师！

2008年5月12日，汶川特大地震后，我看到了关于谭千秋老师弓着背，双手撑在课桌上，用自己的身体盖着四个学生的报道。他为了四个学生的生命，义无反顾地献出自己的生命，诠释了爱与责任的师德灵魂。这，让我在被深深感动的同时，也情不自禁地想起我那可亲可敬的国津老师！

同样的一种姿势，谭千秋老师救了四个学生，国津老师当年也救了我和另外一个学生。作为亲历者或者说是受益者来说，正是因为老师们用宁可折断自己翅膀也要保护学生的献身方式，我们才有了更加坚实飞翔的翅膀……

尽管四十多年过去了，那个夏季里狂风骤雨的一天，却以铭记的方式在思绪里清晰地活着，有如国津老师依然在我心中活着。其实，在危急关头，逃生，才是人最真实的本能。国津老师却是把舍己救人作为共产党人的本能，去践行本色和初心。当之无愧的优秀者——国津老师！

（选自《百年颂》，春风文艺出版社2021年版）

清澈的爱，只为你

王　芳

她上台时，我有点心不在焉。毕竟，课前五分钟演讲，只是我设置的上语文课之前的一个环节。我要求学生每天轮流对自己感兴趣的话题进行阐释性讲述，目的当然还是尽可能让学生了解高考可能涉及的话题，借此打开思维与视野，也帮助学生多多积累、临阵不怯。高二课业负担重，为这似乎与高考无关的演讲而精心准备者寥寥，原本可以非常精彩、值得期待的“课前五分钟”，显得有些鸡肋，我慢慢地也只能妥协。高二重新分班，使好不容易认识并建立起深厚感情的学生分散到各个班级。放眼望去，新班级大部分又是陌生面孔，我心中一阵窘迫：于我而言，记面孔容易，记名字委实困难。每一年都要接触大量的新名字，还要与面孔连线对应，真是比“连连看”游戏还难。每每我叫不出学生名字，只能“这个”“那个”地叫，都觉得气氛尴尬得能在地板上抠出一个洞来。吸取教训，接手新班后，我要求学生第一次演讲时先要介绍自己的名字，有故事的也可以说说故事，再开始讲正题。任务安排下去，前面二三十人，完全没有新意，大抵都是寡淡的自我介绍，便直奔主题了。青春期的学生不喜欢做人群中的“显眼包”，都宁愿隐匿。然而这天，一个相貌平平、身材瘦小得如同小学生的姑娘上台了。她上台时，我不知怎么走了一下神，等我回过神来时，就不知不觉被她深深吸引了——“我叫谌丽雅。”声音清晰洪亮，气息平稳，仿佛有一股气吊起来，笼罩住她。“我个子矮小，长相一直是同学们的‘槽点’。不过，我在高一做了两件惊人的事：一是早恋，且很快就失恋了；二是参加主持人竞选，但落选了。”她语气是调侃的、自嘲的，丝毫看不出有什么伤感、不快，班上一阵哄堂大笑。我心中暗惊，对于一个正处于情感最敏锐年纪的女生而言，相貌中等、失恋、失败，这些可都不是什么小事，可她竟可以在大庭广众之下如此轻松地说出来。这小小的身躯里，藏着一个怎样的灵魂？我目不转睛地听她讲下去。原来，失恋是因为一场没来由的网恋，对方一开始对她穷追不舍，等她开始有所回应、投入感情时，对方却销声匿迹。而在学校主持人大赛中，她明明是评分第一，却因为外在条件远不及他人而不能顺利当上学校元旦晚会主持人。她娓娓述说时，一直在笑，学生们也跟着她笑。但仔细看，她的笑中有泪光，随着她的眼波流转闪烁，直到演讲结束，一直被她硬生生含着，和着说不尽的无奈与委屈，咽下去了。掌声随着她下台、坐下，经久不息，无言而温暖。谌丽雅，这个小个子姑娘，从那一刻起，被我牢牢地记住了。

不久后的一个夜晚，亮如白日的灯光下，疲惫的我埋首于一堆周记本中，被那些程式化的枯燥文字弄得不胜其烦。漫不经心地又翻开了一本周记本——《3号土地》，这个标题犹如一道闪电划破夜空，让我一下子就精神抖擞起来。字迹马虎，但文字如同精灵，舞出了一种极为独特的气质。她写某天在街道橱窗里看到一个气球，这个气球会说好听的话，能陪伴孤独的她，但需要她不断地吹气养着。后来，她因为这个气球而变得面黄肌瘦。当她再也没有力气吹气的时候，那个气球便飞走了。她的眼泪流成了湖泊，在3号土地上，又有了3号湖。最后她发现，每一个人都有属于自己的数字的土地与湖泊，而气球总是会重新找到能为它吹气的人。从构思、语言，到思想、情感，一气呵成。字里行间，无一字写孤独和心痛，却处处都是从骨子深处发出的绝望呐喊。这种超凡的想象力与隐喻力，这种情感体验，既属于他们这个年纪，又不太像这个年纪，隐约有点卡夫卡的味道。凭着写作者的直觉，我知道，这是天才的气息。我不敢相信，就在我的班上，在这群日日沉浸于题海的孩子里，会有这样的写作天才！我赶紧看签名——谌丽雅。又是她！写评语时，我的手抖了。身为写作者和教师的我，在茫茫教学生涯里，遇到同类的晚辈以及显而易见的天才的机会，可谓千载难逢。那种激动，可以用近乎窒息来形容。我回想当年与她同龄的自己，深觉远远不及。这么多年的热爱，我尚能走到今天，何况她这样的天才呢？如果她能足够热爱，并一直走下去，中国文学界将出现一个文豪也未可知。“谌丽雅，你上来一下。”明晃晃的灯光下，她娇小苍白的脸上挂着一丝温暖的笑意，朝我走来。我仿佛看到了一个被贬落凡间的天使，扇动着翅膀，自由自在地飞向我。那一刻，我对教育的爱，对文学的爱，对这个世界的爱，在长久波澜不惊的平静里，被她唤醒了。我感受到了内心的万顷波涛。那一刻，我只想把所有对她的正面评语一字一句告诉她，让她知道自己有多么好，多么值得被这个世界好好对待。我想对她说：“谌丽雅，不要难过，不要悲伤，3 号土地固然孤独贫瘠，但那永远是你一个人的土地，你可以养着它，让它富饶起来。”那天，我知道了，她是传媒编导类专业的艺术生，她的专业是导演。我说：“学导演好，你适合做导演。你如此有创意，将来一定会是新一代导演里最能表现人性关怀的。”我只想对她表达发自内心的肯定，从未想过这样的评价对她意味着什么。

就在那晚，我将《3 号土地》投给了《中国校园文学》。第二天，我便收到编辑老师的回复：“过审，近期刊出。”我的心都跳到了嗓子眼：国内高中生文学刊物里最好的杂志，每天收到的投稿数不胜数，采稿周期也是长之又长，能如此快速回复，可见编辑老师对此文的认可程度。我立即把这个消息告诉了她，她微微一笑，有些宠辱不惊的淡定。我原以为她对此并不在意，谁知道不久之后，她又陆续写出了“3 号土地”系列的《食月之鱼》《冰砌之亭》。就像打开了一扇窗，新鲜的空气扑面而来，她发现了一个从前并不了解的自己，便拧紧发条，一路狂奔。在不到两个月的时间里，她陆续写了十篇作品给我，篇篇令人惊艳。更重要的是，通过这些作品，她为自己那无处安放的青春找到了依托地。而我们的交流，围绕着文章，也渐渐多了起来。尽管如此，面对我，她也一直是拘谨的：跟我说话时，总是站得笔直，毕恭毕敬，十分专注地看着我，无数次鞠躬说着“谢谢”。我不知道被发现写作天分对她意味着什么，直到她第二次演讲，直到她写出一篇题为《踮起脚尖》的作文，直到她指导我写出了人生第一个台本，直到她帮我拍摄了一段关于我的新书的宣传片，直到她高三参加集训后给我写了一封信，我才知道，她远远不只是“天才”这个词语可以简单概括的，她本人要比她的作品丰富得多。第二次演讲之前，大家在新的班级里已经彼此熟悉，对她，便有了期待。那天，她穿着普通的校服，扎了个高高的丸子头，还带来了自己的相机和三脚架，请我一定要帮她录下这段视频。演讲中，她讲到成长的无奈、痛楚，讲到对远方的向往。“生命的本质是一场旅程，我们都在同一列火车里。”她期待自己某一天能够拥有砸碎窗子的勇气，能够逃离漫无目的的状态。整场演讲下来，她就像在小剧场里进行了一场完成度很高的表演，特别投入，感染力极强。当时我只感觉这姑娘心里有一团火，这团火照亮了她，也正在燃烧着她。如果她能突破外表的局限，找到自己的位置，这团火就能去照亮别人，照亮这个世界。之后，我将她的演讲视频发到我个人的视频号里，竟然引起了好几位一线作家的注意、点赞和评论。当我转告她后，她的微笑虽然依旧淡然，却多了几分明媚。在《踮起脚尖》里，她对自己身高的无奈和痛苦被彻底释放。我看到了一个因身高被嘲笑的女孩，在暴雨中，在泥泞中，在坎坷的山路上，不甘心地攀爬，一路爬，一路成长，遍体鳞伤，却日益坚强。至于导演专业的她，教我写台本时的那份认真，拍摄时一遍又一遍跟摄影师提要求的那份严谨，无不令我一次又一次刷新了对她的认知。后来，借我生日之机，她给我写了一封信。在信中，我才知道，她把我当成了她身处黑暗时的光：是我激发了她的潜力，让原本茫然无措的她，让原本自卑、总悄悄抹眼泪的她，对未来充满了信心。而她不知道的是，其实是她重新点燃了我对教育、对学生清澈的爱，让我正趋向一潭死水的教学生活重泛波澜。爱是相向奔赴的。我与谌丽雅的际遇再次精准诠释了这句话。我深深体会到，在教育中，怀有清澈的心才能行动，这样的行动才是爱。首先要有教育者的心灵解放，才会有被教育者的心灵解放，这才是教育中爱的终极结果。

（原载《教师博览》2024 年第 3 期）

一个雨夜的光芒

温新阶

1966年5月11日，正在上小学四年级的我，跟往常一样，放学后打满一背篓猪草回到家中，等着父亲母亲从生产队收工回家。

天边没有往日绚烂的晚霞，乌云罩住了茫茫青山，狂风吹得栗树叶子翻白。

天还没黑定的时候，下起了大雨。

我们一家人坐在灶屋里吃饭，风从门缝挤进来，一次又一次吹灭了没有玻璃罩子的煤油灯，我一次又一次从灶膛里拿起没有燃尽的树枝把油灯点燃，在油灯火苗的摆动跳跃中，我们草草吃完了晚饭。

待我入睡时，雨已经变小，屋檐水滴在阶沿石上的响声已经不如先前那样响亮。这个雨夜，对于我，不过是平常的一个雨夜，跟以前的雨夜一样，我在淅淅沥沥的雨声中进入了梦乡。

而在大吉岭公社卫生所里，办公室的电话响个不停。

医生宿舍离办公室不算太远，能够听到电话铃声。“五一”节后，气温连续上升，难得今天下了一场雨，随着雨水淋湿热土，蒸发出来的土腥气慢慢变淡乃至消失，气温一下子凉爽下来，住在卫生所的医生们睡得很沉，几乎都没有听到电话铃声。

有一个人听到了，因为他一直没有睡着，这个人就是后来闻名全国的覃祥官。

覃祥官是去年从县中医培训班结业后被安排到乐园公社卫生所上班的，这一年来，他几乎没有停过脚步，全公社六个大队，几十平方公里的面积，四千多人口，只有一个卫生所，医护人员不到十个人，医生跑断腿也忙不过来，覃祥官几乎是天不亮就出门，不到半夜回不了卫生所，这一年来，他用坏了三个手电筒，耗去了二十多对电池。

忙，他不怕，他有使不完的力气。但就是日夜不睡，也有些病人顾不过来。那时，一个大队只有一部电话，平时都锁在大队部里。农民生病了，要遣家里人走几十里路到卫生所接医生，接到了医生，又要走几十里路来到病人家，来回一耽误就是大半天的光阴，更多的情况是医生都出诊了，接医生的人只能赶到医生出诊的病人家里把医生接到自己家里。覃祥官就有好多次是从病人家中被直接接走的，有时饭菜已经摆上桌了，可他哪顾得上吃饭，背起药箱就走，经常半夜回到卫生所煮几个连皮洋芋就着一碟泡菜算作这一天的中饭。

这还不说，好多病人请到医生开了处方，却抓不起药，覃祥官不知为病人垫了多少药费，还有的给他山货土产充抵药费，他经常回到卫生所时手里总是拎着一个布袋子，有时装着鸡蛋，有时装着洋芋粉，有时竟然还装着没有晒干的麦冬和半夏，鸡蛋洋芋粉他卖到了供销社，麦冬、半夏晒干了送给了卫生所的药房。

覃祥官家住杜家村大队的竹园荒四队，他原来在大队当会计，因为一件事使他下定决心学医。和他一个生产队的一个同族的兄弟，患急性阑尾炎，开始以为是一般的肚子疼，喝了些散气的细辛末，没想到疼得越来越厉害，才想到去找医生，本来竹园荒离公社卫生所不远，可是医生都出诊了，第二天才找来医生，已经发展为腹膜炎，人早已不行了……经过了这件事，覃祥官下决心学医，先后拜了几个师傅，掌握了不少医治一般疾病的方法，不久，公社推荐他到县中医培训班学习一年，他高高兴兴去了，学得很认真，结业时被评为优秀学员。

从培训班回来，除了夜以继日地为农民诊病，他老是思考怎样方便农民看病，怎样让农民看得起病？所以尽管辛苦，覃祥官却总是睡不着，许多夜晚，木窗上的丝绵纸已经融进了熹微的白光，他还没有入睡，还在思索农民看病吃药的问题，于是，干脆起床洗漱，一早又踏着小路出发了。

1966年的乐园公社，由于过于偏远，政治运动相对平和，尤其是治病救人的医生并没有受到冲击，卫生所依然按照它固有的秩序正常运转。

5月11日的夜晚，覃祥官是冒雨回到卫生所的，这一晚，他没有吃连皮洋芋，今天又有二十个冲抵药费的鸡蛋，病人已经把药抓走了，他明天去药房付药费，这回的鸡蛋他不准备卖了，决意留下来自己吃掉，所以他煮了一碗面条外加两个荷包蛋，那算得上是美味了。

吃完晚餐，泡了一杯前几天他父亲为他煸的新茶，突然想起父亲，想起老伴儿，原来在大队当会计，田里的农活以他为主，现在，都留给了他们。父亲年纪不小了，在生产队月月三十个工，还要喂牛养羊。老伴儿除了在生产队按时出工之外，还要喂猪做饭，招呼两个女儿上学。本来卫生所的医生平时也可以住在自己家里，轮流在卫生所值守，但他老怕夜里来找医生的病人多，医生少了忙不过来，就很少回家住。

几乎半夜了，雨还在下。覃祥官上床睡觉，但他怎么也睡不着，近一段日子，只要他一上床，萦绕在他心头的问题总是如约而至，有时他也想暂时不去想它，但挥之不去，在淅淅沥沥的雨声中他的思绪沉入脑海深处，他似乎看见了一丝光亮，看到了叶茂花繁的树枝伸进了门缝，看到了云霞霓裳从远处飘然而至……就在这时隐隐约约听到了电话铃声从哗哗的水声中传了过来，他连忙披衣起床，摸出手电筒往卫生所办公室跑去。

电话是杜家村大队的覃祥成书记打过来的，这是他的老领导，也是他的族兄。电话中说，松树包一个病人发高烧说胡话，怕夜里找医生来回耽误时间，已经有四五个人抬着往卫生所赶来了，他不晓得卫生所有没有值班医生，所以打电话，没想到不但有医生，还是覃祥官接的电话，他说，他放心了，放心了。

覃祥官叫醒了没有回家的医生、护士、药剂员，等待着病人的到来。不一会儿，病人来了，他身上盖着蓑衣、斗笠，而抬他的人全身湿透，医生们一边为病人听诊、把脉、开药、输液，一边生了一盆大火让送病人的人烤衣服。

一阵忙碌之后，覃祥官全无睡意，坐在房间继续他的思考，竟然接通了他原来的思绪，他想起卫生所所长覃万义和他讨论过的一些设想，过去，我们组织起来办信用社，办供销合作社，依靠集体的力量来战胜困难……现在，我们为什么不能组织起来，实行合作医疗，依靠集体的力量来和疾病作斗争呢?

1966 年 5 月 11 日的这个雨夜，注定成为一个不平常的雨夜。

几天以后，覃祥官回到杜家村大队，找到覃祥成书记，他说要在杜家村大队成立合作医疗卫生室，方便农民就近看病，他还说自己要辞掉卫生所拿工资的工作来卫生室当一名拿工分的赤脚医生，他还说，要创办一种合作医疗制度，每人每年交一元钱，再从公积金中每人每年拿出五毛钱作为合作医疗基金，以后看病每次只交五分钱的挂号费，大病按比例报销……覃祥成望着这位过去大队的会计，望着这位憨厚老实的族弟，握着他的手不放:“这法子好，解决了农民看病吃药的大事，功德无量啊!”

覃祥官从大吉岭回到了杜家村，从石桥河畔回到了瓮桥河边。

在党支部的支持下，经过紧锣密鼓的准备，1966 年 8 月 10 日，中国历史上第一个农村合作医疗试点——“乐园公社杜家村大队卫生室”挂牌了。淳朴的乡亲们，对覃祥官放弃“铁饭碗”回来创办村合作医疗卫生室的事，非常感动，更是全力相助。第八组妇女谢国翠是个热心肠的人，她第一个将积攒了多年的五十多块钱捐给了村卫生室。从部队转业的黄家春，将他在东北买的几颗人参也捐给了卫生室。

受到在卫生所别人给他麦冬、半夏充抵药费的启发，覃祥官提出了“三土”(土医、土药、土药房)、“四自”(自种、自采、自制、自用)的方针，在大队卫生室和小队土药房都开辟了药园，栽种了大量的常用易植药物。由于大量的廉价中草药和自制成药充实了卫生室、土药房，减少了合作医疗经费的开支，减轻了农民的负担，做到了“有病早治，无病早防”，体现了“出钱不多，治疗便利；小病不出寨，大病不出队”的好处，深受广大农民群众的拥护。

不久，合作医疗在乐园公社推广，乡党委还向上级作了专题汇报。

1968 年，关于乐园合作医疗的专题报告经有关部门上报给了毛主席，希望加编者按在《人民日报》刊发，毛主席批示：此件照办。

1968年12月5日，《人民日报》头版头条转发了这篇题为《深受贫下中农欢迎的合作医疗制度》的调查报告，并加了编者按，称合作医疗是一件新事物，称赞共产党员、杜家村大队卫生室赤脚医生覃祥官是“白求恩式的好医生”。

紧接着，全国95%以上的农村都陆续推行了合作医疗，全国除台湾之外的所有省市自治区，都先后派代表来杜家村大队参观学习，共计达五万多人次。

覃祥官出名了，三次受到毛主席接见，当选为长阳县县委常委、宜昌地委委员，成为第四、第五届全国人大代表，还以中国代表团副团长的身份出席了在菲律宾召开的太平洋西片卫生会议，并在会上作了题为《中国农村基层卫生工作》的报告，回答了各国卫生部部长和记者的提问。

从菲律宾回国，湖北省委一纸调令，调任他为湖北省卫生厅副厅长，并要求他将家人户口一并转到武汉，他却一人到了武汉，非但没有转走家人的户口，而且他自己的身份依然是杜家村卫生室的赤脚医生，他成了拿工分的副厅长。

在省卫生厅，他挂念的是杜家村卫生室，是农民看病吃药的事，是村里的那些药园，他一次又一次想起1966年5月11日的那个雨夜，想到四个人冒雨抬着病人到卫生所治病的情景。武汉不属于他，城市不属于他，他的心在乐园，在杜家村，于是他以送药种为由，回到杜家村卫生室竟一去不返……

改革开放初期，有人认为合作医疗是“左”的产物，一夜之间，合作医疗烟消云散，炙手可热的覃祥官一度遭受冷落。

对个人的遭遇覃祥官看得很淡，这本来就不是他的初衷，他担心的是以后农民看病吃药的事。

他不止一次想到那个雨夜，想到石桥河的水声，想到照亮他思维的那缕缕霞光。

没过两年，农民看病吃药的问题再次摆到了政府面前，人们这才又想起了鄂西南偏远乡村乐园，想到了覃祥官，想到解决农民看病吃药的最好办法还是合作医疗。2003年，国务院下发了《关于建立新型农村合作医疗制度的意见》，在原来合作医疗的基础上，实施新的农村合作医疗制度，并把长阳作为首批试点，同年12月5日，时任国务院副总理的吴仪专门到长阳调研新农合，覃祥官的老领导覃万义还参加了座谈，吴仪副总理对长阳的新农合试点给予了高度肯定。

这一天，正是《人民日报》发表《深受贫下中农欢迎的合作医疗制度》的调查报告三十五周年，覃祥官在乐园老家看到吴仪副总理在长阳调研新农合的电视报道，那份欣喜真是难以言表，禁不住泪湿衣衫。

他再一次想起了那个雨夜。

通往乐园的公路上再一次涌来了各路媒体的记者，覃祥官的名字不断在报刊出现，《半月谈》的一篇长篇通讯把覃祥官称为“合作医疗之父”。很多老领导、老朋友到竹园荒他的老家来看望他。

1966年5月11日的那个雨夜，我还是一个小学四年级的学生，覃祥官构思出合作医疗宏图大略的时候，我的梦做得正香，我梦见抓了很多泥鳅，花椒、大蒜、生姜都备好了，正要下锅时，我的梦醒了……

1973年元月，我高中毕业，3月份被选拔为民办教师，第一所任教的学校就是竹园荒小学，小学和养猪场在一栋很长的房子里，覃祥官的夫人刘维菊是养猪场的饲养员。那时，不断有领导和记者到他们家来，刘维菊安顿好客人的饭菜，一路小跑跑到养猪场来喂猪，有时，还捎带给学生们把中饭蒸了，把开水烧了。1973年下半年，我调到松树包小学，和卫生室只隔一条溪沟，覃祥官医生常常喊我去帮忙办专栏写标语，我常在卫生室的食堂蹭饭。后来，武汉的作家王振武来杜家村卫生室深入生活，我更是成了卫生室的常客。再后来我调到县里、市里，只要回老家，每次都要去看一看祥官医生，在他遭受冷落的日子里也一样，每次去，他都要留我吃饭，还要给我送一袋自己种的土豆。

他也会不止一次地讲起那些如火如荼的岁月，讲起1966年5月11日那个雨夜他的思考，他的决定。

覃祥官离开我们已经十几年了，他病重时，很多领导、乡亲去看他，夸赞他创造了农村合作医疗，他说：是社会主义新中国为我提供了舞台，没有党和政府的支持，我什么也做不了。

人们自然又要讲到那个雨夜，覃祥官说，很多生命是在雨夜萌生的。

他不是诗人，竟有诗一般的语言，说明对那个雨夜，他的感受，他的体味有多么深刻。

一个雨夜的光芒照亮了中国广袤的乡村，照亮了许许多多生命的花朵。

这个雨夜的光芒永远不会熄灭，只会越来越光亮，因为我们的国家越来越强大，党和政府越来越关注民生。

人们还是会永远记住 1966 年 5 月 11 日鄂西南一个偏远乡村的雨夜，我也将那个雨夜所有的信息粘贴在内心深处的文件夹永久收藏。

（原载《民族文学》2019 年第 12 期）

火车上的时光画廊

彭文斌

一

高莉萍做梦也没想到，自己有朝一日能够成为一名正式铁路职工，并在南昌市区买了房，兴高采烈地将一双儿女接到省城上学。

幸福是奋斗出来的。每次聊到这些年的成长经历，如今担任南昌客运段D6501次列车长的高莉萍情不自禁地说，自己赶上了好时代。

刚刚进入铁路工作时，高莉萍是一名劳务工，跑南昌到北京西的绿皮车，每次到终点站后，这个扎着马尾辫的瘦小女孩得自己爬上爬下搞车厢卫生，歪着脑袋擦抹顶棚，遇到酷暑天，整个人像从水里打捞出来的一般。看着退乘回来不断捶腰的幺女，母亲心疼得偷偷抹泪，跟丈夫商量，是不是给孩子换个工作，反正在铁路也是临时工，混不出啥名堂。

“不，我喜欢火车。”高莉萍执拗起来，像一头小犟牛。是的，作为“铁二代”，她从小生活在进贤火车站的铁路边，听着轰隆隆的汽笛声长大，那种骨子里的情愫，岂是局外人能理解的?

绿皮车的条件差，尤其是到了冬天，烧取暖炉是件苦活。有一回，一位中年男子嫌车厢温度低，骂骂咧咧，质问高莉萍：“你这是啥服务？连炉子都不烧！”高莉萍赶紧跑到取暖炉边一看，火旺着呢，只不过由于车底老化，供暖不理想。她只能拼命往炉膛里添加块煤，然而，依然效果不佳，整个旅程，高莉萍是在抱怨声里度过的，脸上满是泪水和煤灰。

日子忽然间仿佛表演魔术一般，发生着神奇的变化。保洁工作交由专业公司打理了，乘务员下班后可以拿了箱包直接走人；非空调绿皮车集体“退役”，高铁呼啸而来；当年的小女孩，由于表现优异，从一名劳务工转为正式员工，并且成长为动车组列车长。

2014 年 11 月，高莉萍第一次值乘动车，有点像大姑娘上花轿，瞧啥都新奇。眼前，不再是满满当当的蛇皮袋和用床单捆成的包裹，换成了背着双肩包、带着精巧拖箱的时尚男女。动车追风一般的速度改写了出行的半径，拉近了城市之间的距离。车窗外大地辽阔，山水妩媚，高莉萍感觉自己正行走在一个变幻的风景画廊里。

那一天，日丽风和，火车从鹭岛厦门前往福州。高莉萍在巡视车厢时，遇见几位头发斑白的老人正在兴奋地交谈什么。原来，他们是福州大学的同学，此次特意返回母校参加六十周年校庆典礼，领队的是集美大学的王教授。高莉萍立即为老人们泡上热茶，在得知王教授还有几位同学分散在别的车厢后，她主动调整座位，让这些难得一聚的老人们能够更好地交流。在列车抵达福州前，高莉萍和列车安全员提早将老人们的行李搬到车门口。王教授感慨道：“如今的动车服务真好，像坐航班一样，姑娘，你的笑容真美。”下车后，王教授主动邀请高莉萍合影留念，还加了微信好友。从此以后，每到逢年过节，高莉萍总是能收到老人温暖的祝福。

2021 年 1 月 27 日，动车从厦门返回南昌时，一位二十多岁的女旅客忽然胸部疼痛、呼吸困难，脸部表情扭曲，高莉萍一边安排人员通过广播寻找医生，一边将女旅客移到通风处进行按摩。疼痛难忍的女旅客在与母亲通话后失声痛哭，高莉萍柔声劝慰，按照对方母亲的提示，给她服下随身携带的药品。在医生赶到现场实施救治后，高莉萍这才如释重负。看着红晕一丝丝回到旅客的脸上，对方的眉头一点点舒展开来，那一瞬间，高莉萍无比开心。

这天，高莉萍无意间读到一首关于动车的短诗：“我看见云长满头顶 / 我看见水忙着制作镜框 / 我看见彩虹架桥 / 我看见动车 / 是一支神奇的画笔 /

目标指向远方”。读着读着，她似乎看见一个生机勃勃的人间。

二

在熟悉的人们眼中，“铁三代”李欣是个灵动乐观、活力四射的女孩儿。祖父、父亲、姑妈，再到李欣自己，都跟铁路结下不解的情缘，一代代看着火车头从蒸汽机、内燃机、电力机车到“和谐号”动车组，再到“复兴号”高铁动车，一家人就是一部铁路微缩版的发展史。用李欣的话说，从小到大，生活里充满铁路的声音。

从武警部队转业后，李欣成为南昌客运段T147次车上的乘务员。这趟车出赣西，途经湖南，再北上京城，名义上是特快列车，但遇上施工，晚点一两个钟头乃家常便饭。有一段日子，李欣觉得这种近乎慢生活的工作如嚼白蜡，提不起精气神。她甚至悲观地以为，自己怕是会很快挥霍完青春，一直蹉跎终老。

一个淫雨霏霏的日子，列车从长沙站开出后，毫无悬念地开始启动“晚点模式”，开开停停，如同一辆“老爷车”，令人昏昏欲睡。习惯成自然，李欣机械地清理车厢卫生。这时候，一位年轻的军人急火火地找到她求助，原本他在湖南老家探亲，因部队有急事召回，便立即赶了这趟车前往南昌，再中转去部队驻在地，谁知，晚点将计划打乱，小伙子一时蒙了。李欣的军营情愫一刹那被点燃，她立即帮忙查询车次，联系改签，列车到南昌后，她还将军人送到车站工作人员身边，安排“绿色通道”，把客人送上前往目的地的火车。临别前，年轻军人真诚地说：“谢谢，你真是帮了我的大忙。”

从此，李欣喜欢上了听“谢谢”两个字。在平淡的日子里，她找到了生活里那一抹不经意的温暖底色。李欣在悄然发生着变化。

随着向莆线的开通，通过公开招聘、选拔，李欣成长为一名动车列车长。那种“老爷车”的记忆渐渐化为岁月深处的烟尘，速度，成为铁路的一个常用词。时光变得如此温情，朝着李欣打开了一个新的世界。

铿锵的车轮声里，动车像一道道优美的银狐，风驰电掣地驶过赣鄱大地，走向祖国的四面八方。短短数年里，高铁大幕启动，更加壮美的风景扑面而来，千里不过须臾，跟着高铁看山河，李欣越来越自信。

2021年12月10日，赣深高铁线开通，李欣担当从赣州南下深圳G2197次列车的首趟乘务工作。火车从赣州西始发时便座无虚席，满车都是拿着手机、相机拍照的旅客，人人像过大年。李欣意外地得知，不少旅客买了一站到信丰西的车票，为的是特意来体验这趟通往大湾区的高铁。车上喜气洋洋，不时有人围着李欣询问列车的运行时间、停站、速度，问题五花八门，但个个如沐春风。

车到信丰西，上来一对母女。小女孩儿七八岁模样，特别兴奋，满车雀跃奔跑。李欣担忧她的安全，赶紧上前提醒。

“阿姨，我终于可以去看外婆了！”小女孩笑嘻嘻地说。

一旁的母亲告诉李欣，孩子的外婆住在定南县，以前回一趟家路上要折腾半天，只能逢年过节才有机会看望老人，现在坐高铁只要半个小时就到，以后周末都可以过去。

这时，小女孩变戏法似的，将一个新鲜的大脐橙塞到李欣的手中：“阿姨，这是我亲手采摘的，妈妈说信丰的脐橙可有名了。”

凝视着欢欢喜喜的小女孩，李欣的内心荡漾着温暖。高铁，不知不觉正在改变人们的生活。

在车厢里，李欣遇到那支年轻的合唱团，他们正在自弹自唱：“我在赣州等你来，这里的花儿都为你盛开。乘着高铁走过白色站台，穿越人海奔你而来。我在赣州等你过来，满眼星辰照亮夜空等待，打开日历数着你的到来，摊开掌心写下告白……”

这一路的歌声和口袋里的脐橙清香，跟着李欣，一直绵延到了深圳。

三

在十五岁之前，张博华没有见过火车，更遑论坐火车了。故乡在甘肃省庆阳市的黄土高原地带，到陕西宝鸡读书时，得坐长途汽车，每次蜷得两腿都僵硬了，近乎失去知觉。

偶然的机缘，2011年9月，张博华成为南昌客运段西安车上的劳务工。相比大巴车的逼仄空间，火车的宽松、舒适自不待说，张博华对火车抱着一种天然的亲近感，甚至一度着迷。不过，理想很丰满，现实很骨感，一到隆冬，烦恼便来了，南方的列车在冰天雪地的西北运行，开门是件闹心的事。那次，列车停靠平顶山站，谁知车门外面结冰，瘦小的张博华使尽气力也无法打开，等待下车的旅客们焦灼不安，好在隔壁车厢的师傅闻讯赶来解了燃眉之急。更蹊跷的是，在洛阳龙门站，张博华再次遭遇一模一样的情况，又是师傅出手救急。夜间休息时，张博华突发奇想：要是哪一天车门能实现自动开关，该是多么美妙的事情。

这一天竟然传奇般降临了。2014 年年底，张博华担任了南昌西至深圳北 D2321 次的列车值班员，车门，全部由火车司机在司机室操作，统一开启和关闭，乘务员只管安心做好服务就是了。抚今忆昔，张博华惊叹，才几年工夫，火车就鸟枪换大炮了。

从深圳回江西的路上，张博华邂逅了一位从台湾回莆田探亲的老阿婆。老人提着大包小包缓缓出现在站台上，张博华见状，赶紧小跑着过去，一把接过箱包，将老人送到座位。正当他要去忙别的工作时，老阿婆忽然轻轻拍了拍张博华的肩膀，微笑着递过来一百元小费。张博华谢绝了，说："阿姨，我们都是同胞，应该的。"列车即将到达厦门时，张博华特意去帮老人搬行李。看着窗外高楼林立、灯火万家的景象，老人触景生情："以前只知道深圳好，想不到厦门也这么漂亮。"张博华自豪地告诉她："你有机会去市中心看看，那儿更繁华。"

昌赣高铁运营后，张博华调任 G5044 次列车长。2020 年 4 月的一天，列车运行在赣州西至吉安西区间，一个三四岁的男孩突发癫痫，两眼发紫，脸色铁青，其父母手足无措，慌作一团。巡视至此的张博华正巧看到孩子开始使劲咬舌头，暗叫一声不好，他记得有经验的老师傅曾经提到，千万不能让癫痫病人咬舌头，否则有生命之虞。说时迟那时快，张博华一个箭步冲上前，毫不犹豫地将右手食指塞进了男孩的嘴里。一种钻心的疼痛涌遍全身，张博华岿然不动。目睹此情此景，旅客们无不动容，那对年轻夫妻更是感动得不知说什么好。好在同事及时送来医药箱，取出压舌板救急，这才"解放"了张博华的手指。他来不及擦拭血迹，立即联系吉安市的 120 救护车……

时光简单地叠加、流逝，像一条与高铁平行的河流，也将火车上的故事储存于脑海里，组成一条长长的画廊，嵌进生命的骨骼中。西北人张博华已经与英雄城融为一体，他在这儿娶妻生女，那个梦里都想坐火车的农村娃，用十年的光阴创造了属于自己的风景。

偶尔，在出乘的途中，张博华会下意识地看一眼右手，食指上，留着一道清晰的齿印。他觉得，那是火车赐予他的特殊勋章。

（原载《人民铁道》2022年6月29日）

默默且当歌

陈建功

我是在山脚下筛沙子的时候，听说自己被北大录取的。

那时我已经在京西矿区干了10年了。打了5年岩洞，第六年上被矿车撞断了腰。伤好以后，我就在那个山洞里，天天率领着四个老太太筛沙子。

更确切地说，那位工友兴冲冲地跑来报信的时候，我正仰面朝天，躺在沙子堆上晒太阳。我记得，听他说完了，当时似乎只是淡淡一笑。

我又翻了个身，想晒晒后背。当后背也被晒得热烘烘之后，我爬起来，去领我的录取通知书。

你会骂我。

“玩深沉。”你说。

我不知道“深沉”有什么可“玩儿”的。那会儿既不知道高仓健，也不明白海明威。我只是想，晒完了后背，什么也耽误不了。

回想起来，有点儿后怕。

我的心，已经像岩石一样粗糙了。

那一年，我28岁。28岁，已不再是激情澎湃的年龄。

那么，38岁的今天，当你打算为那些日子写下一点儿什么的时候，你是否能再“激情澎湃”一次？

这或许就是无法挽回的遗憾。啊北大，啊摇篮，啊粼粼的湖光，啊婆娑的树影。你忽然发现，你根本“啊”不出来。

你怅然若失，你不那么甘心。那粼粼的湖光、婆娑的树影，毕竟对你的一生都非同小可。

那也“啊”不出来。

可是，一定要“啊”出来吗?

我更喜欢默默地想。

写小说写出了毛病。

想的，常是那些别人以为不足挂齿的事。

比如，水房歌手。

他们每天晚上 9 点、10 点时的歌唱。

如今，不知那带有几分戏谑的雅号是否能代代相传，可是我担保，那忘情的歌声不会消失。

当年的水房歌手们，他们知道自己至少拥有一个动了情的听众吗?

他们是不会知道的。他们从来不指望拥有什么听众。他们只管赤条条地在水房里蹿来跳去。举起一盆盆凉水，灌顶而下，在“哗哗”的水声里，发出酣畅淋漓的尖叫。要不，他们就站在水池旁，抓住盆里的衣物，搓呀搓，一寸一寸地搓，痴痴地盯着莹莹泛光的皂泡，好像那里不是有童年的梦幻，就是有恋人的倩影。

他们开始如醉如痴地歌唱。

冰雪覆盖着伏尔加河
冰河上跑着三套车……

歌声在湿漉漉的水房里回响，居然显得格外圆润而悠扬。

可以想象他们的得意。再往下，决心和刘秉义一比高低，唱得更加哆哆嗦嗦——

有人在唱着忧郁的歌
唱歌的是那赶车的人

……

一般说来，伏尔加河上的“三套车”是很难跑完全程的，因为很快就可能有“青松岭”的那挂车出来与之并驾齐驱了——

长鞭那个一甩
叭叭地响
赶起那个大车
……

另外还有一匹“马儿”则被恳求“慢些走喂慢些走”，因为“我要把这壮丽的景色看个够”。而那匹叮叮当，叮叮当，铃儿响叮当的“马儿”呢——

那马儿瘦又老
它命运不吉祥
把雪橇拖进泥塘里
害得我们遭了殃……

那时，我住在32楼的332房间，和水房是对门。我的铺位是门后的上铺，敞开的通风窗像个咧开大嘴的喇叭，对着我的脑袋，天天晚上为我送来这永无休止的歌声。

我得承认，开始的时候，你真恨不得想骂娘——你们还有完没完呀！心里骂着，脑袋扎进了被窝里，可被窝外还是唱得顽强。“唰”，电闸不知被谁拉了，水房里漆黑一片，短暂的寂静之后，那里又亮起了手电筒的光柱。那气氛更加热烈而神秘，俨然一道道追光在舞台上闪烁——

深夜花园里，四处静悄悄，只有风儿在轻轻唱。
人家的闺女有花戴，你爹我钱少不能买，

扯上二尺红头绳，给我闺女扎起来。

河里青蛙从哪里来？是从那水田向河里游来。甜蜜爱情从哪里来？是从那眼睛里到心怀。哎哟妈妈。

临行喝妈一碗酒，浑身是胆雄赳赳。
雄赳赳，气昂昂，跨过鸭绿江。
鸠山设宴和我交朋友，千杯万盏会应酬。
哎哟妈妈，你可不要对我生气，年轻人就是这样相爱。
莫斯科郊外的晚上。
第七不许调戏妇女们。
向前进，向前进，战士的责任重，妇女的冤仇深……

1978年就是这样一个年代。你的耳畔还萦绕着八个样板戏震耳欲聋的鼓点子，从海峡彼岸却传来了邓丽君半喘着气绵绵软软可又挺中听的流行曲。你刚刚听到了“一条大河波浪宽”“十八岁的哥哥呀细听我小英莲”，又不能不迷恋上了梨花开遍天涯，晨雾袅袅如纱，峻峭的河岸上站着的喀秋莎。

在这样的年代，在每一个人都可以无拘无束地歌唱，都可以自命为歌星的地方，如果唱不出这颠三倒四的效果，说不定倒成了一件怪事。

恢复高考是新时期带给青年的第一个狂喜，而77级的大学生是最先享受了这狂喜的幸运儿。他们中间，又有谁能没有命运转机的喜悦和自得？

能不让他们唱？

看来，我唯一的办法只能是：躺在我的“包厢”里听。

听他们昏天黑地地唱。

生活中往往有这种事情发生，有一天你忽然发现，以往你以为最原始、最粗鄙、最不值一顾的事物里，却蓬勃着激动人心的生命的律动。这个道理我是很久以后才懂得的。

值得庆幸的是，在我悟到这一点之前，我每天都不能不无可奈何地接受着水房里的喧嚣。

慢慢地你能听出来，谁最爱唱《三套车》，没完没了地对人生喟然长叹。谁最爱唱《乡间的小路》，悠悠不尽思乡梦。谁能一句不落地唱下来舞剧《红色娘子军》的总谱，管乐弦乐锣鼓铙钹一人独揽。

“文武昆乱不挡”的，大概就是天津小伙儿苏牧了。不过他的特点倒不难把握：为了充分显示男子汉的自信，他永远要在嗓子眼里压扁每一个音符，“文武昆乱”不管。扮演插科打诨角色者，必是李彤。未来的《人民日报》编辑的拿手好戏有：样板戏唱段，毛主席语录歌，惟妙惟肖的“林副统帅”讲话，于是之扮演的几乎所有角色的复制。他常常“足不出户”，只需在我们332室里恰逢其时地吆喝一嗓子，稍加“点染”，就会使水房里爆发开怀的笑声……你终于感受到了这昏天黑地的喧腾的底蕴。这里是一个每个人都充分展示个性的舞台。你听到的，竟是这样有趣的歌唱。且不管它是庄严，是调侃，是忧郁，是反讽，也无须管它是否还有一点儿自鸣得意。它们都是被禁锢的精灵冲出瓶口的呐喊，是白兰鸽们在欢腾的白云里，灿烂的蓝天间自由自在的歌唱。

也许，回味那个年代，更值得叙说的是思想解放的大潮如何涌入沉寂多年的未名湖，引起“隆隆”的回响。规模浩大的“五四”学术讨论会。日益开放、日益大胆的讲坛。活跃的学生社团。广泛的社会交流。熄灯后的宿舍，关于“凡是派”“实践派”的喁喁低语。大礼堂里，倾听新学科讲座的一幕幕……相比之下，水房里的歌声也许是1978年的北大校园里最无关紧要的声响。然而，又何尝不可以说，这声响恰恰也是那奔突汹涌的潮水的回声呢？

是的，当年躺在那张吱吱作响的双层床上，听着水房里送过来的歌声，仿佛真的可以感受到那潮头的喧闹，那潮头的迷人了。这歌声是我的同代人以情感的方式对一个新的开放的时代伸出的臂膀。这时代不再容忍专制和封闭，不再容忍僵死和愚昧，不再容忍压抑个性，不再容忍蔑视知识和才华。这歌声又是我的同代人对一种新人格的呼唤。这人格不再苟苟且且，无须仰人鼻息，只管让想象自由地飞翔，坦坦荡荡地唱自己的歌儿。

我知道，这感受说不定只属于我一个人。这足够了。又何妨只属于我一个人。

因为我曾经在这喧闹声中反省自己18岁到28岁的时光。

你今后还会唱你不想唱的歌吗？

我只唱自己想唱的歌。

当一个水房歌手是多么欢乐。

唯一遗憾的是，我一次也没有到水房里真正地唱过。即使在这以后。

我指的，是用我的笔。

默默地想。

耳边，盆碗响叮当——又是那些别人不当回事儿的事。

毛巾布缝制的碗袋，拴在书包带上。沿着柏墙环绕的小马路，从32楼奔一教，从图书馆奔食堂。一路叮当。

岂止我一个。校园里，不时地四散着叮叮当当的大军。

至少在我离开北大的1982年，这响声没有消失。

现在也许消失了。食堂里大概安上了碗柜。

心里流过一丝留恋。

有什么意义？

没什么意义。只是觉得有点意思。如果硬要说出有什么意义的话，好像当年听见这声响曾经嘻嘻一笑。它似乎提醒你一点儿什么。

大概，时不时听一听这叮当声，能使你少点傻气，少说一点“堂堂北大，八千精英”之类的话。

默默地想。

朱光潜先生去世后，曾想写一篇文章。后来我没有写。因为我从来无缘向先生求教，甚至连一句话都没有说过。

只有两次，在燕南园的围墙边，呆呆地望着他。

他是在散步，还是在跑步？小臂弯曲，平端在身体的两侧，攥着双拳，努力把身板挺得平直，目光平视前方。他的两脚在草地上一蹭、一蹭，每一蹭挪动的距离，顶多一寸。

我在矿山的时候，曾经偷过一次书。那批书被当作“四旧”，准备送去造纸厂。我裹上一件棉大衣，装作和那位打捆装车的师傅闲聊，趁其不备，往腰里掖了几本书。

其中就有一本1964年版的《西方美学史》。

上北大以后，我读了新版的《西方美学史》，朱先生那篇新版序言曾使我久久难眠。

这以后，就见到了燕南园里跑步的他。

望着他那瘦小的衰老的身影，我无法想象，正是这位老人，写了那么一篇风骨劲健的文章。

他的心里，该是多么有力气。

我知道，仅仅凭这材料，何以能写出一篇纪念的文字。

可是，我还是想说，仅仅凭这一点印象，我总觉得自己的心里永远流着一条很宽很宽的河。

默默地，我甚至想到了发财。尽管这是梦想。

毕业的时候，班里同学给中文系的老师们写了一封辞行信，贴在五院的办公楼里。我记得是黄子平写的。后来我加上了几句话。

大致的意思是，老师们生活太清苦。我们一介书生，爱莫能助，寄希望于未来。但愿不久的将来，房子会有的，工资会长的。学生将为此感到欣慰。

那时心里就慨然一声，闪过一个发财的念想。

然而，至今也没发财。

恐怕将来也难得这机会。

欣慰，还是时时感到了一些的。特别是最近，不时传来某位老师出谷迁乔，某位老师家里接通了电话之类的消息。

真希望这消息多一点儿。

1988年1月25日

（选自《默默且当歌》，华文出版社2017年版）

在群山之间

陈 涛

在人生的道路上，我们会有无数个决定，但总会有那么几个决定将你引向难以预知却又充满独特魅力的旅途。

多年之后，我依然会记得自己动身离京前的那些瞬间，以及附着的情绪，它们都已经深深地印刻在我的脑海里。在那些瞬间中，有抉择时的煎熬与焦虑，也有抉择后对远方的渴望，以及时时袭来的不舍与忧愁。我记得那天在我最终决定到甘肃省一个村任职“第一书记”后，我整理完办公室的所有东西，于黄昏中慢慢走回家，途中雨落下来，而我在细雨中走了很久。

当我孤身一人在那个名为冶力关的小镇时，当我起初不得不面对因思维、环境、语言、饮食带来的诸种不适时，我曾经这样问过自己，促使自己最终选择到这个小山村来的原因是什么？是因为在固化的生活轨道中太久，难以忍受循规蹈矩、日复一日的庸常生活从而选择的跳脱吗？是认为作为一个从事文学工作的人，如果不积极融入社会，不去从社会这个大课堂中汲取营养，就无法做好文学工作吗？还是觉得如果不懂乡村就难以了解中国，所以才会将自己放置于乡野之间，试图在这个群山连绵的角落中，通过乡村来读懂中国。这些原因都曾经在我的脑海闪现过，直到我的《山中岁月》一书出版时，读到李一鸣老师给我写的文章，他在文中引用了这样一段话：

从影片《第一书记》中，我看到了理想与担当。令人振奋，又引人思量。这份理想，是个人价值实现的理想，是天下为公的理想，是为人民服务的理想，是一份追求美好、坚守信仰的理想。人人有理想，理想的实现定要有担当。我喜欢有担当的人。我为沈浩鼓掌。

这是我十年前观看影片《第一书记》后写下的一段话，我发在博客上，李一鸣老师有心，翻出来给我。我突然明白我苦苦思索的那个答案是什么了。原来，有些东西始终存在并早已融入我们的血液中，它会在某个时刻跳出来，促使你做出那个必然的选择。

我去任职"第一书记"的地方是甘南藏族自治州临潭县冶力关镇池沟村。地处青藏高原末端，海拔2300—2600米之间，因为海拔较高的缘故，全年温度较低，当地人戏称这里只有两个季节，一个是冬季，一个是大约在冬季。待到冬日来临，大雪飘飘洒洒落下时，与外界断了交通，这里便成了一个愈发静谧的山村角落。一个当地的年轻朋友曾在大雪中问我有没有种与世隔绝之感，没待我回答，他接着说感觉自己被世界遗弃了。与恶劣环境形成鲜明对比的是当地壮美的山水风光，当地有山，高低起伏、连绵不绝的山，但这山并不普通，白石山高耸入云，是我国秦岭山脉的起点，镇中心不远处那条狭长幽深的山谷，其内岩石多姿，洞穴奇特，如大火过处一片赭红，这丹霞地貌在灰石青黛中格外夺目。小镇有水，一是流动的冶木河，从冶木峡深处缓缓而出，最终形成宽阔的水面穿镇而过，终日不息；二是静深的冶海天池，由高山雪水汇聚而成，湛蓝净澈，它是安多藏区三大圣湖之一，常年经幡舞动，桑烟袅袅，接受着来自全国各地藏民的祭拜。小镇有林，有国家级森林公园，在山顶观望，大片大片的林，云杉、冷杉、油松、白桦、杜鹃层层叠叠，一如绵厚的地毯将大山铺满，尤其夏日时分，色彩斑斓的东峡，令人难以想象，那里鹿群隐现，孤狼逐行。当然还有无限蔓延的高山草场，牛群、羊群漫无目的的随意吃吃停停。

离京前，领导找我谈话，交代叮嘱，还讲述了自己多次奔赴西藏工作的经历，其情殷殷，其言谆谆，他送了我八个字，"量力而行，尽力而为"。我记在了心里。回望两年多的任职生活，虽没有做出什么特别有影响的事情，但也算是兢兢业业、尽职尽责，我并未愧对自己两年的时光。在这段工作里，留下印象的人与事有很多，他们共同见证了我的山中岁月。我喜欢与村镇的人交流，尤其喜爱与年轻人谈天，而他们也愿意在我空闲的时刻跟我分享他们的喜乐哀愁。许多次，我兴奋于他们成长中的进步与收获，同样我也会陷入跟他们同样束手无策，每当这时我便会内疚于自己的无能为力。我也会走访慰问村里的那些老党员，听他们的意见、建议，有次一个老党员卧病在床，我去看他，他跟我聊天时用力握住我的手，久久不曾松开。

在小镇的两年，我深刻体会到乡村教育的重要。教化之本，出自学校。不懂农村，难以了解中国，不注重乡村教育，则难以从根本与长远上发展农村。2019年9月，习近平总书记在河南省光山县考察时再次强调，扶贫同扶智扶志相结合。对乡村孩童而言，他们未来的人生离不开教育的影响，正所谓“求木之长，必固其根；欲流之远，必浚其源”。但对冶力关的孩子们而言，乡村教育则具有了另外一重意义，因父母失位而不能给予的亲情。除去长辈的照顾，他们更多需要学校、老师的教育与关爱。于是，除去在村里工作外，我先后多次去到了六所村小学与三所村幼儿园。这些学校有些条件好一些，有些则差一些，有些学生多一些，有些则少一些。但这三百多个孩子有着许多共同之处：他们多是留守儿童、缺乏真正适合孩子阅读的图书、玩具匮乏等。在走访中，我无数次与师生沟通交流，了解他们的诉求。最后在单位以及全国广大作家的关爱下，我在八个月里为这些学校创建、完善了图书室，送去了大量的教学物资以及学生们的文具、玩具。当我将一个足球送到小男孩的怀中时，我看到他眼睛里闪现出快乐的光亮，它从心底瞬间涌出，仿佛带着清脆的声响，以及可以纯净我们灵魂的力量。十年树木，百年树人。这项目很难讲可以产生立竿见影的效果。如若有影响，也要待以后才会显现，唯愿所做的这些，如同那个孩子眼神中快乐的光亮，照耀他们的人生之路，愿他们有朝一日走出大山，有更多完成精彩人生的可能，开创属于自己的未来。

我也清晰记得帮高山上的村子安装好太阳能路灯后的那个夜晚，我们在一团漆黑中沿着环绕的盘山路进村，行至拐弯处，抬头就看到远方高高的山腰处有一盏灯，灯光温暖明亮，再一个拐弯，满目光亮，黑暗，被彻底甩在了身后。“天上的街灯亮了”，脑海中反复回响这一句。所谓的蛮荒之地，所谓的穷乡僻壤，究其本质，都与黑暗紧紧牵连在一起。如今，光亮洒满了这个高山的村落。抬起头，望向布满星辰的浩瀚夜空，群星明亮硕大，站立于街口，是难自控的欣喜，同样夹杂着丝丝难言的酸楚。

不管是任职中，还是结束任职后，我都常与一些“第一书记”交流，分享彼此的心得与经验，并相互鼓励。2016 年 4 月，在中央组织部与国务院扶贫办主办的七省区“第一书记”示范培训班上，一个同事在台上讲到他有次下村差点连人带车掉入深谷，他把这事告知自己的爱人，当他讲到爱人因为担心而在电话那头疯狂大骂他时，一个大男人竟突然红了眼眶。后来中央和国家机关工委编写了一本《中央和国家机关驻村第一书记扶贫典型案例集》，我知道这是一本并不那么简单的案例集，书中记录了我们这群人在任职“第一书记”的时光中完成了任务，磨砺了品格，提升了能力，获得了成长，同时还承载了我们的青春、理想、收获，以及血泪，在这一切的背后，是我们国家在脱贫攻坚过程中所展示出的磅礴力量。

回望这两年的时光，我想我真正把自己融入这段生活中，我从来没有如此融入人群，也从未如此贴近自己的内心。从此以后，“深入生活，扎根人民”不再是简单的口号与肤浅的认知，是这段岁月让我对生活有了更深层的体悟，我抛弃了那些想象与幻想；我从未像这两年一样努力生活，并在孤独与熬煎中慢慢变得坦然；我终于穿透生活的表面，学会如何在生活的内部去生活，并在深切的体悟中懂得了思考的方向与人生的意义。在这两年当中，我见识到生活带给我们的苦难，但也欣喜地看到艰难背后的乐观与阳光。很庆幸在自己的生命中有这样一段刻骨铭心的时光，淬炼了我的青春与品格，让整个人生充满愈发丰盈、辽阔的可能。我又想起任职结束返京的那个湿漉漉的清晨，镇政府的小院里块块低洼地面雨水仍存，亮晶晶的。村镇的朋友们帮我把行李从二楼的房间拎下来放到车上，我们在车前一一握手、拥抱，空气愈发潮湿了。车载我出镇，山路两侧熟悉的建筑、林木、河流慢慢离去，或者说是我正从它们的躯体中逐渐剥离，我用胳膊靠住车窗，一路无言。但我知道，不管怎样，从此以后的那个远方，以及那些远方的人们，都与我有关了。

（选自《在群山之间》，辽宁人民出版社 2021 年版）

寻找感动

徐　迅

这是一个不易感动的时代。喧嚣、尘土飞扬的日子，我们在乎物质、在乎自我。我们机械地咀嚼、贪婪地攫取，忙忙碌碌，浅尝辄止，心灵变得快餐化了。静心地品尝一顿色香味俱佳的饭菜仿佛是一件很奢侈的事。这又是一个极易感动的时代，一个会心的笑，一次深情的握手，一点点的诚实和信誉，甚至在荧屏和媒体上被放大、被煽情的泪水，都让人眼睛红红……当“感动”需要强调，成为一种制造时，相信所有的人都会发现感动的缺憾。“感动”在当下显得那么弥足珍贵。

所以，我们选择“寻找”。

就像地质工人在山川海洋寻找“矿藏”一样，我们的寻找充满了艰难和喜悦。这艰难不是宝藏的稀缺，而是丰富得让人难以割舍；这喜悦是因为它的动人和耀眼……追寻太阳的足迹，沿着深深的巷道，我们看到当代矿工拼搏的身影，感受到他们满腔的赤诚，欣赏到他们美丽的心灵。我们发觉，矿工们一颗颗滚烫的心和一腔燃烧的激情，都可爱得令人感动……“为什么我的眼里常含泪水，因为我对这土地爱得深沉。”在寻找中，我们不止一次地想起诗人艾青的诗句。我们双眼含满泪水，便缘于与矿工兄弟姐妹之间深沉的爱。

也许，有些“感动”真的需要寻找，那样的寻找当然也会生出无数的感动。享受着温暖的阳光，习惯了明亮的灯光，我们住在城市的高楼大厦里，或日常在火车、轮船奔跑的路上，我们或许会偶尔想起“煤”这个词语，还会在抬起的眼睛里，感受明媚的日子闪耀的矿工的身影与汗水，但谁会细心体会到正在千米井下挖着煤，灰脸黑身的矿工的心情呢？——面对死亡，普通矿工张前东、马力、张勇们果断选择的不是自己的逃离，而是身边几十名，甚至几百名工友鲜活生命的安危，仅仅一念之间，他们以自己人格的光辉照亮了黑暗的巷道；同是矿工，聂清文在死亡逼近的时候，用粉笔一笔一画书写的是他永远无法亲手还清的欠款和“骨肉亲情情难舍”的生命遗憾……正是为了抹去死亡的阴影，宋卫国们像个“裸奔”者，到处游说着安全生产；郑拴龙们用全部的心血，寻找一根支撑矿工安全的“支柱”……他们都很平凡，平凡地做着不平凡的事。比如谢延信，三十三年就为自己的一个承诺，以“大孝至爱”的亲情，让一个岌岌可危的家庭变得温暖与幸福；比如李明杰，一位普通的矿长，在深知自己所处的工业化进程的环境后，为“农民工”的问题忧心忡忡，就用自己的爱心和实践，创造出“爱的神话”……还有，被人们称为“矿魂”的吴如们，我十分相信那是人们对这类生命精神的最高褒奖……

“感动”，在词典里的解释是，思想感情受外界事物的影响而激动，引起同情与向慕。如此说，感动对于一个崇尚道德，充满人性光辉的社会，是一件多么幸福的事情！——还记得那次在地处淮北平原的煤矿，我听到被当地人誉为“矿山罗盛教”的谢圣峰“破冰救人”的事迹，像一首歌谣一样在淮北平原到处流传。而就在其时，另一位矿工在大海舍己救人的故事像长了翅膀一样，传说接着传说，感动连着感动，美好地飞翔……不是说“感动”可以效仿，我是想说感动的“力量”。榜样的力量无穷，感动的力量也无穷……

面对一份份无穷的感动，我们当然没有理由无动于衷，更不可能熟视无睹。是的，我们寻找，我们寻找的是属于矿工身上的那一份荣耀，属于矿工心灵深处那一份伟岸、温情和默默的感动。

（选自《徐迅散文年编》，安徽文艺出版社 2019 版）

出租车

李晓君

此时已是晚上十点多，民警A接待了我。我注意到，董家窑派出所里有两个民警在值班，电视机开着，加重了这个空间的沉寂感。院子里停着几辆警车，院门口（那是个不起眼的口子）正对着青山南路立交桥。过去这里是工厂林立，计划经济色彩浓厚的区域，地窄人稠，机构和单位都显得拥挤、逼仄。派出所门口是一条狭长的道路，沿路是一溜店铺（现在多半已经打烊）。立交桥上，出租车呼啸而过，汽车尾灯在夜里划出一道道红色的光带——在白天，因为寻找客人，加上拥堵，它们步履蹒跚，而在这个深夜时刻，它们铆足了劲在奔驰，偶尔听到一声骇人的刹车声——尖厉地刺向夜空。

一个多小时前，我和太太还在抚河桥附近一家餐厅，那是一次平常但欢快的聚会。十几个人，其中两个来自外地，都算是同行。交流比较深入且尽兴。灯火阑珊之时，大家在餐馆门口道别，各自回去。我和太太上了一辆出租车。一般这个时候，酒店门口都会停着一些出租车，等待餐后的客人乘坐。已经入夏，夜风凉爽，我喝了一点酒，借助酒精的作用，在夜风的抚摩下脸烫烫的，显得有点兴奋。出租车司机打开车门，隔着夜色在彼此搭话聊天（他们坐在车里，并不能看清脸）。此时选择上哪辆车完全是随性和偶然的。我告诉司机要去阳明东路上的贤士花园。他们通常都知道那个地方。此后车内陷入沉默。我和太太坐在后座，依稀记得出租车司机是个三十多岁的男性，平头、长脸。此时，街道显得空旷，人很少，车也不多，大概十五分钟时间，我们便回到小区门口。

贤士花园拱形大门上的几个铜字在夜色中显得模糊，黑夜吞没了一切，几盏路灯孤单地立着，并不那么明亮，街上人影幢幢——这是黑夜的交响曲，暗影主宰的世界。我的脑袋还有点微微发烫，夜风并未帮助我把酒劲全部散去。我和太太下车，目送着出租车扬长而去——下意识地，我摸下口袋："坏了，手机不见了！"

我一下子清醒过来。很快记起，我在车上接过一个电话，随后将手机揣在裤兜里。不知什么时候它滑出来了，此时正躺在出租车的后座上。我没有向出租车要手撕发票的习惯——这时便受到了小小的惩罚。我不知道出租车是哪个公司的，也没有去看车号——此时，它消失在南昌初夏夜晚的海洋中，无影无踪。好在我并不慌乱，我想一般在这种公共区域，都有"天网"——借助它，或许能够查找到我们下车的视频和图像。我打了派出所的电话，是个女同志接的，她让我到董家窑派出所去。

我和太太又上了一部出租车，出现在派出所。民警A听了我的描述，将我带到民警B那儿，他眼前有几台打开的电脑，里面似乎有些公共场所的监控图像。民警B告诉我，那个位置光线太黑，"天网"并不能看清汽车的车牌号。我心里升起的一点希望落空了，轻微的沮丧感袭击了我。坦率地说，手机的遗失并不算一件太大的事情——尽管要找回里面存储的近千个电话号码并非易事，还有一些自认为重要的信息，但毕竟不会对生活造成大的影响。我想我遗失手机，也不是第一次了。民警B并没有启动调看"天网"的程序，但显然他并不为此担心。他拿出一张纸来，写了个公司的位置和电话号码给我，说虽不能完全保证，但你可以去试试。

太太陪我上了第三辆出租车，此时我的心态反而放松了，经过开始时的紧张，现在则多少有些倦怠。起初餐馆聚会时的欢笑宴饮转眼化为泡影。我望着车窗外城市的夜景，蓦然想起不久前在手机上看过的一部伊朗电影《出租车》：一辆黄色出租车行驶在德黑兰熙熙攘攘的街道上，各种各样的乘客坐上车，每个人都直率坦白地回答了司机的各种问题。而这个司机就是导演贾法·帕纳西本人。在这个移动摄影棚中，导演将摄像机放在仪表盘上，通过这个戏剧性的旅程，记录了伊朗社会的精神风貌。我钦佩导演贾法·帕纳西的努力，他曾说过这样一段话："我是一名电影工作者，我什么都不做，只拍电影。电影是我的语言和生命的意义。没有什么能阻挡我拍电影。因为当我被推入最深的角落时，我与自我相连。在如此私密之处，尽管限制诸多，但是创作的需求已超越了欲望。我心系电影艺术。这就是为什么无论如何，我都要继续拍电影。只有这样，我才能尊重自己，感受到我还活着。"

我在一种既放松又胡思乱想的情境中——我做好了不抱希望的打算，这使我不那么担忧和紧张。我看着车窗外一辆辆在夜色中疾驰（其实又显得无目的性）的出租车，电影的情节与现实的画面交织在一起。艺术，是人类共通的语言，无须更多的阐释，对人的处境的观照与表达，能唤起不同族群人民的共鸣。世界纷繁复杂，是历史、政治、经济、社会纠缠交错的场，也是历史与现实、利益与野心、文明与信仰冲突拉锯迭现的多幕剧。

——现在回忆起来似乎有些遥远，我不那么确定当晚我们就出现在了客运出租车管理中心。也许是第二天早上。我从民警B手中接过纸条，与对方进行了电话沟通，约定了第二天早上八点钟到公司去。那家中心在西湖区洪城路上，一条不太引人注目的街巷里。当你走上正确程序时，一切变得不那么困难。我到达时，管理中心还有一个情况与我相似的女孩，也在寻找昨晚丢失的手机。我告诉了接待员上车的时间地点，下车的时间地点，她将我的信息导入GPS系统，定位出租车（每辆车都有GPS装置），经过十多分钟筛选，那辆车的信息浮现出来。接待员将那家出租车公司电话、司机姓名以及车牌号给我，并没有提供司机的电话。

我拨通了出租车公司电话，对方说会尽快联系司机给我回话。大约半个小时后，司机电话打过来了，手机还在他手上。他与我约了见面的位置。见面时，司机告诉我（他大约听到我用太太的手机拨打我的电话——不知何故，我的手机在十分钟不到就显示已关机，拨打不通了），他送我下车不久，又上了新的乘客。对方在后座上拾起了我的手机，出租车司机要乘客将手机解锁（我设定了密码），因此乘客未能将手机带走。

我的手机幸运地找回来了（但它后来毁于我与女儿的一次争吵中，我记得我恶狠狠地将手机摔到地上的情景）。

写作此文，我脑子里闪现出那个夏天的夜晚，和太太站在贤士花园小区门口，我被夜色和沮丧的情绪包围，无助地立在那里，幻想着失去手机后慌乱的生活。那部遗失的手机正静静躺在一辆绿色出租车里，在夜色中航行，它的屏幕上闪烁了两次蓝光（伴随着音乐声），此后便陷入无声和黑屏的状态中。它小小地考验了下人的耐心、信任以及贪欲。暴露出人内心深处一些习而不察的心思和想法。失而复得的手机，导演了那个夜晚的情景剧，这是一件小事，与伊朗导演贾法·帕纳西在出租车里导演的那部电影的意义相比，自然是霄壤之别的。

（选自《暂居漫记》，百花文艺出版社 2021 年版）

飞天记

朱增泉

飞船升空后，发射场复归平静。

太阳从塔架后的地平线上升起，像一盏大红灯笼似的挂上了塔顶。清晨的阳光柔和而灿烂，巴丹吉林沙漠被照耀得一片紫红，人们都沉浸在喜气洋洋的气氛中。

1999年11月20日，这是中华民族科技发展史上的一个新的起点，历史将会记住这一天。

清晨六时三十分，中国第一艘“神舟”号宇宙飞船从酒泉卫星发射场升空，十分钟后顺利入轨。这时，指挥部人员迅速“转场”飞往北京，他们要到北京航天指挥控制中心去监控飞船在轨飞行情况，并在那里最后完成飞船返回着陆的指挥控制任务。我受命负责这次飞船发射的新闻宣传事宜，随机飞回北京。一俟飞船成功着陆，将立即在北京航天指挥控制中心签发新闻稿件。

飞船绕地球飞行一圈大约需要一个半小时，一共要飞十四圈，约六十万公里，飞行二十一个小时后返回地球着陆。我们乘坐的专机八时三十分从酒泉航天城机场起飞时，飞船正在太空中飞行第二圈。专机约两个半小时后能飞抵北京。也就是说，在飞船飞行第四圈时，指挥部人员能赶到北京航天指挥控制中心。

专机朝着太阳升起的东方飞行，机窗外的蓝天澄碧透明，没有一丝云彩。天气非常好，大家的心情非常好。这时，我的通体感觉都是一个“飞”字；飞船正在我们头顶的太空中飞行，我们也在天上飞行，令人思绪翻飞，浮想联翩。我想起了嫦娥奔月、敦煌飞天，想起了中国古人发明的火药、火箭，想起了明代那位了不起的万户将火箭绑在自己身上做升空试验……

中国是火箭的故乡。

中国古人很早就萌发了飞天梦想。

今天这架专机上，集中了中国航天界巨子。他们当中有中国载人航天工程的第一流科学家，有这项庞大系统工程的组织领导者、工程管理者，有运载火箭的设计师、飞船的设计师，有经验丰富的航天发射指挥员。他们是中国载人航天事业的开拓者，是一群将中国古人的飞天梦想变成现实的人。中国载人航天工程于1992年1月正式批准立项以来，我们一直在为实施这项工程默默奋斗着。今天，终于迎来了第一艘飞船的发射试验，他们怎能不一个个热血奔涌、意气风发！

专机的前舱内，坐着前来参观飞船发射的国务院和中央军委的领导同志。我们进了飞机中部的一个舱位，有八个座位，却进来了九个人。欢声笑语中，本次发射的副总指挥沈荣骏同志将另一位副总指挥王礼恒推进了前舱，让他去和总指挥曹刚川同志坐到一起，顺便可以商讨一下航天发射后续任务的有关问题。沈荣骏和胡世祥两人坐在我的对面，他俩都是组织航天发射的专家。我的右边坐着信息产业部副部长吕新奎，飞船上的几万个电子元器件和大量地面测控设备都是他们所属企业的产品。左边坐着中国科学院副院长严义埙，飞船上有他们搭载的试验项目。

载人航天工程的总设计师王永志同志就坐在我的斜对面。机舱内，许多人都在兴奋地谈论着今天早晨那激动人心的发射场面，王永志却刚坐下一小会儿就半仰在坐椅上睡着了。他已为中国航天事业奋斗了大半生。他早先是设计制造大推力运载火箭的负责人，这次由他主持载人航天工程的总体设计。他不善言辞，外表朴实得像一位具有几十年工龄的老工人。为了载人航天这项庞大的系统工程，为了今天进行的第一次飞船发射试验，他已经度过了不知多少个不眠之夜，他太需要睡一会儿了。但我发现，他的眼睛虽然闭着，脸上的表情却在起着微妙变化。他没有睡着。他睡不着。飞船成功地发射升空并顺利入轨，这仅仅是过了第一关，要等飞船按计划飞完全程并安全着陆后，这次飞行试验才算圆满成功。此刻，飞船尚在太空中飞行，他还不到踏踏实实睡上一觉的时候，他一定是在反反复复地思考着飞船返回着陆时的每一个细节。这位中国之子，这位嫦娥与万户的后人，中国古人的千年飞天梦想，要在他的手里变成现实，责任重大啊。

我和王永志天天在同一座大楼内上班，在同一个食堂吃饭。他曾对我说过，世界上迄今为止只有俄罗斯和美国能将人送上太空去遨游，但俄罗斯和美国的宇航员只要一踏上中国的土地，都会将他们的非凡经历同中国古人联系起来，他们都会谈到中国古代发明的火药、火箭，都会谈到在宇宙飞船上回眸地球时能看到中国的长城。王永志说，我们身为华夏子孙，搞了一辈子航天事业，如果不把载人飞船送上天去，那就愧对祖先。

航天医学工程研究所的沈所长曾对我讲过一件事。1988年五六月间，人类第一位登上月球的美国宇航员阿姆斯特朗访问中国，他应邀到航医所来做演讲时，有两句自问自答式的开场白："人类第一位向往飞向月球的是谁？是中国古代的一位美丽姑娘。人类第一个登上月球的是谁？是一位美国人。"接着说："那个美丽的中国姑娘就是嫦娥，那个美国人就是我。我向月球跨了一小步，人类向前跨了一大步。"他的话获得了一片掌声。阿姆斯特朗讲的是事实，但他的话里有一种美国人特有的傲气，对我们中国人表示尊敬之中又不无揶揄意味，中国航天科学家们听了别有一番滋味。

王永志对我讲过另一件事。1996年秋天，国际宇航联合会年会（IAF）在北京召开，世界各国的许多航天科学家、宇航员都来参加了那次会议。俄罗斯来了两位宇航员，一位名叫谢沃斯契扬诺夫，另一位名叫斯特列卡洛夫。两人告诉王永志，他俩听说北京的中国科学技术馆内有一尊万户雕像，于是约了同来参加会议的三位美国宇航员一起去参观，五个人站在万户雕像前照了一张合影。他们说，中国的万户是为人类航天事业勇敢献身的先驱，俄、美两国宇航员能够在中国的万户雕像前一起合影留念，很有意义。

以王永志为代表的中国航天科学家们，一直被华夏祖先的伟大精神和中国古代的辉煌科技成就激励着。他们苦苦追求着、默默奋斗着，终于到了有能力将中国自己的飞船送上天去的这一天。

今天，专机上的服务员小姐也显得分外殷勤，一个个面带笑容，来来回回忙着为这些航天指挥员和航天科学家们递毛巾、送饮料、送糖果。这时，一位佩戴大校军衔的女干部拿了一摞纪念邮封，从后舱到中舱来，又到前舱去，请航天界的名人们一个个签名留念，准备回京后分发给亲朋好友。机上的服务员们也纷纷仿效着请大家签名，机舱内显得一片忙碌。大家都想借助这种方式，把自己亲身经历的这一天记录下来，因为今天是中国第一次发射宇宙飞船的日子。

可能是由于今天的发射进行得十分顺利，对飞船成功着陆也已成竹在胸，这些平时极为审慎的航天指挥员和航天科学家们，今天都很乐意地面带笑容为大家签名。王永志总设计师是大家争相求他签名的重要人物之一，他一时间忙得应接不暇。他好不容易在一摞又一摞递到他面前的纪念信封上签完了自己的名字，脸上如释重负似的发出了微笑。这时，他自己也拿起一只空白信封，从座椅上站立起来，向前舱走去。但他撩起门帘向里一看，犹豫了一下，又马上缩了回来。

胡世祥问他："怎么啦？"

他讷讷地说："里面人多。"

坐在他对面的严义埙看着他笑。

原来，王永志本人也觉得，自己干了大半辈子航天事业，今天是个特别值得纪念的日子，也应该为自己留下一个纪念品，因此也想请前来参观飞船发射的国务院和中央军委的领导同志为他签个名。可是撩起门帘一看，他们正被其他人围着在签名，他有些不好意思地退了回来，坐回到自己的位子。

胡世祥是这次发射飞船的副指挥长，是个见过世面的人，马上说："嗨，你这个人，有什么不好意思的，我替你去签！"

他将王总手里的信封一把抽了过去，将门帘一掀就进了前舱。

不一会儿，胡世祥出来了，大声说："哈哈，给你，都签了。"

王总咧着嘴笑了。

我被周围的热烈气氛所感染，也要来一只空信封，先在上面写了一段话，记载着中国第一次发射飞船的时间、地点及经过，然后请今天同在这架专机上的主持中国载人航天工程的几位重要人物签名留念，他们是：中国载人航天工程总指挥曹刚川；副总指挥沈荣骏；副总指挥王礼恒；另一位虽已到年龄卸任但仍参与了这次飞船发射组织工作的原航天工业部部长刘纪元；中国载人航天工程总设计师王永志；发射本次飞船的副指挥长胡世祥。

我刚回到座位上，王永志笑着递给我一个信封，要求我写首诗。我写诗都是在夜深人静的时候，不擅长临场赋诗。但我愉快地将他递给我的那只信封接过来装进了口袋，答应回去写好了再给他。王永志是值得我尊敬的，由于他的智慧和才能，使得今天这个日子变得闪闪发光，我愿意为这位中国第一流的航天科学家写一首诗。

飞机准时飞抵北京。

我们一踏进北京航天指控中心的指挥大厅，立即被告知飞船飞行情况良好，一切顺利。

整个下午和晚上，我都没有离开航天指控中心，一边在这里关注着飞船的飞行情况，一边找人研究着审稿、发稿中的一个个具体问题。

次日凌晨二时，北京航天指控中心进入紧张状态，开始为飞船返回着陆做准备。指挥大厅正面的两块巨大的电子显示屏上，不断闪烁变换着从各个测控站传来的各种参数。测控站分布在全国各地，有的还在国外；四艘著名的远望号测量船这次全部出动，分布在太平洋、大西洋和印度洋上，在大风大浪中执行着对“神舟”号飞船的测控任务。指挥大厅内，一排又一排的科技人员都在紧张地工作着，他们根据电脑输出的各种数据，跟踪掌握着飞船的飞行情况。指挥员们根据各系统遥测数据，适时发出各种指令。

飞船着陆前，需要通过指定的地面测控站，向飞船输入由北京航天指控中心发出的返回指令。看来一切都在顺利进行之中，忽然有一条指令的发送出了点小情况，指挥大厅内出现了惊心动魄的一瞬间，有的人紧张得站了起来，指挥员们当机立断，命令大西洋上的三号测量船重新发送，获得成功。

凌晨三时四十一分，飞船在内蒙古中部着陆场准确着陆，指挥大厅内一片欢腾。

我们立即以最快的速度为新华社和首都各主要新闻单位审签完了所有稿件。

当日早展，中国和世界各大新闻媒体都以最快速度突出报道了中国首次发射宇宙飞船的消息。

中央电视台从早到晚滚动播放着这一重大新闻。

这是中国以新的姿态迈向二十一世纪的一个标志。

世界轰动了。

（选自《边墙·雪峰·飞天》，百花文艺出版社 2003 年版）

站在辽宁舰的甲板上

黄传会

我站在这片甲板上。

五级、六级、七级；

向南、向南、向南……

我终于站在这片用特殊钢材锻造成的甲板上。

八级、九级、十级；

墨绿、浅蓝、深蓝……

一个个巨浪朝着舰艏扑来，激起铺天盖地的浪花。强劲的海风吹拂着舰岛主桅杆上那面镶有“波浪”的海军旗，吹拂着我的海洋迷彩服的衣襟，我的胸中像有十面大鼓在擂动。

有些日子是必须镌刻在心中的，海军官兵牢牢记住了两个日子：“4月23日”——人民海军诞生日；“9月25日”——辽宁舰正式交付海军日。

海军离不开舰船，而舰船都有甲板，只不过甲板的大小不同而已。

六十五年前——1949年4月23日，华东军区海军在江苏泰州白马庙宣告成立。

第二天清晨，司令员兼政委张爱萍率领先头部队从江阴八圩港搭乘小渡轮，准备去接管江阴要塞。

迎着蒙蒙细雨，站在小渡轮狭窄的甲板上，张爱萍点了点人数，说：

“同志们，这是我们华东军区海军的先头部队，五名干部加八名战士，一共十三人——这可以称为全世界最小的一支海军了！”

片刻，张爱萍又激情满怀地补充道：“十三个人，十三万兵马啊！”

一年后的1950年3月，新上任的海军司令员萧劲光视察海防，抵达山东威海，他要登岛去察看，却无船可乘，不得已，只好租了一艘小渔船。站在小渔船小得不能再小的甲板上，眺望着不远处的刘公岛，萧劲光神色凝重。这时候，渔民一边摇着橹，一边有些不解地说：“你是个海军司令员，还要租我们的渔船！”

渔民的话深深地刺痛了萧劲光，他对身旁的随行人员说：“大家都要记住今天这个日子，海军司令员可是租老百姓的渔船视察刘公岛的！”

扬起风帆，人民海军就是从这两片最小的甲板上启航的。

半个多世纪筚路蓝缕，半个多世纪迎风破浪，从无到有，由弱到强……

每个海军官兵心中都有一个梦——那便是中国海军的“航母梦”。

1980年5月，海军的老司令员刘华清将军率团访问美国，美方安排的“压轴戏”是参观CV-63“小鹰号”航空母舰。

这是中国高级军事将领首次登上美军的航母。在舰长的陪同下，刘华清参观了作战指挥中心、机库、飞行弹射装置、官兵生活舱等设施。将军深深懂得，正是航母的出现，把海战的模式从平面推向了立体，实现了真正的超视距战斗。

今天，它已发展成为舰机结合、攻守兼备、机动灵活、坚固难损和高技术密集的多球形攻防系统。它不仅是一个强有力的战术武器单元，是海上作战系统的核心，也是一个能抛核弹的战略威胁力量。在世人眼里，它被视为综合国力的象征。

最后，将军来到了飞行甲板上，再一次久久地眺望着这座战争城堡。将军后来对身边的工作人员说：“当时，我脑海中想的只有一个问题——什么时候，中国也有航母？”

“中国不发展航母，我死不瞑目！”

将军这一明志誓言，成为一个民族的誓言。

“哗——”

“哗——”

站在这片辽阔的甲板上，我的心潮与大海的波涛在一起翻滚。

与辽宁舰停靠的码头紧挨着的那片海域，曾经吞噬了致远舰，淹没了北洋海军的全部龙旗，我不由得想起了一百二十年前的那场海战——

1894年7月25日，蓄谋已久的日本侵略者以偷袭清朝政府运兵舰队为发端，不宣而战，发动了一场大规模的侵华战争。从丰岛海战到鸭绿江溃败，从大连失守到旅顺屠杀，从大东沟决战到威海卫战役中，北洋海军全军覆没，被迫签订《马关条约》,《马关条约》规定的两亿两白银巨额赔款，相当于清朝政府三年的国库收入。

中日甲午海战，在中国人民近代的反侵略战争中，规模最大，失败最惨，后果最重。它是压在中国人头顶的一块石头，是中华儿女心中永远滴血的伤口。

马克思指出：“如果一个国家真正感到了耻辱，那它就会像一只蜷伏下来的狮子，准备向前扑去……”

17世纪以来的世界历史昭示我们，一个不能走向海洋的国家，是没有出路的；一个不能走向海洋的国家，是难以登上大国舞台的。民族复兴之路在海上，大国崛起之路在海上。发展航母成为中华民族迈向海洋世纪不可动摇的意志表达。

从2004年8月，中央正式批准航母工程立项上马；到2011年8月，中国航母平台完成首次出海试航；到2012年9月25日，辽宁舰正式交付海军，人民海军一个崭新的时代——航母时代解缆起航了。

“航母是中国水兵最大的舞台，为了心中的梦想，我申请当一名普通的航母舰员，在战风斗浪中历练成长！”一位女博士研究生给海军有关部门写信自荐。有人不解：“二十二年勤奋苦学，难道就为了当一名水手？”她回答：“我爱航母，我要终身嫁给航母事业！只要能上航母，打扫卫生我也愿意！”

她成为辽宁舰上第一位女博士军官。

第一代航母舰员，来自海军五大兵种和海军各级机关、各个院校，他们都怀抱着远大的航母梦！

辽宁舰共有二十二层甲板、三百多个直梯、三千多个舱室，官兵们是从“认路”开始航母生活的。几百个三级系统、几万套全新装备、数十万册技术资料、数以亿计的备品、备件，需要掌握使用，需要消化吃透，需要学会管理。还有，战舰与飞机如何融合，岸舰如何衔接，也亟待解决。“组建一支部队，创办一所学校，接好航母首舰，培育种子人才。”接舰部队官兵踏上了追梦实干之路。

航母飞行甲板，是“世界上最危险的四点五英亩”。舰载机在离舰的瞬间，一旦偏移跑道，它所产生的巨大尾喷，可将挨得最近的起飞助理吹进海里，而万一高达上千度的尾喷流扫到人体，后果更是不堪设想。因此，在甲板上放飞舰载机的飞行助理，是世界上最勇敢的人。舰上选拔飞行助理时有个规定：必须是本人自愿。当初，舰领导问一位飞行助理：“你在考虑这项工作时，想过它的危险性吗？”他沉着地回答：“我当然考虑过！自1986年以来，仅某大国就有二十八名飞行助理牺牲在岗位上。而且，我们的舰载机还处于试验阶段，风险比国外同行更大。我很清楚，选择这一专业，便意味着用自己的生命去探险，去为我们的航母事业开路。国家的需要，永远是我们航母舰员的第一需要！”

外电预测，即便中国的第一艘航母下水了，与之配套的舰载机仍然是个未知数。然而，仅仅过了两个月，我国自行研制的舰载机歼-15在辽宁舰横空出世。

11月23日，我国航母舰载机首次着舰起飞惊天大戏的帷幕拉开了——被称为“刀尖上的舞蹈”即将开演。

选拔首批舰载机试飞员堪比选拔航天员，有些条件甚至更加苛刻。年龄在三十五岁以下，飞行时间在上千小时以上，而且必须飞过“三代机”。为了这一天，他们进行了数以千计，甚至带着生命风险的演练：低空大速度、失速尾旋、模拟着舰试验……

上午九点零八分，轰鸣声越来越大，“空中飞鲨”矫健的身姿出现了。一转弯，二转弯，放下起落架，放下尾钩……五百米……三百米……一百米……

声如惊涛骇浪，势压万马奔腾。眨眼间，“空中飞鲨”的两个主轮在触到航母飞行甲板的同时，机腹下的尾钩牢牢地钩住了第二道阻拦索，疾飞似箭的“空中飞鲨”，滑行数十米后，平稳地停了下来。

一着惊海天！

2013年岁末，在导弹驱逐舰沈阳舰、石家庄舰和导弹护卫舰烟台舰、潍坊舰的伴随下，辽宁舰穿过台湾海峡，奔赴南海海域，这是辽宁舰本年度第五次出海进行科研试验和训练。辽宁舰交付海军一年多来，全体官兵攻坚克难，连续作战，先后完成了舰载机阻拦着舰和滑跃起飞、驻舰飞行、复杂气象条件下连续起降，以及近似实战条件下航母作战系统感知能力，指挥能力，综合通信、导航、气象保障能力，空域管理能力等一百余项试验和训练科目，作战系统、动力系统及舰艇适航性能等各项技术指标得到进一步试验，积累了宝贵经验，取得了一系列重要成果。

我站在这片用特殊钢材锻造的甲板上。

迎着强烈的海风，

向南、向南、向南……

墨绿、浅蓝、深蓝……

（原载《解放军报》2014年11月3日）

红纱巾

吕高排

走出冷寂的高原小站的那一瞬间，我实实在在地体味到高原缺氧的滋味。

“爸爸在哪儿？”一声稚嫩的童音从我身旁清脆地响起。我抬起沉重的眼睑，才见出站口走来一位年轻的妇女，在她前面，有一个可爱的小孩在欢快地跑动。

少妇紧张地向前一步，一手抓住小女孩的胳膊，口里不住地说着什么。少妇高挑的个儿，细白的脸，衣着朴素，脖子上系着一条艳丽的红纱巾。那红纱巾像一团燃烧的火一样随着少妇的走动而跳跃。小姑娘长得非常漂亮，长长的眼睫毛随着一阵接一阵的欢笑而上下闪动。同样，她脖子上一条长长的红纱中几乎盖住了整个上衣。

小女孩看清楚我的一身戎装，似乎证实了自己的某种判断。她挣脱少妇的手，手舞足蹈地跑到我的座椅前，张开双手抱住我的大腿说：“爸爸我想你，爸爸抱！”我手足无措地望着眼前的小女孩，一时间被她突如其来的举动弄得不知如何是好。

少妇紧跟着走上前，脸上泛起一片红晕。她一边去拉孩子的胳膊，一边羞涩地向我解释：“真对不起，孩子她爸也是当兵的，就见过一次面，她总认错人。”

我抚摸了小女孩的头，一时间，我的脑海中再现出许多凝重的片段。不用说，这位年轻的妈妈是靠一张照片、电视里的军人镜头来教会小女孩认识自己陌生的军人爸爸的。

小女孩固执地抱着我的大腿，没有丝毫让步，嘴里嘟囔着："爸爸不抱，我不起。"少妇显然生了气，照着小女孩的屁股打了一巴掌。和许多爱撒娇的小女孩一样，她一边喊着"爸爸"，一边夸张地大哭起来，边抹眼泪边朝我怀里钻，我只好以爸爸的身份"负责"地一把抱起小女孩。

后来才知道，这位少妇竟来自我的故乡，是到边防部队探亲的。同乡在海拔三千多米的高原上相遇格外亲切，我们很投机地攀谈起来。小女孩因为得到了"爸爸"的厚爱，一边好奇地摆弄我的军装和帽徽，一边亲切地叫着爸爸。少妇只好不再制止，只是脸红，红得像她胸前的纱巾。

她告诉我，她的那位在高原上当排长，因为工作忙，已经两年没有探亲了。小姑娘刚三岁，整日吵着非要找爸爸，于是请下几天假，娘儿俩便风尘仆仆地赶来了。谁知汽车、火车没完没了地坐了十九天，还没见到个人影。

说完，她的两眼湿漉漉的。军人本身就苦，边防军人呢？边防军人的妻子呢？听着她的叙述，我不知道该用什么办法安慰这位同乡才好。

真巧，我们要去的是同一个部队，我抱着快乐的孩子，和她一起默默地向更高更远的高原上走。

当晚，我们就休息在山腰中的一个驿站。按照规定，内陆来的人一般不能再到空气愈发稀薄的执勤一线去。这里的几间房屋就是专门为家属们临时来队准备的，有几个士兵负责接待工作。于是，小女孩面对一个个身着军服的解放军，看看这个再看看那个，哪个都亲切得像自己的爸爸，索性管谁都叫爸。小妇人的脸上便时常地红一阵白一阵。三天后，接到驿站电话的那位排长匆匆赶来。可是因为见到那么多的"军人爸爸"，小女孩面对排长时似乎并没有特殊的感觉。

在驿站小住几日，负责接待的同志告诉我，正好一位排长要上高原，让我同他一起去。他正是那位同乡少妇的丈夫。我问："怎不多陪几天？"排长说："她一共请了三十多天假，来回的路途这么远，再不返回就迟到了。"

我心头一热，心想，又要看到一场恩爱夫妻离别的动人场景了。可是奇怪的是，少妇和小女孩却没有出门送行。排长一声不吭地发动起旧式吉普车，便“吭哧吭哧”地爬行在盘旋的公路上。

吉普车正在气喘吁吁地奔跑的时候，排长突然一个紧急制动，车子戛然而止。倒霉，我以为是吉普车出了毛病。可他飞快地跳下吉普车，选准一个位置，手搭在前额向山下眺望。我莫名其妙地走下吉普车，却看不见他在看什么，于是操起部队为我装备的一架高倍望远镜，望远镜里出现大小两个人，伫立在驿站的一块高地上，用力地挥舞着红纱巾。我蓦然明白了。排长从我手中近乎粗鲁地抢过望远镜。我看到这位钢铁一般坚强的排长眼里滚下一滴大大的泪珠。他喃喃地说：“用劲挥，再用劲挥啊！”随即，风雪将他的声音淹没在千里高原上。红纱巾像两簇跳动的火焰，热烈地燃烧在空旷的高原……

1999 年 6 月

（选自《硝烟散去》，解放军出版社 2002 年版）

可可西里的白房子

王宗仁

在遥远的唐古拉山下，楚玛尔河从格拉丹冬流出来，漫至青藏公路边时，岸上出现了一排平房。白墙、蓝瓦，通体透亮，整个可可西里都因了它的色泽而显得明媚。

一排孤独、寂寞的白房子。

江河源医疗站。

白房子突兀着，没有篱墙遮挡，四周是空旷无边的戈壁滩。墙壁上那幅宣传画被大家公认是白房子的魂：一位女护士，白衣白帽，胸前露着军衣、领章，飒爽英姿。远道而来的每一个人都会觉得她是向自己招手微笑。在这个号称无人区的荒漠上，谁都能掂出这幅画的分量！

这就是生活。生活中的生活！

长江源头的可可西里是青藏高原上高山反应最严重的地区之一。许多跋涉者都因为过不了这道关隘把命丢在这里。

紧靠楚玛尔河岸的荒原上有一片极不规则的野坟，埋藏着一个又一个没留下姓名的英灵。

可可西里寂静的夜里，常常有漠风扯长音量在吼叫，那不是哀鸣，而是亡灵发出的不甘心的呼唤！

好多年前的一个夏天，京城来的一位上将路过这里，驻足，走进了这片野坟。他踏响了每座坟前寂冷的石头，眉头紧紧地皱了起来。于是便有了他与陪同人员以下的对话。

这儿安葬了多少人？

总有上百个吧！

都是些什么人？

军人居多，还有一些老百姓。据说职务最高的是一位中校副团长，年龄最小的只有三岁，一个兵站站长的女儿。

他们都是得了高山反应而离开人世的吗？

是的。大都是因高山不适应症引起肺水肿，紧赶慢赶地送到七百多公里外的格尔木医院，已经来不及了！

为什么不在这儿建个医院？

……

不久，可可西里就有了现在这个军人组建的江河源医疗站。这已经是70年代中期的事了。

有了医疗站，就有医务人员；有了医务人员，就很可能有女军医、女护士。其实江河源医疗站最初没有女军医，只有两个女护士。只是到了后来，女医务人员才一年比一年多起来。

可可西里终于有了落脚久住的女人。她们是从沙漠里奔涌而起的一泓清泉，拽着士兵们的心，朝着那个理想的梦境飞翔！

军车在一马平川的世界屋脊上缓缓地行进着。虽然轮下早已是海拔四千五百米的高度了，驾驶兵们却没有丝毫爬山的感觉。这是山上的平坝，这是世界屋脊的屋脊。缓坡，平山。

渐渐地，那些白房子晃动在山脊线上了，跳上了挡风玻璃。“到家了！”士兵们总是这样亲切地称医疗站。心里一兴奋，脚下便狠劲踏着油门，车速快了许多。

士兵们渴盼着快一点赶到白房子，自然是因为有头疼脑热的不舒服之感，想求医问药。但是还有一点埋在心底的秘密（其实在他们之间是公开的秘密），这就是急于要见到医疗站的女军医、女护士。

生活在青藏高原军营里的战士们，好像被隔绝在另一个世界里，内地一般人举手之劳就能得到的享受，对于他们则像难于上青天的事。在这儿野生动物举目可见，那些耐寒善跑的野驴、黄羊、藏羚羊，常常撒开飞蹄和汽车赛跑。可是想见个人，尤其想见个女人，是很困难的。要不怎么把这里称做无人区呢？无人区之来由很大程度上是指无女人。传说，有一个兵在唐古拉山哨所服役的三年中，只见过两个女人，还都是老太太。一个是他的母亲，老人家当初无论如何没有想到儿子会去那么遥远的地方当兵，常惦记于心，便在老头子的陪同下千里迢迢上山看望了一次儿子；另一位是藏族的老阿妈，她得了急性阑尾炎，从深山的放牧点出来求医，路过哨所时这个兵帮着把她背到公路边。

没有女人的生活是寂寞的，凄冷的。士兵们日子过得之单调可想而知了。

世界本来就是由男男女女合理合法组成的，缺了任何一方都是圆月的亏欠，人们的心态就会失去平衡。

白房子在士兵们的心里就是神圣女性的象征。他们想把它含在嘴里，又想把它放在心里。真的，很久很久没有见到女性的男人，一旦有了可以和女人接触的机会，他们的生命会激发出彩霞的！

从老远瞅见白房子那一刻起，汽车兵们的心就热乎起来了，心儿在胸膛里按捺不住地狂跳。离白房子越来越近了，士兵们反而减下一个排档，放慢了车速，不急于赶路了。最后将车开进楚玛尔河，熄火。

洗车。洗人。

士兵们要在这条长江源头清澈见底的支流里，进行一次脱胎换骨的清洁。他们双手托起楚玛尔河，冲洗轮胎、引擎盖、大厢，就连驾驶楼也要用水漫一遍。水淌在了挡风玻璃上，滑出一道道蚯蚓似的水迹。车净了，再洗脸。士兵们一个个把头埋进水里，先是让舒舒缓缓的流水酥酥地冲洗眉毛、鼻梁、嘴唇，然后再扑噜扑噜地、痛痛快快地用双手搓揉脸。一路的疲劳、烟尘全在这扑噜声中卸在了河里，随波流逝。

人和车都拾掇干净了，士兵们再脱下油腻的工作服，换一身制式军装，领章、帽徽闪亮。这才开上车徐徐走进白房子。

穿戴整齐的护士们，照例会站在白房子前迎客。不说别的，她们那压在眉梢上的帽子就足以让人联想，如果世间的女子都像她们这样圣洁，人心肯定会变得没有污秽。

每一个来到医疗站的士兵，无一例外地都要接受护士们测血压、注射疫苗、接收预防流感药物等必要的程序。然后才是有病者对号入座地找相关医生问病、开处方、取药。毫无疑问，在他们不知道该找哪位医生看自己的病时，又是护士们来充当向导。跟在护士身后走过一个又一个病室时的那种感觉，是相当温暖的，而且很自豪。

这些平日开玩笑开得不可开交的士兵们，此刻一个个变得老实极了，没有一个人出声，连走路的脚步都是轻抬慢放。十个有九个士兵变得腼腼腆腆，不敢抬头看护士一眼。但是他们埋在心底不约而同的愿望是：时间的钟摆这时最好移动得慢些，再慢些。他们把在医疗站待的这段有限的时间看成行车途中一种难能可贵的享受，而任何享受都应该是悄无声息的。

自然，一旦有了与护士对话的机会，士兵们的倾吐是无拘束的。这种倾吐也会产生始料不及的奇效。

"你当兵几年了？"

"三年，这是第十八次翻越唐古拉山了。"

"你的血压很正常，心律也蛮好，身体不错，放心地跑车吧！"

"不对，应该说自从有了你们这个医疗站以后，我们这些穿越可可西里无人区的汽车兵，才有了可以对付高山反应的好身体。每次见到你们都觉得格外亲，大家心情愉快，浑身爽劲，就是有点高山反应也不在乎它了！"

护士听了微微一笑，什么也不说。她已经听过好些士兵都这么讲，他们讲的有没有道理、有多少道理，她并不去多想，只要士兵们平平安安、高高兴兴地能在高原上跑车，她就很幸福了。

士兵和护士的对话还会继续下去，他们还要说些什么，已经不重要了，重要的是每到这时，双方在心里都会对当年倡导设立江河源医疗站的将军的崇敬之情油然而生。懂得医学又会运用心理学的将军，理所当然要受到尊敬。

自从可可西里医疗站有了女护士以后，军车的飞轮转得轻快了，驾车人的心情也变得愉悦了。这是不争的事实。美好的事物总会使人幸福。

然而，有一天当另一个女人出现在可可西里时，士兵们的心情又变得沉重了。他们甚至这样想：我们为什么要把自己的幸福建立在别人的痛苦上？在可可西里，男人有男人的心思，女人有女人的苦楚，大家都活得不容易!

梅芬大姐就是在这里永远地睡去了。

大姐。你没有走！你不会走！你坟头那蓬勃在寒风中，摇晃不定却不肯倒下的芨芨草，就是你孱弱而坚强的形象之化身!

一个月前，梅芬从黄浦江边来到西藏边防哨所，与未婚夫举行了婚礼。三十多天蜜月度得她浑身香醉醉的。爱屋及乌。她甚至产生了这样的想法：高原苦吗？如果有可能，我要心甘情愿地留在这里。与爱人生活在一起的人是不会知道什么叫苦的。她真的不想离开西藏了。告别爱人回内地的头三天她就心绪不宁，神情恍惚。动身下高原时，她拉着爱人的手难分难舍，以泪洗面。

忧闷的心境使她判若两人地变得郁郁寡欢，高山反应乘隙而入。过唐古拉山时她感到呼吸困难，头部剧痛，心口憋得像压上了一块巨石。送她的人进退两难，硬是抱着她过了山，来到江河源医疗站。

她是躺着进白房子的。医务人员全力以赴地抢救这位深深爱着西藏的女人。但是，她还是含情抱怨地走了。青藏高原是她幸福新婚的起点，也成了她人生旅途的终点!

生与死为什么靠得这么紧？幸福为什么这样脆弱？灾难为什么如此无情？

可可西里的荒原上又新添了一座坟，女人的坟。应该说它是这儿的第一座女人坟。

日出日落。格拉丹冬岿然不动。

青藏的天照样那么蓝，可可西里荒原依旧那么寂寞。白房子呢？却蒙上了一层沉闷的气氛，寒雪也盖不住它。

女人坟头渐渐地长起了芨芨草，越长越高，在隆冬里似乎也在长。一座女人坟改变了高原军人的性格，白房子在他们眼里也陌生了，却庄重、肃穆了。

凡是来医疗站求医的士，并不急着进白房子，而是先去拜谒女人坟。他们默默地站在坟前，站着，一句话也不说，任凭眼泪在脸颊上结成冰……

可可西里确实很寂静。可是士兵们希望它再清静一点。梅芬姐走累了，她需要休息。

每天，都有一队又一队军车无声地驶进医疗站。护士们风雨不避地站在白房子前迎接。她们也是默默无闻进行着体检的每一个必不可少的程序。

人们怎么变得这样寡言少语?

可可西里死不起女人啊!

天下起了大雪。女人坟上的芨芨草在风雪中摇晃，照样不倒……

（原载《中华散文》2003 年第 1 期）

“九号半”再记

刘兆林

二十一年前，我曾到酒泉卫星发射中心采访，住有月余，搜集了大量材料，却只写出一篇篇幅不大的《“九号半”记》。但那一篇短东西，真的感动过我自己，也感动过发射中心许多建设者。

今年秋天，我随中国作协西北采风团再次到了酒泉发射中心。时间很紧，也很疲劳，但我还是专门到“九号半”又拜谒了一回。“九号半”是我心中的一处圣地！两次拜谒印象有所不同了，当年的“九号半”像一张极其朴素的黑白照片，显示着创业的艰苦和悲壮，而今天的“九号半”则如同一张华丽的彩照，渲染着事业的辉煌与庄严。采风归来，我写下了这篇《“九号半”再记》。

酒泉当然是一片绿洲，自古便是。它因近处高山上融化的雪水而养育了棉田、稻田、果田，以及瓜田、玉米田，还有菜田和各种婀娜多姿的树林。但卫星发射中心离酒泉市还很远。前往基地的路两旁，人工栽种的植物越来越少，最后被偶尔的胡杨和极稀少的红柳所代替。再往里走，那路就似有无尽的不平要说，开始颠簸那些不关心它满腹不平的行路人了。

我们的车有如在风中行船，不停地颠起又落下，生生把一片绿洲颠散了，慢慢地，那些绿莹莹的农田和婀娜的树干脆被颠没了。连老老实实、低低矮矮的骆驼刺也颠没了，戈壁变成了灰黑的寸草不生的无际死海，这死海和二十年前一个模样，但死海上的路不一样了，是水泥铺就的，只不过有一大段因地面不平造成剧烈颠簸而已，常走的人管这段路叫“跳舞路”。越过“跳舞路”，再往里，路况又出奇地好了，竟跟城市的马路差不多。还有，路上的汽车比当年多了许多，而且一辆辆模样也漂亮了许多。由于路和车辆越来越漂亮，阳光似乎也越来越灿烂、温暖起来，远方不断出现缥缈的一片片汪洋似的幻影，接近了却仍是光光的沙地。刚要失望，忽然又有一小群骆驼和一些稀稀疏疏的骆驼刺出来平衡你的心情。再往深处，出现了不是幻想而是真实的飞机场。顺着飞机跑道一般平坦而宽阔的笔直公路继续前进，开始有铁路陪我们前行。有铁路陪伴的这段路可以叫作“冲锋路”，车子冲锋般又行驶了约两个小时，才到达卫星发射中心。

这里已是一座美丽的航天城，有现代化的航天展览馆和雕塑广场，有大面积的绿地、公园，还有农副产品市场、百货商场、学校、医院、银行，等等，花草满街，绿树随着每一条每一段路而密集成荫。再度来到当年望而生畏的发射塔下，依然望而生畏，但登临更高更现代化的新发射塔时，望一望四周依然苍凉的戈壁旷野，一股股岁月沧桑之感油然而生，便越发想去“九号半”看看那些难忘的人们。热情的航天城主人安排我们游览了东风养殖场和公园等地之后，终于在我们的要求下前往“九号半”。

航天城四周仍是亘古不变的戈壁旷野，沙丘和小山上千真万确没有一棵草。旷野上忽然出现了一条长长的树林，林荫下就是快要接近“九号半”的“拜谒路”了。“拜谒路”是我给起的名，我认为不管是谁，到“九号半”都是来拜谒的，单纯旅游参观的人没有资格走近它。“拜谒路”有七八华里，路两旁分列着的白杨树各有三排，在我感觉好像三军仪仗队。其实这不是单纯从庄严肃穆考虑的，还包括了树木生存的需要。大戈壁上的风无情啊，单排的杨树一棵也站不住。六排高高的白杨树护着的路尽头，就是立有高大牌坊和题有“东风烈士陵园”大字的“九号半”了。园门两侧的树都是四排的，杨树株距一米，行距两米，外面一排低矮的沙枣树，几乎没有什么株距，里面三排全是榆树，后两种树虽然不美丽也不英武，但都是戈壁上特别顽强而又能为人工栽植成活的树，选派它们来为航天烈士挡风守灵真是最可靠不过了。

一进园门，便是一座纪念碑，上面的“东风革命烈士纪念碑”是聂荣臻所题，这位为国防航天事业作出杰出贡献的共和国元帅，把自己大半生心血连同题字和骨灰都安放在“九号半”了。高大纪念碑前是一块安放有他一部分骨灰的黑色纪念石，上有江泽民主席的亲笔题词：聂荣臻同志永远和我们在一起。元帅和国家主席的题词使共和国的分量都含在其中了，这就使“九号半”一下子变成了彩色的。纪念碑前后左右都栽种着鲜花芳草，虽然已是深秋，仍姹紫嫣红地怒放着，使一大片方方正正全都立有石碑的水泥坟墓有如城市新建的花园小区。一排又一排新建筑材料造就的墓屋，一排比一排矮小，一排比一排事迹模糊，从正面看去好像后面的和大戈壁混成一片了，我一边回想着当年木条当碑的情景，一边寻找我有印象的名字。我当年写过的李杰民、王来、刁光兴等的坟墓都一一找到了，位置有了变动，就像旧宅拆建重分了新宅似的。他们前面和后面分别多了更大和更小的新墓。我在这几位老友碑前多驻足了一会儿，又把几百座墓一一看了一遍，生怕落掉一个。

最后我躬身在一位女亡灵的碑前。潘仁瑾，女，汉族，1944 年生，上海人，大校研究员，技术五级，1965 年西北军事电讯工程学院毕业后分配到中心，是现任中心主任刘明山将军的夫人……将军的夫人和共和国元帅都永远留在“九号半”了，“九号半”能不光彩吗？女大校和她的将军丈夫是“西军电”的同班同学，丈夫一毕业就自愿奔赴大戈壁，在中心扎了根。八年后，一直留校在西安当教师的潘仁瑾才二十九岁，她毅然断了回上海老家的后路，也奔赴丈夫任职的中心，一个年轻貌美的上海姑娘从此便把青春和生命都放在了戈壁。她从小就喜欢游泳、打乒乓球、唱歌，因了这些爱好，身边总能聚集不少有朝气的人。到了戈壁，吃水都难，游泳是不可能了，她这个上中学时就已成为游泳健将的上海姑娘，便只有用歌声和乒乓球来美化生活，来凝聚年轻人了。她活泼，爱劳动，总是用歌声和各种体育活动把自己所在的测试室，装点得生气勃勃。全室三十多人，差不多有十个女同志，这就容易出现两个问题。一是女同志容易撒娇依赖男同志，而男同志再怎么优秀也有一部分人难找到对象。所以精力旺盛又特别爱操心的潘仁瑾像是担着一份天然责任似的，总爱说，都穿着军装，女的也没资格撒娇，要撒回家撒去。其实，回了家她也没心思撒娇，她倒是常常缠磨丈夫帮她给测试室里那些光棍们找对象。室里那些老实巴交自己难找到对象的小伙子，真的有好几个是潘仁瑾和她丈夫帮助成家的。女同志不愁找对象，但也有潘仁瑾要操心的事，小两口闹别扭了，或是女同志生孩子了，她都要跟着操心，常常是室里谁生孩子，不听到婴儿第一声啼哭她就一直倚在门口等着，以至于她才四十来岁，室里那些女军官就喊她老太太，或老潘太太。那些女军官的小孩们，哪个能不叫她潘奶奶呢？四十来岁就被喊作奶奶、当着室领导又有着将军丈夫的研究员潘仁瑾，心血耗费得并不比当将军的丈夫少。

1998年春天，基地有新的试验任务了，外出执行任务前她把室里一些单身的叫到家里吃饭。饭刚端到桌上，她就开始剧烈地打嗝，没吃几口就躲到卫生间大吐不止，丈夫说她五年前就胃出血了，每年都犯一次。头一回吐血时，她正忙于载人飞船发射测试任务，不可能去住院养病。她带着好几个课题和同事一同到野外现场测试，一百多米的高空，她带头背着仪器往上爬，每项任务她都亲自参加。那次吐完血，她又到北京参加航天测试方面的一个会议，两天的会开了不到一天，她就又开始吐血，疼到被送进医院。当时已是冬天，她并没带着过冬的衣物，想好一些就回基地和大家一块过春节，一块落实会议的任务，所以吐血止住不多天，她就在医院加紧锻炼，每天都坚持爬楼梯以增强体力，可是越锻炼病情越严重。

她患了癌症。只好托人把当月的党费捎回中心，又托人从中心把过冬的衣物捎到医院，她没能回中心过春节，也没能回上海老家看一眼，就在北京的医院里停止了呼吸。但她明确要求不能把自己的骨灰弄到别处，包括老家上海，必须送回发射中心独有的“九号半”去。“九号半”就这样又多了一位载人卫星发射的见证者。潘仁瑾，优秀的女国防科技工作者，她用自己的英灵在另一个领域撑起了半边天。共和国的主席曾来戈壁看望过这些见证者。看照片那天正下着滂沱大雨，共和国主席在雨中语重心长地讲着什么，我不知道他究竟讲了什么……但其中一定包括这样一句：共和国元帅聂荣臻同志永远和你们在一起！

（原载《神剑》2001年）

边关（节选）

杨献平

仙境的勒布沟

与海拔4390米、寸草不生的错那县城不同，勒布沟海拔2600米，四周山上，都是如梦如幻的原始森林，丰润异常，时常的大雾衔山吞日，犹如奔袭的军团，来去无踪。司机小张说，这里的藏语名字叫“白隅基陌郡”，意思是隐藏的乐园。车子沿着山上的公路缓慢行走，窗外蜿蜒的大河浪涛飞溅，哗哗的响声犹如雷鸣。满坡的各类植物，葳蕤茂密。这一带有雪莲、冬虫夏草、水杨梅、灵芝、沉香，还有大象、豺、老虎、豹子、棕熊、犀牛、黑狐、猕猴等动物。

用清新、干净来形容这里的空气，显然词不达意，应是澄澈或者叫明澈，我们尽情呼吸，感觉到的，是一种灵魂的美妙与沉醉。转过一道山岭，面前是一道更为开阔的河谷，小张说，刚才的河叫克节朗河，这大的，叫娘姆江曲。河的两岸，都是雄阔壁立的高山，顶部白雪皑皑，千山戴孝，河水在充满了巨石的河谷中会急湍或静流。河谷的另一边，有一个村落，建在克节朗河一侧。

这里也是边防某团某营驻地所在，它坐落在一座长满绿树与花草的陡峭山坡之下，与周边的民房没有太大的区别。刚一下车，就见到了早在营门口等待的该营教导员邹才富，三十多岁，个子不算高，一口四川话，一问，果真是雅安芦山人。我说，2013年“4·20”芦山地震时，我随同军区机关和有关部队去参加过抗震抢险，到了龙门山一带。邹教导员说他老家就在那里。不过，前些年都搬到了县城里。

邹教导员说：“突然又地震了，动静还很大，这一下，老婆孩子、父母和岳父母，连做了手术还没出院的姐姐，只得都搬到了空地上，住在临时帐篷里。自己心里煎熬，老婆开始也不说什么。第三天早上，老婆打电话来，劈头盖脸就骂：‘我说老子找你这样的男人搞锤子啊搞！老婆孩子担惊受怕，有家不能回，有床不能睡。你瓜娃子倒在西藏享清福！’老婆这么一骂，自己的眼泪就唰地奔出来了……这时候，老婆却没话了，半天没吭声。我以为她挂掉了。正要看屏幕，却听老婆说：‘你个大男人，咋和女人们一个样儿？算了，不哭了，有个屁用，我也知道你回不来。我就是心里难受，骂你几句……再大的事儿都能扛过去，你不在家这么多年了，啥事儿不是你老婆我自己搞定的！’”

听了邹教导员的话，我也心有戚戚。这些年来，巴蜀之地，“5·12”地震之后，地壳运动似乎频繁了很多。“4·20”芦山地震的时候，我在成都，也感受到了大地摇晃、颤抖带给人的那种惊恐不安。本来温暖的春天，忽然间空气清冷，有一种冰水洗身的不祥之感。随部队去芦山现场，多数道路被巨石和泥石流阻挡，灾难所带给人的惊悚，我也是深有感触。

邹教导员还说，勒布沟有三个行政乡，这里是勒乡，还有麻玛乡和基巴乡。对面便是牛头山和太宗山，向后是拉则拉山。他们营下属有几个连队，就在对面的太宗山、牛头山和沙昌多果山上，另几个，也在这一片崎岖山地里。

看着对面那座无际的大山，心想，这样的地方，状貌自然美不胜收，全世界都少有如此美景与仙境，当然可称人间天堂，但对于长年累月在这里驻守的边防战士，却要忍受着巨大的寂寞，以及诸多猝不及防的凶险。邹教导员还说，那边山上，海拔3999米以下，是原始森林，里面的杜鹃花硕大无比，世上绝无仅有。海拔4000米以上的地方，寸草不生，常年大雪，俨然是另外一个世界。

我也知道，明天，我就该与司机小张一起，开车向上，去无名湖和旺东。此时，山南军分区的宋朝华科长等人已经在那里等我们了。但天色已晚，只有明天，等大雾消散，再开车上去。

为数不多的门巴族人家，全部集中在一起居住，不足百户，对面垂直向上的山上，植被丰茂，绿意葱茏，几乎看不到一块空白和荒芜的地方。可站在娘姆江曲一边，把头仰得再高，也看不到山腰，山顶更是遥不可及。整个勒布沟每时每刻都有大雾，乳白色的雾气一会儿从娘姆江曲拔地而起，一会儿从远处的河沟里奔腾而来。

趁着闲暇，和无名湖连队的列兵齐杨杨聊天。这个小伙子出生于1991年，籍贯河南开封，2012年入伍。前年冬天，新兵下连，被分到无名湖，先入炊事班。有一次，他们几个把新做的馒头放进锅里，到餐厅里聊天。正聊得高兴，班长忽然大喊，坏大事了！说着就甩开大步往操作间跑，他们几个也紧跟着去了，只见厨房内黑烟滚滚，像把整个房子都点着了一样。班长迅速提起一桶水，朝蒸笼上泼去。再掀开一看，原来白花花的馒头成了一堆黑球，靠锅边的那几个，还在呼呼燃烧。

全连的人都在等着吃饭，他们却把馒头烧成了黑渣子，还把连里唯一的一口大铁锅烧穿了一个洞。连长很生气，对他们说，烧坏馒头，没办法找你们算账，烧坏锅就相当于断了全连人的炊。你们几个自己解决！齐杨杨说，他当时很自责，私下找了几个老兵，问咋能买口锅，再带到山上来。老兵们都笑，拍着他肩膀说，兄弟啊，你真是一个好兄弟。

几天后，团里的一台车来了，专门给他们送了一口新锅。齐杨杨这才知道，连长当时那话，不过是吓唬他们罢了。我笑，齐杨杨则说，这多不好，浪费粮食，本来就是不好的事，更关键的是连队的给养都是战士们从营部背上去的。我啊了一声，睁大眼睛看着齐杨杨。齐杨杨说，你可能不知道，我们无名湖常年下大雪，要不就是起雾，雪大、雾大的时候，就连对面的人脸也看不清楚，给养很困难，要靠我们自己肩扛背背。你看现在都5月中旬了，雪还在没良心地下。我们连队所有吃的用的，都是从营部这里一点点地背到无名湖去的。

我问，哪里有路吗？

有，齐杨杨说，路直接从错那过去了，不经过这里。那个路，虽说也叫路，其实就是在山顶和悬崖上凿出来的羊肠小道，有些路段，车轮稍微偏上几个厘米，就连车带人全都掉下去了。别说人这么小，掉下去粉身碎骨啥都没了，就是车也找不到。现在这个时候，估计团里正在组织工兵连开路，因为，到这个月底就该他们上去轮换山上那帮弟兄们了。我也觉得诧异，勒布沟这里的树木都枝叶繁茂、百花争奇斗艳这么久了，怎么通往无名湖的道路还被大雪封着？

齐杨杨说，虽说我刚来两年，可西藏这地方就是神奇，这边吃西瓜，那边还结冰；这边都穿棉大衣了，那边穿衬衣还有点热。我们无名湖，和错那、山南比起来，那简直就是“第三世界”。

我笑说，你很会比喻啊！

齐杨杨腼腆地笑。

我又问他：路不通，吃的用的怎么办？

就往上背！下山背给养是常事。不仅无名湖，我们这里大多数的连队都是这样。背给养是每个干部战士的基本功。不背就没有吃的；别人背你不背，那叫白吃！大家都是战友、兄弟，要背一起背，要吃一起吃。连长、指导员和排长、班长他们，比我们背得还要多一点。

我倒吸一口凉气，从海拔 2600 米的地方，背着几十斤甚至上百斤重的米面、油、蔬菜及各种副食品，上到海拔 4390 米的无名湖，沿途都是陡坡、悬崖、积雪，甚至没有一处可供歇脚，空手攀爬都很困难，再加上一些东西，那该是怎样的一种苦累和艰险？

齐杨杨说，他也背过几次。我问他的感受，他说他还是一个新兵，背的次数少。那些老兵才多呢。这事儿最好问他们。我问他为什么。齐杨杨说，和那些老兵比起来，我就是一个小跟班儿的，背给养背得少，次数也少，不值得提。要让他们自己说，才更有意思。

我哦了一声。心里觉得，这小战士，还挺谦虚。

2013 年 10 月，齐杨杨转岗到无名湖观察哨工作。他们的哨所，设在连队背后的沙昌多果山上，距离连队有一千多米的样子，沿途有七个直上直下的大坡，还有三个高有十米的直立悬崖。2014 年冬天，还没到春节，储备的蔬菜和副食都没了。正要下去背给养，可夜里忽然又下了一场大雪，都到人膝盖上了，根本看不清哪里是小路，哪里是悬崖。第二天早上，又刮起了大风，硕大的雪花打得人睁不开眼睛。饭菜都没有了，实在没办法就只能化雪喝水了。正在他们发愁吃啥的时候，却见连长带着七八个老战士，背着鼓鼓囊囊的东西，一身白雪站在了他们的观察哨下面。

他们几个一看，眼泪顷刻流出。

天上的无名湖

夜晚的勒乡静谧得只剩下娘姆江曲和克节朗河的涛声，其中还有一种鸟鸣，沙哑、低沉，充满了某种玄秘意味。呼吸着海拔 2600 米的潮湿空气，似乎这里所有植物和动物的气息都进入了身体，那种安然与微微的甜意，使得我睡了一个前所未有的好觉。

早上起来，浓雾浸入营院，连院子中间的黄桷树都看不清楚。司机小张带着我在勒乡溜达了一圈，简陋的石头房子，稀稀拉拉的行人，有几条黄狗在满是泥泞的街上游晃。小张说，从这里再向上，有一个地方叫森木扎，有一挂形如飞练的瀑布，再旁边，就是莲花生大士当年修行的地方，一块大石头上，还留下来他一只脚印。我也想起盛名已久的仓央嘉措，昨天，我们路过麻玛乡时，也看到了仓央嘉措生前修行过的一座石头房屋，经幡飘飘，庄严肃穆而又诗意氤氲。

与在营部轮休的士官柴维誉聊天，他说他是重庆彭水人，这也是一个沉默寡言的小伙子，三十岁出头。我问他这些年来，在无名湖有哪些难忘的经历或者说体验。柴维誉很腼腆，双手交叉在腹部，低着头看自己的脚尖。我大致说了自己的参军经历，特别突出了当年在巴丹吉林沙漠军营的种种有趣往事。听着听着，柴维誉就笑了起来。

2009 年春天，他接到自己亲弟弟的电话。弟弟说他准备“八一”那天结婚。柴维誉当然很高兴。此前，弟弟在青岛认识了一个女孩，俩人很能说得来，不久就开始恋爱。做哥哥的，肯定要祝福弟弟，而且一定要到他们的婚礼现场去。

亲兄弟两个先后参军，这在西藏边关乃至全军极为常见。弟弟问柴维誉谈对象没？柴维誉说，你和人家好好谈，我还不着急。

其实，柴维誉先前谈过一个对象，也是重庆彭水的，但没多久，女孩子嫌弃他整年不在家，一起耍的机会少，就慢慢地淡了。到了一定年龄，男婚女嫁，是人之常情。

这年7月中旬的一天，弟弟再次来电话，说他准备“八一”结婚，希望哥哥能去青岛参加他们的婚礼。他们的爸妈也从重庆彭水过去。柴维誉当然很想去，可连队里的人手不够，他要请假，就得催着其他战友中断休假归队。弟弟说，咱都是当兵的，等可以请假的时候再来也不迟。一个月后，牛头山上又下了一场大雪，柴维誉请了假，背着包，和另外两位战友，沿着连队下面的小路，连摔带爬地走了四个多小时，到营部住了一晚，第二天从拉萨飞到了青岛。

虽然错过了弟弟的婚礼，但两人还是很激动。吃饭时，餐桌上凭空多了一个漂亮的女孩。柴维誉生性腼腆，又常年待在与世隔绝的无名湖，对于女人、恋爱、结婚等人生滋味，大抵都是梦中的事。那女孩一走，弟媳就问柴维誉，你看这女孩咋样？中意不？柴维誉红着脸不知道怎么样回答，支支吾吾半天，才对着墙面说，挺好的！弟媳笑着说，她叫张莉，是她的闺密，不仅是同学，家还在一个村。

第二天，弟媳安排他和张莉在一座公园见面。张莉觉得柴维誉挺好，可她父母觉得这个小伙子木讷、脸黑，少言寡语不说，说话还不怎么顺畅，不是很满意。弟媳得知后，去和张莉父母说，又搬了她和张莉几位关系不错的老师、亲戚帮忙说媒。好事多磨，父母看自己闺女愿意，就叹息一声，点头同意。

归队的时候，张莉想到他所在的部队看看，柴维誉很为难，但拗不过，只好带着张莉来部队。当两人从青岛返回勒乡时，这里又下了好几场大雪，除了娘姆江曲的大水还在热烈奔腾外，远近山峰和草木都被大雪严密封藏了。营长、教导员都劝张莉说，安全起见，你就在营部和柴维誉待一段时间，不要去无名湖了，高山大雪，爬上去很难不说，还很危险，万一再有高原反应，更不好说。

张莉却说，柴维誉能去的地方，俺也能去！营领导见这女孩子脾气挺犟，就派了三个经验丰富的战士，和柴维誉一起把张莉送上了无名湖。

从海拔2600米到4390米，先是一片原始森林，到沙昌多果山腰，再上无名湖，几乎要在悬崖峭壁上行走。

三个战友，一个柴维誉，沿着覆满积雪的陡峻山坡，连拉带拽地陪着张莉一步一步向上爬去。还没走到半山腰，张莉就累哭了，柴维誉只好把她背起来，弓着腰，一步一步向上爬，其难度可想而知。趴在柴维誉背上，张莉怎么也止不住自己的眼泪。其他战士轮换着背她。但还是高反严重，呕吐、晕眩。柴维誉说，咱们返回营部吧？张莉一边哭一边摇头说，就是死，也要去看看你们的那个无名湖。

望着一座覆满积雪的悬崖，柴维誉说，再坚持一下，从那里上去，就到了无名湖。张莉又哭着说，这咋能上去？柴维誉说，我们经常从这里上下，那里常年有一根粗绳子。虽然很危险，但抓好就没事儿。越过最后一道险路，刚到平地，张莉就听到一阵极其响亮的吼声：嫂子，无名湖全体官兵欢迎你！张莉一看，只见二十多名官兵列队整齐，一起向她敬礼。张莉从没见过这样的阵仗，还没来得及细想，就晕了过去。

无名湖官兵跑过来，把因高原反应晕过去的张莉放在一张军被上，包紧、包好之后，一起抬了起来。等张莉再次醒来，已是次日下午时分了。柴维誉一直守在她的床边。张开眼睛，看到身边的柴维誉，张莉惨白的脸上露出一抹笑意，对柴维誉说，俺这是在天上吗？

大雾的旺东

车子突然停下，前面是一座不高的山崖，四周山坡上，纷披着洋槐树、松树和羊蹄甲树。我不明其意。小张径自下车，往前面走去。我也下车，跟在他后面。到悬崖根部，看到一座简易小庙，正中端放着一尊石头雕塑，还有军帽和领章。小张拿着一小瓶白酒，洒在上面，又点了两根烟，插在一片浮土上。我似乎明白了什么，也现学照做。再上车，再启动，路过那座小庙时，小张按响喇叭，嘀嘀的声音，在绿色荡漾的小山沟里回荡。

小张说，咱们走的这条路，也是边防战士修的。当时，一位连长被石头砸中当场牺牲了。从此，不管是谁开车上山，路过这里，都要用酒水和香烟祭奠一下。同时也告诉老连长，我们上山了，保佑我们平安。听小张说到这里，我已经泪如雨下，觉得一阵阵心疼。

车子继续盘旋向上，有的地方被雨水冲得沟壑纵横，有的地方则堆着泥石流和滚石。

到半山腰的时候，大雾突然没了踪影，日光兜头。路边的森林边缘，都是巨大的杜鹃花树，或白或粉的杜鹃花犹如成人拳头，一朵朵，一树树，在草木繁杂的森林中，带着满身的洁白露水，于寂静处微微摇动，使得幽秘的原始森林里，有了一种香艳的气息。

山坡上长满松树，有些干枯了，但仍旧屹立不倒。透过干枯的松林，我远远看到了位于半山腰的营房。小张说，那是旺东，最上面的那个就是无名湖。正在这时候，后车轮忽然滑了一下，好像地震。我一看，左边靠山的是一面石头悬崖，右边则是更大的一面悬崖，我从副驾驶车窗探头朝下看，光滑的大石头之下，更是看不见底的深谷。

我一身汗，头皮发麻。小张说，刚才忘了打加力。到前面停车，才发现，刚才车轮打滑的地方，是一个烂泥塘，里面浸满了腐烂的落叶。

该连连长名叫贾国良，山东济宁人。

下午，我和贾国良出了连队，沿着晾衣的玻璃房朝右边的山岭上走。此时，大雾还没升起，落日在对面积雪的太宗山上。斜坡上长着很多的格桑花，一朵朵，在满坡丰密的青草和荆棘丛中，鲜艳而挺拔。对面岭上，倾斜而下的大河涛声如雷。贾国良说，那水是从无名湖倾泻而下的。我看着那一条犹如白练的大水，感到了一种视死如归的决绝与雄壮。

贾国良说他 2002 年入伍，直接考的军校。听着他和我差不多的北方话，感到亲切。贾国良说:“我们旺东地方潮湿，时常裹着湿被子睡觉。今天还是好的，还出了一会儿太阳，平常时候，大雾比大雨还要经常，没有冬夏之分，一天能被太阳晒上三个小时就算得上是好天气了。你看院子里有那么多晾衣棚，那是团里面给我们的特殊福利。太阳一出来，就赶紧把被子衣服鞋子拿出来晒。晾晒衣服不是随便搭在空地上就行，必须得是带顶棚、三边围上的晾衣棚才行。”

贾连长说，他先前在云南某部服役，2003 年到旺东。他个人印象最为深刻的，也是背给养。他说：“那时候，几乎每天都要下山背给养，早上七点钟就起床，吃东西，八点钟准时出发，除了值班的，能动的人都要去。早上下山，大雾还没散，草叶、树枝、石头上都是露珠和积水，山路也滑；每一次都是连摔带撞的，往往衣服前面湿得滴水，后面却还是干的；回到营部，各人先把要往连队背的东西打好包，拴好背带。吃过午饭后开始返回。每个人负重六十到一百斤，爬高坡、过悬崖不说，遇到冬天下雪，夏日暴雨，打滑摔跤倒是小事，说不定还要遇上山洪和泥石流。往往，每背一次给养，还没回到连队，汗出得都把衣服沤出了怪兮兮的馊味。”

贾国良说，在旺东这地方，冬天冷得人连骨头缝儿都打哆嗦，会不可避免地患上严重的关节炎。不仅是他贾国良，在勒布沟和西藏其他地方当兵的，又有哪一个不是关节炎，又有哪一个不是“心有恙”？

我一惊，问他“心有恙”怎么说？贾国良说，他在边防某团某连当排长的时候，经人介绍，认识了一个女孩子，她老家在安徽。俩人电话短信地聊了一年，觉得很开心。次年8月，贾国良出差，约那位女孩见面，可他很心虚，因为在西藏当兵，风吹日晒，再加上雨雪冰雹，除了一口牙齿是白的，其他地方就好像生锈的青铁，粗得扎手。为了让那位女孩子对自己满意，约好在咖啡馆见面之前，贾国良冲了两个小时的澡，又用专门买来的牛奶磨砂洗面奶搓了十几次脸，连脖子都不放过。

忐忑不安地和那个女孩子见了面，可令他意想不到的是，那女孩子不虚荣，也不在乎外表，在乎的是心好不好，人行不行。贾国良当然大喜过望。他说，在西藏待久了，内地的生活、思想观念和做事方式对他来说完全是另一个世界，弄不通，搞不明白。看电视上的女人都喜欢能装会做的小白脸、富家公子，还以为每一个女孩子都那样，没想到，他遇到了一个传说中的白雪公主。

她叫訾美绮，是一位医生。两人情深意笃，有一天，訾美绮带着贾国良去见自己的父母。訾美绮的父母对这个在西藏边关当兵的小伙子有点看不上，也觉得他们俩在一起不合适。他们老两口跟前就这么一个女儿，想就近找一个女婿，等再老一点，相互间有个照应。可女儿猛然间把他们的计划粉碎了，就有点不高兴。

贾国良殷切地对两位老人说，伯父、伯母，人有孝心的话，不论远近，再说了，当兵当到啥时候也得回来。况且，俺山东距离这里又不远……要不这样吧，买房子就买在安徽合肥或者訾美绮现在工作的成都，从此往后，只要有我贾国良吃的，绝对不会让您老两口饿着；有我贾国良穿的背心，就有您老两口穿的棉袄。听了他的表白，老人颇为感动；但又对自己的闺女询问了好长时间，看两个人确实相互喜欢，又见贾国良是一个实在人，心眼好，就再也没说什么。

2014 年春天，贾国良和訾美绮喜结连理。

我说这样的事儿挺好，一个在成都，一个在西藏，这样军地组合的夫妻在成都军区的部队当中恐怕不下几千对，你们也是其中一对儿。

傍晚，大雾再起，从承载着娘姆江曲的大峡谷中，幽灵一般，沿着深不可测的河谷攀缘向上，彻底遮蔽了勒布沟的一切。整个勒布沟，也变得虚浮而又缥缈。

烈士高明诚

我和山南军分区宣传干事宋朝华还有司机小张等人步行到旺东和沙昌多果山峡谷交汇处，本来想沿着那条灌木掩映、形如钢板的小道爬到无名湖。可到了跟前，我却不知道怎么上去。陡坡倒没事，主要是悬崖下面还有一块形如刀片的巨大长石，直上直下，足有五十米高。左侧还有一个十多米高的悬崖，下面是巨石和灌木丛。

因为刚下过雨，坡面光滑如镜，巨石上还长着厚厚一层苔藓。

我再向上，是一大片寸草不生、山石林立的黑色陡坡。那就是沙昌多果山，1986 年，高明诚团长就是在那里牺牲的。宋朝华语气沉痛地说。

高明诚是甘肃省古浪县人，生于 1947 年。这个年份，令我就想起了自己的父亲。我父亲生于 1946 年，比高团长年长一岁。

宋朝华说，高团长是 1968 年兵。1986 年 5 月下旬，他带队巡逻“麦克马洪线”，一连跋涉了十多天。6 月 29 日，他再次带四人小分队勘测公路，途经多个无人区和海拔 4500 米以上的大雪山，7 月 3 号傍晚，他们走到了这沙昌多果山，天气突变，先是大雨、冰雹，后来下起了大雪。高明诚感冒了，还发烧。几个战士用手捧雪，垒起了一个雪墙围子，把高明诚簇拥在中间。

不知过了多久，高明诚迷迷糊糊地问身边的杨树义：“啥时候了？”

“凌晨3点！”杨树义看着表说。

高明诚说：“能不能把雪墙再垒高一点啊，我觉得很冷、很冷。”

杨树义等几个战士再次捧着雪，把雪墙加高。尽管如此，大风猛烈。凌晨四点多，雪又下得更大了，继而是冰雹。杨树义抱着身体发烫的高明诚。小声对他说：“没事的，天一亮咱们就找路下山了。”

高明诚叹息一声，说：“小杨，我恐怕要死在这里了。”

杨树义抱着高明诚大声说：“团长，别瞎说，我们一定会回去的。”

说着，杨树义就哇哇地哭了起来。

高明诚早在当团参谋长时，就走遍了山南边关的每一座沟壑山谷，巡逻边境，勘察建连地址，或是执行其他任务，常常在深山野地、雪峰沟壑中穿行十几二十天，从没有遇到过这样的情况。开始大家都以为几天时间就回来了，路上也不会有战友感冒，毕竟都是久经考验的钢筋铁骨了，就没带药品。那时候的无线电通信距离很短，根本不起作用。在这海拔4500多米的沙昌多果山上，除了自己，谁也联系不到。

早上六点多，风雪停止了。但寒冷更加浓烈和刺骨。杨树义刚松了一口气，感觉情况正在好转，生还的希望晨曦一样即将升起。可没想到，刚平静了不到几十分钟的天空又雷电交加，雷声就像贴着头皮炸响一样，闪电在雪峰和荒山上面不断闪击，森林里似乎有大树被劈开，闪着耀眼的火光。高明诚躺在杨树义怀里，开始迷糊，早上六点多，高明诚忽然来了精神，又和杨树义有一搭没一搭地聊起天来。高明诚说：“小杨，你说地球上有多少人，天上就有多少颗星，你告诉我，天上的星星当中有咱俩吗？”

“当然有，而且，那颗最亮的肯定就是你。挨着你的那颗，就是我们的彩玲姐，高明诚的妻子。”

那一次，和高明诚、杨树义等人一起参加任务的，还有张参谋和张连长。

高明诚说他饿了。可他们带的给养已经吃完了，前几天就开始用树皮、野菜和雪水糊弄肚子了。杨树义、张参谋和张连长也都饿，可这沙昌多果山上，别说野果了，连一根草也没有。

高明诚可能也意识到了某一种不可避免的厄运或者说大限来临，于是多次对张参谋和张连长说，你们两个立刻返回营部，找人来救援。两个干部你看我、我看你，然后一齐对高明诚大声说："团长，这不行，要生一起生，要死一起死。"

"这是命令！"高明诚大声喊，眼睛也睁得好大。

催促几次，张参谋和张连长才哭着离开了，只剩下他和杨树义。次日早晨八点四十五分，高明诚团长耗尽最后一丝力气，永远地闭上了眼睛。

"是高团长第一个在我们连队那儿点起篝火，升起第一缕炊烟的。"与我们同行的一个上士说。

我泪眼婆娑，久久地仰望着高明诚团长牺牲的地方。宋朝华干事说：牺牲之前，高团长就多次领受任务，带领部队全天候侦察。有一次，上级指示，务必以"稳、快、准"摸清和掌握"麦克马洪线"一带的情况。高团长以实地勘察的方式，记录了这一地带所有的地物地貌、山脉、溪谷及河流走向，并拍摄了现场照片。

高明诚牺牲时，年仅三十九岁。

我久久凝视着沙昌多果山寸草不生的高处，脑海里浮现的，都是高明诚团长牺牲前后的那些悲伤与决绝的情景。

（原载《人民文学》2021 年第 1 期）

四十三年谱诗篇

安　勇

2018年年底，我去沈阳看望父母，父亲郑重其事地把他的回忆录交给了我。回忆录名为《普通人的一生》，完成于2008年3月，十几万字，用仿宋体工整地抄写在两个大笔记本上。为什么相隔十年才给我，我至今不得而知。在阅读父亲的回忆录之前，关于他的人生我并不十分了解，只大概知道他很小就跟随在鞍钢当工人的爷爷离开农村到鞍山。1964年秋天，在鞍山十九中读完初中后，又主动要求下乡务农。先是到海城，后回到我们新民老家，结婚生子，入党，当村支书，在农村待了一辈子。

对父亲曾经做出的很多决定，我一直有些疑惑不解。当年，父亲不惜和家人断绝关系去农村时，上山下乡运动还没有全面展开，直到四年后的1968年，大批知识青年才开始涌入农村。1964年，鞍山市下乡的初高中生只有二十二人，而父亲是唯一的初中生。父亲要求从海城转到新民乡下时，别人已经开始用各种方法争取回城。知识青年成千上万，真正像父亲这样扎根农村一辈子的少之又少。我曾经暗自认为，正是他的固执，让自己当了一辈子农民，也让我和哥哥刚一出生就成了没有故乡的人。我们不属于城市，也不属于农村，始终没有归属感。

阅读完父亲的回忆录后，我才了解了父亲的心路历程。

1953年秋天，爷爷把一家人从农村带出来时，父亲还是个七岁的孩子。

因为鞍钢暂时没有住处，奶奶带着父亲和二叔住进了在辽阳租的一处破旧土草房里。房子临近火车站，满怀好奇之心的父亲，每天都出去探险。就是在某次探险之旅中，父亲走进了离住处不远的一家医院。当时，医院里住着一些从抗美援朝战场上负伤回来的志愿军战士。他们给父亲讲在战场上打仗的故事，听说父亲马上就要上学读书，还送给他钢笔，叮嘱他好好学习。追本溯源，我觉得正是当年和志愿军战士接触，让父亲第一次懂得了国家和英雄的含义。他在回忆录中写道："在我幼小的心灵中，在我人生的精神王国里，一种崇高的意念在升华，那就是正义和不畏强暴。"此后，这种品质就成了他一生不变的精神底色，也为他十年后重回农村埋下了伏笔。

几年后，父亲成了鞍山曙光小学的学生，二年级时，他如愿加入了少先队，戴上了鲜艳的红领巾。他在国旗和毛主席画像前庄严宣誓："我一定要好好学习，做一名革命的接班人，为共产主义事业贡献力量。"那时，父亲并不知道共产主义的确切含义，但在他少年的心灵中已经认定了那是一个非常美好的未来。完全可以想象得到，从那时起，父亲一定就已经把加入中国共产党当成了一个崇高的目标。

鞍钢中板厂和父亲就读的学校相隔不远，学校经常组织少先队员去工厂参观慰问。工厂也派来一名姓尚的老党员到学校当校长。尚校长担任过工会主席，文化程度不高，小时给地主放牛放羊，衣食无着，以致满身是病。但他强忍病痛，每天早早来到学校，全心全意工作，关心着老师和学生。父亲在回忆录中写道："他是我平生中第一个最好的老师。有一天，他送给我一本书，红色的封面，一个英姿勃勃的少年手持红缨枪站在那里，秀丽的字体写着《从小跟着共产党》。"父亲一口气读完了这本书，被书里讲述的故事深深打动了。正是尚校长和这本书，把"听党的话，跟着共产党干革命"的思想深深植根在父亲少年的头脑里，并且成为他终生追求的目标。

1961 年夏天，父亲小学毕业，考入了鞍山第十九中学，成了一名初中生。不久，他加入共青团，担任了学生会干部。思想上更加进步，也更加严格要求自己。他把零花钱积攒起来，自己订了一份《中国青年报》，如饥似渴地阅读报上的文章。1964 年 2 月，《中国青年报》刊登了《董加耕》一文。董加耕是江苏盐城人，1961 年 5 月高中毕业时，放弃考大学的机会，回到家乡，与父老乡亲改天换地，贡献自己的青春。这篇文章对父亲产生了强烈的震撼，也最终改变了他的人生走向。他在回忆录中写道："一种诱惑，一种到工农群众中去的强大吸引力，一种听党的话，到最艰苦的地方去的革命意念完全笼罩了十七岁的我。初中就要毕业了，毕业后干什么呢？"

父亲是品学兼优的学生，不论是继续读书还是进厂当工人，都会有光明的前途，而下乡务农则意味着走回头路。朋友、家人包括教他的老师都不赞同，远在甘肃酒泉的爷爷写信说，如果他下乡，就断绝父子关系。我觉得当年父亲站在人生的十字路口上，面对第一次重大抉择时，其实并没有过多犹豫，而是很快就做出了下乡的决定。他毅然决然地递交了申请书，一心想着要实现自己的理想。从双脚踏上农村土地的那一刻起，就立志要按党号召的那样，扎根农村一辈子，用自己的知识改变农村贫困落后的面貌。多年后，当父亲回忆自己的人生时，这样写道："1964 年我上山下乡，失去了很多东西……可是我的思想得到了一次前所未有的净化。让我把名利看得那么轻，乃至在以后的漫长人生中，我都不把名利放在心里。"

父亲原本打算到老家新民务农，但因为跨地区，政策不允许，他最初下乡的地方是海城县析木城公社龙凤峪大队。父亲和其他七名知青一起住进青年点，白天上工，修梯田，摘苹果，干各种农活，晚上办夜校，用自编的课本，在生产队的饲养棚里教农民识字学文化。一年后，父亲做出了他人生中的又一个重要决定，要回到自己的家乡新民。他在回忆录里写道："1965 年 4 月 12 日，我从《辽宁日报》上看到了我的老家为治碱排涝战天斗地的报道，再一次萌发了回家乡的想法。当时，鞍山市正积极为前几届下乡的知识青年办回城，我们六四届下乡的知识青年也有了回城的消息。当我到海城市知青办去办调转手续时，工作人员告诉我，我们这一批知青很快就能回鞍山，要我慎重考虑。我下决心扎根农村，毅然办了手续。"

1965 年 11 月，父亲回到了他出生的地方。他在生产队当社员，到小学做老师，担任团支部书记。1968 年 1 月，父亲和母亲组成了家庭，此后的几年里，哥哥和我先后出生。1972 年 4 月 15 日，父亲终于加入了中国共产党。1974 年 12 月，为了把工作搞上去，上级破格提拔父亲担任了白庙子大队党支部书记。父亲上任时，全公社一共一百零六个小队，倒数后三位的三个小队都在白庙子大队。父亲和工作组的同志"依靠党员干部，发动广大群众……保证党的领导。大胆使用两杂种子，以优质农家肥、黑土和磷酸二铵为基础改良土壤……”逐渐治理好了盐碱地，终于改变了家乡的贫困面貌，实现了理想。

父亲担任了十三年大队书记后，上级安排他到镇兽医站任书记兼站长，一直干到退休，才到沈阳居住。算起来，从十七岁下乡，到六十岁退休，他在农村整整待了四十三年。用父亲的话说，他是一个地地道道的农民。阅读他的回忆录时，我看到的则是数不清的付出和始终如一的坚持，不管条件如何艰苦，父亲都从未忘记自己心中的信念和理想。父亲没有干过什么惊天动地的大事，他的一生平凡又普通。当初离开城市决定下乡时，他豪情万丈地为自己设想了两种未来，如果不能成为政治家，就当一名作家。一个普通的大队书记自然算不上政治家，但我觉得父亲已经成了一名作家，他用自己四十三年的人生，谱写了平凡却又辉煌的诗篇，诠释了理想和信仰的确切含义。

2006年退休后，父亲就开始撰写回忆录，我无法想象回顾半个多世纪的往事时，他究竟怀着怎样的心情，是兴奋、幸福、激动、满足，还是多少有些惋惜？但很显然，父亲从未对自己的人生感到过悔恨。阅读父亲的回忆录，让我真正走进了他的人生，对他和他同代人以及他们生活的那个时代，有了一次真实的回望和了解。我看到了一个普通共产党员的成长历程，看到了信仰的力量，看到了理想主义、浪漫主义和英雄主义闪耀的迷人光芒。这是我的幸运。

父亲对自己的人生所做的总结是：小人物，大理想。从回忆录的开头到结尾，我都感受到浓烈的浪漫主义情怀和饱满的理想主义精神。我觉得，那是属于父亲那个时代的特征，父亲所记录的不仅是自己的人生轨迹，也是和他同时代的普通青年、党员的共同心路历程。

他们付出过、奋斗过，为自己的激情和理想燃烧过，他们真实地活过。回顾自己的人生时，或许他们也会说出和父亲写在回忆录扉页上相同的话：

“我最信仰的是马克思列宁主义；我最热爱的人是毛泽东；我最敬佩的是为人类革命和自然科学作出卓越贡献的楷模们；我最满意的是自己普通人的一生！”

（选自《百年颂》，春风文艺出版社2021年版）

鹞子河边的女人们

吴 媛

辛庄村隶属保定市阜平县王林口镇，大沙河支流鹞子河绕村而过。山美，水美。

1.贾喜芳

第一次到驻村扶贫点的时候，夜已经深了。下午的动员会在阜平县郝国赤书记既慷慨又深情的讲话中不断延展，一直到山坳里几乎见不到太阳存在的痕迹时才告结束。来接我们的辛庄村支部书记赵东升开着借来的普桑在黑黢黢的树影间急速穿梭、上下翻飞，似乎每一次转弯都已经到了世界的尽头。我不断安慰自己，没关系，他一定是因为路熟才敢这么开的。大队部灯火通明，接到消息的村干部都等在这里。然后我发现了最令人尴尬的问题——村里显然没想到工作队里会有我，一个女人——他们准备的三张床被放置在一间屋子里。村委会的很多房屋已经被引进来扶贫的一家箱包厂占用了，我的出现成了他们最大的难题。所以，那天晚上，简单的寒暄之后，如何安置我成了最主要的话题。

那时候，我第一次注意到贾喜芳。

她是村委会成员里唯一的女干部，也是年纪最大的一个。后来我才知道，她还是辛庄村干部里的“几朝元老”。那天晚上，面对不断嘬牙花的赵书记，她轻描淡写地说：“女的怎么了，上我们家去，那怕什么？要不就上屋后边老白家住去，他儿子、媳妇在城里不回来，正好是新房。”下乡之前，我想到过农村工作的烦琐，想到过扶贫攻坚的艰难，想到过离开家庭的不舍，可怎么也没有想过在我到辛庄村的第一天，就不得不刷新关于自我的认知。在工作队员、科级干部或者编辑、作家等社会角色掩护下“张牙舞爪”多年的我，居然瞬间被打回最原始的身份——女人。我分明在赵书记和一干村干部的眼里清晰地读到了两个字——麻烦。于是，我只能做温柔贤淑状，不断歉意地表示：“不好意思，添麻烦了。”所以，当贾喜芳第一个贤我说话，并提出可行性建议的时候，我是真心激动并感激的。最终，我的下乡日期比另两位同事晚了十几天，村里趁这段时间在院子一侧盖起了一溜五间彩钢棚，我住了其中一间，箱包厂的老板和家属占了另外几间。安定下来后，本能地，我想亲近贾喜芳。

乡里布置下来的扶贫项目、各种政策、各项要求，我们都要不断地跟村干部沟通协商，没有他们，工作队几乎寸步难行。每次开会，最无奈的是赵书记，乡里一切要求都冲着他说话，他偏偏又是个最讲实际的人，不得不对着一堆表格数据发愁；最爱反问的是牛俊旗，他总在问：报这些是要做什么？为什么要写在这里？最认真的是赵永强，作为村里的会计，他对村里的人数、户数、贫困人口、人均收入、扶贫政策等了如指掌，赵书记不知道的他都知道，他不知道的那就谁也不知道了；最省心的是周金明，他一贯是乐乐呵呵，让干什么干什么，偶尔提提问题，别人不回答他也不恼，照旧笑呵呵该干啥干啥；贾喜芳开会从不缺席，她话不多，但凡说话，常常是一句顶句。

村里要搞山地开发，把只能种枣树的山坡地转让给企业做生态农业，每亩地农民都可以拿到远高于原收入的补偿款。这是县里的统一安排，有符合条件坡地的村基本上都进驻了企业。辛庄村这样的坡地不少，村干部都觉得是好事。但是具体到每个村民头上，大家却认识不一。为了动员村民，村里先组织村干部和积极分子开会，工作队负责给他们讲解政策，再由他们去向村民宣传解说。在确定积极分子人选时，大家意见不一，提的人我几乎都不认识，但听起来无非是谁家的表叔家的小谁，大抵不出几个村干部沾亲带故的人，赵书记一直哼哼哈哈无可无不可。贾喜芳说话间也提了几个人，赵书记一下来了精神：“对对，让她们去，这几个女的又能说，又有空，让她们都去，你再找几个，看谁在家，都去。”显然，大男子主义如赵书记者也分外看重这场宣传运动中女性的力量。贾喜芳得了重视，满是皱纹的脸上也掩不住几分兴奋和得意。

贾喜芳她们都是要跟着去山坡现场丈量土地的，阜平人所谓“拍地”。我很好奇，也想亲眼看看阜平如何向大山要土地，看看这改天换地的壮举。可惜我提出来的时候，赵书记只眯缝着眼睛看了看我，说，你上不去。贾喜芳跟我解释，山上有蒺藜、枣树杈子，你肯定走不惯。不让去就不去，谁稀罕。只是在几天后，周金明瞪着一只被枣树杈打肿了的眼睛来大队部时，我才明白，我可能真的走不上去。

入户时我最喜欢跟着贾喜芳。别的村干部有时也要面对村民的各种质问，但是我从来没有见过有人质问贾喜芳什么。她跟村民们尤其是那些经常在家的女主人们说话就像对着自己的子侄辈，理直气壮理所当然。如果没见识过这些嫂子姐姐的彪悍，你就不会了解这里存在着多大的想象空间。尤其是当乡里、县里或者工作队带着慰问品来却又不够每户一份的时候，领着入户的村干部就会承受被无数双曾经熟悉然而此刻突然陌生起来的眼睛射杀的惨痛经历。在村里，贫困户是建档的，但慰问者往往会多准备一些，这时候，给谁不给谁就成了村干部和工作队的难题。贾喜芳自己说，他们队（虽然生产队早就不复存在，但村里布置工作很多时候还是按“队”安排）没事。除了几户众所周知因病致贫生活艰难的贫困户外，贾喜芳一律按照户主的年龄和身体状况安排慰问。这简单而明晰的标准为她在五队赢得了绝对的权威和拥护。她布置下去的工作总能很快完成，而她也从来没有忘记过为妇女姐妹们争取村里的关注和各项工程、活动中的地位和利益。

看着她，总让我不由自主地想起那些文艺作品中的女干部，那些曾经在我们民族叙事中被反复皴染，“能顶半边天”的干练、精明，甚至有点强势的女人。尽管眼前这个小老太太识字不多、衣着不太整洁、说话不太清楚，但她没有一次把自己家的猪啊、鸡啊的事放在集体前面，没有一次推辞过男干部也要硬着头皮上的“拍地”之类的苦活儿。她就那么自然而然地站在这个贫困村三百多户村民前边，自然而然承担着时代加诸在这个普普通通村庄的各种可预期或不可预期的善意与质疑，自然而然地为她的乡亲姐妹争取所有可能的权益。她的坦荡常常会让我为自己曾有过的关于扶贫的各种困惑和疑问羞愧，坐而论道容易让人忽略实践的艰难和复杂。

2. 大芳子

我始终相信“必也正乎名”的重要，但是在辛庄，我实在记不住这许多相似又绝不相同的名字和许多相似又绝不相同的面孔，尤其是当我并不总是能听懂她们在说什么的时候。阜平人把“行”说成“沾”，把“不行”说成“不丁”，在以语言为主要沟通媒介的世界上寻找认同并不容易，我只能在言说的谬误里艰难地辨认着她们。大芳子本名我实在记不住了，但这个别称却被村干部一再强化从而在我记忆里扎下根来。她是我在辛庄接触最多的一个青年女性。她家就在村委会下方右侧第一个院子，丈夫跑长途运输，经常不在家，她和嫂子一家住在一个院里。刚驻村那几天，厨房的家伙没有置备齐全，村里帮着我们找到她家先搭几天伙。头一次吃饭，她做了阜平人过年时才会做的烩菜，腊肉、自家炸的豆腐，还有当地的土豆、干豆角炖在一起，新白面烙了几张面饼，熬了一大锅棒子面粥。就着那菜和粥我居然吃下了半张饼。

她应该是很愿意我们一直在她家吃饭的，这不仅会为她带来一笔固定收入，自然也会拉近我们与她和她的家庭之间的关系。可惜我们并非什么财大气粗的单位，仔细算过这一年的经费之后，组长决定，还是自己做饭吃吧。后来有时倒垃圾或者饭后遛弯碰上，大芳子总会有意无意地提提，吃了啊，自己做饭多麻烦啊！虽然没有成为她家的食客，但公平地说，在整个辛庄村，大芳子的利落整洁是毋庸置疑的。

阜平女人其实并非那种瘦小枯干的形象。所谓“深山出俊鸟”，在保定，主要指的就是阜平。我所见到的一些当地女性，大多眉目舒展，身材俊美，英气逼人。大芳子在村里恐怕算不得美人，但眉目间自有一股温顺安静的气质，同样是阜平话，别人说起来如机枪干脆爽利咄咄逼人，她说出来却是绵软厚实，不急不躁。

村里整理贫困户档案，全靠工作队，实在忙不过来，赵书记找了几个人来帮忙，其中就有大芳子。我才知道她的字也是好的。同样的要求，她理解得快，填写得清楚明白，再加上她本身就熟悉村里的情况，经常比我填得还完善。闲时聊天才知道，她竟然比我还小两岁，枉我一直姐长姐短地叫。她比我还小。在我仍然为着时光的流逝愤愤不平，拼命想抓住青春的尾巴，偶尔也忍不住卖一下萌装一下嫩的时候，她只是沉默地惦记着一家人的生活。丈夫不在家，老人、孩子，圈里的猪、外头的鸡都是她的事，空闲时还要想着揽些零活贴补家用。我每次在院外见她，她不是手里端着猪食，就是拎着一袋子一袋子的土豆白菜。她有一头好头发，只粗粗用辫套绑在脑后，半新不旧的衣服长年累月穿着，鲜艳的也有，却因为不方便干活儿被长期闲置在衣柜里。

扶贫带来的变化，更多体现在男人和孩子身上。土地流转出去，男人们基本上都不在土里刨食，有了工作和每月收入的他们越来越衣着光鲜，说话也越来越硬气。孩子们在义务教育阶段是不用缴费的，高中大学都可以申请各种助学补助，除了个人不愿意上，辛庄村基本没有中途辍学的孩子。在学校里学会了知识，开阔了眼界的孩子们有了充足的资本嘲笑他们母亲的无知和狭隘。大芳子就总是骄傲地笑着说，孩子的问题她都不会。说这话时她是满足的。但我不知道，面对生活，面对五光十色的社会资讯，种种娱乐消费的思潮，她也是满足而平静的吗？山里的女人，贫困村的女人，在日常生活中悄悄老去的女人，她和她们的青春俊俏到底曾经留下过什么，又即将留下什么？

我驻村扶贫是2016年的事，2018年初夏再去，村里热情地带我们去新开的一家农家乐吃午饭，当然饭钱是我们自己出。点菜的小姑娘有些说不清楚，只好把老板娘请出来，未料出来的竟是大芳子。我的兴奋溢于言表，她也笑，却更急着干活儿。她忙记下我们的要求，快速转身进了后厨。结账时再见她，比先时胖了，脸上有了光彩，不再一径低眉顺目，倒常常仰起头，利索地算账，收钱，跟客人寒暄。赵书记说她男人现在不常出车了，开了这家农家乐，屋前是鱼塘，可以钓鱼，房后还有菜园。点菜的是大芳子她侄女……

我为她高兴。我的同龄人。她的生活原本就不应该灰暗，更何况是这样一个七彩的时代。

3. 箱包厂的女人们

以经济发达地区带动落后地区，引导先富起来的人们反哺社会，是社会主义制度的优势之一。具体到辛庄，具体到我的眼皮底下，就是这家从白沟来的箱包加工厂。这是个比较典型的小型家族企业，老板夫妇，老板的姐姐姐夫、妹妹妹夫构成了这个企业的主要管理层和核心技术人员。当然他们在白沟的厂子可能规模更大，因为辛庄只负责来料加工，至于货源、销售等市场化运作的部分，全留在了市场发育成熟的白沟。为了留住这家企业，村里把原来的戏台用彩钢板封起来，做成一个很大的厂房，又把戏台两侧的耳房给他们做卧室和库房。我住的彩钢棚建好后又分给他们两间做厨房和客房。厂房很高大，很空旷，里边密密麻麻整整齐齐摆放了几十台缝纫机。

在村里、乡里的大力支持下，箱包厂很快招满了五十多名女学徒工。这些因为家庭拖累不能外出打工的女人，可以在家门口上班并且挣到比丈夫少不了多少的钱。她们开开心心叽叽喳喳地上班来了。三个月的学徒期女工们每月大概能拿到一千到两千的薪水。她们早晨上班早，一般七点多人就齐了，我如果不早早起床收拾，就会面临要在众目睽睽之下洗脸刷牙的尴尬。

不过很快女人们就找到了出勤中的“漏儿”。她们到得不晚，走得也不早，但是中途一些人会不断借着上厕所、喝水的由头出来，而这一出来固然有真来解决问题然后迅速返回的，却也有如鸟投林一去不复返的。厂子就在家门口，回家看看鸡，喂喂猪，扫扫院子，再来时，也差不多到了中午吃饭的时间，半天的工也就过去了。厂里是把这些女工们分了组的，每组几个人，有人对缝，有人砸线，有人翻包，总之一个成品包需要几个人流水合作才能完成。有了这样的“聪明”人和这样“聪明”的办法，其学习质量可想而知，做出来的包返工率极高，厂子的管理者和其他同班女工就渐渐有了不满。

我时常见那个妹夫站在院里一边干活儿，一边兼做监工，嚷那些又出来上厕所的女工：“快点，懒驴上磨！”女工们是不怕他的。村里这些见过世面的媳妇婶子们倒很乐意跟这个男人开些无伤大雅的玩笑，说他偏心谁了，喜欢谁了，给谁的活儿好，给谁的活儿歹。说得男人红了脸，不敢跟她们搭话，她们就哄笑着走出院门。

三个月学徒期将尽，老板要求她们把分组固定下来，以后计件取酬。大锅饭没有了，女人之间的矛盾加剧了。动作快又认真的几个人想强强联合；问题是那些动作不快又时常溜号的人没人愿意要，就开始各种磨牙挑事；更麻烦的是由于知识水平有限，大多数女工的技术并不很过关。

计件之后，我的窗户前渐渐人声寥落了。有些女工在某一次上厕所之后一去不回，再也不来上班了；有些说要请几天假，过几天又请几天假，也就成了三天打鱼两天晒网的模式。厂家很着急，也很委屈。村里也为他们着急上火，好好一个扶贫项目，参观学习的人来过几拨，怎么也不能黄了啊。赵书记主持，工作队参与，把厂家和女工代表叫到一起沟通协商。女人本来语速就快，一旦起了急，上一个字得有一半被下一个字吃掉了。艰难的沟通中，公说公有理婆说婆有理。赵书记一边和我们工作组组长两头劝说，一边一根接一根地抽烟。

厂子里的机器声终于由寥落渐至停息，我的清晨重归宁静，却又透着许多落寞。深冬，赵书记约我们去他家吃腊八粥。谈到村里的箱包厂，我们组长直叹可惜。一同吃饭的一位在县城里做生意的辛庄人不紧不慢地说：“为什么弄不成？辛庄这人们，你别看不富，老娘们儿出去挣钱，耽误了做饭洗衣服看孩子他是不干的。他得说了，我缺你吃缺你穿了，缺你出去挣那俩钱了？”

也许吧，没有多少女人愿意为了挣为数不多的钱打破自己一贯的生活秩序，放弃家庭的宁静和谐。每天做饭洗衣服养鸡喂猪挣不上什么钱，但这是祖祖辈辈流传下来的属于女性的存在方式，是丈夫、孩子、十里八乡认可的她们的存在方式。

但这样的解释并不能完全令我满意，无数进城打工的农家妹子，在城市都适应得很好啊。或许真正的问题在于这个箱包厂建在了农民的家门口，于是，它不得不直接面对传统的、强大的乡间秩序对工业文明的本能抗拒。农业社会中依天时而动，随心所欲的生产生活方式要塞进精细分工、效率优先的操作流程，需要时间的磨合。

有意思的是，箱包厂黯然收场，但特色农业产业蒸蒸日上。辛庄村引进外来投资开展的桃、枣、西瓜、香菇规模化种植和蔬果深加工项目，都激发了村民极大的参与热情，他们和她们都热衷于去“大棚”里干活儿。这是他们祖祖辈辈精心侍弄过的土地，但以前并没有给他们带来富裕。现在通过经营权流转，他们可以得到固定的土地流转金；而那些得到经营权的投资商又会雇用他们来农场工作。还是那片土地，所不同的是，收获不再带给他们谷贱伤农的焦虑，而是踏踏实实的收益和实惠。女性在精细的大棚种植中拥有比男性更多的优势，她们又亲近了土地，同时还获得了远比她们的前辈更多的体面和舒适。

2019 年，辛庄村已整体脱贫。村里有了平坦的水泥道路，明亮的路灯，结实的防洪堤坝和覆盖全村的无线网络。村里的男人和女人，已经熟悉了很多政策法规，找到了挣钱的门路，最重要的是他们已经拥有了发家致富的底气。大部分村民仍会早早睡觉，早早起来喂鸡喂猪，但也有人通宵上网，中午时才出来转转……生活以最宽广的胸怀迎接了巨大的时代变迁，然后以新的方式继续平稳前行。我很喜欢现在人们常说的一个词——未来可期。

（原载《当代人》2020 年第 7 期）

扶贫记

金国泉

我突然感到我去扶贫的村寨，那个地处泊湖边的团山村民风少见的淳朴。在这样一个泥沙俱下、雾霾里看鲜花的时代，它悄立于湖边，既低头也仰望，甚至远不止于淳朴，而应该是醇朴，淳厚、醇香间挟带着质朴，一种能让我品着甜、含着饴、尝着香的味道，这味道似乎到现在还在我唇齿间激情地荡漾着，一种美到心尖的感觉。

我的家乡望江县是国家深度贫困县，在今年脱贫摘帽之列。也就是说，几十年来我生活、工作一直都在本土，像许多人一样没有真正离开过家乡，一直没断过奶，靠家乡的山水滋养着，依家乡的丘陵山冈起伏着。对，家乡的确到处是丘陵山冈、湖汊塘堰，有顺口溜为证:“黄土岗，丈把高，大水淹来就齐腰。湖里游，沟里滚，日晒三天成火坑。”怕涝、怕旱是家乡一块厚厚的胎记，真的摸不得，一摸必生痛，真的经不住敲打，一敲打必伤筋动骨。

我曾在散文《泊湖记》中这样描述过，泊湖横跨皖鄂两省，从安徽望江华阳镇进入长江，应该是长江在此长期形成的一节“盲肠”。现在看来并非如此，泊湖应该是长江这根脐带上拴着的一个孩子，由长江滋养着、灌溉着，两千年仍然未断。实际上，人类生存的过程就是挣断脐带的过程。

春节前夕县里安排了一系列活动，扶贫队长老胡告诉我，春节前每位帮扶人必须走访慰问其帮扶对象户，了解他们春节期间的生产生活，送去关怀温暖、祝贺祝愿。收到这条消息时我在外地挂职，但那不是能例外的理由，老胡嘱咐了我。实际上，涉及扶贫的事，几乎没有理由例外——我感到，在深度贫困县里，每个体制内的人都具有这样一个身份，这样一分责任，甚至也不仅是体制内，它艾特所有人所有单位，我等全部被装进了这个箩筐中。

今天是星期天，我早早就起来了，与我的对象户通了电话，妻子问我为什么那么高兴，我回答不上来，但我知道在这方面我比我的那些对象户还要容易满足。因为他们平时都在外务工，一年之中几乎不回来。连面都见不到怎么帮扶？这个责任实际上让我们这些帮扶人感到莫名的大。

仅仅打个电话是帮扶吗？双方经常都在这样责问与追问。

特别是汪华中，往年要到腊月二十七八才回到村子，而正月我们还没正式上班他就奔回到了他的打工地。我常常与他开玩笑，你这几乎是不给我与你见面的机会呀！

我看了一下日历，今天是腊月二十二，他居然在家，与我通话的语气居然不像往时那样硬邦邦，而是露出了平时少有的绵柔感。我怎能不高兴！汪华中常年一个人生活并生存着，父母早年不在了，一个哥哥已成家立业，不在一起生活。汪华中三十出头，人相当老实，腰板相当结实，但性格也相当结实，结实到有些刚硬，可能正因为如此，至今他仍然长年在乡村与城市之间徘徊着，找寻着，既无牵无挂，也有牵有挂。我常常想，三十出头的小伙子，上不用养老，下不用养小，咋成了贫困户？有一次我曾壮着胆问过他，他说他就是贫困户，不行吗？我没话说了，他理直气壮，我当然就理不直、气不壮。与他类似的我的帮扶对象户还有一户，只不过年龄小一些，比我儿子还要小，原来属五保对象，这样的情况属贫困户就不用壮着胆子问了。他从小父亲病重，欠下一笔债走了，母亲改嫁他乡，留下他一人。两间破败的瓦房在我还不认识他时就已经坍塌了，屋基上长满了野草，夏末时，比人还高。在乡村，特别在贫困的乡村，没人的地方总是会长出这样大片大片的野草，黍离离麦秀秀，秀得让人心慌意乱，大约是这个原因，古人干脆就叫它荒草。好在他母亲改嫁的地方并不远，他不用去管这些荒草是怎样强行霸占他的屋基的。他曾告诉我，叔叔待他也很好，每年打工回来都在叔叔家过春节，这也让我感到他的家仍然在。

在贫困的农村出生并长大，我对贫困当然熟悉到有自己许多不变的标准。有些标准是让我生痛的，从内心里生出来的痛，就像我的帮扶对象，他们那深一脚浅一脚的身影，总是那么沉重，总是让我想起罗中立的油画《父亲》，那时时锁着的愁眉像他们的步子一样展不开。是承载的太多还是乡村的水泥路太窄？但乡村实际是天开地阔的，是能跑大车小车的，每一辆都必须经过乡村的，在乡村掉头、在乡村拐弯。田野里无论是冬季的麦苗，还是夏季的稻禾，都是那样的籁籁洒洒，每每都是朴素与亲和，心会旷远，耳会清爽，眼会澄明，甚至就像眼前道路两旁已然枯萎下去的狗尾巴草，在这个冬日的暖阳中仍能让我感到丝丝洁白的暖流，如果我们将它拔出来，它的根必定是鲜活脆嫩的，谁都会忍不住对着它深深吸一口，那充满生命的泥香。

记得上次来时，道路两旁还是满田野满山冈的金黄，现在如释重负了，远远望去只剩黑黄的稻茬，一堆一堆的草垛错落在田埂上，有牛犊缓步，有鸡鸣狗欢，有三五棵灌木青绿在薄薄的冰凌中，给人一种舒畅的感觉。老胡把车停在路边说你一个农村长大的孩子咋那么矫情？我又回答不上来。是矫情吗？是，也不是。这个村子虽与我老家无本质上的区别，但也有隔河隔岸的不同，“三里不同言，五里不同天”。我虽不与它朝夕相处，但来去之间，鞋帮上免不了沾上了它的泥土，手掌上免不了沾了些它青涩的草香，心自然就有了某种牵挂与期许，人与人，人与村庄……概莫能外，华中、护斌、艳伢……每一个名字都有了岁月的厚重与纯净，即便我们不牵着挂着，他们也仍然在他们自己的那个星座上二十四小时地奔腾，三百六十五日地打磨，唇红齿白，笑盈盈的。

我先是到了护斌叔家，老两口都已临近八十，没有儿女，他曾告诉我，早年抱养过一个女孩，又乖巧又漂亮，刚满十八岁那年打农药，不幸中毒死亡。每谈至此，二老脸上短暂的兴奋便转为很沉的漠然，是悲苦二字无法形容的。时间让他们白发丛生，时间对痛苦的打磨，裂痕虽除，但磨损度非常大，像磨刀石比原来低矮了许多，自此老两口相依相靠，没再起任何波澜。他自己的右腿早已经行动不便了，到田间地头劳作都要靠电瓶车送他一程，妻子肺部、腰部都做过手术。村里为他俩办了低保，领了慢性病证。就是这样一对老夫妻，我每次到他家，他都是笑呵呵相迎，那种对生活的坦然与承接的确让我心生敬重，敬重中有道不明的心酸。

他养了两头牛、三十只鸡，还种了两亩玉米，获补贴三千元，菜园里有菜，银行里下半年的低保补贴还没取呢！他像数家珍，我也像听新闻，但这新闻有盐、有油、有柴火，就是一道上好的土菜。就像刚进他家门时看见他提着的篮里的那几颗白菜，清淡可人。我注意到，他用的仍是20世纪流行的菜篮子，而非塑料袋，这道风景在我的家乡仍然普遍。村民们制造的垃圾，他们自己基本能处理百分之六十，比如厨余的东西可以喂畜禽，比如果皮、果壳直接就是有机肥，那剩下的百分之四十除化肥、农药，几乎就是照着城里人的步伐迈出的，或过度包装，或尿不湿、塑料瓶……

我掰着指头算垃圾账，他却指着篮子里的白菜说，经过霜冻的白菜好吃，又香又脆。这些永远被我们俯视，匍匐在大地上的白菜，人类实际需要弯下腰去才可采摘。它无论经过多少风霜雨雪，总是一脸青翠地面对，一心白洁地生长。且霜打一次，其味就香脆一分。

我家园里的菜自己吃，不下肥，不打药。今天中午就在我家吃白菜烧肉吧！没在我家吃过一餐饭，过年了，也该吃一餐。你放心，肉也称回来了，鸡也顺了，鸭也顺了，就在那。他用手指着吊在那里的一大串猪肉，足足有一二十斤。我叫村里干部来陪你，我家也不是那样脏呀！我知道老人在用激将法，他比那棵白菜还要善良与洁净。记得有一回，我看见他家茶几上有因农忙而没来得及擦去的尘灰，便拿起抹布想帮着擦一擦，老人一下子激动得不行，连连说那不得了，要五雷轰顶了。他把自己压得那么低，把我们这些所谓城里人看得比什么都贵重。

我说不是那意思，护斌叔，我从小就在地沟里爬，田沟里滚，我们家也是吃泊湖里的水，你家到我家只隔两个湖汊，很近。说脏，我们一样脏，说干净，您老比我们干净多了。主要我今天必须见一下汪华中，约好了的。

那你去吧。见我如此，老人不再坚持。他告诉我华中在家，刚才去园里摘白菜回来时看见了他。华中这孩子有喜事了，你知道不？我说我不知道，什么喜事呀？他要结婚了。这真是天大的喜事，难怪今天早上讲话语气不一样。

从护斌叔家出来，刚走上村中正路，远远就看见华中站在门口喊金哥。一声金哥朴素而真诚，就像他家刚贴上去的大红双喜字，喜洋洋的。没有了上次见面时胡乱穿着的邋遢，岁月围困的沧桑此时被他一身崭新的西服赶走了。

金哥，真的感谢你，帮我拿到了修房子的钱，你看我这房装得怎么样？华中说的是危房改造资金，他家符合这个条件。我说是村里、乡里帮你把资金申请到位的，我真的没帮什么忙。趁着华中为我倒水，我注意了一下他家装修一新的三间平房。真是人逢喜事精神爽，房子也爽着，那些家具也爽着，那曾经漏过雨水的地方，现在严丝合缝，只透喜气，泪痕一样的污迹没有了，媳妇在灶间忙碌着，真是有女人忙碌的地方就有男人安稳的家。他说他与媳妇是去年在一个厂子打工认识的，准备正月初六办个喜酒，到时你一定来喝一杯，要像帮我扶贫一样帮我撑个面子。

这顿酒我一定来喝，你不请我也要来。我问他去年挣了多少钱。他笑着说反正办喜事不用借钱，“耍滑头”中也有着憨厚。他又甜甜地喊着他媳妇，我没听清，但我听到了他叫媳妇把准备好的东西拿给我。

金哥，这是我俩的一点心意，你一定得收下。我一看是两条中华烟和两瓶酒。我一下站了起来，你这是什么意思？是要打我的脸呀！他俩也激动起来，一个拉，一个拽。我说那个危房改造是你应该得的，就连乡里、村里也不用感谢，更何况我！我边说边挣脱往外跑，见我跑出了门，华中居然追了出来，我马上严肃起来，华中，我告诉你，你再跟着我，我翻脸了，永远不理你。见我一脸他没见过的认真，华中瞬间愣住了。快回去，媳妇在等你烧饭，初六我来喝喜酒。

车子发动后，我看见华中仍然愣在那里，一动不动，不知是前进还是转身，冬日的阳光下，一脸无助的样子，憨憨的像做错了事的小孩子，他手中装着中华烟的红方便袋，一晃一闪，有暖意，有无邪的深情。

在回来的路上，扶贫队长老胡说，两条中华烟和两瓶酒，可能要他们半年的积攒呀！这些村民仍然奉行的是滴水之恩涌泉相报。我知道我甚至没给他滴水之恩，是他们自己一步一步艰难地前行，一锹土一锹土去培植，一锄头一锄头去挖掘，他们的温情善良就如村庄旁的溪流慢慢渗透进了这一锹一锹挖着的贫瘠的土地里，那些丘陵山冈因此麦子抽穗，稻花飘香，泊湖因此静影沉璧，渔歌互答。

（原载《散文》2020 年第 10 期）

你就这样把草原交给了我

艾 平

“我马背上长大的孙子啊，你这草原上人人夸赞的牧马人啊，是否还记得小时候的那些事？”

我看见月光跳进了老祖母的眼睛，把往事照亮。

在我六岁的那一天，你把我举在马背上，我的腿够不到马镫，你就用红缎子把我捆在马鞍子上。一条蓝色的哈达在我胸前飘，你手牵着马缰绳在前面走。我们从晨雾中出发，走到星星眨眼的地方，一连走了三个屯子，你的腿肿得褪不下靴子。你带我拜见了三个可靠的人。你说的话，我当时不知道有多重，现在每一次想起来，总是忍不住流眼泪。

“我把这没有阿爸的孩子交给他的好叔叔了，请你教给他套马的本领吧……”“我把这没有阿爸的孩子交给他的好舅舅了，请你教给他养牛的手艺吧……”“我把这没有阿爸的孩子交给他的好姑父了，请你教他当一个勇敢的男人吧……”

我一直记得那个早上，我闻到了你锅里喷香的奶茶味，睁了睁眼睛，又闭上。你说：“我的小马驹呀，你赶紧给我打个滚儿爬起来。”你把我拎出蒙古包，一直带到牛圈里。你两腿夹着奶桶挤牛奶，让我去把半个月大的小牛犊抱过来撞撞奶，你说只要它在母牛的乳房上吸吮几口，母牛的乳汁就会像山泉一样喷出来。

那小牛犊在草原上伸开四条腿跑，就像一条肥壮的大黄狗。我追上它，却拦不住它；我拦住了它，却抱不住它；我抱住了它，却抱不走它……你脸上的慈祥变成了冰，起身抱起小牛犊，就像抱起一只小狗崽那么轻松。你把小牛犊撒在草原上，让我每天去抓、去抱，直到我把小牛犊抱到母牛的身底下，你紧锁的眉头才舒展开。我就这样在草原上跟着你度过了一春又一秋，一头头小牛犊长成了大奶牛，我也练成了臂力强壮的小牧童。

小草在冰壳子下面冒出了嫩绿色的芽，你把羊群交给了我，一遍遍嘱咐我："遇到事情不要慌。那几只大肚子的母羊要生了，你就远远地看着它。如果遇上难产的母羊，你就慢慢地帮着它。"我有点不耐烦："我亲爱的老祖母呀，你都说了三遍了，难道你的唠叨是雪花，要从早晨下到黄昏？"

阳光温暖。几只待产的母羊一个冬天都没有闻到新鲜的牧草味了，吃得好入迷。我看见一只母羊正在分娩，第一次使劲，没动静，第二次使劲，终于出来一对小羊蹄，可是不知道为什么，小羊蹄吊在母羊屁股上不往外出了。我按着老祖母教给我的办法，用中指和食指顺着产门，夹紧了羊小腿往外拽，果然一只湿漉漉的小羊羔在我的手里诞生了。我满怀喜悦地把它放在草地上，它很快找到了母亲的奶头。

不一会儿，又有一只母羊生出了一只黑脑袋瓜的小羊羔。

我正想把羊群拢起来往回走，却发现一只小个子母羊也有了生产的迹象。也许是头一次生产，它显得十分惊慌，一个劲在原地打转转，就是不知道背风。我帮它转过身体，它还是不生，直到把自己累得气喘吁吁，却只出来一寸小羊羔的蹄子甲。天色暗下去，羊群仍然散漫地撒在草原上。老鹰出现了，它闻到了母羊生产的血腥味，在羊群上空盘旋着，如果不是看见了我和我的大红马，可能就要动嘴掠食小羊羔了。我的耐心变成了急躁。当我使着劲把小羊羔从小个子母羊的身体里拽出来的时候，我听到了母羊异样的叫声。它的子宫被我给拽脱落了，后面耷拉着一团黑乎乎的肉，开始还是热的，很快就凉了，还沾上了不少草屑和泥土。

老祖母，当我急吼吼地求助于你的时候，你不慌不忙，让我按住那只母羊，自己轻轻地托起母羊的子宫，用温水冲洗干净，一点点送回母羊的腹腔。你又令我提起母羊的后腿，往下扽了几下，最后还在母羊的下腰处系上了一条皮带，然后你把母羊放在蒙古包里照看了一夜。第二天，那小个子母羊就像一切都没有发生那样开始吃草了。

老祖母，你两天没有给我一个笑脸，第三天的时候，你一边给我系紧长长的袍子腰带，一边耐心地告诉我，好牧人是会跟草原说话的人。牲畜冷了，你也知道冷；牲畜饿了，你也知道饿；牲畜疼了，你也知道疼……你说牛羊和我一样，都是草原的孩子。

记得那个冬天的雪花好大，像白蝴蝶似的慢慢地落在草丛里，遍野的牧草像金针，插在银色的雪地上。早上一推开蒙古包的门，我就看到了那只灰色的大母狼。它离我们的蒙古包不到五十米，面向我们趴着，支着脑袋，看到人，好像并不害怕，一动不动。

我急忙翻身上马，操起套马杆。我的心里有谱了，知道一出手就可以套住狼脖子，然后拧紧套子，拖着它，在草原上跑出几里地，它就会变成一堆血淋淋的肉。就在这时，我的肩膀被你甩出的放羊鞭击中了，一阵火辣辣的痛。亲爱的老祖母，你不让我去擒拿这只闯入我们家园的狼。

老祖母，我从一个满地爬的孩子长成跑遍草原的牧马人，没有听你说过一句凶狠的话，没见过你抽牛、打马、骂羊，这可是我有生以来第一次挨鞭子，我菩萨心肠的老祖母，你这是为什么？

它掏你的马群了吗？

它叼你的羊羔了吗？

它向你发出凶狠的吼叫了吗？

它阻挡你赛马的道路了吗？

老祖母，你的眼睛是明亮的镜子，夜里能看见云里的星星，白天能抓住马鬃上的风。你告诉我这只狼不是来祸害人的，它肯定是遇到难处了。

细看，那只狼虽然两只眼睛瞪得很大，精神头挺足，可是它吃力的呼吸和凌乱的皮毛，暴露了它的虚弱。牧羊犬冲到了它的跟前，汪汪地叫，试图要赶走这只狼。这狼眼睛里装满了紧张和警惕，照旧趴在原地一动不动。

老祖母你拎着一块羊腿肉，走到离那只狼五六米远的地方，把羊腿肉往狼跟前一扔，就退了回来。

那狼只要站起身走两步，就可以够到那块新鲜的羊腿肉，可是它仍然没有动。

草原的夜晚，每一棵草摆动的声音都显得非常清晰。我的心跟着那只狼的呼吸在跳。它为什么不离开？趴在我们门前要干什么？

你在等，我在观察。

“嗥……嗥……”那只狼终于发出了非常微弱的叫声，甚至你拴在羊圈前的牧羊犬都没有被惊动。我看见，清冷的月光下，地上有两个影子在颤动，一个是你佝偻的背影，一个是那只狼的身影。突然，我听见狼微弱的叫声被放大了不知多少倍：“嗥……嗥……嗥……”那声音凄厉又高亢，打破了寂静的夜空，幽幽地升起，又渐渐向远方传去。我定神一看，啊？竟是你，我的老祖母，你在帮着那只狼大声地叫着！

三对绿色的狼眼睛，像小灯笼那样，越来越近。这是母狼的伙伴听到了呼救声，赶来了。那母狼把头低向身旁的草丛，叼起一只小狼崽。接着，每一只狼都叼起一只小狼崽，飞快地离开了。原来，那母狼一直一动不动地卧着，是为了守护身子底下刚刚出生的孩子。在人类的威胁面前，它冒死从早晨坚持到夜晚，才敢发出呼号向同伴求救，可是它太虚弱了，几乎发不出声音了。幸运的是，它遇到了你，我的老祖母，草原万物的母亲，你知道如何帮助它。至于它为何把小狼崽生到咱们家门前，就成了我猜不出来的谜。

事实证明你说得对，这群狼的家就在周围的草场上。有时候我们会看见雪地上狼的脚印，畜群却不曾被袭击。

我亲爱的老祖母，你就这样把草原交给了我。

（选自《隐于辽阔的时光》，百花文艺出版社 2021 年版）

一个农民的修养

葛水平

山西平顺西沟村，四围都是山，石厚土薄少树，不聚风吃水难，被称为是“金木水火土五行俱缺”之地。那年月，年景不好，没有土地，生计无着，难有容身之地。讨吃要饭去山西，李顺达挑着担子从河南林县东山底村逃荒来西沟扎根落户。平顺，山多人少，他与母亲郭玉芝不分昼夜垦荒，荒旷的大地上，他有一腔忠诚和一身力气。

土地让他产生了梦想!

新中国成立给了李顺达希望，正是心火旺盛的年龄，他把对土地的爱深藏心中。大爱人心总要发芽。1943 年靠着三头毛驴起家，组织了一个六户贫农参加的互助组，第一个在太行山上举起了互助合作的大旗。从 1951 年被评为全国农业劳动模范、1952 年领受了“爱国丰产金星奖章”起，劳动成了劳模李顺达生活里不可或缺的东西。

劳动得到了荣誉，同时让一个品行端正的人愈加明白了，世间是没有离开土地可以存活的生命。改造贫穷，改造西沟，用自己的行动去影响西沟人。李顺达说:“咱是 1938 年加入共产党的，看到了人民的江山是自己打的，社会主义的家业是亲手创的。劳动是咱的根本，不劳动怎么能对得起 1938 年的党?”

农民的言语朴素并挟带着一股大山里褐黄色的成熟，让人听来有一种脚踏黄土的幸福。

劳模，也许如今对我们现代人来说太普通，太寻常了，因此，也少了许多关切和注目。如果我们经历了那个野菜一锅饭的饥饿年代，就会理解像木楔一样牢牢地嵌在一个地方的劳模，他们为了自己心中的理想，像一只蜈蚣渐次迈动每个体节的双足，那是用足了力量在劳动啊。

开荒种地，连年丰收的成绩带动了周围的农民。农民不缺力气，农民缺少方向。互助组成立九个月后，毛泽东同志向边区人民发出了“组织起来”的号召，李顺达互助组被誉为“边区农民的方向”。

劳模的方向很明确：敢于和任何强大的困难做斗争，能自觉地在艰苦奋斗中，克服一个困难，再去克服另一个困难，解决一个矛盾，再去解决另一个矛盾，直到把个人的幸福和人民的幸福融在一起，直到不断克服困难在实践中获得理想的经验。

我们知道，每一个地域都有自己的性子，山水石木，一纵一纵地生长，有的山水富饶肥沃，有的山水生长的杂草就比农民的粮食要丰茂许多。就在这片充满着矛盾和差异的世界里，我们的劳模坚定着一个信念，当然这个信念不是通过语言来表达的，而是通过劳动。山西平顺西沟，我们的劳模把这块风景点染到了极致，点染出了目眩的光晕。

西沟——红了。

李顺达在山区建设中的成绩，受到毛泽东主席的重视，在一次宴会上主席向他敬酒，他赶忙起立，用浓厚的林县话说了声：“好歹厚！”主席听得直愣神，河南话的意思是受老人家的敬酒，不敢当。当主席明白了这句话的意思后，握着他的手说，中国是农业大国，要好好建设山区、绿化山区。主席的话像一颗落在土里的种子，在他的心里嘣嘣嘣往上蹿，茁壮成长，势不可遏。

1961 年，春节过罢不几天，平顺西沟金星人民公社发动社员往秋田送底肥。一些社员过节的新衣服还没有换下来，不大愿意下茅坑挖粪。李顺达说：“是党员的和我一起下！”

这年正月，西沟村用茅坑底子上了四十亩秋田。

金星人民公社的社员说：“劳模都下茅坑了，咱在地上算个啥！”

1962 年的秋天，李顺达和金星人民公社的社员在场上打玉茭。突然，遮天乌云引来了大滴的雨粒，李顺达大步流星往家跑，看到自己家的玉茭上盖了席子，二话不说拿了就走。在劳模的带领下，满场公家的玉茭盖了个严严实实。李顺达这才想起自己家的粮食，怕老伴儿数落，走到家门口一边搭伴儿和老伴儿往家扛玉茭，一边说："集体的财产像西瓜，个人的东西像芝麻，西瓜、芝麻全收下；捡了芝麻才抱西瓜，芝麻捡不完，丢了大西瓜！"

李顺达是典型的中国农民，劳模是劳动的模范，是群众选出来的，对群众来讲，是一个榜样，一个方向，一种力量，一种号召，不能因为假话、假事亵渎了这个称谓。

好的品德是经得起时间打磨的，在先天的性格和后天的欲望不断斗争的艰难之中，廉政做事，真诚做人，才能开启幸福的梦想，才能赢得群众的信任。

（选自《绣履追尘》，高等教育出版社 2016 年版）

人生果实

周华诚

过了小雪节气，果园里的胡柚全都采摘下树了。家里地面这一层，堆满金灿灿的胡柚果。娇凤奶奶坐在小竹椅上包胡柚。薄膜袋子用手捻开，吹一口气，放进一个胡柚果顺手一转，袋口拧成了一条绳。包胡柚是个简单活计，却磨人，这满家满地的胡柚两万多斤，没有半个月哪里包得完。

广播里新闻播完，播送戏曲，娇凤奶奶知道，十一点了。她起身，把电饭煲的电源打开，然后出门去了。她要去胡柚林里看看，老头子这会儿还在干活。今天风大，娇凤奶奶出门时紧了紧衣服——天真的冷下来了。

胡柚林枝繁叶茂的，将人藏了起来，只有轻微的声音，被林间的风送了出来。娇凤奶奶伛身钻进林子，绕过两棵树，这才见到老头子。老头子就是老徐，执一柄锄头，在离胡柚根部一米多的地方，耐心刨出一条条浅沟来，再把复合肥施进去。一棵树，总要刨十来条浅沟，施好了肥，再用浮土覆上。也有人取省力，直接把肥料施在泥层之上，那样一下水，肥力就流失了，老徐觉得这么干，是对胡柚树的不尊重。

还没好呢，一会儿该吃中饭了。娇凤奶奶说。

听见声音，老徐歇下锄头。风从胡柚树梢掠过，呼呼地响。老徐额上冒出微汗。这一上午，只干完十几棵树。但老徐不着急。

老徐今年七十五，娇凤奶奶六十八。两个人在一起，将近五十年啦。

胡柚“祖宗树”就在胡柚林中。给那棵树下肥，老徐格外舍得下本。

你这是偏心。娇凤奶奶说。

但是老徐只管自己下肥，一锄一锄，刨开地表的泥土。这棵胡柚老树，已经一百二十岁了。当年老徐还小的时候，这棵树就在了，年年秋天挂果，满树金灿灿的。那时候，全村也只有这么一棵，家里人都管它叫“橘子树”，只是这一棵“橘子树”结的果实，口感与别的树都不一样。这棵树，老徐听说在他祖父手上就栽下了。

到了 1983 年，县农业局调查林果资源，发现老徐家这棵果树有些“特别”。特别在哪呢？看起来像“香抛”，却不是“香抛”；吃起来像橙子，又不是橙子，当然更不是柑子，又酸又甜，味道不错。由于这棵树所在的地方，是澄潭村的“胡村”小村庄，大家就把这果实命名为“胡柚”。专家算了算，当时那棵树的年龄，就已七十五年。

后来，县里决定繁育推广这个果树。由这棵老树繁衍出来的胡柚群体，遍布整个常山县。胡柚果也成为这座浙西县城的知名特产。老徐家的这棵树，由此成为胡柚“祖宗树”。

有人追根溯源，问老徐这棵胡柚树又是哪里来的呢。老徐也说不好。可能是鸟儿衔来的吧，也可能是风儿吹来的吧。不管是鸟儿衔来，还是风儿吹来，都是土生土长的。

澄潭这个村民的祖先，在明末崇祯年间从浙江汤溪迁入，但他们的祖居地，并没有柑橘栽培的历史。因此，胡柚并不是从祖先迁徙时带入的。澄潭本地倒是有各种橘树种植的传统，专家们说极可能是自然杂交产生的。那也就是说，这块土地有幸，风啊水啊都很好，种子落地发芽，微风携带春天的万物花朵，流浪到这里就落下来，于是，诞生出这世上唯一的果实。

在老徐的自留地里，胡柚的实生群体还有一批，大概有十几棵，树龄在五十多年。当时为了挑选培育最有品质的胡柚果子，橘农和科技人员一起，经历了漫长时间的选育，慢慢地才让品种定型下来，然后推广到全县各地。

老徐记得当初，他们家人把胡柚果挑到城里，是当作“野货”卖的，多人看，少人买。那时大家都吃本地衢橘，这胡柚还无人识得，大家都看个新鲜，价格却不到本地衢橘的一半。只因那胡柚丰产，年年结果，家里人才手下留情，保存了下来。

他怎么会想到，后来胡柚会成为一只佳果，闻名天下呢？

老徐退休已经十四年啦。

退休前，老徐是一名光荣的人民教师。作为全县早期高中毕业生之一，他当了中学教师，数学教了四十一年。

现在，老徐的退休证，被他郑重地装在镜框里，挂在堂屋最显眼处——“徐立成同志：光荣退休。二〇〇六年九月。”

娇凤奶奶问他，老头子，你这一辈子，教了多少个学生。

老徐摇摇头，说算不出来。真要算，一年两个班，那就得一百多人，四十多年，你算去吧，有多少。

倒是常常有学生在路上见到他，叫他一声“徐老师好”。有时看对方面孔，胡子拉碴，沧桑得很，老徐也总是想不起对方是哪一届的学生了。

有时也有三五个学生，结伴来家里看他，顺便也看看那棵胡柚“祖宗树”。他的学生里，有当领导的，开工厂的，外出务工的，在家种田的，多呀，跟春天胡柚树上的花朵一样多。

老徐的儿女们也都在外地，离得远远的。三个女儿，一个儿子，不是在杭州，就是在无锡。大城市里热闹得很，车太多，楼太高，老徐不喜欢，娇凤奶奶也不喜欢，说是待久了会头晕。

老徐退休之后，儿女们都希望他们能享享清福，也商量着让二老搬到城里去住。商量来商量去，二老都没有去城里。

还是住在乡下老家舒坦。老徐说，这角角落落，闭着眼睛都能摸到。

空气好，水好。娇凤奶奶补充说。

还有这胡柚树呢，一百多棵，也不能不管。老徐又说，这棵胡柚“祖宗树”，我得好好照料呀。

胡柚成熟时，一两万斤果子，都要采摘下来。现在的村庄里，年轻人不多了，很多事情都是老两口帮衬着，自己慢慢干的。慢就慢一点，不着急。

但是爬高爬低的事情，老人家已经吃不消了。

胡柚树高高的，免不了要爬树。去年五月，胡柚疏果，把青果摘下一部分来，晒干了也能卖钱。就在爬梯时，娇凤奶奶一个不小心，跌了一跤，把手摔断了。后来送到省城医院，住了二十天，出院后，又在杭州的女儿家里休养了三个月。

儿女们好好把老两口“批评”了一通。

你们还真把自己当年轻人了——这怎么行?

大家不在身边，你们要相互照顾，再不能做这样危险的事了。

为那一点胡柚，不值当！要我们说，那些胡柚树，干脆都不要管了。

但是老人家还真丢不下那些胡柚树。休养好了，回到老家，老两口转着转着，又转到胡柚林中去了。

照往年情形，这会儿，就已经有老板上门来收胡柚了。

可今年还一点儿动静都没有。

老徐和娇凤奶奶一边有一搭没一搭地说话，一边将薄膜袋子吹开，包着胡柚。

胡柚能预防感冒。胡柚壳剥出来煎水喝，苦是真苦，但这么一碗喝下去，发一身汗，感冒一下就好了。

胡柚清凉，利肺，比吃药好。老徐也说。

平时，他很注意收集一些胡柚的资料，胡柚就是一个宝，可惜很多人还不太了解这个果子。

不过，刚采摘下来的胡柚，并不是最好吃的时候。

这个果子得放放。放上一个月两个月，果实里面的酸味转化成糖分，就甜了。剥开厚厚的柚壳，果实的囊粒汁液饱满，一口下去，汁水爆裂，又鲜又甜。

冬天在空调间里，剥个胡柚吃吃，那是高级享受。

这个话是女儿跟她的朋友们说的。女儿见老两口的胡柚那么多，就在朋友圈里吆喝，一吆喝两吆喝，胡柚就纷纷卖出去了。

上海的，北京的，南京的，杭州的。有人吃了，年年都惦记着买。

胡柚好吃树难栽。胡柚树还得管得勤。这树吧，大概树干里也都是甜的，虫子也爱吃。两年三年不管它，胡柚树就被虫子蛀空啦，树就毁了。

每年深秋，那一棵“祖宗树”金黄的时候，县上就有很多人过来，敲锣打鼓，搞个仪式，庆祝一下。热闹是一阵子的事，平常的照料，却是经年累月的。

老徐和娇凤奶奶平常侍弄这些胡柚树，都是慢慢来。

做得动，多做一点。做不动，少做一点。娇凤奶奶说。

有得做，都是好事情。老徐说。

“祖宗树”上结的胡柚果，特别受欢迎。这棵树年年能结果一千多斤，有人开价五千元，把整棵树包了。

也有人说这个价钱太便宜，应该卖一万元，或者更贵一点。老徐笑笑。他说“祖宗树”一百多年了，这树结的果，不能只看卖钱多少。到底还要看啥，老徐还是笑笑，不说。

胡柚的好滋味，都是用时间养出来的。

吃过中饭，老徐又扛着锄头去胡柚林里了。

娇凤奶奶也跟着去。老徐干活的时候，娇凤奶奶就在一旁看一会儿。看看树，看看草。

穿过林间的小路，风吹着胡柚树叶哗啦啦地响。等这一批复合肥下完，天气就要冷下来，树叶也要落光了。

但是，等到冬天过去，春天再来，胡柚花开的时候，整个林子像落雪一样，那个香啊！

十里飘香。娇凤奶奶喃喃地说着。

不止十里啊，现在一个县的胡柚面积十万亩，说百里飘香也不过分。老徐接一句，继续干活。

这干活的声音，安安静静的，就随风吹到远远的地方去了。

（选自《陪花再坐一会儿》，江苏凤凰文艺出版社 2022 年版）

纸上万物浮现如初

王　芸

庚子暮秋，万物未及萧瑟，坐火车去瑞昌。窗外，黄绿间杂的赣北田野在阳光下，显得弹性十足。那时我还不知，在疾驰中难以洞察的万物的细节，将经由一柄剪刀、一张薄纸显现。

剪刀像微张的鸟喙，含住一线薄纸，小心翼翼地挺进，咬合游走间，一再地剔除，剔除……最终，重建经由摧毁确立。

万物在纸面浮凸而出。那些曲致的花草仿佛还带着被风吹拂的姿态、各种鲜明的气味，贪心的蜂蝶在花蕊间流连，粉翅、触须微颤，光脚丫的孩童稚拙地挥动着一根树枝或者莲蓬，不安分的手指伸向瓜果藤蔓，一片叶子蜷曲自身，与舒张的花朵呼应，咧嘴石榴坦露出腹中的隐秘，满树晃动的猴影，小狐狸衔一朵丰腴的花，兔子支棱着耳朵匍匐在地，倒悬展翅的蝙蝠，仰颈的鹿，长喙鹭鸶叼着欲逃奔而去的虾，爪间还牵引着活泼甩尾的鱼，狮子追逐的绣球滚出缭乱的轨迹，老虎变异为单首双身的模样，翔舞云端的龙和凤降落在花荫碎枝间，小小的仙人手执弯刀采摘花果……它们，亦虚亦实的万物，还有历朝历代古书描摹或虚构的人物幻象，经由如喙的剪刀，赋予一张薄纸镂空、残缺、疏密勾连，从而获得参差活泼又踏实的生命形态。

它们，任性地组合在一张薄纸有限的空间内，有时候根本无视生活的常识与逻辑，却纵容了一颗心奔腾的自由与自在。

其实是踏险之旅——剪刀接受手指的指挥，手指接受心的指引，坚硬的剪刀与手指在遇合的瞬间，获得与心感应的机巧灵动。那一刻，执剪者静心沉浸，观者屏息讷言。一递一收，一紧一缓，一转一还，都决定了生命是确立或是毁败。那一刻，执剪者是创生万物的王。

坐在我眼前的执剪者，年轻女子雷丽娟，是瑞昌剪纸的省级非遗传承人。她的师傅可以构成一个队列，刘诗英、王木莲、陈仙花……“一刀剪”的技艺更多来自她的姑奶奶王木莲，一个执剪大半生、技艺娴熟到可以随走随剪的老人，传奇般的存在，却在晚年放下了剪刀，不再轻易伤害一片薄纸。拿起时容易，放下时艰难。这一转念中，不知积淀了多少悲喜交集的遭际。

据说在最艰难年月，乡间缺衣少食，王木莲却靠一柄剪刀，养活了家中一群儿女，将日子过得一点儿也不局促。在瑞昌乡下，与日常时序紧密缠绕的乡俗礼仪，人间避不开的生死大事，都需要剪纸的装点与助兴。四野八乡来求取剪纸花样的人，川流于她家的厅堂，窗花、门帘花、喜字花、灯彩花，背褡花、帽子花、涎兜花、围裙花、同鞋花、手绢花，戏服的官帽花、前襟花、绣鞋花……祈福，祝寿，贺喜，安魂，辟邪，喜的、悲的、不喜不悲的，都可呼应……喜鹊登梅、福寿无双、鲤跳龙门、麒麟送宝、仙人采桂、蝶戏金瓜、并蒂同心……那是衣食匮乏时代可以寻到的朴素花边，是再沉重的生活也按压不住的女人渴望美的一点念想，顶着山石也要绽出新芽来，亦是贫瘠生活中不可缺少的隐喻和美妙的点缀。

在赣北瑞昌，这个群体一度庞大，百分之九十九是女人。“姐儿乖，姐儿能，会剪刘海戏金蟾。蜂采菊，人采花，剪个蝴蝶戏金瓜。”巧手擅剪纸的姑娘，是乡间公认的聪明人儿，男人心仪的对象。约定俗成的观念，成就了瑞昌女人与一纸一剪的情感连接。

在执剪的那一刻，她们成为王者，但只拥有方寸薄纸的领地。薄纸之外更广阔的生活空间，她们是女儿、妻子、母亲，是日常生活的操持着、耕耘者、背负者。与男性相比，她们的声音是微渺的。与男性拥有的阔大人世相比，她们局促转圜在屋宅和厨灶间，唯有阔大的自然、如常的日月，耐心接纳她们，倾听她们内心隐秘的声响。她们与俯仰可见的花草树木、鸟兽鱼虫结为秘密的同盟，又在她们的领地，以她们的方式，将之一一铭记。她们中的佼佼者，又因为它们，从万千女人中站立出来，获得了崭新命名。

彩笔勾勒的翘尾喜鹊，累瓣盛放的梅花；尾羽舒展的喜鹊，树下吹箫的良人；尖而旋转的兰花瓣，沾草披花的兔子……很难想象它们出自一位从未上过学、从未学过画的八十四岁老人之手。朴拙，天真，又机趣。大枝大叶，大花大果，招展的羽翼，翔飞的意念，那是属于一个从乡野走出来的女人内心的辽阔。

在县城见到刘诗英老人，雷丽娟称她为奶奶。老人背梳的一头银发一丝不乱，舒眉慈目，面容清朗。装订在一起的八层剪纸，摊放在她手上，两尾鲤鱼在荷叶间游弋。另一手执剪，须得手腕用力才能穿透纸层，剪刀的把控、驱动靠七十多载岁月的细磨慢炼。

她，是瑞昌剪纸唯一的国家级非遗传承人。迈入老境体力有限，可求作品的人多，她只能采用这种方式。但每一画，每一剪，都是她亲为。

三岁那年，家有八兄妹的刘诗英被过继给了雷姓表嫂，表嫂无子，待她不薄。名义上，她是表嫂侄儿的童养媳。穷人家的孩子不可能娇宠，七岁的刘诗英独自下山放牛，上山砍柴，所有的知心话都说给了山野。美的觉醒大概在十一岁那年，她忽然渴望像村里的姑娘、妇人一样脚踩一双花鞋，步步似有香气飘浮。她去村里最会剪花样的细姑家，细姑忙着手里的活儿，没拿正眼瞧她，面对她的请求，细姑许诺明天。明天复明天，刘诗英脚步迟疑，再不肯踏进细姑的家门。

她的目光在野地的草丛间摩挲，流连。久之，拾起一根木棍，在泥地上涂画。这尖草叶，这圆草叶，这纺锤形叶；这梅花瓣，这兰草花瓣，这栀子花瓣，这茶籽花瓣，这杜鹃花瓣；这喜鹊，这翠鸟，这牛，这羊，这兔。她不信自己画不出来。

大自然慷慨，早为人的眼睛准备了缤纷的美物，让人看都看不过来。没有剪刀和纸，她取一片桐子叶，一片芭蕉叶，用手指一点一点抠出图样……她央求邻家哥哥为她打了一把铁剪刀，这把剪刀伴随了她大半生。在一张旧草纸上，她剪出了自己王国里的第一朵梅花，五瓣梅花静静地开放在草纸上，又静静地开放在她的鞋面上，那是她自造王国里最初的生命迹象，羞怯、娇弱，却有着自野地里蕴积的生命的力，自然蓬勃，裹挟着阳光、雨水、霜露、冰凌的气息。

她悄悄地搭建着属于自己的领地。等到有一天村人注意到这一片被忽视的园地里，竟然盛放着葳蕤的花草，洋溢着活泼的生趣，却发现原来这个细妹子有这么一双巧手，一颗灵慧的心。旁人的赞美像一面镜子，让她看到了自身的存在，原本在童养媳的身份迫压下蜷缩的生命，得以舒展开来。

十四岁的她担任公社的妇女主任，她喜欢唱歌，亮开嗓子唱“东方红，太阳升……”“雄赳赳气昂昂，跨过鸭绿江……”可是每逢到乡里开会，身边的女干部们在本子上记着，写着，唯有她，拿着笔写不出一个字来。

只有退回到剪纸的世界，她才像浸泡在水中的茶叶，重新舒展开来。那是一柄剪刀、一张纸为她建构的避难所，她的花园，她的世界。

乐山乡的前身，是愁山乡。“愁”一字，写尽了日子的艰难。四野缺水，满山乱石只长荆棘灌木。村人见缝插针开出一小片田，还得看老天的脸色。

20 世纪 70 年代末出生的雷丽娟，记得小时候家中三年无收成，一年干旱旱死了庄稼，一年洪涝淹死了庄稼，再一年闹虫害，稻飞虱吃光了庄稼。红薯是小时最常见的吃食，一日三餐做伴果腹，以至于成年后她再不愿沾与之有关的食物。

将愁山改名乐山，是当地人的反抗，是祈祷，是心心念念的渴盼。这渴盼也寄放在了剪纸的筋络里。那些在纸上盛放、葳蕤的草木枝叶，康健活态的家畜野兽，何尝不是对贫瘠土地、艰难求生的反转与抗诉。

在乐山，红事、白事离不开剪纸。前者是清一色的红彤彤，浓浓烈烈地表达；后者由绿、黄、黑分担，曲曲折折地诉说，对生的留恋也好，对死后的规划也罢，都是向生背死，仿佛死是生的延续，或另一种生。那是植根中国乡土社会的生死观，生前太紧密的牵绊，自然不能在生死的边界上慨然放手，微妙而丰沛的情感都交由剪纸来表述。

雷丽娟的王国，最初的生命迹象，也是一朵梅花。那与美谐音的花朵，仿佛是乡间美育的天然启蒙者。

她的第一朵梅花，自白纸中浮生而出。那是她唯一可以自由支配的纸。白梅不适合开在大门上，也不适合招摇在窗上，只好屈身于光线暗淡处的墙面，与灰底浑然一体，不具张扬的形态。没想到，这朵白梅得到了妈妈毫不吝啬的赞美。那一时段，雷丽娟内心的渴念正像春天雨后的新笋，见风即可生长。她将作业本的黄色封底撕下来，依着家中木床上的油漆花样，剪出各种图样。稚拙是难免的，却也有生动的青涩气息。她在白手绢上绣花，在衣领上绣花，花样是自己用纸剪出来的。蹒跚学步的针脚，仿佛糟蹋了衣物和手绢，免不了被妈妈责骂。责骂也不能制止，那一种拔节生长。

父亲香烟盒上的衬纸，炫目的金色，是她发现的珍宝。它们在剪刀下蜕变成金色的梅花、喜字、雀鸟，终于可以在门上招摇了。雷丽娟并不知道，最初的剪纸就是在金箔上寄身，还有皮革、丝帛，还有陶罐、青铜，不同材质托载着剪纸的表情达意、向美意趣，直到纸张的制造术在蔡伦手中成熟，剪纸才找到了更稳定、更大众的载体。剪物造型先于纸存在，那是涌动在远古人们内心的激流岩浆，寻找着倾诉的出口。因其汹涌，借物赋形。

门上的金色剪纸，惊动了一双双路过的眼睛。有人登门来求花样了。结婚的人家，来请她剪同鞋花。小小的鞋面空间，堆叠了累累的福喻：并蒂花开，同偕到老，百年好合，早生贵子，连中三元，福寿双全；年节时，有人家来请她剪窗花、门帘花，花朵怒放在风雪中，草木恣肆在萧索的冬景里。她的花样清新、灵动，不落俗套，深得乡人喜欢。原来在观念保守的乡村，对美的趋附也是向新、向异的，那是推动民间艺术不断前行开掘的力量。

母亲让她向擅长“一刀剪”的姑奶奶王木莲学艺。剪纸技艺植根乡野，虽有约定俗成，却无法定样貌，这便留出了自主创生的广阔空间。渐渐地，她习惯了从自然中撷取样貌，习惯了刀随心走，在规范之中自由游弋，比如“S”造型也可以衍生出不同的花叶组合，同一命名下的“喜鹊登梅”也可以开枝发叶，每一次都有不一样的旁逸斜出或出其不意的细部刻画。让踏险成为真正的险途，充满意外和意趣的险途。

这何尝不是对大自然的模仿，世间哪有一模一样的叶子，一模一样的花朵，微妙处的差异，差异中的丰富，正是形成自然纷繁驳杂面貌的规则所在。大规则之中，蕴含的是大自由。

她一生未历大的波澜。师法自然的剪纸技艺纵容望向田野的目光，对活态生命的关注，而一旦握剪在手，那一场踏险又需要全身心的投入，剪纸成全了刘诗英老人的自我身份确认，也塑造了她的一生。

“文革”破四旧的风潮小规模地席卷了乡间剪纸，一顶满绣二龙戏珠花样为她珍爱的童帽，随同许多剪纸图样、绣品消失在火光中。相比于被铲削损毁的木雕、石雕，坍塌的乡村精神世界，纸上王国的重建似乎更容易一些。20世纪80年代初，忽然又有人上门来求取剪纸花样了。她剪了一幅鸡叼着一尾鱼，鱼身灵动的姿态仿佛呼唤，搁置多年的技艺伴随熟悉的感觉被重新唤醒，握紧剪刀的手，仿佛久别的游子重回故乡。

随着孙子出生，她迁居县城常住，一年两次，被请进县文化馆剪出一批花样，菲薄的报酬不值一提，但她知道剪出的花样将存档作为资料，纳入“瑞昌剪纸”的民间记忆。借助现代高科技手段，这一纯手工的创作或可永久保存。

剪纸同样介入了雷玉娟的人生。她曾在浙江打工数年，婚后生子回到家乡，接到县文化部门的邀请，赴云南福保参加非遗文化艺术节。那是她在公众视野中第一次进行剪纸表演，谈不上创作，为确保现场发挥零失误，她依照一张孔雀图样提前练习了几天。临到开展那天，坐在展台后面的她埋头剪纸，握熟了剪刀的手禁不住发抖，一幅孔雀图剪得小心翼翼、战战兢兢。那是从未有过的体验。数年后，回忆起这一幕，她已能轻松笑谈当年的自己，年轻的自己。

技艺的纯熟，意味着创变的自由，也隐伏着固化的危险。只有自觉意识日益显明的民间艺人，才有眼力望到这潜伏的危险。手工的独一性，始终对抗着机器制作避免不了的固化局限，化每一程坦途为真正的踏险。

坐在我面前的雷丽娟，专注于剪刀与纸张的咬合，在每一分每一寸的剔除中，实现着建构，实现着创生。她告诉我，剪一幅对称的“喜鹊踏梅”，可一刀剪。剪刀从底部的树根起步，向右曲折漫溯婉转向上，整片的红纸渐渐零落散碎，落下片片碎屑。我的心悬提着，在剪刀起落的每一步未知中，既充满了担忧又充满了期待。而她，表情肃然坚定，仿佛确知：万物将自纸上浮现。

（原载《人民文学》2021 年第 3 期）

光荣匾

钟秀华

一个个苏区旧址焕然一新，一个个传统教育基地揭开了锃亮的牌匾，照亮后人创造美好生活的前进之路。

一

小时候，我常常在村庄的屋场里钻进钻出，瞧稀奇、捉迷藏、找乐子。故乡麦菜岭好像是一块内容无比丰富的藏宝地，在那些厅堂、洞水、老屋里，总有一些从前未知晓的事物为我带来新的发现。

有一次，运根爷爷家门楣上的一块牌匾吸引了我的注意。清晨的阳光越过天井，越过我的头顶，投射在一扇漆黑的旧门上。门楣上，忽然有一块薄薄的东西反射出了光亮。我走过去，看见一块写着红字的牌子，那红颜色已在岁月的剥蚀中略呈黯淡，但两面红旗的形状是清清楚楚的。我仔细地辨认着那四个字——“光荣烈属”。

当时，对“光荣”和“烈”大约是有一些概念的，我读过连环画、听过收音机、看过电影，其中大多是英雄人物的故事。我知道，光荣与壮烈往往是和视死如归的英雄联系在一起的。而那时候，我还不懂什么叫死亡。村子里，每个人都如常地日出而作，日落而息，运根爷爷家也是如此。他有质朴的妻子，善良的儿女。他们的家庭完整而平常，会有谁“光荣”了呢？

那块牌子背后的故事，是我奶奶讲给我听的。原来，运根的父亲当了红军，他走的时候，运根七岁，他的两兄妹也都很小，对父亲的记忆不深。后来，父亲再也没有回到他们的生活中，给他们以熟悉和亲近的机会。只有一块“光荣烈属”牌和一份“烈士证明书”。证明书上，白底黑字写着他们的名字，证实着一家人的血脉亲情关系。

不幸的是，几年以后，唯一庇护他们的母亲也病逝了。家庭的重担突然落到孩子们的肩头，他们似乎一下子长大了。那时候，运根刚刚扛得动锄头，为了能从土里刨到一家人的吃食，每天天不亮就去地里干活。年仅六岁的妹妹则担负起了做饭洗衣的重任，矮矮的个子，连锅都够不着呀，她只能搬一张凳子站在灶台边煮饭。

关于站在凳子上煮饭这个细节，奶奶讲，妈妈也讲，全村人都讲。每一次听，我都禁不住鼻子酸酸的，六岁，正是在父母膝下撒娇的年龄，我们这个年代的人，何曾受过这般的苦？

二

往后，我开始注意村庄里每家每户的门楣，发现这样的牌匾还真不少，桂生爷爷家有，流发伯伯家有，南海伯伯家也有……原来，往上几代，全村几乎每家每户都曾经有人光荣地牺牲了。无法想象，就在我们的村庄里，就在这平静的生活之下，竟然有那么多人像我在连环画里看到的那样与敌斗争。他们，不正是我心中一直景仰的英雄吗？

过年的时候，政府会给挂牌匾的家庭送一张年画，每次村干部领回来都是一大摞。年画上面写着“光荣之家”四个大字，下方印着慰问信和年历。村民们总是喜滋滋地贴在自家饭厅的墙上，贴到很旧了也不舍得撕下来。

有的时候我会暗自思忖自己家和挂牌匾的家庭有什么不同，想着想着，就觉得自己是多么幸运。我的奶奶是烈士遗孀，后来改嫁到麦菜岭，才有了我父亲。其实，我父亲也当过八年的兵，同样是参军入伍，我的父亲平平安安地回到了家乡，并生下了哥哥和我。

我从没有机会见识真正的英雄，日常生活中所看到的，只是烈士家庭里早早失去了丈夫、父亲或儿子的普通村民。

木生和我们一家本无血缘关系，他的父亲是烈士，母亲便带着他改嫁给了我的二爷爷。其实，我的二爷爷也参加过长征，只因中途受伤没有跟上部队，失散之后一边躲避敌人一边养伤，风平浪静后方得归乡。那时候木生才三岁，日子似乎开始安宁起来，然而命运并没有顺着岁月静好的意思走下去，几年后，木生的母亲病逝，他成了无父无母的可怜孩子。木生的奶奶闻听消息，便将他接回老家了。此后，我的二爷爷再娶了二奶奶，木生也有几十年时间没有音讯。

时移世易，二爷爷于1982年去世。二奶奶因未育，由过继的二伯父一家赡养。从小丧父失母，木生就没怎么上过学，除了当农民，他也没别的路径可走。长大成年后，连媳妇也没有娶，孤身一人生活。他的奶奶去世后，在这个世界上，他是连一个亲人都没有了。

木生想到了曾经生活过的麦菜岭，想到了曾经爱护过他的二爷爷。他终于下定决心找了过来，却发现麦菜岭早已物是人非。木生将二奶奶当成亲生母亲，将我父亲三兄弟当成亲弟弟。木生没有什么家业，便按照政府的优待政策住进了乡里的光荣敬老院。

光荣敬老院里，住着几十位烈属，都有着相似的经历和命运，在情感上很容易产生共鸣。他们一边感念着政府的厚待，一边相互温暖。木生在敬老院负责养猪，收入除上交敬老院外，还略有盈余，日子过得还算自在。直到七十多岁，他才不再养猪了。现在，他八十多岁了，身体还很硬朗，每月都能领到政府的抚恤金。

木生，以及在光荣敬老院一茬茬老去的众多老人，是众多赣南苏区红军家属的缩影。

三

长大以后，我开始留意去寻访有牌匾的家庭。在土坯房改造之前，随意走进一个村庄的老屋，都可以找到很多“光荣烈属”牌匾。因为，在20世纪30年代，作为中华苏维埃共和国首都的瑞金，可以说是家家有红军，户户有烈属。

为哺育摇篮里的革命，瑞金人民倾其所有。苏区时期仅24万人口的瑞金，就有超过11万人支前参战，5万多人为革命捐躯，纪念馆有名有姓的烈士有1.7万多人，无名者亦不计其数。听父亲说，光是我们村，便有67位烈士。如果去瞻仰叶坪红军烈士纪念塔，会看见塔身上嵌满了一粒一粒的小石子，每一粒小石子就代表着一位牺牲的烈士。同样的，在村民的门楣上，每一块光荣牌匾都铭刻着一段不朽的记忆。沙洲坝的杨荣显老人把八个儿子送去当红军，全部牺牲在战场；叶坪华屋17位华姓后生出发长征，没有一个活着回来……妻送郎、母送子，望眼欲穿君不归，这样的红色故事，在瑞金这片土地上数不胜数。

事实上，为了支持革命，苏区人民献出的何止是最优秀的儿郎？他们献出的还有最后的一把米，最后的一尺布……

还是要说到牌匾。九堡镇密溪古村的村民，把一百多块祖上悬挂的祠堂牌匾拆下来，割下金粉送给红军印刷厂作原料，木匾则全部做了红军烈士的棺木。要知道，在赣南客家人的心中，祠堂是最具家族威严的地方，祖上的牌匾是神圣至上之物。可是他们却甘愿摘下先祖的荣光，把自己仅有的物资献给红军。因为，密溪村的二百余名子弟参加了红军。更因为，他们坚信红军是可以为他们打下一片新天地的队伍。而这一支队伍，便是他们日日夜夜思念着的亲人的队伍。

一组数据显示，苏区时期，瑞金人民认购革命战争公债和经济建设公债78万元，支援谷子25万担，捐献战争费用22万元，捐献银器22万两……这厚重的奉献，不是由于经济实力的雄厚，而是因为抱着必胜的信念。老表们总是说："我们把自己的后代都搭上了，还有什么舍不得的呢？"

可是，他们没有想到，红军长征之后，国民党反动派反扑过来，红军家属遭到了疯狂的报复。直到新中国成立，"光荣烈属"的牌匾挨家挨户地钉上门楣，他们才确信，天下已经太平了。

新中国成立以后，毛泽东牵挂着"红都"，他在接见瑞金进京代表时饱含深情地说："苏区人民太好了，我们欠苏区太多了！"可见，苏区人民的牺牲和奉献，一直被历史、被国家铭记着。

四

饮水思源，树高千丈忘不了根。自20世纪90年代开始，中央和国家部委纷纷前来寻根。1995年，新华社第一个在瑞金修建革命旧址，续写红色传统。2004年12月，当时的国土资源部在瑞金市沙洲坝的苏区中央土地人民委员部旧址，挂上了“中华苏维埃共和国土地人民委员部史料馆”和“全国国土资源系统革命传统教育基地”两块牌匾。

一个个苏区旧址焕然一新，一个个传统教育基地揭开了锃亮的牌匾，照亮后人创造美好生活的前进之路。叶坪和沙洲坝已经成为规模较大的国家部委旧址群，也成为瑞金苏区精神案例教学的核心教学点。

寻根的目的，不仅仅是挂上牌匾，还有对口支援，还有源源不断来自大城市的政策反哺、温暖关爱。在这样的大背景下，瑞金人民卸下包袱，轻装上阵，到2018年7月，红都瑞金正式脱贫摘帽。

近一个世纪的光阴倏忽而过，光荣牌匾的样式也经历了多种变化。五六十年代是椭圆形的木头匾，七八十年代换成白底黑字的铁皮匾，后来，是黄底红字的镀金不锈钢匾。内容分别为“光荣烈士”“光荣烈属”“光荣军属”“光荣之家”等。

与之相对应的是，悬挂牌匾的门楣也发生了翻天覆地的变化，先是茅草屋或土坯房里的小木门，再是砖混房里的大木门，后来是小洋楼里气派的大铁门。许多红军后代早已从农村搬到城市生活，再要去找那些牌匾，已经没那么容易了。欣慰的是，他们无一例外都远离了颠沛流离、居无定所的命运，拥有了真正的安稳和幸福。

我想，无论是国家部委的牌匾，还是烈士家庭的牌匾，无不印证着新中国与中华苏维埃共和国血脉相承的联系。在这种叶和根的体认中，那些大大小小的牌匾，无一例外尽皆辉映着时代之荣光。

（原载《中国纪检监察报》2023年5月5日）

唐山母亲

刘云芳

我不止一次去过唐山地震遗址公园，园区内，原机车车辆厂的残墙还记录着1976年那场灾难恐怖的表情。一旁的铁轨扭曲着，这看似简单的线条似乎是对那段历史最简单、最有力的概括。这场地震导致七千多个家庭罹难，上万个家庭解体。我从老照片里看到过当时大地的裂痕，那深深的鸿沟在震后逐渐愈合。站在时间的厚土之上，我常想，那些家庭，以及每一个人心上的鸿沟是如何一点点愈合的？而作为每个家庭里最柔软的支撑——女性，她们到底是怎样从废墟中走出的，又是怎样一点点抚平身边人的恐惧，把一个个家庭牢牢黏合在一起的？

一

在距离那场震惊世界的灾难四十多年后的一个夏日，虽是早晨，阳光已经很炽烈，光线如细针般在大地上刺出我的影子。腹部突出的轮廓，昭示着一个生命正在不断成长，我即将第二次做母亲。这个生命的意外到来，让我觉得，以孕育者的身份与那些从地震废墟中走出的“唐山母亲”一起打开时间之门，或许是一次重要的洗礼。

我坐公交车辗转来到一个叫“小王庄”的村庄。那里的房屋整齐排列着，街道宽阔整洁，一派新农村的景象。我与边秀红阿姨相约在村委会见面。她转过身去，掀开衣服，腰部露出一道伤疤来，这伤疤像是压制时光的一道锁链，将那一日大地的震颤、毁灭以及种种迹象封锁起来。

我试图从她的描述里窥见那一夜的恐慌。然而，那恐慌从她的神情里是找不到的。当时虽然已到凌晨，天却黑得要命，他们全家被一声巨响惊醒。外边响起撕心裂肺的呐喊：地震了！这声音还没落地，房屋便轰然倒塌。边秀红刚想爬起，却被一根房梁压在床上。她和丈夫对着爬出墙外的儿子喊，赶紧跑，去麦场！丈夫费了好大力气才把她拉出来。她顾不得身上的伤，急忙跟丈夫跑到邻居家救人。

到处是伤亡者。边秀红是村里的赤脚医生，她一看这状况，赶紧去自家倒塌的房屋里扒药。当时是夏天，无比炎热，又是凌晨，人们大都衣不遮体。村民从废墟下找出件衣服递给她。那是一件十二岁少女的衣服，紧紧裹在她身上。后来，她又找来一条肥大的裤子。心想，能有衣服穿就不错了。她完全成了指挥者，让大家把重伤人员抬到安全的地方，又为轻伤者快速处理伤口。

脱脂棉没有了，怎么办？时间紧迫，这个时间能去哪里找？情急之下，她把自家的被子抱过来，三下五除二拆了被面，一大团白棉花裸露出来。她招呼大家过来帮忙撕棉花，自己又跑去扒墙角里的一坛老酒。那坛酒全家珍藏多年，一直也没舍得喝。她庆幸这坛子没有被砸碎。人们把棉花撕成一小团一小团的，放在酒坛里制成酒精棉。这软软的棉团像边秀红的话一样，让人心安。

有孩子疼得直叫唤，她急忙赶过去，一检查，才知道是胳膊脱臼了。可她从未给人接过骨，但如果不及时接上，留下后遗症就严重了。她大着胆子，回想着之前见过的接骨场景，尝试着把孩子的胳膊举起，旋转，再用力，竟然真的接上了。她一个接一个地处理，一处一处地跑，消毒、喂药、接骨、包扎……余震不断，她却在与时间赛跑，希望能够救助更多的人。这时，忽然有人跑来说，有个人尿不出来，难受得要命。她过去一看，伤者的肚子已经胀成了一面鼓。原来是尿道被砸坏了。边秀红意识到他需要导尿，可这件事她完全没有做过。情况危急，看着伤者痛苦的神情，她只能硬着头皮从医药箱里翻找出导尿管，简单消毒以后，准备导尿。人们见她一脸淡定、自信，却不知道她心里也是没底的。她勇敢尝试了好几次，终于成功了。这位伤者得救了。

边秀红顾不上休息，一个人守护着几百人的安危，真是连眼睛都不敢眨一下。腰上的伤一再疼痛，提醒她该休息了。她累得走不动，便拄着一根木棍，咬牙坚持。婆婆看在眼里，心疼极了，特地送来一碗热粥。她这才意识到自己已经三天三夜没有休息了。

边秀红把自家的存粮也拿出来给大家吃，在那样的年代，那样的时刻，粮食比什么都金贵。可她说，哪顾得了想那么多，大家一起把眼前的难关闯过去才是最要紧的。家里的排子车，在当时算是大件了，她也毫不犹豫地贡献出来，用于运送重伤员。

几天之后，人们开始修建临时的简易棚。而她和丈夫却忙着救助别人，奔波于各处，家里的事情根本顾不上过问。婆婆在外边因为风餐露宿，心脏病发作，晕倒了。村里人过意不去，主动为他们建起了临时的“家”，那个仅有几平方米的临时居所，不只是他们一家五口的容身之地，还成了临时的医院。广播站的一名女广播员和两名村民都住在这里。边秀红让他们住在最里边，她自己睡在最外边。每天晚上，她的上半身躺在“家”里，腿脚却只能伸到外边去，好像这房子长出了腿脚似的。

解放军的救援队是第九天到达村庄的，边秀红帮着把救援物资发给大家，把重伤员转移出去，这才安了心。在她的努力之下，整个村庄的救援工作井然有序，所有的伤者都得到了及时处理。

她以一颗慈爱之心看待整个村庄的生命。之后的许多年里，她依旧为人们输液、打针，守护一村人的健康。后来，她还当上了村里的妇代会主任。现在，七十岁的她，仍在村委会担任委员，为新农村建设发挥余热。不管在哪个岗位上，她都尽职尽责。

现在，她每天从街上走过，看到曾经救援过的人在路边扇着蒲扇看孙子，而她在地震时接生过的孩子如今也已经人到中年，过着幸福的日子……这一幕幕场景令她欣慰。

二

地震前一天的傍晚，天气热得要命，病房里来的人也都议论纷纷，说天上的云着火了，又说哪里的鱼都跳上了岸，青蛙也成群地跑到马路上，好像要远行似的……人们议论完之后，也会看一旁的高继贤——这个三十一岁的年轻女人，偏偏就摊上了身患癌症的丈夫，家里还有三个孩子等着抚养。

凌晨三点多钟，悬在房顶上的电灯闪了几下，便灭了。楼道里黑成一片。有医生打着手电来回巡视，叫大家赶紧休息。高继贤似睡非睡，迷迷糊糊中，感觉房子剧烈地摇晃起来。她赶紧站起身，想往外跑，却怎么也迈不开步，人站在那里，像是簸箕里的豆子一般，被颠来颠去。人们已经乱成一团，医护人员打着手电筒领着大家逃生。等到了门口一看，外边已经是一片狼藉。前一天还繁华的城市，已经满目疮痍。她转过头，想跟担架上的丈夫说话，才发现他已没了鼻息。在这场灾难的混乱里，他走了。她抓起一条旧毛巾，盖住了他的脸，脑子里交错闪现着三个儿女稚嫩的脸。

原本的房子塌的塌，裂的裂，到处是残缺不全的肢体。大自然的一双魔手把所有的东西都撕碎了，蹂躏着。她觉得自己像被擦除了路线的蚂蚁，要一遍遍尝试才能走上回家的路。等到了家，已临近中午。邻居大婶抱着儿子送过来，一脸歉意地说，闺女们……已经埋了。她抖着嘴唇，好久说不出话，最后，只问了一句：咋就埋了呢？

就在前一天晚上，婆婆带着三个孩子还有小姑睡在炕上。半夜，房顶砸下来，全家人都走了，单单留下了智障的儿子。可满大街哪个不是家破人亡？那突如其来的痛苦一下子抻平了每个人的表情。

孩子的大伯、大妈也都没了，两个半大的小子投奔过来。她一个人领着三个孩子。日子本就艰难，已经改嫁的养母忽又病倒，继父辞世之后，养母一直受着对方孩子们的排挤。高继贤一看这情形，只好把养母接回家里，娘儿几个相依为命。

等解放军一来，给各家搭起帐篷，后来又盖起简易房，生活才一点点好起来。儿子一天天长大，与其他孩子的差距慢慢凸显出来。许多次，当她拖着疲惫的身子下班回来，在街口看到儿子被几个调皮的孩子围住，高喊着，叫爸爸！儿子吓得不知所措，她的心顿时就碎了。

很多时候，她不愿意回家，后背趴着的儿子一看她往村口走，便哭着摇头。即便迟钝如他，也能感受到母亲掩藏在身体里的情绪。是的，她又要去葬丈夫的那座矮山上。她多想大哭一场，把心里的憋屈对他说一说。可是有太多生命死于那场灾难，她丈夫不过是顺道跟着去的。很多话到了那里就变得无力言说了。

两年后的某天，哥哥匆匆来了，当时，她娇小的身躯正负担着两大桶水。哥哥一见这情景，眼睛都红了，接过扁担，便说要她回趟娘家，去见个人。地震之后，重组家庭的很多，这一年里，上门说亲的人也不少，但她很长时间里都是拒绝的。哥哥硬要拉着她去。她洗了把脸，便坐在哥哥自行车后座上去了。

她穿过堂屋，先进了母亲的屋里。母亲说，一个人多难！一听这话，她的眼泪便汹涌而出。她不知道自己为什么会哭成那样。从丈夫查出癌症再到大地震，她的泪水好像被封锁了一样。但在这一刻，她再也绷不住了，往日生活里积攒的压抑、艰难全都顺着泪水流了出来。

对方是人民教师，在那场地震里失去了妻儿。她心想，这样的条件，人家怎么可能接受她的傻儿子？而且，他们还相差十六岁，如果不能一起到白头，以后自己还不是孤独终老？

当她红肿着眼睛去哥哥屋的时候，一抬眼，才发现那张脸是那么熟悉。早在十几年前，养父在世的时候，这张脸就常常出入他们家。对，他是养父的学生。对方早知道是她。这一下子，很多话都省略了。

两个被天灾震裂的家庭很快黏合到一起。如果把一个个家庭比作一个个几何图形的话，地震之后，你可以看到，那半个圆形粘着一个角，这个碎了一角的方形粘着一个残缺的梯形，这些相互黏合的图形需要在时间里慢慢消磨掉损坏的边缘。而他们是幸运的，在相守的二十八年中，他们没红过一次脸。他将她的儿子视如己出。哪怕孩子因为好奇心重到处惹祸，他也跟着一起去别人家赔礼道歉。在她的暮年，想起这个男人，内心是感恩的。这也许是她生命中最温暖的一段时光了吧。

高继贤是个要强的人，即便丈夫收入稳定，五十多岁的她也依然出去做小买卖。有段时间天不亮就起来，弄一口大锅煮玉米棒子，再用一辆二八的自行车驮上一百多个出去卖。有一天，她把手机忘到了家里，等回到家，才知道丈夫出了车祸，双腿骨折，正躺在医院里。她急忙把家里仅有的几千块钱带上去了医院。这个老实善良的男人告诉她，肇事者说要回家拿钱，结果多半天过去了，却不见踪影。显然，他被骗了。高继贤赶紧凑钱为他交上手术费。她放下手里的一切，全心护理丈夫。她每天推着他出去锻炼，可没想到，他双腿刚刚痊愈，髋骨又脱位，等髋骨好了，却又瘫痪在了床上。她那么悉心照顾，也没能留住他。

她细数这一生送走的亲人，养父母、亲生父母、两任丈夫、两个女儿……这些痛苦的日夜都已经被时光磨得圆润，每一次变故，从突如其来到全然接受，这个过程只有她自己知道。她说，我对他们都尽心了。

儿子那愈来愈苍老的身体里，藏着一个三岁左右的孩子。五十岁以后，他见了二三十岁的年轻姑娘依然会开口叫阿姨。他时常在口袋里装一两块钱，买一把劣质玩具手枪，对着天空、树木一阵乱抖，如此便快乐得要命。生病了，他拒绝吃药。他只听某个医院院长的话，认定那个有耐心的老院长是他的舅舅。所以，哪怕一次感冒、发烧，高继贤也要时刻关注着，并且不住地在心里祈祷着，希望他能快点好起来。

有人说，她这辈子被儿子拖累了，但她从不这么觉得。这孩子是她的骨肉，既然带他来到了这个世界，就要负责到底。每天，儿子都会搭上某一辆家门口的公交车，去往不同的地方玩耍。他断断续续地向她描述这城市的变化，这儿又多了什么，那儿又不一样了，今天，他又遇到了什么样的人，对他说了什么。她总是要连蒙带猜，才能弄明白他要表达的意思。但她很享受这个瞬间，亲情之光也是照耀着他们母子的。

可是有一天，已经晚上九点多了，还不见儿子回来。几个相熟的老姐妹帮她在附近找了一大圈，也没见着。她们赶紧打了辆车，顺着公交车站，一站站往前找。终于，在灯光闪烁的街边看见了儿子。他抬起头，兴奋地跳起来喊妈妈，说自己一直等不到公交车。司机问他，你找得到家吗？他却很迷茫。他可能永远也不知道母亲为什么会在这一刻紧紧握住他的手。

她有时会叹气，如果我死了你该怎么办？儿子似乎并不知道什么是死。他一脸天真地说，没事，你死了，对门的阿姨会给我做饭吃。她笑起来，笑得让人心酸。她时常想，假如地震没有把两个女儿带走，会不会是另外一番情景?

在小区里，人们都喊她傻子妈。她早已经坦然接受了这三个字，她相信大家并无恶意。她教育儿子要做好事，教给他做人的道理，出去要注意形象。她这样吓唬他：街上有很多摄像头，连着各家各户的电视，他如果表现不好，所有人都能看到。这一招是有效的，他出去真老实了。她多次告诉儿子，在小区乱贴小广告是不对的。后来，她发现，儿子见了小广告便会撕下来。这小小的变化也让她欣喜。哪怕他看上去已经是个小老头儿的样子，她也要不厌其烦地告诉他什么是错，什么是对。

命运在她人生中设下了太多的暗沟和荆棘，而她却丝毫没有怨气，她平和地讲述着，告诉我，她自己也与死神打过交道。她得了直肠癌，2015年，她先后经过了两次手术。她以乐观的心情看待一切，那些该来的本就是她该承受的。她从未觉得自己是应该被同情的弱者。现在，她是小区里的楼长，是所在区域的热心居民。她感恩国家对她这样的家庭予以政策上的关照，感恩每一个帮助过她的人。这位可敬的老人，可能是命运给予她的甜蜜太少了，所以，哪怕别人对她的一点点好，都会牢牢记着。

三

地震来临之前，张敬娟正在学医，在乡间辨认各种草药。

1976年7月28日的凌晨，等她从废墟里爬出来，看到的是坍塌的房屋，变形的街道。人们陆续从揉碎的梦境里，从房屋里逃出来。张敬娟安抚那些老人、孩子，在余震一次次来袭的时候，握住他们的手，说，没事的，没事的。这个年轻姑娘的淡定让在场的人都刮目相看。

她很快就冲到废墟边，跟着大家扒人救人。伤者出来之后，又急忙去护理，一分钟都不敢耽误。从废墟之下扒出的伤者什么情况都有，并且人数越来越多，没多久，她储存的药物就用光了。天气炎热，伤者的伤口如果得不到及时处理，很快就会感染。此时，距离大地震刚刚过去四个小时，后边还有很多人等着治疗。正在大家着急的时候，张敬娟灵机一动，想到了一个主意。她说，我知道哪里有药！当时，天阴得厉害，还有轰隆隆的响声，去哪儿都不安全，但她拿定了主意要去找药。

张敬娟跑到自家院子里，在曾经放自行车的位置一阵扒拉，终于找出了一辆自行车，她拍拍车座上的土，正准备出发，忽然听见有人叫她的名字，一回身，看到后边追上来个人，走近了看，才知道那是同村一个小伙子，他也推了辆自行车来，说，我陪你去。张敬娟感动坏了，虽说她有独自去找药的胆量，但毕竟是个女孩子，有人能跟她做伴，当然是最好了。

她曾去过丰南城区的医药公司，看到过那些药片装在一个个深色的大玻璃瓶子里。可医药公司远在十几里地外，当时余震不断，又下起了雨，道路两侧的建筑很可能会出现二次坍塌，可想而知，这一路是非常危险的。想到这里，她又觉得不应该让小伙子跟她去冒险，她甚至劝他，你别去了。可对方非常坚定，说，没事儿，我陪你去！

在处处塌陷的道路上，他们只能凭着记忆和感觉艰难地、小心地往前走。有的地方已经断交，只能绕着走，有的地方多了很多砖石，只好搬着自行车前行。抬起头，两边的村庄也都陷入黑暗之中，他们隐约听到那里有大声喊话的声音，也是在救人吧。

跟她猜想的一样，医药公司那条街上的房屋都倒塌了。她踩在乱石堆上指认出存药的那间房子，两个人从一片乱石残墙上跨过去，费尽力气把房顶扒开，又把砖石一块块移开。她从旁边找到一根长棍子，又是扒，又是撬，终于，看到了那些瓶瓶罐罐。她擦拭掉上边的厚土，幸好它们没有被砸坏。她快速地清点着需要的药物及脱脂棉，像寻到大批宝藏一样欣喜。

回到村里，她赶紧去护理伤员。一有空闲，她就跑去扒人，没有工具，就双手扒，磨得净是血泡，脚上也磨出了伤。余震再次袭来，原本摇摇欲坠的墙体又开始晃动起来。在这危急关头，村大队组织大家赶紧转移。但是，张敬娟却往回跑，村民们拦住她，她说，我听见有人在喊救命。大家当然不能让她再回去，她坚持说自己听到了呼救声，竟“扑通”一声跪下，说，就让我去那边看看吧。可是话音还未落，不远处的残墙和房屋就“哗啦啦”全都倒了下来。

有次，她跟大家一起救出了三个姑娘，当时已经呼吸微弱。她急忙冲过去，在没有任何防护的情况下，为她们做了人工呼吸。终于，其中一个姑娘醒了过来，有了意识。她不光护理人们的伤口，还保护着他们的自尊，很多时候，她都会从废墟里扒出衣服，给那些刚被救出来的衣不遮体的人穿。

张敬娟三天三夜没有休息，终于累得晕倒在地。醒来之后，村领导下令，让她不要去扒人，安心护理伤员就可以了。当时，很多伤员被压在废墟之下，不得动弹，天气又热，必须要提早施救才能保住他们的生命。这种时候，旁边常会躺着几具尸体，不断散发着恶臭。她顾不得那么多，心里只有一个想法：能多救一个是一个。

食物稀缺，她先把自家的粮食扒出来，分了。又跑去挖野菜。她调侃，学习辨认中草药的本事，竟然这样派上了用场。

几天之后，伤员们的状况基本稳定了，重伤者也转移走了。她去村口一户人家换完药，出来看见一条水沟，借着夜色，她照见了自己的影子。这些天在雨里泥里跪着爬着，连洗脸的时间都没有，她都快不认识自己了。她“扑通”一声跳进去，任冰凉的水冲刷着疲惫的身体。她那条迷人的大辫子因为许多天顾不上梳理，已经纠缠成一团，怎么也梳不通了。回到家，她拿起剪刀，把那条让人羡慕的大辫子从根剪掉。

那年的8月8日，她就顶着那一头短发去了北京，那是她第一次去北京。作为所在地公社的代表去参加全国抗震救灾英模表彰大会，还受到了当时国家领导人的亲切接见。她是大家公认的英雄，回来之后，很多地方邀请她去做英模事迹报告。四十多年之后的今天，想起这一段，她脸上却显露出羞涩来。她说，我懂点儿医，那样的状况下，做那些事儿都是应该的。

连她自己也想不到，在那场地震里，她收获了一份美好的爱情。那个陪她去扒药的小伙子后来成了她的丈夫。大约是那段时间，张敬娟表现出的坚韧、聪慧、担当打动了那个小伙子，他们顺利地走到了一起，陪伴与守候一直延续了大半生。

此后，她担任村里的赤脚医生，电话二十四小时待机。冬日的深夜，天气冷得要命，而她爬起来去看望某个患者是常有的事情，但她从不收出诊费。丈夫总是默默地帮她拎着医药箱，陪在身旁。在许多个夜晚，他们相伴左右，手电筒的光束在前方探路，好像所有的路程都是大地震那段路程的延续，这辛苦竟有了浪漫的滋味。他们夫妻和睦，一起把日子过得红红火火，虽然其间也出现过一些变故，做生意赔了钱，但张敬娟一直陪伴在丈夫左右，哪怕再苦再难的日子，也要携手挺过去。

非典肆虐的那一年，大葱、萝卜都被当作预防良药，贵得离谱。原本几块钱的来苏水也一下子贵到了五十多块钱一瓶。她觉得这太不可思议了，赶紧联系几个同为村医的老朋友，把他们手里的来苏水搜集到一起，全部对村民免费发放。她还主动宣传起预防非典的各种知识，破除了不少流言。

受她的影响，两个女儿都继承了她的事业，一个去学医，一个在村里做计生工作，也都热情善良，喜欢帮助别人。在她们眼里，母亲是位真正的英雄，是她们学习的榜样。

那天，张敬娟送我出门，路边的人不住地跟她打招呼。她家所在的村庄已经进行过规划，与城区连接成一片。临别时，我看到这一片耸立着的高楼，心里想着，某个夜晚，他们夫妇随着一束光爬上某一栋楼，在高楼之上，那些身陷病痛的人盼着她的到来。她抱着发烧的小孩，拍着他们的后背，哄他们，说着，不怕，不怕。那样子格外慈祥，让人一下子想到了四十多年前的那个夜晚。虽然她年龄尚小，还未成婚，却已经闪耀着母性的光芒，温暖着每个人。这么多年，这光芒从未减弱过。

那个夏天，我走访了多个从地震废墟走出来的女性。许多天里，我的脑海中总会浮现她们的面容，以及那些掩埋在时间褶皱里的细节。我像吸铁石一样，在报纸、书籍、网络，以及人们的聊天中搜集着类似的故事。她们中的许多人，把幼小的弟、妹抚养长大，还有的人忽然就成了另外一些孩子的“母亲”。她们尽自己所能关爱着周围的人。当世界暗下来的时候，她们便自动闪耀起女性之光，照耀着别人。

我常去抗震纪念碑广场，现在这里几乎是这座城市最热闹的地方。纪念碑耸立其中，上边雕刻着的唐山人民重建家园的图谱与此刻周围人们的笑脸相映，一个城市的过去和未来以这样的方式呈现着。我回望街头，车流涌动，人影刷新着人影，好像一段时间覆盖了另一段时间，便不由得对那些支撑起这一切景象的所有力量肃然起敬。

（原载《当代人》2019 年第 10 期，收入本书时略有删节）

地深处的路（节选）

黄　璨

鸟叔和他的巷道

不顾我的建议，他们坚决为我们选择了吉普。

“你是外来人，我们得尽可能保证你的安全！”他们强硬地说。

只有日复一日下井的矿工才可以乘罐笼。他们早已熟悉了由此而生的恐惧。或者说，恐惧已经长成他们身体的一部分，被每天下井前必备的安全宣誓所蔑视，再也不敢抬头。

像一种颜色洇入另一种颜色，像一个声音汇入一大堆声音。是吉普的灯晕染出的巷道的黑，由浅缓缓地洇深，浅是因为地上的光尚能攀壁而入，深是光的耐力不足以抵抗更深地下的黑，只能陷得更深、更黑。是无数条巷道经无数次曲折环绕发出的啸叫声，像网一样纵横交错在地面的最深处，连技术最熟练、情感最细腻的蜘蛛都找不到它的方向。

司机却一脸的白，且泛着油光。我感觉我认识他，想了好几分钟，还假装不经意地多看了他几眼。我问：“你是不是那个叫鸟叔的网红，就是抖音上跳广场舞那个。”

他一下子笑了，扬起眉大声说：“是啊，我是鸟叔。”

没错，是那个网名鸟叔的热衷于广场舞的中年男子。

他在瞬息万变的抖音上跳，在嘈杂广场的人群中跳，在幽滑透亮的地板上跳，在喜洋洋挂着红色横幅的商铺促销活动上跳，在翠色如滴的公园柳树底下跳。他还穿了唐三藏红黄的袈裟，在一个自助洗车店的门口一起一落地跳。

他跳的时候眉毛是弯的，眼睛是弯的，嘴巴也是弯的，这使他略有些肥胖的身体更显得弯弯的圆，像好几个圆括号叠加在一起。但他跳得很灵活，很轻盈，像一根粗壮却柔韧的柳枝在风中摆动。正是他一身满满的喜气，使这越来越黑越来越绕的巷道不再令人恐惧。

但巷道仍像被尘封在一片漆黑里。只有吉普车有它自己的光，如一把蛇形的剑，一路刺破前方的黑，并在对面来车传出巨大轰鸣声时，才远远地在黑暗中找一处侧凹的会车点停下来，安静地等对方驶过。

等是巷道战胜黑暗的唯一法宝，包括熟知这巷道每一道路口、每一次呼吸、每一个标点符号的鸟叔。他在地下已等了足足二十年，从起初的焦躁不安开始，把清瘦的身子等成了圆括号，把青涩的黑发等成了两鬓斑白，把眼中的清澈等成了龙首山暮色下端严的深静。他知道，这同城市一般大小的地下宫殿，如果没有进就不可能有出，进的永远都比出的紧要。他亦知道，人这一辈子既然没办法大富大贵，那就安静地等时间慢慢经过，并在等待中慢慢咀嚼生活苦涩又甘甜的滋味。等吧，这世上没有比“等”更安稳的字了。

无聊的等待中，看到鸟叔同旁侧弯道开车过来的一个司机使了一个鬼脸，他原想快速躲到旁边凹进去的会车点，没想到被拐弯的这辆车抢了先。我笑他的挑衅，建议他下去和那司机打一架。我说，等你们热气腾腾地打完一架，路就通了。这充溢着原始气味的巷道太适宜男人打架了，那将是多沸腾、多剽悍的一个场面，振奋人心。

当然不会打起来。愚蠢的人才会以武力解决心底的愤懑，聪明的人往往都喜欢一派和气，无论真的还是假的。聪明的人现在越来越多了。

及至午饭时间，聪明的鸟叔说，我吃过了，在外面等你们。我有些疑惑，一直随他的车，怎么没看到他吃午饭。但他说他吃过了，并在我们再一次喊他一起吃饭时，他朝井下食堂的门口长长地看了一眼，然后离开我们走向他的吉普车。

鸟叔熄了车灯在黑暗的巷道里睡着了，且睡得很深，以至于我们敲了几次窗玻璃才醒。

鸟叔说，人在巷道里一般睡得都比地上踏实，因为没有网络、没有人声、没有任何多余的干扰。

鸟叔说，只有在巷道里，人才会觉得自己是睡在真正的黑夜里。

真正的黑夜纯粹，没有一丝光，连梦都挤不进去。

又是劳模的一天

饭后一转身，同伴不见了，一旁的劳模豹子一样飞出硐室。

“这地下巷道就像迷宫，你要独自乱走，会迷路，会走到废路上去的。”

“你根本不知道什么地方安全，这里随时都有冒顶的危险，你会被砸着的。”

“给你配的手电筒也不拿，台车那么高，司机看不清巷道里的人，就只能靠手电筒晃动的光来识别对方，你以为它是摆设吗？它是用来说话的！”

“再别乱跑了，我得保证你的安全。”

劳模今年三十七岁，十分健谈。在井下遇到这样一个健谈的人很幸运，你可以知道关于井下的很多事。

你会知道巷道顶部隔段出现一个铁丝网罩着的朝上的深洞，既是通风口，又是充填材料的下行通道，还是工人最紧急的逃生之路。之前一次火灾，几个矿工差点就出不去了，最后顺这个洞口才爬到安全地带。

你会知道狭窄的巷道内，当身后来车，就得赶紧贴墙站着等车过去。如果对面来了车，它就会专门停下来等你过去。人动车不动，车动人不动，如果违反这条秩序，你会被车挤成肉饼，那可是几百万的特供车，结实得很。

你还知道巷道粗糙的墙壁隔段出现的两个并排的铁皮盒子样东西，一个是水，一个是氧气，巷道一旦出现危险，你得靠它们来拯救自己，拯救你在地上拥有的一切。

你还知道一个洞口从顶部突兀垂下来两根细长的棉线，是为了对焦找到掌子面的中心位置，避免矿脉偏离你的视线、你的挖掘方向，否则你几十年在地下的活就白干了。

你要知道，这里一切的一切都得给安全让路，哪怕不出矿，哪怕不挣钱，你每天都得好好地完整地从这里走出去。

……很高兴劳模是这样爱说话的一个人。

他很英俊，眼睛毛毛的、脸盘方方的、线条像雕刻出来的一样，让人看一眼不由得心上欢喜。

他几乎没有什么娱乐方式。上班，下班，接孩子，吃饭，刷抖音，计划明天的工作，夜色浓黑时上床睡觉。

他看起来那么年轻却在井下待了十七年，且从没想过要调离工作岗位。

“这里也挺好的！我们班上还有一个二十五岁的男孩，家里给他买房、买了三十万的车，但他仍愿意在井下工作。现在的工作不好找，既然找到了，那这里也挺好的。”他淡淡地说，虽然敞开的工作服下，灰色T恤的下摆破开了一个三角的口。要是到地下更深更热的地方，全身只一条短裤，汗珠嘀里嘟噜往地上滚。

“我第一次下井，看到那么大的工作室，想着人竟可以把这么大的房子建在地下，简直太神奇、太伟大了。”他很开心的样子。

几个工人经过，笑呵呵地对他说：“又是劳模的一天。”

他也坦然地笑：“嗯，又是劳模的一天。”

他笑得亦好看，睫毛长长地遮着眼睛，有一种雾蒙蒙的清澈。

他是这个班的班长，还是井下最前线、最危险的掌子面钻眼取矿的台车司机，每天的取矿量在全工区第一。

他见过一个矿工因疏忽大意被晃动的钢丝绳砸死，听到一个矿工被突然爆裂的轮胎强大的气压打到墙壁上把脑浆打碎从此成为植物人，还知道一个矿工被一台铲车挤在墙角再也无法呼吸。

而他，这个爱说话的英俊能干的劳模，将在这样的地深处一直干下去。也许，还会干到年老力衰再也干不动。

化了妆的厨娘

地下也要吃饭。

地下的饭和地上的饭没任何区别。

有时候，厨娘会在厨台常备着的几个小罐里分别装一些饭菜然后送到地上，告诉地上的人们，地下的饭同地上一样营养丰富，且各方面都达标。

土豆牛肉、鱼香茄子、素炒西兰花、米饭、花卷，或手指轻轻一按就会陷进去一个大坑的暄馒头。

一人一大盘，山一样堆着。

剩下也无妨，有老鼠在墙角等。是偷偷跟着人跟着车进入地下的老鼠，它们的牙齿不够锋利，没能力开凿地下的路。它们兼任地下的警报员，巷道一有危险，它们往哪儿跑，人就往哪儿跑。

在这里人们从不伤害老鼠，连虫子也不伤害。地下那么寡淡，需要点生的气息。

“下一次是清汤羊肉，你们来吃。”午饭还没开始，厨娘已为我们预订了丰富的下一次。她化了妆，不算浓也不算淡。她的口红是暗红色，有些深，有些艳，还隐隐地有些凶。她给人一种硬朗的男人的感觉，但她精心地化了妆。

我们聊天那会儿，她一边做煎饼一边看我们，然后很正式地给我们端了一盘过来。我觉得她是自作主张给我们端来的，理应经过什么人同意才能端来，但她直接做好端过来放在我们面前，并且什么也没说。

整点开饭时，矿工的餐桌上并没出现这样的煎饼。

一般情况下，井下没有女矿工。井下的工作女人干不了。只有做饭是女人在地上地下都能干的事。男人成堆的地下世界，若灶台上再出现一个戴着围裙的男人，整个画面就会有那么一点失衡。

自来水是六百米之上的地面顺地脉引下来的。液化气、菜蔬、米面则是用吉普车经曲折的巷道专运过来。最开始那会儿，菜蔬米面甚至锅碗瓢盆都由厨娘坐罐笼从地面直接背下来，每天山一样重的大编织袋，将厨娘压成了弓背的虾。后来，有人提出这样不人道，便换了吉普车运送，厨娘单独乘罐笼下井。

两个厨娘，我只记住了那个化着不浓不淡妆的女人。我们刚进硐室她便无事找事似的大声嚷：“这边桌子我还没擦呢，你们先坐那边。”其实那会儿我们并没有要坐下的意思。

她大概早就注意到我们，并且在打量和猜测我们。我觉得她是想引起我们的注意，她的每个动作幅度都很大，也很有力量。

“她精心化了妆。”我忍不住对同伴又说了一遍。

“女人嘛！何况，井下这么多男人。”同伴的回复让人心里有些不舒服，但又觉得没错。

桌子的确没擦，落着水渍，落着只有手电筒光照射巷道时才会出现的颗粒状灰尘。一个特大号的塑料水杯，特写镜头般独立在桌面上，瓶身沾满灰尘，手柄一层厚厚的污渍。立式热水器下端的接水盘已经锈成黄褐色，残留的废茶叶盖住了渗水孔。一台很久未见过的旧式座机电话，在墙的一角显得孤独。

事实上，如果没有手电筒那样仿佛能穿透一切的光，地下巷道几乎是看不到灰尘的。即便一辆挤满巷道的大台车汹涌经过，它所扬起的灰尘也会在昏暗的灯光下以薄雾的方式，呈现出一种渺渺的、不合时宜的美。

巷道的黑竭尽全力想要把所有的灰尘藏起来不让人觉察。它知道，那些灰尘会让人得矽肺病，会缩短人生命的历程。作为被告，它不好意思表现得那么明目张胆。

来硐室吃午饭的矿工们身上也全是污渍，同陈旧的巷道一样斑驳的灰色，像一张张铅色的素描。倘不是那厨娘嘴上涂着的口红，整个画面就会让人觉出苍白乏力。

看我持手机抓拍同伴吃饭的样子，厨娘追过身来看。我说好看吧？厨娘的声音在我耳边风扇一样地响：“这照片很性感。”

我抬起头看她，见她眼神里聚着一种很亮的光，似乎扔个小火苗进去都可以点燃。还有她周身那种强悍的气息，压得我微微有些窒息，直不起身来。

“你是不是惦记上人家了？”一个吃完饭打算离开的矿工，枯白着脸坏笑。那厨娘连看都没看他一眼，却将眼睛瞟向对面另一个埋头吃饭的矮胖男人，大声说了一句："我惦记的是他。"

硐室里一片哄笑，包括那个正在吃饭的没时间抬头的矮胖男人。

厨娘也跟着笑，肆无忌惮地。

笑完，吃完，矿工们走了，工作间又剩下那两个厨娘，她们开始收拾残局，丁零当啷的厨具的碰撞声让硐室显得格外安静。

另一个厨娘自始至终都很安静，没听她说过一句话，像不存在似的。化妆厨娘关于性感的那句话，我却一直记到出了井，记到这会儿我写下这句话，也许很多年以后还会记得。

掌子面

"掌子面"，好像一巴掌拍下去一个印，手有些生疼。其实是专业术语，指开挖坑道（采煤、采矿或隧道工程中）不断向前推进的工作面。

掌子面随矿脉向前或者转弯。矿脉在六百米乃至一千米的地表测出来，用细细的笔绘成图，由施工人员垂直找到它地下的坐标，开始挖。

不能成片的挖，要隔道挖，否则会坍塌。几条并列的线，这一条线挖得差不多了，用铁丝铆钉框住，水泥沙子石头填充凝固，回过头再从旁边这条线挖。

填充体得比例规范，铆钉得一遍一遍加固，还是为防坍塌。地下最要紧的便是把往前的路用最坚硬的东西撑住，人随时随地能跑出来。一般情况是，把需要的路留下来，不需要的路填结实。

水泥花钱买来，石头、沙子戈壁滩挖来，从地上轰隆隆运到地下，轰隆隆倒入挖空的那些线上，气势很大，成本不小。

总不能把山挖空就不管了，拿了人家的东西总得还回去。虽然有偷梁换柱的意思，但只要山自己没异议就行。

山能有什么异议？你爱怎么就怎么吧，哪怕你把我挖空了撂那儿我也是山，也许万年以后再变成水，但那是以后的事了。

没有人想过要把山挖空了。

也没有人去想地表以下六百米乃至一千米挖空了会是什么结果，也许生态主义者会想，但那是另外一个范畴。挖矿的工人不会去想，他们是按每天的工作量计工资的，挖得越多工资越高，日子越来越亮。

甚至，在地上行走的人，也从来没想过还有一些人正沿着地下的路在挖上面的山，一边挖一边填，一边填一边挖，直到把这座山曲曲绕绕地挖完。

“这座山什么时候能挖完？”

“应该还可以挖三十多年吧。”

“那三十多年以后呢？”

“三十多年以后再往别处挖呗。”

“就像我们的包工队，这地方的活儿干完再到别处干，总不能饿死在这里。”

掌子面是人在地下将山挖下去的全部理由。它把一部分矿露出来，另一部分藏在身后，一步一步来诱惑人。

没有人能抗拒这样的诱惑。这坚硬的岩石的矿，黑乌乌的发着铅色的光，把人的眼睛都晃花了。它还夹着暗红色的纹理，像宣纸上打了未被墨压住的红色，似乎没这红色来做底，后面画上去的墨色就要跌下去似的。

掌子面的路每时每刻都在成为过去，但它们留下的是劳动和创造的永恒。

（原载《星火》2022 年第 5 期）

春风满江右，心灯暖洪城

周　文

“万人丛中一握手，使我衣袖三年香。”曾有文化名人将龚自珍这两句诗题赠给青苑书店和它的掌门人万国英。

想当初，活泼如鸟、鲜嫩如葱的万国英，蒙头蒙脑地开办青苑书店，不问深浅地租书、卖书。她心中有焦渴，指望着书去消解。

二十六年过去，弹指一挥间。万国英依然鲜活，但脸上布满了风霜，眼角积了皱纹。商海波翻连天涌，大浪淘沙日日新，岁月如歌，人生蹉跎。民营书业筚路蓝缕，砥砺前行，此消彼长，纷纷扰扰。任尔东西南北风，抱定初心不放松，青苑不动摇、不掺假、不掉色，坚持“选特别的书，做特别的书店”，一步一个脚印地从一般图书经营向“书店＋文化”挺进。在读书人眼里，南昌的青苑和南京的先锋、杭州的晓风、广州的方所、上海的钟书阁、北京的风入松一样，是“心仪的甘泉”；“眸子很亮，清清爽爽”的万国英，是“书苑中的传奇女性”。

读过张国功先生的美文《阅读・岁月・生活》。作者用“三迁记”回放青苑艰难前行的历程，用“夫妻店与南昌的文化地标”揭示青苑在读书人心目中的位置，用“挺住就是一切”表达对青苑的祝福与期许。文章泼墨而书：“青苑是书店，但又绝不仅仅是书店，对于南昌市的读书人来说，青苑是一种生活方式，一份精神姿态，一段成长记忆”，是“读书人安顿灵魂的公共空间”。“每一次努力的付出，都会润物无声地影响着一些东西。就像一湾清流，青苑用清澈的人文之源浇灌这个城市的阅读风景，改变着城市坚硬的精神土壤。”文中引述的一段话，朴实得让人落泪：“有些人离开了这个城市，回来时总要来看看，看看青苑还在吗，还在就好。生命最深的记忆多是青春年华，青苑年轻就好。即使我们老了，它还会影响一波又一波的新人！人书俱老时，蒙眬的眼中，那店门口飘摇的风铃依旧……”

近几年，青苑隔些天就办一期书友会。我在它的店堂里翻看过一本又一本的嘉宾留言簿，惊讶地发现那上面出现的是流沙河、阎崇年、聂震宁、何怀宏、马立诚、吴思、胡平、张鸣、方志远、辛德勇、熊培云、朱幼棣、蔡天新、水木丁等熟悉的名字，写下的是“梦里寻梦”“沙漠中的长青之苑”“城市里最美好的存在”“独有书癖不可医”等值得玩味的文句。眼前浮现的画面是：在四壁皆书的简朴空间里，这些鼎鼎有名的人物惬意地坐在椅子上，一杯清茶，一卷新书，与蜂拥而至的书友言来语去，侃侃而谈，乐不可支。他们一点儿也不憋屈，一点儿也不扭捏，一点儿也不夸张。

青苑的书友很杂，有文学家、科学家，有专家教授、莘莘学子，有高级干部、普通职员，有企业家、打工仔，有耄耋老人、翩翩少年。

去年腊月二十五，冷风斜雨的下午，我在青苑第127期书友会上做了一回听众。主持者端木林，媒体人。评点嘉宾叶青，学者。主讲嘉宾白明，“天真”而博学的艺术家。话题采自白明的新书《闪念》。留下了极深刻的印象。叶青说：“《闪念》应当作为‘枕边书’来品读和珍藏。”白明说：“青苑的环境、氛围、味道里面充满了文字”，“阳光出来了，雾霾才会消失，阅读使人远离雾霾和尘埃”。一百来平方米的空间里，挤进了两百多号人，一会儿鸦雀无声，一会儿掌声雷动。外面很冷，里面很暖和；外面很浑浊，里面很馨香。万国英不发言，也不奔忙，只是端坐在人堆里静静地听，脸上始终挂着甜丝丝的笑。

依我看，这书友会就是好书、好人的汇聚，所形成的是强大的文化气场，给人以正能量的宣泄、渗透、诱导和激励，是心心相印、息息相通的诉说与倾听，是心与心的互动与互助。

青苑还积极地与社区、学校、企业联手，组织开展一系列和读书密切相关，有益文化发展的活动，扛起社会责任，播撒文明种子，奉送缕缕温情，照亮处处心境。

刘世南，“未尝一日废学”，能将《左传》倒背如流，也能对《旧制度与大革命》“独持偏见”的老先生，是青苑最年长的书友。

2012 年，青苑二十周年店庆，八十九岁的刘世南先生欣然题词：“读纸质的书，同时读社会这本大书，为的是使自己成为一个思想者。”2013 年，九十岁的刘先生写下长诗《青苑颂》，三百余言，结尾处八句是：“独立坚守少俦侣，肇锡嘉名旌四方。青苑春风江右满，化雨尤赖堂堂张。国功兄实纲维是，青苑名遂天下强。我辈今皆食其赐，功德在人永无忘。”2017 年 4 月 9 日，青苑举办第 115 期书友会，主题是“我和我理解的知识人”，嘉宾是九十五岁的刘世南，话题出自老先生的新著作《师友偶记》。老人高兴，当场轻松愉快地用硬笔写：“谢谢青苑书店给了《师友偶记》一个交流平台。愿你们的事业与时俱进。”又为求书者题：“我们对人类前途永远是乐观的，因为路总是人走出来的。”主持这期活动的，便是《青苑颂》中提到的“堂堂张”——南昌大学张国功教授，一个曾经从事编辑出版工作，喜欢编书、读书、买书、教书、谈书的人。

开得成书店，办得了沙龙，钻得进陋巷，站得稳闹市，玩得转鸿儒，拢得住“白丁”。一家蕞尔小书店，一个卖书的小女人，能有如此作为，岂可等闲视之？万国英绝非她的名字那么简单。她恋书、迷书、懂书。以读者为中心、以精神为追求、以文化为皈依，凭智慧经营、凭意志坚守、凭境界担当，她用书滋养了别人，也滋养了自己。

人过不惑，历经浮沉，万国英早已告别了懵懂，渐入佳境。这女子清醒坚定：“人生，不在于某一日的精彩，而是一辈子的从容；读书，不是某一日的兴起，而是每一刻的享受。”“书店就是天堂的模样，都市之间，唯有书店是文化与心灵的归宿。”“我希望在自己的书店里陪我们的读者慢慢变老。”

青苑确乎小了点。那又有什么关系呢？它点着长明的心灯，暖融融、亮闪闪的。这儿热闹却不喧嚣，拥挤却不杂乱，春光关不住，流芳满洪城。

“数百年旧家无非积德，第一等好事还是读书。”一个人是这样，一个家庭是这样，一个民族是这样，一个国家也是这样。“低头族”已成社会“风景线”，纸质阅读的危机迫在眉睫。网络可以传递书的躯壳，却传递不了书的灵性和温度。网络可以折去金钱，也会折去应有的分量。网络会给人带来阅读的方便，也会塞给人文化垃圾，劫夺人的时间和精力，无异于侵害生命。指望手机，恐怕出不了孔子、孟子、祖冲之，出不了钱学森、钱锺书、李四光、华罗庚。

还好，青苑还在，灯光闪闪亮，吸引少年郎，越聚越多，越聚越多。他们说：“青青子衿，悠悠我心”；“青苑之魅力不因时间的洗濯而有丝毫减退，反而出落得越发青翠。青苑岁岁长青！”

（原载《江西日报》2018年4月13日）

渔家新歌

张金凤

海底有多少沙子，海面就有多少岛屿；海上有多少岛屿，就有多少与它连接着脉搏和呼吸的海岛人。每一个小岛都是海的骨骼，是海洋举着有力量的手臂，表达万顷柔情的另一面——刚烈。

在黄海辽阔的版图上，竹岔岛就如一粒沙砾，它沉睡在胶州湾的臂弯里，无声无息。与大陆隔三海里相望的小小弹丸之地，却没有被都市的灯红酒绿辐射，依然古朴若远古。来往的船只带不进新鲜的潮流，只带来一拨又一拨探寻的人。这些人的到来，源于几年前，海岛嫁进来的一个异乡姑娘。

竹岔岛是大青岛的后花园。一箭之地，一个是车水马龙、昼夜喧嚣的现代化的大城市，一个却是民风淳朴得令人难以想象的原始海岛。那片窄窄的海，确实很神奇。

从青岛市西海岸新区的金色扇面——金沙滩望过去，晴天里隐约可见、海雾迷茫的小岛就是竹岔岛了，它与一溜儿无人的荒岛并肩站在海岸线上，似乎是海岸线的一圈哨兵。

竹岔岛，也叫鸡鸣岛，名字听起来有些唯美和诗意情怀。据说早些时候，岛上曾经野竹成林，茂盛葱郁的竹林将海水分成几个海岔，故被称为竹岔岛。后来，人烟慢慢聚拢，一座荒凉的火山喷发过的小岛就有了生机。

但是近几十年，岛上的渔民纷纷弃船丢网，渡水而去，到陆地做起了打工一族，那座小岛又近荒芜。在日渐静寂的岛上再次掀起喧闹的是一个外乡女子。

黄海湾的地壳是安静的，这片水域常常波澜不惊，有时候南来的台风会带来热带海洋的问候，常常是擦肩而过的巨浪。淅淅沥沥的几日台风雨，正好滋润了炎夏烈日中那干裂的嘴唇。大灾不临的黄海湾，史前的火山恰恰在这安静的胸腔里爆发过脾气。火山喷发形成的岛，有厚薄不均的土层和淡水，这就是海岛的生命之源，足够养育岛上的生灵，何况有面前取之不尽用之不竭的海洋资源。竹岔岛，算得上是一处福地。人们把保留比较完整的火山口当作故事和景点，或者它就是一颗岁月的化石，零落的无字史书。火山喷发后形成的气泡和自然形成的硅洞，在渔民的脚印下至今清晰。

在金沙滩东的南屯码头，我们坐上专程来接我们的渔船。小船摇摆着，在苍茫水上游弋，约三十分钟就来到岛上。古老的石碾在村口，碾着缓慢的日子。这些如今仍被不时使用的石碾，在别处基本都进了博物馆。它矗立在码头附近，吞咽着腥咸的海风和轰轰的马达，折叠着一个村庄生生不息的拓片。渔船上的马达是渔民世世代代的漂泊之犁。渔船，用马达啼叫着，那声响犹如乌黑小渔船们的沉重喘息，常常会早于鸡鸣叫醒太阳。渔船，仿若潮汐里一只只顽劣的小虫，钻来钻去，茫茫的海于是就生动起来，小小的渔村也鲜活起来。现在是休渔期，它们被绳索拴在码头里，周遭闲出些寂寞的泡沫，和披短衫的男主人一起在薄荫下看斗牌，看码头迎来遮阳伞、送走防晒霜。

离舟登岸，早有小梁来接。小梁戴个宽边遮阳帽，真诚的微笑中满是亲近感。她还是那样白皙，温婉中透出书卷气，尽管经过几年海风吹拂和渔家生活的磨砺，但怎么看她都不像个渔嫂。我有点晕船，只好暂放下对小岛的游览，穿过开满杂花的小路和青葱的菜园，来到没有上锁的渔家小院休息。因为要为我们准备午餐，小梁回酒店了，她告诉我，一会儿走的时候不用锁门，用绳系一下就行。

躺在渔家平实的大炕上，宁静的渔村，只剩下村前村后的海浪声了。

那此起彼伏的浪潮，把记忆带回第一次来竹岔岛的深夜。那夜，我们在岛外等海潮涨上来才能上船。竹岔岛人每次出行都得跟海潮商量，大潮小潮，几点涌到大陆码头，几点退回海洋深处，渔岛的人比对自己的手掌还熟悉。那天，旅途奔波了一天的我们，在黑暗里等待潮涨，在夜风狂荡、晚餐无着、蚊虫从蒿草丛里急打猛扑的夏夜，挨到晚上十点半，多残酷。未曾谋面的小梁坐在最有经验的老渔民家里，给我们传递来好消息：从码头往东，有一个养殖场的私人小码头，从那儿可以提前上岛。

那晚摸黑上岛，我和小梁的母亲住在一个大炕上，潮声一浪浪拍涌，我们俩都睡不着。她诉说着女儿的倔强。这个白皙的女孩叫梁颖，东北人，是英语系大学生。偶然的机会，她遇到了渔民小杨，像戏剧里唱的那样，千里姻缘使梁颖放弃了她在城里的一切，不远千里来到这个纽扣般大小的小岛，嫁给了小杨，成了渔家妇。作为母亲，她没有怨怪孩子，只要她幸福，只要她喜欢，怎么样都行。但是，一声淡淡的叹息里饱含了一位母亲对孩子前途的担忧。只有一百多户人家的小岛，大部分年轻人都在岛外生活，留居岛上的人口很少，多为老人、妇女和少数渔民，小梁的生活前途在哪里？小杨有一片养殖海域、一艘小渔船。“读了十几年书的梁颖，在这里能干什么呢？难道下海捕鱼吗？”母亲是担心自己的孩子受委屈吧。看见两个年轻人恬静的笑容，我感觉到了世间最美好的东西。第二天，在我帮小梁整理海鲜的时候，我们有过一次短暂的交流。她进岛不久，英语的底牌就被村里摸清了，村小学聘她兼职教英语，虽然每周只有几节课，但小梁教得非常认真。半年后，一些在岛外求学的孩子回村了，风雨飘摇的小学人气重攀鼎盛；村里没有幼儿园，几个小孩的家人愿意出钱请她帮带孩子，因为她有学问。但是小梁并不安于目前的状况，她看到了竹岔岛休闲旅游的商机，将旅游信息发到网上后，城市的游客陆续地寻找而来。我们也是循着这条网络线索来探看她的世外桃源的。“会越来越好的。”分别的时候她说。

正陷进回忆深处，小梁打电话过来。“姐，过来吃饭吧。就在码头旁边的银海酒家。”几年来，小梁一边兼职教小学英语，一边耕海牧渔，一边将休闲游做得红红火火，还和小杨一起建起酒店。我们临来前询问状况，小梁说：“一定要提前订房，不预约就可能住不下。四面临海的小岛，夏季比较凉爽，每年夏天是竹岔岛的旅游高峰期，甚至有许多省外的‘驴友’涉海而来。渔家住不下，这些自带帐篷的‘驴友’就在码头和大街上安营扎寨，点篝火，开晚会，把平静的小岛闹得沸腾了。多的时候好几百人呢，可壮观了。”小梁为这些“驴友”忙前忙后，在他们临走前，会逐一给他们巨大的水杯灌满水。“幸亏岛上有淡水，我常常要起早烧满满几锅水呢。”有时候，大批“驴友”到来，吃得简洁，住在大街上，小梁并没有多大收益，就赚了个忙活，但她依然乐此不疲地为大家服务。

我问小梁，为什么不到对岸去。她说，自己嫁到渔岛就是爱海，爱渔岛，爱那个憨厚的只愿意拨弄帆船和渔网的男人。“是我通过网络将小岛宣传出去的，原先的岛上只有几户养殖和捕捞兼顾的渔民，还有些老人和不愿意出岛的中年妇女。孩子们出岛上学，年轻人也就跟着去了。现在岛上好多空房子被我们使用并改建为渔家宾馆，大家都有活干了。”岛上的中老年妇女中也包括小梁的姑婆（姑父在岛外上班，孩子们都不回岛）。姑婆坚守着五间石头房，可以给小梁提供十几个人的住宿，我们住在姑婆家的两夜，只见姑婆回来过一次，为了浇花。几棵桃花红灿灿的，快高过墙头了。

现在，年轻人往岛外走的少了，做旅游业的多了起来。一座原始小岛，一派淳朴民风的田园景致，给了小岛新的生存活力。

午餐是极为丰盛的海鲜餐。知道我们要来，小梁的男人天不亮便去海上拉了一网回来，并到自己的养殖场潜水摸了海鲜，以及几个野生海参、鲍鱼。梭蟹、蛎虾、虾虎、大蛸，蹦跳着，伸缩着，吐着气泡，威武生猛，凡是海里有的都上了我们的餐桌。

码头上很热闹。光洁的水泥地上晒着各种各样的干鱼、鲜虾和半干的虾米；开阔的地方摆了许多干海鲜的摊位，大遮阳伞下有冷饮摊子，几十支鱼竿，十块钱不限时租赁。码头陆陆续续有渔船回来，带上来一拨又一拨游客。这些游客都是像我们一样坐专船来的，岛上到陆地每天只发一班公交船，两块钱乘坐一次，上午发下午回，其余时间上岛就得联系专门的船只。最闲的休渔期正好是旅游的火爆期，渔家的很多船成了出租船。

午饭后我在大街上闲逛。休渔期的渔民，有的在树荫下打牌，有的卧在长条竹椅上打瞌睡。有的老人面对着海，遥望着海那边的城市出神。女人们在树荫下修虾米，用一把小刀，将那些带皮的粗糙的虾米修得光润起来。街巷里的许多门扉都只用细绳拴了一下，这说明，主人不在家。既然是路不拾遗的村落，不在家就开着门呗，干吗还要拿绳系？小梁解答了我的疑问："是为了让串门的邻居不走冤枉路。"午后的海面上静静的，没有船进来，也没有船出去。码头上清晨晒下的蛎虾和海鱼，蒸发出浓重的腥气，在这腥气的宣泄里，海鲜们逐渐枯瘦。码头在慵懒地打盹，只有垂钓的人群中不时迸出欢呼声。

我们在海滩上悠闲游荡，冲冲海浪，捡拾漂亮光滑的石头，从石头缝里捉小螃蟹，一会工夫也满载而归。天色向晚，岛上的光线逐渐暗淡下来，海上起了淡淡的海雾，正遗憾着没有观赏到海上落日，夕阳却从灰色的云层里挣出来了。大家急忙抓起相机狂拍。那夕阳是玫瑰色的，羞涩地红着，一会儿又隐身了。这时候，码头有了一点点骚动，几只渔船先后"突突"地从远海归来。休渔期的渔船大都停泊在港里，但是像小梁这样家里来了客人，她男人就要给我们猎捕海鲜去。我们不禁心里隐隐抱有歉意，对大海、对海里的生灵、对不情愿违背法规的渔民。

落日隐隐，海天一色，日里涨起来的海潮又慢慢退去，朦胧的光线中，小梁的男人从酒店下的海港里回来了。我们一起奔过去，和他一起整理鱼篓，分享收获的快乐。小梁端来一个巨大的水簸箕，将那些欢蹦乱跳的海鲜倒进去。我们按照她的嘱咐整理：螃蟹、大虾虎和几种大鱼，马上就要进锅烹调；一些小杂鱼和吃不了的蛎虾需要拿回去，等明天日头高照时拿到石头上晒虾米和干鱼。挑剩下的那些身量不足的小海鲜，等整理完后，小梁让两个男游客抬着水簸箕，慢慢从浅海里将小海鲜放回大海的怀抱。

睡在渔家宽大的炕上，耳际那海潮澎湃的喧哗，却治好了我的失眠。一夜睡得香甜无比。

天边微亮，海上又响起马达声。"快快起床，赶海去呀！"同伴催促着。退潮的礁石上湿漉漉的，那些辣螺的呼吸毕剥有声。辣螺是竹岔岛的特产，村后的礁石上非常多，我们挑大的拾，一会儿就捡拾了半塑料袋。还有蛤蜊和小海蟹，光滑且漂亮的卵石和贝壳。浓重的晨雾笼罩着小岛，有一声鸡鸣打破沉寂，这就是鸡鸣岛——“鸡鸣犬吠相闻”的桃花源。此时，家家户户门开，鸡犬之声相闻，朝霞里一切都生机勃勃。一把珍贵的泥土上并肩站着玉米棵、大豆苗，弥漫着石榴花和野蒿的异香。

竹岔岛，这粒太平洋上的沙粒，有着最真实的心跳。海呼吸的时候，它在歌唱，浪静下来的时候，它在沉思。石竹花环绕的鸡笼边，沾满露水的牵牛花总是最早醒来，它攀上屋檐，看见稗草杂生的小径上，那群最勤谨的新媳妇已经赶海回来。

（原载《人民日报》2019年5月13日）

叶若繁星

罗张琴

一

穿过五条长长的隧道，就是宁都地界。

振兴苏区，水利部对口支援宁都，近四年光阴，会有怎样一番崭新之景呢？车从最后一条隧道出来的时候，簇簇叶子披着绿在枝丫间抖擞，天地豁然开朗。

奇磊是省水利厅挂职宁都水利局的干部，没想到他首先带我去看的，竟然是山。

山是茶山，为钓峰乡万亩生态黄金茶基地所在。隔着车窗看过去，一座座山更像是一只只羽翼伸展又匍匐无声的大鸟。公路，坚实、开阔。汽车宛如林中巨鹿，这边一拧，那边一拐，茶山就此绵延。

“茶山层层入云海，采茶姐妹似天仙，茶仙本是茶山女，茶女传香遍人间。”歌声如溪水般清澈透亮。没有修辞的歌声，漫山遍野，在高低浓密的茶树中，冲过来，撞过去，如此荡人心魄。

宁都山地多，气候好，是早期客家的摇篮。由中原入山区，为求生存，客家先民们靠自己的双手在山上垦荒种茶，赣南茶事兴盛。客家人常常一边采茶一边唱着山歌。拙朴、简约到极致的山歌，有一种生命原始的力量，宁都慢慢唱成赣南采茶戏的一个戏窝子。

勾筒一响，喉咙发痒。生于斯长于斯的宁都人绝大多数是客家后代，谁人不爱采茶戏?

“从前介（的）春秀，就不喜欢哪。”大娘大嫂哄然一指，藏在劳作人群中的一个老妇人便又羞且“恼”了:“莫哇莫哇，艾（我）喜欢、喜欢。”

“春来采茶时日长，白白茶花路两旁。大姨回家报二姨，头茶不比晚茶香……”六十二岁的春秀也不扭捏，大大方方唱起来。满山茶树竖起耳朵听，如一群群调皮可人的孩子。

二

春秀嗓音好，她其实深爱采茶戏。据说当年她两口子就是在山头对歌对上了眼。

两亩薄田、三亩茶岭、一间旧屋，外加两个孱弱多病的老人，这是谢家所能给春秀的全部家当。对上眼，再穷也嫁，那是客家妹子血液里的痴情执着。

那时候，茶岭种茶，全凭劳力。体力有限，茶山其实荒芜大半。种茶依赖感觉，一点技术经验也没有，口感自然出不了彩，除了自家喝，也就没有更多的出路。

交通、通信等都不发达的年代，窘迫的生活可以被很好地藏在深山里。深山里有泉水、山果、野味和喜欢的人，贫穷变成一个抽象的概念，丝毫没有影响春秀的快乐。浅浅一片茶林，日出而作，日落而息，米粥白菜的穷日子，她觉得满足。

两个孩子的相继出生，让春秀开始感受到困厄。客家人颇爱放鞭炮，尤其对添丁炮看得很重。哪家生小孩，特别是生下男孩，一定会买来若干盘硕大的鞭炮，放它个扬眉吐气。春秀记得很清楚，她第二个孩子出生，接生婆报喜:“这次是个带把的！”门外，只有公公婆婆答谢祖宗的激动言辞，却没有欢天喜地、震耳欲聋的炮仗声响起。

这个家，竟然穷到连买一盘大鞭炮都是一种奢侈。

后来，外出打工的村人渐多，留在山岭田园的歌声日益稀薄。流动与开放，带来许多变化。正根家装了电话；二贵家盖了新房；三金家有了冰箱彩电，连衣服都有机器帮着洗；四喜揣部手机，生意越做越大……所有这一切，令春秀眼慌慌、心恓惶。

穷思变，变则通，通则达。春秀也想出去，做梦都想。她觉得自己有力气、能吃苦，出去也能像正根二贵他们一样带回来好生活。可是，偏偏她男人这些年患有严重风湿，干不了重活、出不得远门。客家女人疼男人，不忍心让男人一个人留在家里、扶老携幼做牛做马地遭罪，这个家始终无法迈出改变的那一步。越往后，过得越艰难。

年关或是春节，荷（钱）包鼓鼓的人家会轮流请戏班子来村里唱采茶戏。听到一出《讨钱歌》："冒（没）人有艾（我）咯（这样）寒酸，烂衫烂裤得来穿。石狮看到出眼泪，观音看到心都寒。"戏里戏外，春秀觉得唱的就是自己，她怅然起身，从此拒绝再唱一句山歌、再听一出采茶戏。

三

坎坷多少事，都在未言中。春秀把客家人骨子里的不甘消解在无边的沉默里，像个哑娘。一过三十年。

三年前的一天，扶贫干部以认亲的方式走进她家："钓峰引进浙江老板，流转荒山，种黄金茶。一点五亿的投资，三年要在钓峰建成生态黄金茶一万亩、茶叶深加工景观厂区及宁都中华茶博园五百亩，做有种植、加工、育苗、休闲、观光、茶文化传播功能的现代化农业基地。"

春秀沉默。

"黄金茶，黄金茶，古时传说'一两黄金一两茶'的茶。今年栽，明年采，三年可丰林。丰林后，亩产茶二十斤，每亩纯收入至少五千元。茶山一种，经百年，是子子孙孙都靠得住的聚宝盆。乡里好政策，贫困户按人头组织认购，人均一亩。"

春秀沉默。

"认购金不操心，老板统一垫付。茶山收效后，在分红里除。"

春秀还是沉默。

"做不动不打紧。你什么都不用管。栽、育、采、制、销，公司一条龙全包。”

春秀，始终沉默。她觉得扶贫干部说的话，像一个不真实的梦。她担心自己一开口，梦就醒了。梦，在春秀的夜里翻腾，她睁着眼睛看屋外的星星。不久，天亮了。

平整山地，修建公路，栽种茶苗，源尾村的荒山热闹起来。梯田式的茶林层层叠叠，那个绿，真叫一个铺天盖地。

春秀常去茶山里晃，晃着晃着，有种在大海里晕船的感觉，她随手抓了截比茶树稍高的东西扶着。一看，是根水管。旁边有人走过来，笑着告诉她，高效节水项目在施工，注意脚下，下山慢点。

春秀不懂什么是高效节水，她只晓得那个笑着送她下山的干部是省里专门管水的部门派来帮宁都老表脱贫的人。那个部门说是水利厅，人家说了好几遍她都记不清。她只觉得有个利字，就有吉利的意思。

春秀每天都去茶山看施工，她大体知道了这个项目的好处。赏（节省）工，赏（节省）肥，产量起码增加三成，关键口感更好，能卖高价钱。有一天，管水的干部递几个脐橙给她，说是从还安小流域生态脐橙园摘来的，那个园也搞了高效节水。

饱满的甜，一嘴清香，比从前她吃过的所有脐橙都好吃。

还真是不一样。春秀谢过干部，转身去了乡里，很快成为源尾村第一批参与茶山认购的贫困户。

项目完工那天，春秀强烈要求管水干部同意她来开总阀。管水干部一点头，她高兴得像个得宠的小孩。熟门熟路，她将控制高位水池的总阀轻轻一拧，水雾从若干管口漫溢，眨眼间，茶山湿漉灵动，像淋了一场春雨。

偌大一个基地就在家门口，老板开工就给村民事情做。锄草、施肥、培土、剪枝，都是轻快活，每天出工八九个小时，男人工资八十元，女人六十元。一年至少能做两百天。这三年，基地结算给春秀两口子的劳务费比她前六十年见过的所有票子都要多。春秀，终于摘掉穷帽子。

春分到清明，采茶高峰期，嫁到外村的女儿，也都会到这里当采茶工，照顾爹娘，还能赚好几千块钱回去贴补家用。而她儿子，正在改建新房子。春秀说，下地基那晚，她用老板送的黄金茶待客，自己也喝了一大碗。坐在门边，满天星子就在她的碗里发光，惹得叶子一亮一亮的，越看越有精神，越看越好看，她一宿没睡觉。

四

茶山头年开采分红到账的那天，正好是春秀六十岁生日。

那天，春秀男人瞒着她请了一个三角班到村里唱戏。锣鼓一响，儿子女儿架着她就往祠堂戏台跑。当一身戏装的“名角”开场为她贺寿的时候，春秀哭得稀里哗啦，似乎把六十年所有的委屈都哭尽了。前来听戏的乡里乡亲，一边陪着她抹眼泪，一边宽慰她：“莫哭莫哭，从此，这好日子坐着轿子就来了。”

清风拂拂。春秀扶着锄头，一首接一首地，对我们唱她喜欢的采茶歌：“春风吹绿黄金茶，钓峰面貌一片新。茶山含笑吐芬芳，百鸟迎春叫不停。”“青山绿水显美景，茶山层层如天梯。映山花开红似火，蝴蝶双双采花蜜。”“左采茶来右采茶，金山银山采回家。茶丰果硕人欢颜，欢歌笑声传天涯。”

水浇灌了叶子，叶子涵养了生活。在一挥一洒、一高一低、一重一轻的劳作中，行行茶树似长龙列队，昂首向天，颇有威仪。三年建设，钓峰已然将乡、村集体及所有贫困户都纳入了茶山认购。三年丰林，无论集体还是个人都先后领到了黄金茶产业的股权分红。

脱贫不是结束，是钓峰新生活的开始。集体经济壮大后的钓峰正在全速推进乡村整治，道路，房子，自来水，统一排污设施，中小河流治理……钓峰还将建茶业专业市场，发展乡村旅游，做成全国茶业集散中心。

春秀从里屋取出一个大陶罐，揭盖，从罐子里抓了一大撮茶放进搪瓷缸里。茶质细腻，茶叶嫩黄。搪瓷缸洁白。开水好似开闸的河兽，汹涌而迅速冲击缸底。叶子微微蜷了一下身姿，之后，毫无保留地吐出芬芳。

茶汤浓郁，呈琥珀黄，给人金贵和吉祥的美好感觉。轻啜几口，舌上粒粒滚动，一丝党参的淡苦，继而是麦、薯与板栗混杂的甘甜。

茶香升腾，由此及彼，山山岭岭，随风千万里。

原来这就是基地出产的黄金茶，一公斤最高能卖到六千元的黄金茶。

离开的时候，黄金茶叶子在洁白的搪瓷缸里闪闪发光。钧峰，不也是美丽中国这棵繁茂之树上面，那一片闪闪发光的叶子吗？

（原载《人民日报》2018 年 2 月 15 日）

罗妈妈的五彩绣线

焦凡洪

夏日的阳光洒满客厅，墙上的那幅刺绣《旭日东升》格外亮丽。这幅作品是今年已经八十八岁高龄的罗妈妈一针一线绣成的，先后用了一年多时间。室内还挂有《花束图》《风景图》《福寿图》等多幅十字绣作品，均出自罗妈妈之手。

2012 年 11 月 25 日，歼 –15 舰载机研制现场总指挥罗阳在执行任务时突发疾病逝世。银针穿越思痛岁月，彩线牵系母子深情。望着橱柜上摆放的劈波斩浪的航母辽宁舰模型和凌空翱翔的歼 –15 舰载机模型，罗妈妈深情地说:“罗阳走时才五十一岁，那割去的是娘的心头肉啊……挨过那段难熬的日子，我想，儿子是为国家的航空事业以身殉职的，是好样的，我也要从痛苦中走出来。”

罗妈妈走出家门，继续去读辽宁省老干部大学，并学起十字绣。十字绣是一种传统手工工艺，需要专心、细心和耐心。她刺绣花草、风景，编织大海、阳光，绣过一天又一天，织过一年又一年。后来，她绣了一幅《五牛图》，儿子罗阳是属牛的，他的身上有一种孺子牛精神。

一

罗妈妈叫吴传英，曾是一位英姿飒爽的女兵。

1951年夏天，十六岁的吴传英在江西省信丰县中学读高中一年级。当时国家征集青年学生入伍，学校掀起踊跃报名参军、参加抗美援朝的热潮。吴传英是学校学生会干部、共青团员，胸怀一腔参军报国热情，但是女兵的征集名额有限，学校经过综合考虑，没有安排吴传英报名。

吴传英一心想穿上军装，“雄赳赳，气昂昂，跨过鸭绿江”，奔向保家卫国的战场。正巧，学校派她陪同两名女同学到地区参加体检，吴传英借此机会加入了应征青年的体检行列，之后又到省城南昌进行身体复检，她如愿以偿地戴上了光荣参军的大红花。

1951年8月1日，吴传英意气风发地走进了中国人民解放军第四军医大学的校门，经过三个月的军事训练和政治教育，开始医学专业的学习。按照原计划，这批学员经短期培训后，将奔赴抗美援朝战场。到了1952年，由于我军在抗美援朝前线节节胜利，根据上级指示，学校对学员的学习和工作进行了调整安排，有的进入长学制的医学专业学习，有的改做其他工作，吴传英被分配到第四军医大学子弟小学当教师。原本想当一名救死扶伤的白衣战士，没想到被分配到教书育人的岗位，她乐观地对找她谈话的首长说：“革命战士听党话，党叫干啥就干啥！”她把学校的铃声作军号，将教鞭当武器，一身戎装走上另一种战斗岗位。

1955年，军队实行军衔制，已享受正排职干部待遇的吴传英，无数次想象过穿上佩戴军衔的军服的英武和自豪，可按照上级有关政策规定，她不能参加军衔评定，后转改划入地方建制。对此，吴传英毫无怨言：“一切听从组织安排。”

虽然吴传英换下了心爱的军装，但她担任老师的部队子弟小学还在军营，她所爱的人还在军营，军旗上的红色经纬、绿色生活的方块直线已与她融为一体，她心头的一缕缕情丝已牢牢系在这铁打的营盘上。

二

由军人到军嫂，变的是岗位职业，不变的是兵心兵情。吴传英的丈夫叫罗哥，是第四军医大学的一名政治教员。他们结婚后，先后有了女儿罗明、儿子罗阳。

一些老战友羡慕地对吴传英说:“你们夫妻俩多好呀,都是园丁,有大学老师还有小学老师,在培养孩子上既有优势,又有经验。”吴传英笑而不语。她想,如果说优势,就是孩子从小生活在军营大院,身上流淌着红色血脉,经受着绿色环境熏陶;如果说经验,就是放手让孩子去锻炼自己,让他们像军人一样成长。

两个孩子从小就被送入部队幼儿园,每到周末才接回家一次。吴传英工作的小学与幼儿园近在咫尺,虽然她也想孩子,但平时从不到幼儿园去。她说:“我不能影响幼儿园老师的工作。”

罗明和罗阳先后上小学了,拿着饭盒一日三餐到军医大学的大食堂排队打饭,姐姐负责买副食,弟弟负责买主食。吴传英经常对孩子们说的话是:“军营的大锅饭有营养!”

其实,有营养的当属军营这片沃土。清晨,营区的军号响了,罗阳和姐姐起床与家属院的小伙伴们一起到大操场跑步;晚上,他们又随着部队熄灯号声就寝,像小兵一样培养着军人的生活习惯。

1977年全国恢复高考,罗明“金榜题名”,进入一所医学院学习;转年,罗阳被北京航空航天大学录取,攻读高空设备专业。他们毕业后都投入了自己热爱的工作,对此吴传英很欣慰,在家中默默地当着“后勤部部长”。

军人都爱唱《十五的月亮》这首歌曲:“军功章有我的一半,也有你的一半。”吴传英工作在教育战线,是一位人民教师,她在军营大院里则有另一种称谓:家属。她说:“当军人家属是光荣的,就是个人小家要服从部队的大家。”军人家属遇到的一件麻烦事就是搬家。随着罗哥的工作调动,吴传英带着两个子女先后把家从西安搬到重庆,又从重庆搬到武汉。1985年,为支持被分配到沈阳工作的罗阳全身心投入航空事业,罗哥离休后申请到驻沈阳的部队干休所安置,吴传英又随丈夫把家安到了沈水之阳。

执子之手,沐雨栉风。跟随丈夫走过山山水水,穿过座座军营,吴传英一直用浓厚的情感线在心中的家园绣着一个大大的“军”字。

三

虽然罗阳工作上的事情对家人保密，但吴传英心里明白：经儿子和他同伴放飞在蓝天的一架架银鹰，它们有一个共同的名字叫“战斗”！

战斗的岗位需要战斗精神。从身子骨能撑起军装的时候起，罗阳经常穿的是父亲替换下的旧军服，脚上蹬的是解放鞋。他像在战争年代当兵的父亲一样，有着坚持不懈、不畏艰难、顽强拼搏、勇往直前的品质。大学第一学期结束，要放寒假了，吴传英急切盼望儿子回家过年，等来的却是罗阳的一封信：他要利用假期留在学校读书补课。吴传英和丈夫在沈阳安家后，好不容易又与儿子团聚了，可每年全家的年夜饭都吃得匆忙，因为罗阳还要到单位加班……

在罗阳一次次赶去“加班”的背影中，吴传英看到儿子的成长进步。罗阳牺牲后，吴传英在公开报道中看到儿子还兼任一个职务：歼 -15 舰载机研制现场总指挥。对于罗阳工作上的事，儿子不说，吴传英也从不打听，除了懂得儿子所从事的工作需要保密外，她和丈夫在对待子女上还有一条共识：尊重和保护他们的发展个性。

家是一个人滑翔起飞的机场，也是停靠栖息的港湾。在吴传英所在的干休所，老干部们都夸罗阳是个大孝子。不管工作多忙，罗阳总不忘“常回家看看”，特别是 2005 年父亲去世以后，只要罗阳不出差，每天下班后一定会出现在母亲身边，或站几分钟，或说几句话。

每当这时，吴传英心中是慰藉而纠结的，她多么想让儿子多待一会儿，陪她聊聊天；可她一见儿子又总是撵儿子：“我挺好”“我没事”“你快走吧”“快去休息”……她知道儿子做的事大于天。

天气好的时候，吴传英经常在晚饭后下楼走走，一是年纪大了，活动活动手脚；二是罗阳来了就不用耽误时间爬五层楼了，在院里见个面，赶紧让儿子回去。一天晚上，罗阳下班后来了，看家中没人，院里又没见母亲，就站在大门口等。一些熟悉罗阳的人说：“吴老师到院外散步去了，你妈妈挺好，你回去吧，回头我们转告吴老师。”

罗阳没走，一直在院里站着，直到吴传英从外面遛弯回来，他喊声妈妈问声安才离去。让儿子等了这么长时间，吴传英很不安。她平时听儿子常说的话就是“感到时间不够用”。他的时间金贵呀！从此，吴传英散步再也不出院了。

母亲熟悉儿子的脚步声，更爱听儿子的口哨。不过罗阳只是偶尔吹口哨，他吹着口哨上楼，一定是这段时间某件事情做得顺利、某项任务完成得很好。不知从什么时候，吴传英感到儿子的脚步声明显沉重了，来时再也不吹口哨了，有一天晚上进屋没说几句话就靠着被子睡着了……

四

2012 年 11 月 17 日晚，吴传英接到罗阳打来的电话，到南方出差十几天，刚下飞机的罗阳说：“妈妈，我接着还要出差，就不能回家看您了，您保重身体。”吴传英还是那句经常说的话：“我挺好、没事，你快去忙！”

像平常一样，吴传英只知道儿子去执行任务了。可是这次，罗阳与他的同伴及部队官兵们担负的是一项非同寻常的任务：11 月 23 日，歼 -15 成功完成在“辽宁舰”上首次阻拦着舰和滑跃起飞。吴传英没想到，那天晚上儿子打来的电话，竟是她最后一次听到儿子的声音。她盼着儿子早点回来，上楼时，脚步声伴着口哨声……

11 月 25 日下午，一个亲戚给吴传英打来电话问：“听说罗阳病了，怎么样了？”对方以为吴传英知道这个消息，因为她的儿媳王希利和女儿罗明已经赶赴大连。对此，吴传英什么也不知道。她心烦意乱地收拾要外出的衣物：“看来罗阳病得不轻，要不儿媳和女儿怎么都去了。”她给罗阳的司机打电话说，自己要赶紧去大连，到医院护理儿子。司机支支吾吾地答应明天一早来接她。

吴传英在家里烦躁不安地等着，一晚上没睡，就这样等啊等啊，最终却等来噩耗：罗阳因劳累过度导致突发性心肌梗死、心源性猝死，经抢救无效，于 2015 年 11 月 25 日 12 时 48 分殉职……

在那个令人们震惊而又痛苦的夜晚，载着罗阳遗体的灵车车队回到沈阳。罗阳的妻子王希利、姐姐罗明最了解罗阳对母亲的深情，安排了罗阳与母亲的最后告别——灵车缓缓地驶过吴传英所在的干休所，驶过五楼那扇亮着灯光的窗下，为了让七十七岁的老人暂缓知道这一不幸消息，灵车车队熄灭了大灯，护送灵柩的亲人、同事以及知道消息赶来的人们，止住了哭声：妈妈，亲爱的妈妈，您的儿子罗阳又来看您了……

五

吴传英擦干了眼泪。她是当过兵的人。

她一遍又一遍翻看儿子的照片，一篇又一篇阅读报刊登载的介绍罗阳事迹的文章。在自己思念儿子、别人评说儿子的日子里，她忽然感到过去对儿子既熟悉又陌生。

她在一本书里第一次看到罗阳的“自勉录”：“要多为他人着想；要善于观察他人的长处；要善于听取他人的观点；不要把自己的观点强加于人；不以批评的口气和别人说话；不自以为了不起，看不起别人；不炫耀自己，不争名利；不在背后说他人的短处；不参加无必要的争论；争论问题时不进行人身攻击，揭人短；不可有虚荣心、嫉妒心和报复心；要守信用；不贬低他人来抬高自己；尽可能地少发牢骚，更不能讽刺挖苦他人来发泄自己的不满情绪……”哦，儿子是这样做事做人的，不简单，我也要向儿子学习。吴传英把这些话工整地抄在一张卡片上，带在身边。

1990年退休后，吴传英开始上老干部大学。送走罗阳，她继续拿起书本学习，来回八十多分钟路程，从不缺课。辽宁省军区沈阳第十五离职干部休养所的工作人员对她很关心，考虑到冬季雪天路滑，想派车接送，她不让，坚持坐公共汽车；想帮她家里做点事情，她也不让。她从不给组织和别人添麻烦。

吴传英在家时，飞针走线织十字绣，针针意切，线线传情。她依然保持着按部队作息时间生活的习惯，每天定时听广播《早间新闻》、看《新闻联播》，尤其关注与国防和军队建设相关的消息，她记住了军旅作家黄传会写罗阳的那部长篇报告文学的题目《国家的儿子》。

罗阳常说：“我们一手托着国家财产，一手托着战友的生命。”这是一个优秀共产党人的担当。令吴传英骄傲的是，孙女罗靓继承了父亲的事业，成为一名航空人，站在了挺膺责任、奋斗强国的青年先锋队的前列，最近，光荣地参加了中国共产主义青年团第十九次全国代表大会。

吴传英最喜爱儿子留下的一张照片，把它挂在自己的卧室里，儿子那熟悉的身影时时牵着母亲的目光、心灵和梦境——照片上：罗阳自信而自豪地站在辽宁舰上，他身后是起飞的歼 -15，战机之上是一片无垠的蓝天……

（原载《中国国防报》2023 年 6 月 29 日）

大漠行歌

王雪茜

手机有了微弱的信号，时断时续。两天的沙漠奔行，我发现，有钻塔和采油树的地方，手机才会有一点信号。联系上队友，让我们导航到当天的起始地哈德一联合站，与他们会合后重新向塔克拉玛干沙漠中唯一的小镇塔中进发。

车子一入柏油路面，立即停止了颠簸，心脏仿佛被柔软的绸缎轻轻拂过，久违的幸福感涌上心头。看了一眼时间：二十一点四十分。此时，视线右边的沙谷里仿佛忽然间金光漫溢，浑圆金黄的太阳渐渐靠近沙平线，视线左边的沙谷却被青灰色笼罩着，一轮与太阳同样硕大的银色圆月从云层里钻出来。在同一沙平线上，日月同辉，遥相呼应。俗世的一切烦恼刹那间烟消云散。平生第一次见到如此壮美的画面，我们惊叹不已，直觉地感到，这一定是上苍对我们沙漠迷路的额外赏赐。

车行至沙漠公路288公里处，在左侧的沙丘半山腰上，赫然出现了两行醒目的大字：只有荒凉的沙漠，没有荒凉的人生。而我，再也不觉得这不过是一句毫无温度的口号而已。

大漠水井房与李乃君的口琴

大漠行车，常常六七个小时才能到目的地。看着天山就在前方不远处，却似乎怎么也走不到山脚。司机小方说，看山走死马，真的是这样。寂静塞满了每个空隙，像正午的温度一样越升越高。一片黄沙中，除了胡杨、红柳、骆驼刺、蓼子朴、苦马豆、蓬柴草等沙漠植物，见不到寻常花草。去桑吉途中，视线意外地碰上了五颜六色的花朵，领队贴心地让我们停车休息。这些花儿种在沙漠路边的水井房前，填满了房前屋后，尽管只有蔷薇和太阳花，却色彩浓烈，开得正旺。

在塔里木，我觉得万物都竭尽全力，太阳和月亮远大于其他地方，水果的甜度值达到极致，天蓝得很不真实，云朵如同油画家随意涂抹的杰作，就连白昼都要拉长两个多小时，晚上九点半，太阳才会渐渐落下沙丘，以至于我的身体和作息竟完全适应了这种错觉，夜半三更仍不觉疲倦。

这条沙漠公路每四公里设一个水井房，抽取地下的盐碱水浇灌路边的护沙植物。之前我们也路过几个水井房，要么房门紧锁，要么只有一条拴着的狗，寂寞得眼皮都懒得抬。

我们一行人欢悦地涌向铁皮小房子。看守水井房的是一对老夫妻，六七十岁的样子。他们从老家西安来到这里工作已经九年了。房前的土台上晾着新摘下的黑枸杞，六七平方米的房间里放着两张简易单人床，一只猫卧在靠墙的床上，闭着眼睛，一动不动。床边水桶里是新摘的枸杞枝。两位老人热情地邀我们品尝枸杞，我第一次尝到新鲜的枸杞，成熟过猛的果实甜而不腻，甫一入手，便汁水横流，手指即刻被染成了青紫色。

水井房旁边是一间杂屋，摆着老人自己采摘晾晒的枸杞、肉苁蓉、锁阳、罗布麻、野西瓜等。这里离塔里木河不远，老太太每天早晨六点多出门拦车去塔河附近采摘，有时到八九点钟才能拦到车，采摘期只有短短一个月，他们靠卖这些滋补品贴补生活。“水每两周运来一次，两桶。”老太太说。相比于老头儿的沉默，老太太的话匣子一开，像是雨水季节塔河的水奔涌出来。大家围在老太太身边，听她介绍各种滋补品的功效，只一会儿工夫就把她的存货买空了。货架虽然空了，老太太的话却越发多了。一下子见到这么多人，她兴奋得眼睛发光。

而我，却被她种的花草吸引了。在这样人迹罕至的沙漠地带，他们弄来这么多花土，想来是颇费周折的。他们为什么背井离乡，来到这荒无人烟的沙漠，成为一个没有根儿的人？恐怕没有人知道。花儿们自顾开着，鲜有人欣赏，而让花儿落地生根，也许意味着，他们已经坦然接受了自己将落叶不归根的命运。临行时，加了老人微信，他的微信名叫大漠6号井。

每天吃过晚饭，不管多晚，我都要在周边走走，去寻找菜园子，看看油田人在沙漠里种下了什么蔬菜。在我有限的人生经历中，从没有像现在这样，如此热爱菜园子，如此珍稀每一种瓜果蔬菜。桑吉公寓、克深公寓、博大公寓，都有自己的菜园子。西瓜、甜瓜、豆角、黄瓜、南瓜、茄子、大葱、卷心菜、莜麦菜、西红柿，应有尽有。他们也种玉米、向日葵、山楂、桃树。

“沙漠里色彩太单调了，我要种点菜。”库车负责种菜的阿布来提说。他是新疆本地人，三十岁。汉语不太熟练，腼腆老实。他挑了一只又圆又大的西红柿，塞给我。在菜园的一角，他种了成片的月季花，而库车公寓的大门外，是一片向日葵和翠菊组合而成的花海。

在沙漠里填土，种菜种花，难道不是一件令人感动的事情吗？

我不禁想起，参观库尔勒石油展览馆时，在各种岩心、钻头及各年代各式采油用具中，我的目光猝然被一支青灰色口琴吸引住了。它孤零零地躺在那些冷硬的工具中，显得另类而渺小。尽管铜身斑驳，字迹仍清晰可辨，琴身左上角刻着几个繁体字：群众超级口琴。左下角的字是：原名石人望。右下角写着中央口琴厂出品。这是一支建国初期出厂的口琴，展品备注是烈士李乃君用过的旧物。我端详着李乃君的黑白小照，短发，戴着一顶红五星棉帽，眉眼敦厚，目光平和。

我急切地在网上搜索她，却只有零星片语。1958年8月18日，依奇克里克地质勘探区遭遇山洪袭击，五名地质勘测队队员遇难，其中就包括李乃君。资料显示，依奇克里克油矿位于新疆南部，属于塔里木盆地北缘、天山南麓的大涝坝区域。1958年开始钻探依奇克里克构造，依奇克里克油田是在塔里木盆地发现的第一个油田，也是塔里木石油勘探史上的第一座里程碑。李乃君当时是塔里木地质队第114队队员，毕业于新疆矿业学校，时年二十岁。

当年在没有路的沙漠，女孩们是如何在生命禁区工作和生活的？没有详细记载。只说，那里地质情况十分复杂，陡崖壁立，水沟纵横，从驻地到工作地点，要走六七个小时，翻山越岭，跨沟爬崖，收工回来只能顺原路返回。有时她们返回较晚，遇到陡坎阻隔，只能在野外的沟底过夜，靠点燃梭梭草取暖熬到天亮。同事回忆她工作很能干，性情活泼，爱唱爱跳。

在大漠的落日下，我的眼前浮现出一个年轻的姑娘，吹着口琴，眉眼敦厚，目光平和，望向黄沙深处。有谁知道她在想些什么呢?

人迹罕至的大漠，一抹绿色可以浓情如干邑，一朵鲜花可以燃放似烈火，而一支口琴同样可以让尘土吐露出星辰的声音。

沙尘暴与一卷手绘地质剖面图

在新疆，一天经历四季，是常态。从塔中出发时，还是艳阳高照，刚过塔里木河，便见前方乌云堆积，像一群黑色的蛇四散游动，一会儿乌云又消散了。过轮南时，车前方一团浆白色尘雾由远及近，急速聚拢过来，刚刚还湛蓝的天空，完全被尘暴吞没了，雪白色的云朵亦被这一团呼啸而至的暗白色沙尘裹住了。风不大，没有想象中飞沙走石、黄沙弥漫的场面，路两边的沙尘被风的手捋成一缕缕白烟，贴着路面波纹样追着前车的尾巴飘散而去。能见度越来越低了，路两旁的植物也完全隐身在沙尘中，天地之间只有渺茫混沌的一片，仿佛鸿蒙初辟，令人一时间神思扶摇，恍惚不知身之所在，不禁自问:“吾谁与从，归彼大荒?”

不容多想，前方却又豁然开朗，沙尘暴散去，植物脱去丧服，天空和道路霎时恢复了本来的样貌，像什么也没发生过。

“沙漠里几乎每天都有一场沙尘暴。”小方说。

“我错过了什么?”从睡梦中醒来的陈丹玲一脸遗憾。

她错过的当然不仅仅是一场突如其来的沙尘暴。

老子言：飘风不终朝，骤雨不终日。孰为此者?天地。在大漠，我更深切地体会到，敬畏生命，必得要先敬畏天地。

从主干道转到伴行路，“轮台”两个字像两颗被敲落的星子，闪烁在眼前。边塞诗人岑参有两次从军西域的经历，他的“轮台诗”使轮台成为千百年来高挂在西域边关的一轮明月，有谁不会背诵他的名句，“轮台东门送君去，去时雪满天山路”“轮台九月风夜吼，一川碎石大如斗”。一想到我们与岑参一样，“忽来轮台下”，望着同样的边月，吹着同样的边风，便觉天涯相逢，古今同脉，必当“相见披心胸”。而边功已竟，吹角已熄，都护府旧址已成宾馆，龟兹小镇商贾熙攘。白驹过隙，沧海桑田，延续的，唯有心胸中那股不变的浩然之气吧!

在克深31井，钻头已深入地下7952米，还将继续深入至8115米。带着地温的岩屑样品闪着暗色的金属光泽，按不同深度摆在小木格子里，油味依稀，陌生又新鲜。经施工队允许，我捏了几粒来自地下7952米深度的岩屑，用废图纸包好，留作纪念。前几天参观深地塔科1井时，小说家荆歌捡拾了一小块来自地下5856米深处的小石子，并拍照在朋友圈发文说，“带回家镶金当个挂件”。地下究竟埋藏着多少秘密，这或许已经不是一个秘密。我们难道不应该与土地息息相通吗？毕竟，我们自己也终将是泥土的一部分。

工程师拿出一卷随钻地质录井剖面图，令我吃惊的是，这是一卷全手绘剖面图。图纸是一截一截粘贴接续起来的，接口细致，展开大约有16米长，一厘米代表五米的深度。且随着钻井深度的不断增加，手绘图也将继续延长。我仔细观察图上的各种数据：钻时、岩性、气测显示、井身结构、伽马、电阻率、声波录井剖面、全烃、CL……对我来说，这些陌生的专业术语因这卷手绘图而有了温度。

工程师说，如今只有在塔里木油田的施工现场，才能见到手绘地质录井剖面图，这是塔里木油田的传统。这卷图纸并非一人所绘，而是多位工程师接续而成，但手写的字体、字号几乎如出一人，图纸的每个细节都浑然一体。

我后来在塔里木油田油气工程研究院看到过很多设计图，可没有一张是手绘的。在电脑绘图已十分成熟并完全普及的当下，为何在探井工地要手绘剖面图呢?

工程师说，电脑绘图打印出来尺寸小又不连续，现场实际用起来不方便，手绘剖面图不管是在桌子上还是在地下一展开，整体的趋势和规律看起来便一目了然。最重要的一点是，凡是新到工地的工程师，都要加入到手绘图的队伍，自己手绘的图，心里面比谁都有数，手绘的过程，也是加深数据印象、熟悉地下状况的过程。

我心里一热，是啊，手绘图带着手的温度，心的温度，当然是一卷倾入了感情的图纸。小时候，我妈亲手给我织的毛衣，几十年了，我始终不舍得丢弃。凡是手工制作的物品，已不仅仅是物品了。在各项技术突飞猛进、凡事讲求效率的今天，手工行为本身已显得弥足珍贵。有时我们需要慢下来，才可以看到生活本真的模样。

手绘图最下方的一行小字，让我的心不由自主地动了一下。图纸来自辽宁的印刷厂。一卷手绘图，便一下子拉近了故乡与大漠数千公里的距离。又一个巧合吗？我再次想起了科塔萨尔的话，偶然只是尚未揭晓的必然。

之前在塔克拉玛干沙漠腹地，我们见到了一条由10400块钢板铺成的飞机跑道，长800米，宽45米。这是20世纪90年代初塔里木油田为勘探开发塔克拉玛干沙漠油气资源，在沙漠中铺设的一条飞机跑道，成千上万吨油田设备器材源源不断地被运送到大漠深处。

我想说的是，这条沙漠腹地的飞机跑道，正来自我现在工作的城市——丹东。当时，塔里木油田负责引进钢板跑道的刘翼，与当过抗美援朝飞行员的空军司令部司令王海，曾是在丹东工作时的战友。刘翼找到王海，空军司令部支援了三套跑道，分别在满西1井、塔中1井和塔中4井。我们见到的，就是塔中4井的跑道。

落日时分，我们终于到了天山脚下，这儿是天山南路支脉秋里塔格山，山脚下便是579国道，我们入住的克深公寓离最近的乡镇克孜尔乡铁提尔村近三十公里，天山上流下的雪融水滋润了这里的土地，克孜尔河和卡苏拉河环绕下的草甸子绿植丰茂，骆驼成群。

（原载《西部》2023年第6期）

愚公移山

尧山壁

1962年大学毕业，我申请到基层工作，被安排在邢台县文化馆，办了一张《社员报》，周刊，采、编、印、发一个人干。

一天县委书记何耀明摸进“编辑部”，带来一张6月27日《人民日报》，上面有东生的《看愚公怎样移山》，2/3红笔圈点，映红了我不足5平方米的斗室。几千字的文章让我兴奋了几天，恨不得插翅飞往燕山，一睹当代愚公的风采。可惜不久应召进入“四清”工作队，一干就是3年，紧接着又是旷日持久的“文化大革命”，一拖就是十年。所以1972年恢复工作，第一件事就是去沙石峪。

出发时带了三包土，这是尽人皆知的见面礼。一包取自临西东留善固，一包取自邢台县南会大队，另一包取自省文艺组院内大柳树下。乘火车到唐山，再坐长途汽车到遵化，最后坐拖拉机到县城东南40里新庄子公社沙石峪大队。落地第一件事就是把千里迢迢背来的三包土撒到九岭山上。我对支部书记张贵顺说，其中有吕玉兰、王志琪的心意，他们三人都是全国劳动模范，在一起开过会。

沙石峪是燕山深处的一个穷山沟，“土如珍珠水如油，漫山遍野大石头”。张贵顺1957年到北京参观全国农业展览，见到毛主席对山东省莒南县厉家寨的批示：“愚公移山，改造中国，厉家寨是一个好例”。他眼前一亮，找到了法宝，取得了真经，回去就组织全体社员学习，石头缝里取土，青石板上造地，苦战10年，把两万多块一口一片的巴掌地改造成高标准高水平梯田。平均每亩用工1180个，完成1760石方，挑土4600担，行程1万多公里，被称作“万里千担一亩田”。又动员全村精壮劳力，开挖了一个直径11米的大口井，12个小蓄水池，结束了全村到十几里外大狼峪挑水吃的历史。

我在沙石峪待了10天，与社员同吃同住同劳动，手上起了泡，肩上磨出茧。张贵顺让大队会计写了一封感谢信，我没有交给机关，因为值得感谢的是张贵顺和他的社员们，受惠最大的是我自己，写了一篇260行的长诗《移山记》，刊登在《解放军文艺》的重要位置。当时全国绝大部分刊物停办，《解放军文艺》是唯一的文艺期刊。发出后影响不小，河北电台配乐广播了半年之久。我不识字的母亲几乎天天听。在那时文艺为政治服务，标语口号满天飞的时代，同是农业学大寨的内容，我还是讲究艺术的，会用比喻。比如：“沙石峪，深山沟，在家山靠背，出门山碰头，看天一条线，看地一道沟，四面高山无路走，堵得气难透。沙石峪，穷山沟，穷得连名字都没有，坡是光屁股，山是和尚头，金木水土都没有，只有一团火，憋在穷人心里头”。写狼窝沟：“狼洼恶山沟，满山灰石头，好像一只大灰狼，蹲在村庄后，怪石林立如狼牙，山谷张开血盆口，嚼碎一沟大石头”。写愚公洞：“愚公洞，好镜头，从外往里瞅，像个万花洞，果子满枝头，碧波遍山流，层层大寨田，处处跑铁牛，从里往外看，像个望远镜，山外山，楼外楼，天外天，云彩游，祖国风光无限好，山新水美似锦绣”。

奋斗10年，挖山不止，沙石峪由年年吃救济粮，变成一个余粮队。1957年至1970年向国家交粮52万斤，成为全国农业战线的一面旗帜，吸引成千上万的人来参观，遵化城内设了3个招待所，天天爆满。其中包括120个国家，40名国家元首，朝圣般赶来。周恩来总理先后两次陪同阿尔巴尼亚国家领导人谢胡、巴卢库专程参观，九岭山上建了直升机场。周总理除了宣传沙石峪外，还有另一个用意。中国讲国际主义，对亚非拉慷慨援助，不少穷朋友乘机吃大户，110个国家伸手要钱，100万人口的阿尔巴尼亚要求中国给他们打100眼深水井，要回去的大量钢材被搁置，任日晒雨淋，放旧了再来要。周总理用沙石峪堵他们的嘴，也用来教育穷朋友，让他们懂得得自力更生，艰苦奋斗。

《愚公移山》是毛泽东中共七大的闭幕词。告诉人们无论遇到什么困难，只要有恒心有毅力地干下去，就会成功。“文革”中被列为“老三篇”之一。“下定决心，不怕牺牲，排除万难，去争取胜利”，被当作“语录歌”传唱。其实毛泽东所说的愚公精神，是指一种战略而不是战术，战术上当然要斗智。张贵顺是当代愚公，率领群众艰苦奋斗，到 1978 年粮食产量达到 80 万斤，交公粮 20 万斤，吃饭问题基本解决了。他的接班人闫福忠，改革开放以后更加聪明起来，把原来的“一亩粮田半亩园”口号改为“一亩果园半亩田”，种植 500 亩葡萄，100 亩樱桃，果树收入达 800 万元，人均 5042 元，1996 年提前实现了“小康村”。接着又兴建了几座小工厂，“沙石峪纯净水”“沙石峪葡萄”成为著名品牌。剩余劳力外出打工，昔日万里千担的山道上汽车成队。沙石峪不光成为农业红色经典，爱国主义教育基地，还被列入旅游景点，观光者络绎不绝。张贵顺的愚公精神还在发扬光大，新一代沙石峪人的口号是：万里继续走，千担永远担。

（选自《尧山壁文存》，河北教育出版社 2022 年版）

在稻田里泥步修行

陈　晨

沈希宏博士要来北京领一个奖，知道我借调在北京工作，说顺便来看看我。

我说好啊好啊，来呀来呀，请你喝酒。

这样回答，并不是我多么渴望他来，我只是出于修养和礼貌，或者说习惯了这样应对。在匆匆而过的人际交会中，守诺或许会成为彼此的负累，有时只需要哈哈一笑。

然而，沈博士却不是开玩笑，他是真的要来了。

一

来的路上，沈博士在微信里说，我穿得很邋遢，你不要笑我。

我问，你是从山里来吗？

他说，是从田里来。

我说，没事没事，我最多笑个一两声。

心里暗笑，又不是没见过，难道会对你的颜值抱有不切实际的幻想？那日在杭州西溪，鲁院同学周华诚设宴款待正在浙江省委党校培训的国福、纳兰和我，叫了当地的朋友沈博士、许诗人和毓美女作陪。

沈博士坐在我右侧，初时觉得他黑而土，不说话时像一颗安静的土豆，笃实沉稳，让人从心底里觉得可靠。他长得有点像我大学时的劳动委员阿丘，七分憨厚三分木讷，一脸童叟无欺的表情。大学时，每节课下课阿丘都会默默地上去擦黑板，两年擦下来，老师和同学都觉得非常过意不去，推选他入了党，早早地成了学生党员。

然而，沈博士只是披着土豆一样憨厚的伪装，三句话一说，土豆就剥了皮，暴露出活泼有趣的本性。他讲一口流利的“浙普”，聊着聊着，话语间常有智慧的火花闪烁，让人觉得机智可爱。“浙普”与“沪普”是难兄难弟，常常遭人耻笑，但我却以为，浙江人开玩笑，不似京式幽默油滑，也不似津式幽默常以略带刻薄的贬损为乐，更不似东北幽默一味走低俗路线，浙江人的幽默是被江南糯米粉包裹着的，无伤大雅的调笑里透着分寸和友好。华诚适时介绍，说他是博士，是水稻专家，我嘴里“哇哇”地表示仰慕，心里却在为他担心，中国有了“水稻之父”袁隆平院士，不知其他水稻专家是否还有用武之地。

我本是农家子弟，与土地、农事有一种天然的亲近，所以见到种水稻的沈博士，便如见到同村兄弟一般，是动不动就想摘瓜送菜的乡邻情谊，是忍不住就想“把酒话桑麻”的劳动情谊。

二

只是我空有摘瓜送菜的亲近之意，却并无瓜菜好送，倒是沈博士说要给我寄一包他种的米来。

我欲迎还拒，说米有什么好寄的，哪里都有卖的。

沈博士说，我种的米比别的米好看，而且这米叫“长粳”，是长长的粳米，与你微信昵称“长今”同音。

我笑，吃了几十年米，从来都是吃饱算数，没有想过米的好看难看。

然而，沈博士的“长粳”真的很好看，一粒粒细细长长，色泽莹白，小巧玲珑，很乖巧的样子。

我把米粒小心捧起，摊放在阳光下，蹲下站起，拍了一张又一张照片，心里盘算着如何才能不辜负这把与我同名的好米。

客居之地，烹饪条件有限，只能煮粥。

轻淘米，慢和水，清水慢慢没过米粒的头顶，电炉的热情渐渐唤醒了米粒，在气泡的再三邀请之下，她们终于不再矜持，在水中跳起了清香四溢的舞蹈。顷刻间，整间小屋热气腾腾，米香弥漫，让独在异乡的我在人间烟火里感到了幸福。

我把煮好的粥拍给沈博士看。他说，你应该把这米煮成饭，煮饭的话，每一口要比其他的米多十几粒。

噢，多十几粒啊？那我下回买个电饭煲吧。

我嘴上应付着，心里却想，每一口多十几粒很重要吗？我大口大口吃不也一样多十几粒吗？

三

沈博士一路飞驰，飞机、地铁、汽车轮番换乘，到达我的暂住地西城区木樨地时天色已暗尽。北京的冬季，白天总是艳阳高照，晴空万里，然而那太阳却是不值得信赖的，你以为它能温暖你，却动不动让你领略深入骨髓的冷。等到太阳落山，那冷，便又深了一层。

我在昆玉河的桥边接到沈博士时，他正在瑟瑟发抖，像一株秋天漏割的稻子，乍然遇冷，在不属于他的季节里不知如何应付，只好机械地靠抖动身体给自己取暖。

我看看他单薄的衣衫，说，你怎么穿这么少？

他咔咔磕着牙齿，含混不清地告诉我，他是从海南的南繁基地陵水直接飞来的，对北京的寒冷根本没有心理准备。

我优越而又同情地看着他，很想抱抱他，给他一点温暖，又顾虑着男女授受不亲的古训，何况彼此间还不是特别熟悉，只好指指手里的酒，说，走，请你喝笨酒，饮酒取暖。

四

笨酒是我一个同学参与酿造经营的东北烈酒，以“笨”为名，是想说尊重时间，顺其自然，不投机取巧，让粮食慢慢发酵。但我不胜酒力，喝了半杯就感觉头脑迟钝，真的有些愚笨了，迷离的眼神望过去，对面的沈博士叠影重重，凌乱的头发上有博士帽在隐约闪光。

沈博士倒是越喝越清醒，不时地提醒我："再给我倒点。"如此三次。

那家小店名叫"粥立方"，卖粥为主，没有什么好的佐酒菜。沈博士并不在意菜的好坏，他有丰富的知识用来佐餐，关于水稻的话题一个接着一个。

讲到稻子，沈博士的眼睛里有细碎的光芒，对他来讲，他的稻田就是他的后宫，他的水稻就是他的三千佳丽。海南的陵水县，号称中国农业的"硅谷"，驻扎着150多家农业科研机构，包括袁隆平院士在内的诸多农业科学家都在陵水做过科研。每年，沈博士都要去陵水待上几个月，那里有他的30亩水稻田，已经坚持了20多年。

他给我看陵水的水稻田照片，说，你看，这些水稻都是我自己插的，我的水稻株形多么俊朗。

噢，俊朗吗？的确是。

我歪着头看，心里有些不以为然，种水稻就种水稻，能结稻谷就行，还要管它俊朗不俊朗？偷偷瞄一眼沈博士，只见他肤色黝黑、身材矮小、衣着随意，不像博士，倒更像是农民兄弟。我心里暗暗发笑，你那么在意稻子株形俊朗，怎么一点都不注意你自身的株形是不是俊朗呢？

沈博士说，我们是追着太阳跑的候鸟，对于农业科研工作者来讲，一年种两季水稻是不够的，必须还要在热带地区开垦水稻基地。除了浙江、海南陵水之外，印尼的爪哇岛上也有我的水稻田。

爪哇岛？这个名字怎么这么熟悉？

他笑，肯定熟悉啦，小时候大人经常吓唬我们，你再不乖，就把你放在爪哇岛上去。

噢，原来真的有爪哇岛啊？那你肯定不乖啊，所以要去爪哇岛。

沈博士笑，是啊是啊，我也纳闷，我到底哪里不乖，要被流放到爪哇岛去。小时候，妈妈总是对我说，你不好好读书，将来只能种田。于是我拼命读书，读完大学读硕士，读完硕士读博士，可是妈妈呀，我已经好好读书了呀，为什么还在种田呢？

我笑得喷酒。

五

沈博士继续带着我流放爪哇岛。

他说，爪哇岛是印尼的第三大岛，那里地处赤道附近，阳光每天都非常热烈，任何时候都适合种植水稻。印尼人对稻米有一种原始的崇拜，在印尼人的心目中，稻米是有灵魂的，是从人的眼睛里长出来的。印尼人非常珍视米饭，常常做成讲究的食物，带到田间，带到工厂。他最爱的一种印尼米饭叫 Soto Ayam，翻译成中文就是“速度啊呀”，其实就是用鸡汤浇在米饭上，吃起来酣畅淋漓。

我朝着沈博士的眼睛看去，好像真的有稻米正从他狭长的小眼睛里长出来。我相信，若论对稻米的崇拜和热爱程度，沈博士一定超过了印尼人。在印尼种了很多年水稻，吃多了印尼的米饭，他长得越来越像印尼人，以致很多印尼人都以为他是当地人。其实，对沈博士来讲，像哪国人并不重要，自己是不是俊朗也不重要，只要他的水稻长得俊朗就行。

讲完爪哇岛，他又讲水稻午睡的事，说，你知道吗？水稻也是要午睡的。每天中午，它们都会轻轻合上眼睛，告诉你，我要午睡了。

我想象不出水稻午睡的模样，只是在酒精的作用下，我自己也想轻轻合上眼睛午睡了，尽管已是差不多晚上九点了。

菜凉了，酒没喝完，店里的其他客人都走光了。沈博士说，我得回去了。再不回去，我怕自己回不去了。

我不知道他在怕什么。朗朗乾坤，首都的治安很好，烧杀抢掠基本绝迹，何况身旁还有一名彪悍的女警。

天更冷了。我把他送到他来时的桥边，看着他缩着脖子，一蹦一跳走到对岸，像一滴墨汁滴进了更深的黑里，渐渐消失在寒风凛冽的首都街头。

他一定很冷。我想。

六

第二天，沈博士发来他领奖的照片。只见他穿着从学生那里借来的西装，胸前佩戴着大红花，笑得憨厚而腼腆，手捧奖牌的姿势，让我想起当年宣传画里手抱稻穗的农民兄弟。那稻穗颗粒饱满，抱在手里沉甸甸的。他是代表中国水稻研究所领的奖。

沈博士离开北京后，我才真正关注并了解他。从华诚的文章里，知道了他是很有建树的水稻育种专家，有精湛的杂交水稻技术。更让我佩服的是，他还写得一手好散文，并在《杭州日报》上开了一个叫“娓娓稻来”的散文专栏。在他的笔下，那些枯燥的农业科学技术竟然可以如此妙趣横生，也因此吸引了众多粉丝。

某一天，我翻开我的摘抄本，惊讶地发现，居然很久以前就摘抄过沈博士的一篇文章。嗬，原来，很久以前，他就把水稻种进了我的摘抄本里。摘抄的时候，根本没有想过，有朝一日我会坐在对面傻傻地听他讲水稻如何午睡。

沈博士的那篇文章叫《花开有时》，文中写道：“春分一过，江南花事已然大肆铺陈。梅花开过了，桃花开。油菜花开过，野花开。惊艳了大地，也开遍了朋友圈。我是无缘这些鲜艳的。每年三月，我都远在海南看稻花。三月开的稻花，在去年冬天就播种了。海南地处亚热带与热带交界，四季光温充足，是植物生长的天堂，也是加快植物育种的天赐所在地。每年冬天，除了来过冬的，还有一支南繁育种大军。他们通常被称为候鸟，人随育种材料走。所以呢，阳春三月，在江南叫作春暖花开，在海南叫作南繁加快……”

文章的结尾，他这样写：“一花一世界。水稻的花语，叫作喂饱世界。我国常年种植四点五亿亩的水稻，其面积差不多等于三个浙江省。一朵稻花，一个月后就会长成一粒饱满的稻米。”

七

我后来很久没有再见到沈博士。有一天，我打开手机里的运动健康排行榜，看到沈博士已经走了一万五千多步，而且数字还在快速攀升。

我很好奇，问他，你在干吗？散步吗？

我想象着，此刻，他正走在南国的田埂上，两旁的稻子伸出邀宠的枝叶，稻花在吐露着淡淡的芳香。

沈博士很快回了信息，发来一个流泪的表情，说，哪有那么闲适？我是在进行强度劳动呢。

原来，他在观测水稻的变化，记录科学数据。

一个双休日的早晨，我闲来无事，问他在干什么？

他发来一张水稻的照片，说，我在剪杂交。

剪杂交？

就是把一株水稻上的雄蕊剪去，引入新的雄蕊，这样，后代就会基因重组，发生各种变化，然后可以进行选择。

噢。

我假装懂了，心里不自禁地为自己的无聊感到内疚。原来，风趣幽默只是他与朋友相处的样子，只要跟他的水稻在一起，他立马就成了“水稻痴”、工作狂，起早摸黑，没有双休日，比农民还要辛苦。

我很严肃地告诫自己——科学家的时间宝贵，他有很多科研任务要完成，浪费他的时间简直就是蓄意破坏农业发展！

此后，我很少打扰他。每次吃“长粳”米饭的时候，我都忍不住想数一数这一口到底有多少粒。一边数，一边想：沈博士这会儿是在海南陵水，还是在印尼爪哇岛？是在巡视他那株形俊朗的水稻，还是在吃流着黄油的“速度啊呀”？

无意间读到余秋雨先生的《泥步修行》，惊诧“泥步修行”这个词用来形容沈博士和他的同事是如此贴切。在稻田里，在泥泞中，他们深一脚浅一脚，日复一日，执着修行；在稻花里，在谷穗里，他们安顿自我。

他们的使命有如稻花，也叫“喂饱世界”。

（原载《美文》2019 年第 10 期）